U0459943

2014年度浙江省社科联省级社会科学学术著作
出版资金资助出版（编号：2014CBZ01）

浙江省社科规划一般课题（课题编号：14CBZZ01）
国家社科基金青年课题（批准号：14CZW040）

当代浙江学术文库

DANGDAI ZHEJIANG XUESHU WENKU

# 清诗总集通论

夏 勇 著

中国社会科学出版社

**图书在版编目（CIP）数据**

清诗总集通论 / 夏勇著 . —北京：中国社会科学出版社，2016.7
（当代浙江学术文库）
ISBN 978 – 7 – 5161 – 7314 – 5

Ⅰ.①清… Ⅱ.①夏… Ⅲ.①古典诗歌—诗歌研究—中国—清代
Ⅳ.①I207.22

中国版本图书馆 CIP 数据核字（2015）第 300795 号

---

| | | |
|---|---|---|
| 出 版 人 | 赵剑英 |
| 责任编辑 | 杨晓芳 |
| 特约编辑 | 刘 倩 |
| 责任校对 | 张依婧 |
| 责任印制 | 王 超 |

---

| | | |
|---|---|---|
| 出 版 | 中国社会科学出版社 |
| 社 址 | 北京鼓楼西大街甲 158 号 |
| 邮 编 | 100720 |
| 网 址 | http://www.csspw.cn |
| 发 行 部 | 010 – 84083685 |
| 门 市 部 | 010 – 84029450 |
| 经 销 | 新华书店及其他书店 |

---

| | | |
|---|---|---|
| 印刷装订 | 北京明恒达印务有限公司 |
| 版 次 | 2016 年 7 月第 1 版 |
| 印 次 | 2016 年 7 月第 1 次印刷 |

---

| | | |
|---|---|---|
| 开 本 | 710×1000 1/16 |
| 印 张 | 39.75 |
| 插 页 | 2 |
| 字 数 | 672 千字 |
| 定 价 | 139.00 元 |

---

凡购买中国社会科学出版社图书，如有质量问题请与本社营销中心联系调换
电话：010 – 84083683
**版权所有 侵权必究**

# 《当代浙江学术文库》编委会

主　任　郑新浦　蒋承勇
副主任　何一峰　邵　清　周鹤鸣　谢利根
编　委　（以姓氏笔画排序）
　　　　王　河　王俊豪　毛剑波　卢福营
　　　　史习民　池仁勇　杨树荫　吴　笛
　　　　沈　坚　陈立旭　陈华文　陈寿灿
　　　　陈剩勇　林正范　金　涛　金彭年
　　　　周　青　周建松　宣　勇　费君清
　　　　徐　斌　凌　平　黄大同　黄建钢
　　　　潘捷军

# 编委会办公室

主　任　何一峰
副主任　俞晓光
成　员　黄　获　周　全　杨希平

# 总　序

浙江省社会科学界联合会党组书记　郑新浦

　　源远流长的浙江学术，蕴华含英，是今天浙江经济社会发展的"文化基因"；三十五年的浙江改革发展，鲜活典型，是浙江人民创业创新的生动实践。无论是对优秀传统文化的传承弘扬，还是就波澜壮阔实践的概括提升，都是理论研究和理论创新的"富矿"，浙江省社科工作者可以而且应该在这里努力开凿挖掘，精心洗矿提炼，创造学术精品。

　　繁荣发展浙江学术，当代浙江学人使命光荣、责无旁贷。我们既要深入研究、深度开掘浙江学术思想的优良传统，肩负起继承、弘扬、发展的伟大使命；更要面向今天浙江经济社会的发展之要和人文社会科学建设的迫切需要，担当起促进学术繁荣的重大责任，创造具有时代特征和地方特色的当代浙江学术，打造当代浙江学术品牌，全力服务"两富"现代化浙江建设。

　　繁荣发展浙江学术，良好工作机制更具长远、殊为重要。我们要着力创新机制，树立品牌意识，构建良好载体，鼓励浙江学人，扶持优秀成果。"浙江省社科联省级社会科学学术著作出版资金资助项目"，就是一个坚持多年、富有成效、受学人欢迎的优质品牌和载体。2006 年开始，我们对年度全额资助书稿以"当代浙江学术论丛"（《光明文库》）系列丛书资助出版；2011 年，我们将当年获得全额重点资助和全额资助的书稿改为《当代浙江学术文库》系列加以出版。多年来，我们已资助出版共 553 部著作，对于扶持学术精品，推进学术创新，阐释浙江改革开放轨迹，提炼浙江经验，弘扬浙江精神，创新浙江模式，探索浙江发展路径，产生了良好的社会影响和积极的促进作用。

2013 年入选资助出版的 27 部书稿，内容丰富，选题新颖，学术功底较深，创新视野广阔。有的集中关注现实社会问题，追踪热点，详论对策破解之道；有的深究传统历史文化，精心梳理，力呈推陈出新之意；有的收集整理民俗习尚，寻觅探究，深追民间社会记忆之迹；有的倾注研究人类共同面对的难题，潜心思考，苦求解决和谐发展之法。尤为可喜的是，资助成果的作者大部分是浙江省的中青年学者，我们的资助扶持，不惟解决了他们优秀成果的出版之困，更具有促进社科新才成长的奖掖之功。

我相信，"浙江省社科联省级社会科学学术著作出版资金资助项目"的继续实施，特别是《当代浙江学术文库》品牌的持续、系列化出版，必将推出更多的优秀浙江学人，涌现更丰富的精品佳作，从而繁荣发展浙江省哲学社会科学，充分发挥"思想库"和"智囊团"的作用，有效助推物质富裕精神富有现代化浙江的加快发展。

2013 年 12 月

# 序

朱则杰

十年前的 2006 年，我刚刚开始招收博士研究生。那年我自己名下，没有成绩上线的考生。同专业的先秦汉魏晋南北朝文学方向，一位导师却有三名考生上线。经过各方协商，夏勇一方面从古代文学的前头转到了后头，另一方面也变成了"朱门"顺序编号的"博一"。

"朱门"的博士研究生，只要他们本人同意，都在清代诗歌的学科范围之内，或者以清代诗歌作为依托，各自圈定一个相对独立、可持续发展的领域。清诗总集由于本身资源丰富，并且对其他相关领域具有最为广泛的辐射作用，因此成为首选。具体操作，则一般都是从最宏观的层面做起。考虑到学位论文通常都带有"研究"一词，所以这个题目当初就叫作"清诗总集研究"，同时加上括注"通论"二字。

夏勇经过短暂的学科调整，很快就进入了清诗总集的角色，并且对它越来越看好，甚至可以说达到了痴迷的程度。博士研究生学制三年，一般人除非不得已或者另有别的原因，总希望按时毕业。夏勇却完全出于自愿，主动读了四年半多之久。代价虽大，收获也丰。他的学位论文答辩稿，内文五百三十三页，加上目录，版面篇幅多达七十五万字。最后上交的定稿，即使撤下了一部分内容，也还超过六十万字，大约相当于一般博士学位论文的二至六倍。其用功程度，令人为之动容。

夏勇后来又到山东大学做了博士后，现已返回浙江工作。从博士研究生毕业算到今天，也还不足四年时间。他的学位论文，获 2013 年度全国百篇优秀博士学位论文提名奖。他的延伸课题《历代地域总集编纂史论》，获 2014 年度国家社会科学基金青年项目立项。这次最终定稿的《清诗总集通论》，又得到省社科联省级社会科学学术著作出版资金全额重点资助，即将在中国社会科学出版社正式出版。此外，他还主持整理点校了清代浙江省级最大的诗歌总集《两浙輶轩录》、《两浙輶轩续录》等，分别于2012年4月、2014年5月在浙江古籍出版社出版。这一切，都是对其学位论文以及所选清诗总集这个领域的肯定。学有所成，学有所用，这正是每一个真正的学者所追求的，尤其是对于青年学者来说。

这几年在图书馆遇到夏勇，常听他说起对自己的学位论文不尽满意。这固然是他学术水平不断上升的一种表现，但按照我的想法，到什么山上唱什么歌，什么时候就写什么水平的文章，这是最符合实际的。即使是眼前的著作中存在某些不足甚至错误，那也可以在将来别的著作中予以弥补和订正。而这次《清诗总集通论》正式出版，一方面能够引领此后整个清诗总集以及其他相关领域的学术研究，另一方面也正好有机会能够更加广泛地听取读者的意见，从而使本书有可能更加趋于完善。

2015年1月8日写于杭州玉泉

# 凡　例

一、本书一般使用简体字，如有电脑字库无法打出者，则使用繁体字。

二、引文如遇底本模糊缺损者，则以□显示。

三、引用古人著作，如已于正文部分提及具体卷数、门类等，则脚注一般不再出具类似信息；反之则列之。不分卷者不论。

四、引录同种参考文献两次或两次以上者，均只于第一次用及时，在脚注中完整罗列作者、书名（或篇名）、出版机构、出版年月、版次、册次、页码等信息，其他均略去出版机构、出版年月与版次；如系析出文献，则于第二次以后引录时，于书名（或篇名）之后署"同前"字样，再标具体册次、页码。

五、引录《续修四库全书》之类大型丛书，均不具列编纂者姓名与出版年月。

六、所引学报均为"人文社会科学版"或"哲学社会科学版"之属，类似信息不具列。

七、本书多于人名、篇名、引文后植入括号，添加按语。为与原文自带注文相区别，凡笔者按语，前面一律标以"按"字。

八、涉及外国人名时，先提供中译，再于括号内标出原名，如"何德兰（Isaac Taylor Headland）"。

九、引用外文文献，尽可能提供原文书名或篇名。

# 目　录

# 绪　　论

在正式进入本选题的研究之前，首先需要对清诗总集的概念与范畴作出界定，其次简单回顾迄今为止的研究成果，再次从宏观上阐述清诗总集研究的意义，最后说明本书的思路。

## 一　清诗总集的定义与范畴

总集是与别集相对的概念，即若干作家作品的汇总集成，形式上可以是选集、全集、丛刻等。

本书所谓清诗总集或清代诗歌总集，指一切含有清人诗歌的总集。它保存着比别集更加广泛的作家和作品，是清诗的另一重要载体。

清诗总集的范畴有狭义与广义之别。前者限指纯粹着眼于收录清人诗歌的总集。后者则还包括兼收清代及此前此后任何一个时代作家的通代总集（所涉各时代内部时间长短不计），如章薇辑《历朝诗选简金集》、李元春辑《关中两朝诗钞》等，以及诗、文、词、曲等各体兼收者，如任光斗辑《宜兴任氏传家集存遗》、潘世恩辑《浙江考卷雅正集》等。本书意在较全面地涵盖收录清人诗歌的总集，故取广义的理解。

关于清诗总集的范畴，有三点需要特别加以说明。

一是清诗总集与别集之间，可能存在较复杂的交叉情况。根据朱则杰师《关于清诗总集的分类》[①] 一文的概括，大致有如下四种情形：

某些作家别集特别是内部分小集者，其中可能包含若干诗歌总集，大抵以唱和类居多。有明显标志者如宋荦《西陂类稿》卷四《双江倡和集》、卷五内《西山倡和诗》、卷七内《漫堂倡和诗》、卷十九至卷二十《藤阴酬倡集》等；无此等字样者如樊增祥《樊山续集》卷二十五《沆瀣

---

① 载《甘肃社会科学》2008 年第 1 期。

集》等。这类小集所收各家唱和之作全无正、附之分，皆可作总集看待。

反之，总集内包含若干作家别集的情况也大量存在。凡丛刻形式的总集，及总集内各家作品能单独成卷并有专名、特别是卷数又自为起讫者，其各家作品皆可视为别集。如魏宪辑《百名家诗选》、宋荦辑《江左十五子诗选》等所收各家作品集，专门著录清人别集的书目即每每分别收录。

某些作家别集以附录的形式一并收录其所辑诗歌总集，如梅清《天延阁删后诗》附收《敬亭唱和集》、《敬亭唱和诗》，《天延阁后集》附收《天延阁赠言集》等。此外，释函可《千山诗集》末卷所收《冰天社诗》辑录释函可、左懋泰等三十三人之唱和诗，系函可命其弟子今羼编纂而成，则属特例。

某些总集内部又套有其他诗歌总集，如袁昶辑《于湖题襟集》所含《思旧集》、释山止辑《韬光庵纪游集》附收《韬光纪游诗册》等。更有部分总集，本身就是一系列小型总集的汇编，如黄丕烈辑《同人唱和诗集》即由《梦境图唱和诗集》、《状元会唱和诗集》、《虎丘诗唱和诗集》凡三种总集组成。

上述《双江倡和集》、《江左十五子诗选》、《天延阁赠言集》、《思旧集》等，本书皆作一种总集计。至于某些作家别集零星附刻他人作品，或以附录形式一并收录他人别集，则与总集无关。

二是总集与诗话之间，可能在形貌上有相似之处。一部分诗话，尤其是"诗格"与"诗纪事"体著作，既辑录评论语与相关背景资料，又收有若干诗歌或诗句。这类著作"兼取古今评陟，则又《诗林广记》，体制在总集、诗话之间"①，因而颇有学者视之为总集。如祝尚书《宋人总集叙录》著录蔡振孙编《精选古今名贤丛话诗林广记》，及其与于济合编《精选唐宋千家联珠诗格》②，陈正宏《明诗总

---

① ［清］丁宿章辑：《湖北诗征传略》杜贵墀序，《续修四库全书》第 1707 册，第 92 页。

② 《宋人总集叙录》著录此二书时，指出《精选古今名贤丛话诗林广记》"就体例言，以作品为主而附以诗话，略似汇评，《提要》称'体例在总集、诗话之间'，是矣，然更接近总集"（中华书局 2004 年 5 月第 1 版，第 485 页）；《精选唐宋千家联珠诗格》"目的在明'诗格'，然以选编作品为主……故亦在诗话、总集之间"（第 489 页）。张伯伟《论选本的包容性》一文也认为："宋末元初的诗格形态有两类：一是以选本形式，另一是以诗话形式。"（南京大学古典文献研究所编《古典文献研究》总第 5 辑，江苏古籍出版社 2002 年 4 月第 1 版，第 299 页；类似内容又可见作者专著《中国古代文学批评方法研究》外篇第一章第二节之第二部分《宋代选本的包容性》，中华书局 2002 年 5 月第 1 版。）

集述要》① 一文列举陈田编《明诗纪事》，张仲谋《二十世纪清诗研究的历史回顾》② 一文将邓之诚《清诗纪事初编》与钱仲联主编《清诗纪事》列为清诗总集。另外，日本学者松村昂《清诗总集131种解题》著录张维屏编《国朝诗人征略》，阳海清编《中国丛书广录·子目分类索引》之"集部·总集类"亦罗列阮元编《广陵诗事》、连横编《台湾诗乘》、郭则沄编《十朝诗乘》等。反之，某些总集也见于诗话专目，如汪薇辑《诗伦》、陈以刚等辑《国朝诗品》、孙雄辑《道咸同光四朝诗史》等，即为吴宏一主编《清代诗话知见录》所收；此外如张寅彭《新订清人诗学书目》、蒋寅《清诗话考》与吴宏一主编《清代诗话考索》等，也都不同程度存在此种现象。

虽然诸位先生的某些归类可能有疏误之处，但部分清人著作的体制确实在总集与诗话之间，则是客观事实。由于各人分类标准的差异，它们或被视为总集，或被视为诗话。例如徐釚辑《本事诗》。此书见收于《清代诗话知见录》、《新订清人诗学书目》、《清诗话考》、《清代诗话考索》等清诗话专目，章钰等编《清史稿·艺文志》亦著录之于"集部·诗文评类"；而武作成编《清史稿艺文志补编》则以之入于"集部·总集类"③，马瀛《吟香仙馆书目》、丁日昌《持静斋书目》、上海图书馆编《中国丛书综录·子目》等与之同，松村昂《清诗总集叙录》亦将其作为总集看待。综观全书，乃采用以人系诗的编排方式，作者名下皆有小传；至于所收诗歌，只有一部分之后附有编者对其本事所作的说明，大部分则有诗无事。因此，就该书继承唐孟棨《本事诗》以来的传统，以诗、事结合的方式选录诗歌的情形而论，视之为诗话顺理成章。但具体就该书的实际情况来看，则其编纂形式又确实是以诗为纲，这较之孟棨《本事诗》等以事为纲的形式，已是大相径庭；并且其诗、事结合的体例也贯彻得很不彻底，存在大面积的有诗无事的现象。两重因素合在一起，我们完全可以将徐釚的这部《本事诗》视为总集。

要之，像徐釚辑《本事诗》之类以诗为纲的著作，本书视之为总集。

---

① 载《古典文学知识》1997年第1期；又收入曹道衡等撰《古典文学要籍简介》，江苏古籍出版社2000年9月第1版。

② 载《泰安师专学报》1999年第5期；又收入作者论文集《近古诗歌研究》，中国社会科学出版社2002年12月第1版。

③ 书名作《本事诗前后集》，实与《本事诗》为同书异名。该书凡分前、后二集，故有是名。

至如《广陵诗事》、《台湾诗乘》、《十朝诗乘》、《国朝诗人征略》等以事为纲者，则不予考察。

三是总集与方志之间，同样存在体制的交叉。古代方志往往辟有"艺文"专卷，采收相关作品。就通常情况来说，此类专卷只是全书的一个组成部分。然而在某些内容与编排较为别致的志书那里，"艺文"却占了很大比重，有的甚至堪称全书的主体。如赵之璧编《平山堂图志》凡十卷，又首一卷。卷首"宸翰"收录清代诸帝御赐物名称与御制诗文、联额等；卷一、卷二为"名胜"，介绍扬州平山堂一带各景点；卷三至卷九皆"艺文"，收录自宋至清题咏平山堂诸景之诗文；卷十为"杂识"，自历代诗话、笔记、史志中采撷有关平山堂之逸闻四十三条。至如释觉铭编《圆津禅院小志》与胡凤丹编《鹦鹉洲小志》，更是只有第一卷分别为"圆津禅院主持世次"、"扁额对联"，以及"形胜"，其他均系"艺文"之属。

基于这种情形的存在，称《平山堂图志》等志书为"集"，是可以成立的。事实上，也确有类似体制的典籍被冠以"集"的名号。例如汪燊辑《黄州赤壁集》。该书凡十二卷，另首、末各一卷。卷首除序、题词、例言、目次外，又载《赤壁正面图》、《赤壁侧面图》、《赤壁形势及马厂地形图》并题咏、《东坡先生笠屐图》并题咏；正文第一至八卷收北宋至民国年间人所撰与黄州赤壁有关的各体作品，第九至十二卷分别为"楹联"、"金石"、"书画"、"著述目录"；卷末载公牍五篇、《黄州赤壁产业表》一份。编者自述："本集为史部地理杂地志之书，而标目曰'集'者，章实斋有言'《隋志》所收，已有郎蔚之诸州图经集'，可见史部地理书而有'集'名，于流别为阂，但其来已久。宋人陈田夫《南岳总胜集》，其区类列目，全是志体，而亦以'集'名之。兹编窃所取裁，非我作古。"[1] 又云："搜旧文、诗、词、曲，用总集例。"[2] 可见他是站在以"志"为体、以"集"为名的立场上而编纂此书。不过，这部所谓的地理杂地志"用总集例"辑录的文、诗、词、曲，占全书比重之高令人侧目，其实际内容已然和总集颇为接近。再考虑到编者本人提供的"集"的名号，及其志书色彩还相当明显的体制，我们有理由视之为一种非典型的清

---

① 汪燊辑：《黄州赤壁集》例言第一款，民国二十一年（1932）武汉中西印务馆排印本，卷首第1a页。

② 汪燊辑：《黄州赤壁集》例言第二款，卷首第1a页。

诗总集。前及《平山堂图志》等书，某种程度上亦可作如是观。①

　　另有一些方志，则不仅内容接近总集，并且形式也和总集颇为相仿。由此，它们究竟属于何种著作类型，就产生了若干见仁见智的说法。如徐崧、张大纯编《百城烟水》，即被《清史稿·艺文志》归入"史部·地理类·杂志之属"；清初人吴蔼辑《名家诗选》凡例第五款则又把它和魏宪辑《诗持》、卓尔堪辑《遗民诗》等十四种清初人编选诗歌总集相提并论，视为"当代名选林立"②的表征之一。综观全书，先列苏州诸名胜古迹之名号为条目，一一叙说其地理沿革、历史掌故、社会人事等；再辑录唐至清初人所作与之有关的诗词，分别聚合于相关条目下，可谓熔方志、总集于一炉。如果我们只把叙说文字作为相关条目的解题、小序看待，即可打破"名胜"与"艺文"的并列关系，使全书重心向诗词倾斜，叙说文字相应降格为附件，由此，视该书为一部按门类编排的"苏州诗词咏"或"苏州名胜诗词钞"，也就顺理成章了。

　　由于这种条目下先列叙说文字、后录相关作品的体例具备一定的弹性，所以它并非为方志所独有，而是也被相当一部分总集使用着。北宋孔延之辑《会稽掇英总集》即于"州宅"、"鉴湖"等十三个条目下，先给出相应的简要介绍，再辑录相关诗文；清中叶③佚名辑《人海诗区》亦有"都城"、"宫殿"等六个条目包含"小序"，可以视为说解文字；民国年间，《鹭江名胜诗钞》编者江煦更是彻底贯彻了这一体例。该书着眼于辑录历代题咏厦门诸风景名胜之诗作，凡罗列"鹭江"、"五老山"等二十四个条目，分别予以介绍后，乃将相关诗作一一聚合于其下。

　　特别值得一提的是，《鹭江名胜诗钞》在内容与形式两方面，均与清中叶人黄日纪所编方志《嘉禾名胜记》一脉相承。该志以"虎溪岩"、

---

　　①　历代以来，颇有一些以"志"、"纪"等命名的典籍，因其编排形式与实际内容接近于总集，而被归入总集的范畴。如明沈敕编《荆溪外纪》，即被《四库全书总目》卷一百九十三归入总集类。部分以"集"命名的典籍，也会由于实际内容的缘故，而被列入史部的相关门类之下。如明邓淮编《鹿城书院集》，被《四库全书总目》卷六十一归入史部的传记类。

　　②　[清]吴蔼辑：《名家诗选》凡例第五款，《四库禁毁书丛刊》集部第170册，第4页。

　　③　此集的成书时间尚存争议。此据北京图书馆善本组标点、陈高华校订《人海诗区·出版说明》，其称该书"辑录时间必定大大早于乾隆五十七年，可能在乾隆初年"（北京古籍出版社1994年7月第1版，上册卷首第1页）；韩朴主编《北京历史文献要籍解题》观点与之同。傅增湘撰《藏园群书经眼录》卷十八与《藏园订补郘亭知见传本书目》卷十六上则认为该书系清初人所辑；李圣华著《冷斋诗话》卷六观点与之同。

"白鹿洞"等二十八处厦门风景名胜为纲，每个景点略作介绍后，即刊载与之相关的诗文。二者除了名称上的"记"与"诗钞"的差异外，其他几乎完全一致。这个例子十分典型地体现出方志和总集间的相通之处。可以说，诸如《百城烟水》、《嘉禾名胜记》之类典籍，其体制乃是介乎方志与总集之间，我们完全有理由归之于清诗总集的范畴。

## 二　清诗总集研究的回顾①

　　清诗研究自上世纪八十年代以来，已经取得了较高的成就。然而相对于清诗自身的高度丰富性与复杂性来说，我们的认知高度、考察广度与探研深度显然还有很大的欠缺，需要不断深挖已有研究领域，并开拓新的学术疆域。同时，也由于清诗面广量大，几无通读可能，且文献清理工作不力，使之较难更多为一般研究者所接触，故而造成现今清诗研究中依旧存在较多薄弱环节，甚至盲点的局面。对于清诗总集的研究，便是清诗研究中有待深挖与开拓的薄弱环节之一。这里试图对清代以来有关清诗总集的研究做一历史回顾，以期引起更多的研究者对该学术领域的关注。

　　清代本朝，对清诗总集已经有所关注。有关文字，大抵散见于书目、序跋、诗文评、笔记等文献载体中。其中较为系统地记载、评述清诗总集的著作，当推法式善的笔记《陶庐杂录》。法式善本身曾参与过《钦定熙朝雅颂集》、《两浙輶轩录》等多种清诗总集的编纂，又有专门收录同时代人诗作的《诗龛声闻集》、《朋旧及见录》与清人试帖诗总集《同馆试律汇钞》等。他"多蓄古今人集"②，同时"上自内府图书，下至草茅编辑，罔不详其卷帙，考厥由来"③，因而仅《陶庐杂录》卷三，就记载了多达七十种左右清诗总集，详略不等地介绍了各书的编者、卷帙、体例、

---

　　①　笔者曾于2006年撰《清诗总集研究的历史回顾》一文，刊发于《厦门教育学院学报》2007年第2期；后经增改，成为笔者的博士学位论文《清诗总集研究（通论）》绪论之第二部分。近十年来，清诗总集研究取得了长足进步，较之2005年以前已然不可同日而语，所以此次出版本书稿，对研究回顾这一部分作了较大幅度的修订，以适应新形势。至于近十年来清诗总集研究的较具体详细的情况，及其所取得的成就与仍存在的不足，笔者当另撰专文予以探讨。

　　②　[清] 法式善撰，涂雨公点校：《陶庐杂录》翁方纲序，中华书局1959年12月第1版，卷首第3页。

　　③　[清] 法式善撰，涂雨公点校：《陶庐杂录》陈预序，卷首第4页。

刊刻等相关情况，为后世研究清诗总集提供了大量有用的信息。此外，《四库全书总目提要》亦包含约六十种清诗总集的提要文字。其他如王士禛《古夫于亭杂录》、钮琇《觚剩》、王应奎《柳南随笔》、钱泳《履园丛话》、昭梿《啸亭续录》、梁章钜《浪迹丛谈》与《归田琐记》、陈康祺《郎潜纪闻》、陆以湉《冷庐杂识》、李伯元《南亭四话》等笔记，袁枚《随园诗话》、洪亮吉《北江诗话》、法式善《梧门诗话》、梁章钜《三管诗话》与《南浦诗话》、何曰愈《退庵诗话》、严廷中《药栏诗话》、朱庭珍《筱园诗话》、杨际昌《国朝诗话》、余楍《白岳庵诗话》等诗话，以及谭献《复堂日记》、李慈铭《越缦堂读书记》、徐时栋《烟屿楼读书志》、陆心源《仪顾堂题跋》等，也都不同程度涉及若干清诗总集。当然从研究的角度来看，这些显然还是十分初步，并且十分零散的。

　　清朝灭亡之后，最早从整体上探讨清诗总集的文章，为日本汉学家神田喜一郎的《清诗の总集に就いて》（《关于清诗总集》，原文为日文版）①，是为现代意义上的清诗总集研究的开端。该文包括上、下、订正共三个部分，发表于日本《支那学》杂志第二卷六号、八号及十号，大正十一年（民国十一年，1922）二月六日、四月八日、六月十日出版，当时距清亡仅十一年。② 文章大致按照不同的时期和类型，描述了清诗总集的基本情况，涉及有关总集六十余种。只是全文如折合中文版面，大约只有数千字，因而正如作者本人所说，在文献搜集的广度和理论开掘的深度上尚显不足。当然，作为首次明确揭示"清诗总集"这一概念的综述性论文，未尝不具有开风气的意义。神田先生写作该文时年仅三十五岁，可惜此后再没有在这方面继续深入下去。

　　《清诗の总集に就いて》一文发表后，清诗总集研究并未顺势而起，而

----

　　①　关于该文标题，松村昂著《清诗总集131种解题》引作《清朝の总集に就いて》（版本详后正文，原书见第85页）；朱则杰《〈清诗总集131种解题〉纲要及示例》一文译作"关于清朝的总集"（见《苏州大学学报》1995年第1期，第49页，作者署名"清风"）；蒋寅《论清代诗文集的类型、特征及文献价值》一文及其主编《中国古代文学通论·清代卷》下编第一章第三节《清代总集的基本类型和特点》有关注释亦称"神田喜一郎有《关于清代的总集》"云云（分别见《河北师范大学学报》2004年第1期，第69页；辽宁人民出版社2005年5月第1版，第409页），凡"清朝"、"清代"均当改作"清诗"。

　　②　神田喜一郎《清诗の总集に就いて》，原载日本《支那学》杂志第2卷6号第73—76页、8号第71—77页、10号第84页，大正十一年（民国十一年，1922）2月6日、4月8日、6月10日出版，作者署名"邕盦"，即神田氏之号。

是和整个明清诗文研究一样，在二十世纪的很长一段时间里，处于相当冷落的境地。综观二十世纪前中期，只有李调元辑《粤风》等极少数清诗总集较多获得学界关注，并有一批研究成果问世。这主要是因为新文化运动的影响。当二十世纪初叶新文化运动兴起后，此前被认为不登大雅堂的民间文化、通俗文艺的地位大幅抬升，迅速成为学界的前沿热点；而《粤风》恰恰是一部我国古代少有的较纯粹的民间歌谣总集，并且还包含大量广西少数民族歌谣，于是遂受到众多现代学者的青睐，包括顾颉刚、容肇祖、钟敬文等顶尖学者，均撰有文章论述此集。[①] 钟敬文并在顾颉刚的启发与支持下，有整理重编《粤风》之举，由北京朴社于 1927 年 6 月前后出版，是为清诗总集之现代整理本的早期代表。同时，钟先生还与刘乾初合作，将原书所收部分少数民族歌谣译成现代汉语，取名《狼獞情歌》，附《方言考释》，于 1928 年夏在广州出版，是为现代意义上的清诗总集研究著作的早期滥觞。

此后，《粤风》研究长期一枝独秀，而专门论述其他清诗总集的论著直至上世纪八十年代才开始成批出现。综观近三十多年来清诗总集研究的历程，明显可以 2000 年为界，划为前后两个时期。兹依次述之。

从 1980 年前后到 2000 年，清诗总集研究约产生了近五十篇各类型文章以及两部专著。其中，两部专著均出自海外学者之手，堪称这一时期清诗总集研究的最大创获。一是日本京都府立大学松村昂的《清诗总集 131 种解题》（原书为日文版）。该书于 1989 年 12 月由日本的中国文艺研究会印行；后于 1991 年 8 月以活页形式进行了增订，标题订正为《清诗总集 138 种解题》。这是一部以文献清理见长的资料性工具书，包括所收清诗总集一览表、人名索引、书名索引等。特别值得一提的是，在二十世纪前中期整个清诗研究相对冷清的漫长时期内，清诗总集更是淡出了人们的视线，而松村先生却唯独出版了《清诗总集 131 种解题》这样一部专门考察清诗总集的专著，将沉寂已久的清诗总集研究向前推进了一大步。而且，松村先生还将所涉清诗总集的作者一一做成卡片，录入电脑，排除重复之后所得已经达到四万二千二百家。[②] 尽管作者当时据《清史稿艺文志

---

① 商璧著《粤风考释》附有一份《关于〈粤风续九〉与〈粤风〉研究的主要论著索引》，可参看。

② 参见朱则杰《清诗总集研究的硕果——读松村昂先生〈清诗总集 131 种解题〉》，载《古籍整理出版情况简报》第 271 期，或《社会科学战线》1994 年第 4 期，或《清诗知识》第五辑之八，浙江大学出版社 1998 年 5 月第 1 版。

及补编》估计存世清诗总集只有三百五十种左右，而现今加上《清史稿艺文志拾遗》所载以及其他相关文献中的线索，其总数当多达数千种，但该书无疑是清诗总集研究领域内的第一部真正意义上的专著，为摸清清诗总集的家底做出了一定的贡献，并且提供了很好的借鉴。

　　继《清诗总集131种解题》之后，美国 Grinnell College（郡礼学院）谢正光与香港中文大学佘汝丰共同编著了一部《清初人选清初诗汇考》，由南京大学出版社于1998年12月出版。该书集中考察清初的全国性清诗总集，正文部分共计五十五种（凡"二集"、"续集"之类均各以一种计）；体例大致仿照朱彝尊《经义考》，每种依次介绍编者简历、著录与版本情况，特别是全文过录原书的序跋和凡例等有关文字，间附按语；正文之后还附录了所收"清初诗选集庋藏一览表"和"清初诗选待访书目"，后者涉及清初诗歌总集凡二十五种。从主体来看，该书相当于一部分全国类清诗总集序跋的汇编，为研究者提供了第一手的文学史料及相关资料线索，从而使人们对清初的全国类清诗总集有一个基本的了解。尽管该书还存在不少错误疏漏，但在迄今为止有关清诗总集研究的著作中，影响却是最广泛的。一则产生了一批为之纠错补阙的文章，如陆林《〈清初人选清初诗汇考〉平议》、潘承玉《补〈清初人选清初诗汇考〉》、刘和文《〈清初人选清初诗汇考〉原录序跋补阙》以及朱则杰师《〈清初人选清初诗汇考〉"待访书目"考论》、《三种可能已佚清初诗歌选本与相关问题考辨——以〈清初人选清初诗汇考〉为背景》、《〈清初人选清初诗汇考〉原录序跋补遗》、《〈清初人选清初诗汇考〉"待访书目"考辨》① 等；再者，该书揭橥的现象与研究思路直接影响了此后的一批论著，如邓晓东的博士学位论文《清初清诗选本研究》（南京师范大学2009年5月）及其《选本与清初清诗的传播》、《遗民选家与清初诗坛》、《清初清诗选本

---

① 上述诸文依次载中华书局《书品》2001年第2、3期（又收入作者论文集《知非集——元明清文学与文献论稿》，黄山书社2006年7月第1版）、《中国文哲研究通讯》第11卷第4期（台湾中央研究院中国文哲研究所2001年12月；该文又以《〈清初人选清初诗汇考〉六补》的名义刊于《古籍整理研究学刊》2002年第5期）、《江西师范大学学报》2009年第3期、《浙江大学学报》2005年第1期、《中国诗学》第12辑（人民文学出版社2008年1月第1版）、《江西师范大学学报》2008年第2期、《燕赵学术》2012年春之卷。又，王卓华《稀见本清初诗歌总集〈离珠集〉及其文献价值》（《河南师范大学学报》2006年第4期）一文，某种程度上也可视为因《清初人选清初诗汇考》一书尚不完备而对其进行的补充。

的时代特征》等单篇论文，以及李永贤的系列论文《论清初诗歌选本中的诗学反思》、《论清初本朝诗选本的编选宗旨》、《清初的选诗活动与清初诗坛的繁荣》① 等，均为显例。当然需要指出的是，《清初人选清初诗汇考》一书的着眼点似乎并不完全在于"清诗总集"；即以"清诗总集"而论，其编纂时限仅仅定在乾隆二十六年（1761）之前，编选范围仅仅局限于全国类清诗总集，在研究对象方面显然还是比较狭窄的。

这一时期大陆学界有关清诗总集的研究，只有《粤风》研究形成了一定的声势，出现了陈子艾《〈粤风续九〉与〈粤风〉的搜集、传播和研究》、杜士勇《试论〈粤风〉》、梁庭望《〈粤风·壮歌〉的社会价值》、白耀天《〈粤风·俍歌僮歌〉音义》、罗洪权《我对〈粤风〉研究中一些问题的认识》等多篇论文，以及商璧注解翻译的《粤风考释》② 一书，可谓延续了此集既有的研究热度。至于其他成果，则大都为面向某一种清诗总集的单篇文章，而像肇予《浅谈云南的几部地方总集》③ 这样面向一系列总集的文章则十分罕见；并且其研究对象的分布也甚为零散，综计凡涉及二十余种总集，而有二篇以上文章论及的总集只有清世宗辑《悦心集》、张应昌辑《清诗铎》、汪森辑《粤西诗载》、莫友芝辑《黔诗纪略》、谢梦览等辑《鹤阳谢氏家集》④ 等少数几种；至于这些文章本身，

---

① 上述邓、李二人诸文，依次载《江海学刊》2010 年第 6 期、《南京师范大学文学院学报》2012 年第 2 期、《西北师大学报》2013 年第 3 期，《郑州大学学报》2012 年第 4 期、《河南师范大学学报》2012 年第 4 期、《求索》2012 年第 7 期。

② 上述有关《粤风》诸文，依次载《民间文艺集刊》第二集（上海文艺出版社 1982 年 4 月第 1 版）、《学术论坛》1982 年第 2 期、《中央民族大学学报》1984 年第 1 期、《广西民族研究》1986 年第 3 期、《学术研究》1987 年第 2 期；《粤风考释》由广西民族出版社于 1985 年 11 月出版。

③ 载《云南师范大学学报（对外汉语教学与研究版）》1985 年第 1 期。

④ 相关文章主要有：1. 冯尔康《清世宗的〈悦心集〉与曹雪芹的"好了歌"》（《南开学报》1983 年第 6 期）、李哲良《〈红楼梦〉与〈悦心集〉》（《红楼梦学刊》1992 年第 2 辑）。2. 胡鸿延《〈清诗铎〉的社会视野初探》、《〈清诗铎〉的架构与儒家诗歌观》、《〈清诗铎〉袖珍叙事诗艺术造诣》（依次载《贵州教育学院学报》1995 年第 3 期、1996 年第 1 期、1998 年第 3 期）。3. 文丘《名流迁客吟广西——读〈粤西诗载〉札记》（《广西师院学报》1986 年第 1 期）、梁超然《略论〈粤西诗载〉的史学价值与美学价值》（《广西民族学院学报》1988 年 4 期）。4. 周复纲《〈黔诗纪略〉刍论》、关贤柱《〈黔诗纪略·杨文骢卷〉校补》（依次载《贵州文史丛刊》1986 年第 1 期、1990 年第 1 期）。5. 张如元《永嘉〈鹤阳谢氏家集〉内编考实（上）》与《永嘉〈鹤阳谢氏家集〉内编考实（下）》（依次载《温州师范学院学报》1995 年第 1 期、第 5 期）、潘猛补《〈鹤阳谢氏家集〉版本述略》（《温州师范学院学报》1995 年第 5 期）等。

则颇多较简单的概论或介评文章，有的甚至只是连带论及清诗总集，如冯尔康《清世宗的〈悦心集〉与曹雪芹的"好了歌"》与李哲良《〈红楼梦〉与〈悦心集〉》，便更像是两篇红学论文。实际上，综观这二十年间大陆学界有关清诗总集的研究成果，多可归为考察乡邦文献①、发掘稀见材料②的范畴，而注目于"清诗总集"或"清诗"的研究者则极其罕见。可以说，这一时期大陆学界的清诗总集研究意识尚处于萌芽状态，少有学者明确认识到"清诗总集"的巨量存在及其研究价值，并付诸研究实践；其中折射出的，正是当时清诗总集研究乃至整个明清诗文研究的相对冷落而期待关注的处境。

进入二十一世纪后，随着整个明清诗文研究"走出了原来冷落寂寞的境地，不再是一个期待关注的学术领域"③，水涨船高，长期以来一直是清诗研究一大薄弱环节的清诗总集研究也取得了长足发展。具体可以从以下三方面来看：

第一，涌现出多部清诗总集研究专著。其中，潘承玉的《清初诗坛：卓尔堪与〈遗民诗〉研究》与王炜的《〈清诗别裁集〉研究》均对某一种清诗总集进行了较深入的个案探索。潘著的前身是其博士学位论文《卓尔堪与〈遗民诗〉研究》（北京师范大学 2002 年 5 月），中华书局 2004 年 7 月第 1 版。全书从编者卓尔堪的家世、生平、交游，到《遗民诗》的成书过程、版本、文本，以及《遗民诗》与卓尔堪在文学史上的地位，做了全面、细致、深刻的研究和探讨，堪称清诗总集文学文献清理方面的研究典范。王著则是在其同名博士学位论文（武汉大学 2006 年 4 月）基础上修改而成，上海古籍出版社 2010 年 4 月第 1 版。全书联系着清代前中期诗坛与文化史的演变动态，对著名诗人、诗论家沈德潜主持编选的《国朝诗别裁集》的目的、原则，以及其中体现出的沈氏审美取向

---

①　主要包括李鼎文《读〈姑臧李郭二家诗草〉》（《甘肃社会科学》1983 年第 3 期）等二十余篇地方类清诗总集研究论文、谭延翘《题齐齐哈尔市图书馆藏乾隆精刊〈述本堂诗集〉》（《北方文物》1989 年第 1 期）等至少六篇宗族类清诗总集研究论文。

②　如沈燮元《韩纯玉〈近诗兼〉稿本的发现》（《北京图书馆馆刊》1993 年 Z2 期），傅一敏、陈淮一《一部弥足珍贵的文学遗产——〈宝山诗存〉简介》（《大学图书情报学刊》1999 年第 4 期），邓长风《乾隆刻本〈黄冈二家诗钞〉——美国国会图书馆所藏清代珍本知见录之四》（收入作者论文集《明清戏曲家考略三编》，上海古籍出版社 1999 年 2 月第 1 版）等。

③　周明初：《走出冷落的明清诗文研究——近十年来明清诗文研究述评》，《文学遗产》2011 年第 6 期，第 147 页。

与诗学观念、内涵、价值等，进行了细密、深入而新颖的解读，可谓清诗总集文学文化理论方面的研究典范。又，王兵《清人选清诗与清代诗学》① 一书立足于"选本"的概念，以清代诗学思想为中心，对部分诗学批评意味较显著的清诗总集作了系统论述。

另外，日本学者松村昂在时隔二十年后，又推出了一部《清诗总集叙录》（原书为日文版），日本汲古书院 2010 年 11 月印行。全书凡著录各类型清诗总集约二百种，内容较《清诗总集 131 种解题》更加丰富，可以说代表了目前清诗总集文献学研究方面的最高水平。

第二，清诗总集成为一批硕博士学位论文的选题。笔者管见所及，2000 年以前基本未见专门或主要针对清诗总集的硕博士学位论文，而近十余年则至少已有三十余篇，其中博士论文十余篇、硕士论文二十余篇，可谓从无到有，蔚然成风。有的清诗总集甚至获得不止一篇学位论文的考察，如李佳行《〈晚晴簃诗汇〉的编纂及文献价值初探》（北京大学 2004 年 5 月硕士学位论文）、陆瑶《〈晚晴簃诗汇〉研究》（苏州大学 2013 年 5 月硕士学位论文），均以徐世昌辑《晚晴簃诗汇》为考察对象；王炜与翟惠的同名《〈清诗别裁集〉研究》（分别为武汉大学 2006 年 4 月博士学位论文、苏州大学 2011 年 5 月硕士学位论文），均以沈德潜等辑《国朝诗别裁集》（《清诗别裁集》）为考察对象；刘凤《〈江西诗征〉明代部分数据库及其诗歌概说》（江西大学 2008 年 1 月硕士学位论文）、车崛《曾燠及其〈江西诗征〉研究》（南昌大学 2010 年 12 月硕士学位论文），均以曾燠辑《江西诗征》为考察对象；杨帆《清〈国朝杭郡诗辑〉研究》（浙江工业大学 2012 年 6 月硕士学位论文）、周敏《〈国朝杭郡诗辑〉研究》（南京大学 2013 年 6 月硕士学位论文）以及贾慧《清代杭州女诗人研究——以〈国朝杭郡诗辑〉系列为中心》（浙江大学 2011 年 5 月硕士学位论文），均以吴颢辑《国朝杭郡诗辑》、吴振棫辑《国朝杭郡诗续辑》与丁申、丁丙辑《国朝杭郡诗三辑》系列为考察对象。此外，宋迪《岭南诗歌总集研究》（中山大学 2006 年 6 月硕士学位论文）、陈凯玲《清代广东省级清诗总集研究》（浙江大学 2008 年 6 月硕士学位论文），亦同为广东地方清诗总集的研究成果。

---

① 该书由中国社会科学出版社于 2011 年 6 月出版，前身是作者的同名博士学位论文。

　　综观这些学位论文，大抵有三种研究取径：一是像前及《〈晚晴簃诗汇〉的编纂及文献价值初探》等那样，或撷取若干切入点，或综合考察，集中对某一种清诗总集进行个案探索，凡涉及卓尔堪辑《遗民诗》、邓汉仪辑《诗观》、王士禛辑《感旧集》、王昶辑《湖海诗传》、沈德潜辑《七子诗选》、王豫辑《江苏诗征》、陈作霖等辑《国朝金陵续诗征》、桂中行辑《徐州诗征》、阮元辑《两浙辋轩录》、李根源辑《永昌府文征》、赵昱等辑《南宋杂事诗》、吴淇等辑《粤风续九》、李调元辑《粤风》、恽珠辑《国朝闺秀正始集》、冒俊辑《林下雅音集》，以及前及《晚晴簃诗汇》、《国朝诗别裁集》、《江西诗征》等约二十种清诗总集。二是像前及《清代广东省级清诗总集研究》等那样，采取中观视角，对一批带有关联性的清诗总集进行点面结合的考察。三是像刘和文《清人选清诗总集研究》（苏州大学 2009 年 11 月博士学位论文）等那样，在较为宏观的层次上，将众多清诗总集视作一个整体，撷取若干具体的论述维度与对象，进行总揽全局性质的研究。其中尤其值得称道的，应推《清人选清诗总集研究》。全文凡七章，第一章首先勾勒清人选清诗总集的编者队伍、编辑态度、体例、时间与地域分布、选源诸方面的特征，又将其分为全国、地方、题咏唱和、家族、专体及身份相同共六大类，再总结清人选清诗总集繁盛的原因；第二章论述清人选清诗总集的群体性、地域性、政治性特征；此后五章主要采取个案分析的模式，兼带宏观概括，依次围绕诗歌批评、诗歌创作、学唐诗论、学宋诗论、诗史观的主题，分别论述清人选清诗总集同这五个方面之间的关系。可以说，《清人选清诗总集研究》在论述面之广、内容之丰富、开掘之深入等方面，均达到了相当高的水准，堪称迄今为止清诗总集研究领域内的一大重要收获。尤其是着重探讨清人选清诗总集对于考察清代诗学思想、诗歌创作的价值，更堪称该文的一个显著特色与亮点。

　　第三，单篇论文数量大幅增长。仅据笔者初步统计，近十余年公开发表的论述清诗总集的文章至少已有二百数十篇，数量是此前二十年的五倍以上。同时，研究路数亦广泛开拓，举凡文献学、历史学、语言学、地理学、文艺学、社会文化学等学术方法，均不同程度得到运用，如吴格《〈江上诗钞〉之编纂与刊印》，汪毅夫《〈台海击钵吟集〉史实丛谈——兼谈台湾文学古籍研究的学术分工》，田范芬《〈沅湘耆旧集〉辨误》，付琼、曾献飞《论清代女诗人的地域分布——以〈国朝闺秀诗柳絮集〉所收诗人为例》，王炜《从清代诗选看诗歌选本的批评功能》，徐雁平《清代家集总序的构造及其文化意蕴》① 等文，即为其中的代表。

具体就所涉总集的种数而论，近十余年至少有六十多种清诗总集新近得到专门的个案考察，较之此前二十年有了成倍增长。少数总集甚至已然堪称研究热点，最典型的就是前及《国朝诗别裁集》，亦即《清诗别裁集》。在 2000 年以前，除日本学者松村昂《沈德潜と〈清诗别裁集〉》（《沈德潜与〈清诗别裁集〉》，原文为日文版）一文于 1979 年发表于《名古屋大学教养部纪要》第 23 辑外，其他专门论述《国朝诗别裁集》的单篇论文甚为少见。而近十余年来，至少已有十六篇单篇论文问世，相关作者亦至少有十一人之多②。此外，以专章专节论述《国朝诗别裁集》的专著与学位论文亦屡见不鲜，如王宏林《沈德潜诗学思想研究》③ 第五章与石玲、王小舒、刘靖渊《清诗与传统——以山左与江南个案为例》

---

① 上述诸文依次载《文献》2004 年第 3 期、《福建师范大学学报》2007 年第 1 期、《学术研究》2007 年第 10 期、《海南大学学报》2008 年第 1 期、《黑龙江社会科学》2010 年第 3 期、《文学遗产》2011 年第 3 期。

② 相关文章主要有：1. 刘靖渊《沈德潜〈国朝诗别裁集〉案略论》、《诗中有人，诗外有事——两个版本〈国朝诗别裁集〉比较中的清代诗史案研究》（依次载《山东师范大学学报》2006 年第 3 期、2007 年第 3 期；二文的相关内容皆收入石玲、王小舒、刘靖渊著《清诗与传统——以山左与江南个案为例》第三章第三部分《〈国朝诗别裁集〉研究》，齐鲁书社 2008 年 12 月第 1 版）。2. 王炜《格调对神韵的兼容——从〈清诗别裁集〉选王士禛诗看沈德潜的"格调说"》（《武汉大学学报》2007 年第 4 期）。3. 朱则杰《沈德潜〈国朝诗别裁集〉误收宋人秦观诗》（《古典文学知识》2007 年第 5 期）。4. 王宏林《〈清诗别裁集〉选诗宗旨与格调性灵之争》、《沈德潜〈清诗别裁集〉版本述评》（依次载《南阳师范学院学报》2009 年第 2 期、《宁夏大学学报》2009 年第 3 期）。5. 李彩霞《清前期文人英雄崇拜情结初探——以〈清诗别裁集〉英雄形象为例》、《〈清诗别裁集〉文字狱案之历史考证》及其与郭康松合撰《从钦定本〈清诗别裁集〉看乾隆的文化心态》（依次载《海南大学学报》2009 年第 4 期、《求索》2012 年第 1 期、《湖北大学学报》2009 年第 1 期）。6. 翟惠《沈德潜〈清诗别裁集〉的版本系统源流考》、《〈清诗别裁集〉僧诗佛学色彩淡薄原因初探》、《沈德潜〈清诗别裁集〉的价值和影响》（《常州大学学报》2010 年第 3 期、《钦州学院学报》2010 年第 4 期、《山西大同大学学报》2011 年第 2 期）。7. 李明军《诗教和政教之间的两难——沈德潜〈国朝诗别裁集〉编选和格调诗学的文化意义》（《阴山学刊》2010 年第 5 期）。8. 刘静《近十年〈清诗别裁集〉研究综述》（《语文知识》2011 年第 4 期）。9. 邬国平《〈国朝诗别裁集〉修订与沈德潜诗学意识调整》（《文学遗产》2014 年第 1 期）。10. 孙纪文《〈清诗别裁集〉为何不选王士禛的名篇〈秋柳诗〉》（《古典文学知识》2014 年第 3 期）等。

③ 此书的前身是作者的北京大学 2005 年 6 月博士学位论文《沈德潜诗歌选本研究》。

第三章第三部分的标题均为《〈国朝诗别裁集〉研究》，刘和文《清人选清诗总集》第五章第二节的标题则为《〈国朝诗别裁集〉——清代学唐诗的丰碑》。再加上前及王炜与翟惠的同名学位论文与专著《〈清诗别裁集〉研究》，可以说，《国朝诗别裁集》乃是继《粤风》之后，清诗总集研究领域内的又一大热门。

　　再具体就研究者而论，近十余年一改此前罕有学者关注并着力研究清诗总集的局面，出现了多位一人而发表多篇文章的研究者。其中成果尤为丰硕的，应推朱则杰师。则杰师作为第一部《清诗史》的作者和近年国家《清史·典志·文学艺术志·诗词篇》的项目负责人，又有志于编纂《全清诗》，因而清诗总集自然成为他关注的一个重要领域。早在上世纪九十年代初，松村昂《清诗总集131种解题》问世不久，他就为之撰写了《清诗总集研究的硕果——读松村昂先生〈清诗总集131种解题〉》一文，同时整理翻译了《〈清诗总集131种解题〉纲要及示例》①，率先向大陆学界介绍这部著作。其1998年5月出版的著作《清诗知识》第三辑，又评述了约五十种有代表性的清诗总集，可谓上世纪九十年代大陆学界少有的关注并探索清诗总集的学者。近十余年来，他又接连发表了三四十篇清诗总集研究论文，主要代表有《关于清诗总集的分类》、《关于清诗总集的选人与选诗》、《清诗总集误作别集辨正》、《〈四库全书总目〉十种清诗总集提要补正》、《全国性清诗总集佚著五种序跋辑考》、《清诗总集作者统计中的若干问题》、《清诗总集所见名家集外诗文辑考》、《稀见清代福建宁化伊氏〈耕道堂诗钞〉及其作者群考》、《钱谦益〈吾炙集〉及其他》②等。这批文章广泛涉及到清诗总集研究领域的方方面面，可谓形成了一个系列；不过就其性质与着眼点而论，大都属于考证之作，多系作者专著《清诗考证》第二辑"总集别集类"的组成部分，而并没有单独形成专书。至于其他有三篇以上单篇论文发表的研究者，主要还有陆林、王卓华、徐雁平、闵定庆、陈凯玲、刘和

　　①　二文出处均见前注。

　　②　上述九篇，依次见《甘肃社会科学》2008年第1期；同刊2009年第1期；《杭州师范学院学报》2007年第6期；《浙江大学学报》2007年第1期；《淮阴师范学院学报》2006年第3期；同刊2007年第1期；《深圳大学学报》2007年第6期；《福州大学学报》2006年第1期；《文艺研究》2008年第9期。

文、李美芳①，以及邓晓东、李永贤、李彩霞、翟惠②等。

此外在清诗总集的整理出版方面，经过多年积累，我们目前能看到的单行的整理点校本至少已有六十余种，包括《本事诗》、《悦心集》、《遗民诗》、《清诗别裁集》、《清诗铎》、《晚清四十家诗钞》、《晚晴簃诗汇》、《名教罪人》（系上海书店编《〈名教罪人〉谈》之一部分）、《南社丛选》、《钦定熙朝雅颂集》、《白山诗介》（系李雅超校注《白山诗词》之一部分）、《津门诗钞》、《永平诗存》、《梓里联珠集》、《南亭诗钞》、《曹

---

① 相关文章主要有：1. 陆林《〈吴江诗粹〉所收沈璟轶诗辨析》（台湾《书目季刊》第34卷第3期，2000年12月出版）、《清初总集〈诗观〉所收徽州诗家散论》（安徽大学徽学研究中心编《徽学》第2卷，安徽大学出版社2002年12月第1版；上述二文又收入作者论文集《知非集——元明清文学与文献论稿》，版本见前注）、《清初姚佺诗选〈诗源〉的时代特色》（《文学遗产》2013年第6期）等。2. 王卓华《一部清初诗歌的发展史——〈诗观〉》（《古典文学知识》2006年第3期）、《邓汉仪诗史观及其诗学意义》（《南京师范大学学报》2006年第4期）、《〈诗观〉及其文献学意义》（《河南社会科学》2006年第5期）、《稀见本清初诗歌总集〈离珠集〉及其文献价值》（出处见前注）等。3. 徐雁平《清代东南书院课艺提要》（南京大学古典文献研究所编《古典文献研究》总第9辑，凤凰出版社2006年6月第1版；又收入作者专著《清代东南书院与学术及文学》下编第一章，安徽教育出版社2007年8月第1版）、《清代家集的编刊、家族文学的叙说与地方文学传统的建构》（南京大学古典文献研究所编《古典文献研究》总第12辑，凤凰出版社2009年7月第1版）、《清代家集总序的构造及其文化意蕴》（出处见前注）等。4. 闵定庆《〈潮州诗萃〉选政初探》（《华南师范大学学报》2006年第5期）、《〈潮州诗萃〉选政三题》（《古籍整理研究学刊》2008年第2期）、《桐城诗学的一记绝唱——论〈晚清四十家诗钞〉的宗杜取向》（《南昌大学学报》2007年第4期）、《〈晚清四十家诗钞〉与桐城诗派的最后历程》（《中国韵文学刊》2008年第1期）等。5. 陈凯玲《〈广东文选〉入清诗人考略》（《厦门教育学院学报》2007年第2期）、《五种广东地区清诗总集钩沉》（《甘肃社会科学》2009年第1期）、《广东清代诗歌总集的集大成之作——论凌扬藻〈国朝岭海诗钞〉的选编旨趣》（《北京理工大学学报》2009年第3期）、《广东清代诗歌总集的后出转精之作——论凌扬藻〈国朝岭海诗钞〉的体例创新》（《江南大学学报》2009年第6期）、《清代少数民族歌谣总集〈粤风续九〉相关问题订误》（《中国文化研究》2010年第1期）、《广东清诗总集综论——以存世13种省域总集为线索》（《学术研究》2014年第5期）等。6. 刘和文《〈晚清四十家诗钞〉与桐城诗学》（《内蒙古大学学报》2010年第4期）、《清诗总集群体性特征考论》（《苏州大学学报》2010年第6期）、《清诗总集百年研究进程》（《中国韵文学刊》2011年第2期）、《清诗总集地域性特征考论》（《内蒙古大学学报》2011年第4期），及其与高洁、康琳分别合撰的《清诗总集编辑者队伍特征考论》（《中国出版》2014年第14期）、《诗选之学——清诗总集的编辑观念》（《江苏师范大学学报》2014年第6期）等。7. 李美芳《〈黔诗纪略〉补之"补"的意义——以谢士章诗为例》（《贵州文史丛刊》2012年第4期）、《贵州诗歌总集体例安排刍论》（《贵州大学学报》2013年第1期）、《明清时期贵州诗歌总集材料来源考略》（《西南交通大学学报》2013年第6期）等。

② 邓晓东等四人的论文均可见前正文或前注。

南文献录》、《牟平遗香集》、《中州诗钞》、《三槎风雅新编》、《山阳诗征》、《山阳诗征续编》、《师山诗存》、《〈海虞诗苑〉〈海虞诗苑续编〉》、《分湖诗钞》、《两浙辅轩录》（含《辅轩续录》）、《两浙辅轩续录》、《郭西诗选》、《续甬上耆旧诗》、《东瓯诗存》、《武川诗钞》、《龙眠风雅全编》、《全闽诗录》、《莆风清籁集选注》、《国朝莆阳诗辑》（与《莆阳文辑》合编）、《〈楚风补〉校注》、《资江耆旧集》、《沅湘耆旧集》、《湘雅摭残》、《常德文征校注》、《广东文选》、《粤东诗海》、《潮州诗萃》、《琼台耆旧诗集》、《东莞诗录》、《〈粤西诗载〉校注》、《〈粤西十四家诗钞〉校评》、《黔诗纪略》、《播雅》、《滇诗丛录简编》、《〈永昌府文征〉校注》、《邵阳车氏一家集》、《明清即墨黄氏诗钞》、《人海诗区》、《黄州赤壁集》、《岳麓诗文钞》、《〈嘉禾名胜记〉〈鹭江名胜诗钞〉校注》、《南宋杂事诗》、《清人题画诗选》、《林屋山民送米图卷子》、《粤风考释》、《〈粤风·壮歌〉译注》、《国朝闺秀诗柳絮集校补》、《湖南女士诗钞》、《海昌丽则》、《海云禅藻集》等。此外，又有《〈千山诗集〉校注》、《居易堂集》、《冒辟疆全集》、《汪琬全集笺校》、《袁枚全集》、《纪晓岚文集》、《张南山全集》、《壹斋集》、《戈鲲化集》、《樊樊山诗集》、《杨青集》，以及《何陋居集（外二十一种）》、《秋笳余韵（外十八种）》、《悔逸斋笔乘（外十种）》、《中国书画全书》、《西湖文献集成》、《杭州运河文献》等书内部所含的某些清诗总集整理本。二者合计，约有一百种左右。就这个数字本身来说，已经不能算少，然而若相对于清诗总集数以千计的总量而言，占比实在太少；更何况相当一部分整理本流布不广，远不能满足研究者的需要。倒是近些年问世的几部大型影印丛书，如《四库全书存目丛书》、《续修四库全书》、《四库禁毁书丛刊》、《四库未收书辑刊》，台北新文丰出版公司、上海书店的两种《丛书集成续编》，以及《清代稿抄本》系列、《山左文献集成》系列等，比较集中地收入一部分清诗总集，一定程度上为研究者提供了方便。

虽然近十余年来清诗总集研究已经取得了可喜进步，但肯定其成绩的同时，也要清醒地看到，它其实依旧是清诗研究的薄弱环节，依旧处于古代文学研究的第三世界。概言之，一是文献清理工作仍不尽如人意；二是研究工作相当不平衡。

先看前者。这一则表现于前述清诗总集的整理出版工作有待进一步加强，而更突出的表现则是：目前清诗总集的家底仍是未知数。在与清诗总集相对应的清诗别集领域，由于已有袁行云《清人诗集叙录》，李灵年、杨忠主编《清人别集总目》，柯愈春《清人诗文集总目提要》等书目先后问世，使我们对清诗别集的认识相对比较清晰，也拥有了可靠而便利的研究凭据。两相比照，清诗总集在这方面则欠缺极多。目前我们只能依据《清史稿艺文志及补编》、《清史稿艺文志拾遗》等书目的著录，得出一个约二千种的数字，虽然规模已经足以令人瞠目，但其实只是清人编选清诗总集的一个部分，并不能反映清诗总集的真实家底。至于民国时期编纂的清诗总集之存世状况、基本面貌究竟如何，恐怕只能用"糊涂账"三字来形容。这种认知上的混沌，从根本上制约着清诗总集研究的水准与未来更好的发展。可以说，清诗总集的文献清理工作依旧任重道远。

再看后者。这种不平衡主要表现在：一，相当多研究成果集中于少数几部清诗总集；而更多颇有价值的总集则或乏人关注，或至今无人问津。二，现有成果多针对一部总集展开论述，其中颇多就事论事之作；而面向一系列总集的便不常见，从宏观视角切入者亦为数不多，至于背后有一个历史源流观念的支撑，体现出作者对清诗总集的整体把握的成果，更是占比甚少。三，人们往往是在使用清诗总集内的某些材料，而并未明确意识到其本身的研究价值，即便是很多直接关涉清诗总集的研究，也主要着眼于同该总集相关联的文学思想、文学流派、文人群体、文人心态、文化现象乃至社会历史背景、学术思想潮流之类；而有关清诗总集本体的研究则相对比较欠缺。可以说，虽然迄今为止的研究工作不乏亮点，某些方面和个别总集确实已经有了相当出色的研究成果，但从整体来看，这些成果在全面性、系统性与综合性等方面，都还或多或少有所欠缺。

要之，清诗总集研究方兴未艾，是未来的一个重要学术增长点，其研究前景非常广阔。

## 三　清诗总集研究的意义

清代文化高度繁荣，文学创作和编纂工作非常普及，因而清诗总集的数量也是格外众多。仅据《清史稿艺文志及补编》与《清史稿艺文志拾遗》的著录统计，便已不下两千种。这样一个异常庞大的典籍留存，本身就是种引人瞩目的文学、文化现象，值得人们去关注、思索、清理和研究。更重要的是，一代总集必然会体现出编者的学术思想、美学观念，并与相关时代的社会环境、历史进程、文化风气、文学思潮、文人群体等发生联系。若由之拓展开去的话，也必然会生发出很多相关研究课题。因此，清诗总集是一个色彩斑斓、纷繁复杂而又异常精彩的学术世界。

在清诗总集多元的学术世界中，它对于清诗研究的意义无疑是最重要的。可以说，大力推动清诗总集研究，乃是推动整个清诗研究不断发展、深化的必然要求与趋势。神田喜一郎曾经指出："为求对清代诗歌作一通览，务必从清人所编清诗总集入手。"①　便揭示出清诗总集对于深入研究清诗的重要性与无可替代性。下面即针对清诗总集之于清诗研究的意义，作一宏观上的初步论列。

首先，大力推动清诗总集研究，将带来清诗研究资料的极大丰富。当前清诗研究存在的最大问题，就是基础研究资料清理不力，甚至称得上古代文学学科内基础研究资料清理工作做得最不力的领域之一。这并非低估已有的清诗研究资料清理工作的成就，而是指相对于清诗研究资料自身的高度丰富性与复杂性而言，我们的整体认知层次、工作成绩实在与之不成比例。清诗总集更堪称弱中之弱，主要表现为：大量清诗总集至今仍然游离于研究者的视域之外；一小部分进入研究者视域的清诗总集，本身也还存在不少疑点需要澄清；更不用说我们根本不了解清诗总集的家底。如果任由这种状况持续下去的话，势必有碍于清诗研究水准的进一步提升。因为清诗研究资料至少应由别集、总集两大主翼构成，再辅以诗话、笔记、史传、方志、谱牒、画册、碑刻等文献载体；若缺失了对清诗总集的系统考察与全局把握，必然导致我们有关清诗总集的总体认知不免模糊，使用也趋于零碎，往往难以统筹调度，集中优势兵力，解决已有问题，发现并追踪潜在问题。两翼折其一，对于推动整个清诗研究的不断发展来说，负面影响是显而易见的。未来清诗研究的全面、深入开展，需要一个真正与之匹配的坚实而宽广的资料基础。而全面、系统地考察清诗总集，正是建立这样一个资料基础的极为重要的组成部分。就其卓荦大者言之，很多清代诗人无别集传世，只能在总集中一窥其创作面貌；相当多清人别集未

---

①　［日］神田喜一郎：《清诗の总集に就いて》（上），原文载日本《支那学》第2卷6号，第73页；译文转引自谢正光《试论清初人选清初诗》一文，收入作者论文集《清初诗文与士人交游考》，南京大学出版社2001年9月第1版，第58—59页。谢文又载于王元化主编《学术集林》卷十，标题作《"清初人选清初诗"析论》，上海远东出版社1997年8月第1版。

能收入该作者的全部作品，而在总集中尚保存有部分集外作品；同一作品，总集所收文本与别集往往存在差异，可资校勘；清诗总集记载有大量相关信息，如作者生平、著述情况等，其中很大一部分为清诗总集所独有，等等。概言之，清诗总集堪称文学史料之巨型渊薮，是研究清诗的必由之路。从某种程度上讲，其价值甚至在清诗别集之上，至少不亚于别集。

资料的不断丰富，又必然伴随着研究视野的大幅拓展。已有的清诗研究著作，评说相关现象与问题时，每每存在钻探不够深透、联系不够广泛的缺憾。尤其和很多高水平的上古、中古文学研究著作比较后，就格外能见出落差。不可否认，这种情形的出现，一定程度上同清诗研究自身所处的发展阶段及其对研究者的高要求有关；但更应该强调的是，不少清诗研究者的视野偏于局促，看不清甚至看不到清诗版图上的大片已知或未知疆土，由此，深广度欠佳之问题的凸显，乃是自然而然的。大力拓展研究视野，应是未来清诗研究最重大的议题与挑战之一，这从根本上讲，又需要资料工作的紧密配合。因为视野与资料之间有着辩证统一的关系，视野的狭隘令全面搜集资料的工作开展缓慢，资料的掌握不足又导致视野的拓展缺少推力，反之亦如是。缘乎此，对于清诗总集的全面、系统考察，正可谓树立起了一座清诗研究的瞭望塔与观景台，通过它，大量新颖的文学文化现象将一一呈现于研究者眼前，使其不论观察现象的广度，看待问题的深度，还是解读内涵的角度，都或多或少能有所拓宽，有所突破，得到丰富。更何况清诗总集乃是清代文学文化的不可忽视、不容低估的一部分，全面、系统地加强该领域的考察工作，丰富我们有关该领域的认知，本身就意味着清代文学文化研究视野的扩大与水准的提升。

由于文献的大批激活，视野的不断拓宽，若干各具特点、各有优势的学术观念与研究方法，也将在清诗研究领域内获得越来越辽阔的学术阵地与发挥空间，随之，其贯彻和运用也将愈加游刃有余。如是，则我们就有可能真正在多维的文学文化视域下考察清诗，从而不断由表及里，广泛联系，逐步接近并还原其真实的历史进程。而这些工作的渐次开展，归根到底也都离不开清诗总集的帮助。

就清诗研究资料的丰富、视野的开拓、方法的多样性应用等方面来说，清诗总集的意义自是举足轻重，而对于我们更好地认知清诗的诸多现象、特质与规律来说，则它同样能提供非常大的帮助。从宏观角度看，这种帮助主要体现在以下三个方面：

　　第一，拓展我们有关清代诗人群体的规模、分布与特征的认识。这需从清诗研究的现状与清代诗坛的特点说起。清代诗歌创作空前普及，诗人数量与分布范围均远超前代。但由于研究基础相对欠佳、研究资料接触不便等缘故，目前进入研究者视野的清代诗人，相对于其数以十万计的规模来说，显然还非常不够。唯少数较具代表性的诗人有专著进行深入考察，而大量其他诗人，一般都只有一些单篇论文，并且所涉总人数也不过几百家而已。至于诗人群体研究的专著与博士学位论文，虽然也有不少，如张兵《清初遗民诗群研究》、田晓春《清代布衣诗群研究》、马大勇《清代金台诗群研究》、刘靖渊《乾嘉之际诗群诗风研究》、陈玉兰《清代嘉道时期江南寒士诗群与闺阁诗侣研究》等，但同样仅仅覆盖清代诗人群体的很小一部分而已。鉴于此种实际情况，拓展清代诗人研究的视野，可谓现今清诗研究的当务之急。

　　更重要的是，和前代相比，清代诗坛十分鲜明地呈现出诗人群落星罗棋布、诗学潮流起伏交叠、诗史脉络纠错纷出的复杂局面，基本打破了此前以思潮、时尚为主导的诗坛格局，及可以单线贯穿始终的诗史叙述模式。缘乎此，那种简单拈出若干代表诗人，予以探讨归纳，并进而连缀成一代诗史的研究策略，固然有其合理性与适用性，但在很大程度上已经不足以全面而深入地揭示清代诗坛的更为真实的面貌与特征。而欲真正改变这种状况，将目前偏于滞后的清诗研究提升至全新的高度，则发掘一批此前极少或从未获得关注的诗人，对其进行群体性、综合化的考察，乃必由之路。

　　因此，为适应清代诗坛的自身特点，推进清诗研究的不断发展，我们亟需或通盘，或有针对性地调查清代诗人群体的规模、分布等情况。这是清诗研究至今都尚未得到充分开展的一项十分重要的基础工作。而导致此种局面的一大关键因素应是：有清一代文献实在太过浩繁，令人望而生畏，骤生不知具体该从何处下手之感。

　　调查清代诗人群体的工作异常艰辛不假，却并非毫无头绪。清人、民国人留下的数千种清诗总集，便提供了一条可行的途径。而且较之别集、诗话、笔记、史传、方志等其他文献载体，往往将小传、作品、评点融为一体的清诗总集，其实已经称得上我们目前所能掌握的最便捷有效的工具了。例如探研在清初诗歌版图上占有举足轻重地位的山东诗人群体，即不妙通过卢见曾辑《国朝山左诗钞》、张鹏展辑《国朝山左诗续钞》等大型清代山东诗歌总集，以清点人数，统计诸作者的时段、地域分布情况，梳理相互关系、代际传承、诗风特征等①。若欲进行更全面、细致、深入的调查研究，则又有李衍孙辑《国朝武定诗钞》、马长淑辑《渠风集略》等大批山东府、县一级清诗总集可资利用。由此再结合其他文献载体所提供的材料，我们就能彻底突破王士禛《古夫于亭杂录》、赵执信《谈龙录》等浮光掠影的点将录式简介②，以及若干今人著作对于清初山东诗坛的笼统概述与重点人物剖析，从而得到一个更契合文学史原貌、足以进行较充分的量化分析与综合的诗人群像。进一步来说，如果大胆设想有朝一日，现存清诗总集的家底被大致摸查清楚，把其中所含作者名单进行排比归并，不就有可能获得一份相对可靠的清代诗人名录了么？在此基础之上，再进行大量专门的分类、统计与解析，则我们关于清代诗人群体的规模、分布、特征等的认识，肯定将极大地深化、细化。

当然，统筹有清一代诗人的工作任重道远，绝非数年、十数年甚至数十年所能告竣。但如果只是着眼于考察某处地方的诗人群落概况，便无妨直接从相关地方类清诗总集入手。它可以使研究者在一个相对短的时段内收到事半功倍的效果。上世纪九十年代以来，不少明清词研究者通过郡邑词总集获取相关地区词人名录，并进而考察区域内词派与词人群体的方法，便足供清诗研究者效仿。若能再由此而分头行动，积少成多，化零为整，则拼接组装起一幅相对明晰的清代诗人区域分布图，也未必一定就是痴人说梦。

特别值得一提的是，从部分清诗总集那里，我们甚至还能便捷地窥测

---

① 宫泉久著《清初山左诗歌研究》绪论后附有一份《〈国朝山左诗钞〉所录山左诗人及选诗数量》表，按县域编排，可参看，中国社会科学出版社 2009 年 12 月第 1 版。

② 王士禛撰《古夫于亭杂录》卷三"山东风雅"条云："吾乡风雅，明季最盛。如益都王遵坦太平、长山刘孔和节之，尤非寻常所及……他如益都王若之湘客，诸城丁耀亢野鹤、丘石常海石，掖县赵士喆潜伯、士亮丹泽，莱阳姜埰如农、弟垓如须、宋玫文玉、弟琬玉叔、董樵樵谷，淄川高珩葱佩，益都孙廷铨道相、赵进美韫退，章丘张光启元明，新城徐夜东痴辈，皆自成家。"（中华书局 1988 年 10 月第 1 版，第 77 页）赵执信撰《谈龙录》云："本朝诗人，山左为盛。先清止公与莱阳宋观察荔裳琬，同时继之者，新城王考功西樵士禄，及其弟司寇。而安邱曹礼部升六贞吉、诸城李翰林渔村澄中、曲阜颜吏部修来光敏、德州谢刑部方山重辉、田侍郎（按，即田雯）、冯舍人（按，即冯廷櫆），后先并起。然各有所就，了无扶同依傍，故诗家以为难。"（丁福保辑《清诗话》，上海古籍出版社 1999 年 6 月第 1 版，第 315 页。）

到相关诗人群体内部特征之一斑。如徐璈辑《桐旧集》，采取按姓氏编排的方式，收录明清安徽桐城八十五姓诗人一千二百余家，大抵涵盖了当时桐城的主要族姓。编者以桐城第一大姓方氏居首，分四卷收录方姓诗人一百三十四家、诗一千零四十六首，为全书之最。其他望族如姚姓占三卷，共计九十七人、七百零三首；吴姓三卷，共计一百十人、七百零八首；张姓三卷，共计一百零一人、七百零一首；马姓二卷，共计七十人、六百四十七首。合方、姚、吴、张、马五姓，数量占到全书的三分之一以上。至于一些中小姓，则或数姓一卷，或一姓仅一人一诗。明清文学的一大特点，在于产生了众多地域作家群体与流派。而这些地域群体或流派，又往往以若干重要的望族大姓为中坚，甚至整个当地文化的兴盛，都在很大程度上由他们来支撑。《桐旧集》的编排方式与选目，既印证了明清文学的地域与家族特征，同时也清晰地展示了桐城诗坛内部的家族构成状况①。

　　第二，为我们梳理清代诗史脉络提供借鉴。总集是我国古代文学史的一种独具特色的建构方式。它们中的相当一部分大体依照时序排列作者先后，以直观的形式展现着各自编者心目中的代表作家、优秀作品序列。我们现在能看到相对完整、连续的"文学史"，很大程度上应归功于总集。具体就清代诗史而论，诸如《国朝诗别裁集》等最广为人知的清诗总集，同样也是今人有关该领域之认识的一大重要来源。

　　应该说，清代诗史的研究目前取得的成绩已经颇为可观，但相对于其自身高度的丰富性与多样性而言，我们显然还有太多现象值得去认识，大量特征需去剖析，若干规律等待着归纳。所以，未来的清代诗史研究任重道远。这一方面要求我们发挥创造力，自成一家言；另一方面，以更大的力度去发掘已有学术资源，借鉴既存诗史模式，也势在必行。即如众多乏人关注却又内蕴着一段诗史脉络的清诗总集，便有待于研究者进一步开发利用。这当中，地方类清诗总集尤其突出，可谓考察清代各地方诗史的最重要凭依之一。

　　因为从某种意义上讲，清代诗坛可以被视为星罗棋布的地方诗人群体的集合。地域作为一个强有力的纽带，将大批诗人联系起来，并形成了代

---

　　① 　关于《桐旧集》之编排形式的详细情况，及其背后所蕴含的文学文化现象与规律，可参许结《〈桐旧集〉与桐城诗学》一文，收入程章灿主编《中国古代文学文献学国际学术研讨会论文集》，凤凰出版社 2006 年 1 月第 1 版。

际传承，其力量在某些方面甚至超过了此前一贯支配着诗坛走向与诗史进程的思潮、时尚等传统元素。关于这一点，今人蒋寅指出："文学史发展到明清时代，一个最大的特征就是地域性特别显豁起来，对地域文学传统的意识也清晰地凸显出来。理论上表现为对乡贤代表的地域文学传统的理解和尊崇，创作上体现为对乡里先辈作家的接受和模仿，在批评上则呈现为对地域文学特征的自觉意识和强调。"① 可以说，这种理论、创作、批评三位一体的浓重的地域文学意识与色彩，把地方诗史推上了整个清诗史的最前台。很多地方都孕育了各自的诗学氛围与传统，此种氛围与传统长期影响、熏陶着当地一代代士人，久而久之，遂形成各自的诗史传承、演化脉络。这些地方诗史单独来看，往往有其自身特有的面貌与统系；而当它们交叠纠错到一起，又组成一整套立体网状结构的清代诗史脉络。

　　缘乎此，考察、描述清诗演变的脉络，应特别着意于在时间线索中观测某一空间内部诗学氛围的起落消长、诗人群体的聚散离合，以及各空间的相互关联，而这恰恰就是迄今为止清代诗史研究的一大不尽如人意之处。为弥补目前有关清代诗史脉络之认识的缺憾，修正其含混与错漏，同时也为未来更高层次的清诗史研究作铺垫，我们亟需有计划、成规模地开展各地方诗史的研究工作。而欲真正实现这一目标，清人、民国人编纂的巨量地方类清诗总集乃是不可或缺的学术资源。这些总集大都按时序编排，实已初具某地诗史发展流变之轮廓，其中的小传、作品、评点乃至其他资料，既是我们探究诸诗人的具体生活年代、生平概况、创作面貌的文献凭据，也是整合相关地区诗史脉络的重要组件。更有大批编者，有意识地大致按照诗人创作成就与诗坛地位的高低，分配各自所在卷中座次与作品入选数量，从而揭橥诗史流别，树立代表人物，标示传承统绪，为我们探究相关地区之诗史提供了一条捷径。另有一些编者，甚至将他们有关某地诗史的认识明确形之于文字，写入序跋、凡例等。其中不乏论列较系统者，如邓显鹤辑《沅湘耆旧集》序例第七款与汪学金辑《娄东诗派》例略第一至第十五款，便分别堪称一篇"湖南明清诗歌史略"与"太仓历代诗歌史略"。至如《津门诗钞》编者梅成栋云："津门诗学，倡其风者，惟遂闲堂张氏为首；继之者，则于斯堂查氏也……颉颃于张、查间者，有

---

① 蒋寅：《清代诗学与地域文学传统的建构》，《中国社会科学》2003 年第 5 期，第 166页。

子升金氏，麓村安氏，弘奖风流，争树坛坫，人皆慕仿。故英华所萃，效亦随之……近时崇尚风雅者之衰也，士大夫适于兹土，罔所栖迹，而士亦少取程焉。"① 叙述某地诗风盛衰历程的文字，则是一个更加广泛的存在，皆可供研究者取资。

第三，有助于我们深入了解清代诗坛动态。真实的文学史总是不断处于动态演化中，因此，我们有必要贴近文学事件本身，走进文学史的原有情境，在具体的历史过程中把握其运动轨迹，去考察"小到一篇作品，大到一群作家、一代文学思潮，它们在特定时空中产生、发展、被记忆、被遗忘的过程"②，并"弄清一个文学现象、一个文学事件的来龙去脉，弄清一群人或一个人在某年月日的生活、言论和写作"③。是即蒋寅提倡的"过程"的文学史研究。但诚如蒋先生所说，真正的"过程"的文学史研究需要高度充裕的文学史料来支撑，"只有明清以后，丰富的历史记载几与档案相埒，而同时档案也最大限度地充实了历史记载，我们才得以从容地揭开时间的帷幕，走进文学事件和文学史情境中去"④。而拥有极其丰富文学史料的清诗研究，正是"过程"的文学史研究的最佳试验田。这其中，作为清诗最大渊薮之一的清诗总集，扮演着举足轻重的角色。一则诸如唱和、集会、结社、并称等清代诗坛活动，很多都形成了各自的作品专集。这些特殊内容、题材的清诗总集，是相关活动的缩影与见证，堪称绝好的直接研究依据。再者，我们还可以有意识地对清诗总集所收诗人诗作进行抽样调查，考察若干诗人在不同总集中的进退，及其诗歌入选数量的消长，这就能从中见出时人与后人对相关诗人诗作的看法；由此再进行更大规模的比较与综合，则相关诗人诗作在不同时间、区域、群体内的传播接受动态，也有可能得到深入揭示。

概言之，考察并利用清诗总集，能为清诗研究开掘出巨量信息。这将极大地拓展研究视野，使我们观察问题的角度更加多元，归纳整合的内容

①　[清]梅成栋辑《津门诗钞》自弁词，道光四年（1824）思诚书屋刻本，卷首第1a—1b页。
②　蒋寅《进入"过程"的文学史研究——〈王渔洋与康熙诗坛〉导论》，《山西大学师范学院学报》2001年第1期，第50页；又收入作者论文集《王渔洋与康熙诗坛》，中国社会科学出版社2001年9月第1版。
③　蒋寅《进入"过程"的文学史研究——〈王渔洋与康熙诗坛〉导论》，同前，第51页。
④　同上。

更加丰富，最终得出的结论更加精确。而且，由于清诗总集提供的充沛资源与有力支撑，很多此前难以开展的研究也有可能相对从容而便捷地进行，譬如乏人问津的中小作家、无人光顾的边际空间、普通的日常诗坛活动等。这将使我们关于清诗的认知逐步突破印象化、平面化、单线化的局限，不再仅仅聚焦于少数大家、名家，而进入尽可能探索细节、追寻流程、还原诗史真面目的学术新天地。

当然不可否认，很多清代中小诗人、地方诗坛、日常活动单个来看，确实成就一般，价值有限，给人以乏善可陈之感，遂被弃如敝帚。但如果从整体与过程的视角出发，着眼于描绘一幅更接近历史原貌的清代诗坛与诗史的全息图像，则这些中小诗人、地方诗坛、日常活动，将扮演起极其重要、甚至无可替代的关键角色。就像法国文学理论家阿尔贝·蒂博代（Albert Thibaudet）所说："文学的历史，是指残留到现在的几本书。文学的现实，是许多书，由书组成的滚滚流淌的河流。为了有历史，必须有现实。为了有历史的记忆，历史也必须曾经是现实，即某些东西从中保存下来，伴随、围绕和掩盖这些东西的各种感觉和认识表面上看来仿佛一无所存，但它们应该确实存在过才能使某些东西留下来……如果不是由很快就默默无闻的成千上万个作家来维持文学的生命的话，便根本不会有文学了，换句话说，便根本不会有大作家了。"① 而清诗总集，正是我们认知清诗的"现实"与"生命"的不可或缺的学术资源。它将使我们观察清代诗坛的眼光由"朝廷的御用性写作……台阁、方镇幕府以及各种贵族集团性的群体或个体性写作"转向"地方基层，与乡土社会相联系"，从而在"地方基层写作的现场中"去认知并感受"地域群体文人亲身贴近的酣畅体验，内容丰富的情境细节，以及日常生活审美化的感性样态"。②

此外，清诗总集对于我们更好地了解清代诗歌创作的面貌，也是颇有裨益。这一方面由于清诗总集收有大量不见于别集乃至其它文献载体的清人诗作，能使我们在更大范围、更深层次上考察清代个体或群体的诗歌创作，进而认知其诗艺与诗心；另一方面，相当一部分清诗总集在当时及后

---

① ［法］阿尔贝·蒂博代著：《六说文学批评》，赵坚译，三联书店 2002 年 1 月第 1 版，第 61 页。

② 罗时进：《基层写作：明清地域性文学社团考察》，《苏州大学学报》2012 年第 1 期，第 116 页。

代还起到了指导创作途径、总结创作方法的作用，为我们探究清代诗歌的创作面貌提供了一个别有意味的窗口。①

要之，新世纪的清诗研究必须迈出更大的开拓创新的步伐，以适应时代的发展与学术的进步。在这一开拓创新的过程中，清诗总集将扮演举足轻重的角色，包括研究资料的丰富、视野的开拓、方法的多样性应用，乃至更好地认知清代诗人群体、诗史脉络、诗坛动态、诗歌创作等清诗研究的重要方面，均呼唤着它的加入，不仅仅是一部分一部分地零星加入，更应是成规模、集群化地系统加入，由此形成更大、更集中的推力，以进一步提升清诗研究的整体水准与境界。这一则要求我们对清诗总集的某些局部做细化的个案研究；再者，对清诗总集做综合的概括性的宏观探讨，也势在必行——这可以帮助我们全面改善并深化对于清诗总集乃至整个清代诗歌的某些规律与本质的认识，对以后的清诗总集研究起到引导和促进的作用。而后者，正是本选题的目的与宗旨所在。

## 四　本研究的思路

由于本书意在从宏观的层次，综合多个研究角度，对清诗总集进行全面、系统的概括性研究，故而在大框架上，不拟使用化整为零、以点概面，亦即聚焦于具体的若干种总集，再配合上相关背景的评介与论述，带有专题系列性质的著作模式，而是采取以面带点、点面结合的办法，力求做到：

一，综合化。所谓综合，是针对论述框架与范围而言的。本书立足于作为一个整体的清诗总集本身，力求尽可能涵盖与之相关的题中应有之义。具体来说，就是从内涵与外延两方面出发，广泛而系统地考察其在编纂概况、演变过程、内部形态、学术价值等诸多层面上的基本面貌、特征、成就与价值。而在实际论述某一具体现象与问题时，又主要着眼于与之直接相关的若干清诗总集的群体表现样态及其意义、特点，同时配合上若干典型个案之例证，希望能由此实现整体概观与个体考索的综合。

二，提要化。所谓提要，是针对论述对象而言的。虽然本书力求尽可

---

① 关于清诗总集指导创作途径、总结创作方法的功能，刘和文著《清人选清诗总集研究》第四章《清人诗歌总集与诗歌创作》有所论述，可参。

能多地容纳清诗总集研究的题中应有之义，但一则因为今尚存世的清诗总集的确切数量目前仍是未知数，至于遗佚清诗总集的数量更是无从估算，所以游离于笔者视野之外的现象与问题肯定不在少数；再则已经进入笔者视野的部分清诗总集，需要厘清的现象与问题也是多种多样，往往涵盖各个领域，涉及各个层次，不可能也没必要在有限的篇幅内做到面面俱到、细大不捐。鉴乎此，本书将主要着眼于清诗总集研究之基本面的探讨，把若干较重要的现象与问题提出来予以论说，在力争对其表现形态作出比较清晰准确的阐述的同时，又尝试发掘背后的本质规律，以期为今后清诗总集整体与个体两方面研究的进一步开展打下基础。至于部分研究条件与时机尚不够成熟的议题，如开列存世清诗总集的目录、论述清诗总集的流布传播等，则待诸来日。

三，简约化。所谓简约，是针对论述方式而言的。从整体上看，清诗总集所包含的各个层次的现象与问题确乎纷繁。再就某个具体的现象与问题来说，则同样普遍趋于复杂。它们的内部往往蕴含若干各具面目而又互相关联的侧翼表征；实际上，这些表征本身大都也称得上是另一个层次上的现象与问题。至于它们和外部事像的关系，更是处于盘根错节、牵一发而动全身的状态。此种繁复情形的存在，给我们以清诗总集为中心，从各个角度进行联系比较、深入开掘之研究，提供了很大的学术空间。不过，广泛的联系、精深的钻探并非本书的宗旨与任务所在。这既为笔者个人的时间、精力所不容许，又是由清诗总集研究的整体状况与发展阶段决定的。如前所述，清诗总集研究现今仍然处于起步阶段，关注的学者相对有限，尽管也取得了一些研究成果，但还远未达到能据以整合、建构起一幅既广且深、面面俱到、毫发毕现的清诗总集全息图像的地步。本书作为一部宏观概述性著作，任务更多在于：尽可能撩开遮蔽在我们和清诗总集之间的层层帘幕，从而透过相对清晰一些的窗口，去观察、勾勒其大致轮廓；同时也为其他有心人提供一份素描图，使之得以调整角度与焦距，去开拓更多未知领域，发现更多深层意蕴。出于此种考虑，本书在面对清诗总集的众多纷繁复杂的现象与问题时，将主要以提纲挈领、执简驭繁的方式，择取若干较为典型的事例，再辅以其他外围材料，以期对相关现象与问题作出概要性的说解评论，并尝试将所有事例与评说文字都安排到一个较为清晰合理的框架中去。至于更广阔层面上的联系比较、更深刻意义上的钻探开掘，则有待于未来更多研究者的共同参与。

　　以上述综合化、提要化、简约化为基准点，本书将着眼于清诗总集研究的几大题中应有之义，对其在内涵、外延两方面的基本面貌、特征与价值进行初步探讨。全文凡六章。第一章首先从数量之大、类型之多与编者之众三个方面切入，对清代本朝出现的清诗总集编纂繁荣景象的具体表现进行概述；然后在清代初期、清代中期、清代末期、清代之后的框架下，对清诗总集编纂的流变过程作一鸟瞰式的勾勒。第二章将清诗总集扼要地分为全国、地方、宗族、唱和、题咏、课艺、歌谣、闺秀、方外、域外凡十个大类，主要从内部形态的角度出发，对各大类型的基本面貌、特色与成就等进行初步勾勒。第三章则以清诗总集的编纂体例为研究对象，主要从取舍标准、编排形式以及其他附件三个方面展开论述，力图揭示其中带有规律性的现象与显著特征。以上三章均属本体论的范畴。接下来的三章均为功能论，依次探讨清诗总集的文献价值、文学意义与文化内涵。鉴于清诗总集从本质上来说，乃是一种文献载体，因而本书首先论述其文献价值。同时，又由于文献资料只是一种客观存在，任何学术领域的研究者都可以从中各取所需，所以本书主要立足于清诗研究，对清诗总集在清诗作品保存、作家资料两方面的文献价值进行初步论列，另外附带涉及清代诗话、词曲、文赋乃至某些其他议题。再从文学研究的角度来看，清诗总集同样具有多方面的意义。本书主要着眼于专题研究，撷取诗学思想、诗人集会、诗歌流派三个议题展开论述，其中前二者采取概论与个案研究结合的方式予以探讨。至于清诗总集在文化研究方面的价值，更是包罗万象。本书仅择取偏于形而上的学术思想、偏于形而下的社会风情，以及相对处于中间层面的政治历史变迁为研究对象，作一示例性的初步论述，其他暂姑置不论。余论则尝试前瞻清诗总集研究的未来发展方向与若干较值得深入探研的议题。

　　在具体论述过程中，本书主要以清代本朝编纂的清诗总集为研究对象，兼及部分民国时期所编者；1949 年以后方始开编者一般不予正面详细考察。此外，本书还将尽可能地吸收借鉴清诗总集研究乃至其他学术研究领域的已有成果，兼取各家之长，同时努力进行新的探索，希望能把观察清诗总集的窗口擦得更明净，打开得更多。

# 第 一 章
# 清诗总集编纂的繁荣与流变

清代是我国古代文化的总结期与集大成期。这一时期，人们在很多领域都有出色的文化创造，清诗总集即其中之一。在近三百年的时间里，清诗总集的编纂活动蔚然成风，呈现出高度繁荣的景象，留下了异常丰富的典籍遗存，其流风余韵一直绵延至今。本章以宏观鸟瞰的方式，分别针对横向的编纂繁荣景象与纵向的编纂流变过程进行论列，以使我们对清诗总集的概貌有一个初步把握。

## 第一节　清诗总集编纂的繁荣

关于清诗总集编纂的繁荣，主要表现为数量之大、类型之多与编者之众。本节着眼于清代出现的这种繁荣景象进行初步论列。至于清代之后的编纂概况，则留待下一节的第四部分《民国》与第五部分《现代》再详细论列。

### 一　数量之大

由于受各种主客观条件的制约，清诗总集相对确切的数量目前还不得而知，但根据几种主要清代文献书目的记载，还是可以测知端倪的。其中，章钰等编《清史稿·艺文志》著录约二百八十种，武作成编《清史稿艺文志补编》补充约二百八十种，王绍曾主编《清史稿艺文志拾遗》在二书之外，又增收约一千五百种，三者合计约二千种。当然，以上三种书目所著录的都还只是清人编选的清诗总集，而且正如王绍曾所云："余等未见书目尚多，即已见之目，因工作粗疏，未尽钩稽而失之眉睫者，所在都有。"① 更不

---

① 王绍曾主编：《清史稿艺文志拾遗·前言》，中华书局 2000 年 9 月第 1 版，上册卷首第 22 页。

用说仍有大量今存清诗总集，尤其是所谓非"善本"古籍，根本未见著录于现有各类型书目。至于遗佚清诗总集的数量，恐怕已经无从估算，但其总体规模会十分惊人，则是毋庸置疑的。因此，这个约两千种的数字肯定远未涵盖清诗总集的全部。

不过，仅就目前所确知的约两千种清人编选清诗总集来看，其数量之大已然令人瞠目结舌。如果再从本朝人编选本朝诗歌总集的角度，对唐、宋、明、清四个朝代作一番比较的话，就更能加深这种印象了。

先说唐代。据陈尚君《唐人编选诗歌总集叙录》① 一文的统计，唐人编选唐诗总集约有一百三十七种（包括五代人所编者二十余种，诗句选集八种），待考者五十二种。借用谢正光、佘汝丰比较"唐人选唐诗"与"清初人选清初诗"的话来说，清人编选清诗总集的数量"有非唐贤所可想望者，可断言矣"②。

宋人编选宋诗总集的数量，目前还没有很确切的统计。祝尚书《宋人总集叙录》著录现可确知存世的此类总集约四十种（包括刊于元初者六种），可能已亡佚者约一百几十种③。虽然尚未完全囊括"不见于著录、但有序跋流传至今"与"既无序跋、亦未被著录"④ 者，不过基本情况已经比较清楚，同样远不能和清人编选清诗总集相提并论。

明人编选本朝诗歌总集的风气较前代为盛。据王文泰的博士学位论文《明代人编选明代诗歌总集研究》的统计，"现存明人编选的明代诗歌总集约有五百余种，这五百余种包括明代诗歌总集、通代诗歌总集、明代诗文总集以及通代诗文总集"⑤；加上该文附录二《明人编选明代诗歌总集未见书目》所著录的约一百五十种目前存亡不明的此类总集，合计约六七百种。虽然这个数字并未囊括明人编选明诗总集的全部，但它使我们对当时此类总集编纂活动的盛况有了一个较明晰的认识。总的

---

① 收入作者论文集《唐代文学丛考》，中国社会科学出版社 1997 年 10 月第 1 版；原载《中国诗学》第 2 辑，南京大学出版社 1992 年 12 月第 1 版。

② ［美］谢正光、佘汝丰编著：《清初人选清初诗汇考》凡例第二款，南京大学出版社 1998 年 12 月第 1 版，卷首第 1 页。

③ 其中一部分难以确定所收作品的文体性质，仅可酌情约略计入。

④ 祝尚书著：《宋人总集叙录·前言》，卷首第 4 页。

⑤ 王文泰著：《明代人编选明代诗歌总集研究》，复旦大学 2005 年 4 月博士学位论文，第 4 页。

来看，明代人在本朝诗歌总集编纂领域所取得的成就完全称得上逾迈前代，令人瞩目；然而在整体数量与繁荣程度上，终究难以望清人之项背。

由此可见，清人编选本朝诗歌总集的数量之多、繁荣程度之高，在我国古代是无与伦比的。这种情形之所以出现，当然不可否认同清代距离现代的时间较近，文献留存尚未经过历史的充分遗忘、损毁与淘汰有关，但有清一代社会经济文化的某些特质，却也是造就此种繁荣景象的非常重要的因素。从最根本上讲，清代拥有我国古代最为庞大的人口规模、数一数二的疆域范围，相应地，其经济文化活动总量自然也是十分惊人；加之清代继承了我国数千年的文学、文化遗产，堪称我国古代文学、文化的总结期与集大成期，两重因素合在一起，遂为当时人进行包括清诗总集编纂在内的文化创造活动提供了非常优渥的土壤。正是在这样一个社会经济文化的基础上，形成了清代极其浓厚的学术氛围、高度发达的图书事业、空前广泛的诗学风气，由此再配合上清代诗人诗作总量剧增、文献传播保存的条件大有改善等客观条件，以及清人普遍重视文献，尤其是乡邦文献的纂辑，而整理本朝诗学文献、表彰本朝诗学成就乃至鼓吹各自所在地方之文学文化的自觉程度与热情又大为提升等主观因素，于是，本朝诗歌总集编纂热潮的出现，也就水到渠成了。

## 二 类型之多

我国古代诗歌总集的类型经历了一个不断发展、丰富的过程。清诗总集后出，广泛继承了此前出现过的各种类型，呈现出集大成的面貌。下面对这个过程作一简单回顾，以使我们对清诗总集在历代诗歌总集类型发展史上所拥有的集大成地位，有一个比较清楚的了解。

**魏晋南北朝是总集编纂的起始阶段**①。这一时期所编诗歌总集（包

---

① 广义上讲，我国诗歌总集渊源于《诗经》与《楚辞》。不过前者长期被归入经部，后者也往往在书目中自成一类，因而传统目录学一般将总集的出现定在魏晋时期。本书亦取此种观点。至于近年来部分学者提出的《后汉书·文苑传》记载的东汉王逸"汉诗百二十三篇"可能为总集之祖的观点，如傅刚《昭明文选研究》上编第一章第一节《汉魏六朝著书、编集动因考》（中国社会科学出版社 2000 年 1 月第 1 版）与郭英德《中国古代文体学论稿》所收《历代〈文选〉类总集的编纂体例与选录范围——中国古代总集分体编纂体例考论之一》一文（北京大学出版社 2005 年 9 月第 1 版），则因其证据尚不够确凿，故不予采纳。

括诗文兼收者）的类型相对而言还不够丰富，但仍有三点值得注意。一是当代人编选当代诗歌总集的活动开始萌芽。如西晋索靖辑《晋诗》，显然以辑录晋代人诗作为旨归，梁武帝之孙萧圆肃辑《文海》所收皆"时人诗笔"①。二是出现了一批收录某种专门体裁、题材之诗歌的总集。如西晋荀绰辑《古今五言诗美文》、梁萧统辑《文章英华》专收"五言诗之善者"②，西晋荀勖辑《晋歌诗》、《晋燕乐歌辞》专收乐府诗，西晋石崇等撰《金谷诗集》、东晋王羲之等撰《兰亭诗集》专收文人雅集活动所作诗歌，南齐佚名辑《齐宴会诗》、《青溪诗》③专收宴会诗，陈徐陵辑《玉台新咏》专收女性题材诗歌，皆堪称开风气之作。三是唱和类诗歌总集可能产生于该时期。南宋人郑樵撰《通志·艺文略》载："《燕歌行》一卷，梁元帝撰，仆射王褒以下皆和。"④北宋王尧臣等撰《崇文总目》之"总集类"部分亦有"《燕歌行》一卷"⑤的著录，当为同一书。明末清初人冯班撰《钝吟杂录》卷四称："梁元帝作《燕歌行》，一时文士争和，郑渔仲《通志·艺文志》有《燕歌行集》，今其书不存。"⑥如果这部《燕歌行》乃是出自六朝人之手，那么，它就堪称唱和类诗歌总集的最早期典型代表。当然，若从宽泛的意义上讲，则《金谷诗集》、《兰亭诗集》之类属于多人同赋一题或多人集体赋诗活动之产物者，同样可以归入广义的唱和类诗歌总集的范畴。

唐、五代为发展阶段，产生了很多新的类型。我国古代诗歌总集的几

---

① （唐）令狐德棻撰：《周书》卷四十二"列传第三十四"，中华书局1971年11月第1版，第3册第756页。

② （唐）姚思廉撰：《梁书》卷八"列传第二"，中华书局1973年5月第1版，第1册第171页。

③ 《晋诗》而下诸种魏晋南北朝人编选的诗歌总集大都已佚，唯《兰亭诗集》有后人辑本存世。可参见《隋书》卷三十五、《新唐书》卷六十、《晋书》索靖本传、《梁书》萧统本传、《周书》与《北史》萧圆肃本传、石崇《金谷集序》等。

④ （宋）郑樵撰：《通志》卷七十"艺文八·诗总集"，中华书局1987年1月第1版，第1册第825页。

⑤ （宋）王尧臣等撰，钱东垣等辑释，钱侗补遗：《崇文总目辑释》卷五，《续修四库全书》第916册，第771页。

⑥ （清）冯班撰：《钝吟杂录》，《笔记小说大观》十七编第4册，第2312页。

大主类，包括地方、宗族、题咏、课艺、闺秀①、方外等，其编纂缘起大致都可以追溯到这一时期。其中，地方类的主要代表有：殷璠辑《丹阳集》②，收录江南东道润州辖下延陵、曲阿、句容、江宁、丹徒五县十八位诗人的作品；殷璠辑《荆扬挺秀集》，可能收录占籍于古代荆州、扬州一带者的作品；黄滔辑《泉山秀句集》"编闽人诗，自武德尽天佑末"③，着眼于收录今福建地方人士之作品；刘松辑《宜阳集》面向江南西道袁州，"集其州天宝以后诗四百七十篇"④。宗族类的主要代表有：褚藏言辑《窦氏联珠集》，收录窦常、窦牟、窦群、窦庠、窦巩兄弟五人的诗作；李乂辑《李氏花萼集》，收录编者本人及其兄李尚一、李尚贞的作品；又《廖氏家集》系晚唐、五代时人廖匡图"集其家诗"⑤而成，今人陈尚君认为："匡图父爽，弟匡凝、匡齐、偃，皆能诗，此集当收诸廖诗。"⑥题咏类的代表为佚名辑《虎丘题真娘墓诗》（又名《虎丘寺题真娘墓诗》），收录"唐刘禹锡等二十三人"⑦题咏、凭吊唐代吴中名妓真娘及其墓碑之诗作。课艺类的代表为佚名辑《中书省试咏题诗》，"集唐中元以来中书省试诗笔"⑧；所谓省试诗，又称省题诗，是唐代尚书省举行考试时使用

---

① 《隋书》卷三十五、《旧唐书》卷四十七、《新唐书》卷六十、《通志》卷七十、《梁书》张率本传与徐勉本传等载有南朝产生的题为"妇人集"的典籍八部。自清王士禄《然脂集例》、程琰《〈历朝名媛诗词〉序》，以及近人胡文楷《历代妇女著作考》以来，人们一般把它们看作收录女作家作品的总集。今人许云和《南朝妇人集考论》一文对此持有不同观点，认为所谓"妇人集"，就是撰录一些写妇女事迹的文章成集，而绝非纂辑女性作家的作品，其内容特征、性质应与《玉台新咏》一致（载《文史》2002 年第 4 辑；又收入作者论文集《汉魏六朝文学考论》，上海古籍出版社 2006 年 11 月第 1 版）。本书对此存疑，同时鉴于南朝人所编"妇人集"已经全部亡佚，无从得知其确切性质，故暂将闺秀类诗歌总集的产生时段定在唐代。

② 此集原本已佚，今人陈尚君有重辑本，收入傅璇琮编撰《唐人选唐诗新编》，陕西人民教育出版社 1996 年 7 月第 1 版。按，本节列举的唐、宋、明三代产生的总集，颇多今已亡佚或存亡不明者。关于其详细情况与原始记载，大体可参见陈尚君《唐人编选诗歌总集叙录》一文、孙琴安《唐诗选本提要》（上海书店出版社 2005 年 1 月第 1 版）、祝尚书《宋人总集叙录》、王文泰《明代人编选明代诗歌总集研究》等，下文一般不再出注。

③ （宋）欧阳修、宋祁撰：《新唐书》卷六十六"志第五十·艺文四"，中华书局 1975 年 2 月第 1 版，第 5 册第 1625 页。

④ 同上书，第 5 册第 1624 页。

⑤ （宋）郑樵撰：《通志》卷七十"艺文八·诗总集"，第 1 册第 825 页。

⑥ 陈尚君：《唐人编选诗歌总集叙录》，收入作者论文集《唐代文学丛考》，第 219 页。

⑦ （宋）郑樵撰：《通志》卷七十"艺文八·诗总集"，第 1 册第 825 页。

⑧ 同上。

的诗体。闺秀类的代表为蔡省风辑《瑶池新集》，辑录"唐世能诗妇人李秀兰至程长文二十三人，诗什一百十五首"①。至于方外类，则有释法钦辑《唐僧诗》等。当然，唐五代时问世的诗歌总集的类型虽多，但编纂较成声势的，只有殷璠辑《河岳英灵集》、李康成辑《玉台后集》这样的全国性综合选本，亦即所谓"唐人选唐诗"，以及高正臣辑《高氏三宴诗集》、陆龟蒙辑《松陵集》这样的集会唱和诗总集。至于新出现的地方、宗族、题咏、课艺、闺秀、方外等类型，数量相对偏少，并且内部形态也还不够繁复，尚有较多未到之境有待后人开拓。

　　宋代至明代属深化阶段。所谓深化，一是对已有类型的发展，使之具有更加丰富的内涵。此以地方类最为突出。唐五代人编纂的《丹阳集》与《宜阳集》，所涵盖的区域范围相对来说还比较小，大抵限于州郡（相当于明清时的府）一级。至于《荆扬挺秀集》与《泉山秀句集》，则并未面向唐代时的某个行政区。前者所谓"荆扬"，涵盖长江中下游流域的大片区域；后者所谓"闽"地，是唐代江南东道辖下的一片自然地理区域，包括福州、泉州、漳州、建州、汀州凡五个行政区。到了宋代，地方类总集在数量大增、分布区域大幅扩张之外，还出现了面向某个县的总集。如北宋人石处道辑《松江集》"衷辑吴江县乡土遗文"②，吴江县当时属两浙路苏州管辖；南宋人龚昱辑《昆山杂咏》所收作品，皆与两浙西路平江府辖下昆山县有关。至明代，更是出现了面向某一省的总集。如韩雍等辑《皇明西江诗选》，收录明洪武至正统年间八十七位江西人之诗作；胡缵宗辑《雍音》，着眼于汇集历代"雍州"（大略相当于明代的陕西）人或与"雍州"有关的诗作。可以说，经历了自唐至明大约七百个春秋后，地方类总集终于发展出一个囊括省、府、县三级行政区的较完善的层级系统。二是新领域的开拓。此以题咏类最为显著。题咏类总集包罗甚广，唐人辑《虎丘题真娘墓诗》还只是其中的哀挽纪念题材部分。降至宋、明，此类总集的编纂乃生面大开，涌现出诸多新颖的题材与内容。例如，宋家

---

　　① （宋）晁公武撰，孙猛校证：《郡斋读书志校证》卷二十，上海古籍出版社1990年10月第1版，下册第1069页。按，《瑶池新集》原本已佚，今有敦煌残抄本存世。荣新江、徐俊《新见俄藏敦煌唐诗写本三种考证及校录》一文有详细介绍，并过录全文，载《唐研究》第5卷，北京大学出版社1999年12月第1版；类似内容又可见徐俊纂辑《敦煌诗集残卷辑考》上编卷下《英藏俄藏部分》之"蔡省风瑶池新集"条，中华书局2000年6月第1版。

　　② 祝尚书著：《宋人总集叙录》，第557页。

求仁等辑《重广草木鱼虫杂咏诗集》，元冯子振、释明本撰《梅花百咏》，明邹鲁辑《古今咏物诗选》等，均为咏物诗总集；宋腾宗谅辑《岳阳楼诗》、元释寿宁辑《静安八咏诗集》、明吕元调辑《句余八景》等，所收皆为题写自然或人工景观的作品；宋孙绍远辑《声画集》、元佚名辑《伟观集》、明刘一龙等撰《海国宣威图题咏》等，均为题画诗总集；宋宋绶、蒲积中辑《古今岁时杂咏》、元杨维桢辑《西湖竹枝词》等，皆收录风土杂咏题材作品；明程敏政辑、詹贵补注《咏史绝句诗注》，属于咏史诗总集的范畴。要之，经过宋、元、明三代的不断成长，题咏类总集的范围获得很大的拓展，衍生出诸多新颖的小类型，由此，其内部构成也日趋复杂。

可以说，经过长期的发展演进，至明代，我国古代诗歌总集的基本类型已经大体略备。清诗总集正是在这个基础上，集前人之大成。大类型中，举凡通代、本朝，全国、地方、宗族、唱和、题咏、课艺、歌谣、闺秀、方外等，无所不包；而上述大类型下的诸多小类型，同样得到广泛继承。

更重要的是，清人在继承的同时，又有所发展。许多既有类型在清诗总集这里，均获得不同程度的充实与丰富。就数量而言，各类型清诗总集基本上都有相当程度的增长，尤其是若干前代还比较少见的类型，在清人手中得到了充分的拓展与提升，呈现出由附庸而蔚成大国的景象。而在内部形态方面，各类型清诗总集也每每呈现出高度繁复的态势，并且还发展出不少前所未有的小类型。关于各类型清诗总集的概况及其发展演进的具体表现，将在下一章《清诗总集的基本类型》中详细论述。

总之，清诗总集的类型纷繁多样，犹如一座美轮美奂的巨大宫殿，千门万户，瑰丽多彩。在这方面，它代表了我国古代诗歌总集编纂史上的最高成就。

### 三　编者之众

所谓编者之众，不仅体现为编者数量的庞大，同时更在于编者身份之繁多。下面着重探讨后者的情况。首先论列清诗总集编者队伍的主体——士人的特点，其次介绍若干身份较为特别的编者以及职业选家的概况。

（一）士人——清诗总集编者的主体

从总体上看，清诗总集的编者以士人为主。士是我国古代一个较特殊的社会阶层，一定程度上与今天所谓知识分子有类似之处。他们作为思想文化的主要创造者与传承者，自然是历代总集编纂活动的主角，清代也不例外。具体考察参与编纂清诗总集的清代士人群体，又有其自身的显著特点。

首先，清代各级官员多有热衷文化事业者，编刻本朝诗歌总集也是他们颇为关注的一个领域。① 其中的较早期代表，应推魏裔介。裔介（1616—1686），字石生，号贞庵，一号昆林，直隶柏乡人。顺治三年（1646）进士，历官工、兵二科给事中，迁太常寺少卿，擢左副都御使、左都御使、吏部尚书、保和殿大学士兼礼部尚书，加太子少保，升太子太傅。此人乃清初朝廷重臣，有"国初名相，无出其右者"② 之称誉。他在从政之余，对当时的诗坛动向也是颇为关注，认为："自《三百篇》以后，诗凡几变矣。衰于春秋战国，盛于两汉；衰于魏晋六朝，盛于唐；衰于五代宋，盛于明；衰于万历以后，盛于皇清之初"③，并盛赞"皇清右文出治，明光奏赋，虎观横经。于是修辞之彦，麟麟炳炳，云集飚发。菰芦之间，莫不有人，卓然名世大家，盖得数十人焉。其余人或数篇，篇或数句，亦足以振藻舒芬，岂不斌斌乎质其有文哉！"④ 不过在他看来，虽然"今海内言诗者颇多，然绮靡淫佻之习，流荡忘返，比于蜩聒虫吟，而愤激悠谬之词杂出不经"⑤，相应地，本朝诗歌总集编纂领域也是"杂而或流于佻与靡也，僻而或入于激与愤也，则兴观群怨之义无取"⑥，于是魏氏乃有"世道人心之忧"⑦。出于"垂示来叶，厘正风气"⑧ 的考虑，他先后编选了《观始集》与《溯洄集》两部清诗总集，分别刻于顺治十

---

① 清代参与编纂清诗总集的士人的社会角色往往有复合性的特点，其中很多都兼具官员、作家、学者等多重身份。这里大致着眼于其各自主要地位与成就之所在，并结合相关总集的实际编纂背景与过程，予以分类。即就官员而论，大致包括如下两类：一是确以仕宦活动为主者，如魏裔介；二是身份趋于多元，但相关清诗总集系其在各地为官时主持编纂者，如阮元。

② 徐世昌编撰：《大清畿辅先哲传》卷一，《清代传记丛刊》第192册，第213页。

③ （清）魏裔介辑：《溯洄集》自序，《四库全书存目丛书》集部第386册，第514页。

④ （清）魏裔介辑：《观始集》自序，转引自谢正光、佘汝丰编著《清初人选清初诗汇考》，第26页。

⑤ （清）魏裔介辑：《溯洄集》自序，同前，第514页。

⑥ （清）魏裔介辑：《观始集》自序，同前，第26页。

⑦ 同上书，第27页。

⑧ （清）魏裔介辑：《溯洄集》自序，同前，第515页。

三年（1656）与康熙元年（1662），选诗标准为："其言颇雅驯，有关于君臣父子夫妇兄弟朋友之大伦，足以感发性情者，然后入选。即山林闲旷，亦必中有所得，可为洗涤烦嚣之助。若其风云月露，及仙佛诞怪之作，一概删芟。"① 宣扬温柔敦厚诗教、为清王朝统治张目的色彩非常明显，属于典型的官方文学价值观。

虽然参与编纂清诗总集的朝官颇不乏人，不过这个群体的主干，还是各级地方官员。早在顺治十四年（1657）前后，即有江西巡抚、漕运总督蔡士英汇总自唐至清与江西南昌滕王阁有关的各体作品，刻为《滕王阁全集》十三卷，后附《滕王阁汇征诗文》。康熙年间，又有广西浔州府推官吴淇，与同人采集浔州境内流传的各民族歌谣，纂为《粤风续九》五卷；江南学政李振裕"督学江南时，选录诸生诗赋杂文"②，汇刻为《群雅集》十二卷；江宁巡抚宋荦甄拔其辖境内的能文之士王式丹、吴廷桢等十五人，各选诗一卷，编为《江左十五子诗选》，皆可谓开风气之先。

降至清中叶，各级地方官员更加积极地投入清诗总集编纂活动。其中成绩最突出者，当属阮元。乾隆六十年（1795）八月，阮元奉调浙江学政。翌年正月，即征刻《淮海英灵集》，至嘉庆三年（1798）正月书成，共计收清代扬州府与南通州诗人八百余家。同年三月，清代浙江诗歌总集《两浙輶轩录》的编纂工作也在他的主持下完成初稿，后于嘉庆六年（1801）正式付梓。此外像《山左诗课》、《浙江诗课》、《诂经精舍文集》、《学海堂初集》等，亦皆为阮元任职于山东、浙江、广东诸省时主持编纂的课艺类清诗总集。

除了亲身参与清诗总集的编纂活动外，阮元还大力协助其他编者。例如《江苏诗征》编者王豫。阮元《江苏诗征序》自述他在编刻完《淮海英灵集》与《两浙輶轩录》之后，"复欲辑江苏各府州之诗，劳劳政事，未能也。岁丙寅（嘉庆十一年，1806）、丁卯（嘉庆十二年，1807）间，伏处乡里，见翠屏洲王君柳村（按，即王豫，柳村为其号）储积国朝人

---

① （清）魏裔介辑：《观始集》自序，同前，第27页。
② （清）永瑢等撰：《四库全书总目》卷一百九十四，中华书局1965年6月第1版，下册第1772页。

诗集甚多，而江苏尤备"①，因谓王豫："余于扬、通诗，辑《淮海英灵集》；督学浙江，辑《两浙𬨎轩录》；久欲汇江苏诗刻之，勤劳王事，实无暇日，铭诸心而已。'惟桑与梓，必恭敬止'，诗人志也。君如任之，钞胥之费、梨枣之资，可无虑。"② 在得到阮元提供的坚实保障后，王豫"遂屏弃一切，日事搜讨，不遑寝食"③，历十二寒暑，编成了"得人五千四百余家"④，篇幅达一百八十三卷之巨的《江苏诗征》，后即由阮元出资刊刻。

《江苏诗征》是目前可知唯一一部着眼于收录江苏诗人诗作的大型综合选本，并且很可能也是清代产生的所有单种地方类诗歌总集中卷帙最为宏大者。如果没有位高权重且热衷文化事业的阮元十余年如一日的鼎力支持，我们很难想象这样一部巨著能在一介布衣王豫手中顺利完成，并成功付梓。王豫本人就曾抱怨说，他与好友张学仁共同纂辑的清代镇江诗歌总集《京江耆旧集》编成"阅今十数年矣，竟无好义之士出全力以付之梓"⑤；而实际上，该书不过区区十三卷，收人也只有五百家左右，远远不能和《江苏诗征》相比。可见日常物质保障与刊刻资费来源这两大问题，实在是寒士著述得以完成并最终问世的重大阻碍。这造成了大量寒士的著作无法完稿或付梓，随着时间的推移而逐渐散佚；反之，也确有不少寒士的书稿有幸依靠"好义之士"的协助而流传开来。所谓"好义之士"，很大一部分就是各级官员。获得他们帮助的清诗总集编者自然也是所在多有，如屈大均辑《广东文选》即因广州知府刘茂溶"捐俸刊之"⑥，而得以面世；倪继宗辑《续姚江逸诗》"欲传之几十年矣，以贫故不及镂板"⑦，后在浙江学政马豫的支持下，方获刊布；邓显鹤编刊《资江耆旧集》与《沅湘耆旧集》的工作，同样分别得到两江总督陶澍、贵州巡抚贺长龄等的资助；另外，清初人廖元度辑《楚风补》、《楚诗纪》

---

① （清）王豫辑：《江苏诗征》阮元序，道光元年（1821）焦山海西庵诗征阁刻本，卷首第 1a 页。

② （清）王豫辑：《江苏诗征》自序，卷首第 1a 页。

③ 同上书，卷首第 1a—1b 页。

④ 同上书，卷首第 1b 页。

⑤ （清）王豫、阮亨辑：《淮海英灵续集》王豫序，《续修四库全书》第 1682 册，第 319 页。

⑥ （清）屈大均撰，欧初、王贵忱主编：《屈大均全集·翁山文外》卷二《广东文选序》，人民文学出版社 1996 年 12 月第 1 版，第 3 册第 44 页。

⑦ （清）倪继宗辑：《续姚江逸诗》自序，《四库全书存目丛书》集部第 410 册，第 676 页。

的稿本，也于乾隆十四年（1749）前后，在湖南长沙知府吕肃高的主持下，获得增订出版，从而免遭散佚的厄运。

清代之所以有如此多的地方官员参与编纂各类型清诗总集，大抵可以归纳为两方面的原因。以下分述之。

一方面，我国自先秦以来有所谓辎轩使者采诗观风的观念。对此，《汉书·食货志》与《艺文志》分别记载道："孟春之月，群居者将散。行人振木铎徇于路，以采诗，献之大师，比其音律，以闻于天子"①；"古有采诗之官，王者所以观风俗，知得失，自考正也"②。具体就总集而论，这一观念的意义尤为重大。其中的关键因素在于：作为总集之祖，同时也是儒家经典的《诗经》，其编纂背景与过程历来被认为与所谓上古"采诗"制度密切相关。由于《诗经》在古代总集编纂领域乃至整个思想文化领域拥有至高无上的地位、无与伦比的影响，使得后代很多士大夫，尤其是地方官员以之为榜样，自觉扮演"辎轩使者"的角色，并将其视为自己的职责所在。清代各级地方官员同样如此。如嘉庆、道光年间长期供职于京畿，曾担任过翰林院编修、直隶永平知府的陶樑自述道："采风问俗，职在史官。余备员畿辅二十余年，每车辙所经，即留心搜访"③，"樑虽不材，愿以入侍禁林，出典大郡，奉职栗忧，搜访遗佚，冀备辎轩使者之俯采"④，遂有《国朝畿辅诗传》之采编。

较之前代，清代有更多的地方官员将"采诗观风"的传统观念转化为实际的总集编纂行动。而他们最用力的一个领域，无疑就是地方类清诗总集，以及和地方有关的题咏类清诗总集。这两类总集均属地方文献的范畴。对于古代的地方官员来说，地方文献之得到整理、保存与传播，乃是当地文教事业兴盛的一大表征，可以起到彰显政绩与文化导向的作用；同时，通过地方文献的搜集、阅览与编纂，一定程度上也能让相关官员熟悉其管辖区域的历史、风土与民情，对其施政颇有裨益。关于这两点，光绪十七年（1891）前后，江苏徐州知府桂中行主持编纂《徐州诗征》时，有过明确表述：

---

① （汉）班固等撰：《汉书》卷二十四上"食货志第四上"，中华书局1962年6月第1版，第4册第1123页。

② （汉）班固等撰：《汉书》卷三十"艺文志第十"，第6册第1708页。

③ （清）陶樑辑：《国朝畿辅诗传》凡例第十二款，《续修四库全书》第1681册，第11页。

④ （清）陶樑辑：《国朝畿辅诗传》自序，同前，第1—2页。

《小戴记·王制篇》："大师陈诗，以观民风。"季札之观乐也，且知其国之兴替。故《汉·艺文志》亦云："古有采诗之官，王者所以观风俗，知得失，自考正也。"盖民隐之舒郁，俗尚之良窳，政教之窊隆善败，惟诗足以纪之，诗亦守土者所有事哉！中行不敏，再治徐七岁矣，惧无以道民成俗也，迺陈徐之诗观之，上溯有明，逮及并世。其宣民隐、章俗尚、敷政教也，十尝七八焉，舒郁、良窳、窊隆善败之迹，油然有会于心，善者有所感，而不善者有所讽也；其他之留连景物、薅雪襟抱者，十亦二三焉，虽若无与于政教耶，然民隐、俗尚之所系，犹于是得其倪。①

编者身为一方长官，继承了源远流长的"辅轩使者"观念，并将其落实为具体的采诗行动，纂成这部历代徐州诗歌总集。他一则希望该书能"道民成俗"，规训、引导士习民风，使"善者有所感，而不善者有所讽"，从而在社会治理层面发挥实际功用。再者，他还希望能由此更好、更直观地了解徐州当地"民隐之舒郁，俗尚之良窳，政教之窊隆善败"，对其为官施政有所帮助。这正如清初人陈王猷所说："今一郡当古大国，县亦不下一小国。官其地者，能撰录境内历代诗人之诗，以成其一郡一县之风，亦足以考当时政治之得失，民俗之贞淫，人心之悲愉欣戚，世道之升降污隆，未必非居官之一助也。"② 是为清代地方官员热衷于编纂包括地方类、题咏类清诗总集等在内的各类型地方文献的一大心理动因。

另一方面，我国古代社会带有显著的人文色彩。所谓诗礼耕读，乃是全国各地众多士民家庭的生活基调。这种社会文化氛围，决定了古代地方官员到任后的一项重要职责，便是振兴文教。它的重要性，可以说丝毫不亚于兴修水利、发展农业、征收赋税、消弭不稳定因素之类的经济事务与社会事务，需要各级地方官员认真予以落实，而绝非仅仅做做表面文章即可应付搪塞，也绝非仅仅编纂若干地方文献即可宣布大功告成。缘于此，历代均不乏较为贤良、较有责任心的地方官员举行各项活动，采取各种措

---

① （清）桂中行辑：《徐州诗征》自序，光绪十七年（1891）刻本，卷首第1a—1b页。

② （清）陈珏辑：《古瀛诗苑》陈王猷序，转引自饶锷、饶宗颐著《潮州艺文志》别卷"集部·总集类"，上海古籍出版社1994年4月第1版，第645页。

施，以期振兴当地的文教事业。具体就清代而论，其一大特点就是，有更多地方上的文教活动与措施最终转化为文献实体——清诗总集。这些文教活动与措施主要包括两项：

其一，官员组织所在地方上人士举行诗歌集会，开展创作活动。是为一种最立竿见影的振起风雅的举措。此类雅集活动所作诗歌，事后每每被汇编成书，可谓清代众多集会唱和诗总集的一大来源。鄂敏辑《西湖修禊诗》即为显例。乾隆十一年（1746）闰三月三日，浙江杭州知府鄂敏组织当地士民在西湖之滨举办了一次修禊雅集，该书即雅集期间所作诗歌的汇编。关于此次活动的缘起，鄂敏说："振起斯文，移风易俗，守土者之责也。"明确把"振起斯文"视为自己为官一方的应尽责任。而他之所以选择诗会的形式，是因为在其看来："诗者，先王之教也。古意存斯，雅音播矣。古人韵事，沾丐后来，可效者意焉而已。意合而音以谐，音谐而诗以著，诗著而教以传。发响幽岩，洗心川上；鼓舞风骚，步趋前轨，其神益岂小小哉？兰亭，禊饮也，即诗教也。"① 显然是希望从中窥测士习民情，同时通过适当的培育与引导，达到"移风易俗"的目的。于是，鄂敏遂有组织杭州士民上巳集会赋诗，并纂辑《西湖修禊诗》之举。

其二，官员考课、督导当地士子。如乾隆四十二年（1777），李调元任广东学政时，即曾"试粤东诸生古学，先以诗，次必以《竹枝词》命题，盖以观其土俗民情"②。由于清代学政制度的存在，这种考课、督导职能主要由李调元这样的各省学政承担。清初各省多设督学道，雍正四年（1726）改为提督学院，长官称提督某省学政，简称学政，亦称督学使者。这是一种承担文化教育职能的地方官员，大抵三年一任，任上需定期巡视全省各地，以八股文、试帖诗、经史、策论、诗赋等形式考课士子。当考试告一段落后，学政们往往会选录优秀答卷，纂为总集，作为对学子的示范与鼓励。即如前及李调元在广东学政任上考课粤东诸生所得诗文，便由李调元本人纂为《粤东观海集》一书。学政而外，清代其他地方官员亦多有督导士子练习诗文写作者。如晚清人冯誉骢就任云南东川知府后，

---

① （清）鄂敏辑：《西湖修禊诗》自序，台湾新文丰出版公司《丛书集成续编》第224册，第87页。

② （清）李调元撰，詹杭伦、沈时蓉校正：《雨村诗话校正》，巴蜀书社2006年12月第1版，第280页。

发现当地诸生"于八比之文，虽深浅不一，于法尚不甚谬；至于韵语，则合格者甚少，良由无人提倡风雅之故也"，遂于光绪二十二年（1896）夏组织府城诸生及其他人士结成"翠屏诗社"，规定"每月十五会课一次"，每次均由冯誉骢"拟诗题数道，粘贴府署大堂，诸生自行钞回，宽以时日，脱稿送阅"，冯氏本人"亦按课拟作，与诸生互相质证"①。两年后，这个"翠屏诗社"的教学活动成绩斐然，遂由冯誉骢挑选优秀习作，纂为《翠屏诗社稿》一书。要之，地方官员考课、督导当地士子是清代一种十分普遍的现象。它对于推动全国各地的文教事业有着更加深远的影响，同时也造就了众多课艺类清诗总集，堪称清诗总集编纂的一大动力源泉。

除各级官员外，参与清诗总集编纂的清代士人群体的另一个特征是：很多清代文学的代表作家、著名诗人，以及声名显赫的学者，也加入到这个队伍中来。

由清代文学代表作家、著名诗人编纂的清诗总集主要有：钱谦益辑《吾炙集》，吴伟业辑《太仓十子诗选》，施闰章辑《藏山集》②、《续宛雅》③、《西湖竹枝词》④，汪琬辑《姑苏杨柳枝词》，陈维崧辑《箧衍集》，朱彝尊辑《洛如诗钞》⑤，屈大均辑《麦薇集》⑥、《广东文选》、《三间书

①　（清）冯誉骢辑：《翠屏诗社稿》卷首《诗社牌示》，光绪二十四年（1898）东川府衙刻本，卷首第1a—1b页。

②　此集或已不存。关于其具体情况，可参见朱则杰《三种可能已佚清初诗歌选本与相关问题考辨——以〈清初人选清初诗汇考〉为背景》一文，出处见前注。

③　此集由施闰章、蔡蓁春辑。其所收作家作品的时段，名义上"始于嘉、隆，迄于启、祯之末"（《续宛雅》李士琪序，《四库全书存目丛书》集部第373册，第6页），但却有部分由明入清者，如卷八所收刘芳显等，因而可以视为一种跨代类清诗总集。关于跨代类清诗总集的概念与范畴，见下一章第一节第三部分"跨代"的相关论述，又可参见陈凯玲《〈广东文选〉入清诗人考略》与朱则杰《关于清诗总集的分类》二文，出处见前注。以下凡涉及由多位编者共同纂辑的总集，及跨代类清诗总集，除必要外，不再一一出注。

④　此集或已不存。关于其具体情况，可参见朱则杰《清代竹枝词丛考——以〈中华竹枝词〉为中心》一文，载《杭州师范学院学报》2006年第3期。

⑤　朱彝尊在编成《明诗综》之后，曾与其表弟，也是另一位清代著名诗人查慎行，有过选录清初六十年之诗，纂为《今诗综》的计划，惜未能最终成书，其详可参见朱则杰《全国性清诗总集佚著五种序跋辑考》一文，出处见前注。另据朱彝尊《静志居诗话》卷十四"欧大任"条记载，他又曾与曹溶合纂《岭南诗选》，但同样未能最终竣工付梓，其详可参见朱则杰《六种广东地区清诗总集钩沉》一文，载《五邑大学学报》2009年第1期。

⑥　此集或已不存。关于其具体情况，可参见朱则杰《全国性清诗总集佚著五种序跋辑考》一文，出处见前注。

院倡和集》、《绿树篇》、《悼俪集》①，吴兆骞辑《名家绝句钞》，王士禛辑《感旧集》、《十子诗略》②、《蜀冈禅智寺唱和诗》、《忆洞庭诗倡和集》、《焦山古鼎图诗》、《载书图诗》，孔尚任辑《长留集》，沈德潜辑《国朝诗别裁集》、《七子诗选》、《嘉禾八子诗选》、《本朝应制和声集》，刘大櫆辑《历朝诗约选》，纪昀辑《庚辰集》，袁枚辑《续同人集》、《幽光集》、《今雨集》、《吾家集》③、《随园八十寿言》、《袁家三妹合稿》、《随园女弟子诗选》，张维屏辑《新春宴游唱和诗》、《白云洞诗合编》、《咏沙溪洞王乐寺八景诗》、《学海堂三集》，莫友芝辑《黔诗纪略》，郑珍辑《播雅》，陈衍辑《近代诗钞》、《石遗室师友诗录》，谭献辑《合肥三家诗录》、《池上题襟小集》，易顺鼎辑《湘社集》、《吴社集》、《鄂湘唱和集》、《玉虚斋唱和诗》，樊增祥辑《紫泥酬唱集》、《京华题襟集》、《沆瀣集》、《二家咏古诗》、《二家试帖诗》，丘逢甲辑《金城唱和集》，等等。至于清代著名作家、诗人参与相关清诗总集的搜选、刊刻活动，或襄助、提携其他清诗总集编者的事例，更是不胜枚举。

清代有如此之多诗界领袖、文坛名流关注本朝诗歌总集的编纂，并且身体力行，这和前代相比有了很大不同。唐代编纂过本朝诗歌总集的著名作家，主要有《辋川集》编者王维、《箧中集》编者元结、《刘白唱和集》编者白居易、《吴蜀集》编者刘禹锡、《因继集》编者元稹、《极玄集》编者姚合、《又玄集》编者韦庄等。宋代主要有《西昆酬唱集》编者杨亿、《名贤集选》编者晏殊、《礼部唱和诗集》编者欧阳修、《四家诗选》编者王安石、《东莱集诗》编者吕祖谦、《南岳唱酬集》编者朱熹、《本朝五七言绝句》编者刘克庄④等。明代则主要有《联句录》编者李东

①　《三闾书院倡和集》而下三种总集或已不存。可参见屈大均撰《翁山文钞》卷一《三闾书院倡和集序》，《翁山文外》卷九《书绿树篇后》与卷十三《焚悼俪集古文》。

②　此集今有残帙存世。关于其具体情况，可参见朱则杰、陈凯玲《"长安十子"考辨》一文，载《文学遗产》2009 年第 6 期。

③　《幽光集》而下三种总集或已不存。关于其具体情况，可参见王英志主编《袁枚全集·前言》，江苏古籍出版社 1993 年 9 月第 1 版。又罗振常辑《邈园丛书》收《随园雅集图题咏》一种，编者署袁枚，实则应系托名，参见郑幸著《袁枚年谱新编》之《袁枚著述目录》部分，上海古籍出版社 2011 年 10 月第 1 版。

④　此集或已不存。关于其具体情况，可参见卞东波著《南宋诗选与宋代诗学考论》第十章《宋代诗歌选本丛考——以〈宋人总集叙录〉未收书为中心》之"本朝五七言绝句"条，中华书局 2009 年 4 月第 1 版。

阳、《古今诗删》编者李攀龙、《皇明诗钞》编者杨慎、《石仓十二代诗选》编者曹学佺、《皇明诗选》编者陈子龙、《云间三子新诗合稿》编者夏完淳等。从上面这份名单中，我们可以清楚地看到，唐、宋两代最具代表性与影响力的作家，大都缺席了本朝诗歌总集的编纂活动。少数一流诗人如王维、白居易、刘禹锡、欧阳修等，所编者也皆为唱和诗总集，而非综合性选本；至于王安石辑《四家诗选》所谓"四家"，乃指李白、杜甫、韩愈、欧阳修，只能说是一部小型通代类宋诗总集。明代的情况也没有太大改观，诸如台阁诗人、吴中四子、前后七子、公安派、竟陵派①等重要诗歌流派与诗人群体的代表作家，加入到这个活动中来的仍然相对较少，远不能和清代相比。

在人数众多之外，清代著名作家、诗人所编清诗总集的类型也是纷繁多样。举凡通代、本朝，全国、地方、宗族、唱和、题咏、课艺、闺秀等，均有涉及。这更非前代所可比拟。

至于参与清诗总集编纂的清代知名学者，则主要有：《续甬上耆旧诗》编者全祖望，《苔岑集》、《江浙十二家诗选》、《江左十子诗钞》、《宝山十家诗》、《练川十二家诗》编者王鸣盛，《本朝廿二家诗》编者桂馥，《永清文征》编者章学诚，《沛上停云集》、《邗上题襟集选》编者孙星衍，《焦里堂手钞诗文集》、《江都焦氏家集》编者焦循，《同人唱和诗集》编者黄丕烈，《菊坡精舍集》编者陈澧，《诂经精舍三集》、《四集》、《五集》、《六集》、《七集》、《八集》系列的编者俞樾，《吴兴诗存》编者陆心源，《四友遗诗》、《黎氏家集》编者黎庶昌，《近科馆课分韵诗钞》编者王先谦，《旧德集》编者缪荃孙，《朱参军画像题词》编者叶昌炽，《昆仑集》、《观剧绝句》编者叶德辉，等等。

所谓代表作家、知名学者，均为清代的文化精英。他们之所以大规模地参与到本朝诗歌总集编纂中去，至少有两方面的因素：第一，清代诗人群体空前庞大，诗歌创作成就斐然，是我国诗史自唐、宋以来的又一座高峰，对此，很多清人都有明确认识。与此同时，清代的诗学探研活动也是日益活跃和深入，堪称我国古代诗学史的顶峰，有清一代的知名作家、学

---

①  竟陵派代表作家钟惺、谭元春名下有《明诗归》一种，钟惺名下又有《名媛诗归》一种。二书一般认为均系他人伪托，其详可参见李先耕著《钟惺著述考》第二章《钟惺编选评注诸书考》，黑龙江大学出版社 2008 年 12 月第 1 版。

者，亦多有参与此项活动者。而编纂本朝诗歌总集，正是传达个人诗学观念、影响诗坛潮流走向、反映一代诗人阵容与创作实绩的重要途径。由此，它吸引了众多清代文化精英的关注和参与，是毫不足怪的。第二，清代学术氛围高度浓厚。对此，近人梁启超有所谓"学者社会"①的描述。而以征文考献为主的总集编纂与评注，乃是古人学术撰著的一个重要形式。具体就清代而言，由于文献编纂与传播的条件大为改善，使得搜采作品及其他相关资料并纂辑成书的难度较之此前大为下降，于是，本朝诗歌总集编纂也就成为很多清人学术生涯的一个重要选项。这其中自然包括一批清代文学界与学术界的精英在内。

上述清代各级官员、代表作家、知名学者等，大都拥有突出的社会地位，享有盛誉，是当时文学文化领域的执牛耳者。他们参与清诗总集编纂活动，既顺应了当时学术文化界的潮流，同时又在一定程度上起到带动风气的作用。而在他们身后，则是为数更加众多的普通士人。这些普通士人同样秉持着采诗观风的观念、振兴文教的意图，乃至探研诗学与学术的愿望，投入到清诗总集的编纂活动中去。由此，官方与民间，文化精英与中下层士人汇合到一起，遂构成了清诗总集编者队伍的主力军。

（二）特殊身份编者与职业选家

士人而外，清代社会的其他群体中人很多也都加入到清诗总集的编者队伍中来。其中较为突出的，大致有皇帝、宗室、商人、妇女、僧人与道士、少数民族、海外侨民等七类。此外还有外国编者与所谓职业选家。兹分述之。

第一，皇帝。目前来看，出自清代诸帝本人之手的清诗总集，只有雍正帝编纂的《悦心集》一种。雍正帝登基之前，曾在"披阅经史之余，旁及百家小集……因随意采录若干则，置诸几案间，以备观览"②。后大致于雍正三年（1725）、四年（1726）之际，最终汇编成书。全书上起东汉末仲长统，下至清初赵灿英、冯其源等，是一部着眼于收录怡情遣兴、清远闲旷之作的诗文总集，故名"悦心"。

虽然清代皇帝极少亲自动手编纂总集，但由于他们所处的特殊位置，所以仍然能通过各种途径操纵其编刊过程，影响其整体面貌。具体就清诗

---

① 参见梁启超《清代学术概论》之"清代的'学者社会'"部分。
② （清）胤禛辑：《悦心集》自序，《丛书集成初编》第1697册，第1页。

总集而论，主要体现在三个方面。首先，若干清诗总集在皇帝的直接授意下编纂问世。此以《名教罪人》最为典型。年羹尧案发生后，雍正帝察觉时任翰林院侍讲的钱名世有投赠赞颂年羹尧的诗歌，为警戒其他臣子，遂下令"在京现任官员，由进士举人出身者，仿诗人刺恶之意，各为诗文，纪其劣迹"①。这些在京大小臣工奉旨唾骂钱名世的诗歌，后由宫廷词臣们汇纂为《名教罪人》一书，经雍正帝审阅后，颁行天下。此外，陈廷敬等辑《皇清文颖》与董诰等辑《皇清续文颖》这两部清代诗文总集，亦分别奉康熙帝与嘉庆帝之敕命而编。

其次，一些清诗总集以"御定"、"钦定"等名义刊刻。如康熙帝时的《御定千叟宴诗》、乾隆帝时的《钦定千叟宴诗》、嘉庆帝时的《钦定熙朝雅颂集》等。清代以此种名义编刊的总集及其他著作为数甚多，这既是在粉饰太平，宣扬本朝文治之盛，同时也有笼络人心与文化导向之功效。

最后，皇帝的文化政策对清诗总集的编纂造成影响。此以乾隆帝的书籍控制、禁毁政策最为明显。它以收入违碍人物与文字为由，使大量清诗总集遭到销毁与篡改；同时又令后来的编者噤若寒蝉，不敢越雷池一步。嘉庆九年（1804）刊刻的《江西诗征》即为显例，编者曾燠明确宣称："前明及国朝诸家，除奉禁销毁，悉置弗录外，其止禁他书或文集而诗集初无违碍，并经入《四库书目》者，仍选录。"② 自觉地和官方价值标准保持了一致。更加极端的事例为吴翌凤辑《国朝诗选》。此集约问世于嘉庆初年，其时乾隆帝仍然在世，编者冒险收入清廷查禁对象钱谦益、屈大均二人的诗歌，却又伪造前者的姓名为"彭扬"，字"六吉"，籍贯"浙江常山"，伪造后者的姓名为"翁绍隆"，字"骚余"，籍贯"广西临桂"，实为高压政治下的畸形产物。

从总体上看，清代诸帝对本朝诗歌总集编纂活动的关注和参与程度，较之前代大大加深。这与他们强化了对整个社会文化、意识形态的控御和引导有关，是清代君主专制政治高度发展的必然产物。

① 上海书店编：《〈名教罪人〉谈》，上海书店出版社 1999 年 5 月第 1 版，第 49 页。
② （清）曾燠辑：《江西诗征》例言第十五款，《续修四库全书》第 1688 册，第 3 页。

　　第二，宗室。主要代表有《清六朝御制诗文集》[①] 编者，道光帝第六子，恭忠亲王奕䜣；《金错脍鲜》、《菉漪园怀旧集》编者，努尔哈赤第二子代善之五世孙，礼恭亲王永恩；《宸襟集》[②] 编者，努尔哈赤第七子饶余亲王阿巴泰之孙、和亲王岳乐之子，安懃郡王玛尔浑；《五朝诗管》[③]、《宸萼集》[④] 编者，阿巴泰玄孙、镇国公百绶之子文昭，等等。

　　第三，商人。宋元以降，商人在我国社会文化活动中扮演了日益重要的角色，总集编纂领域也时见他们的身影。南宋杭州书商陈起、元末昆山富商顾瑛等，即为早期代表。降至清代，此类所谓文化商人更加众多，其中较负盛名者当推马曰琯、马曰璐兄弟。马氏兄弟原籍安徽祁门，世代侨居扬州，以经营盐业为务。二人皆雅好诗词，喜与文士交游；曾数次邀集一众诗人，于游览风景名胜之际往复酬唱，从而留下《焦山纪游集》、《林屋唱酬录》、《韩江雅集》等唱和类清诗总集。其他类似者还有《旧雨兼新雨初集》、《沽上题襟集》等总集的编者，天津盐商查为仁、查学礼兄弟；《楚庭耆旧遗诗》、《粤十三家集》等总集的编者，广州十三行之一怡和行第三代行主伍崇曜；《浔溪诗征》、《壬癸消寒集》、《晨风庐唱和诗存》、《淞滨吟社集》、《经塔题咏》、《灵峰贝叶经题咏》、《百和香集》等总集的编者，浙江丝盐巨商、曾任两浙盐业协会会长的周庆云，等等。

　　第四，妇女。就现有史料看，妇女从事总集编纂可能始于明末崇祯年间，代表人物为明代闺秀类总集《伊人思》的编者沈宜修[⑤]。不过这种现象在当时尚属罕见，妇女真正大规模地参与到总集编纂活动中来，还是要到清代。其中可以归为清诗总集者，主要有季娴辑《闺秀集》、王端淑辑

---

　　① 此集中国科学院图书馆整理《续修四库全书总目提要（稿本）》有详细介绍，齐鲁书社1996年12月第1版，第30册第710页。

　　② 此集未知存否。可参见恩华纂辑《八旗艺文编目》之四（辽宁民族出版社2006年5月第1版，第75页）、张佳生著《独入佳境——满族宗室文学》之一《蔚为大观的清代宗室作家群》（辽宁人民出版社1997年8月第1版）以及朱则杰等《玛尔浑〈宸襟集〉与文昭〈宸萼集〉——两种清朝宗室诗歌总集及其编者考辨》一文（《社会科学战线》2011年第1期）等。

　　③ 此集未知存否。可参见恩华纂辑《八旗艺文编目》之四（第76页）、张佳生著《独入佳境——满族宗室文学》之十六《撷众家之精华的文昭》等。

　　④ 此集未知存否。可参见陈康祺撰《郎潜纪闻二笔》卷三"宸萼集"条（中华书局1984年3月第1版，下册第366页）、恩华纂辑《八旗艺文编目》之四（第76页）等。

　　⑤ 章培恒《〈玉台新咏〉为张丽华所"撰录"考》（《文学评论》2004年第2期）一文推测南朝陈代人张丽华可能为《玉台新咏》之编者。该观点证据尚不确凿，本书不取。

《名媛诗纬初编》、恽珠等辑《国朝闺秀正始集》系列、张缙英辑《国朝列女诗录》①、冒俊辑《林下雅音集》、王谨辑《闺秀诗选》、毛国姬辑《湖南女士诗钞所见初集》、余希婴辑《玉山联珠集》、郭润玉辑《湘潭郭氏闺秀集》、孔璐华辑《拟元人梅花百咏》、骆绮兰辑《听秋馆闺中同人集》等。

第五，僧人与道士。清代僧人、道士所编清诗总集为数颇多，主要有释元位辑《音吼厂选诗》与《净檀诗萃》、释宗渭辑《芋香赠言》与《香岩倡和》、释今羞辑《冰天社诗》、释真炯辑《檇李金明寺放生倡和诗集》、释恒峰辑《莫愁湖风雅集》、释山止辑《韬光庵纪游集》、释穸公辑《灯传集》、释含澈辑《方外诗选》，以及张谦辑《道家诗纪》等，广泛涉及全国、地方、唱和、题咏、方外等类型。

第六，少数民族。清代是我国历史上的一个民族大融合时期。在将近三百年时间里，各民族都为中华文化的发展与繁荣作出了自己的贡献。而在清诗总集编纂领域内，同样活跃着许多少数民族人士。其中尤以满族人为众，除前及皇帝、宗室，以及《国朝闺秀正始集》系列编者恽珠、妙莲保外，主要还有《红苗归化恭纪诗》编者达礼善，《南邦黎献集》编者鄂尔泰，《白山诗介》、《钦定熙朝雅颂集》编者铁保，《西湖修禊诗》编者鄂敏，《春云集》编者成瑞，《长白英额三先生诗集》编者丰绅宜绵，《使署闲情》编者六十七，《竹如意斋酬唱集》编者恩锡，《安丰联咏》、《并蒂芙蓉馆倡酬集》、《淮程旅韵》编者海霈，《杭防诗存》编者完颜守典等。至于其他民族人士，则有《诗龛声闻集》、《朋旧及见录》、《同馆试律汇钞》编者蒙古族人法式善，《浙水宦迹诗钞》编者蒙古族人善广，《遗逸清音集》、《丙午春正唱和诗》、《馆律分韵初编》编者蒙古族人延清，《雅颂续集》编者蒙古族人崇彝，《柳营诗传》编者蒙古族人三多，《黔诗纪略》编者布依族人莫友芝，《黔诗纪略后编》编者布依族人莫庭芝，《雷音集》编者白族人师范，《丽郡诗征》编者白族人赵联元，《清六家诗钞》、《剑川罗杨二子遗诗合钞》、《呈贡文氏三遗集合钞》、《保山二袁遗诗》、《钱南园先生守株图题词录》、《昆明周氏殉难诗册》编者白族

---

① 此集或已不存。张惟骧编纂《清代毗陵书目》卷五（民国三十三年［1944］常州旅沪同乡会排印本，第31页）、钱璱之主编《江苏艺文志·常州卷》（江苏人民出版社1994年6月第1版，第665页。）、郭蓁著《清代女诗人研究》附录一《清代女性诗歌总集目录》（北京大学2001年5月博士学位论文，第129页）等皆有著录。

人赵藩，等等。少数民族人士主持或参与总集编纂活动，在前代是相当少见的，这也为清诗总集增添了一道异彩。

第七，海外侨民。代表人物为《河仙十咏》编者莫天赐①。天赐之父莫玖为广东海康人。康熙十年（1671），年仅十七岁的莫玖渡海至南洋闯荡谋生。康熙三十九年（1700），他与越南裔妻子裴氏生下莫天赐。天赐于雍正十三年至乾隆四十三年（1735—1778）间担任广南（今越南）阮氏政权辖下河仙镇之总兵的职务，并受封为钦差都督琮德侯。他治理河仙期间，十分重视文教事业，常与我国文士往来。《河仙十咏》便是他与我国并广南诸文人吟咏酬唱的产物。关于此集的详细情况，可见下一章第十节《域外类》的论述。

接着附带谈一下清代时外国编者的情况。清人所作诗歌在清代本朝就已经引起不少外国人的浓厚兴趣，其中尤以日本最为突出。神田喜一郎《日本における清诗の流行》（《清诗流行在日本》）一文指出："江户时代末年到明治、大正时代，日本汉诗人很喜欢读清诗，因为他们自己作诗，所以把清诗做为模范。"② 正是在此种文化氛围下，当时的日本汉诗人、汉学家编纂了颇多清诗总集，主要有森春涛辑《清二十四家诗》与《清三家绝句》、森槐南辑《嘉道六家绝句》、村濑娶等辑《清百家绝句》、大沼枕山辑《清十家绝句》、奥田元继辑《清诗选》、田能春竹田辑《今才调集》③、梁川孟纬辑《清六大家绝句钞》④ 等；并且还不乏像水越成章辑《翰墨因缘》这般，专收清人投赠编者之诗文尺牍，意在"存平昔交谊之真面目"⑤ 的"同人集"，以及像石川鸿斋辑《芝山一笑》、城

---

① "莫"又作"郑"，"赐"又作"锡"。陈荆和《河仙镇叶镇郑氏家谱注释》一文认为："郑氏原姓'莫'，越南史籍之'郑'字，当在郑氏内属广南阮王后，为避免与篡夺黎朝之莫氏（1527—1592）混同而改用者。"（台湾大学《文史哲学报》第7期，1956年4月出版，第83页）又，"'天锡'显为'天赐'之误写"（同前，第91页）。

② 原文见《神田喜一郎全集》（第八卷），日本东京株式会社同朋社1961年10月初版，第166页；译文转引自日本学者清水茂著，蔡毅译《清水茂汉学论集》所收《清诗在日本》一文，中华书局2003年10月第1版，第515页。

③ 《清二十四家诗》以下七种，可参见神田喜一郎《清诗の总集に就いて》一文的相关介绍，出处见前注。

④ 此集见王宝平主编《中国馆藏日人汉文书目》著录，杭州大学出版社1997年2月第1版，第503页。

⑤ ［日］水越成章辑：《翰墨因缘》凡例第四款，王宝平主编《晚清东游日记汇编·中日诗文交流集》，上海古籍出版社2004年10月第1版，第5页。

井国纲辑《绘岛唱和》① 这般，专收中日文人交游唱和作品的总集。至于出自日本人之手的和刻本清诗总集，如《湖海诗传钞》、《乍浦集咏钞》、《随园女弟子诗选选》等②，同样是一个颇为广泛的存在。

另外，清末在华欧美人士在清代民间歌谣的搜集整理方面，也做了不少工作。其中的代表著作，便是意大利人韦大列（Guido Vitale）辑《北京儿歌》（*Pekinese Rhymes*，又称《北京的歌谣》）与美国人何德兰（Isaac Taylor Headland）辑《孺子歌图》（*Chinese Mother Goose Rhymes*，又称《中国歌谣集》）这两部总集。韦大列于光绪十九年至二十五年（1893—1899）担任意大利驻华使馆翻译，光绪二十五年（1899）至民国四年（1915）任汉文正使。他采编的《北京儿歌》以中英文对照的形式辑录当时流行于北京一带的童谣一百七十首，光绪二十二年（1896）由北京天主教北堂出版。何德兰则是美国基督教美以美会传教士，光绪十四年（1888）来华，曾任北京汇文书院文科与神科教习。他采编的《孺子歌图》同样以中英文对照的形式辑录当时北京一带流传的童谣一百三十八首，光绪二十六年（1900）由美国纽约的黎威勒公司（Fleming H. Revell Company）出版。全书附收若干儿童游戏、母与子等与歌谣内容相近的图片，故有"孺子歌图"的中文译名。

从以上论列中，我们可以看到，清诗总集的编者队伍覆盖了当时社会的各个阶层、各色人等，甚至前代极少参与或从未参与过总集编纂活动的人群，也纷纷加入到这个行列中来，可谓形成了一场全社会性质的运动。

正是在此种风潮下，一人编有多种清诗总集而堪称选家或文献编纂家者大量涌现，并且这种涌现的势头自清初至清末，始终得以保持。关于这一点，只要把前面已经提到的选家或文献编纂家，如屈大均、王士禛、沈德潜、袁枚、王鸣盛、铁保、阮元、张维屏、樊增祥、赵藩、易顺鼎、周庆云等，按时序串联起来，而无须再举其他事例，就可以得到一个相当鲜明的印象。这也是清代清诗总集编者队伍的又一重显著特征。尤其值得一提的是，他们中的一部分人甚至专以操选事、编总集为业。典型代表为清

---

① 夏晓虹《绘岛唱和》一文对该书有较详细介绍，收入作者文集《晚清的魅力》，百花文艺出版社 2001 年 4 月第 1 版。

② 关于此类和刻本清诗总集，可参见神田喜一郎《清诗の总集に就いて》一文、松村昂著《清诗总集 131 种解题》、王宝平主编《中国馆藏和刻汉籍书目》等，前二者出处、版本均见前注，后者杭州大学出版社 1995 年 2 月第 1 版。

初人顾有孝。此人"以诗学名天下数十年，所论定古今人诗为类亦数十"[①]，"求之同时人，恐亦无有出其右者"[②]。其中可以归为清诗总集者，至少有《闲情集》、《纪事诗钞》、《名家绝句钞》、《骊珠集》、《江左三大家诗钞》、《丽则集》、《吴江诗略》、《台阁集》、《丘樊集》、《百名家英华》[③] 十种左右。与顾氏同时而齐名的徐崧，亦以编选总集甚多而著称，其中属于清诗总集之范畴者，大致有《诗南初集》、《诗风初集》、《云山酬唱》、《百城烟水》、《缬林集》[④] 等。此类"职业"选家的出现，是总集编刊活动发展到高度成熟阶段的产物。它再次从一个侧面印证了清诗总集编纂的繁荣程度是何其之高！

以上数量之大、类型之多、编者之众三方面而外，这种繁荣的另一重突出表现是，终有清一代，清诗总集的编纂始终呈现出高潮迭起的景象，没有明显的间歇与低谷。各类型清诗总集络绎不绝地涌现，争奇斗艳，你方唱罢我登场。这同样是前代未曾有过的现象。关于这个流变过程，将在下一节中具体论述。

## 第二节　清诗总集编纂的流变

清诗总集的编纂活动，迄今为止已有约三百七十年的历史。在此期间，时代与社会的变迁，学术思潮与文艺观念的演化，都对其产生了或浅或深的影响，促使其发生着相应的变化。同时，清诗总集各主要类型的内部，也在按照着自身规律发展。内、外两方面结合在一起，构成了清诗总集编纂的流变轨迹。

这个流变过程可以分为清代本朝与清代之后两大板块。其中，清代本朝又可粗略划为初期、中期、后期三个阶段。前期包括顺治、康熙两朝，

---

① （清）顾有孝辑：《纪事诗钞》魏禧序，清钞本，卷首第1a页。

② ［美］谢正光、佘汝丰编著：《清初人选清初诗汇考》，第111页。

③ 《台阁集》以下三种或已不存。谢正光、佘汝丰编著《清初人选清初诗汇考》附录二《清初诗选待访书目》据顾有孝辑《骊珠集》凡例第五款著录。此外，许培基等主编《江苏艺文志·苏州卷》（江苏人民出版社1996年8月第1版）依据《（乾隆）吴江县志》卷四十六，于顾有孝名下又著录《今诗英华》一种，应亦属于清诗总集的范畴。

④ 此集或已不存。关于其具体情况，可参见朱则杰《全国性清诗总集佚著五种序跋辑考》一文，出处见前注。

约八十年；中期包括雍正朝以后，至道光二十年（1840）第一次鸦片战争爆发前的约一百一十余年时间；后期指鸦片战争之后的清王朝统治时期，凡七十余年。清代灭亡后至今的清诗总集编纂，则可以分为民国与现代两个阶段。

这种划分方式当然只是相对的。任何历史演变过程都有其连续性，由若干各具特征的阶段组成；不过所谓典型特征却更多显现于各阶段的内部主体，至其衔接点两端，则普遍处于自然过渡状态，而非斩截的断裂。因此，对于部分出现在衔接点附近的总集的时段归属问题，便不能采取绝对化的"一刀切"方式。例如邓显鹤辑《沅湘耆旧集》。此集虽然迟至道光二十三年（1843）才由南村草堂开雕，翌年刊讫，但编者的前期准备工作却早在多年前就已经开始。该书实际上仍然可以视为清中叶，尤其是嘉庆、道光年间大型省级地域诗歌总集编纂氛围的产物。与之类似者，还有同为道光二十三年（1843）付梓的杨淮辑《国朝中州诗钞》等。正是它们的问世，标志着这股风潮暂告一段落。自此之后，地方类清诗总集的编纂乃进入一个新阶段。

像《沅湘耆旧集》这样，编刻时间比较绵长的清诗总集为数颇多，其间存在不少错综复杂的状况。例如王士禛辑《感旧集》。据编者自序，可知是集之成约在康熙十三年（1674），但当时"未尝版行于世"[①]；至乾隆十七年（1752）前后，卢见曾为该书补入作者小传，遂付梓行世，成为通行本。至如许鸣远辑《天台诗选》，本成书于明崇祯十五年（1642），并不属于清诗总集的范畴；然而降至民国元年（1912）前后，鸣远后裔许佩荪重刊此集时，在原书基础上做了一些修订，补入若干清初遗民的作品，遂使之演变为一部跨代类清诗总集。以上三种清诗总集都在不同的时间段内，出现了原本与今本之别。对于此类总集，本书视实际论述的需要分别予以处理。即如《感旧集》，便归入清初；许佩荪补辑本《天台诗选》则归入民国。

除上述两种特殊情况外，本节一般以单种清诗总集的成书与刻印时间为准，予以划分。其有暂时难以测知问世时间者，则姑置不论。以下分述之。

---

① （清）王士禛辑，卢见曾补传：《感旧集》凡例第二款，《四库禁毁书丛刊》集部第74册，第158页。

## 一 清代初期

顺治元年（1644）四月，满洲人入关并逐步建立起对全国的统治，同时也正式拉开清代诗史的大幕。此后不久，各类型清诗总集的编纂活动便蓬勃展开了。早在顺治年间，《今诗粹》编者之一钱价人就提及："近来诗人云起，作者如林，选本亦富，见诸坊刻者，亡虑二十余部。他如一郡专选，亦不下十余种。或专稿，或数子合稿，或一时倡和成编者，又数十百家。"① 虽然钱氏所指称的这些总集不排除包含若干着眼于采录清代之前诗人诗作者，但通代类清诗总集乃至清代本朝诗歌总集占有很大比重，应无疑义。谢正光《试论清初人选清初诗》一文便直接根据"亡虑二十余部"的记载，认为："顺治一朝所刊刻的清诗选本，不下二十种。"②

实际上，钱价人描述的这种清初人编选本朝诗歌总集的风潮，为当时很多人所关注。顺治十三年（1656），《观始集》编者魏裔介提到："皇清右文出治，明光奏赋，虎观横经。于是修辞之彦，麟麟炳炳，云集飚发。菰芦之间，莫不有人，卓然名世大家，盖得数十人焉。其余人或数篇，篇或数句，亦足以振藻舒芬，岂不斌斌乎质其有文哉？于是诗选盛行，闻者景慕。"③ 康熙十年（1671），吴伟业在为魏宪辑《百名家诗选》所撰序言中，明确指出："昭代诗不让于初、盛，登坛论定者不啻数十家。"④ 康熙十二年（1673），龚鼎孳在为曾灿辑《过日集》所撰序言中，更是说道："今天下诗极盛矣。自学士大夫，以及山林高蹈之士，以诗名家者，指不胜屈。而选诗者，亦亡虑数十百家。"⑤ 降至康熙三十六年（1697），蒋景祁在为陈维崧辑《箧衍集》所撰序言中，亦提及："顾今之选者无虑数十家，计其卷帙，几于汗牛充栋。"⑥ 至如"当代名选林立"⑦，"天下

---

① （清）魏畊、钱价人辑：《今诗粹》凡例第一款，转引自《清初人选清初诗汇考》，第74页。

② ［美］谢正光：《试论清初人选清初诗》，同前，第34页。按，谢先生这里所说的"清诗选本"，大致相当于本书所指"全国类清诗总集"。

③ （清）魏裔介辑：《观始集》自序，同前，第26页。

④ （清）魏宪辑：《百名家诗选》吴伟业序，《续修四库全书》第1624册，第425页。

⑤ （清）曾灿辑：《过日集》龚鼎孳序，转引自《清初人选清初诗汇考》，第184—185页。

⑥ 蒋景祁此序，笔者所见《四库禁毁书丛刊》集部第39册影印乾隆二十六年（1761）华绮刻本未收；相关文字转引自《清初人选清初诗汇考》，第254页。

⑦ （清）吴蔼辑：《名家诗选》凡例第五款，同前，第4页。

选诗，无虑数十家，有名于时者不少"①，"诗学至国朝，风气盖称极盛，而名选叠出"② 之类文字，同样不在少数。由此，即可想见清初人编选清诗总集的盛况。

（一）"清初人选清初诗"的高度繁荣

这一时期编纂问世的清诗总集中，以面向全国的综合选本，亦即所谓"清初人选清初诗"最为引人注目。谢正光、佘汝丰的《清初人选清初诗汇考》著录五十五种此类总集，书后附录的《清初诗选待访书目》又载二十五种，共计八十种。这当中，陈以刚等辑《国朝诗品》、汪观辑《清诗大雅》与《二集》、查羲等辑《国朝诗因》、吴元桂辑《昭代诗针》、彭廷梅辑《国朝诗选》、沈德潜等辑《国朝诗别裁集》凡七种问世于雍正、乾隆年间，可不计入。另外，"待访书目"也应剔去数种。据陆林《〈清初人选清初诗汇考〉平议》一文考证，即有"吴中《近代诗钞》，'代'实为'山'之误"，是将吴氏别集误作总集；辑者不详的《诗城》实"即清初丘象随辑《淮安诗城》"③，属于地方类诗歌总集的范畴。将这两种情况排除后，《清初人选清初诗汇考》著录的问世于顺治、康熙年间的全国类清诗选本，实际约有七十种。

谢、佘两位先生罗列的此类总集自然还有不少遗漏。陆林《〈清初人选清初诗汇考〉平议》一文便提出："如以'成书之止于乾隆二十六年'（《汇考》凡例）为著录下限，仅据编著者最主要的征引参考书目'善本书目'集部，其总集的'丛编'、'通代'、'断代'和'地方艺文'之属中，再添四五十种应该不太困难。如与已入《汇考》的《诗慰》同列'丛编'的邹漪编《名家诗选》、吴蔼编《大家诗钞》、聂先编《百名家诗钞》，所收皆为清诗，所刻皆在康熙。"④ 又据《中国人民大学图书馆古籍善本书目》增补汪联福、章鹤鸣辑《国朝诗选》一种。潘承玉《清初诗坛：卓尔堪与〈遗民诗〉研究》同样指出："总计尔堪主要生活的康熙

---

① （清）曾灿辑：《过日集》沈荃序，同前，第186页。

② （清）朱观辑：《国朝诗正》凡例第一款，《中国人民大学图书馆藏古籍珍本丛刊》第105册，第7页。

③ 陆林：《〈清初人选清初诗汇考〉平议》，同前，第426页。

④ 同上。

朝，当代人选当代诗之选本就多达八十九种以上。"①

　　综合谢正光"不下二十种"与潘承玉"多达八十九种以上"的估测，
顺治、康熙年间问世的全国类清诗选本至少有一百十种，可见清初确实是
"当代人选当代诗"高度繁荣的一个时期。针对这种情形，潘承玉又从历
史与比较的角度出发，指出："有唐三百年间当代诗歌总集性选本只有二
十来种……宋人选宋诗寥若晨星；元人选元诗，据清人搜罗，只有五种，
实际大约也只有六七种；明人选明诗的热情较高，但据笔者考察，近三百
年间出现的一般当代诗歌选本亦不过三十多种"，所以"诗歌史上当代人
选当代诗最繁荣的局面出现在清初"。②虽然潘氏对此前各代"当代人选
当代诗"数量的估测未必完全准确，但若说清初人编选此类总集的活动
已经攀上一个远超前人的高峰，则是毫无疑问的。

　　清初时编选全国性本朝诗歌总集的热潮的出现，并非空穴来风。它首
先是对前代诗歌总集编纂传统的进一步发展和提升。其中与之关系尤为密
切的，当属晚明以来日益兴盛的"明人选明诗"活动。正如谢正光所说：
"清初人好刊刻当代诗选，和有明一代对前面和当代诗歌，所作出的选辑
和整理的工作，自然有极密切的关系。事实上，明代学者在这方面的贡
献，无论是藉选诗为某一诗歌理论来张目，抑或欲借诗歌来保存文献，都
往外给清初的选家提供了颇为实用的'典范'。"③关于明人编选明诗总集
的发展历程，根据王文泰《明代人编选明代诗歌总集研究》的考察，乃
呈现出由低到高、渐次攀升的景象，从明初洪武至弘治时期的相对寥落，
到明中叶嘉靖、隆庆时期的蓬勃开展，降至晚明万历年间，各类型明诗总
集"在数量上远胜明代前期。从编选的角度看，这一时期也是本朝诗歌
总集编选的高峰"④。全国性明诗选本的情况同样如此。据王著附录一
《明人编选明代诗歌总集知见书目》初步统计可知，万历至崇祯七十余年
间问世的此类总集约有二三十种；而反观之前二百余年，则大致不出十余
种。可见正是在晚明时期，"当代人选当代诗"的编纂活动开始蔚成风
气，全国性明诗选本络绎不绝地涌现。这一方面是晚明时期文学创作日益

①　潘承玉著：《清初诗坛：卓尔堪与〈遗民诗〉研究》，中华书局2004年7月第1版，第215页。
②　同上书，第212—213页。
③　［美］谢正光：《试论清初人选清初诗》，同前，第57—58页。
④　王文泰著：《明代人编选明代诗歌总集研究》，第27页。

兴盛、论争日趋激烈的产物；另一方面，也和当时较为发达的社会经济、图书事业等密切相关①。可以说，繁荣的晚明文学、充裕的市场需求、广泛的读者支持等因素，共同促成了晚明"当代人选当代诗"活动的勃兴，同时也为日后的"清初人选清初诗"孕育了风气，奠定了基础，提供了范例。

更为重要的因素，则是清初诗坛自身的高度繁荣。与晚明诗歌一脉相承的清初诗歌没有因为易代之际的社会动乱而出现明显的顿挫期，反而在已有基础之上，开创出新的辉煌局面。关于这一点，很多清初诗歌总集的编者都有类似感受与看法。如《清诗初集》编者之一翁介眉云：

> 诗之盛也，莫今日若；诗之滥也，亦莫今日若。惟其盛，故不能无滥；惟其滥，故不得无选，而别其次第体裁……诗自《三百篇》以降，至汉，为正始元音。迨魏、晋，气格递变，浸淫齐、梁、陈、隋，流入绮靡，愈变愈下。至唐开元、天宝间，乃备美一时，振拔千古，盛已！五代时，文字磨灭，与世运俱沦，无诗。宋非无诗也，特以理学与骚雅杂出，二者谬不相入，即谓之无诗亦宜。元以诗余、填词擅场，正音大雅，蔑矣勿问。故其为诗，亦多不传。自明代风气一振，矫敝古今，以汉、魏、三唐为宗，如济南、景陵、公安、云间诸君子，各主骚坛，树帜当代。我朝定鼎以来，数十年间，群才毕出，璀灿当时。不惟起五季、宋、元之衰，并且超轶前代，大有过于王、杨、卢、骆；虽初也，而实盛矣。万里声华，一代国宝，宁忍听其散失而弗彰？是乌可以无集？……但足迹闻见所到，不敢少有埋没贤者，以为国朝光。②

这段话有三层意思值得玩味：第一，认定他所生活的清初是诗史上少有的

---

① 关于市场、读者之类社会经济方面的外缘因素，谢正光《试论清初人选清初诗》一文有所论及，相关文字说："随着私家刻书的兴盛，明末以来的社会对具有专业知识书物的要求日渐增多。这些书物，牵涉方面颇广，如有关于旅行的、经商的、考试的、当官的、审案的，甚至讲究精致的生活品味的，林林总总。清初诗选的刊刻，当亦和这种趋向不无关系。"（同前，第58页。）

② （清）蒋钺、翁介眉辑：《清诗初集》翁介眉序，《四库禁毁书丛刊》集部第3册，第353—354页。

一个繁盛期，名家名作如林，甚至取得了"超轶前代"的非凡成就，堪称"国朝"的荣光；第二，既然清初诗坛成就卓著，涌现出大量"国宝"，则及时裒辑众作为一编，为之阐扬表彰，使其免于散失，自是理所应当；第三，此种繁盛景象的一大表征便是诗人诗作数量极其众多，多则不免混杂若干滥竽充数的平庸、下劣之作，这就需要选家担负起"别其次第体裁"的责任，将"国朝"诗坛最优秀的部分提取、展现出来，使之流芳后世。要之，即是推尊本朝诗歌成就、保存当代诗学文献、采选当代诗坛菁华的自觉意识。正是在这几重意识的驱使下，翁氏乃着手编选了这部《清诗初集》。

当时，和翁介眉持有类似观念的总集编者颇为众多。《昭代诗存》编者席居中便同样自述道：

> 诗至今日而极盛云。古者，太史陈诗以观民风，衢谣巷歌悉登风雅。而李唐亦以诗取士，故其时之诗皆与气运相关。迨宋以后，束于帖括。虽有明三百年，经诸大儒才子振兴陶铸之力，诗体屡变，犹未底于成。直至今日，而始称极盛者，何也？曰时为之也。有右文之主立于上，馆阁鸿儒多以文章侍从，柏梁有歌，长杨有赋。噫，盛已！不宁惟是。三十年来，贤人君子伏于下者，遭时感遇，或功业不建，赍志以老，类无不殚精竭虑于有韵之言，以自写其悲愤无聊、嶔崎历落不得展之志。盖人之用心一也。前此之人心，于诗为兼及；今日之人心，于诗有专攻。兼及犹泛，专攻则精。今日诗之盛，底于极盛者，非时为之，而谁为之乎？故前三百年酝酿之深，不及今三十年观成之效。今人岂能跨越前人，而前人竟不及今人者，时为之也。余选冠以"昭代"，从时也。然有顺时之义，有敬时之义。于制作之备美者，弦之歌之；于篇章之庞杂者，谨之严之，颜曰"诗存"。①

编者认为，诗史发展到清初，已经臻于"极盛"。在他看来，此乃气运使然，时代使然。具体来说，就是新王朝及其"右文之主"康熙帝，乃至一众"馆阁鸿儒"、"文章侍从"倡导于上，而在野的"贤人君子"又"殚精竭虑于有韵之言"，与之互为呼应，再加上时势与英雄的完美配合，

---

① （清）席居中辑：《昭代诗存》自序，《四库禁毁书丛刊补编》第55册，第244—245页。

由此而造就了"跨越前人"、"底于极盛"的"昭代"诗歌。他编选该书的初衷，就是为了反映新王朝建立三十年来诗坛崭新的恢弘气象，同时也顺应了新时代意欲摆脱前朝诗坛轨辙，革旧弊，树新风，确立自身诗学面目的强烈诉求。所谓"从时"、"顺时"、"敬时"云云，当即指此而言。

此外如《诗观》系列编者邓汉仪云："夫汉魏四唐之诗，雄视百代；而我朝人才蔚起，诗学大兴，较之曩时，何多让焉？余也不敏，亲提铅椠来京，又值天下名家聚会之日，投诗满案，无异取琅玕于阆风之苑，探奇珍于罔象之渊，不诚一代之巨观哉？"①《皇清诗选》编者孙铉云："国家人文彪蔚，远胜历朝。而风雅一宗，尤为备美。即今数十年间，名噪吟坛者已不下千百人。将来接武而起者，又可量耶？是编所以鸣盛也。"②《盛朝诗选初集》编者顾施祯云："三代而下，惟我朝为独盛耳。顾不收采而会合之，虽荆璧隋珠，南金东箭，各呈其宝，而非一道同风之意也。"③均不约而同地认识到清初诗歌所取得的突出成就及其自身价值，并将搜选时人诗作、阐扬时人诗名、表彰当代诗学视为己任。

概言之，清初高涨的诗学氛围使"国朝"诗、"今"诗的自身价值与地位日益凸显。在此期间，这种价值与地位得到人们越来越多的认可，从而逐渐形成了推尊本朝诗歌成就、保存当代诗学文献、采选当代诗坛菁华的自觉意识。由于这种思想意识的广泛存在，再配合上晚明以来本就颇为兴旺的图书行业、稳定的读者群落、充裕的市场需求等客观因素，乃共同塑就了"清初人选清初诗"的高度繁荣。

（二）地方类及其他

地方类是全国类之外，清诗总集的另一大主干类型。清初时期，它的编纂活动也是蔚然成风。和全国类一样，地方类清诗总集编纂的兴盛与前人奠定的基础密切相关。我国地方类诗歌总集的编纂有着悠久的历史与传统，它兴起于唐、五代，发展于宋、元，至明代中后期乃初步呈现出繁荣景象。清初人继承了这个传统，编有颇多地方类诗歌总集，其中大部分可以归入清诗总集的范畴。

---

① （清）邓汉仪辑：《诗观·三集》自序，《四库禁毁书丛刊》第2册，第508页。

② （清）孙铉辑：《皇清诗选》卷首《盛集初编刻略》第一款，《四库全书存目丛书》集部第398册，第12页。

③ （清）顾施祯辑：《盛朝诗选初集》自序，转引自《清初人选清初诗汇考》，第242页。

　　综观清初问世的地方类清诗总集，其一大特点便是以通代形式为主。例如黄登辑《岭南五朝诗选》。此集凡三十七卷，采录唐、宋、元、明、清广东籍或与广东有关之诗人诗作。其中唐人二十家，诗一百五十四首；宋人二十九家，诗一百二十三首；元人九家，诗二十五首；明人二百零六家，诗一千一百零二首；清人七百三十二家，诗三千二百五十八首。① 五朝之中，清人诗作占到七成左右，故有"近时有选岭南五朝诗者，意在胪列时贤，而不在表章前哲，故四朝之诗止三之一，而国朝之诗反居其二"②之评价。当然，在清初人编选通代类地方诗歌总集中，像《岭南五朝诗选》这样大规模采录"国朝"诗，并且"意在胪列时贤"者，占比算不上高。在更多此类总集那里，清人诗作并非主体。如沈季友辑《槜李诗系》"编辑嘉兴一郡之诗，自汉、晋以迄本朝"③，全书凡四十二卷，但明确收录清人诗作的不足十卷。廖元度辑《楚风补》除"正编"四十八卷收录自先秦至明代楚地（包括今湖南、湖北两省）诗人诗作以及有关楚地之诗作外，又以"末编拾遗"的形式辑入明末清初二十位诗人的七十三首诗歌；编者认为"诸公两朝之际，在先朝久伤贼乱，多椎心饮血之言；入本朝合赞新猷，共光天化日之治"，因而"将甲申以前诸诗及一切凭吊故都、赠慰遗民之作摘附于此"④，清人诗作实际上只是以附录的形式而存在。其他如李斌辑《闽诗拔尤》、王士禄等辑《涛音集》、周廷谔辑《吴江诗粹》、潘江辑《龙眠风雅》、顾嗣协辑《冈州遗稿》等，亦皆属通代一类。

　　所收作者貌似至明代为止，实际上又包含若干入清人士甚至直接出生于清代者，同样不在少数。诸如屈大均辑《广东文选》，汪森辑《粤西诗载》，施闰章、蔡臻春辑《续宛雅》，黄宗羲辑《姚江逸诗》，李邺嗣辑《甬上高僧诗》等，皆是。

　　相对而言，专门致力于纂辑清代本朝诗人诗作者，所占比重并不大。

----

① 以上《岭南五朝诗选》的相关统计数字，参见陈凯玲著《清代广东省级诗歌总集研究》，浙江大学 2008 年 6 月硕士学位论文，第 47 页。

② （清）钮琇撰，南炳文、傅贵久点校：《觚剩·续编》卷一，上海古籍出版社 1986 年 1 月第 1 版，第 183 页。

③ （清）永瑢等撰：《四库全书总目》卷一百九十，下册第 1732 页。

④ （清）廖元度辑，吕肃高重订：《楚风补·末编》，湖北省社会科学院文学研究所校注《〈楚风补〉校注》，湖北人民出版社 1998 年 9 月第 1 版，下册第 1423 页。

这一时期问世的此类地方类清诗总集，主要还只是一些丛刻典籍，如戴廷栻辑《晋四人诗》，程封、李以笃、谢廷聘辑《江北七子诗钞》，顾有孝、赵沄辑《江左三大家诗钞》，宋荦辑《江左十五子诗选》，庄令舆、徐永宣辑《毗陵六逸诗钞》，吴伟业辑《太仓十子诗选》，李文胤、徐凤垣辑《明州八家诗选》，郑梁辑《四明四友诗》，王隼辑《岭南三大家诗选》等。至于综合选本，则仅有倪继宗辑《续姚江逸诗》、廖元度辑《楚诗纪》等少数几种。前者因黄宗羲辑《姚江逸诗》所录诗人诗作至明末而止，遂"续选国朝之诗，即以宗羲为首"①。后者系廖元度编成《楚风补》之后，复采录"时贤之咏"②编纂而成，所收诗作"起顺治乙酉（二年，1645），讫康熙癸酉（三十二年，1693）"③。二者实际上都带有明显的续补色彩，分别与《姚江逸诗》、《楚风补》构成一个当地历代诗歌总集序列。

由此可见，清初地方类清诗总集的编者更多将目光投注于前代文学遗产。很多人只是在继承、清理这份遗产的同时，附带选录清人诗作。这与当时盛行的"清初人选清初诗"形成了鲜明的反差。此种情形，一方面可谓清初人编选地方类清诗总集的显著特色；但另一方面，却也正是其局限所在。这应和当时清王朝建立不久，很多地区的"国朝"诗学积淀相对于前代而言还偏于下风，以及我国历来就广泛存在的总集不录当代作品或生者作品之观念等因素有关。

此种局限在地域、层级两方面同样有所体现。这其实也是整个清初人编选地方类诗歌总集的局限所在。综观这一时期问世的地方类诗歌总集，大致出现在直隶、山西、山东、江南、浙江、福建、江西、湖广、广东、广西诸省，基本上分布于华北、华东、中南地区；至于西南、西北、东北的大片区域，则基本上是空白。而在层级方面，虽然这一时期着眼于编选某一省、府、县、乡镇诗人诗作之总集皆有出现，但各级之间却存在严重的不平衡状况。其中居主流者为府、县两级，省一级则为数有限，仅山西、江南、福建、广东、广西等有零星产生，如范鄗鼎辑《三晋诗选》、赵瑾辑《晋风选》、谢履厚辑《江南风雅》、曾士甲辑《闽诗传初集》，

---

① （清）永瑢等撰：《四库全书总目》卷一百九十四，下册第 1776 页。

② （清）廖元度辑：《楚诗纪》周人骥序，《四库禁毁书丛刊》集部第 122 册，第 1 页。

③ （清）廖元度辑：《楚诗纪》吕肃高序，同前，第 2 页。

以及前及《岭南五朝诗选》、《粤西诗载》等；至于乡镇一级，更是刚刚处于萌芽状态，仅浙江嘉兴县辖下梅里，有李光基辑《梅里诗钞》、李维钧辑《梅会诗人遗集》等极少数几种问世。

因此，单就清初人编选地方类清诗总集本身而论，风气不可谓不广泛，成就不可谓不突出。但如果放到整个地方类清诗总集编纂史上来看的话，则其局限也是相当明显。它的触角远未覆盖全国，各层级之间仍然处于失衡状态；并且其目光也更多投注于前代，对清代本朝诗人诗作的清理却颇嫌不足。所有这些，都还有待后人不断开拓。

这一时期，其他类型清诗总集的编纂活动也已经不同程度地展开，并初步呈现出繁荣景象。在宗族类方面，主要有刘佑辑《刘简斋祖孙遗集》、梁清标等撰《惹香居合稿》、曹益厚辑《安邱曹氏家集》、宋荦辑《商丘宋氏三世遗集》、曹钟浩辑《金坛曹氏集》、许自俊辑《延陵合璧》、金望辑《嘉定金氏五世家集》、梅清等辑《梅氏诗略》、俞聘辑《两孤存》、李绳远辑《澄远堂三世诗存》、曾祝辑《宁都三曾诗》、林时益辑《宁都三魏全集》、王章辑《绣林刘氏合刻诗选》、李蕃等撰《雪鸿堂全集》、费锡琮等撰《阶庭偕咏》等。

在唱和类方面，主要有沈奕琛辑《湖舫诗》，叶奕苞辑《花信倡和》、《北上录倡和诗》、《经锄堂倡和诗》、《经锄堂唱和集》，王士禛、彭孙遹撰《彭王唱和》，宋荦辑《双江倡和集》、《西山倡和诗》、《漫堂倡和诗》、《藤阴酬倡集》，朱彝尊辑《洛如诗钞》，赵吉士辑《丹阳舟次唱和》，梅清辑《敬亭唱和诗》、《敬亭唱和集》，王原辑《于野集》，汪琬辑《姑苏杨柳枝词》，徐乾学辑《遂园禊饮集》，释宗渭辑《香岩倡和》，释今羞辑《冰天社诗》等。

其他类型如题咏、课艺、歌谣、闺秀、方外等，也都分别有赵昱等辑《南宋杂事诗》、蔡士英辑《滕王阁全集》、释山止辑《韬光庵纪游集》、王士禛辑《载书图诗》、李君城辑《蓉江芳烈集》、屈大均辑《悼俪集》、尤侗辑《哀弦集》，沈玉亮等辑《凤池集》、李振裕辑《群雅集》、宋荦辑《吴风》，吴淇等辑《粤风续九》，邹漪辑《诗媛八名家集》、王士禄辑《然脂集》、胡孝思等辑《本朝名媛诗钞》、王端淑辑《名媛诗纬初编》，黄容辑《诗存合钞》、佚名辑《骊珠集》等问世。

从本朝人编选本朝诗歌总集的角度看，清初是一个特异的时期。此前从来没有哪个朝代在开国伊始便出现如此兴盛的本朝诗歌总集编纂的风

潮。兹以唐、宋、明三代为例。初唐人①所编总集之收有唐代本朝人诗歌
者，今可考见的大致有刘孝孙辑《古今类序诗苑》、释慧净辑《续古今诗苑
英华集》、释玄鉴辑《续古今诗集》、郭瑜辑《古今诗类聚》、崔融辑《珠
英学士集》、许敬宗等辑《文馆词林》与《芳林要览》、孟利贞辑《续文
选》、高正臣辑《高氏三宴诗集》、佚名辑《存抚集》等十余部②。其中纯
粹的唐代诗歌总集，仅有《珠英学士集》、《高氏三宴诗集》、《存抚集》等
寥寥几部。针对这种情况，傅璇琮指出，初唐大多数"诗歌选本在编选本
朝诗时，还是与前朝（尤其是与南朝）一起合编，这反映了当时一些编者
们的文学观念，他们还没有认识到唐诗的独立价值"③。宋初人④所编本朝
诗歌总集在数量上较初唐为多，今可确知存世者大致有李昉辑《二李唱
和集》、陈充辑《九僧诗集》、杨亿辑《西昆酬唱集》、晏殊辑《名贤集
选》等，或已亡佚者则有王溥辑《翰林酬唱集》、李昉辑《李昉唱和诗》、
杜镐辑《君臣赓载集》、郭希朴辑《养闲亭诗》、苏易简辑《禁林宴会
诗》、佚名辑《赐陈抟诗》、佚名辑《送张无梦归山诗》、佚名辑《华林
义门书堂诗集》、丁谓辑《西湖莲社集》、佚名辑《续西湖莲社诗》、佚名
辑《四释联唱诗集》、姜屿《庐山游览集》、李虚己辑《明良集》等。⑤
不过，这些总集大多属于唱和一类，宋诗综合选本尚为稀缺品种。明人编
选明诗总集的风气虽然就整体而论相当繁盛，但却经历了一个兴起、发展
的过程，繁荣期与高潮期迟至明末万历年间才出现，而在明初的"洪武至
弘正朝，明人编选的本朝诗歌总集，编纂活动尚未蓬勃开展"⑥，明诗综合
选本亦仅有刘仔肩辑《雅颂正音》、沈巽辑《皇明诗选》等少数几种而已。

　　综上可见，清代初期的本朝诗歌总集编纂在繁荣局面出现之早、涉及
总集类型之广，乃至编者自觉意识之强烈等方面，皆远非此前任何朝代之
初期所可比拟。它甚至超越了本朝诗歌总集编纂活动已然颇为隆盛的晚
明，从而将此类总集的编纂推进一个全新的阶段。这使得清诗总集编纂从

---

①　这里所谓初唐，指自唐高祖武德元年至唐睿宗延和元年（618—712）的近一百年时间。
②　以上统计主要据陈尚君《唐人编选诗歌总集叙录》一文，出处见前注。
③　傅璇琮：《唐人选唐诗与〈河岳英灵集〉》，收入作者论文集《当代学者自选文库：傅璇
琮卷》，安徽教育出版社 1998 年 12 月第 1 版，第 480 页。
④　这里所谓宋初，指宋仁宗庆历年间欧阳修等人发动诗文革新运动前的近百年时间。
⑤　以上统计主要据祝尚书著《宋人总集叙录》。
⑥　王文泰著：《明代人编选明代诗歌总集研究》，第 6 页。

一开始就站上了很高的起点，同时也为后人提供了良好的示范。

　　当然，虽则就清初人编选清初诗歌总集本身而言，其繁荣程度已然相当之高，但如果放到整个清诗总集编纂史上来看的话，却还未臻全盛，更远未尽其变，仍有较多未到之境留待后人发掘开拓。综合这两个方面来看，我们可以把清初称为清诗总集编纂的初现峥嵘期。

## 二　清代中期

　　经过近百年的励精图治，乾隆帝即位后的清王朝进入了社会经济文化的鼎盛时期。相应地，这一阶段的清诗总集编纂活动也随之而水涨船高，呈现出各大类型普遍兴盛、齐头并进的景象，可谓全面繁荣期。

　　（一）全国类与地方类的消长代兴

　　首先看全国类。一般认为，"纵观整个清代，全国类诗歌总集在初期最为突出，中叶以后相对较少"①。从历史与比较的视角来看，大体上确实如此。不过，如果单就清中叶编纂问世的全国类清诗总集本身而论，其总数实际上并不能算少。据《清史稿艺文志及补编》、《清史稿艺文志拾遗》、《贩书偶记》、《中国古籍善本书目》等主要书目初步统计可知，这一时期编纂问世的此类总集至少不下三四十种，数量还是颇为可观的。因此，说清中叶全国类清诗总集的编纂风气本身也还称得上繁荣，并不为过。其中既有部分通代类清诗总集，如刘大櫆辑《历朝诗约选》、章薇辑《历朝诗选简金集》、柴友诚辑《历朝古今体诗自知集》等；而更多则是清代本朝诗歌总集，主要有查羲、查岐昌辑《国朝诗因》，彭廷枚辑《国朝诗选》，吴元桂辑《昭代诗针》，沈德潜、翁照、周准辑《国朝诗别裁集》，项章辑《国朝诗正声集》，王锡侯辑《国朝诗观》，黄光煦辑《国朝诗钞》，吴翌凤辑《国朝诗选》，高同云辑《国朝诗源》，铁保辑《国朝律介》，桂馥辑《本朝廿二家诗》，潘瑛、高岑辑《国朝诗萃》等。

　　尤其值得一提的是，这一时期涌现出众多以友朋投赠作品为基础，整理编排而成的此类总集。主要有周准辑《旧雨集》，洪振玉等辑《因树楼赠言》，陈毅辑《所知集初编》、《二编》、《三编》系列，王鸣盛辑《苔岑集》，顾宗泰辑《停云集》，雷国楫辑《盍簪集》，张节辑《嘤鸣集》，邵玘辑《怀旧集》，袁枚辑《续同人集》，王芑孙辑《渊雅堂朋旧诗钞》，

---

　　① 朱则杰：《关于清诗总集的分类》，同前，第101页。

法式善辑《朋旧及见录》，王昶、顾光辑《同岑诗选》，王昶辑《湖海诗传》，曾燠辑《朋旧遗诗合钞》、《续钞》系列与《同岑五家诗钞》，朱滋年辑《苔岑诗略》，朱照廉辑《旧雨集》、《同人集》，吴翌凤辑《怀旧集》、《卬须集》，李应占辑《兰言集》，吴祖德辑《怡园同人吟钞》、《续刊同人吟钞》系列，何承燕辑《同人题赠录》，谢焜辑《停云集》，谢堃辑《兰言集》、《兰言二集》系列，周郁滨辑《旧雨集》、《旧雨集补编》系列，黄锡麒辑《蔗根集》，等等。而反观清初问世的此类总集，就现有文献遗存来看，数量大约不出二十种。可见至少在这个领域，清中叶人的成绩丝毫不逊色于清初。

要之，清初时的全国类清诗总集编纂风潮，在清中叶仍然得到了一定程度的延续，并且在某些领域还是旗鼓相当，甚至占据上风的。然而，如果从整体的角度出发，则此时的它确实已经不再是清诗总集编纂的头号主角。纵向来看，清中叶全国类清诗总集的编纂较之高度繁荣的"清初人选清初诗"，未能有所超越，反倒出现了退潮趋势；横向来看，也正是由于这一时期全国类清诗总集自身发展的相对停滞甚至衰退，而地方类清诗总集则提升迅猛，此消彼长，使得整个清中叶清诗总集编纂的格局发生了重大变化，即地方类清诗总集取代全国类，占据了舞台的中心。

具体来看，清中叶人编纂的地方类清诗总集较之清初，至少在以下四个方面有了较大的开拓：

第一，专收"国朝"诗的地方类清诗总集大量涌现。如前一部分所述，清初人编纂的此类总集，尤其综合选本，乃是以通代形式为主。而降至清中叶，这种情况有了很大的改变，大批着眼于采录清代本朝人诗作之此类总集先后问世。其中明确冠以"国朝"名号者自不待言，如柴杰辑《国朝浙人诗存》、凌扬藻辑《国朝岭海诗钞》、张沅辑《国朝蜀诗略》、朱绪曾辑《国朝金陵诗征》、吴颢辑《国朝杭郡诗辑》、陈焯辑《国朝湖州诗录》、李衍孙辑《国朝武定诗钞》、姜兆翀辑《国朝松江诗钞》、袁景辂辑《国朝松陵诗征》、曹锡辰辑《国朝海上诗钞》、张廷枚辑《国朝姚江诗存》、谢聘辑《国朝上虞诗集》等。另外，很多并未标有"国朝"之类字样者，实际上同样着眼于辑录清代本朝人诗作。刘绍攽辑《二南遗音》即着眼于搜采"国朝关中人诗，自孙枝蔚以下共一百四十人"①，编

---

① （清）永瑢等撰：《四库全书总目》卷一百九十四，下册第 1777 页。

者认为关中（包括陕西、甘肃部分府县）诗坛"代有传人，世所共见。故兹集断自国朝始"①。其他如刘彬华辑《岭南群雅》，金德瑛、沈澜辑《西江风雅》，阮元辑《两浙輶轩录》与《淮海英灵集》，王豫辑《江苏诗征》与《京江耆旧集》，王应奎辑《海虞诗苑》，商盘辑《越风》，伍崇曜辑《楚庭耆旧遗诗》，彭沃、陈华封辑《三泷诗选》，朱彬辑《白田风雅》，雷楚材辑《汉南诗约》，李苞辑《洮阳诗集》，孙以荣辑《湖墅诗钞》等，皆属此种情况。

第二，各层级均有长足发展。清中叶之前编纂的地方类诗歌总集，主要集中在府、县两级，省与乡镇一级则相对较少。而在这一时期，省级地方诗歌总集的编纂生面大开，所谓"关内十八省"大致皆有编纂，各省的数量从一种到数种不等，主要代表有陶樑辑《国朝畿辅诗传》、李锡麟等辑《国朝山右诗存》、卢见曾辑《国朝山左诗钞》、杨淮辑《国朝中州诗钞》、王豫辑《江苏诗征》、夏吟等辑《上江诗选二集》、阮元辑《两浙輶轩录》、郑杰辑《国朝全闽诗录》、曾燠辑《江西诗征》、高士熙辑《湖北诗录》、邓显鹤辑《沅湘耆旧集》、梁善长辑《广东诗粹》、梁章钜辑《三管英灵集》、李调元辑《蜀雅》、李元春辑《关中两朝诗钞》等。可以说直到清中叶，省级地方诗歌总集的编纂才真正进入高潮期与成熟期。

再说乡镇一级。此类总集的编纂萌芽于清初，至清中叶已然颇成气候。如浙江桐乡县辖下濮院有沈尧咨、陈光裕辑《濮川诗钞》，秀水县辖下王江泾有孟彬辑《闻湖诗钞》，嘉兴县辖下梅里有李稻塍、李集辑《梅会诗选》，许灿辑《梅里诗辑》等；江苏吴江县辖下黎里有徐达源辑《禊湖诗拾》；太仓州辖下蓬溪有唐彦槐、胡开泰辑《蓬溪风雅集》，镇洋县辖下沙溪有佚名辑《沙溪诗存》，嘉定县辖下南翔有朱抡英辑《国朝三槎风雅》等；安徽桐城县辖下枞阳有王灼辑《枞阳诗选》；广东香山县辖下小榄有张万龄等撰《榄山花溪诗钞初集》等。由此可见，清中叶人所编乡镇一级地方类诗歌总集，无论整体数量，还是所涉地域，较之前代均已有了相当大的发展。这种情况也同样出现于府、县两级地方类清诗总集。

可以说，在前人的基础上，清中叶人建构起了一个较完整而平衡的四

---

① （清）刘绍攽辑：《二南遗音》凡例第一款，《四库全书存目丛书》集部第412册，第731页。

级地方诗歌总集的体系。各级之间相辅相成，相得益彰，从而形成一张巨大的网络。

第三，区域分布范围全面铺开。清初人所编地方类清诗总集所涉地域犹有局限，然而在清中叶的短短数十年内，此类总集的编纂风气迅速蔓延开来，几乎遍及全国。大量此前极少或从未出现过此类总集的地区也都陆续加入到这一活动中来，可谓盛况空前。例如：云南有袁文典、袁文揆辑《滇南诗略》问世；贵州有傅玉书辑《黔风》问世；甘肃兰州府狄道州有李苞辑《洮阳诗集》问世。而在清中叶之前，像云南、贵州、甘肃这样的边远地区基本上未曾有过本土诗歌总集的编纂活动。

边远地区而外，新行政区的编纂活动同样引人注目。例如江苏省通州。通州在雍正朝以前归扬州府管辖，雍正初年升为直隶州，并领如皋、泰兴、海门三县，从此成为一个独立的府级行政区。而不久之后的乾隆至道光年间，即有多种着眼于辑录该地一州三县诗人诗作之总集先后问世，如陈心颖、孙世仪、孙翔、冯萃辑《紫琅诗集》，孙翔辑《崇川诗集》，杨廷撰辑《五山耆旧集》、《五山耆旧今集》等，堪称蔚为大观。

尤其值得注意的是，这一时期甚至还出现了各地区不甘人后、竞相纂辑本地诗歌总集的景象。例如：满洲人铁保认为："诗以地名者，如《山左诗钞》、《金华诗萃》、《晋风选》、《蜀雅》各集，俱刻录同里诸前辈之作。本朝满洲、蒙古、汉军，既系从龙之彦，更生首善之区，名作如林，岂容缺略？"[①] 遂"编辑八旗满洲、蒙古、汉军诸遗集，上溯崇德二百年间"[②]，纂为《白山诗介》十卷[③]；

---

① （清）铁保辑：《白山诗介》凡例第一款，李亚（雅）超校注《白山诗词》，吉林文史出版社1991年6月第1版，第2页。

② （清）铁保辑：《白山诗介》自序，同前，卷首第1页。

③ 诸如铁保辑《白山诗介》与《钦定熙朝雅颂集》、崇彝辑《雅颂续集》、延清辑《遗逸清音集》、佚名辑《冰清玉润集》之类着眼于收录八旗人作品之总集，就其所收作者散布于全国各地而言，可以视为全国类；但若从旗人大都本贯"满洲"这一点出发，又确乎可以归之于地方类。实际上，不少清代的清诗总集编者辑入此类诗人时，往往径标其籍贯为"满洲"、"盛京"、"奉天"之属，如陶煊、张璨辑《国朝诗的》作为一部按地域编排的全国性清诗总集，即以收录此类诗人诗作的"满洲"一卷、"盛京"二卷居全书之首，随后乃依次编排"直隶"、"江南"等省诗人诗作；朱则杰师《关于清诗总集的分类》一文在论及地方类清诗总集时，也明确提出："八旗作为一个特殊单位，亦按省级地区对待，并通常置于各省之首。"（同前，第101页）至于明确着眼于辑录某一地区内八旗诗人诗作之总集，如完颜守典辑《杭防诗存》、三多辑《柳营诗传》等，则完全应当归入地方类的范畴。

江苏人阮元在督学浙江时，组织编纂了清代前中期浙江诗歌总集《两浙輶轩录》，书成后"独念吾乡自国初至今，诗人辈出，他时或有好事者，乘使者车至大江南北辑而录之乎？"①遂"欲辑江苏各府州之诗"②，但因忙于政务，一直未能正式开编。嘉庆十一年（1806）春，当他看到同省人王豫"储积国朝人诗集甚多，而江苏尤备"③时，乃主动提出由他资助王豫编纂一部江苏诗歌总集的建议。王豫欣然领命，偕同二子王屋、王敏，历经十二寒暑，编成《江苏诗征》一百八十三卷，后即在阮元主持之下，于道光元年（1821）刊刻问世；

湖南人邓显鹤亦有感于"今海内'诗征'之刻殆遍，吾楚风骚旧乡，独阙焉未备"④，遂汇集明清湖南人诗作，纂为《沅湘耆旧集》二百卷；

河南人杨淮有感于当时"各直省辑诗者踵接，罔不衔华佩实，刻羽引商，既玉粹而金和，复云蒸而霞蔚，洵足以黼黻郅治，鼓吹休明。独中州诗，至今未辑，论者憾焉"⑤，乃纂辑清代河南人诗作为《国朝中州诗钞》三十二卷；

浙江杭州人吴颢同样出于"国朝诗辑夥颐，惟辑杭郡者，鳏生之鲜闻"的考虑，"用是仿《檇李诗系》、《三台诗录》及《越风》、《甬上集》之例，就吾杭一郡辑之，自国初以迄嘉庆，采四朝熙皞之风、一百五十余年之作"⑥，编成《国朝杭郡诗辑》三十二卷，等等。

这种千帆竞渡的壮观景象在我国古代地方类诗歌总集编纂史上，是前所未有的。它从一个侧面显示了当时地方类诗歌总集编纂风气之普泛、自觉意识之强烈。所谓"今海内'诗征'之刻殆遍"局面的出现，正是此种文化氛围、社会心理的必然结果。

第四，卷帙规模普遍趋于宏大。前人所编地方类诗歌总集，收人过百、辑诗上千者并不多。即如清初人汪森辑《粤西诗载》，共得人八百三

① （清）阮元辑，夏勇等整理：《两浙輶轩录》自序，浙江古籍出版社2012年4月第1版，卷首第1页。

② （清）王豫辑：《江苏诗征》阮元序，卷首第1a页。

③ 同上。

④ （清）邓显鹤辑：《沅湘耆旧集》序例，《续修四库全书》第1690册，第464页。

⑤ （清）杨淮辑：《国朝中州诗钞》自序，张中良、申少春校勘《中州诗钞》，中州古籍出版社1997年8月第1版，卷首第11页。

⑥ （清）吴颢辑，吴振棫重订：《国朝杭郡诗辑》吴颢序，同治十三年（1874）钱塘丁氏重刻本，卷首第1a页。

十二家、诗三千一百十八首、词四十五阕，已属罕见的巨帙。而在这一时期，卷帙规模与《粤西诗载》相仿者颇为常见，甚至连许灿辑《梅里诗辑》这样，仅仅着眼于采录浙江嘉兴梅里一镇诗人诗作的总集，都拥有收入三百三十四家、辑诗三千四百七十三首的庞大规模。更有部分总集，甚至达到了收入上千、辑诗过万的超大规模。如王豫辑《江苏诗征》"辑成五千四百三十余家"①；阮元等辑《两浙辅轩录》与《补遗》合计收入四千二百五十三家，诗一万一千二百二十二首；邓显鹤辑《沅湘耆旧集》收录"一千六百九十九人，诗一万五千六百八十一首"②；曾燠辑《江西诗征》收入"不下二千余家"③；温汝能辑《粤东诗海》收入一千零五十五家；全祖望辑《续甬上耆旧诗》收入"总凡六百家，选录古今体诗一万五千九百余首"④，等等。

由此可见，清中叶人所编地方类清诗总集的卷帙规模已然上了一个新台阶。这也造就了颇多逾迈前人、集一地诗歌之大成的著作。兹以曾唯辑温州历代诗歌总集《东瓯诗存》为例。

温州地方诗歌总集的编纂源远流长。早在宋元时期，就有佚名辑《东瓯诗林》、《东瓯遗芳集》出现。不过前者"止录当时数家，而不及他代"，后者"止录赵氏数人，而不及他姓"⑤，皆不尽如人意。明成化年间，又有蔡璞辑《东瓯诗集》、赵谏辑《东瓯续集》与《东瓯续集补遗》问世。《东瓯诗集》凡七卷，收录"自宋王十朋至明黄淮，凡九十八家"；《东瓯续集》凡八卷，收录"自梁陶弘景至明章可象，凡百五十八家"，又"《补遗》一卷，自李思衍至陈某，凡五十五家"；合计共收入约三百家、诗一千余首，"自宋至明，一郡作者亦略备矣"⑥，可谓代表了当时一个时代的高度。但由于这三部书的规模仍然相对偏小，收入辑诗也只到明前中期为止，因而随着时间的推移，当明中叶以降，温州地方诗学氛围日

---

① （清）王豫辑：《江苏诗征》阮元序，卷首第1a页。

② （清）邓显鹤辑：《沅湘耆旧集》序例，同前，第465页。

③ （清）曾燠辑：《江西诗征》例言第三十七款，同前，第4页。

④ （清）全祖望辑，方祖猷、魏得良、孙如琦、方同义点校：《续甬上耆旧诗》梁秉年序，杭州出版社2003年10月第1版，第1册卷首第9页。

⑤ （明）赵谏辑：《东瓯续集》自序，《四库全书存目丛书》集部第297册，第64页。

⑥ （清）孙诒让撰，潘猛补校补：《温州经籍志》卷三十二，上海社会科学院出版社2005年9月第1版，下册第1528页。

益浓厚、名家名作层见叠出之情形出现后，编纂一部新的温州诗歌总集便提上了议事日程。虽然清初人周懋宠辑《慎江诗类》已将收诗下限延至清代，但由于该书流传未广，声名不彰所以未能承担起这个任务。直至清中叶，在此类总集之编纂风气勃兴的大环境带动下，乃有曾唯辑《东瓯诗存》应运而生。此集凡四十六卷，乾隆五十五年（1790）付梓，收录北宋至清乾隆间温州人诗作，共得人九百六十八家、诗五千三百七十七首。正如清末温州籍著名学者孙诒让所说，该书"较之《东瓯诗集》、《续集》卷帙多至三倍，诚吾乡征诗之宏也"①。事实上，直到现在，它也仍然还是所有温州诗歌总集中卷帙最为宏富的一部。

此外，诸如曾燠辑《江西诗征》、邓显鹤辑《沅湘耆旧集》、温汝能辑《粤东诗海》、梁章钜辑《三管英灵集》、徐璈辑《桐旧集》等，亦皆堪称历代江西、湖南、广东、广西、桐城等地诗歌的集大成之作，其成就同样至今未被完全超越。

由此可见，清中叶人所编地方类清诗总集较之清初，乃至此前所有朝代编纂的地方类诗歌总集，在各方面均有相当大的突破。说它已经将整个地方类诗歌总集的编纂推进到一个远超前人的全新阶段，是毫不为过的。

（二）全国类与地方类编纂代兴之整体观照

虽然全国、地方这两大类型在清中叶呈现出显著的消长、代兴景象，但如果将二者看作一个整体的话，则这一时期以它们为主的清诗总集编纂可以说是在清初已有基础之上，朝着更加全面、深化、细化的方向演进。以下试论之。

全国类与地方类的宗旨固然不同，但却也有相通之处。一般来说，将若干来自不同省份之诗人的作品汇聚到一起，就可以视为一种全国类总集。反之，如果着眼于一部全国类总集所收诗人的省籍，对其进行拆分、重组的话，则由此而形成的若干省域诗人专卷，某种程度上也能作为具体而微的地方类总集看待。这种按地域编排之体例，确实为部分全国类清诗总集所采用。例如陶煊、张璨辑《国朝诗的》。此集约问世于康熙六十一年（1722），收录清初二千五百九十四人之诗作，凡含满洲一卷、盛京二卷、直隶二卷、江南十七卷、江西二卷、浙江八卷、福建二卷、湖广十

---

① （清）孙诒让撰，潘猛补校补：《温州经籍志》卷三十二，下册第 1557 页。

卷、山东二卷、河南二卷、山西一卷、陕西二卷、四川一卷、广东一卷、广西一卷、贵州一卷、云南一卷，末附方外、闺秀各二卷。合而观之，全书堪称清初诗歌的一次大规模删选；分开来看，又可谓十七部中小型地方类清诗总集的汇编。费锡璜称赞它说："其书照各省分置，不惟有以见各省风气之盛衰，亦以征王风之广且博也。"① 便道出了这种编排形式的优长之处。

从《国朝诗的》的编排体例与费锡璜"各省分置……以征王风之广且博也"的语句，我们可以推衍出一条清理、删选诗学文献的思路，即欲全面、深入地反映一代诗歌的整体面貌，撷取其菁华，不妨采取化整为零的策略，先从地方着手；待全国各地普遍有相关诗歌总集纂辑问世后，再化零为整，进行汇总、整合。实际上，类似设想早在康熙二十六年（1687）十月前后，就已由粤籍著名诗人、学者屈大均提出。当时屈氏所辑西汉至清初广东诗文总集《广东文选》刚刚编讫，他在序言中说：

> 今天下直省凡十有六，使皆有《文选》一书，萃其精华，俾无散佚，则天下之文献庶几大备，斯不亦洋洋乎成一代之巨观哉？②

向全国各省发出倡议，希望能有组织地系统编选一批地方总集，并认为将相关总集整合到一起后，自然就可以收到"天下之文献庶几大备"的功效。

乾隆十八年（1753）前后，时任湖南长沙知府的吕肃高在为廖元度辑《楚诗纪》所撰序言中，也提出：

> 予犹恨天下不皆为是书，使各志一方之胜；抑犹恨是书所纪，终廖氏见闻止耳。今之楚，犹昔之楚也。大湖南、北，仍统于制府；声教之浃洽、师友之渊源，将有进于是。珍文献之传者，其复继廖氏之

---

① （清）陶煊、张璨辑：《国朝诗的》费锡璜序，《四库禁毁书丛刊》集部第156册，第439页。

② （清）屈大均撰，欧初、王贵忱主编：《屈大均全集·翁山文外》卷二《广东文选序》，第3册第44页。按，《广东文选》原书卷首所载该序署"刘茂溶"撰，实为屈大均代笔。刘茂溶系当时广州知府。

业乎哉？①

对当时"天下不皆为是书"的现象，表达了深深的遗憾。而"珍文献之传者，其复继廖氏之业乎哉"云云，又将目光瞩望于未来，呼吁更多的人继承廖氏之业，参与到地方类总集编纂活动中来，"使各志一方之胜"。

屈大均等所秉持的立足地方、放眼全国的思路，在当时并非个别现象。即如清代的方志纂修，便以系统组织、由下而上、层层汇集为特征。早在顺治十七年（1660），王士俊等监修《河南通志》期间，就要求河南各府、州、县分别修志，呈送省会，以备通志参考采录。清廷自康熙至道光间三次大修《大清一统志》，每次纂修之前，皆诏令全国各地普修方志，以供征材之用。这种下级方志为上级方志提供完备系统的资料，上级方志对下级方志之内容进行融会、提炼的互动关系，与屈大均使各省"皆有《文选》一书"，"则天下之文献庶几大备"的观念颇有共通之处。该观念是清初以来包括地方类总集在内的乡邦文献编纂日趋兴旺的一大重要思想文化背景，同时也为我们考察清初与清中叶全国、地方两类清诗总集编纂的代兴，提供了一个综合全国、地方两类，贯穿清初、清中叶的整体与过程的视角。

从该视角出发，不妨这么说，清中叶地方类清诗总集编纂的大繁荣，既是自身演进的结果，又是对此前盛极一时的"清初人选清初诗"风潮的继承与发展。所谓继承与发展，一方面是这一时期的地方类清诗总集逐渐从全国类那里，接过了清诗总集编纂第一主角的头衔；更重要的则是，作为一个整体的清中叶地方类清诗总集，已然为我们拼合出一幅气象万千的清诗版图。这个版图在幅员上，大致覆盖关内诸省，从而基本实现了屈大均的设想；在纵深上，不仅囊括大量中下层府、县，并且还推进到一些基层乡镇；在容量上，其所包含的诗人总数恐怕已经不能用数以万计来形容，而有可能是数以十万计，甚至不止，至于诗歌总量，则只能说是不计其数了。正由于清中叶地方类清诗总集的产生范围、层级系统、卷帙规模的跨越式发展，以及对"国朝"诗的普遍关注，使我们真正有条件看到一幅清诗"皇舆全图"。它们凭借各自独有的地缘优势，将文献删选的全面、深细程度，拓展至清初以来任何全国类清诗总集都望尘莫及的地步；

---

① （清）廖元度辑：《楚诗纪》吕肃高序，同前，第5页。

而当其组合到一起后，又完全足以承接此前主要由全国类担纲的展现
"国朝"诗坛之整体面貌与菁华的任务，并且任务完成的出色程度是全国
类所难以比拟的。要之，就组成一幅清诗全图，并进行更加全面、深细的
文献搜选这两点而论，清中叶地方类清诗总集相对于"清初人选清初
诗"，无疑实现了巨大的提升。

　　以上从整体与过程的视角，对清中叶地方类清诗总集与"清初人选
清初诗"的衔接关系，进行了初步阐释；接下来再着眼于清初至清中叶
全国、地方两类清诗总集自身的起落消长，对近两百年间以二者为主干的
清诗总集编纂的演进趋势与动因，作一尝试探讨，主要可以从其各自的着
眼点、优劣势，及其所处的发展阶段等方面来看。

　　理论上讲，全国类总集应以展现一代诗坛的整体风貌为宗旨，使读者
有一卷在手、通览全局之效。不过，此类总集的篇幅毕竟有限，而且编者
无可避免会受到时间、精力、条件等的制约，再加上清代诗人诗作数量之
多、产生地域之广，均远非前代所可比拟，文献清理与删选的工作极为繁
难，所以全国类清诗总集在收人辑诗的广泛性与代表性两方面，普遍有着
程度不等的缺陷。尤其当清中叶以降，"国朝"诗坛日益繁盛，名家辈
出，佳作如林，甚至连很多往日诗学氛围相对淡薄的边远地区与文化后进
地区都纷纷热衷此道后，一般只能从宏观鸟瞰的角度勾勒诗坛之大致轮廓
的全国类清诗总集，便越来越难以独力承担更全面、深入地反映整个
"国朝"诗歌的基本面貌与菁华部分的任务。更何况清初时全国类清诗总
集编纂所达到的繁荣程度可谓登峰造极，清中叶人若欲在此基础之上再进
一步，势必需要或另辟蹊径，出奇制胜，或加大文献清理与删选的力度，
后出转博、转精，否则难免蹈袭前人轨辙，湮没于众多同类书籍的海洋
中，失去读者和市场。然而对于很大一部分编者来说，要想在这两方面取
得突破，实际上又是难上加难。

　　关于全国类清诗总集编纂在理论与实践两个层面上的诸多矛盾与困
难，很多清初人其实就已经有了明确的认识。早在顺治十六年（1659），
著名诗人、学者施闰章在为黄传祖辑《扶轮新集》所撰序言中，即指出：
"海内以诗名者甚众，猝难网罗……今欲以一人之目，尽见天下之诗，一
人之可否，定天下诗人之得失，其势有所不能。"[①] 认为此类总集基本上

---

① 　（清）黄传祖辑：《扶轮新集》施闰章序，转引自《清初人选清初诗汇考》，第13页。

不可能"定天下诗人之得失",更不可能"尽见天下之诗"。清初著名选家魏宪也自陈:"寰宇之大,才人蔚兴,名稿林立,欲遍辑其全则不能,欲专择其精则不敢;随各集之多寡,撮其大略,存其诗以存其人。"① 为自己受视野与条件的限制而错过大量才人佳作,感到万分遗憾。

针对这种大面积的缺略遗漏现象,《国朝诗的》编者陶煊、张璨批评说:"本朝选本,殆不乏人。如陈伯玑(按,即陈允衡,伯玑其字)、魏惟度(按,即魏宪,惟度其字)、邓孝威(按,即邓汉仪,孝威其字)诸先生所选,行世已久。然《诗慰》止载国初之人,而《诗观》、《诗持》缺略殆甚;海宇甚宽,传人无几。"② 可谓切中此类总集的不足。为了缓解"缺略殆甚"、"传人无几"的问题,两位编者大幅提升了全书收人辑诗的容量,从而赢得了"清初诸选,卷帙之浩繁,无有出是书之右者……顺康两朝之作者,当以此书最称完备"③ 之评价。由于陶、张二人广为搜辑的缘故,这部问世于清初与清中叶之际的《国朝诗的》呈现出"较诸选略备"④ 的面貌,但在编者本人看来:"本朝诗教最盛,幅员甚广。如滇黔西粤,尤远不易致。窃叹积三十年苦心,而所传者犹止于此。荒烟蔓草,何地无才;沧海遗珠,怃焉永叹。倘有枕中鸿宝,或先世遗集,不吝惠教表扬,续刻犹有俟焉。"⑤ 实际上承认自己虽然已经殚精竭虑,却仍旧未能真正将"国朝"诗坛的整体面貌与菁华部分展现出来。

从发展与竞争的角度看,清诗总集编纂必然要求更加全面、精细的文献清理与删选。只有这样,才可能编出内容更完善、所收诗人诗作更具代表性的总集。而欲达到这一目标,地方类清诗总集的可操作性,应该说是优于全国类的。首先,地方类总集的着眼范围大大小于全国类,编选难度相对而言也要低一些,如果再能由和相关地区有密切联系、熟悉当地文学文化传统与现状者主持的话,则文献搜选的广度、深度乃至彻底程度等方面,均具有全国类所不可比拟的优势。其次,清初时地方类清诗总集编纂的繁荣程度远在全国类之下,仍有较多潜力可供挖掘,是为后发优势。再

---

① (清)魏宪辑:《诗持·三集》凡例第一款,《四库禁毁书丛刊》集部第38册,第386页。

② (清)陶煊、张璨辑:《国朝诗的》凡例第二款,同前,第448页。

③ [美]谢正光、佘汝丰编著:《清初人选清初诗汇考》,第308—309页。

④ (清)陶煊、张璨辑:《国朝诗的》凡例第二款,同前,第448页。

⑤ (清)陶煊、张璨辑:《国朝诗的》凡例第十三款,同前,第449页。

加上屈大均等热心人的大力鼓吹、重视地方文献保存与纂辑之观念的广泛存在，这几重因素叠加到一起，使得清中叶人普遍把视线从全国类转移到地方类上来。其间，全国各地先后行动起来，省、府、县、乡镇齐头并进，真正朝着更全面、细致地搜选各地诗人诗作的方向而努力。正是在他们的共同努力下，清诗总集编纂跨入一个新的时代，也使我们获得了一幅更加辽阔、详细而明晰的清诗地图。

（三）其他类型的成长

除全国、地方两大主类外，其他诸类型清诗总集在清中叶也都获得了不同程度的发展。这其中尤以闺秀、歌谣、课艺三类最为突出，主要体现在以下两方面：

一是数量激增。先看闺秀类。据胡文楷编著《历代妇女著作考》附录一《合刻书目》与附录二《总集》两部分统计，清初人编纂的闺秀类清诗总集大致不出十种；而反观这一时期，则至少有汪启淑辑《撷芳集》、毛国姬辑《湖南女士诗钞所见初集》、骆绮兰辑《听秋馆闺中同人集》等二十余种。再看歌谣类。清初编纂问世的歌谣类清诗总集仅有吴淇等辑《粤风续九》等极少数几种；而"到了清代中叶，将民歌编成专集的风气大开"①，仅见于齐森华等主编《中国曲学大辞典》之"小曲、曲艺集"部分著录者，即有李调元辑《粤风》、佚名辑《新镌南北时尚丝弦小曲》、华广生辑《白雪遗音》等十余种，可以归入清中叶人编选歌谣类清诗总集的范畴。至于课艺之属，清初时同样仅有沈玉亮、吴陈琰辑《凤池集》，李振裕辑《群雅集》，宋荦辑《吴风》等少数问世；而反观清中叶人所编者，则主要有杭世骏辑《禁林集》，沈德潜、王居正辑《本朝应制和声集》，邹一桂辑《本朝应制琳琅集》，阮学浩、阮学浚辑《本朝馆阁诗》，张日珣、邱允德辑《国朝赓飏集注》，许大纶辑《国朝应制诗粹》，纪昀辑《庚辰集》，法式善等辑《同馆试律汇钞》，潘世恩辑《浙江考试雅正集》，李调元辑《粤东观海集》，以及阮元辑《山左诗课》、《浙江诗课》、《诂经精舍文集》、《学海堂集》等，总计不下数十种。

二是内部形态更加丰富。由于清初编纂问世的这三类清诗总集本身数

---

① 周振鹤、游汝杰著：《方言与中国文化》，上海人民出版社 2006 年 6 月第 1 版，第 176 页。

量有限，使得它们各自的内部形态难免呈现出相对单调的面貌。降至清中叶，随着它们自身的不断成长、数量的不断增加，若干新颖的小类型也是纷纷涌现。在闺秀类方面，清初乃至整个清中叶之前问世的此类总集，大抵以面向全国各地女诗人诗作者为主流；至于像明末清初人王彖来辑《娄江名媛诗集钞》这样，着眼于采录某一地方之女诗人诗作者，则为数极少，可以说刚刚处在萌芽阶段。而到了这一时期，则不仅全国、地方等已有小类型的数量普遍有了不同程度的增加，同时还发展出着眼于收录某一宗族内之女诗人诗作者，如袁枚辑《袁家三妹合稿》、郭润玉辑《湘潭郭氏闺秀集》等；收录若干女诗人之集会唱和诗作者，如任兆麟辑《吴中十子诗钞》、潘素心等撰《平西唱和集》等；收录若干女诗人之题咏诗作者，如孔璐华辑《拟元人梅花百咏》等；甚至还出现了专门采收"女弟子"群体之诗作者，如袁枚辑《随园女弟子诗选》等，可谓形成了一种新颖的文学现象与文化景观。

在歌谣类方面，清初人编纂的《粤风续九》等属于传统民间歌谣总集的范畴，而明代中后期一度颇为引人注目的时调小曲集则归于沉寂。但降至"清中叶后，搜集整理小曲又掀起高潮，规模远远超过明人"①。比较而言，时调小曲集实际上已经成为整个清中叶歌谣类清诗总集编纂的主要增长点。

至于课艺类方面，清中叶人同样有所开拓。除了《凤池集》之类应制诗文总集与《群雅集》之类官员测士诗文总集继续有所编纂，产生了诸如杭世骏辑《禁林集》、李调元辑《粤东观海集》等一批同类型总集之外，试帖诗总集（如纪昀辑《庚辰集》、潘世恩辑《浙江考试雅正集》等）与书院课艺总集（如阮元辑《诂经精舍文集》、《学海堂集》等）等小类型也开始大批量加入进来。这其中，试帖诗总集的编纂活动尤为引人注目。试帖诗是科举考试所采用的一种诗体，多为五言六韵或八韵排律。它源于唐代，沿用至北宋熙宁年间而中止。清代自乾隆二十二年（1757）起，重新将其引入科举考试，规定乡试、会试的首场增考五言八韵诗一首。这种硬性规定迫使学子们不得不在钻研八股文的同时，又费尽心机去磨炼试帖诗的写作。正是在这种实用功利目的的驱使下，该年以后，与试帖诗有关的各类型出版物，包括收有清人所作此类诗歌之总集的编刊活动

---

① 李昌集著：《中国古代散曲史》，华东师范大学出版社 1991 年 8 月第 1 版，第 441 页。

迅速风行全国，从而成为清诗总集编纂史乃至整个清代文化史上的一道独特风景。

总的来看，地方、歌谣、课艺、闺秀诸类型清诗总集经过清中叶的飞跃式发展，均达到了远非前人所可比拟的新高度。它们的数量普遍有了大幅增长，涌现出一批各自类型内最具影响力与代表性的著作，如恽珠辑《国朝闺秀正始集》与前及《两浙輶轩录》、《粤风》、《庚辰集》等；同时，作为一个整体的上述诸类型清诗总集，其内部的基本形态也都在这一时期获得确立，形成了自身的显著特色①。它们所取得的长足进步与突出成就，配合上同样表现不俗的宗族、唱和、题咏等类型清诗总集，共同铸就了清中叶清诗总集编纂的全面繁荣。

### 三　清代后期

清代后期是清诗总集编纂的深化、发展阶段。这种深化与发展主要体现在两个方面：一是思想内容的丰富与深化；二是各类型内部的发展演进。兹分述之。

（一）思想内容的丰富与深化

上一时期，笼罩在盛世幻影中的清诗总集编者们，很多都将鼓吹休明、润色鸿业与标榜士大夫闲情逸致等，列为他们编纂清诗总集的宗旨之一。如王锡侯自评由他本人编选的《国朝诗观》说："即是诗而观，亦可见我朝湛恩濊泽，涵天际地，学士大夫皆得优游餍饫，为此治世之音，如凤鸟之鸣于朝阳，有耳目者争先睹之为快矣。"② 王昶在为友人严长明辑《官阁消寒集》所撰序言中提出："予辈遭际升平，故得从容退食，以文墨相娱戏。虽遇沍寒凛冽之时，而酒醑以往，词赋杂出，如融风彩露，熏熏熙熙，后世考诗以论世，当不独为予辈幸，且重为海内幸也。"③ 王鸣盛亦评价舒绍言等撰《武林新年杂咏》说："发而读之，觉熙恬景物宛在目前，而才情

---

①　关于地方、歌谣、课艺、闺秀等类型清诗总集的内部形态与特征，详见下一章《清诗总集的基本类型》相关小节的论述。

②　（清）王锡侯辑：《国朝诗观》自序，《四库禁毁书丛刊》集部第35册，第311—312页。

③　（清）严长明辑：《官阁消寒集》王昶序，台湾新文丰出版公司《丛书集成续编》第116册，第565页。

风调之美，丰蔚庞鸿，高华卓铄，诚足以黼藻隆平。"① 王鸣盛甚至明确宣称，他本人编选的《苔岑集》"所录类皆弄草拈花，模山范水，或书古而伤逝，或送别而怀人"②，皆折射出盛世环境下士人们的从容意态。

然而，随着清王朝在第一次鸦片战争中遭受奇耻大辱，从而打破天朝上国的迷梦、撕下虚假盛世的面纱后，社会危机便不断爆发，内忧外患亦纷至沓来。时代的深刻变化，给晚清人编纂的清诗总集打下显著的烙印。虽然"以文墨相娱戏"、"弄草拈花"之类思想内容仍旧在这一时期问世的清诗总集中占据着一席之地，但确实已经有相当多编者开始将目光投注于剧变的时代与惨淡的现实。由此，他们编纂清诗总集的着眼点与心理情感状态较之清中叶人，也有了明显的不同。

首先是浓重的感时伤世情怀的凸显。如《击衣剑》编者叶书自述："不佞辈生不逢辰，目睹夫夷氛俶扰，銮辂蒙尘，在在皆可痛哭。自顾疏逖迂儒，无济变具可为国家效死，仅凭三寸管，愤时骂世，于世既无益，徒贾祸耳。昔豫让漆身，报仇不遂，请赵襄子之衣，拔剑三跃而击之，告其友曰：将以愧天下后世之为人臣怀二心以事其君者也。遂伏剑死。不佞辈作诗寄慨，亦此意耳。有触即鸣，贾祸所勿计焉。因取其义以名是编。"③ 此集编于光绪二十六年（1900），收录章梫、叶书等九人之唱和诗，皆与当时八国联军攻陷北京、慈禧一行仓皇西窜之史事有关。诸作者有感于国事日非，痛心疾首，乃将一腔忧愁愤懑情怀寄托于诗，后由叶书纂为此集。叶氏取春秋时人豫让忍辱负重，为主智伯报仇，最终拔剑击衣而死的典故，将书稿命名为"击衣剑"，其壮怀之激烈，由此可见一斑。

又如汪锡纯辑《滑稽诗文集》。此集约刊行于宣统二年（1910）。卷首陶佑曾《序》云："《滑稽诗文集》者，汪子锡纯耗半生精血，于史迁滑稽传外，搜辑而大其成者也……乃者心惊狮睡，眼冷蝇营，欲凭笑骂文章，大警痴顽社会，是以证拈花谛，读喷饭诗，继邹衍以谈天，效陈抟之坠地……下走无目无心，多愁多病，情当痴处，问天招屈子之魂，酒到酣时，斫地拔王郎之剑。"④ 可见此集虽然名义上以"滑稽"面貌出之，收

① （清）舒绍言等撰：《武林新年杂咏》王鸣盛序，台湾新文丰出版公司《丛书集成续编》第116册，第469页。

② （清）王鸣盛辑：《苔岑集》自序，乾隆刻本，卷首第2a页。

③ （清）叶书辑：《击衣剑》自序，光绪二十六年（1900）刻本，卷首第1a页。

④ （清）汪锡纯辑：《滑稽诗文集》陶佑曾序，宣统石印本，第1a—1b页。

录"笑骂文章",实则蕴含着编者欲"大警痴顽社会"的良苦用心。所谓"多愁多病"、"情当痴处"、"酒到酣时"云云,将其滑稽外表下的感伤沉痛情怀表现得极为形象。全书所收诗文,很多也都是晚清人为描述现实生活、寄托忧愤情思而作,讥刺抨击文字比比皆是。

其次是强烈的经世济民思想的贯注。最典型的就是张应昌辑《国朝诗铎》。此集始选于咸丰六年(1856),刻于同治八年(1869),收录清初至同治年间九百余人所作有关国计民生、政治历史风云之诗歌两千余首。书名"诗铎",乃取上古遒人振木铎以采诗的故实,从中可见编者欲广布诗教,希望借此通讽喻而抒下情、裨风化而感人心之目的。张氏《国朝诗铎自题》也明确提出:"吾儒吐言辞,于世期有济。岂徒累篇牍,月露风云字?"只有像杜甫、白居易、张籍、王建等人所作"上德宣忠孝,下情通讽刺。闻者足警戒,言者无罪庚"一类诗歌,才算尽到了"箴诵师蒙职",实现了"兴观惩劝义"。出于为朝廷"咨诹拾阙遗,拜献补偏敝"的考虑,他乃"披拣集众益,民生暨吏事。以充铭座词,以为采风备"①,编成这部《国朝诗铎》。全书"非关人心世道、吏治民生者不录"②,意在"以是为遒人之警路,以是佐太史之陈风"③。

又如苏泽东辑《梦醒芙蓉集》。此集刻于光绪二十五年(1899),所收诗文皆与当时流毒全国的鸦片烟有关,书末并附戒烟药方十余条。编者自述:"余尝盱衡世变,谓当此他族逼处之日,非卧薪尝胆,痛除积弊,诚恐不能以自立。洋烟,积弊之最甚者也。考洋土每岁进口约十万箱,箱值五百两,除税厘外,约漏银四千余万两。以中土有用之财,填海外无穷之壑,况缘此而犯法伤生废时失业者,不下亿万人。国日益贫,兵日益弱。故甲午一役,丧师辱国,谓非洋烟流毒不至此。"他有感于此,"遂搜辑名流诗歌、词赋、文椠、奏疏之可诵可惩者,附以戒方,裒为一集,名曰《梦醒芙蓉》。虽未必骤能唤醒梦梦,而百人中能醒一人,则一人受其福,千人中能唤醒十人,则十人受其福,推之数千万人中能醒数万人,则御侮有资而天下并受其福,岂不快哉!或疑国家刑法犹不能禁,何论空言?遂以迂阔视之。夫世固有逃乎刑法之外,偶闻晨钟暮鼓,而天良油然

---

① (清)张应昌辑:《清诗铎》自题,中华书局1960年1月第1版,上册卷首第4页。
② (清)张应昌辑:《清诗铎》应宝时序,上册卷首第10页。
③ (清)张应昌辑:《清诗铎》自序,上册卷首第3页。

其自生者。是集亦作晨钟暮鼓观可耳。其敢避迂阔之讥而以独醒自喜哉?"① 编者欲革除时弊、疗救国民的热切愿望跃然纸上。

正因为感时伤世情怀、经世济民思想的广泛存在,这一时期问世的各类型清诗总集很多都收有大量反映现实生活、记录时局变迁、抒发忧愤情怀的作品。早在道光二十六年(1846)刊行的《乍浦集咏》中,便辑入颇多与第一次中英鸦片战争有关的诗歌,包括卷六所收宋楏《庚子残夏闻乍浦警,寄沈浪仙》;卷七所收姚清华《读黄鹤楼壬寅四月乍浦纪事乐府,拟赋》(二首),张金照《海上杂感》(二首),俞斯玉《壬寅四月闻乍浦警》、《乍浦炮台》;卷八所收朱翀《乍浦被兵后寄沈浪仙》,蒋篔《读沈浪仙筼所撰壬寅乍浦殉难录,中纪刘进女凤姑死事尤惨,哀之以诗》、《乍浦胡烈女》,诸葛槐《乍浦刘烈女》,柯汝霖《乍浦刘烈女并》,朱绪曾《韦司马逢申哀诗,次沈实甫韵》;卷九所收黄枢《乍浦感事》;卷十所收高亮采《哀乍川》,高如灿《乍浦水师副都统长公喜死事诗》、《署乍浦海防同知韦公逢甲死事诗》;卷十二所收杨懋廖《吊关西卒》;卷十六下所收日本人山亥吉《乍浦刘烈女》,日本人刘吉甫《乍浦刘烈女》等。

乍浦是浙江平湖县辖下的一处港口城镇,位于杭州湾北岸。道光二十二年(1842)夏四月曾遭英军攻击,当地军民伤亡惨重,财产与设施也遭到巨大破坏。事后,邑人沈筼一方面认识到"海上自遭兵燹,遗编近稿大半散佚"②,因而亟待收拾残局,保存文献;另一方面又有感于"壬寅夏初,文吊战场,词感园芜,事足征实,幽赖以阐"③,遂汇辑自明嘉靖以来,直至当时与乍浦有关的诗歌,纂为《乍浦集咏》十六卷。编者

① (清)苏泽东辑:《梦醒芙蓉集》自序,光绪二十五年(1899)东莞苏氏祖坡吟馆刻本,卷首第4b—5a页。
② (清)沈筼辑:《乍浦集咏》例言第十一款,道光二十六年(1846)刻本,卷首第2a页。
③ 此为日本人横山卷抄录《乍浦集咏钞》卷首沈筼识语,嘉永二年(道光二十九年,1849)游焉吟社刻本,卷首第1a页。按,《乍浦集咏钞》是《乍浦集咏》的和刻本。后者于道光二十六年(1846)付梓后,当年即传入日本,短短三年后又有《乍浦集咏钞》问世,堪称汉籍出现和刻本之周期最短的一种。这当是由于老大帝国中国在第一次鸦片战争中遭受奇耻大辱,给日本造成了巨大震撼,而《乍浦集咏》又记录了乍浦战场的若干真实侧面的缘故。该书在日本流传颇为广泛,影响亦相当深远,反映了当时日本国内对于鸦片战争与东亚局势的关注与紧迫感。关于《乍浦集咏》的东传过程与历史意义,日本学者大庭修《关于东传汉籍的研究方法与资料》与《江户时代末期的舶载中国书籍与日本》二文有较详细列,均收入陆坚、王勇主编《中国典籍在日本的流传与影响》,杭州大学出版社1990年12月第1版。

友人张嘉钰认为沈氏"辑录之勤则始壬寅之秋。其殆以地经兵燹，恐文献无征欤？抑伤今悼昔，隐寄其思患之深衷欤？"① 日本人大沼厚《读〈乍浦集咏〉钞本有感，因赋数首赠湖山词兄》亦有句云："奇事番番感鬼神，写他夷寇语皆真。谁图豪放醉吟客，便是深心忧国人。"② 均揭示出他编纂此书的心曲。

其他类似者主要还有：《两浙轖轩续录》编者潘衍桐提出："咸、同之际，经历燹难，文学之彦则因事书愤，志节之士则临难赋诗，拾其片玉，可维正气；有见必收，不限篇幅。"③ 选录了大量与太平天国战争有关的诗歌；丁申、丁丙辑《国朝杭郡诗三辑》同样将"庚、辛之难，抗节者众，别为四卷，以阐潜德"④ 列为该书体例之一，以此作为对咸丰十年庚申（1860）、十一年辛酉（1861）因反抗太平军而罹难之杭州军民的纪念；饶轸在为其师袁昶辑《于湖题襟集》所撰序言中，认为编者"存期窈妙，殷忧时局，孤怀悄然，志周事外……岂徒以吏余社集，供好事者美谈云乎哉"⑤；叶德辉也明确说，由他本人编纂的《观剧绝句》所收"诸贤所值之境不同，要其忧时感事，以身世无聊之语发于诗歌，无不各肖其人之声容笑貌以出"⑥，等等。

尤其值得一提的是，这一时期还产生了不少专收与当时某一特定历史阶段、历史事件直接相关之作品的总集。除前及《击衣剑》、《梦醒芙蓉集》等之外，主要有：张荫榘、吴淦撰《杭城辛酉纪事诗》，记录了咸丰十一年（1861）十二月杭州第二次被太平军攻克前后的社会历史动态，并揭发了大量满清军政界的腐败内幕；王震元辑《杭城纪难诗编》，则更为广泛地反映了自咸丰十年（1860）三月太平军第一次攻克杭州，至同治三年（1864）二月清军最终重新夺回杭州期间的战争风云与民间疾苦；

---

① （清）沈筠辑：《乍浦集咏》张嘉钰跋，卷末第1b页。

② ［日］大沼厚：《读乍浦集咏钞本有感，因赋数首赠湖山词兄》（七首）之三，横山卷抄录《乍浦集咏钞》，卷首第1a页。

③ （清）潘衍桐辑，夏勇、熊湘整理：《两浙轖轩续录》凡例第四款，浙江古籍出版社2014年5月第1版，第1册卷首第4页。

④ （清）丁申、丁丙辑：《国朝杭郡诗三辑》吴庆坻序，光绪十九年（1893）刻本，卷首第1a页。

⑤ （清）袁昶辑：《于湖题襟集》饶轸序，《丛书集成初编》第1707册，卷首第1页。

⑥ （清）叶德辉辑：《观剧绝句》自序，台湾新文丰出版公司《丛书集成续编》第116册，第69页。

孔广德辑《普天忠愤集》，系中日甲午战争的直接产物，所收诗文生动展现了甲午惨败之后，朝野上下"因耻生愤，因愤生励，秉其公忠，群思补救，挽既倒之狂澜，撑天下之全局"①的激烈动荡的思想情感状态；复依氏、杞庐氏撰《都门纪变百咏》，反映了从义和团运动在京畿一带的兴起，到八国联军占领北京，慈禧一行弃城西逃，京师沦为战场的全过程；毕羁盦辑《立宪纪念吟社诗选》，系光绪三十二年（1906）七月清政府宣布预备仿行立宪的直接产物，所收作品从一个侧面折射出当时要求改变现状、废止君主专制政体的思潮，已是大势所趋。

可以说，天崩地裂、狂澜频起、灾难深重的晚清七十年，给这一时期的清诗总集带来了此前任何时代的诗歌总集都从未有过的独特内涵与思想光辉。随着时间的推移，它们所收诗歌的内容逐渐由单纯的反映现实、表达情绪，过渡到更为深刻的反思现状、提出主张，以期改弦更张、重振国威。而此种反思的深度、变革主张的力度，也在这个过程中不断深化、加强。第一次鸦片战争给予《乍浦集咏》的，只是英军的横暴、人民的苦难之类历史场景，以及诸作者悼念死者、同仇敌忾的亢奋情绪。太平天国战争则让《杭城辛酉纪事诗》的作者张荫椿、吴淦认清了清朝军政界真实的肮脏嘴脸，从而将攻击的矛头直指军队之腐朽无能、官员之龌龊无耻。它使单种清诗总集第一次全面发散出政治、社会批判的锐利锋芒。光绪二十年（1894）前后问世的《于湖题襟集》，进一步辑入了洋务派人士袁昶《登知稼楼宴集》与郑孝胥《记对南皮尚书语》等，要求整顿农业、军备，以应对危局的诗作。翌年面世的《普天忠愤集》，更是一部反映当时朝野上下共同探讨如何摆脱困境、革新自强之氛围的诗文汇编。进入20世纪后，立宪变法与革命排满思潮风起云涌，已经濒临死亡的清王朝再也无力阻碍历史前进的脚步，诸如越社辑《最新妇孺唱歌书》、痛国遗民辑《最新醒世歌谣》、毕羁盦辑《立宪纪念吟社诗选》等沐浴着新时代思想光辉的清诗总集，也随之应运而生。

这三部总集分别刊行于光绪三十年（1904）五月、九月，以及三十二年（1906）九月。从其所收作品中，我们可以清晰地感知到反对专制，向往自由、民主、平等，鼓吹民权与国民意识，要求文明进步等时代的最

---

① （清）孔广德辑：《普天忠愤集》自序，《近代中国史料丛刊续编》第226、227合册，第7页。

强音。兹取以下五首为例:

　　人不学,犬马侪。闭闺中,无所求,放弃责任被幽囚。好将参政权全收,毋为历史羞,复我自由。①

　　缘何革命势凶凶? 端为文明进步重。愧我未登平等级,赖他撞醒自由钟。睡狮末路依同种,现象何人测内容? 笑杀外交无政策,议和手段伏卑恭。②

　　经书子籍受熏陶,莫作科名进步操。鼓动新机供学界,竞争公益媲时髦。任他专制精神注,还我平权主义牢。自有英雄造时势,英雄时势两相遭。③

　　五更五点月影消,四万同胞。摇摇得唅,热血如潮。国民担子勿轻抛,要把牢。到后来,总有翻稍。摇摇得唅,做个英豪。④

　　美雨欧风并入羲,蛰龙一觉起深渊。有机病体余三两,待死残年已五千。专制殆同将去垢,竞存半属未来肩。而今颇欲疏吟咏,先读东西自治篇。⑤

类似诗篇在这三部总集中比比皆是,可谓光绪末年日益盛行的维新思潮的集中展现。我们甚至可以从部分语句那里,触摸到革命思想的萌芽。它们从一个侧面反映出当时先进的中国人所达到的觉醒程度与思想水准,同时也充分显示了清末部分清诗总集编者紧贴时代脉搏之走向所取得的崭新气象与非凡成就。

　　(二) 各类型内部的发展演进

　　除了思想内容的丰富与深化外,清代后期部分类型清诗总集的内部形态也出现了显著的发展演化。这其中,编纂风气最盛的地方类清诗总集表现得尤为突出。以下试论之。

---

　　① 越社辑:《最新妇孺唱歌书》第七章《女子唱歌一》(五首)之五,光绪三十一年(1905)支那新书局石印本,第19a页。

　　② 越社辑:《最新妇孺唱歌书》第十章《新名词三十首》之二,第32b页。

　　③ 越社辑:《最新妇孺唱歌书》第十章《新名词三十首》之十九,第35a页。

　　④ (清)痛国遗民辑:《最新醒世歌谣》之《时事曲,仿吴歌体》(五首)之五,光绪三十年(1904)大经书局石印本,第20—21页。按,"四万同胞"句应脱一"万"字。

　　⑤ (清)毕鹋盦辑:《立宪纪念吟社诗选》卷上,光绪三十二年(1906)石印本,第1a页。

清中叶人所编地方类清诗总集所取得的高度成就，一定程度上为后人提供了榜样，树立了标尺。晚清人正是在清中叶的基础上，将已有道路修筑得更长，已有河流挖掘得更深。在他们那里，此类清诗总集的编纂进入一个发展、深化阶段。

这种发展与深化主要体现在三个方面。

一是区域范围方面。虽然清中叶的地方类清诗总集编纂活动已经辐射到全国大部分地区，但各地在编纂风气的繁荣程度上，仍有较大差距。尤其是东南沿海与偏远地区、发达地区与后进地区之间，这种落差更为明显。而至清代后期，若干偏远、后进地区的地方类诗歌总集编纂风气也都蓬勃开展起来，甚至在某些领域还有后来居上之势。这其中，以云南、贵州的省级诗歌总集编纂最为突出。二省的本土诗歌总集编纂活动，肇始于嘉庆年间袁文典、袁文揆兄弟辑《滇南诗略》系列与傅玉书辑《黔风》。道光以后乃风气大开，云南先后有赵本敩、张履程辑《国朝滇南诗选》、许印芳辑《滇诗重光集》、黄琼辑《滇诗嗣音集》、陈荣昌辑《滇诗拾遗》等问世；贵州也产生了傅汝怀辑《黔风演》，莫友芝辑《黔诗纪略》，莫庭芝、黎汝谦、陈田辑《黔诗纪略后编》，陈田辑《黔诗纪略补》等多部此类总集。较之其他省份，云南、贵州俨然已经成为晚清时省级诗歌总集编纂最活跃的地区。

省级总集大量涌现之外，清代后期滇、黔诗歌总集编纂的另一个新现象，则是较低级别行政区之相关总集的问世，如郑珍辑《播雅》、赵联元等辑《丽郡诗征》等。前者凡二十五卷，收录明万历至清道光、咸丰间贵州遵义府诗人二百三十家、诗二千三百十八首。后者凡十二卷，收录明初至清光绪间云南丽江府诗人二百十五家、诗一千四百九十五首（不包括卷首附载《汉译白狼王歌》三首）。它们的出现，显示了当时滇诗、黔诗总集的编纂朝深化、细化方向发展的趋势。

清代后期云南、贵州诗歌总集编纂风气的勃兴，可谓当时地方类清诗总集编刊活动的一大亮点，也为整个清代地方类诗歌总集增添了一道异彩。

二是层级系统方面。清中叶人所编地方类清诗总集呈现出省、府、县三级齐头并进，乡镇一级蓬勃发展的景象。至清代后期，这种平衡局面有所打破。主要原因在于省级诗歌总集之编纂潮流的变化。这种变化首先表现在：大中型省级诗歌综合选本经历了清中叶的高度繁盛之后，进入清代后期，编纂风潮有所回落。只有云南、贵州等文化后进省份，呈现出方兴未艾的态势。其他省份则很多都归于沉寂，唯浙江、广东、四川等省有为数不多的大中型综合选本出现，如潘衍桐辑《两浙辀轩续录》，曾绚堂、陈枫垣辑《岭南鼓吹》，孙桐生辑《国朝全蜀诗钞》等。由于大中型综合选本编纂的退潮，遂使专题总集成为清代后期问世的省级诗歌总集的主流。其中尤以各省学政为代表的地方官员考课相关地区士子而形成的"校士录"、"课士录"、"试牍"一类总集为众。如周玉麟辑《浙江校士经史诗录》、徐致祥辑《两浙校士录》、赵尚辅辑《湖北试牍》、曹鸿勋辑《湖南试牍》、吴树梅辑《湘雅扶轮集》、恽彦彬辑《粤东校士录初集》、钟骏声辑《四川校士录》、黎培敬辑《黔中校士录》等，均为显例。此类总集实际上又可以归为课艺类清诗总集，属于广义上的地方类清诗总集的一个支脉。此外像许正绶辑《国朝两浙校官诗录》采选清初以来两百年间曾在浙江各府、县担任过训导、教谕、教授等职的浙江人的诗歌，黄舒昺辑《国朝中州名贤集》收入清代河南十位理学家——孙奇逢、汤斌、耿介、张沐、李来章、张伯行、窦克勤、冉觐祖、李棠阶、倭仁的诗文、语录、学规、讲义等著作；二者同样皆为专题性质的总集，其着眼点则是某一类特殊身份的人物。只是这一类的专题总集为数甚少，远不如课艺性质的总集成气候。概言之，虽然清代后期课艺性质的省级诗歌总集编纂取得了不俗的成绩，堪称这一时期省级诗歌总集编纂的一大亮点，但它们并不能完全填补此类总集的主干——大中型综合选本的数量下滑所造成的缺口。缘于此，就清代后期省级诗歌总集编纂的整体情况来看，其发展势头较之清中叶确乎有所放缓。

随着省级诗歌总集的发展势头的放缓，府、县一级总集乃再度成为主流。这一时期，其产生范围与分布密度均有相当大的拓展与提升，众多此前基本未曾编纂过该地诗歌总集的府和县陆续加入到地方类诗歌总集的版图中来。如直隶永平府有史梦兰辑《永平诗存》，遵化府有孙赞元辑《遵化诗存》，沧州县有王国均、叶圭书辑《国朝沧州诗钞》与《国朝沧州诗续钞》等；山西武乡县有范士熊辑《南亭诗钞》等；山东益都县有段松苓辑《益都先正诗丛钞》等；河南荥阳县有郑汉津辑《荥阳诗钞合选》；江苏徐州府有桂中行辑《徐州诗征》，海州有许乔林辑《朐海诗存》，海门厅有茅炳文辑《师山诗存》等；浙江武义县有何德润辑《武川诗钞》，泰顺县有董斿辑《罗阳诗始》；江西永新县有尹继隆辑《永新诗征》等；

湖北广济县有夏槐辑《广济耆旧诗集》，京山县有丁大鹏辑《京山诗钞》，监利县有龚耕庐辑《容城耆旧集》等；湖南常德府有陈楷礼辑《常德文征》，常宁县有唐训方辑《常宁诗文存》等；四川新繁县有杨昌翰辑《新繁诗略》等；以及前及《播雅》、《丽郡诗征》等。

乡镇一级总集也持续着清中叶的发展势头，产生了诸如曹宗载辑《硖川诗钞》，许仁沐、蒋学坚辑《硖川诗续钞》，李王猷辑《闻湖诗续钞》，李道悠辑《闻湖诗三钞》、《竹里诗萃》，孔宪采辑《双溪诗汇》，陶煦辑《贞丰诗萃》，汪正辑《木渎诗存》，冯景元、徐家驹辑《泖溪诗存》等此类总集。

综合上述几方面来看，清代后期地方类清诗总集的编纂呈现出既广且深的面貌。其风潮不断由中心地区向边缘地区扩散，由较高级别行政区向较低级别行政区渗透。至其内部类型，也在朝着繁复多样的方向发展。如果说清中叶人构筑起一个较完整的省级诗歌总集版图与四级诗歌总集体系的话，那么，晚清人便把其基座打造得更为广阔，框架填充得更为厚实，从而使整个清代地域诗歌总集的层级系统进一步趋于成熟和完善。

三是对前人著作的接续、增补。客观地讲，这种现象此前已经有所产生，如明万历年间梅鼎祚辑《宛雅》问世后，先后有施闰章、蔡臻春辑《续宛雅》与施念曾、张汝霖辑《宛雅三编》为作续补；乾隆二十三年（1758）卢见曾辑《国朝山左诗钞》问世后，先后有宋弼辑《山左明诗钞》、张鹏展辑《国朝山左诗续钞》与余正酉辑《国朝山左诗汇钞后集》等为作接续、增补。其他如明钱谷辑《吴都文粹续集》之于南宋郑虎臣辑《吴都文粹》，王辅铭辑《明练音续集》、《国朝练音初集》之于明翟校辑《练音集》，全祖望辑《续甬上耆旧诗》之于胡文学辑《甬上耆旧诗》，胡昌基辑《续檇李诗系》之于沈季友辑《檇李诗系》，郑佶、郑祖琛辑《国朝湖州诗续录》之于陈焯辑《国朝湖州诗录》等，均属此例。但比较而言，此类续补行为在清代后期之前为数还不是很多，并且相对偏于零散。降至清代后期，这一现象乃集中而大量地出现。

具体就续补方式而论，主要有两种情形。首先是单纯的时段接续，如张锡申辑《蛟川耆旧诗续集》之于张本均辑《蛟川耆旧诗》。《蛟川耆旧诗》凡六卷，约编成于嘉庆、道光年间，收录唐至清嘉庆间浙江镇海人诗作，共得一百八十六家。后本均子锡申又辑嘉庆至咸丰间镇海诗人五十一家、诗一百九十一首，纂为《蛟川耆旧诗续集》二卷，于咸丰年间刊刻问世。又如陈作霖等辑《国朝金陵续诗征》之于朱绪曾辑《国朝金陵诗征》。后者凡四十八卷，收录清初至道光间江苏江宁府诗人二千一百余家、流寓一百七十余家，约成书于道光年间。至光绪年间，陈作霖等又搜辑咸丰至光绪间江宁诗人一百二十家、诗一千九百余首，纂为《国朝金陵续诗征》六卷。

当然从整体上看，这种情形相对来说并不是很多，更多的情况则是：一方面将前人著作的涵盖时段下延；另一方面又对已有时段作内容补充。例如潘衍桐辑《两浙輶轩续录》之于阮元辑《两浙輶轩录》。《两浙輶轩录》凡四十卷，约刻于嘉庆六年（1801），又《补遗》十卷，约刻于嘉庆八年（1803），收录顺治至乾隆间浙江人诗作，合计共得人四千二百五十三家、诗一万一千二百二十二首，洵为鸿篇巨制。不过，此集虽然卷帙宏富，但在晚清人看来，一则其所收作者仅"迄于乾隆之世；百余年来，更待搜辑，而嗣响阒然"[1]，因而已经无法适应新的时代需求；再则阮元主持编纂此书时，仍有"手钞珍閟，未登梨枣；幽遐之遗，在所不免。近年新出刻本，多有前此未见之书"[2]，所以查漏补缺的工作也亟待开展。由此而催生出规模更为宏大的《两浙輶轩续录》。此集凡五十四卷，又《补遗》六卷，刻于光绪十七年（1891），由时任浙江学政潘衍桐主持编纂，收录顺治至光绪间浙江人诗作，合计共得人五千三百八十四家、诗一万四千九百四十九首。潘氏编纂此书时，"初拟分列'补人'、'补诗'二目，重为搜辑；嗣以再登姓氏二书并见，眉目易淆，今定为已见阮录者即有遗珠，概从割爱，以为限断"[3]，因而其所辑诗人诗作大致不见于《两浙輶轩录》。

除上述《蛟川耆旧诗续集》、《国朝金陵续诗征》、《两浙輶轩续录》外，这一时期问世的以接续、增补前人著作为旨归的地方类清诗总集，主要还有：王锡祺辑《山阳诗征续编》之于丁晏辑《山阳诗征》，吴振棫辑《国朝杭郡诗续辑》与丁申、丁丙辑《国朝杭郡诗三辑》之于吴颢辑《国朝杭郡诗辑》，王成瑞辑《再续檇李诗系》之于沈季友辑《檇李诗系》、胡昌基辑《续檇李诗系》，李佐贤辑《武定诗续钞》之于李衍孙辑《武定

---

① （清）潘衍桐辑，夏勇、熊湘整理：《两浙輶轩续录》崧骏序，第 1 册卷首第 1 页。
② （清）潘衍桐辑，夏勇、熊湘整理：《两浙輶轩续录》凡例第一款，第 1 册卷首第 4 页。
③ 同上。

明诗钞》、《国朝武定诗钞》，何其超辑《青浦续诗传》之于王昶辑《青浦诗传》，郭肇辑《诸暨诗存续编》之于郦滋德辑《诸暨诗存》，沈爱莲辑《续梅里诗辑》之于许灿辑《梅里诗辑》，李王猷辑《闻湖诗续钞》、李道悠辑《闻湖诗三钞》之于孟彬辑《闻湖诗钞》，以及前及《滇南诗略》、《滇诗重光集》、《滇诗嗣音集》、《滇诗拾遗》系列与《黔诗纪略》、《黔诗纪略后编》、《黔诗纪略补》系列等。另外，诸如孙桐生辑《国朝全蜀诗钞》、涂庆澜辑《国朝莆阳诗辑》等，也都分别可以视为李调元辑《蜀雅》、郑王臣辑《莆风清籁集》的续补之作。

这种续补现象在清代后期的大面积出现，主要建立在清中叶地方类清诗总集编纂高度繁荣的基础之上。它既是对前人成果的继承，同时也是一个不断丰富、完善的过程。正是在这个过程中，大量地域诗歌总集序列被建构起来，从而使很多地方的诗史轨迹、诗人群像得以以一个更加完整、清晰的面貌呈现在我们眼前。

地方类而外，其他各类型清诗总集在清代后期也都获得了不同程度的发展与深化。随着数量的增长，它们的内部形态普遍进一步趋于丰富与充实。即如"可以视为地方类的进一步深化"① 的宗族类清诗总集，其所产生的地域范围与分布密度，便与地方类处于基本同步的拓展与提升过程中。至于若干此前尚未得到充分发展、演化的小类型，更是呈现出跨越式发展的景象。例如专收中外文人交流唱和诗歌之总集。此类总集在清代后期之前，大致仅有陈世德等撰《陈林诗集》、顾文光等撰《漂流人归帆送别之诗》等极少数几种问世，而到了这一时期，则至少有杨恩寿辑《雉园酬唱集》、叶炜辑《扶桑骊唱集》等约二十种成批涌现，堪称由附庸而蔚为大国。这显然和当时国门敞开，中外文学、文化交流日益活跃与深入的背景密不可分。② 此外，诸如课艺类中专收书院课艺作品之总集，闺秀类中专收某一地方、宗族内女作家作品之总集的编纂活动，也都取得了相当可观的进展。

清代后期地方类清诗总集中常见的续补现象，在其他类型中亦屡屡出现。例如符葆森辑《国朝正雅集》，着眼于选录乾隆元年至咸丰六年（1736—1856）的诗人诗作，意在上接沈德潜等辑《国朝诗别裁集》，全

---

① 朱则杰：《关于清诗总集的分类》，同前，第 101 页。
② 关于清代中外唱和诗总集的基本情况与特征，详见下一章第十节"域外类"的论述。

书体例与取舍标准亦一依沈书；同治、光绪年间问世的悟痴生辑《广天籁集》，可以视为康熙年间成书的郑旭旦辑《天籁集》的续编，二者皆收录流行于浙江地区的童谣；阮元辑《诂经精舍文集》于嘉庆六年（1801）印行后，自道光二十二年至光绪二十三年（1842—1897），先后有罗文俊辑《诂经精舍文续集》，颜宗仪、沈丙莹辑《诂经精舍三集》，俞樾辑《诂经精舍四集》至《八集》，凡七种诗文总集为作接续，形成了一个庞大的系列。

　　总之，清代后期各类型清诗总集的内部形态纷纷在清中叶已有基础之上，或延伸，或拓展，呈现出更为丰富、充实的面貌；并且这一时期国家社会的剧烈变迁又赋予它深沉厚重的现实内容与独具特色的时代主题，完全称得上是前人未到之境。两方面合在一起，将整个清诗总集编纂的疆域开辟得更广，境界提升得更高。它在给清人编选清诗总集画上句号的同时，也为后人继承这项事业、不断开拓进取提供了丰富的资源与良好的示范。

　　**四　民国**

　　民国年间，随着新旧交替愈演愈烈，不同文化观念、思想流派间的矛盾冲突层出不穷，呈现出激烈动荡的复杂面貌。这里拟在"新变与激进"、"延续与保守"、"汇总的声音"的框架下，对民国人编选清诗总集的基本面貌与主要特征作一初步梳理。

　　（一）新变与激进

　　民国是我国历史上的一个重要转折期，将清末就已经启动的变革进程推向了新阶段。时代的深刻变化，在这一阶段编纂问世的清诗总集中有着鲜明的体现。

　　首先是书名的变化。清代编纂的清诗总集，每每以"国朝"、"本朝"、"皇清"、"大清"、"昭代"等来命名，如彭廷枚辑《国朝诗选》、沈德潜等辑《本朝应制和声集》、孙铉辑《皇清诗选》、查羲等辑《大清诗因》、吴元桂辑《昭代诗针》等。有的甚至冠以"御定"、"钦定"、"御制"的字样，如康熙年间的《御定千叟宴诗》、嘉庆年间的《钦定熙朝雅颂集》，以及康熙帝、乾隆帝合撰的《御制恭和避暑山庄图咏》等。诸般种种，均为帝制时代的产物。而随着清朝的灭亡，类似字样悉数消失，明确冠以"清"字的清诗总集大量登上历史舞台，如胡云翼辑《明清诗选》、王文濡等辑注《清诗评注读本》、古直辑《清诗独赏集》、忏庵辑《清千家诗》、吴遁生辑《清诗选》、赵藩辑《清六家诗钞》、吴闿生辑《晚清四十家诗钞》、汤汝和辑《清名家古体诗》、陈友琴辑《清人绝句选》、黄颂尧辑《清人题画诗选》、红梅阁主人等辑《清代闺秀诗钞》、黄振藻辑《清代名媛诗录》、单士厘辑《清闺秀正始再续集》等。这是时代变迁所带来的最表面，也是最直接的反映。

其次，某些类型的清诗总集趋于没落与消失。例如课艺类清诗总集。这一类型专收各种与考试有关的作品，"举凡臣子应制，朝廷考核官员，各级科举考试，地方官员测试学子，学子投献地方官员、相互会课切磋等等，其作品合集均属此类"①。由于应举、入仕是古代士大夫普遍持有的人生目标与生活方式，同时又有来自科举制度、学校考课制度、学政制度、翰林院制度等方面的强力保障，遂催生出巨量的课艺题材诗作，从而为清代极为兴盛的课艺类清诗总集编纂提供了丰富的原材料与切实的观念支撑。不过，随着 20 世纪初科举废止、学堂改制与帝制终结等事件的相继发生，这类诗歌便失去了赖以生存的土壤；同时，在日益高涨的新文化思潮的抨击批判下，其自身价值也遭到否定，从此在清诗总集编纂领域内销声匿迹。又如唱和类清诗总集。诗人间的酬唱活动具有一定的即时性。民国时，此类活动虽然依旧很频繁，结集成书者亦为数众多，并且其中的相当一部分含有清末即已蜚声诗坛者的作品；但从严格意义上讲，它们已经不属于清诗的范畴。这也就宣告了唱和类清诗总集编纂的式微。

最为深刻的变化发生在思想内容方面。民国时期，革命共和、启蒙救亡成为新的主流思潮，随之，一批贯穿着反帝反封建思想与维新革命主张的清诗总集也先后问世。罗邕、沈祖基辑《太平天国诗文钞》、张元济辑《戊戌六君子遗集》、汪诗侬辑《清华集》是其中较具代表意义的三种专题性总集。

《太平天国诗文钞》初版于民国二十年（1931）五月，署名之作者大致皆为组织参与太平天国运动之人物，是较早辑录太平天国诗文作品的专集。② 编者罗邕序云："昔者洪、杨诸王倡民族之主义，导革命之先声。

---

① 朱则杰：《关于清诗总集的分类》，同前，第 101—102 页。
② 该书所收部署署名太平天国诸王及其他相关人士之诗歌，当系后人伪托。下及《太平天国文艺三种》也可能存在这种情形。其详可参罗尔纲著《太平天国史料辨伪集》所收《诗钞不可信》、《石达开假诗考》等文，生活·读书·新知三联书店 1955 年 3 月第 1 版。

金田起义，响应者几遍全国。纵其后举事不终，然其豪气所钟，发为文章，吉光片羽，流传人间，则固皆可歌可泣。"① 将太平天国视为民族革命运动的先驱。这显然是站在革命派的立场上，看到了它所蕴含的革旧维新的历史意义，从而与晚清以来保守派士大夫一味丑诋、轻蔑的态度大相径庭。

《戊戌六君子遗集》是谭嗣同等"戊戌六君子"的诗文合编。编者张元济序云："挽近国政转变，运会倾圮，六君子者，实世之先觉。而其成仁就义，又天下后世所深哀者。"② 高度评价了他们在维新运动中的贡献与历史地位。实际上，张元济本人正是当时维新运动的积极鼓吹者与参与者，乃六君子的同道中人，曾"追随数子辇下，几席谈论，旨归一揆；其起而惴惴谋国，盖恫于中外古今之故，有不计一己之利害者"③。他在维新派遭清廷残酷镇压，六君子不幸罹难的情况下，致力于搜罗诸人遗稿，纂为此集，并于民国六年（1917）十二月出版，既是对六君子的表彰与祭奠，也是其维新革命信仰的实践。

《清华集》收录清末民初人所作诗四百余首，上起咸丰年间，下迄辛亥革命以后，大致均与当时的政治格局、历史风云有关。较之此前问世的清诗总集，该书的最大特色在于：它的作者队伍以维新志士与革命党人为主，所收诗歌的思想内容也带有强烈的维新革命色彩，大抵以如下四端最为突出：一是新派人士自抒怀抱。如振希《边塞音书断》、钝剑《醉后吟》、呵侬《无题》、胡经武《狱内感怀》、《济南狱中》、汪兆铭《庚戌被逮口占》、《狱中杂感》、《狱中有杨椒山先生祠，祠前有树，先生所手植也，感赋》、《不闻友人消息将一年矣，怆然赋此》等，便都展现了诸作者救国救民的宏愿。二是悼念同志。例如：同盟会领袖孙文《吊刘道一》，为悼念在光绪三十二年（1906）萍浏澧起义中牺牲的同盟会骨干刘道一而作；胡增山《吊鉴湖女侠，集〈文选〉》，为悼念光绪三十三年（1907）罹难的女革命家秋瑾而作；吴禄祯《黄花岗歌，哭广州流血诸烈士》，为悼念宣统三年（1911）广州黄花岗起义死难烈士而作。此类诗歌

---

① 罗邕、沈祖基辑：《太平天国诗文钞》罗邕序，民国二十四年（1935）商务印书馆排印本，卷首第1a页。

② 张元济辑：《戊戌六君子遗集》自序，民国二十六年（1937）商务印书馆排印本，卷首第1a页。

③ 同上书，卷首第1b页。

占《清华集》约十分之一的比重，是全书的一个大宗。三是鼓吹自由平等、民主共和等思想观念。如同盟会成员居正《游滇藏作》云："世界共和生不逢，扶摇抟翮傲天空。余生不愿终臣虏，旅缅无从遂霸戎。金钵托穷烟塞外，铁鞋踏破海天东。云游怕上昆仑顶，破碎山河入望中。"篇末编者按语称："居觉生当河口之役，与吕志伊君急走滇。及至事败，乃游于密芝那一带，转入缅甸，翻回前后藏。右诗即游滇藏时所作云。"① 可知其写作背景与光绪三十四年（1908）四月同盟会发动的河口起义有关。全诗表达了作者不愿接受清廷专制统治，执着追求民主共和理想的强烈愿望。四是辛亥革命的赞歌与战歌。如释敬安《上孙大总统》云："万山木落秋风劲，浮云扫尽苍天净。江流滚滚亦澄清，即此足为民国庆。"② 综计全书，此类诗歌约有七八十首，所占比重之高令人侧目。

与上述三书类似的专题性总集，主要还有：卢前辑《太平天国文艺三种》，收录洪秀全诗十九首、石达开诗二十七首（附《翼王刊石记》，并张遂谋等十人所作和韵诗各一首）、"太平联语"四十五首，末附李秀成诗二首、洪大全词二阕；胡朴安辑《南社丛选》与柳亚子主编《南社诗集》，皆着眼于收录革命团体南社诸成员之作品；黄文宽辑《岭南小雅集》，着眼于收录"含有国家思想，足以鼓舞民族精神"③ 之诗作；阿英辑《中法战争文学集》与《中日战争文学集》，分别着眼于收录同清末中法战争与中日甲午战争相关之作品；王家械辑《国魂诗选》、汪静之辑《爱国诗选》、张长弓辑《先民浩气诗选注》、吴召宣辑《两浙正气集》等，主旨亦皆为抗击帝国主义侵略、反对腐朽政府妥协投降、呼吁广大人民关心国家民族的命运、歌颂人民的民族意识与爱国精神等。

此外，像刘麟生等辑《古今名诗选》、李寰辑《新疆诗文集粹》这样的一般性的清诗总集，亦每每有将"鼓舞民族之精神"④，"革新边疆文学、鼓吹建设边疆"⑤ 之类新颖理念作为重要编纂宗旨者。

---

① 汪诗侬辑：《清华集》，《近代中国史料丛刊》第 526 册，第 1336 页。

② 同上书，第 1375 页。

③ 黄文宽辑：《岭南小雅集》例言第一款，民国二十五年（1936）广州天南金石社刻本，卷首第 1b 页。

④ 刘麟生、瞿兑之、蔡正华辑：《古今名诗选》叙例第二款，民国二十五年（1936）商务印书馆排印本，卷首第 2 页。

⑤ 李寰辑：《新疆诗文集粹》杨森序，民国三十六年（1947）铅印本，卷首第 2 页。

要之，诸如《太平天国诗文钞》、《戊戌六君子遗集》、《清华集》等清诗总集，将清末时已经出现在《普天忠愤集》、《梦醒芙蓉集》、《最新妇孺唱歌书》、《最新醒世歌谣》、《立宪纪念吟社诗选》等清诗总集中的经世思想、救亡意识与维新主张提升到一个全新的境界。两相比较，在后者那里还程度不一地保留着的王朝、天下与君臣观念，已经被《清华集》等摒弃，而代之以更纯粹彻底的国家、民族与民主共和意识；至于在《最新妇孺唱歌书》等那里还若隐若现的革命思想，更是乘着专制王朝覆灭、共和理念初步实现的东风，堂堂正正地步入了清诗总集的殿堂。这是当时的主流思潮给部分清诗总集带来的新气象，使之呈现出紧扣时代脉搏、锐意向前、相对较为激进的编纂态势。

（二）延续与保守

民国年间，随着变革进程的日益推进，新旧交替愈演愈烈，新旧冲突也是激荡不已。反映到这一时期的清诗总集编纂活动中来，便是除了发生显著的新变、表现出向前看的姿态外，还在相当程度上延续着清代时的编纂习惯与潮流，并带有一定的保守色彩。

这种延续与保守的情形之所以出现，首先是由于当时存在一批同主流思潮不甚合拍的文化保守主义者，从而和汪诗侬等较激进的编者在客观上形成了对立之势。典型代表为《晚清四十家诗钞》编者吴闿生。此人是清末桐城派代表作家吴汝纶之子，幼承家学，又曾从姚永概、贺涛学古文，从范当世受诗法，可谓桐城派宗统的嫡系传人。《晚清四十家诗钞》刊于民国十三年（1924），选收作品"以师友源澜为主"[1]，以其叔父吴汝绳、吴汝纯居首，其他如范当世、李刚己、柯劭忞、秦嵩等，亦多为后期桐城派代表作家张裕钊、吴汝纶之弟子或再传弟子，是一个带有浓重流派色彩的诗歌选本。

在当时新文化运动开展得如火如荼的形势下，吴闿生仍然恪守桐城宗统，其大背于时趋是显而易见的。对于这一点，吴氏其实有着清醒的认识[2]，而

---

① 吴闿生辑，寒碧点校：《晚清四十家诗钞》自序，浙江古籍出版社 2006 年 4 月第 1 版，卷首第 25 页。

② 曾克耑《论同光体诗》一文引录吴闿生自评《晚清四十家诗钞》语曰："我选的诗上卷是第一等诗，中卷是第二等诗，下卷是第三等诗，我知道这书出版是要挨骂的，但为诗坛要有真知灼见、昭示千古的选本，我是不怕时人讥评的啊！"参见邝健行、吴淑钿编选《香港中国古典文学研究论文选粹（1950—2000）》之《诗词曲篇》，江苏古籍出版社 2002 年 4 月第 1 版，第 24 页；据文后注，知其原载《文学世界》第 23 期。

他之所以不惜违逆时势，自有其良苦用心。吴氏自述："俯仰数十年，时事日非，前踪日远，然后咨嗟太息，以为此数公者，皆千古不常见之人也。世变愈降，则贤哲之所树为弥高，宜其益不相及。往者不可接，来者无由知。持此区区残简，质之无极之人世，其存其亡，茫乎不可究诘也。"① 在他看来，清朝的灭亡意味着"世变愈降"，桐城宗统恐怕也难免会陷入"往者不可接，来者无由知"的境地。但时代的"堕落"正反衬出桐城先哲们建树之非凡，而他本人作为桐城派之嫡传，自然有责任，也有义务去维系、传布这一光荣传统，宣扬其心目中的诗学正宗，以对抗、消除新文化运动的影响。

吴闿生的两位弟子曾克耑、贺培新也应和他的观点，将民国社会文化环境描绘得污秽不堪，同时又把老师编选这部总集、绍述桐城宗统的举措，推崇至挽救传统文学文化之危亡的地步。前者认为："世愈降而诗愈卑。陵夷至于今日，江汉之游女、兔罝之野人，亦扬徽立帜以诗教天下，而民德乃日偷，国势益纷悟不可救……李、杜、苏、黄之学将绝于天下。"② 后者也叹息道："文学之敝于今又极矣，学者益纷纶荒诞靡所向往。老师风流，凌夷殆尽，国纲丧乱，民生毗离"③，面对此情此景，"大贤君子，包孕百家，甄剔醇驳，以维系斯文于嬗化绝续之交。而圣迹高文精奥之蕴，赖以绵延于不坠，其功顾不休乎伟哉！"④ 类似词句诚如今人闵定庆所指出的，"透射了近世'文化守成主义'者的'救世'幻想，试图将诗歌变成一剂良方，消解因文化转型而产生的'心理焦虑'"⑤，实际上却使自己一步步滑向脱离时代的深渊。

民国年间，和吴闿生抱有类似观念的清诗总集编者不在少数。早在民国元年（1912），许佩荪在为明崇祯年间人许鸣远辑《天台诗选》作增订续补工作时，即提出：

> 此鸿篇巨制，又诸名贤之精神心血所寄也……使并此而俱失之，

---

① 吴闿生辑，寒碧点校：《晚清四十家诗钞》自序，卷首第25页。

② 吴闿生辑，寒碧点校：《晚清四十家诗钞》曾克耑序，卷首第26—27页。

③ 吴闿生辑，寒碧点校：《晚清四十家诗钞》贺培新序，卷首第30页。

④ 同上。

⑤ 闵定庆：《〈晚清四十家诗钞〉与桐城诗派的最后历程》，《中国韵文学刊》2008年第1期，第84页。

是先人之手泽不复记录，无异籍谈之数典忘祖也；是乡邦文献，听其与飘风飞霆、昆池劫灰同归灭没，比于杞宋之无征也；是异学猖恣、国粹沦亡，并此区区者而不恝遗也；是斯文将尽，后生小子恬然于时势之所趋而不之怪，虽有贤杰振起，以复古为事，亦苦于无所依据，而见异思迁也。①

褚传诰、金潜在为此集所撰序言中，也表述了类似观念。分别云：

> 际此沧海扬尘、劫灰再黑之秋，与其滔滔横流，靡知所届，孰若反吾初服，相与聚先正一堂，庶几由陶咏所及，或可留吾道之万一于将来也夫，岂仅敝帚自享而已乎？②
>
> 当兹废经蔑孔，异学猖狂，吾道沦胥之会，刻此亦复何益？然为乡邦文献之所系，抑亦国粹将亡之转借以保存也。然先生（按，即许鸣远）生不忍见亡国之戚，不数月而卒。范文子祝宗祈死，竟如所愿。予不幸遭非常之变，与先生相似，而祸势剧烈，更甚于亡明。③

许佩苏等遭逢清朝灭亡、民国建立的所谓"非常之变"，眼中所见，乃是一幅"异学猖恣，国粹沦亡"、"废经蔑孔"、"吾道沦胥"的景象。他们悲观地认为，后生小子将"恬然于时势之所趋而不之怪"，从此"见异思迁"。当兹"斯文将尽"之秋，许佩苏搜集传播前贤诗作，已经不只是"乡邦文献之所系"，其中还寄托了他传承"国粹"、昭示后人、"留吾道之万一于将来"的愿望。

吴闿生、许佩苏等的这种想法自然只是一厢情愿，但他们为传承"国粹"而进行的总集编纂工作，客观上却也起到了保存传统诗学文献的效果。实际上，这种表彰前贤诗学成就、保存前代诗学遗产的行为，在民国时期非常普遍，而绝不仅见于遗老遗少中。它们的大量涌现，和清代已

---

① （明）许鸣远辑，许佩苏补辑：《天台诗选》许佩苏后序，《四库全书存目丛书补编》第35册，第116—117页。

② （明）许鸣远辑，许佩苏补辑：《天台诗选》褚传诰序，同前，第2页。

③ （明）许鸣远辑，许佩苏补辑：《天台诗选》金潜序，同前，第3页。

经非常兴盛的诗歌总集编纂风气密切相关，是清人编选清诗总集之传统的延续；同时也是该阶段的时代特征与诸编者的思想观念的产物，概言之，大致有以下两方面：

一方面，民国时期社会动荡，干戈扰攘，对文献资料的保存造成巨大威胁。很多有识之士在社会责任感与文化使命感的召唤下，着手编纂包括清诗总集在内的各类典籍，意在护卫并延续传统文学、文化之命脉。民国十九年（1930），诸章达在为谢宝书辑《姚江诗录》所撰序言中，就提到："际兹风云扰攘、右武轻文之日，若不及时搜辑，后虽有握怀铅椠、勤于搜访者，恐亦不可得矣。"① 明确指出了及时开展这项工作的必要性与紧迫性。辛亥革命元老、近代著名政治家、军事家、教育家李根源便是出于此种考虑，在抗日战争初期担任云南盐察使时，主持编纂了《永昌府文征》一百三十六卷，汇辑自先秦至当时云南永昌地区作家作品及历代人所作与永昌有关之诗文上万首，民国三十年（1941）初版于昆明。就在该书问世后不久，永昌辖下的腾冲县即被日军占领，备受蹂躏，保山县则频遭日军轰炸，两大云南历史文化名城不幸化为焦土，乡邦文献经此浩劫，亦损失殆尽。李根源事后回忆说："是时太平洋风云未变，永昌、腾龙为区宇之乐乡。未几而香港陷、暹罗叛、马来败、缅甸失，剥床之痛及于永昌。哀我桑土，罹此鞠凶，生民涂炭，文物荡尽。设无此书搜罗于事前，则此戈戈者亦随毒镝凶锋而俱毁矣。呜呼，讵不痛哉！"② 再充分不过地印证了诸章达的观点。

另一方面，不少编者也意识到，经过有清一代的发展与积累，传统文化、古典诗歌达到了一个新的高度，形成了自身的特色，需要也值得人们去整理与传播。如《湘雅摭残》编者张翰仪云："余浪迹湖湘，浮沉宦海，退食之暇，坐拥遗编。默念吾乡自道、咸以来，洪、杨之役，曾、左崛起，不独事功彪炳于史册，即论诗文，亦复旗帜各张，有问鼎中原之概。"③ 对以曾国藩、左宗棠等为代表的近代湖南诗歌推崇备至，认为它已经达到了"问鼎中原"的高度，绝非此前仅仅作为地方文学而存在的

---

① 谢宝书辑：《姚江诗录》诸章达序，民国二十年（1931）中华书局排印本，卷首第 1a 页。

② 李根源辑：《永昌府文征》自跋，杨文虎、陆卫先主编《〈永昌府文征〉校注》，云南美术出版社 2001 年 12 月第 1 版，第 1 册第 14 页。

③ 张翰仪辑，曾卓、丁葆赤标点：《湘雅摭残》自弁言，岳麓书社 1988 年 6 月第 1 版，卷首第 1 页。

湖南诗歌可比。由于清道光以前的湖南诗歌已有邓汉仪辑《沅湘耆旧集》与邓琮辑《沅湘耆旧集前编》做了较好的整理，张翰仪乃搜集自清道光末至民国初六百三十四位湖南人所作诗歌（包括少数词作）近八千首，纂为《湘雅摭残》十八卷，意在"永湖湘耆旧之传"①。

　　正是在上述几重因素的影响下，民国人为保存清代文学文化遗产而编纂了大量清诗总集，即便在国家、民族危机最为深重的抗日战争时期，都未曾停歇。而他们用力最深的一个领域，便是乡邦文献的搜集整理，大致涵盖地方、宗族、题咏等类型清诗总集，其中的主干则应推地方类清诗总集。

　　综观这一时期编纂的地方类清诗总集，大抵顺承了清代的发展趋势。首先是不断有新地区加入，即如云南省，就一改清代时当地诗歌总集编纂以面向云南全省的总集为主，而面向云南省下辖诸地区的总集则较为罕见的格局，相继涌现出李步云辑《顺宁乡先正诗文丛录》、李启慈辑《阳温登诗钞》、佚名辑《蒙化诗文征》、高克敬辑《蒙化县北区耆旧子遗诗文选钞》、佚名辑《丽江诗文选》、佚名辑《文山、盐兴、河西、靖边、富州等县诗文》、佚名辑《呈贡、禄劝、大姚、龙陵等县诗文》、董钦辑《云龙县诗文丛录》、陈肇基辑《富州诗文征》、佚名辑《峨山名人遗著》、邱廷和辑《缅宁诗文征》、佚名辑《腾冲诗文征》、佚名辑《建水近代名人诗文选钞》、萧声辑《江川诗征》、何宗淮辑《梨阳诗存》、方树梅辑《晋宁诗文征》、李根源辑《永昌府文征》、王灿、李鸿祥辑《玉溪文征》等众多府、县乃至乡镇一级的总集。② 它们的成批出现，使滇诗总集的区域层级系统就此趋于完整与平衡，也将整个滇诗总集的编纂推进到一个全新阶段。

　　除云南外，民国时其他省份也每每可见此前基本上未曾编纂过该地诗歌总集的地区加入到地方类清诗总集的版图中来。例如：黑龙江有林传甲辑《龙江诗选》；直隶盐山县有贾恩绂辑《明清盐山诗钞》；山西忻县有陈敬棠辑《秀容诗文集》，定襄县有牛诚修辑《晋昌遗文汇钞》；江苏盐城县有张绍先辑《盐城诗征》，上海县辖下闵行有黄蕴深辑《闵行诗存》；

---

　　①　张翰仪辑，曾卓、丁葆赤标点：《湘雅摭残》自弁言，卷首第 2 页。
　　②　具体可参见吴肇莉的博士学位论文《云南诗歌总集研究》第二章第三节"总结：民国的云南诗歌总集编纂"。

浙江定海县辖下岱山有汤濬辑《蓬山两寓贤诗钞》；福建上杭县有邱复辑《杭川新风雅集》；河南商丘县有王剑秋辑《雪苑乡贤诗文选》，孟津县有蒋藩辑《河阴文征》，淮阳县有李崇山辑《淮阳文征外集》，安阳县有张凤台辑《安阳四子诗集》；湖南安化县有夏德渥辑《安化诗钞》，溆浦县有朱光恒辑《溆浦三贤诗文钞》；广东五华县有陈槃辑《五华诗苑》，阳江县有杨柳风辑《阳江诗抄》；广西宁明县有黎工伮等辑《宁明耆旧诗辑》；四川简阳县有汪金相等辑《简阳县诗文存》，等等。

其次，续补现象同样广泛存在。如张伯英辑《徐州续诗征》之于清桂中行辑《徐州诗征》，侯学愈辑《续梁溪诗钞》之于清顾光旭辑《梁溪诗钞》，谢鼎镕辑《江上诗钞补》与《续江上诗钞》之于清顾季慈辑《江上诗钞》，王舟瑶辑《台诗四录》之于清戚学标辑《三台诗录》与《续录》、清宋世荦辑《台诗三录》，祝廷锡辑《竹里诗萃续编》之于清李道悠辑《竹里诗萃》等，便皆可据书名明确判断。另外，袁嘉谷等辑《滇诗丛录》着眼于辑录此前问世的《滇南诗略》、《滇诗嗣音集》、《滇诗重光集》、《滇诗拾遗》等一系列滇诗总集未收之诗作，杨青辑《杨园诗录》着眼于辑录清曾唯辑《东瓯诗存》未收之诗作，前及《湘雅摭残》同样可以视为一部"沅湘耆旧集续编"。

要之，民国时期的地方类清诗总集编纂延续了清代的潮流，把清人已经筑就的道路铺得更长，同时又在清人已有基础上，打造出一个更加庞大、厚实的地方类清诗总集的架构，堪称成就斐然。

进一步来说，相对于那些秉持文化保守主义立场的编者，民国时期很多地方类清诗总集乃至其他类型清诗总集的编者其实并不陈腐，而是颇为开通明达，能与时俱进，其中甚至不乏革命者，如《永昌府文征》编者李根源即是。只是由于他们的编纂活动同清代时的编纂潮流一脉相承，而其所辑诗人诗作的内容性质又偏于"古旧"的缘故，遂使之成为另一种意义上的"守旧"，即守护并保存传统诗学遗产之旧，守护并传承古典文化命脉之旧，意在让传统诗学与古典文化绵延不息，生命永续。这种意义上的"守旧"，与真正的保守派的"守旧"合而为一，乃令民国时期的清诗总集编纂呈现出新变中有延续、现代与传统交织、革新与守旧混杂的复合形态。

（三）汇总的声音

尽管民国时期的清诗总集编纂存在明显的革新与保守间的对立共存，

但在双方阵营内部，却共同传出了汇总有清一代诗歌的声音。

革命阵营可以南社诸诗人为代表。民国三年（1914），南社领袖之一高旭计划编纂一部《变雅楼三十年诗征》，着眼于收录清末民初三十年间的诗人诗作。在他的广泛征求下，南社社员们纷纷赠诗作序，提出各种编选意见。其中，胡怀琛《与高天梅书》建议高旭将收诗范围扩大到整个清代，对清诗进行一次全面清理。他认为："尊辑范围限于三十年，自是一体裁"，然而"从来一代诗文，类有集为大成者。以诗而论，唐有《全唐诗》，宋有《宋诗钞》事，金有《中州集》，元有《元诗选》，明有《列朝诗集》、《明诗综》，即如五季匆匆代谢，李雨村犹惜其文献无存，为集《全五代诗》五十卷"，唯"有清一代，此书尚付缺如，吾固知后必有为之者，今未尚见也，公有意乎？"① 胡怀琛的提议被高旭《答胡寄尘书》命名为"全清诗"，这很可能是第一次有人正式提出"全清诗"的名称，具有非凡的学术史意义。在距清朝灭亡还不足三年的当时，胡怀琛等人便有如此宏伟的目标，是非常值得称道的。不过需要指出的是，胡、高二人并未对这个"全清诗"的概念作出很明确的界定，而把《全唐诗》、《全五代诗》与《宋诗钞》、《元诗选》等相提并论，更是混淆了全集与选集间的区别。他们所谓的"全清诗"，恐怕还只是一种模糊的设想。②

革命派提出的"《全清诗》之宏议，伟则伟矣，奈收拾颇不易何"③，因而成了纸上谈兵。集有清一代诗歌之大成的任务却在保守派那里，部分得到了完成，其阶段性成果便是著名清诗总集《晚晴簃诗汇》。此集凡二百卷，由北洋军阀徐世昌组织其门客、僚属编纂而成，民国十八年（1929）刊行，涵盖清王朝自开国至灭亡的所有历史时段，是对有清一代诗人诗作的一次大规模清理。全书除"御制外，得六千一百五十九家"④，

---

① 柳亚子等撰：《南社丛刻》，江苏广陵古籍刻印社 1996 年 4 月第 1 版，第 3 册第 1813—1814 页。按，胡怀琛此文在《南社丛刻》中被误植于陈世宜名下，标题为《再复高剑公书》；杨天石、王学庄编著《南社史长编》已予以辨正，中国人民大学出版社 1995 年 5 月第 1 版，第 361 页。

② 关于清末民初人汇总有清一代诗歌的诸项吁请与举措，可参见朱则杰《〈全清诗〉的先声》一文，载《中国文学研究》2012 年第 4 期。

③ 高旭撰，郭长海、金菊贞编：《高旭集》下编《天梅遗集补遗》卷二十二《答胡寄尘书》，社会科学文献出版社 2003 年 5 月第 1 版，第 538 页。

④ 徐世昌辑，闻石点校：《晚晴簃诗汇》自序，中华书局 1990 年 10 月第 1 版，第 1 册卷首第 1 页。

收诗二万七千余首。就得人之众、收诗之多两方面而言，均堪称现存所有单种清诗总集之翘楚。只是此书的搜集范围虽则宏博，却还仍有不足。像倡导"诗界革命"的维新派人士的诗歌便收得很少，并且多非其代表作品，至于革命派诗人如高旭、宁调元、周实、张光厚等，更无只字入选。这应是由于实际担纲此书编选工作的徐氏诸门客、僚属颇多清廷遗老，其政治主张、文学观念与新派人士存在较大差异的缘故，同时也从一个侧面揭示出民国时期新、旧两派间的矛盾冲突。

## 五　现代

1949 年至今的清诗总集编纂，可以改革开放为标志，分为前、后两个阶段。前一阶段的编纂活动相对比较萧条，是为波折期；后一阶段则随着整个社会经济文化的复苏与发展，而重新活跃起来，并且在某些领域内有了新的建树，是为恢复、开拓期。

改革开放之前三十年编纂出版的清诗总集，内容与主题多为反映社会历史背景，体现革命思想与爱国热情。此类总集集中产生于 50 年代末 60 年代初。规模最大者当推阿英辑《中国近代反侵略文学集》，凡含《鸦片战争文学集》、《中法战争文学集》、《甲午中日战争文学集》、《庚子事变文学集》、《反美华工禁约文学集》五种总集，分别于 1957 至 1960 年间出版，其中所收诗歌共计二千八百余首。其他类似者还有江苏人民出版社辑《江苏近代反侵略诗歌选》，程英辑《中国近代反帝反封建历史歌谣选》，窦荣昌辑《天地会诗歌选》，罗尔纲辑《太平天国诗文选》，萧平编选、吴小如注释《辛亥革命烈士诗文选》，等等。

这一时期，清代歌谣的搜集整理工作也取得了较突出的成绩。像中国民间文艺研究会资料室主编《中国歌谣资料》与蒲泉、群明辑《明清民歌选》这两种歌谣总集，便发掘整理了一大批歌谣文献，其成就至今仍未被完全超越。至于和清代历次所谓农民运动有关之歌谣的采录工作，更是得到蓬勃开展，一批相关题材的总集也随之而陆续问世，主要有太平天国历史博物馆辑《太平天国歌谣》、李东山及阜阳专区文学艺术工作者联合会分别纂辑的两部《捻军歌谣》、刘崇丰等辑《义和团歌谣》等。这种对民间歌谣的高度重视，一则是"五四"前后兴起的民俗学、民间文学研究风气的延续；再者，却也仍然和特定政治历史背景密不可分。在当时的意识形态支配下，文学反映并批判社会历史的功能，及其阶级性、人民性的特征被最大限度地强调，从而成为总集编选的首要标准。而流传于民众口头的歌谣，恰恰再符合这种标准不过。

此外，地方类与题咏类清诗总集也颇有一些问世。如李俊承、江煦辑《闽三家诗》、江煦辑《闽四家诗》、刘介辑《广西僮族文人诗文选》、方树梅辑《历代滇诗选》，以及佚名辑《扬州风土词萃》、路工辑《清代北京竹枝词》等，便都在这一时期最终付印或成书。只是上述诸种总集，唯《清代北京竹枝词》于1962年由北京出版社正式出版，《扬州风土词萃》于1961年由扬州古旧书店影印面世；其他则或仅得到油印的机会，或仅为抄稿本，均处于乏人问津的境地。

概言之，这一时期问世的清诗总集，数量相对偏少，内容与类型也不够丰富；并且缺乏时间上的连贯性，只是在50年代末60年代初的几年内，较为集中地有若干种得到正式出版，剩余时段则乏善可陈。至于文革及其前后的十余年，更是只能用一片惨淡来形容，唯1975年、1976年两年间应时而生的几种所谓"法家"诗选①，勉强够得上通代类清诗总集的资格。可以说，改革开放前的三十年，是迄今为止清诗总集编纂史上的一个少有的低谷。

当然，以上所述乃是针对1949至1979年间的中国大陆地区而言；而就中国香港、中国台湾地区来说，则情况稍有不同。这一时期港、台地区编纂并付印的清诗总集，主要有余祖明辑《广东历代诗抄》、罗香林辑《兴宁二十五家诗选》，曾今可辑《台湾诗选》、赖柏舟辑《诗词合钞》、赖子清辑《台湾诗海》、陈汉光辑《台湾诗录》、林文龙辑《台湾诗录拾遗》等，多为广东、台湾地方之诗歌总集。客观地讲，辖域面积偏于狭小、文化积淀相对不足的港、台地区能在一个较短的时期内，各自有若干种粤、台地方清诗总集编纂问世，本身还是值得称道的。但如果把它们放到全国范围内，以及整个清诗总集编纂史上来看的话，则仍然无法从根本上改变这一时期清诗总集编纂相对贫弱的面貌。

否极泰来，自20世纪70年代末大陆地区实行改革开放后，清诗总集的编纂乃再度进入活跃时期。不仅此前三十年间趋于衰微的若干类型总集之编纂重又恢复生气，而且还开辟出不少新的领域，取得了新的阶段性成

---

① 其详可参见国家出版局版本图书馆编《古籍目录（1949.10—1976.12）》，中华书局1980年8月第1版，第220—222页。

就。这主要体现于以下四点：

第一，内容、题材趋于多元。这一时期，以反帝反封建、爱国革命为主题的总集编纂，仍然延续着此前的潮流，产生了诸如太平天国历史博物馆辑《太平天国诗歌选》，刘运祺、蔡忻生辑《辛亥革命诗词选》，李冬生辑《中国近代反帝爱国诗抄》，以及龚书铎、潘国琪，鲁歌、魏中林，孙钦善、陈铁民、孙静各自合作编选的三部《近代爱国诗选》等政治色彩较为强烈的清诗总集。不过从整体上看，此类总集在本时期问世的所有清诗总集中所占的比重已经大大下降。在思想解放、经济发展、文化繁荣的大环境推动下，清诗总集的编纂重新呈现出百花齐放的景象。

一方面，很多已有领域、题材，如地方、宗族、题咏、闺秀等，均不同程度地得到了延续或深化，先后有全台诗编辑小组辑《全台诗》，路志霄、王干一辑《陇右近代诗抄》，马甫平辑《黄城陈氏诗人遗集》，周锦国辑《清代白族赵氏作家群作品评注》，刘作会等辑《黎氏家集续编》，缪幸龙主编《江阴东兴缪氏家集》，刘海石辑《清人题画诗选注》，陈履生辑《明清花鸟画题画诗选注》，潘国琪、吴万刚、张巨才辑《近代咏台诗选》，王慎之、王子今辑《清代海外竹枝词》，萧耘春辑《苍南女诗人诗集》，岑玲辑《赵氏闺媛诗注评》等相关总集问世。

另一方面，则是新领域、新题材的开拓。如东北流人诗总集。清代时东北地区曾流放有大批犯人，其中不乏能诗之士。他们在流放期间创作的诗歌具有独特的生活内容、鲜明的艺术特色，是清诗的一个很有特色与价值的组成部分。然而，这部分诗人诗作长期以来罕见专人专书对其进行系统整理，只有清初僧人释今羞编纂的集会唱和诗总集《冰天社诗》等，相对较为集中地从一个侧面折射出这个群体的诗歌创作风貌。至1988年10月，张玉兴辑《清代东北流人诗选注》在辽沈书社的出版，乃填补了这个空白。此集选收四十八位流人所作五百五十八首诗歌，另附六位赴戍所探视者之诗五十六首，"目前所能见到的流人诗作者大都汇集此书……基本上荟萃了流人诗作的菁华"①。

又如少数民族汉语诗歌总集。从宽泛的意义上讲，清人所编着眼于收录八旗诗人诗作之总集，如铁保辑《白山诗介》与《钦定熙朝雅颂集》、

——————————

① 张玉兴辑：《清代东北流人诗选注》戴逸序，辽沈书社1988年10月第1版，卷首第4页。

崇彝辑《雅颂续集》、完颜守典辑《杭防诗存》、三多辑《柳营诗传》、佚名辑《旗下闺秀诗选》等，已经具备了该类型的雏形。不过，所谓八旗诗人群体，包括满洲、蒙古、汉军三个族群，成分不免庞杂。而在这一时期，完全且明确立足于选收我国少数民族汉语诗歌的总集开始成批涌现。其中既有张菊玲、关纪新、李红雨辑《清代满族作家诗词选》，周天仕、王敬容辑《明清壮族诗文选》，曾庆全辑《历代壮族文人诗选》，湖南省少数民族古籍办公室辑《历代土家族文人诗选》，赵晏海、桂明主编《白族历代诗词选》，赵银棠辑《纳西族诗选》，前及《清代白族赵氏作家群作品评注》等，着眼于选收某一少数民族之诗人诗作者；又有刘正民、星汉、许征辑《西域少数民族诗选》、陈书龙主编《中国古代少数民族诗词曲评注》等，将若干少数民族之作家作品汇于一编者。

第二，"清诗"专选大量涌现。上一时期，学界对清代诗歌的评价普遍不高，加上整个社会文化环境的制约，故而罕有"清诗"专选编纂出版。笔者管见所及，只有人民文学出版社1963年8月出版的由北京大学中文系文学专门化1955级《近代诗选》小组选注的《近代诗选》这一种，可以看作"清诗"专选的非典型代表。20世纪80年代以来，清代诗歌的成就与地位日益得到人们的认可与重视。相应地，"清诗"专选的编纂与出版也开始重现出昔日的繁荣，主要代表有：福建师范大学中文系古典文学教研室以及丁力、王镇远、乔万民各自编选的四部《清诗选》，陈祥耀辑《清诗精华》，钱仲联辑《清诗精华录》及其与钱学增合辑《清诗三百首》，刘世南辑《清诗三百首详注》，王英志辑《新编清诗三百首》与《清人绝句五十家掇英》，陈友琴辑《千首清人绝句》，程芳银辑《清诗撷英》，朱则杰师辑《清诗选评》等。

另外，众多专门着眼于采收"近代诗"者，如陈铁民辑《近代诗百首》，钱仲联辑《近代诗钞》、《近代诗举要》及其主编《近代诗三百首》，郭延礼辑《近代六十家诗选》，张永芳辑《近代诗歌选注》等，也都可以归入广义的"清诗"专选。

至如通代之属，较之上一阶段也有大幅增长。主要代表有：宋丽静辑《宋元明清诗选》，陈友琴辑《元明清诗一百首》及其主编《元明清诗选注》，叶君远、邓安生辑《中国古典诗歌基本文库·元明清诗卷》，朱则杰师辑《元明清诗》，陈道贵辑《元明清诗选》，钱仲联辑《明清诗精选》，邓楚标、邓亚文辑《明清千家诗》，乃至霍松林辑《历代好诗诠评》、戴燕主编《历代诗典》、香港瀛海诗词学会主编《近四百年五百家诗选》等。

第三，地方类清诗总集编纂的复兴。这一时期此类总集的编纂活动，虽然就目前来看，尚不能断言可以和清代时的高度繁荣景象比肩絜大，但却也已经具备了一定的规模与特点。尤其是《全台诗》、《全粤诗》这两部以牢笼台湾、广东地区所有古典诗歌为目标的全集的出现，更堪称其中的最大亮点。

《全台诗》由台湾成功大学中文系教授施懿琳担任主持人，台湾师范大学国文系教授许俊雅担任协同主持人，全台诗编辑小组编纂。着眼于收录"从明郑（1661—1683）起始，经历清领（1683—1895），到日治（1895—1945）时期，前后将近三百年"① 间的"台湾本地人士创作的所有诗作"与"非台湾本地人士而到过台湾者，有关台湾的诗作"②。其中咸丰元年（1851）以前部分已经先期完成，计约七十六万言，分装五册，由台湾远流出版公司于 2004 年 2 月出版。《全台诗》是我国编刊的第一部地方诗歌全集，它的问世将整个地方类诗歌总集的编纂推进到一个全新的高度，具有划时代的意义。

《全台诗》之后，规模更加宏大的《全粤诗》的编纂出版工作也正在进行。该书的纂辑计划由陈永正于 1998 年正式提出，中山大学古文献研究所与香港中文大学中文系共同承担，大体上着眼于收录自汉至清"原籍粤地，或生平主要活动于粤而落籍于斯者"，以及"粤女外嫁他省、外省女子入嫁粤人或祖籍外省而生于粤者"③ 之诗作，地域范围包括今广东、海南、香港、澳门诸省与特别行政区，以及广西的钦州、北海等地，与明清时期广东省的辖境大致相当。目前，汉至明代部分的编纂工作已经告一段落，共收入诗人二千一百多家、诗歌五万多首，总字数约一千五百万，分装三十册，由岭南美术出版社于 2008 年 12 月起陆续出版。与此同时，清代部分的编纂工作也已经提上议事日程。据主事者初步摸查，清代粤诗的总量至少达十万首以上，字数超过三千万，篇幅至少是以前各代总

---

① 全台诗编辑小组辑：《全台诗》凡例第四款，台湾远流出版公司 2004 年 2 月第 1 版，第 1 册卷首第 4 页。

② 全台诗编辑小组辑：《全台诗》凡例第二款，第 1 册卷首第 4 页。

③ 中山大学中国古文献研究所编：《全粤诗》凡例第四款，岭南美术出版社 2008 年 12 月第 1 版，第 1 册卷首第 1 页。

和的两倍多！

　　另外，据曹亦冰主编《高校古籍整理研究学者名录》介绍，20世纪八九十年代，云南师范大学云南地方学研究室余嘉华等有过纂辑《全滇诗》的计划，只是至今未见实质性成果问世。2002年1月，廖永祥辑《蜀诗总集》出版，他在该书《前言》中也发出了纂辑《全蜀诗》的倡议。相信随着时间的推移，地方诗歌全集的编纂会吸引到越来越多的关注与投入。

　　要之，地方诗歌全集的数量目前虽然还很少，但它却标志着整个地方类诗歌总集的编纂已经升华到一个全新的境界，对于未来的地方类清诗总集乃至《全清诗》的编纂，都将具有不容低估的意义与影响。

　　这一时期编纂出版的其他地方类总集，很多都可以归入清诗总集的范畴，其中不乏接续前人或填补空白的力作。如路志霄、王干一辑《陇右近代诗抄》承清刘绍攽辑《二南遗音》、李元春辑《关中两朝诗钞》等之后，使甘肃省拥有了一个相对较详备可靠的近代诗人谱系；近代巴蜀诗钞编委会辑《近代巴蜀诗钞》承清张沆辑《国朝蜀诗略》、孙桐生辑《国朝全蜀诗钞》等之后，较好地清理了四川省近代时期的诗歌文献；汪世清辑《明清黄山学人诗选》继承了明清安徽徽州（大致相当于今黄山市）繁盛的地方类总集编纂传统，形成了一部徽州学者诗歌的专选。此外，诸如杨继国、胡迅雷主编《宁夏历代诗词集》与《宁夏历代艺文集》面向的宁夏回族自治区，熊宪光辑《巴渝诗词歌赋》面向的重庆市；黄志辉、龙思谋辑《粤北历代名人诗选》面向的广东省北部地区，王如柏主编《六盘水古今诗词选》面向的贵州省六盘水市，阿克苏地区诗词学会辑《龟兹历代诗词选》面向的新疆阿克苏地区，许成章辑《高雄市古今诗词选》面向的台湾省高雄市；冯仲平、李江山辑《平乡诗文集》面向的河北省平乡县，萧耘春辑《苍南诗征》面向的浙江省苍南县，刘高汉等主编《开化历代诗词选》面向的浙江省开化县，陈景锴辑《海珠古诗录》面向的广东省广州市海珠区，谭力行主编《连州历代诗选》面向的广东省连州市，胡传淮辑《蓬溪诗存》面向的四川省蓬溪县，雒翼主编《甘谷诗词大观》面向的甘肃省甘谷县等，多为此前基本未见有地方类总集编纂的地区。它们的编纂问世，使我国地方类总集的宏伟体系获得了相当大的充实。

　　第四，全面通盘整理清诗的呼声重新响起。自20世纪初胡怀琛等人提出编纂《全清诗》的设想后，长期以来一直缺乏嗣音。这一则由于时代的局限、社会动乱的影响，同时也是清诗研究的学术积淀薄弱、学科建设不足所造成的。新时期以来，随着清诗研究的不断发展与深入，人们日益认识到了解清代诗歌的全部存在状况对于进一步推进清诗研究的重要性。早在20世纪80年代初，著名学者郭绍虞就倡议组织力量编纂《全清诗》，以保存一代文献①。1993年10月，原浙江大学传统文化研究所联合中国人民大学中文系、苏州大学中文系暨近代文哲研究所、暨南大学中文系、华南师范大学中文系近代文学研究室和黑龙江省社会科学院历史研究所等单位，成立了《全清诗》编纂筹备委员会，从而使这种设想开始逐步进入实质性操作阶段。自成立以来，该委员会已经在机构组织、人员聘请、前期调查、方案制订、资料收集等各个方面，做了大量工作，获得了不少积累，包括一系列档案、论文和工作用计算机软件等②。当然，全面通盘整理清诗的工作任重道远，需要几代学人的不懈努力；而也正是由于其规模太大，有关部门尚未予以立项，所以至今仍然未能正式开编。不过，任何一种文体的断代总集编纂都会最终指向一个集大成的目标，这是学术演进的必然要求与趋势。相信随着整个学术事业的不断发展，这个古代诗歌中唯一尚未立项的最后一个断代全集，总有一天也会提上议事日程。

　　清诗总集的编纂仍在延续，是一个开放性的过程。我们期待更多内容更完善、编纂更科学的清诗总集不断问世。

---

　　① 参见郭绍虞《对整理古籍的一些建议》一文，收入作者论文集《照隅室杂著》，上海古籍出版社2009年7月第2版。

　　② 参见朱则杰《〈全清诗〉编纂筹备委员会成立》、《〈全清诗〉编纂筹备工作进入实际操作准备阶段》、《〈全清诗〉编纂计算机管理系统设计完成》等文，皆收入作者文集《清诗知识》第五辑《随笔信息》。

# 第 二 章
# 清诗总集的基本类型

关于清诗总集的分类方式，首先体现在若干书目对集部总集类的类型划分中。例如：《清史稿艺文志补编》将集部总集类分为"历代诗文"、"地方诗文"、"家集"、"杂集"凡四类；《清史稿艺文志拾遗》分为"类编"、"文选"、"通代"、"断代"、"郡邑"、"氏族"、"唱酬"、"题咏"、"尺牍"、"谣谚"、"课艺"、"域外"、"辑佚"凡十三类；《中国丛书综录·子目》分为"文选"、"历代"、"郡邑"、"外国"、"氏族"、"唱酬"、"题咏"、"尺牍"、"谣谚"、"课艺"凡十类；《中国古籍善本书目·集部》分为"丛编"、"通代"、"断代"、"地方艺文"、"家集"凡五类。去除"文选"、"尺牍"、"外国"等与清诗总集无关者，即可得到若干清诗总集的类型范畴。

涉及清诗总集分类问题的今人论著，主要有三种。一是新加坡学者杨松年的《中国文学评论史编写问题论析》。该书第二章第二节《诗选诗汇诗论价值之进一步考察》，将晚明至清中叶人所编诗歌总集分为五大类，下面共有十六个小类。其中第一大类为"以时代为主"者，下有"偏于全面搜集"、"主删选"两个小类，而"主删选"之下又有"通代"、"断代"两个子类；第三大类"以诗人为主"，下有"集诗友之作"、"集忠义之士之作"、"集弟子之作"、"集同一姓氏之作"、"集同一诗派之作"、"集家人之作"、"选前代或同时代人之作"、"集僧人之作"、"集闺秀之作"九个小类；第四大类"以作品主题为主"，下有"属倡和"、"描风景"、"属题咏"三个小类；第五大类"以诗体为主"，下有"五、七言近体"与"乐府"两个小类；唯第二大类"以区域为主"，下无小类之划分。要之，杨先生的分类方式可谓细致，不过却失之琐碎，并且稍欠条理。

二是朱则杰师的《关于清诗总集的分类》。这篇文章第一次专门提出了清诗总集分类的问题。文章以"传统目录学的详细分法为基础，同时结合自身的实际情况"①，将清诗总集分为十类，即全国、地方、宗族、唱和、题咏、课艺、歌谣、闺秀、方外、域外。这十类中，"全国、地方、宗族三类作为一组，主要着眼于作家的分布范围；唱和、题咏、课艺、歌谣四类作为一组，主要着眼于作品的创作方式；闺秀、方外、域外三类作为一组，主要着眼于作家的特殊身份"②。在此基础上，该文又指出："各组之间，乃至同一组各类之间，都有可能发生交叉。例如第三组之闺秀、方外二类，便可以同时兼有前面两组各类。第二组内部的唱和、题咏、课艺诸类，相互交叉也颇为常见。凡遇此种情况，传统目录学一般依照其相对来说最为专门、接近的类型予以归属。"③可以说，《关于清诗总集的分类》是迄今为止阐述清诗总集分类问题最为系统、完善的一篇文章。

三是蒋寅《论清代诗文集的类型、特征及文献价值》一文，也从各个角度出发，对清代总集进行了分类。若着眼于编纂形式，有"选集"、"全集"、"汇刻"之别；着眼于编纂宗旨，有"选集"、"全集"之别；又"根据作者生活的年代、地域、身份和作品内容"④，对"选集"进行了划分，涉及历朝、断代、地域、遗民、八旗、闺秀、布衣、方外等类型。又，刘和文著《清人选清诗总集研究》第一章第二节《清人诗歌总集分类》，则将清诗总集分为"全国性"、"地方性"、"宗族性"、"题咏唱和类"、"专体类"、"相同身份类"凡六类，大抵是从朱则杰师的分类框架归并而来，唯稍嫌简略。

本书分类的基本框架采用朱则杰师的观点。具体论述中，主要着眼于各类型清诗总集的内部形态，对其各自的基本面貌、特色与成就进行初步勾勒。至于研究对象，则以清代本朝编纂者为主，兼及部分民国时期问世者。

# 第一节　全国类

所谓全国，是与地方相对的概念。按照清朝最后规定的行政区划，凡

---

① 朱则杰：《关于清诗总集的分类》，同前，第101页。
② 同上文，第102页。
③ 同上。
④ 蒋寅：《论清代诗文集的类型、特征及文献价值》，同前，第65页。

所收作家着眼于全国，或不曾明确表示限收地方作家的清诗总集，均可归入全国类。例如冯舒辑《怀旧集》，尽管所收作者皆为江苏常熟籍人士，但由于并非从搜罗地方作家的角度出发，因此仍然可以全国类视之；而像李夏器等辑《同岑集》这样，虽然书名未曾标举地方的称谓，但却在序言与凡例中明确提出以辑录浙江湖州府诗人诗作为鹄的者，则应以地方类视之。这类总集依所收作家的朝代，一般可以分为当代、通代两大类；此外又有较特殊的跨代类。兹分述之。

**一 当代**

所谓"当代"，即立足于清代本朝，着眼于收录清人诗歌的总集[①]，相当于目录学中集部总集类的"断代"之属的概念。它是全国类清诗总集中最具代表性的一个小类型。就此类总集的编纂形式与内部形态两方面而论，大抵可分为综合选本、专题总集、丛刻总集三类。

**（一）综合选本**

综合选本以普选全国各地诗人之各体诗作为鹄的。编者多以选家自任，意在从一个较高的层面出发，以相对有限的篇幅来广泛反映有清一代或某一个时段诗坛的方方面面。因而其所收诗歌的体裁不限；所收作者的身份亦趋于多样，籍贯则遍布全国，并且人数众多。就一般情况而言，往往有数百人，至少数十人，有的甚至多达数千人。如陶煊、张璨辑《国朝诗的》收二千五百九十四人，符葆森辑《国朝正雅集》收二千余人，徐世昌辑《晚晴簃诗汇》收六千余人，皆可跻身卷帙最宏富之清诗总集的行列。由于此类总集在收人辑诗方面以广泛性、综合性为特色，能相对较全面地容纳各个时段的清诗代表作家作品，所以它们中的部分代表作，如沈德潜等辑《国朝诗别裁集》、孙雄辑《道咸同光四朝诗史》、陈衍辑《近代诗钞》，及前及《国朝正雅集》、《晚晴簃诗汇》等，也就成了人们阅读、研究清诗的重要渠道之一。实际上，长期以来最引人注目也最为人

---

① 部分"国朝"诗选、"清"诗选可能阑入其他朝代人之作品。如蒋钺、翁介眉辑《清诗初集》卷九与卷十二、张应昌辑《国朝诗铎》卷二十四之"戒杀"部分所收程嘉燧，实际上便卒于明崇祯十六年腊月，亦即1644年初，是个纯粹的明代人。沈德潜等辑《国朝诗别裁集》（《清诗别裁集》）卷十五收无名氏《题壁》一首，并称"此商丘宋冢宰（按，即宋荦）于邮亭壁间录出者"（中华书局1975年11月第1版，上册第275页），实则系北宋人秦观的《泗州东城晚望》。这种情况应是编者疏误所致，并不妨碍总集本身的当代性质。

所熟知的清诗总集，很大一部分即出自此类综合选本，这是其他类型清诗总集难以比拟的。

（二）专题总集

专题总集的采录范围有一定的限制。依其着眼点的不同，主要有以下几种情形：

第一，专收某种体裁之诗歌。例如顾有孝辑《骊珠集》。此集原拟名《三体骊珠集》，意在收录清初人所作五律、七律、七绝。编者"先出七律行世"，并宣称："五律、七绝，当即续梓矣。"① 但该承诺后来未见兑现，遂使该书仅以清初七律诗总集的面貌传世。程棅、施谞辑《鼓吹新编》与周佑予辑《清诗鼓吹》，也都仿照金元好问辑《唐诗鼓吹》② 之体例，专收清初人所作七言律诗。其他诸如王豫辑《国朝今体诗精选》、黄金台辑《国朝七律诗钞》、单学傅辑《国朝七绝大观集》与《国朝五绝大观集》等，皆可据书名明确判断。

第二，集中收录某一类题材内容之诗歌。其中的大宗应推专收送别诗的总集。此类总集的编纂源远流长，自唐代的《存抚集》、《送贺监归乡诗集》③ 等以来，代代有之。清代更是屡见不鲜，据笔者初步统计与估测，为数至少以上百计，实为清诗总集中的一个很有声势的小类型。

清代送别诗总集就其内容而言，往往面向具体的一次送别行为。从官员的调任、罢官、辞官、因公外出，到普通士人的迁徙流动，均有可能形成这种行为，并进而形成送别诗总集。因官员调任而送别，可以朱浚庆等撰《榆山舆诵》为例。道光二十二年（1842），山东平阴县知县刘映丹奉调商河县，"一时送者遮道，攀辕至不得行"④。当时平阴士绅多有为之赋诗送别者，刘映丹亦有留别之作，翌年遂由平邑士民公刊为《榆山舆诵》，除平阴县西寨士民公立《去思碑文》及诸送别、留别诗外，还附录刘映丹在平阴任上所撰《榆山诗集》、《劝民歌二十六首》等。徐釚辑《青门集》乃遭罢官而送别的代表。康熙二十五年（1686）四月，徐釚入京补官翰林院检讨。未满一月，值翰林外转，因忤权贵而在被黜之列，遂

① （清）顾有孝辑：《骊珠集》凡例第一款，康熙九年（1670）刻本，卷首第1a页。

② 此集编者是否元好问，尚存争议。

③ 陈尚君《唐人编选诗歌总集叙录》一文列有专门的"送别集"小类，可参。

④ （清）朱浚庆等撰：《榆山舆诵》朱庆宜跋，道光二十三年（1843）平邑士民刻本，卷末第1a页。

于翌年二月返乡，"同朝诸公卿咸赋诗相送，遂诠次成帙，题曰《青门集》"①，凡收梁清标、张英等七十六人所作诗一百四十首。蒋溥等撰《归田集》则是乾隆十五年（1750），七十八岁高龄的礼部侍郎沈德潜告老还乡的产物。上至乾隆帝与皇亲贵戚，下至沈德潜的同僚、亲友、门生的送行诗文，悉数囊括于此集内。官员因公事外出而送别，可以江峰青等撰《柳洲亭折柳词》为例。光绪十九年（1893）六月，时任浙江嘉善知县的江峰青"奉檄调充闱差，交卸魏塘邑篆"②，临行前赋诗二首，邑人纷纷次韵酬和，为之送行。《柳洲亭折柳词》即收录此次送别所作诗歌，包括江峰青原唱二首与顾福仁、钱葆延等十二人之和诗二十六首；末附江峰青《卸篆后邑境纪游诸作》及阮尚珍、唐际虞所撰《恭和折柳词元韵》各二首。至于普通士人迁徙流动而产生的送别行为，则可以王毓英辑《穗城雪鸿集》为例。此集编者王毓英，于光绪三十二年（1906）冬接受刚成立不久的广州两广方言学堂的聘请，就任该校教席，翌年冬"因事旋里，全校学友勤恳留行"，毓英"感不绝心，借诗作答，率成拙律十章，以明感慨"，后"五百学友卒因挽留不遂，各举各班代表赓续唱酬，藉伸情感"，毓英返回家乡温州后，遂将诸留别、送别之作"汇成一帙，并附自己寓粤诸作，名为《穗城雪鸿集》"。③

至于涵盖多次送别行为者，亦不乏其例。如蒋庆第等撰《济上赠言集》，所收皆送别晚清人赵国华之诗文。国华字菁衫，直隶丰润人，"以少年成进士，分山左为县令，尝一再摄莘县、德州篆，题补郓城，未赴任，又署乐安县事"，其"居官尝惘惘有去志，又惧大吏之挽之也，遂纳粟为治中以去"④。观此集卷上所收孙毓祺《送赵治中序》，卷下所收邹钟《闻乐安令赵菁衫司马隐退，时补郓城，尚未赴任，投之以诗》、郝植恭《闻⑤赵菁衫将就文漕帅之幕，再次前韵》、陈锦《赵菁衫明府辞乐安令，改官归里，赋赠长句》、徐启谟《送赵菁衫改官治中八十韵》等，显然是赵国华宦游山东、历次改官期间，诸朋好为其送行的产物。

---

① （清）徐釚辑：《青门集》自序，康熙间自刻本，第1a页。
② （清）江峰青等撰：《柳洲亭折柳词》，光绪十九年（1893）刻本，第1a页。
③ （清）王毓英辑：《穗城雪鸿集》自序，光绪三十四年（1908）东瓯日新印书局排印本，卷首第1a—1b页。
④ （清）蒋庆第等撰：《济上赠言集》卷上郝植恭《送赵菁衫序》，清末刻本，第3a页。
⑤ 按，此字原作"问"，应是"闻"字之误。

　　再就清代送别诗总集的书名而言，往往有其规律可循。其中最常见的，应推以"舆诵（或舆颂）"、"攀辕"题名者。二者均形容地方官员离任时，乡人感念其惠政，依依不舍之情状，所以每每被用来作为某地士民送别父母官之总集的书名。前及《榆山舆诵》即为一例。其他诸如以"饯别"（如石中玉辑《由拳饯别诗》）、"饯行"（如陆费瑑等撰《鸳水饯行诗》）、"送行"（如杜臻辑《辇下送行诗》）、"赠行"（如翁介眉辑《燕台赠行集》）、"赠别"（如王培荀辑《旭阳赠别》）、"送别"（如张增辑《温州送别诗存》）、"录别"（如王士禄辑《北归录别诗》）、"话别"（如邵勷辑《汉嘉话别诗钞》）、"留别"（如蒋益沣辑《蒋中丞去粤留别诗》）等题名者，其送别诗总集的性质更是显而易见。

　　这里还需要指出的是，送别诗总集和地方类、唱和类总集有着相当紧密的关联。一则很多送别诗总集，尤其是那些送别离任地方官的总集，其创作主体乃是某地士民，这就使其自然而然地带有了地方色彩。事实上也确有不少此类总集的书名含有地名元素，上面提到的"由拳"、"鸳水"、"旭阳"、"温州"、"汉嘉"等，即是。再者，送别与留别每每易于发生唱和之举，遂使之又拥有了唱和类总集的属性。前面介绍的《榆山舆诵》、《柳洲亭折柳词》、《穗城雪鸿集》等，便均为此种情况。

　　要之，送别诗总集实为一个比较庞杂的小类型。其中既不乏像前及《青门集》这样，作者来自五湖四海，可视为纯粹的全国类清诗总集者，又颇多带有地方、唱和色彩者。这里将此类总集作为一个整体，一并予以介绍；下面论述地方类、唱和类清诗总集时，对于送别一类，不再赘述。

　　除送别诗总集外，题材内容带有政治历史色彩的专题总集亦不在少数。如张应昌辑《国朝诗铎》系"为吏治民风而辑，与他选之论世评诗者不同"[1]，因而"专择其关乎警觉之义者录于篇，名之曰'铎'，以宣民隐，以资吏治，以厚风俗，以清政原，可以劝，可以惩"[2]，凡收清初至同治间九百余人所作诗两千余首，皆与清代政治事件、历史变迁、社会状况、民生疾苦等有关。其他如徐元梦等撰《名教罪人》、汪霖等撰《进呈册》、孔广德辑《普天忠愤集》、苏泽东辑《梦醒芙蓉集》等，均属此一类型。

---

① （清）张应昌辑：《清诗铎》凡例第一款，上册卷首第 5 页。
② （清）张应昌辑：《清诗铎》朱绪曾序，上册卷首第 8 页。

第三，着眼于收录某些特定诗人群体之诗歌，包括遗民、平民、弟子、交游等。

专收遗民诗之总集多出现于清初，可谓特定历史阶段的产物。其中，卓尔堪辑《遗民诗》开宗明义以辑录遗民诗歌为旨归，是最具代表性的一种。其他如陈瑚辑《离忧集》，徐崧、陈济生辑《诗南初集》，李根源辑《天叫集脉望集残诗合刻》等，所收作者亦大抵为清初遗民之属。

专收平民诗的总集可以徐熊飞辑《锦囊集》为例。此集约问世于嘉庆二十四年（1819），采录钱梅、郁心哉、张炎、张宏、朱铎、汤振宗、陈文藻、阮松凡八位当时所谓"杂流"之诗作。编者自述："风尘溅落，不少奇人；市井沉沦，古多穷士"，他所注意到的八位平民诗人虽然不幸从事着屠沽、肩贩、皂隶、雍工、纪纲、狱卒等在时人看来艰辛而卑贱的行当，但却都喜好诗歌，且"并工诸体"，故编者"爰披籘箧，汇入锦囊"①，纂为此集。

陈瑚辑《从游集》是专收编者众弟子诗作之总集的代表，凡收顾湄、王抃等三十一位清初人之诗歌，书名"从游"，便清楚地表明了这一点。吴闿生辑《吴门弟子集》则着眼于收录编者之父吴汝纶诸弟子与再传弟子的诗文，包括贺涛、李刚己等七十八人。

着眼于收录交游投赠诗歌的总集，和送别诗总集一样，是专题总集中数量较多的一种。从宽泛的意义上讲，此类总集滥觞于唐元结辑《箧中集》。不过在清代之前，此类总集的编纂尚未广泛形成风气，只有元末明初人释来复辑《澹游集》、徐达佐辑《金兰集》等少数问世。降至清代，专收交游诗歌之总集开始大量涌现。早在顺治、康熙年间，即有王士禛辑《感旧集》、陈维崧辑《箧衍集》、冒襄辑《同人集》、赖鲲升等辑《友声集》、徐永宣等辑《清晖赠言》、释宗渭辑《芋香赠言》、梅清辑《天延阁赠言集》、汪森辑《华及堂视昔编》、王晫辑《兰言集》等先后问世。此后，这类总集的编刊活动络绎不绝，绵延于整个清代。较之前代，可谓形成了异军突起之势。它们的成批涌现，在整个清诗总集编纂史上，都是一个较为显著的现象。

具体就此类总集本身而论，首先是编纂目的相对较单纯，往往是出于怀念友人、纪念因缘的动机，从而整理相关交游投赠诗篇，纂辑成书，或

---

① （清）徐熊飞辑：《锦囊集》自序，道光十一年（1831）也是轩刻本，卷首第1a—1b页。

由他人代为纂辑。由此，乃使此类总集的书名也往往有规律可循。像
"同人"、"同岑"、"苔岑"、"停云"、"朋旧"、"师友"、"友声"、"故
友"、"兰言"、"感旧"、"思旧"、"怀旧"、"怀雨"、"旧雨"、"今雨"、
"盍簪"、"嘤鸣"、"赠言"、"题赠"、"投赠"等用以表述友朋师长、交
往因缘的词汇与典故，便每每见于此类总集的书名中。诸如袁枚辑《续
同人集》、王昶等辑《同岑诗选》、王鸣盛辑《苔岑集》、顾宗泰辑《停
云集》、曾燠辑《朋旧遗诗合钞》、陈衍辑《石遗室师友诗录》、王娄之辑
《续友声集》、蔡寿祺辑《故友诗录》、谢堃辑《兰言集》、王士禛辑《感
旧集》、张之洞辑《思旧集》、吴翌凤辑《怀旧集》、吴机辑《怀雨集》、
周准辑《旧雨集》、顾沅辑《今雨集》、雷国楫辑《盍簪集》、张节辑
《嘤鸣集》、何承燕辑《同人题赠录》、周世敬辑《群公投赠诗文》、徐永
宣等辑《清晖赠言》等，均为显例。

　　由于此类总集往往并非刻意搜求、系统编纂的综合选本，从而形成其
收人存诗的两大特点：一是"人不必取其全"。由于所收诗人局限在某个
人物的交游圈内，以致常出现"往时盛有诗名，而为投契所未及者，则
姑置之"① 的情况。同时，一般也只能覆盖编者在世的几十年。当然例外
也是有的，如朱滋年辑《苔岑诗略》所收即为编者及其"祖、父三世所
得师友投赠之诗，自沈德潜至朱汝涛四百十二人"②，可视为一部清中叶
安徽当涂朱氏家族祖孙三代的交游录。二是"诗不必求其备"。因为编者
本就"非欲以此尽海内之诗"③，其选录标准往往是"非以文录，而以友
录"④，自然难以全面反映一代诗史的基本状况与诗人个体的创作风貌。
极端的例子为梁章钜辑《师友集》。该书凡收人二百六十余家，但每人都
只录诗一首。

　　不过需要指出的是，一些官居高位、名声显赫的编者有着庞大的交游
圈，相应地，他们所编交游诗总集往往也能够牢笼当时诗坛的众多代表作
家，故而仍然产生了若干反映出一个时代之诗人阵容的名选。王士禛辑
《感旧集》与王昶辑《湖海诗传》即为显例。王士禛官运亨通，又是康熙

----

① （清）王昶辑：《湖海诗传》自序，《续修四库全书》第 1625 册，第 531 页。
② 中国科学院图书馆整理：《续修四库全书总目提要（稿本）》，第 36 册第 657 页。
③ （清）王昶辑：《湖海诗传》自序，同前，第 531 页。
④ （清）冒襄辑：《同人集》李清序，《四库全书存目丛书》集部第 385 册，第 3 页。

诗坛的领袖，交游遍天下，《感旧集》所收三百余人多为清初诗人中的翘楚，可谓"人之以诗鸣于我朝之初盛而必传于后者，已囊括而无遗"①。《湖海诗传》卷帙更加宏大，全书凡四十六卷，收录六百余人的诗作，起自康熙朝后期，迄于嘉庆初年。李慈铭评价说："述庵（按，即王昶，述庵其号）生极盛之世，又享大年，交遍寰中，国朝人物，是集已得大半。"② 该书堪称清中叶诗坛的缩影。

当然，由于此类总集多非刻意编纂，并且取材受到种种限制，所以难免存在作品选收不精、体例芜杂不纯的弊病。但其中仍有相当一部分编者的态度是严肃的，对于作品也是有所选择的。王昶《湖海诗传序》即自述道："予弱冠后出交当世名流，贤士大夫之能言者，揽环结佩，率以诗文相质证，批读之下，往往录其最佳者，藏之箧笥"，晚年整理时又"前后复稍加抉择，要不失古人谨慎之意"③。袁枚也在其所编《续同人集》自序中宣称："余在名场垂六十年，四方投赠之诗不下万首……乃选其诗之最佳者，梓而存之。"④

正因为此类总集的编纂过程仍然存在"选"的因素，故而编者的文学观念便每每在择取过程中得以自然流露。卢见曾评论王士禛辑《感旧集》云："先生主诗教以神韵为宗。是集自虞山而下，凡三百三十三人，诗二千五百七十二首。遭遇不同，性情各异。而一经先生选次，如金之入大冶，渣滓悉化，融鍊一色。"⑤ 近人邓之诚也认为："渔洋论诗，专主神韵。兹集所选，盖取其较近乎己者。"⑥ 这种情形诚如今人蒋寅所指出的那样，"一般来说，遴选历朝或一代之诗，往往有选家的趣味一以贯之，以选家的标准为去取。相比之下，同人诗选反而更能体现诗人的特点。盖此类诗选非刻意所为，作品多属箧笥所存，偶然性强，不经意中流露了作者的本色"⑦。

---

①　（清）王士禛辑，卢见曾补传：《感旧集》卢见曾序，同前，第157页。

②　（清）李慈铭著，由云龙辑：《越缦堂读书记》，中华书局2006年9月第2版，中册第623页。

③　（清）王昶辑：《湖海诗传》自序，同前，第531页。

④　（清）袁枚辑：《续同人集》自序，王英志主编《袁枚全集》，第6册卷首第1页。

⑤　（清）王士禛辑，卢见曾补传：《感旧集》凡例第一款，同前，第158页。

⑥　（清）王士禛辑，卢见曾补传：《感旧集》邓之诚跋，转引自《清初人选清初诗汇考》，第161页。

⑦　蒋寅：《论清代诗文集的类型、特征及文献价值》，同前，第66页。

专收交游投赠诗歌的总集是清诗总集的一个很有特色的小类型。它的作品选录虽有一定的偶然性与随意性，但当时诗坛的实况、诗人交往的情形以及编者的思想观念等，却也能从中得到自然生动的展现，这是其独特的价值所在。

（三）丛刻总集

所谓"丛刻"，又称"合刻"、"类编"、"丛编"等，即若干作家作品集的汇编。此类清诗总集的数量颇为可观，仅据《中国丛书综录》、《中国丛书综录补正》、《中国丛书广录》等初步统计，便至少有六十余种。它们往往以某"大家"、"名家"、"家"、"子"等名义出现，少则二人，如傅泽洪辑《二家诗》收潘问奇、田登之诗集；多则数十人，如邹漪辑《名家诗选》收金之俊、薛所蕴等二十四人之诗集；有的甚至达上百人，如李长荣辑《柳堂师友诗录初编》收张维屏、李星沅等二百十八人之诗集。至其内部形态，则同样包含较多带有专题性质者，如江昱辑《三家绝句选》、金兰辑《三布衣诗存》、王相辑《友声集》等，便皆为专收某种特定的诗歌体裁、诗人群体之总集。

较之按照一定的标准，系统编选而成的综合选本，丛刻总集的纂辑往往带有相当程度的随意性与散漫性，这就使它难以反映出一代诗坛面貌与代表作家阵容。即便像魏宪辑《百名家诗选》这样，收人达九十余家，已颇具综合选本之规模者，也还仍然因为"所收作者，非当代名公钜卿，即平日与己唱和者"①，而遗落诸如朱彝尊、屈大均、顾炎武、钱澄之等当时真正名家，所以历来颇有芜滥之恶评。②

不过若单就此类总集本身而论，却也有其独特的意义所在。较为突出的，是它们中的相当一部分直接反映了当时诗人齐名并称的实况，对于我们认知清代并称诗人群体颇有裨益。例如邵玘、屠德修辑《国朝四大家诗钞》。此集约问世于乾隆三十一年（1766），收录宋琬、施闰章、王士禛、朱彝尊之诗集。这四人都是清初诗坛最具代表性的作家。其中宋琬、施闰章是早期"国朝诗人"的代表，号称"南施北宋"，有"康熙已来，

---

① ［美］谢正光、佘汝丰编著：《清初人选清初诗汇考》，第137页。

② 自清代以来，颇有论者将这一观点追溯到朱彝尊《近来二首》之二，但实际情况可能并非如此。其详可参见朱则杰、李迎芳《清代诗歌中的若干本事问题》一文之第三则"朱彝尊《近来二首》之二本事存疑"，《浙江社会科学》2004年第2期。

诗人无出'南施北宋'之右"① 之誉；王士禛、朱彝尊则代表了康熙诗坛的最高成就，并称"南朱北王"。该书可谓反映了当时的公论。嗣后刘执玉辑有《国朝六家诗钞》，除上述四人外，又增收赵执信、查慎行之诗集。赵、查二人皆为清初诗坛的后起之秀，也堪称一代作手，而且与王、朱二人有亲戚关系，所以也无妨称为"南查北赵"。

诸如"南施北宋"、"南朱北王"、"国朝四大家"、"国朝六家"等并称诗人群体，经过数百年时间的洗礼，已然为人们所广泛接受，从而成为文学史上的常识。但也有相当一部分齐名并称未能得到后人的认同，例如邵长蘅辑《二家诗钞》。此集所谓"二家"，指王士禛与宋荦。二人皆以中央或地方大僚的身份主持康熙诗坛之风会，一时颇相媲美。王士禛《叹老口号寄宋牧仲开府》一诗称："尚书北阙霜侵鬓，开府江南雪满头。谁识朱颜两年少，王扬州与宋黄州。"② 洪亮吉《北江诗话》亦云："康熙中叶，大僚中称诗者，王、宋齐名。"③ 皆反映了二人一时齐名的实况。不过若究其实际，则宋荦的诗歌创作成就远不及王士禛，他们的齐名并称，恐怕更在于其主持当时诗坛风雅的角色与影响；另外也不能忽视宋氏显赫官位的潜在作用。事实上，编者邵长蘅本人便是宋荦之门客，他"选士禛及荦诗为王、宋二家集，一时颇以献媚大吏为疑"④。由于邵氏编纂此集被认为动机不纯，加之宋荦自身诗学成就确实有限，所谓王、宋二家齐名自然也就经不起时间的考验。

广义的诗人并称群体而外，部分丛刻总集所收作者已然形成一个互通声气的诗人集团，有的甚至带有流派色彩。例如严津辑《燕台七子诗刻》。所谓"燕台七子"，为清初诗人张文光、赵宾、宋琬、施闰章、严沆、丁澎、陈祚明七人之合称。他们于顺治年间同官京师，闲暇每以诗酬赠往还，故有此称号。此集便是该群体诗集的合编。又如沈德潜辑《七子诗选》。此集约刻于乾隆十八年（1753），所收王鸣盛、吴泰来、王昶、

---

① （清）王士禛（禛）撰，靳斯仁点校：《池北偶谈》卷十一，中华书局1982年1月第1版，上册第253页。

② （清）王士禛撰，袁世硕主编：《王士禛全集·蚕尾续诗集》卷五，齐鲁书社2007年6月第1版，第2册第1314页。

③ （清）洪亮吉撰，陈迩东校点：《北江诗话》卷五，人民文学出版社1983年7月第1版，第98页。

④ （清）永瑢等撰：《四库全书总目》卷一百九十四，下册第1526页。

黄文莲、赵文哲、钱大昕、曹仁虎七人，皆为沈德潜于乾隆十六年
（1751）以后主持苏州紫阳书院时的高足。当时七人皆以青年才俊而从沈
德潜学诗，不久即由沈氏将其诗作选刻为《七子诗选》。由于该书的成书
背景与过程同沈德潜密切相关，而且诸如王鸣盛、王昶、赵文哲、钱大
昕、曹仁虎等，也都被认为是"沈文悫门下承其指授者"①，所以一定程
度上带有格调派的色彩。

## 二　通代

所谓"通代"，即明确兼收清代及其前后任何一个朝代作家的总集。
它是当代诗歌总集而外，全国类清诗总集的另一重要组成部分。比较而
言，清代时全国类通代清诗总集的编纂风气虽不像当代诗歌总集那么兴盛
和突出，但其内部形态同样相当繁复。

首先，它同样拥有综合选本、专题总集、丛刻总集等几大主干类型。
其中，刘大櫆辑《历朝诗约选》、章薇辑《历朝诗选简金集》、柴友诚辑
《历朝古今体诗自知集》等为综合选本的代表；丛刻总集则有陈允衡辑
《诗慰》、沈可培辑《什伯诗钞》、张海鹏辑《宫词小纂》等。至于专题
总集，更是呈现出五花八门的态势。如清初人陶湝宣辑《今体诗类钞》，
专门抄录自唐至清之近体诗，包括苏轼、黄庭坚、陆游、范成大、杨万
里、吴伟业等名家，唯往往前后重见，且未见明确分类。刘大櫆辑《海
峰选明清人七律》、蒋以敏等辑《名家绝句钞》、朱象贤辑《回文类聚续
编》等，则分别着眼于收录明清两代人所撰七律、绝句、回文诗。是为
专收某种诗体的总集。专收某种题材内容之诗歌的总集主要有：清世宗胤
禛辑《悦心集》，所收诗文上起东汉末仲长统，下至清初赵灿英、冯其源
等，大抵皆怡情遣兴、清远闲旷之作，故名"悦心"；清中叶人释元位辑
《净檀诗萃》，编者自述"编中所载皆历代圣君、贤臣、长者、居士护持
吾教之言"②，着眼于收录自晋至清有关于佛教之诗作；清中叶人宗廷辅
辑《古今论诗绝句》，辑录自唐杜甫至清蒋士铨凡十二位诗人所作论诗绝
句二百十三首，"开后人汇编古今论诗绝句的先河"③；晚清人李元度辑

① （清）王昶辑：《湖海诗传》卷十一，《续修四库全书》第1625册，第638页。
② （清）释元位辑：《净檀诗萃》自序，清钞本，卷首第1a页。
③ 蒋寅著：《清诗话考》，中华书局2005年1月第1版，第611页。

《小学弦歌》，借鉴朱熹《小学》的编纂宗旨，"撮古今诗之可以厚人伦、励风俗者，博观而约取之，汇为一编"①，意在使"学者童而习之，以先入之言为主，优游讽咏，意味自出。塾师复取其事迹，口讲而指画之，使忠孝节义之大闲森然在目，必能兴起其善心，惩创其逸志"②，全书上起传说中的伯夷《西山歌》，下至清中叶人陶澍等。至于清中叶人谷际歧辑《历代大儒诗钞》，则是专收某种类型人物所作诗歌之总集的代表，所收作者上起唐人韩愈，下迄清人陆陇其，共计四十四位"大儒"。

其次，就其所含朝代数量而论，存在两种情况，一则涵盖两个以上的朝代，二则包括明、清，或清、民国两代。选诗时段较长者如前及《历朝诗约选》，"历汉魏六朝、唐宋元明，至国朝乾隆间而止"③，几乎贯穿了"诗"、"骚"而下的整个古代诗史。永恩辑《金错脍鲜》、田璋辑《历朝诗钞》、刘霱辑《童子吟》与前及《历朝诗选简金集》、《历朝古今体诗自知集》等大致与之同。时段范围稍小者，可以翁方纲原辑、黄培芳增订《诗钞七律》、陆式玉辑《玉琴集纂注》、王家璧辑《狄云山馆谈助》以及文昭辑《五朝诗管》为例。前三者所收诗人均上起唐代，下至清代；后者选录苏轼、黄庭坚、陆游、元好问、虞集、刘基、高启、王士禛之诗作，八人分别生活于宋、金、元、明、清五朝，故名"五朝诗管"。涵盖元、明、清三代的总集，则有顾立功辑《三朝诗窥》、徐釚辑《本事诗》等。前者含《元诗窥》、《明诗窥》、《国朝诗窥》各一卷，后者所收诗人"自元迄明迨本朝"④，涵盖元末至清初的三百余年。至于清人所编涵盖明、清两代的诗歌总集，则主要有魏宪辑《补石仓诗选》与前及《诗慰》、《海峰选明清人七律》、《名家绝句钞》、《回文类聚续编》、《宫词小纂》等。

清代灭亡之后，全国类通代清诗总集的数量不断增加。单就民国而

---

① （清）李元度辑：《小学弦歌》自序，光绪五年（1879）刻本，卷首第 2a 页。
② （清）李元度辑：《小学弦歌》凡例第二款，卷首第 1a—1b 页。
③ （清）刘大櫆辑：《历朝诗约选》萧穆后序，光绪二十三年（1897）文征阁刻本，卷首第 1b 页。
④ （清）徐釚辑：《本事诗》尤侗序，《四库禁毁书丛刊》集部第 94 册，第 527 页。按，此集分前、后两集，编者自述采录"明初暨国朝诸家诗歌"（《本事诗》略例第一款，同前，第 528 页）。观"前集"卷一所收，确实多为元末诗人，包括杨维桢、丁鹤年、王冕、顾德辉等。可能因为他们中的很大一部分后来活入明代，故编者乃有收诗时段起于"明初"的说法。但就实际情况看，其收诗时段应涵盖元末至清初的三百余年。

论，即有吴闿生辑《古今诗范》、瞿兑之等辑《古今名诗选》、胡云翼辑《明清诗选》、吴虞辑《爱智庐杂言诗录》等综合选本，以及王锡元辑、王揖唐补辑《童蒙养正诗选》、张任政辑《历代平民诗集》、徐珂辑《历代白话诗选》、雷瑨辑《美人千态诗》、郑苏辑《民隐诗编》、张援辑《田间诗选》、王家械辑《国魂诗选》、张长弓辑《先民浩气诗选注》、汪静之辑《爱国诗选》、冯玉祥辑《大众诗选》、胡适辑《每天一首诗》①等专题选本，先后问世。同时，还出现了涵盖清与民国两代的此类总集，如《南社丛刻》、《南社丛选》、《南社诗集》等。《南社丛刻》是南社社刊《南社》的汇编，共二十二集。第一至四集初版于宣统元年（1909）一月至三年（1911）六月，收录南社诸成员创作于清末的诗文。其余皆初版于民国元年（1912）六月以后，主要收录他们创作于民国初年的诗文。胡朴安辑《南社丛选》与柳亚子主编《南社诗集》都是在《南社丛刻》的基础上编选而成，亦皆收录南社成员创作于清末民初的作品。

关于通代清诗总集，还有两点需附加说明。

第一，某些成系列的总集也可以作为通代类看待。例如《五朝诗别裁集》系列，亦即沈德潜等辑《唐诗别裁集》、《宋诗别裁集》、《元诗别裁集》、《明诗别裁集》、《国朝诗别裁集》的合集。这五部书原先都是单行本，后人将其汇总到一起，形成一种大型全国类通代诗歌总集。至于涵盖明、清两代者，则可以黄传祖等辑《扶轮集》、《扶轮续集》、《扶轮广集》、《扶轮新集》系列为例。这四部书分别刻于明崇祯十五年（1642），清顺治八年（1651）、十二年（1655）、十六年（1659）。编者在该系列最后成书的《扶轮新集》自序中称："兹凡四选《扶轮》，皆四十年内诗。"②可见收诗范围包括明末清初。韩纯玉辑《明诗兼》、《近诗兼》、《今诗兼》系列与之同。

第二，通代与当代的区分只是相对的，其间存在若干难以斩截处理的交叉地带。尤其是很多所谓"今"诗选、"近代"诗选，由于所收作者大抵和编者生活于相同或相近时段，故而往往也被归为当代类清诗总集。不过，诚如蒋寅所说："遴选同时作家的诗选以断代为名其实并不准确。"③这一则因为部分跨代作者之朝代归属存在不同说法；更重要的是，这些总

① 胡适此集专收绝句，上起唐初人王梵志，下至清人郑燮、赵翼等。
② （清）黄传祖辑：《扶轮新集》自序，同前，第14页。
③ 蒋寅：《论清代诗文集的类型、特征及文献价值》，同前，第66页。

集收人辑诗的时段可能与清代有所出入，因而难免混杂其他朝代人。例如
冒襄辑《同人集》。此集约问世于康熙十二年（1673），着眼于收录编者
众交游朋好与其投赠往还之作品。诸作者"稽其岁月，换霜雪者迨六十
年"①，其中由明入清者固然比比皆是，纯粹生活于明代者亦不乏人。如
卷一所收倪元璐，即于明崇祯十七年（1644）三月李自成攻陷北京后，
步崇祯帝后尘而自杀，未及见到清军入关。鉴于这种实际情况，将《同
人集》之类清诗总集归入通代范畴，亦未为不可。

另有部分清代问世的"今"诗选或"近代"诗选，甚至连"清"诗的
属性都不显著。例如冯舒辑《怀旧集》。此集约问世于顺治四年（1647），
收录二十四位与编者生活于相同或相近时代人的作品，因而往往被归入
"清初人选清初诗"的范畴。不过细绎该书自序与作者小传，可知这二十
四人当《怀旧集》成书时均已亡故，并且其中的大多数应卒于清军入关
之前，唯有钱谦贞、钱孙艾父子卒于顺治初年。据《怀旧集》记载，钱
谦贞因"甲申（顺治元年，1644）、乙酉（顺治二年，1645）之间，邑中
大乱，城市不可止，避而居于邑西七十里"。其时孙艾"别居邑东虹桥，
相去几百里"，遂往省其父，不幸途中遭遇兵祸，"惊而得疾"，竟至不
起，年仅二十，时约当顺治二年（1645）。谦贞妻闻讯，哭子而亡。谦贞
"半年中妻、子俱丧，哀可知也，乃不逾年而卒"②，时值顺治三年
（1646），享年五十四岁。

由此可见，《怀旧集》所收作者以明人为主；至于钱氏父子，同样主
要生活于明代，入清时间甚为短暂。缘于此，我们有理由把这部《怀旧
集》作为明诗总集看待。即如《中国古籍善本书目》"集部·总集类"，
便把它列入"断代"之属的明代部分，与钱谦益辑《列朝诗集》、程如婴
等辑《明诗归》相邻。对于这类主要面向非清代人，却又包含若干入清
人士的总集，本书名之曰跨代类清诗总集。

### 三　跨代

这里所谓"跨代"，主要针对跨代诗人而言。清人与民国人编有这样
一类总集，其所收作者名义上到明代为止，但实际上却有进入清代者，或

---

① （清）冒襄辑：《同人集》吴绮序，同前，第9页。
② （清）冯舒辑：《怀旧集》卷下，《丛书集成初编》第1793册，第31页。

入清以后才开始诗歌创作、留下作品，甚至直接出生于清代。本书称这部分总集为跨代类清诗总集。

此种现象产生的主因，在于跨代诗人的朝代归属问题。对于这个问题，很多总集的处理方式是依政治态度而定，抗清志士、隐遁遗老为"明"人，受清廷爵命者则属"国朝"人。前者往往被划归"明"诗总集，而与他们生活在同一时代，甚至早于他们的后者，则被视作"国朝"诗总集的收录对象，由此而在一定程度上呈现出分工、分流的景象。这在同为沈德潜主持编选的《明诗别裁集》与《国朝诗别裁集》二书中，便有非常鲜明的体现。

沈德潜自述他编选《明诗别裁集》时，对于"胜国遗老，广为搜罗，比宋逸民《谷音》之选……至杨廉夫、倪元镇诸公，归诸元人；钱牧斋、吴梅村诸公，归诸国朝人。编诗之中，微具国史之义"①，明确把清初遗民同钱谦益、吴伟业等降清者区分开来。《国朝诗别裁集》则将这一体例阐释得更加系统、清晰：跨代诗人如果属于"前代臣工，为我朝从龙之佐，如钱虞山、王孟津诸公，其诗一并采入；准明代刘青田、危太仆例也"；至于"前代遗老，而为石隐之流，如林茂之、杜茶村诸公，其诗概不采入；准明代倪云林、席帽山人例也"②。正是在此种观念的支配下，《明诗别裁集》自第十卷以后，收录了大量入清诗人，其中既有曹学佺、陈子龙、夏完淳这样的殉节者；而更多则是所谓"明"遗民，他们中的很多人，一般又均可视为清人。即如陈恭尹，便分别两见于《明诗别裁集》卷十一与《国朝诗别裁集》卷八；另外，《明诗别裁集》卷十二所收"今种"，实际上就是屈大均一度出家为僧时的法号，《国朝诗别裁集》卷八也辑入他的诗歌。这一现象的产生，是由于沈德潜在编纂《国朝诗别裁集》时，贯彻了"亦有前明词人，而易代以来，食毛践土既久者，诗仍采入"③之标准的缘故。可见即便是编者本人，在跨代诗人朝代归属的问题上，也并没有一概而论。

《明诗别裁集》所体现出的这种观念，在清代是相当普遍的，从而催

---

① （清）沈德潜、周准辑：《明诗别裁集》沈德潜序，中华书局 1975 年 11 月第 1 版，卷首第 4 页。

② （清）沈德潜、翁照、周准辑：《清诗别裁集》凡例第十款，上册卷首第 4 页。

③ 同上。

生出众多跨代类清诗总集。《明诗综》编者朱彝尊便同样宣称："明命既迄，死封疆之臣、亡国之大夫、党锢之士，暨遗民之在野者，概著于录焉。"① 选人标准与《明诗别裁集》如出一辙。《明人诗钞》编者朱琰更是明确认定："钞明人诗，终明一代之运，起迄较焉，乃符体例。选家顾或及元代遗民，而于明季隐遁之士收之不尽，此皆失于限断者也。故有元人入明者，必其身受爵命乃为明人；而录明季遗老，亦如此例，庶于编诗之中不紊人代次序。"② 将辑录清初遗民诗人作品视为"明"诗总集的分内之事。二书收人辑诗的下限，实际上都已经延至清初康熙年间。其他如邹湘倜辑《历朝二十五家诗录》，戴明说等辑《历代诗家》，朱梓、冷昌言辑《宋元明诗三百首》，王夫之辑《明诗评选》，汪端辑《明三十家诗选》，顾有孝辑、陆世楷增辑《闲情集》，汪薇辑《诗伦》等，或多或少也都存在类似情况。

　　当然，上述诸"明"诗总集所收作者仍以纯粹的明代人居多，一般只是在全书或相关卷次的末尾部分收人若干入清诗人。这是跨代类清诗总集的主流。不过在部分"明"诗总集那里，入清诗人却占了很大比重，有的甚至是全书的主体。例如陈济生辑《启祯遗诗》。此集着眼于辑录明末天启、崇祯两朝诗人。编者自述，该书所收作者大致可以分为三类：一是"乙丑（天启五年，1625）、丙寅（天启六年，1626）之际，罹逆奄祸以死者"，如高攀龙、左光斗等；二是"崇祯时殉国者"，如范景文、倪元璐等；三是"乙酉（顺治二年，1644）以还，洁身死者"③。这第三类，主要便是入清之遗民，如姜垓、邢昉等，以及抗清殉节者，如瞿式耜、张同敞等；他们占了全书大半篇幅，并且很多诗歌也明显写于清代。因此，该书虽以"启祯"命名，但就其实质而言，作为通代类清诗总集看待更加合理。④

———————

　　① （清）朱彝尊辑：《明诗综》自序，中华书局 2007 年 3 月第 1 版，第 1 册卷首第 1 页。

　　② （清）朱琰辑：《明人诗钞》凡例第三款，《四库禁毁书丛刊》集部第 37 册，第 397 页。

　　③ （清）陈济生辑：《启祯遗诗》凡例第一款，《四库禁毁书丛刊》集部第 97 册，第 243 页。

　　④ 谢正光《试论清初人选清初诗》一文即明确指出："陈济生《天启崇祯两朝遗诗》，则为跨代的选本。"（同前，第 36 页）潘承玉著《清初诗坛：卓尔堪与〈遗民诗〉研究》亦提出，《启祯遗诗》"严格说来，也应划入当代人选当代诗之列"（第 213 页）。何龄修《〈天启崇祯两朝遗诗〉的编纂和重新整理印行》一文则认为该书的收诗时段乃"从天启延续到永历，书中实际上收入了许多迟至永历年间殉节的烈士……取名《天启崇祯两朝遗诗》，不过掩人耳目之计。古人要表达情感，贯彻意图，而又要躲避杀身之祸，不能不费尽苦心"（收入作者论文集《五库斋清史丛稿》，学苑出版社 2004 年 12 月第 1 版，第 812 页；据文后注，知其原载《四库禁毁书研究》）。

至如孙振麟辑《明季三高士集》①、罗振玉辑《明季三孝廉集》②、胡思敬辑《明季六遗老集》③ 等，所收作家更是全属入清人士，完全可以视为当代类清诗总集。

民国时所编"现代"或"中华民国"诗歌总集，同样存在跨代现象。例如汪君寒辑《现代名家诗选》。此集刊行于民国二十五年（1936）五月，着眼于辑录"现代""各名家最近十余年精彩之作"④。然而就其所收四十六位作者的具体情况而论，几乎都是由清入民国者。其中的樊增祥、陈三立、陈衍等人，早在清末光绪年间就已蜚声文坛。因此，该书无疑也可以归为跨代类清诗总集。与之类似者，还有王文濡辑《现代十大家诗钞》⑤、朱惟公辑《现代五百家圆圈诗集》、中华学术研究会辑《中华民国诗三百首》⑥ 等。

跨代类清诗总集是一种比较特殊的类型。它们并非着眼于收录清人诗歌，但却包含若干生活于清代的诗人，对于我们研究清诗总集乃至整个清诗，仍然具有相当重要的价值。

上述当代、通代、跨代的分类，在各类型清诗总集中具有普遍性。通代总集大量见于地方、宗族、题咏等类型；跨代现象也每每出现在其他诸类型中，如宋弼辑《山左明诗钞》、蔡士英辑《滕王阁全集》、刘云份辑《翠楼集》、李邺嗣辑《甬上高僧诗》等。至于以丛刻形式出现的总集，亦广泛存在于全国类以外的各类型清诗总集，如李浩辑《李氏诗存》、孙福清辑《国朝五家咏史诗钞》、王芑孙辑《九家合刻试帖诗课合存》、王豫辑《京江三上人诗选》等。这可谓一种通例，下文不再详叙。

---

① 此集收明末清初人过铭篆、陆上澜、马嘉桢之诗文集。

② 此集收明末清初人万寿祺、李确、徐枋之诗文集。

③ 此集收明末清初人朱议霦、曾灿、梁份质、宋惕、王猷定、万时华之诗文集。

④ 汪君寒辑：《现代名家诗选》卷首《现代名家诗选编辑缘起》，民国二十五年（1936）上海达文书局排印本，卷首第4页。

⑤ 此集所谓"现代十大家"，指王闿运、樊增祥、康有为、陈三立、易顺鼎、郑孝胥、梁启超、章炳麟、蒋智由、刘师培。

⑥ 此集以"集民国纪元以来全国名流之诗词"［中华学术研究会辑《中华民国诗三百首》自跋，民国三十五年（1946）建业印书馆排印本，第148页］为宗旨，但卷一混入黄遵宪《今别离》一首，或为疏忽所致。

## 第二节　地方类

所谓地方类诗歌总集，即着眼于某一地区而采收相关作家作品的总集，传统目录学多称为"地方艺文"或"郡邑"之属①。此类总集往往附录有关外地作家，但明确以"寓贤"处之，而立足点则仍在本地；相当一部分更是不同程度辑入土著、"寓贤"之外的其他与该地区有关之作家作品，有的甚至完全采收外地人士所作与该地有关之作品，但由于编者同样立足于相关地区，故亦可归入地方类之范畴。

我国地方类诗歌总集的编纂至少可以溯源至唐代，宋、明以来编纂渐多；至清代乃臻于鼎盛，出现了前所未有的繁荣景象，取得了逾迈前人的辉煌成就，其编纂风潮直至民国年间亦盛行不衰。清代乃至民国年间人所编地方类诗歌总集的主体，便是地方类清诗总集。较之前代，地方类清诗总集不仅数量空前庞大，而且在地域范围、层级分布、卷帙规模、类型构成等诸多方面都有很大的发展与提升。兹分述之。

### 一　地域广阔

前代所编地方类诗歌总集（包括各体兼收者），基本上集中出现于东南一带的江苏、浙江、安徽、福建、江西、广东诸省，西部的四川也颇有一些，主要代表有唐殷璠辑《丹阳集》，宋孔延之辑《会稽掇英总集》，元汪泽民、张师愚辑《宛陵群英集》，明徐熥辑《晋安风雅》，明舒曰敬辑《皇明豫章诗选》，明陈是集辑《滇南诗选》，宋程遇孙等辑《成都文类》等。至于其他地区则较为少见，大体上只有元房祺辑《河汾诸老诗集》，以及明赵彦复辑《梁园风雅》、朱观㷫辑《海岳灵秀集》、刘兑辑《频阳集》等少数几种，分别面向今山西、河南、山东、陕西诸省或其辖下区域。

地方类清诗总集的分布地域则要宽广得多。一方面，东南与四川地区的编纂风气更加兴盛；另一方面，大量之前极少出现甚至从未有过此类总

---

① 有两点需要加以说明：第一，清初大体承袭明代的行政区划格局，而自康熙朝以来，则陆续有所调整，如分原江南省为江苏、安徽两省，从福建省划出台湾省，等等。本书以清末最终分省格局为依据。第二，清代政区系统大致分省、府、县三级，此外又存在州、厅等。本书根据实际情况，视省辖的州、厅为府一级行政单位，如江苏省辖下通州（今南通市）；视府辖的州、厅为县一级行政单位，如甘肃省兰州府辖下狄道州（今临洮县）。

集的地区也加入到这一版图中来，甚至在某些领域还有后来居上之势。下面着重谈谈后者的情况。

首先来看北方地区。自宋、元以来，北方地区在我国经济文化中所占的地位与比重相对下降。相应地，其诗学风气与诗歌创作氛围从整体上讲，也不如南方昌盛。这种衰颓趋势造成了在清代之前，北方诸省、府、县少有地方类诗歌总集编刊问世的局面。降至清代，在此类总集编纂活动勃兴的大环境带动下，北方地区涌现出众多地方类清诗总集。例如：

直隶方面，陶樑辑《国朝畿辅诗传》等省级总集而外，其他如顺天府辖下永清县有章学诚辑《永清文征》，大城县有马钟琇辑《大城诗集》；天津府有梅成栋辑《津门诗钞》，辖下庆云县有刘希愈辑《庆云诗钞》，南皮县有张曰豫辑《南皮诗钞》，沧州有王国均、叶圭书辑《国朝沧州诗钞》、《国朝沧州诗续钞》、《国朝沧州诗补钞》系列；永平府有史梦兰辑《永平诗存》；遵化州有孙赞元辑《遵化诗存》；广平府辖下磁州有杨方晃辑《磁人诗》；大名府有崔迈辑《大名诗存》；河间府有边连宝等撰《河间七子诗钞》，等等。

山西方面，范鄗鼎辑《三晋诗选》与《晋诗二集》①、赵瑾辑《晋风选》、李锡麟等辑《国朝山右诗存》等省级总集而外，其他如潞安府有常煜辑《潞安诗钞后编》；沁州辖下武乡县有范士熊辑《南亭诗钞》、魏守经辑《国朝南亭诗钞续辑》；泽州府辖下阳城县有延君寿辑《樊南诗钞》、张茂生辑《阳城诗钞》，陵川县有杨乾初辑《陵川六诗人集》，等等。

河南方面，杨淮辑《国朝中州诗钞》、黄舒昺辑《国朝中州名贤集》等省级总集而外，其他如开封府辖下荥阳县有郑汉津辑《荥阳诗钞合选》；许州辖下长葛县有张岚峰辑《长葛耆旧集》；汝宁府辖下信阳州有刘海涵辑《信阳诗钞》，等等。

陕西方面，汉中、兴安两府有严如煜辑《山南诗选》；西安府辖下三原县有贺瑞麟辑《原献诗录》，泾阳县有夏柏堃辑《泾献诗存》，富平县有冯云杏辑《频阳二布衣诗钞》，等等。

甘肃方面，兰州府辖下狄道州有李苞辑《洮阳诗集》，凉州府辖下武威县有李蕴芳、郭楷撰《姑臧李郭二家诗草》，等等。

① 《晋诗二集》而下诸种总集今多有存亡不明者，其详可参见刘纬毅主编《山西文献总目提要》之相关条目下，山西人民出版社1998年3月第1版。

　　清代北方地区地域总集编纂最活跃的省份，无疑应推山东。据王绍曾主编《山东文献书目》及其他书目、方志初步统计，其总数当不下百种；今可确知存世者，亦至少有约六十种。其中的大部分，都可以归入清诗总集的范畴。除卢见曾辑《国朝山左诗钞》、张鹏展辑《国朝山左诗续钞》、余正酉辑《国朝山左诗汇钞后集》等一系列面向山东全省的总集外，包括济南、青州、莱州、登州、沂州、兖州、曹州、东昌、武定等在内的清代山东诸府，均有相关府、县级清诗总集编纂问世。例如：

　　济南府辖下历城县有王钟霖辑《国朝历下诗钞》，章丘县有吴连周、高仲恂辑《绣水诗钞》、佚名辑《章丘诗钞》，淄川县有冯继照辑《般阳诗萃》，德州有程先贞辑《安德诗搜》与谢九锡辑、马洪庆重订《陵州耆旧集》；青州府辖下益都县有段松龄辑《益都先正诗丛钞》，昌乐县有黄咸宾辑《营陵诗略》，安丘县有马长淑辑《渠风集略》与刘芳曙辑、张善恒重辑《渠风续集》，诸城县有隋平、张侗辑《琅邪诗略》、冯昆铁辑《琅邪诗人诗第一编》、王赓言辑《东武诗存》；莱州府辖下掖县有王士禄、王士禛辑《涛音集》与李兆元、张彤辑《掖诗采录》，昌邑县有王先声辑《国朝昌阳诗综》，潍县有张彤辑《潍诗采录》，高密县有单作哲辑《高密诗存》，即墨县有周翕鐄辑《即墨诗存》、周抡文辑《即墨诗乘》；登州府辖下黄县有张庭诗辑《黄县诗征》、尹继美辑《黄县诗文汇钞》，宁海州有宫卜万辑《牟平遗香集》；沂州府辖下日照县有宋佩玉辑《海曲诗钞》；兖州府辖下曲阜县有孔宪彝辑《曲阜诗钞》；曹州府有徐继儒辑《曹南文献录》；东昌府辖下冠县有赵青坛辑《国朝邑人诗存》；武定府有李衍孙辑《国朝武定诗钞》、李佐贤辑《武定诗续钞》、李贻隽辑《武定诗补钞》系列，辖下海丰县有韩邦治辑《无棣文征》，阳信县有劳崶辑《倪城风雅》，乐陵县有张缪、史尚确辑《乐陵诗汇》，利津县有盛赞熙辑《利津文征》，等等。

　　由此可见，较之明代仅有朱观炡辑《海岳灵秀集》等屈指可数的山东诗歌总集的冷清局面，清代的山东诗歌总集编纂可谓迎来了爆发式成长。其盛况和很多文化较发达的南方省份相比，都是毫不逊色，甚至占据上风的。从中我们不难窥见明末清初以来山东诗歌乃至整个山东文学文化的高度繁荣。

　　清代北方诸省地域诗歌总集编纂勃兴的背后，除了清代整体的文学文化氛围的烘托外，亦有相应观念的支撑。这就是，很多清代士人明确认识到了诗歌总集编纂中存在的南北差距问题，并力图扭转这种局面。早在康熙年间，当时的诗坛领袖王士禛在给朱彝尊的信中，就已经谈到了"选家通病，往往严于古人而宽于近世，详于东南而略于西北"①的现象。而这种详于东南而略于西北的通病，造成的是北方大批"怀才抱异、伏处岩穴者，既不克附青云之士，又不得东南剞劂之便，覆瓿饱蠹、湮没而不彰者不知其几矣"②的令人可哀可叹的局面。针对这种情况，陶樑指出："历观诸家选本，往往详于南而略于北，不知诗人何地蔑有。"况且"天之生才，不以地限，操觚之士未暇遍观，先存轩轾之见，岂通论乎？"③从而在价值判断上将南、北诗歌置于平等的地位。正是在这种观念的影响下，很多士人开始将推尊北方诗歌创作成就、清理北方诗学文献视为己任。如卢见曾即认为："国初诗学之盛，莫盛于山左。渔洋以实大声宏之学，为海内执骚坛牛耳，垂五十余年；同时若宋荔裳、赵清止、高念东、田山姜、渔洋之兄西樵、清止之从孙秋谷，咸各先登树帜，衣被海内，故山左之诗，甲于天下……顾百余年来，未有专选。"④故卢氏有《国朝山左诗钞》之纂辑。陶樑也认为，直隶诗人"如申凫盟，诗以少陵为宗，而出入高、岑、王、孟之间。同时杨犹龙，才力亦足相埒，入蜀后诗尤为波澜老成，于南施北宋外别树一帜。又如庞雪厓之冲淡，成过村之天才隽逸，即阮亭、竹垞诸词坛亦交口推之。近日如朱文正、纪文达、翁覃溪三公，诗集高文典册，足以鼓吹休明，久称燕许大手笔，窃恐同时馆阁诸公，未易齐驱并驾也"⑤。出于展示有清直隶一省诗歌创作成就的目的，陶氏乃有《国朝畿辅诗传》之纂辑。

再来看广西、云南、贵州等经济文化后进地区。这三个省区长期以来都是所谓蛮荒之地，受中原文化的沾溉既少且晚，地方诗歌创作的风气基本上是宋、元以后逐渐兴盛起来的，至于地方诗歌总集的编纂活动更是迟至清代才开始成规模出现。先是康熙年间，曾任桂林通判的汪森有感于广

① （清）王士禛：《与朱彝尊论〈明诗综〉札二首》之一，朱彝尊撰、杨谦注《曝书亭集诗注》卷首《朱竹垞先生年谱》，乾隆木山阁刻本，第39b页。
② （清）刘绍攽辑：《二南遗音》自序，同前，第728页。
③ （清）陶樑辑：《国朝畿辅诗传》凡例第七款，同前，第3页。
④ （清）卢见曾辑：《国朝山左诗钞》自序，乾隆二十三年（1758）雅雨堂刻本，卷首第1a页。
⑤ （清）陶樑辑：《国朝畿辅诗传》凡例第七款，同前，第3页。

西"舆志阙略殊甚，考据难资"①，乃搜采历代诗歌之关涉广西者，辑为《粤西诗载》二十四卷，附"诗余"一卷，可谓开风气之作。清中叶以后，滇、黔、桂三地的地方类清诗总集的编纂活动日益繁盛。其中，广西、云南分别有张鹏展辑《峤西诗钞》、梁章钜辑《三管英灵集》，以及袁文典、袁文揆辑《滇南诗略》系列、赵本敩等辑《国朝滇南诗选》、黄琼辑《滇诗嗣音集》、许印芳辑《滇诗重光集》、陈荣昌辑《滇诗拾遗》等一系列省级总集问世。贵州除傅玉书辑《黔风》，傅汝怀辑《黔风演》，徐桑等辑《全黔诗萃》，莫友芝辑《黔诗纪略》，莫庭芝、黎汝谦、陈田辑《黔诗纪略后编》，陈田辑《黔诗纪略补》，毛登峰辑《黔诗备采》等众多省级总集外，还涌现出一批府、县级总集，包括：遵义府有郑珍辑《播雅》，辖下桐梓县有赵旭、赵彝凭辑《桐梓耆旧诗》；黎平府有黎兆勋、胡长新辑《上里诗系》；普安厅有余愭辑《普安诗钞》；贵阳府辖下贵筑县有周鹤辑《黔南六家诗选》；安顺府辖下永宁州有龙运松辑《永宁诗略》；思南府辖下印江县有徐树勋辑《扶风里语》②。由此，清人乃建构起一个颇具规模的桂、滇、黔诗总集序列。

华中地区的湖南、湖北诸省，此类总集的编纂活动同样到了清代才蔚然成风。

尤其值得一提的是，清代时地方类清诗总集的编纂活动甚至蔓延到一些极其偏远的地区。例如：位于云南西北部、青藏高原东南缘的丽江府，有赵联元等辑《丽郡诗征》问世；位于甘肃西南部、黄土高原与青藏高原交界地带的狄道州，有李苞辑《洮阳诗集》问世；位于天涯海角的广东琼州府，亦即海南岛，有王国宪辑《琼台耆旧诗集》问世；东北的盛京，有李锴、戴亨、陈景元撰《辽东三老诗钞》问世。甚至连西北边陲的新疆，也产生了高澍梅辑《轮台文集》这样一部专收"清人歌咏西陲诸地之作"③的总集。此集今存亡不明，据民国年间编纂的《续修四库全书总目提要》提供的信息，可知该书凡四卷，卷一收纪昀《乌鲁木齐赋》、欧阳鉴《天山赋》，卷二收褚廷璋《西域诗》十二首、曹麟开《塞

---

① （清）永瑢等撰：《四库全书总目》卷一百九十，下册第1731页。

② 《上里诗系》、《永宁诗略》、《扶风里语》今皆存亡不明，其详可见李美芳的博士学位论文《贵州诗歌总集研究》第三章第二节《府县级》的相关论述。

③ 中国科学院图书馆整理：《续修四库全书总目提要（稿本）》，第28册第641页。

上竹枝词》三十首、《新疆记事诗》十六首，卷三收曹麟开《轮台八景诗》八首、王芑孙《西陬牧唱》六十首，卷四收明亮《望祀博克达山歌》、沈云《南山松歌》、丁菜《山市歌》、洪亮吉《天山赞》等七首，此外又有部分诗作"目具而书未录，盖已有阙佚矣"①。该书是目前所知最早产生的一部面向新疆地区的诗文总集。

　　从上面的论列中，我们可以清楚地看到，地方类清诗总集的地域分布范围空前广阔。就清末的政区格局而论，除关外的黑龙江、吉林，以及少数民族聚居的西藏、青海、乌里雅苏台等之外，全国其他省区皆有此类总集的编刊活动出现。而降至民国初年，连黑龙江这样最边远的省份，也有林传甲辑《龙江诗选》问世。近代著名诗人、学者陈衍在民国初年时曾说："近世诗征之刻，几遍各省；下至一郡一邑，亦恒有之。"② 正是对这种情形的准确描述。

### 二　层级完善

　　在层级分布方面，前代所编地方类诗歌总集大多集中于府（或相当于府）、县两级；省一级较少，乡镇一级更是几乎为零。降至清代，乃在这方面取得很大进展，形成了完整而平衡的省、府、县、乡镇四级体系。

　　这里主要探讨省与乡镇两级的发展情况。先说省级。就现有史料来看，这一级地域诗歌总集的编纂始于明代，主要有吕阳辑《晋诗选雅》③、赵彦复辑《梁园风雅》、朱观㸌辑《海岳灵秀集》、方继学辑《浙音会略》④、韩阳等辑《皇明西江诗选》、张邦翼辑《岭南文献》、费经虞辑《蜀诗》、胡缵宗辑《雍音》等，大抵分布于山西、河南、山东、浙江、江西、广东、四川、陕西等省。其数量既少，所涉省份也远未遍及全国。

　　进入清代后，省级诗歌总集的编纂活动生面大开。所谓"关内十八省"，大致皆有编纂。不少省份甚至呈现出此类总集络绎不绝涌现的景

---

① 中国科学院图书馆整理：《续修四库全书总目提要（稿本）》，第 28 册第 641 页。

② 谢鼎镕辑：《江上诗钞补》陈衍序，顾季慈辑、谢鼎镕补辑《江上诗钞》，上海古籍出版社 2003 年 12 月第 1 版，下册第 1476 页。

③ 此集未知存否。可参见王轩、杨笃等纂《（光绪）山西通志》记四之二；刘纬毅主编《山西文献总目提要》卷十据以著录。

④ 此集或已不存。焦竑撰《国史经籍志》卷五、黄虞稷撰《千顷堂书目》卷三十一、孙诒让撰《温州经籍志》卷三十三等有著录。

象。例如：广东省有屈大均辑《广东文集》、《广东文选》，黄登辑《岭南五朝诗选》，梁善长辑《广东诗粹》，陈兰芝辑《岭南风雅》，刘彬华辑《岭南群雅》，温汝能辑《粤东诗海》，罗学鹏辑《岭南文献》，凌扬藻辑《国朝岭海诗钞》，梁九图、吴炳南辑《岭表诗传》，陈堂等辑《岭南鼓吹》等先后问世；福建省有曾士甲辑《闽诗传初集》、朱霞辑《闽海风雅》、黄日纪辑《全闽诗傧》、郑杰辑《国朝全闽诗录》、林从直辑《清闽诗选》、梁章钜辑《乾嘉全闽诗传》、谢尊等撰《清闽人诗稿》、黄景裳辑《国朝闽诗选》等先后问世；浙江省有诸锦辑《国朝风雅》、柴杰辑《国朝浙人诗存》、汪淮辑《国朝两浙诗钞》①、阮元辑《两浙辑轩录》、吴骞辑《辑轩续录》、潘衍桐辑《两浙辑轩续录》等先后问世。此外像王豫辑《江苏诗征》，夏吟等辑《上江诗选二集》，金德瑛等辑《西江风雅》、曾燠辑《江西诗征》，高士熙辑《湖北诗录》，邓显鹤辑《沅湘耆旧集》、李调元辑《蜀雅》、张沆辑《国朝蜀诗略》、孙桐生辑《国朝全蜀诗钞》等，均为清人所编面向江苏、安徽、江西、湖北、湖南、四川诸省的省级诗歌总集；而刘绍攽辑《二南遗音》、李元春辑《关中两朝诗钞》等，则可以视为陕西、甘肃两省的诗人诗作合编。至于华北的直隶、山西、山东、河南，以及西南的广西、云南、贵州诸省各自的省级总集，上一部分已有涉及，兹不赘述。毫无疑问，直到清代，省级诗歌总集的编纂才真正进入高潮期与成熟期。

　　再说乡镇一级。此类总集就目前来看，可能滥觞于明方继学、陈宗阳辑《江南文献录》与佚名辑《江北文献集》。二书今或已佚，根据张南英、孙谦纂《（乾隆）平阳县志》卷十九、孙诒让《温州经籍志》卷三十三以及符璋、刘绍宽纂《（民国）平阳县志》卷五十一的记载，可知《江南文献录》所谓"江南"，指"平阳横阳江以南滨海诸乡"②。平阳在明代属浙江温州府管辖。横阳江又名前仓江，今名鳌江，自西向东贯穿平阳，将县境分为南、北两部分。这部《江南文献录》，便是面向平阳横阳江以南滨海诸乡的总集，约成书于弘治十六年（1503）。《江北文献集》

---

　　① 《国朝风雅》、《国朝两浙诗钞》二书今存亡不明，其详可参见笔者为浙江古籍出版社2012年4月出版的《两浙辑轩录》整理本所撰《整理弁言》的第二部分"《两浙辑轩录》的内容特征与历史地位"。

　　② （清）孙诒让撰，潘猛补校补：《温州经籍志》卷三十三，下册第1535页。

则是为匹配《江南文献录》而编，着眼于收录"平阳横阳江以北诸乡先哲遗文"①。虽然《江南文献录》、《江北文献集》并不是严格意义上的乡镇总集，但它们的问世，预示着县级总集向乡镇总集的过渡，在整个地域总集编纂史上，拥有不容小觑的意义。

降至清代，乃真正出现面向单个乡镇的总集。就现有资料来看，清初人李光基辑《梅里诗钞》可能是最早问世的此类总集。该书凡二十一卷，收录明清浙江嘉兴府嘉兴县辖下梅里（又称梅会里、王店）人士之诗作二千余首，有康熙二十一年（1682）承雅堂刻本，见藏于上海图书馆。随后不久，此类总集便迎来了爆发性成长。就其区域分布情况来看，尤以浙江嘉兴府与江苏苏州府最为集中。其中，嘉兴府的此类总集主要有：李维均辑《梅会诗人遗集》，李稻塍、李集辑《梅会诗选》，许灿辑、朱绪曾增订《梅里诗辑》，沈爱莲辑《续梅里诗辑》等，均面向前及梅里；李道悠辑《竹里诗萃》，面向嘉兴县辖下之竹里（又称竹田里、新篁里）；孟彬辑《闻湖诗钞》、李王猷辑《闻湖诗续钞》、李道悠辑《闻湖诗三钞》、沈景修辑《闻湖诗三钞续编》等，均面向秀水县辖下之王江泾；钱佳、丁廷烺辑《魏塘诗陈》，唐啸登辑《魏塘诗存》，均面向嘉善县辖下之魏塘；沈尧咨、陈光裕辑《濮川诗钞》、朱献琛辑《濮川诗钞补余》等，均面向桐乡县辖下之濮院；宋景关辑《乍川诸前辈遗诗》，面向平湖县辖下之乍浦；吴宁辑《澉川二布衣诗》，面向海盐县辖下之澉浦，等等。

苏州府的此类总集主要有：陶煦辑《贞丰诗萃》，面向元和县辖下之周庄（又名贞丰里）；徐达源辑《国朝甫里诗编》，面向元和县辖下之角直；汪正辑《木渎诗存》，面向长洲县辖下之木渎；冯景元、许家驹辑《泖溪诗存》，面向常熟县辖下之白茆；赵允怀辑《支溪诗录》，面向常熟县辖下之支塘；徐达源辑《楔湖诗拾》，面向吴江县辖下之黎里；王鲲辑《国朝盛湖诗萃》、王致望辑《盛湖诗萃续编》等，均面向吴江县辖下之盛泽，等等。

嘉兴、苏州两府而外，江苏、浙江两省的太仓州、松江府、杭州府等也产生了若干乡镇总集。例如：佚名辑《沙溪诗存》、曹炜辑《沙头里志诗文征》等，均面向江苏太仓州镇洋县辖下之沙溪；朱抡英辑《国朝三槎风雅》，面向太仓州嘉定县辖下之南翔（又名槎溪）；章耒辑、吴昂锡

---

① （清）孙诒让撰，潘猛补校补：《温州经籍志》卷三十三，下册第1544页。

增订《张泽诗征》，面向江苏松江府华亭县辖下之张泽；曹宗载辑《硖川诗钞》，许仁沐、蒋学坚辑《硖川诗续钞》，佚名辑《硖川诗略》，李榕辑《硖川五家诗钞》等，均面向浙江杭州府海宁州辖下之硖石，等等。

　　至于其他地区的此类总集，则甚为稀少，仅有王灼辑《枞阳诗选》（枞阳属安徽安庆府桐城县），文汉光、戴钧衡辑《古桐乡诗选》（此处所谓"古桐乡"，指桐城县辖下北乡），张万龄等撰《榄山花溪诗钞初集》（榄山指广东广州府香山县辖下之小榄）等。

　　由此可见，单就数量而言，清代乡镇总集已经具备了相当可观的规模，堪称地方类清诗总集乃至整个清代地域总集编纂取得的新成就所在。不过应该指出的是，和其他层级相比，此类总集并未呈现出广泛分布于全国的态势，而是主要集中出现在江苏、浙江两省的环太湖流域一带，至于其他地区则相对稀少，仅有零星几种问世。这一则是由于其乃新生事物，尚有较多未到之境留待后人开拓；再者，此类总集对某一地区整体的社会、经济、文化发展水平有着很高的要求，这就必然会给它的地域分布范围带来局限。而孕育出较多此类总集的太湖流域与桐城等地，正是我国当时社会、经济、文化最为发达的区域。

　　至于府、县两级的地方类清诗总集，其整体数量与产生范围较之前代同样有了长足的发展，广泛分布在全国各地。关于二者的具体表现，前一部分所举山东、贵州等省的例子，已然足以说明，兹不赘述。

　　综上所述，可见这四个层级的地方类清诗总集各自都已经形成相当大的规模；而在各级之间，"下级为上级创造广阔基础，上级为下级提供基本框架，相辅相成，相得益彰，从而构成一个巨大的网络"[1]。

　　在上述四大层级之外，还有两种较为特殊的情况。一是所收诗人诗作不限于某一个省、府、县、乡镇的总集。其中涵盖一省以上者可以如下几种为例：李少元辑《吴楚诗钞》，此集所谓"吴楚"，涵盖长江中下游流域诸省；朱士稚、魏畊、钱缵曾辑《吴越诗选》，收录江苏、浙江两省诗人诗作，秦瀛、王昶、阮元辑《江浙诗存》、王鸣盛辑《江浙十二家诗选》、毕沅辑《吴会英才集》与之同；李元春辑《关中两朝诗钞》，此集所谓"关中"，包括陕西、甘肃两省，刘绍攽辑《二南遗音》与之同。涵盖一府以上者如严如熤辑《山南诗选》，此集所谓"山南"，指陕西秦岭

---

[1]　朱则杰：《关于清诗总集的分类》，同前，第101页。

以南地区，包括汉中、兴安两府；邓显鹤辑《资江耆旧集》，收录湖南资水流域之诗人诗作，包括宝庆府辖下邵阳、新化、城步、新宁四县及武冈州，长沙府辖下安化、益阳、湘阴三县，常德府辖下沅江、宁乡、湘乡三县；毕振姬辑《毕坚毅先生四州文献》所谓"四州"，指山西东南部的长治、凤台、辽州、沁州，涉及潞安、泽州二府，以及辽州、沁州二省辖州。涵盖一县以上者如佚名辑《呈贡禄劝大姚龙陵等县诗文》，收录云南省云南府呈贡县、武定州禄劝县、楚雄府大姚县、永昌府龙陵厅共四个县级行政区的相关诗文作品；佚名辑《文山盐兴河西靖边富州等县诗文》，收录云南开化府文山县、楚雄府盐兴县、临安府河西县、靖边直隶厅、广南府富州县共五个县级行政区的相关诗文作品。涵盖一个以上乡镇者如孔宪采辑《双溪诗汇》，收录浙江湖州府吴兴县辖下乌镇、青镇之诗人诗作。此外，陶煦辑《贞丰诗萃》，所收诗人也不限于周庄，还包括苏台乡；李道悠辑《竹里诗萃》与祝廷锡辑《竹里诗萃续编》同样"凡居于里仁乡者，概登之，不以竹里为限"①。

二是收入某一地区若干位人士各自的别集，从而以合刻形式出现者。这种类型的数量十分庞大，产生地域也是遍布全国。兹举全国诸省的此类总集各一种，以作示例。例如：盛京有李锴、长海、梦麟撰《辽东三老诗钞》，直隶有陶樑辑《燕南二俊诗钞》，山西有戴廷栻辑《晋四人诗》，山东有佚名辑《明清山左七家诗文钞》，江苏有桂中行辑《徐州二遗民集》，浙江有胡凤丹辑《永嘉十孝廉诗钞》，安徽有谭献辑《合肥三家诗录》，福建有何梅辑《绥安二布衣诗钞》，江西有曾燠辑《国朝江右八家诗选》，湖北有吴仕潮辑《汉阳五家诗选》，湖南有吴恭亨辑《湖南四先生诗钞》，广东有伍崇曜辑《粤十三家集》，广西有陈柱辑《粤西十四家诗钞》，四川有岳钟琪等撰《蜀四家诗钞》，贵州有吴德清、杨学煊辑《黔中二子诗》，云南有赵藩辑《剑川罗杨二子遗诗合钞》，陕西有冯云杏辑《频阳二布衣诗钞》，甘肃有李蕴芳、郭楷撰《姑臧李郭二家诗草》，等等。

这两种类型为四大层级提供了有益的补充，使此类总集的整体形态呈现出空前丰富而复杂的面貌。它们共同组成了千门万户、瑰丽多姿的地方类清诗总集的宏伟广厦。

---

① 祝廷锡辑：《竹里诗萃续编》例言第一款，民国十一年（1922）刻本，卷首第1a页。

### 三　规模宏大

前代所编地方类诗歌总集，罕有收人过百、辑诗上千者。如明中叶人程敏政编纂的《新安文献志》，不过收诗一千零三十四首、文一千零八十七篇，即已被"推为巨制"①。即便像晚明人董斯张等辑《吴兴艺文补》这样，堪称清代之前规模最大的地域总集，也只是收入自汉至明与浙江湖州有关的诗、词、文、赋近五千首。

而在地方类清诗总集这里，收人成百上千、辑诗成千上万者可谓比比皆是，像《吴兴艺文补》这等规模的总集乃是司空见惯的。例如：卢见曾辑《国朝山左诗钞》，共计"得人六百二十余家，得诗五千九百有奇，又附见诗一百十九首"②，总数在六千首以上；王豫辑《江苏诗征》，共计"辑成五千四百三十余家"③；阮元辑《两浙輶轩录》，共计收人三千一百三十三家，诗九千二百四十一首，阮元、杨秉初等又辑有《两浙輶轩录补遗》，共计收人一千一百二十家，诗一千九百八十一首，二者合计收人四千二百五十三家，诗一万一千二百二十二首；潘衍桐辑《两浙輶轩续录》，"综计四千七百九家，诗一万三千五百四十三首"④，此外潘氏又辑有《两浙輶轩续录补遗》，共收人六百七十五家，诗一千四百零六首，二者合计收人五千三百八十四家，诗一万四千九百四十九首；孙桐生辑《国朝全蜀诗钞》，共计收人三百六十二家，诗五千九百余首。

以上五种，皆为着眼于辑录清代本朝诗人诗作之省一级地方总集；而在通代类中，卷帙浩繁者更加众多。如邓显鹤辑《沅湘耆旧集》收录"一千六百九十九人，诗一万五千六百八十一首"⑤；曾燠辑《江西诗征》收诗人"不下二千余家"⑥；温汝能辑《粤东诗海》共收人一千零五十五家；徐楳等辑《全黔诗萃》收人四百四十六家，诗六千余首⑦。四者皆堪

---

① （清）永瑢等撰：《四库全书总目》卷一百九十四，下册第 1715 页。

② （清）卢见曾辑：《国朝山左诗钞》自序，卷首第 4 页。

③ （清）王豫辑：《江苏诗征》阮元序，卷首第 1b 页。

④ （清）潘衍桐辑，夏勇、熊湘整理：《两浙輶轩续录》凡例第十五款，第 1 册卷首第 6 页。

⑤ （清）邓显鹤辑：《沅湘耆旧集》序例，同前，第 465 页。

⑥ （清）曾燠辑：《江西诗征》例言第三十七款，同前，第 4 页。

⑦ 《全黔诗萃》所收诗人诗作数量，据李美芳的博士学位论文《贵州诗歌总集研究》，第 76 页。

称历代湖南、江西、广东、贵州诗歌总集中的巨著。

与省级相比，府、县乃至乡镇一级地方类清诗总集的规模也是曾不稍逊。府一级如全祖望辑《续甬上耆旧诗》，收录明末清初浙江宁波府诗人六百余家，诗一万五千九百余首；董沛辑、忻江明续辑《四明清诗略》，收录清代宁波府诗人两千一百九十四家，诗九千四百六十八首；温廷敬辑《潮州诗萃》，收录自唐至清广东潮州府诗人四百三十六家，诗六千五百三十首；王舟瑶辑《台诗四录》，收录自宋至清浙江台州府诗人一千六百五十五家，诗五千六百首；曾唯辑《东瓯诗存》，收录自宋至清浙江温州府诗人九百六十八家，诗五千三百七十七首；而像丁申、丁丙辑《国朝杭郡诗三辑》，所收清代浙江杭州府诗人更是达到了四千七百八十五家，如果同吴颢辑、吴振棫重订《国朝杭郡诗辑》的一千三百九十家与吴振棫辑《国朝杭郡诗续辑》的一千七百五十八家合计的话，则有近八千家之多！这诚如朱则杰师所云："即使就各个时代专收府一级诗歌的地方类总集而言，清代杭州这个规模，也是全国唯一，空前并且还可能绝后的。"[①] 县一级如顾季慈辑《江上诗钞》，收录自宋至清江苏江阴县诗人八百五十九家，诗约一万七千首；徐璈辑《桐旧集》，收录明清安徽桐城县诗人一千二百余家，诗七千七百余首；丘复辑《杭川新风雅集》，收录明清福建上杭县诗人四百五十九家，诗六千一百三十五首。甚至连像许灿辑、朱绪曾增订《梅里诗辑》这样的乡镇一级总集，也达到了收人三百三十四家、辑诗三千四百七十三首的规模，完全可以和明代的《新安文献志》这等曾被"推为巨制"的地域总集比肩絜大。至如民国初年问世的周庆云辑《浔溪诗征》，更是辑入自元至清浙江湖州南浔镇诗人三百四十余家、诗作五千九百余首，以区区一镇之地，超越了清代之前收录作品数量最多的地域总集——《吴兴艺文补》。

由此可见，大规模搜集某地区诗人诗作并纂为总集的活动，在清代乃至民国年间已经成为一种普遍现象。其总数之多、卷帙之大，皆非前代人所能想望。这种编纂态势的形成，有主、客观两方面的原因。一方面，由于清代处在我国古代社会的末期，其文献积累、文化积淀自然远较前代来的丰富，加之清人诗歌创作的风气空前兴盛，数量异常庞大，从而为通代、本朝两类地方清诗总集都提供了极其丰富的源头活水。另一方面，也

---

与清代编者的思想观念有关。清人普遍有着保存文献的自觉意识，而搜集整理乡邦文献、表彰乡贤诗学成就，在他们看来，更是责无旁贷。如孙桐生即因有感于清代本朝之四川诗歌"迄今未有整齐荟萃，勒成一书者，此非学士大夫之责哉"①，从而着手编纂《国朝全蜀诗钞》。《沅湘耆旧集》编者邓显鹤认为："自湖外诸郡分隶湖南布政，其间巨儒硕彦、通人谊士，断璧零珪，湮霾何限？文采不耀，幽光永沉，此亦阙于采录者之罪也。"② 同样体现出强烈的责任意识。《天台诗选》编者之一许佩荪甚至认为："此鸿篇巨制，又诸名贤之精神心血所寄也……使并此而俱失之，是先人之手泽不复记录，无异籍谈之数典忘祖也。"③ 将纂辑地方诗歌总集的行为上升到伦理纲常之持守的高度。

在此种观念的支配下，清人往往在文献搜集上用功甚勤。如《渠风集略》编者马长淑自述其在编纂过程中，"访诸故旧，各出所藏，凡残楮断墨、书壁覆瓿之作，无不搜集……至若遗册残帙将就淹没者，必博采而广收之。甚至落魄儒生、飘蓬羁客，与夫方外缁流、闺中名秀，凡有一篇、数语可传者，务尽发其幽光，使垂名于后世"④，可谓细大不捐，不遗余力。《两浙輶轩续录》编者潘衍桐亦明确宣称："是编裒辑，意欲赅博。海内藏书家，如有浙人诗集钞本、刻本，为世稀有者，均望惠寄，决无遗失。"⑤ 表现出一种集大成的气魄。汪之珩辑《东皋诗存》同样将"不拘尺幅，惟旨惟多"⑥ 作为编选宗旨。这种"博采而广收"、"意欲赅博"、"惟旨惟多"的编辑思想，正是清代有如此之多卷帙浩繁的地方类清诗总集产生的主要原因。

## 四　品类繁多

地方类清诗总集作为一个总名，其内部包含相当多的小类型，并且其

---

① （清）孙桐生辑：《国朝全蜀诗钞》自序，巴蜀书社 1985 年 8 月第 1 版，卷首第 1 页。

② （清）邓显鹤辑：《沅湘耆旧集》序例，同前，第 465 页。

③ （明）许鸣远辑，许佩荪补辑：《天台诗选》许佩荪后序，同前，第 116 页。

④ （清）马长淑辑：《渠风集略》自题词，《四库全书存目丛书》集部第 411 册，第 4—5 页。

⑤ （清）潘衍桐辑，夏勇、熊湘整理：《两浙輶轩续录》卷首《拟辑两浙輶轩续录征诗启》，第 1 册卷首第 12 页。

⑥ （清）汪之珩辑：《东皋诗存》凡例第七款，《四库全书存目丛书》集部第 413 册，第 7 页。

繁复程度较之前代有过之而无不及，从而构成了它的又一重显著特征——品类繁多。以下从编选宗旨、作者身份、作品内涵三个方面试述之。

先看编选宗旨。我国古代地方类总集大抵可以分为两大流别，一是着眼于收录某一地区人士之作品者，二是着眼于收录与某一地区有关之作品者。就整体而言，前一种情况占据地方类清诗总集乃至古代所有地方类总集的相对多数，代表了地方类总集的主流。后一种情况的数量虽然不及前者，但也称得上源远流长。从现有资料来看，早在北宋人孔延之知越州军事时，即"以会稽山水人物，著美前世，而纪录赋咏，多所散佚，因博加搜采，旁及碑版石刻，自汉迄宋，凡得铭、志、歌、诗等八百五篇"①，辑为《会稽掇英总集》二十卷，囊括了大量与浙江绍兴有关的诗文，堪称一部历代绍兴史料集。宋代以降，此类总集络绎不绝地涌现，诸如南宋郑虎臣辑《吴都文粹》、明傅振商辑《蜀藻幽胜录》、清焦循辑《扬州足征录》等，皆可归入这一类型。

该类型也是地方类清诗总集的一大支脉。从清初到民国，先后有汪森辑《粤西诗载》、毕振姬辑《毕坚毅先生四州文献》、卢文弨辑《常郡八邑艺文志》、章学诚辑《永清文征》、徐时栋辑《四明旧志诗文钞》、魏元旷辑《南昌邑乘诗征》、高澍梅辑《轮台文集》、林传甲辑《龙江诗选》、蒋藩辑《河阴文征》、李崇山辑《淮阳文征外集》、汪燊辑《黄州赤壁集》、李寰辑《新疆诗文集粹》等一大批问世。它们的编者着眼于汇集涉及相关地区历史、人物、风土、名胜之作，所以并不在意作者的籍贯；而当地人的作品如果与该主题无关的话，则同样无缘入选。这是诸如《粤西诗载》之类总集，收录相关区域内本土诗人诗作反倒较为罕见的根本原因。要之，这是一种重地不重人的编选宗旨，它使此类总集无论外部形态，还是实际功能，都在某种程度上和很多方志的"艺文"部分颇具异曲同工之处，并且确实有相当一部分编者把它和方志相提并论。如汪森自述他之所以编选《粤西诗载》，乃是意在"俾粤西之山川风土，不必身历而恍然有会；其仕于兹邦者，因其书可以求山川风土之异同、古今政治之得失；且以为他日修志乘者所采择焉"②；《永清文征》与《南昌邑乘诗

---

① （清）永瑢等撰：《四库全书总目》卷一百八十六，下册第1694页。

② （清）汪森辑：《粤西诗载》自序，桂苑书林编辑委员会校注《〈粤西诗载〉校注》，广西人民出版社1988年11月第1版，第1册卷首第8页。

征》则分别是其编者主持或参与纂修"直隶永清县志"、"江西南昌府志"的配套工程；至于《黄州赤壁集》，更是被其编者明确定性为一种"史部地理杂地志之书"①。

另有部分地方类清诗总集，则将相关地区人士之作品与涉及该地之作品融为一体。至其编纂形式，则有整饬与杂糅之别。整饬者如夏柏堃辑《泾献诗存》。此集凡分《正编》四卷、《外编》三卷，分别收录陕西泾阳县诗人诗作与外地人咏及泾阳之作。沈季友辑《欈李诗系》、黄登瀛辑《端溪诗述》、方树梅辑《晋宁诗文征》等与之类似。杂糅者如朱滋年辑《南州诗略》，"录其乡里之作，凡宦游流寓题咏山水及与南州士夫唱酬者，皆散见于卷中"②。王灿、李鸿祥辑《玉溪文征》与李根源辑《永昌府文征》等与之类似。

接下来看作者身份。除了普选某地各类型诗人外，地方类清诗总集还包含相当多集中收录某些特殊身份作者之总集。例如专收宦寓诗人的总集。此类总集可能滥觞于宋佚名辑《罗浮寓公集》。该书专收苏轼、唐庚谪居今广东惠州时的诗文，今或已佚③。现存最早的此类总集，应推明沐昂辑《沧海遗珠》，其主体部分所收作者大抵系"明初流寓迁谪于云南者"④。至于清诗总集中较早产生的此类总集，可以成文昭辑《湘南三客吟》为代表。此集今存亡不明，据民国年间编纂的《续修四库全书总目提要》记载，该书系康熙年间成文昭"辑录其友人施剩愚、陈东村暨其己作而成之也。所谓湘南三客者，乃文昭客湘南而独识施、陈二子。二子者，皆湘南客也。于是三人嵚崎历落，皆相得也，而各为诗不相闻，为诗又皆各行己意，无取谐俗，间游踪偶合，则又各出诗互相质质，竟又皆各釅然喜也。至钝农（按，即成文昭，钝农其号）北归，因哀三家诗，录而藏之笥中，以志不忘，且旌客勋，此辑成是编之义也"⑤。朱启钤辑《黔南游宦诗文征》、汤漱辑《蓬山两寓贤诗钞》等亦属此种情形。前者收入明清两代一百五十二位曾在贵州担任过官职者的诗文别集。后者则收入晚清时江苏金坛人王希程的别集《鸥寄轩诗存》与安徽宣城人查禧的

① 汪燊辑：《黄州赤壁集》例言第一款，卷首第1a页。
② （清）法式善撰，涂雨公点校：《陶庐杂录》卷三，第84页。
③ 参见祝尚书著《宋人总集叙录》附录一《散佚宋人总集考》之"罗浮寓公集"条。
④ （清）永瑢等撰：《四库全书总目》卷一百八十九，下册第1714页。
⑤ 中国科学院图书馆整理：《续修四库全书总目提要（稿本）》，第17册第500页。

别集《兰因馆吟草》，二人均流寓于浙江定海县辖下岱山岛。因岱山旧名
蓬莱乡，故有"蓬山"之称。

完颜守典辑《杭防诗存》与三多辑《柳营诗传》则是专门面向八旗
驻防营诗人群体之总集的代表。二书所收皆为杭州八旗驻防营诗人诗作。
满洲人入关之后，先后于全国各要地建立了一批八旗驻防营，杭州府城即
其驻地之一。随着时间的推移，这些旗人逐渐融入当地社会，并且趋于文
弱化，普遍呈现出"于骑射而外，莫不亲文学而耽吟咏"① 的景象。至于
杭州驻防营，也是"多风雅士，弹琴咏诗，文酒游宴，无虚日"②。早在
乾隆年间，营中即有文庆、巴泰等能诗之士出现。嘉庆以后，更是诗人层
出不穷。至光绪年间，由于杭州八旗驻防营本身的诗学遗产已然积累到颇
为厚实的程度，再加上杭州经过太平天国战争的浩劫之后，士人普遍重视
文献的抢救整理，遂由两位驻防营中人、同时还是亲戚的完颜守典与三多
出面，各自编选了一部杭州八旗诗歌总集，均于光绪十六年（1890）前
后问世。《杭防诗存》不分卷，正文收文庆、音善等十六人之诗五十二
首；又"乍浦自雍正七年（1729）始设驻防，盖由杭州、南京分驻者。
其间诗家亦不乏人。辛酉（咸丰十一年，1861）难后寄寓杭防，今辑录
《杭防诗存》，因'附存'焉"③，凡收明诚、观成、恒瑞三人之诗六首；
"补遗"部分收郝连、裕福等六人之诗七首；末附"姓氏存考"，罗列晓
月、色他哈等九人，多属"名盛一时，诗无存者。谨录其姓字旗属官集
如左，俟后搜辑"④。《柳营诗传》的内容较之《杭防诗存》，则要丰富得
多。全书凡四卷，前二卷收录巴泰、郝连等二十九人之诗八十四首，卷三
收录色他哈、白晓月两位女诗人之诗五首，卷四附收词，包括明忠、裕
贵、玉昌三人之词九阕，并且还提供了更加详细的作者小传与考释文字。

其他如吴宁辑《潋川二布衣诗》、董柴辑《绵上四山人诗集》、许正
绶辑《国朝两浙校官诗录》、黄瑞辑《三台名媛诗辑》、佚名辑《滇释诗
稿》等，亦皆明确标举收录某地区之"布衣"、"山人"、"校官"、"闺
秀"、"方外"一类人物的作品。至如李夏器等辑《同岑集》，更堪称地方

① （清）三多辑：《柳营诗传》王廷鼎序，光绪十六年（1890）刻本，卷首第 1a 页。
② （清）三多辑：《柳营诗传》俞樾序，卷首第 1b 页。
③ （清）完颜守典辑：《杭防诗存》例言第二款，光绪十六年（1890）刻本，卷首第 1a
页。
④ （清）完颜守典辑：《杭防诗存》例言第四款，卷首第 1b 页。

类中的"同人集"，所收诗人均隶籍浙江湖州府，或为流寓湖州者。编者之一李令晳自述："《同岑集》者，镌吾郡同人之诗，举景纯赠太真'异苔同岑'之句，以名其集者也。忆余病且五年，得景纯故址，小构一室，颜曰'是山'。晨花夕月，拈须抱膝，得句往往在有意无意之际。而远近以诗教者，积帙充案。因与同学偶语，若罗吾苔、雪间诗，汇为一集，以寄臭味，亦一快事。"① 全书带有显著的交游声气色彩。

最后来看作品内涵方面。很多地方类清诗总集，是由于作品的内容与形式有所限定，从而凸显出各自独特的面貌。如潘世恩辑《浙江考卷雅正集》，即为编者担任浙江学政期间，于嘉庆十年（1805）六月左右，主持完当年浙江杭州、宁波、台州、绍兴四府的岁考后，直接拔取优秀诗文答卷，纂辑而成。该书带有非常显著的课艺色彩。与之类似者，还有阮元辑《浙江诗课》、周玉麟辑《浙江校士经史诗录》、徐致祥辑《两浙校士录》等，均为其各自编者担任浙江学政期间，行走于浙省各地，考课士子的产物。这类兼具地方类与课艺类双重属性的总集，是一个十分庞大的存在。关于它们的详细情况，可见本章第六节《课艺类》之"测士"部分的论述。

此外，吴淇等辑《粤风续九》、佚名辑《北京儿歌》、佚名辑《四川山歌》等，亦皆兼具地方类与歌谣类清诗总集的双重属性。本章第七节《歌谣类》将对其进行论述。

综上可见，地方类清诗总集在编选宗旨、作者身份、作品面貌诸方面，均呈现出变化多端的样态，形成相当数量的别具一格的小类型，和题咏、课艺、歌谣、闺秀、方外等几大清诗总集的主类构成颇为复杂的交叉关系。这些小类型中，既有对前人的继承，也不乏发展与创新，即如专收某地八旗、闺秀、方外等诗人群体，及课艺、歌谣作品之总集，便是清代之前少有甚至从未有过的。这充分显示出清代乃至民国时期，地方类清诗总集的内部形态已经演进到非常繁复的层次。而具备繁复的内部形态，正是地方类清诗总集之编纂已然发展到高度成熟阶段的重要表征。

总之，清代乃至民国时期问世的地方类清诗总集在产生地域的广泛性、所涉层级的完善性，以及文献搜集清理的广度与深度、牢笼一域诗歌

---

① （清）李夏器等辑：《同岑集》李令晳序，台湾新文丰出版公司《丛书集成续编》第116册，第125页。

的胸襟与气魄等诸多方面，均进入一个全新的境界，同时还拥有高度繁复的内部形态。它代表了我国有史以来，地方类诗歌总集编纂的最高成就。

# 第三节　宗族类

宗族类是专收一姓或一个家族内之作家作品的总集，传统目录学一般称为"氏族"之属或"家集"等。

宗族类总集可以视为地方类的进一步深化。这是因为我国古代家族大致以各自隶籍的区域为依托，所以很多此类总集都被明确冠以地方的名号。如朱益明辑《周浦二冯诗钞》，收入晚清人冯履端、冯履莹姐妹的诗集，所谓"周浦"，是江苏南汇县辖下乡镇名。有的甚至直接以地名来命名全书。如谭新嘉辑《碧漪集》、《续集》、《三集》系列，便是一部面向明清浙江嘉兴谭氏家族的诗文总集，所谓"碧漪"，指碧漪坊，系谭氏家族在嘉兴的居住地。由于宗族类与地方类总集间的深刻渊源，各类型书目每每有将宗族类总集著录于"地方艺文"或"郡邑"之属的现象。即如前及《周浦二冯诗钞》，便见于《中国丛书综录·总目》"类编·集类·总集"的"郡邑"之属，《碧漪集》系列则见于《中国丛书综录·子目》"集部·总集类"之"郡邑"之属。本书则对二者进行严格区分。

就现有史料来看，宗族类总集的编纂活动起源于唐，发展于宋、明，到清代乃呈现出高度繁荣的景象，其流风余韵直至民国年间仍绵延不绝，20世纪后半期乃有所衰退。所谓宗族类清诗总集，同样集中产生于清代与民国年间，堪称这一时期编纂问世的宗族类总集的主体。综观这一时期所编宗族类清诗总集，大致有以下四个显著特征：

## 一　地域分布辽阔

和地方类清诗总集一样，宗族类清诗总集的产生范围也是异常辽阔。关内十八省均有此类总集问世，编纂格局可谓全面铺开，盛况空前。除了经济文化较发达的东南、中南诸省外，社会经济地位在全国范围内相对衰落、文学文化氛围偏于弱势的华北、西北诸省，也出现了一批此类总集。例如：

直隶顺天府大兴县，有王世琳辑《二谢集》；保定府定兴县，有鹿瀛理辑《蠹余集》；大名府大名县，有姜庆成辑《姜氏家集》；天津府天津县，有金际泰等辑《致远堂金氏家集诗略》；河间府任丘县有边中宝、边连宝撰《南游埙篪集》，景州有张畇辑、张钟炎续辑《张氏诗集合编》、《续编》，故城县有贾臻辑《故城贾氏手泽汇编》，吴桥县有王实坚辑《王氏录存诗汇草》；正定府正定县，有梁清标、梁清宽、梁清远撰《惹香居合稿》与王耕心辑《檗隐盦剩稿》；广平府永年县有申居郧辑《申氏拾遗集》，磁州有张榕端等撰《磁州张氏文征》。

河南开封府祥符县有王紫绶等撰《知咫堂世草》，杞县有侯资灿辑《大梁侯氏诗集》；归德府商丘县有宋荦辑《商丘宋氏三世遗集》、宋至等撰《宋氏家集》，柘城县有窦绅、窦絅、窦絪撰《三窦诗钞》；河南府孟津县，有王铎、王鉽撰《孟津诗》与王无咎等撰《孟津诗续》；陈州府淮宁县有王庚、王骧衢撰《淮阳王氏两世诗文集》，项城县有丁振铎辑《项城袁氏家集》，扶沟县有杜桂陵编《杜家诗乘正续合编》；许州襄城县，有刘青震辑《刘氏传家集》；光州商城县，有熊宾辑《熊氏家集》；卫辉府新乡县，有刘源洁、刘源渊、刘孳材撰《三刘集》与郭湄、郭遇熙撰《鄘南郭氏家集》。

山西太原府兴县，有康奉璜辑《霞荫堂诗文集合刊》；泽州有陈秉焯辑《高都陈氏传家集》，阳城县有杨兰阶辑《濩泽杨氏世德吟编》；绛州垣曲县，有安恭己辑《垣曲安氏三先生遗稿》；代州有冯焯辑《冯氏家集》，代州崞县有张棣辑《崞县张氏先哲遗著》；平定州寿阳县，有祁寯藻等撰《寿阳祁氏遗稿》；霍州灵石县，有何道生等撰《灵石何氏家集》；汾州府汾阳县，有曹树谷辑《汾阳曹氏诗钞》；平阳府翼城县，有王升、王猷成、王廷华撰《埙篪集》①。

陕西西安府长安县，有王元常等撰《西园瓣香集》；同州府大荔县有马先登辑《烬余志过录》，华阴县有李祖望辑《来紫堂合集》；绥德州清涧县有王宪曾辑《王氏仁荫堂全集》。

甘肃秦州秦安县，有杨继曾辑《杨氏家集》。

这种宗族类总集成批涌现的情形，同样出现在相对边远落后的云南、贵州、广西等地。关于云南、贵州的宗族类总集编纂情况，吴肇莉《云南诗歌总集研究》与李美芳《贵州诗歌总集研究》分别有专节论述。根

① 上述山西省内的宗族类清诗总集，多有今存亡不明者，其详可参见刘纬毅主编《山西文献总目提要》之相关条目下。

据她们的研究，可知清代之前滇、黔二省的宗族类总集编纂风气并不兴盛，只有明代产生了唐泰辑《绍箕堂集》、张含辑《春园集》、宋轩辑《联芳类稿》等极少数此类总集，三者分别收录云南省云南府晋宁州唐全、唐尧官、唐懋德祖孙三代，永昌府保山县张志淳、张含父子，以及贵州省贵阳府城宋昂、宋昱兄弟的诗作，今则均已亡佚。进入清代后，随着汉文学文化的影响在二省不断扩大与深入，宗族文人群体开始成批涌现，由此而催生出一批宗族类清诗总集，堪称清代乃至民国时滇、黔二省总集编纂之整体格局中的一大亮点。

　　具体就云南省的情况来说，云南府晋宁州有李浩辑《李氏诗存》，方树梅辑《诵芬集》、《晋宁黄氏诗选》、《晋宁王氏诗存》，海廷玺辑《海氏诗选》，呈贡县有袁嘉谷辑《呈贡二孙遗诗》、赵藩辑《呈贡文氏三遗集合钞》、秦光玉辑《古晟秦氏家集》，昆明县有王宝书辑《投荒孤噫》、施伯刚辑《花萼联吟集》，宜良县有佚名辑《宜良严氏诗存》；临安府石屏县，有丁鹤年辑《诒燕堂诗丛残》（又题《石屏丁氏家集》）、袁嘉谷辑《昆玉集》（又题《袁氏昆玉集》）；大理府太和县，有张耀曾辑《大理张氏诗文存遗》；永昌府保山县，有吴嗣伯、吴嗣仲辑《思补斋诗草合钞》（又题《保山二吴诗草》）与赵藩辑《保山二袁遗诗》；腾越厅，有尹梓鉴辑《芸草合编》，等等。

　　再就贵州省的情况来说，贵阳府有潘元炳、潘元炜辑《潘氏八世诗集》，定番州有孙如璧辑《孙氏诗集》；遵义府遵义县，有黎庶昌辑《黎氏家集》、《黎氏三家诗词》，以及宧应清辑《屏凤山庄箕裘集》；大定府毕节县，有路璋、路璜辑《蒲编堂诗存》、路承熙辑《毕节路氏三代诗钞》，以及佚名辑《溯源堂诗文集》；都匀府麻哈州，有艾盛春等辑《艾氏家集》；铜仁府铜仁县，有佚名辑《铜仁徐氏十二世诗集》；黎平府，有顾立志辑《怀浙堂先世遗诗》①，等等。

　　至于广西的宗族类清诗总集编纂情况，虽然尚未有人进行专门的清理，但根据《中南、西南地区省、市图书馆馆藏古籍稿本提要（附钞本联合目录）》、《中国丛书综录》等书目钩稽，可知至少有况澄辑《东皋诗

---

　　① 上述云南、贵州两省宗族类清诗总集编纂的具体情况，分别可参见吴肇莉、李美芳的博士学位论文《云南诗歌总集研究》第三章第三节之"宗族类"部分与《贵州诗歌总集研究》第三章第三节《宗族类》。

外》与《况氏家藏诗文杂稿》、潘兆萱辑《三爱堂全集》、蒋琦龄辑《全州蒋氏丛刻》、周家彦辑《桂林周氏家集》等。

仅从上面的简单介绍，我们已可想见宗族类清诗总集在华北、西北以及西南边疆的云南、贵州、广西等省区的编纂盛况。相比较而言，东南诸省乃至华北的山东、西南的四川等省，此类总集的编纂风气更是有过之而无不及。其一大表征即是：以一县之地而拥有多部此类总集的地方比比皆是。如江苏无锡县（含金匮县）一地，仅据《江苏艺文志·无锡卷》等提供的信息，便至少有马翀辑《梁溪马氏三世遗集》，顾森书辑《勤斯堂诗汇编》，华幼武等撰《华氏家集》，华斌、华登瀛等辑《华氏金粟岭诗存》，王曦辑《锡山王氏传家集》，安吉、安念祖辑《胶山安氏诗合刻》，安念祖辑《锡山孙氏诗存》，龚谷成辑《锡山龚氏遗诗》，诸祖德辑《蓉门倪氏诗集》，尤桐辑《锡山尤氏诗存》，严金清辑《严氏家集》，吴祥霖辑《吴氏千文楼汇存诗钞》，滕橦肤辑《一家诗词钞》，秦彬辑《锡山秦氏诗钞》，曹敏辑《花萼集》，顾鸿、顾书绅撰《祖孙合稿》，严文沅、严文波撰《二严先生诗》等近二十种先后问世。人文荟萃、誉满全国的安徽桐城县，同样产生了方观承辑《述本堂诗集》、《二方诗钞》，方于谷辑《桐城方氏诗辑》，方骘、方宗城撰《方氏乔梓诗》，姚思庆辑《桐城麻溪姚氏诗钞》，马树华等辑《桐城马氏诗钞》，倪淑、倪婉、倪懿、倪静撰《疏影楼合集》，许銮辑《二许先生集》，张绍棠辑《讲筵四世诗钞》，张鹄辑《三芝轩诗存》，刘珧、刘丛兰辑《澄响堂五世诗钞》，周元音等辑《周氏清芬诗文集》等至少十余种。更有部分宗族，甚至产生了多部面向本宗族成员的总集。如山东历城朱氏宗族，有朱缃、朱绛、朱纲撰《棣华书屋近刻》、张象恩编《其顺堂三世遗诗》、朱缃等撰《济南朱氏诗文汇编》等；山东安丘曹氏宗族，有曹贞吉、曹涵、曹淑撰《曹贞吉父子诗稿三种》、曹贞吉等撰《安丘曹氏家学守待》、曹师彬等撰《安丘曹氏家集八种》、曹霖等撰《安丘曹氏诗集四种》等；前及《华氏家集》、《华氏金粟岭诗存》，以及《述本堂诗集》、《二方诗钞》、《桐城方氏诗辑》、《方氏乔梓诗》等，亦分别为无锡华氏、桐城方氏宗族诸成员的作品合集。

要之，宗族类清诗总集的产生范围呈现出一种既广且深的面貌。它在遍布关内十八省的同时，一则将触角延伸到一些极其偏远的地区，甚至抵达了前及《芸草合编》所在的位于中缅边境的云南腾越厅（今腾冲市）；再则在很多地方形成了密集分布。这种编纂态势是清代之前未曾有过的，它显然和清代相关地区宗族文学文化高度发达、宗族文人群体层出不穷有关，从而为宗族类清诗总集的大面积、大批量涌现提供了强劲的原动力。

### 二　亲属关系复杂

我国宗族类总集所反映的亲属关系，经历了一个由简趋繁的过程。唐人编纂的此类总集，如褚藏言辑《窦氏联珠集》、李乂辑《李氏花萼集》等，主要是平辈兄弟数人的作品合集，形态尚显简单。宋代则出现一些囊括若干代家庭成员乃至整个家族成员的总集，如洪适等辑《盘洲编》、汪闻辑《谢氏兰玉集》①等。降至清代，乃将亲属关系之繁复程度推向顶峰，呈现出五花八门、无所不包的态势。

概括宗族类清诗总集所反映的亲属关系，主要可以分为三大类。

一是着眼于收录整个宗族成员的作品。即在纵向上，涵盖若干代；横向上，囊括一姓中关系亲疏不等的各类成员。这一类型往往包含作者人数甚多。如孔宪彝辑《阙里孔氏诗钞》收录清代山东曲阜孔氏宗族一百二十位成员之诗作，章奎等辑《荻溪章氏诗存》收录清代浙江归安章氏宗族一百十位成员之诗作，赵鸾扳辑《世美堂诗钞》收录明清山东扳县赵氏宗族七十七位成员之诗作，胡鼎、胡有恂辑《丹溪诗钞》初、续集合计共收清代安徽泾县胡氏宗族四十八位成员之诗作，张元济辑《张氏艺文》收录明清浙江海盐张氏宗族三十六位成员之诗词。同时涵盖时段也相对较长，很多总集都包含明代乃至元代人的作品。如佚名辑《华氏家集》收入江苏无锡华氏宗族八位成员的作品，其中就包括元人华幼武与明中叶人华察，余下的华之望、华天衢等六人则大抵生活于清初顺治至乾隆年间，全书的前后时间跨度达四百余年；缪荃孙辑《旧德集》所收江苏江阴缪氏宗族成员，上起元末人缪鉴，下至清末光绪年间，涵盖时段长达五百余年。至于涵盖明、清两代的宗族类总集，更是所在多有，除前及《世美堂诗钞》外，诸如侯资灿辑《大梁侯氏诗集》、黄簪世辑《即墨黄氏诗钞》、万名炜辑《曹县万氏诗文集》、朱绪曾辑《金陵朱氏家集》、安吉辑《胶山安氏诗合刻》、丁宝义辑《江阴黄氏家集》、任光斗辑《宜兴任氏传家集存遗》、赵绍祖辑《赵氏渊源集》、钱锡宾等辑《湖墅钱氏家

①　此二集今均已佚。可分别参见（宋）陈振孙《直斋书录解题》卷十五、王应麟辑《玉海》卷五十四的相关记载。

集》、王叡辑《墙东诗录》、潘元炳等辑《潘氏八世诗集》、顾立志辑《怀淅堂先世遗诗》等，均属此种情形。

部分问世于民国年间的总集，在辑录明、清两朝人士之外，还可能收入民国年间人的作品。如曾克耑辑《鄂里曾氏十一世诗》所收福建侯官曾氏宗族成员，上起晚明人曾熙丙，下迄清末民初人曾福谦、曾尔鸿，覆盖时段长达三百余年；单步青辑《高密单氏诗文汇存》所收山东高密单氏宗族成员，上起晚明人单崇，下迄生活于清末民初的单步青、单朋锡等，覆盖时段与《鄂里曾氏十一世诗》相近。

二是着眼于收录两代或两代以上家庭成员之作品。这一类型的亲属关系主要呈现出两种形态，分别可以称为"线形"与"树杈形"。所谓"线形"形态，以涵盖父子两代两人的情况较多。如王世琳辑《二谢集》收录直隶大兴谢锡侯、谢申父子之作品；潘钟瑞辑《石氏乔梓诗集》收录江苏吴县石嘉吉、石渠父子之作品；刘宝楠辑《刘氏二家诗录》收录江苏宝应刘中柱、刘家珍父子之作品；其他诸如安徽婺源余凤书、余铨桂父子撰《完璞斋吟薇阁乔梓诗集合稿》，山东济宁孙扩图、孙玉庭父子撰《一松延厘两代诗文稿》，广东惠来林家浚、林廷玉父子撰《桥梓诗林初集》、《续集》等，均属此例。涵盖祖孙三代三人者也不在少数。如佚名辑《卜氏三世诗草》收录山东日照卜梦人、卜宁一、卜祚光祖孙三代之作品；李国杰辑《合肥李氏三世遗集》收录安徽合肥李文安、李鸿章、李经述祖孙三代之作品；黄炳垕辑《黄氏三世诗》收录浙江余姚黄璧、黄徽谋、黄源垕祖孙三代之作品，即是。至于涵盖四代及四代以上者，为数相对较少。如林其茂辑《长林四世弓冶集》收录福建侯官林逸、林秉中、林赞龙、林其茂凡四代四人之作品；金望辑《嘉定金氏五世家集》收录江苏嘉定金大有、金兆登、金德开、金吉士、金塾凡五代五人之作品，均堪称诗脉绵长。李元庚辑《山阳李氏七叶诗存》更是收入江苏山阳李氏家族七代成员的作品，依次为李挺秀、李孙伟、李嘉禄、李蟠枢、李蒸、李长发、李元庚，其中李挺秀生活于明末清初，李孙伟为康熙岁贡，李嘉禄为乾隆诸生，李蟠枢为乾隆十二年（1747）举人，李长发为嘉庆诸生，李元庚为同治九年（1870）举人，一家七代诗人的前后生活年代跨度长达二百多年，其家门诗风诚可谓长盛不衰。

诸如《二谢集》、《山阳李氏七叶诗存》等所反映的，大抵皆为男性直系亲属关系；此外又有囊括外家亲属者，《西园瓣香集》即为显例。此集收录陕西长安人王元常、王筠、王百龄之作品，其中王筠是王元常之女，王百龄则是王筠之子、元常外孙。

所谓"树杈形"，较常见的形态为以少数长辈为起点，逐步延展出较多后辈。例如：佚名辑《桂馨堂集》，收录浙江嘉兴人张廷济及其子张庆荣、媳朱莹之作品；佚名辑《雪鸿堂全集》，收录四川通江人李蕃及其子李钟璧、李钟峩之作品；宋鸣珂辑《奉新宋氏诗钞》，收录江西奉新人宋五仁及其子宋鸣珂、宋鸣璜，女宋鸣琼之作品。是为两代数人的情形。三代数人则可以余希婴辑《玉山连珠集》与李味青辑《上海李氏易园三代清芬集》为例。前者收录江苏昆山余应魁、余梦星、余希婴、余希芬、余希煌祖孙三代之作品，其中，余梦星为余应魁之子，余希婴、余希芬、余希煌又分别为余梦星之次女、季女、幼子；后者收录江苏上海李氏家族成员李林松、李媞、李尚暲、钱韫素、李邦黻、姚其慎三代之作品，其中，李媞、李尚暲分别为李林松之长女、次子，李邦黻为李尚暲之子，钱韫素、姚其慎又分别为李尚暲、李邦黻之妻。至如徐珂等辑《秀水董氏五世诗钞》，更是收录了浙江秀水董氏家族五代成员董士勋、董鸿、董涵、董棨、董耀、董念棻之作品，其中董鸿、董涵为董士勋之子，董棨、董耀、董念棻又分别为董涵之子、孙、曾孙，从而构成一个不对称的树杈形亲属关系图。

另有少数宗族类总集所收作者，则呈现出长辈居多、后辈较少的景象。如云南昆明人王宝书辑《投荒孤嚄》，即录入王宝书本人及其妻孙宝嫦、女王芳贞之诗作，可谓一种倒置的树杈形亲属关系。

在上述父子两代、祖孙三代等常见关系之外，还有几种较为特殊的情形，如祖孙、叔侄、母子、母女、婆媳组合等。其中，刘佑辑《刘简斋祖孙遗集》所收直隶曲周人刘荣嗣、刘佑，曹钟浩辑《金坛曹氏集》所收江苏金坛人曹大章、曹宗璠，佚名辑《祖孙合稿》所收江苏无锡人顾鸿、顾书绅，均为祖孙关系；佚名辑《懒云草堂诗合存》所收浙江钱塘人金世禄、金楷，为叔侄关系；仇埰辑《江宁方氏遗稿》所收江苏江宁人殷如琳、方传勋，为母子关系；鲍之钟辑《京江鲍氏课选楼合稿》所收江苏丹徒人陈蕊珠以及鲍之芬、鲍之蕙、鲍之兰，为母女关系；钱佳辑《彭城三秀集》所收吴黄、沈榛、蒋纫兰，则构成了两组婆媳、侄婆媳关系，其中吴黄为浙江嘉善人钱士升子钱栻之妻，沈榛为钱栻子钱黯之妻，蒋纫兰为钱士升弟钱士晋曾孙钱以垲之妻①。至于李菊房辑《李氏家集》，收入浙江嘉兴李氏家族的四位成员李良年、李绳远、李符、李旦华的作品，四人中，李良年、李绳远、李符均为李寅之子，属于兄弟关系，李旦华则是李良年的玄孙。此集将年辈相隔甚远的两代人汇为一编，是为特例。

三是着眼于收录平辈亲戚之作品。最常见形态为兄弟关系，例如：邵震亨辑《昭文邵氏联珠集》收录江苏昭文邵齐烈、邵齐焘、邵齐熊、邵齐然、邵齐鳌兄弟五人之作品；高钺辑《泸州高氏兄弟诗钞》收录四川泸州高棠、高树、高枬、高楷兄弟四人之作品，佚名辑《莫如楼诗选合刻》收录湖南湘乡蒋湘培、蒋湘墉、蒋湘城、蒋湘垣兄弟四人之作品；汪曰桢辑《戴氏三俊集》收录浙江德清戴芬、戴福谦、戴莼兄弟三人之作品，佚名辑《黄冈钱氏同根集》收录湖北黄冈钱崇兰、钱崇桂、钱崇柏兄弟三人之作品；姚燕谷辑《金山姚氏二先生集》收录江苏金山姚前枢、姚前机兄弟二人之作品，佚名辑《瑞竹亭合稿》收录江西泰和王愈扩、王愈融兄弟二人之作品，等等。

专收姐妹作品者亦所在多有。如江苏武进赵云卿、赵书卿、赵韵卿撰《兰陵三秀集》，浙江海宁陈贞源、陈贞淑撰《海宁陈太宜人姊妹合稿》，安徽全椒王仲徽、王淑慎、王季钦撰《青霞仙馆遗稿》，云南昆明施莲卿、施惠卿、施兰卿撰《花萼联吟集》等。

夫妻关系也可以归入这种类型。如魏允恭辑《李氏倡随集》收录李岳生、赵纯碧夫妇作品；姚福增辑《墨花仙馆合刻》收录屈颂满、季韵兰夫妇作品；林尚辰辑《曾太仆左夫人诗稿合刻》收录曾泳、左锡嘉夫妇作品。其他如姚启圣、沈氏撰《忧庵大司马并夫人合稿》，郝懿行、王圆照撰《和鸣集》，顾初旸、胡家萱撰《松壑间合刻诗钞》，王之孚、吴椀桃撰《金海楼合稿》，张荣庆、朱莹撰《世德堂集》，张权、刘文嘉撰《可园征君夫妇遗稿》，金文渊、于晓霞撰《玉连环草》，俞俨、徐静安撰《生香花蕴合集》等，均属此例。

少数呈现为叔嫂关系与妯娌关系的总集，同样可视作平辈亲戚作品之合集。兹以蒋萼辑《爱吾庐稿》、车持谦辑《上元车氏三妇集合刊》为例。前者收入蒋萼、蒋彬若、储慧三人的诗词集，其中，蒋萼、蒋彬若是

---

① 此集未知存否。关于其详细情况，可参见江峰青等修，顾福仁等纂《（光绪）嘉善县志》卷三十与胡文楷编著《历代妇女著作考》附录一《合刻书目》。

兄弟，储慧则是蒋尊之妻，三者皆江苏宜兴人。后者收入方曜、袁青、王谨三人的诗词集，她们分别为车持谦之妻、继妻、弟媳，均为清中叶江苏上元车氏家族的成员。

最后需要指出的是，少数宗族类清诗总集可能附收非本宗族成员的作品。例如贵州毕节人路璋、路璜兄弟编纂的《蒲编堂诗存》。该书"正编"凡三卷，收录编者曾祖路邵，祖路斯京，叔祖路斯亮、路斯云，父路孟迮，共三代五人之诗作；"附录"卷四则收入二人的老师熊攀龙的《小桥吟稿》。对于这一安排，路璜解释说："末附小桥熊先生吟稿，则先大夫曩昔唱和至友，曾为璜弟兄授读者……附刊于后，示不忘旧交，且志师教也。"①

### 三　作者身份多样

一般来说，宗族类清诗总集所收作者以各个地方上的名门望族与普通士人为主。这也是历代宗族类总集的主流。但除此之外，宗族类清诗总集又含有若干作者身份比较特殊的小类型，使此类总集的内部形态进一步趋于复杂多样。其中最为显著者，大致有如下四种：

一是专收皇室成员作品者。典型代表为奕訢主持编纂的《清六朝御制诗文集》。根据民国年间编纂的《续修四库全书总目提要》的著录，可知此集凡一千一百三十二卷，附二卷，目录一百三十卷，有光绪二年（1876）铅印本，收入康熙、雍正、乾隆、嘉庆、道光、咸丰凡六位清代皇帝的诗文集。《续修四库全书总目提要》并述全书概况与编纂缘起曰："德宗立，以圣祖、世宗、高宗、仁宗、宣宗、文宗六朝御制诗文各集，既可仰窥圣功帝学之邃密渊深，更可释家法宸章之敬天勤民，以及用人行政之精细。虽早经刊刻，臣民诵习已深，然年代久远，流传渐少，允宜急早重刻，以示来兹，而垂法守。因将圣祖文四集，世宗文全集，高宗诗五集、文三集及《乐善堂诗文全集》，仁宗文二集、诗三集及《味余书屋诗文集》，宣宗诗初集、文初集及《养正书屋全集》，文宗诗文全集，详细校勘，遵照原书格式，一律用活字摆印，书前有奕欣进书表。"②《松鹤斋近体诗钞》则是专收清代女性皇室成员作品的代表。该书的两位作者寿

---

① （清）路璋、路璜辑：《蒲编堂诗存》路璜跋，咸丰八年（1858）刻本，卷末第4b页。

② 中国科学院图书馆整理：《续修四库全书总目提要（稿木）》，第30册第710页。

禧、寿庄，均为道光帝之女。寿禧（1841—1866）为道光帝第八女，母为彤贵妃舒穆禄氏，咸丰五年（1855）十一月封为寿禧和硕公主；寿庄（1842—1884）为道光帝第九女，母为庄顺皇贵妃乌雅氏，光绪七年（1881）十月晋封为寿庄固伦公主。

二是专收王公、将相作品者。例如佚名辑《延平二王遗集》。此集不分卷，收录福建南安郑成功、郑经父子之诗文，包括郑成功诗八首，郑经诗十二首、文五篇。南明永历十二年（顺治十五年，1658），郑成功受南明永历帝册封为延平郡王；十六年（康熙元年，1662），郑成功薨，郑经嗣立，袭其父之爵位。所谓"延平二王"之名号，即缘于此。

三是专收少数民族宗族成员作品者。如丰绅宜绵辑《长白英额三先生诗集》凡收和珅《嘉乐堂诗集》一卷、和琳《芸香堂诗集》二卷、丰绅殷德《延禧堂诗钞》一卷，共三种诗集。三位作者均为满洲正红旗人；其中，和珅、和琳为兄弟，丰绅殷德则是和珅之子。与之类似者，还有成瑞辑《春云集》、升寅等撰《马佳氏诗存》、兴安等撰《叶赫氏存稿》，及前及《清六朝御制诗文集》、《松鹤斋近体诗钞》等。

四是专收女性宗族成员作品者。此类总集就目前来看，始见于清代，可谓宗族类清诗总集的新成就、新特色之所在。其详细情况，可见本章第八节"闺秀类"的相关论列。

### 四　著述形式庞杂

综观我国历代各类型总集，大抵以收录诗、词、曲、文、赋等体裁之作品为主；部分可能含有诗话、笔记、征诗启、勘误表、同人书札、书目、上谕、公文、会约等，但更多还是处于附件的地位，是对正文所收作家作品的补充。然而在宗族类清诗总集这里，情况则要复杂得多。

这是由于很多此类总集的编者往往意在囊括该宗族成员的各体著述，遂使相关总集带有了著述汇编的性质。虽然各体兼收在其他类型清诗总集中，也是一个颇为普遍的现象，但宗族类总集与之相比，却仍然有其自身的显著特色。这便是，它不仅兼收诗、词、曲、文、赋等文学作品，而且还广泛容纳诸如书目、年谱、笔记、日记、诗话、总集、学术专著等众多其他著述形式。这些形式的著作在宗族类清诗总集中，已经不仅仅是全书的附件，而就是正文的有机组成部分。

较为单纯的例子如方观承辑《述本堂诗集》。此集凡十八卷，《续集》

五卷，收入安徽桐城方登峄、方式济、方观承祖孙三代之诗集十八种、二十二卷，此外又含方式济《龙沙纪略》一卷。《龙沙纪略》是一部舆地学著作，分方隅、山川、经制、时令、风俗、饮食、贡赋、物产、屋宇凡九门，共计一百四十四条，着眼于记录黑龙江地区的历史沿革、山川地貌、气候习俗等。康熙五十年（1711），方登峄因戴名世《南山集》案及其父方孝标《滇黔纪闻》一书而得罪入狱，后遭遣戍黑龙江卜奎（今齐齐哈尔一带）。式济随父同行，在戍所"据所见闻，考核古迹"①，撰成此书。龙沙之名源于《后汉书》卷四十七班超传赞中"咫尺龙沙"一语，后沿用为塞外通称，式济即以之言黑龙江情事。

更加复杂的事例为郭则沄辑《侯官郭氏家集汇刊》。此集收入福建侯官郭柏荫、郭式昌、郭传昌、郭曾炘祖孙三代四人之各类著作凡十四种。其中，郭柏荫《石泉集》，郭式昌《说云楼诗草》，郭传昌《惜斋吟草》、《惜斋吟草别存》，郭曾炘《匏庐诗存》、《匏庐剩草》、《再媿轩诗草》为诗集；郭柏荫《天开图画楼文稿》为文集；郭传昌《惜斋词草》为词集；郭柏荫《嘐嘐言》、《续嘐嘐言》与郭曾炘《楼居偶录》皆为笔记；郭曾炘《郭文安公奏疏》则辑录作者历年所上奏疏。最为特殊者应推郭柏荫《变雅断章衍义》。该书是一部《诗经》学著作，自《节南山》、《正月》等十八篇"小雅"中截取文句六十六条，《民劳》、《板》等七篇"大雅"中截取文句四十条，分别予以阐释。作者身处晚清衰世，其疏证文字寓有深切的当下关怀与经世目的，每每借题发挥，抒写"与本经之旨不尽相符者……语多激切，良非温柔敦厚之遗；大声疾呼，冀挽狂澜于既倒"②，故以"变雅"与"断章衍义"名此书。

其他如王元增辑《先泽残存》所含王其康《王氏艺文目》，赵宝初辑《太湖赵氏家集丛刻》所含赵昀《遂翁自订年谱》，佚名辑《安丘曹氏家集》所含曹师彬《黔行记略》、曹濂《曹贞吉夫妇行状》，伍宇昭辑《毗陵伍氏合集》所含伍宇澄《饮渌轩随笔》；王相辑《绣水王氏家藏集》所含王相《乡程日记》与王娶之《续乡程日记》，邓邦述辑《邓氏家集》所含邓廷桢《邓制军禁烟防海奏议》，黄培芳辑《岭海楼黄氏家集》所含

① （清）永瑢等撰：《四库全书总目》卷七十，上册第628页。
② 郭则沄辑：《侯官郭氏家集汇刊·变雅断章衍义》郭柏荫序，《近代中国史料丛刊》第299册，第295页。

黄培芳《香石诗话》，陶澍辑《陶英江先生全集》所含陶澍辑《漕河祷冰图诗录》，黎庶昌辑《黎氏家集》所含黎恂《千家诗注》等，均属此种情形。比较而言，宗族类清诗总集所含作品著述形式之庞杂，堪称各类型清诗总集之最。

总之，宗族类清诗总集不仅整体数量惊人，分布范围辽阔，而且在亲属关系、作者身份、著述形式等内部形态方面，也普遍趋于复杂多样。诸般种种，较之前代均有不同程度的开拓与提升，代表了历代宗族类总集的最高形态与成就。它们的成批涌现，从一个侧面显示出清代宗族文学、文化的高度繁荣，以及"清代宗族诗人群体的大量兴起与自觉意识"①。

# 第四节　唱和类

清代诗人唱和活动高度活跃，当活动告一段落后，又往往有好事者将相关唱和诗裒为一集。再配合上清代空前繁盛的图书事业，遂使这些诗作结集能够有更多机会刻印面世，或以抄稿本流传，于是便催生出众多唱和诗总集。这些总集是我们认知清代诗人唱和活动，进而认知清代文坛动态与士人社会生活的重要资料，同时其自身的大量涌现，也堪称清代文学、文化史上的一个颇有意味的现象。这里从唱和类清诗总集的唱和形式、唱和内容、作者身份三个视角切入，对其一般与特殊两方面的基本形态作一初步梳理。

## 一　唱和形式

唱和类清诗总集为数甚多，在清代各类型总集中可谓名列前茅。然而此类总集数量虽多，个体规模却往往偏小，普遍在一卷至数卷之间，十卷以上者便不多见。如汪远孙辑《清尊集》，不过区区十六卷而已，但已然堪称唱和类清诗总集中少有的"巨"帙。而像王士禛、彭孙遹撰《彭王唱和》与彭绍升辑《二林唱和诗》这样，仅收彭、王二人唱和诗二十四首，以及彭绍升、汪元亮、罗有高、汪缙四人唱和诗二十八首的微型总集，却是屡见不鲜的。反观全国、地方、宗族等其他清诗总集中的大类，其个体规模动辄数十卷，甚至数百卷，很显然，唱和类总集在这方面是无

---

① 朱则杰：《关于清诗总集的分类》，第101页。

法与之争锋的。

虽然唱和类清诗总集的个体规模普遍小于其他类型清诗总集，但庞大的数量，却也使之在整体上具备了和其他类型一样繁复的内部形态。先看唱和形式方面。所谓唱和，"从最严格意义上来说，是一人首唱，他人次韵。但除此之外，一般一人首唱，他人同作；或者多人同赋一题，乃至多人集体赋诗，也都可以看作唱和"①，是为历代最常见的几种唱和方式。具体到唱和类清诗总集，同样也是以这几种方式为主。兹列举其各自代表如下：

樊增祥辑《沉瀣集》，收录晚清人张之洞、樊增祥的唱和诗。樊氏和作《奉和张少保师甲辰以后诗》五十首列于前，张氏原作五十六首附于后。是为一人唱、一人和的方式。

汪琬辑《姑苏杨柳枝词》，收录汪琬、贺国璘等一百十三人之诗作。康熙十九年（1680），汪琬自翰林院编修任上乞病归里。居乡期间，他模仿白居易《杨柳枝》的体式，创作了《姑苏杨柳枝词》十八首，一时东南文士颇多酬和。是为一人唱、多人和的方式。

朱彝尊辑《洛如诗钞》，收录陆世宋、陆奎勋等四十八人自康熙四十五年至四十七年（1706—1708）的集会唱和诗，大抵为多人同赋一题的方式。

沈奕琛辑《湖舫诗》，收录沈奕琛、李长顺等十四人之诗作。顺治六年（1649）清明前二日，沈奕琛等在杭州西湖聚会。其间，他们以"雨丝风片，烟波画船"为韵，各赋五律八首。是为多人集体赋诗的方式。

王原辑《于野集》则是涵盖两种或两种以上唱和方式的代表。该书收康熙年间江苏青浦朱霞、陆昆曾等四十八人之集会唱和诗，以多人同赋一题为主，类似于《洛如诗钞》；另有部分采用此唱彼和之方式者，则又类似于《姑苏杨柳枝词》。

除了上述这些一般而常见的唱和形式及其作品结集外，还有如下几种较特殊的情况：

第一，追和。唱和活动主要发生在相同或相近的时间段内，带有一定的即时性与连续性，但也不乏后人追和前人的情形。如清初人朱彝尊的大型组诗《鸳鸯湖棹歌》一百首，便对当时及后来的诗坛产生了深远影响，出现了大批和诗与仿作。至乾隆四十年（1775），朱芳衡采录谭吉璁《鸳

---

① 朱则杰：《关于清诗总集的分类》，第101页。

鸯湖棹歌和韵》、张燕昌《鸳鸯湖棹歌》、陆以诚《鸳鸯湖棹歌次朱太史竹垞原韵》凡三组诗歌，与朱彝尊原作合编为一书，总题《鸳鸯湖棹歌》。这三人中，谭吉璁为朱彝尊表兄，张、陆二人则皆生活于乾隆、嘉庆年间。至如佚名辑《天台三圣诗集和韵》所收诗歌，更是分别出自唐代僧人寒山、元代僧人梵琦、清初僧人福慧之手，系梵琦、福慧分别追和寒山诗作的产物，前后时空跨度长达约一千年。同样属于追和性质的，还有王英善辑《唱和雁字诗集》，康熙帝、乾隆帝撰《御制恭和避暑山庄图咏》，叶德辉辑《观剧绝句》等。

第二，联句。联句又称连句，由二人或多人共赋一诗，连缀成篇。专收这类诗歌的总集，即可作为一种特殊形式的唱和总集看待。如曹仁虎辑《刻烛集》，即收录曹仁虎、王昶等十二人自乾隆二十九年至三十一年（1764—1766）间在京城的各种联句之作，计有《觉生寺大钟联句》、《忆竹联句》等二十七篇。此外如佚名辑《内庭联句》、程梦星辑《城南联句诗》、龙邦俨辑《莺花联句》、颜嗣徽辑《望眉草堂乔梓联吟草》等，也都可以归入联句诗总集的范畴。

第三，诗钟。诗钟形式上相当于律诗的一联对句。一般认为起源于清嘉庆、道光年间的福建，后来流传至全国。其流风余韵直至20世纪中叶犹在。百余年间，文人墨客经常举行诗钟雅集，可谓当时文学生活的一个重要组成部分。相传其基本步骤为：主持人拈题之后，将一枚铜钱系于线上，再系上寸许长的一段香并点燃，下承铜盘，等香燃线断，钱落盘中，声如钟鸣，以此确定一轮的时限，故称诗钟。至其具体形式，主要有嵌字、分咏、集句三种①。由于此类活动往往带有诗人聚会、集体创作的性质，因而相关作品合集亦多可归入唱和类清诗总集的范畴。如唐景崧辑《诗畸》，即编者"在台湾府署时，集门人幕客所作诗钟"② 而成。此集刻于光绪十九年（1893），正编八卷，第一至七卷辑录各体诗钟，第八卷收七言律诗；外编二卷，皆收"嵌字格"诗钟；另附《谜拾》、《谜学》各一卷。全书所收多为清末台湾"斐亭吟社"与"牡丹诗社"诸同人在诗钟酒

---

① 参见程千帆、程章灿《程氏汉语文学通史》第三十一章《对联、诗钟及游戏文体和幽默文学》，辽海出版社1999年9月第1版。

② （清）丘逢甲撰：《岭云海日楼诗钞》卷五《西园重见〈诗畸〉刻本，为之黯然》，安徽人民出版社1984年5月第1版，第100页。

会上的唱和之作。据卷首《作者姓氏》显示，参与者达五十五人之多，其中不乏丘逢甲、林鹤年、王毓菁、施士洁等诗钟名家。此外像黄理堂辑《雪鸿初集》、黄理堂等辑《雪鸿续集》、林幼泉辑《壶天笙鹤初集》、袁保龄辑《雪鸿吟社诗钟》①等，也都是清代出现的诗钟总集。由于诗钟是清代才出现的文学样式，随之产生的诗钟总集，自然就可以视为整个唱和诗总集编纂史上的一个崭新现象，堪称清代唱和诗总集编纂取得的新成就之一。

　　这里还要特别指出的是，唱和诗总集所反映的写作行为，通常呈现出此唱彼和或集体赋诗的景象，可谓同一平面内的双向或多向的互动；不过，并非书名中含有"唱和"、"酬唱"等字样的总集，都体现为此种情形。赵琪辑《东莱赵氏先世酬唱集》即为特例。《中国丛书综录·子目》与王绍曾主编《山东文献书目》均将此集著录于总集类的"唱酬之属"，与北宋邓忠世等撰《同文馆唱和诗》等典型唱和诗总集同列。然而检阅原书，可知其采取以人为纲的编排方式，共列出明、清两代山东掖县赵氏家族的二十四位成员，每人名下皆聚合当时人所作与之相关的交游赠答作品，如赵士完名下所收史可法《赵琨石（按，即赵士完，琨石其字）以甲申之变，弃家南来，晤于淮扬，喜而赠之》、王士禛《岁暮怀友人》等；而这二十四人自己的作品却并未收入，从而呈现出一种有唱无和或有和无唱的特殊景象。该书虽然名义上是部"酬唱"集，但就其实质内容来说，却更接近于"同人集"。所谓"同人集"，通常是以某一个人物为中心，采收与之相关的交游赠答作品，由此编纂而成的总集。它是明清两代尤其是清代总集编纂的一个大宗，产生了诸如冒襄辑《同人集》、陈维崧辑《箧衍集》、王士禛辑《感旧集》等一批名著。这些总集一方面是诗文作品的渊薮，另一方面又堪称一部相关人物的别样的"交游录"。比较而言，这部《东莱赵氏先世酬唱集》更像是二十四种小型"同人集"的合编，我们与其名之曰"酬唱集"，倒不如将其作为一部"东莱赵氏先世交游诗文合集"来看待更符合实际。

　　二　唱和内容

　　唱和类清诗总集在唱和形式方面的一般性与特殊性的表现，大抵如上一部分所论；再从唱和活动的具体内容来看，则同样可以说是一般性与特

---

　　① 此集见收于丁振铎辑《项城袁氏家集》之袁保龄《阁学公集》内。

殊性、共性与个性的结合。

先看一般性、共性的方面。写诗乃古代文人士大夫的一种日常生活方式，唱和对他们来说，既是一种风雅行为，又带有不同程度的交际、应酬、切磋、竞赛等色彩。所以，他们会出于各种各样的理由，在五花八门的场合形成唱和活动，进而形成相应的唱和诗总集，清代尤其如是。例如：陆培辑《当湖书院落成诗》，是为庆贺浙江平湖县当湖书院修缮落成而唱和；齐毓川辑《齐太史移居倡酬集》、周三燮辑《秦亭山民移居倡和诗》等，是为乔迁之喜而唱和；许应鑅辑《西泠话别集》、张殿雄等撰《黄岗留别唱酬诗》、孙星衍辑《沛上停云集》等，是为送别友人而唱和；谢家福辑《邓尉探梅诗》、马曰璐等辑《焦山纪游集》与《林屋唱酬录》等，是为纪游揽胜而唱和；张维屏辑《新春宴游唱和诗》、潘曾玮等撰《丙子元旦唱和诗》、延清辑《丙午春正唱和诗》等，乃因适逢岁时节令而唱和；至于徐乾学辑《遂园禊饮集》、鄂敏辑《西湖修禊诗》、周凯辑《高阳池落成修禊诗》等所反映的唱和活动，则均以"修禊"这一传统习俗的名义发起。

由于唱和活动往往是在一时一地，在某种具体因缘的触动下而发生，反映到唱和类清诗总集中来，便是这些总集往往有着相对集中的活动主题和创作内容。例如：盛庆蕃辑《潜庐寿觞酬唱集》、郑观应等撰《倚鹤山人七秩唱和诗》、戈鲲化辑《人寿集》、陈晋元等撰《清味斋生日倡和诗》、程端本辑《生日唱和诗》等，均为庆生、祝寿场合的产物；毕沅辑《苏文忠公生日设祀诗》、吕迪等辑《放翁先生生日设祀诗》等所收作品，系为苏轼、陆游等古代文化名人的诞辰纪念日而作；李增裕辑、陈其泰订《宫闺百咏》以咏叹历代女性人物为宗旨；李宝元等撰《旌阳古迹唱和诗》可以视为一部写景诗总集；叶德辉辑《观剧绝句》专收咏剧诗；恩锡等撰《秋兰诗钞》专收咏兰诗；宗廷辅辑《三桥春游曲唱和集》则以描绘清中叶江苏常熟的走三桥及其他春游习俗为主。其花样之繁多，可谓令人目眩。

上述《齐太史移居倡酬集》等总集的唱和内容与主题的花样确乎繁多不假，但这里需要指出的是：它们的所谓"繁多"，更多还只是浅层表象意义上的繁多；至其深层的抒情姿态与书写基调，则并没有看起来那么丰富。其唱和目的多为友朋酬赠、聚合声气、切磋技艺、娱情遣性，唱和内容也多可以弄草拈花、模山范水、吟风弄月等来概括。这无疑就是普遍存在于包括清代在内的历代唱和诗总集的内容属性。缘于此，我们仍然将这些总集的唱和内容归为一般性、共性方面的表现。

从整体与比较的角度看,唱和类清诗总集中更加特殊,更富个别性的唱和内容,还是体现于那些抒情姿态、书写基调较为与众不同的总集。因为对于诗歌写作与诗集编纂来说,只有当其抒情姿态、书写基调与多数人拉开距离,才称得上是真正的深具个性。具体可分两个层次来探讨:

首先,唱和活动是由若干创作主体发起的。他们体验到的个人乃至国家的荣辱兴衰、起伏轨迹,往往会投射到唱和作品中。尤其是由乱而治的清初与天崩地裂的清末这两个特殊历史阶段,更是将大批士人卷入剧变时代的激流,对他们的心理情感形成巨大冲击,使得感时伤世、悲歌慷慨等刚健充实的思想内容纷纷现诸雅集唱和的场合。由此,也造就了不少寓有强烈社会政治内涵、紧扣时代发展脉搏的唱和类清诗总集。

这类寓有社会政治内涵的唱和类清诗总集,以释今羞辑《冰天社诗》问世较早。该书收录顺治七年(1650)冬"冰天诗社"诸成员的唱和诗。该社由明末清初著名诗僧释函可等发起,成员约三十三人,均为清初遭流放于今辽宁沈阳、铁岭一带者,是"有史以来的第一个流人诗社"[1]。同时,因为他们大抵均为明遗民,所以又可谓"清初遗民诗社的特例"[2]。它的正式成立,缘起于众社员为左懋泰五十五岁生日所举办的庆贺集会,时值顺治七年十一月二十七日。七天之后,他们又因释函可四十岁生日而再度集会。两次聚会过后,相关唱和诗由函可之徒今羞纂为《冰天社诗》,收唱、和、答诗六十六首,集会前招、答诗二十首,合计八十六首,函可为之序。后附入函可《千山诗集》。

综览该书,同一般的诗人唱和大相径庭,"突出反映了在家国沦丧之际流窜边荒的遗老流民的情感世界及其诗歌创作的精神特质,具有极为感人的艺术力量"[3]。我们首先可以从中感受到他们炽烈而深沉的故国之思。如天口诗云:"古今斯道足长吁,遗老流民共一图。磊块时堪浇五斗,荒芜那复赋三都。几回欲立程门雪,此地仍逢鲁国儒。共是伤心愁日暮,茫茫何处哭苍梧。"[4] 面对国破家亡、身遭流放的凄惨境遇,他们自然免不

---

① 何宗美著:《明末清初文人结社研究》,南开大学出版社 2003 年 1 月第 1 版,第 370 页。

② 同上书,第 14 页。

③ 同上书,第 386 页。

④ (清)释函可撰:《千山诗集》卷二十《冰天社诗》,《续修四库全书》第 1398 册,第156 页。

了会愤懑、伤感、彷徨不已，从而表现出浓重的身世之感，有的甚至流露出些许幻灭情思。如正荃"但将泡影看身世，海角天涯月一池"①，光公"不堪读至伤心处，老雁无声只自吞"② 等语句，即是。而与这种消极情绪之宣泄相伴随的，则是他们对节操的不懈砥砺。如希与诗云："庭前柏树子青青，风雪当年恨独醒。纵死两间留正气，才生四月睹明星。"③ 焦冥诗云："百鍊曾经骨愈坚，孤身迢递出长边。死生既了人伦系，忠义仍凭祖道传。"④ 均明确宣布自己绝不向恶劣环境低头，誓与清廷对抗到底的决心。

　　像《冰天社诗》这般，寓有社会政治内涵与时代色彩的唱和诗总集，在清末更是所在多有。例如：叶德辉辑《昆仑集》成书于光绪二十五年（1899）前后，其中包含众多"思君爱国一托之于吟咏……感叹时事，凄然有举目山河之异"⑤ 的诗作；《金城唱和集》则是甲午惨败，清政府割让台湾，丘逢甲率台湾军民抗击日本侵略者失败后，内渡大陆与王恩翔唱和的产物，二人的悲愤情怀从中颇有体现。至于叶书辑《击衣剑》、毕羇盦辑《立宪纪念吟社诗选》等，更是当时某个政治历史事件的直接产物。前者因光绪二十六年（1900）之庚子事变而编撰，诸作者"目睹夫夷氛俶扰，銮辂蒙尘，在在皆可痛哭"⑥，遂将激楚情怀寄托于诗。后者因光绪三十二年（1906）七月清廷宣布预备立宪而编撰，诸作者普遍对清廷此举表示欢迎与支持，并纷纷为之献计献策。诸如《昆仑集》、《立宪纪念吟社诗选》等，顺应了清末历史潮流的巨大变迁，将唱和的着眼点由较纯粹的诗酒风流的文娱活动，转向对家国天下的关注，从而实现了由小我到大我的境界提升，为唱和类清诗总集注入了更加丰富深刻的思想内容，可谓清末时唱和诗总集编纂取得的新气象。

　　接下来看第二个层次。上述《冰天社诗》等，都还是由于特定的时

---

　　① （清）释函可撰：《千山诗集》卷二十《冰天社诗》，《续修四库全书》第 1398 册，第 156 页。

　　② 同上书，第 157 页。

　　③ 同上书，第 159 页。

　　④ 同上。

　　⑤ （清）叶德辉辑：《昆仑集》自叙，台湾新文丰出版公司《丛书集成续编》第 106 册，第 192 页。

　　⑥ （清）叶书辑：《击衣剑》自序，卷首第 1a 页。

代背景，从而相应蕴含了历史政治内容，其实仍不脱诗会唱和的本色；另
有若干总集则更进一步，不仅写作内容趋于历史政治化，甚至连全书的编
纂宗旨与体例也脱离了诗歌本位。吴炎、潘柽章辑《今乐府》即为显例。
该书是吴、潘二人编纂《明史记》的副产品。二人都生活在明末清初，
明亡后均以明遗民自居。在他们看来，有明一代人物制度"粲然与三代
比隆；而学士大夫，上不能为太史公叙述论列，勒成一书，次不能为唐山
夫人者流，被之声韵，鼓吹风雅。今予两人故在，且幸未老，不此之任，
将以谁俟乎？因相与定为目，凡得纪十八、书十二、表十、世家四十、列
传二百，为《明史记》"①。修史的同时，二人"私念是书义例，出入必
欲质之当今，取信来世，故不得已而托之于诗"②，于是又"相与疏帙事
及赫赫耳目前、足感慨后人者，各得数十事"③，由吴炎唱，潘柽章和，
各赋诗百首，互为点评，又撰"解题"二卷④。唱和活动约始于顺治十年
（1653）冬，十一年（1654）春完稿，遂成《今乐府》一书，所咏明代历
史，上起朱元璋开国，下迄南明诸政权对抗清廷之事迹。

　　由于吴炎、潘柽章是为配合《明史记》的编纂而合撰《今乐府》，所
以这批诗歌在很大程度上是以史部典籍的义例与笔法来撰写的。对于这一
点，潘柽章在全书卷首的《吴子今乐府序》一文中明确予以了阐述。他
提出，吴炎所撰诸乐府的根本宗旨在于"善善恶恶，合《春秋》之
旨"⑤，其中蕴含了作者或隐或显的美刺褒贬。具体来说，《把滑歌》、
《楚宗哀》等可以训宗室，《昭德宫》、《建昌侯》等可以笺外戚，《望三
台》、《射东楼》等意在责宰相，《两歌妓》、《三娘子》等意在刺将帅，

---

　　① （清）吴炎、潘柽章辑：《今乐府》卷首吴炎《潘子今乐府序》，《四库禁毁书丛刊》集
部第74册，第113页。按，本书所据《四库禁毁书丛刊》影印本《今乐府》所收吴炎、潘柽章
"今乐府序"二文拼版错乱，今予以调整，相关引文皆归入其实际作者之名下。

　　② （清）吴炎、潘柽章辑：《今乐府》卷首潘柽章《吴子今乐府序》，同前，第113页。

　　③ （清）吴炎、潘柽章辑：《今乐府》卷首吴炎《潘子今乐府序》，同前，第113页。

　　④ 笔者所见《四库禁毁书丛刊》本《今乐府》无"解题"部分。然观吴炎《潘子今乐府
序》云："潘子为题，予为解；予为题，潘子为解。"（同前，第113页）潘柽章《吴子今乐府
序》亦云："解题二卷，余创之，而吴子成之。"（同前，第113页）可知二人确曾为此集撰写解
题。钮琇《觚剩》卷一《吴觚·上》"今乐府"条称："我邑潘、吴二子分类作《明史记》成，
各撰今乐府，咏有明一代之事，复辑《解题》三卷（按，卷数与潘柽章所云不同，或系误记），
俱于被难时散轶。"（第23页）当得其实情。

　　⑤ （清）吴炎、潘柽章辑：《今乐府》卷首潘柽章《吴子今乐府序》，同前，第112页。

《折柳枝》、《豹房乐》等意在讥佞幸，《阁中帖》、《客夫人》等意在戒宫官，《杨漆工》、《五人墓》等意在壮游侠，至于《囊土谏》、《大小东》、《赍宫》、《罢南交》等，则分别寄托了作者重直臣、痛朋党、恶方技、警四夷的意图。这显然就是孔子《春秋》以来我国传统史学精神的体现。

在体制方面，该文把吴炎《我行自东》、《赭山》等诗比拟作本纪，又把《古濠梁》、《国有君》等比拟作年表、世家，《伏阙争》等对应为礼乐、郊祀书，《采珠怨》等对应为赋役、食货诸书，《龙惜珠》等对应为河渠书，《钦明狱》等对应为刑书，《梳篦谣》等对应为律书，《大宁怨》等对应为边防书，至于《雷老》、《东角门》、《和尚误》、《老臣泣》、《悲贾庄》等，则被分别比拟为开国诸臣、逊国诸臣、靖难诸臣、忠世名臣、殉国诸臣的传记。可见吴炎诸诗已经隐然具备了本纪、年表、书志、列传等史部典籍的架构。这些特征也同样突出体现于潘柽章的和作。

要之，《今乐府》在宗旨、体制、内容等方面均带有浓厚的"史"的色彩。该书立足于记录史实，以发抒兴亡感慨、寄寓美刺褒贬为宗旨，并且以史部典籍的体例与架构来设计全书格局。至于文学方面的水准高下，则编撰者并不在意。由于该书的这种重史而轻文的特点，遂使它被有些书目直接归入"史部"，如《中国丛书综录·子目》即著录之于史部的"史评类·咏史之属"。像《今乐府》这样，立足于史学本位，而只是借用此唱彼和之形式的唱和诗总集，是一种颇为少见的情形。它的出现，为唱和类清诗总集增添了一道别样的风景。

### 三　作者身份

最后来看唱和活动参与者的身份。通常情况下，唱和活动主要发生在官员和士绅的交游圈内，唱和类清诗总集也是如此，可不具论。值得一提的是几种较为特殊的情形。

一是专收家族成员之唱和作品者。如庄宇逵辑《南华九老会唱和诗谱》，便可以视为一部常州庄氏家族内部的唱和诗集。乾隆十四年（1749）春，庄氏家族的九位致仕官员庄清度、庄令翼、庄祖诒、庄栝、庄歆、庄学愈、庄栢承、庄大椿、庄柱，在"南华九老会"的名义下赋诗倡和，一时和者不下数十人。此后，追和"九老"诗作者亦络绎不绝。至乾隆四十八年（1783）前后，庄栢承之孙庄宇逵辑录"九老"诗十二首，及庄逊学、庄璇等二十一位庄氏族人之和诗各一首，纂为这部《南华九老会唱和诗谱》。

　　二是专收家庭成员之唱和作品者。如颜嗣徽辑《望眉草堂乔梓联吟草》，专收颜嗣徽与其子颜照奎、颜国柱的唱和诗；李星沅辑《梧笙唱和初集》，专收李星沅、郭润玉夫妇间的唱和诗；叶奕苞辑《经锄堂倡和诗》，专收叶方蔼、叶奕苞兄弟间的唱和诗。此外像郝懿行、王照圆夫妇撰《和鸣集》，关赓麟、张祖铭夫妇撰《饴乡集》与《广饴乡集》，郑方城、郑方坤兄弟撰《却扫斋唱和集》，朱若水、朱森桂兄弟撰《西峰倡和小草》，屈苕缦、屈蕙缦姐妹撰《同根草》等，同样属于这种情况。

　　三是专收闺秀诗人之唱和作品者。如《同根草》所收诗歌，即为屈苕缦、屈蕙缦早年待字闺中时，互为唱和之作，凡成书四卷。此外如潘素心等撰《平西唱和集》与《城东唱和集》、骆绮兰辑《听秋馆闺中同人集》、李蕙草等撰《听鹂阁咏物倡和诗》等，也都属于闺秀唱和集的范畴。

　　四是专收方外诗人之唱和作品者。曹锡辰辑《金陵方外五家诗》即为显例。此集是乾隆年间人曹锡辰客居金陵时，与当地三位僧人释行荦、释真音、释超越，以及两位道士周鸣仙、王至淳互为唱和的产物。[①]

　　五是专收八旗诗人之唱和作品者。如佚名辑《卫藏和声集》所收作品，即出自满洲人和琳、蒙古人和宁之手，二人均为旗籍。就现有史料看，专收闺秀、方外、八旗诗人之唱和作品的总集可能始见于清代，这是清代唱和诗总集编纂取得的另一项新成就。

　　最为引人注目的是，清代还产生了大量着眼于收录我国诗人与外国诗人交游酬唱作品的总集。中外诗人交流唱和集在清代之前，是一个十分罕见的总集类型。而降至清代，则涌现出诸如孙点辑《癸未重九宴集编》、李长荣辑《海东唱酬集》等至少二十余种此类总集，为唱和类清诗总集乃至整个清诗总集平添了一道别致的风景。关于其具体情况，将在本章第十节《域外类》中详细论列。

　　由于这类特定身份之作者，以及前一部分所述特定内容之作品的存在，使得唱和类清诗总集同若干其他类型总集构成了一系列交叉关系。即如近人孙殿起的《贩书偶记》，便径直将前及《西峰倡和小草》与《同根草》分别归入总集类的"家集之属（按，即本书所谓宗族类总集）"与"闺秀之属"。此外，诸如《南华九老会唱和诗谱》、《经锄堂倡和诗》等，可归为宗族类总集；《平西唱和集》、《城东唱和集》等，可归为闺秀

---

　　① 参见姚文枏纂《（民国）上海县续志》卷二十六"艺文"。

类总集；《金陵方外五家诗》、《癸未重九宴集编》等，可分别归为方外、域外类总集；专收咏剧诗的《观剧绝句》、专收咏兰诗的《秋兰诗钞》、专收咏史诗的《今乐府》，则可视为题咏类总集，等等。

综上可见，唱和类清诗总集在唱和形式、唱和内容、作者身份等方面，均呈现出繁复多样的形态。它继承了历代唱和诗总集的一般形态，又发展出若干颇有特色的小类型与新面貌。其中的相当一部分，如中外唱和诗总集，取得了逾迈前代的成就；某些小类型甚至是此前极其罕见或从未有过的，专收诗钟以及闺秀、方外、八旗诗人唱和作品的总集即是。同时，它并未置身清代历史进程之外，而是与之紧密结合，如《冰天社诗》、《昆仑集》等，便投射出当时士人思想情感的一个侧影；《击衣剑》、《立宪纪念吟社诗选》等，更是正面呼应了当时的焦点事件，以之为主题而展开唱和活动，可谓清代历史的缩影与见证。要之，唱和类清诗总集是我们研究清代诗人唱和与诗坛动态的不可或缺的资料，也是考察清代社会生活、历史进程的重要凭依。

# 第五节　题咏类

题咏类即所收作品大抵有同一题咏对象的总集。该类型的内涵十分丰富，这里将其分为咏史、咏物、题景、题画、纪念、杂咏六类，依次论述。

## 一　咏史

咏史诗是我国古典诗歌的一个大类。自汉、晋以来，代有所作，其创作传统可谓源远流长。清代的咏史诗创作较之前代，风气更盛，数量更多，而专收此类诗歌的总集亦所在多有。

综观此类清诗总集的题咏内容，可约略分为三个流别。一是所咏史事、史迹、历史人物、历史时段没有明确限制者。例如许贞幹辑《遥集集》。此集凡前编六卷、后编十卷。前编采选唐代至明代诸家的各类型咏史诗六百二十三首，体裁均为七言律诗；后编则采选清代诸家之咏史诗，亦皆为七律。书名"遥集"，系编者取南朝宋颜延之《陶征士诔》"望古遥集"一语而来，乃期与古人遥相会集之谓。其他如孙福清辑《国朝五家咏史诗钞》、宋泽元辑《四家咏史乐府》等，亦属此种情形。

二是面向一时或一地的咏史诗总集。例如赵昱、赵信辑《南宋杂事诗》。此集由沈嘉辙、吴焯、陈芝光、符曾、赵昱、厉鹗、赵信七人合撰，大致创作于康熙六十一年（1722）下半年至雍正元年（1723）间。除录符曾诗有一百零一首外，每人收七言绝句一百首，共计七百零一首。诗中所咏，皆南宋一朝杭州史事。与之类似者，还有钱保塘辑《吴越杂事诗录》，收录自唐至清一百零八人之诗二百三十九首，皆咏五代十国时吴越国之历史事迹；吴炎、潘柽章辑《今乐府》，收录吴炎、潘柽章所撰乐府诗各一百首，叙写明代自朱元璋开国至南明诸政权之史事；瞿绍基辑《启祯宫词合刻》，收录秦兰征《天启宫词》、王誉昌《崇祯宫词》凡两组诗，专门叙写明末天启、崇祯两朝史事；唯一居士辑《清宫词》，收录吴士鉴、文道羲等五人所撰宫词五十五首，皆着眼于叙写清代宫廷秘闻，堪称一部诗体的"清宫秘史"①。上述均为面向某个历史时段的咏史诗总集，至于面向某个地区的此类总集，则有梅庚等撰《广陵咏古诗》、周乐等撰《潼关咏史》、林琼等撰《福州小西湖水晶宫怀古》等。

三是专咏历史人物的总集。例如樊增祥辑《二家咏古诗》。是集所谓"二家"，指张之洞与樊增祥本人。其中张之洞所作十四首，自"汉高帝"至"司马迁"，皆咏西汉武帝朝以前的人物；樊增祥踵继其师而作，自"汉高帝"而下，直至明末清初的"弘光帝"与"史可法"，共计六十首。

尤其值得一提的是，清代还产生了若干专门面向女性历史人物及其相关事迹的总集。其中面向单个女性历史人物的，可以赵弘基辑《苎萝集》为例。此集约问世于康熙四十五年（1706），堪称一部有关春秋后期吴越争霸中的风云人物——西施的文学史料集。全书首载《西子像》、《捧心图》、《苎萝集对联》、《西子祠对联》等，正文收录自唐至清一百五十余人所作诗、词、文、戏曲等各体作品。面向多个女性历史人物的，则可以李增裕辑《宫闺百咏》为例。乾隆年间，黄富民、汪体信、汪本铨、蒋道模、温忠彦、李曾裕六人结成"百美诗社"。他们"上下千古，撷芳采艳，阄韵分题。夜分辄集小田（按，即黄富民，小田其字）寓斋，各出所成，互为月旦，累月若狂"②。这些诗由李增裕纂为一编，后又经陈其

---

① 参见韩朴主编《北京历史文献要籍解题》，上册第213—214页。

② （清）李曾裕辑，陈其泰编次：《宫闺百咏》李曾裕原序，道光间海盐陈氏桐花凤阁刻本，卷首第3b页。

泰"校订数过"①，遂于道光二十五年（1845）前后刊刻，所收上起五帝时代的"皇娥夜织"，下至清初的"圆圆入蜀"，共计一百题、一百七十首，可谓我国古代妇女文化生活史的一次全面展示。颜希源辑《百美新咏图传》与之类似，凡咏及"李夫人"、"陈后"等约一百位历代女性人物，作者则有袁枚、罗青植等十八人②。

## 二　咏物

咏物诗所涉对象的范围颇广。从宽泛的意义上讲，举凡对宇宙万物、世间万象的吟咏，皆可归入咏物的范畴。此类总集就其题咏对象的范围与性质而言，可以分为两种情况。一是题咏某种具体事物，可谓"专咏"者；二是所咏事物包罗万象，堪称"杂咏"者。

先说"专咏"。此类总集数量既多，形态亦繁。大致可从如下几个层面来看：

首先是题咏自然界事物者。例如：允禧、弘瞻撰《雪窗杂咏》专收咏雪诗，是为题咏某种自然天象。冯如京辑《古今雁字诗选》专收咏雁诗，程思乐辑《蝴蝶迭韵诗》专收咏蝶诗，是为题咏某种动物。更多的则是题咏某种植物，包括花卉、果蔬等。如张吴曼等撰《集梅花诗》、何世英辑《香雪轩咏梅诗》、孔璐华辑《拟元人咏梅百咏》、黄膺辑《五老观梅诗》专收咏梅诗，潘世恩等撰《岁朝赏菊诗》、丁寿田辑《咏菊诗辑》专收咏菊诗，浦道宗辑《兰花百咏》、恩锡等撰《秋兰诗钞》专收咏兰诗，潘学诗等撰《渚山楼牡丹分咏》专收咏牡丹诗；赖瑛辑《橘中人语》则专收咏橘诗文，李培增辑《龙湖檇李题词》所收诗词亦以一种水果——"檇李"为题咏对象。

其次，很多体现文人趣味的用品，也都纷纷形成各自的专题总集。如吴骞辑《论印绝句》、王之佐辑《宝印集》、锡缜辑《金贞佑铜印题词》，所咏对象均为印章。王宗缪辑《半研居题咏》、方惟祺辑《曝书亭著书砚题辞》、王寿迈辑《题砚丛钞》，所咏对象均为砚台。沈涛辑《绛云楼印拓本

---

① （清）李曾裕辑，陈其泰编次：《宫闺百咏》陈其泰序，卷首第2a页。
② 《宫闺百咏》与《百美新咏图传》所咏历代女性，均包括部分神话传说或文学作品中的人物，前者有"湘妃竹泪"、"姮娥奔月"、"罗敷采桑"等诗题，后者则含"织女"、"洛神"、"木兰"等。

题辞》，题咏对象为拓本。庄臻凤辑《听琴诗》、张涛辑《落霞琴题咏》，所咏对象均为琴。于树滋辑《都梁草题词》是晚清人题咏于养源别集《都梁草》之诗作的汇编，编者本欲将题词附于《都梁草》之后，但因考虑到其"篇帙未免过厚，爰别为题词一卷"①；佚名辑《红楼梦诗词三种》、林孝箕等撰《红楼诗借》、徐复初辑《红楼梦附集十二种》等所收作品，则均面向清代著名小说《红楼梦》，它们可视为广义的题咏书籍之总集。

　　这一类型中尤其引人注目的，是专门收录题咏文物古玩之作品的总集。例如阮元辑《八砖吟馆刻烛集》。此集凡三卷，收录朱为弼、陈文述等十八人所作诗一百零五首，绝大部分与古玩字画有关，题咏对象包括"商子执戈觚"、"唐鸡林道经略使印"、"琅嬛仙馆所藏画扇"、"秋江载菊图"等。其他如方惟祺辑《吴天玺砖题咏》、韦光黻辑《寒山寺汉铜佛象题咏汇编》、吴骞辑《南宋方炉题咏》、佚名辑《金石题咏》、程愿广辑《金石丛吟》等，所收作品亦皆以古砖、佛像、器皿、金石等为题咏对象。此类总集的成批涌现，从一个侧面反映出清代社会学术氛围之浓厚。

　　至于"杂咏"之属，首先是书名中明确带有"咏物"字样者，如退斋诗叟辑《咏物诗》、龚文藻辑《国朝咏物诗钞》、马泰荣辑《国朝咏物诗辑览》、佚名辑《国朝四家咏物诗钞》、贺光烈辑《三家咏物诗》等。兹以退斋诗叟辑《咏物诗》为例。此集凡收清光绪年间赵云芬、赵云鹤、时庆莱、朱庆铺、时宝贤五人所作咏物诗，包括汉宫虞美人、魏宫诸葛菜、佛殿美人蕉、闺房僧鞋菊，蚕、蝶、蜂、蛙、蚓、蝇、蝉、蚁、蚊、萤、蛾、虱、鼠、牛、虎、兔、龙、蛇、马、羊、猴、鸡、犬、猪，诗史、诗囊、诗债、诗狂、诗敌、诗律、诗胆、诗魂、诗翁、诗韵、诗魔、诗僧、诗心、诗龛、诗坛、诗仙、诗筒、诗题、诗笺、诗稿共四十八个诗题。其他如俞鹏程辑《群芳诗钞》、舒绍言等撰《武林新年杂咏》、朱点辑《东郊土物诗》等，亦属此一类型。

### 三　题景

　　题景类的范围同样宽广，大至名山大川，小到厅堂亭阁，无不有可能吟咏结集。

　　先说歌咏自然山川者。这一类的题咏对象多为各地的风景名胜。例

---

① （清）于树滋辑：《都梁草题词》自跋，光绪二十六年（1900）刻本，卷末第1a页。

如：晏蜇声辑《龙洞诗集》面向山东历城龙洞山，黄肇颚辑《崂山艺文志》面向山东崂山，张炳辑《南屏百咏》面向浙江杭州南屏山，何青等撰《黄山同游诗草》面向安徽黄山，徐湘潭等撰《庐山纪游》、张维屏辑《庐秀录》、吴宗慈辑《庐山历代诗广存》与《庐山历代诗存补遗》均面向江西庐山，欧阳厚均辑《岳麓诗文钞》面向湖南长沙岳麓山，佚名辑《青城诗文集》面向四川青城山，徐敏辑《集古今名人游览太华山诗纪》、《集古今名人游览太华山诗纪续刻》均面向云南昆明太华山；释恒峰辑《莫愁湖风雅集》面向江苏江宁莫愁湖，夏基辑《西湖览胜诗志》、胡俊章辑《西湖诗录》均面向浙江杭州西湖，佚名辑《鸳湖诗文录》面向浙江嘉兴南湖，方树梅辑《滇池咏录》面向云南滇池；李厚培辑《白水纪胜》面向湖南邵阳白水洞，冼文焕辑《西樵白云洞游览诗》面向广东南海西樵山之白云洞，等等。当然，此类总集实际关涉的题咏对象，可能会逾越出书名标示的相关风景名胜的范围。如翟大程辑《桃花潭文征》所收诗文，便并非只与安徽泾县的名胜桃花潭有关，而是广泛咏及潭边方圆数十里之内的"桃花渡、桃花滩、鱼龙潭、落星潭、九星潭、万村潭、漆林渡、九龙滩、涩滩、麻溪、麻川、前川等数十处风景秀地"①。

　　综观此类总集所收作品，以题咏某一山川之自然景观为主流，但亦不乏主要面向其人文景观、历史文化遗产者，张振珂辑《白云洞山集遗》即为显例。此集所谓白云洞山，指浙江金华府的白云山及山中的白云洞。金华为理学名区，自宋代以来，这里走出过吕祖谦、何基、王柏、金履祥、许谦、章懋等一大批理学名家。至于白云山、白云洞，亦颇多理学家之文教活动留下的历史文化景观。如元代著名理学家——白云先生许谦，即"产白云洞北笠里，幼出嗣金华，长归著书洞中"；洞前的遂初斋，则是晚明人张国维"筑以奉母处"，清乾隆中乃由卢衍仁改建为白云书院；至咸丰五年（1855）前后，张国维的后裔张振珂等重为修葺白云书院，"为诸生肄业之所，并汇祀先哲，以为后学模楷"②。与此同时，张振珂又采录南宋张志行而下，直至其门生应瓒等所作同白云山、白云洞的诸多历

---

　　①　张霞云：《〈桃花潭文征〉及其文献价值》，《大学图书情报学刊》2013年第6期，第82页。

　　②　（清）张振珂辑：《白云洞山集遗》柯汝霖序，光绪九年（1883）刻本，卷首第1b—2a页。

史文化景观、名贤事迹功业乃至自然风光有关的诗文，纂为《白云洞山集遗》一书，包括许谦《八华精舍学规》、张国维《遂初精舍学规》、张振珂《再葺白云讲舍纪事》等，亦悉数收入，是一部人文气息极为浓郁的题景诗文总集。

园林景致也是很多士人题咏的对象，并形成了众多总集。例如：明释道恂辑、清徐立方续辑《师子林纪胜集》，是著名的苏州园林、号称苏州四大名园之一的狮（师）子林的历代题咏诗文汇编；贺君召辑《扬州东园题咏》，收录题咏江苏扬州瘦西湖贺氏东园之作品；胡光国辑《白下愚园集》，收录与江苏江宁胡氏愚园有关之作品；王钧等辑《养素园诗》，收录题咏浙江杭州养素园之作品；吴修辑《复园红板桥诗》，收录题咏杭州复园之作品；张鹤征辑《涉园题咏》与张元济辑《涉园题咏续编》，均收录题咏浙江海盐张氏涉园之作品；金安清等撰《偶园志胜》，收录题咏浙江嘉善偶园之作品；毕际有等撰《石隐园题咏》，收录题咏山东淄川毕氏石隐园之作品。上述狮子林等多为私家园林，而作为清代皇家园林之代表的承德避暑山庄，也形成了专门的题咏总集。例如康熙帝、乾隆帝撰《御制恭和避暑山庄图咏》。康熙四十六年（1707）避暑山庄初步落成后，康熙帝从中选出三十六处景观，分别标题命名，赋写诗歌，并由揆叙等作注；配上冷枚、蒋廷锡等所绘三十六景图后，颁行于世。乾隆十九年（1754），乾隆帝为三十六景重题匾额，又依康熙帝所作原韵而和，由鄂尔泰等注释。两组诗合在一起，遂形成今本《御制恭和避暑山庄图咏》① 一书。

厅堂亭阁等建筑物同样不乏咏歌者。从公共建筑到私人别业或住宅，均有其例。其中，姚诗德等辑《洞庭君山岳阳楼诗文集》面向的湖南巴陵岳阳楼，蔡士英辑《滕王阁全集》、《滕王阁征汇诗文》面向的江西南昌滕王阁，唐英辑《辑刻琵琶亭诗》面向的江西九江琵琶亭，郑淦等撰《秋风亭诗录》面向的安徽和州秋风亭，曹溶等撰《平山堂诗词》面向的江苏扬州平山堂，谭启瑞辑《题彭城销魂桥诗帙》面向的江苏徐州城南销魂桥，释山止辑《韬光庵纪游集》面向的浙江杭州城西灵鹫峰韬光庵，丁午辑《紫阳庵集》面向的浙江杭州城南瑞石山紫阳庵，陈焯辑《道场

---

① 此集刻本较多，书名不一。除《御制恭和避暑山庄图咏》之外，又有称《御制避暑山庄三十六景诗》、《御制避暑山庄图咏》者。参见冯尔康《清史史料学》第十一章第五节《书画史料——以"御制恭和避暑山庄图咏"为例》，沈阳出版社 2004 年 3 月第 1 版。

山归云庵题咏》面向的浙江归安道场山归云庵，方树梅辑《龙泉观诗文录》面向的云南昆明黑龙潭龙泉观，均为公共建筑。题咏私人别业与住宅者，则有邓大林辑《杏庄题咏》、陆森辑《寒山旧庐诗》、王相辑《草堂杂咏》、程嵩龄辑《城西草堂诗史》等，分别收录与广东东莞人邓大林建于广州花埭的别业"杏林庄"、浙江杭州人陆森在当地的别业"寒山旧庐"、江苏宿迁人王相在当地的别业"百花万卷草堂"、江苏泰州尤氏别业"城西草堂"有关的作品。更有部分总集的题咏对象，乃是私人住宅的一部分。如杭械辑《松吹读书堂题咏》与《小松吹读书堂题咏》，即收录题咏浙江杭州人杭世骏在杭住宅的书房——松吹读书堂的作品。至于孔胤淳辑《庙茔诗集》、杨秉杷辑《孔宅诗录》的题咏对象，则是山东曲阜的孔庙、孔林①以及孔宅。三者一方面是曲阜孔氏家族的先人——孔子的纪念地；另一方面又实为全国性的文化圣地，可谓兼具公与私的属性，是这一类型中的特例。

以上三类，皆有较集中的题咏对象，此外又有汇总某一地区众多风景名胜之相关题咏诗歌为一编者。例如佚名辑《人海诗区》。此集收录自南北朝至清初五百余人所作题咏北京一带名胜古迹之诗词近两千首。所谓"人海"，即北京之代称。全书凡四卷，每卷分四门，卷一所含四门分别为都城、宫殿、桥闸、祠墓；卷二为苑囿、驿馆、园亭、坊市；卷三为畿甸、边障、山峪、水淀；卷四为岁时、风俗、寺观、杂咏。其他类似者还有李鳌辑《金陵名胜诗钞》、曹笙南辑《李翰林姑孰遗迹题咏类钞》、佚名辑《增广浙江形胜诗汇编》、佚名辑《六客堂诗》、陈之纲辑《四明古迹》、鄢调元辑《十闽名胜笺》、黄日纪辑《嘉禾名胜记》、江煦辑《鹭江名胜诗钞》、况澄辑《粤西胜迹诗钞》、莫天赐辑《河仙十咏》等。

## 四　题画

题画诗即题在各种画面上的诗歌，而"从广义上讲，写在画面之外或另纸上有关品评及观画有感的诗，也可谓题画诗"②。这类诗歌的创作

---

① 《庙茔诗集》卷一为《圣庙诗集》，所收作品面向孔庙；卷二为《圣茔诗集》，所收作品面向孔林。

② 刘海石选注：《清人题画诗选注·前言》，辽海出版社1998年9月第1版，卷首第1页。

"三唐间见，入宋寖多……至有元作者尤众"①，进入清代乃臻于鼎盛。在清代空前繁荣的题画诗创作氛围推动下，此类清诗总集的编纂也是蔚然成风。据笔者初步统计与估测，清人所编题画类清诗总集的数量至少不下两百种。而反观清代之前，专门搜采题画诗的总集却是不多见的，主要有南宋孙绍远辑《声画集》，元佚名辑《伟观集》、吴福生辑《夜山图题咏》，明刘一龙等撰《海国宣威图题咏》、释来复辑《耦园图咏》、蔡祥辑《风木轩诗集》、朱廷礼辑《渔樵耕读图诗》② 等。可见较之前代，清代的题画诗总集编纂活动呈现出异军突起的景象。

　　综观清代以来产生的题画类清诗总集的编纂形式与载体类型，大致可以分为三个流别。其中的主流，是面向具体的某一画图、画册或若干画图、画册的总集。如邵廷烈辑《望益编》所谓"望益"，即编者所绘画图之名，图成后，他"复征同辈题咏……积年既久，题咏亦多，辑为一编，名曰望益"③。像《望益编》这样，面向某一画图、画册的总集，为数极其众多，堪称题画类清诗总集的主流中的主流。至于涵盖若干画图、画册者，亦不在少数。例如：沈祥龙、严征潆辑《荐菫思报感蓼废吟两图题辞》，含《荐菫思报图题辞》、《感蓼废吟图题辞》两部分；蒋树本辑《题图诗文选录》，含《种花图题辞》、《披莽寻碑图题辞》、《小园还旧图题辞》、《读书草堂图题辞》、《柏阴课子图题辞》五部分；曹咸熙辑《檇李曹氏图册合刻》，含《松风舞鹤图题辞》、《授经教子图题辞》、《瀼湖渔隐图题辞》、《采菊思亲图题辞》、《迎旭斋图题辞》、《松风堂读书图题辞》六部分；俞文诏辑《俞氏家藏图绘题咏》，包括《紫藤书屋图》、《岁朝图轴》、《顾南雅映雪校文图》、《陈石士瘦石图便面》、《谁庄图》、《白云登高图》六幅画图的题咏诗词；顾修辑《读画斋题画诗》更是囊括了十九幅画图的题咏诗、词、文，每幅各一卷，共计十九卷，依次为《读画斋图》、《击壤图》、《寿芝图》、《长林爱日图》、《清宵听雁图》、《河干送别图》、《秋水寄怀图》、《望庐图》、《桂阴课子图》、《竹下娱孙图》、《东皋蚕月图》、《南亩犁云图》、《杏花江店图》、《春山索句图》、《邓尉探

　　① （清）乔亿撰：《剑溪诗说》卷下，郭绍虞编选、富寿荪校点《清诗话续编》上册，上海古籍出版社 1983 年 12 月第 1 版，第 1103 页。

　　② 《风木轩诗集》与《渔樵耕读图诗》两种题画诗总集，喻长霖、柯骅威等纂《（民国）台州府志》卷八十四有著录。

　　③ 中国科学院图书馆整理：《续修四库全书总目提要（稿本）》，第 12 册第 216 页。

梅图》、《鼓枻黄河图》、《携筇泰岱图》、《山居读书图》、《我我周旋图》。

　　就这些面向具体的某一画图、画册或若干画图、画册的总集的编刊过程来说，主要存在两种情形。一是图成后时人竞相题咏，后由某位编者将这些大致创作于相近或相同时间段内的作品汇为一集。这种情况为例甚多。二是在图成后相当长的一段时间内，有过若干次题咏活动，最后由某位编者总其大成，将历年历次所作题咏作品汇纂成书。这种情况相对来说要少一些。兹以赵惠元辑《杨文宪公写韵楼遗像题词汇钞》为例。此集所谓"杨文宪公"，即明中叶人杨慎，文宪其谥。他谪戍云南时，曾在大理点苍山感通寺撰写《转注古音略》一书，故名其居为"写韵楼"。明末清初云南著名僧人担当和尚亦曾寓居此楼，并悬同时代人陈翼叔所摹杨慎画像于楼上。后世文人登楼瞻像，多有感兴赋诗者。至道光二十二年（1842），云南剑川人赵惠元在"榆城（按，即大理府城。大理古称叶榆城，故名）院试后游班山，宿海光寺，登写韵楼，拜杨文宪公遗像"，他有感于此像"二百年来，题咏已满，剪烛雒诵，留连不忍去"①，遂有《杨文宪公写韵楼遗像题词汇钞》一书的编纂。其他如吴钺辑、刘继增重辑《竹炉图咏》、丁辅之辑《陈迦陵填词图题咏》、暴春霆辑《林屋山民送米图卷子》等，也都是第二种情况中比较典型的事例。

　　除《望益编》、《题图诗文选录》之类面向具体的某一画图、画册或若干画图、画册的总集外，又有采取以人为纲的形式，每人名下聚合若干不同题材内容之题画诗的总集，是为题画类清诗总集的第二种流别。该流别在清代本朝尚不多见，笔者目前所确知者，也只有《节足室题画诗》、《续和题画诗》等极少数几种。《节足室题画诗》凡上、下两卷，是晚清江苏丹徒人赵曾望及其妻冯颂媛的题画诗合集，上卷收赵曾望诗九十首，下卷收冯颂媛诗一百零三首、词数阕。②《续和题画诗》附见于清中叶人项梦昶编纂的元代著名画家仇远的别集《仇山村遗集》，所收皆项梦昶与其友人诸锦的题画诗，其中项梦昶三十九首，诸锦九首。二者其实都不具备综合选本的规模。清代之后，专门采编清人题画诗的综合选本乃渐有所出。黄颂尧辑《清人题画诗选》是产生较早也较为典型的一种。编者于

①　（清）赵惠元辑：《杨文宪公写韵楼遗像题词汇钞》自序，台湾新文丰出版公司《丛书集成续编》第117册，第3页。

②　参见赵永纪主编《清代学术辞典》，学苑出版社2005年10月第1版，第371页。

民国十八年（1929）就任苏州美术专科学校教师，因有感于清康熙年间
陈邦彦等辑《御定历代题画诗类》"至明而止……而有清一朝诗人相望，
题画诗之见于各家别集者，浩如烟海，尚无有继前哲之志，搜罗而荟萃之
者。近时书肆，间有题画诗印本发行，索而观之，往往见闻狭陋，珠砾并
收，编次庞杂，漫无体例，不足取以为教材"①，遂采择汪琬、朱彝尊等
二十六人的题画诗一千二百余首，纂为《清人题画诗选》一书，民国二
十四年（1935）四月由上海大华书局出版。

　　接下来看题画类清诗总集的第三种流别。我们一般理解的题画诗总
集，大体上是那些冠以"题词"、"图咏"、"诗选"等名号的典籍。它们
或与画图完全脱钩，或虽包含若干画图，但仅为全书附件，亦即上述
《清人题画诗选》、《读画斋题画诗》之类的总集。然而就清代的实际情况
来看，却存在这样一类出版物：它们虽然只是以"图"为名，但附收相
当数量的题诗，可谓具备了题画诗总集之实。兹以张宝编绘的《泛槎图》
为例。张宝生于乾隆二十八年（1763），卒年不详。他性喜漫游，关内十
八省历其十四，"山水奇景，寓目难忘，因各绘为图，并识小诗于上。一
时名公巨卿谬加奖励，日积一日，题咏遂多……爰不揣固陋，手自勾勒，
付之梓人"②，遂成《泛槎图》一书。全书凡六集，第一集题为《泛槎
图》，收图十三幅；第二集题为《续泛槎图》，收图二十三幅；第三集题
为《续泛槎图三集》，收图二十七幅；第四集题为《舣槎图》，收图十八
幅；第五集题为《漓江泛棹图》，收图十二幅；第六集题为《续泛槎图六
集》，收图七幅。自嘉庆二十四年（1819）第一集付梓，到道光十二年
（1832）第六集刊刻问世，前后凡十二年。每集画图之后，均附收时人的
题咏墨迹，其中不乏阮元、黄钺、邓廷桢、鲍桂星、曾燠、翁心存、程恩
泽、陶澍、梁章钜、孙星衍、江藩、李兆洛、翁元圻、吴兰修、吴锡麒、
吴嵩梁、张维屏、梅曾亮、舒梦兰、法式善等政治、文化名流，实为一部
颇具规模的清人题画诗汇编。

　　像《泛槎图》这样，附有多人题诗的画卷、画册，在清代相当普遍，
相关记载也是所在多有。例如：《卢见曾出塞图》，乃乾隆五年（1740）
卢见曾遭遣戍轮台，临行前，由高凤翰等绘制，"图的外围绫圈，有卢见

---

① 黄颂尧辑：《清人题画诗选》，民国二十四年（1935）大华书局排印本，卷首第 2 页。
② （清）张宝编绘：《泛槎图》自识，浙江人民美术出版社 2012 年 3 月第 1 版，第 2—3 页。

曾的自题诗，另有郑燮、高凤翰、吴敬梓、李鳝、杨开鼎、程梦星、王藻等二十左右人的题诗"①；《宣南诗会图卷》，乃道光年间人潘曾沂邀请当时著名画家王学浩绘制，后又"请并世名流广为题咏，编成了这个图卷"②；近人张伯驹《丛碧书画录》所收《清樊圻柳村渔乐图卷》、《清陈鹄紫云出浴图卷》、《清黄瓒、张淑、禹之鼎、沈宗敬、陆澐、戴本孝、严绳孙、恽寿平、程义棟亭图卷》、《清乾隆瓶梅轴》、《清永瑢兰石轴》诸文，叶恭绰《矩园余墨》所收《清初东莞人士送邑令郑君诗画册跋》、《清初诸人题赠苏昆生诗画卷跋》、《清毛文灿诗卷跋》、《清马蕃侯像赞册跋》诸文，亦详细记述了相关画卷、画册所载清人题诗的情况。

我国绘画艺术发展到清代，已经与诗歌紧密结合，"画中有诗"成为非常普遍的现象。而一幅画卷、画册绘成后，随即邀请同人赋诗题咏，也在画家与诗人群体中蔚成风气。如严廷中《药栏诗话》云："蒋伯生明府（因培）署上汶县，其尊人旧治也，画《汶上行春图》，征诗。"③　陈三立《南湖寿母图记》一文亦云："先是太夫人届五十，适留湖上，（陈）仁先尝写图征歌咏。"④　类似记述在清人乃至近人著作中比比皆是。另据朱彭寿《安乐康平室随笔》卷四载，刘春禧藏《红豆山斋藏书图》"原作册页式，为遍征题咏计，分绘两图"⑤，可见画家在设计绘图方式与画面布局时，已经将方便征集题咏诗歌的因素考虑在内了。

由于这些画卷、画册含有一定数量的诗人诗作，我们可以视之为一种特殊形式的总集。此类"总集"不仅有艺术价值，同时也具备很高的文学、文献价值，是当时社会文化的综合载体，值得对其进行专门的清理与研究。

---

①　刘海石选注：《清人题画诗选注》，第 220 页。另据刘先生介绍，该画卷今藏北京故宫博物院。

②　谢国桢：《记宣南诗会图卷》，收入作者论文集《明末清初的学风》，上海书店出版社 2004 年 1 月第 1 版，第 191 页。文中附有原图照片。

③　（清）严廷中撰：《药栏诗话·甲集》，张国庆选编《云南古代诗文论著辑要》，中华书局 2001 年 10 月第 1 版，第 115 页。

④　（清）陈三立撰，钱文忠标点：《散原精舍文集》卷七，辽宁教育出版社 1998 年 12 月第 1 版，第 108 页。

⑤　（清）朱彭寿撰，何双生点校：《〈旧典备征〉〈安乐康平室随笔〉》，中华书局 1982 年 2 月第 1 版，第 235 页。

## 五　纪念

清代存在这样一类诗歌，它们出于某种事由而创作，往往有特定的主题与歌咏对象，带有纪念意味，并进而形成总集。例如邹元吉等撰《南笼纪瑞诗钞》。光绪十四年（1888）冬，邹元吉出任贵州兴义知府。当时兴义府饱受兵乱，文风不振，元吉乃主持重修书院，大力培养士子，力图复兴文教，一时士心翕然。兴义府署有千年皂荚树一株，相传结荚多少暗合科名之数。是年，古树结荚四十余片，为历年所无。此等祥瑞，令元吉与当地众名流欣喜不已，遂有纪瑞诗之创作，后汇成《南笼纪瑞诗钞》一书。所谓南笼，即兴义旧称。全书所收，"尽为赞美神树，盼其庇护，重创文风，多出学子，仕途得志，光耀门庭之辞"①。对于《南笼纪瑞诗钞》之类的清诗总集，本书将其作为宽泛意义上的题咏类看待，名之曰"纪念"。

综观此类清诗总集，大抵以如下几种内容题材最为集中：

首先是以纪念名贤诞辰为宗旨的总集。清代乃至民国年间，在若干历史文化名人诞辰当天举行追祭活动的风气颇盛，其间往往伴随有文学创作，可谓当时一种显著而饶有兴味的文化现象。对于这种现象，清末民初人孙雄概述道："百余年间，如沈文忠（按，即沈兆霖，文忠其谥）、郭筠仙（按，即郭嵩焘，筠仙其号），均追祭屈子，祁文瑞（按，即祁寯藻，文瑞其谥）、胡竹村（按，即胡培翚，竹村其号）、陈石士（按，即陈用光，石士其号）、钱衎石（按，即钱仪吉，衎石其号）、潘文勤（按，即潘祖荫，文勤其谥），均追祭郑君（按，即郑玄），并各为诗文，以纪其事。至欧、苏两文忠生日之祀，由宋牧仲（按，即宋荦，牧仲其字）、毕秋帆（按，即毕沅，秋帆其号）、曾宾谷（按，即曾燠，宾谷其字）、法梧门（按，即法式善，梧门其号）、翁覃溪（按，即翁方纲，覃溪其号）诸公之提倡，其举行之岁，较屈子、郑君为早，故诗文之散见者尤多，而东坡生日之诗，尤为觍缕难尽。"② 由于这种风气的广泛存在，乃催生出不少专收名贤诞辰纪念诗文的总集。究其形式，不外乎这么三种：

---

① 阳海清主编：《中南、西南地区省、市图书馆馆藏古籍稿本提要（附钞本联合目录）》，华中理工大学出版社1998年11月第1版，第426页。

② 孙雄辑：《名贤生日诗》自序，民国十年（1921）铅印本，卷首第1b页。

　　第一，集中收录某次诞辰追祭活动所作诗歌。例如吕迪等辑《放翁先生生日设祀诗》。嘉庆八年（1803）十月十七日陆游诞辰当天，浙江余姚人吕迪、叶棦、史梦蛟召集里中同人聚会于断山寺南楼，祭祀陆游。与会者有十九人，共作诗三十四首。"越旬日，远近和作后先递至"①，吕迪等遂将前后所得设祀诗裒为一编，凡上、下两卷，上卷载参加祭祀活动的十九人之诗作，下卷载翁元章、黄徵乂等五十二人的和作共九十四首，卷首并载《陆放翁先生生日，集同人设祀断山寺南楼赋诗启》、《放翁先生祭文》，即于是年冬付梓。

　　第二，选收历年来众多作者所撰纪念某一位历史文化名人诞辰之诗歌。如钱荫乔辑《陆放翁生日诗辑》，即含康熙至光绪间十九位诗人所作陆游诞辰纪念诗二十九首。全书约问世于民国二十二年（1933），其中朱文治、黄徵乂、诸如绶、钱林四人诗各一首，又见于《放翁先生生日设祀诗》，唯文字颇有不同。

　　第三，汇录有清一代之名贤诞辰纪念作品。例如孙雄辑《名贤生日诗》。此集约刊行于民国十年（1921），凡十卷，所涉"名贤"合计七十二人，上起屈原、郑玄，下至沈葆桢、翁同龢，共收邵长蘅、宋荦等一百六十一人之诗六百六十七首、词四阕、文十二篇，书后并附《名人生日表》一份。编者自述："有清一代名家集中，凡因前贤生日而有作者，兹编最录略备，即生存人所作，及拙稿，亦附著焉。盖以名贤生日为主，初不以标榜为病也。"②

　　其次是面向时人的庆生祝寿总集。这类总集往往在书名中即有反映，如黄宗羲等撰《秦川八十祝辞》、范廷谔等撰《寒村七十祝辞》、尹继善等撰《八秩寿诗》、顾镇等撰《九秩寿诗》、袁枚辑《随园八十寿言》、谢章铤辑《赌棋山庄八十寿言》、佚名辑《贵阳陈夔龙五十双寿征文》、王家璧辑《资政公五十寿言》、杨天文辑《双寿诗》等，皆可据以明确判断。此外诸如李化楠辑《鸿案珠围集》、朱廷模等撰《延寿集》、戈鲲化辑《人寿集》、龚镇湘辑《登高介雅集》等所收，亦分别为庆贺李化楠之父李英华七十寿诞、王南珍八十寿诞、戈鲲化四十寿诞、龚镇湘七十三岁

---

　　① （清）吕迪等撰：《放翁先生生日设祀诗》吕迪跋，嘉庆八年（1803）借树山房刻本，卷末第2a页。

　　② 孙雄辑：《名贤生日诗》自序，卷首第1b页。

寿诞之诗文。

再次是旌表。这类总集以表彰忠臣、义士、孝子、节妇、慈母等为主，可谓清代主流意识形态与伦理道德观念的集中体现。表彰忠臣者，可以张汉、傅为詝辑《赵忠愍公景忠集》为例。赵忠愍公即明末人赵譔，此人为天启七年（1627）举人，曾任浙江龙泉县知县，擢御史，崇祯十七年（1644）李自成攻陷北京时，率家人与义军巷战而死。至乾隆四年（1739），傅为詝为其请谥，最终定谥为忠愍。这部《赵忠愍公景忠集》，乃清廷赐予赵譔谥号后，张汉、傅为詝征集相关旌表纪念诗文，编刻而成。

表彰义士者可以赵藩辑《昆明周氏殉难诗册》为例。此集是晚清咸丰、同治年间云南回民起义的产物。同治二年（1863）正月十五日，义军马荣一部进据昆明五华书院，杀死总督潘铎，一时城中大乱。当地人周翙不愿追随义军，遂率一家老幼十四人服毒自尽。其家人周燮时在禄劝任职，闻讯后作《痛定思痛》诗，支持清廷的士绅也多有表彰其义举、悼念其死节之作。《昆明周氏殉难诗册》即是赵藩搜集"清同治年间陈保和等人所题诗文，与顾视高、陈荣昌、袁嘉谷、秦光玉、赵藩等民国名人以'痛定思痛'为题亲笔而作之诗文数十篇"①，编纂而成。

陆金仑辑《孝贞诗集》则是旌表孝子、节妇之总集的代表。此集所收诗文，皆与明隆庆年间人陆尚质，及其妻李氏、侄孙陆国安有关。据卷首所引《绍兴府志·祠祀志》载："陆尚质，山阴人。父登舟海口，风作，舟将覆。号泣投风涛中救父，父舟得济，尚质溺死。人名其渡为陆即渡。万历中旌表。"② 尚质死时，其未婚妻李氏年仅十七，"闻夫死，孝辞亲执妇礼，孤守终身"③，并收养尚质之侄陆梦吉为子。顺治初年，梦吉遭匪徒劫持，其子陆国安"挺刃入贼巢，连斩叶伯惠、陈玉环二贼首，余党奔散，负父归"④。山阴陆氏家族连续三代皆有孝子、节妇出现，一时传为佳话。至乾隆年间，陆氏族人陆金仑在游幕期间，邀请当时名流为其祖上的节孝事迹题写诗文，共得施大昌、周宣猷等六十六人之诗作，以

① 阳海清主编：《中南、西南地区省、市图书馆馆藏古籍稿本提要（附钞本联合目录）》，第427页。

② （清）陆金仑辑：《孝贞诗集》，嘉庆四年（1799）重刻本，卷首第2b页。

③ 同上书，卷首第3a页。

④ 同上。

及马旭《陆氏孝贞合传》、朱永仁《陆氏孝贞记》二文，后于乾隆三十一年（1766）前后纂为《孝贞诗集》一书。

至于旌表慈母者，更是所在多有。包括汪辉祖辑《双节堂赠言集录》、《续集》、《三集》系列，张嘉禄辑《寸草庐赠言》，袁又恺辑《霜哺遗音》，陶钦等辑《扬芬集》、《续刻》系列等，皆编者为感念其母的养育之恩而广征诗文，从而编纂成书。

最后是悼念。此类总集以悼念编者之亲属为主。如屈大均辑《悼俪集》、管斯骏辑《悼红吟》，即分别为悼念其妻王华姜、潘珠而编。王华姜为屈大均于康熙五年（1666）在西北所娶之继室，康熙九年（1670）病卒，年仅二十五岁。《悼俪集》所收，即为当时人的悼念之作。潘珠同样英年早逝，光绪五年（1879）二十八岁时亡故。在她"没逾五、六年"之后，管斯骏依然"哀不能忘"，乃"遍征海内诸名士赋诗悼亡，积数百首"①，纂为《悼红吟》以寄托哀思，光绪十年（1884）刻。其他如李义超辑《蒿里集》②系编者为悼念其父而编，李君城辑《蓉江芳烈集》、许恩绶辑《诒炜集》皆为悼念其母而编，陈夔龙辑《陈绣君挽诗》为悼念其女陈昌纹而编。至于尤侗辑《哀弦集》所收诗文，主要以编者之妻曹氏为哀挽对象，此外还包括悼念其子、其兄之作。

另有若干此类总集，虽然并非由死者亲属直接出面编纂，但也往往与之颇有渊源。如同治六年（1867）四川总督骆秉章卒后，随行门生陈兴钺"亲见蜀都满城缟素，衢衖门闾遍署哀联，官民哭奠，相属于道路。其挽言各体具备，缠绵悱恻，无溢美，无谀辞，皆纪实也，辄取笔录。存久之，海内名公钜卿之邮寄致奠者，鸿章钜制，积而愈多"，遂成《挽言录》一编，"不忍湮没，请其喆嗣付之剞劂"③，因于同治十年（1871）冬付梓。光绪十七年（1891）洋务运动先驱郭嵩焘卒后，"当世贤士大夫、乡党姻族以及方外释子金哀之，各哭以言"④，其子守一乃托龚尚毅、

① （清）管斯骏辑：《悼红吟》卷首王韬《潘宜人传略》，光绪十年（1884）刻本，第1a页。
② 参见陈作霖撰《金陵通传》卷二十九；杨云海主编《江苏艺文志·南京卷》据以著录，江苏人民出版社1995年1月第1版，下册第681页。
③ （清）陈兴钺辑：《挽言录》自弁言，光绪四年（1878）南海骆氏刻《骆文忠公奏议》本，卷首第1a页。
④ （清）龚尚毅、郭兆芳辑：《挽词汇编》自跋，光绪十九年（1893）养知书屋刻本，卷末第1a页。

郭兆芳将收到的众多诔文、挽诗、祭文、挽联纂为《挽词汇编》三卷，于光绪十九年（1893）春刊刻。

### 六　杂咏

以上五类而外，又有题咏内容较庞杂而不易归类者。例如徐达源等辑《涧上草堂纪略》。此集所收诗文，均与明末清初人徐枋有关。其中正编卷下"诸家题咏"包括"题额"、"题遗像遗嘱册"、"题遗像"、"题遗嘱"、"题涧上草堂"、"祭诗"等，续编、拾遗部分也含有"题俟斋先生自写涧上草堂图"、"题徐俟斋先生像"等不同内容的作品，分别可以归入咏物、题景、题画、纪念等范畴。

其他如徐士俊、陆进辑《西湖竹枝词续集》、梁九图辑《纪风七绝》、华鼎元辑《梓里联珠集》、何澂辑《台湾杂咏合刻》等各地方风土诗总集，大体上也都没有较为集中的吟咏对象，而是广泛涉及相关地区人民生产生活的方方面面，堪称当时各地社会风情与众生相的一个缩影。关于此类总集的具体情况，将在本书第六章第三节之第二部分"清人风土诗歌总集概观"中详细论述。

综观清人（包括部分由清入民国者）所编题咏类清诗总集，大致有三个显著特点：第一，各类型普遍形成一定的规模，部分类型的数量还有较大幅度的增长，这当中尤以题画类最为突出；第二，各类型的内部形态普遍趋于繁复，题材内容高度丰富；第三，专门化程度大大加强，出现较多带有专题性质的小类型，其中的相当一部分甚至是前所未有的。总之，题咏类清诗总集数量既多，类型亦富，并且多有前人未造之境，它是整个清诗总集的一个非常重要的组成部分。

## 第六节　课艺类

所谓课艺类总集，即专收各种与考试有关之作品的总集。就现有资料来看，此类总集渊源于唐代，代表为佚名辑《中书省试咏题诗》。此集今已亡佚，《通志·艺文略》称其"集唐中元以来中书省试诗笔"[①]。省试题又称省题诗，是唐代尚书省举行考试时使用的诗体。宋、元、明三代，

① （宋）郑樵撰：《通志》卷七十"艺文八·诗总集"，第1册，第825页。

此类总集代有所出，如宋叶景达辑《选编省监新奇万宝诗山》、元佚名辑《青云梯》、明佚名辑《晋陵校士录》等，均可为其代表。不过比较而言，宋、元、明的课艺类总集的编纂风气仍不够兴盛，文献遗存也相当有限。降至清代，此类总集乃实现了突飞猛进的发展，其数量堪与全国、地方、宗族、唱和、题咏等清代总集中的大类相提并论，完全称得上是清代总集的一大主类，也是清代文学文化史上的一大显著现象。清代课艺类总集的主体即为课艺类清诗总集，亦即包含清人所作课艺诗歌的总集。这里将其分为试帖、测士、会课、应制四类，依次勾勒其基本面貌，梳理其特征与意义。兹分述之。

**一　试帖**

试帖诗又称试律，是科举考试采用的一种诗体，大都为五言六韵或八韵的排律。它源于唐代，沿用至北宋熙宁年间而中止。清代自乾隆二十二年（1757）起，又重新规定乡试、会试的首场须增试五言八韵诗一首，"自后童试用五言六韵，生员岁考科考及考试贡生与复试朝考等，均用五言八韵，官韵只限一字，为得某字，取用平声，诗内不许重字，遂为定制"①。除科举取士开始测评试帖诗外，"后至于庶常馆课、大考翰詹，皆以是觇其所学"②。从此，士子们钻研八股文的同时，也需要在试帖诗上殚精竭虑了。

正是在这种应试、入仕、升官的实用功利意图的驱使下，该年以后，与试帖诗有关的各类出版物，包括收有清人所作此类诗歌的总集的编刊活动迅速风行全国，从而成为清诗总集编纂史乃至整个清代文学文化史上的一道独特风景。乾隆五十一年（1786）前后，法式善等汇纂清初至乾隆五十年（1785）翰林院文士所作应试五言八韵排律诗，编为《同馆试律汇钞》二十四卷。编者自述其在纂辑过程中，采用了大量总集、别集与未刻稿本，而"钞从总集者，则《庚辰集》、《试帖诗集》、《凤池集》、《近光集》、《扶轮集》、《二宜集》、《依永集》、《玉堂集》、《鲸铿集》、

① 商衍鎏著：《清代科举考试述录及有关著作》，百花文艺出版社2004年7月第1版，第262—263页。
② （清）梁章钜撰：《试律丛话》吴廷琛序，梁章钜撰、陈居渊校点《〈制艺丛话〉〈试律丛话〉》，上海书店出版社2001年12月第1版，第493页。

《二集》、《和声集》、《琳琅集》、《鸣盛集》、《同声集》、《玉琴集》、《凫藻集》、《瓣香集》、《本朝馆阁诗》、《试帖笺注》、《长律同音》、《试帖诗钞》、《试帖精萃》、《花砖新律》、《试律飞声》"①。诸如《庚辰集》、《试帖诗集》、《试帖笺注》、《长律同音》、《试帖诗钞》、《试帖精萃》、《花砖新律》、《试律飞声》等,显然属于试帖诗总集的范畴。由此可见,在短短二十多年时间里,此类清诗总集的编纂风气已然颇为兴盛。观清中叶以来众多官私营业书目,即可对当时试帖诗总集编纂出版的盛况有一个直观的了解。②

具体就此类清诗总集采收作品的范围而论,大致以如下四种情况最为突出:

其一,普选各家试帖诗的综合选本。其中最负盛名者,当属纪昀辑《庚辰集》。此集凡五卷,刻于乾隆二十七年(1762)前后。编者自述:"余于庚辰(乾隆二十五年,1760)七月闭户养疴,惟以读书课儿辈。时科举方增律诗。既点定《唐试律说》,粗明程序;复即近人选本日取数首,讲授之。阅半岁余,又得诗二三百首。儿辈以作者登科先后排纂成书,适起康熙庚辰(三十九年,1700)至今乾隆庚辰(二十五年,1760)止,因名之曰《庚辰集》。"③可知该书系纪昀为教授儿辈写作试帖诗,以应对科举考试而编。这其实也是很多试帖诗总集之所以编纂问世的最大动因。与《庚辰集》同属综合选本之范畴者,主要还有马大亨辑《国朝试帖典林》、刘芬辑《国朝试帖》、程嘉训辑《国朝试律撷藻集》、徐璈辑《国朝试律霏玉集》、周寿昌辑《国朝名家试律诗钞》、邓云航辑《试贴三万选》、佚名辑《国朝试帖诗选》等。

清人所编试帖诗总集中,很多特地为书名标以"同馆"、"馆阁"、"词馆"等字样,以显示其所收诗作乃是出自翰林院文士之手。这显然是

---

① (清)法式善等辑:《同馆试律汇钞》凡例第三款,《四库未收书辑刊》第七辑第 30 册,第 357 页。

② 周振鹤编《晚清营业书目》(上海书店出版社 2005 年 4 月第 1 版)收《浙江图书馆附设印行所书目》、《申报馆书目》等十八种晚清官私营业书目,大都列试帖诗总集,著录连篇累牍者亦不在少数,可参看。

③ (清)纪昀辑:《庚辰集》自序,孙致中、吴思扬、王沛霖、韩嘉祥校点《纪晓岚文集》,河北教育出版社 1991 年 7 月第 1 版,第 3 册第 62 页。

当时的社会心理广泛认为"试律自以词馆所作为大观"①的缘故。因为在人们心目中，翰林院文士既为科举考试的胜利者、佼佼者，当然也就是试帖诗高手，所以往往有编者将"同馆"之类名号作为全书的金字招牌，以便招揽更多意欲研习试帖诗的士子的青睐。诸如法式善等辑《同馆试律汇钞》、《补钞》、《续钞》系列、陈枚等辑《近四科同馆试帖鸣盛集》、费丙章等辑《近科馆阁诗钞》、紫荷花榭主人辑《近科馆阁诗续钞》、经饴山房辑《近科词馆试律新编》、潘曾莹辑《词馆试帖振采集》、谢祖源辑《馆律萃珍》、延清辑《馆律分韵初编》等，均为此类总集的代表。

其二，诸家试帖诗之合集。这其中尤以试帖诗名家的作品合集，最易赢得书坊与士子的欢迎，也最易获得广泛流布。对于这类总集，梁章钜《试律丛话》提道："嘉庆初《九家试帖》震耀一时，实为试律不可不开之风气。自是而降，又有《七家试帖》，虽蕴味稍逊，而才气则不多让，且巧力间有突过前修者。又有《后九家诗》，后起之秀层见迭出，其光焰有不可遏抑者。"②所谓《九家试帖》，即王芑孙辑《九家合刻试帖诗课合存》，收入吴锡麒、梁上国、法式善、王芑孙、雷维霈、何元烺、王苏、李如筠、何道生凡九人的试帖诗集。《七家试帖》由张熙宇原辑，"记嘉庆甲子（九年，1804）、乙丑（十年，1805）间为试律者"③，收入王廷绍、路德、杨庚、李惺、刘嗣绾、陈沆、那清安凡七人的试帖诗集。该书问世后甚为流行，形成多个评注版本，如《批点七家诗选笺注》、《七家试帖辑注汇钞》、《七家诗详注》、《刘注七家诗》等，堪称清人试帖诗总集中传播最广者之一。《后九家诗》则出自道光年间人之手，其中的杨庚、陈沆、刘嗣绾、路德、王廷绍五家已见于《七家试帖》，另外四人是郑城、朱阶吉、姚伊宪、丁钰。此外像陈澧等撰《春鸿集》、钱禄泰辑《虞山七家试律钞》、樊增祥辑《二家试帖诗》等，也都属于诸家试帖诗之合集。

其三，清代士人聚会时多有拟作试帖、互为切磋的活动，而聚会期间所作试帖诗也每每有可能被纂为一编。即如前及《九家合刻试帖诗课合存》，实际上就是乾隆六十年（1795）前后，吴锡麒等在北京聚会切磋的产物。据梁章钜介绍，"当时同课实不止九人"，不过由于该书编者王芑

---

① （清）梁章钜撰：《试律丛话》例言第五款，同前，第495页。
② （清）梁章钜撰：《试律丛话》例言第三款，同前，第494页。
③ （清）梁章钜撰：《试律丛话》卷五，同前，第582页。

孙于嘉庆元年（1796）"会试报罢出京，而此会遂歇，诗亦遂止于九家"①。这种情形即后面将要介绍的"会课"。

其四，直接拔取各科或具体的某一次考试中的考生答卷，纂为一编。此类总集是个十分庞杂的存在，其中既多像桂迓衡等撰《咸丰壬子会试十四房同门硃卷》这样诗文兼收者，亦不乏像潘曾莹辑《直省三科试帖精选》这样着眼于收录试帖诗者，需要我们从诸如"考卷"、"试卷"、"朱卷"、"墨卷"、"墨选"、"闱墨"之类书名的总集中去耐心爬梳甄别。

## 二　测士

这里所谓"测士"，主要包括两类总集：一是地方官员考课当地士子的相关作品之合集；二是书院课艺作品之汇编。它们是试帖诗总集而外，课艺类清诗总集的又一个大宗。

先看地方官员考课当地士子之作品的合集。

我国古代有专职人员负责考课某一地区之士子。早在北宋崇宁二年（1103），即于各路设提举学事司，管理所属州县学校和教育行政，简称提学。金有提举学校官，元有儒学提举司，均属同一性质。明初设儒学提举司，正统元年（1436）始设提调学校官。两京以御史充任，十三布政司以按察司副使、佥事充任，称提学道。清初相沿，各省多设督学道，雍正四年（1726）改提督学院，长官称提督某省学政，简称学政，亦称督学使者。清末改设提学使，辛亥革命后废。上述"提学"、"提学道"、"学政"等，即为古代承担文化教育职能的地方官员。这些官员在任期间，需要定期巡视所在辖区，使用各种方式考课当地士子。即就清代而言，清中叶以后，朝廷简选侍郎、京堂、翰林、科道及部属等官由进士出身者，派往各省担任此职，三年一任，任内须按期到所属各府、县考试生员。考试方式包括院试、岁考、科考等，内容则既有科举考试使用的八股文、试帖诗，也有经史、策论及一般诗赋。频繁的考课活动，自然催生出大量应试作品，相关官员也往往会在考试告一段落后，选录应试作品，纂为总集。正如光绪年间湖南学政江标所说："岁、科两试既毕，例有试牍

---

① （清）梁章钜撰：《试律丛话》卷四，同前，第571页。

之刻。"① 所谓"试牍"，是此类总集的一个常见书名，与之同样常见的书名，还有"校士"、"课士"等。由此可见，清代各省学政采选优秀答卷，汇刻成书的行为，已然堪称一种惯例。

此类清诗总集的较早期代表，可以李振裕辑《群雅集》为例。它是康熙二十五年（1686）前后李振裕担任江南学政期间，督课当地士子的产物。鲁超《群雅集小序》叙述其编纂背景曰："天子犹以江南、浙江山川蜿蟺，魁奇瑰异之士多出于其间，尤才薮也，非得禁林侍从之臣、负文章重望者董视学政，虑无以竦厉而摩淬之，于是吉水李公以日讲起居注翰林院侍讲奉特简来江南。始至，橅行月课制艺外，诗一，赋一。未几，循例举试事，爰按苏、松二郡，既皆以经艺试之，而各尽其长矣；迨毕事，聚士之沉博淹雅者局院，一再试以诗赋古文，诸体既备，群才毕彰，乃拔其尤汇为一集，名曰《群雅》。"② 全书刻于康熙二十六年（1687），凡四卷，各卷内部分别按文体分类编次，包括赋、颂、记、序、表、论、箴、诗、词等。

清中叶以降，此类总集的数量与日俱增，编纂风气兴盛不已，很多省都形成了各自的学政"测士"总集，并且往往还不止一部。就这些总集所收作者作品的区域范围而言，以面向全省者为主。如阮元辑《山左诗课》与《浙江诗课》、周玉麟辑《浙江校士经史诗录》、徐致祥辑《两浙校士录》（又名《浙江试牍》）、汪廷珍辑《江西试牍立诚编》、赵尚辅辑《湖北试牍》、曹鸿勋辑《湖南试牍》、吴树梅辑《湘雅扶轮集》、李调元辑《粤东观海集》、恽彦彬辑《粤东校士录初集》、钟骏声辑《四川校士录》、黎培敬辑《黔中校士录》等，均属此种情形。此外又有面向省内的某一片区域的学政"测士"总集。例如潘世恩辑《浙江考试雅正集》。根据此集卷首编者识语的记载，可知系时任浙江学政潘世恩于嘉庆十年（1805）主持完浙江省内杭州、宁波、台州、绍兴四府的岁考后，"复阅拔取之文……以是付之梓人"③ 的产物。全书包括文八十八篇、赋十二篇、诗七十首。

---

① （清）江标辑：《沅湘通艺录（附四书文）》自叙，《丛书集成初编》第 233 册，卷首第 1 页。

② （清）李振裕辑：《群雅集》鲁超序，《四库全书存目丛书补编》集部第 28 册，第 516 页。

③ （清）潘世恩辑：《浙江考试雅正集》，遂邑姜毓瑁尚桓钞本，第 1a 页。

这种由地方学政主持的考试，是当时社会文化教育的一个重要组成部分。从文学的角度看，又可视为一种别具特色的诗文写作教学活动。它的一端是身为学政的成名进士，另一端则是处于求学阶段的诸生群体。它将二者间的教学关系，以制度化的形式固定下来，成为当时每个通过正规学校教育与科举考试的途径，进入主流文学文化圈的青年学子都必定有过的人生经历。由于这种考试与教学活动在当时十分普遍，同时也对青年学子磨炼、提升诗文写作技艺起到一定的作用，故而完全可以说是清代文学史上的一个颇有意味的现象。然而由于资料的限制，该现象目前几乎是古代文学研究的一个盲区。一则"诸生他日卓然成家，此种应试之作，或在芟除之数"①，并不收入集中；至于若干囊括课艺之作的别集，亦存在零散且缺乏整理的弊病，不利于研究的有效进行。所幸清代颇有一些学政在考试告一段落后，采选优秀作品，纂为总集，遂为我们提供了系统而成规模的第一手材料。由于这些总集的存在，我们乃得以窥见当时学政与诸生间的诗文教学活动的相对较完整的面貌，对于我们探研该现象来说，具有无可替代的作用。

除学政外，清代其他地方长官也屡见有考课相关地区士子的行为，并形成了若干测士总集。例如贾臻辑《东都采风录》。编者自道光三十年（1850）夏担任河南省河南府知府后，"慨念文运之兴衰，关士风之隆替，而士人束修自爱，砥砺名行，则又斯民之表帅也，爰出示所属谕，以观风事，近者面试，远者下其题目"②，对河南府辖下巩、孟津、宜阳、登封、永宁、新安、渑池、嵩诸县的诸生进行考课，翌年刊为《东都采风录》一书。全书凡上、下两卷，上卷收录四书文、经文，下卷收录赋、论、策、经解、考、赞、铭、颂、连珠、试帖、排律、七言律诗、七言古诗、七言绝句。《蓬山课艺童试录》同样是嘉庆、道光年间人诸镇担任山东登州知府与广东琼州知府期间，主持考课当地士子的产物。全书凡分《初刻》、《二刻》、《三刻》、《四刻》四部分，前三刻所收作者均来自登州府辖下宁海、荣成、文登、莱阳、福山、海阳、栖霞、招远、黄县、蓬莱诸州县，四刻所收作者则来自琼州府辖下琼山、万州、定安、文昌、会同等州县。

---

① （清）阮元辑：《山左诗课》自序，乾隆五十八年（1793）刻本，卷首第1a页。
② （清）贾臻辑：《东都采风录》自序，咸丰元年（1851）周南书院刻本，卷首第1a页。

接下来看书院课艺总集。此类总集主要着眼于收录书院学生的优秀习作，同时也可能含有部分教师所作的诗文。

综观现有清代文献遗存与书目著录，书院课艺总集的大批量涌现，是从清中叶以后开始的。尤其进入19世纪后，全国各地广泛出现书院课艺总集的编纂风潮，很多书院还形成了总集系列。例如：浙江杭州府城的诂经精舍，先后有阮元辑《诂经精舍文集》，罗文俊辑《诂经精舍文续集》，颜宗仪、沈丙莹辑《诂经精舍三集》，俞樾辑《诂经精舍四集》、《五集》、《六集》、《七集》、《八集》等问世；江苏苏州府城的正谊书院，先后有朱琦辑《正谊书院小课》，蒋德馨辑《正谊书院课选》、《正谊书院课选二集》，朱以增辑《正谊书院课选三集》等问世；江苏江宁府城的惜阴书院，先后有孙锵鸣辑《惜阴书院东斋课艺》、薛时雨辑《惜阴书院西斋课艺》等问世；江苏松江府城的云间书院，先后有吴锡麒辑《云间书院古学课艺》、练廷璜辑《云间小课》等问世；广东广州府城的学海堂，先后有阮元辑《学海堂集》、吴兰修辑《学海堂二集》、张维屏辑《学海堂三集》、金锡龄辑《学海堂四集》等问世；云南昆明的经正书院，先后有陈荣昌辑《经正书院课艺初集》、《二集》、《三集》、《四集》等问世。至于涵盖若干家书院的总集，亦不乏其例。如萧治辉辑《嘉会堂课选》，即编者担任浙江嘉兴知县时，考课当地各书院士子所得诗文的选编，从卷首目录来看，包括陶甄书院、鸳湖书院、嘉会堂等。黎培敬辑《黔南三书院课艺初集》与张为栋等撰《广雅书院菊坡精舍课卷》亦属此例，前者是贵州贵阳府城的贵山书院、正习书院、正本书院凡三家书院的课艺诗文合编，后者则收录广东广州府城的广雅书院、菊坡精舍凡两家书院的课艺诗文。

关于书院课艺总集的书名，大都从"诂经精舍"、"学海堂"、"经正书院"之类的称谓，便可明确判断。至于像刘大绅辑《五华诗存》、《五华诗存续》这样的总集，则分别收录云南昆明五华书院众学生的作品；如果我们具备相应的背景知识，便同样不难根据"五华"的名号，测知其性质。例外情况当然也是有的。即如周锡恩辑《黄州课士录》，实际上就只是清末湖北黄州经古书院众学生的诗文习作合集。光绪十五年（1889），时任湖广总督的张之洞与黄州知府李方豫在黄州府城创办经古书院，聘请翰林院编修、黄州府罗田县人周锡恩回乡担任书院山长。周锡恩到任后，与李方豫共同厘定课士章程，分"考订之学"、"性理之学"、

"经济之学"、"词章之学"四科教授诸生。光绪十七年（1891），周锡恩挑选该书院学生近两年来的优秀习作，并附上自己的一篇范文《团扇赋》，编为《黄州课士录》八卷。全书依次为"考订"与"性理"各一卷、"经济"二卷、"词章"四卷，其中前五卷收录文、赋，后三卷收录诗歌。作者则均来自黄州府辖下诸县，因而书以"黄州"命名，亦属实至名归。此外如谭宗浚辑《蜀秀集》、许印芳辑《滇秀集初编》等，作者分别隶籍四川、云南两省，可以视为清末四川、云南诗文总集，但实际上亦皆带有书院背景，各自和同治十三年（1874）四川总督吴棠、四川学政张之洞创办的成都尊经书院，以及光绪十七年（1891）云贵总督王文韶、云南巡抚谭钧培创办的昆明经正书院有密切联系。

具体就此类总集所收作品的范围来看，往往囊括若干年内的若干次考课留下的作品。如方其洪等辑《紫阳书院课艺》，即收录江苏苏州府城紫阳书院诸学生自同治八年至十年（1869—1871）的课艺诗文；唐毓和等辑《紫阳书院课艺十六编》，收录该书院学生自光绪十三年至十五年（1887—1889）的课艺诗文。着眼于收录某一年内若干次考课之作的总集，同样不在少数。如梁鼎芬辑《钟山书院乙未课艺》，便是梁鼎芬出任江苏江宁府城钟山书院山长后，于光绪二十一年（1895）考课学生所获优秀诗文的合集。前及紫阳书院，更是留下了一批面向某一年的课艺总集，大致有：包桂生辑《紫阳书院课艺续编》，收录同治十二年（1873）该书院学生的课艺诗文；包桂生辑《紫阳书院课艺三编》，收录同治十三年（1874）的课艺诗文；方其洪辑《紫阳书院课艺四编》，收录光绪元年（1875）的课艺诗文；程论孙辑《紫阳书院课艺五编》，收录光绪二年（1876）的课艺诗文；秦炳斗辑《紫阳书院课艺六编》，收录光绪三年（1877）的课艺诗文；陈灏辑《紫阳书院课艺七编》，收录光绪四年（1878）的课艺诗文；程论孙辑《紫阳书院课艺八编》，收录光绪五年（1879）的课艺诗文；谈钧辑《紫阳书院课艺九编》，收录光绪六年（1880）的课艺诗文；唐毓和辑《紫阳书院课艺十编》，收录光绪七年（1881）的课艺诗文；方浍辑《紫阳书院课艺十一编》，收录光绪八年（1882）的课艺诗文；唐毓和辑《紫阳书院课艺十二编》，收录光绪九年（1883）的课艺诗文；沙骏声、宗伯五辑《紫阳书院课艺十三编》，收录光绪十年（1884）的课艺诗文；程论孙辑《紫阳书院课艺十四编》，收录光绪十一年（1885）的课艺诗文；宗伯五辑《紫阳书院课艺十五编》，收录光绪十二年（1886）的课艺诗文；宗伯五辑《紫阳书院课艺十七编》，收录光绪十六年（1890）的课艺诗文。上述江苏苏州紫阳书院的系列课艺集，均由时任山长潘遵祁鉴定，编者则大抵为该书院的监院。

　　另有少数总集，乃是某一次考课活动的产物。例如郑淦辑《历阳竹枝词》。光绪二十六年（1900）春，安徽和州知州童宝善指派郑淦"摄主书院讲席"，郑淦上任后，"因思作民牧者，固以兴利革弊为亟，然苟风土人情，胸中未曾瞭然，则虽欲兴革，亦无从措手。适值斋课，爰以'竹枝词'命题，亦欲觇俗尚所向，辨其利弊耳。及呈卷，见无隐不搜，无美不具，既闵其勤，复喜其工，因择尤汇录，付诸聚珍"①，遂于是年季夏前后纂成《历阳竹枝词》一书，收入十八位学生所作应试诗作九十五首。

　　再具体就此类总集所收作品的体裁来看，很多都呈现出诗文兼收的面貌，诗歌所占比重大小不等。其中，像《黄州课士录》这样，诗歌占全书八卷之三者，已属份额较大者。比重较小者则如陆宝忠辑《校经堂二集》，全书凡九卷，只有卷九之后半部分收录诗歌，包括何维峻《拟陆士衡君子行》、曹广权《春秋列国宫词》（三十首）等六人所作四题、六十五首；宗源瀚辑《辨志文会课艺初集》更是仅仅在全书第六部分、也是最后一部分的"词章之学题"之末尾，收录王定祥《拟吴梅村圆圆曲》这区区一首诗歌而已。至于着眼于收录诗歌的总集，如桑调元辑《漈源书院试帖》、童槐辑《关中书院试帖》、路德辑《关中书院课士诗》等，就目前来看，为数并不多。反倒像张伯熙辑《时敏学堂课艺》、徐锡麟辑《绍兴府学堂癸卯甲辰年课艺》、陈承澍辑《春江书院课艺》这样，纯粹收录各体文章的书院课艺集，是一个颇为庞大的典籍遗存，唯其不属于清诗总集的范畴，这里姑置不论。

　　总的来看，测士总集不仅在数量上是整个课艺类清诗总集的一个大宗，同时由于它们直接植根于清代高度繁荣的地方官员考课当地士子的活动以及书院文化教育活动，展现了大批地方官员各自的学术理念与文艺思想以及大量书院各自的办学过程与宗旨，凝聚了其教学成果的精华，因而具有相当高的认知意义与借鉴价值。它可以说是整个课艺类清诗总集中，最值得我们注目与发掘的部分。

---

①　（清）郑淦辑：《历阳竹枝词》自跋，光绪二十六年（1900）铅印本，第12a页。

### 三 会课

由于应对科举考试的实际需要，清代的士子很多都结成社团，定期集会，相互切磋，以期有所提高。他们的这类活动留下为数不少的总集，兹名之为"会课"。具体就此类活动的形成动因而论，大致存在两种情形，一是士子们自发集会，二是带有官方组织的色彩。二者分别可以潘介繁、潘诚贵辑《宣南鸿雪集》与冯誉骢辑《翠屏诗社稿》为例。

《宣南鸿雪集》之问世，缘起于"道光丙午（二十六年，1846）至丁未（二十七年，1847）年，都中举试帖约课，一时与课者甚众，名作林立"①，后遂由两位与课者潘介繁、潘诚贵搜辑编纂而成，初刻于咸丰四年（1854），版毁于兵，后又于同治十年（1871）重刊于武昌。笔者所见重刊本凡上、下两卷，按诗题编排。上卷含《正身履道》、《疏松夹水奏笙簧》等三十二题，下卷含《待漏宫门听锁开》、《庤乃钱镈》等三十七题。各诗题下所录试帖诗自一首至九首不等。其中录九首者仅下卷《枕戈达旦》一题，分别出自孙廷璋、严镛、潘祖荫、潘馥、潘介繁、曹丙辉凡六人之手，孙廷璋一人占四首；录一首者则有上卷《六朝明月惟诗在》、下卷《郑监门流民图》等九题。综计全书，共收人五十四家、诗二百首，上卷收庞兆纶、蒋锡绶等四十二人、诗一百首，下卷收吴凤藻、景其浚等二十九人、诗一百首。其中，编者之一潘介繁占二十五首，为全书之冠；潘祖荫与另一位编者潘诚贵皆二十二首，位居次席。三人都是江苏吴县潘氏宗族成员。其他除孙廷璋收诗达十八首之外，均在八首以下，陆增祥、赵惟峤等二十四人更是尽皆只有一首入选。

《翠屏诗社稿》是光绪年间云南东川知府冯誉骢组织东川府城诸生及其他相关人士结成"翠屏诗社"，学习切磋试帖诗写作的产物。冯氏自述："本府莅治斯土，接连观风，月课此邦，文风已知梗概。诸生于八比之文，虽深浅不一，于法尚不甚谬。至于韵语，则合格者甚少，良由无人提倡风雅之故也。本府一行作吏，笔墨久荒，然日课一诗，虽不能至，心窃向往之。兹拟于文课外，创设'翠屏诗社'，以五月十五日为始，亦不点名给卷，每月十五会课一次。届期由本府拟诗题数道，粘贴府署大堂，

---

① （清）潘介繁、潘诚贵辑：《宣南鸿雪集》潘曾莹识语，同治十年（1871）退补堂刻本，卷首第1a页。

诸生自行钞回，宽以时日，脱稿送阅，同寅诸友及在籍绅士有愿作者，均请入社。俟会萃成帙，择尤付梓，俾广流传。本府亦按课拟作，与诸生互相质证。有志风雅者，谅不以为迂谈也。"① 这个"翠屏诗社"的会课活动始于光绪二十二年（1896）夏，讫于二十三年（1897）冬，参与者至少达六十四人以上，后即由主事者冯誉骢"选存各体诗十卷，略加修饰"②，编成《翠屏诗社稿》一书，光绪二十四年（1898）付梓。

### 四　应制

所谓应制诗，多为君主专制时代臣僚奉帝王之命所作、所和的诗歌，大抵以赞功业、颂升平、美风俗等为旨归，作者往往"争献谀辞，褒日月而谀天地，唯恐不至"③。就其本质与功用而论，不过是宫廷文娱活动的产物与国家政治活动的点缀。

由于清代诸帝大多能诗，并且不乏深好此道者，所以宫廷诗风颇盛，由此而造就了大量应制诗歌。相应地，专收此类诗歌的总集也是不在少数。其中的较早期代表，可以沈玉亮、吴陈琰辑《凤池集》为例。此集刻于康熙四十四年（1705），凡十卷，按体裁分编。第一卷至第七卷收录各体诗歌，除卷三"七言排律"注明"嗣刻"外，依次为"古体诗（附集经）"、"五言排律"、"五言律诗"、"七言律诗"、"五六言绝句"、"七言绝句"。总计收一百三十二人所作应制诗歌六百十二首。其中收诗最多者为高士奇，多达五十首；以下依次为朱彝尊的二十六首、杨雍建、高舆的二十五首、王崇简的二十二首、王士禛的十九首、杜臻的十七首、徐乾学的十六首等。诸如高士奇、朱彝尊等，皆为清初宫廷词臣中的代表人物。至于第八至第十卷，则分别收录"律赋"、"诗余"与"词余"。

其他开宗明义收录清人应制诗的总集，主要还有沈德潜、王居正辑《本朝应制和声集》、邹一桂辑《本朝应制琳琅集》、杭世骏辑《禁林集》、李光理辑《本朝应制排律漱芳集》、朱一飞辑《本朝应制元音》、许大纶辑《国朝应制诗粹》等，大抵皆为综合选本。

---

① （清）冯誉骢辑：《翠屏诗社稿》卷首《诗社牌示》，卷首第 1a—1b 页。
② 同上书，卷首第 1b 页。
③ （宋）吴聿撰：《观林诗话》，丁福保辑《历代诗话续编》上册，中华书局 1983 年 8 月第 1 版，第 114 页。

　　关于清人应制诗总集，有两点需要加以说明。其一，清代宫廷文娱活动，尤其是有皇帝参与的活动，颇留下一些诗歌总集。譬如康熙六十一年（1722）、乾隆五十年（1785）与嘉庆元年（1796），清廷曾经在康熙帝、乾隆帝的主导下，先后举办过三次规模宏大的"千叟宴"。每次宴会上，君臣们均有赓唱叠和、集体赋诗之举，遂留下三种《千叟宴诗》。三者皆带有显著的应制色彩。对于此类总集，不妨也视为应制诗总集。

　　其二，应制诗总集与试帖诗总集间存在交叉关系。某些总集从表面上看，是以收录试帖诗为旨归，而究其实际内容，却包含相当强烈的应制因素。如阮学浩、阮学濬辑《本朝馆阁诗》提出："所载止馆阁诗，为初学攻试帖者式焉。"① 显得该书意在选录翰林院文士们所作试帖诗，以供初学者揣摩研习用。然而细绎原书，可知其主体乃是五七言古诗、律诗与绝句，绝不仅限于试帖诗常用的五排；同时，冠以"恭纪"、"恭和"、"恭赋"、"恭拟"、"扈从"、"迎銮"、"回銮"乃至"应制"一类名号的诗作也是比比皆是，堪称全书的主体。对于该书所收诗歌的特点，沈德潜云："（阮学浩、阮学濬）取国初迄今名公钜卿鼓吹休明之什以及礼闱试帖，撷其精藻，删其繁芜，汇为一十八卷。"② 所谓"鼓吹休明之什"，即可理解为应制篇章。两位编者更是说道："右文之典，至我朝而极盛，圣祖仁皇帝延接儒臣，南书房应制之篇，腾辉简册。皇上锡宴词曹，亲临棘院，隆恩异数，叠被声诗。至于旧学耆英，邀蒙殊眷，君歌臣答，再睹中天。凡皆前史之所未闻，生人之所仅见，网罗特富，用以昭示来兹。"③ 明确揭示出该书大量网罗应制诗的事实。至如张九钺辑《五言排律依永集》，虽然号称"五言排律为春秋二闱应试准的，兹集恪遵功令，以八韵为定，其六韵、十二韵，佳什虽夥，概从割爱"④，貌似是部典型的试帖诗总集，其实全书八卷中，卷一至卷六之首均标注"馆阁应制"字样；只有卷七、卷八之首标注"乡会拟作"，属于试帖诗专卷。因此，就该书的实际情况来看，至少有四分之三的属性是应制诗总集。

---

　　① （清）阮学浩、阮学濬辑：《本朝馆阁诗》凡例第一款，乾隆二十三年（1758）困学书屋刻本，卷首第 1b 页。

　　② （清）阮学浩、阮学濬辑：《本朝馆阁诗》沈德潜序，卷首第 1b 页。

　　③ （清）阮学浩、阮学濬辑：《本朝馆阁诗》凡例第四款，卷首第 2a—2b 页。

　　④ （清）张九钺辑：《五言排律依永集》凡例第一款，《中国人民大学图书馆藏古籍珍本丛刊》第 108 册，第 7 页。

总之，课艺类清诗总集，尤其是试帖、测士两类的数量十分可观，是清诗总集中的一个大类，堪与前面论及的全国、地方、宗族、唱和、题咏五大类清诗总集比肩絜大。只是由于它们所收作品的整体创作水准与文学价值往往相对有限，于是乃不幸成为不少清代文学研究者忽视甚至鄙弃的对象。不过需要指出的是，一则此类总集的大量涌现，本身就堪称清代的一种颇为引人注目的文学文化现象；再则它们直接扎根于清代社会文化的基层，并且随着时代氛围之转移而不断演化，所以也能在一定程度上反映出清代社会文化、士人观念的一般特征与变迁轨迹。这对于文学研究者而言，自是不容小觑，而对于历史、思想、教育、社会等学术领域的研究者来说，更是意义重大。从这两个层面来看，说课艺类清诗总集是整个清诗总集一个非常重要且很有特色的组成部分，毫不为过。

# 第七节　歌谣类

歌谣总集主要收录民间创作或流行的歌谣，同时也可能包含若干经过文人润色，或模仿创作的拟歌谣。

我国歌谣总集的编纂有着极为古老的源头。文学史上第一部诗歌总集《诗经》的"国风"部分，一般便被认为是周朝各地歌谣的汇总。《诗经》之后产生的专门的歌谣总集，以及集中收录歌谣的总集，就其所收作品的性质而论，可以分为两类：一是辑录前代歌谣文献，如宋郭茂倩辑《乐府诗集》、明杨慎辑《风雅逸篇》等；二是直接采编当代口头活态歌谣，如明冯梦龙辑《挂枝儿》、《山歌》等。其中的后者，尤其具有独特而不可替代的价值。本书所指歌谣类清诗总集，主要属于第二类。

清代是歌谣高度繁荣的时代，同时也是辑录歌谣、纂成总集的风气盛行的时代。与前代相比，清人编纂的歌谣类清诗总集在整体数量、产生范围乃至内部形态上，均达到了全新的高度。兹分述之。

## 一　数量与产生范围的提升

首先，整体数量大幅增加。我国自先秦以来，有着辖轩使者采风的传统，故历代均不乏重视并搜采民间歌谣之人。不过在明代以前，这些作品很多都还只是散见于子、史二部的典籍。集中选收歌谣的总集则相对较少，并且多属前代歌谣文献之辑录，如宋郭茂倩辑《乐府诗集》、元左克明辑《古乐府》等；至于直接采编当代口头活态民歌并纂为专书者，更是极为匮乏。到明代中后期，辑录当时社会上流行的歌谣小曲的活动开始形成风气，出现了佚名辑《四季五更驻云飞》、《十二月赛驻云飞》、《太平时赛赛驻云飞》，冯梦龙辑《挂枝儿》、《山歌》，醉月子辑《新镌雅俗同观挂枝儿》等一系列歌谣小曲集。另外，杨慎辑《古今风谣》作为一部通代歌谣总集，也选收了《洪武中童谣》、《嘉靖初童谣》等十首明代歌谣，或为编者自民间采录而来。目前确知的明人编选的单行本明代歌谣总集，大致如上所列。就其总体数量而言，仍然相对偏少。正如郑振铎所说："明人大规模的编纂民歌成为专集的事还不曾有过，都不过是曲选或'杂书'的附庸而已。"①诸如黄文华辑《新增楚歌罗江怨》、龚正我辑《汇选时兴罗江怨妙歌》、陈所闻辑《汴省时曲》等著名的明代歌谣小曲集，便都只是分别附见于《词林一枝》、《摘锦奇音》、《南宫词纪》之类的"曲选"或"杂书"，而尚未形成单行的专集。

　　然而"到了清代中叶，这风气却大开了。像明代成化年间刊的《驻云飞》、《赛赛驻云飞》这样的单行小册，在清代是计之不尽的"②。仅据蒲泉、群明编选的《明清民歌选》与中国民间文艺研究会资料室主编的《中国歌谣资料》所用及的歌谣类清诗总集统计，数量便已达三十种左右。这一方面体现了清代歌谣之流行，及其创作之繁荣；而另一方面，却也是清人重视本朝歌谣之搜采汇编的结果。

　　其次，采录范围空前广阔，专收地方歌谣之总集大量涌现。民俗学家张紫晨指出，清代民间歌谣"在地域性上也更加广泛了。如粤歌、闽歌、四川山歌、北京、浙江民歌，乃至台湾、西粤等少数民族的民歌，均有辑录。这是明代所没有的"③。这一现象在歌谣类清诗总集的编刊活动中同样有着突出的表现。其中，岭南、江浙以及北方地区分别比较集中地产生了一批专收当地歌谣的总集。兹分述之。

　　最早产生的专收岭南歌谣的总集当推《粤风续九》，它也是整个清代歌谣总集中较早问世的一部。全书凡五卷，由康熙年间广西浔州府推官吴淇等人编纂，所收大抵为当时浔州境内流传之歌谣。此集在各家书目中，

---

① 郑振铎著：《中国俗文学史》，商务印书馆 2005 年 4 月第 1 版，第 635 页。
② 同上。
③ 张紫晨著：《歌谣小史》，福建人民出版社 1981 年 12 月第 1 版，第 229 页。

历来以署"吴淇辑"者居多。观《四库全书存目丛书补编》集部第79册影印杭州市图书馆藏《粤风续九》原书，可知实为集体编纂的成果。其中，卷一《粤风》卷首署"睢阳修和惟克甫辑、蠡台沈铸陶庵甫评、西陵袁炯孔鉴甫校"，卷二《猺歌》卷首署"雪园彭楚伯士报甫重辑、京口何絜雍南甫订正、新安程世英千一甫评阅"，卷三《狼歌》卷首署"睢阳修和惟克甫编辑、东楼吴代叔企甫评解、京江谈允谦长益甫阅"，卷四《獞歌》卷首署"四明黄道祯林甫辑、吴江潘缪双南甫订、楚僧本符浑融阅"，卷五《杂歌》卷首署"睢阳修和惟克甫编辑、三山何絜雍南甫评释、黄山程世英千一甫校阅"。此外，全书卷首的孙芳桂撰、彭楚伯笺《歌仙刘三妹传》，曾光国述、罗汉章阅《始造歌者刘三妹遗迹》等，也都是该书的有机组成部分。可见参与过该书编纂工作的，有十余人之多，而吴淇则应在其间扮演一个总纂的角色。

《粤风续九》问世百余年后，四川学者、诗人李调元在其已有基础之上，编纂了《粤风》一书，刻入《函海》丛书。该书包括《粤歌》、《猺歌》、《狼歌》、《獞歌》凡四卷，所收歌谣与《粤风续九》多有相同。由于《粤风续九》在后世湮没不彰，所以《粤风》也就取而代之，成为声誉最隆、流传最广的一种岭南歌谣总集，而且也堪称迄今为止所有单种清诗总集中受关注程度最高、研究成果最多的一种。

至于专收江、浙歌谣者，主要有《苏州小曲集》、《南京调词》、《俚曲钞》、《时调小曲丛钞》等，其编者皆已不可知。另外，郑旭旦辑《天籁集》、悟痴生辑《广天籁集》、周子炎辑《绍兴人谣》所采收的，也都是流传于浙江地区的童谣。

专收北方歌谣的总集也不在少数。其中尤以采收北京地区歌谣者为多，主要有贾永恩辑《马头调八角鼓杂曲》以及佚名辑《京都小曲钞》、《北京小曲钞》、《北京儿歌》等。其他如佚名辑《时兴小唱钞》、《时兴杂曲》等，亦皆收录流行于北方民间的歌谣小曲。

以上三大区域之外，其他地区亦时见此类总集编纂问世。如光绪年间问世的佚名辑《四川山歌》、《送郎歌》，即分别辑录当时四川境内流传的山歌与情歌。

这种专门辑录产生或流行于某一地区的歌谣并纂为总集的活动的大量涌现，是我国古代歌谣总集编刊史上未曾有过的新颖现象。地方歌谣之辑录渊源于《诗经》"十五国风"，不过由于其尚未形成单独的专书，所以并不具备地方歌谣总集之实。汉武帝刘彻"立乐府，采诗依诵，有赵、代、秦、楚之讴"①，《汉书·艺文志》著录的《吴楚汝南歌诗十五篇》、《燕代讴雁门云中陇西歌诗九篇》、《邯郸河间歌诗四篇》、《齐郑歌诗四篇》、《淮南歌诗四篇》、《左冯翊秦歌诗三篇》、《京兆尹秦歌诗五篇》、《河东蒲反歌诗五篇》、《雒阳歌诗四篇》、《河南周歌诗七篇》等，当即这场歌谣搜采运动的成果，可以说略具此类总集的雏形。这些歌谣的产生区域覆盖了北方的黄淮流域与南方的长江中下游流域，范围不可谓不广；然而较之清代，却还是缺失了华南、西南以及东南沿海地区。从整体上看，清代之前的地方歌谣总集编纂活动殊为寥落零散，今尚存世的可以归入此类总集之范畴者，更是仅有明冯梦龙辑《挂枝儿》、《山歌》等极少数几种，并且还只是局限在吴地一隅，至于其他地区，则尚未见有较成规模的地方歌谣总集的编纂活动出现。由此可见，清人所编地方歌谣总集无论整体数量，还是所涉地域范围，均上了一个新台阶，堪称歌谣类清诗总集的新成就所在。

## 二　内部形态的多样化

上述整体数量与产生范围，均为外部表现；而在内部形态方面，歌谣类清诗总集亦颇多引人注目之处，主要体现在以下四点：

第一，出现了集中辑录少数民族歌谣的总集。我国早在东周时期，就有《越人歌》的采录与翻译，此后的历代典籍也不乏类似记载。不过，集中辑录少数民族歌谣的总集，就目前所知，还是始见于清代。其代表便是吴淇等辑《粤风续九》与李调元辑《粤风》。《粤风续九》卷一《粤风》收录流传于浔州一带汉族人口头之歌谣五十三首；卷二《猺歌》收录浔州当地猺人（今瑶族）之歌谣二十首；卷三《狼歌》与卷四《獞歌》分别收录当地狼人、獞人（今壮族）之歌谣二十二首、八首；另外，卷五《杂歌》所收《狼人扇歌》、《狼人担歌》、《猺人布刀歌》等，也可能是壮族、瑶族歌谣。所谓"猺歌"、"狼歌"、"獞歌"以及部分"杂歌"，便是少数民族瑶族、壮族歌谣的专卷。由于这些歌谣多以汉字记音，因而在一定程度上保存了少数民族语言的原貌；然而，这却也给绝大多数汉族读者造成了理解上的困难。出于方便读者阅读的考虑，编者对其

---

① （汉）班固等撰：《汉书》卷二十二，第 4 册第 1045 页。

中的疑难词句作了较详细的注释，至于尤其晦涩的"狼歌"、"獞歌"部分，更是在每一句的词语注解之后都附上了汉语译文。《粤风》的情况与之类似，其卷二《猺歌》、卷三《狼歌》、卷四《獞歌》较之《粤风续九》的"猺歌"、"狼歌"、"獞歌"部分，不论歌谣正文，还是注释文字，均有很大程度的相似性，应是"在后者的基础上删削、增改而成"①。

　　第二，出现了较多专收童谣的总集，主要有郑旭旦辑《天籁集》、悟痴生辑《广天籁集》、佚名辑《北京儿歌》，以及意大利人韦大列（Guido Vitale）辑《北京儿歌》（*Pekiness Rhymes*，又称《北京的歌谣》）、美国人何德兰（Isaac Taylor Headland）辑《孺子歌图》（*Chinese Mother Goose Rhymes*，又称《中国歌谣集》）等。晚明理学家吕坤编撰的《演小儿语》是目前所知童谣专集的早期代表。不过，该书只是编者"借小儿原语而演之"②，意在以这种浅显易懂的形式来宣扬其理义身心之学，达到"一儿习之，可为诸儿流布，童时习之，可为终身体认，庶几有小补云"③的目的。所收四十六篇儿歌之后均有类似"主静是性命双修"④、"老妇坚金石之约，远瓜李之嫌，况女子乎"⑤的评语，道德说教意味十分浓厚。另外，吕坤还对这些童谣作了程度不一的改动⑥。清代人与之相比，有了相当大的区别。在《广天籁集》编者、晚清人悟痴生看来，童谣绝不仅仅是浅白的小儿语，而是包含了深广的社会思想内容，"我自十年、二十年，以至五十、六十、数十岁之中，读书然后明理，阅历人事然后周知世故，竭精殚心，以造此大澈大悟之境，而小儿数语已解"⑦。与之持类似观点的，还有晚清人许之叙。他认为童谣能"使庸愚醒悟"，且"自警警

---

　　①　王长香著：《〈粤风续九〉研究》，扬州大学 2011 年 6 月硕士学位论文，第 40 页。按，关于《粤风续九》与《粤风》的文本异同，《〈粤风续九〉研究》第二章第四节《〈粤风续九〉与〈粤风〉之比较》有详细论述，可参看。

　　②　（明）吕坤编撰：《演小儿语》自跋，王国轩、王秀梅整理《吕坤全集》，中华书局 2008 年 5 月第 1 版，下册第 1250 页。

　　③　（明）吕坤编撰：《小儿语》自序，王国轩、王秀梅整理《吕坤全集》，下册第 1221 页。

　　④　（明）吕坤编撰：《演小儿语》之一，同前，下册第 1245 页。

　　⑤　（明）吕坤编撰：《演小儿语》之十七，同前，下册第 1247 页。

　　⑥　具体可参见周作人《吕坤的〈演小儿语〉》一文，收入钟敬文编《歌谣论集》，《民国丛书》第四编第 6 册，第 401—405 页。

　　⑦　（清）悟痴生辑：《广天籁集》自序，光绪二年（1876）上海印书局排印本，卷首第 4b 页。

人"，令"良知良能藉以触发，庶几为师箴瞍赋之一助"①，具有相当高的认识价值与教育功能。由此，清人乃为其编刊童谣专集的活动找到了堂皇正大的依据。

至于清末时的两位在华外国编者韦大列与何德兰②，更是以近代欧美学术的眼光来看待当时流传的我国童谣，其观点、见解可谓令人耳目一新。他们采编的《北京儿歌》与《孺子歌图》分别问世于光绪二十二年（1896）与光绪二十六年（1900）。在为二书所撰序言里，他们首先高度评价这批童谣的文学价值。韦大列认为，虽然这些歌谣"乃是不懂文言的不学的人所作的"，但其中"现出一种与欧洲诸国相类的诗法，与意大利的诗规几乎完全相合。根于这种歌谣和民族的感情，新的一种民族的诗或者可以发生出来"③。何德兰甚至说："世界上再没有别国的儿歌，比以上所举的几种歌谣，能够表现出更多更浓的感情。"④ 其次，他们还从近代语言学与社会学的视角去看待歌谣。如韦大列指出，阅读童谣一则可以"得到别处不易见的字或短语"，再则可以"明白懂得中国人日常生活的状况和详情"⑤。这显然已经将歌谣视为学术研究的材料与对象，在某种意义上可以说是"五四"前后兴起的民间文学、民俗文化研究运动的先声，其学术史意义不容小觑。

第三，孕育出大量时调俗曲集。时调俗曲产生、流行于明代，时调俗曲集的编纂在当时也颇有声势，前及《新编四季五更驻云飞》等明代歌谣总集大都可以归入这一类。降至清代，时调俗曲更为风行；相应地，此类总集的编纂较之明代也愈加繁盛。仅据齐森华、陈多、叶长海主编《中国曲学大辞典·曲集》之"小曲、曲艺集"部分统计，即有佚名辑《新镌南北时尚丝弦小曲》、《新镌南北时尚万花小曲》等二十余种。其中最引人注目的，当推《霓裳续谱》、《白雪遗音》这两部规模空前的时调

---

① （清）郑旭旦辑：《天籁集》许之叙序，同治八年（1869）刻本，卷首第 1a 页。

② 关于韦大列与何德兰的情况，可参见本书第一章第一节第三部分《编者之众》的相关论列。

③ ［意］韦大列撰：《北京的歌谣序》，常惠译，钟敬文主编《中国近代文学大系》（民间文学集），上海书店 1995 年 8 月第 1 版，第 717 页。

④ ［美］何德兰撰：《中国的儿歌序》，常惠译，钟敬文主编《中国近代文学大系》（民间文学集），第 719 页。

⑤ ［意］韦大列撰：《北京的歌谣序》，常惠译，同前，第 716 页。

俗曲集。《霓裳续谱》凡八卷，颜自德选辑，王廷绍编订，刻于乾隆六十年（1795），收录当时流行于北京、天津等地的俗曲歌辞凡六百十九首；另附《万寿庆典》一卷，收曲词二十一首。《白雪遗音》四卷，华广生编选，辑于嘉庆九年（1804），刻于道光八年（1828），所录歌谣的产生地域以山东为中心，兼收南北诸调。需要指出的是，这类总集所收作品并非全部来自民间。王廷绍《霓裳续谱序》即自述该书所收歌谣"或从诸传奇中拆出，或撰自名公巨卿，逮诸骚客；下至衢巷之语、市井之谣，靡不毕具"①。周作人据此认为："《霓裳》《白雪》的诗我恐怕它的来源不在桑间濮上，而是花间草堂，不，或者且说《太平》《阳春》之间吧。"并推断"集中诗歌的来源可以有两类。其一是文人的作品……其二是优伶自己的作品"，所以，"这类民歌不真是民众的创作"，而只是"小令套数的支流之通俗化"②。不过虽则如此，这种现象却也从一个侧面反映出民间歌谣小曲在清代受到各阶层的普遍欢迎与喜爱，而这，正是当时歌谣总集的编纂活动如此兴盛的深层社会心理背景之所在。

　　第四，产生了若干集中收录文人拟歌谣的总集。模仿民间歌谣进行创作，是古今中外诗人们的一项较为广泛的喜好。有的诗人甚至将其创作的拟歌谣编为专集，如明冯梦龙的《夹竹桃》、清招子庸的《粤讴》等。降至清代，更是有集中收录文人拟歌谣之总集产生，可谓一种前所未有的新颖现象。兹以越社辑《最新妇孺唱歌书》与痛国遗民辑《最新醒世歌谣》为例。二书分别于光绪三十年（1904）五月、九月由上海的支那新书局、大经书局出版，所收歌谣均未署作者姓名。经笔者初步比对，可知：《最新妇孺唱歌书》第一章所收《幼稚园上学歌》（十首），第六章所收《出军歌》（八首）、《军中歌》（八首）、《旋军歌》（八首），出自晚清著名诗人、维新派代表黄遵宪之手③；《最新妇孺唱歌书》第一章所收《新少年歌》（三首），第五章所收《猗嗟中国歌》（四首）、《爱祖国歌》（六

　　① （清）颜自德选辑，王廷绍编订：《霓裳续谱》王廷绍序，中华书局上海编辑所编《明清民歌时调集》，上海古籍出版社 1987 年 9 月第 1 版，下册第 19 页。

　　② 周作人：《重刊霓裳续谱序》，吴平、邱明一编《周作人民俗学论集》，上海文艺出版社 1999 年 1 月第 1 版，第 127 页。

　　③ 上述黄遵宪诸作，吴振清、徐勇、王家祥编校整理《黄遵宪集》上卷《补遗》皆已收入，天津古籍出版社 2003 年 10 月第 1 版，第 348—353 页；亦见于陈铮编《黄遵宪全集》之《人境庐诗辑补》，中华书局 2005 年 3 月第 1 版，上册第 221—225 页。

首），第七章所收《女子唱歌一》（五首），出自清末民初著名诗人、南社领袖高旭之手①；《最新醒世歌谣》所收《老鸦歌》、《马蚁歌》（二首），出自清末民初音乐教育家曾志忞之手②，等等。二书所收多为宣扬爱国、民主意识，呼吁人民自强自新、抵抗外侮，警示国家所处危局，描述世界最新格局之作。如《最新妇孺唱歌书》所收《励志歌》第一首云："诸君听我歌，一歌悲风鸣。大声疾呼竟何意，使尔四座心神惊。胡广丧节不知耻，假托中庸心已死。鑢鑢撞碎自由钟，世界大同从此始。噫吁嘻，世界大同从此始。"③《最新醒世歌谣》所收《宁波谣》第一首云："强强强，宁波第一可爱商业场。近日本兮远南洋，华民营业处，都有我同乡。冒险进取不可当，重洋万里霎时飞渡，视如一苇航。"④ 这样的作品，无疑只可能出自晚清新派知识分子之手。他们之所以撰成这批作品，显然是希望借助民间歌谣的通俗形式，向广大民众宣传新思想、新知识，使之摆脱愚昧麻木的状态，并进而参与到整个国家的革新进程中去。《最新醒世歌谣》所谓"醒世"云云，即将这层意图清楚地揭示了出来。这是清末光绪年间日益盛行的维新思潮，带给歌谣类清诗总集乃至整个历代歌谣总集的崭新的思想内容。

## 三　余论

关于歌谣类清诗总集，有两点需要附加说明。

第一，"谣"与"谚"的关系甚为紧密。事实上，在不少书目中，二者是被合为一体，作为总集的一个类别——"谣谚"类而存在的。这种密切关联的一大表现就是，部分着眼于收录谚语的总集也可能含有若干歌谣。如晚清人范寅辑《越谚》卷上之"谣诼之谚第七"即收录《九九消寒谣》、《盛暑偷安诼》等十四首歌谣，"孩语孺歌之谚第十七"之"孺歌"部分亦收录《坍眼》、《啐》等三十二首歌谣；晚清、民国时人胡祖

---

① 上述高旭诸作，郭长海、金菊贞编《高旭集》皆已收入，前两者依次见该书下编《天梅遗集补编》卷十七《天梅佚诗（一）》，第341、349页；后两者依次见该书上编《天梅遗集》卷一《未济庐诗》，第23、19页。

② 上述曾志忞诸作，收入梁启超撰《饮冰室诗话》，可见陈引驰编《梁启超学术论著集·文学卷》，华东师范大学出版社1998年11月第1版，第399—400页。

③ 越社辑：《最新妇孺唱歌书》第三章，第5b页。

④ （清）痛国遗民辑：《最新醒世歌谣》，第57页。

德辑《沪谚》亦混杂有"一船西去一船东"、"人心生一念"等歌谣。至如同样出自胡祖德之手的《沪谚外编》，虽然以"谚"名编，实则内容甚为丛杂，包括晚清、民国时流行于上海的"山歌"、"五更调"、"宝塔诗"、"俗语对联"、"隐语"、"新词典"、"旧时俗尚"、"俚语考"、"格言联璧"、"上海竹枝词"、"宝卷"，乃至《卖妹成亲》、《看潮歌》之类的民间唱本等，悉数收入。该书卷下甚至还收有一首通俗诗《咏田》，诗曰："昔日田为富字底，今日田为累字头。拖下脚来为甲首，伸出头来不自由。田安心上常思想，田在心中虑不休。当初只认田为福，此刻田多叠叠愁。"诗后注云："此诗作于明末清初，足见田户受累。"① 可见该诗或出自明末清初人之手。缘于此，我们实际上可以把这本《沪谚外编》视为一部清代以来上海地区流传的通俗文学作品的汇编。上述《越谚》、《沪谚》、《沪谚外编》这样的谚语集，是我们研究清代歌谣时需要特别加以注意的。

　　第二，民间歌谣多为无名氏作品。它往往在民众的口头创作、流传、再创作、再流传，而且其创作、流传过程往往相当漫长，其间极易出现若干由同一渊源发展而来的衍生版本。缘于此，很多编刊于某个具体时段的歌谣总集，每每含有前代即已流行的作品。例如：清初康熙年间人吴淇等辑《粤风续九》卷一《粤风》所收《相思曲》"妹相思，不作风流到几时"，便又见于朱彝尊辑《明诗综》卷九十六之"浔州士女"名下。民国八年（1919）前后，现代民间文学、民俗学研究的开创者之一顾颉刚，着手搜集江苏苏州一带流传的歌谣，后于民国十五年（1926）七月刊印成《吴歌甲集》专册。他在该书自序中称："从我家小孩子的口中搜集起，又渐渐推至邻家的孩子，以及教导孩子唱歌的老妈子。我的祖母幼年时也有唱熟的歌，在太平天国占了苏州之后又曾避至无锡一带的乡间，记得几首乡间的歌谣，我都钞了。"② 可见这些歌谣至少应产生于清代。至民国十六年（1927）前后，又有王翼之辑《吴歌乙集》问世。该书卷下第六十二首"约郎约到月上时"，显然和明冯梦龙辑《山歌》卷一所收

① 胡祖德辑，陈正书、方尔同标点：《沪谚外编》，上海古籍出版社1989年5月第1版，第192页。

② 顾颉刚等辑，王煦华整理：《〈吴歌〉〈吴歌小史〉》，江苏古籍出版社1999年8月第1版，第35页。

《月上之一》"约郎约到月上时"、《月上之二》"约郎约到月上天"有很深的渊源。

同时,很多一度被收入前代总集的歌谣也每每会在后代长期流传。例如:清初康熙年间人郑旭旦辑《天籁集》所收第一首"墙头上一株草,风吹两边倒"、第十九首"摇哎摇,摇到外婆桥"等,至今依然脍炙人口;清末光绪年间佚名辑《北京儿歌》所收"小耗子上灯台"、"说了一个一"、"庙门儿对庙门儿"、"槐树槐"等,也"都是家喻户晓的儿歌,直至现代仍在流传"①;民国十七年(1928)前后问世的刘万章辑《广州儿歌甲集》所收第一首至第五首"月光光"、第八十九首"排排坐,吃果果"等,同样一直流传到现在,而且肯定也会继续长久流传下去。

正因为歌谣的创作与流传是个漫长的过程,所以我们考察清代歌谣与歌谣类清诗总集,便不能局限于清代编纂的歌谣总集。某些采编于清代灭亡后不久的歌谣总集,如前及《吴歌甲集》、《吴歌乙集》、《广州儿歌甲集》等,虽然并非着眼于清代歌谣,但其中的部分作品很可能在清代就已流传于大众口头;而若干20世纪后半叶以来编纂的与清代有关的歌谣总集,如太平天国历史博物馆辑《太平天国歌谣》、李东山及阜阳专区文学艺术工作者联合会分别纂辑的两部《捻军歌谣》、刘崇丰等辑《义和团歌谣》等,虽然采录时间较晚,但由于所收作品多出自耆旧口耳相传,故而在一定程度上仍可能保存有清代时的初始面貌。这也需要引起清代歌谣乃至清代诗歌研究者的注意。

总之,歌谣类清诗总集较之前代的同类型著作,既实现了数量上的大幅增加,又具备更广阔的采录范围、更丰富的内部类型以及较具时代特色的新颖的思想内容,可谓清诗总集一个很有特色的组成部分。

# 第八节　闺秀类

所谓闺秀类诗歌总集,即专收女性诗人诗作的总集。

清代是我国古代女性文学高度繁荣的时期,而专收女性诗人诗作的总集的编纂也是盛况空前。这其中的主体便是闺秀类清诗总集。闺秀类清诗

---

① 齐森华、陈多、叶长海主编:《中国曲学大辞典》,浙江教育出版社1997年12月第1版,第672页。

总集在很多方面都取得了远超前人的成就，同时又开拓出不少新的领域。这大致可以从如下几个方面分别进行考察。

首先，整体数量大幅提升。据胡文楷编著《历代妇女著作考》附录一《合刻书目》与附录二《总集》统计，清人所编闺秀诗歌总集（包括部分由清入民国人所编者，以及各体兼收者）最少不下一百种，其中可以归入闺秀类清诗总集之范畴者，即达九十余种；而清代之前所编闺秀诗歌总集综计不过三十余种。两相比较，不啻天渊之别。因此，单就数量而论，闺秀类清诗总集堪称我国古代所有闺秀诗歌总集的主体。

其次，一批规模宏大的闺秀类清诗总集先后问世。其中最负盛名者，当推恽珠等辑《国朝闺秀正始集》系列。恽珠出身文化世家——阳湖恽氏。她自少女时代起，便留意抄录本朝妇女诗歌，经过多年的搜集整理，共得诗三千余首。她在对这三千多首诗进行批阅删选后，编成《国朝闺秀正始集》，道光十一年（1831）刊行。此集含正文二十卷、附录一卷、补遗一卷。三者合计，共收顺治至道光间女诗人九百三十三家、诗一千七百三十六首。恽珠逝世后，她的孙女妙莲保在其已有工作的基础上，编纂了《国朝闺秀正始续集》十二卷（包括《附录》一卷、《补遗》一卷），于道光十六年（1836）刊行，共收女诗人五百九十三家、诗一千二百二十九首①。至民国初年，又有单士厘辑《清闺秀正始再续集初编》问世。此集凡四卷，共收女诗人三百零八家、诗一千二百九十七首。

以上三种而外，其他大型闺秀类清诗总集还有汪启淑辑《撷芳集》、黄秩模辑《国朝闺秀诗柳絮集》等。前者收录节妇、贞女、才媛、姬侍、方外、青楼、无名氏、仙鬼等身份的女性作者达一千八百五十三家、诗六千零二十九首；后者收女诗人一千九百四十九家、诗八千三百四十三首。②二者较之《国朝闺秀正始集》、《续集》与《再续集》，卷帙更加浩繁。

事实上，像《国朝闺秀正始集》系列、《撷芳集》、《国朝闺秀诗柳絮集》这样，收人辑诗达到成百上千之规模的闺秀诗歌总集，不但在清代

---

① 以上《国朝闺秀正始集》与《国朝闺秀正始续集》的相关统计数字，参见马珏坪、高春花《〈国朝闺秀正始集〉浅探》一文，《南京师范大学学报》2005 年第 6 期；相同内容又可见马珏坪《等闲莫作众芳看——恽珠与〈国朝闺秀正始集〉》一文，收入程章灿主编《中国古代文学文献学国际学术研讨会论文集》。

② 以上《撷芳集》与《国朝闺秀诗柳絮集》的相关统计数字，参见付琼《国朝闺秀诗柳絮集校补·前言》，人民文学出版社 2011 年 9 月第 1 版，卷首第 1 页。

少有匹敌，就是放到整个古代闺秀诗歌总集编纂史上来看，也堪称最高成就的代表。它们的出现，一方面是清代女性文学高度繁荣之氛围的产物；另一方面，也显示出清人在相关文献搜采之广度与深度上的长足进步。

最后，专门辑录清代本朝女诗人诗作的总集大量涌现。综观清人所编闺秀诗歌总集，其一大特点便是专收"国朝"诗者颇为众多，较之通代类乃至完全采编前代女诗人诗作者，甚至更占优势。即如上面提到的《国朝闺秀正始集》、《撷芳集》、《国朝闺秀诗柳絮集》等，便是其中卷帙最为宏富的几种"国朝"闺秀诗歌总集。至于其他此类总集，主要还有邹漪辑《诗媛八名家集》与《诗媛名家红蕉集》、胡孝思等辑《本朝名媛诗钞》、许夔臣辑《国朝闺秀香咳集》、蒋机秀辑《国朝名媛诗绣针》、钱三锡辑《妆楼摘艳》、蔡殿齐辑《国朝闺阁诗钞》、单学傅辑《国朝名媛绝句大观》、黄濬辑《国朝闺秀摘珠集》、冒俊辑《林下雅音集》、佚名辑《国朝女史诗合钞》、鲍友恪辑《国朝闺秀诗选》、李子骞辑《国朝女士诗汇》等。

这种大规模采录本朝女诗人诗作并纂为总集的编纂态势，与前代相比有了很大的不同。明代之前，闺秀诗歌总集的编纂风气尚未大开，仅有唐蔡省风辑《瑶池新集》、宋末元初汪元量辑《宋旧宫人诗词》等极少数几种问世；而且规模偏小，前者不过辑录"唐世能诗妇人李秀兰至程长文二十三人，诗什一百十五首"[1]，后者更是仅仅收入王清惠、陈真淑等十七位故宋妃嫔宫女所作诗十七首、词三阕。直至明代中后期，此类总集的编纂才开始初步呈现出繁荣景象。不过当时所编者绝大部分属于通代类，主要有田艺蘅辑《诗女史》、郑文昂辑《古今名媛汇诗》、郭炜辑《古今女诗选》、周公辅辑《古今青楼集选》、赵士杰辑《古今女史诗集》等。关于这种情况，明末崇祯年间人沈宜修即已明确指出："世选名媛诗文多矣，大都习于沿古，未广罗今。"[2] 虽然着眼于采编明代本朝女诗人诗作之总集也有少量产生，如冒愈昌辑《秦淮四美人诗》、沈宜修辑《伊人思》等，但前者仅收入晚明马守贞、赵彩姬、朱无瑕、郑如英凡四位女诗人之别集各一卷，后者也只辑有方维仪、田玉燕等四十位女作家所作诗

① （宋）晁公武撰，孙猛校证：《郡斋读书志校证》卷二十，下册第1069页。

② （明）沈宜修辑：《伊人思》自序，叶绍袁原编，冀勤辑校《午梦堂集》，中华书局1998年11月第1版，上册第538页。

一百八十八首、词十四阕、文赋三篇、断句三首,末附编者自撰笔记十五则①;无论整体数量,还是个体规模,都远远不能和清代相提并论。

　　清代之所以有如此之多的"国朝"闺秀诗总集涌现,大致有主、客观两方面的原因。

　　一方面,清代女诗人的数量空前庞大。袁枚《随园诗话》即云:"近时闺秀之多,十倍于古。"② 法式善《梧门诗话》亦有"本朝闺秀之盛,前代不及"③ 的说法。而据今人郭蓁著《清代女诗人研究》的初步估测,其数量在两万人左右④。这相对于前代来说,可谓占有压倒性的优势⑤,从而为"国朝"闺秀诗歌总集的大量孕育创造了极佳的温床。

　　另一方面,在一定程度上与清人的思想观念有关。清代女诗人诗歌创作的整体成就确实相当突出,对于这一点,当时很多人都有充分的认识。如戴鉴在为许夔臣辑《国朝闺秀香咳集》所撰序言中即指出:"我朝文教昌明,闺阁之中,名媛杰出。于捻脂弄粉之暇,时亲笔墨,较之古人,亦不多让焉。不有好事者为之表彰,譬诸落花飞絮,随风湮没,可胜惜乎?"⑥ 充分肯定了清代闺秀诗的自身价值与诗史地位。《妆楼摘艳》编者钱三锡更是明确认为,历代闺秀诗独以"我朝闺秀诗为尤甚",其间"锦绣连编,珠玑满牍,几同登宝山而入鲛室"⑦,给予清代闺秀诗以极高的评价。正是在此种观念的支配下,钱氏因择取清初至道光间女诗人二百三

　　① 《伊人思》卷末附"觇仙"二人,分别为宋代人王氏、周烈女,故实际收明代女诗人三十八位。

　　② (清)袁枚著,顾学颉校点:《随园诗话·补遗》卷八,人民文学出版社1982年9月第2版,下册第785页。

　　③ (清)法式善著,张寅彭、强迪艺编校:《梧门诗话合校》卷十六,凤凰出版社2005年10月第1版,第461页。

　　④ 参见郭蓁《清代女诗人研究》绪论《清代女性诗坛的繁荣》第二部分的相关论述,第3页。

　　⑤ 郭延礼《明清女性文学的繁荣及其主要特征》一文据《历代妇女著作考》统计后指出:"中国前现代女作家凡4000余人,而明清两代就有3750余人,占中国古代女性作家的百分之九十以上。特别是清代女作家更多,约3500余家。"(《文学遗产》2006年第6期,第68页)即可见出这种优势之一斑。

　　⑥ (清)许夔臣辑:《国朝闺秀香咳集》戴鉴序,光绪申报馆排印《申报馆丛书余集》本,卷首第1a页。

　　⑦ (清)钱三锡辑:《妆楼摘艳》自序,道光十三年(1833)香雨轩刻巾箱本,卷首第1b页。

十七家之诗，分体编排，纂为《妆楼摘艳》五卷。可以说，在钱三锡等编者那里，推尊、表彰"国朝"闺秀诗之成就已经成为一种比较自觉的意识。这是清代"国朝"闺秀诗歌总集的编纂蔚成风气的深层原因之所在。由此，清代闺秀诗歌总集编纂的焦点，遂自前代诗学遗产，逐渐聚拢到"现代"乃至"当代"诗学成就上来，从而促成了我国古代闺秀诗歌总集编纂的基本价值观与着眼点的深刻转变。

上述数量、规模，以及对本朝女诗人诗作的强烈关注，皆为外部表现。而在内部形态方面，闺秀类清诗总集同样颇多引人注目之处，出现了较多前代罕见或从未有过的小类型，大致有地方、宗族、题咏、唱和、女弟子、八旗等。

先说地方类。这一类型可能滥觞于明代。如晚明冒愈昌辑《秦淮四美人诗》（又名《秦淮四姬诗》），收录当时南京四位名妓马守贞、赵彩姬、朱无瑕、郑如英的诗作，可谓初具面向某一地区女性作者之总集的雏形。又《历代妇女著作考》附录二《总集》据王士禄《然脂集引用书目》著录明王豸来辑《娄江名媛诗集钞》一种①，亦可谓我国较早产生的地方闺秀诗总集。就现有资料来看，二者在当时尚属仅见。降至清代，此类总集的编纂乃生面大开。这是一种新颖的现象，正如柳弃疾（按，即柳亚子）为费善庆、薛凤昌辑《松陵女子诗征》所撰序言说的那样："以全国版图之广，声教之远，断代成书，搜罗尚易。从未有僻在偏隅下邑，而异军特起，壁垒一新，以附庸而蔚为大国，集人至数百家，集诗至数千首，如我薛子公侠所撰《松陵女子诗征》者。"②虽然柳氏所云只是针对《松陵女子诗征》这一种地方闺秀诗总集而言，但是却揭示了整个清代闺秀诗总集的一个新特点，显示出闺秀诗总集的编纂朝深化、细化方向发展的趋势。

当然，作为新兴事物，这一类型的局限也是相当明显。一则其分布范围还比较狭小，基本上集中于东南一带，如毛国姬辑《湖南女士诗钞所见初集》收录湖南女诗人诗作，黄瑞辑《三台名媛诗辑》收录浙江台州

---

① 王豸来实际生活于明末清初。这部《娄江名媛诗集钞》究竟问世于明末，还是清初，目前尚不能确定。本书暂依《历代妇女著作考》附录二《总集》的著录，归之于明代总集的范畴。

② 费善庆、薛凤昌辑：《松陵女子诗征》柳弃疾序，转引自《历代妇女著作考》附录二《总集》，商务印书馆1957年11月初版，第83页。

府女诗人诗作，胡在渭辑《徽州女子诗选》收录安徽徽州府女诗人诗作，温廷敬辑《潮州名媛集》收录广东潮州府女诗人诗作，费善庆、薛凤昌辑《松陵女子诗征》收录江苏吴江县女诗人诗作，吴希庸、方林昌辑《桐山名媛诗钞》收录安徽桐城县女诗人诗作。至于东南以外的地区，则十分罕见。笔者管见所及，仅知有晚清人王葆崇辑《胶州闺秀诗选》一种，可能是一部面向山东胶州府的闺秀诗总集。该书见于孙葆田等纂《（宣统）山东通志》卷一百四十六下、匡超等纂《（民国）增修胶志》卷三十五著录，今存亡不明。

再者，其编纂形式很多还只是属于若干家别集之合刻。例如黄任恒辑《粤闺诗汇》。此集收入六位清代广东女诗人的诗集，分别为邱掌珠《绿窗庭课吟卷》、黄芝台《凝香阁诗钞》、黎春熙《静香阁诗存》、龙吟芗《蕉雨轩稿》、梁蔼《飞素阁遗稿》、刘月娟《绮云楼诗钞》。其他如蔡殿齐辑《豫章闺秀诗钞》、董兆荣辑《吴江三节妇集》、吴骞辑《海昌丽则》、褚贞等撰《海昌闺秀诗》、孙锡祉辑《菱湖三女史诗词合刻》等，均属此种情况。

这种情形的出现，根本原因在于清代女诗人地域分布的严重不平衡。关于这一点，美国学者曼素恩（Susan Mann）著《缀珍录——十八世纪及其前后的中国妇女》附录《清代女作家的地域分布》，据《历代妇女著作考》统计后指出：百分之七十以上的清代女作家集中分布于长江下游地区，而华北、东南沿海、长江中游、岭南、赣江、长江上游、西北等地区，所占比重只有百分之一至百分之七，至于云贵与东北地区，则均不足百分之一；并且即就长江下游地区本身来看，"又可分成为一个核心区域，即常州—钱塘一线，以及五个卫星地带，即环绕在周边的绍兴、扬州（江都）、南京（江宁）、桐城和新安（修宁）"①。该统计结果十分清楚地显现了这种不平衡状况。正是这一状况的存在，使得有条件编纂地方闺秀诗综合选本的区域范围，受到了很大的限制。

虽则如此，地方闺秀诗歌总集的异军突起，仍然可谓闺秀类清诗总集编纂的一大亮点。它从一个侧面折射出当时地方女性文学群体大量涌现的文化景观，这在很大程度上改变了前代女作家的出现与分布均较为零散的

---

① ［美］曼素恩著：《缀珍录——十八世纪及其前后的中国妇女》，定宜庄、颜宜葳译，江苏人民出版社 2005 年 1 月第 1 版，第 232 页。按，此处"修宁"应作"休宁"。

局面。此外，专收宗族群体、女弟子群体，以及因社集唱和活动而形成之群体所作诗歌之闺秀总集，同样所在多有。

集中收录某一宗族内女诗人诗作的总集渊源于明末。崇祯九年（1636），叶绍袁编刊了《午梦堂集》一书，辑入其妻沈宜修，其女叶纨纨、叶小纨、叶小鸾等人的文学创作集若干种，以及沈宜修辑《伊人思》。不过，除叶氏妻女之作品外，此集又收入叶绍袁、叶世偁、叶世傛等吴江叶氏家族男性作家的诗文别集与其他著作。所以，《午梦堂集》算不上一部纯粹的宗族闺秀诗总集，只能说具备了这一类型的基本元素。

直至清代，此类总集才真正开始大量涌现。其中数量较多者为平辈女性亲戚作品集之合刻。如车持谦辑《上元车氏三妇集合刊》所收方曜、袁青、王谨，即分别为编者之妻、继妻、弟媳，三人均为清中叶江苏上元车氏家族的成员。是为妯娌关系的事例。数量更多的，则是若干姐妹的作品合集。例如：范士熊辑《范氏三女史同怀诗》收录河南河内人范德芳、范德俊、范德琼之作品；戴燮元辑《京江鲍氏三女史诗钞合刻》收录江苏丹徒人鲍之芬、鲍之蕙、鲍之兰之作品，佚名辑《兰陵三秀集》收录江苏武进人赵云卿、赵书卿、赵韵卿之作品；袁枚辑《袁家三妹合稿》收录浙江钱塘人袁棠、袁杼、袁机之作品，佚名辑《存素堂同怀稿》收录浙江钱塘人孟景韩、孟师韩之作品，佚名辑《合存诗钞》收录浙江海宁人宫淡亭、宫思柏之作品，佚名辑《海宁陈太宜人姊妹合稿》收录浙江海宁人陈贞源、陈贞淑之作品，佚名辑《隐砚楼诗合刊》收录浙江乌程人温慕贞、温廉贞之作品；佚名辑《青霞仙馆遗稿》收录安徽全椒人王仲徽、王淑慎、王季钦之作品，英华辑《吕氏三姊妹集》收录安徽旌德人吕湘、吕清扬、吕兰清之作品；佚名辑《凌氏节妇拾遗草》收录广东番禺人凌净真、凌洁真之作品，佚名辑《同怀剩稿》收录广东顺德人梁媛玉、梁媞玉之作品；周际华、廷瑶善辑《兰闺竞秀》收录贵州贵筑人许芳欣、许芳晓、许芳盈、许芳素之作品；施伯刚辑《花萼联吟集》收录云南昆明人施莲卿、施惠卿、施兰卿之作品，等等。

着眼于收录某一家族内数代女诗人诗作之总集，亦不在少数。其中规模较大者，可以郭润玉辑《湘潭郭氏闺秀集》为代表。清中叶以来，湖南湘潭郭氏一门闺秀诗人辈出，擅名湖湘诗坛。此集便是这一诗人群体创作实绩的汇总，包括郭步韫《独吟楼诗》、郭友兰《咽雪山房诗》、郭佩兰《贮月轩诗》、王继藻《敏求斋诗》、郭漱玉《绣珠轩诗》、郭润玉

《簪花阁诗》、郭秉慧《红薇馆吟稿》。这七位作家分属四代人，以郭步韫的辈分最高，她也是开湘潭郭氏家族闺秀诗歌创作风气者；郭友兰、郭佩兰姐妹是郭步韫的侄女；郭漱玉、郭润玉姐妹又都是郭友兰、郭佩兰的侄女，王继藻为郭佩兰之女；郭秉慧则为编者郭润玉的侄女。同属此种情形的还有：佚名辑《三秀集》①，是浙江嘉善曹氏家族三代女性成员吴绌、李玉燕、曹鉴冰的作品合集，其中吴绌嫁清初人曹焜为妻，李玉燕是吴绌儿媳，曹鉴冰则是李玉燕之女；佚名辑《分绣联吟阁诗稿》，系浙江海宁查氏家族两代女性成员朱淑均、朱淑仪、谢锦秋、查芝生的诗歌合集，其中朱淑均、朱淑仪姐妹分别嫁查冬荣、查有炳为妻，谢锦秋为查冬荣之妾，查芝生则是查冬荣、朱淑均二人之女；佚名辑《织云楼诗合刻》，收入周映清、李含章、叶令仪、陈长生凡两代四人的诗集，其中周映清是浙江归安人叶佩荪之妻，李含章是叶佩荪继妻，叶令仪是叶佩荪之女，陈长生则嫁叶佩荪子、叶令仪弟叶绍楏为妻；李心耕辑《二余诗草》，系李心敬、归懋仪的诗集合编，李心敬是江苏常熟人归朝熙之妻，归懋仪则是归朝熙、李心敬二人之女；鲍之钟辑《京江鲍氏课选楼合稿》，收入江苏丹徒人鲍皋之妻陈蕊珠及其女鲍之芬、鲍之蕙、鲍之兰共两代四人的诗集；佚名辑《种竹轩闺秀联珠集》，含王琼、王乃德、王乃容、季芳凡两代四人的诗集，王琼为江苏丹徒人王豫之妹，乃德、乃容分别为王豫之长女、次女，季芳则为季云崖女、王豫侄女，等等。

　　我国古代妇女由于受礼教约束，其社会活动、文学创作往往围绕个人与家庭而展开。这是清代宗族类闺秀诗歌总集大量产生的深层动因。而也正因为如此，在宗族类专集之外，若干其他类型的闺秀诗歌总集，作者亦每每以某一家庭中的女性成员为主。例如孔璐华辑《拟元人梅花百咏》。嘉庆二十年（1815）夏，阮元之妻孔璐华得元版韦珪《梅花百咏》一卷，遂约同刘文如、谢雪、唐古霞（刘、谢、唐三人均为阮元侧室）、刘润芳（阮元媳）、阮安（阮元女）五位家人，各赋五律十余首，共计百首，汇纂为《拟元人梅花百咏》一卷。此集就其具体内容来看，可以归入题咏类诗歌总集的范畴；而如果从作者身份的角度出发，则确乎属于宗族一类。又如屈苣缳、屈蕙缳撰《同根草》。屈氏姐妹为晚清浙江临海人，她们早年待字闺中时，曾彼此切磋，往复唱和。至光绪年间，遂由蕙缳之夫

---

　　① 此集的详细情况，可参见江峰青等修，顾福仁等纂《（光绪）嘉善县志》卷二十九。

王咏霓等将这些唱和诗编为《同根草》四卷，付梓行世。此集同样既能看作唱和类总集，又可视为宗族类总集。

宗族类闺秀诗总集所反映的，是传统的女性文学生活方式。这在很大程度上依旧是清代的主流。然而值得注意的是，相当一部分清代女诗人却也已经开始走出家庭，走向社会，像男诗人们一样集会唱和；甚至集体拜男诗人为师，从而出现了"女弟子"这样一个崭新的文学现象与文化景观。

清代女弟子群体中最为著名的，当推袁枚门下女弟子，亦即所谓"随园女弟子"。清中叶人汪谷称："随园先生，风雅所宗，年登大耋，行将重宴琼林矣。四方女士，闻其名者，皆钦为汉之伏生、夏侯胜一流。故所到处，皆敛衽及地，以弟子礼见。先生有教无类，就其所呈篇什，都为拔优选胜而存之，久乃衰然成集。"① 遂由袁枚纂成《随园女弟子诗选》，嘉庆元年（1796）刊行。此集据目录共收入二十八位女诗人的作品，今存本则仅十九人有诗，分别为席佩兰、孙云凤、金逸、骆绮兰、张玉珍、廖云锦、孙云鹤、陈长生、严蕊珠、钱琳、王玉如、陈淑兰、王碧珠、朱意珠、鲍之蕙、戴兰英、王倩、卢元素、吴琼仙，而有目无诗者则有张绚霄、毕智珠、屈秉筠、许德馨、归懋仪、袁淑芳、王惠卿、汪玉轸、鲍尊古。袁枚公开大批招收女弟子之举，在当时堪称惊世骇俗，这一方面招致卫道者们的攻击谩骂，另一方面却也可谓影响深远。在他之后，陈文述也大量招收女弟子授之以诗，形成了"碧城女弟子"这一个诗人群体。她们所作诗歌后被纂为《碧城仙馆女弟子诗》，共收王兰修、辛丝、张襄、汪琴云、吴归臣、吴藻、陈滋曾、钱守璞、于月卿、史静凡十位女诗人的诗集。

清代女诗人集会唱和活动之频繁，同样引人注目。其中的相当一部分有总集传世，这也是前代未曾出现过的新类型。例如任兆麟辑《吴中十子诗钞》（又名《吴中女士诗钞》《林屋吟榭》）。乾隆年间，江苏吴江的十位女诗人——张允滋、张芬、陆瑛、李媛、席蕙文、朱宗淑、江珠、尤澹仙、沈持玉、沈缫结成"清溪吟社"，号称"吴中十子"。这部《吴中十子诗钞》便是她们所作诗词集的汇刻。其他如潘素心等撰《平西唱和集》、骆绮兰辑《听秋馆闺中同人集》等，也都属于这一类型。

---

① （清）袁枚辑：《随园女弟子诗选》汪谷序，王英志主编《袁枚全集》，第7册第1页。

特别值得一提的是，清代还产生了独一无二的八旗闺秀诗人群体。这些八旗女诗人的作品每每见于各类型清诗总集，同时还形成一部八旗闺秀诗歌专集——《旗下闺秀诗选》。此集胡文楷《历代妇女著作考》与今人张宏生等的增订本均未著录，亦不见于其他主要清代文献书目，应是一种稀见清诗总集。笔者所见为浙江图书馆藏抄本，凡收蔡琬、高景芳、思柏、养易斋女史、兰轩女史、余性淳、兆佳氏、端静闲人韩氏、吕坤德、汪氏、希光、于洁、张敬庵、李扶云共十四位八旗闺秀诗人之诗作九十首，诸人名下皆有简略的小传，编者则各处均无题识。不过，这些诗人诗作均见于铁保主持编选的大型八旗诗歌总集《钦定熙朝雅颂集·余集》卷一与卷二，小传的内容亦大抵雷同，唯个别文字有所出入。据此推测这部《旗下闺秀诗选》，可能是《钦定熙朝雅颂集》付梓之后，由某位编者选录其中的闺秀诗人作品而成。观其封面有"美人之贻"的字样，或许即选抄自一位闺秀诗人甚至就是八旗闺秀之手。

综上可见，闺秀类清诗总集在内部形态上，已然呈现出高度繁复的面貌。它所包含的众多小类型，举凡全国、地方、宗族、唱和、题咏乃至八旗等，均有所编纂，不少还形成一定的规模与声势，其中后五种更是前代罕见或从未有过的。这种复杂的内部形态，充分表现出闺秀类清诗总集已经发展到一个何等成熟的阶段！

总之，以闺秀类清诗总集为代表的清代闺秀诗歌总集，在数量之多、规模之大、类型之多等方面均极为引人注目。它将整个闺秀诗歌总集的编纂推进到一个全新的高度，代表了我国古代这一领域的最高成就。

# 第九节　方外类

方外类清诗总集主要收录僧侣、道士两类人的诗作；而在僧、道之外，也可能含有若干居士、信徒以及其他相关人士的作品。

## 一　僧侣诗歌总集

自唐代僧人法钦编选《唐僧诗》以来，此类总集代有所出，如宋陈充辑《九僧诗集》、李龏辑《唐僧弘秀集》、陈起辑《增广圣宋高僧诗选》，元陈世隆辑《宋僧诗选补》，明毛晋辑《唐三高僧诗》与《明僧弘秀集》、释普文辑《古今禅藻集》等，可谓形成了一个总集序列与编纂传

统。清人继承了这个传统，编有颇多着眼于收录僧侣诗歌的清诗总集。较
之前代，大致呈现出以下几大显著特征：

首先，部分此类总集被打上深刻的时代烙印，从而拥有了独特的思想
内容。清代僧人群体的一大突出特点，便是在清初产生了大量遗民僧人。
这批遗民怀念故国，却又受到清廷薙发令的残酷压迫，于是只能"弃儒
而逃入禅学"①，从而形成一个特殊群体。相应地，集中收录该群体作品
的总集也随之产生，典型代表为徐作霖等辑《海云禅藻集》。

此集所收诸作者均与明末清初岭南著名僧人释函昰有关。函昰
（1608—1685），字丽中，别字天然，号丹霞老人，俗姓曾，名起莘，字
宅师，广东番禺人。明崇祯六年（1633）举人，十三年（1640）于庐山
归宗寺出家，拜华首道独为师，十五年（1642）应陈子壮等的延请，开
法广州诃林（光孝寺）。明亡后，一度避乱于西樵山，又入番禺雷峰隆兴
寺（后改名海云寺），旋移庐山栖贤寺，历主华首、海幢、丹霞诸刹法
席，后终老于海云寺。释函昰在清初僧人、士人圈内享有盛誉，这不仅因
为他佛法精湛，同时也在于其强烈的入世精神与遗民意识。他曾作诗悼念
为明室殉节者，如陈子壮、霍子衡等，又接受抗清失败的南明官员袁彭
年、何运亮等的请求，为赐法名，并收为俗家弟子，保护他们免遭清廷迫
害。由此，一个带有强烈遗民色彩的僧人、居士群体便逐渐在他周围形
成。近人陈伯陶《胜朝粤东遗民录》载："（函昰）已居雷峰，所立规矩
整肃森严，于是粤之学士大夫洁身行遁转相汲引，咸皈依为弟子。函昰虽
处方外，仍以忠孝廉节垂示，以故从之游者每于死生去就多受其益。"②
冼玉清《广东释道著作考》也说："明亡后，天然和尚单锡于番禺员冈乡
之雷峰海云寺，粤之士夫，凛于民族大义不甘降清，转相汲引，多皈依天
然为弟子。"③ 而《海云禅藻集》所收诸作者，正是该群体的主要代表。
关于这一点，清中叶人汪永觉《重刻海云禅藻序》即明确指出：

吾粤士夫夙尚气节，明社既屋，义师飚起，喋血断脰而弗顾者，

① （清）沈德潜、翁照、周准辑：《清诗别裁集》凡例第十五款，上册卷首第5页。
② 九龙真逸（陈伯陶）辑：《胜朝粤东遗民录》，《清代传记丛刊》第5册，第40页。
③ 冼玉清著：《冼玉清文集》下编《广东释道著作考·释家著述考》附"释家言"，中山
大学出版社1995年8月第1版，第689页。

踵相接。而天然老人识烛几先，盛年披缁，开法于番禺雷峰之麓海云寺。沧桑后，文人才士，以及仳离故宦，多皈依受具。其迹与起义诸人殊，而矢节靡它，其心则一也。明代摧抑士气之酷，为亘古所无。乃士气激而益奋，未尝有所腹诽，皭然不渝，其素也如是。夫陶靖节生当晋季，刘宋受禅，何啻典午，其咏鲁二儒云："易世随时，迷变则愚。介介若人，特为贞夫。"写诚微悄，婉隐可喻。海云诸子，傥有靖节之流风欤？所不能不出于披薙者，其苦心亦可哀也已……嗣得《海云禅藻》一书，凡所采录，坿著里贯行义，考岭南明遗老轶事，以此书为最详。①

全书凡四卷，卷一收释今无、释今摩等七人之诗一百十五首，卷二收释今湛、释古卷等二十九人之诗二百三十首，卷三收释今锡、释古电等二十五人之诗三百九十六首，卷四收袁彭年、何运亮等六十七人之诗二百六十三首。前三卷所收皆释函罡之出家弟子及再传弟子，包括"今"字辈僧人四十二位、"古"字辈僧人十八位，以及释今无之弟子释传多；第四卷则收录函罡之在家弟子以及其他相关人士。

与《海云禅藻集》情况类似者，还有释弘修辑《诗遁》。此集今或已佚，不过根据清初人魏禧《〈诗遁〉序》的相关记述，仍然可以测知其性质。该序称释弘修"本乎儒而逃于禅者……采方外与隐者之诗，选而辑之，名曰《诗遁》……今之为诗，愤世嫉俗，多哀怨激楚之音"，这些遁世逃禅者也不例外，而"夷考其行，则与世俗人无几异者"②。由此联系清初社会历史背景与诗歌创作特点来看，可知这部《诗遁》所收方外与隐者之诗，"总体上属于清初遗民诗的范畴"③。

思想内容而外，此类清诗总集的另一个显著特征是，集中收录某一个区域或寺院内之僧人诗作的总集成批涌现。面向某一区域者主要有：佚名辑《滇释诗稿》，收录云南僧人诗作；佚名辑《闽僧诗钞》，收录福建僧人诗作；李邺嗣辑《甬上高僧诗》，收录浙江宁波府僧人诗作；罗坤、王

---

① （清）徐作霖等辑：《海云禅藻集》汪永觉序，民国二十四年（1935）《逸社丛书》排印本，卷首第1a页。

② （清）魏禧撰，胡守仁、姚品文、王能宪校点：《魏叔子文集》，中华书局2003年6月第1版，中册第479页。

③ 朱则杰：《全国性清诗总集佚著五种序跋辑考》，同前，第334页。

祖泽、袁浩辑《台岳英华》与林明经辑《台山梵响》①，收录浙江台州府僧人诗作；何家琪辑《洛阳四僧诗钞》，收录河南洛阳县四位僧人释知水、释月舟、释少摩、释圣楷之诗作，并附收释圣鉴、释圣彦二僧之诗作；释震华辑《兴化方外诗征》，收录江苏兴化县僧人诗作；王豫辑《京江三上人诗选》收录江苏镇江府三位僧人释悟霈、释达瑛、释巨超之诗作，故以"京江"为名；陈任旸辑《焦山六上人诗》所收释巨超、释了禅、释觉镫、释觉诠、释圣教、释大须六位僧人，也都曾在镇江焦山一带的寺庙出家，故有"焦山六上人"之称号。至于面向某一寺院者，则主要有：徐增辑《珠林风雅》，收录范围"尤限于西湖灵隐寺僧之诗，故是集又名《灵隐诗选》"②；黄容辑《惠云寺三僧诗存》，收录浙江桐乡惠云寺三位僧人释夜川、释观澍、释悟拈之诗作；前及《海云禅藻集》所收作者，同样大致以广东番禺海云寺为中心。

这些收录某一地区或寺院之僧人诗作的总集的大量涌现，是此前极其罕见，甚至从未有过的一种现象。此种现象之所以出现，从根本上讲，在于清代文学创作风气空前广泛，各类型文人群体的规模普遍扩展甚多，而方外作家，尤其是僧侣作家的数量也在这个过程中水涨船高，并在某些地区形成集中分布，由此，乃为着眼于某一地区或寺院的僧诗总集的大量孕育创造了良好的温床。另外，清代地域文学高度发达，地域文学意识也空前高涨，遂为着眼于地域的总集、诗话、人物传、艺文志等类型著作在清代的大批涌现，提供了思想背景与动力。诸如《滇释诗稿》、《珠林风雅》等僧诗总集，正是清代高度繁盛的地域总集编纂氛围烘托下的产物，是整个清代地域性总集的一个别具一格的小类型。

至于清人编选的其他清代僧诗总集，主要还有张青辑《国朝释家众香集》、释行徹辑《国朝方外诗征》、释名一辑《国朝禅林诗品》、释含彻辑《方外诗选》、释穷公辑《灯传集》、释焕然辑《碧云存稿汇钞》、陈鸥辑《岩栖梅菴诗合刻》，以及释道正、释道济撰《春空唱和诗》等。与前及《海云禅藻集》、《滇释诗稿》等合计，可知清人编选的僧诗总集至少在二十种以上，数量较之前代大为增加。由于数量的大幅增加，此类总

---

① 参见喻长霖、柯骅威等纂修《（民国）台州府志》卷八十四、王舟瑶辑《台诗四录》叙例第十二款。

② 中国科学院图书馆整理：《续修四库全书总目提要（稿本）》，第28册第183页。

集的内部形态也趋于复杂。就收诗时段而言，既有通代总集，如《方外诗选》"专选历朝僧人之诗，起自唐世，迄于昭代，凡得诗三千五百五十有二首，诗家五百八十有八人"①，《灯传集》则收录明代僧人释弘本、释宗显以及清代僧人释中英的作品；也有专收清代本朝僧人作品者，如《国朝释家众香集》、《国朝方外诗征》、《国朝禅林诗品》等冠以"国朝"字样者即是。就编纂形式而言，既有像《海云禅藻集》这样的综合选本，也不乏《京江三上人诗选》、《焦山六上人诗》、《碧云存稿汇钞》、《岩栖梅菴诗合刻》之类的丛刻总集。至于类型方面，则如前所言，以专收某一地区或寺院之僧人作品的总集最为引人注目，其次为《国朝方外诗征》式的全国性选本；同时还兼有少量带有唱和色彩者，其中最显豁的便是《春空唱和诗》。概言之，清人编选僧诗总集不论外在数量，还是内部形态，均逾迈前代，攀上了一个新台阶。这同样堪称清代僧诗总集乃至整个方外类清诗总集的一大突出特征。

### 二　道士诗歌总集

综观我国历代文学史，道士的文学活动总体上不如僧人那么兴盛与引人注目。相应地，专收道士诗歌的总集也十分罕见。宋陈振孙《直斋书录解题》卷十五著录《洞天集》五卷，提要曰："汉王贞范集道家、神仙、隐逸诗篇。汉乾祐中也。"② 这部五代后汉乾祐年间人王贞范编纂的《洞天集》，可能是目前所知较早出现的具有道士因子的文学总集，唯今已亡佚。不过，从"道家、神仙、隐逸诗篇"的词句推测，它恐怕并不是一部专收道士诗歌的总集，而同时也包含了若干神仙、隐逸题材诗歌，其作者未必尽为道士。

笔者管见所及，确切可知的专门的道士诗歌总集应始见于清代。虽则其数量不多，但仍然标志着清代方外类总集的编纂开拓出了一片新领域，可谓清代方外类总集编纂所取得的新成就。兹将笔者目前所见的三种清代道士诗歌总集分别介绍如下：

一是佚名辑《骊珠集》。此集是清代较早产生的专收道士文学作品的

---

① 中国科学院图书馆整理：《续修四库全书总目提要（稿本）》，第28册第264页。

② （宋）陈振孙撰，徐小蛮、顾美华点校：《直斋书录解题》卷十五，上海古籍出版社1987年11月第1版，第443页。

总集，有浙江图书馆藏康熙俨思堂刻本。全书首载《骊珠集序》，署"峨嵋山碧云洞天灵璧子题"，主要论述诗文创作的体裁与功能问题，是为全书总序。正文凡八卷，其中卷一至卷六主要收各体文章，唯卷五有部分《证道接引诸诗歌》。后二卷为《骊珠集诗》，首载《骊珠集诗序》，末署"时康熙元年六月朔，东鲁樵隐天随子题于竹林深处"，集中论述唐宋诗歌的特点与差别，并对当时诗坛的弊病提出批评，正文凡分上、下两部分，主要收诗，卷末又含少量"诗余"。全书所有作者均无姓氏、小传，而仅用别称。扉页题"水云诸子著"，编者则各处均无题识。①

二是萧应槐等辑《方壶合编》。此集是一部明清道士诗歌总集，笔者所见为浙江图书馆藏道光十一年（1831）刻本。全书首载编者萧应槐《序》，末署"道光庚寅（十年，1830）上巳日，同里雨芗居士萧应槐序于小瀛洲仙馆"；其后又载《方壶合编姓氏》与《校订同人姓氏》，分别罗列全书所收作者之名号、著作与所收诗歌数量，以及参与该书编纂校订工作者之名号，包括郑伯壎、李应占、郁文灿、张谦、赵莲、刘中理、徐苇、朱沂共八人，多为浙江海盐道士。正文凡上、下两卷，上卷收明代道士徐月汀、吴允修等八人之诗作一百十六首，下卷收清代道士吴人逸、夏时等二十四人之诗作一百四十三首。

三是张谦辑《道家诗纪》。此集有上海图书馆藏清稿本，《藏外道书》第三十四册与《上海图书馆未刊古籍稿本》第五十八至六十册皆据以影印，是目前所知规模最大的一部古代道士诗歌总集。原题四十卷，今存二十二卷；其中第一至十一卷，以及第十七至二十三卷已佚。存世部分中，第十二至十五卷收唐人诗歌，第十六卷收五代人诗歌，第二十四至二十九卷收元人诗歌，第三十至三十四卷收明人诗歌，第三十五至四十卷收清人诗歌。有关清代的六卷中，卷三十五收颜受、郭长彬等二十五人，卷三十六收惠远谟、施远恩等十七人，卷三十七收刘敏、何时等三十一人，卷三十八收王蘅、张远等十八人，卷三十九收陈敬、潘鸿等八人，卷四十收吴浩、许湘等六人，共计一百零五人。另外，卷三十四"明纪五"中的张蚩蚩、陆圻等，也都已经活入清代。单就人数而论，确实相当可观。不过，与许多其他类型清诗总集一样，此集所收清代作者的地域分布也存在非常明显的

---

① 朱则杰、黄丽勤《两种稀见清诗总集考辨》一文提出可"暂时将两篇序言的作者'灵璧子'、'天随子'一起定为此集的编者"，《浙江大学学报》2008 年第 5 期，第 65 页。

不平衡状况。一百余人中的绝大多数都是江苏、浙江人，或在江、浙一带的道观出家修行。如卷三十六"国朝纪二"所收贝本恒虽为河南淮阳人，但"自幼入道天目山"①；卷三十七"国朝纪三"所收钱凝烟为江右人，但"居上海水仙宫为道士"②。而与江、浙无关者，只有寥寥数人，如四川青城山道士董白，四川成都武侯祠道士徐本衷、黄合初，湖北钟祥元佑宫道士梁清格、金清，山东诸城道士隋鸿，江西新建道士陶光斗等；并且即便在江、浙两省内部，也更多集中于嘉兴、杭州、苏州三府。这种情形之所以出现，一方面是清代江浙地区文化昌盛、领先全国的必然结果与反映；另一方面，恐怕也和编者张谦为浙江海盐道士，就近取材较便有关。

需要特别说明的是，《道家诗纪》所收诗人并非皆为道士，一小部分俗世作者由于和道教、道士有着或多或少的联系，从而也被囊括于内。如卷三十五"国朝纪一"中的杨通幽，本非道士，但却因"其议论皆出人意表，或以为悟道者"，时人遂"呼之为痴道士云"。③

要之，上述三种道士诗歌总集各有其自身特色，为这个长期以来相对冷落而乏善可陈的领域增添了一抹亮色，也为整个清代方外总集编纂写下了引人注目的一笔。

附带着眼于收录僧人或道士诗歌的总集之外，清人还编有僧、道合选的总集。例如清中叶人曹锡辰辑《金陵方外五家诗》。此集今存亡不明，姚文枏纂《（民国）上海县续志》卷二十六有著录，并载其成书过程云："浮屠行荦、真音、超越，道士周鸣仙、王至淳皆以诗自豪。（曹）锡辰客金陵，日与唱和，归而择其尤雅者存之。"④ 可知凡收清乾隆年间三位僧人、两位道士所作诗歌，并且均是与编者曹锡辰互为唱和的产物。

### 三　余论

虽然方外类清诗总集颇有可观之处，但却至今仍游离于很多研究者的视野之外。此种局面，既和清代文学，尤其是诗文研究所处的较为低阶的发展层次有关，同时也在一定程度上是由此类总集自身的另一大特征所造

---

① （清）张谦辑：《道家诗纪》，《藏外道书》第34册，第524页。
② 同上书，第542页。
③ 同上书，第501页。
④ 吴馨修，姚文枏纂：《（民国）上海县续志》卷二十六，民国七年（1918）上海南园刻本，第21a页。

成的，即它们普遍流布不广，不易为研究者所接触。

近年来，清代文学史料的刊布工作有了很大进展，尤其是"四库类"系列等大中型丛书的陆续编纂和影印出版，为研究者提供了最基本的资料。然而纵观这诸多影印丛书，方外类清诗总集普遍缺席，仅《藏外道书》与《上海图书馆未刊古籍稿本》收入《道家诗纪》，台湾新文丰出版公司《丛书集成续编》收入《甬上高僧诗》。至于经过今人标点整理者，更是凤毛麟角。笔者目前所知，只有《海云禅藻集》一种，由西泠印社于2004年11月推出了中山大学古籍所黄国声教授的整理本。不过该整理本的流布范围甚为狭窄，连西泠印社所在地杭州，包括浙江省图书馆、杭州市图书馆、浙江大学图书馆等主要图书馆，亦均无藏本；更加不可思议的是，笔者曾询问西泠印社是否可提供样书一阅，却被告知样书已无处寻觅。可以说，方外类是目前各类型清诗总集中，影印、整理工作做得最滞后的。缘于此，欲深入考察、利用方外类清诗总集，唯有大面积检索、阅览各地图书馆古籍部所藏线装书。然而由于清代文献庋藏既乱又散的现状，则检索难度可想而知；再加上不少方外类清诗总集乃是以钞稿本、孤本的形态存在，属于善本的范畴，调阅势必不易，所以这项工作可谓难上加难。

正因为方外类清诗总集的流布范围较窄，受关注程度欠佳，所以长期下来便积累了若干含混错漏之处。如钱仲联主编《中国文学家大辞典·清代卷》之"张谦"条，称张谦尝"辑历朝道家诗为《方壶合编》"①。这段文字应抄自徐用仪纂《（光绪）海盐县志》卷十九张谦小传。核之《方壶合编》与《道家诗纪》原书，可知实际情况并非如此。《方壶合编》卷首萧应槐《序》云：

> 己丑（道光九年，1829）岁结夏海陬，与南北山道人昕夕倡和。栖真观赵淩洲、显佑宫张云槎、徐海客出其先师吟稿及侪辈逝者诸诗，自前明至近代，汇而辑之，得三十二人焉……诸道友恐合编之复逸也，今春谋付剞劂，嘱余选定，以区区阐幽之怀，各系小传，俾其后弟子知先师之梗概，与诗教并垂，他日辖轩有采，方壶道侣不致泯没而无闻。②

① 钱仲联主编：《中国文学家大辞典·清代卷》，中华书局1996年10月第1版，第418页。
② （清）萧应槐等辑：《方壶合编》萧应槐序，道光十一年（1831）刻本，卷首第1a—2a页。

可见该书先由浙江海盐栖真观与显佑宫道士赵莲（凌洲其字）、张谦（云槎其字）、徐苪（海客其字）等搜集资料，于道光九年（1829）前后辑成初稿，包括明清三十二位道士之诗作。道光十年（1830）春，赵莲等又托萧应樾为筛选篇目，遂成定本，并于翌年付梓。

因此，虽然《方壶合编》的编纂出版同样凝聚着张谦的心血，但严格说来，毕竟算不上他个人的著述。观该书卷首只是将他纳入《校订同人姓氏》，与郑伯壎、李应占等七人同列，即可见出一斑。况且所谓"历朝道家诗"的提法，与该书的收诗时段也并不相符，倒是用来指称《道家诗纪》更加合适。据《道家诗纪》卷三十六刘暻小传载："（刘暻）病后诸藁悉付于火，《方壶合编》仅载烬余三首。"①查《方壶合编》卷下之刘暻名下，分别为《灌木园怀先少彝公读书处》、《游韬光寺》、《晓泊角里堰遇雪》，与《道家诗纪》所收相同。由此可知，《道家诗纪》的成书时间应后于《方壶合编》。可能当《方壶合编》编刻完成后，张谦对其文献搜采范围尚不满足，乃着手纂辑《道家诗纪》。他一方面着意辑录《方壶合编》未及采入的诗人诗作，另一方面又将收诗时段上延至唐前，对历代道士诗歌进行了一次较全面系统的清理。不过，从今存《道家诗纪》残稿本勾画涂改痕迹比比皆是，甚至元明清诸卷的部分卷次都尚未最终确定的情况来看，该书可能没有形成最后的定本并付梓，而仅以抄稿本的形式传世。当时过境迁之后，人们对这两种流布本就甚为稀少的道士诗歌总集的记忆难免出现偏差，所以也就出现了"辑历朝道家诗为《方壶合编》"这样将二者混为一谈的说法。

总之，清代是方外类诗歌总集编纂的最繁荣时期，其主体即为方外类清诗总集。它的数量较之前代，有了大幅增长；又承载了较丰富的历史文化内涵，拥有较独特的思想内容；同时还涌现出一批专收某一地域、寺院内之方外诗人诗作的总集，以及道士诗歌总集，可谓开拓了新领域，取得了新成就。只是这份方外诗歌的资料渊薮、方外文学文化的宝贵遗产，目前的流布范围普遍甚为狭窄，需要研究者给予更多关注。

---

① （清）张谦辑：《道家诗纪》，同前，第527页。

# 第十节　域外类

这里所谓域外类，从理论上讲，应包括两部分，一是我国人士在国外创作的合集，二是我国人士在国内外与外国人交游酬唱作品之合集。至于其他零星附录外国人诗作，或外国人所辑清诗总集，均当归入此前各类；而那些纯粹收录外国人诗作之总集，如孙致弥辑《朝鲜采风录》①、周灿辑《南交好音》、徐幹辑《琉球诗课》、陈鸿诰辑《日本同人诗选》、俞樾辑《东海投桃集》等，则与我国诗歌无涉，本书不予考察。

关于我国人士在国外创作的合集，笔者目前尚未见到实物。唯自叶春生著《岭南俗文学简史》附录《1713—1950 年广东俗文学书目》中，获知《金山歌集》（第一集）与《金山歌集》（第二集）两种书，或可归入此类清诗总集的范畴。二者由美国旧金山市正埠大光书林于 1915 年出版，"收入大量美国三藩市华侨的广东粤语民歌，多反映他们的生活、痛苦及怀乡之情"②。三藩市即美国西海岸城市圣弗朗西斯科，又名旧金山。

由于《金山歌集》之类的清诗总集，笔者目前掌握的线索几乎为零，所以这里主要论述我国人士在国内外与外国人交游酬唱作品之合集，亦即所谓中外文学交流集或中外文学唱和集的情况。大抵从以下三方面出发进行论述：

## 一　官方外交活动的频繁与新变

就现有史料来看，收录中外人士交游酬唱作品的总集最早可能产生于北宋。晁公武《郡斋读书志》卷二十"总集类"著录《高丽诗》三卷，相关提要文字说："元丰中，高丽遣崔思齐、李子威、高琇、康寿平、李穗入贡，上元宴之于东阙下。神宗制诗，赐馆伴毕仲衍，仲衍与五人者及两府皆和进。其后，使人金梯、朴寅亮、裴某、李绛孙、卢柳、金花珍等途中酬唱七十余篇，自编之，为《西上杂咏》。绛孙为之序。"③　《高丽

---

① 此集或已不存。参见陈康祺撰《郎潜纪闻四笔》卷十一"朝鲜采风录"条、赵慎畛撰《榆巢杂识》卷上"孙致弥"条等。

② 叶春生著：《岭南俗文学简史》，广东高等教育出版社 2003 年 9 月修订版，第 430 页。

③ （宋）晁公武撰，孙猛校证：《郡斋读书志校证》，下册第 1075 页。

诗》今或已不存，但根据以上记载，可知其或收有宋神宗、毕仲衍等与高丽诸使臣的唱和诗歌。而在我国方面，明朝自正统十四年（1449）之后，多次派遣使团出访朝鲜，双方官员在交往过程中留下大量诗文唱和作品，后由朝鲜官方汇总刊刻成《皇华集》系列，包括《庚午皇华集》、《己卯皇华集》、《庚辰皇华集》、《甲辰皇华集》等。该书可谓清代之前产生的中外文学唱和集中最具代表性者。

虽然清代之前的中外文学交流与中外人士唱和活动不乏亮点，也出现了一些唱和诗作的结集，但若与清代相比，就不免大为逊色了。

这种差距首先体现在数量上。清人编选的中外文学交流唱和集（包括少数外国人所编者），笔者目前已获知者，即达二十余种。这较之前代的寥寥数种，不啻天壤之别。可以说，中外文学交流唱和集在清代的成规模涌现，本身就是当时一种引人注目的文学、文化现象。

进一步来说，前代的中外交流唱和作品结集，大致皆为官方外交行为的产物，色调比较单一。清代则实现了较大的突破，在交流唱和活动的发生背景、中外诗人的角色身份，乃至作品的文学、文化内涵上，都呈现出多元化的面貌。以下详述之。

一方面，传统的以官方外交为背景的交流唱和活动仍在延续。例如杨恩寿辑《雉舟酬唱集》。光绪三年（1877），越南遣使纳贡于清廷。杨恩寿"时官湖北，充湖北护贡官"①，与时任越南使团贡部正史的裴文禩相逢于湖南岳阳。在使团经过湖北境内而北上的约一个月时间里，杨、裴二人朝夕相聚，"互相赠答，凡得诗百余首"②，后由杨恩寿刻为此集，收入其《坦园全集》。此外如裴文禩辑《中州酬应集》、邓廷喆辑《皇华诗草》、缪艮辑《中外群英会录》、佚名辑《集美诗文》③等，均为我国人士与外国使团成员交流唱和活动的产物。

我国外交使团成员亦颇有与国外人士诗文交流唱和者。这其中以驻日使团最为突出，并留下众多交流唱和集。日本人石川鸿斋辑《芝山一笑》是最早产生的此类总集。光绪三年（1877）岁末，中国首届驻日使团抵

---

① 中国科学院图书馆整理：《续修四库全书总目提要（稿本）》，第3册第569页。
② 同上。
③ 《皇华诗草》而下三种中外诗文唱和总集的详细情况，可参见刘玉珺《越南汉喃古籍的文献学研究》第五章《越南北使文献与诗赋外交》的相关介绍，中华书局2007年7月第1版，第334—335、348、352页。

达日本东京，十二月二十一日，移寓当地芝山月届僧院。石川鸿斋在使团到达后不久，即前往拜访，双方"笔谈终日不知倦，纸叠作丘，奇论成篇"，后由石川氏"抄其笔谈中之佳什数十首，为小册，题曰《芝山一笑》"①，明治十一年（光绪四年，1878）由日本东京文升堂刊行。全书收录何如璋、张斯桂等八名我国外交官，以及寓日清人王治本、王藩清和石川鸿斋的往来诗文。

《芝山一笑》所反映的，是何如璋担任中国驻日公使时两国诗人游宴唱和的情形，与之同时期问世的，还有日本人城井国纲辑《绘岛唱和》等。这一阶段的交往，"一般还只是在私人交游或小型的集会宴席上互赠诗篇"②。而至黎庶昌任职期间，则发展为两国诗人定期的大规模集会，从而出现了此类活动的一个空前的高潮，留下了一批中日文人唱和作品，广涉诗、文、散曲等体裁。其中结集出版者，主要有孙点辑《癸未重九宴集编》、《戊子重九宴集编》（附《枕流馆宴集编》）、《己丑宴集续编》（包括《枕流馆集》、《修禊编》、《登高集》三种）、《樱云台宴集编》、《庚寅宴集三编》（包括《修禊编》、《登高集》、《题襟集》三种），以及姚文栋辑《重九登高集》、森大来等撰《墨江修禊集》、陈明远辑《红叶馆话别图》（附《红叶馆留别诗》）等，堪称蔚为大观。

更重要的是，上述以《芝山一笑》等为代表的一系列中日文学交流唱和活动及相关总集的背后，蕴含了颇多新颖的文学、文化内涵。其中较为显著者，主要有以下两点：

其一，我国长期以来秉持着所谓"华"、"夷"世界秩序观，即中国是世界的中心，是"天朝上国"，周边都是野蛮落后的"四裔"，需要"王化"播被；而位居该世界秩序之顶点的中国最高统治者则是"天下共主"，理所当然有权利也有义务接受四裔君长的臣服与朝拜。正是在这种观念的支配下，晚清之前我国与外国的正式外交活动大抵以求封、册封、受封、朝贡、谢祭、告哀等为主色调，同时也和部分邻国如朝鲜、越南、琉球等形成了长期稳定的宗主、宗藩关系。前及《皇华集》、《雉园酬唱集》等中外唱和集，便是这种特定时代的特定外交关系的衍生物。降至

---

① ［日］石川鸿斋辑：《芝山一笑》源桂阁序，王宝平主编《晚清东游日记汇编·中日诗文交流集》，第61页。

② 王晓秋著：《近代中日文化交流史》，中华书局2000年8月第1版，第257页。

近代，经过与欧美列强多次交锋并惨败，从而彻底打破天朝迷梦后，清廷乃逐渐开始依照近代国际关系的惯例，与各国互派使节，建立至少在表面上平等的外交关系。光绪初年以后派驻日本的历届使团，便是这一全新外交格局的产物之一。由于日本受中华文学、文化的影响既深且广，汉语诗文创作的传统源远流长，使得我国外交人员与当地人士进行汉语诗文交流格外便利，这是晚清有如此之多的中日文学交流唱和集问世的根本原因。它们的成批集中涌现，可谓当时一种相当显著的文学、文化现象，表明中外双方由此至少在表面上处于平等的位置，从而互相开展文学、文化交流。这从根本上改变了此前我国以"天朝上国"自居，接受"四夷来宾"的情形，反映出当时我国已经迈出了打破封闭、走向世界的重要一步。

其二，晚清时我国国家、民族危机日益深重，内部是社会动荡、民生凋敝，外部则是列强环伺、虎视眈眈。这种特殊的历史文化背景，给当时我国外交人员所开展的中外文学交流唱和活动打下了或深或浅的烙印。关于这一点，今人王宝平指出："黎庶昌等人热衷于诗文活动，除了有文人雅兴的一面外，作为外交官，自有其良苦用心。在强邻环伺，国力不济之时，他欲以诗文广交朋友，以人格魅力感染别人，从而团结、联络更多的日本友人，实现中日联手抵御西方列强东侵的外交目标。'大局自关吾辈事，好怀须向素心开'、'求友嘤鸣争出谷，等闲鸥鹭漫惊猜'、'关心最是中东局'等诗句即为黎氏这种心迹的自然流露。"[1] 王先生提到的"大局自关吾辈事"、"求友嘤鸣争出谷"两联诗句，均见于孙点辑《庚寅宴集三编》之《题襟集》部分所收黎庶昌《二十六日宫岛栗香先生招饮。同坐者，伯爵胜安芳、伯爵副岛种臣、子爵谷干城、宫中顾问官元田永孚四老，皆硕德耆年，日本人望也。率赋小诗呈教》，原诗曰：

> 清谭一夕到瀛埃，岂为离亭惜酒杯（时余任满将归国）。大局自关吾辈事，好怀须向素心开（副岛君重九怀余诗有"素心仍向故兰披"之句）。黄花满径迎人笑，赤叶千峰待雨来。求友嘤鸣争出谷，等闲鸥鹭漫惊猜（借鸥、鹭喻欧、露。日本称俄罗斯为露西亚）。[2]

---

① 王宝平主编：《晚清东游日记汇编·中日诗文交流集》卷首王宝平《丛书序》，第3页。

② （清）孙点辑：《庚寅宴集三编·题襟集》，王宝平主编《晚清东游日记汇编·中日诗文交流集》，第347页。

"关心最是中东局"句则见于《庚寅宴集三编》之《题襟集》部分所收黎庶昌、陶大均两位我国外交官与副岛种臣、元田永孚、谷干城、宫岛栗香、胜安芳五位日本文士合撰的《即席联句》，原诗曰：

> 气象从容吞九垓（副岛），一宵须尽百千杯（元田）。关心最是中东局（黎），交膝好应怀抱开（谷）。满座英雄皆老辈（译官陶大均），十年筹策乐将来（宫岛）。古人或戒连鸡譬（副岛），边境争桑莫漫猜（胜）。①

这两首诗显著反映出身为中国驻日公使的黎庶昌对时局的关怀，对中日睦邻友好的希冀，以及对欧洲列强的警惕。实际上，类似心迹在当时问世的中日文学交流唱和集中，是屡见不鲜的。诸如江景桂《重九登高，应教赋诗，勉凑七律十韵，录呈钧诲》"从今中外通邻好"②，黄超曾《己丑二月二十二日，节使黎公设宴红叶馆，邀集日本东都诸名公及文学诸名士作春季亲睦会。超曾陪侍末席，谨赋小诗三章，即以题中三字为韵，录请钧诲，并希诸吟坛随意赐和，是为至幸》"矧我同盟国，辅车本比邻"③，陈炬《己丑春日星使开亲睦会，宴东国诸名流于红叶馆，谨次原韵》"万国协和凭德一"④，孙点《亚细亚协会会长榎本子爵集同会诸君，饯遵义节使于红叶馆，即席赋示同人》"唇齿论交道殷勤"⑤，张滋昉《庚寅小春，亚细亚协会同人公饯星使黎公于红叶馆，敬赋长句，录呈教正》"两邦辑睦如唇齿"⑥，以及黎庶昌《我历十月廿六日，访元田东埜先生于五乐园中，清谈半晌，襟怀甚惬，不易得也，再叠前韵奉柬》"两国调和平治计，五洲同化圣贤心"⑦等诗句，均表达了这批中国使节向往

---

① （清）孙点辑：《庚寅宴集三编·题襟集》，王宝平主编《晚清东游日记汇编·中日诗文交流集》，第347页。

② （清）孙点辑：《癸未重九宴集编》，王宝平主编《晚清东游日记汇编·中日诗文交流集》，第229页。

③ （清）孙点辑：《己丑宴集续编·修禊编》，王宝平主编《晚清东游日记汇编·中日诗文交流集》，第268页。

④ 同上书，第269页。

⑤ （清）孙点辑：《庚寅宴集三编·题襟集》，同前，第363页。

⑥ 同上书，第364页。

⑦ 同上书，第372页。

世界和平、中日友好的愿望。

此外，像黎庶昌《于红叶馆为春季同盟亲睦会，赋诗一章，呈席上诸君雅正》"蓬瀛丝竹旧时谙，论交须订亚细亚"①，《十月二十三日亚细亚协会诸公祖饯于红叶馆，会者五十余人，赋此志谢》"亚洲大局关中日，兹会同心耐雪霜"②，《二十五日朝鲜李寿庭星使饯别于红叶馆，即席有作呈教》"亚洲文物最相先，休戚同关岂偶然？"③，《奉和元田东埜先生十二月五日偕乐园饯燕诗韵呈教》"交邻大道惟忠信，与国从来有浅深。天宝、开元无限事，唐风一一总堪吟"④，以及陈明远《东都诸彦饯遵义节使及明远等于芝山红叶馆，即席以馆名三字为韵，成诗十二章述谢，录请诸吟坛正和》"亚洲唇齿气自通，怪他蠏字类非同。吾曹忧世心一片，比似扶桑落日红"⑤等诗句，则反映出他们意欲寻求和日本等亚洲邻邦的亲睦与联合，从而共同抵御欧美列强的外交路线。

上述两点表明，以官方外交活动为背景的中外文学交流唱和集，在晚清这一特殊历史阶段已经发生了重大变化，闪耀着剧变时代的崭新的思想文化光芒。此为域外类清诗总集的新变与特征之一方面。

### 二　中外民间交流活动的加入

与官方外交背景下的交流唱和活动相呼应，清代中外民间交流唱和活动同样蓬勃开展，相应地，以之为背景的总集也是络绎涌现。它给历代的中外文学交流唱和集都带来了前所未有的内容与面貌，使此类总集在传统的使节文学之外，又加入了侨民文学的新颖因子。

这当中首先值得关注的，自然是那些旅居海外的我国作家。他们与异国人士进行的诗文唱和活动，生动而细腻地展现了当时中外民间文学、文化交流的一个侧面。同治、光绪年间人叶炜便是其中的代表人物。叶炜，字松石，号梦鸥、陶朱公里人，浙江秀水人。同治十三年（1874）东渡日本，任东京外国语学校（按，即今东京外国语大学）汉语教师。他寓日期间，交游颇广，暇日每与当地文士诗酒唱和。光绪二年（1876），叶

---

① （清）孙点辑：《己丑宴集续编·修禊编》，同前，第262页。
② （清）孙点辑：《庚寅宴集三编·题襟集》，同前，第362页。
③ 同上书，第364页。
④ 同上书，第372页。
⑤ 同上书，第348页。

炜教习期满回国。起程前夕，日本友人多次为其举行饯行酒会，"席上必赋诗，此唱彼和，或多至数十篇"①，前后"投诗画者百余人"②。这些赠别酬唱诗中的一部分，后由叶炜选编为《扶桑骊唱集》，于光绪十七年（1891）刻于南京，其中包括叶氏本人所作诗歌二十首。与之类似者，还有小野湖山辑《莲塘唱和集续编》、大樜盘溪辑《爱敬余唱》等。

唱和活动发生在我国者同样为数不少。例如董文涣辑《秋怀唱和集》。咸丰十一年（1861）八月，时任翰林院检讨的董文涣创作了《秋怀》八首，同僚友人纷纷和作，遂于是年冬纂成《初编》一卷付梓。此后寄和者依然络绎不绝，乃又于同治三年（1864）春汇为《续编》一卷。不计董氏原作，《初编》凡收三十人之和作，其中包括朝鲜人李源命、李容肃、林永辅、林致学、朴凤彬、李尚迪；《续编》凡收十三人之和作，其中包括朝鲜人赵微林。③ 与之类似者还有陈世德等撰《陈林诗集》，收录嘉庆四年（1799）广东潮州人陈世德、林光裕与日本人的唱和诗作；顾文光等撰《漂流人归帆送别之诗》，收录道光六年（1826）江苏松江府诸文士与日本漂流民平山连等的赠答诗；日本人永井久一郎辑《淞水骊歌》，收录光绪二十六年（1900）汪康年、姚文藻等与编者本人的唱和诗作④，等等。

此外又有中外诗人分居两地，邮筒往来，跨海唱和的特殊情形。例如李长荣辑《海东唱酬集》。同治六年（1867），日本汉诗人关义臣造访广东，与当地人卓少琼、吴贯之等订交。卓、吴二人欲介绍南海著名诗人李长荣与关义臣结识，但却因其归期临近而未能实现。不久，吴贯之东游日本，关义臣便托他捎信给李长荣。从此，关、李二人"鱼雁往复，殆无虚月"⑤。随后，铃木鲁、小野长愿、鹭津宣光、松冈时敏、森鲁直、神波桓、青木咸等日本汉诗人亦相继加入其中。他们之间的唱和诗后即由李

---

① （清）叶炜辑：《扶桑骊唱集》凡例第二款，王宝平主编《晚清东游日记汇编·中日诗文交流集》，第130页。

② （清）叶炜辑：《扶桑骊唱集》自序，同前，第126页。

③ 参见刘纬毅主编《山西文献总目提要》卷十，第427—428页。

④ 以上《莲塘唱和集续编》、《爱敬余唱》、《陈林诗集》、《漂流人归帆送别之诗》、《淞水骊歌》五种总集的情况，可参见王宝平主编《晚清东游日记汇编·中日诗文交流集》卷首王宝平《试论清末中日诗文往来》一文。

⑤ （清）李长荣辑：《海东唱酬集》关义臣跋，王宝平主编《晚清东游日记汇编·中日诗文交流集》，第124页。

长荣编为《海东唱酬集》，明治十二年（光绪五年，1879）刻于日本东京。其他如莫天赐辑《河仙十咏》、严辰辑《海外墨缘》等，均属此种情形。

### 三　编者队伍的多元化

除了典籍自身的特征外，清代中外文学交流唱和集在编者队伍之构成方面，也是颇有值得称道之处。如前所述，清代之前问世的中外文学交流唱和集数量既少，同时又皆为官方外交行为的产物；至清代，编者队伍的构成乃由单一而趋于丰富多彩。其中既有《癸未重九宴集编》编者孙点、《重九登高集》编者姚文栋这样的驻外使馆人员，又有《雉舟酬唱集》编者杨恩寿、《秋怀唱和集》编者董文涣这样的国内官员；既有《扶桑骊唱集》编者叶炜这样的旅外民间人士，又有《海东唱酬集》编者李长荣这样的国内民间人士；此外也不乏《芝山一笑》编者石川鸿斋、《绘岛唱和》编者城井国纲、《莲塘唱和集续编》编者小野湖山、《爱敬余唱》编者大槼盘溪、《淞水骊歌》编者永井久一郎这样的外国人士，可谓熔官方、民间、国外、国内于一炉。

尤其值得一提的是，清代时我国海外侨胞也加入到中外文学唱和集的编纂活动中来，堪称清代中外文学唱和集编者队伍中的最大亮点。代表人物为《河仙十咏》编者莫天赐。

莫天赐（1700—1780）[①]，幼名琮，字天赐，雍正十三年至乾隆四十三年（1735—1778）执掌越南辖下河仙镇之政权，后为越南西山阮氏所逐，亡命暹罗而死。其父莫玖生于顺治十二年（1655），广东海康人，因反抗清廷的薙发令，于康熙十年（1671）前后渡海南下，客寓真腊。数年后，他"乡居而有宠，国王信用焉"[②]，遂被任命为恾坎（又作芒坎、茫坎等，即河仙之前身。河仙位于今越南南部边境，西接柬埔寨，南临泰国湾，属建江省管辖）地方长官。由于真腊国力较弱，且频生内乱，所以长期以来颇遭暹罗、越南之觊觎，莫玖即曾于康熙十八年（1679）暹军入侵时，被迫弃土而去。直至康熙三十九年（1700）左右真腊形势大

---

① 关于莫天赐生卒年，参见陈荆和《河仙郑氏世系考》、《河仙镇叶镇郑氏家谱注释》二文，前者载《华冈学报》1969 年第 5 期；后者版本见前注。何龄修、张捷夫主编《清代人物传稿》上编第七卷亦收其传记，传主名著"郑琮"，中华书局 1994 年 7 月第 1 版。

② 陈荆和：《河仙镇叶镇郑氏家谱注释》，同前，第 83 页。

定之后，才归复河仙，重掌当地军政权力。然而，彼时越南阮氏政权的势力也已经向湄公河下游一带扩张，为保证自身安全，玖遂向越方请求称臣。康熙五十三年（1714），越南国主阮福淍"嘉其忠诚，敕许为属国，名其镇为河仙，爵其品为总兵，放赐印绶"①；雍正十三年（1735）莫玖死后，越方又册封其子天赐为河仙镇都督。从此，河仙乃成为越南辖下的一个属邦，某种程度上拥有半独立政权的特殊地位；而它与真腊的关系则渐行渐远，直至兵戎相见。

莫氏父子治理河仙前后七十余年。其间，这里不仅取得了经济的繁荣，同时文化事业也有长足发展。《清朝文献通考》卷二百九十七"四裔五"之"港口"条载天赐在位时，河仙"风俗重文学，好诗书。国中建有孔子庙，王与国人皆敬礼之。有义学，选国人子弟之秀者及贫而不能具修脯者纰诵其中。汉人有僦居其地而能句读、晓文义者，则延以为师，子弟皆彬彬如也"②；武世营《河仙镇叶镇鄚氏家谱》亦称天赐"赋性忠良，仁慈义勇，才德俱全，兼博通经史，百家诸史之书，无不洽蕴胸怀，而武精韬略。建招英阁以奉先圣，又厚币以招贤才，自清朝及诸海表俊秀之士，闻风来会焉"③。这些闻风来会的清朝俊秀之士中，便包括广东南海人陈智楷。此人于乾隆元年（1736）春跨海至河仙，被莫天赐待为上宾。他在河仙"盘桓半载"④，其间同莫天赐及部分河仙当地学者、文人、官员"每于花晨月夕，吟咏不辍，因将'河仙十景'相与属和"⑤。陈氏归国后，其国内诸友人也纷纷依题分咏，诗稿汇成一册后寄至河仙，由莫天赐于乾隆二年（1737）夏前后主持编刻为《河仙十咏》，共计收朱璞、陈自香等二十五位我国诗人与郑连山、莫朝旦等六位越南诗人，以及天赐本人所作诗歌共三百二十首。全书凡含《金屿澜涛》、《屏山叠翠》、《萧寺晨（晚）钟》、《江城夜鼓》、《石洞吞云》、《珠岩落鹭》、《东湖印

① 陈荆和：《河仙镇叶镇鄚氏家谱注释》，同前，第89页。

② （清）乾隆官修：《清朝文献通考》，浙江古籍出版社1988年11月第1版，第2册第7463页。按，《清朝文献通考》误书天赐姓氏为"郑"，当为"鄚"字之讹。

③ 陈荆和：《河仙镇叶镇鄚氏家谱注释》，同前，第93页。

④ （清）莫天赐辑：《河仙十咏》陈智楷跋，见陈荆和《河仙鄚氏の文学活動、特に河仙十咏に就て》（《河仙鄚氏的文学活动——以〈河仙十咏〉为中心》）一文所附《河仙十咏》诗集，日本《史学》第40卷第2·3号"松本信广先生古稀纪念"，第211页。

⑤ （清）莫天赐辑：《河仙十咏》自序，同前，第174页。

月》、《南浦澄波》、《鹿峙村居》、《鲈溪渔（闲）泊（钓）》十题，即所谓"河仙十景"，《河仙十咏》之书名亦缘于此。该书的问世，开启了华侨华人编纂我国诗歌总集的先河，堪称清诗总集乃至整个清代典籍中的一朵奇葩。

　　总之，中外文学交流唱和集是清诗总集的一个很有特色的组成部分。它较之前代，在数量上有了急遽增加；在唱和活动的发生背景、中外文人的角色身份，乃至唱和作品的文学、文化内涵上，都呈现出多元化的面貌；并且随着时代的变化，出现了若干前所未有的新颖内容与思想因子。可以说，中外文学交流唱和集作为一个整体，取得了逾迈前人的成就，同时还内蕴着清代中外文学、文化交流史的一个生动侧面，具有相当高的学术认知意义。

# 第 三 章
## 清诗总集的编纂体例

体例是一部著作的内部结构与组织形式。在类型大致相近的一批著作中，其结构与形式往往会呈现出若干趋同的现象，客观上形成一系列成规与惯例。清诗总集自然也是如此。

具体来说，清诗总集的编纂体例与其自身特质有关。所谓总集，即多人作品的汇编。面对众多作家作品，总集编者需要解决两大问题，一是收录什么和不收录什么，二是如何安排所收作家作品。前者是取舍标准的问题，后者则是编排形式的问题。而在作家作品之外，很多总集还捎带有若干其他相关文字，如小传、评论、注释等。它们作为附件，在编者的整体设计布局中同样扮演着不容忽视的角色。

上述取舍标准、编排形式以及附件，构成清诗总集编纂体例的三个基本方面。它们既与前代总集存在共通之处，又不无自身的某些特点。以下着重就其中带有规律性的现象与显著特征分别进行论述。

## 第一节 取舍标准

除了一些不加或少加抉择（如部分"同人集"与唱和类总集），及基本着眼于辑存文献（如部分地方、宗族、题咏类总集）者之外，大多数清诗总集都属于"选本"的性质。这自然就存在选与不选、多选与少选的作家作品取舍问题。

对于这个问题，朱则杰师《关于清诗总集的选人与选诗》一文有专门论述。该文分"选人"与"选诗"两大块，从面上概括了清诗总集作家作品取舍的几大主要的规律性现象。"选人"方面首先从一般的"以人存诗"与"以诗存人"的标准谈起，认为"前者重在其人，后者重在其诗，也可以二者兼顾。从作家角度来说，通常只要其人或者其诗有一方面可取，便有入选之可能"①；而较具清代本朝特色者，则是对待"清初志士"与"非知名人士"，前者看重其民族气节，后者则注重表幽阐微；此外又提及清诗总集对前代总集编纂的某些相关细则的承袭，如不录生者、附收编者本人诗作等。其次是从某种文学角度选择作家，涉及并称诗人群体、诗歌流派、诗风演变、标榜声气四个层面。再次是其他各种社会因素的影响，主要包括朝廷干涉、同乡观念、人情面子三个层面。最后论及"总集选录作家，总体上距离编者时代越近，入选范围越宽"②的现象。

"选诗"方面首先从一般的注重作品本身优劣好坏的衡量标准说起，强调了清代普遍关注"史"的因素的现象。随后乃分别论述清代诗坛风气、编者诗学倾向，以及其他各种社会因素对清诗总集选诗标准的影响。至于文末之改窜文字、保存作品、卷帙规模等内容，则与本书所谓取舍标准无直接关联。

该文以提纲挈领的方式，较为广泛而准确地梳理、概括了清诗总集作家作品取舍的主要表现形式与特征。本节将在其已有基础之上，对这个问题作进一步的延伸论述。至于具体的考察视角，则拟综合"选人"与"选诗"两个方面的诸多现象，希望能更深入地揭示清诗总集作家作品取舍的若干较为本原而普遍的标准、模式及其背后动因。

## 一　个体选择与群体制衡

编选总集对于任何严肃的编者来说，都是一项系统工程。它需要多种主、客观条件与筹备工作的配合，这些条件与工作将使编者受到制约，并进而影响到总集编纂的实际操作与最终样貌。而在具体编纂过程中，则又需要编者协调各方面的矛盾关系与立场，整合大量各具特质的零部件。经过若干道工序之后，乃形成为一部总集。

这种情况决定了总集编者几乎不可能完全按照自己独具个性的理念，去挑选作家作品，而是会受到多方面因素的左右。这些因素仿佛若干或有形或无形的手，共同合成为一股牵引力，使总集编者不由自主地跟随着它们，进入自己也许本不愿进入的轨道。正犹如在宏观的大尺度上，所有日月星辰都接受无处不在的万有引力的控制，由此支撑起宇宙空间架构的微

---

① 朱则杰：《关于清诗总集的选人与选诗》，《甘肃社会科学》2009 年第 1 期，第 95 页。

② 同上文，第 96 页。

妙平衡，而非从流漂荡、任意东西一样，这些牵引力之手对于总集取舍标准的影响乃至塑造，也起到了不容忽视的作用。可以这么说，彻底贯彻编者个人的文学观念、学术思想去编选总集只是一种理想，而纯粹的理想状态恐怕根本不存在，因为甚至连个体文学观念、学术思想本身，都是集体熏陶、培育、塑造的产物。所以，总集编纂从表面上看是编者的个体选择活动，但这项活动的背后，却不同程度地受到多重因素的制衡，它实际上是个体选择与群体制衡两股力量共同作用的结果。

具体就清诗总集而论，相关制衡因素主要体现在以下几个层面：

第一，"选源"的约束。所谓"选源"，是今人萧鹏的《群体的选择——唐宋人词选与词人群通论》一书论述观察词选的途径时提出的概念，相关文字说："选词者所采选的对象和范围称作选源。它反映的是编选者所拥有的词籍文献资料的丰富程度。选词如采矿，采出来的矿物的质量、产量，不仅取决于采矿者的素质、工具、采掘方式，而且更取决于矿床的地貌和蕴藏量。"① 这段话虽然只是针对词选而言，但却揭示出我国历代总集编纂的一个非常普遍的现象，即编者往往基于有限的文献资源而从事选政。这主要因为文海无边，而个人的时间、精力、条件等又相对有限，所以意欲在一定的时间段内完成编纂工作，势必只能依靠力所能及的文献资源作出取舍。对于这一点，很多清诗总集编者都坦率予以承认。例如：《国雅初集》编者陈允衡自述此书之所以"曰《国雅》'初集'者，盖即箧中之藏先以行世，未及广征"②，而且"选中诸作，皆从全集寻绎……至选之多寡，因集之多寡以为去留"③。《东瓯诗存》编者曾唯也将该书出现"集内诸家，诗多者近百篇，少者惟一首"之现象的原因归结为三点："或诗有集存，则录所其录，而录遂多；或诗已失录，则存其仅存，而存自少；至近人著作如林，有罗而致之者，有转相传述者，就见闻以为多寡。"④《江苏诗征》编者王豫同样宣称："是书仅就豫之种竹轩、

① 萧鹏著：《群体的选择——唐宋人词选与词人群通论》，凤凰出版社 2009 年 4 月第 1 版，第 13 页。

② （清）陈允衡辑：《国雅初集》凡例第一款，《四库全书存目丛书》集部第 399 册，第 5 页。

③ （清）陈允衡辑：《国雅初集》凡例第三款，同前，第 6 页。

④ （清）曾唯辑，张如元、吴佐仁校补：《东瓯诗存》凡例第五款，上海社会科学院出版社 2006 年 12 月第 1 版，上册卷首第 4—5 页。

阮氏之文选楼、秦氏之五笥仙馆、陈氏素村之瓠室所藏，选而录之。间有友人邮寄者，亦为分别载入。而未能各郡采访，遗漏恐多，当待同学者补之。又诗名甚著而全稿难觅、无从采者，亦暂阙焉。"①

从陈允衡等的自述可知，某些诗人诗作的缺席，并非他们不欲选入，而主要受制于先天不足的选源；反之，某些诗人诗作之所以能较多入选，则在很大程度上得益于编者掌握了相对丰富的文献资源。《诗持·三集》编者魏宪自述："是编虽约，颇尽十五国之风。独云间诸家较详者，盖居其地而交其贤士大夫，所得为独多。"② 便十分典型地印证了这一点。

另外，魏宪"独云间诸家较详"云云，还折射出清诗总集因受制于选源而存在的一个显著的取舍问题——所收作家地域分布的失衡。当然，由于各地区所处发展阶段不可能整齐划一，诗学氛围之兴盛程度也必定存在落差，自然就会出现作家地域分布不均的现象。这里需要强调的是，很多编者乃是因为各种主、客观条件的制约，有意无意间忽略了若干地区之诗人诗作，从而使这种失衡程度愈加严重。如《今诗粹》编者魏畊、钱价人云：

> 大江以南数郡之地，壤连川接，声气时通，故得稿偏多。自江以北及楚、豫以上，惟于各选见之，从不得一专稿。至于朝贤多渊、云之侣，燕、许之裁，丘壑野人无繇得见，仅得之《国门集》、《观始集》二书所载而已。③

两位编者均为浙江慈溪人，因地利之便，得"大江以南数郡之地"诗稿偏多。至于其他地区，则并未用心用力搜讨，"惟于各选见之，从不得一专稿"，其取舍之偏颇也就可想而知。

《皇清诗选》编者孙铉亦称：

> 铉索居寡与，千里之外，足迹限焉。兼以困于诸生，不能专心搜

---

① （清）王豫辑：《江苏诗征》凡例第一款，卷首第 1a 页。
② （清）魏宪辑：《诗持·三集》凡例第五款，同前，第 386 页。
③ （清）魏畊、钱价人辑：《今诗粹》凡例第五款，同前，第 75 页。

辑。故所得独吴、越为最富，非有所徇，势则然也。①

　　该书之所以呈现出"所得独吴、越为最富"的面貌，一则是编者隶籍江南华亭，就近取材较便的缘故；再者，也和"千里之外，足迹限焉"的客观因素大有关系。

　　由于东南地区是清代经济文化的首要中心，同时也是图书编辑出版的一线重镇，这就使得"千里之外，足迹限焉"的客观因素，很大程度上演变为中西部地区、边远地区诗人的区位劣势。关于这一点，清末民初云南学者、诗人由云龙指出：

> 滇自西汉时肇启文化，历千数百年而至明、清，人才为极盛。其功业彪炳、节概卓荦者，既未易一二数；即或寄情吟咏，托意诗歌，亦多倜傥不群之才。徒以僻处西南，不获驰逐于中原坛坫。又性朴厚，不为声气标榜之事。以是海内操选政者，往往采访不及。②

　　云南虽属经济文化后进地区，但经过长期的开发，至清代，也已出现文化氛围高涨、人才辈出的喜人景象。这从当时该地颇为繁盛的地域总集编纂活动中，即可窥知一斑。然而，僻处西南边陲的区位劣势，却使大量云南优秀诗人诗作为海内操选政者，尤其是众多东南地区编者所采访不及。诸如孙铉云："京师、各省之诗，多出乡先达邮寄，及同社见贻。若滇、黔每省不过数人，人不过数章，孤陋之讥，自是难免。"③《国朝诗的》编者，湖南长沙人陶煊、张璨云："本朝诗教最盛，幅员甚广。如滇、黔、西粤，尤远不易致。窃叹积三十年苦心，而所传者犹止于此。荒烟蔓草，何地无才；沧海遗珠，怃焉永叹。"④孔尚任《官梅堂诗集序》云："吾阅近诗选本，于吴、越得其五，于齐、鲁、燕、赵、中州得其三，于秦、晋、巴蜀得其一，于闽、楚、粤、滇再得其一，至于黔贵则全

　　① （清）孙铉辑：《皇清诗选》卷首《盛集初编刻略》第二十四款，同前，第 14 页。
　　② 袁嘉谷撰：《卧雪诗话》由云龙序，张寅彭主编《民国诗话丛编》第 2 册，上海书店出版社 2002 年 12 月第 1 版，第 294 页。
　　③ （清）孙铉辑：《皇清诗选》卷首《盛集初编刻略》第二十五款，同前，第 14 页。
　　④ （清）陶煊、张璨辑：《国朝诗的》凡例第十三款，同前，第 449 页。

无之。"① 均验证了这一点。

　　针对这种情况，魏宪在其所编《诗持·一集》中提出：

　　　　天下之大，才人之广，即御穆骏、驾羲车以求之，亦难以遽尽。
　　故是集所载，吴越为多，齐鲁次之，燕赵次之，秦晋又次之，楚蜀两
　　粤又次之，滇黔吾闽抑又次之。如曰汇十五国之风为六十载全书也，
　　则愿俟之异日云。②

诚如魏氏所说，走遍全国搜访诗人诗作并不现实，而且即便勉为其难地这
么去做，恐怕"亦难以遽尽"，更何况它势必将成为一项令绝大多数编者
都无力承受的旷日持久、耗资无算的超大工程。因此，在自己有限的活动
区域、交游网络内获取材料，才是很多编者真正的主要选源。《昭代诗
存》编者席居中自述："予处幽陋，不能遍识海内骚人伟士，亦止就声气
所洽，或缟纻既订者，肯为惠赠，因事剞劂。故于吟坛艺圃，讹误良多。
间有镌诸枣版，亦不过仅从诸选本采入数首。"③ 便清楚地说明了这一点。
此种情形一则造成了云南、贵州、广西等边远地区诗人诗作的大量缺席；
再则也难免遗落真正佳作，即如《诗持·一集》的选人格局，便呈现出
"吴越为多，齐鲁次之，燕赵次之，秦晋又次之，楚蜀两粤又次之，滇黔
吾闽抑又次之"的样貌。然而实际上，清初时两湖、广东、福建等地的
诗学氛围十分浓厚，整体诗学成就相当突出，至少不在华北、西北地区之
下。编者粗疏的取材方式使该书错过了众多楚、粤、闽地优秀诗人诗作。
这种情况正像《清诗大雅》编者汪观所说："选数多寡，原非有意。或因
卷之繁简，地之远近；而可传者，则又在此不在彼。"④

　　概言之，选源缺憾是清诗总集一个十分普遍的现象。它在不同程度上
遮蔽着编者视野的同时，也将难以规避的尴尬局面推到他们眼前，即原材
料的亏缺，视界的相对狭隘，势必导致取舍之间的主观性与偶然性，从而
给选人选诗标准的把持带来轻率臆断的危险。即便编者已经为此殚精竭

---

① （清）孔尚任撰，徐振贵主编：《孔尚任全集辑校注评·湖海集》卷九，齐鲁书社 2004
年 10 月第 1 版，第 2 册第 1165 页。
② （清）魏宪辑：《诗持·一集》凡例第六款，《四库禁毁书丛刊》集部第 38 册，第 4 页。
③ （清）席居中辑：《昭代诗存》凡例第八款，同前，第 247 页。
④ （清）汪观辑：《清诗大雅》凡例第十款，转引自《清初人选清初诗汇考》，第 322 页。

虑，但其所编总集仍然有可能在读者的阅读期待与专家的学术审查之下，暴露出诸般取舍不当的问题。对于这一点，很多编者其实都有清醒的认识，所以他们往往在文献搜集上用功甚勤，力求尽可能地降低缺憾程度。沈德潜自述其为编选《国朝诗别裁集》而数十年如一日地"逐渐征取，鳞次投赠，积久成多"①，即为显例。但由于编选一部总集的时间不可能无限期延长，很多编者便采取了让阶段性成果先期面世，同时又将目光瞩望于未来的策略。如《东瓯诗存》编者曾唯云：

> 若以谓瓯诗尽存于此，则又不然，寡闻浅见，遗漏良多。雅承诸同人裒集之力，虑其久而散佚也，因黾勉捐资锓板焉……后之有心人，复起而续辑之，补其所未备，匡其所不逮，是又予之所厚望也夫。②

曾氏直言该书实在"遗漏良多"，但因"虑其久而散佚"，所以才"黾勉捐资锓板"，而将补其未备、匡其不逮的希望寄托在"后之有心人"身上。其他如《盛朝诗选初集》编者顾施祯云："卷帙贵乎大备，特以剞劂维艰，不无弃取。兹先数卷问世，祯将广辑诸诗，逐渐增刊，以备大观云。"③《遗民诗》编者卓尔堪云："至耳目所未逮，正在访求补入。四方同志，倘有留心收录者，敢恳邮筒惠寄，以便续选入集，不致憾于遗漏。"④ 均传达了类似信息。

　　第二，物质条件的限制。编选总集不仅是对编者的文学眼光、学术修养的考验，同时还要求一定程度的物质生活保障。如果说个人文学创作主要是传达一己之思想情感，其所能达到的高度与水准同作者生存状态之优劣并无必然联系的话，则一个意欲纂辑一部既上规模又具备相当质量的总集的编者，就势必需要多方面主、客观条件的配合。所谓"穷而益工"的规律，在总集编纂领域内难以成立，因为物质条件的匮乏，生活水平的低下，不仅有碍于解决最基本的选源问题，同时也会对取舍标准的把持造

---

① （清）沈德潜、翁照、周准辑：《清诗别裁集》凡例第三款，上册卷首第 3 页。

② （清）曾唯辑，张如元、吴佐仁校补：《东瓯诗存》自序，上册卷首第 1 页。

③ （清）顾施祯辑：《盛朝诗选初集》凡例第十七款，同前，第 245 页。

④ （清）卓尔堪辑：《遗民诗》凡例第十款，《四库禁毁书丛刊》集部第 21 册，第 4 页。

成影响，并且很可能是不利影响。

清初人喻周在为陈允衡辑《国雅初集》所撰序言中提到：

> 伯玑（按，即陈允衡，伯玑其字）虽贵公子，近成窭人，且善病。游履所至，或建康，或钱塘，或广陵，捆载诗文半于襆被，自僦僧房民舍寓之。即米盐凌杂，日费经营……伯玑乃以一人心目，摩研编削。予自丙戌（顺治三年，1646）一别，壬寅（康熙元年，1662）仲夏，始会于芜城。见其偃卧床蓐，柴瘠过甚，犹手持口诵，不离于侧；尽出诸稿，复加订正，其精神匪懈如是。①

可见陈允衡是在贫病交加的状态下，勉力搜选材料，纂成《国雅初集》一书的。这种不利的生活条件首先就给全书带来不小的选源缺陷，即前面提到的"即箧中之藏先以行世，未及广征"的情况；同时也在一定程度上影响了选目的抉择。编者好友王士禛直言不讳地批评该书说："陈伯玑《国雅》始甚矜贵，不妄入一篇；后遂泛滥，可惜。"② 清中叶人诸洛也指出："陈伯玑之《国雅》、聂晋人（按，即聂先，晋人其字）之《名家诗钞》，始虽矜重，不无滥及。"③ 由此可知，陈氏本来秉持着很严格的取舍标准，然而在具体纂辑过程中，却逐渐趋于"泛滥"。但如果了解到他是在何等艰辛的生活条件下，执拗地从事耗时耗力又耗财的总集编选事业，则我们对其收人选诗始矜贵而终泛滥的情形，也就可以谅解了。自顺治十七年（1660）春，编者和李以笃"相与订《国雅》之目"，中间经历十八年（1661）"装至吴越，欲授梓，又不果"的变故，再到康熙元年（1662）夏"过邗上，阮亭王公（按，即王士禛，阮亭其号）、昆仑程公（按，即程康庄，昆仑其号）见而欣赏。台使道南胡公（按，即胡文学，道南其字）方建安定书院，谈经之暇，扬扢风雅，采诸公之言，捐俸见赠，因得经始是书"④，该书的编刻过程可谓穷年累月，历经坎坷。其间编者受困于"米盐凌杂，日费经营"与"偃卧床蓐，柴瘠过甚"的

---

① （清）陈允衡辑：《国雅初集》喻周序，同前，第3—4页。

② （清）王士禛（禛）撰，赵伯陶点校：《古夫于亭杂录》卷五，第96页。

③ （清）刘执玉辑：《国朝六家诗钞》诸洛序，乾隆三十二年（1767）诒燕楼刻本，卷首第1a页。

④ （清）陈允衡辑：《国雅初集》凡例第一款，同前，第5页。

生活窘境，恐怕很难平心静气而又持之以恒地全神贯注于篇目的精挑细选。所谓"泛滥"情形的出现，应和其现实生活条件大有关系。

至如《龙眠风雅续集》编者潘江自述："廿年以来，里中词坛长城，鸾骞鸹峙，盛有诗名，未获录载者不少。虽贤嗣惠教已久，而不以刊资来，屡檄亦如充耳。仆实患力绌不能代镌，惟有什袭以藏，付之浩叹。岂唐瓢郑匦神物之出，亦自有时节因缘耶？"①又称："仆年老家寒，负郭数亩，久授儿孙，不能如向之鬻产贷金。"②可见其纯粹由于财力不足的缘故，而将部分本来可收、应收的诗人诗作排除在集外。所谓"什袭以藏，付之浩叹"云云，将其无奈之情表达得淋漓尽致。

第三，清代与部分民国年间的清诗总集编者，实际上从事的是"近代"、"当代"诗歌采选工作，或者涉及"近代"、"当代"诗歌。这就意味着在具体编纂过程中，他们需要面对现实的社会环境，处理复杂的人际关系。其间可能受到程度不等的外界因素的左右，自是不言而喻。具体来说，主要体现为市场读者的需求、人情关系的请托、金钱权力的腐蚀、意识形态的钳制四点。以下依次述之。

除了部分带有孤芳自赏色彩者之外，人们编选总集的行为一般都伴随着面世的意向。当个人精神文化制品进入社会、参与交流之后，就必然要接受舆论的审查与读者的挑选。尤其是置身像清代这样书籍出版空前繁荣、总集编选风气盛行的时代，一个清诗总集编者若想在众多同类出版物的包围下脱颖而出，获得更多读者的青睐，则考虑、照顾乃至迎合当时一般读者的心理与需求，便不失为一项比较现实可行的策略。譬如清初时并称"江左三大家"的钱谦益、吴伟业、龚鼎孳，其作品入围清初诗歌选本之数量的升降浮沉，便在相当程度上受到此种因素的影响。

就实际成就与诗史地位而论，三人中应以钱谦益居首，吴伟业则堪称钱氏之亚；至于龚鼎孳，比较而言不免要退避三舍。通常来说，一个诗人有多少作品入选总集，大致能反映出他在编者心目中的地位，以及某一时代的普遍看法。不过，今人王炜在系统考察了魏宪辑《百名家诗选》、《诗持·二集》与《三集》，邓汉仪辑《诗观·初集》，蒋钺、翁介眉辑

---

① （清）潘江辑：《龙眠风雅续集》例言第十一款，《四库禁毁书丛刊》集部第99册，第266页。

② （清）潘江辑：《龙眠风雅续集》例言第三款，同前，第264页。

《清诗初集》，刘然辑、朱豫增辑《国朝诗乘》，吴蔼辑《名家诗选》，陶煊、张璨辑《国朝诗的》，陈以刚、陈以枞、陈以明辑《国朝诗品》等清初诗歌总集之后，却发现在这些总集中，"钱谦益的诗作数量总是居于龚鼎孳或者是吴伟业之后，直到《清诗别裁集》，钱谦益的诗作数量才在'江左三大家'中居首位"①。具体而言，康熙前期问世的清诗总集中，《诗持·二集》只选龚、吴诗作；《百名家诗选》与《诗观·初集》所选钱、吴诗作的数量基本相当，却远少于龚鼎孳。至康熙后期及雍正年间，钱诗的入选数量虽然超过了龚鼎孳，但仍然居于吴伟业之后。由此可见，"在清初众多诗歌选家的心目中，钱谦益并非像我们今天文学史所认定的那样，居盟主之位。直到沈德潜的《清诗别裁集》，钱谦益才一跃而位居龚、吴二人之上，成为清代前期诗坛的核心人物"②。

　　根据王炜的研究，此种情形之所以出现，主要在于清初时钱、龚二人的社会地位、当下处境、实际作为，以及诗歌总集的受众性质这几方面因素。先看龚鼎孳。此人早在清军入关伊始，便倒戈归降，随后仕途颇为顺畅，升迁至刑部、兵部、礼部尚书之高位，并于康熙九年（1670）、十二年（1673）两度出任会试主考。由于龚氏位高权重，又热心奖掖诗坛后进，所以在清初士人群体中拥有很高的声名。王士禛《香祖笔记》卷八记载的"康熙初，士人挟诗文游京师，必谒龚端毅（鼎孳）公"③之情形，便印证了这一点。

　　反观钱谦益，自顺治二年（1645）五月降清后，仅充任纂修《明史》副总裁。翌年正月，授礼部右侍郎之虚衔。顺治四年（1647）三月、五年（1648）四月，分别受谢陛案与黄毓祺案的牵连，两度被捕入狱，出狱后亦受管制。至顺治六年（1649），乃得返回故里常熟。此后十余年间，他在居乡著书的同时，又秘密从事抗清活动，直至去世。与龚鼎孳相比，清初时的钱谦益不仅无权无势，还遭受着大批不明就里者对其节操的讥嘲唾骂。悬殊的地位与处境，使已到风烛残年的钱谦益无法像龚鼎孳那样呼风唤雨，短期内引来众多诗界后辈的追捧与膜拜。

　　不过值得注意的是，"康熙前期，时人在诗评中却对钱谦益赞服有

---

① 王炜著：《〈清诗别裁集〉研究》，武汉大学 2006 年 4 月博士学位论文，第 31—32 页。
② 同上书，第 32 页。
③ （清）王士禛撰，袁世硕主编：《王士禛全集·香祖笔记》，第 6 册第 4630 页。

加……认为他是诗坛的领军人物"①。此种矛盾情形之所以出现，主要是因为"诗歌选集与诗论、文论所面对的对象截然不同：诗歌选集面向的是一般文人，甚至是初学作诗者，而我们今人读到的诗论、文论主要在精英阶层中流传。与社会大众不同，精英阶层对诗人进行评判时，是以作品的艺术价值及作者本人在历史上可能产生的作用为标准，而较少受作者政治地位和身份的影响。因此，在精英阶层中，龚鼎孳的影响不及钱谦益"②。正由于钱、龚二人在当时的影响力分别集中于精英与大众两端，使得若干清初诗歌总集的编者出于照顾大众观念、满足一般读者的需求的考虑，采取了尊龚抑钱的选诗策略；至于那些本身就处于或接近大众层次的编者，出现此种倾向更是自然而然。这种现象诚如王炜所说："对那些急于在文坛立定脚跟的后学来说，依附钱谦益无疑不具有任何价值，而诗歌选集的主要阅读者正是这些还没有跻身于诗坛中心的读书人。为了使诗歌选集在更广的范围内流通，选家必须选择在受众心目中最有影响力的作家。和钱谦益相比，龚鼎孳因政治地位和身份，有宏扬风流之便；从龚氏本人的性格上看，又有提携后进之好。也就是说，龚氏拥有文化权力和直接操控文坛的力量，清前期众多诗歌选家以龚鼎孳为大家也是理所当然的。"③

　　虽然总集编者对受众的阅读需求的考虑与揣测颇为重要，但这毕竟还只是属于预设与假想的范畴，更加实实在在的干扰因素，则来自他所身处的人际关系网络。对于一个"近代"乃至"当代"诗歌总集编者来说，人情、面子乃是一重挥之不去、剪不断理还乱的阴影。清初人张潮在为好友邓汉仪辑《诗观·三集》所撰序言中，便生动叙写了邓氏操"今"诗选政时受累于酬赠请托者的情形，相关文字说：

　　　　邓子孝威（按，即邓汉仪，孝威其字）有《诗观》之选。《初集》甫出，不胫而走天下。继而有《二集》之选。今《三集》且复成书矣。或问于予曰："是三选也，则皆同乎？"予曰："不同。"夫邓子选诗之初，固非有意于问世也。投赠既多，涉猎难遍，于是拔其言尤雅者录而珍之，大都弃瑕取瑜，排沙见宝。故其为书，皆精金美

①　王炜著：《〈清诗别裁集〉研究》，第34页。
②　同上。
③　同上书，第33—34页。

玉，陆离夺目。其选也，邓子自为政也。然耳目之所及有限，天地之生才无穷；沧海遗珠，其不及收者盖亦多矣。《二集》之选，虽世与邓子互相为政，亦出于事势之所不得不然，然已不能如《初集》之去取唯意矣。至《三集》之成，若迫于所不得已。邮筒竿牍，日陈于前；欲婉则违于己，欲直则忤于人。与其忤于人也，宁违于己，则是人自为政，有非邓子之所得而操焉者矣。此其故，邓子知之而未尝敢以告人。顾以予有参订之责，独私为予言之。①

邓汉仪辑《诗观》系列前后凡三种，《初集》约成书于康熙十一年（1672），《二集》约成书于十七年（1678），二十八年（1689）前后又有《三集》问世。在此期间，邓汉仪作为一个选家的声名渐趋隆盛，交游圈子不断扩大，酬赠请托者日益增多，由此，其取舍标准的把持也遭遇到越来越严重的掣肘。从张潮透露的信息中，可知他在编选《初集》时，基本上还能由自己来掌控作家作品的入选与否，贯彻了比较严格的取舍标准，因而取得了所收作品"皆精金美玉，陆离夺目"的良好效果，书付梓后，遂"不胫而走天下"。数年之后，当他着手《二集》的编选工作时，环境却已经大不如前。他不能再像编选《初集》时那样"去取唯意"，而只得在"事势之所不得不然"之情形的驱迫下，忍气吞声，与世人"互相为政"。降至编选《三集》的时候，形势已然恶化到"邮筒竿牍，日陈于前；欲婉则违于己，欲直则忤于人"的地步。面对酬赠请托之声不绝于耳的窘境，邓汉仪抱着"与其忤于人也，宁违于己"的妥协态度，主动降低准入门槛与学术品格，从而使全书选政之操持呈现出"人自为政，有非邓子之所得而操焉者"的景象。沈德潜评论此集"未脱酬应"②，可谓切中肯綮。

像《诗观·二集》、《三集》这样，不同程度带有交游声气色彩的清诗总集为数甚多，可谓形成了一股风气。在这股风气的熏染下，部分编者甚至将交游声气看成网罗诗作、纂辑总集的一大合情合理的材料来源。《骊珠集》编者顾有孝便宣称："同人如朱子近修，杜子于皇，龚子仲震，纪子伯紫，孙子豹人，钱子去病，龚子半千，朱子子葆、子蓉，俱未曾以

---

① （清）邓汉仪辑：《诗观·三集》张潮序，同前，第510—511页。
② （清）沈德潜、翁照、周准辑：《清诗别裁集》卷十二，上册第219页。

集见贻，仅从各选中抄录。而钱子尔斐，韦子剑威、六象，姚子文初，钟子宣远，唐子闻宣，郭子皋旭，沈子仲芳，戴子应商，文子园公，沈子声远，竟不及借光。颙望速惠新集，入五律、七绝中也。"① 主动邀约诸友人"速惠新集"，使之得以再编选若干部"今"诗选。《清诗大雅》编者汪观更是明确提出，"同人不分仕隐，见诗即登"②，"同人或有故友遗编，果属大雅之章，寄到必先付梓，以表幽光"③，是则几乎已经到了不讲原则的地步。

另有部分编者，则是在权位、金钱等的诱惑下，迷失了选家应有的公心与操守。他们或为权、钱所震慑，或干脆主动趋炎附势，势利地着眼于政治地位、社会身份等来决定入选与否，而非诗人实际创作成就与诗歌本身的质量。据生活于乾隆、嘉庆年间的满洲人伍拉纳之子舒某④披露，与之同时代的法式善在襄助铁保编选八旗诗歌总集《钦定熙朝雅颂集》时，就出现过不少幕后权钱交易，相关文字说：

> （法式善）诗学甚佳，而人品却不佳。铁冶亭（按，即铁保，冶亭其字）辑八旗人诗为《熙朝雅颂集》，使时帆董其事。其前半部，全是《白山诗选》。后半部则竟当作卖买（按，原文如此）做。凡我旗中人有势力者，其子孙为其祖、父要求，或为改作，或为代作，皆得入选。竟有目不识丁，以及小儿女子，莫不滥厕其间。⑤

舒某针对法式善的攻击是否属实，姑置不论，但类似现象在清诗总集中绝非个别，则是毫无疑问的。清人对这种不良风气的抨击与批判，屡屡见诸言辞与笔端，便是极佳的反证。例如：王士禛《古夫于亭杂录》卷四"本朝诗选"条明确指出："撰本朝诗者数十家，大都以为结纳之具。

---

① （清）顾有孝辑：《骊珠集》凡例第三款，第 1a—1b 页。
② （清）汪观辑：《清诗大雅》凡例第十一款，同前，第 323 页。
③ （清）汪观辑：《清诗大雅》凡例第十二款，同前，第 323 页。
④ 这里所谓舒某，近人邓之诚据伍拉纳之子舒石舫所著《适斋居士集》及其行述，疑即石舫之兄仲山。详见袁枚著、顾学颉校点《随园诗话》附录冒广生《〈批本随园诗话〉跋》邓之诚批语；下册第 870 页。
⑤ 此为伍拉纳之子舒某撰《批本随园诗话》中语，见袁枚著、顾学颉校点《随园诗话·批本随园诗话批语》，下册第 852—853 页。

风骚一道，江河日下，皆若辈为之。"①《国朝诗别裁集》编者沈德潜也提到："国朝选本诗，或尊重名位，或借为交游结纳，不专论诗也。"② 诸洛为刘执玉辑《国朝六家诗钞》所撰序言，更是直接点名批评汪观辑《清诗大雅》"无非排比缙绅，风斯下矣"③。

由于清代的总集编选活动已然发展到高度繁荣的阶段，从而吸引了社会各色人等纷纷参与进来，其中混杂一批势利之徒、贪婪之辈，自是在所难免。事实上，像中国这般官本位思想浓厚、等级制度森严的国家，对权、钱、名位的认同与崇拜，可以说是全社会范围内广泛接受的观念。若干清诗总集编者自觉不自觉地暴露出的官迷、财迷嘴脸，就深层次来看，正是此种文化环境熏染下的产物，同时也从一个侧面透射出人性最阴暗的角落。

如果说部分清诗总集编者为权、钱、名位而折腰的行径，纯属自甘堕落的话，那么，另外一部分编者则是由于受到政治因素、意识形态的挟制与支配，而或迫不得已，或俯首帖耳地遵照官方规定的路线，在其许可范围之内收人选诗。

此种情形的出现，和清代政治、文化的特质密切相关。清代是我国古代君主专制政治的巅峰期，相应地，统治者对思想文化、意识形态的控驭也是空前强化；而且随着时间的推移，其控驭范围日益拓宽、程度日益加深、力度日益增强，至乾隆中后期，乃达到登峰造极的地步。它在大量炮制文字狱、禁毁"违碍"书籍的同时，也冲击着不少清诗总集编者的选人选诗标准。乾隆十四年（1749）前后，彭廷枚在为自己纂辑的《国朝诗选》作序时，就写下过一段耐人寻味的话：

> 兹集鼓吹休明，皆盛世元音。其咏人逸客，有生于前明，目击兵燹，间有一二纪事之句，写其境遇究竟，并无刺讽，以此删去，未免可惜。乾隆二年内，欣奉圣旨，凡发人诗中阴私、无叛逆实迹者，罪坐。而作者、选者，均得邀免咎戾。④

---

① （清）王士祯（禛）撰，赵伯陶点校：《古夫于亭杂录》，第95—96页。
② （清）沈德潜、翁照、周准辑：《清诗别裁集》凡例第四款，上册卷首第3页。
③ （清）刘执玉辑：《国朝六家诗钞》诸洛序，卷首第1a页。
④ （清）彭廷枚辑：《国朝诗选》凡例第三款，《四库禁毁书丛刊补编》第56册，第279页。

那些"生于前明，目击兵燹"的诗人所作"间有一二纪事之句，写其境遇究竟"的诗歌究竟是取是舍，令编者感到十分矛盾。就作品本身的质量而论，这批诗歌的很大一部分堪称清初诗坛最高成就的代表，理应在任何一种全国性综合选本中都至少占有一席之地。然而"美中不足"的是，它们所记之事、所写之境遇，往往和统治者喜闻乐见的"鼓吹休明"、"盛世元音"背道而驰，所以并不招人待见；更可怕的则是，它们还极有可能触犯当时的思想文化忌讳与意识形态禁区，给编者惹来滔天大祸。严酷肃杀的政治、文化氛围令彭廷枚欲彻底恪守学术品格而不敢，完全迎合时流喜好又不愿，陷入左右为难的境地。所幸乾隆帝的一纸诏书，蛮横而干脆地将这批诗歌正式贴上"违碍"的标签，又规定凡有越雷池一步者，皆当论罪。于是，彭氏乃摆脱了两难处境，以"堂皇正大"的理由将自己心目中可选、应选的作品排除在集外，从而收到了"作者、选者，均得邀免咎戾"的皆大欢喜的效果。整段文字尽管简短，但却颇为曲折，表面的欢欣、庆幸所伴随的，是内里的酸涩、悲凉。

事实证明，彭廷枚小心翼翼、如履薄冰的编选策略绝非杞人忧天。就在《国朝诗选》问世后不久的乾隆二十六年（1761），便爆发了《国朝诗别裁集》事件。是年九月，沈德潜进京为皇太后祝寿，并将他主持编选的《国朝诗别裁集》进呈乾隆帝。不料乾隆帝粗观之下，即发现诸多甚不合其脾胃处。例如：名列全书前茅的钱谦益等人，或为"居本朝而妄思前明"之"乱民"，或为"身为明朝达官而甘心复事本朝"的"贰臣"，均属不忠不孝之徒；卷十九所收钱名世，系雍正帝钦定的所谓"名教罪人"，"是更不宜入选"；卷三十所收慎郡王允禧，"则朕之叔父也。虽诸王自奏及朝廷章疏署名，此乃国家典制，然平时朕尚不忍名之；德潜本朝臣子，岂宜直书其名"；此外如"世次先后倒置者，益不可枚举"。①全书的斑斑"劣"迹惹得圣天子龙颜大怒，他在严厉申斥沈德潜的同时，又迅速组织内廷翰林按其旨意删改原书，纂成钦定本《国朝诗别裁集》三十二卷，颁行天下。该本"首先列慎郡王及宗室诸人于卷首；其次删去钱谦益、钱名世以及吴伟业、龚鼎孳、吴兆骞等人；又对其中一些人的

---

① （清）弘历撰：《清高宗御制诗文全集·御制文初集》卷十二《沈德潜选〈国朝诗别裁集〉序》，中国人民大学出版社 1993 年 8 月第 1 版，第 10 册第 414—415 页。

排列、作品进行了调整，如卷一宋琬，删去了《诏狱行》、《行路难》、《己酉过姜如农东莱草堂》、《写哀》、《怀王敬哉》等（教忠堂本卷二），这些大都是有追怀前朝、讥刺满清嫌疑的作品"①。至于此前已刻诸本，后来均被列入禁毁书单。

乾隆帝强行删改、禁毁《国朝诗别裁集》的行径，可谓"开清初操选者为朝廷干预之先河"②。这种规训与惩罚并举的政策，对当时及后来的清诗总集编者起到不小的导向作用。乾隆五十九年（1794），章深在修订兄长章薇辑《历朝诗选简金集》时，即特别提出：

> 诗之正变，关乎气运之盛衰。明代自北地、信阳别开蹊径，余子流毙，风会变迁，以致是非樛轕，互诋交攻，皆党同伐私之见也。嘉、隆以后，么弦侧调，愈趋愈降，旧刻有例应删削之作，早经检销。兹又遵《禁书总目》及《四库全书简明目录》参互查校，分别去取。③

章薇辑《历朝诗选简金集》凡六卷，分体选录自汉至清历代诗歌，约编迄于乾隆二十三年（1758）春之前的一段时间。其时政治文化环境尚有些许松弛的空隙，故而编者收入了不少像钱谦益这样的"顽固"分子的诗作。然而当三十六年之后，其弟章深欲重版此书时，五花八门的文字狱已然泛滥成灾，查禁抽毁"违碍"书籍的运动甚嚣尘上。为了确保身家性命的安全，他别无选择，唯有遵照官方定下的轨辙，"参互查校，分别去取"，将该书整编为《重订历朝诗选简金集》，以适应形势，规避事端。经过这番修订，钱谦益等"违碍"诗人与一批"例应删削之作"就此在新版中消失无踪。

---

① 金开诚、葛兆光著：《古诗文要籍叙录》，中华书局 2005 年 8 月第 1 版，第 103 页。按，关于沈德潜自刻教忠堂本《国朝诗别裁集》与乾隆帝钦定本《国朝诗别裁集》之间的差别，刘靖渊《诗中有人，诗外有事——两个版本〈国朝诗别裁集〉比较中的清代诗史案研究》一文（出处见前注），及其与石玲、王小舒合著《清诗与传统——以山左与江南个案为例》第三章第三部分之二《"教忠堂本"本与"钦定"〈国朝诗别裁集〉比较研究》有较详细论述，可参看。

② ［美］谢正光、佘汝丰编著：《清初人选清初诗汇考》，第 352 页。

③ （清）章薇辑，章深订：《重订历朝诗选简金集》例言第九款，乾隆五十九年（1794）披芸阁刻本，卷首第 2b—3a 页。

　　上述四点，是现实社会环境影响清诗总集作家作品取舍的主要情形。它们和编者本人的诗学思想、学术观念一起，共同形成一股合力，为大量清诗总集塑造了相对全面而真实的取舍标准。比较而言，这四种情形称得上是群体制衡因素最显著的几重表现。

　　第四，部分清诗总集本身就是若干参与者合作的产物。在具体的选辑过程中，部分编者难免出现取舍标准的不统一，从而需要协调折中。这可谓群体制衡因素最为具体生动的表现。潘江辑《龙眠风雅》即典型事例。

　　此集凡六十四卷，刻于康熙十七年（1678），收录明初至清初安徽桐城人诗作。编者虽然只署潘江一人，实际上乃是清初多位桐城地方人士共同参与的成果。顺治、康熙之际，潘江、方授、姚文燮、钱澄之等不约而同都有采选桐城诗歌，纂为总集的意向与行动。早在顺治五年（1648）秋，潘、方二人就"有志兹选，网罗放失，猎秘搜遗，已刻、未刊，约得六十余种。顾恩于帖括，作辍鲜终"①，并且"仅掇前代，不列今朝"②，只是意在纂辑一部"龙眠明诗选"；其间，方授于顺治十年（1653）去世，令编选进程大受挫折。顺治十六年（1659），姚文燮成进士，"归，征选'诗传'，诸稿麕集"，乃于十七年（1660）、十八年（1661）间，约同钱澄之"相互较订，录其尤者，得若干篇"③。他们"广综已逝，采及时流"④，将收人辑诗的下限延伸至清初。不过姚、钱二人在合作过程中，却出现了严重的意见分歧。据当事人钱澄之自述："盖予志主于严，而姚子主宽，欲更加广焉。然吾谓可传者已在此。"⑤ 后来为《龙眠风雅》作序的桐城前辈诗人吴道新同样提到："姚子颜之曰'诗传'，传者，传其详也，宽之也；钱子颜之曰'诗存'，存者，存其略也，严之也。"⑥ 可见姚、钱二人一主博综，强调文献辑录的广泛与全面；一主精约，着眼于诗歌本身的创作水准，在选人选诗的标准问题上可谓大相径庭。

---

　　① （清）潘江辑：《龙眠风雅》发凡第一款，《四库禁毁书丛刊》集部第98册，第8页。

　　② （清）潘江辑：《龙眠风雅》发凡第二款，同前，第8页。

　　③ （清）钱澄之撰，彭君华校点：《田间文集》卷十六《龙眠诗录引》，黄山书社1998年8月第1版，第299页。

　　④ （清）潘江辑：《龙眠风雅》发凡第二款，同前，第8页。

　　⑤ （清）钱澄之撰，彭君华校点：《田间文集》卷十六《龙眠诗录引》，第299页。

　　⑥ （清）潘江辑：《龙眠风雅》吴道新序，同前，第3页。

　　由于姚、钱二人的编选思想严重对立，且又都各执己见，使得这次合作编书活动半道夭折。其后乃由潘江整合两个团队的已有成果，同时又"殚力搜求，久历岁时"①，终于编成这部《龙眠风雅》。具体就取舍标准来看，潘氏没有明显倾向于姚、钱二人中的任何一方，而是采取了协调折中的策略。他认为："第姚曰'诗传'，盛推昔人著作；钱曰'诗存'，严持一己权衡；揆之鄙衷，均不敢出。"② 对二人相对偏主一端的选人选诗理念都表示不能苟同。吴道新《序》将其观点概括为：

　　　　宽之者，宽于名则难苟以真，譬之花，欲蕃其萼，萼不妨卫以枝叶；严之者，严于赝则必程以实，譬之玉，欲钦其珪璧，不应紊以砆砆。用是互相龃龉，选与镂遂因循。今潘子并经三（按，即姚文燮，经三其字）之所裒储，而酌以饮光（按，即钱澄之，饮光其字）之评议，力任其事。取资既宏，删定胥确；发凡起例，犁然大备，颜之曰《龙眠风雅》。圣人据辀轩之什、郊庙之章而衍《葩经》，"风雅"二字，尽诗之义蕴矣。予观其命篇，则知所以操选之旨，浑而正，公而平，有眷有伦，无偏无党，善乎。潘子曰："宽以收之，严以选之。收宽则诗不拘于一途，而无惩噎废食之弊；选严则人不流于过滥，而无鱼目混珠之疑，乃选家执中无方之要道也。"逾年而集告成。人之贤者重其人，即重其诗；诗之佳者惟其诗，亦惟其人……然则潘子兹选，姚子所欲传者俱传，钱子所欲存者俱存，不啻两司马之有《世本》、《长编》，而《史》、《鉴》借以藏也。③

可见潘江是在"并经三之所裒储，而酌以饮光之评议"，借鉴姚、钱双方意见的基础上，综合运用所谓"以诗存人"与"以人存诗"的标准，其中"素有专集，精其选则持择稍严；仅见数篇，存其人则捃摭微恕"④，既"不拘于一途"，又"不流于过滥"，从而收到了"姚子所欲传者俱传，钱子所欲存者俱存"，各得其所，各取所需的良好效果。

---

① （清）潘江辑：《龙眠风雅》发凡第一款，同前，第8页。
② （清）潘江辑：《龙眠风雅》发凡第二款，同前，第8页。
③ （清）潘江辑：《龙眠风雅》吴道新序，同前，第3—4页。
④ （清）潘江辑：《龙眠风雅》许来惠序，同前，第6页。

要之，《龙眠风雅》之所以呈露出现有的选人收诗格局，源自潘江对姚文燮、钱澄之二人之取舍标准的因承、修正与融合，可以认为是三股力量互相制衡的结果。

进一步来说，姚文燮、钱澄之、潘江分别秉持的博综、精约、协调的编选理念，还折射出清诗总集取舍标准的两组既对立又统一的模式。潘江代表中正平和的立场；姚文燮、钱澄之则代表偏主一端的立场，其中前者强调文献本位，后者主张文学本位。以下分述之。

## 二 中正平和与偏主一端

### （一）中正平和

外界因素在清诗总集作家作品取舍过程中所起的制衡作用，当然非常重要；但更为重要的角色，一般还是要由编者的个人诗学喜好、学术观念以及其他意图来扮演。即如沈德潜主持编选的《国朝诗别裁集》，其取舍标准便贯彻了沈氏诗说的基本主张。相关文字说：

> 殷璠、高仲武只操一律以绳众人，而予唯祈合乎温柔敦厚之旨，不拘一格也。①
>
> 诗必原本性情、关乎人伦日用及古今成败兴坏之故者，方为可存，所谓其言有物也。若一无关系，徒办浮华，又或叫号撞搪以出之，非风人之指矣。②
>
> 诗不能离理，然贵有理趣，不贵下理语。③
>
> 唐诗蕴蓄，宋诗发露，蕴蓄则韵流言外，发露则意尽言中，愚未尝贬斥宋诗。而趣向旧在唐诗，故所选风调音节，俱近唐贤，从所尚也。④

编者系统阐述了其收人选诗的主要标准，即诗歌本身首先必须达到一定的创作水准；具体就思想内容而言，要"原本性情"、"关乎人伦日用及古

---

① （清）沈德潜、翁照、周准辑：《清诗别裁集》沈德潜序，上册卷首第 1 页。
② （清）沈德潜、翁照、周准辑：《清诗别裁集》凡例第七款，上册卷首第 3 页。
③ （清）沈德潜、翁照、周准辑：《清诗别裁集》凡例第八款，上册卷首第 3 页。
④ （清）沈德潜、翁照、周准辑：《清诗别裁集》凡例第九款，上册卷首第 3 页。

今成败兴坏之故"、合乎"温柔敦厚之旨";再从艺术形式来看,最好风调音节与唐人相近,具备蕴藉的风神韵味,即便说理,也应当"贵有理趣,不贵下理语"。这无疑就是沈德潜诗学思想的集中体现。

不过需要指出的是,虽然沈德潜以其一贯的雅正、宗唐诗学观为收入选诗之首要标准,从而给《国朝诗别裁集》涂上了显著的格调派色彩,但却并未将其推向绝对化、极端化,而是明确反对"只操一律以绳众人"的做法,作家作品只要能"合乎温柔敦厚之旨",就都可以"不拘一格"地辑入书中。这在一定程度上体现了我国历代以来对总集取舍标准的公平性、兼容性、客观性的诉求。关于这一点,可以从正、反两方面来探讨。

尽管类似"此虽选古人诗,实自成一书"①的观念颇有市场,并且也不乏合理之处,但一部总集的作家作品取舍如果存在显著的主观臆断与偏执一端之因素的话,便有可能招来当时或后人的质疑与批评。如明李攀龙辑《古今诗删》即因收人选诗门径狭隘,而遭王世贞批评说:"始见于鳞选明诗,余谓如此何以鼓吹唐音。及见唐音,谓何以衿裾古选。及见古选,谓何以箕裘风雅。乃至陈思《赠白马》、杜陵《李白》歌行,亦多弃掷。岂所谓英雄欺人,不可尽信耶?"②钟惺、谭元春辑《诗归》在许学夷看来,"大抵尚偏奇,黜雅正……又凡于生涩、拙朴、隐晦、讹谬之语,往往以新奇有意释之,尤为可笑"③。钱谦益辑《列朝诗集》也被方孝标评论为:"客气未除,宅心未厚,于索般(按,原文如此)隐刺之言则详,敷扬盛美则略,门户玄黄之事则艳称长纪,而和平正大之气往往不足。"④即便沈德潜编选历朝诗"别裁集"系列时,已经注意到不拘一格的必要性,却仍然因为书中所含格调派气味甚为浓重的缘故,而遭朱庭珍批评说:"徒夸'别裁'之鉴,未脱门户之私。"⑤

这些针对《古今诗删》等总集的批评是否一定确切,姑置不论,但

---

① (明)钟惺撰:《隐秀轩集·隐秀轩文往集》书牍一《与蔡敬夫》,《四库禁毁书丛刊》集部第48册,第434页。

② (明)王世贞撰:《艺苑卮言》,丁福保辑《历代诗话续编》中册,第1064页。

③ (明)许学夷撰,杜维沫校点:《诗源辨体》卷三十六,人民文学出版社1987年10月第1版,第370页。

④ (清)潘江辑:《龙眠风雅》卷首方孝标《与潘木厓书》,同前,第7页。

⑤ (清)朱庭珍撰:《筱园诗话》卷二,郭绍虞编选、富寿荪校点《清诗话续编》下册,第2365页。

它们已然清楚地表现了古往今来人们对于部分抱有门户之见，凭一己之偏颇喜好，便滥操选政、妄加取舍的编者的否定态度。

比较而言，中正平和的收人选诗方式更为人所认可。它要求编者不能仅从个人喜好出发，而应博综融通，不论作家地位高低、名声大小、关系亲疏，乃至诗学主张与创作取径是否与己契合，都要以公平、公正而宽容的态度兼收并蓄，并相对客观全面地展现出入选者的创作风貌。这可以说是历代以来很多文人学者的共识。清中叶著名诗人、编纂过《续同人集》等多部清诗总集的知名选家袁枚，即在《再与沈大宗伯书》一文中提出：

> 选诗之道，与作史同。一代人才，其应列传者皆宜列传，无庸拘见而狭取之……或贤或才，或关系国家，皆可列传，犹之传公卿，不必尽死难也。诗之奇、平、艳、朴，皆可采取，亦不必尽庄语也。杜少陵，圣于诗者也，岂屑为王、杨、卢、骆哉？然尊四子以为万古江河矣。黄山谷，奥于诗者也，岂屑为杨、刘哉？然尊西昆以为一朝郢郢矣。宣尼至圣，而亦取沧浪童子之诗。所以然者，非古人心虚，往往舍己从人；亦非古人爱博，故意滥收之。盖实见诗之道大而远，如地之有八音，天之有万窍，择其善鸣者而赏其鸣，足矣。不必荣宫商而贱角羽，进金石而弃弦匏也。且夫古人成名，各就其诣之所极，原不必兼众体。而论诗者，则不可不兼收之，以相题之所宜……人学焉而各得其性之所近，要在用其所长而藏己之所短则可，护其所短而毁人之所长则不可。艳诗宫体，自是诗家一格……至于卢仝、李贺险怪一流，似亦不必摈弃。两家所祖，从《大招》《天问》来，与《易》之龙战，《诗》之天妹，同波异澜，非意撰也。一集中不但艳体宜收，即险体亦宜收。然后诗体备而选之道全。①

在这里，袁枚将编选诗歌总集和纂辑史书相提并论，高度强调了公平、公正与客观的原则。对于诗人，要"无庸拘见而狭取之"；对于诗歌，要无论"奇、平、艳、朴，皆可采取，亦不必尽庄语"。袁枚之所以秉持兼容并包的取舍标准，是因为在他看来，"诗之道大而远"，各种内容、形式、

---

① （清）袁枚撰，王英志主编：《袁枚全集·小仓山房文集》卷十七，第 2 册第 285—286 页。

风格的诗歌都是诗世界不可分割的组成部分，都有其不可磨灭的价值。因此，总集编者不应局限于个人相对褊狭的审美爱好与习惯，以己度人，而应打破思维定式，开阔视野，去设身处地地"择其善鸣者而赏其鸣"，欣赏玩味那些非主流或陌生内容、题材、风格的诗歌。只有这样，才能在编选诗歌总集时，真正做到"诗体备而选之道全"。

像袁枚这样，号称以较宽广的门径来选人收诗的清诗总集编者非常多。如清初著名选家魏宪云："近代诗必论派，风雅派从何来？诸家选必择人，山野人复何限？是集贵得和平，不分仕隐。廊庙虽多应制之什，山川亦寄吟眺之章。岛瘦郊寒，堪容别调；元轻白俗，谁许争先？"① 《遗民诗》编者卓尔堪云："诗所尚不同，有雄浑高老者，有清新绮丽者，惟善是择；能兼有者，亦兼录之，不绳一律。"② 《蔗根集》编者黄锡麒云："阳文、子都，天下之美也，而面目不必尽同。惟诗亦然。或清或浓，或高华或沉实，要于美善而已，不必同一格也。是编所录，各随所长，不立成见。若分唐界宋，伐异党同，则吾岂敢。"③ 均传达了类似观念。

（二）偏主一端

总集编者标榜公心，强调中正平和的态度与准则，颇能耸动人心，同时也确实可以更好地保证、提升总集的学术品格与质量；然而若究其实际，则我们不得不说，它在很大程度上只是一个理想化的目标与宗旨。

就编者方面来说，最大问题在于"成心"难以避免。它会在有意无意间，给作家作品的遴选打上私心偏见的烙印。可以肯定地说，只要有选择，就无法完全排除"成心"。这必将导致取舍天平失衡而偏主一端的现象。

进一步来说，"中正平和"这个概念本身，其实就是模糊而相对的，带有相当大的不确定性。一般所谓"中正平和"的选人选诗方式，更多讲究的是客观中立的原则与持平公正的态度。然而，到底怎样做、做到何种程度才算"中正平和"，却绝难提出唯一正确的标准来加以衡量判定，甚至是个见仁见智的问题。因为采选诗歌并不存在彻底客观而单纯的指

① （清）魏宪辑：《诗持·四集》例言第二款，《四库禁毁书丛刊》集部第38册，第657页。

② （清）卓尔堪辑：《遗民诗》凡例第七款，同前，第406页。

③ （清）黄锡麒辑：《蔗根集》凡例第四款，道光十六年（1836）清美堂刻本，卷首第1b页。

标，任何原则、标准的背后必然有价值判断的因素。而对于诗歌价值高下的评判，又无可避免地伴随着主观性，也就必然会给取舍标准笼罩上或浓或淡的偏见甚至臆断的影子，不论这些主观偏见仅属编者个人，抑或普遍流行于士民大众。要之，很多清诗总集编者持有的"中正平和"观念，绝非纯粹客观、整齐划一的硬性指标，而只是一个泛化的软性立场与取向。它的有效度既受限制，并且内部还存在上下浮动的空间，其中所隐藏、滋生的，正是编者各自偏主一端的倾向。

鉴于此种实际情况，也许可以这么说，编选诗歌总集时，中正平和只是相对的，偏主一端则是绝对的，唯偏主的范围有大有小、程度或高或低而已。由此，两种貌似中正平和、实则偏主一端的情形，便呈现在我们眼前。

第一种情形是，部分编者看似以持平兼容的态度来选录诗人诗作，但事实上只是有限范围内的持平兼容。典型例子就是《国朝诗别裁集》编者沈德潜。他自称和那些"只操一律以绳众人"的编者不同，乃致力于"不拘一格"地采收本朝优秀诗人诗作。然而他所谓的"不拘一格"是有前提的，即必须"合乎温柔敦厚之旨"。他认为："诗之为道，不外孔子教小子、教伯鱼数言。而其立言，一归于温柔敦厚，无古今也。自陆士衡有'缘情绮靡'之语，后人奉以为宗，波流滔滔，去而日远矣。选中体制各殊，要惟恐失温柔敦厚之旨。"① 对于笃信诗教的沈德潜来说，那些不够温柔敦厚的作品，根本没有资格享受"不拘一格"的待遇。至于他侧重选录风调音节接近唐音的诗作，更是个人诗学口味的流露。几重限制条件叠加到一起，令其"不拘一格"的宣言打了大大的折扣。

情形与之类似的，还有《越风》编者商盘。他提出："诗中妙语，全在乎思；意胜于词，方臻上乘。唐诗含蓄，宋诗流露；桃唐祖宋，时尚不齐。兹选专取唐音，间有流入宋格、稍存唐贤风味者，亦不议汰。"② 商盘的唐宋诗观接近于沈德潜，同样认为诗贵有情思、意蕴，故而含蓄的唐诗比流露的宋诗更臻上乘。缘于此，全书乃以"专取唐音"为主导宗旨。不过，编者又有"间有流入宋格、稍存唐贤风味者，亦不议汰"的说法，似乎显得要在唐音与宋调之间搞平衡，调偏颇。但究其实际，则这种协调

① （清）沈德潜、翁照、周准辑：《清诗别裁集》凡例第一款，上册卷首第3页。
② （清）商盘辑，王大治订：《越风》凡例第六款，乾隆浴凫山馆刻本，卷首第2a页。

折中实在非常有限。且不说他只是"间"或收录宋调作品，入选数量明显无法与唐音相比；关键在于，他对宋调的受容，根本就是以唐音为衡量标准，只有那些虽然"流入宋格"，却依旧"稍存唐贤风味"的诗作，才可能获得"亦不议汰"、侥幸入围的机会。编者事实上的尊唐祧宋、偏主一端，再明显不过。

接下来看第二种情形。前面提到，作为总集取舍标准的"中正平和"理念，主要讲求客观中立的原则与持平公正的态度。这时，虽然其背后难免有价值判断的因素在，但更多还是处于技术操作的层面。另有一部分清诗总集编者，则把"中正平和"理念直接引入价值评判的层面。在他们看来，"中正平和"就是一种价值尺度，他们将以之来冠冕堂皇地歧视、排斥那些性情不够"平和"的诗人与内容风格不够"中正"的诗作，可谓一种更加深刻的偏颇。

例如：清初人陆次云为其编纂的《皇清诗选》取别名"诗平"，号称要以持平的眼光来评选本朝诗人诗作，以平息当时众多各执一词的诗学思潮之偏颇。然而他具体的持平纠偏方式却颇耐人寻味，曰：

> 诗何以名平？平者，平众说之不平也……故温厚和平，诗之教也。即或变风、变雅，不无孤臣、孽子、思妇、劳人以及游女子衿、怀思、赠答之作，大抵皆怨诽不怒，好色不淫，有美有刺，归于和平而止。是以圣人删之为经，跻于《礼》、《乐》、《易》、《书》、《春秋》之列，所以正天下后世之性情，使读之者勃然而知所兴也。①

《广东文选》编者屈大均也有类似说法：

> 吾粤诗始曲江，以正始元音，先开风气。千余年以来，作者彬彬，家三唐而户汉魏，皆谨守曲江之规矩，无敢以新声野体而伤大雅，与天下之为袁、徐，为钟、谭，为宋、元者俱变，故推诗风之正者，吾粤为先。是选中正和平，咸归典则，于以正人心、维风俗，而

---

① （清）陆次云辑：《皇清诗选》自序，转引自《清初人选清初诗汇考》，第171—172页。

培斯文之元气，于是乎在。①

　　陆次云所谓"平"与屈大均所谓"中正和平"，实际上限指传统诗教范畴内的温柔敦厚、和平典则一路诗风，只是多姿多彩的诗歌王国之一分子而已。不过，我国古代诗学思想长期以来持有一种正、变二分的观念，而温柔敦厚、和平典则向来被尊奉为正大典范、"正始元音"。加之古人，尤其是掌控社会话语霸权的统治者，往往看重诗歌的政教功能更甚于审美价值，这同样又是温柔敦厚、和平典则一类诗歌的强项。久而久之，遂形成一种根深蒂固的崇正斥变论调。由此，所谓"新声野体"类型的诗歌，便不幸被正统论者贬为异端，从而遭到程度不等的歧视与排斥。这恰如清中叶人钱泳所说："古人以诗观风化，后人以诗写性情，性情有中正平和、奸恶邪散之不同，诗亦有温柔敦厚、噍杀浮僻之互异。性灵者，即性情也，沿流讨源，要归于正，诗之本教也。如全取性灵，则将以樵歌牧唱尽为诗人乎？"②

　　此种崇正斥变的论调，在我国古代诗学乃至其他社会文化领域内，都占据着主流意识形态的地位，诗歌总集自不例外。阮元《群雅集序》说："近今诗家辈出，选录亦繁，终以宗伯（按，即沈德潜）去淫滥以归雅正为正宗。与其出奇标异于古人之外，无宁守此近雅者为不悖于《三百篇》之旨也。"③可谓包括清诗总集编者在内的历代总集编者广泛持有的观点。它使编选总集的中正平和理念，潜移默化间从宽容兼综的持平执中，过渡到相对固执褊狭的守正，从而导致一批在正统论者看来显得趋新好奇的诗人诗作被淘汰出局。

　　具体考察趋新好奇者之遭裁汰，大抵有这么两重表现：

　　首先，就诗论诗，刊落情感、内容、风格等方面的不正之作。就情感而言，他们一则偏爱并提倡温厚和平、不愠不怒之表现方式，排拒感伤忧怨与愤世嫉俗的倾向。如《盛朝诗选初集》编者顾施祯云："慷慨悲歌，诗之变也；温厚和平，诗之正也。诗家往往于登眺游览之下，兴会所及，

---

　　①　（清）屈大均辑：《广东文选》凡例第六款，《四库禁毁书丛刊》集部第136册，第129页。
　　②　（清）钱泳撰，张伟点校：《履园丛话·谭诗》，中华书局1979年12月第1版，上册第205页。
　　③　（清）阮元撰，邓经元点校：《揅经室集·三集》卷五，中华书局1993年5月第1版，下册第692—693页。

黍离麦秀，辄形诸咏，未敢云合宜也。故是集所选，宁失之冠冕正大，不失之激楚哀繁。"① 再则要求诗人表现情感时须止乎礼义，做到乐而不淫，和而中节。正像《皇清诗选》编者孙铉所说："宫闺艳体，诗家之常。然惟乐而不淫，乃为中节。今所录者，期于情不溢乎浮靡，体不流于词曲。美人香草，不即不离，安在屈、宋不可复作？"② 如是，则流连哀思、情灵摇荡一类诗歌当然在所必斥。

这种排拒感伤忧怨、愤世嫉俗之情感倾向与流连哀思、情灵摇荡之情感表现方式的做法，意味着两种重要诗歌内容的缺失。一是揭露阴暗面、鞭挞恶势力、抒发忧伤愤懑的不平之鸣；二是体格偏于轻艳的情诗与香奁诗。客观地讲，前者中的优秀之作不仅艺术水准高妙，同时又具备深厚的现实社会意义与历史文化内涵，可谓诗歌王国之菁华所在。但它们显然不受部分清诗总集编者的青睐。如《诗观》编者邓汉仪云："温柔敦厚，诗教也。骂座非，伤时尤非。故仆以'慎墨'名其堂，芟除不遗余力。"③《昭代诗针》编者吴元桂云："风人之旨，温厚和平。一切感愤不平、漫肆讥诽之词，概屏不录。"④ 不可否认，这种情形的出现可能和当时的政治空气与意识形态忌讳有关，但编者自身认同、接受"怨诽而不怒"的诗教思想，无疑也是十分重要的促成因素。

至于情诗与香奁诗，在正统论者眼里，更是严重挑战了天人理欲的既有秩序，属于见不得人的腌臜货色。如若纳入总集，任其流传于世，势必"毒害"士民大众。这是纲常伦理与道德律令决不允许出现的局面。由此，封杀情诗与香奁诗，乃成为大批"正派"编者的共识，而根本不考虑这些诗歌本身是否优秀。就像《国朝上虞诗集》编者谢聘所说的那样："有诗句本佳而题系香奁、语涉轻艳者，概不敢录。"⑤ 所以，如朱彝尊《风怀二百韵》这般追述作者早年的一场婚外恋的作品，尽管写得曲折详尽、缠绵悱恻，堪称有史以来罕见的长篇爱情诗杰作，并且也在当时及后

① （清）顾施祯辑：《盛朝诗选初集》凡例第十五款，同前，第245页。
② （清）孙铉辑：《皇清诗选》卷首《盛集初编刻略》第二十八款，同前，第14—15页。
③ （清）邓汉仪辑：《诗观·初集》凡例第十款，《四库禁毁书丛刊》集部第1册，第193页。
④ （清）吴元桂辑：《昭代诗针》凡例第三款，转引自《清初人选清初诗汇考》，第334页。
⑤ （清）谢聘辑：《国朝上虞诗集》凡例第十一款，道光二十二年（1842）吟香馆刻本，卷首第9b页。

世形成一定的影响，却极少有总集予以收录。

再就风格而言，很多清诗总集编者同样人为设置了重重门槛，以删汰那些雅正程度不够的诗歌。仍以商盘辑《越风》为例。编者提出："诗学流传，必有渊源授受。好奇野战，总非正宗。仆少承家学，法本先民。此集大旨，全取气体风神，自铸伟词，仍流逸韵，不失前人矩矱，可为后学津梁。"① 谨守正统轨辙、排斥新奇诗风的倾向非常明显。此外如《广东诗粹》编者梁善长云："诗有似奇恣而实粗豪、似宏阔而实肤廓、似华丽而实纤靡、似真朴而实空滑、似整炼而实板重、似新脱而实鄙俚，更有用奇字险句以为博雅、入禅言学语以为超妙者，此皆不轨于正，有背于道，概不采入。"②《京江耆旧集》编者之一王豫云："诗学之难，好新奇者专纤巧，喜流易者渐入粗疏，夸堆砌者不惜饾饤，爱艳丽者徒知藻采，求其本诸性情、不失唐人宗旨者盖少。是集广搜博采，共得六百余家，严为择采，必属风雅正声，方登拙选，其新奇、粗率、堆砌、艳丽诸作，不敢滥入以夸卷帙之富。"③ 虽然均对奇恣、宏阔等诗风的末流弊端提出了颇为合理到位的批评，但两位编者偏爱雅正、喜好盛世元音的诗学取向，也已展露无遗。

其次，除了就诗论诗、刊落不正之作外，部分编者进一步将正统观念推向极端，出现了以人论诗、因人废诗的现象。如《补石仓诗选》编者魏宪云："是选以人为重。人以品节为主，或理学绍古，或经济匡时，或正色庙廊，或敦行草野，皆两间正气，一代伟人。"④《淮海英灵续集》编者之一阮亨云："或人非端士，或诗伤雅教，概屏弗录。"⑤《江苏诗征》编者王豫云："是集以诗存人，以人存诗，固已。然或人非端士，诗或伤雅教者，皆屏弗录。"⑥ 均将作者是否"正人君子"列为考察标准。

这种因人废诗的现象，特别突出地表现在部分编者区分女诗人身份的

① （清）商盘辑，王大治订：《越风》凡例第十一款，卷首第2b—3a页。
② （清）梁善长辑：《广东诗粹》例言第十一款，《四库全书存目丛书》集部第411册，第109页。
③ （清）张学仁、王豫辑：《京江耆旧集》例言第三款，嘉庆二十三年（1818）青苔馆刻本，卷首第2a页。
④ （清）魏宪辑：《补石仓诗选》凡例第一款，转引自《清初人选清初诗汇考》，第129—130页。
⑤ （清）阮亨、王豫辑：《淮海英灵续集》凡例第五款，同前，第320页。
⑥ （清）王豫辑：《江苏诗征》凡例第二款，卷首第1a页。

做法上。我国古代对妇女有着格外严苛的礼教束缚，要求她们必须养成温驯柔顺的性情、幽闲肃静的仪态，当然更少不了贞操节烈。从此种观念出发，部分编者便只收品格端方的"闺秀名媛"，而绝不阑入青楼女子，仅仅因为"正人君子"认定她们德行有亏，诗品自然也就不正、不高的缘故。例如：《国朝诗别裁集》编者沈德潜云："闺阁诗，前人诸选中，多取风云月露之词。故青楼失行妇女，每津津道之，非所以垂教也。选本所录，罔非贤媛，有贞静博洽，可上追班大家、韦逞母之遗风者，宜发言为诗，均可维名教伦常之大；而风格之高，又其余事也。以尊诗品，以端壶范，谁曰不宜？"① 《国朝山左诗钞》编者卢见曾云："史传列女，志兼侨人。故闺秀、流寓二门，选诗家之所不废。载闺秀而不及北里者，熏莸不可同器也。"② 《国朝中州诗钞》编者杨淮云："前人选诗，不废闺秀；然往往淑媛与北里并收，所谓兰艾不分、熏莸同器也。中州妇女，惟知勤针黹、议酒食而已。悉心搜辑，二百年来，仅得廿二人。如马士骐、李文慧，皆有才有德，可上追班大家、韦逞母者。青楼不录一人，以端闺范，以尊诗品。"③

综上可见，中正平和与偏主一端这两大理念虽说立场不同，取向各异，但相互间却有着千丝万缕的联系。所谓中正，一般只能做到相对的中正。它将不得不接受编者个人与士民大众的观念，乃至社会环境的界定与规范，这就已经埋下了偏胜的种子。所谓平和，往往仅为有限的平和，并且还须附加前提条件，从深层次看难免包含私心偏见的因素。

实际上，透过若干编者高调的理论宣讲，我们会发现中正平和在很多情况下只是一种调和策略。因为面对众多不同内容、题材、风格的诗歌，编者普遍不可能始终如一地贯彻某种特定标准，而势必需要综合运用多种具体的选择标准与着眼点。《国朝岭海诗钞》编者凌扬藻即自述：

> 编内以诗存人者十而七八，以人存诗者十而二三。盖桑梓之中，诚欲略兼考献也。然宽以居心，仍复严以命笔。④

---

① （清）沈德潜、翁照、周准辑：《清诗别裁集》凡例第十四款，上册卷首第 4 页。

② （清）卢见曾辑：《国朝山左诗钞》凡例第十五款，卷首第 5a 页。

③ （清）杨淮辑：《国朝中州诗钞》凡例第十一款，同前，第 14 页。

④ （清）凌扬藻辑：《国朝岭海诗钞》凡例第六款，道光六年（1826）狎鸥亭刻《海雅堂全集》本，卷首第 2a 页。

可见他在编选过程中宽严并济，交替使用"以诗存人"与"以人存诗"的方式，既萃取了大量清代广东优秀诗人诗作，又达到了征文考献的目的。其编选策略与前及《龙眠风雅》堪称如出一辙。

和凌扬藻一样，很多编者也采取多重标准互为对冲、组合的方式，以此来调配出相对较平正的收入选诗格局。由于这种情况的存在，当我们考察一部总集所收诗人诗作的细部构成时，往往会发现畸轻畸重的现象。不论编者出于感性嗜好，还是理性目的，都有可能集中收录某些题材、内容、风格之作品，从而在总集内形成若干个突出而醒目的组件。即便那些选择尺度整体上看还算比较持平的总集，其取舍天平也不免向某些类型的诗歌作些许倾斜。更不用说某些总集所谓的调和，只是一种流于表面的补救行为，甚至仅仅起到点缀作用。

概言之，编选总集基本不可能完全做到一碗水端平，多多少少总要带些倾向性，所以偏主一端乃是常态，唯程度有别而已。恐怕只有那些纯粹着眼于辑存文献、有得即入的总集，才可能彻底避免倾向性。如是，则取舍标准问题也就不复存在了。

### 三　文学本位与文献本位

中正平和与偏主一端是清诗总集取舍标准的两大基本立场与取向，二者之间有着既对立又统一的联系；再进一步就具体的选人选诗之标准与着眼点而论，则情况相对复杂些。关于这个问题，今人潘承玉提出："清初当代诗歌选本多样化的编纂旨趣又可以归为三类：选者个人本位的、选者所属时代本位的和选录对象诗本位的；或者分为另四类：艺术本位的、心灵本位的、政教本位的（教化或颂美）、文献本位的。两大分法之间和每大分法每部各类之间既相对独立，也存在相互包容和交叉。"① 这段话虽然只是就"清初当代诗歌选本"而立论，但大体概括了各类型清诗总集选人选诗的几项主要着眼点。

在清诗总集选人选诗的几大着眼点当中，以采用文学本位（即艺术本位）与文献本位者最为普遍。这其实也是历代总集广泛采用的宗旨。对此，四库馆臣概括说："文籍日兴，散无统纪，于是总集作焉。一则网

---

① 潘承玉著：《清初诗坛：卓尔堪与〈遗民诗〉研究》，第226页。

罗放佚，使零章残什，并有所归；一则删汰繁芜，使莠稗咸除，菁华毕
出。"① 所谓"网罗放佚"与"删汰繁芜"，即分别针对文献本位与文学
本位而言。

（一）文学本位

从宏观上看，文学本位与文献本位的最大不同在于，作家作品的准入
门槛有严格与宽松之别。关于这一点，清中叶女诗人曹贞秀有过精当的概
括。她说："选诗之家，大要有二，曰'以人存诗'、'以诗存人'。以人
存诗，则失之滥而无当别裁之旨；以诗存人，则失之严而罔具尚论
之识。"②

文学本位的选人选诗方式之所以严格，主要因为其恪守了唯作品之艺
术水准是问的根本原则，而不太考虑作品的思想、历史、文献等方面的价
值，以及作者的地位、身份等因素。这是一种着眼于拔取佳诗，删汰庸
诗、劣诗，"各家之诗，皆就其所擅长者录之"③ 的选人选诗原则。在部
分认真执行该原则的编者手下，即便那些整体创作成就相对较为卓著的诗
人，亦即所谓大家、名家，也不能另眼相待。其中较突出的一点是，诗坛
大家、名家虽然称得上诗人中的佼佼者，代表了各自所在时代诗歌创作的
顶尖水准，但并不表明他们就一定是精于各种诗体的全才。正像《过日
集》编者曾灿所说：

> 诗有不必众体备者。一体苟长，便可颉颃古人。如孟襄阳，止以
> 五言独擅，遂称王、孟；少陵无乐府，未尝以此减价。今人刻集，必
> 欲诸体毕备，珠不足而益以鱼目，使人并真珠而疑之。集中有一体佳
> 者，选至数十首，余或一首不录。④

诗人们的才性、喜好有别，在不同诗体的创作实践上用力各异，所达到的
造诣自然也就参差不齐。因此，无论评诗还是选诗，都应该对其各类诗体
的创作进行区分，根据实际情况，客观地给予相应的评价，不能因为其在

---

① （清）永瑢等撰：《四库全书总目》卷一百八十六，下册第 1685 页。
② （清）汪端辑：《明三十家诗选》曹贞秀序，同治十二年（1873）蕰兰吟馆重刻本，卷
首第 1a 页。
③ （清）阮元辑：《淮海英灵集》凡例第六款，《续修四库全书》第 1682 册，第 2 页。
④ （清）曾灿辑：《过日集》凡例第六款，同前，第 193 页。

某一种或几种诗体上创作成就突出，就有意拔高该诗人其他诗体的创作成就。这其实绝不仅仅针对大家、名家而言，很多清诗总集编者在中小诗人的诗作择取方面，同样贯彻了这一原则。即如顾季慈辑《江上诗钞》卷七十所收清初人周捷元，"其诗惟五古及七律最佳，故所录止此"①。

诗坛大家、名家既已无权豁免于统一的质量考核，其他作者当然就更得接受严格审查。很多所谓文化名流，便因诗作质量不过关，而被部分清诗总集编者毫不留情地排拒于集外。《国朝诗别裁集》编者沈德潜即提出：

> 是选以诗存人，不以人存诗。盖建竖功业者重功业，昌明理学者重理学，诗特其余事也。故有功业、理学可传而兼工韵语者，急采之；否则人已不朽，不复登其绪余矣。②

这些"德行勋业震于一时"的文化名流往往地位崇高、声名显赫、招牌响亮且人脉广布，颇能唬住相当一部分编者，从而不假思索，忙不迭地将他们的诗作收入总集，以此来装点门面，壮大声势。但具体就其诗歌创作本身而论，却不见得有多高明，甚至未必谈得上工致，只是靠着他们在其他领域取得的成就、地位与名气，连带使其诗作的价码与受关注度也随之而水涨船高，诚所谓"爱屋及乌"、"鸡犬升天"。叶燮《选家说》一文评论很多诗文选本"名为文选，而实则人选"③，一定程度上就是针对此种情形而发。不过，在那些坚持以诗歌质量为本，而不是以人的政治地位、社会身份、道德素质等为标准来选诗的编者那里，情况就完全不同了。政治家、理学家、学者乃至其他文化名流必须和普通作者一道，接受同等的作品质量审核，兼擅诗歌者酌情收录，诗非所长者则坚决拒斥。

作者层面而外，某些类型的诗歌也因为普遍达不到部分编者心目中的佳作水准的缘故，而被排拒于集外。

一是对部分题材、内容的排拒。较突出的是那些应酬、无聊之作。这些诗歌尽多为文造情之属，而一首优秀诗作所必需的真性情、真面目，却

---

① （清）顾季慈辑，谢鼎镕补辑：《江上诗钞》，第1册第635页。
② （清）沈德潜、翁照、周准辑：《清诗别裁集》凡例第五款，上册卷首第3页。
③ （清）叶燮撰：《已畦集》卷三，《四库全书存目丛书》集部第244册，第27页。

在不同程度上宣告缺失。对于一个严肃的编者来说，此等诗作当然断乎不能选入。《皇清诗选》编者陆次云即提出："作者近体之内，赠答居多。余所取，多登临凭吊，咏物赋怀之诗。酬应之章，非出性灵，概不登入。"①《古桐乡诗选》编者文聚奎、戴钧衡亦云："选诗以纯正为主，如咏物、集古、迴文、香奁诸作，特诗人之游戏尔，大雅所不收，兹集概不敢入。"② 至如《盛朝诗选初集》编者顾施祯与《诗持·二集》编者魏宪，更是向应酬诗中的大宗——祝寿、哀挽题材诗歌，集体亮出了红牌。前者说："寿挽诸什，恒多套习。非遡交情，即歌美德。正所谓庆贺之言近谀，吊唁之音易好，非雅非风也。故佳什虽多，概不入选。"③ 后者亦云："若所惠教仅寥寥一二篇，又多投赠祝挽之词，绝非得意者，悉置高阁。"④

至于无聊之作，可以所谓"八景"题咏为例。南宋人宋迪绘有"潇湘八景图"，一时观者留题，目为"潇湘八景"。后来名胜之地多用四言句列其景物，明清以来的方志亦往往列景必八，相沿成习，实则多名不副实。对此，清代著名学者章学诚《为毕秋帆制府撰常德府志序》一文提出："俗志附会古迹，题咏八景，无实靡文，概从删落。"⑤ 视"八景"题咏为修志之忌。他在其本人所编直隶永清县历代诗文总集《永清文征》之"诗赋"部分的《叙录》中，也明确说："州县文征选辑诗赋，古者《国风》之遗意也。旧志八景诸诗，颇染文士习气，故悉删之，所以严史例也。"⑥ 又将拒收所谓"八景"题咏诗，列为编纂地方类总集的体例之一。章学诚的这种观点得到了后人的响应。即如道光二十三年（1843）问世的《国朝中州诗钞》，编者杨淮便贯彻了"郡志邑乘所载之诗，可抄

① （清）陆次云辑：《皇清诗选》凡例第六款，同前，第 174 页。

② （清）文聚奎、戴钧衡辑：《古桐乡诗选》例言第六款，道光二十年（1840）刻本，卷首第 3b 页。

③ （清）顾施祯辑：《盛朝诗选初集》凡例第十三款，同前，第 244—245 页。

④ （清）魏宪辑：《诗持·二集》凡例第六款，《四库禁毁书丛刊》集部第 38 册，第 109 页。

⑤ （清）章学诚撰，叶瑛校注：《文史通义校注》卷八，中华书局 1985 年 5 月第 1 版，下册第 889 页。

⑥ （清）章学诚辑：《永清文征·诗赋》卷首《叙录》，民国十一年（1922）嘉业堂刻《章氏遗书》本，第 4a 页。

者十无一二。兹择其近于雅驯者酌入之，而'八景'之诗不与焉"① 的标准。

二是对部分诗歌体裁的排拒。最典型的就是试帖诗。《两浙輶轩录》编者阮元即提出："乡会、馆阁之作，别有体裁，与抒写性灵者有别，是编概不挽入。"② 甚至在部分侧重于辑存文献的宗族类清诗总集那里，都不见试帖诗的踪影。例如孔宪彝辑《阙里孔氏诗钞》。该书凡例第六款明确说："是钞或以诗存人，或以人存诗，例与选诗异。故有全稿行世者，所录亦止数十首；而一、二残篇，则不暇持择，亟为登入，盖以征求遗逸、表阐幽潜为初志也。"③ 然而卷十二孔宪丰小传却提到："约斋（按，即孔宪丰，约斋其号）从兄工文辞，气息古厚，为学使刘金门先生所赏。后得癫疾，终其身不愈。手稿皆自毁弃，仅存此首。所作《青铁砚》一诗，久为艺林传诵，以帖体，故未录。"④ 由于孔宪丰诗稿"皆自毁弃"，令身为其从弟的孔宪彝都搜访无从，只辑得区区一首《五大夫松歌》。但即便如此，孔宪丰"久为艺林传诵"的《青铁砚》一诗，却仍然因为属于试帖体的缘故，从而被排拒于集外。

这种情形之所以出现，表面上看，是试帖诗"别有体裁，与抒写性灵者有别"的缘故；但就实际情况而论，则在很大程度上和很多清人根本不把试帖诗看成堂堂正正的文学创作有关。即便是当时的试帖诗名家纪昀，也在《唐人试律说序》中明确提到："诗至试律而体卑，虽极工，论者弗尚也。"⑤ 管世铭《读雪山房唐诗序例》更是直言不讳地说："试帖一体，特便于场屋，大手笔多不屑为。昌黎所谓类于俳优者之词也。即唐贤佳制，与诸体诗并列，几于无可位置。兹选概不之及，惟存钱起《湘灵鼓瑟》一篇，亦以其结句入神而存之，非以其为试帖也。且吾见能为试帖而终身无与于诗者矣，安有能为诗而顾不能为试帖者哉！"⑥ 试帖诗

① （清）杨淮辑：《国朝中州诗钞》凡例第九款，同前，卷首第 14 页。

② （清）阮元辑，夏勇等整理：《两浙輶轩录》凡例第十一款，第 1 册卷首第 3 页。

③ （清）孔宪彝辑：《阙里孔氏诗钞》凡例第六款，道光刻本，卷首第 2a 页。

④ （清）孔宪彝辑：《阙里孔氏诗钞》卷十二，第 16b 页。

⑤ （清）纪昀撰：《唐人试律说》自序，孙致中、吴恩扬、王沛霖、韩嘉祥校点《纪晓岚文集》，第 3 册第 11 页。

⑥ （清）管世铭撰：《读雪山房唐诗序例》，郭绍虞编选、富寿荪校点《清诗话续编》下册，第 1560 页。

在很多清人心目中的地位既然如此之低，则孔宪彝欲搜集兄长遗诗而不得，却还依旧拒绝收入《青铁砚》的做法，也就顺理成章了。

三是对部分风格的排拒。如说理、议论诗。说理、议论作为一种表现技法，有其合理存在价值。但就具体应用方式而言，则又有一定的范围与限度。人们普遍认为，如果写诗时单纯为说理而说理，为议论而议论，就会在很大程度上背离一首好诗所必备的形象思维特质与含蓄蕴藉面貌，造成诗之所以为诗的情趣、韵味的缺失。这样的诗大都够不上佳作的标准，故而为相当一部分清诗总集编者所排斥。《国朝诗别裁集》编者沈德潜与《越风》编者商盘即为显例。前者说："诗不能离理，然贵有理趣，不贵下理语……邵康节诗直头说尽，有何兴会？至明儒'太极圈儿大，先生帽子高'，真使人笑来也。选中近此类者，俱从芟薙。"① 后者亦云："诗衷于理，要有理趣，勿堕理障；诗通于禅，要得禅意，勿逞禅锋，合之方见超迈。凡作学究语、入宗门派者，概从舍旃。"②

当然，总集编者对应酬诗、试帖诗等的排拒并非一概而论。如果确实写得不同凡响，有性情，有美感，或是达到一定造诣，则殊途同归，一样符合佳作的标准。如《过日集》编者曾灿云："余选中宴集诸诗，虽亦不少，然必取其寄托高远、意味深长者。"③《国朝全蜀诗钞》编者孙桐生亦云："试帖近于干禄，与古、近体本不相同。但查唐人诗内，崔曙之《明堂火珠》，钱起之《湘灵鼓瑟》，悉载集中。我朝王兰泉（按，即王昶，兰泉其号）先生所选《湖海诗传》，于纪晓岚宗伯诗专录试帖，良以作者一生精力毕注于是也。吾蜀杨少白（按，即杨庚，少白其号）、李西沤（按，即李惺，西沤其号）两先生，于是体尤为工赡。兹于咏古、咏物诸作，录归排律类。"④ 均选入了部分水准上佳的应酬诗或试帖诗。

要之，文学本位是一种以诗艺为本，重诗不重人，着眼于取长截短，并且截取标准相对偏于单一的删选原则与方式。历代总集的一个重要组成部分——"选本"，主要便是从该原则出发，再配合上编者各自的审美取向，萃选而成，是我们领略一代诗坛优秀诗人诗作，感知编者的文学思

---

① （清）沈德潜、翁照、周准辑：《清诗别裁集》凡例第八款，上册卷首第 3 页。
② （清）商盘辑，王大治订：《越风》凡例第九款，卷首第 3a 页。
③ （清）曾灿辑：《过日集》凡例第十五款，同前，第 198 页。
④ （清）孙桐生辑：《国朝全蜀诗钞》凡例第七款，第 3 页。

想、诗学观念的载体。

与"选本"或"诗选"相对应，又有"诗钞"的概念。所谓"诗钞"，其义主要有二：一则如《国朝山左诗钞》编者卢见曾所云："选家标立风旨，合者收之，不合者去之，使入吾选者如金入冶，融炼一色，乃为宗匠。'钞'则各存本色。"① 主张选人选诗要避免六经注我，尽可能做到"各存本色"，体现了中正平和的编选立场与取向。再则如《江上诗钞补》编者谢鼎镕所云："'诗钞'与'诗选'不同，选诗取其严，钞诗取其备。况是编志在补辑，苟有可存，虽零章断句，亦珍同拱璧，阅者幸勿以选诗之眼光视之。"② 提出"诗钞"的准入门槛较之"诗选"要宽敞得多，甚至"苟有可存，虽零章断句，亦珍同拱璧"，是即文献本位的收人辑诗原则与方式。

（二）文献本位

与文学本位相比，文献本位考量诗歌的标准是多元的，广泛涵盖了文学艺术而外的诸多其他方面的价值。在部分持守该原则的总集编者看来，这多重价值的任何一面，都可以构成一首诗歌存在的理由，何况编选、阅读总集的目的也绝不仅仅限于萃取、领略诗坛菁华。由此，大量写作水准一般、文学意味稍逊之诗作的价值遂得到不同程度的肯定，而得以人选总集。《遗民诗》编者卓尔堪即指出：

> 传世之作，人生平无几，贵精不贵多。但欲悉诸公生平涉历，并末路怀抱，以畅心目，非多录不可。若俱"枫落吴江"，亦奚贵焉？③

卓氏首先承认一个诗人的传世佳作往往"生平无几"，所以编选总集时"贵精不贵多"完全合理。不过，人们编诗、读诗每每伴随着文学艺术以外的其他意向，而认识一个诗人的生平经历，了解其所思所想，即为其中十分重要的一端。当意欲认知的诗人属于清初遗民的时候，这种需求就显得格外迫切。于是，那些出自诸遗民本人之手，可据以知人论世的诗歌，便凸显出了它们的价值。为了尽可能详尽地展现遗民们的"生平涉历，

---

① （清）卢见曾辑：《国朝山左诗钞》凡例第四款，卷首第 2a 页。
② 谢鼎镕辑：《江上诗钞补》例言第七款，同前，第 2 册第 1482 页。
③ （清）卓尔堪辑：《遗民诗》凡例第九款，同前，第 406 页。

并末路怀抱"，使编者、读者皆"得畅心目"，自然"非多录不可"，而不去过多考虑其中到底有多少诗歌，甚至有无诗歌达到佳作的水准。

《国朝畿辅诗传》编者陶樑亦云：

> 我国家文治武功，典礼明备；载笔诸臣，鸿章巨制，雍容揄扬，足备一朝掌故。又如忠义节烈之事，垂之歌咏，足以翊名教而植纲常，有关世道人心尤非浅鲜，亟应采辑以广流传。盖不独以清词丽句见长，总期有裨实用。①

认为诗歌既可以表现国家的文治、武功与典礼，反映"忠义节烈之事"，又能"备一朝掌故"，"翊名教而植纲常"，起到存史、教化的功用。由于诗歌与总集皆"有裨实用"，故而相关内容、题材的诗作"亟应采辑以广流传"。

《海藻》编者严昌埛同样提出：

> 是编因人存诗，因诗存人，固已。亦有因题存诗者，如有关文献掌故，足以观风俗、知得失，及图芬纂懿之什，堪资咏叹者，皆是也。②

在常见的"因人存诗"、"因诗存人"标准之外，又概括了"因题存诗"的标准，用以容纳"有关文献掌故，足以观风俗、知得失"的诗作。编者所看重的，显然是这批诗歌对于历史变迁、文献掌故、风俗人情的认知价值，而非艺术水准。

诸如《遗民诗》之类抱有存史、政教、征文考献等意图的清诗总集数量颇多。为了充分实现相关宗旨，编者往往会降低准入门槛，以吸纳更多符合要求的作品。在部分编者那里，某些内容、题材的诗作甚至完全不设准入门槛。如《皇清诗选》编者孙铉云："凡诗之有关风教、表扬潜德者，见则必收。其直陈时事、风议得失，虽言多剀切，不失忠爱之旨，亦

---

① （清）陶樑辑：《国朝畿辅诗传》凡例第二款，同前，第2页。
② 严昌埛辑：《海藻》凡例第四款，民国上海严氏渊雷室排印本，卷首第4a页。

必存之于编。要当谅其苦心，不应复计工拙也。"①

至于纂辑像《国朝畿辅诗传》、《海藻》这样的地方类清诗总集，文献本位更是被广泛认可为首要标准。如《越风》编者商盘自述："兹集收罗未免泛滥，然欲萃全郡菁华，以俟当代宗工采择，宁失之宽，毋失之严。"②《姚江诗录》编者谢宝书亦云："选家率从精严，以区域既广，免占篇幅。兹则限于一邑，宜少从宽；且欲悉诸老出处及怀抱，更宜择尤多录。若皆'枫落吴江'，恐未足以餍读者。"③ 对此，《台诗四录》编者王舟瑶总结说："方州总集，所以存文献，备掌故，以诗存人，因人存诗，意在阐幽表微，不敢绳以严格，与寻常选家宗旨不同。"④ 明确认定地方类总集的主旨与功能更多在于"存文献，备掌故"。如是，则编者收人选诗时自然就抄录重于选择，质量标准趋于宽松，并且宽松程度一般会随着区域层级的降低而渐次增加，正所谓："辑一邑之诗与一郡、一省及天下之诗不同：辑一郡、一省及天下之诗则当从严，辑一邑之诗则不妨从宽也。"⑤

文学本位与文献本位的另一个重大差异是：前者的考量标准以诗艺为本，重诗不重人；后者则在作品之外，还虑及人的因素，前及严昌堉"因人存诗"的说法，即其表现之一。具体来说，相关编者有的强调其人可观，从而连带采收其诗。如《京江耆旧集》编者之一王豫提出：

> 前辈名流，或勋业赫奕，或文章彪炳，皆为一郡之望。即不专事吟咏，间录一二首，以人存诗。⑥

清代江苏镇江府人才辈出，名流云集。这些地方名人中，很多并不"专事吟咏"，作品数量既有限，造诣也未必入流。如果严格按照文学本位原

---

① （清）孙铢辑：《皇清诗选》卷首《盛集初编刻略》第二十七款，同前，第14页。

② （清）商盘辑，王大治订：《越风》凡例第三款，卷首第1a—1b页。

③ 谢宝书辑：《姚江诗录》凡例第七款，卷首第1b页。

④ 王舟瑶辑：《台诗四录》叙例第十五款，民国九年（1920）后凋草堂石印本，卷首第4b—5a页。

⑤ （清）何曰愈撰：《退庵诗话》卷十一，毛庆耆、覃召文点校《〈春秋诗话〉〈退庵诗话〉》，广东高等教育出版社1996年9月第1版，第262页。

⑥ （清）张学仁、王豫辑：《京江耆旧集》例言第五款，卷首第2b页。

则来衡量的话，则此等人物其实无须列名于清代镇江诗人谱。不过，赫奕的勋业奠定了他们在当地文化史上的地位，加之地方类总集也理应起到"存文献，备掌故"的功能，编者遂取"以人存诗"的准则，"间录"其诗"一二首"，缀于书中。

有的则纯粹为了收其诗以存其人。如《姚江诗录》编者谢宝书云：

> 我不过录见存之诗，以待后之操选政者得因而取资焉，甚或因其诗之存而其人之名即不致没没焉，是则我之所冀也。①

编者自评该书凡"得五百十八家，计诗三千五百首，毋乃太滥？"② 因为其中的不少作者既没有值得称道的功名、足供夸耀的地位，又缺乏异乎寻常的言行、出类拔萃的修养，诗歌创作水准亦平平，只是浙江余姚的普通士民而已。一般来讲，此类人物基本上无从跻身绝大多数规格较高的典籍，当时过境迁之后，很快就将澌灭于人们的记忆。谢宝书为了给后人保存一份详备的清代余姚诗学文献，乃向他们敞开了大门。正是谢氏搜采这些普通士民的诗作、辑入总集的举动，使他们得以在历史上留下些许模糊的足迹。从功能的角度看，全书实际上已经不仅仅是一部诗歌总集，某种程度上可以作为"清代余姚寒微人物志"来看待。

要之，如果说文学本位更多讲求一视同仁的话，文献本位则包含不少倾斜政策。很多编者会出于各种目的，而给予相关诗人诗作以少加抉择，甚至不加抉择的特殊照顾。如《国朝上虞诗集》编者谢聘云："闺秀、方外，非文人学士可比。故其诗虽不甚佳，亦不尽删去。"③ 便是考虑到了闺秀、方外作者的特殊身份。至如《阙里孔氏诗钞》编者孔宪彝云："有全稿行世者，所录亦止数十首；而一二残篇，则不暇持择，亟为登入，盖以征求遗逸，表阐幽潜为初志也。"④ 则是鉴于部分作者的诗歌留存有限，而相应降低了准入门槛。

此种倾斜政策在不同编者手中，有各自的尺度。像孔宪彝这般，采取

---

① 谢宝书辑：《姚江诗录》诸章达序，卷首第 1a—1b 页。
② 谢宝书辑：《姚江诗录》凡例第六款，卷首第 1b 页。
③ （清）谢聘辑：《国朝上虞诗集》凡例第十三款，卷首第 8b 页。
④ （清）孔宪彝辑：《阙里孔氏诗钞》凡例第六款，卷首第 2a 页。

"有全稿行世者,所录亦止数十首;而一二残篇,则不暇持择,亟为登入"之编选策略者,可谓以诗存人与以人存诗交互使用,文学本位与文献本位并重。而在另一些编者那里,天平则更多倾向于文献本位与以人存诗。其中最突出的表现就是:刻意回避常见文献中的材料,少选诗坛大家、名家之作。如《乍浦集咏》编者沈筠提出:

> 是编为志乘储材,故自前朝迄今诸集中有关我里者,取之以备采择。若已载乍浦诸志,概置不录。①
>
> 凡专咏乍浦,除李介节先生《九山游草》外,如宋丈话桑《乍浦纪事诗》及林汉阁、邹芷珊、王九山诸公《乍浦竹枝词》并卢君揖桥《纪事诗》,皆已专集梓行,兹不复采。②
>
> 我里诗派,由介节先生开宗,乾隆时话桑丈曾编其诗为《龙湫集》,列入《乍浦文献》,即丈自著《桑阿吟屋诗》亦列于内,故是编俱不更收。③

可见沈筠是出于"为志乘储材"的目的,乃搜采晚明至清道光间人所作与浙江平湖辖下乍浦有关之诗歌,纂为此集。为了更好地实现这个目标,辑存更多文献,他在忽略创作水准的同时,又把那些"已载乍浦诸志"的诗作,以及"已专集梓行"的宋景关(话桑其号)《乍浦纪事诗》、卢奕春(揖桥其号)《乍浦纪事诗》,以及林中麒(汉阁其号)、邹璟(芷珊其号)等各自所撰《乍浦竹枝词》中的诗作悉数剔除。即便身为乍浦最早期代表诗人的李确(介节其号)也不例外,全书只收其《九山游草》之诗作,至其已列入宋景关辑《乍浦文献》的《龙湫集》中的诗作,则不予采录。实际上,他更像是在编辑一部"明清乍浦稀见史料集"。

像沈筠这般,采取刻意回避、少选策略的清诗总集编者,为数甚多。如庄尔保辑《嘉定诗钞》,不收钱大昕等有专集行世之诗人的作品;陈诗辑《庐州诗苑》,当地最负盛名、成就最卓著的大诗人龚鼎孳只有十首入选,均腾出大量篇幅,以容纳更多无专集行世,或声名不彰、地位寒微的

---

① (清)沈筠辑:《乍浦集咏》例言第一款,卷首第1a页。
② (清)沈筠辑:《乍浦集咏》例言第二款,卷首第1a页。
③ (清)沈筠辑:《乍浦集咏》例言第三款,卷首第1a页。

中小诗人。在他们看来，部分作者既有专集流传，为世所共见，自然无须过多依靠总集来揄扬表彰；至于诗坛大家、名家，以及其他名流、显宦，更是人所共知，地位稳固，不必再锦上添花。倒是大批无专集行世的寒微之士，需要给予特别关注，为之推阐保存，以免散佚。是即所谓"发幽阐微"的宗旨。

客观地讲，"发幽阐微"是清诗总集编者广泛持守的一条编选宗旨，不论编者倾向于文学本位，还是更青睐文献本位。因为无专集行世、无名无权无势等只是客观条件，与诗歌本身的质量、价值并没有必然联系。编者可以秉持以诗艺为本的衡量标准，去发掘被埋没的优秀诗人诗作，也可以着眼于辑存文献，不论质量高低、价值大小，尽皆纳入集中，总之都体现出他们自觉而强烈的文献意识。关于清诗总集编者的文献意识的具体表现与特点，本书第六章第一节之第一部分将有专门论述。

## 第二节 编排形式

我国古代集部典籍大致有分人、分时代、分类、分体四种基本编排形式。清诗总集同样以这四种形式为主，此外又有按地域、诗题、姓氏等编排者。当然在很多情况下，清诗总集编者会结合两种或两种以上编排形式，为全书所收诗人诗作排列顺序。以下分述之。

### 一 按作者编排

按作者编排是历代总集最基本，也是最普遍的一种编排方式。它采用以人系诗的办法，方便地使大量诗歌有了归宿，而剩下的就只是如何安排各位作者的问题了。

对于这个问题，很多清诗总集编者采取了随得随编的方式。例如：《诗持·二集》编者魏宪云："地有远近，邮筒不能速至；诗有多寡，编次难于概就。故必以得诗之迟速，为登选之后先。"①《花信倡和》编者叶奕苞云："辱诸公和教，随到付梓，故无伦次。"②《随园八十寿言》编者袁枚云："寿诗之来，远近路殊，前后不一，只可随意编录，不能分官

---

① （清）魏宪辑：《诗持·二集》凡例第二款，同前，第109页。
② （清）叶奕苞辑：《花信倡和》小引，《四库禁毁书丛刊》集部第147册，第604页。

爵、年齿。"① 钱三锡辑《妆楼摘艳》亦云："国朝闺秀年齿后先，俱莫可稽，不过随到随刊，甲乙出于无心，阅者慎无以序次错杂为怪。"②

在部分编者那里，确实因为受到各种客观条件的制约，而无法贯彻以官爵、年齿等为次的编排方式，尚属情有可原。而像《花信倡和》、《随园八十寿言》之类的唱和、祝寿诗总集，以得诗先后为序而不分官爵、年齿亦无大碍。至于魏宪的理由，则实在近乎牵强；从中我们不难发现，他主要依靠诗人们邮筒往来而网罗起大量作品，实际上并未多加费力搜讨，并且恐怕也谈不上用心排序。通过与魏宪类似的途径纂辑而成的清诗总集为数颇多，尤以全国类综合选本为甚。其中的相当一部分带有程度不等的标榜声气色彩，更有若干总集实际上乃为猎名牟利而编。如是，则随得随编这种最简易便捷的编排形式，自然也就成为这些编者的首选。

此种编排方式的弊病显而易见。它几乎不加融裁地将众多诗人捏合到一起，漫无头绪，令读者难以得其要领。《骊珠集》编者顾有孝便承认，他在编纂过程中，"诗到有先后，随到随选，初无次序。至有子弟列于前，而父兄列于后者"。③ 这种"子弟列于前，而父兄列于后"之类前后倒置的情况，比较而言还不算特别严重，因为某些总集甚至出现了同一个诗人在书中的不同位置层见迭出的现象。如卓尔堪辑《遗民诗》卷一所收"李清"再见于卷九，"黄宗羲"再见于卷四，"董樵"再见于卷三；卷二所收"徐开任"再见于卷十一；卷三所收"卓发之"再见于卷九，"张养重"再见于卷十一；卷五所收"柴绍炳"再见于卷七；卷六所收"闵鼎"再见于卷十；卷七所收"徐增"再见于卷十一；卷九所收"汪沨"再见于卷十，"孟翔"再见于卷十一；卷十所收"戴易"、"张盖"均再见于卷十一。另外，卷十所收"沈寿民"与卷十一所收"赵述先"，甚至在各自本卷内重复出现。

要之，此种编排形式有汇聚之功，而乏整理之劳。它使全书在很大程度上呈现出无序的面貌。

与这种无序状态相对的，是有序的作者编排形式。其着眼点主要有

---

① （清）袁枚辑：《随园八十寿言》凡例第二款，王英志主编《袁枚全集》，第6册卷首第1页。

② （清）钱三锡辑：《妆楼摘艳》卷首《妆楼摘艳偶谈》，卷首第4b页。

③ （清）顾有孝辑：《骊珠集》凡例第二款，卷首第1a页。

二，一是作者身份，二是时间顺序。下面着重探讨前者的情况，后者则归入"按时代编排"部分再具体论述。

首先，在很多清诗总集那里，某些特殊身份的作者往往有相对固定的位置。主要有以下三种情形：

第一，君主与王公显贵一类人物居卷首。

清代本朝有一部分收录君主诗歌的清诗总集，基本上都出现于全国类综合选本，而这些出自君主之手的诗歌则每每被安排在全书之首。这种形式显然是君主专制社会中尊君意识的产物。《盛朝诗选初集》编者顾施祯即认为："历朝诗选，先君后臣……此冠履定分，不敢踰也。"① 将君尊臣卑视为天经地义，不容挑战。《皇清诗选》编者孙铉更是明确宣称："自古帝王之作，辑诗者必尊而弁之首，以见文明之盛，自上开也。"② 既然"文明之盛，自上开"，那么，诗史发展的原动力自然也就由君主提供。如是，则他们的诗歌理所应当地占据了总集的龙头位置。

即便清王朝灭亡、君主专制社会终结之后，这一体例也还仍然存在。如徐世昌主持编选的《晚晴簃诗汇》纂于 20 世纪 20 年代，编者认为："九朝御制，超越前代；诗集浩繁，非管蠡所能窥测。恭录冠首，不尽万一。"③ 其逻辑与顾施祯、孙铉等如出一辙。而具体就《晚晴簃诗汇》本身来说，采用此种体例很大程度上是由于诸编者中颇多清廷遗老的缘故。

与尊君意识相伴而生的，乃是等级观念。由此，部分总集编者又按宗室成员、王公贵族一类人物各自身份的尊卑、品级的高低，将他们依次排列在君主之后。即如孙雄辑《道咸同光四朝诗史·甲集》，便在卷首"恭录""宣宗成皇帝御制诗"四首、"文宗显皇帝御制诗"二首、"穆宗毅皇帝御制诗"二首之后，又依次收定郡王诗二首、恭忠亲王诗二首、醇贤亲王诗二首、贝勒载滢诗二首、肃亲王善耆诗一首、恭亲王溥伟诗二首、贝勒毓朗诗三首。

至于部分并未辑入君主诗作的总集，便直接将宗室成员、王公贵族等安排于卷首。在其编者看来，这是尊崇天潢贵胄的必然要求。《国朝诗

---

① （清）顾施祯辑：《盛朝诗选初集》凡例第一款，同前，第 242—243 页。
② （清）孙铉辑：《皇清诗选》卷首《盛集初编刻略》第三款，同前，第 12 页。
③ 徐世昌辑，闻石点校：《晚晴簃诗汇》凡例第二款，第 1 册卷首第 1 页。

选》编者彭廷梅即明确宣称："以朱邸冠首，重天潢也。"① 铁保辑《钦定熙朝雅颂集》更是将这些天潢贵胄们的诗作"另编为《首集》，先亲王，次郡王，次贝勒、贝子；以近支为先，近支中以长幼为序。列恳厚镇国公于卷首者，尊近支也。余则公、将军以下，惟酌篇什之多寡，以分卷帙之后先"②，等级壁垒极为森严，"重天潢"的意味也更加浓重。

第二，方外、闺秀一类人物往往居卷尾。

《盛明百家诗》编者俞宪云："前辈论诗，多以缁黄、女妇为异流。"③ 提到在某些人眼里，诗坛应以男性士大夫为主导，至于僧侣、妇女之类人物，只能归入"异流"。忽略这种观点的身份歧视意味，则它确实揭示出历代诗人群体结构的一个真实特征，即庞大的男性士大夫诗人群体为诗坛主体，僧侣、妇女乃至道士、杂流诗人群体则各自构成一个个特征鲜明且自成系统的小群体，为诗坛平添了若干别致的风景。

正因为这些作者属于诗坛"异流"，同时又不乏自身特色，所以包括清诗总集在内的历代总集往往将他们分别聚合在一起，安排在全书卷尾的相应位置。就现有史料来看，该体例至少可以追溯至唐韦庄辑《又玄集》。该书于卷下末尾部分收无可、清江等十一位僧人，及李季兰、崔仲容等二十二位妇女（包括女冠元淳、鱼玄机）之诗作。宋代以降，这一体例得到日益广泛的使用。清诗总集也不例外，举凡全国、地方、宗族、唱和、题咏等主要类型，均不同程度有所采用。

就清诗总集运用该体例的具体表现来看，主要有三种情况：一是书末含有此类诗人的专卷，并于相关卷次之首给出标目，如邓汉仪辑《诗观·二集》与《三集》皆于全书之末收《闺秀别卷》一卷；有的标目之下甚至还有细目，如徐璈辑《桐旧集》末二卷分别收"列女"、"方外"之诗，其中"方外"部分又含"羽士"、"衲子"两类。二是有专卷而无标目，如沈德潜等辑《国朝诗别裁集》凡三十二卷，卷三十一收徐灿、方维仪等七十五人之诗作，卷三十二收戒显、尤采等四十六人之诗作，核之诸人小传，可知前者所收皆妇女，后者所收皆方外。三是虽无专卷，但

① （清）彭廷梅辑：《国朝诗选》凡例第一款，同前，第279页。
② （清）铁保辑，赵志辉等点校：《钦定熙朝雅颂集》凡例第二十款，辽宁大学出版社2003年8月第1版，第1册卷首第12页。
③ （明）俞宪辑：《盛明百家诗后编·童贾集》自序，《四库全书存目丛书》集部第308册，第730页。

却以默认的形式将此类人物聚合于全书或相应卷次之末尾，如冯舒辑
《怀旧集》凡上、下两卷，下卷之末依次收僧人释大寂、释道衡、释宗
乘，及歌妓徐凤之诗作。很多丛刻总集也依循这一体例，如李长荣辑
《柳堂师友诗录初编》以僧人释契生《慧海小草》、释相益《片云行草》、
释笑平《龙藏山人剩草》、释成果《小浮山斋诗》、释亘禅《亘禅偶存
草》，女诗人郭润玉《簪花阁诗钞》、余菱《镜香剩草》、苏念淑《绿窗
吟草》，以及日本人藤宏光《顺叔吟草》殿后；毕沅辑《吴会英才集》以
女诗人王采薇《长离阁集》殿后；沈尧咨、陈光裕辑《濮川诗钞》以僧
人释佛眉《龙潭集》与释豁眉《随扣集》殿后。

再就清诗总集采收此类人物之范围而论，又有广、狭之分。广者如曾
燠辑《江西诗征》，自第八十五卷以后，依次收"名媛"、"释子"、"道
流"、"杂流"、"名妓"、"无名氏"、"仙灵"、"鬼怪"，以及"歌谣"、
"谚语"、"谶记"、"散句"，呈现出十分驳杂的面貌；徐世昌辑《晚晴簃
诗汇》自第一百八十三卷以后，依次收"闺秀"、"道士"、"释子"、"女
冠"、"尼"、"属国"，眉目相对较清晰。狭者仅收此类人物之一二种，一
般为妇女、僧人，或包含僧、道在内的"方外"。如王昶辑《湖海诗传》
末卷收"方外"释明中、刘敏等十三家之诗作；顾季慈辑《江上诗钞》
最后三卷收"闺秀"周烈女、周禧等二十五家之诗作。

通常来说，分布于各类型清诗总集卷尾的特殊身份人物以妇女、方外
最为普遍。前者名目甚多，包括"闺秀"、"闺雅"、"闺阁"、"闺媛"、
"名媛"、"列女"、"女士"等，部分编者甚至专门聚合妓女诗作，为立
标目，前及《江西诗征》即是。后者从广义上讲，应涵盖僧人、尼姑、
道士、女冠四类人，但究其实际，则以僧人居多，其次道士，尼姑、女冠
则甚为稀少。即如前及《晚晴簃诗汇》，凡收僧人二百零一人、道士七十
八人、尼姑三十九人、女冠八人，便明显反映了这一点。他如前及《国
朝诗别裁集》卷三十二所收四十六位"方外"作者，除尤采、俞桐为道
士外，均属僧人；前及《湖海诗传》卷四十六所收十三位"方外"作者，
亦仅刘敏一人为道士，其他皆僧人。至如姚佺辑《诗源初集》、黄琮辑
《滇诗嗣音集》、汪之珩辑《东皋诗存》、谢聘辑《国朝上虞诗集》、谢鼎
镕辑《江上诗钞补》等的所谓"方外"专卷，甚至全部都是僧人。

需要特别指出的是，部分清诗总集贯彻这一体例并不彻底。如彭廷梅
辑《国朝诗选》按诗体分编，所有"闺秀"诗人均附于各体诗歌之末，

而僧人诗作却都收在各卷之内。叶奕苞辑《北上录倡和诗》同样以妓女杜玉真居末，卷中却又混杂有释澈、释熙两位僧人之诗作。

第三，编者本人的作品往往附于卷末。

这一体例缘起更早。通常认为汉刘向、王逸编注《楚辞》时，即已将本人的仿骚作品附于书后。由于《楚辞》的巨大影响，后人编纂总集时每每在书末附收己作，从而成为一种通例。清诗总集的编者很多也都依循此例，将自己的作品一并附入，如魏宪辑《百名家诗选》、王尔纲辑《名家诗永》、黄登辑《岭南五朝诗选》、余正酉辑《国朝山左诗汇钞后集》、潘江辑《龙眠风雅续集》、孟彬辑《闻湖诗钞》等。

这种体例发展到极致，甚至出现了所收己作的数量几倍于他人的情况。魏裔介辑《溯洄集》即为显例。此集凡十卷，分体编排，各体之末均殿以编者本人的作品。其中卷一、卷二为五言古诗，收魏诗三十四首，此外最多者为孔胤樾的十五首；卷三、卷四为七言古诗，收诗最多者为毛逵的十八首，其次即魏氏本人，凡十一首，而紧随其后的王士禛不过六首；卷五、卷六为五言律诗，附五言排律，收魏诗三十九首，此外最多者为杨思圣的十八首；卷七、卷八为七言律诗，附七言排律，收魏诗四十三首，此外最多者为王士禛的十八首；卷九为五、七言绝句，收魏诗十八首，此外最多者为杜芳的九首；卷十为四言古、古乐府、今乐府、琴操，收魏诗十九首，此外最多者为彭楚伯的八首。四库馆臣认为该书"每体之末，必附以己作，所收较他人为夥，则似不若待诸他人之论定焉"①，完全符合实际。

这种体例还有一种延伸形式，即编者将其亲属的作品安排在卷末的相应位置。如陈瑚辑《离忧集》以其父陈朝典之诗居末，《从游集》以其子陈迅、陈遬、陈陆舆之诗居末；梅清辑《天延阁赠言集》以其侄梅文名、梅嘉实、梅靓、梅文鼎、梅本立，侄孙梅尚实、梅以俊，弟梅梦麟诸人诗居末；蔡殿齐辑《国朝闺阁诗钞》作为一部丛刻总集，以其姐蔡紫琼《花凤楼吟稿》、妻万梦丹《韵香书室吟稿》殿后。至如余正酉辑《国朝山左诗汇钞后集》、商盘辑《越风》、姜兆翀辑《国朝松江诗录》、马长淑辑《渠风集略》、朱彬辑《白田风雅》、李佐贤辑《武定诗续钞》等，更是将编者所在家族之"家集"附收于总集内，并安排在全书靠后的相应

---

① （清）永瑢等撰：《四库全书总目》卷一百九十四，下册第1768页。

位置。

其次，地方类清诗总集有土著与宦寓的明确区分。这种划分形式的出现，与编者对此类总集收入辑诗之范围的认识有关，主要可以分两个层面来看：

第一，我国历代地方类总集多以采收某一地方上人士之作品为目标。然而，何等样人才属于当地人的行列，却并不是一个简单明了的问题。由于人口流动因素的广泛存在，很多地区的人群结构都呈现出复合形态，主要包括世居该地的"土著"与自外地迁徙而来的"流寓"两类人；而在"流寓"人群内部，又至少有长期定居与短期暂寓两种情形。针对这种复杂的局面，很多地方文献的编纂者都采取了将两个人群分门别类的办法，以期使全书之眉目更为清晰、体例更为完善。清末人孙诒让编纂《温州经籍志》时，即提出：

> 彭城《史通》，首论断限，地志书目，盖亦宜然。世俗崇饰人文，恒多假借，总其凡冣，厥有二端：一曰侨寄，一曰依托。盖郡邑之人，迁徙无常；父子之间，籍贯顿异。如不有界域，则一卷之中，人殊燕越，体例芜杂，不足取信。[①]
>
> 游宦名贤，实多载述。如缉之《郡记》，开编谱之闶规；子温《桔录》，萃永嘉之珍产。考征所藉，捋辑尤详。然主客之间，当有畛域，而温州旧志，并与本郡著述相厕，尤为无例，今别录为《外编》一卷，以为搜讨旧闻之助。[②]

所谓"主客之间，当有畛域"的观念，为明清以来各类型地方文献之编纂者所普遍秉持，清诗总集也不例外。就一般情况来说，土著居前，并占全书之主体；流寓殿后，往往与方外、闺秀及其他杂流诗人、杂体诗作相混杂，且人数较土著为少。如王致望辑《盛湖诗萃续编》凡四卷，卷四专收"寓贤"；周庆云辑《浔溪诗征》凡四十卷、补遗一卷，第三十九、四十两卷专收"寓贤"；陶煦辑《贞丰诗萃》凡五卷，最后一卷收"方外"与"寓贤"之作品，等等。至于相关专卷之名目，除"寓贤"外，

---

① （清）孙诒让撰，潘猛补校补：《温州经籍志》叙例第七款，上册卷首第11页。

② （清）孙诒让撰，潘猛补校补：《温州经籍志》叙例第十款，上册卷首第13页。

还有"流寓"、"寓公"、"侨寓"、"寄寓"等。

在确认了土著与流寓的划分之后，什么样的流寓诗人才能被视为当地诗坛的有机组成部分，又成为另一个问题，摆在众多地方类清诗总集编者的面前。针对这个问题，《国朝中州诗钞》编者杨淮说：

> 流寓诸贤，昔人多以入籍者当之。是集以侨居时久者当之。若已入籍，即属某县人，只须注明原籍……他如筮仕中州及游幕中州者，实繁有徒，且来去无常，难以尽录。①

提到了当时地域总集编者对待流寓诗人的两种不同标准尺度。一种只采收已"入籍"，亦即自外地迁来而定居者；另一种则兼及"侨居时久者"。前者如《国朝山左诗钞》编者卢见曾云："流寓则不可胜载；集内所录，皆子姓之已著籍者；若夫仕宦游客，寄居本暂，固不须借才于异地也。"②明确宣称只收"子姓之已著籍者"。《淮海英灵集》编者阮元亦云："外省人入籍扬州，其生卒在扬州者方入录。"③入围标准更加严格。后者如《东皋诗存》编者汪之珩云："兹但存其家于斯与卒葬于斯者，著为寓公；其佳游未久，始留而终去者，不敢滥借荣光。"④《江苏诗征》编者王豫云："是集间收流寓，必其人久客兹土、寄迹数十年者，始行收入；若暂寓者，概不滥登。"⑤均兼收久寓斯土者。

至如《江西诗征》编者曾燠云："江西历代诗人土著而外，有迁来者，有徙去者，概行收入，徙去而年代果远及流寓不终者不录。"⑥《沅湘耆旧集》编者邓显鹤云："其有著籍他地，未绝本贯者，亦间为收入。"⑦则在界定寓居本地之人士的同时，又着眼于确认隶籍本地、却徙居外乡者之范畴。二者是否入选，均以迁来、徙去之年代长短为标准。

单就侨居者而言，大多数地方类清诗总集编者都以审慎严谨的态度，

---

① （清）杨淮辑：《国朝中州诗钞》凡例第十三款，同前，卷首第 14 页。
② （清）卢见曾辑：《国朝山左诗钞》凡例第十五款，卷首第 5a 页。
③ （清）阮元辑：《淮海英灵集》凡例第五款，同前，第 2 页。
④ （清）汪之珩辑：《东皋诗存》凡例第十三款，同前，第 7 页。
⑤ （清）王豫辑：《江苏诗征》凡例第六款，卷首第 1b 页。
⑥ （清）曾燠辑：《江西诗征》例言第四款，同前，第 2 页。
⑦ （清）邓显鹤辑：《沅湘耆旧集》序例第十二款，同前，第 469 页。

将长期留居列为入选的必备要素；但也有部分编者的尺度相对宽松，辑入若干停留某地时间较短者。孙翔辑《崇川诗集》卷十二"流寓"所收王猷定、屈大均、陈维崧、黄云等，即属此种情况。更有部分编者，出于攀附名人、假名人以自重的心理，将若干与该地无甚关系的作者阑入集中。如马长淑辑《渠风集略》卷六"流寓"收录苏轼《过安邱访董郎中故居》，当即因为该诗内容与安邱稍有关联而得以入选，实则苏轼并无寓居安邱的经历。

至于闺秀、方外诗人，则处理方式又和一般男性诗人不同。编者通常会将隶籍本地者与自外地嫁入该地，以及在该地出家的外籍人士一并收入。如邓显鹤辑《沅湘耆旧集》云："至闺秀，以所适之地为主；方外，以卓锡之地为断。虽非楚产，亦登表而出之，以免借材异地之诮。"[①]　严昌埁辑《海藻》云："邑中缁流，不乏擅词翰者。顾是否土著，不能悉加考证。卓锡既久，亦不废焉。"[②]　又云："闺秀之适他乡人者，仍采之，示从父也。异地闺秀之嫔于邑人者，亦采之，从夫也。"[③]

第二，除了采收某地区土著与流寓诗人之作品外，很多地方类清诗总集还更加广泛地搜采与该地有关之诗人诗作，并形成相应的专卷，其名目包括"官师"、"酬赠"、"题咏"等，呈现出较为驳杂的面貌。

例如朱彬辑《白田风雅》。此集是一部江苏宝应县清代诗歌总集，凡二十四卷，最后一卷收录"官师"、"流寓"、"酬赠"诗作。"官师"部分包括孙蕙、叶燮、张增、吴春溁凡四位宝应知县，以及宝应教谕吴资生、宝应县丞王苍；"酬赠"部分则收录王猷定、潘耒等三十位外地人士所撰与宝应当地人交游往还，以及题咏宝应历史与自然风光之诗作。

另外，将土著、流寓及其他相关诗人诗作混为一编者，亦不在少数。例如李根源辑《永昌府文征》。编者自述该书意在网罗永昌府"凡过去现在、本籍外籍足以考镜之文字"[④]。具体来说，"凡永昌府六县、七设治局人士所撰述可资考览者，录焉"[⑤]；"凡筹边驻节、经略南徼，涉及永人、

---

① （清）邓显鹤辑：《沅湘耆旧集》序例第十二款，同前，第469页。
② 严昌埁辑：《海藻》凡例第十二款，卷首第4b页。
③ 严昌埁辑：《海藻》凡例第十三款，卷首第4b页。
④ 李根源辑：《永昌府文征》凡例第一款，同前，第1册第15页。
⑤ 李根源辑：《永昌府文征》凡例第三款，同前，第1册第15页。

永事、永地之撰著足资稽探者,录焉"①;"凡四方来官吾永,或游踪曾至吾永,或移家寓居吾永,其所载笔足备掌故者,录焉"②;"凡足迹虽未至吾永,而记述、序论、投赠、遥怀有关永人、永事、永地者,录焉"③;"凡正史、别史以及私家著述,有关永人、永事、永地者,录焉"④;甚至"凡有关缅甸之文字,悉著录焉"⑤。可见全书所收作家作品之庞杂。虽则如是,编者却并未采取类聚群分的办法,归之于土著、流寓、官师、酬赠、题咏等板块,而是把所有作家作品都放置在时代先后的大框架下,作一历史流程的展示。需要指出的是,这种情况并不意味着李根源缺乏区分土著与宦寓的意识。他其实是以另外一种方式来进行划分。全书于总目与正文部分的永昌籍作者名下,均标出其各自的籍贯。至于外地作者,则全无此等标记。其间的区别对待意味,是不言而喻的。

至如朱滋年辑《南州诗略》,则采取了"宦游、流寓诸公题咏南州山水,及与南州士夫唱酬之作,悉登入首四卷。其侨居南州者,无论仕隐,皆散见各卷中"⑥ 的编排策略,将与当地有关的题咏、唱酬诗作纂为专卷,而一般的寓居者则"散见各卷中",未能享受到另眼相看的待遇,是为特例。

再次,则是着眼于作者的不同身份与类型而分别编排者。这种情况为例甚少,最典型者当推汪启淑辑《撷芳集》。此集采收清代闺秀诗人两千余家,凡八十卷,分为"节妇"、"贞女"、"才媛"、"姬侍"、"方外"、"青楼"、"无名氏"、"仙鬼"共八个部分。编者约于乾隆十四年(1749)编成初稿,不料全书草创甫定,即遭遇火灾而失其原本。后编者收拾存稿,纂为今本,于乾隆三十八年(1773)付梓,故凡例言分十类,实际含八类。全祖望辑《续甬上耆旧诗》亦属此例,唯眉目较为驳杂。全书从宏观上看,大致按时代先后编排,但具体就人与人之间的衔接而论,则既未严格贯彻科第先后的标准,也没有完全依照生活年代先后来排列顺

---

① 李根源辑:《永昌府文征》凡例第四款,同前,第1册第15页。
② 李根源辑:《永昌府文征》凡例第五款,同前,第1册第15页。
③ 李根源辑:《永昌府文征》凡例第六款,同前,第1册第15页。
④ 李根源辑:《永昌府文征》凡例第七款,同前,第1册第15页。
⑤ 李根源辑:《永昌府文征》凡例第八款,同前,第1册第15页。
⑥ (清)朱滋年辑:《南州诗略》例言第二款,《四库禁毁书丛刊》集部第100册,第517页。

序，而是参酌作者的不同类型，分别冠以名目，类聚群分。如着眼于身份地位的"隆万以后诸荐绅"、"隆万以后诸韦布"等，着眼于功业事迹的"甲申十九忠臣"、"郧阳诸开府"等，以及并称群体如"海外几社六子"、"鹤山七子"等。

### 二 按时代编排

这种编排方式的着眼点主要有二，一是作者的时代先后，二是作品的创作先后。就清诗总集的一般情况而言，又以前者较为普遍。

在清人编选清诗总集那里，确认作者的时代顺序有两项最为流行的标准，一是科第先后，二是实际生活年代先后。当然，由于两者都存在若干实际操作上的困难，所以能够完全以一种标准贯彻始终的清诗总集并不多。

先说科第先后标准存在的问题。一则取得科场功名的毕竟只是一部分人，因此，这个标准无法涵盖所有作者；更严重的是，它还往往不能较为准确地反映出作者实际生活年代的先后，有时甚至会出现相当大的偏差。如沈德潜等辑《国朝诗别裁集》所收徐乾学、徐元文兄弟，分别生于明崇祯四年（1631）与七年（1634），但由于后者早在顺治十六年（1659）即已成进士，而前者迟至康熙九年（1670）才中进士，所以编者将徐元文安排在第六卷第一位，而作为兄长的徐乾学则只能屈居第九卷第二十三位；卷九所收汪懋麟生于明崇祯十二年（1639），但因为是康熙六年（1667）进士，反而位居卷十所收康熙九年（1670）进士叶燮（生于明天启七年［1627］），卷十一所收康熙十八年（1679）博学鸿词科毛奇龄（生于明天启三年［1623］）、尤侗（生于明万历四十六年［1618］）、陈维崧（生于明天启五年［1625］），卷十二所收康熙十八年（1679）博学鸿词科朱彝尊（生于明崇祯二年［1629］）等之前；卷十三所收赵执信生于康熙元年（1662），却以康熙十八年（1679）进士的身份，力压卷十六所收康熙二十七年（1688）进士梁佩兰，而实际上，梁氏生于明崇祯三年（1630），完全称得上赵氏的父辈。这种情况诚如《两浙輶轩续录》编者潘衍桐所说："排次姓氏，略以科第为准，本非所安；若别为序列，更无良法。有如康熙、乾隆两朝，历年最久，坛坫尤盛，容有早成晚达；即在祖孙父子，不无以卑先尊，又况未必尽由此途。后先年辈一无凌躐，夫岂易言！"①

接下来看以生活年代先后为标准所存在的问题。这一标准的涵盖面虽然较前者为广，但如果落实到具体编纂工作中去的话，则仍然有明显的缺憾。其中最突出的，自然就是相当一部分作者的生活年代难以确知，甚至根本无从查考。

正因为按时间排序存在这几重现实困难，所以只有那些小型丛刻总集与收人辑诗范围相对有限的总集，才可能从容而彻底地贯彻科第先后或生活年代先后的标准。如佚名辑《河间七子诗钞》，依次收录雍正十三年（1735）拔贡生边连宝，乾隆三年（1738）举人边中宝，乾隆十三年（1748）进士刘炳、李中简，乾隆十六年（1751）进士戈涛，乾隆十九年（1754）进士戈源、纪昀之诗作；吴应和等辑《浙西六家诗钞》，依次收录康熙三十一年（1692）出生的厉鹗，康熙三十三年（1694）出生的严遂成，康熙四十五年（1706）出生的王又曾，康熙四十七年（1708）出生的钱载，康熙五十五年（1716）出生的袁枚，乾隆十一年（1746）出生的吴锡麒之诗作。另外，汪远孙辑《清尊集》作为一部集会唱和诗总集，采取以诗题为纲的形式，每个诗题下聚合若干诗人诗作，除"主人另题列后；有次韵者不序齿，均以原作列前"②的特殊情况外，其他均按作者年龄，由大到小顺序编排。此集着眼于收录道光四年至十三年（1824—1833）间，杭州"东轩吟社"诸成员的唱和诗作。编者汪远孙作为该社的成员兼东道主，自然有条件掌握全部诗友的准确年龄。

然而，对于那些收人数量既多、年代跨度又长的总集来说，则排列作者时代先后的工作势必成为一项复杂的系统工程。面对单一标准捉襟见肘的窘境，很多编者采取了综合与变通的应对策略。他们首先将有科名者与无科名者区别开来，前者以科目为次序，后者则按实际生活时代为次序，各自顺序排列，之后乃进行二者的交叉整编。具体的整合方式大致有两种，一是混合法，二是分流法。

所谓混合法，即将若干有科名或无科名者交错混编于各卷内。这可以孙桐生辑《国朝全蜀诗钞》为例。此集凡六十四卷，除第六十至六十二

---

① （清）潘衍桐辑，夏勇、熊湘整理：《两浙𬨎轩续录》凡例第十款，第1册卷首第5页。
② （清）汪远孙辑：《清尊集》凡例第三款，道光十九年（1839）钱塘振绮堂刻本，卷首第1a页。

卷收录"女士",之后二卷分别收录"浮屠"、"羽士"诗作外,其他诸卷"悉依科名序列;其有诸生、布衣,则按时代以编之"①。卷一所收依次为王新命、费密、刘道开、先着、余菂、费锡琮、邱履程、简上、冯天培、罗为赓、李瑨;其中前六人无科名,邱、简二人为顺治八年(1651)举人,冯、罗、李三人则为顺治十一年(1654)举人。卷二与卷三为费锡璜专卷,此人同样未取得科名。卷四依次收刘沛先、金光祖、李奕拓、张吾瑾、张注庆、彭襄、李珪、赵弼、李如泌、李蕃、赵宏览、刘如汉、李仙根、张祖咏、吕柳文、林明儁、张象翀、张象华、向上达、冉德、刘迪、赵良坮。其中刘沛先亦为顺治十一年(1654)举人,张吾瑾、张注庆、彭襄皆顺治十二年(1655)举人,李珪、赵弼、李如泌、李蕃皆顺治十四年(1657)举人,赵宏为览顺治十五年(1658)进士,刘如汉为顺治十六年(1659)进士,李仙根为顺治十八年(1661)进士,吕柳文为康熙二年(1663)举人,张象翀为康熙三年(1664)进士,冉德为康熙五年(1666)举人,刘迪为康熙六年(1667)进士,其他则皆无科名。全书所收各卷之格局基本如是。

所谓分流法,即将有科名与无科名者单独编为一卷或若干卷,或分别占据一卷内的前后部分,再交叉整合为一书。沈德潜等辑《国朝诗别裁集》便采用了这种方式。此集共三十二卷,除最后两卷分别收录闺秀、方外诗人外,其他诸卷凡"卷中有科目者,一以科目之先后为次;无科目者,约以辈行之先后为次。世祖十八年,俱先科目而后词人。圣祖六十一年,若准此例,恐辈行之先后太相悬矣,故三分二十年,科目、词人相间次第之。世宗朝及今上二十五年以前,仍准世祖朝之例"②。卷一至卷六前半部分所收诸人,依次为明万历三十八年至顺治十八年(1610—1661)历科进士、赐进士、举人;卷六后半部分至卷八所收则皆无科名。是为全书第一大段落。卷九至卷十三前半部分依次收康熙二年至二十一年(1663—1682)历科进士、赐进士、举人,及召试博学鸿词科者;卷十三后半部分至卷十五所收则皆无科名。是为全书第二大段落。卷十六至卷二十所收陈至言为止,依次收录康熙二十三年至四十二年(1684—1703)历科进士、赐进士、举人;卷二十所收岳端而下部分与卷二十一,均为无

---

① (清)孙桐生辑:《国朝全蜀诗钞》凡例第九款,第4页。
② (清)沈德潜、翁照、周准辑:《清诗别裁集》凡例第十二款,上册卷首第4页。

科名者。是为全书第三大段落。卷二十二至卷二十四所收诸人，依次为康熙四十四年至六十年（1705—1721）历科进士、赐进士、举人；卷二十五、卷二十六所收则皆无科名。是为全书第四大段落。卷二十七前半部分依次收雍正元年至十三年（1723—1735）历科进士、举人；卷二十七后半部分与卷二十八所收则皆无科名。是为全书第五大段落。卷二十九前半部分依次收乾隆元年至十三年（1736—1748）历科进士、举人；卷二十九后半部分与卷三十所收则皆无科名。是为全书第六大段落。

　　变通与模糊化处理也是具体操作过程中必不可少的。《江苏诗征》编者王豫就提出："一姓之中，有科名者则以科分为先后；惟子之科分在父前者，不用此例。其余则约略时次，错列其间，而颠倒或不免焉，知者正之可也。"① 遇到"子之科分在父前"的情况时，确乎不能胶柱鼓瑟，而必须特殊处理；至于无科名而又难以确知生活时段者，除了估测近似值，"约略时次"之外，恐怕也别无他法。针对这个问题，《国朝杭郡诗辑》编者吴颢认为："先科第者，以有年份可稽；其无科目者，约以辈行之先后为次。但科第之先后易查，辈行则不能无误。"② 提出以辈分先后排列无科目者。《台诗四录》编者王舟瑶亦云："前后次序，略依科名；其无科名者，则依辈行，征诸所咏之时事，旁及唱酬之师友，以定其时代。然一人之身，每历数朝；虽同一时，壮老互异，不过略得其大概，恐未能秩然而无误。"③ 进一步辅以"征诸所咏之时事，旁及唱酬之师友"的考据方法。但对于一部收人辑诗颇具规模的总集来说，要做到所有作者之年代世次均"秩然而无误"，确乎难上加难，因为面对大量"疑年"问题，编者很多时候不得不采取便宜处之的方式。可以说，所谓"不过略得其大概"、"颠倒或不免焉"的情形，实在是总集编排过程中无法完全避免的一个重大问题。

　　至于按作品的创作时间先后来编排，亦即编年的形式，在清诗总集中较为少见。典型代表为黄奭辑《端绮集》。此集凡二十八卷，编者"就数十年同人之诗古文为天所留者，不分体而编年，以先后之"④，所收作品

---

① （清）王豫辑：《江苏诗征》凡例第五款，卷首第 1b 页。
② （清）吴颢辑，吴振棫重订：《国朝杭郡诗辑》例言，卷首第 2a 页。
③ 王舟瑶辑：《台诗四录》叙例第七款，卷首第 3a 页。
④ （清）黄奭辑：《端绮集》自序，台湾新文丰出版公司《丛书集成续编》第 105 册，第 431 页。

始于道光二年（1822），终于三十年（1850）。每一年的作品不论数量多寡，皆自成一卷。其中，卷一仅录吴鼒《一萼红》"正春阑"词一阕，作于道光二年（1822）；卷二录刘熙《人面桃花图和韵》三首，作于道光四年（1824）；卷三至卷二十八乃依次收录道光五年（1824）以后诸年的作品。与之类似者，还有朱彝尊辑《洛如诗钞》、法式善等辑《同馆试律汇钞》与前及《清尊集》等。客观地讲，这种编排形式在历代各体总集中都是十分罕见的。诸如《端绮集》、《洛如诗钞》等清诗总集，更多还是由于所收作品较便于逐年编排，加之数量相对有限，故而才能够以此种面貌呈现。前者的"选源"是编者历年所得交游投赠作品，自不待言。至于后者，所收皆浙江平湖陆世耒、陆奎勋等人"洛如雅集"期间的唱和诗。据朱彝尊《序》可知，雅集活动由陆奎勋倡导，始自康熙四十五年（1706），终于四十七年（1708），凡"得诗二千二百有奇"，后诸人托朱彝尊为作删选，朱氏遂依历次集会所作诗歌的创作时序，以题系诗，"选存十之三"[1]，纂为此集。

此外，宗族类清诗总集又有按作者辈分先后排序的方式。这自然是由于此类总集所收作者群体之特殊性质的缘故。兹以孔宪彝辑《阙里孔氏诗钞》为例。此集凡十四卷，着眼于选收清代前中期山东曲阜孔氏宗族成员之诗作。编者宣称："'宏、闻、贞、尚、衍、兴、毓、传、继、广、昭、宪、庆、繁、祥'十五字，孔氏辈次也。编次不论支派、科第远近，俱以辈次为先后。"[2] 综计全书，凡收录自"贞"至"宪"共十辈宗族成员。不过，由于曲阜孔氏宗族系孔子后代，其中一支世袭"衍圣公"之封号，地位自不同于他人，因而编者也对这部分族人另眼相看，曰："惟衍圣公为大宗主圀，不在此例，故列之卷首，用志敬宗之意。"[3] 全书第一、第二两卷单独收录孔兴燮、孔毓圻、孔传铎、孔继濩、孔广棨、孔昭焕、孔宪培、孔庆镕凡八任"衍圣公"之诗作[4]，第三至十二卷乃依次选录孔贞瑄而下九十四位男性孔氏族人之诗作；第十三卷收孔丽贞等六人，均系男性孔氏族人之女，第十四卷收叶粲英等十一人，均系男性孔氏族人

① （清）朱彝尊辑：《洛如诗钞》自序，《四库全书存目丛书补编》第42册，第653页。
② （清）孔宪彝辑：《阙里孔氏诗钞》凡例第三款，卷首第1b页。
③ 同上。
④ 其中孔继濩未及袭封而卒，雍正十三年（1735）追赠衍圣公。

之妻，亦皆按辈分先后排序。

### 三　按门类编排

这里所谓门类，主要针对作品而言。广义上讲，按照作品的不同内容题材与形式体裁两方面，分别进行部次类居，均可以称为"按门类编排"。这里集中探讨前者的情况，后者则归入下面"按体裁编排"部分具体论述。

按所收作品之内容题材进行分类的形式源远流长。就现有史料看，早在萧统辑《文选》那里，即采取了"次文之体，各以汇聚，诗赋体既不一，又以类分"①的编排方法。唐代以降，采用此种编排形式的各体总集络绎不绝，主要有宋赵孟奎辑《分门纂类唐歌诗》、宋绶等辑《古今岁时杂咏》、孙绍远辑《声画集》，明张之象辑《唐诗类苑》、俞允文辑《昆山杂咏》、冯梦龙辑《挂枝儿》等，集中出现于全国、题咏、歌谣三类总集。

采用此种编排形式的清诗总集的类型分布情况与前代大体一致。先看全国类。对于意在普选全国各地诗人诗作，反映一代诗坛风貌、诗史脉络的全国性清诗选本来说，划分作品内容题材之类别的形式并非上佳之选。一则分类标准难以把握适当，再则实际操作起来不免龃龉，加之它还容易割裂某一作家各体诗歌创作的整体面貌，因而采用此种形式的全国类清诗总集十分稀少，大致集中于编选宗旨独特、所收作品之内容题材有一定范围限制者。典型代表为张应昌辑《国朝诗铎》与李元度辑《小学弦歌》。前者系编者"为吏治民风而辑，与他选之论世评诗者不同"②，带有强烈的经世济民的目的，所收诗歌皆与国计民生、政治动态、历史风云有关。由于编者的纂辑意图本就不在诗，而是希望它成为一部"资治通鉴"、"警世通言"，所以就直接按照所收作品的内容，将全书分为"善政"、"财赋"等一百五十二类，使众多社会历史现象与问题集中而鲜明地展现在读者面前，堪称一部具体而微的清代社会历史百科读物。后者则为配合朱熹《小学》而编，"所录诸诗，皆切于人伦日用者。学者童而习之，以

---

① （南朝梁）萧统辑，李善注：《文选》萧统序，中华书局 1977 年 11 月第 1 版，卷首第 2 页。

② （清）张应昌辑：《清诗铎》凡例第一款，上册卷首第 5 页。

先入之言为主，优游讽咏，意味自出。塾师复取其事迹，口讲而指画之，使忠孝节义之大闲森然在目，必能兴起其善心，惩创其逸志。夫了'无邪'之旨，不外是矣。上者可以理性情，中材亦可以寡过。即以诗论，而《三百篇》及汉、魏、盛唐之意境，并可于此而得之，其有益伦常诗教，似非浅尠，要皆发明《小学》之绪论"①。基于此种意图，全书乃"分'教'、'戒'二门……而以'广劝戒'终焉"②，"教"下含"教孝"、"教忠"、"教夫妇之伦"、"教兄弟之伦"、"教小学"、"教大学"、"教立身"、"教闲家"、"教正直"、"教恻隐"、"教读书"、"教为循吏"、"教闵农桑"、"教知止"、"教知足"凡十五门，"戒"下含"戒贪"、"戒淫"、"戒杀"、"戒争竞"、"戒躁进"、"戒趋附"、"戒侈靡"、"戒残忍"、"戒奸险"、"戒暴敛"、"戒黩武"、"戒求仙"凡十二门，可谓一部诗体的伦理道德教科书。

袁枚辑《续同人集》则是部分贯彻此种编排方式之清诗总集的代表。书凡十七卷，内诗十三卷、文四卷，所收皆当时人投赠袁枚之作。其中文的部分仅区分卷次；而诗歌部分则含"过访类"、"投赠类"、"宴集类"、"放灯类"、"寄怀类"、"和韵类"、"告存类"、"生挽类"、"题图类"、"送行留别类"、"庆贺类"、"答谢类"、"闺秀类"各一卷。

再看题咏类。此类总集所收作品一般都有明确而集中的题咏对象，因而较便于编者根据各自不同的内容题材进行归类。实际上，它也是所有清诗总集中，较多采用此种编排形式的一类，如佚名辑《人海诗区》、江峰青等撰《新安宾馆八咏》、舒绍言等撰《武林新年杂咏》、黄日纪辑《嘉禾名胜记》、江煦辑《鹭江名胜诗钞》等。

上列几种题咏类清诗总集的分类方式大多比较简单。如《人海诗区》收南北朝至清初五百余人题咏北京城及其附近地区自然、人文景观之诗词，凡分"都城"、"宫殿"等十六类；《鹭江名胜诗钞》收宋代至近代九十三人（包括佚名一人）题咏厦门岛诸景致之诗歌，聚合于"鹭江"、"五老山"等二十四个门类之下，皆呈现出平面化、单极化的面貌。

---

① （清）李元度辑：《小学弦歌》凡例第二款，卷首第 1a—1b 页。
② （清）李元度辑：《小学弦歌》凡例第一款，卷首第 1a 页。

　　至于层级较多、形态较复杂者，则以俞鹏程辑《群芳诗钞》较为典型。此集凡八卷，所收诗歌上起汉魏，下迄清初，题咏对象涵盖天地万物。全书卷下分部，部下含子目，子目下再聚合相关作品，体例颇与类书相似。卷一为"天文部"，含"天"、"日"、"月星"等十六目；卷二为"岁时部一"，含"岁"、"春"、"夏"三目；卷三为"岁时部二"，含"秋"、"冬"、"闰"三目；卷四为"谷部"、"蔬部"与"果部一"，依次含"麦"、"黍"、"谷"等五目，"姜"、"椒"、"葱"等十八目，及"梅"、"红梅"、"林檎"等十二目；卷五为"果部二"与"茶竹部"，分别含"李"、"柿"、"杨梅"等二十四目，及"茶"、"竹"二目；卷六为"木部"与"花部一"，分别含"桑"、"松"、"柏"等十七目，及"桂"、"海棠（附秋海棠）"、"紫薇"等十三目；卷七为"花部二"，含"蜡梅"、"绣球"、"夹竹桃"等三十目；卷八为"卉部"与"鹤鱼部"，分别含"草"、"芝"、"菖蒲"等十九目，及"鹤"、"金鱼"二目。综计全书，凡含十部、一百六十四个子目。它名为"群芳诗钞"，实则完全可以视为一部诗化的"群芳谱"。

　　至于歌谣总集，自明冯梦龙辑《挂枝儿》采用"私部"、"欢部"等十部分类法后，亦不乏后起者。吴淇等辑《粤风续九》与李调元辑《粤风》两种歌谣类清诗总集，即皆按所收歌谣的类型分卷编排。《粤风续九》凡含《粤风》、《猺歌》、《狼歌》、《獞歌》、《杂歌》五卷，前四卷依次采录广西浔州府境内汉族及少数民族猺人、狼人、獞人之歌谣。《粤风》凡含《粤歌》、《猺歌》、《狼歌》、《獞歌》四卷，与《粤风续九》大致趋同。

　　从整体与比较的观点看，按门类编排的清诗总集为数既少，类型分布范围亦偏于狭窄。它虽然堪称一种较有特色的编排方法，并且确实也起到了丰富清诗总集之形貌的作用，但终究只能说是按作者、时代编排等主要形式的补充，是清诗总集编排形式的一支偏师。

### 四　按体裁编排

　　以若干文学体裁为纲的编排形式，与魏晋南北朝时总集编纂兴起的动因密切相关。即如《文章流别集》编者西晋人挚虞，其编选总集的一大意图，就是通过遴选文学作品来辨析文体。《南齐书·文学传》所谓"仲治（按，即挚虞，仲治其字）之区判文体"① 云云，当即就此而言。这正如今人郭英德所说："总集编纂与文体分类，从一开始便相因相成：总集编纂成为文体分类的胚胎，文体分类成为总集编纂的依据。"②

文体分类与分体编排之所以必要，主要在于不同文体有其各自的形式特征、审美特质、创作要求乃至发展源流。作为广义文体之一种的诗歌，其内部体裁形态同样颇为复杂，各自在形式、内容、风格、技法等方面形成一系列特性与规则。如元杨载《诗法家数》云："七言律难于五言律。七言下字较粗实，五言下字较细嫩。七言若可截作五言，便不成诗，须字字去不得方是。"③ 明陆时雍《诗镜总论》云："诗四言优而婉，五言直而倨，七言纵而畅，三言矫而掉，六言甘而媚，杂言芬葩，顿跌起伏。"④ 许学夷《诗源辨体》云："古、律、绝句，诗之体也；诸体所诣，诗之趣也。别其体，斯得其趣也。"⑤ 均从不同角度揭示了这一点。

对此，很多清代人也表示认同。如王士禛答学生刘大勤问时，提出五古"着议论不得，用才气驰骋不得"，七古"则须波澜壮阔，顿挫激昂，大开大合"，又称："五言以蕴藉为主，若七言则发扬蹈厉，无所不可。"⑥ 朱庭珍《筱园诗话》认为："夫古诗、律诗体格不同，气象亦异，各有法度，各有境界分寸。即以使事选材、用意运笔而论，有宜于古者，有宜于律者，有古律皆宜、古律皆不宜者，是所宜之中，且争毫厘，分寸略差，失等千里。"⑦

既然各类诗体"体格不同，气象各异，各有法度，各有境界分寸"，则以诗体为纲的总集编排形式，便自有其独特的意义在。这当中很重要的一点就是：它从艺术本位出发，以贴近诗歌创作与欣赏的视角，将诗人们既遵守各类诗体之形式规范，又不同程度发挥自身创造力的写作风貌，鲜明地展现在读者眼前。这对于读者根据自身需要，翻阅相关作品，分体揣

① （南朝梁）萧子显撰：《南齐书》卷五十二，中华书局 1972 年 1 月第 1 版，第 3 册第 907 页。

② 郭英德著：《中国古代文体学论稿》，第 102 页。

③ （元）杨载撰：《诗法家数》，何文焕辑《历代诗话》下册，中华书局 1981 年 4 月第 1 版，第 731 页。

④ （明）陆时雍撰：《诗镜总论》，丁福保辑《历代诗话续编》下册，第 1402 页。

⑤ （明）许学夷撰，杜维沫校点：《诗源辨体》卷三十六，第 370 页。

⑥ （清）刘大勤编：《师友诗传续录》，丁福保辑《清诗话》，第 149 页。

⑦ （清）朱庭珍撰：《筱园诗话》卷一，同前，第 2346 页。

摩、研习诗歌创作，实在是大有裨益。诚如清初人田雯所说："学诗者宜分体取法乎前人，五言古体必根柢于汉、魏，下及鲍、谢、韦、柳也；五七言近体则王、孟、钱、刘，晚唐温、李诸人也；截句则王、李、白、苏、黄、陆也；至于歌行，惟唐之杜、韩，宋之欧、王、苏、陆，其鼓骇骇，其风瑟瑟，旌旗壁垒，极辟阖雄荡之奇，非如是不足以称神明变化也。"[1] 而所谓"分体取法"，正是很多清诗总集编者采用此种编排形式的初衷。如《昭代诗针》编者吴元桂自述："古在律先，绝附律后，庶观者各有取裁。"[2]《白山诗介》编者铁保云："是集体例，仿陈其年《箧衍集》，各归各体，不唯取便读者，且使工拙易形。"[3]《国朝全蜀诗钞》编者孙桐生亦云："刻专集只应编年，若选本则应分体，先古后今，先五言后七言，庶体格清而眉目朗，足以便于诵阅。"[4]

由于此种编排形式既能鲜明地反映出某一时代各体诗歌创作的风貌，"使工拙易形"，"庶观者各有取裁"，又有便于部次类居，令全书"体格清而眉目朗"的优点，两重因素叠加到一起，遂使它自南朝陈徐陵辑《玉台新咏》、唐陆龟蒙辑《松陵集》、宋洪迈辑《万首唐人绝句》等而下，获得越来越多诗歌总集编者的青睐。单就清诗总集而论，举凡全国、地方、宗族、唱和、题咏、课艺、闺秀等类型，均不同程度有所采用，可以说是按作者、按时代之外，又一种广为清诗总集编者所接受的编排形式。流风所及，甚至连部分以搜辑汇总文献资料为旨归者也采用了这种形式。兹以汪森辑《粤西诗载》为例。

据汪森自述，他于康熙三十二年（1693）起担任广西桂林府通判后，"尝搜求郡邑志乘及文献载笈，邈不可得。即本朝所新辑者，惟省志暨浔州府、全州、养利州、临桂县志数种而已。苦其未详，于是更倾笈中携本，凡系粤西之事，形之诗与文者，抄撮成一编"；至四十一年（1702）自太平府通判任上去职还乡后，乃"尽发先世遗书，并力搜讨……盖未（康熙四十二年癸未［1703］）、申（康熙四十三年甲申［1704］）两年间，遂成一省之书矣……俾粤西之山川风土，不必身历而恍然有会。其仕

① （清）田雯撰：《古欢堂集》卷二《鹿沙诗集序》，《影印文渊阁四库全书》第1324册，第255页。

② （清）吴元桂辑：《昭代诗针》凡例第十款，同前，第335页。

③ （清）铁保辑：《白山诗介》凡例第十五款，同前，第3页。

④ （清）孙桐生辑：《国朝全蜀诗钞》凡例第八款，第3—4页。

于兹邦者，因其书可以求山川风土之异同、古今政治之得失，且以为他日修志乘者所采择焉"①。可见他的终极目标乃是成广西一省之书，这部先期问世的《粤西诗载》只是其计划的一部分；并且该书也更侧重于展现广西山川风土与历代政治得失，意在为日后纂修史志者提供原始文献，而绝非表彰广西诗歌之成就。因此，视该书为一部诗化的历代广西史料集，完全顺理成章。

不过令人诧异的是，尽管编者出于强烈的存史意图与经世目的，而着手纂辑这部总集，却并未采用更能展现历史流程的按作者编排，或更具专题性质的按门类编排的形式，反倒选择了颇具文学色彩的按诗体编排的形式。全书卷一收四言古诗，卷二至卷五收五言古诗，卷六至卷九收七言古诗，卷十至卷十二收五言律诗，卷十三至卷十九收七言律诗，卷二十收五言排律、七言排律，卷二十一收五言绝句、六言绝句，卷二十二至卷二十四收七言绝句，末附诗余一卷。这应和按体裁编排之形式广泛流行，及其确实便于操作有关。

对于那些以随得随编的方式纂辑总集的编者来说，相对便捷的分体排序法更是起到了缓和全书之无序状态的作用。因为它至少能在表面上给全书带来一定的整饬效果。例如蔡士英辑《滕王阁征汇诗文》。该书是顺治十一年（1654）新建之南昌滕王阁落成后，蔡氏征集当时人作品汇纂而成。编者自述："诗文邮至者，随征随刻，故集中姓氏爵里，次第之间，以到日为前后。"② 这种粗糙的处理方式造成了全书作者排列漫无头绪，层见迭出现象不一而足的局面。不过由于编者采用了分体编排的形式，将众多作品依次聚合在檄、记、赋、五言古诗、七言古诗、五言律诗、七言律诗、五言排律、七言排律、五言绝句、七言绝句、诗余等文体之下，从而减轻了混乱程度，使全书差可观览。

具体就诗体编排方法而论，最广为人所采纳的，就是《滕王阁征汇诗文》之诗歌部分那样，先古诗，后律诗，再排律，最后殿以绝句，而各诗体内部又分为五言与七言的形式。它以格律和句式这两种最具普遍性的外在形式为准，将诗歌体裁简明扼要地概括为八类，既适应了汉魏而下

---

① （清）汪森辑：《粤西诗载》自序，同前，第 1 册卷首第 8 页。

② （清）蔡士英辑：《滕王阁全集·滕王阁征汇诗文》凡例第二款，《四库全书存目丛书》集部第 393 册，第 473 页。

诗体演进与应用的实际，又确实具备相当高的科学性与实用性，因而颇受包括很多清诗总集编者在内的总集编者们的青睐。

　　当然，部分清诗总集编者在采用五七言古诗、律诗、排律、绝句之排序方式的同时，也不同程度地对其进行增损。"增"者如陶钦等辑《扬芬集》。此集凡八卷，其中卷一收四言古诗、四言集诗、五言古诗，卷二、卷三皆收七言古诗，卷四收七言古诗、九言古诗、古歌，卷五收五言律诗、七言律诗，卷六收七言律诗、七言律集古，卷七收五言排律、七言排律，卷八收五言绝句、七言绝句、三言诗。与之类似者还有：黄传祖辑《扶轮续集》、《新集》、《广集》系列，开篇皆收四言古诗；魏裔介辑《溯洄集》，最后一卷收四言古诗、古乐府、今乐府、琴操；陈增新等辑《柳洲诗集》与铁保辑《白山诗介》均于卷一收录乐府诗；前及《粤西诗载》与钱三锡辑《妆楼摘艳》皆收六言诗；徐崧、汪文桢、汪森辑《诗风初集》卷七收杂体诗，等等。

　　"损"者则可以前及《妆楼摘艳》为例。此集凡五卷，仅录格律诗，而无古体诗，其中卷一收五言律诗，卷二收五言律诗、五言排律，卷三收七言律诗，卷四收七言律诗、七言排律，卷五收五言绝句、六言绝句。其他如陶钦等辑《扬芬集续刻》，仅收七言古诗、五言律诗、七言律诗、七言绝句；刘大櫆辑《历朝诗约选》、汪诗侬辑《清华集》以及陈澧辑《菊坡精舍集》之诗歌部分，均不含五七言排律；铁保辑《白山诗介》与前及《诗风初集》等，则均只含五言排律，而无七言排律。

　　诗体类型之增损而外，部分清诗总集的诗体排序方式亦颇与众不同。例如：沈玉亮、吴陈琰辑《凤池集》依次收古体诗（附集经）、五言排律、七言排律、五言律诗、七言律诗、五六言绝句、七言绝句，将律诗与排律的顺序作了调换。张伯桢辑《篁溪归钓图题词》之"诗类"部分依次收五言古诗、七言古诗、五言绝句、五言律诗、七言律诗、七言绝句，本应居第五顺位的五言绝句被前提至第三顺位。另外，管斯骏辑《悼红吟》之诗歌部分的诗体标目只含"古诗"、"律诗"、"绝句"，而不再着眼于句式长短作进一步的划分。

## 五　按地域编排

　　从宽泛的意义上讲，按地域编排的形式导源于《诗经·国风》，是一种十分古老的体例。然而自"国风"之后，除明李先芳辑《明隽》、曹学佺辑《石仓十二代诗选》之《明诗选》部分等少数几种外，这种形式并未得到历代总集编者的广泛采用。明确采用这种形式的清诗总集的绝对数量也不是很多，然而较之前代，却也已经有了不小的增长。

具体就其类型分布而论，以全国、地方两类为主。前者如陶煊、张璨辑《国朝诗的》。全书凡六十卷，包括满洲一卷、盛京二卷、直隶二卷、江南十七卷、江西二卷、浙江八卷、福建二卷、湖广十卷、山东二卷、河南二卷、山西一卷、陕西二卷、四川一卷、广东一卷、广西一卷、贵州一卷、云南一卷，末附方外、闺秀各二卷，覆盖了当时全国绝大部分省级行政区。又如姚佺辑《诗源初集》。此集又名《十五国诗删》，明确以《诗经》"国风"为编排范式。全书凡十七卷，标目依次为"吴"、"越"、"豫章"、"楚"、"闽"、"蜀"、"粤"、"滇"、"黔"、"豫"、"齐鲁"、"晋"、"秦"、"燕"，以及"衲子"、"列女"、"补遗"。除东北地区阙如外，所涵盖地域大致与《国朝诗的》相同。田茂遇、董俞辑《十五国风高言集》亦属此例。此集已残损，但据今存《选闽诗》部分卷首附收田茂遇《选闽诗凡例六则》与法式善《陶庐杂录》卷三的记载，可知亦分省编排。

这种编排形式更多还是出现于地方类清诗总集，主要有高士熙辑《湖北诗录》、严如煜辑《山南诗选》、桂中行辑《徐州诗征》、张伯英辑《徐州续诗征》、赵联元等辑《丽郡诗征》、陈诗辑《庐州诗苑》、黄洪炎辑《瀛海诗集》等。部分总集甚至呈现出省下有府、府下有县这样一种层次严密、秩序井然的景象。例如陈诗辑《皖雅初集》。此集凡四十卷，收录清代安徽诗人一千二百余家、诗三千七百余首。第一至十卷收安庆府诗人诗作，其中卷一为怀宁县，卷二至卷九为桐城县，卷十依次为潜山、太湖、宿松、望江四县；第十一至十八卷收徽州府诗人诗作，其中卷十一至卷十四为歙县，卷十五为休宁县，卷十六为祁门县，卷十七为婺源县，卷十八依次为黟县、绩溪县；第十九至二十二卷收宁国府诗人诗作，其中卷十九为宣城县，卷二十为泾县，卷二十一为旌德县，卷二十二分别为南陵、宁国、太平三县；第二十三至二十五卷收池州府诗人诗作，其中卷二十三为贵池县，卷二十四依次为青阳、石埭二县，卷二十五依次为铜陵、东流、建德三县；卷二十六、二十七收太平府诗人诗作，其中卷二十六依次为当涂、繁昌二县，卷二十七为芜湖县；第二十八卷收广德州及其辖下建平县诗人诗作；第二十九至三十四卷收庐州府诗人诗作，其中卷二十

九、三十为合肥县，卷三十一为舒城县，卷三十二为庐江县，卷三十三为无为州，卷三十四为巢县；第三十五卷收凤阳府诗人诗作，包括凤阳、怀远、定远、寿州、凤台、宿州、灵璧七州县；第三十六卷收颍州府诗人诗作，包括阜阳、颍上、霍邱、亳州、涡阳、太和、蒙城七州县；第三十七卷滁州及其辖下全椒、来安二县诗人诗作；第三十八卷收和州及其辖下含山县诗人诗作；第三十九卷收六安州及其辖下英山、霍山二县诗人诗作；第四十卷收泗州及其辖下盱眙、天长、五河三县诗人诗作。而在安排各地区的先后次序方面，编者也是颇具匠心。全书以安庆府居首，因其为当时安徽省城之所在；之后由南而北，首先辑录长江以南徽州、宁国、池州、太平四府及广德州诗人诗作，其次为中部的庐州府，再次是北部的凤阳、颍州二府，最后复依由南而北的次序，分别收录中北部较小的滁州、和州、六安州、泗州之诗人诗作。全书构成一个庞大而有序的体系，其编排形式之缜密、严谨，已经达到相当高的水准。

此外，部分题咏类与课艺类清诗总集也按这种方式编排全书。题咏类如梁九图辑《纪风七绝》，专收清人的七绝体风土诗，全书十八卷依次收录面向京师、盛京、直隶、江苏、安徽、江西、浙江、福建、湖北、湖南、河南、山东、山西、陕西、甘肃、四川、广东、广西凡十八个地区的诗作；况澄辑《粤西胜迹诗钞》的编排亦"以地区为纲，下分风景点及景观胜迹诗"①。至于课艺类，则这种方式主要出现在地方官员考课当地士子的"测士"总集中。例如李振裕辑《群雅集》。此集凡四卷，作者都是清初江南省（包括今江苏、安徽两省）人士。细绎各卷所收作者的籍贯分布，可以发现明显的规律性。其中，卷一所收作者的籍贯分别为华亭、青浦、娄县、广德、长洲、太仓、吴江、嘉定、丹阳，主要为江苏东南部松江、苏州两府及太仓州人士，另有镇江府及安徽广德州各一人；卷二所收作者的籍贯依次为无锡、江宁、江浦、常州、江阴、丹阳、上元、六合、江宁、溧水、句容、宜兴、武进、高淳、金坛，皆属江苏西南部江宁、镇江、常州三府；卷三所收作者的籍贯依次为兴化、扬州、宝应、仪真、高邮、江都、通州、如皋、山阳、邳州、宿迁、盐城、淮安，皆为江苏北部扬州、淮安、徐州三府人士；卷四前半部分所收作者的籍贯依次为

---

① 阳海清主编：《中南、西南地区省、市图书馆馆藏古籍稿本提要（附钞本联合目录）》，第420页。

武进、宜兴、吴江、嘉定、吴县、长洲、华亭、舒城、苏州、昆山、常熟，除安徽舒城人许登逢外，其他均为江苏南部松江、苏州、常州三府及太仓州人士，后半部分则依次为宣城、婺源、祁门、宁国、贵池、宿松、桐城、安庆、怀宁、池州、歙县、庐州，皆属安徽中南部宁国、徽州、池州、安庆、庐州五府。这种情形清楚地表明，编者在纂辑该书的过程中，基本上贯彻了按地域编排的原则。他将众多作者分别归入今苏南、苏北、安徽三片区域；而在苏南地区内部，又大致分为东、西两部分。这种区域划分方式，应该说是符合苏、皖两省自然与文化地理分野的实际情况的。

　　按地域编排是一种很有特色的总集编排形式。它的最大优势在于，可以在一定程度上展现出某地区诗歌创作风气之浓厚程度与诗人群体分布的情况。即如前及《皖雅初集》，便清楚地表明了这一点。全书四十卷中，南部的安庆、徽州、宁国、池州、太平五府及广德州合计有二十八卷，中部的庐州府、滁州、和州、六安州合计有九卷，而北部的凤阳、颍州二府及泗州则合计仅有三卷，呈现出非常显著的南北差距。就各地区内部而论，则又以南部的安庆府、徽州府、宁国府，及中部的庐州府最为突出，分别占到十卷、八卷、四卷、六卷之多，这与清代安徽省内各地区诗歌创作成就的实际情况也大致吻合。再具体到各州府内部，以安庆府桐城县最为引人注目。它以区区一县之地，却拥有八卷之多的篇幅，占到全书五分之一的比重。而紧随其后的徽州府歙县、庐州府合肥县，不过分别占有四卷、二卷的篇幅。至于其他县份，更是等而下之，远不能和桐城相提并论。这种不同地域间的巨大落差，正从一个侧面体现出清代桐城诗歌乃至整个桐城文学所取得的令全国瞩目的成就与影响，是对桐城派应有地位的客观承认与公正评价。

### 六　按诗题及其他

　　上述按作者、时代、门类、体裁、地域编排这五种常见形式而外，又有若干分布范围相对较小的特殊形式。

　　一是按诗题编排。该形式较多出现于唱和类与课艺类清诗总集，这与它们普遍存在同题共作的情形有关。例如朱彝尊辑《洛如诗钞》。此集凡六卷，其中卷一所收诗题依次为：《风帘入双燕》，含陆世耒等三人诗三首；《上巳日用范石湖万岁池坐上呈程咏之韵》，含范云逮等五人诗五首；《大风行用杜樊川大雨行韵》，含陆奎勋等四人诗四首；《清明曲》，含陆奎勋等十四人诗十七首；《名士悦倾城》，含陆大复等二人诗二首；《题仇英上林图》，含陆邦烈等二人诗二首；《东湖春游词》，含陆大复等十七人诗二十八首；《初篁苞绿箨》，含邵昌等六人诗六首；《秦汉杂咏一十五首》，含刘灯等十五人诗十五首；《美女篇》，含陆时杰等五人诗五首；《新柳》，含潘应奎等五人诗五首；《观奕》，含陆奎勋等三人诗三首；《紫藤花》，含陆时杰等四人诗四首；《采雨行》，含德卫等二人诗二首。其他诸卷的情况与之同。

二是按姓氏编排。这种形式集中出现于地方类清诗总集。例如吴定璋辑《七十二峰足征集》。此集"所选之诗不叙时代，惟每姓各以类从"①。如卷一以四位濮姓诗人居首，依次为濮婪、濮孟初、濮肃、濮本。这四人中，濮婪据编者称系东周吴国季札之孙，濮孟初则号称季札后裔，为唐德宗时人，濮肃、濮本分别为宋仁宗、神宗时人；随后乃排列十位吴姓诗人，其各自生活的时代跨越宋、元、明、清四朝。除"闺秀"、"寓公"、"方外"、"仙鬼仆役"诸卷外，全书格局大致如是。此外如王豫辑《江苏诗征》、徐璈辑《桐旧集》、柳亚子辑《分湖诗钞》等，均属此例。

三是按人物编排。这种形式集中出现于题咏类清诗总集。如颜希源辑《百美新咏图传》之《百美新咏集录》部分以"李夫人"、"陈后"等一百位历代女性人物为纲②，每人名下罗列数量不等的题咏诗歌；孙雄辑《名贤生日诗》亦以"屈灵均"、"郑康成"等七十二位历史文化名人为纲，每人名下罗列与之相关的生日纪念诗文。

四是按韵部编排。例如佚名辑题咏类清诗总集《增广浙江形胜诗汇编》。此集以平水韵一百零六韵中的上平声十五韵与下平声十五韵为纲，将全书所收四百四十三首诗，按其各自标题首字所属韵部，分别归入"一东"至"十五删"、"一先"至"十五咸"共三十个部分。此外，邓云航辑课艺类清诗总集《试帖三万选》、黄秩模辑闺秀类清诗总集《国朝闺秀诗柳絮集》等，也都按这种方式编排全书所收作品或作者。

以上四种情形而外，部分编者又为全书各部分冠以特殊的标目。阮元辑《淮海英灵集》即仿照金元好问辑《中州集》等的成例，以天干为次，将全书二十二卷分为十集。其中"甲集"、"乙集"、"丙集"、"丁集"、

---

① （清）永瑢等撰：《四库全书总目》卷一百九十四，下册第1776页。
② 部分为合咏，如"飞鸾轻凤"、"娥皇女英"、"大乔小乔"等。

"戊集"各四卷，又"壬集"一卷收闺秀诗，"癸集"一卷收方外诗。至于"己"、"庚"、"辛"三集，则虚位以待补录。编者宣称："数年搜辑，虽得大略，而高人秘集未经人见，及人在近代反未得诗者正复不少，或俟今人补遗，或俟后人续录，庶几十集勒为完书。"① 这个缺憾后由王豫、阮亨辑《淮海英灵续集》弥补，凡含"己集"四卷、"庚集"五卷、"辛集"三卷。此外，周煜辑《娄水琴人集》同样分为甲、乙、丙、丁、戊、己、庚、辛、壬、癸十集；吴钺辑、刘继增重辑《竹炉图咏》则取《易·乾卦》之卦名，将全书分为元、亨、利、贞四集。

## 第三节　附件

清诗总集所包含的附件种类甚多。其中分布较为广泛者，主要有序跋、凡例、题词、目录、小传、评论、诗话、注释等。兹分述之。

### 一　序跋、凡例、题词

序跋、凡例、题词是清诗总集最主要的几种附件。除跋外，大致均分布于全书或相关分卷之起首部分。综观各类型清诗总集所载此类文字，其一大特点便是，不避繁冗、连篇累牍者颇为众多。由此，这类附件各自的功能也在不同程度上趋于多样化。

先说序跋。顺治十四年（1657）前后，李明睿在为陈允衡辑《诗慰》所撰序言中提及："今人刻诗，往往序多于诗。"② 虽然这一描述不免带有夸张的成分，但清人编选清诗总集附载序言连篇累牍者比比皆是，却是不争的事实。其中最为典型者，可以庄宇逵辑《南华九老会唱和诗谱》为例。此集卷首载梁同书、杨梦符、洪亮吉、张惠言、赵怀玉、左辅、毛燧传、吴士模、恽敬及编者本人所撰序言共十篇，卷末又载卢文弨、蒋熊昌及编者本人所撰《题南华九老唱和诗后》诗三篇，程景传、仲方敬及编者本人所撰跋四篇，合计达十七篇之多。而反观正文部分，不过收唱和诗三十三首，即便加上作者小传与按语中引录的其他和诗，也仅仅再增加六首而已。可见序跋与正文之间，已然形成分庭抗礼之势，如果单就篇幅而

---

① （清）阮元辑：《淮海英灵集》凡例第二款，同前，第2页。
② （清）陈允衡辑：《诗慰》李明睿序，《四库禁毁书丛刊》集部第56册，第2页。

论的话，则序跋实际上是更占优势的。

当然，像《南华九老会唱和诗谱》这样，序跋篇幅压过正文，以至于喧宾夺主的情形，毕竟只是极少数的特例。不过，序跋数量与之相差无多者，却也不在少数。如陶煊、张璨辑《国朝诗的》、黄登辑《岭南五朝诗选》、陈济生辑《启祯遗诗》、周庆云辑《浔溪诗征》、艾盛春等辑《艾氏家集》、徐永宣等辑《清晖赠言》等，所含序跋均在八篇至十一篇。

此种不避繁冗、连篇累牍的特点，在凡例中表现得更加突出。包含十余款凡例的清诗总集极其常见，多达数十款者亦比比皆是。如温汝能辑《粤东诗海》卷首载"例言"五十二款，孙铉辑《皇清诗选》卷首载"盛集初编刻略"三十八款，曾燠辑《江西诗征》卷首载"例言"三十八款，潘衍桐辑《两浙𬨎轩续录》卷首载"凡例"二十四款，杨淮辑《国朝中州诗钞》卷首载"凡例"二十一款，铁保辑《钦定熙朝雅颂集》卷首载"凡例二十则"，等等。

篇幅的加长，一定程度上也使此类文字的内容变得复杂，功能趋于多样。"凡例"不再局限于发凡起例，仅仅撮叙全书的大体内容、编选目的、取舍标准、编排方式等，而是广泛涉及方方面面。其中较值得注意的有如下三点：

一是罗列征引书目。兹以陶樑辑《国朝畿辅诗传》为例。该书卷首载凡例十二款，其中第九、十两款即可作微型目录观。前者除《钦定明史》、《钦定四库全书提要》、《畿辅通志》等外，共罗列九十人所撰各类著作凡一百十六种，包括总集、别集、诗话、笔记、传记、年谱以及其他学术著作，如朱彝尊《明诗综》、吴伟业《梅村集》、袁枚《随园诗话》、纪昀《阅微草堂笔记》、郑方坤《诗人小传》、杨谦《竹垞先生年谱》、顾祖禹《方舆纪要》[①] 等；后者所列则全为别集，共涉及五百零九人、五百四十八种。编者自述他之所以不避繁冗，"胪举其目"，是出于"用备他日续订《艺文志》之一助"[②] 的考虑，为后人保存文献线索的目的非常明显。

二是发表文学见解。这类文字主要以零章散论的形式存在。如梁善长

---

① 以上三种著作，当即《国朝名家诗钞小传》、《朱竹垞先生年谱》、《读史方舆纪要》的简称。

② （清）陶樑辑：《国朝畿辅诗传》凡例第十款，同前，第10页。

辑《广东诗粹》"例言"之第十至十八款，便分别展现了编者在诗学理想、审美趣味、诗体特征等方面的见解，同时也简单罗列了广东各体诗歌创作领域内的主要代表作家。综计这九款"例言"，大都在一百字左右，最多不过两百余字，最少则仅有六十余字。

论点较为集中、论述较为系统者，亦不在少数。如汪学金辑《娄东诗派》卷首附载"例略"二十款，即仿佛一篇太仓诗歌史略。编者按时间顺序，从太仓诗歌兴起的宋元时期说起，撷取各阶段的代表诗人，如"娄派之祖"龚诩，"娄东三凤"张亨父、陆鼎仪、陆文量，"娄诗始盛"期代表徐祯卿，"娄诗极盛"期代表王世贞、王世懋，直至"近时诗人"朱子敬、毛罗照、陆日思等，并旁及方外、闺秀诗人，一一予以叙述、点评、比较，从而清晰而扼要地展现了自宋至清乾隆年间太仓诗歌兴起、发展、繁荣、流衍的过程与脉络。

更有少数凡例可作专门的诗话著作、诗学论文读。最为典型者当推刘然辑《国朝诗乘》卷首附载《诗乘发凡》。该文凡六十五款，约两万字，是笔者目前所见清诗总集之"凡例"文字中，款项最多、篇幅最长的一种。综观全文，基本上是在探讨各种诗学问题，涉及诗歌本质、诗史源流、诗体特征、创作方式等诸多方面。实际上，我们完全可以把这篇《诗乘发凡》与郭绍虞编选《清诗话续编》所收管世铭《读雪山房唐诗序例》之"凡例"部分等而视之，也归之于清诗话的范畴。

三是某些凡例甚至带有经济元素。其中最为典型并且富有时代意义者，当推孙雄辑《道咸同光四朝诗史》。此集刻于宣统二年（1910），凡甲、乙二集。《甲集》卷首附载《拟刊印〈道咸同光四朝诗史〉预约集股略例（甲集分卷略例附）》之第三、第四两款云：

> 集股之例，每壹股得《四朝诗史》拾部，售京平足银伍拾两，概不折扣，亦不分析零售。所有银款一次收足，给付收据。先行奉赠钢笔印《诗史》初编至十六编各一部（十七编至三十编仍随时出版奉赠）、《眉韵楼诗话》一部、"诗史入选姓氏"单张十份，均不取刊资。俟本年（按，即宣统二年［1910］）十二月付《诗史·甲集》十部，明年六月付《乙集》、十二月付《丙集》、又明年六月付《丁集》各十部。（成书后，每一集售京平足银四两，甲、乙、丙、丁四

集共售京平足银十六两，概不折扣。)①

此次预约集股，均由同志好友及在位通人分任提倡，既不登报招集，亦不托京外各埠书肆代售股券。不佞自任五十股，先将甲、乙集付刊。拟于宣统三年九月以前，共招集五十股，俟集满即行停止。（其非同志与提倡风雅者，虽欲附股，概从辞谢。凡入股，均写真姓名。)②

很明显，孙雄意在通过邀集"同志与提倡风雅者"出资入股的形式来筹措资金，以刊印这部《道咸同光四朝诗史》。而他将整篇凡例直接冠以"预约集股"的名号，更是明白无误地揭示了这一点。在编者的吁求下，张之洞、周馥、陈夔龙、傅增湘、刘锦藻、冯汝桓、严震等晚清政治、文化界名流先后出资担任其股东。应该说，以这种形式来出版书籍，是我国图书事业史上的一种新现象。就我国而论，虽然发行债券、合股经营的雏形可以追溯到明代甚至更早，但一般还是认为，真正意义上的股份制企业与股票的出现，仍要迟至同治十一年十二月二十六日（即1873年1月14日）上海轮船招商局的正式成立营运。此后，集股经营的形式才真正开始在我国经济、文化领域内渐次流布开来。而这篇《拟刊印〈道咸同光四朝诗史〉预约集股略例》，正是这一特定历史阶段与事物的见证。

这种连篇累牍的情况也存在于题词中。例如：吴淇等辑《粤风续九》，卷首载李洁、吴雯清等五人所作题诗一百十首；苏泽东辑《梦醒芙蓉集》，卷首载邓蓉镜、尹庆举等三十三人所作题诗七十首；吴修辑《复园红板桥诗》，卷首载尤维熊、郭麐等三十五人所作题诗六十首，及李贻德、沈莲生等四人所作词四阕。至于周锡恩辑《黄州课士录》，乃将"黄州课士录题辞"附于全书末尾，是为特例，但同样包含王懿官、霍凤喈等三十六人所撰题诗达八十九首之多。

由于题词本身已经达到相当大的篇幅，因而甚至有人专门把它们汇总

① （清）孙雄辑：《道咸同光四朝诗史·甲集》卷首《拟刊印〈道咸同光四朝诗史〉预约集股略例（甲集分卷略例附）》第三款，《续修四库全书》第1628册，第299—300页。
② （清）孙雄辑：《道咸同光四朝诗史·甲集》卷首《拟刊印〈道咸同光四朝诗史〉预约集股略例（甲集分卷略例附）》第四款，同前，第300页。

起来，单独编为总集。譬如孙雄辑《道咸同光四朝诗史》卷首附载题词，即由编者本人又纂为《四朝诗史甲乙集叙目题词》一书，宣统三年（1911）付梓，中国国家图书馆有藏本。这堪称一种最为特殊的题咏类清诗总集。

## 二　目录

这里所谓目录，指位居一部著作之首，概括地反映全书内容编排、结构特点的提纲式的文字。就清人所编清诗总集的一般情况而论，大都以卷为纲，卷下开列诗人名录，此为两级体系；部分清诗总集又开列作品详目，是为三级体系。如有按门类、体裁、地域等分编者，又大致先将各卷分别安排于相关门类、体裁、地域等之下，然后再依次系以诗人、诗作之目，是为四级体系；若不提供诗人或诗作之详目，它们也由此而依然呈现出三级或两级体系的面貌。由于清代编者较少在诗人名录之下再详细开列所收诗作的细目，所以两级或三级的目录体系堪称清人所编清诗总集的常态。至于更为详尽的四级乃至四级以上的体系，20世纪以来才在清诗总集编纂领域内蔚然成风。

除此之外，还有两种较为特殊的目录编排形式。

一是按韵部编排。即将全书所收诗人的姓氏分配到平水韵一百零八韵部之下，以韵为纲，每韵之下聚合若干姓氏，每姓之下聚合若干同姓诗人，每人姓名之后再标出各自诗作所在卷数。如果需要查阅某位诗人的作品，则至此人姓氏所在韵部下检索即可。就现有史料来看，最早采用这种体例的清诗总集当推阮元辑《两浙輶轩录》。此集约开编于嘉庆元年（1796），六年（1801）前后付梓。编者除了在各卷卷首开列作者名单外，"又取各卷姓名，分韵编次，总列全编之首。俾览者欲知某人在某卷，依韵求之即得，取其便于检阅也"，至于"闺秀、方外，卷帙无多，不复编韵"①，是为全书总目。综计该目，凡涉及七十个韵部。其中上平声十五韵，含童、冯等五十姓；下平声十四韵，含田、钱等六十一姓；上声十六韵，含董、孔等二十八姓；去声十七韵，含宋、季等二十六姓；入声八韵，含陆、谷等十八姓。每位作者的名下大致皆标出各自籍贯与具体所在卷数。如有连续多人同卷的情况，则在最后一人之姓名后注明卷数，如

---

① （清）阮元辑，夏勇等整理：《两浙輶轩录》凡例第十三款，第1册卷首第3页。

"寝"韵"沈"姓下所含钱塘沈璇、会稽沈霄鹤、山阴沈华、仁和沈峻曾四人，即于沈峻曾名下注曰"俱卷三"，是即这四人均见全书第三卷。连续多人籍贯相同的情况也采用此种处理方式，如"寝"韵"沈"姓下所含沈兰先、沈用济、沈溯洄三人，即于沈溯洄名下注曰"俱钱塘，俱卷六"，是即这三人均为钱塘人，均见于第六卷。

阮元"取各卷姓名，分韵编次，总列全编之首"的目录编排方式，可以说是清诗总集编纂体例的一个创新。他将某些大型类书与工具书的编纂经验与体例引入清诗总集，使目录在一定程度上具备了索引的功能，从而为读者查阅该书提供了方便。这对于像《两浙辆轩录》之类卷帙繁富、翻检不便的总集来说，意义尤其重大，不可谓不是学术思想、学术方法的一种进步。由于这种体例确实有其优长之处，再加上阮元在当时社会文化领域内的巨大影响，所以自19世纪以来，颇有一部分清诗总集编者采用它来编排目录，主要代表有王豫、阮亨辑《淮海英灵续集》，王豫辑《江苏诗征》，吴颢辑《国朝杭郡诗辑》，吴振棫辑《国朝杭郡诗续辑》，丁申、丁丙辑《国朝杭郡诗三辑》，潘衍桐辑《两浙辆轩续录》，董沛辑、忻江明续辑《四明清诗略》，徐世昌辑《晚晴簃诗汇》，袁嘉谷等辑《滇诗丛录》等。直至民国三十二年（1943），严昌堉编刻历代上海诗歌总集《海藻》时，也还仍然采用此种方式编排目录，其影响之深远，由此可见一斑。

二是按地域编排。这可以孙铉辑《皇清诗选》为例。此集卷首载《皇清诗选姓氏》，每位作者名下大致罗列其字号、籍贯、著作等相关信息，所有作者均按其籍贯，分别依次聚合于京师、盛京、江南、山东、山西、陕西、四川、河南、湖广、浙江、江西、福建、两广、云南、贵州等地区之下，末附朝鲜、方外两部分。这实际上提供了一份清初诗人籍贯分布一览表，为我们探究当时诗坛创作风气之地域差异开了方便之门。

至于清诗总集所含目录的内容，同样颇有引人注目之处。很多编者并不满足于仅仅罗列卷数、作者姓名、作品标题等，而是力图向读者提供更多信息，包括作者传记信息、作品数量、文献来源等，均有可能在目录中出现。其中特别值得一提的是，某些总集的目录甚至部分或完全替代了小传的功能。卓尔堪辑《遗民诗》各卷目录所提供的作者生平信息，便远较正文之作者小传来得详细。如卷一目录"姜埰"名下曰："字如农，一字乡墅，山东莱阳人，进士。为仪真令，有惠政。擢礼科给事。以劾柄臣，忤旨，廷杖，系诏狱，备受楚毒，九死弗移。谪戍宣城，中途遇改元，赦，奉母居吴门。临殁，语两子安节、实节曰：'死必埋敬亭，吾戍所也。戍者，吾君所命，吾未闻后命而君亡，吾犹辠人也，敢以异代背死君哉？'于是葬于宣城。著有《正气集》，纪殉难诸君子；《敬亭集》，志戍所。吴中士君子立祠虎丘祀之，私谥贞毅。"① 而反观正文部分的姜埰小传，仅有"如农，乡墅，山东莱阳人，《敬亭集》"② 区区十二字。其他如孙铉辑《皇清诗选》、张应昌辑《国朝诗铎》等，亦皆在卷首目录内提供作者的字号、籍贯、著作等相关信息，而正文部分反倒不再出现此类文字。

### 三 小传

受孟子"知人论世"说及后世"以诗庀史"观的影响，我国文学批评、研究领域历来重视作家生平信息与传记资料的搜集掌握。具体就总集来说，这项任务主要由作者小传承担。

总集包含作者小传的现象由来已久。根据今人傅刚的研究，早在西晋挚虞辑《文章流别集》、南朝梁萧统辑《古今诗苑英华》等总集那里，就已经有了在作者名下附以传记信息的形式。③ 唐宋以降，这种形式在总集编纂领域内得到日益广泛的应用，并逐渐成为一种惯例。清诗总集也不例外。就其表现形式而论，大致有如下三种情况：

一是完整而独立的单篇传记文。这种情况主要出现于丛刻总集。如李镠辑《钟秀庵诗丛》所收李旭《习琴堂诗集》，卷首载王棻《李君淡人家传》；潘祖荫辑《越三子集》，卷首载李慈铭《陈寿祺、王星诚、孙廷璋三子传》；夏孙桐辑《二介诗钞》凡含黄毓祺《黄介子诗钞》、李寄《李介立诗钞》两部分，卷首分别载《邑志忠义本传》，以及《邑志隐逸本传》、《昆仑山樵传》、《李介立先生小传》等，叙述二人生平。部分规模较小的选本也载有此类单篇传记文，如李稻塍、李集辑《梅会诗选·初集》（又题《梅会两名家诗选》）收录朱彝尊、李良年之诗作，卷首载陈

① （清）卓尔堪辑：《遗民诗》，同前，第 407 页。
② 同上书，第 408 页。
③ 可参见傅刚《昭明文选研究》第一章第一节《汉魏六朝著书、编集体例述论》的相关论述，第 37—41 页。

廷敬《翰林院检讨竹垞朱公墓志铭》与朱彝尊《征士李君行状》；唐和等辑《乱离吟草》收录唐穆愈、唐穆增兄弟之诗作，卷首载唐和《先人孝行事实》叙述二人事迹。

二是将众多作者的生平信息汇为一编。如铁保辑《白山诗介》卷首附载《爵里姓氏》，便是全书所收一百四十二位八旗诗人的姓氏、字号、谥号、官爵、科名、著述等相关信息的汇总，而正文部分则不再一一介绍。其他如李根源辑《永昌府文征》所含《列传》四卷、陈銮辑《蓂洲闻咏集》卷首附载《同人名氏》、叶书辑《击衣剑》卷首附载《诗人小传》、吴修辑《复园红板桥诗》卷首附载《二十人姓氏爵里考》、钱三锡辑《妆楼摘艳》卷首附载《妆楼摘艳姓氏》等，均属此种情形。

三是传记信息分散于各个作者名下。这是清诗总集所含作者小传的一种最普遍的情况。至其具体内容，则繁简不一。简者仅提供作者字号、籍贯、科名、官爵、著述等基本信息；繁者则广泛涉及作者事迹、言行、性情、交游、创作风貌、思想观念等方方面面。部分小传甚至完全可以作为单篇传记文读，最典型者当推全祖望辑《续甬上耆旧诗》。

此集凡收明末清初浙江宁波府诗人六百余家，小传较详赡者亦数以百计，并且其中的相当一部分，实际上就是全祖望《鲒埼亭集》所收"碑铭"、"墓表"、"状略"、"传"一类文字的翻版。关于这一点，全祖望本人就一再明确予以指出。如《续甬上耆旧诗》卷十钱肃乐小传前云："予尝为公作《第二神道碑》，今节录之。"[①] 卷百十陈汝咸小传末云："余尝为公作《神道碑》，今即录之，不别立传。"[②] 卷百十一万承勋小传首云："西郭（按，即万承勋，西郭其号）于予年长三十余岁，顾序中表兄弟之谊甚笃，予尝为作《墓表》，今即录之，不更作传。"[③] 卷百十三陈士良小传首云："予尝为作《墓版文》，今节录之。"[④] 卷百十五邵基小传首云："予尝为公作《神道碑》，今即录之。"[⑤] 这五篇小传分别来源于《鲒埼亭集·内编》卷七所收《明故兵部尚书兼东阁大学士赠太保吏部尚书谥忠

① （清）全祖望辑，方祖猷、魏得良、孙如琦、方同义点校：《续甬上耆旧诗》，上册第203页。

② 同上书，下册第768页。

③ 同上书，下册第781页。

④ 同上书，下册第864页。

⑤ 同上书，下册第914页。

介钱公神道第二碑铭》、卷十六所收《大理悔庐陈公神道碑铭》、卷二十二所收《磁州牧西郭万君墓表》、卷二十一所收《陈裕斋先生墓版文》与卷十八所收《吏部侍郎兼翰林院掌院学士巡抚江苏思蓼邵公神道碑铭》。两相比较后，可知文字差异并不大，即如钱肃乐小传，便与《鲒埼亭集》所收《钱公神道第二碑铭》基本相同，唯删去篇末铭文"真人御世兮"至"公归来兮听吾诔"① 一段九十余字，而其他约四千字的正文部分则均予以保留。

除上述五篇外，《续甬上耆旧诗》所含作者小传可以在《鲒埼亭集》的相关文章内找到各自对应部分的，至少还有七十余篇。而且，综观《续甬上耆旧诗》全书，像钱肃乐小传这样，结构较完整、篇幅较长者颇为众多，诸如卷二十董守谕，卷二十一陆符，卷二十二万泰，卷二十三董德偁，卷二十四全大程，卷二十五周齐曾，卷二十八邱子章，卷三十潘访岳、汪应诏，卷三十二梁以樟、宋龙，卷三十四徐凤垣，卷三十六林必达，卷三十七沈士颖，卷四十一高斗权、高斗魁，卷四十四王嗣奭，卷四十九倪元楷，卷五十二张嘉昺，卷五十八方授，卷五十九董德偕、董德仕、董隆吉，卷六十一周嗣升，卷六十二朱钺，卷六十三林宏珪、全吾骐，卷六十六周志嘉，卷六十七纪历祚，卷七十六周维祚，卷八十二周斯盛，卷八十四胡文学，卷八十五史大成，卷八十八袁时中，卷九十左岘，卷九十五董允瑶，卷九十七董允璘等人名下之小传，均属此种情形。这部分文字虽未收入《鲒埼亭集》，但完全可以成为我们研究全祖望传记文写作的重要文学史料。

在另一些总集那里，虽然由编者本人撰写的传记文字相对较简略，但由于他们随后又排列了大量与作者有关的文献资料，所以也能提供非常丰富的信息。如阮元主持编纂的《两浙輶轩录》，即号称："小传所采，凡志乘传状、序跋诗话，有足表见行谊、传为韵事者，节录之，所以摅怀旧之蓄念、发潜德之幽光，惟无可考者始阙之。"② 大抵首列姓名，下注字号、籍贯、功名、官爵、著述等，随后一一排列与作者有关的文献资料。其中排列资料最多者，应推卷六所收朱彝尊，凡含《池北偶谈》、《西河

① （清）全祖望撰，朱铸禹汇校集注：《全祖望集汇校集注》，上海古籍出版社 2000 年 12 月第 1 版，上册第 155 页。

② （清）阮元辑，夏勇等整理：《两浙輶轩录》凡例第七款，第 1 册卷首第 2 页。

诗话》、"邓汉仪曰"、"诸锦曰"、《国朝名家诗钞小传》、《梅里诗辑》、
《柚堂笔谈》、《国初集》、"朱文藻曰"共九条资料。此外包含资料较多
者，还有卷六所收毛奇龄、卷十八所收商盘、卷二十一所收厉鹗、卷二十
二所收胡天游，小传后均排列八条资料；卷六所收周篔、卷十所收查慎
行、卷十七所收周长发、卷十八所收侯嘉燔、卷二十所收金农、卷二十一
所收杭世骏、卷三十二所收童钰，小传后均排列七条资料；卷一所收陆
圻、徐缄，卷六所收李良年，卷十七所收金志章、诸锦，卷二十一所收周
京，卷二十二所收周大枢，卷四十所收顾若璞、黄媛介，小传后均排列六
条资料；卷一所收严沆、彭孙遹、黄宗羲、李邺嗣、曹溶，卷五所收陈奕
禧，卷十四所收鲁曾煜，卷二十四所收陈撰，卷三十一所收陶廷珍，卷三
十九所收正嵓、篆玉，小传后均排列五条资料，等等。

更重要的是，《两浙轩轩录》诸编者不仅排比罗列相关作者的小传资
料，而且还对其中的若干疑难问题、错漏之处予以考辨、纠正。如卷十三
谢绪彦小传先列《诗文草创·小传》云："谢绪彦少年科第，不博一官。"
接着列参编者之一袁钧的话说："谢绪彦为兆昌从子，中书科中书。"随
后乃列另一位参编者朱文藻的话说："《诗文草创》为谢兆昌所辑，绪彦
为其从子，则兆昌之言当确。殆选入中书而未任者欤？"① 对谢绪彦是否
出仕的问题作了较合理的解释。又如卷三十九正嵓小传先列王士禛《渔
洋诗话》云："徐继恩，字世臣，武林名士。乱后为浮屠，名正嵓。"接
着又列张廷枚辑《（国朝）姚江诗存》云："《渔洋诗话》以豁堂（按，
即正嵓，豁堂其字）为杭人，则误矣。豁堂本姚邑徐氏子，寄迹禹航，
祝发灵隐，盖姚江人，而僧于杭者也。"② 从而纠正了王士禛失察之误。
这种做法对于读者、研究者来说，显然具有更大的参考价值。

另有部分总集编者提供的作者小传，甚至出现了基本不着一字，而只
是辑录排比各类相关文献，主要依靠客观材料说话的现象。例如张元济辑
《张氏艺文》。此集收录明清浙江海盐张氏家族三十六位成员所作诗二百
九十九首、词六阕。编者凡采及《浙江通志》、《嘉兴府志》、《海盐县
志》、《海盐县图经》、《海盐县续图经》、《家乘》、《汪氏双节旌门题辞》、
《石濑山房诗话》共八种著作，以及朱国祚《太学桂垣张先生传》、赵金

---

① （清）阮元辑，夏勇等整理：《两浙轩轩录》卷十三，第 4 册第 931 页。
② （清）阮元辑，夏勇等整理：《两浙轩轩录》卷三十九，第 10 册第 2780 页。

简《晓堂张君家传》、王显曾《东谷张君家传》、洪亮吉《端峰张公家传》、俞思谦《南庐张君小传》、郑以伟《质侯张公墓志》、郑宣《如伯张公墓志》、许焞《广东雷州府徐闻县知县南垞张公墓志》、陆以谦《含广张先生墓志铭》与《芷斋张先生墓志》、梁同书《兰榭张君墓志》共十一篇传记、墓志，并将相关材料分别罗列于诸作者名下。只是当所引材料叙述作者著述情况有缺漏时，编者才以按语的形式予以补正。综计全书，此种补正现象凡十处，所据材料均为胡昌基辑《续檇李诗系》。如张宗栻名下先引录《嘉兴府志》曰："张宗栻字敬贻，以副贡授瑞安教谕，历官粤东徐闻县知县，以经术文饰吏治，著有《南垞文稿》。"而后编者乃出面说："按，公尚著有《罗阳纪游》、《瓯归小草》，见《续檇李诗系》。"①措辞甚为简明扼要，基本不带主观色彩。其他九处补正文字也同样如此。

## 四　评论

总集而附带有作家作品评论文字的体例，同样缘起甚早。就现有史料来看，在唐殷璠辑《河岳英灵集》、高仲武辑《中兴间气集》等总集那里，就已经出现了总集与评论相结合的形式。它经过宋吕祖谦辑《古文关键》、谢枋得辑《文章轨范》等总集的发展，至明代，乃为众多总集编者所采用，从而形成一种风气。

这种形式在清人编选清诗总集那里得到了广泛继承。至其表现形态，亦纷繁多样。除了常见的以文字形态呈现的眉批、侧批、尾评等之外，还运用了大量圈点符号。如刘然辑、朱豫增辑《国朝诗乘》所收诗歌，"凡其琢句神妙处，例从〇；其工细处，例从、；或通首明净，中间一二字病，必为抹出，例从｜；五、七言长篇有段落，有关捩，古今人高下分界正在此，今一一指明，段落例从∟，关捩例从∧"②，可谓充分调动了各类非文字符号为诗学批评服务。

尤其值得注意的是，清人编选清诗总集所含评论文字往往还和小传、注释等附件相结合。沈德潜等辑《国朝诗别裁集》所含作者小传，便附有大量针对作者诗学思想、创作特征、诗史地位与成就等的评论，而且其

---

① 张元济辑：《张氏艺文》，台湾新文丰出版公司《丛书集成续编》第118册，第272页。
② （清）刘然辑，朱豫增辑：《国朝诗乘》发凡第六十一款，《四库禁毁书丛刊》集部第156册，第31—32页。

篇幅与内容往往比作者生平信息来得更大、更丰富。兹以卷一钱谦益小传为例。编者以"○"的符号将这篇小传分为三个部分。第一部分介绍钱氏的字、籍贯、科名、官位、著作等，仅有区区三十三字的篇幅；第二部分的主要内容即诗学批评，论及钱氏以学问为诗的创作特征，及其推尊白居易、苏轼、陆游，贬斥前后七子、二袁、钟、谭的诗学观念，并认为钱氏的诗歌创作与诗学观念有不可磨灭的价值与成就，整段篇幅长达一百九十四字；第三部分则为钱氏诗句的摘评，凡五十三字。

至如评注结合的形态，则可以吴淇等辑《粤风续九》为例。此集所收歌谣，绝大多数附有详略不等的注释，其中的相当一部分呈现出注后有评的面貌。如卷二《猺歌》之二十"三表读书治天地，三妹唱价博少年。黄蜂细小蜇人痛，油麻细少炒仁香。鸭儿细细着水面，表缘细小爱连娘"后有注云：

> 三表，土人谓指三皇。夫以三妹造歌之功，比之开天圣人，意亦奇矣。余以为非是。猺人称兄曰表，于皇无当。疑此三表者，即白鹤秀才也。读书治世界，唱歌博少年，乃互文。猺人之言曰："上古之时，人止一夫一妻，是一个冷淡世界，自三妹造歌，教人结同年，人皆知相怜相爱，乃治成此风流世界也。"盖彼此不博少年，则世界不治，不作歌，则无以博少年，非读书，则不能作歌。一层层推原进去。○孔子曰："唯女子与小人难养也。"古来飞燕等流毒至长，皆因始先看得他细小了。此歌一连用四个细字，最宜玩。①

整段注文同样以"○"的符号划分为两个部分。前半部分着眼于字词、句意的解说，是为纯粹的注释；后半部分乃以纲常伦理的眼光，去审视当时广西少数民族猺人的风俗习惯与歌仙刘三妹传说，并施予迂腐刻酷的评论，唯末尾"一连用四个细字，最宜玩"之评价，尚能体会民歌形式活泼的特质。

另外，清人编选清诗总集还有一种创例，即将相关评论以编者自著诗话的形式命名，单独列于各作家小传与作品之后。关于此种形式，将在下一部分"诗话"中详细论列。

---

① （清）吴淇等辑：《粤风续九》，《四库全书存目丛书补编》第79册，第396—397页。

清人编选清诗总集所含评论文字的表现形式大致如上所言，下面再初步探讨他们对于这一体例的态度。

较之小传所受到的普遍认同与重视，清人对于是否应在总集内添加评论文字的态度颇有分歧。相当一部分人对此持拒斥态度。因为在他们看来，总集而附带评论文字，一则古无此例，再则编者未必能探得作者文心，所以与其强作解人，不如让读者自己去涵泳体会。《过日集》编者曾灿即认为：

> 集中不加圈点评语者，遵古也。《文选》一书，家传户诵，垂千百年不变，要略示其的，随后人所领取耳。评点切当者，不无裨益后学，而古人之精神，反沉泥于句下。况仁者见仁，智者见智，亦何必执一法以例天下之学者乎？①

曾灿虽然肯定了切当的评点所具有的"裨益后学"的启示功效，但还是明确指出，有形的评点文字会给读者设置起一个先入为主的理念与框架，这将不可避免地对他们自身的审美感受起到负面的束缚作用，使之难以在一个更高的层面上契悟古人诗学之精神。更何况，对于一首诗歌的理解往往有仁智之见，孰高孰低，无法也无从一概而论，所以总集编者并不必然具备"执一法以例天下之学者"的权力。既然如此，则沿用古人"不加圈点评语"的做法，不失为一种明智之举。

曾灿的这种看法可以说是清代很多清诗总集编者的共识。《国朝诗的》编者陶煊、张璨便同样认为："唐人选唐诗，如《河岳英灵》、《中兴间气》诸集，概不用圈点评语，欲使读者自有会心。斯集一遵前式，毋事点污。"② 《名家诗选》编者吴蔼亦云："从来作者固难，识者亦复不易。是选不用评点，一遵旧式，以便作家之自为批阅。"③ 均在崇古的旗帜下，以解人难得为由，取消了圈点评语存在的合理性。至如《同馆试律汇钞》编者法式善所谓"不评、不圈点者，钞诗非选诗也"④，则是直

---

① （清）曾灿辑：《过日集》凡例第五款，同前，第192—193页。

② （清）陶煊、张璨辑：《国朝诗的》凡例第九款，同前，第448页。

③ （清）吴蔼辑：《名家诗选》凡例第六款，同前，第4页。

④ （清）法式善等辑：《同馆试律汇钞》凡例第十一款，同前，第358页。

接将是否施加评论同总集性质与编纂目的挂钩。在他看来，既然《同馆试律汇钞》只是为保存文献而编的诗"钞"，而非纯粹意义上的诗"选"，那么也就没必要去费心撰写评论文字。

另有部分清诗总集虽然附有些许评点，但其编者有意识地将此类文字控制在十分有限的范围之内。《二南遗音》编者刘绍攽即提出："六义当前，览者自有会心。故编诗者，例不加评。其有须注以明者，用按语以识其下。"① 《国朝六家诗钞》编者刘执玉也说："诗中佳境，读者各有会心。若缀以评语，未免画蛇填足。兹编惟旁用圈点，以清眉目，使读者展卷豁然。"② 可见他们只是出于理清眉目、避免混淆的目的，才为部分诗作添加了少许评点，而其对于此类文字的基本态度则与曾灿等并无二致。

客观地讲，曾灿等对于评论的看法确实有其切中肯綮之处。尤其联系着明代中后期以降，典籍编刊活动出现愈演愈烈的滥加评点现象来看，则他们不施评点，欲令读者直面作品本身，去体悟、玩味诗中三昧的做法，未尝不具有矫正时弊的目的与作用。但从另一个角度来说，总集编者针对具体作家作品所撰写的评论文字同样有其自身价值，却也不可否认。吴应和等辑《浙西六家诗钞》便认为："选诗用评语，为读者豁心目、启途径，正不可少，何必托于大方，弃置勿用？"③ 对部分编者弃置评论语的做法提出质疑。《续檇李诗系》编者胡昌基则明确认定："诗评、诗话，所以证明原诗，断不可少。"④ 正面肯定了评论对于诗歌本身而言相辅相成的地位与作用。《广东诗粹》编者梁善长更是进一步指出：

> 诗人寄托深远，非息心静玩，未易得其旨趣。而体无论今古，篇无论长短，作者各有主意，有章法，有句法，有字法，有虚有实，有正有变，佳胜各出，有目共赏。故集中从俗，略加圈评。⑤

某些诗歌的意蕴旨趣也许空灵玄虚，难以把捉，但其语言形式却客观呈现

① （清）刘绍攽辑：《二南遗音》凡例第五款，同前，第732页。
② （清）刘执玉辑：《国朝六家诗钞》凡例第六款，卷首第2a页。
③ （清）吴应和等辑：《浙西六家诗钞》凡例第三款，道光七年（1827）紫微山馆刻本，卷首第2a页。
④ （清）胡昌基辑：《续檇李诗系》凡例第五款，宣统三年（1911）刻本，卷首第1b页。
⑤ （清）梁善长辑：《广东诗粹》例言第七款，同前，第109页。

于所有读者面前，并且也有迹可循，因而凭借理性的眼光与解析的方法，去认识、学习其写作模式与技巧，欣赏、体味诗歌的语言形式美感，是有可能做到的。由于中国古典诗歌，尤其是近体诗歌带有强烈的形式美意味，甚至在很大程度上成为其自身的典型特征，所以这种形式批评、技法分析绝非无足轻重的浅俗之学，而是能让读者更加切实地体认一首诗歌的最基本元素——语言。一方面，它对于初学者的意义显而易见；另一方面，也未尝不可以经由对诗歌语言的切实把握，去更好地感受、体悟其深层意蕴。两方面合在一起，为清诗总集附加评论文字，乃至整个诗歌评论的存在提供了有效范围与合理基础。

当然，很多对诗歌评论持赞许态度的清诗总集编者，也认识到了其自身的局限性，以及当时这个领域存在的芜滥弊端。因此，他们在撰写评论文字时，实际上是有所控制的。如《国雅初集》编者陈允衡指出：

> 古人选诗，原无圈点。然欲嘉惠来学，稍致点睛画颊之意，亦不可废。须溪阅杜，沧浪阅李，不无遗议；但当其相说以解，独得肯綮处，亦可以益读书之智……必矩于正，则圈点不为无功。若近人满纸皆圈，逐句作赞，究不知其风旨所在，反令目眩心骇，将为蛇足乎？衡所服膺者，妄欲力追古法，未必当。然宁简略，使读者自得之章法，是所最重，非如《诗归》好论字句已也。若能于全无圈点中，会圈点之意，则此道三昧有在笔墨之外者，以俟解人可耳。①

在陈氏看来，虽然圈点评论并非古人通例，但它确实有启发心智、引导后学的功能，因而"亦不可废"。他所反对的，乃是那种"满纸皆圈，逐句作赞"的芜滥习气。作为对这种芜滥习气的反拨，他提倡一种相对简略，却又能使"读者自得之章法"的评点方式。

《国朝诗乘》编者刘然则认为：

> 先辈操选政，不置圈点。盖恐人意见异同，不敢以一己私论，率天下后世虚心学问之一端也。自正、嘉而后，坊贾始以圈点书易售，射利者争效之，大失邯郸故事。然其间下笔颇矜贵，评语多简尽，未

---

① （清）陈允衡辑：《国雅初集》凡例第四款，同前，第6页。

有如今日靡滥至极者。余此选……篇中、句中、字中，间附评跋数字，或十数语，要皆与作者意趣印证明确，绝不敢夸多斗靡，妄矜腹笥。①

　　和陈允衡一样，刘然也对诗歌评点中的"靡滥"习气深表不满，所以转而提倡"矜贵"与"简尽"的方式。同时，他还进一步提出，评点应当"就诗论诗"，"与作者意趣印证明确"，这样才能真正帮助读者理解诗意、感受诗美；应当不拘一格，表达自己的真实感受与独到见解，为读者提供内容充实而又有质量保证的诗学评论。

　　陈、刘二人给诗歌评论树立的这几项标准，为很多清诗总集编者所认同。如《白山诗介》编者铁保云："是集诗中句读，概不圈点；篇内佳处，间为标出。使观者目光一射，珠玉灿陈，亦不没人善之意。"②《越风》编者商盘云："诗中佳境，要人自得，原以不加评点为宜。然一经品跋，倍显精神。不拘我法以绳，惟赏厥音之善，作者、评者两无憾矣。"③前及《浙西六家诗钞》与《续檇李诗系》所附评点，同样以"悉有所本，不敢全凭臆见"④与"博采而约取之"⑤为准则，均体现了他们追求一种简明扼要、便于读者、言而有物、独具慧心的诗歌评论的愿望。

## 五　诗话

　　总集而包含"诗话"著作的现象，至迟在明代就已经屡见不鲜。如万历年间人慎蒙辑《皇明诗选》，卷首即附载徐祯卿《谈艺录》一卷；胡震亨辑《唐音统签》之《癸签》部分，也可以视为一种诗话。

　　含有诗话著作的清诗总集为数更多。就其表现形态而论，大致有两种情况，一是较为完整者，二是分散于全书者。前者主要有施念曾、张汝霖辑《宛雅三编》所含《历朝诗话》⑥三卷，魏裔介辑《溯洄集》卷首附载《诗论》与《诗话》，曾燠辑《江西诗征》卷末附载《论诗杂咏》五

---

① （清）刘然辑，朱豫增辑：《国朝诗乘》发凡第六十一款，同前，第31页。
② （清）铁保辑：《白山诗介》凡例第十一款，同前，卷首第3页。
③ （清）商盘辑，王大治订：《越风》凡例第七款，卷首第2a页。
④ （清）吴应和等辑：《浙西六家诗钞》凡例第三款，卷首第2a页。
⑤ （清）胡昌基辑：《续檇李诗系》凡例第五款，卷首第1b页。
⑥ 此处标题据《宛雅三编》之目录，正文部分则作"诗话"。

十四首，李稻塍、李集辑《梅会诗选》卷首附载《竹垞诗话八则》与《秋锦诗话七则》，庄令舆、徐永宣辑《毗陵六逸诗钞》卷末附载《六逸诗话》一卷等，大都出自总集编者或参与编纂者之手。此外，又有若干包含他人诗话著作者，如陈允衡辑《诗慰》初集收入明谢榛《诗说》一卷，陆乃普辑《陆氏传家集》收入陆鋆《问花楼诗话》三卷，黄培芳辑《岭海楼黄氏家集》收入黄培芳《香石诗话》二卷。谢、陆、黄三人都是这三部总集所收作者之一，编者在辑录其诗作的同时，也附带收入了他们的诗话著作。

至于以分散形态出现的诗话、诗论文字，则是一个更加普遍的存在。它主要分布于诗人小传之后，早期代表为朱彝尊辑《明诗综》附载《诗话》。这些"诗话"条目的内容十分丰富，广泛涉及作者的生平事迹、嘉言懿行、创作特征、文学观点，以及众人评论、佳句摘录等。比较而言，全书小传部分相对简略，大致仅罗列作者字号、爵里、著述等方面的概况，而更多翔实而生动的材料则单独体现于"诗话"部分。如卷八十一上之明末清初人王翃小传云："字介人，嘉兴布衣，有《秋槐堂集》。"①仅以区区十二字的篇幅，简单介绍了作者的字、籍贯、身份与著述情况。而反观"诗话"部分，则曰：

> 介人初擅词曲，后研声诗，志取多师，不遗伪体。其论诗于合处见离，于离处求合。启、祯之间，大雅不作，毅然以起衰自任，而知者寥寥，惟平湖陆职方嗣端心赏之，尝访君于长水，值君洗砚河头，挟之登舟，家人不知也。遍游苕霅乃返。既而入越，谒陈推官卧子，方置酒送客，君诗有"前路夕阳外，行人春草中"之句，卧子击节曰："此今之高三十五也。"为序其诗词。遭乱，所居不戒于火，惟余小屋二间，一供妇纂，一吟咏其中，有故人官府寮者，造之不见，寻卒于京口。五言如"江湖长至日，风雪上方山"，"驿路通秦远，峰阴入晋多"，"桄榔千树雨，瘴雾百蛮天"，"日气淫秋雨，岚光变夕曛"，"枫林依水尽，云物近秋多"，"一二故人在，飘零佳讯稀"，"江山雄白下，人物近黄初"，"山雪行人少，江梅腊月多"，"文章身后事，邱陇梦中山"，"白社违人日，元关闭子云"，"江山开一望，

① （清）朱彝尊辑：《明诗综》，第 7 册第 3979 页。

吴越在孤舟"；七言如"夜月旌旗五马渡，秋风草木八公山"，"周道秋风行黍稷，汉宫春雨长蒲桃"，"西蜀喻通司马檄，中山谤满乐羊书"，"秦塞忽惊三月火，汉家空待贰师功"，"三月晴风高战鼓，九江春水下楼船"，铸语高华，此方虚谷所云"律髓"是也。①

整段文字以三百七十七字的较大篇幅，分别叙及王翃的诗学取向、创作特征、生活态度、事迹行踪，及其与陆澄原（嗣端其字）、陈子龙（卧子其字）等人的交游等。小传与诗话之间可谓形成了分工，前者传递诗人的几项最基本信息，后者则是一份生平履历简编。通过它们，编者各有侧重地向读者评介着诗人自身的特点、经历、成就与性情等。

这种小传与诗话结合的形式，堪称清代诗歌总集的"一个独创性的体例"②。它发挥了诗话形式灵活，兼具记事、论辞之功能的特点，将文献性质的作家传记资料与文艺性质的作家作品评论熔于一炉。这相对于小传而言，一则形成了功能的分流，使作者的基本信息首先得以直接而清楚地体现于小传，而其他具体详细的情况则容纳于随后的诗话，由此，作者名下所附传记资料的眉目也能显得更加清晰；再者，由于诗话本身就是一种带有强烈文学色彩的著述体式，它的加入不仅是对偏于文献性质的小传的有益补充，同时也是对整部诗歌总集的文学批评功能与文学史料价值的有力提升。卢见曾称赞《明诗综》的这一创体说："选诗有传，始于殷璠，详于元遗山《中州集》，钱宗伯《列朝诗选》又加详焉。牧翁以诗存史，意自有在。窃谓《明诗综》前详爵里，后系诗话，于选诗体制为宜。"③ 洵非过誉。

由于这种体例确有其优长之处，所以自朱彝尊之后，很多清诗总集编者都模仿其做法，在作者小传后附以各自编撰的诗话。仅见于吴宏一主编《清代诗话知见录》与《清人诗话考索》、张寅彭《新订清人诗学总目》、蒋寅《清诗话考》著录者，即有刘彬华辑《岭南群雅》附载《玉壶山房诗话》、郑杰辑《国朝全闽诗录》附载《注韩居诗话》、郑王臣辑《莆风清籁集》附载《兰陔诗话》、王昶辑《湖海诗传》与《青浦诗传》附载

① （清）朱彝尊辑：《明诗综》，第 7 册第 3980 页。
② 蒋寅：《论清代诗文集的类型、特征及文献价值》，同前，第 66 页。
③ （清）卢见曾辑：《国朝山左诗钞》凡例第二款，卷首第 1a—1b 页。

《蒲褐山房诗话》、陶樑辑《国朝畿辅诗传》附载《红豆树馆诗话》、梁章钜辑《三管英灵集》附载《三管诗话》、伍崇曜辑《楚庭耆旧遗诗》附载《茶村诗话》①、胡昌基辑《续槜李诗系》附载《石濑山房诗话》、朱彬辑《白田风雅》附载《游道堂诗话》、刘存仁辑《笃旧集》附载《屺云楼诗话》、符葆森辑《国朝正雅集》附载《寄心庵诗话》、顾季慈辑《江上诗钞》附载《蓉江诗话》、潘衍桐辑《两浙輶轩续录》附载《缉雅堂诗话》、史梦兰辑《永平诗存》附载《止园诗话》、陈诗辑《皖雅初集》与《庐州诗苑》附载《尊瓠室诗话》、陈衍辑《近代诗钞》附载《石遗室诗话》、徐世昌辑《晚晴簃诗汇》附载《诗话》，等等。

这些集中见于清诗总集所收诗人小传后的诗话，不少被后人辑出单行，又可谓"清代诗话的创体"②。如朱彝尊辑《明诗综》附载《诗话》，即先后有卢文弨、周中孚、姚祖恩等辑录之为单行本《静志居诗话》，今则仅有姚祖恩编二十四卷本传世，有嘉庆二十四年（1819）姚氏扶荔山房刻本等。其他如郑杰《注韩居诗话》、王昶《蒲褐山房诗话》、梁章钜《三管诗话》、顾季慈《蓉江诗话》、潘衍桐《缉雅堂诗话》等，亦均有单行本行世。

当然，这类诗话的分布范围并不局限于作者小传之后，部分条目也可能出现在作品标题或正文之后。如张谦辑《道家诗纪》卷三十九所收陈敬《秋感五首》，标题后附《小瀛洲仙馆诗话》一条；王昶辑《湖海诗传》卷二所收厉鹗《悼亡姬》（四首），正文后附《蒲褐山房诗话》一条；朱彬辑《白田风雅》卷二所收汤廷相《怀三兄粤东，步孙东山韵》，卷七所收刘国藻《张子晋明府招集纵棹园，用少陵城西陂泛舟韵》，卷十所收杨镐《送阮静庵归宣城》，卷十一所收乔亿《拟古三首》，卷二十四所收叶燮《答朱恭亭仍限覃韵二首》、张增《莲池庵纳凉同王越庵广文、朱恭亭明经、天峰上人联句》，诗后均附《游道堂诗话》一条。至于全祖望辑《续甬上耆旧诗》附载"诗话"，更是大半出现于作品之后。

## 六　注释

带有作品注释的清诗总集为数甚多。就其来源而论，大致有三种情

---

① 蒋寅：《清诗话考》上编《清诗话目录》之二《清诗话待访书目》称《茶村诗话》撰人不详（中华书局 2007 年 1 月第 2 版，第 164—165 页），实即出自伍崇曜之手。

② 蒋寅：《论清代诗文集的类型、特征及文献价值》，同前，第 66 页。

况，一是作者自注，二是编者加注，三是后人整理注释。这里集中探讨后两者。

一般来说，清人编选清诗总集所含注释文字，以出自编者本人或与编者有关人士之手者居多。至于清代时即受关注，从而经由他人注释过的清诗总集，则为数并不多，大抵集中于课艺类中的试帖诗总集。如张熙宇辑《七家试帖》，因所收七位作者皆为试帖诗名家，问世后颇受士子与书坊的青睐，形成多个评注版本，包括王廷绍等的《批点七家诗选笺注》、王植桂的《七家试帖辑注汇钞》、石晖甲的《七家诗详注》、刘培棠的《刘注七家诗》等。实际上直到现在，得到系统注释的清诗总集的数量依然十分有限。笔者管见所及，由今人系统注释过的清诗总集，只有商璧①著《粤风考释》、梁庭望译注《〈粤风·壮歌〉译注》，桂苑书林编委会校注《〈粤西诗载〉校注》，李雅超校注《白山诗词》，湖北省社会科学院文学研究所校注《〈楚风补〉校注》，杨文虎、陆卫先主编《〈永昌府文征〉校注》，厦门图书馆校注《〈嘉禾名胜记〉〈鹭江名胜诗抄〉校注》等。

再具体就注释的数量与分布情况来看，清代编者所加注释大都偏于零散。而系统注释者如汪琬辑、周靖注《姑苏杨柳枝词》，纪昀辑《庚辰集》，胡浚辑《国朝制帖诗选同声集》，杨逢春、萧应槐辑、沈品金等注《青云集》，吴淇等辑《粤风续九》等，在清诗总集中所占比例并不大。清代之后，带有较系统注释的清诗总集乃渐渐增多。从民国五年（1916）初版的王文濡辑、王懋、郭希汾注释的《清诗评注读本》，到近些年出版的一系列清诗选本，诗、注结合已经成为近百年来不少清诗总集编者首选的体例。

至于注释的具体内容，清人编选的清诗总集大都趋于散漫，诸如典故出处、名物制度、创作背景、文献来源、文字差异等内容，皆可能涉及。不过，也有部分清诗总集的注释内容相对较集中。概言之，以如下几种情形最为显著：

一是语典、事典。集中阐释作品之语典、事典的清人编选清诗总集，以试帖诗总集最突出。这是因为此类总集的受众多为初学者与普通读者，并且通常还扮演着科举考试应试读物的角色，所以编者往往在典实注解方面用功甚勤。纪昀辑《庚辰集》即宣称："文涉隐奥，义有异同，非反复

---

① "商璧"系壮族学者陈多、莫非的笔名。

引证不明也。是编为初学讲授，每事务穷端委，故所注较他本为详。"①
试帖诗总集而外，刘执玉辑《国朝六家诗钞》也提出："诗中援引故实，
阅者诚难一览了了。兹编略加诠释，以便初学。第语出经传，夫人诵习
者，不妨阙如。惟散见子、史、文集者，则考核务期精当；然亦节取简
要，使与诗义相发，不欲贪多务博，反致炫人心目也。"② 虽然刘氏"节
取简要"、"务期精当"而又有所取舍的注释方式，与纪昀颇有差别，但
方便初学者的考虑则是共通的。

二是各地风物掌故。此类文字多出现于地方类清诗总集。这是由于各
地风土物产、历史掌故往往不为外乡人乃至当今本地人所知，因而有必要
为之注出。这一则有利于保存乡邦文献，再则也能收到彰显乡邦文化的效
果。如《檇李诗系》编者沈季友云："于题咏之下，考据邑史，附注其山
川古迹、土风物产，俾开卷者得其地之胜观，盖咏歌之中而寓纪载之意
焉。"③《三台诗录》编者戚学标云："诗有用梓里事实及用典过隐癖
（按，原文如此），他人读之，恐未晓者，间为附注一二。"④《广东诗粹》
编者梁善长云："至于吾粤山川名胜、鸟兽草木，省志舆图或未详载，细
加笺注，以便观览。"⑤ 大抵揭示了这几重因素。

三是背景本事。揭示诗歌创作之背景本事，是历代总集编注者都比较
重视的一项内容，甚至催生出如厉鹗辑《宋诗纪事》这般以辑录有本事
可考之诗歌为旨归的诗纪事体总集。此类总集所纪之"事"，主要是诗歌
背景与创作故实，兼及少量作家作品评论，一定程度上可谓"本事诗"
之渊薮。可以归入这一类型的清诗总集，主要有徐釚辑《本事诗》与陈
田辑《明诗纪事》等。"本事诗"专集而外，其他集中注释诗本事的清诗
总集，以叶德辉辑《昆仑集》最典型。此集收朱益浚、易顺鼎等十一人
所作唱和诗二百四十九首，卷末又附"释文"一百九十则，多为对诗作
本事的注解。

四是词句意义。集中阐释诗歌词汇、语句的现象，在清代还相当罕

① （清）纪昀辑：《庚辰集》凡例第十款，同前，第 3 册第 64 页。

② （清）刘执玉辑：《国朝六家诗钞》凡例第七款，卷首第 2a 页。

③ （清）沈季友辑：《檇李诗系》凡例第一款，《文渊阁四库全书补遗——据文津阁四库全
书补》第 15 册，北京图书馆出版社 1997 年 7 月第 1 版，第 518 页。

④ （清）戚学标辑：《三台诗录》凡例第十二款，嘉庆元年（1796）刻本，卷首第 2a 页。

⑤ （清）梁善长辑：《广东诗粹》例言第八款，同前，第 109 页。

见。就笔者管见所及，仅有吴淇等辑《粤风续九》与李调元辑《粤风》等。这是由于二书所收多为广西少数民族歌谣，有许多汉族人难以理解的词句的缘故。如《粤风续九》卷二《猺歌》第一首曰：

> 石头大，牛大陷到石头边。牛大陷到石头面，念娘不到娘身边。

诗后注云："猺人呼鱼为牛。石大大字，如字，牛大大字，解作游字。陷，是不。言己虽相念之切，不得到身边，犹鱼之游，只在水中，不得到石边也。"[①] 由此可知，此诗之"牛"、"大"、"陷"等字词皆为少数民族猺人的口头语汇，有其特定含义。若以寻常眼光读之，势必龃龉难通，而经过编者的一番注解与串讲，则大抵清畅易懂。

上述序跋、凡例、题词、目录、小传、评论、诗话、注释，是清诗总集中分布较广泛的几种附件。此外，部分清诗总集又可能含有征诗启、勘误表、同人书札、书目、上谕、奏议、公文、会约乃至其他相关附件。如管斯骏辑《悼红吟》卷首载邹弢《为吴县管秋初征题淑配潘宜人诗文词曲启》，严昌埙辑《海藻》卷末载《海藻勘误表》，徐釚辑《本事诗》卷首载王士禛"阮亭先生三札"，任光斗辑《宜兴任氏传家集存遗》卷首载《书目记存》，铁保辑《钦定熙朝雅颂集》卷首载嘉庆帝上谕一篇、铁保表奏五篇，张伯桢辑《篁溪归钓图题词》卷末附内务部批文，王相辑《白醉题襟集》卷一载王相《长至日消寒第一会小启》及《会约》，吴淇等辑《粤风续九》卷首载孙芳桂撰、彭楚伯笺《歌仙刘三妹传》与曾光国述、罗汉章阅《始造歌者刘三妹遗迹》，等等。总之，清诗总集所含附件包蕴着极为丰富的信息，具有高度的文献价值与文学意义。

---

① （清）吴淇等辑：《粤风续九》，同前，第393页。

# 第 四 章
# 清诗总集的文献价值

　　存世清诗总集的数量，最保守估计，都将不下千种。其中所收诗人最起码有数万，所收诗作则不计其数，再加上各类附件所包含的丰富信息，因此，说清诗总集是一个巨大得超乎想象的文献资料库，是毫不为过的。

　　进一步来说，一代文献必然是当时社会风貌与人们思想观念的写照。它从各个不同的维度向我们展现着曾经鲜活的生活场景，传达着逝去时代的文化信息。清诗总集自然也不例外。一方面，其中收录的诗歌无不反映着诗人们的所见所闻所思所感；另一方面，所有清诗总集又都在特定历史环境中孕育、产生，必然会不同程度折射出当时的整体社会氛围与个体文化心理。从这个意义上讲，清诗总集可谓清代社会文化的百科全书。

　　实际上，如果我们沿着类似"六经皆史"的思路，以一种宏通开放的眼光、价值中立的胸襟，去看待包括清诗总集在内的文献资料，则任何学术领域、学科门类都可以按照不同的目的，采用不同的视角，从中各取所需，并进而解读出不同的意义与内涵。史料总是客观存在的，而研究者观照它们的目的、角度、方法等则常变常新。因此，清诗总集的文献价值也是多元的。

　　当然，本书探讨清诗总集的根本着眼点在于清诗研究，以"清诗"来命名这批著作本身就充分说明了这一点。和中国古典文学研究其他领域一样，清诗研究大体上也可分为资料性研究与理论性研究两个方面。前者包括诗集的标点校笺、作品的注译辑佚，以及其他相关资料（如作家传记、作品系年、本事考证、文学活动编年、基本工具书编纂等）的编纂整理等；后者则是对清诗作家、作品、风格、流派、思潮乃至整个清代诗史等作理论性的分析探讨。二者之间，前者为后者提供材料基础，后者则使前者得到理论升华，相辅相成，相得益彰，共同构成清诗研究的宏伟广厦。但无论资料性研究，还是理论性研究，它们的不断深入开展，从根本上讲，都离不开与清诗有关的基本史料的深入发掘与整理。不妨这么说，史料是一切研究工作得以开展的基础，文学史料是文学研究的基础，清诗史料则是清诗研究的基础。而所谓清诗总集，正是清诗史料的最重要渊薮之一。它可以为清诗资料与理论两方面的研究提供极为丰富的源头活水。

本章将主要从清诗资料性研究的角度出发，对清诗总集的文献价值进行初步论列，同时附带涉及文学史其他领域乃至其他学术门类。至于理论性研究的方面，则留待第五章《清诗总集的文学意义》再单独展开论述。

## 第一节　作品保存

对于清诗研究者来说，清诗总集的文献价值首先在于：其中保存着数量极其庞大的清代诗人诗作；而且这些诗人诗作中的很大一部分不见于现存的清人别集，具有高度的辑佚价值；另有一部分虽然别集亦收，但却存在或多或少的文字差异，可供校勘之用。以下即从"遗佚作品"、"集外作品"、"文字校勘"三个方面分别论述。

### 一　遗佚作品

所谓遗佚作品，主要针对别集已佚或无别集传世的作家而言。

根据《全清诗》编纂筹备委员会的初步估计，现有作品传世的清诗作家，总数至少不下十万人[1]。至于现存清人别集的数量，据李灵年、杨忠主编《清人别集总目》与柯愈春《清人诗文集总目提要》估算，在三四万种左右，涉及作家约两万人。虽然这两种书目的著录，不可避免会有一定的疏漏，但现有别集存世的清诗作家只占所有清诗作家的一小部分，则是毋庸置疑的。这意味着大量单行诗集（包括含有诗歌者）已佚或无单行诗集流传的清诗作家的创作，只能在其他文献载体——包括总集、诗话、笔记、史传、方志、谱牒、画册、碑刻等——当中一窥其面貌。

在众多文献载体中，清诗总集无疑是"遗佚"清诗作家最集中，也是最主要的来源。早在清末宣统年间，陈衍《四朝诗史叙》一文即已指出："三百年来，作诗者众，其集之存与不存而存于他人选本者，已不可胜数。"[2]这些别集已"不存而存于他人选本"的诗人，目前尚无专人进行较为系统、完整的清理，只有日本学者松村昂、美国学者谢正光等做过初步探

---

[1]　参见朱则杰《论〈全清诗〉的体例与规模》一文，载《古籍研究》1994年第1期。

[2]　（清）孙雄辑：《道咸同光四朝诗史·甲集》陈衍序，同前，第543页。

索。松村先生著有《清诗总集 131 种解题》与《清诗总集叙录》二书，前者所著录的总集共收清代诗人四万二千二百家，后者的"绝对数为四万四千三百二十家左右"①。而这，还只是区区二百种左右清诗总集所包含的清代诗人。谢先生则在《清初人选清初诗汇考》一书完成后，与陈谦平、姜良芹合作，"将《汇考》之著录，并徐崧《诗风初集》，共五十六种所收录之诗人姓名及其诗选，编为综合索引"②，成《清初诗选五十六种引得》一书，凡"得作者一万余人"③。可以预计，今尚存世的全部数千种清诗总集所收清代诗人的数量，肯定远远不止四万。

　　由于今无别集存世的清诗作家是一个非常普遍的存在，所以收有此类作家的清诗总集也是极其众多。无论致力于发幽阐微者，还是着眼于采编当时名家名作者，均可能含有此类诗人。而近年来《清人别集总目》与《清人诗文集总目提要》的先后问世，则使排查"遗佚"清诗作家的工作成为可能。当然，由于清诗作家与清人别集二者本身就存在很多复杂而棘手的问题，因而根据《清人别集总目》与《清人诗文集总目提要》排查清诗总集所收"遗佚"诗人的工作，便绝非单纯而机械的人名汇总比对、排除重复，而是将会遇到众多纠结不清的特殊情况。下面分别从"人"与"集"两方面，对这个问题进行初步论列。

　　在"人"的方面，较突出的问题有一人多名与多人同名。

　　先看一人多名。对于这个问题，不少清诗总集编者都有明确的认识。《两浙輶轩续录》编者潘衍桐即指出："诗家名字，往往登科之记，异于谱谍；老成宦达，更其幼名。"④《台诗四录》编者王舟瑶也认为："诸家传录，或书其名，或书其字，亦有改变姓名者；稍一不察，往往致误，先后复出。"并举例说明："陈大捷号霞西，戚《录》既有陈大捷，宋《录》又载陈霞西。蔡础尝后沈氏，名存鲁，戚《录》既有蔡础，宋《录》又载沈存鲁。"⑤ 可见戚学标辑《三台诗录》与宋世荦辑《台诗三录》分别

　　① ［日］松村昂著：《清诗总集叙录·前言》，日本汲古书院 2010 年 11 月印行，卷首第 3 页。按，原文为日文。
　　② 谢正光、陈谦平、姜良芹编：《清初诗选五十六种引得》序例第一款，社会科学文献出版社 2013 年 6 月第 1 版，卷首第 1 页。
　　③ 谢正光、陈谦平、姜良芹编：《清初诗选五十六种引得》序例第二款，卷首第 1 页。
　　④ （清）潘衍桐辑，夏勇、熊湘整理：《两浙輶轩续录》凡例第十二款，第 1 册卷首第 6 页。
　　⑤ 王舟瑶辑：《台诗四录》叙例第八款，卷首第 3b 页。

收录的"陈大捷"、"陈霞西",以及"蔡础"、"沈存鲁",实际指涉的都是同一个人,只不过前者一书名、一书号,后者则是改变姓名的缘故。类似情况甚至出现在同一部总集内。如侯学愈辑《续梁溪诗钞》卷十八收邓登瀛诗三首,卷十九又收邓学洙诗一首。而据今人宫爱东主编《江苏艺文志·无锡卷》的考证,可知邓登瀛字筱洲,号秋泉,又号松友小湘,后更名学洙。①侯氏一时失察,遂使此人的作品被分列于两个姓名之下。另外,某些清诗总集的不同版次之间,也可能存在同一个作者以不同名号出现的现象。如商盘辑《越风》即有乾隆三十七年(1772)刻本、嘉庆十六年(1811)三月徐兆重修本、嘉庆十六年(1811)闰三月徐兆递修本,凡三个版本,其中乾隆刻本卷四所收"皋言鲁",两个嘉庆刻本均作"鲁皋言",应以后者为是。②

　　除了"或书其名,或书其字"与"改变姓名"等情形之外,文献记载的讹误也是造成一人多名现象的重要因素。王舟瑶在《台诗四录》卷首《叙例》中,便列举了不少事例。他认为《三台诗录》所收"许金",疑是《三台文献录》所收"金许"之倒;《台诗三录》所收"金渊鉴",疑是《大忠祠录》所收"余渊鉴"之误;《台诗三录》所收"洪观煊"之"观煊"为"干煊"之误,与潘衍桐辑《两浙辐轩续录》所收"洪干煊"系同一人;《台诗三录》所收"王其戴"与《挑灯偶录》所收"王其载",疑即一人,或因形近而误,等等。此类讹误在今人著作中也同样存在。如李镠辑《钟秀庵诗丛》收入"李肇桂"《梦觉草堂诗稿》一卷,《清人诗文集总目提要》亦据国立北平图书馆编《瞿氏补书堂寄藏书目录》著录此集,而称其作者为"李肇柱";查《瞿氏补书堂寄藏书目录》原书,实作"李肇桂"。③《清人别集总目》未著录此人别集。又如退斋诗叟辑《咏物诗》所收"时庆莱",《清人别集总目》与《清人诗文集总目提要》皆著录其别集《铁石亭诗钞》一卷,前者标其姓名为"时庆莱",后者则作"时庆来";而查浙江图书馆藏《铁石亭诗钞》,应作"时庆莱"。

　　① 参见宫爱东主编《江苏艺文志·无锡卷》,江苏人民出版社1995年1月第1版,上册第830页。

　　② 参见张桂丽《〈越风〉版本考》一文,载朱万曙主编《古籍研究》2009卷·上下(总第55—56期),安徽大学出版社2010年3月第1版。

　　③ 国立北平图书馆编:《瞿氏补书堂寄藏书目录》,民国二十四年(1935)国立北平图书馆排印本,第164页。

　　关于一人多名，有三种比较特殊的情况。其一，部分总集所收诗人以化名出现。如释今羞辑《冰天社诗》所收三十三位作者，即分别署名为揢搻和尚、北里先生、涌狂、大铃、正羞、希与道者、焦冥道者、寒还、苏筑、叫寰、东耳、天口、兀者、锦魂、刺翁、光公、春侯、薪夷、考滨、小阮、阿玄、大顽、二愚、雪蛆、冰鬼、石人、沙子、青草、狂封、丁仙、子规、不二先生、镇君。据何宗美著《明末清初文人结社研究》第六章第三节之第二部分"冰天诗社成员略考"，可以确知"揢搻和尚"为释函可，"北里先生"为左懋泰，"焦冥道者"为苗君稷，"大顽"为左懋泰长子左昉生，"二愚"为左懋泰次子左昕生。其中，释函可、苗君稷分别有《千山诗集》、《焦冥集》等存世。

　　其二，那些有过逃禅经历的诗人，其俗家姓名、出家法号往往在不同典籍内交错纷出，令不明就里者莫衷一是。清初遗民屈大均即为显例。此人原名绍隆，明亡后一度出家为僧，法号今种，字一灵。大多数清诗总集涉及他时，都以"屈大均"的名义出现，但也有不少例外。如王士禛辑《感旧集》卷十三、沈德潜等辑《明诗别裁集》卷十二与梁善长辑《广东诗粹》卷十，便将其诗收入"今种"名下，温汝能辑《粤东诗海》卷九十八下将其诗收入"一灵"名下，均采用了他出家时的法名；至于沈德潜等辑《国朝诗别裁集》卷八，则将其诗收入"屈绍隆"名下。同一个人的作品竟然以至少四种名义，出现于各类型清诗总集，其间情形之复杂纷错，由此可见一斑。

　　其三，部分清诗总集收录女性诗人时，可能在其本名之前冠以夫家姓氏。这同样会使不谙真相者产生误会。胡昌基辑《续檇李诗系》卷三十七所收"钱吴黄"，实际上就是明末清初浙江嘉善女诗人吴黄，因其系本邑钱栻之妻，故而被编者称为"钱吴黄"。至如冒广生辑《如皋冒氏诗略》卷十四所收五位如皋冒氏家族成员的女眷——冒襄妾董白、冒褒妻宫婉兰、冒禹书妻邓繁祯、冒维楫妻高繠、冒广生妻黄曾葵，更是尽皆以"冒董"、"冒宫"、"冒邓"、"冒高"、"冒黄"的名义出现。

　　再来看多人同名。较之一人多名，这个问题相对简单些，大致可据作者的时代、籍贯、性别等予以判断。如邓汉仪辑《诗观·三集》卷六所收"吴山"，字西爽，江苏江都人，与明末清初安徽当涂女作家吴山非同一人；温汝能辑《粤东诗海》卷七十八、凌扬藻辑《国朝岭海诗钞》卷七所收"王昶"，字日永，广东番禺人，雍正十三年（1735）会举鸿博，与清中叶江苏青浦著名学者、作家王昶非同一人；潘衍桐辑《两浙輶轩续录》卷二十三所收"曹寅"，字尚敬，号谨斋，浙江金华人，与曹雪芹之祖曹寅非同一人，又卷四十九所收"孔广森"，字晓园，浙江象山诸生，与清中叶山东曲阜著名学者孔广森非同一人；胡昌基辑《续檇李诗系》卷三十八所收女诗人"梅清"，字冰若，号月楼，浙江秀水人，与明末清初安徽宣城知名诗人梅清非同一人；佚名辑《吴江袁氏诗词三种》所收"袁棠"，字甘林，江苏吴江人，嘉庆元年（1796）举制科，与袁枚之妹袁棠非同一人，等等。

以上两种情况皆有其客观原因在；此外，又有总集编者擅改作者姓名的特殊情形。如刘大櫆辑《历朝诗约选》将钱谦益诗收入"钱虞东"名下；吴翌凤辑《国朝诗选》则将钱谦益诗收入"彭扬"名下，又将屈大均诗收入"翁绍隆"名下。这种情况的出现，可能与当时钱、屈二人的作品集遭清廷严厉禁毁，编者有所顾忌有关。

至于"集"的问题，则主要针对《清人别集总目》与《清人诗文集总目提要》而言。二书所著录的清人别集大致存在以下三种特殊情况：

第一，相当一部分作家别集并不含诗。例如蔡士英，有《抚江集》存世，"凡疏稿八卷，余为咨牌示札诸稿，皆抚江西时公文"①，蔡氏本人辑《滕王阁汇征诗文》卷一载其诗"巍巍帝子阁"一首；王岩，有《白田文集》、《白田布衣集》、《白田集》、《异香集》等传世，所收皆各体文章，"诗不多作，未结成集，惟卓尔堪《明遗民诗》及邓汉仪《诗观二集》等选录数首"②；汤来贺，有《内省斋文集》存世，"凡论二卷、议二卷、辩一卷、说二卷、赋一卷、传三卷、记二卷、纪事一卷、序十一卷、书二卷、铭赞一卷、墓志铭一卷、祭文一卷、杂文二卷"③，曾燠辑《江西诗征》卷六十三载其《过旧寺次拙庵韵》、《怀孔登小卓左车龙文许师六》、《西林寺》凡三首诗；傅以渐，有《贞固斋试艺》、《续义》存

① 柯愈春著：《清人诗文集总目提要》，北京古籍出版社 2002 年 2 月第 1 版，上册第 36 页。
② 同上书，上册第 50 页。按，《诗观·二集》并未收录王岩诗作。王诗实见收于邓汉仪辑《诗观·初集》卷七，凡录《送雷伯吁之盐场》、《慰仆》共二首；卓尔堪辑《遗民诗》卷六亦录此二诗。另外，朱彬辑《白田风雅》卷二录王岩诗凡五题、六首，其中《孙无言之虎墩赠别》、《寻春》、《访李籀史不遇》、《杂诗》（二首），邓、卓二人之书皆未收；至于《送雷伯吁之盐场》之标题，则作《送雷大伯吁之安丰》。
③ 柯愈春著：《清人诗文集总目提要》，上册第 58 页。

世，"皆应试文及平日经义稿……有《贞固斋诗集》毁于火，乾隆间卢见曾辑《山左诗钞》，遍求其遗稿而不可得，仅得《早朝》一篇"①；程廷祚，有《青溪文集》十二卷与《续集》八卷传世，所收皆各体文章，廷祚本有《青溪诗集》三十卷，今已存亡不明，其诗大量保存于各类型清诗总集，如朱绪曾辑《国朝金陵诗征》卷十八、王昶辑《湖海诗传》卷六、徐世昌辑《晚晴簃诗汇》卷七十二等；孔广森，有《仪郑堂文集》、《㪉轩骈体文》、《仪郑堂遗稿》等存世，所收皆各体文章，孔宪彝辑《阙里孔氏诗钞》卷八载其《嘲竹》、《题鬼趣图》、《赠金坛于相国二首》、《送陈梅岑四首》（选三）、《荭谷叔父以诗见示，即步原韵》、《晓发茌平》、《次图裕轩学士书薛荔叶上诗韵》、《岐阳宫词十六首》凡八题二十六首诗，赵蕃辑《钱南园先生守株图题词录》载其诗二首；李肇增，有《琴语堂文述》、《琴语堂杂体文续》存世，所收皆各体文章，"诗词稿未梓亡佚，符葆森《国朝正雅集》录其诗五首"②。单从清诗的角度出发，这些作者其实也都属于"遗佚"之列。

第二，这两部书目著录的相当一部分作家诗集（包括含有诗歌者），实际上只是丛刻清诗总集的一个组成部分，而相关作者的单行别集如今却已告散佚或存亡不明。例如魏宪辑《百名家诗选》。此集含九十一位清初人的诗集各一卷，又范承谟《范觐公诗》、范承斌《范允公诗》、范承烈《范彦公诗》合一卷。郑振铎评价其所收诗集以"不传者居多。赖此，得窥豹一斑"③。此类仅仅保存在这部《百名家诗选》中的诗集，除上及范氏兄弟所撰三种外，还有佟凤彩《佟高冈诗》、张永祺《张尔成诗》④、魏裔鲁《魏竟甫诗》、孔胤樾《孔心一诗》、郜焕元《郜凌玉诗》、陈宝钥《陈绿崖诗》、柯耸《柯树培诗》、毛逵《毛锦来诗》、成性《成率庵诗》、周令树《周计百诗》、李衷灿《李梅村诗》、严曾矩《严柱峰诗》、顾大申《顾见山诗》、范周《范雪樵诗》、孔兴釪《孔绍先诗》、毛升芳《毛乳雪诗》、赵威《赵书痴诗》、孟瑶《孟二青诗》、程启朱《程念伊诗》、杨辉斗《杨润丘诗》、成光《成仲谦诗》、黄伸《黄美中诗》、黄任

① 柯愈春著：《清人诗文集总目提要》，上册第67页。《清人别集总目》未著录此人别集。
② 同上书，下册第1421页。
③ 郑振铎著：《劫中得书记》，上海古籍出版社2006年7月第1版，第51页。
④ 除《张尔成诗》之外，张永祺"又有《张尔成稿》一卷，辑入《名家制义》"（柯愈春著《清人诗文集总目提要》，上册第158页），属文集的范畴。

《黄志伊诗》、张祖咏《张又益诗》、张鸿仪《张企麓诗》、张鸿佑《张念麓诗》、戴其员《戴雪看诗》、陆舆《陆雪樵诗》、沈道暎《沈彦澈诗》、朱骅《朱汗朱诗》、杨州彦《杨宣楼诗》、黄之鼎《黄讷庵诗》、吴学炯《吴南溪诗》、释大依《释南庵诗》，凡三十七种。另外，严沆除有《百名家诗选》所收《严颢亭诗》一种存世外，又有严津辑《燕台七子诗刻》与邹漪辑《名家诗选》各自所收《颢亭诗选》一卷，实际上也并无单行别集存世。

　　某些丛刻清诗总集所收诗人诗作，甚至绝大部分或全部属于"遗佚"行列。规模较大者如沈尧咨、陈光裕辑《濮川诗钞》。此集凡四十三卷，收入清代浙江桐乡辖下濮院三十三位诗人的诗集。就《清人别集总目》与《清人诗文集总目提要》的著录情况来看，除仲弘道、濮淙、陈梓有单行别集存世外，其他三十人的别集都只是《濮川诗钞》的一部分。范围稍小者如黄钺辑《萧汤二老遗诗合编》。此集凡二卷，包括萧云从《萧云从七言律诗三十首》、汤鹏《汤燕生古今体诗六十首》各一卷，《清人别集总目》与《清人诗文集总目提要》皆据以著录，而萧、汤二人各自的单行别集《梅花堂遗稿》与《商歌集》等，今已不传。

　　需要引起注意的是，丛刻清诗总集所含清人别集，仍有相当一部分未见著录于《清人别集总目》与《清人诗文集总目提要》。李镠辑《钟秀庵诗丛》便属于这种情况。此集收金安《金竹坪诗集》二卷、李肇桂《重选梦觉草堂诗稿》一卷、李旭阳《习琴堂诗集》二卷、李宣阳《梅墅诗稿》一卷、李世金《雪园诗稿》一卷；其中，金安、李宣阳、李世金不见于二目，李肇桂、李旭阳则仅见于《清人诗文集总目提要》。同属此种情况的，还有徐熊飞辑《五君咏》、陈柱辑《粤西十四家诗钞》等。前者含张葆光《竹轩集》、曹炳《于止轩诗》、宋大樽《左彝学古集》、焦循《里堂诗钞》、吴应奎《读书楼集》；其中清中叶人曹炳不见于二目。后者含王贵德《青箱集剩》，汪运《沐日浴月庵集》，商书浚《存恕堂遗稿》，朱琦《怡志堂初编》，龙启瑞《浣月山房诗稿》，彭昱尧《致翼堂遗稿》，王拯《龙壁山房诗集》，郑献甫《补学轩诗集》，苏时学《宝墨楼诗册》，况澄《西舍诗钞》，封祝唐《味腴轩诗稿》，许懿林《松石书屋集》，王维新《绿猗园初草》、《峤音》、《丛溪集》、《宦草》、《十省游草》，甘曦《沧瓠诗钞》，并附收女诗人朱玉仙《画诗楼稿》；其中，明末清初人王贵德、清末人许懿林、清末民初人甘曦不见于二目。上述金安、李宣阳、李世金、曹炳、王贵德、许懿林、甘曦诸人，《清人别集总目》与《清人诗文集总目提要》皆可据以补列条目；至如《竹轩集》、《峤音》等别集刊本，二目于相关作者名下亦未叙及，可据以增列版本。

第三，这两种书目的著录存在若干讹误，颇有一部分著作并非相关作家的别集。下面主要谈一下总集误作别集的情况。

关于此种情况，自二书出版以来，已有学者撰文探讨。如蒋寅《一部清代文史研究必备的工具书——〈清人别集总目〉评介》①一文，指出《清人别集总目》将王士禄辑《涛音集》、陈枚辑《留青新集》与《留青采珍集》、顾宗泰辑《停云集》、凌霄辑《钟秀集》等著录为各自编者的别集；朱则杰师《清诗总集误作别集辨正》②一文，指出《清人别集总目》、《清人诗文集总目提要》将王士禛辑《载书图诗》、吴修辑《复园红板桥诗》、李光国辑《甓湖联吟集》、杭世骏辑《禁林集》、刘绍攽辑《二南遗音》、汪远孙辑《清尊集》等著录为各自编者的别集，将李振裕辑《群雅集》、齐毓川辑《齐召南移居倡酬集》、叶德辉辑《观剧绝句》等分别著录为鲁超、齐召南、金德瑛的别集。

尤其需要引起注意的是，一部分实际上并无别集存世的作家，由于他们所编总集被误认作别集，从而被阑入《清人别集总目》与《清人诗文集总目提要》。蒋先生和朱师已经指出的陈枚、鲁超二人，便属于这种情况。此类讹误的存在，势必会对我们根据这两部书目排查"遗佚"清诗作家造成实质性的干扰③。诸如许恩缙辑《诒炜集》、茅炳文辑《师山诗存》、黄登瀛辑《端溪诗述》、华广生辑《白雪遗音》、张鹤征辑《涉园题咏》、郑旭旦辑《天籁集》、唐景崧辑《诗畸》等清诗总集，便均被《清人别集总目》与《清人诗文集总目提要》误以为各自编者的别集。此外如管斯骏辑《悼红吟》，《清人别集总目》与《清人诗文集总目提要》同样误以之为管斯骏别集。虽然管氏又有《管地斋尺牍》二卷存世，但却并非诗集，因而此人仍应归入"遗佚"清诗作家之列。

以上几种情况，是我们经由《清人别集总目》与《清人诗文集总目提要》，比对有别集传世的清代诗人与清诗总集所收清代诗人时，需要特

---

① 载《中国典籍与文化》2001 年第 3 期，第 97—100 页。

② 载《杭州师范学院学报》2007 年第 6 期，第 97—101 页。

③ 此二书所收部分条目虽然同样属于总集的范畴，但由于编著者已经明确指出，故可不计。如《清人别集总目》所收《琅琊二子近诗合选》、《南国清风集》、《春空唱和诗》等，《清人诗文集总目提要》所收《苹园二史诗集》、《同根草》、《杭城辛酉纪事诗原稿》等，即是。

别加以注意的。

要之，通过清理、研究清诗总集，大批由于别集未刻或散佚等原因，而在文学史上声名不彰甚至湮没无闻的诗人将得以浮出水面，进入研究者的视野。这无疑可以极大地拓展清诗研究的广度与深度，并且对于我们更好地认识、理解清代文学乃至整个中国文学史上的诸多现象与规律，都是颇有裨益的。

进一步来说，把《清人别集总目》、《清人诗文集总目提要》与清诗总集所收诗人合在一起，再辅以其他文献后，我们就将得到一个大致完备的清代诗人名录。这个名录如能最终出炉，则早在民国初年即已提出的《全清诗》的编纂也并非绝无可能。如果说清理"清代诗歌的全部存在状况"是整个清诗研究中"最重大的基础建设"①，那么，清理清代诗人的全部存在状况，便是基础建设之基础。它将是日后开编《全清诗》的最重要的奠基性工作之一。

## 二　集外作品

严格地讲，绝对意义上的作家"全"集是颇为罕见，甚至并不存在的。即就最近数十年而论，稀见文献、出土文献、海外文献等的陆续涌现，以及普通文献研究整理的不断深入，已经一再给予我们惊喜，并逐渐改变着我们对相当一部分作家创作面貌的认知。由此，也许可以这么说，集外作品至少在理论上，总会或多或少地存在。在文献资料空前丰富，而作家别集整理又相对不甚理想的清代，情况尤其如此。搜罗清人集外诗的一个重要材料来源，无疑就是清诗总集。这正如汪世清在为谢正光、佘汝丰编著的《清初人选清初诗汇考》所撰序言中指出的："从辑佚的角度看，诸多诗选汇合起来，真正是一个广而深的大诗薮，可以为诗的辑佚者提供极丰富的'资源'。"②

为清诗作家辑佚，无疑是一项巨大的工程和长期的任务。其间可能存在众多纷繁复杂的情形，自是不言而喻。下面即针对清人集外诗存在的诸多复杂情形中的几个主要方面，进行初步探讨。

---

① 魏中林：《经纬交织中的清诗流程——评朱则杰著〈清诗史〉》，《文学遗产》1993 年第 5 期，第 121 页。

② ［美］谢正光、佘汝丰编：《清初人选清初诗汇考》汪世清序，卷首第 4 页。

首先，很多作者往往不会把所有作品编入集中，而是有所删削，选出满意的作品，让读者看到自己希望其看到的面貌。清初人王士禛即为显例。王士禛八岁始吟诗，一生作诗不断，总计当不下数千首。自顺治十五年（1658）刊刻个人诗集《落笺堂初稿》以来，他的诗歌每每随时付刻，先以单刻小集面世，积数年后又汇为专集，康熙四十九年（1710）乃合编平生所作主要诗文为《带经堂集》九十二卷。在这个由小集到专集的过程中，他每每对其诗作进行删汰。而这些被王士禛本人删汰的集外诗作，却往往见收于包括清诗总集在内的各类典籍。兹以陈允衡辑《国雅初集》为例。

《国雅初集》不分卷，约成书于康熙元年（1662）前后，辑录清初诗人五十八家，入选诗作皆采自当时流传的作者别集。王士禛诗凡收一百十九题、三百十六首，其中四首不见于袁世硕主编《王士禛全集》（以下简称《全集》），兹列举如下：

### 一、《白纻词》（四首录一）

与君目成为君妍，持巾顾步华烛前。越罗长袖何翩翩，赴弦接手秘意传。腰如约素眉连娟，宛转向君真可怜。冠阳公子正妙颜，隐囊纱帽如神仙。玉钗冒袖月抱肩，与君乐此寿万年。[①]

按：《国雅初集》收此题凡四首，上引此首居第三。其他三首已见《全集》诗文集第二种《渔洋诗集》卷一"丙申稿一"（第 1 册，第 145—146 页），合题《白纻词》（未标首数）。

### 二、《武部拜椒山先生祠三首》（录一）

于昭高帝德，遗诏肃皇心。日月丹心苦，园陵碧血深。危言关将相，正气起邹林。乱后桓碑在，苍茫阅古今。[②]

按：此诗系《国雅初集》所收《武部拜椒山先生祠三首》之二。其他二首已见《全集》诗文集第二种《渔洋诗集》卷四"戊戌稿一"（第 1 册，第 199 页），合题《武部拜椒山先生祠》（未标首数）。

---

① （清）陈允衡辑：《国雅初集》，同前，第 101 页。
② 同上书，第 106 页。

### 三、《读史杂感》（五首录一）

临春结绮曲初残，六代钟山气已阑。不见横江呜咽水，至今犹恨孔都官。[1]

按：《国雅初集》所收此题凡五首，上引此首居第五。其他四首已见《全集》诗文集第二种《渔洋诗集》卷四"戊戌稿一"（第 1 册，第 209 页），题作《读史杂感八首》。

### 四、《无题，同骏孙作》（四首录一）

长干一去路迢迢，忆别秦淮第几桥。子夜有时新曲改，甲煎无篆旧香消。梅根冶里春逢信，兰叶舟中晚趁潮。不分南朝宫柳色，风前减尽楚宫腰。[2]

按：《国雅初集》所收此题凡四首，上引此首居第三。其他三首"云母屏风玉女扉"、"玉阶红药号将离"、"十二琼楼碧玉居"已见《全集》诗文集第二种《渔洋诗集》卷六"己亥稿二"（第 1 册，第 235—237 页），题作《无题，同彭十骏孙作八首》[3]。

《国雅初集》辑录王诗时，均标明了原始出处。如《白纻词》选自"丙申（顺治十三年，1656）诗一百八十四首"，《武部拜椒山先生祠三首》与《读史杂感》选自"戊戌（顺治十五年，1658）诗一百七十四首"，《无题，同骏孙作》选自"己亥（顺治十六年，1659）诗一百八十八首"，清楚地显示了这批诗歌的创作年代，同时也与《渔洋诗集》的系年相一致。顺治十三年（1656）是王士禛诗集有编年之始。此后数年间，他依次有《丙申诗》、《丁酉诗》、《戊戌诗》、《己亥诗》、《白门集》、《过江集》、《庚子诗》、《入吴集》等小集问世。至康熙元年（1662），士禛乃汇总其作于顺治十三年至十八年（1656—1661）的诗歌，编为《阮

---

① （清）陈允衡辑：《国雅初集》，同前，第 107 页。

② 同上书，第 109 页。

③ 这组诗歌的全帙凡十二首，见收于王士禛、彭孙遹撰《彭王倡和》，其中六首不见于《王士禛全集》。

亭诗选》十七卷①。王士禛为《阮亭诗选》卷一《丙申诗》所撰自序称：
"是岁得诗二百许篇，删存如干首，厘为三卷。"② 可见在这次编集过程
中，他对《丙申诗》等先期问世的单刻小集进行了不同程度的删选。上
面引录的四首诗歌，正是遭其裁汰的弃儿。

在众多被清代诗人排斥于集外的诗作中，以如下几种情形最为突出。
一是应酬诗。此类诗歌往往属于场面文字、应景之作，而非作者精心
结撰，所以很多诗人并不把它们看成自己的代表作，或在编集时删除，或
根本不予重视，而随手弃置。在唱和、题咏，乃至以友朋投赠作品为基础
整理编排而成的清诗总集中，此类集外诗作尤其丰富。如冒襄辑《同人
集》即含有陈名夏、刘体仁、孙枝蔚、叶奕苞、释宗渭等人的集外诗
作③；徐永宣等辑《清晖赠言》含有吴伟业、归庄、梅清、严熊、王抃、
释晓青、叶方蔼、叶奕苞、唐孙华等人的集外诗作④；其他如徐釚辑《青

---

① 《阮亭诗选》于康熙八年（1669）被刻入《渔洋诗集》；《带经堂集》亦依原样置为第一编。

② （清）王士禛撰，袁世硕主编：《王士禛全集》，第1册第533页。

③ 陈名夏集外诗为卷五《影园喜雨同辟疆巢友分咏》（二首）、《辟疆游云间董尚书、陈征
君两先生间，其书法不懈，而及于古。同客影园，赋黄牡丹诗既成，录此请正。自愧钩盘垂缩，
远逊晋唐人，但蛇足勤劳，日费佳纸，实与辟疆有同好耳。暇时幸有以教之》（二首）、《和辟疆
灯船曲六首》，不见于其《石云居诗集》；刘体仁集外诗为卷七《戊申伏中挥汗题绮季画寄辟疆
先生》、《邗上读巢民先生湘中阁看雪歌赋寄一绝》，不见于王秋生校点整理《七颂堂集》；孙枝
蔚集外诗为卷六《和》，不见于其《溉堂集》；叶奕苞集外诗为卷六《朴巢居士先世有洗钵池，
足用放生，后乃有变。尚白、吁士两君子为长歌纪其事，更属予作。日以病通疏笔砚，勉拈短
偈，果能博众怒为喜乎》，卷八《梅花和澹心原韵》（五首）、《代梅花答赠巢民先生，仍用前
韵》（五首），卷十二《寄寿巢民先生五十双寿》，不见于其《经锄堂诗稿》；释宗渭集外诗为卷
八《梅花步冒巢民韵》（五首之五），不见于其《芋香诗钞》。

④ 吴伟业集外诗为卷七《辛亥仲春为石谷老兄四十寿》，不见于李学颖集评标校《吴梅村
全集》；归庄集外诗为卷九《秋山行旅图》，不见于上海古籍出版社1984年6月新1版《归庄
集》；梅清集外诗为卷六《观耕烟王子赠王异公仿北苑万山烟霭卷，成截句二首》之二，不见于
其《天延阁删后诗》、《天延阁后集》、《瞿山诗略》；严熊集外诗为卷七《寄怀石谷先生兼祝六
十》、卷十《题处伯道兄秋阁读书图，时尊甫方客京华，故末章及之》，不见于其《严白云诗
集》；王抃集外诗为卷四《出都前一日次元朗韵送石谷先生南还》、卷五《澄江使院题赠石谷先
生》（四首），不见于其《巢松集》；释晓青集外诗为卷十《题处伯道兄秋阁读书图，时尊甫方客
京华，故末章及之》（二首），不见于其《高云堂诗集》；叶方蔼集外诗为卷九《题石谷先生仿惠
崇画》，不见于其《叶文敏公集》；叶奕苞集外诗为卷三《汉阳相国以长安苦热，念石谷于江南，
缄诗问讯，一时和者卷轴累累。石谷不鄙野老遗民，亦属和韵》（二首）、卷十《题处伯道兄秋
阁读书图，时尊甫方客京华，故末章及之》（二首），不见于其《经锄堂诗稿》；唐孙华集外诗为
卷四《赋赠石谷先生》、卷五《澄江使院题赠石谷先生》（二首），不见于其《东江诗钞》。

门集》、梅清辑《天延阁赠言集》、释宗渭辑《芋香赠言》、黄奭辑《端绮集》、叶奕苞辑《北上录倡和诗》、汪琬辑《姑苏杨柳枝词》、蔡士英辑《滕王阁征汇诗文》、释山止辑《韬光庵纪游集》、赵蕃辑《钱南园先生守株图题词录》、沈涛辑《绛云楼印拓本题辞》等，亦含有吴伟业、陈维崧、叶奕苞、王士禛、赵执信、陶澍、梅曾亮等人的集外诗作①。

二是试帖诗。试帖诗于乾隆二十二年（1757）被清廷引入科举考试，由此一跃成为一切有意仕进的清代士人必须练习的一种诗体。但正如管世铭《读雪山房唐诗凡例》所说："试帖一体，特便于场屋，大手笔多不屑为。"② 今人蒋寅《论清代诗文集的类型、特征及文献价值》一文也指出："试帖诗和八股文一般单行，如今日学生作业，不入别集。偶尔也有作者不忍割舍，附入别集的，究非常例。"③ 因而见于清诗总集，尤其是试帖诗总集的此类清人集外诗作，也是不在少数，并且不乏名家之作。如纪昀辑《庚辰集》卷五所收钱大昕《野含时雨润》、蒋士铨《竹外一枝斜更好》、赵翼《红药当阶翻》等，便不见于目前收录三人诗作最全的《嘉定钱大昕全集》、《忠雅堂集校笺》、《赵翼诗编年全集》等。

三是违心之作。此以雍正帝敕编《名教罪人》最为典型。如本书第一章第一节之《编者之众》部分所述，此集是统治者强制性行政命令逼促下的畸形产物，很多作者应是不得已而握管为之，实则根本不能代表他们的内心真实想法与诗歌创作水平。缘于此，这些政治批判诗被很多作者

---

① 吴伟业集外诗为《滕王阁征汇诗文》所收"翼轸星分朱邸开"、《韬光庵纪游集》所收《癸酉同僧弥游韬光，己丑初夏重来，遇慧光禅师，屈指十八年矣，为赋此诗，时僧弥已亡，不胜今昔之感》，不见于李学颖集评标校《吴梅村全集》；陈维崧集外诗为《芋香赠言》所收《吴门重过绀师却赠》，不见于江庆柏点校整理《陈维崧诗》与陈振鹏校点、李学颖校补《陈维崧集》；叶奕苞集外诗为《芋香赠言》所收《甲寅秋日，绀池和尚过访茧园，奉次来韵》（二首）、《限韵呈绀公》、《题绀公画》、《咏绀公杖》，《姑苏杨柳枝词》所收"虎丘山下绕长堤"、"三月红稀绿万丛"、"不分浓绿与轻黄"、"似笑疑颦千万枝"四首，不见于其《经锄堂诗稿》；王士禛集外诗为《天延阁赠言集》卷二《丁未春都门梅瞿山见贻墨钞，辄成四绝奉答》（四首之一）、《北上录倡和诗》所收《和后忆鹤》，不见于袁世硕主编《王士禛全集》；赵执信集外诗为《青门集》所收"曾读冯生渔父诗"，不见于赵蔚芝、刘聿鑫校点整理《赵执信全集》；陶澍集外诗为《钱南园先生守株图题词录》所收"立身谁甘榧株驹"，不见于其《陶文毅公全集》；梅曾亮集外诗为《端绮集》卷十三《忆潮图》、《绛云楼印拓本题辞》所收"宝架牙签迹已荒"，不见于其《柏枧山房全集》。
② （清）管世铭撰：《读雪山房唐诗凡例》，同前，第1560页。
③ 蒋寅：《论清代诗文集的类型、特征及文献价值》，同前，第62页。

摒弃于各自别集之外，也是顺理成章，这其中就包括桐城派宗师方苞所作
"名教贻羞世共嗤"一诗。

四是自悔少作。孙枝蔚《与顾茂伦》一文云："拙律四首，皆见于黄
心甫旧选者，对之面赤而已。《扶轮》一书，纵未必速朽，亦未必能远
传。然仆盖惟恐其不速朽也……此书传天下，谓仆于诗所得真止此矣……
今有负贩之子，草衣而芒履，怡然自得，走亲戚之门，不知愧也。甚或夸
示贫怜，吾有草衣胜无衣也，芒履胜无履也。他日家且稍稍有余，而改业
矣，惟恐人或识其向之草衣芒履。今有荡子焉，色无美恶，适意为美而
已。及其一旦闻父兄之训，而知悔矣，后复经过狭邪，相逢媒母，惟恐人
或识其为旧所善妓也。此亦人情之必至也。拙作数首，见《扶轮集》中
者，皆仆方负贩及为荡子时也。今自定《溉堂集》，久皆删去。"① 可见孙
氏自定别集《溉堂集》时，删汰少作惟恐不及，同时又对黄传祖（心甫
其字）辑《扶轮集》系列收录此类作品，导致自己曾经的"负贩"、"荡
子"面目为天下人所知而愤恨不已。这实为历代文人常有的一种心态，
前及王士禛删汰早年作品很大程度上亦可作如是观。

五是政治因素的影响。如卓尔堪辑《遗民诗》所收王镕《冯衍》一
诗，即为王氏自撰《王叔闻诗钞》所不载。今人柯愈春推测这很可能是
作者"有所顾忌而削去"②。

其次，部分作家出于多方面的原因，而未能妥善保存自己的诗稿。当
时过境迁之后，也就给他们自己或后人编纂其诗集带来诸多不便。

例如黄遵宪。梁启超《饮冰室诗话》载："黄公度尝语余云：四十以
前所作诗多随手散佚。庚（光绪十六年庚寅，1890）、辛（光绪十七年辛
卯，1891）之交，随使欧洲，愤时势之不可为，感身世之不遇，乃始荟
萃成编。"③ 这类因"随手散佚"而不见于黄氏《人境庐诗草》的作品所
在多有。他早年担任我国驻日使馆参赞期间，同日本友人酬唱往还的诗
作，不少就属于这种情形。今尚留存于清诗总集者，即有日本人石川鸿斋
辑《芝山一笑》所收《过答拜石川先生》，日本人水越成章辑《翰墨因
缘》所收《畔南先生因吾友枢仙千里索书。余素不工书，求者多婉谢，

① （清）孙枝蔚撰：《溉堂集》，上海古籍出版社 1979 年 12 月第 1 版，下册第 22a—22b 页。
② 柯愈春著：《清人诗文集总目提要》，上册第 2 页。
③ 梁启超撰：《饮冰室诗话》，同前，第 352 页。

以自掩其拙。顾素闻畊南诗名，不敢却。京阪山水，梦寐以之，酷暑中赋此代简。书竟，便觉习习生风矣》、《奉赠弢园先生，即用瓮江韵》等。针对这种情形，今人夏晓虹《芝山一笑》一文指出："依常理而言，前往清史馆求诗者既如此之多，黄遵宪的旅日诗作必数量可观。然翻检《人境庐诗草》，真正与日友酬唱者并不多见……黄遵宪晚年编定《诗草》十一卷时，稿本中的在日所作诗章又删落了 6 题 22 首。即是说，假如除去晚年补作的 9 题 35 首诗篇，如今保留在《人境庐诗草》定本中的黄氏自以为值得传世的居日诗作，仅不过 12 题 19 首，尚不敷一卷。以黄遵宪旅日四年余的人生经历来衡量，实在太不成比例。"具体探究其原因，"主要缘于黄遵宪的文化导师心态。其与日人的诗酒唱和，便多为随意应酬，不留底稿"①。张永芳《黄遵宪使日期间诗词佚作钩稽》一文也认为，《过答拜石川先生》等诗"乃随手写成，并非用心之作，故不存稿"②。

虽然这类因不受黄遵宪重视、甚至不留底稿，从而散落于各类典籍的作品，已有相当一部分见收于今人吴振清、徐勇、王家祥整理的《黄遵宪集》与陈铮编《黄遵宪全集》，但沧海遗珠，仍时有所见。如沈祥龙、严征潆辑《荐菫思报感蓼废吟两图题辞》之《荐菫思报图题辞》与《感蓼废吟图题辞》两部分各自所收黄氏五律"绣葆呱呱日"与"天实怜孤露"二首，即是。关于此集的详细情况，可见下文的相关介绍。

以上所述，大致皆有作者的主观因素存在，他们或出于种种原因而将某些作品排除在集外，或疏于保存文稿而导致若干作品散落在外；此外又有别集自身的客观因素。

一方面，很多别集未能涵盖作者一生所有时段的创作。例如刘熙载撰《昨非集》。此集凡四卷，由刘氏本人编定，刻于光绪三年（1877）。包括寓言集《寤崖子》一卷，以及文、诗、词曲各一卷，大致囊括了刘氏一生主要的文学创作。今人刘立人、陈文和点校的《刘熙载集》与薛正兴点校的《刘熙载文集》均据以收入，而无所增补。

不过，由于刘熙载卒于光绪七年（1881）二月，而之前四年刊刻的《昨非集》却又不可能收录其生命最后阶段的作品，所以，要探索刘熙载

---

① 夏晓虹：《晚清的魅力》，第 101—102 页。

② 张永芳：《黄遵宪使日期间诗词佚作钩稽》，赵敏俐主编《中国诗歌研究》第 4 辑，中华书局 2007 年 7 月第 1 版，第 104 页。

这一时期的创作情况，只能求诸其他途径。沈祥龙、严征瀁辑《荐堇思报感蓼废吟两图题辞》则恰好提供了这方面的材料，即下面这首诗：

> 刘殷事祖母，王哀痛严亲。缅怀晋代贤，纯孝数两人。隆冬荐甘旨，董荼寻芳津。少孤感凄凉，蓼莪悲鲜民。往哲不可作，遗徽犹尚存。吁嗟严君孝，乃出自性真。呱呱褟褓中，风霜萎金萱。问谁代鞠育，深赖大母恩。成童服远贾，西山沈夕曛。灵椿又凋零，悲哀难具论。音容两代杳，孑焉留孤身。欲献寒董味，重闻惨不春。欲诵匪莪诗，零涕声徒吞。凄怆感风木，空祭先人坟。罔极报未得，终天恨难伸。寄怀绘两图，愁云图中昏。哀哀孝思积，写出血泪痕。移孝可作忠，显扬昭宏勋。荣荷帝廷诏，更表泷阡文。自足酬劬劳，光辉增九原。千秋刘、王后，至行重推君。①

《荐堇思报感蓼废吟两图题辞》为晚清人题咏严征瀁所绘《荐堇思报图》与《感蓼废吟图》之各体作品的汇编，刻于光绪二十一年（1895）。全书凡三部分。一是卷首，包括仇炳台、沈祥龙《序》二篇，及任锡汾等八人《荐堇感蓼文》十三篇。之后依次为《荐堇思报图题辞》、《感蓼废吟图题辞》两部分，其中主体为诗；此外又各自于卷末附收词，分别有七阕、十一阕，以及严征瀁《荐堇思报图自序》、《感蓼废吟图自序》各一篇。全书末附施亦爵、严征烑、严征瀁《跋》三篇。上引此诗见收于《感蓼废吟图题辞》部分。

严征瀁，字瑞常，号芝楣，江苏娄县人。《荐堇思报》与《感蓼废吟》二图，系其为怀念祖母张氏而绘。征瀁《荐堇思报图自序》云："瀁不幸生而失恃，抚摩煦育惟祖母张太夫人是恃……稍自立于淮、泲间，而潢池兵兴。锋镝塞路，音尘邈然。比归，已不获侍吾太夫人矣。追思早岁惸惸，沐罔极之德，过于长盛。顾长盛（按，即晋代人刘殷，长盛其字）尚躬撷堇以奉晨羞、馨夕膳，而瀁乃怆然拜奠墓下，仅谋春盘秋俎，用荐馨香。悁悁以思，欲为涓埃之报，九京杳隔，其可得耶？爰为《荐堇思

---

① （清）沈祥龙、严征瀁辑：《荐堇思报感蓼废吟两图题辞·感蓼废吟图题辞》，光绪二十一年（1895）刻本，第40a—40b页。

报图》，用抒悲恸。"① 所谓"潢池兵兴"、"锋镝塞路"云云，当指太平
天国战争造成的江淮地区的道路阻隔。征溁也因此而未能及时赶回家中
为祖母送终。刘诗"呱呱褓襁中，风霜萎金萱。问谁代鞠育，深赖大母
恩。成童服远贾，西山沈夕曛。灵椿又凋零，悲哀难具论"等句，即指
此事。

所谓"荐堇思报"与"感蓼废吟"，分别使用了晋代刘殷、王裒事亲
至孝的典故，其详可见《晋书》卷八十八。其中寄托着严征溁对祖母的
深切思念，以及未能克尽孝责、报答养育之恩的强烈愧疚。刘诗"刘殷
事祖母，王裒痛严亲"，"隆冬荐甘旨，堇茶寻芳津。少孤感凄凉，蓼莪
悲鲜民"等句，皆为此二典之运用，同时也与所咏画卷的主题相一致。

光绪四年（1878）二图绘成以后，严征溁陆续邀请时人为其赋诗题
咏。其《自跋》云："光绪四年之春，溁尝绘《荐堇思报》、《感蓼废吟》
两图，并系《自序》，以述其事，广征著作翰墨。承当代诸名公不鄙，
锡以佳章，积久盈卷，得古文诗词若干首。"② 晚清政治、文化界的不少
知名人士，如洪钧、吴大澂、刘铭传③、何如璋、张斯桂、黄遵宪、樊增
祥等，皆为二图题诗。光绪二十一年（1895）春，已经年逾花甲的严征
溁开始"自营生圹"④。他追怀往昔，感慨万端，乃将历年所得题画作品，
托好友沈祥龙"就题时先后顺次编校，厘为三卷。有两图合题者，则移
列感蓼诗后。校定镂板，藏诸家庙，以示后人"⑤，遂成《荐堇思报感蓼
废吟两图题辞》一书。刘诗就内容来看，属"两图合题者"，因而被编入
《感蓼废吟图题辞》部分。

由此可见，此诗大致写于光绪四年（1878）春以后，光绪七年
（1881）刘熙载逝世之前。它为我们考察刘熙载晚年的创作提供了难得的
材料。

另一方面，那些本身就是以小集、残帙之形式存在的别集，更无法全

---

① （清）沈祥龙、严征溁辑：《荐堇思报感蓼废吟两图题辞·荐堇思报图题辞》严征溁序，
卷首第1a—1b页。

② （清）沈祥龙、严征溁辑：《荐堇思报感蓼废吟两图题辞》严征溁跋，卷末第3a页。

③ 刘铭传诗收于《荐堇思报感蓼废吟两图题辞》之《感蓼废吟图题辞》部分，不见于其
《大潜山房诗钞》与今人马昌华、翁飞整理的《刘铭传文集》。

④ （清）沈祥龙、严征溁辑：《荐堇思报感蓼废吟两图题辞》施亦爵跋，卷末第2a页。

⑤ （清）沈祥龙、严征溁辑：《荐堇思报感蓼废吟两图题辞》严征溁跋，卷末第3a—3b页。

面反映作者诗歌创作的面貌，有佚诗散落在外的可能性也更大。

小集之代表为明末清初人唐宇昭的《拟故宫词》。该书凡一卷，收七言绝句四十首。以《明季野史汇编·酌中志余》、《正觉楼丛刻·酌中志余》、《借月山房汇钞·宫词小纂》、《丛书集成初编·宫词小纂》等本较常见，《四库全书存目丛书》集部第 216 册亦据南京图书馆藏清钞本影印。《清人别集总目》与《清人诗文集总目提要》皆有著录，而不及其他。今人钱璱之主编《江苏艺文志·常州卷》又据唐鼎元《唐氏先世著述考》，著录唐宇昭《半园外史稿》（一作《半园诗》）一种，今或已不存。由于《拟故宫词》只是一部篇幅甚狭的小集，自然不可能反映唐氏诗歌创作的整体面貌。仅徐永宣等辑《清晖赠言》一书，即含其集外诗九首，分别为卷一所收《题石谷山水图卷》与卷六所收《题画八首》（存五首）、《题秋江小景》、《题千岩万壑图》、《八月二十日，酒后偶为石谷举唐人"朝日残莺伴妾啼"一绝，遂篝灯，图其意。意乃酷似，喜而题之》。

残帙则可以明末清初人陈璧的《陈璧诗文残稿》为例。此集于 20 世纪 80 年代初苏州大学图书馆整理馆藏线装书时被发现，仅存卷四、卷五部分，连残片在内合计一百零七页，共收陈氏诗作三百八十余首。今人江村、瞿冕良在为该书作笺证时，又从陈瑚辑《离忧集》卷下录出《双柏》、《和归玄恭忘世诗》（三首）、《抵家》凡五首陈璧佚诗。

### 三　文字校勘

研究清诗的一项重要基础工作，便是通过文字校勘，得到一个相对完善的诗人作品集。这项工作的开展，主要落脚点有二：一则对现有作家别集的不同版本进行对校；再者，也应注意以总集、诗话、笔记、史传、方志、谱牒、画册、碑传、石刻等载体中的材料来校别集。

由于各种因素的影响，迄今为止的清人别集整理工作，在文字校勘等方面达到很高水准的还不是很多。针对这种情况，今人蒋寅指出："今人治唐诗，哪怕是零章断句，也必网罗收拾，倍加珍惜。而整理清代诗文集，也许是材料太丰富了吧，整理者的态度似乎特别大方，集外散见篇章简直不放在眼里，当然也不会下功夫去辑佚，这很大程度上影响了清代诗文集整理的水平。清代名作家别集，往往版本众多，稿抄本也多于往代，比历代诗文集更具备校勘和辑佚的价值。"① 准确揭示出了现今清人别集整理领域内存在的文献搜罗不够深广的问题。当然，需要进一步指出的是，蒋先生主要就清人别集的不同版本展开论述，这还只是涉及到问题的一方面；而另一方面，清人（包括部分民国人）编选清诗总集所具有的校勘价值同样不容低估。

一首诗歌在形成与流传的过程中，文本形态可能会发生变动，从而出现若干种不同的面貌。具体探究其变动原因，大致存在作者修订、刊刻疏误、后人改动等几种主要情况。而清诗总集则每每保存有其在某个时间段内的特定文本形态。首先来看作者修订的情况，这可以宗廷辅辑《三桥春游曲唱和集》为例。

乾隆五十年（1785）春，江苏常熟人吴蔚光创作了十六首《三桥春游曲》，后又作《自和原韵》十六首，同里毛琛、王岱、张燮、孙原湘、陈声和、王家相、夏廷桂、席佩兰八人亦相继和之，各作十六首。这些诗歌文本的初始形态，后由同为常熟人的宗廷辅于咸丰年间汇纂为《三桥春游曲唱和集》，并附入王家相《再和》十六首与宗氏本人所作《追和》三十二首。值得注意的是，宗廷辅在编纂这部总集时，曾取其所能见到的作家别集进行过细致的校对，并将异文附注于原作之后，至于差异程度尤其巨大的孙原湘诸作，则"仍录原稿，改本及注并附于后"②。

通过宗廷辅的相关注释说明，我们可以发现，吴蔚光、王岱、孙原湘、王家相、席佩兰五位诗人，此后又对各自作品进行过不同程度的修改；而收入其各自别集的，正是这些"修订本"。具体就改动方式与幅度而论，主要有三种情形：

一是对个别字、词的调整。例如吴蔚光《三桥春游曲》第七首，《三桥春游曲唱和集》（以下简称《唱和集》）所收文字为：

> 泥孩土偶玩人多，争掷金钱市上过。不倒翁翻多福分，赚他玉手自摩莎。

---

① 蒋寅：《论清代诗文集的类型、特征及文献价值》，同前，第67页。

② （清）宗廷辅辑：《三桥春游曲唱和集》，民国六年（1917）徐兆玮重印《宗月锄先生遗著八种》本，第10b页。

诗后宗廷辅注云："土偶，集作画像。"① 按，此诗见收于吴氏别集《素修堂诗集》卷十五，标题为《三桥春游曲十六首》，上引"泥孩土偶玩人多"句，确作"泥孩画像玩人多"。"泥孩"与"土偶"词义重复，将后者易为"画像"后，就避免了这一瑕疵。

二是对全诗的字、词、句，乃至谋篇布局进行较大幅度的改动。例如孙原湘《和韵》第五首，《唱和集》所收文字为：

> 春游须过第三桥，第一桥边放画桡。差喜今朝天尚早，游人如带束山腰。②

通篇纯用白描笔法，直写目之所见、心之所感。情思一泻而下，略无阻隔。语言亦羌无故实，生动活泼，尤其"游人如带束山腰"句，将游山之人比作束山之带，颇为新颖可喜。读罢全诗，我们可以感受到一股单纯而欢快的情感之流在眼前律动。而查孙氏别集《天真阁集》卷三所收《三桥春游曲和竹桥丈韵十六首》，则曰：

> 春光多在第三桥，第一桥边放画桡。芳草自青齐女墓，却输颜色与裙腰。③

两相比较，作者对后两句作了相当大的调整。其中最关键的，是"齐女墓"意象的引入。这既是眼前景象的描摹，又是历史典故的运用。《吴越春秋》载："吴王因为太子波聘齐女。女少，思齐，日夜号泣，因乃为病。阖闾乃起北门，名曰望齐门，令女往游其上。女思不止，病日益甚，乃至殂落。女曰：'令死者有知，必葬我于虞山之巅，以望齐国。'阖闾伤之，正如其言，乃葬虞山之巅。"④ 所谓"齐女墓"，即渊源于此。它既给全诗增添了一份古雅色彩，同时又推动其思理由直白浅显而稍转为委曲刻深。作者意在表现常熟春游风气之盛，以至于大量妇人也结伴在虞山上

① （清）宗廷辅辑：《三桥春游曲唱和集》，同前，第3b页。
② 同上书，第5a页。
③ （清）孙原湘撰：《天真阁集》，《续修四库全书》第1487册，第549页。
④ （汉）赵晔撰，周生春校考：《吴越春秋辑校汇考》卷四，上海古籍出版社1997年7月第1版，第65—66页。

玩赏，但却从齐女墓上的芳草写起。春日到来，芳草萋萋，将古老的齐女墓装点得一青如许，煞是好看。然而，与游山女郎们千姿百态的服饰相比，它却只能感叹"却输颜色与裙腰"了。可以说，典故的引入与对比手法的使用，为作者的情思之流添上了一层转折与波澜，而"自"、"却"、"与"等起转折系连作用的虚词的加入，更令全诗在表情达意上呈现出摇曳生姿的效果。几方面合在一起，大大改变了原作"春游须过第三桥"冲口而出、明白晓畅的艺术风貌，也让读者在理解接受过程中不得不多费一番思索与咀嚼。

三是完全改写。如孙原湘"和韵"第十五首，《唱和集》所收文字为：

> 马院曹祠迹未湮，归途取次系桡频。西山十里青如画，少个黄莺报好春。①

而在《天真阁集》中，此诗已被改写为：

> 春晖池馆已沈湮，水石还招系缆频。莫问耦耕堂上事，柳花吹皱不重春。②

如果不是这两首诗有着共同的标题、韵脚以及在组诗中的位置，再加上宗廷辅的确切说明，我们很难将它们联系起来，视为一首诗的前后两个不同版本。当然，如果细绎原文的话，还是可以找出相似之处的。它们都以一处建筑物为全诗的起点，叙写抒情主人公游玩过马公书院、曹节妇祠或"春晖池馆"遗址后，由水路返航；一路上名胜古迹接踵而来，令他流连忘返，于是频频"系桡"、"系缆"，驻足观赏，从而有了"西山十里青如画"或"莫问耦耕堂上事"的感想。不过，这种相似性也仅仅停留于些许形貌上的藕断丝连，而在深层内蕴方面，二者之间已然有了很大的差别。这集中体现于后者对"春晖池馆"与"耦耕堂"两处意象的使用上。

春晖池馆即春晖园，是抗清志士瞿式耜的住宅，在常熟县城阜成门

---

① （清）宗廷辅辑：《三桥春游曲唱和集》，同前，第 5b 页。
② （清）孙原湘撰：《天真阁集》，同前，第 549 页。

外，拂水桥左。曹节妇祠建于其故址之上。所谓"马院曹祠迹未湮"与"春晖池馆已沈湮"云云，正反映了两座建筑物的前后兴替。

耦耕堂则是钱谦益别业拂水山庄的一处景致。拂水山庄位于常熟县城西门外，虞山西麓拂水岩下。钱谦益青壮年时期曾与好友程嘉燧在这里唱酬论文，瞿式耜亦在此从钱氏读书。谦益并有"耦耕旧与高人约，带月相看并荷锄"①之句，其中的"高人"即程嘉燧，"带月相看并荷锄"则将他们二人与《论语·子路》中退隐躬耕、不问世事的长沮、桀溺相提并论，以"耦耕"来命名该处居所的寓意即在于此。

由此可见，二者吟咏感怀的着眼点完全不同。前者的笔触由眼前实景"马公书院"、"曹节妇祠"生发开去，向我们展现了一幅"西山十里青如画"的美景，而"少个黄莺报好春"云云，更是将作者欢快愉悦的情绪表达得淋漓尽致。后者则将目光投注于历史时空。作者眼前所见为曹节妇祠，而其心中所想，却是久已沉湮的春晖池馆。从中我们不难推测，他此行的目的之一或许就是凭吊忠义之士瞿式耜。而在返航途中，他又经过拂水岩。这里一则是钱谦益耦耕堂之所在，诗后作者自注也明确指出："耦耕堂在拂水岩下。"②但另一方面，实际上却又是瞿式耜墓地之所在。由此，作者以瞿式耜为主、钱谦益为宾，将政治操守截然相反的师生二人进行对比的意图昭然可见。不过通观全诗，作者终究未曾作出任何明确的价值评判，一切美刺褒贬都隐没在早已灰飞烟灭的历史遗迹中，剩下的只是"柳花吹皱不重春"那般深沉的感喟。

上引此例，前后两个版本之间虽然在整体面貌上，已是大相径庭，但至少还有些微句意联系。而孙原湘所作的另一些改动，则令全诗除韵脚外，在形貌、意蕴两方面均告面目全非。譬如《和韵》第十一首。此诗《唱和集》所收文字为：

> 乞儿持钵语蝉连，环向清明祭扫船。谁夺汝曹衣食去？春风吹怨满山前。③

---

① （清）钱谦益撰，钱曾笺注，钱仲联标校：《钱牧斋全集·牧斋初学集》卷四十五《耦耕堂记》，上海古籍出版社 2003 年 8 月第 1 版，第 2 册 1137 页。

② （清）孙原湘撰：《天真阁集》，同前，第 549 页。

③ （清）宗廷辅辑：《三桥春游曲唱和集》，同前，第 5b 页。

清明时节，人们纷纷携带祭品，出门扫墓。这时，一群乞儿却出现在人流中，他们手持钵碗，话语蝉连，哀告乞食。面对此情此景，作者不禁发出疑问：究竟是谁剥夺了乞儿独立生产生活的权利，使其衣食无靠，一至于此？答案不言自明，正是社会的严重不公造成了乞儿的悲惨境遇。这种情状甚至令四月和煦的春风也愁怨满腔，它吹遍山前，和作者一起，诉说着乞儿们的不幸遭际。全诗堪称一篇关注社会、忧心民瘼的现实主义佳作。尤其在诗人互为唱和的风雅场合，作者仍然将笔触伸向现实生活的阴暗面，更属难能可贵。然而在《天真阁集》中，此诗却一变而为：

> 宝岩湾头春水连，落星港口缺瓜船。村姬插得满头柳，闲趁清明谷雨前。[1]

在这里，我们看到的是宁静的港湾、悠悠的春水、停泊的小船、嬉戏的村姬，我们感受到的则是恬淡的气息、畅快的心境、闲适的意绪、超然的襟怀，一切都显得如此单纯、雅洁，呈现出一种经过净化的优美。不过，随着这份纯净而优美的意境被营造成功，却也宣告作者已然由现实世界迈进了理想国度。他消散了悲天悯人的入世情怀，失落了关注现实的锐利目光，从而把刚健铿锵的新乐府换作浅吟低唱的闲适诗。

客观地讲，经过一番彻底的改头换面后，类似"马院曹祠迹未湮"与"春晖池馆已沈湮"，以及"乞儿持钵语蝉连"与"宝岩湾头春水连"等诗作之间，已经失去了实质上的有机联系。其间的后者在形、意两方面均有其独特的面目与内涵，我们完全可以将它们视为两首不同的作品。

除修改作品本文外，孙原湘后来又为这组诗歌的每一首都添加了详细的注释，席佩兰则为其补写了一篇小序。这种所携附件的差异，也是同一首或同一组诗歌的不同版本的重要表现形式。

作者本人对自己的作品进行推敲修改，是一首诗歌产生不同文字版本的主要原因之一；另外，书籍在传抄传刻过程中难免出错，亦为不容忽视的因素。此类舛误在别集、总集乃至其他著作中，均有可能出现。清诗总集所收作品版本虽然不可避免也会存在误植之处，但确实有相当一部分可据以校正别集的误字。这同样可以《三桥春游曲唱和集》为例。

---

① （清）孙原湘撰：《天真阁集》，同前，第549页。

譬如吴蔚光《三桥春游曲》第十二首，《唱和集》所收文字为：

> 虾蟆石外片云停，鹁鸽峰头点雨零。知到维摩方丈去，散花人立半山亭。

诗后宗廷辅注曰："鸽，集作鸪，似误。"① 该句《素修堂诗集》卷十五所收，确作"鹁鸪峰头点雨零"②。按，清代江苏常熟县城西北有虞山，上有峰名"鹁鸽"。钱陆灿等纂《（康熙）常熟县志》卷二"山"云："拂水以西，冈峦数里，突兀嶙峋，若观音岩，若鹁鸽峰，若周家岩，若杨家岩，仰攀俯瞰，骇目奇绝。"并引僧正嵒《登鸽峰》诗句云："又被人知鹁鸽峰。"③ 卷十四"古迹"亦云："鹁鸽峰在虞山西岭下，一名白鹤峰，苍崖峭拔，绝壁岖嵚。"④ 据此可知，《唱和集》所收文字完全正确。吴蔚光本集作"鹁鸪"，盖刊刻之误。

上引此例应属书籍刊刻过程中的无心之失，还有一种情况则是：别集所收文字遭后人有意篡改，其本来面貌却在总集中得到保存。潘承玉著《清初诗坛：卓尔堪与〈遗民诗〉研究》第 229 页脚注提到的顾炎武《居庸关》的例子，便颇具代表性。诗载卓尔堪辑《遗民诗》卷五：

> 居庸突兀倚青天，一涧泉流鸟道悬。百二山河临大漠，十三陵寝莫雄边。横分燕、代开戎索，远鉴金、元列史编。在昔守邦须设险，只今刁斗尚依然。⑤

全篇上半写景，下半议论。写景则雄健壮丽、气势磅礴，议论则纵横捭阖、深刻透辟。颔联之"十三陵寝莫雄边"句，将作者的明遗民立场表达得非常明确；颈联之"开戎索"与"远鉴金、元列史编"字样，则显然针对清朝统治者而发；至于尾联"在昔守邦须设险，只今刁斗尚依

---

① （清）宗廷辅辑：《三桥春游曲唱和集》，同前，第 2a—2b 页。

② （清）吴蔚光撰：《素修堂诗集》，嘉庆十六年（1811）古金石斋刻本，第 4a 页。

③ （清）高士敏、杨振藻修，钱陆灿等纂：《（康熙）常熟县志》，《中国地方志集成》（江苏府县志辑）第 21 册，江苏古籍出版社 1991 年 6 月第 1 版，第 21 页。

④ 同上书，第 333 页。

⑤ （清）卓尔堪辑：《遗民诗》，同前，第 533 页。

然"，既有悲悼、怀念故国的情绪，又隐含作者对其灭亡原因的探索与总结。

　　而在几种通行的顾炎武诗文集，如潘耒刻《亭林诗集》卷三、徐嘉辑《顾亭林先生诗笺注》卷九，以及今人华忱之点校《顾亭林诗文集》卷三、王蘧常辑注《顾亭林诗集汇注》卷三、王冀民撰《顾亭林诗笺释》卷三等当中，此诗则显示为：

> 居庸突兀倚青天，一涧泉流鸟道悬。终古戍兵烦下口，本朝陵寝托雄边。车穿裤峡鸣禽里，烽点重冈落雁前。燕、代经过多感慨，不关游子思风烟。①

与《遗民诗》所收文字相比，除首联尚保持一致外，其他六句已然面目全非。尤其将颔联"十三陵寝"字样置换为"本朝陵寝"后，更使全诗的凭吊对象趋于模糊化，由此也抹掉了原作的明遗民立场。至于颈联、尾联四句，则是历代行旅感怀题材诗歌的常见字眼与情思的组合，基本上丧失了原作议论风生的凌云健笔。客观地讲，这个版本的《居庸关》写得并不算差，但较之《遗民诗》所收版本，则无论思想高度，还是艺术水准，都有不小的距离。

　　此种情形的出现，当与顾炎武别集的流传过程有关。顾氏诗文作品生前未能得到妥善处置，死后被其甥徐乾学、徐元文兄弟取至京师秘藏。后由顾氏弟子潘耒假抄刊刻为《亭林诗集》五卷、《文集》六卷，乃逐渐流传于世，并为后人编纂顾氏诗文集时所本。对此，汪辟疆《近代诗派与地域》一文指出，《亭林诗集》"今本为门人潘耒所改易，小注多用隐语，非其原本"②。中华书局编辑部在为华忱之点校《顾炎武诗文集》所作《出版说明》中沿袭此说，称："在清朝统治者的严厉压迫下，潘氏编刻

---

① 《亭林诗集》所收此诗版本，可见《续修四库全书》第1402册，第36页；《顾亭林先生诗笺注》所收，亦见《续修四库全书》第1402册，第239页，唯首联"泉流"作"流泉"；《顾炎武诗文集》所收，见中华书局1983年5月第2版，第343页；《顾亭林诗集汇注》所收，见上海古籍出版社2006年6月新1版，上册第676—677页；《顾亭林诗笺释》所收，见中华书局1998年1月第1版，上册第496页。

② 汪辟疆著：《汪辟疆文集》，上海古籍出版社1988年12月第1版，第277页。

他的作品，顾忌很多，自不得不有所窜改和删削。"① 而柯愈春《清人诗文集总目提要》则认为："徐氏惧祸，其中当有不少抽毁篡改之处。"② 但不论改笔出自何人之手，今存顾炎武别集所收部分作品已经经过"净化"，则是不争的事实。这些被"净化"的文本，在潘耒编《亭林诗集》等一系列顾炎武集中广泛流布，并逐渐为人们所熟知。而保存了该诗原始版本的《遗民诗》却惨遭清廷禁毁，长期以来罕有人见，罕为人知。正是在这个过程中，《居庸关》等亭林诗作的真实面貌被悄无声息地埋没了。

以上所述，均为以总集校别集的情形，而对于"遗佚"、"集外"两类诗人诗作来说，则又需要进行总集之间，乃至总集与其他文献载体之间的互校。

"遗佚"作家作品可以曾唯辑《东瓯诗存》为例。检阅今人张如元、吴佐仁为此集所作校注，和"遗佚"清诗作家有关的异文主要集中在第三十四卷，例如：郑应曾《王草堂招集江心即席分韵》、陈书元《立夏前一日王草堂招集江心即席分韵》、康世绥《江心寺即席》，均与陈舜咨纂《孤屿志》卷四所收文字有出入；陈振嘉《游江心谒陆公祠怅然有感》，与释元奇纂《江心志》卷五所收文字有出入；王臣法《初度寓湖心寺同社诸公移尊见访漫赋》，与王咏辑《永嘉王氏家言》所收文字有出入。这其中，《孤屿志》与《江心志》皆为方志，而《永嘉王氏家言》则可以归入宗族类清诗总集的范畴。

至于"集外"作品，可以王士禛的组诗《秋日漫兴》为例。魏裔介辑《溯洄集》卷七收王士禛《秋日漫兴》凡八首，其中四首今人袁世硕主编《王士禛全集》诗文集第二种《渔洋诗集》卷二"丙申稿二"已收，合题《秋日漫兴四首》，而第二、三、七、八首则为集外佚诗③。第三首云：

---

① 柯愈春著：《清人诗文集总目提要》，第 90 页。
② （清）顾炎武撰，华忱之点校：《顾炎武诗文集》，卷首第 5 页。
③ 蒋寅著《王渔洋事迹征略》于"顺治十三年丙申（1656）"条下叙及："九月，有《南唐宫词八首》、《秋日漫兴八首》。（《阮亭诗选》卷三、《渔洋诗集》卷二《秋日漫兴》存四首。）"（人民文学出版社 2001 年 10 月第 1 版，第 27 页）可见《溯洄集》所录《秋日漫兴》正保存了王士禛原作八首的初始规模。

江南郡县金陵郡，虎踞龙盘旧帝乡。四镇军容同葵博，一时高卧失荆扬。功臣庙在丹青老，太子湖空蔓草荒。南渡当年余将相，钟陵松柏自苍茫。①

此诗亦见孙铉辑《皇清诗选》卷十一，然首句作"江南郡县金陵丽"②。两相比较，作"丽"字似更佳。

当我们通过清诗总集校勘清人诗作时，需要特别引起注意的是，若干清诗总集的编者可能会对他人作品进行不同程度的修改，从而人为造成了大量异文。例如刘大櫆辑《历朝诗约选》。清末人萧穆曾指出刘氏对该书所选诗作任意删改的三种情形，分别为："齐、梁以后近律句之作，一概截为八句，不顾其本意之断续何如……于唐、宋人以下五七言古诗，亦时有删节，每篇删两句、四句至十数句不等……于国朝人诗，字句间有未安，或直为改订。"③ 即如钱谦益《岁暮杂怀》（八首）之一，《牧斋初学集》卷十五《丙舍诗集上》所收文字为：

十亩之间一老民，衰迟自分百年身。未舒岸柳应愁我，欲放江梅又笑人。故纸丹铅雠腐骨，虚窗灯火勘穷尘。空山一笑无人会，落木萧萧下水滨。④

而刘大櫆却删去颔联、颈联四句，将该诗收入《历朝诗约选》卷八十九"七言绝句十七"。

实际上，总集编者对所收作品进行程度不一的改动，可谓历代以来都屡见不鲜的一种现象。清诗总集也不例外。对于这种现象，清中叶著名学者纪昀指出："迩来选本甚夥，各以意见润饰，字句多有异同，甚有一篇仅同数句者。"⑤ 部分编者甚至并不以此为过，如《国朝诗别裁集》编者沈德潜。此集卷六所收崔华《浒墅舟中别相送诸子》颈联云："白苹江冷人初去，黄叶声多酒不辞。"篇末编者注曰："原本'丹枫江冷人初去'，

---

① （清）魏裔介辑：《溯洄集》，同前，第726—727页。

② （清）孙铉辑：《皇清诗选》，同前，第462页。

③ （清）刘大櫆辑：《历朝诗约选》萧穆后序，卷首第2a页。

④ （清）钱谦益著，钱曾笺注，钱仲联标校：《钱牧斋全集》，第1册第556页。

⑤ （清）纪昀辑：《庚辰集》凡例第四款，同前，第3册第63页。

'丹枫'、'黄叶'不无合掌，拟易'白苹'，崔黄叶以为可否？"① 卷二十九所收钮汝骐《题黄夫人寄升庵诗后》颔联云："百年悲死别，两地梦生还。"篇末编者注曰："原本'万里梦生还'句法甚佳，但蜀中距滇初非万里，故易二字。"② 在这里，沈氏显然已将代作者推敲诗句视为总集编者的分内之事。《振雅堂汇编诗最》编者倪匡世甚至公然提出："古人诗学不厌推敲，近世骚坛绝仇指摘，自是其愚，刚愎不逊。欲求传世，譬如鱼目，索直断不可行。仆与诸公约，不依删定，决不胡刊，原稿奉璧。"③明确认定总集编者删改他人诗作乃天经地义，凡是不肯遵照其修改意见者，一律退还原稿，毫无通融余地。

虽然总集编者修改所收作品有时会收到点铁成金的效果，但毕竟偏离了作品原貌，所以对此提出批评者也是比比皆是。清中叶人管世铭便对沈德潜擅改崔华诗句的行为提出质疑："崔华不雕'丹枫江冷人初去，黄叶声多酒不辞'，极为渔洋激赏，所谓神韵天然，不可凑泊也，沈病其合掌，易'丹枫'为'白苹'，遂使昔贤名句索索无生气矣。"④《台诗四录》编者王舟瑶也认为《三台诗录》编者戚学标"好事点窜，所录诸诗，以本集及各选本校之，改易字句，不一而足，且未必点石成金"，又评论潘衍桐辑《两浙輶轩续录》"此习尤甚"。⑤ 总的来看，这种异文对于我们校勘清人诗作来说，确实不足为据。

# 第二节　作者资料

对若干个体作家诗歌创作的考察，是整个清诗研究的一个最基础的工作。为了更好地实现该目标，相关背景资料的了解与掌握是必不可少的。

---

① （清）沈德潜、翁照、周准辑：《清诗别裁集》，上册第 103 页。按，"崔黄叶" 即崔华。该称号出自王士禛，《渔洋诗话》卷上云："余以顺治庚子（十七年，1660）为江南同考官，得太仓崔华不雕，工诗画。常有句云：'……丹枫江冷人初去，黄叶声多酒不辞。'此例甚多。余目为'崔黄叶'。"（丁福保辑《清诗话》，第 168 页。）

② （清）沈德潜、翁照、周准辑：《清诗别裁集》，下册第 523 页。

③ （清）倪匡世辑：《振雅堂汇编诗最》凡例第八款，转引自《清初人选清初诗汇考》，第 222 页。

④ 管世铭此语见王揖唐撰《今传是楼诗话》，辽宁教育出版社 2003 年 3 月第 1 版，第 108 页。

⑤ 王舟瑶辑：《台诗四录》叙例第九款，卷首第 4a 页。

所谓背景资料，可以用我国传统文学批评术语概括为"知人"与"论世"两大要点。前者包括作者生平的方方面面，后者则是其所在时代的历史文化背景。二者共同构成我们阅读、研究清人诗作的基石。本节立足于"知人"而展开论述，至于"论世"，则留待本书第六章《清诗总集的文化内涵》再具体探讨。

由于清代文献及与清代相关之文献的数量极其庞大，相应地，保存有清人生平资料的文献类型也是格外繁多。除研究者常用的史志、碑传、年谱等之外，尚有大量材料散见于包括清诗总集在内的其他文献载体。本节主要从"人物传"、"艺文志"、"交游录"三个方面展开，初步探讨清诗总集对于清诗作家生平研究的价值。

## 一　人物传

### （一）概论

清诗总集所含清诗作家传记资料的载体大致有二：一是各类附件，包括小传、诗话、评论、注释、书目乃至目录等；二是所收作品本身。由于清诗总集普遍包含至少一种附件，很多总集甚至拥有篇幅甚为庞大的附件，再加上众多资料价值不菲的作品，因而清诗总集所含作家生平信息的数量是非常惊人的。至其所含信息的种类，同样颇为广泛，涉及生卒年、字号、籍贯、科名、官爵、著述、性情、交游，乃至生平履历、活动区域、突出事迹、嘉言懿行、逸闻趣谈，等等。

正因为清诗总集含有丰富的人物资料，所以它首先就成为若干文史工具书的重要参考文献。例如谢正光编著、王德毅校订的《明遗民传记资料索引》。据卷首"引用书目"统计，该书凡用及各类典籍约二百种，包括卓尔堪辑《遗民诗》，朱彝尊辑《明诗综》，沈德潜等辑《明诗别裁集》与《清诗别裁集》，陈田辑《明诗纪事》，陈维崧辑《箧衍集》，王士禛辑《感旧集》，王豫辑《江苏诗征》，王应奎辑《海虞诗苑》，阮元辑《两浙𬨎轩录》，丁申、丁丙辑《国朝杭郡诗三辑》，全祖望辑《续甬上耆旧诗》，董沛辑、忻江明续辑《四明清诗略》等多部清诗总集。此外如《天启崇祯两朝遗诗小传》、《静志居诗话》等，也都是陈济生辑《启祯遗诗》、朱彝尊辑《明诗综》等清诗总集的衍生品。

其次，根据清诗总集考察清人生平信息者亦所在多有。汪世清《〈清初人选清初诗汇考〉序》一文，即据黄传祖辑《扶轮广集》所收程守

《念江鸥盟》与陈允衡辑《诗慰》所收王玄度《程非二怀予诗见寄，因和原韵奉答，兼忆张蚩蚩、江鸥盟二道友》，两相印证后，确认"这位'江鸥盟'正是新安画派大师渐江弘仁，他在入闽后和出家前，确曾改名舫，而以鸥盟为号"；据朱观辑《国朝诗正》所收朱堪注《拟乐府有所思，题叔父八大山人小影》，结合旁证后证明"八大山人在宁府朱权一系中，只能是属于第九世的'统'辈，是朱权的云孙"；又据倪匡世辑《振雅堂汇编诗最》所收姚有纶《祝汤老师七旬寿》题下注，以及刘然辑、朱豫增辑《国朝诗乘》所收沈思伦《哭汤岩夫师》之编者评语，考知清初著名画家汤燕生"生于万历四十四年丙辰九月初八日，即公元一六一六年十月十八日……卒于清康熙三十一年壬申，即公元一六九二年"①。

此外如浙江鄞县人林必达，江庆柏编著《清代人物生卒年表》据《崇祯十六年癸未科进士三代履历》载其生于明天启五年（1625），卒年不详；而根据全祖望辑《续甬上耆旧诗》卷三十六林必达小传，可知此人"年九十三而卒"②，应卒于康熙五十六年（1717）。又如安徽芜湖人萧云从，《清代人物生卒年表》据邓之诚撰《清诗纪事初编》卷一萧云从小传"卒于康熙七年，年七十八"③的记载，定其生于明万历十九年（1591），卒于康熙七年（1668）；而《清人别集总目》与《清人诗文集总目提要》则载其生于明万历二十四年（1596），卒于康熙十二年（1673）。两相比较，生、卒均相差五年。按，冒襄辑《同人集》卷三萧云从《题巢民仿摩诘读书图小像》云：

> 丙午秋，与辟疆年兄饮于老友郑士介水部米颠石畔，辟疆心爱之甚，命余写于大仪之下，以塞其白，并系以诗。

> 君年五十六，吾年七十一。相遇在芜城，白发皆银织。读书欲何为？才名空赫奕。旅馆自萧条，偶然见灵璧。将以攫之归，袖短焉能得？嵯峨百窍生，时有烟霞集。命我貌其形，供养垫双舄。呼之起共

---

① ［美］谢正光、佘汝丰编著：《清初人选清初诗汇考》汪世清序，卷首第2页。按，有关汤燕生生卒年，以及《诗最》、《国朝诗乘初集》所提供的证据，亦见于江庆柏编著《清代人物生卒年表》，人民文学出版社2005年12月第1版，第204页。

② （清）全祖望辑，方祖猷、魏得良、孙如琦、方同义点校：《续甬上耆旧诗》，中册第115页。

③ 邓之诚撰：《清诗纪事初编》，上海古籍出版社1984年2月新1版，上册第114页。

语，只此寒山石。（区湖同年弟萧云从拜识。）①

据篇首小序，该诗当作于康熙五年（1666），系萧氏应友人冒襄之请而作；再由作者"吾年七十一"的自述，即可推知其生于明万历二十四年（1596）。又冒襄生于明万历三十九年（1611），和正文"君年五十六"的记述也完全吻合。可见在萧云从生卒年这个问题上，当以《清人别集总目》与《清人诗文集总目提要》为确。再如江苏娄县人严征漤，《清人别集总目》称其生于道光五年（1825），而据沈祥龙、严征漤辑《荐菫思报感蓼废吟两图题辞》的记载，则此说颇有问题。该书卷末附征漤友人施亦爵、弟严征炤及其本人自撰跋语共三篇，皆作于光绪二十一年（1895）。施亦爵云："甲午之岁（光绪二十年，1894），君年六十矣。"②严征炤云："咸丰辛亥（元年，1851），兄年十七。"③征漤自云："今漤年踰六十矣。"④可知严征漤应生于道光十五年（1835）。

最后，清代文献资料素以多、乱、散而著称，考察某位清代诗人，尤其是那些功名阙如、声誉不彰的中小诗人的生平事迹颇为不易。李灵年、杨忠在阐述其撰写《清人别集总目》所收作者之小传的困难时，就曾道出过个中甘苦："比较而言，名家小传资料易得，为数众多的小家资料却颇为难寻。有的作者翻遍手头所有资料，才觅得寥寥数字。有时虽一无所获，用力却倍于名家。"⑤对于有别集传世的清代诗人而言，情形已是如此，则可以想见，当我们着手考察数量更为众多的"遗佚"诗人之生平时，所面临的艰巨程度只会有增无减。这时，"遗佚"清诗作家之最大渊薮——清诗总集，无疑将成为我们认知、考索其生平的一个非常重要、有时甚至是唯一的资料来源。一方面，很多清诗总集编者有着强烈的知人论世、保存文献的观念。正是基于这种观念，他们乃编撰了大批信息量颇为丰富的小传、诗话等附件，可以直接为研究者所用。另一方面，部分总集小传虽然只是简单记载作者的字号爵里等信息，却也为我们查询方志、谱

---

① （清）冒襄辑：《同人集》，同前，第 128 页。

② （清）沈祥龙、严征漤辑：《荐菫思报感蓼废吟两图题辞》施亦爵跋，卷末第 2b 页。

③ （清）沈祥龙、严征漤辑：《荐菫思报感蓼废吟两图题辞》严征炤跋，卷末第 2a 页。

④ （清）沈祥龙、严征漤辑：《荐菫思报感蓼废吟两图题辞》严征漤跋，卷末第 3a 页。

⑤ 李灵年、杨忠主编：《清人别集总目·前言》，安徽教育出版社 2000 年 7 月第 1 版，上卷卷首第 13 页。

谍等相关文献提供了线索；此外，清诗总集所收作品本身，往往也能反映出相关人士的事迹、行踪、思想、性情等。其实，不论"遗佚"清诗作家，还是有别集传世者的生平研究，清诗总集都是一个不容忽视，却又有待于进一步发掘利用的文献宝库。如果我们能将若干清诗总集与其他文献载体所提供的资料联系起来看，则相当一部分清代诗人的生平便有可能获得一个大致的勾勒，并且相当一部分此前含混不清甚至互相矛盾的说法也将在一定程度上得到澄清。下面即以潘江辑《龙眠风雅》、蔡士英辑《滕王阁全集》等清诗总集为主，辅以若干其他文献资料，来考察清初遗民周岐的生平事迹。

（二）明遗民周岐事迹探微——以《龙眠风雅》、《滕王阁全集》等为中心

周岐（1607—？）①，字农父，号需庵，江南桐城人。关于他的传记资料，以《明遗民传记资料索引》著录最为详尽，计有卓尔堪辑《遗民诗》、朝鲜佚名撰《皇明遗民传》、朱彝尊辑《明诗综》、徐鼒撰《小腆纪传》、陈田辑《明诗纪事》、朱彝尊撰《静志居诗话》、杨钟羲撰《雪桥诗话续集》、张其淦撰《明代千遗民诗咏二编》、马其昶撰《桐城耆旧传》共九种。《清人别集总目》亦开列《小腆纪传》、《皇明遗民传》、《桐城耆旧传》凡三种②。此外，潘江辑《龙眠风雅》、徐璈辑《桐旧集》两种桐城地方清诗总集，蔡士英辑《滕王阁全集》与《滕王阁征汇诗文》两种题咏类清诗总集，以及钱澄之、方以智、龚鼎孳、陈名夏等人的别集，亦均载有与之相关的材料，可据以考索其生平。

综观诸种著作，对周岐生平的描述存在不少矛盾、含混之处。概言之，主要有以下两点：明清易代后他是抗清而死，还是袖手归隐？若后者

---

① 此处周岐生年，据李圣华著《方文年谱》卷一"万历四十年壬子［1612］"条的相关考证，人民文学出版社 2007 年 3 月第 1 版，第 18 页。

② 《清人别集总目》于周岐名下著录"周氏清芬诗文集 38 卷"一种（中卷第 1435 页），实际上是部宗族类总集，武作成编《清史稿艺文志补编》"集部·总集类"之"家集"部分（章钰、武作成编《清史稿艺文志及补编》，中华书局 1982 年 4 月第 1 版，上册第 685 页）与孙殿起撰《贩书偶记》卷十九"集部·总集类·家集之属"（上海古籍出版社 1999 年 5 月第 1 版，第 531 页）皆有著录；《清人诗文集总目提要》卷五十六则著录周岐撰"一鸣集不分卷"一种，然提要称："岐字支山，天津人。"（中册第 1960 页）是则与本书所指周岐非同一人。

属实，则是单纯隐居终老，还是另有波澜曲折？

1. 结局辨正

关于周岐结局，有两种大相径庭的说法。其中之一最早应出自《明诗综》。卷七十七周岐小传后附载"诗话"云："农父贡入京师，即上书宰相，言时政得失。冯公邺仙荐之参宣督军务，随授河南推官，参陈君元倩军。复以按察佥事衔，参史公道邻军。晚又参杨龙友军，死于浙右。"① 《小腆纪传》卷五十六与之大致同。今人饶宗颐初纂、张璋总纂《全明词》沿用此说，并称其"约卒于清顺治二年（一六四五）左右"②，盖因顺治三年（1646），南明将领杨文骢（龙友其字）兵败于闽、浙交界处之浦城，被清军俘获后不屈而死，故有此推测。

所谓"以贡入京师"至"参史可法军"云云，诸家大致皆无疑问；唯"晚又参杨龙友军，死于浙右"之说，则自清代以来即颇有异议。清中叶人徐璈辑《桐旧集》卷二十八周岐小传云："《明诗综》选评先生晚又参杨龙友军，死于浙右，与潘先生所述微异，殆传闻之讹欤？"③ 清末人陈田辑《明诗纪事·辛签》卷十六周岐《婺女吟答陈百史》诗后按语云："竹垞《诗话》谓农父参杨龙友军，死于浙右，此系孙武公（按，即孙临，武公其号）事，误属之农父；当以潘蜀藻筑土室，足不履城市以终之论为确。"④ 今人李圣华《方文年谱》卷一也认为："朱彝尊《静志居诗话》卷二十一称周岐'晚又参杨龙友军，死于浙右'，误。钱澄之《田间诗集》卷三《白鹿山中酬周农父》其二：'近喜合明倡绝学（谓无可），同参莫负再生身。'潘江《龙眠风雅》：'国变归里，以所居舍旁余址筑土室，啸咏其中。'皆可证之。"⑤

徐璈等在阐述自己的观点时，均引潘江（蜀藻其字）辑《龙眠风雅》为证。此集刻于康熙十七年（1678），是笔者所见收录周岐传记资料的著作中问世最早、记载最详的一种。卷三十七周岐小传称其"国变归里，以所居舍旁余址筑土室，啸咏其中。溧阳陈相国欲授以官，不应，河漕中丞及江粤诸幕府争延聘为上客，雅非本怀，竟谢病归，足不履城市，终于

---

① （清）朱彝尊辑：《明诗综》，第 7 册第 3786 页。

② 饶宗颐初纂，张璋总纂：《全明词》，中华书局 2004 年 1 月第 1 版，第 4 册第 1886 页。

③ （清）徐璈辑：《桐旧集》，民国十六年（1926）重刻本，第 4a 页。

④ （清）陈田辑：《明诗纪事·辛签》，《续修四库全书》第 1712 册，第 173 页。

⑤ 李圣华著：《方文年谱》，第 33 页。

土室"①，全未提及他于易代之际加入杨文骢的军队，参与抗清一事，反而说他"国变归里"、"终于土室"。诸如卓尔堪辑《遗民诗》卷四、杨钟羲《雪桥诗话续集》卷一、张其淦《明代千遗民诗咏二编》卷九、马其昶《桐城耆旧传》卷六等，均采用了类似说法。

通过考察相关史料，笔者以为《龙眠风雅》的记载是可信的。

首先，编者潘江本身就是桐城人，以本地人而纂辑乡邦文献、传述乡贤事迹，可信度自然较一般典籍来得高。他自述："予于戊子（顺治五年，1648）秋，曾与方子子留有志兹选，网罗放失，猎秘搜遗，已刻、未刊，约得六十余种。顾恩于帖括，作辍鲜终。庚子（顺治十七年，1660）、辛丑（顺治十八年，1661）之间，钱子饮光、姚子经三慨然共事，乃尽发凤藏，倾筐倒庋；而沮于异议，未观厥成。予用是不揣戈陋，殚力搜求，久历岁时，捃摭较伙。因自念竭半生之力，阅三纪之勤，用意良勌，填咽篋衍，委置可惜，谬呼将伯助我庀工，今幸借手告成。"② 可见其成书过程长达三十年，是潘江在同为桐城人的方授（子留其字）、钱澄之（饮光其字）、姚文燮（经三其字）等的帮助、协作下完成的，而且诸编者用功甚深。较之其他典籍，它的最大特点在于：其一，成书时段与周岐的生活年代十分接近，甚至部分重合；其二，诸人均系周岐同乡，又多为其同时代人（钱澄之生于万历四十年［1612］，潘江生于万历四十七年［1619］，方授生于天启七年［1627］，姚文燮生于崇祯元年［1628］），并且钱澄之还与之有密切交往（详见下文），闻见真切，自足征信。

其次来看相关作品。最具说服力的莫过于周岐本人的创作。《龙眠风雅》录其诗六十七首，包括《辛卯长安得家报喜举一孙，兼闻岁荒盗发，又不觉忧从中来也》（二首）、《得方密之粤中书，云已祝发，寄诗有"千秋摠是三生梦，五岳空埋九死心"之句，悲不自禁，用原韵》。前者所谓"辛卯"应指顺治八年（1651）；后者提到的"方密之"即方以智（密之其字），此人于顺治七年（1650）在广西梧州云盖寺祝发出家。据此，周岐并未死于杨文骢军中，已是毋庸置疑。

钱澄之《田间诗集》亦载多首与周岐相关之作，包括《白鹿山中酬周农父》（二首）、《寄周农父》、《周农父、杨嘉树至自岭南，云于羊

---

① （清）潘江辑：《龙眠风雅》，同前，第482页。
② （清）潘江辑：《龙眠风雅》发凡第一款，同前，第8页。

城晤姚六康，喜极有诗。向因友人讹传，遂有哭六康诗，想见之，哑然一笑也》，分别见卷三、卷四、卷十一。据各卷卷首标注，此三卷依次收录写于顺治十一年至十三年（1654—1656）、十四年至十五年（1657—1658），以及康熙二年（1663）之诗作。可见周岐应卒于康熙二年之后。

由此可以肯定，从朱彝尊等那里开始流传的明清易代后周岐加入杨文骢所部，并死于浙右的说法是错误的，当以《龙眠风雅》等为确。

2. 旅食北京

既然周岐并未在顺治二年（1645）左右死于抗清战场，而是活到了康熙年间，那么，考察他在清初时的行踪，也就随之而提上了议事日程。对于这个问题，不少典籍都采用了一种相对简单模糊的叙述方式。如《遗民诗》卷四云："国变归里，以所居舍旁余址筑土室终老"①，《桐城耆旧传》卷六云："复以按佥事衔赞大学士史公军务。寻谢病归，筑土室龙眠"②，《明代千遗民诗咏二编》卷九云："鼎革归里，筑土室以居"③，佚名《皇明遗民传》卷二亦云："博雅工诗文，以高隐著名"④，而均不及其他。由此就给我们留下这么一个印象：明清易代后，周岐即返回桐城老家，筑土室隐居终老。

《龙眠风雅》的记载则详细得多。它提到"溧阳陈相国欲授以官"与"河漕中丞及江粤诸幕府争延聘为上客"等事件，这就透露出清初时周岐的生活经历绝非单纯的隐居终老。

"溧阳陈相国"即陈名夏。名夏（1601—1654）字百史，号芝山，江南溧阳人。崇祯十六年（1643）进士，翌年降李自成；顺治二年（1645）又降清，后官至吏部尚书、弘文院大学士。他曾多次劝说当时人为清廷效力。从《龙眠风雅》及《明诗纪事·辛签》卷十六"溧阳既相，将特疏荐岩穴之士……农父《婺女吟》亦答溧阳却聘书也"⑤的记载来看，他也曾拉拢周岐，欲使其接受清廷爵禄，而为岐所谢绝。不过，虽然周岐未受

---

① （清）卓尔堪辑：《遗民诗》，同前，第491页。

② （清）马其昶撰：《桐城耆旧传》，《续修四库全书》第547册，第570页。

③ （清）张其淦撰：《明代千遗民诗咏二编》，台湾新文丰出版公司《丛书集成续编》第115册，第499页。

④ ［朝鲜］佚名撰：《皇明遗民传》，民国二十五年（1936）国立北京大学影印如皋魏氏藏朝鲜人著钞本，第55a页。

⑤ （清）陈田辑：《明诗纪事·辛签》，同前，第173页。

清廷爵禄，但他与陈名夏等清廷大员有所交往，则是事实。

陈名夏别集载有多首与周岐交游往还之作，包括《石云居诗集》卷一《同周农父、张慎初过赤臣所》、《送农父入豫章二首》，卷二《周农父于秋七月来长安过予》、《九日小饮与周农父》、《次周农父慰予诗第六女圹近五儿》、《初雪过饮刘潜柱所，同稚弘、公实、农父》（四首）、《周农父应马我田幕府聘送之》、《读农父近诗》，卷七《周农父病足愈即驾车访友》、《初雪行与农父》；《石云居文集》卷十五《送周农父序》等。值得注意的有如下几首：

> 躬耕不肯出龙眠，忽漫相逢尺五天。张翰引琴因入洛，管宁着帽近居燕。豆华水发迁行路，河鼓星移对客筵。莫使虚声同处士，君来真是奏朱弦。
>
> ——《周农父于秋七月来长安过予》①

> 寒日依依暖竹光，翩翩幕府挟鱼肠。马周才子犹为客，韩愈文人屡出乡。病足不能骑猎马，短衣真可绝飞扬。争传露布何人草，东望龙眠道且长。
>
> ——《周农父应马我田幕府聘，送之》②

> 天风吹下西山草，纷纷白尽黄尘道。长安柴米价纷昂，有客忧伤颜色老。借问忧伤客谓谁，桐城周子知名早。周子挟策叩燕关，车马填门尘不扫。戚畹甲第既摧颓，公卿气力皆枯槁。我友低头倚北窗，不若文章一娱好。衙官屈宋不单行，浮艳徐庾何足道。吁嗟与我比雁行，坐卧寒窗玄发缟。缑山冰雪净聪明，峨眉天半飞蓬葆。玄晏先生懒应人，山阴高士耽怀抱。绰约流云自白衣，权家炽火如行潦。与君大咲天地间，不信商山留绮皓。
>
> ——《初雪行，与农父》③

> 兵部尚书、右副都御史马公我田出镇真定，总督三省。闻吾友周子农父怀抱利器，浮湛长安，亲执币聘卜，日造请，招农父于幕府。农父即日撰行李、载书册，从大司马。陈子名夏送之张掖门外……今

---

① （清）陈名夏撰：《石云居诗集》，《四库全书存目丛书》集部第 201 册，第 668 页。
② 同上书，第 673 页。
③ 同上书，第 725—726 页。

我国家统一区宇，整齐士民。先是，山东群不逞，伏匿跳梁，朝廷丞
思所以削平之，乃简大司马以行……而周子农父从之行……农父慕仁
疆义，经营当世之务二十余年，必有以佐助司马公……农父将发，都
人士莫不欣喜，予为文章以送之……

——《送周农父序》①

　　从上引诸作可知，明清易代后周岐确实有过一段乡居生活，"躬耕不
肯出龙眠"即指此事。但随后，他却又和已贵为清吏部尚书的陈名夏
"忽漫相逢尺五天"，而相逢地点乃是"长安"，亦即北京的代称，这从
"周子挟策叩燕关"、"陈子名夏送之张掖门外"等便能得到确证。实际
上，周岐的这次北京之行在他本人的作品里也有所反映。《龙眠风雅》所
收周氏《辛卯长安得家报喜举一孙，兼闻岁荒盗发，又不觉忧从中来也》
之二云："离家五甲子，松菊近如何？喜见平安字，愁闻水旱多。石田年
不种，租吏日相诃。避乱方安堵，那堪又荷戈。"②此诗当写于顺治八年
（1651），其时作者已经身在北京；而从"离家五甲子"、"避乱方安堵"
等句又可知，大约顺治三年（1646）前后，他或即出于避乱与讨生活的
考虑而游食四方。在京期间，他除了和陈名夏往来密切外，还应聘成为兵
部尚书、右副都御史"马我田"的幕僚，参加过清廷镇压山东叛乱的军
事行动。

　　陈名夏提到的这个"马我田"，即《清史稿》卷二百三十一中的马光
辉。此人为明武举，崇祯三年（1630）降清。顺治八年（1651）十月
"以兵部尚书、右副都御史总督直隶、山东、河南三行省"；十年（1653）
九月，"胶州总兵海时行叛，为暴莱、沂间，光辉帅师讨之。时行走宿
迁，师从之，复走永城。光辉会漕运总督沈文奎帅师自灵璧向永城，战洪
河集西，大破之，缚时行以归"③；十二年（1655）七月卒，谥忠靖。可
见周岐应于顺治十年九月左右入马光辉幕府。而在此之前，他可能已在北
京寄居了至少三年。

　　马光辉之所以在受命征讨海时行叛军后，礼聘周岐入幕，应是看重其

① （清）陈名夏撰：《石云居文集》，《四库全书存目丛书补编》集部第55册，第156页。
② （清）潘江辑：《龙眠风雅》，同前，第487页。
③ 赵尔巽等撰：《清史稿》，中华书局1977年8月第1版，第31册第9335页。

军事才能的缘故。方以智《送周农父还故乡序》载："吾邑经民变寇警，益易练习，农父登陴以为常。家君子在郧，周子实左右之，八战而捷，每算必中。王佐才，何必多古人耶？"①"家君子"即以智父方孔炤。《明史》卷二百六十称孔炤自崇祯十一年（1638）起，"以右佥都御使巡抚湖广"，其间曾"击贼李万庆、马光玉、罗汝才于承天，八战八捷"②。而据方以智所云，则这一系列胜利的幕后谋划者实为周岐，"王佐才"的美誉当之无愧。方、周二人关系至为亲密，观以智别集《方子流寓草》凡收与岐交游唱和之诗文多达十四篇，卷首《流寓草叙》署名"同邑同盟弟周岐撰"，即可想见；且事与其父直接相关，故所言应属事实。又蔡士英辑《滕王阁全集》卷十三载周岐《贺新郎》词一阕，原标题云："己卯春，赴楚中丞方先生幕，遇石尤于马当江。忆子安当日风送滕王阁，遂使童子成后世名。江神昔怜才，今何妬也。"③可知应作于崇祯十二年（1639）春，其时周岐正在从安徽溯江而上、赴湖北投奔方孔炤的途中。这也从一个侧面映证了他早年确曾担任过明朝方面大员方孔炤的幕僚。然而十余年之后，当他又一次随军出征时，所效力的对象却已经换成了清王朝。

陈名夏、马光辉而外，周岐在京结交的清廷大员还有龚鼎孳。龚氏《定山堂诗集》卷二十一收《酬周农父过饮见赠之作，兼怀密之》一首。据该卷卷首标注称，此一卷诗歌皆来源于"顺治辛卯迄丙申存笥稿"，故该诗应作于顺治八年至十三年（1651—1656）间，恰好与周岐寄居北京的时段大致吻合。《龙眠风雅》亦收周岐《三十六芙蓉歌》一首，系为龚氏而作。篇首小引云："三十六芙蓉者，太常龚芝麓几上石也。"诗则有句云："一代风流龚太常，摩挲拂拭增辉光。"④龚鼎孳（芝麓其号）为崇祯七年（1634）进士，官兵科给事中。李自成陷北京后，以其为直指使。清军入关后迎降，授吏科给事中，转礼科，逾年擢太常寺少卿。该诗称其为"太常"，显系清初作品。

综上可见，清初时周岐曾留居北京相当长一段时期。其间，他基本上

① （清）方以智撰：《浮山文集前编》卷五，《续修四库全书》第1398册，第250页。
② （清）张廷玉等撰：《明史》，中华书局1974年4月第1版，第22册第6744页。
③ （清）蔡士英辑：《滕王阁全集》，同前，第456页。
④ （清）潘江辑：《龙眠风雅》，同前，第486页。

过着旅食与游幕的生活。陈名夏《周农父病足，愈即驾车访友》"长安尚有旅食客，倦游司马羞吾庐"① 的诗句，便透露了这一点。接下来的问题则是：他何时离开北京？此后又去向何方？

3. 游幕江西

笔者以为，周岐可能于顺治十年（1653）底或十一年（1654）初离开北京，投奔时任江西巡抚的蔡士英。

蔡士英（？—1661），字伯彦，号魁吾，汉军正白旗。明季从父大受降清，授世职牛录章京，从转战有功，顺治五年（1648）授金都御史，九年（1652）巡抚江西，十三年（1656）总督漕运，加兵部尚书。《雪桥诗话续集》卷一云："（周岐）国变归里，以所居舍旁余址筑土室，啸咏其中。吾乡蔡魁吾尚书巡抚江州，尝应聘西征。"② 《龙眠风雅》所谓"河漕中丞及江粤诸幕府争延聘为上客"之"河漕中丞"，亦应指此人。可见周岐曾入蔡氏幕府是确切无疑的。至于入幕时间，可从陈名夏《送农父入豫章二首》测知端倪，分别云："每思河朔饮，忽有豫章行。迂怪仙人树，高标孺子城。西山浓作雨，南浦淡流萍。真好淹留处，随呼老步兵"；"君才无不可，且作幕中人。起檄飞横草，探筹比斫轮。朝无藩镇虑，客有少微邻。若踏匡庐顶，潺湲洗面尘"。③ 豫章即江西古称，二诗显然是名夏为送别周岐去该地投入某位官员的幕府而作。由于名夏于顺治十一年（1654）三月十二日被清世祖赐死；而顺治十年（1653）九月以后的一段时间，周岐又正跟随马光辉镇压叛军，战火且一度蔓延至江南宿迁、河南永城等地；加之没有证据显示此前他曾离京而南下江西，所以综合各方面的情况来看，周岐可能于顺治十年底或十一年初离开北京，游幕江西，其幕主当即蔡士英。

江西是顺治初年清王朝与南明诸政权间的主战场之一，因而当地的社会经济文化遭到了严重破坏。史称蔡士英到任后，"疏陈兵后荒芜，请除荒田赋额十万八千五百四十顷有奇；又以瑞、袁二府粮偏重，疏请蠲瑞属浮粮九万九千余石，定袁属赋额自一斗六升七八合减至九升三合：皆得

---

① （清）陈名夏撰：《石云居诗集》，同前，第 725 页。

② 杨钟羲撰：《雪桥诗话续集》，台湾新文丰出版公司《丛书集成续编》第 203 册，第 283 页。

③ （清）陈名夏撰：《石云居诗集》，同前，第 631 页。

请。又疏论铜塘封禁山不宜开采，咸为民所颂"①。勤于政务之余，他也致力于社会文化事业。其中的一项重要成就，便是他组织重建了在顺治五年（1648）、六年（1649）间毁于战火的滕王阁。工程始于顺治十年（1653），翌年竣工。之后，为纪念这一名胜的新生，他又主持编纂了《滕王阁全集》与《滕王阁征汇诗文》。前者凡十三卷，辑录历代有关滕王阁之各体作品；后者不分卷，附于前者之后，系蔡氏征集时人作品而成，顺治十四年（1657）刻。

在这两部总集的编纂过程中，周岐扮演了相当重要的角色。《滕王阁全集》卷首载其《滕王阁古今诗文汇选序》云："值大中丞三韩蔡公叹副都御史司马侍郎出抚西江，奋武揆文。公余之暇，悯名胜之忽淹，拘嵲嵘之新阁，使飞霤卷雨，顿还旧观，槛外长江，宛如宿拘。遍采诗歌，搜珠剖玉，洵郁郁乎盛事矣。余流寓其间，因得纵观篇什之美，衰辑历代诗文，汇为全集。"② 从周岐的这段自述可知，他至少应是《滕王阁全集》与《滕王阁征汇诗文》的实际编纂者之一。事实上，历代官员主持相关文献的编纂整理时，往往借助手下幕僚的力量；甚至若干署名某官员所作序言之类文字，亦可能出自他人手笔，如屈大均辑《广东文选》卷首所载广州知府刘茂溶《广东文选序》，即由编者本人代作③。这可谓我国图书编纂史上的一个通例。

4. 归隐及其他

至此可以确定，至少在顺治年间，周岐有过相当长的旅食、游幕生涯，依违于陈名夏、马光辉、龚鼎孳、蔡士英等中央与地方大僚之间。而他频繁与清廷官员打交道，甚至为之效力的行为，终于引起若干遗民友人的不满。如钱澄之《寄周农父》云：

郁郁青松姿，自植南山巅。上有巉岩石，下有潺湲泉。终老冒霜雪，朝夕舍云烟。桧树亦挺生，不受蔓草缠。数与雷霆斗，摧折秃其颠。根干本不殊，荣悴胡相县。可怜石上根，屈曲还钩连。我与农父交，二十有六年。文鄙西京后，诗称建安前。子学通天人，术数无不

① 赵尔巽等撰：《清史稿》，第32册第9787页。
② （清）蔡士英辑：《滕王阁全集》卷首周岐《滕王阁古今诗文汇选序》，同前，第352页。
③ 此序收入屈大均撰《翁山文外》卷二，题下注有"代"字。

研。上书报罢归，投笔从戎旃。督师在江北，惟子与周旋。岂意扬州
破，空有襟血溅。我遭党锢祸，妻子沈深渊。十年一还乡，相见鬓苍
然。子为淮帅客，能操利物权。我无家可归，合明同学禅（无可方
在合明）。天地成翻覆，性命图苟全。慷慨见孙、吴（孙谓克咸，吴
谓鉴在），临事躯竟捐。出处虽有异，此志同一坚。子年今五十，淮
上诵子贤。人皆为子羡，吾独为子怜。如何功与德，假手他人传？劝
子以学易，望子以知天。松柏庶不凋，陵谷犹未迁。努力谢帷幄，来
耕潭上田。①

前文提到，此诗应作于顺治十四年至十五年（1657—1658）间，这与
"子年今五十"的说法也大致吻合。而从"子为淮帅客"②句来看，当时
周岐仍在继续着游幕生涯，并且颇得幕主信任，以至到了"能操利物权"
的地步。在一片"淮上诵子贤"、"人皆为子羡"的颂美声中，钱澄之却
"独为子怜"。因为在他看来，相交二十六年的好友的这种行为，一定程
度上已经背离了遗民本色。他首先以青松与桧树来象征那些苦苦恪守节操
的明遗民。前者挺生于南山之巅，"终老冒霜雪，朝夕舍云烟"，遗世独
立；后者则在"数与雷霆斗，摧折秃其颠"的艰难处境中，始终坚贞不
渝，依旧将根本牢牢扎于盘石之上。随后，他回顾了明末清初以来诸友人
各自的经历。在这个"天地成翻覆"的大时代中，孙临（克咸其字）、吴
德操（鉴在其字）牺牲于抗清战场；方以智（无可其法号）拒绝与清廷
合作，削发为僧；钱澄之本人亦先后任职于南明隆武、永历政权，亲身经
历了悲壮惨烈的抗清斗争，只是在南明永历四年（顺治七年，1650）冬，
广州、桂林相继被清军攻陷，永历帝由梧州西迁时，由于兵乱道梗而与大
部队失散，乃不得不返回家乡，从此坚守节操，拒不与清廷合作。在钱氏
看来，孙临、吴德操、方以智及其本人"出处虽有异，此志同一坚"，都
是明王朝的忠诚子民；唯有周岐热衷幕僚生活，周旋于清廷众官员间，既
"能操利物权"，又得"淮上诵子贤"，可谓名利双收。对于这种常人艳羡

① （清）钱澄之撰，诸伟奇校点：《田间诗集》卷四，黄山书社 1998 年 8 月第 1 版，第
64—65 页。

② 这里所谓"淮帅"，可能就是蔡士英。《滕王阁全集》卷首蔡士英《序》篇末署名曰
"顺治十四季玄月，奉勒总督漕运，巡抚凤阳等处地方海防军务，兼理粮饷，兵部左侍郎兼都察
院左副都御史，三韩蔡士英撰"（同前，第 348 页），可知淮河流域军务亦为蔡氏之职责范围。

不已的生活方式，钱氏不以为然。他劝好友要"学易"、"知天"，趁着"松柏庶不凋，陵谷犹未迁"，节操尚未毁坏至不可收拾地步的时候，"努力谢帷幄"，结束游幕生涯，"来耕潭上田"，归隐田园，全节以终。《龙眠风雅》称周岐后"谢病归，足不履城市，终于土室"，或许竟与钱澄之的这番劝诫不无关系。

综上所述，我们大致可以勾勒出清初时周岐的活动轨迹：先是国变归里，经过约三年的隐居生活后，又外出旅食、游幕；其间一度留居北京，与陈名夏、龚鼎孳等清廷中枢大员诗酒往来，并曾于顺治十年（1653）九月左右入清军将领马光辉幕，随军征战；不久又南下江西，入蔡士英幕，曾参与编纂《滕王阁全集》与《滕王阁征汇诗文》；顺治十四年（1657）、十五年（1658）之后的一段时间，乃重新归里隐居。

周岐的这条人生轨迹，生动展现了明遗民生活的一个真实侧面。关于该群体的生存方式，谢正光《清初的遗民与贰臣》一文指出："检阅现存的各种'明遗民录'，便不难发现所谓'遗民'大都被描绘为'遗世而独立之民'。而'遗民'之中最能守苦节的，又往往是远离城市、誓不与官府中人往还的。其中有不少甚至是多方逃避清廷官吏的。"[1] 但类似记载并不完全属实。赵园《明清之际士大夫研究》即认为："遗民传奇出于共同制作，其中包括遗民传状对'遗民'的制作。在有关的传状文字中，遗民行为被依'土穴'、'牛车'一类模式标准化了。全祖望作傅山事略，谓傅氏尝居土穴以养母"，而实际上，"傅山处遗民仍交游广阔，并不如人所想象的杜门扫轨"。[2] 谢正光《读方文〈嵞山集〉》一文进一步指出："身遭易代之变，士之出处，除仕与隐两途外，尚有游幕与旅食之二途……盖游幕与旅食，既可解决生计，而亦无大碍于忠义之道"[3]，即如方文，便"于清人入关后的二十五年间，以遗民之身囊笔游于大吏之门，自南而北，文酒之会，几无虚日"[4]。

同全祖望之于傅山一样，《遗民诗》等对周岐易代后生活的描述，一

---

① ［美］谢正光：《清初的遗民与贰臣——顾炎武、孙承泽、朱彝尊交游考论》，收入作者论文集《清初诗文与士人交游考》，第383页。

② 赵园著：《明清之际士大夫研究》，北京大学出版社1999年1月第1版，第275页。

③ ［美］谢正光：《读方文〈嵞山集〉——清初桐城方氏行实小议》，收入作者论文集《清初诗文与士人交游考》，第164页。

④ 同上文，第173页。

定程度上也带有简略化甚至模式化的色彩。而通过考察《龙眠风雅》等的记载，则可以确知：清初时周岐行踪颇为不定，交游亦相当广泛，其中便包括部分清政府高官。只是这种游食生活却又能在潜移默化间起到消弭意志的负面影响。如朱彝尊，便在"抗清事败之后，为保身立命计，乃游食于清廷大吏之门，南北奔走，逐渐走向仕清的道路"①。朱氏本人也在《报周青士书》中坦言："仆频年以来，驰逐万里，历游贵人之幕，岂非饥渴害之哉？每一念及，志已降矣，尚得谓身不辱哉！昔之翰墨自娱，苟非其道义，不敢出；今则徇人之指，为之惟恐不疾。夫人境遇不同，情性自异，乃代人之悲喜，而强效其歌哭，其有肖焉否邪？"②将寄人篱下、降志辱身的痛苦无奈表达得淋漓尽致。类似现象在清初屡见不鲜，可见钱澄之"努力谢帷幄，来耕潭上田"的劝诫绝非无的放矢，其背后蕴含着遗民们的失节忧惧。正由于周岐拒绝接受清廷爵禄，最终恪守住了遗民操守的底线，所以才得以入围《遗民诗》、《皇明遗民传》、《明代千遗民诗咏》等，并逐渐以一个国变后即筑土室隐居终老的典型明遗民形象而为后人所知，甚至还出现其牺牲于抗清战场的传闻。真实的历史场景与进程、鲜活的个人境遇与思想，往往无法用相对简化的模式与规律概括无余，其间充满各类矛盾冲突与不确定因素，存在若干可能出现的趋势与结局。清初时周岐一波三折的人生经历，便充分印证了这一点。

## 二　艺文志

除了能提供广义上的清代诗人传记资料外，清诗总集还具备若干专项功能。这当中较为突出的，是可以作为"艺文志"与"交游录"看待。先说"艺文志"。

记载相关作者的著述情况，是各类型清诗总集的一个十分普遍的现象。它主要体现于作者小传，同时在目录、凡例、诗话乃至注释等附件中，也每每收录类似信息。有的总集甚至含有专门的文献书目，如符葆森辑《国朝正雅集》卷首附载《采用书目》一卷，顾季慈辑《江上诗钞》卷首附载《采录诸书》，谢鼎镕辑《江上诗钞补》卷首附载《采用书

---

①　[美]谢正光：《清初的遗民与贰臣——顾炎武、孙承泽、朱彝尊交游考论》，同前，第333页。

②　(清)朱彝尊撰：《曝书亭集》卷三十一，《四部丛刊初编》第279册，第7b—8a页。

目》，王敬立、周叙、夏昆林辑《高邮耆旧诗存》别册目录后附载《书目》，任光斗辑《宜兴任氏传家集存遗》卷首附载《书目记存》，王元增辑《先泽残存》卷末附载《王氏艺文目》，等等。

　　除了上述着眼于载录多人著作的综合书目之外，又有针对专人著作之书目。如李镠辑《钟秀庵诗丛》所收李旭阳《习琴堂诗集》二卷，卷首即载《原稿书目》一份，罗列李旭阳诗文集凡十一种，包括《习琴堂丛稿》二卷、《习琴堂诗选》四卷、《遣愁集》不分卷、《虫吟集》不分卷、《断肠集》不分卷、《琴堂初稿》不分卷、《丑寅集》一卷、《琴堂新咏》不分卷、《芙蓉园初稿》三卷、《百首灵谶》一卷、《琴堂续集》不分卷。每种皆有提要，如"《习琴堂丛稿》二卷"条下云："丁丑（嘉庆二十二年，1817）至己卯（二十四年，1819）作，杂计古近体二百九十一首，附词十三，序二、书五、启一，赵莲峰、蔡莫言杨东桥序、自序。"①"《断肠集》一卷"条下云："丙戌（道光六年，1826）哭儿诗二十三首，并集齐七璇公秀岑、宣阳公雪园、华社季心莲、王耦棠、王献达、赵莲峰、杨山泉、杨东桥十家和章，合计百首，卧林子自序。"② 关于李旭阳著作，《清人诗文集总目提要》仅据《瞿氏补书堂寄藏书目录》，著录《习琴堂诗集》一种，而不及其他；《清人别集总目》更无只字提及李旭阳著作。鉴于这份《原稿书目》著录的十一种李旭阳诗文集可能已告亡佚，这就使其保存的文献信息显得格外珍贵。至于王尔纲辑《名家诗永》卷首附载《砌玉轩著述总目》，则罗列编者本人之著作凡二十八种，是为特例。

　　尤其值得注意的是，很多清诗总集编者保存作者著述情况的信息乃是一种有意识的行为，意在备一代史料，为后人提供文献线索，例如：《淮海英灵集》编者阮元云："小传中所载著述，经史子集名目皆从各家志传采入，多未亲见。原书想今亡者俱多，或本虚标名目，然与其删之，毋宁存之，庶将来录'艺文志'者，得据此采访云。"③《江苏诗征》编者王豫云："所采诸书，或全录，或节取，皆于各条上冠以某人某书，使阅者

---

　　① （清）李镠辑：《钟秀庵诗丛·习琴堂诗集·原稿书目》，光绪三年（1877）刻本，第3a页。

　　② 同上书，第3b页。

　　③ （清）阮元辑：《淮海英灵集》凡例第七款，同前，第2页。

易于稽考。或有仅存书名而全书未见者，亦录其名，以俟后之辑'艺文志'者考焉。"①《国朝畿辅诗传》编者陶樑云："胪举其目，用备他日续订'艺文志'之一助。"②

由此，如果我们将每部清诗总集所载著述信息单独汇总到一起来看，确实可以说是一种具体而微的"艺文志"。清中叶人许正绶在为谢聘辑《国朝上虞诗集》所撰序言中，便称道该书说："其功更不仅在诗。古者观风之典，与国史、邑乘通；今之秩然在集中者，皆'人物志'、'艺文志'也。"③ 由于《国朝上虞诗集》包含大量与所收作者本身乃至上虞当地历史文化有关的信息，所以许正绶认为这部诗歌总集已经具备了史志类著作的功能，从而誉之为"人物志"与"艺文志"。其间的后者，正是编者致力于采录相关作者之著述信息的结果。

而当我们进一步把若干清诗总集的"艺文志"成分提取出来，则它们又将成为编纂艺文志、著述考一类著作的宝贵参考资料。自清代以来，也确实颇有一部分学者在编纂此类著作时，取资于清诗总集。清代本朝最为著名的，应推孙诒让《温州经籍志》。据笔者初步统计，该书至少用及曾唯辑《东瓯诗存》、董鼏辑《罗阳诗始》、周天锡辑《慎江诗类》、谢梦览等辑《鹤阳谢氏家集》、阮元辑《两浙輶轩录》等清诗总集，尤以《东瓯诗存》的使用频率最高。全书所收条目大量直接来自这几种清诗总集，同时还每每根据相关总集的记载，对部分条目作考订辨正。如卷三十据《（乾隆）温州府志》卷二十著录林兆斗《南竽初集》，又曰："《东瓯诗存》卷三十七作《南竽集》。"④ 卷三十"周天锡《花萼楼集》"条下曰："《东瓯诗存》三十六作《花萼楼诗文集》，《瓯乘补》十二作《华萼楼诗稿》，今从抄本。存。逊学斋藏抄本。"⑤ 按，《花萼楼集》凡六卷，收录周天锡所作各体诗文，有温州市图书馆藏康熙五年（1666）刻本，《中国古籍善本书目·集部》、《清人别集总目》、《清人诗文集总目提要》皆有著录。而所谓"花萼楼诗文集"，则可能系周氏诗文集之别称。清末人孙锵鸣有《跋周樨庵〈花萼楼诗文集〉》一文，相关文字说："辛未

① （清）王豫辑：《江苏诗征》凡例第十款，卷首第2a页。
② （清）陶樑辑：《国朝畿辅诗传》凡例第十款，同前，第10页。
③ （清）谢聘辑：《国朝上虞诗集》许正绶序，卷首第6b页。
④ （清）孙诒让撰，潘猛补校补：《温州经籍志》，下册第1334页。
⑤ 同上书，下册第1322页。

（同治十年，1871）秋，晤傅省吾传于郡邸，言于古董担中买得残书一小册，出以见示，则先生之文与诗也，凡六卷，而《瞿溪草》亦在焉。不知所刻仅此，抑或尚有下卷，不可得而考焉。"① 据今人潘猛补介绍，这个经过孙锵鸣校对的周天锡诗文集，今有清抄本存世，唯"敬乡楼抄本、乡著会抄本等三种俱为不全本"②。

今人所编艺文志，则可以南京师范大学古文献整理研究所主持编纂的《江苏艺文志》为代表。该志按地域分编，以1990年的江苏省行政区划为标准，每一个省辖市及其属县（含县级市）为一卷，共计有南京、镇江、常州、无锡、苏州、南通、扬州、淮阴、盐城、徐州、连云港凡十一卷。全书采用以年系人、以人系书的编写方法，每一条目包括人物小传与所著书名两部分，可谓自上古至民国年间江苏籍人士（包括部分外省流寓并定居于江苏者）著作的一次较为全面的展示。

综观该书所收条目，大量来源于清人、民国人所编清诗总集，并且多为江苏各地的地方类清诗总集。不过，由于清代与民国文献实在过于浩繁，《江苏艺文志》未能用及的典籍仍有不少。这其中自然也包括若干清诗总集。任光斗辑《宜兴任氏传家集存遗》即为显例。

此集现有几种主要清代文献书目，如《清史稿艺文志及补编》、《清史稿艺文志拾遗》、《贩书偶记》等均未著录，是一种流传甚罕的清代宗族类总集。笔者所见为浙江大学图书馆藏同治十三年（1874）宜兴任氏一本堂刻本。全书凡八卷，所录皆明清宜兴任氏家族成员之著作。卷一"奏疏"，收任宏嘉《请振兴文教疏》等七篇、任启运《请安流民兴水利疏》等二篇；卷二亦"奏疏"，收任启运《经筵讲义》、《钦取理学第一卷》；卷三"论著"，收任源祥《制科议一》等十五篇；卷四亦"论著"，收任绳隗《高祖论》等三篇、任启运《河图为作易之源》等七篇、任源祥《祠堂议》等八篇；卷五"杂著"，收任绳隗《澹木斋文集序》等三十四篇、任启运《与胡邑侯书》等三篇；卷六亦"杂著"，收任朝桢《历代史表序》等三十一篇；卷七"诗"，收任彦英、任珪等十八人之诗九十三首；卷八亦"诗"，收任启运、任翔等十六人之诗六十六首，末附"闺

---

① （清）孙锵鸣撰，胡珠生编注：《孙锵鸣集》，上海社会科学院出版社2003年8月第1版，上册第131页。

② （清）孙诒让撰，潘猛补校补：《温州经籍志》，下册第1324页。

媛诗"，收周孺人、任湘芝等六人之诗二十三首。

编者任光斗，原名茂华，字筱春，江苏宜兴人。咸丰元年（1851）恩贡举人，两摄湖北荆门州同知。同治五年（1866）率民团与捻军作战，因功加知州衔，赏蓝翎，补湖北随州同知。太平天国战争期间，任氏家族之"著述藏于家者，荡焉泯焉"①，"兵燹后，已刻者片板不留，未刻者原本尽失"②。战乱过后，编者有感于"家刻尽付劫灰矣！听其散佚，无以慰祖宗拳拳斯道之心。当各处搜辑，汇成一编，传家以示孙子"③，因"数载搜求，仅得志乘所载、《皇朝经世文编》所采，及散见于诸名家选本者，随见随录，共得诗文若干首"④，纂成此集；又"考志乘所载书目暨幼时诵习尚能记及者，悉书其目，依世次叙列"⑤，编为《书目记存》，列于全书卷首，凡著录明清宜兴任氏家族六十六人之著作一百二十七种。

将这份《书目记存》与《江苏艺文志·无锡卷》的"宜兴市"部分比对后，可以发现二者之间颇有出入，大致存在三种情况。首先，《书目记存》含有大量《江苏艺文志》未收人物之著作，凡二十二人、二十八种。兹列举如下：

（1）任彦英《澹庵诗存》。彦英，字时育，号澹庵，明隐士，居宜兴之屋溪。系任氏家族第九世成员，编者任光斗则属第二十三世。

（2）任珪《依云阁集》。珪，字仲德，号俞溪，明诸生。第十三世。

（3）任瑶《俞山诗草》。瑶，字仲玉，号俞山，明国学生。亦第十三世。

（4）任卿《济世编》、《竹溪诗集》。卿，字世臣，号竹溪，明嘉靖十年（1531）选贡内阁中书玉牒馆纂修，擢大理寺左寺副会，推湖南都御史，迁江西南康府推官，捐设学田、役田、义田各十顷。巡按周如斗题建义庄特祠，崇祀郡邑孝悌祠，传载《江南通志》。第十四世。

（5）任骊《历陈民隐疏稿》（一卷）。骊，字惟正，号筱园，授王府典膳，亦第十四世。

① （清）任光斗辑：《宜兴任氏传家集存遗》孙家鼐序，同治十三年（1874）宜兴任氏一本堂刻本，卷首第1a页。
② （清）任光斗辑：《宜兴任氏传家集存遗》卷首《总目》后序，卷首第2a页。
③ （清）任光斗辑：《宜兴任氏传家集存遗》孙家鼐序，卷首第1b页。
④ （清）任光斗辑：《宜兴任氏传家集存遗》卷首《总目》后序，卷首第2a页。
⑤ （清）任光斗辑：《宜兴任氏传家集存遗》卷首《书目记存》，第1a页。

（6）任鼎《伴鹤轩文集》。鼎，字荆含，明万历四十年（1612）举人，历任当阳、合阳、琼山知县。第十六世。

（7）任明铉《厔溪杂咏》。明铉，字选甫，号立俞，明诸生。编者七世祖。亦第十六世。

（8）任贯《相道编》（十卷）、《耕余笔志》（一卷）、《日勖斋诗文集》（十卷）、《羽丰斋诗集》（十卷）。贯，字嘉孚，号云岩，赠翰林院检讨。第十七世。

（9）任震《秋岩诗集》。震，字尔翀，号秋岩，明处士。亦第十七世。

（10）任雄《松屏诗草》。雄，字文升，号松屏，顺治十二年（1655）进士，吏部观政。第十八世。

（11）任绳安《书经纂注》、《鹿涧山房诗》。绳安，字九章，号无庵，增广生。亦第十八世。

（12）任西邑《半山楼诗钞》。西邑，字大夏，恩贡生，考授州同。亦第十八世。

（13）任元音《素琴时文》。元音，字素琴，号绎庵，邑诸生。第二十世。

（14）任际科《约亭制义》。际科，字圣辅，号约亭，国学生，赠郧阳府通判。亦第二十世。

（15）任宗炎《雪鸿诗草》。宗炎，字次琬，号萼亭，邑诸生。第二十一世。

（16）任璇《玉蕊轩诗》。璇，字肇仪，号南圃，邑诸生。亦第二十一世。

（17）任昂《缄斋制义》。昂，字豹姿，号缄斋，乾隆五十七年（1792）举人，安徽建德知县。第二十二世。

（18）任应享《寄云山人诗》。应享，字耀庭，号效亭，嘉庆五年（1800）副榜。亦第二十二世。

（19）任振《文梦楼稿》。振，字旭升，号跂坡，岁进士。第二十三世。

（20）任嵤《砚山堂诗》。嵤，字念修，号复堂，国学生。亦第二十三世。

（21）任麟元《丹桂轩时文》。麟元，字步逵，号寄堂，岁贡生，咸丰八年（1858）钦赐举人，就职国子监学正，咸丰十年（1860）殉难，恩赐旌恤，入祀昭忠祠，世袭云骑尉。第二十四世。

（22）任湘芝《松筠阁诗》（四卷）、《双鸳词》。湘芝，字浣花，第二十世附贡生任馨孙第四女，适廪生吴星槎。

其次，人已见《江苏艺文志》，而著作则有遗漏，凡四人、六种。分别为：

（1）任元亨《十七史节评》、《艺文志》。元亨，字世通，号仰山，明诸生。第十四世。《江苏艺文志·无锡卷》部分仅据吴德旋纂《（道光）续纂宜荆县志》卷九，著录其《十七史节评》一种。

（2）任开孙《问奇草》、《仅存集》。开孙，字德新，号印月，清初诸生。第二十世。《江苏艺文志·无锡卷》亦仅据《（道光）续纂宜荆县志》卷九，著录其《问奇草》一种。

（3）任锦心《懒真集》、《国朝诗选》。锦心，字秀怀，号岫云，乾隆间国学生。第二十二世。《江苏艺文志·无锡卷》仅据王豫辑《江苏诗征》卷八十九，著录其《懒真集》一种。

（4）任泰《吾学编》、《金陵纪闻》、《及门问答》。泰，字阶平，号径蹊，道光元年（1821）恩科举人，道光六年（1826）进士，钦点翰林院庶吉士。第二十二世。《江苏艺文志·无锡卷》著录其《质疑》（一名《经学质疑》）一卷，有《仰视千七百二十九鹤斋丛书》本与《丛书集成初编》本；又著录其《清芬楼质疑》一卷、《馆课》一卷、《杂著》一卷，有道光间活字印本，北京图书馆藏，并引孙殿起《贩书偶记》云："此《杂著》即任启运传稿。"①

最后，著录存在差异，凡三人、三种。依次为：

（1）任绂《面槐楼诗》。绂，字仲嘉，号芳屿，乾隆二十七年（1762）举人，四川乐至县知县，署成都府通判，晋赠儒林郎、翰林院庶吉士，加一级。第二十一世。《江苏艺文志·无锡卷》据《（道光）续纂宜荆县志》卷九，著录其《面槐集》一种，今已不存，疑与《面槐楼诗》系同书异名。

（2）任醇文《缀园诗集》。醇文，字晋藩，号进帆，诸生，赠中议大夫。第二十二世。《江苏艺文志·无锡卷》据《（光绪）宜荆县志》卷十，著录其《进帆文集》、《醉园诗集》二种，今皆不存。《醉园诗集》

①　宫爱东主编：《江苏艺文志·无锡卷》，下册第1528页。原文见《贩书偶记》卷十一，第274页。

与《缀园诗集》或为同书异名。

（3）任汝修《艺圃诗钞》。汝修，字锦中，号仔堂，嘉庆九年（1804）举人。亦第二十二世。《江苏艺文志·无锡卷》据《（道光）续纂宜荆县志》卷十，著录其《艺圃诗稿》一种，今亦不存，或与《艺圃诗钞》系同书异名。

上列诸种著作，《江苏艺文志》日后若增订再版，可酌情收入。另外，这部《宜兴任氏传家集存遗》本身，《江苏艺文志·无锡卷》之任光斗名下也未见著录，同样可据以补充。

### 三　交游录

考察一个作家的交游范围与交往对象，是我们认识、研究其生平与创作的一个非常重要的组成部分。在这方面，很多清诗总集都能提供丰富而生动的材料，可以为研究者所钩稽采撷。如今人李圣华的《方文年谱》附录三《友朋书问、题识及酬赠诗词》，即有大量材料来自各类型清诗总集，包括姚佺辑《诗源初集》、朱绪曾辑《国朝金陵诗征》、方于谷辑《桐城方氏诗辑》等十余种，涉及梅朗中、麻三衡等五十余人。

提供零散的文献材料与线索，还只是清诗总集对于我们考察清代士人交游的最为初步的价值。更重要的是，部分清诗总集由于其收人辑诗范围的特殊性，本身就可以作为一部具体而微的交游录看待。这当中尤其突出的，是那些以编者交游朋好投赠作品为基础整编而成者。[①]

关于清人编选清诗总集的产生途径，今人蒋寅指出："遴选一代之诗，工程是很浩大的，对选家的识见、交游和财力要求都很高，所以多数选家都以自己交游所及的范围，或为怀念故旧，或为标榜声气，编选同人的作品。"[②] 由此而孕育出大量集中采收交游朋好作品之总集，为我们探究相关编者的交游范围与交往对象开了方便之门。清初人余穉评价冒襄辑《同人集》说："得《同人集》读之，盖海内诸名贤与先生当日投赠倡和之诗文，而先生之行谊亦附见焉。"[③] 便揭示了这一点。今人伊丕聪编著的《王渔洋诗友录》，即以王士禛辑《感旧集》并卢见曾所补作者小传与

---

① 关于此类总集的基本情况与特点，可见本书第二章第一节之《当代》部分的相关论列。

② 蒋寅：《论清代诗文集的类型、特征及文献价值》，同前，第66页。

③ （清）冒襄辑：《同人集》余穉跋，同前，第525页。

注引各家评论为基本材料，同时参考王士禛自撰《池北偶谈》、《香祖笔记》、《古夫余亭杂录》、《渔洋诗话》，以及朱彝尊辑《明诗综》等多种典籍，纂辑而成。通过该书，我们对清初著名诗人王士禛的交游圈的大致范围、主要交往对象的名单，可以有一个比较明晰的了解。而王士禛本人编纂的着眼于收录交游朋好诗作之总集——《感旧集》，对于确定这一范围与名单的主体框架所起到的重要作用，是显而易见的。

　　不过需要指出的是，若想相对较全面地认知某个清人的交游状况，仅仅通过其所编纂的一部或数部交游诗总集，往往是不够的。首先，此类总集只收录和编者有诗歌或文字往来者，称为"诗友录"或"文友录"更加贴切。其次，此类总集所收作者作品的数量与范围也是有限的。《湖海诗传》编者王昶即自述道："予弱冠后，出交当世名流……贤士大夫之能言者揽环结佩，多以诗文相质证，往往录其最佳者藏之篋笥，名曰《湖海诗传》。今忽忽将六十年，而予年亦八十矣。去岁自钱塘归，发而观之，则向日所录，虫穿鼠蚀，失者十之二三。"① 由此可见，虽然《湖海诗传》所收诗人多达六百十四位，享有"国朝人物，是集已得大半"②的称誉，但从编者本人"向日所录，虫穿鼠蚀，失者十之二三"的描述来看，相当一部分和他有诗文交往者因为这层客观原因而未能见收于该书。

　　除了自然消亡的情形外，还存在编者有意删汰的因素。如《续同人集》编者袁枚称："余在名场垂六十年，四方投赠之诗不下万首……乃选其诗之最佳者梓而存之，号曰《续同人集》。其已附集中及《诗话》者，俱不录。"③ 可见若不在《续同人集》之外，再广泛采撷袁枚自撰诗文集与《随园诗话》，乃至其他典籍所含相关信息，我们显然无法窥见袁枚相对较完整的交游圈。至于像冯舒辑《怀旧集》那样，仅仅辑录二十四人所作诗词的小型总集，更是只能反映编者交游圈的一个十分有限的方面。

　　另外还需引起注意的是，此类总集所收部分作者，实际上和编者并无直接的交往。只是因为编者或意在保存文献，或推尊其诗学成就，从而选入他们的作品。如王士禛辑《感旧集》卷十二王清臣小传云："天启初，

① （清）王昶辑：《湖海诗传》自序，同前，第531页。
② （清）李慈铭撰、由云龙辑：《越缦堂读书记》，中册第623页。
③ （清）袁枚辑：《续同人集》自序，同前，第6册卷首第1页。

颍川张先辈远度买田颍南之中村，地多桃花林，尝携榼独游，见耕而歌者，徘徊疃间，听之，皆杜诗也。遂呼与语，耕者自言王姓，清臣其名，世为颍人。旧有田，畏徭役，尽委之其族，今来为人佣耕。少曾读书略识字。客有遗一书于其舍者，卷无首尾，读而爱之，故尝歌，亦不详杜甫为何人也。问能作诗乎？曰间为之。遂留共饮，吟一诗倾榼而去。异日，远度过其家，见旧历背煤字漫灭，乃烧细枝为笔所书，皆为诗，经乱不知所在。"① 类似内容又载于《池北偶谈》卷十六、《渔洋诗话》卷中等。可见王清臣实为明末天启年间河南颍川平民，《感旧集》所录此人事迹与诗作，应是王士禛得之传闻。又如《感旧集》卷三所收邢昉。此人卒于顺治十年（1653），当时王士禛年仅二十，尚处于读书应试的阶段，未及与之结交。《渔洋诗话》卷上云："余最许石湖邢昉五言诗，以为韦、柳门庭中人，恨未及友其人。官祭酒时，乡人李某往令高淳，余特属访其子孙。李至访之，则老妻稚孙，茕茕孤寡，饘粥不给，李脱赠三百金，为置腴田百亩。其家竟不知意出于余也。"② 便明确揭示了这一点，同时也表达了他对邢昉其人其诗的崇敬之情。其他如《感旧集》卷一所收吴兆、程嘉燧、沈自然，卷三所收邝露，卷四所收卓人月，卷十三所收无名氏，以及《湖海诗传》卷三十八所收黎简等，均属此种情况。这是我们通过这类总集考察其编者的交游对象与范围时，需要特别留意辨认的。

此类交游朋好投赠之作品，实际上普遍存在于各类型清诗总集。有的甚至还占了全书不小的比重，是相关编者赖以操选政的重要材料来源。如魏裔介辑《观始集》，即编者在"汇数年来海内学士大夫及山林布衣投赠所集"③ 的基础上，选录而成。《近诗兼》编者韩诗亦自述他纂辑该书时，"未尝有事征请，惟即交游投赠、同学借钞，日积月累，揽撷英华而已"④。《诗观·初集》编者邓汉仪同样坦言："仆历年来浪游四方，同人以诗惠教者甚众。藏之筒箧，不敢有遗。庚戌（康熙九年，1670）家居寡营，乃发旧簏，取诸同人之诗略为评次"⑤，因成此集；他甚至还提出：

① （清）王士禛辑，卢见曾补传：《感旧集》，同前，第378—379页。
② （清）王士禛撰：《渔洋诗话》卷上，同前，第167页。
③ （清）魏裔介辑：《观始集》田茂遇序，同前，第27—28页。
④ （清）韩诗辑：《近诗兼》自序，转引自《清初人选清初诗汇考》，第248页。
⑤ （清）邓汉仪辑：《诗观·初集》凡例第二款，同前，第193页。

"同人不分仕隐,诗到者即为登选。乃有交谊夙敦而篇章难觅者,仆亦听之"①,标榜声气的色彩十分明显。

虽然带有声气交游色彩的总集往往会招致人们的非议,但这类诗人诗作的广泛存在,却也使我们得以据此钩稽出相关编者的交游名单。明末清初人黄登辑《岭南五朝诗选》即为显例。黄登的传记资料散见于史澄等纂《(同治)番禺县志》卷四十三与近人陈伯陶辑《胜朝粤东遗民录》卷一等。前者称其"一室独居,萧然无营,惟富著述"②,有《见堂集》、《纪见篇》、《罗浮纪游》、《见堂百说》、《岭南五朝诗选》、《历代嘉言》、《唐诗合璧》等(今则仅有《岭南五朝诗选》存世);后者称其"好学工诗,善鼓琴。国亡后,隐居不试。筑南轩亦非亭,与屈大均、陶璜、邝日晋、罗谦相往还,时称高士"③。记述均甚为简略。而反观《岭南五朝诗选》,则保存有黄登本人诗作一百十三首,其中与亲友酬唱赠答之作不下五十首,提供了远较《(同治)番禺县志》与《胜朝粤东遗民录》来得丰富的黄氏生平信息。即就交游一方面来看,今人陈凯玲的《清代广东省级诗歌总集研究》便指出:"《岭南五朝诗选》选入的二百八十余名清代'国朝'诗人当中,就有四十四人保留着与黄登的酬赠之作。其中,土著二十三人,诗二十五首;寓贤七人,诗十首;方外十四人,诗十八首。"而再从其他作品"间接考得与黄登有交往者也数以百计。他们遍布省内外,且不乏当代名流显宦——除'岭南三大家'之外,还有'北田五子'之一陶璜、'南明五忠'之首黎遂球长子黎延祖、曾任南明推官的朱四辅,和两广总督吴兴祚、广东布政使鲁超、通政使袁景星等"④。

收录交游朋好投赠作品者而外,若干集中辑录编者或其他人士诸弟子作品的清诗总集,同样可以作为交游录看待。如陈瑚辑《从游集》与袁枚辑《随园女弟子诗选》皆采收编者本人诸弟子之诗作,徐作霖、黄蠡等辑《海云禅藻集》与吴闿生辑《吴门弟子集》则分别采收释函罡、吴汝纶诸弟子之诗作。它们都能反映出陈瑚等人交游圈的一个重要

① (清)邓汉仪辑:《诗观·初集》凡例第四款,同前,第193页。

② (清)李福泰修,史澄、何若瑶纂:《(同治)番禺县志》,《中国地方志集成》(广东府县志辑)第6册,上海书店出版社2003年10月第1版,第537页。

③ 九龙真逸(陈伯陶)辑:《胜朝粤东遗民录》,同前,第126页。

④ 陈凯玲:《清代广东省级诗歌总集研究》,第43页。

方面。

　　诸如《感旧集》、《岭南五朝诗选》、《从游集》等清诗总集，其所反映的交游名单都指向编者或其他相关人士这样一个焦点，所以不妨称之为个体交游录；此外，部分清诗总集又可以视为群体交游录。譬如着眼于采收集会唱和诗者。集会唱和是我国历代士人日常文学生活的一个非常重要的方面，同时也是士人们广通声气、结交援引所普遍采用的方式之一。每一次集会唱和活动的形成与展开，都在一个特定的时空范围内创造出一个文化空间，为士人们提供了一个交往、互动的平台。而辑录此类诗作的清诗总集，自然就是我们据以认知、考察某个士人群体在特定时空范围内的交游活动的最直接、可靠的文献依据。

　　另有若干清诗总集，则是由于特殊的编纂体例，从而具备了群体交游录的性质。例如谭新嘉辑《碧漪集》、《续集》、《三集》系列。《碧漪集》凡四卷，《续集》二卷，《三集》四卷，皆分"内编"、"外编"两部分。内编题曰"先著辑存"，收录明清嘉兴谭氏家族诸成员之诗文；外编题曰"名贤投赠诗文"，收录诸谭各自交游朋好所赠之作品，以及和其生平事迹相关之作品，是一种体例颇为特殊的宗族类清诗总集。

　　综计这三种总集的"先著辑存"部分，凡收谭昌言、谭贞默、谭贞和、谭贞良、谭贞竑、谭吉璁、谭瑄、谭孚尹、谭光熙、谭日钧、谭日襄共十一人之诗文。它们中的相当一部分，本身就是其作者与各阶层人士交游往还时所作。如《碧漪集》卷一"内编"收谭瑄《致李秋锦征士书》、《送徐电发太史归田》等，《三集》卷二"内编下"又收其《丙午春丰台观芍药送屈翁山归岭南》、《依原韵赋赠允叔》等，表现了他和李良年（秋锦其号）、徐釚（电发其字）、屈大均（翁山其字）、席居中（允叔其字）等人的交往。

　　至于"名贤投赠诗文"部分，则有谭守范、谭昌言、谭贞默、谭贞和、谭贞良、谭贞竑、谭贞硕、谭吉璁、谭瑄、谭吉瑗、谭吉纬、谭有年共十二人名下收录各自交游朋好所赠之作品，可直接据以考察其交游朋好之名单。即就前及谭瑄而论，《碧漪集》卷四"外编下"收录曹溶、朱彝尊、李良年、程可则、查慎行、姚景涞凡六人与之酬唱赠答的诗文，而再从其中的朱彝尊《同徐四善、李十九良年、高七以永、沈大蕙缠、钟大渊映、谭十一表兄瑄集徐二嘉炎南园分韵，得盐字》、《秋日万柳堂同谭十一给事瑄、沈秀才蕙缠、龚主事翔麟同赋三首》，以及《集槐树斜街苦热联句》中，又可考知徐善、高以永、沈蕙缠、钟渊映、徐嘉炎、龚翔麟、朱茂暭、姜宸英、王原、黄虞稷、万斯同、张远、李澄中、魏坤、释净宪、汤右曾、朱俨、郑觐衮、钱光夔等十九人。《三集》卷四"外编下"收录金堡、黄云、高佑、李绳远、李符、叶燮、杜臻、曾灿、查嗣瑮、朱彝尊、沈皥日、龚翔麟凡十二人所作与谭瑄酬唱赠答的诗文，其中的查嗣瑮《长至前七日同掖垣谭左羽、供奉朱竹垞（按，即朱彝尊，竹垞其号）、进士王令贻、庶常汤西厓，集郎官龚蘅圃（按，即龚翔麟，蘅圃其号）斋，分题岁寒图，得飞白竹，限六言绝句》、《同姜西溟、谭左羽、汪舟次、朱竹垞、王令贻、汤西厓、龚蘅圃再集古藤书屋，分赋寒具，得花窖，限五古》、《同姜西溟、高二鲍、朱竹垞、谭左羽、汪舟次、梁药亭、孙恺似、王令贻、汤西厓、龚蘅圃三集古藤书屋，分赋西郊杂诗》等诗，又能反映出谭瑄（左羽其字）与王原（令贻其字）、汤右曾（西厓其字）、姜宸英（西溟其字）、汪楫（舟次其字）、高层云（二鲍其字）、梁佩兰（药亭其号）、孙致弥（恺似其字）等人的交往。

此外，谭谏、谭有亮、谭有陟、谭孚先、谭君芳、谭光熙、谭光勋、谭日襄、谭日昌、谭新嘉，以及谭昌言之妻严淑人、谭日钧之妻金恭人、谭新炳之妻钱孺人，凡十三人名下仅有传记、祭文一类文字，与"名贤投赠诗文"的标题并不完全吻合，从中了解诸人的基本生平则可，而欲进一步据以考察其交游情况却颇有不逮。仅有少量文字能够从一个侧面折射出这十三人的交游情况之一斑。如谭谏名下引录《嘉兴府志》卷二十"儒林传"云："谭谏，嘉兴人。博学笃志，以正德年贡谒选天曹，时司选谏门下士也，欲授以泉州判，力辞之，授南京光禄署正。自公之暇，手不释卷，四方从游士甚众。卒于官，贫无以殓，诸门人共襄其事，墓在城中碧漪坊。"① 只是笼统地反映出谭谏门生之众与交游之广。谭君芳名下所含《嘉兴府志》卷五十一"孝义传"与之类似，曰："谭君芳字香谷，邑庠生贞默五世孙，教授糊口，尽孝友，重然诺。吴县潘文恭未第时，耳贤名，聘入塾，时以贞默《见圣编》、《著作堂遗稿》讲授，文恭显，绝不与通书。乾隆癸丑（五十八年，1793）卒，正文恭廷试之年，逮嘉庆

---

① 谭新嘉辑：《碧漪续集》卷二，民国二十四年（1935）嘉兴谭氏承启堂刻《嘉兴谭氏遗书》本，第1a—1b页。按，此处所引《嘉兴府志》，系刘应珂修、沈尧中纂《（万历）嘉兴府志》。

甲子（九年，1804），文恭视学来浙，访后裔，知无嗣，乃选地葬之。"其后编者注云："按，潘文恭公世恩自撰年谱：'乾隆三十七年壬辰入塾，从谭兰皋师授书，至四十二年改从黄晓山师。'是公设帐于潘氏凡五年。香谷公号兰皋，见家谱。"① 均仅提及谭君芳于乾隆三十七年至四十二年（1772—1777）间，担任日后贵为军机大臣、翰林院掌院学士、武英殿大学士的潘世恩（文恭其谥）之塾师一事。

虽则如是，《碧漪集》系列为我们提供的文献资料与线索仍然弥足珍贵。据《明别集版本志》、《清人别集总目》、《清人诗文集总目提要》记载，这三部总集所罗列的二十七位嘉兴谭氏家族成员中，仅谭昌言、谭贞默、谭吉璁今可确知有别集存世，分别为《谭凡同先生捐石居遗稿》八卷、《扫庵集》一卷、《鸳鸯湖棹歌》一卷，而且后二者实际上并不能反映出各自作者的整体创作面貌，从中可见嘉兴谭氏家族著述之寥落。不过，从鲁宝清《碧漪集序》与谭新嘉《碧漪集跋》二文可以得知，这种寥落局面完全是清廷的文字狱政策造成的。事实上，该家族曾经在明末清初的政治文化领域内显赫一时。鲁宝清云：

> 余维谭氏自明中叶以来，举德行五经鸿博者三，擢卿贰者四。浙西人物之盛，动屈首指。吾读竹垞诗所谓"碧漪坊里谭公宅"者，未尝不想见其为人也。迨及乾隆禁书令亟，士稍稍读书，通当世事，偶不自检，即骈罹不测。通德怀旧之族相戒勿儒，而农田以自给。谭氏历乾嘉道咸四叶，绝少挂名朝籍者，宁非由于此耶？②

谭新嘉亦云：

> 吾谭氏自明中叶光禄公讳谏以文学起家，重方格，尚义气，而族第始有声于乡。嗣后，子孙世承先志，不敢有坠厥绪。明季以来，族先辈益潜心文章著述，与海内名流相望。流风余韵，迄国朝

---

① 谭新嘉辑：《碧漪三集》卷四，民国二十四年（1935）嘉兴谭氏承启堂刊《嘉兴谭氏遗书》本，第1b页。按，此处所引《嘉兴府志》，系许瑶光修、吴仰贤等纂《（光绪）嘉兴府志》。

② 谭新嘉辑：《碧漪集》鲁宝清序，民国二十四年（1935）嘉兴谭氏承启堂刊《嘉兴谭氏遗书》本，卷首第1a—1b页。

雍、乾之际而未衰。顾其时，海内名流著书方以只字片语挂吏议罹
法网者，踵相接。我先人尝私心痛之，谓读书不以名世，而以亡
身，乃举累世藏书及其所传述数十百种付之一炬。盖至是，先人二
百余年之文字学术性情心血，皆已化为冷灰，荡为清风，无复片纸
存矣。①

这个明中叶以来兴起的文化世家，由于乾隆年间的文化专制政策而衰败。
其族人畏惧森严的法网，"举累世藏书及其所传述数十百种付之一炬"，
又"相戒勿儒，而农田以自给"，将家族文化传统自戕殆尽。降至清末，
谭氏族人新嘉"早岁读书，即以不获睹先人余绪为憾"，遂自光绪三十一
年（1905）起，"朝夕泛览诸家文集，偶有夹载先人诗文暨互相投赠之
作，辄为摘录"②，约于宣统三年（1911）编成《碧漪集》，其后又有
《续集》、《三集》陆续问世。据三者各自卷首所载"采用书目"统计，
谭新嘉为搜采先人手泽暨投赠诗文，凡用及各类典籍一百五十八种。他将
众多"散见他帙，世鲜传本"③的资料纂为一编，不仅为我们考察嘉兴谭
氏家族成员各自的交游提供了极大的便利，同时对于认识诸成员生平乃至
该家族的整体兴衰轨迹，都是十分珍贵的文献依据。

# 第三节　其他资料

保存清人诗歌作品与相关作者资料，是清诗总集最重要、也是最基本
的文献价值之所在。除此之外，清诗总集还保存有大量其他文献资料，值
得引起人们的注意。概言之，主要有如下数端。

## 一　清人其他各体著作

由于清诗总集很多都含有附件，再加上各体兼收者，因而其中所收清
人其他各体著作也是颇为丰富。这当中最为显著的，应推诗话、词、曲、
文、赋等。兹分述之。

----

① 谭新嘉辑：《碧漪集》自跋，同前，卷末第 1a—1b 页。
② 同上书，卷末第 1b 页。
③ 谭新嘉辑：《碧漪集》鲁宝清序，同前，卷首第 1a 页。

（一）诗话

诗话、诗论文字是清诗总集的一项重要附件，其中的相当一部分已见于《清代诗话知见录》等清诗话专目。不过，由于清诗总集面广量大，其所收诗话、诗论著作仍然颇多罕为人知者。兹以《小瀛洲仙馆诗话》为例。

今存二十二卷残稿本《道家诗纪》①引录了大量题为"小瀛洲仙馆诗话"的文字。据笔者初步统计，约有一百八十六条。多数见于作者小传之后。此外又有十九条分布在作品标题之后，分别为卷十二"唐纪一"之司马承祯《答宋之问》、《景震二剑铭》、《含象镜铭》、《含龟绿地镜铭》，许宣平《负薪行》、《答李白题壁诗》；卷十四"唐纪三"之裴儵然《夜醉卧街犯禁作》，韩湘《答从叔愈》，范尧佐《同王超诸公送白居易分司东都作》，马湘《题龙兴观二首》，吴子来《与唐观写真自题》；卷十五"唐纪四"之舒道纪《兰溪灵瑞观》、《题赤松宫》，殷文祥《阳春曲》，许碏《醉吟》；卷二十四"元纪一"之丘处机《青天歌》；卷二十九"元纪六"之薛毅夫《答虞叔胜用文靖公韵》；卷三十九"国朝纪五"之陈敬《秋感五首》；卷四十"国朝纪六"之陶光斗《安国寺竹啸轩纳凉分韵得轩字》。另有三条见于作品正文之后，分别为卷十四"唐纪三"之马湘《醉吟》；卷十六"五代纪"之黄损《题壁》；卷二十四"元纪一"之张志纯《泰山喜雨》。

今本《道家诗纪》无序跋、凡例，仅可据各卷卷首所署"海盐张谦云槎编辑"之字样，知其编者为张谦。至于《小瀛洲仙馆诗话》究竟系何人所作，却并没有明确说明，现有各种主要清代文献书目与诗话专目亦未见著录。根据若干线索推测，笔者认为当即张谦本人②。理由有二。其一，清人所编诗歌总集有一种固有的体例，他们往往在诗人小传后附以自己编撰的诗话。具体可见本书第三章第三节之"诗话"部分的相关论列。此为外证。其二，《道家诗纪》本身也提供了这方面的证据。卷三十八"国朝四"袁守中小传下有一条《小瀛洲仙馆诗话》说：

---

① 关于《道家诗纪》的情况，详见本书第二章第九节《方外类》的相关介绍。

② 陈尚君为《道家诗纪》所撰解题认为《小瀛洲仙馆诗话》"应该即编者张谦自著"，《上海图书馆未刊古籍稿本》第 58 册，第 5 页；相同内容又可见其《述上海图书馆藏清张谦稿本〈道家诗纪〉》一文，载《东方早报·上海书评》编辑部编《以荒诞的名义》，上海书店出版社 2009 年 1 月第 1 版。

同门吴拙存①尝云："袁月渚（按，即袁守中，月渚其字）《西山探梅八咏》颇佳，可以采入《道家诗纪》。"然屡次求录，终未寄下。余有《索月渚诗集，□怀拙存》诗云："其奈鱼书杳，恒怀八咏诗。风□驲去疾，云阻月来迟。倚石孤吟候，临江独立时。故人不可见，秋树亦相思。"甲午（道光十四年，1834）子月望日，拙存来书云："委访索月渚诗，留心数年，竟不能得。□后人未能克绍，故所著诗集非但覆瓿，且归无何有之乡矣。"②

可见《道家诗纪》与《小瀛洲仙馆诗话》乃出自一人之手，是再清楚不过的。

张谦是嘉庆、道光年间浙江海盐道士。徐用仪纂《（光绪）海盐县志》卷十九"人物传五·仙释"载："道人张谦，字云槎。自幼出家于城隍庙。及长，熟精元理，兼通儒术，工诗，善书画。四方名宿咸乐与订交。著有《补梅居士吟稿》，辑历朝道家诗为《方壶合编》。"③潘衍桐辑《两浙輶轩续录》卷五十一张谦小传亦云："字云槎，海盐道士，著《补梅居士吟稿》。"④并录其《夏日田园杂兴》、《自述》二诗，后者云："不娴尘世事，松竹掩柴关。老鹤惯栖树，孤云慵出山。赖贫诸虑淡，因拙此生闲。莫问延年术，丹砂岂驻颜？"⑤从中可以窥见张氏生平与思想之一斑。

诗话以"小瀛洲仙馆"命名，亦所来有自。《道家诗纪》卷三十六"国朝二"宋昭明小传称："宋公，谦七世祖，字敏达，号梅溪。晚年筑

---

① 吴拙存即吴浩。《道家诗纪》卷四十吴浩小传称："浩，字养之，自号拙存道人。苏州元和县斗坛道士。"（同前，第587页）此人在张谦编纂《道家诗纪》的过程中起到了协助作用，该书卷三十九王毓小传下《小瀛洲仙馆诗话》亦云："（王毓）惟赋性疏懒，稿无清本。道友吴拙存尝代为钞正邮寄若干首。"（同前，第575页。）

② （清）张谦辑：《道家诗纪》，同前，第565页。

③ （清）王彬修，徐用仪纂：《（光绪）海盐县志》，《中国地方志集成》（浙江府县志辑）第21册，上海书店出版社1993年6月第1版，第1003页。按，《（光绪）海盐县志》"辑历朝道家诗为《方壶合编》"的说法不确，应是将《道家诗纪》误作《方壶合编》。

④ （清）潘衍桐辑，夏勇、熊湘整理：《两浙輶轩续录》，第14册第4057页。

⑤ 同上书，第14册第4058页。

小瀛洲仙馆，与同袍张兰溪应轸、钟琴台正修觞咏其中。"① 萧应槐等辑《方壶合编》卷下宋昭明小传亦云："晚年创小瀛洲仙馆，焚香瀹茗，与同袍时寄唱酬，泂韵事也。"② 卷首萧应槐《序》落款则为："道光庚寅上巳日，同里雨芗居士萧应槐序于小瀛洲仙馆。"③ 据此推测所谓"小瀛洲仙馆"，应是张谦七世祖师宋昭明之别业。至张谦等人生活的年代，可能又成为他们举行文化娱乐活动的场所。

方外诗话是我国古代诗话中非常稀少的一个类型，而专门着眼于评述道士诗歌者更是极为罕见。从这个意义上讲，《道家诗纪》附载《小瀛洲仙馆诗话》有其独特的价值所在。

像《小瀛洲仙馆诗话》这样，保存于清诗总集，而尚未见有单行本存世的清人诗话、诗论的数量相当可观。据今人吴宏一主编《清代诗话知见录》与《清代诗话考索》、张寅彭《新订清人诗学书目》、蒋寅《清诗话考》的著录，即有魏裔介辑《溯洄集》所含《诗论》、《诗话》，刘彬华辑《岭南群雅》附载《玉壶山房诗话》，伍崇曜辑《楚庭耆旧遗诗》与《续集》附载《茶村诗话》，史梦兰辑《永平诗存》附载《止园诗话》，许乔林辑《朐海诗存》附载《弇榆山房笔谈》等。而不见于诸目著录者，尚有施念曾、张汝霖辑《宛雅三编》所含《诗话》，李稻塍、李集辑《梅会诗选》所含《竹垞诗话八则》与《秋锦诗话七则》及其附载《诗话》，冯金伯辑《海曲诗钞》附载《墨香居诗话》，杨廷撰辑《五山耆旧今集》附载《一经堂诗话》，李王猷辑《闻湖诗续钞》附载《耘庵诗话》，许灿辑《梅里诗辑》附载《晦堂诗话》，沈爱莲辑《续梅里诗辑》附载《远香诗话》，李道悠辑《竹里诗萃》附载《求益斋诗话》，孙锵、江五民辑《剡川诗钞续编》附载《砚舫诗话》、《艮园诗话》等。另外如朱彬《游道堂诗话》、胡昌基《石濑山房诗话》等，由于今尚未见有单行本存世，故而被《清诗话考》列入"清诗话待访书目"④。实际上，这两部诗话依然分别保存于朱彬辑《白田风雅》与胡昌基辑《续槜李诗系》，可据以一窥其面貌。

---

① （清）张谦辑：《道家诗纪》，同前，第525页。

② （清）萧应槐等辑：《方壶合编》，第30b页。

③ （清）萧应槐等辑：《方壶合编》萧应槐序，卷首第2a页。

④ 《清诗话考》著录《游道堂诗话》与《石濑山房诗话》之依据，分别为张慧剑著《明清江苏文人年表》、吴仰贤等纂《（光绪）嘉兴府志》等。

　　以上所述，皆为形态较为完整的清人诗话、诗论。至于曾经清诗总集零星引录而今已湮没不彰者，同样不胜枚举。

　　（二）词曲

　　这类作品主要保存在各体兼收之清诗总集的正文部分中。另外也有可能出现于附件部分，如吴修辑《复园红板桥诗》卷首《附录题咏》，含李贻德《迈坡塘》"恁消魂"、沈莲生《月底修箫谱》"曲曲阑干亚"、刘嗣绾《乳燕飞华屋》"眼冷平泉路"、顾瀚《百字令》"寒漪泻碧"；孙雄辑《道咸同光四朝诗史·甲集》卷首《四朝诗史题词汇录》，含关榕祚《风入松》"结庐常住碧山陬"；张伯桢辑《篁溪归钓图题词》卷首，载编者《忆江南·自题篁溪归钓第三图》十阕。

　　比较而言，词在各体兼收之清诗总集中的数量远多于曲。具体就其分布情形来看，大致有以下四种：

　　第一，部分清诗总集含有词作的专卷。就主要着眼于辑录诗歌的总集而言，这部分内容往往附收于全书末尾。如马长淑辑《渠风集略》凡收诗六卷，末附"诗余"一卷；李根源辑《永昌府文征》之"诗录"部分凡六十卷，最后一卷收词与民谣。另有一些词作专卷，则见于全书之中。如陆费瑔等撰《鸳水饯行诗》依次含"鸳水饯行诗上册"、"鸳水饯行诗下册"、"鸳水饯行词"、"题图诗"四部分，第三部分专收词作，其他皆为诗；李培增辑《龙湖樵李题词》同样依次含"龙湖樵李题词"、"李园樵李题词"、"方外"、"闺秀"四部分，第二部分专收词作，其他皆为诗。

　　至于那些以各体兼收为目标的总集，则含有词作专卷的情形更是所在多有。如黄仁等辑《吟秋集诗词钞》凡二卷，分别为"吟秋集诗钞"与"吟秋集词钞"各一卷；张伯桢辑《篁溪归钓图题词》则分"文类"、"诗类"、"词类"三部分；庄臻凤辑《琴学心声》（又名《听琴诗》）亦含"赋（未刻）"、"辞"、"五言古（附歌行）"、"七言古（附歌行）"、"五言律"、"七言律"、"五言排律"、"七言排律"、"五言绝句"、"七言绝句"、"诗余"、"乐府"十二目。

　　第二，部分清诗总集所收词作虽然并未形成专卷，但仍以相对集中的形态分布于各卷。如冒襄辑《同人集》之第六至八、第十至十二诸卷，主体部分均为诗歌，卷末乃集中收录"诗余"；袁枚辑《随园八十寿言》卷六同样主要收诗，卷末乃收录吴蔚光《满庭芳》"香暗为云"、郑辰《千秋岁引》"江水添波"等六人之词六阕。

　　第三，若干按作者编排的清诗总集可能会在部分作者名下，附收词作。如全祖望辑《续甬上耆旧诗》凡收人六百余家，其中高宇泰、钱肃图、李文缵、钱光绣、张嘉昺、董剑锷、董守正、李莒、周斯盛、屠粹忠、赵嗣贤、徐懋昭、朱泂等人名下附收词作，合计共四十九首；袁枚辑《随园女弟子诗选》凡收人十九家，其中孙云凤、张玉珍、孙云鹤名下附收词作，合计共二十六首。另有部分清诗总集的某些作者名下甚至仅收词。如冯舒辑《怀旧集》凡收人二十四家，其中卷上郭际南名下仅收词；张谦辑《道家诗纪》卷三十七"国朝三"凡收人二十二家，其中余一淳、魏瓠、王至淳名下仅收词。

　　此外，像陈希恕辑《红梨社诗钞》、汪远孙辑《清尊集》这样按题编排的总集，词作亦往往见于相关标题所含诗文作品之后，居于末尾部分。当然，也有一些标题可能全部收词，如《红梨社诗钞》第八会《八月二日，集停云楼，茗饮即事》与第十三会《十一月十二日，集款冬花屋，分赋寒闺词》，以及《清尊集》卷七所收《鹅黄李》与卷八所收《题南湖华隐楼图》，即是。

　　除了上述四种大致有规律可循的情况外，部分清诗总集所收词作乃是零散分布于各卷之内。如徐永宣等辑《清晖赠言》凡收词十四阕，散布于第一、四、五、六、七、十诸卷，并且存在同一卷内之词作互不连属、同一作者之词作亦分列于两卷的现象；黄奭辑《端绮集》凡收吴蔚、陈丙绶、潘遵祁、潘曾莹、潘曾绶五人词六阕，分散于第一、第十六两卷；袁枚辑《续同人集》之"闺秀类"部分主要收诗，又混杂有孙云鹤《贺新凉》"除夕飞书至"。当然，诸如《清晖赠言》等总集，虽则部分卷次羼入若干词作，但毕竟还是以诗为主，面目尚不算特别驳杂；但却也有极少数总集，乃是将包括词在内的各类作品杂糅到一起，令人不得其要领。董金鉴辑《天涯行乞图题词》即为显例。此集凡收各体作品二十六首，以陈锦《丁丑秋冬，与楚生贤弟同客山左，为题天涯行乞图》七律二首居首，后乃接以陈锦、陈昌沂七古各一首，闻妙香室素心氏五律一首，杨同櫼、王之鉴、□澄我词各一阕，杨康七古一首，无名氏五古一首，陈士焯散曲一首，殳恩熙七绝四首，刘曾骈歌谣一首，王以慜词二阕，赵国华七绝一首，丁尧臣五律一首，俞庆绵七绝一首，董良玉词一阕及其妻彭城君七绝一首，冯一梅七古一首，陶云词二阕。全书之编排甚无章法。

至于部分丛刻清诗总集，更有可能含有专门的词集，或附收词作。如潘祖荫辑《越三子集》，含孙廷璋、陈寿祺、王星诚三人之作品集。其中孙廷璋《亢艺堂集》三卷，前二卷收诗，卷三则为《玉井词》；陈寿祺《纂喜堂诗稿》之后，附收词集《青芙馆词钞》、《二韭室诗余别集》；王星诚《西岛残草》之末亦附词作。

相对而言，见收于清诗总集的曲的数量则要少得多，并且基本上以零散形态存在。其体裁一般为散曲，而像袁昶辑《于湖题襟集》所收湛子刚《舞雯风》那样的小型单折杂剧，则是极其罕见的。

清诗总集所收清人词、曲的价值首先在于，可补《全清词·顺康卷》与《全清词·顺康卷补编》，以及《全清散曲》等书之未备。

例如徐永宣等辑《清晖赠言》所收词、曲，即全部未见于《全清词·顺康卷》、《全清词·顺康卷补编》与《全清散曲》，分别为：卷一所收萧鲲《沁园春》"乌目山人"、"廿里虞山"二阕，华胥《南乡子》"袖拂五云妍"、"残照一鞭红"二阕，季惟和《南乡子》"青霭画图中"，孙嘉《南乡子》"拂纸乱云烟"，顾珍《贺新郎》"倦客归辕里"；卷四所收薛旦《南乡子》"廿载擅词场"、"泼墨作寒山"二阕；卷五所收华胥《碧芙蓉》"草堂延宴"，胡蕃《一丛花》"东风吹遍岭头烟"；卷六所收萧鲲《莺啼序》"数尺吴绡渲染"；卷七所收查升《无俗念》"剑门樵客"；卷十所收余兰硕《行香子》"逸少才多"，共计词十四阕；以及卷七所收瞿天赍、瞿颖新各自所作套曲《石谷先生八十，作此侑觞》两篇。

其他类似者还有：沈玉亮、吴陈琰辑《凤池集》卷九所收徐倬《望江南》"蠲租乐"十二阕，陈璋《太平时》"瞥见东风开玉河"，杜诏《望江南》"江南好"、《南柯子》"隔苑樱桃熟"、《南柯子》"末学瞻云表"，吴陈琰《太平时》"一夕东风南苑吹"，项溶《满庭芳》"绣户金扉"；李根源辑《永昌府文征·诗录》卷六十所收徐崇岳《念奴娇·和苏长公赤壁怀古》"无端秋水"、《菩萨蛮·庐科赏莲，回文》"小船轻向花丛绕"，郎棣《满江红·谒太保山武侯祠》"其犹龙乎"，均不见于《全清词·顺康卷》与《补编》。徐达源等辑《涧上草堂纪略》卷下所收徐爔《仙吕·道情》"涧水回环"；袁枚辑《随园八十寿言》卷六所收徐爔《仙吕·道情》"清凉山翠"；王成瑞辑《再续樛李诗系》末附《鸚湖词识》所收伊佐圻《吴门寓舍，读沈实甫壬寅乍浦殉难录，谱南北曲一套，题其后》；孙点辑《庚寅宴集三编·题襟集》所收编者本人套曲《南北双调合套》；袁荣法辑《湘潭袁氏家集·学圃老人词稿》所收袁思古《水仙子·兵后用徐再思韵》"年来不尽愁思"、《沉醉东风·寒夜用无名氏韵》"更声起"、《喜春来·得巽兄书》"书来深喜知君健"、《梧叶儿·梦后枕上作》"三更后"、《蟾宫曲》"望天涯涕泪纵横"、《锁南枝·寄远》"天涯隔"、《天净沙·雨后》"黑沉沉黯压天低"、《一半儿》"夕阳红射小桃夭"、《落梅风》"韶光好"、《天净沙·久雨》"风风雨雨时时"、《天净沙·独坐感怀》"飘然世外孤踪"；越社辑《最新妇孺唱歌书》第八章所收佚名《皂罗袍·哀支那》"依然是歌舞太平如昨"，均不见于《全清散曲》。

（三）文赋

清诗总集所收各体文、赋的数量，较之词、曲更为可观。和诗的情况一样，其作者中的相当一部分，今尚未见有单行文集（或包含文章者）传世。

例如宋荦辑《吴风》。此集凡上、下两卷，上卷收文，下卷收诗，作者均为清初江南省人士。上卷篇目分别为：郎如赟、狄宇各自所撰《拟江南通志序》，汪份、张涵、殷愈各自所撰《拟江南都御史行台题名记》，奚士柱、徐舒、周凤奕、龚秉直各自所撰《宋诗源流论》，沈巨源、宋延枝、张起霞、陆庆馨各自所撰《三江水利考》，杜诏、谢方琦、储大文各自所撰《拟重修东林书院碑记》，薛铉、荆应岷、蔡景沆各自所撰《拟重修濂溪书院记》，丘纶、洪人英各自所撰《古文今文尚书辨》，曹遴、金镜各自所撰《班范二史优劣论》，连城、江源、鲍蔺各自所撰《戏马台赋》。同《清人别集总目》与《清人诗文集总目提要》比对后，可知仅杜诏、储大文有别集传世；而且杜诏所著《云川阁集》二十一卷，凡收诗十四卷、词七卷，实际上又并非文集。可见《吴风》所收清人文、赋，基本上属于"遗佚"作品之列。

像杜诏这样，仅有诗词集而无文集存世的清代作家，为数颇多。王相辑《白醉题襟集》与《草堂杂咏》所收诸文之作者，即为显例。二书分别属于唱和类与题咏类清诗总集，卷首皆载有若干文、赋。前者含卓笔峰《白醉闲窗序》与《后序》，集〈文心雕龙〉、成儁《白醉闲窗赋》、陆从星《白醉闲窗赋》，后者含李友香《百花万卷草堂记》、卓笔峰《百花万卷草堂序》、成儁《百花万卷草堂赋》。据《清人别集总目》与《清人诗文集总目提要》，可知五人均仅有诗集存世，并且这些诗集也都只是丛刻清诗总集的一部分。其中，卓笔峰有《借园诗存》一卷，凡收诗五十六首，辑入王相辑《友声集》；成偁有《海鸥集存稿》一卷，凡收诗七十六首，亦辑入《友声集》；陆从星有《小云液草》一卷，凡收诗三十五首，辑入王㮚之辑《友声集续编》；李友香有《纸香书屋存稿》一卷，凡收诗十六首，亦辑入《友声集》；成僎有《小千楼诗集》一卷，凡收诗三十首，辑入王藻辑《崇川各家诗钞汇存》。

卓笔峰《借园诗存》等诗集而外，又有仅见于丛刻清诗总集的文集。如杨兆嶰、杨以兼等辑《杨氏五家文钞》含杨长世《影居文钞》一卷、杨以叡《汲亭文钞》一卷与《汲亭诗钞》二卷、杨以俨《强恕斋文钞》四卷、杨兆凤《寓鸿亭文钞》二卷、杨兆年《栩栩园文钞》二卷，凡文集五种、诗集一种，《清人别集总目》与《清人诗文集总目提要》皆据以著录，而未及其他。

至于零散的集外文，更是为数甚夥，并且不乏清代政治、文化界名流之作。例如：冒襄辑《同人集》卷一、卷三、卷四分别所收陈名夏《冒辟疆重订朴巢诗文集序》、《题画赠辟疆》、《与冒襄书》，不见于其《石云居文集》；吴伟业分别为魏宪辑《百名家诗选》与《补石仓诗选》、徐增辑《珠林风雅》所撰序三篇，不见于李学颖整理的《吴梅村全集》[①]；陈枚辑、陈德裕增辑《留青新集》卷十三所收施闰章《与茅于纯》，不见于何庆善、杨应芹编校的《施愚山集》[②]；宋荦分别为陈维崧辑《箧衍集》、卓尔堪辑《遗民诗》所撰序二篇，不见于其《西陂类稿》及《补遗》等；王士禛分别为陈允衡辑《国雅初集》、陈维崧辑《箧衍集》所撰序两篇，为吴淇等辑《粤风续九》所撰《题记》一篇，以及陈枚辑、陈德裕增辑《留青新集》卷二十二所收《打死母命》，徐釚辑《本事诗》卷首所载"右阮亭先生三札"之第一、三两篇，不见于袁世硕主编《王士禛全集》；沈德潜分别为朱滋年辑《南州诗略》、顾宗泰辑《停云集》

① 吴伟业此三文，已分别由陆勇强《吴伟业集外诗文拾遗》一文（载《古籍整理研究学刊》2002年第5期），谢正光、佘汝丰编著《清初人选清初诗汇考》（第131页），叶君远《吴伟业佚文辑考》一文（收入作者论文集《清代诗坛第一家——吴梅村研究》，中华书局2002年11月第1版）指出。

② 施闰章此文，陆勇强《新见施闰章集外诗文辑存》一文已指出，《文献》2005年第3期，第260—261页。

所撰序两篇，不见于其《沈归愚诗文全集》①；孔广德辑《普天忠愤集》卷六所收王闿运《致李傅相书》与张伯桢辑《篁溪归钓图题词》所收王闿运《题篁溪归钓图》，不见于马积高主编《湘绮楼诗文集》；陈衍为谢鼎镕辑《江上诗钞补》所撰序一篇，不见于陈步编《陈石遗集》②，等等。

## 二　其他时代人之著作

除清人各体作品外，通代类清诗总集还保存了大量其他时代人的各体作品。这些作品，今人在整理各朝各体总集与别集时，每每有所取资。

例如北京大学古文献研究所编《全宋诗》，即用及众多通代类清诗总集，包括曾燠辑《江西诗征》、邓显鹤辑《沅湘耆旧集》、吴定璋辑《七十二峰足征集》、戚学标辑《三台诗录》、曾唯辑《东瓯诗存》、顾光旭辑《梁溪诗钞》、郦滋德辑《诸暨诗存》等，其中绝大部分属于地方类清诗总集的范畴。

《全宋诗》出版后，为之订补的文章、著作层出不穷，其中的相当一部分使用了通代类清诗总集中的材料。如陈新主编《全宋诗订补》，即据黄登辑《岭南五朝诗选》、汪森辑《粤西诗载》、廖元度辑《楚风补》、曾唯辑《东瓯诗存》等，辑出一批宋人佚诗。该书面世后，又有李君明《从广东方志及地方文献中新发现的〈全宋诗〉辑佚 73 首》③、汤华泉《〈全宋诗〉补辑：池州地方文献中的宋佚诗》④ 等文，分别据温汝能辑《粤东诗海》、温庭敬辑《潮州诗萃》、张其淦辑《东莞诗录》以及章曼卿辑《池上诗存》等，辑录宋人诗作若干。

饶宗颐初纂、张璋总纂《全明词》与周明初、叶晔编《全明词补编》，尤其是后者，同样用及不少通代类清诗总集，包括冒襄辑《同人集》、徐道政辑《诸暨诗英》、吴定璋辑《七十二峰足征集》、马长淑辑

---

① 沈德潜此二文，王炜著《〈清诗别裁集〉研究》附录二《〈归愚诗文钞〉及余集未收稿》已指出，上海古籍出版社 2010 年 4 月第 1 版。

② 宋荦、王士禛、王闿运、陈衍诸家集外文，大部分已由朱则杰《清诗总集所见名家集外文辑考》（载《燕赵学术》2008 年春之卷）与《清诗总集所见名家集外诗文辑考》（出处见前注）二文指出。

③ 载《岭南文史》2007 年第 2 期。

④ 载《安徽教育学院学报》2007 年第 1 期。

《渠风集略》等。

别集方面，徐朔方笺校《汤显祖全集》、陈杏珍标校《谭元春集》与黄仁生辑校《江盈科集》等，分别从陈允衡辑《诗慰》、廖元度辑《楚风补》、陈楷礼辑《常德文征》等通代类清诗总集中，辑录相关集外诗文。另外，陆林《〈吴江诗粹〉所收沈璟轶诗辨析》① 一文，亦据周廷谔辑《吴江诗粹》，辑出徐朔方辑笺《沈璟集》未收之沈璟诗作凡八题、九首。

当然，由于清诗总集面广量大，《全宋诗》、《全明词》等未能物尽其用，也是在所难免。如冯舒辑《怀旧集》卷上所载郭际南《蝶恋花》三首，即不见于《全明词》与《全明词补编》，分别曰：

### 《蝶恋花·秋梦》

凉透碧纱窗薄暮，一枕余甜，迷却横塘路。楚水湘云无尽处，尤云殢雨终无据。　　明月楼台横白露，顷贪欢口，不记来时路。怪底惊魂飞不去，秋声触碎芭蕉树。

### 《蝶恋花·春迹》

花径泥融春似海，微步遗踪，想象凌波态。一捻芳痕真可爱，空存罗袜余香在。　　鹤嘴印沙还作对，软蹋春风，不使金莲载。红雨绿云浑不碍，为谁真过雕阑外。

### 《蝶恋花·凝思》

日过雕阑花影重，无语停针，懒刺双飞凤。缕缕工夫成底用，羞他花里鸳鸯共。　　娇忆秋波流不动，惆怅多情，往事多成梦。飞絮落花春断送，柳阴何处青丝鞚。

按：《怀旧集》问世于顺治四年（1647），编者冯舒时年五十五岁。全书所收多为明末清初江苏常熟人诗，词则仅有上引郭际南三阕。该书载郭际南小传颇详，相关文字说："君字春卿，先君子之执友也……老而无子，絜所读书，归其门人顾又善（按，即顾大武，又善其字）而卒。顾

---

① 收入作者论文集《知非集——元明清文学与文献论稿》。据文后注，知其原载台湾《书目季刊》第三十四卷第 3 期。

公葬之于桃源涧右高冈上。孤坟罜如，前对陈庄靖墓，尝拉予祭之。顾卒，邱垄亦渐平矣。生平多所著述，亦发凡而不成书。唯有《唐诗人姓氏里族官封考》，仅成编……比卒，殉焉。诗稿不存。余少年喜唐人小词，君顾予曰：'我昔有《蝶恋花》词六十阕，今犹忆其半，试为子诵之。'娓娓不已。予因以片楮录藏焉，久忘之矣。今年丙戌，避兵乡居，残书零落。忽于唐人词本中检得半纸，仅存三章，为之汍澜不休，因载于此。"① 可见郭际南系冯舒父辈，约生活于明万历年间及以后。而当顺治三年（1646），冯舒重新从"唐人词本"中检得这些作品时，郭氏之"邱垄亦渐平"，甚至连为他操持丧事的门人顾大武也已去世。据此推测郭际南卒年，当大大早于顺治三年，而极可能卒于明清易代之前。是则上引三首《蝶恋花》词应归入《全明词》。

　　此外，蔡士英辑《滕王阁全集》卷十三"诗余"所收周岐《贺新郎》"雪疏□鸿渚"；蔡士英辑《滕王阁征汇诗文》所收周岐《小重山·甲午冬滕阁落成登楼眺咏》"芳洲故故绕江城"；全祖望辑《续甬上耆旧诗》卷五十所收钱光绣《水龙吟·赠愿云（戒显）开士用刘后村韵》"半生雅慕庐能"、《沁园春·漫述与蒋楚稗》"大江以南"、《乳燕飞·初闻寇警》"世事真堪惜"、《苏幕遮·肇一（肃图）弟过堇蘡庵有作次答》"剑凭轩"，卷五十二所收张嘉昺《百字令·次东坡游赤壁二首，橐括前、后二赋》"旷观天地"与"雪堂雪晚"等②，亦皆不见于《全明词》与《全明词补编》，可据补。

　　需要附带提及的是，某些民国人所编通代类清诗总集甚至还保存有若干现代人作品。暴春霆辑《林屋山民送米图卷子》即收有众多当时名流之诗文，其中相当一部分不见于他们的文集。如胡适《序》，为季羡林主编《胡适全集》所漏收；朱光潜《题记》，为《朱光潜全集》编纂委员会编《朱光潜全集》所漏收；俞平伯《题记》，为张国岚编《俞平伯全

　　① （清）冯舒辑：《怀旧集》自序，同前，第28页。
　　② 周岐、钱光绣、张嘉昺系明末清初人，以明遗民的身份而入选《全明词》；后二人之词又见收于《全清词·顺康卷》，篇目与《全明词》有部分出入。又，《续甬上耆旧诗》卷百四收朱洞词四阕，分别为《多丽·岁暮，同人集孝德斋，以"青蛙布袜从此始"句分韵，予得青字》"岁峥嵘"、《东风第一枝·咏春草堂新柳》"白板扉前"、《水调歌头·南浦采菱》"落日澄川里"、《击梧桐·闻雁》"脉脉伤时序"；此人主要生活于顺治、康熙年间，乃清初甬上遗民的最后孑遗之一，《全明词》、《全清词·顺康卷》及各自《补编》均未收入。

集》所漏收；朱自清《题诗》，为朱乔森编《朱自清全集》所漏收；沈从文《题记》，为沈从文全集编纂委员会编《沈从文全集》所漏收，等等。

### 三 校勘与辑佚

上面两部分主要从作品保存的角度，对清诗总集在清诗以外的其他历代各体文学研究领域的史料价值，作了初步论列。此外，清诗总集所收各体作品与相关附件还蕴含着丰富的文献信息，可供考据之资。这里主要谈校勘与辑佚两个方面。

先看校勘。兹以高承埏《柳梢青·过杨柳青作》、施闰章《续宛雅序》、袁枚《绣余吟稿序》为例。

明末清初人高承埏有《柳梢青·过杨柳青作》词一阕，《全明词补编》、《全清词·顺康卷补编》皆据蔡寅斗纂《（乾隆）宝坻县志》卷十八所收版本辑入①，曰：

> 春事今年。山桃无恙，花朵依然。细雨沾沙，归云逗日，浅碧罗天。　　丝丝杨柳堤边。且系住、乌篷小船。荻笋新芽，河豚欲上，拼醉垆前。②

按：此词又见于佚名辑《人海诗区》卷二"驿馆"。文字大致与《（乾隆）宝坻县志》所收相同，唯下阕首句作"青青杨柳堤边"③。篇末编者注称该词抄录自《稽古堂集》。《稽古堂集》为高承埏别集，朱彝尊辑《明诗综》卷六十九下、朱琰辑《明人诗钞续集》卷十二、陈田辑《明诗纪事·辛签》卷二十一、邓汉仪辑《诗观·二集》卷九、孙铉辑

---

① 据陈济生辑《启祯遗诗》卷十高承埏小传、陶元藻撰《全浙诗话》卷四十、陈鼎撰《留溪外传》卷六等相关文献的记载，可知高承埏为明崇祯十三年（1640）进士，曾知迁安、宝坻、泾三县，迁虞衡主事，明亡后不仕。孙静庵撰《明遗民录》卷三十八、张其淦撰《明代千遗民诗咏初编》卷八等，均将其列入明遗民的范畴。由于《全明词》将收录明遗民词列为该书凡例之一，而《全清词·顺康卷》又明确宣称不收清初遗民词作，所以这首《柳梢青·过杨柳青作》更应划归《全明词》。

② 分别见周明初、叶晔编《全明词补编》，浙江大学出版社 2007 年 1 月第 1 版，下册第933 页；张宏生主编《全清词·顺康卷补编》，南京大学出版社 2008 年 5 月第 1 版，第 1 册第146 页。

③ （清）佚名辑，北京图书馆善本组标点，陈高华校订：《人海诗区》，上册第 275 页。

《皇清诗选》卷首"皇清诗选姓氏"与陶元藻辑《全浙诗话》卷四十等皆有记载，钱谦益《牧斋有学集》卷十六并载《高寓公（按，即高承埏，寓公其字）稽古堂诗集序》一篇。今则未知存否。《明别集版本志》、《清人别集总目》、《清人诗文集总目提要》等主要明清诗文集专目均未著录此人别集。由于缺乏过硬的版本依据，我们暂时无从确认二者孰正孰误。而具体从格律的角度看，"丝"与"青"均为平声字，不存在何者出律的问题；再从写作的角度看，"丝丝"意在描摹柳条的形状，"青青"则着眼于柳枝与柳叶的颜色，二者都抓住了杨柳外表特征的一个部分，可谓难分轩轾。所以，该处异文不妨两存，《全明词补编》与《全清词·顺康卷补编》再版时或可据出校记。

施念曾、张汝霖辑《宛雅三编》卷首附载施闰章《续宛雅》"原序"，与施闰章《学余堂文集》卷三所收《续宛雅序》略有差异。尤其是叙述梅鼎祚辑《宛雅》及施闰章本人与蔡蓁春辑《续宛雅》的收诗起讫时间时，存在较大出入。《宛雅三编》所收曰：

> 禹金先生取宣之能诗者，无虑缙绅布衣，始自唐人，迄明正德，汇而存之，命曰《宛雅》。其言以采一方之书，异核诸家之集；核欲其严，采欲其备，盖志恕也，然已洋洋一国之风矣。嘉、隆以还，又将百有余年，作者云兴，视昔加盛，余又虑其纷而将佚也。蔡子大美广搜，嘱余严拔。余芟者十之三，入者十之一，是为《续宛雅》。①

按：明人梅鼎祚（禹金其字）曾采安徽宣城人诗，编为《宛雅》八卷，共辑录自唐至明正德间人九十一家、诗六百四十六首；其中，唐二人、宋九人、元五十九人、明洪武至正德年间二十一人。《续宛雅》则为接续《宛雅》而编，由蔡蓁春采诗，施闰章选定，亦八卷，共辑录明正德至崇祯年间人七十三家、诗四百五十一首；其中，嘉靖年间十二人，隆庆、万历年间四十三人，天启、崇祯年间十八人。这与上引序文所云"始自唐人，迄明正德"与"嘉、隆以还，又将百有余年"，是完全吻合的。此外，蔡蓁春《续宛雅》"原序"曰："因与施子有《续宛雅》之

① （清）施闰章、蔡蓁春辑：《续宛雅》施闰章序，同前，第6页。

辑，予搜也费，施子遴也严。嘉靖洎崇祯，得卷八。"① 李士琪《续宛雅》"原序"曰："《宛雅》肇自唐之二刘，迄于明正德之季……《续宛雅》始于嘉、隆，迄于启、祯之末。"②《宛雅三编》凡例第七款曰："前编自唐至明正德之季……续编始于嘉、隆，迄于天、崇。"③ 法式善撰《陶庐杂录》卷三描述《宛雅》与《续宛雅》曰："初编诗十卷，六百四十六首，唐二人、宋九人、元五十九人、明洪武至正德二十一人；二编诗八卷，四百五十一首，明嘉靖十二人、隆万四十三人、天崇十八人。"④《四库全书总目》卷一百九十三曰："《续宛雅》八卷，国朝蔡蓁春、施闰章同编，采明嘉靖以后至崇祯末年诸作，以续鼎祚所集。"⑤ 均印证了这一点。

由此可见，《宛雅三编》所收施闰章"原序"的相关文字显然非常正确。但在施氏别集《学余堂文集》卷三中，"正德"与"嘉、隆"字样却均作"万历"，与实际反而不符。这两处讹误出自施闰章本人之手的可能性不大。因为我们实在难以想象，作为《续宛雅》编者之一且又是宣城本地人的施闰章，会完全搞不清他所要续补的《宛雅》的收诗下限，以至于认定该书"迄明万历"。况且，如果描述《续宛雅》收诗时段的"嘉、隆以还，又将百有余年"换作"万历以还，又将百有余年"，则由施氏本人参与编纂的这部总集的收诗下限，势必将延至康熙十二年（1673）之后；然而实际上，该书却编成于顺治年间，前及李士琪《续宛雅》"原序"作于顺治十四年（1657），编者之一蔡蓁春亦卒于顺治十八年（1661）⑥，皆可为证。再联系到施闰章作品在其生前并未获得妥善整理，直至他死后二十五年的康熙四十七年（1708），才由曹寅刊刻其集于扬州，从而通行于世，所以，今本《学余堂文集》之"万历"字样很可能系后人误植，应据《宛雅三编》予以校正。

---

① （清）施闰章、蔡蓁春辑：《续宛雅》蔡蓁春序，同前，第 7 页。

② （清）施闰章、蔡蓁春辑：《续宛雅》李士琪序，同前，第 8 页。

③ （清）施念曾、张汝霖辑：《宛雅三编》凡例第七款，《四库全书存目丛书》集部第 373 册，第 10 页。

④ （清）法式善撰、涂雨公点校：《陶庐杂录》，第 83 页。

⑤ （清）永瑢等撰：《四库全书总目》，下册第 1764 页。

⑥ 关于蔡蓁春卒年，可参朱则杰《〈四库全书总目〉五种清诗总集提要补正》一文之"《续宛雅》、《宛雅三编》"条，《深圳大学学报》2006 年第 3 期，第 92 页。

　　袁枚为其妹袁棠《绣余吟稿》所撰《序》一篇，分别见于袁枚《小仓山房外集》卷二，及其所辑《袁家三妹合稿》。两相比较，同样颇多出入。《袁家三妹合稿》所收云：

　　　　《绣余吟》者，女弟云扶所作也。占"归妹"之爻，生逢第四；学《玉台》之体，才竟无双。用志不纷，开卷有得。凡金銮紫石之文，元日《椒花》之颂，南阳宝鉴，徐惠《小山》，靡不妍手争华，偏御竞响。

　　　　尔乃漓江璧坠，早丧灵椿；合浦珠还，来依棠棣。扬舲帝子之渚，弭节龙女之堂。万重山翠，写入双蛾；一口红霞，嚼成九转。佩瑱而浣，答子贡之三挑；踞转而歌，笑丁娘之《十索》。或怀兄楚戍，或送姊夔关。叩征苦生，弹宫甘发。韵语与机声相续，灯花共线影齐清。团扇风开，凤凰云蓝之纸；金星装罢，兰熏粉泽之书。集号《绣余》，私附神针。末座歌成郎罢，庶几《女史》同箴。乱众芳于五凤，比华星于一字。可谓扫眉之才人、不栉之进士矣。

　　　　更喜姬姑耦新，蒿砧怜重。三商却扇，便磨宝镜以试秦嘉；五日采蓝，更咏《盘中》而寄伯玉。寿酒则结褵待献，琼花则抗手同看。东厢夫婿，既步步以成行；鲁国叔姬，每双双而俱至。岂非缘随性善，福与慧兼者与？

　　　　所望箧襡毋忘，禅椸得所。泽发怀顺，傅粉道和。珠多而首饰有光，学大而心声作彩。此时步障，替小郎解围；他日兰台，为阿兄续史。将见吾家诗事，六宫传大舍之名；海内女宗，十哲配宣文之享。兄枚子才氏序。①

　　然而在《小仓山房外集》中，上引该序的第一、二两段呈现出完全不同的面貌：

　　　　《绣余吟》者，女弟云扶所作也。占"归妹"之爻，生逢第四；学《玉台》之体，才竟无双。早丧灵椿，裁婴婗而学语；来依棠棣，送婉娈而南征。弭节桂林之巅，扬舲洞庭之渚。万重山翠，写入双

①　（清）袁枚撰，王英志主编：《袁枚全集》，第7册第2页。

蛾；九曲明珠，穿成一笑。佩瑱而浣，答子贡之三挑；敷衽而陈，笑丁娘之《十索》。机绝丝绝，针可称神；俳歌缓歌，诗将入圣。《绣余》之吟，有自来矣。

尔乃珠帘落叶，镜槛啼莺；银蒜风凉，冰荷灯小。或怀兄楚戍，或送姊夔关。思若流波，舍烟墨其何讬；心如结辖，假宫商以代宣。探蠹筒而粉落云笺，写蚕眠而痕留钗股。结响则女床鸾咽，扬华而织室星飞。使戴尺五皂纱，定呼飞将；倘设十重步障，足解长围。可谓扫眉之才人、不栉之进士也已。①

后者与前者相比，除了少数几句外，其他均已告面目全非。

至于第三、四两段，《小仓山房外集》所收同样与之有不少差异。如“姬姞耦新”句前，集本增“留车无恙，反马初来”二句；“便磨宝镜以试秦嘉”、“更咏《盘中》而寄伯玉”二句，集本无“便”、“更”二字；“寿酒则结褵待献，琼花则抗手同看”二句，集本改作“纪事则《姑恩》有曲，发言则《女史》成箴”；“既步步以成行”句之“步步”，集本改作“媞媞”；“所望篋襡毋忘，禅榹得所”二句，集本改作“所望集洗《丽情》，经通《音义》”；“学大而心声作彩”句之“大”字，集本改作“积”；“此时步障，替小郎解围”二句，集本改作“此时香阁，助《博议》成书”②；另外，集本篇末也并无“兄枚子才氏序”之字样。《袁家三妹合稿》约成书于乾隆三十六年（1771）之后不久的一段时间③，而《小仓山房外集》则最早约编刻于乾隆五十八年（1793）。很明显，袁枚在将该文收入本集时，作了较大幅度的修改润饰，我们可以视之为一篇文章的前后两种不同文本形态。

此外，《袁家三妹合稿》所收袁枚《女弟素文传》、《盈书阁遗稿序》，又分别见于《小仓山房文集》卷七与卷十一，彼此之间同样存在不

① （清）袁枚撰，王英志主编：《袁枚全集》，第2册第20—21页。

② 同上。

③ 此集胡文楷著《历代妇女著作考》附录一《合刻书目》称有“乾隆二十四年己卯（1759）刊本”（第17页），显然过早。袁枚《随园诗话》卷十称：“余三妹皆能诗，不愧孝绰门风，而皆多坎坷，少福泽。余已刻《三妹合稿》行世矣。”（上册第343页）《随园诗话》有乾隆五十五年（1790）随园自刻本，因此，《袁家三妹合稿》的刊刻时间早于《小仓山房外集》，是毫无疑问的。

少出入，原因大致与《绣余吟稿序》类似。

再看辑佚。清诗总集的辑佚价值，前面已经有所涉及，但还只是着眼于单独的作家作品辑存。除此之外，它们还在一定程度上保存有某些今已散佚或存亡不明之典籍的材料，可据以考知其原貌。兹以顾季慈辑《江上诗钞》与谢鼎镕辑《江上诗钞补》为例。

此二集卷首均开列所采用文献之目录。《江上诗钞》卷首《采录诸书》罗列明许学夷辑《澄江诗选》等十一种，《江上诗钞补》卷首《采用书目》罗列《御纂全唐诗》等二十六种。这三十七种书中的相当一部分今已不存或存亡不明，例如薛献可辑《八影唱和诗集》。此集《江上诗钞》与《江上诗钞补》均曾采用。《江上诗钞》卷一百五十六薛献可"八影诗"题云："庚午（嘉庆十五年，1810）秋闱期近，名心淡然，同人促余应试，因成八影诗，寓意且索和焉。"① 所谓"八影诗"，包括《帆影》、《雁影》、《梅影》、《帘影》、《云影》、《菊影》、《蝶影》、《鞭影》八首七言律诗。又薛献可《续八影诗》序云："约作八影诗，同人和者甚众，因复成续八影，数见不鲜，知不免贻笑大方也。"② 续作包括《竹影》、《燕影》、《塔影》、《月影》、《帐影》、《桥影》、《絮影》、《烛影》八首七言律诗。由此可知此集的成书背景。不过，此集大约流传未广，故至光绪年间金武祥编撰《江阴艺文志》时，已不见著录。嗣后，季念诒等纂《（光绪）江阴县志》与缪荃孙纂《（民国）江阴县续志》同样未著录该书。今人宫爱东主编《江苏艺文志·无锡卷》"江阴市"部分之"薛献可"名下，亦仅据《江上诗钞补》卷首"采用书目"而著录该书，至于今尚存世与否，则无从确知。幸赖《江上诗钞》与《江上诗钞补》引录了颇多此集所收诗作，我们乃得以一窥其原貌。

据笔者初步统计，除薛献可本人所作《八影诗》与《续八影诗》外，《江上诗钞》所收其他"八影唱和诗"还有：卷八十一所收沈涛《梅影》；卷八十九所收翁照《帆影次韵》；卷一百十六所收薛传源《帘影》；卷一百三十五所收史有光《菊影》；卷一百三十八所收袁存诚《梅影和薛文博（按，即薛献可，文［雯］博其字）韵》、《帘影和薛文博韵》；卷一百四十五所收薛淇《和文博八影诗》（八首）、薛檍《和文博八影诗》

---

① （清）顾季慈辑，谢鼎镕补辑：《江上诗钞》，第 2 册第 1321 页。
② 同上书，第 2 册第 1322 页。

（八首）；卷一百五十三所收蒋镇藩《八影诗》（录五首，分别为《帆影》、《梅影》、《云影》、《菊影》、《蝶影》）；卷一百五十五所收朱保忠《菊影》、《帘影》；卷一百五十六所收薛潢《和文博八影诗》（录二首，分别为《帆影》、《梅影》）；卷一百五十七所收沈琳《和薛雯博八影诗》（八首）；卷一百五十八所收倪贯一《梅影》，孔宪吉《和薛雯博八影诗》（录二首，分别为《帆影》、《梅影》），徐培《和薛雯博八影诗》（录二首，分别为《雁影》、《梅影》），王宗洹《和薛雯博八影诗》（录三首，分别为《帆影》、《梅影》、《帘影》），黄骏飞《和薛雯博八影诗并次原韵》（录二首，分别为《帆影》、《梅影》），何春煦《和薛雯博八影诗》（录二首，分别为《云影》、《菊影》）；卷一百六十一所收钱秉德《云影》、《雁影》；卷一百六十二所收沙纪堂《菊影》；卷一百六十五所收康学海《帆影》、《梅影》、《云影》、《菊影》；卷一百六十七所收尤鋿《塔影》、《桥影》。综计共二十一人所作和诗六十首。至于《江上诗钞补》所收"八影唱和诗"，则仅有卷五所收张旭庭《和薛文博先生八影诗》（录一首，《帘影》）。

此外，诸如李兆洛辑《江干香草》、王家枚辑《龙砂诗存》、程岭梅辑《琼屑检存》、沈又约等撰《涉江诗社录》，以及徐昆、夏宗澜撰《入粤纪行诗合钞》等遗佚典籍，同样可据《江上诗钞》与《江上诗钞补》所录原文考知其面貌。

## 四　其他

以上大致从文学史料学的角度，对清诗总集之文献价值的几重主要表现进行了初步探讨；而如果我们跳出文学研究的框架，以其他学术领域的眼光来看待清诗总集，则仍然能有排沙简金、往往见宝的收获。史学家冯尔康对康熙帝、乾隆帝撰《御制恭和避暑山庄图咏》一书的解读，便颇具代表性。

冯先生认为："作为文学艺术作品的《御制恭和避暑山庄图咏》，很有史料价值，为研究它的作者康熙帝和乾隆帝历史的一些侧面所不可忽视。"① 具体说来，主要体现在：第一，提供承德避暑山庄史的第一手资料，使我们得以更形象地"了解热河行宫建设的原因、行宫自然环境、

---

① 冯尔康著：《清史史料学》，第379页。

行宫的建筑物及其特点、建筑物的寓意，可谓山庄复原、维修工程的重要参考文献"①；第二，提供康熙帝的传记资料，"反映他喜好游猎和游乐与政事兼理的生活，反映他好运动的个性，以及动中能静、动静结合的品格"②；第三，提供康、乾二帝关系史的资料，"显示乾隆帝对其祖的崇敬和事业的继承"③。

日本学者西胁隆夫《关于〈粤风〉俍壮歌的使用文字》一文，则将李调元辑《粤风》视作"了解清代壮语的宝贵资料"④。他认为《粤风》卷三《俍歌》、卷四《僮歌》是用"方块汉字"写成的。这是一种为记录壮语音义而创造的"派生汉字"，又称为"壮字"、"方块僮字"、"土字"等，与13世纪越南的"字喃"有某些相似之处。由此，该文即以《粤风》"俍歌"、"僮歌"两部分的歌谣文字为研究对象，对其进行了专门的语言学探讨。

像《御制恭和避暑山庄图咏》、《粤风》这样，有较集中之题材、内容的清诗总集，为数甚多。它们对于研究者探索与之直接相关的社会文化领域的价值，是显而易见的。缘于此，部分以"辨章学术，考镜源流"为鹄的的目录学著作在为所收典籍部次类居时，往往会依照若干清诗总集所收作品的实际内容，将其列入"集部·总集类"以外的其他相应位置。如何澂辑《台湾杂咏合刻》，便被《中国丛书综录·总目》归于"类编·史类"的"舆地"部分。⑤无独有偶，李慈铭撰、由云龙辑《越缦堂读书记》也将此集列入"地理"类。这显然是由于该书所收诗歌皆"综练谣俗，经纬风雅"，通过它，清代台湾"山川之灵异，习尚之俶诡，物产之繁变，举可考而知"⑥，堪称当地社会风俗之实录的缘故。另外，瞿绍基辑《启祯宫词合刻》同样因其能以诗的语言，从一个侧面反映出明末天启、崇祯年间之历史风云的特点，见录于《中国丛书综录·总目》"类

---

① 冯尔康著：《清史史料学》，第381页。

② 同上书，第382页。

③ 同上书，第384页。

④ ［日］西胁隆夫：《关于〈粤风〉俍壮歌的使用文字》，曹阳译，《学术论坛》1985年第7期，第40页。按，"俍"字《粤风》原文作"狼"，"壮"、"僮"二字《粤风》原文作"獞"。

⑤ 此集《中国丛书综录·总目》原署"杨希闵辑"（上海古籍出版社1986年2月第1版，第1册第676页），但杨氏仅为序言作者，实际编者为何澂。《越缦堂读书记》未提及编者信息。

⑥ （清）何澂辑：《台湾杂咏合刻》杨希闵序，民国三十六年（1947）铅印本，第1b页。

编·史类"之"史钞"部分。

实际上，我们完全可以把诸如题画诗、风土诗、试帖诗、书院课艺、集会唱和诗、历史题材诗等的专集，看作清代绘画艺术、风土人情、科举考试、书院教育、士人文学生活、社会历史变迁等文化场景的诗化写照。至于地方、宗族、闺秀、域外等类型清诗总集，其背后也每每有一个相应的大文化背景，是我们考察清代地域、宗族与女性文化，乃至中外文化交流的不可或缺的材料与不容忽视的对象。再从更宽泛的层面讲，清诗既是有清一代社会历史文化、士人思想情感之形象反映，则作为其重要文献渊薮的清诗总集，自然就是我们得以感受、认知并探究清人在物质、精神两方面的文化创造活动及其成果的有效途径之一。德国思想家恩斯特·卡西尔（Ernst·Cassirer）指出："历史学家必须学会阅读和解释他的各种文献和遗迹——不是把它们仅仅当作过去的死东西，而是看作来自以往的活生生的信息，这些信息在用它们自己的语言向我们说话。然而，这些信息的符号内容并不是直接可观察的。使它们开口说话并使我们能理解它们的语言的正是语言学家、语文文献学家以及历史学家的工作。"① 作为有清一代文献遗存的清诗总集，又何尝不是在以其各自的方式向我们传递着"以往的活生生的信息"呢？各学术领域的研究者们的工作，正是"把所有这些凌乱的东西、把过去的杂乱无章的支梢末节融合在一起，综合起来浇铸成新的样态"②。从这个意义上讲，存世数量不下数千种的清诗总集堪称整个清代文史哲乃至其他学术研究领域的一个相当重要的文献材料来源。

关于清诗总集在清诗研究与文学研究以外的其他学术领域的意义与价值，将在本书第六章《清诗总集的文化内涵》中予以初步探讨。

---

① ［德］恩斯特·卡西尔著：《人论》，甘阳译，上海译文出版社 1985 年 12 月第 1 版，第 224—225 页。

② 同上书，第 225 页。

# 第 五 章
## 清诗总集的文学意义

清诗总集数量庞大、类型众多，加之各类型的内部形态普遍趋于复杂，因而其所蕴含的文学现象也是格外繁多。通过研究清诗总集，将有助于我们更加全面深入地观察与理解清代诗歌乃至整个清代文学的面貌。

关于清诗总集在清诗研究领域的若干宏观议题，如更好地认知清代诗人群体、诗史脉络、诗坛动态、诗歌创作等方面的意义，本书绪论的第三部分《清诗总集研究的意义》已经有所探讨，这里主要从专题研究的角度展开论述。概言之，主要有总集编者与总集本身两大切入点。

就前者来说，由于很大一部分清诗总集实际上属于"选"本的性质，因而无论入围作者的遴选、诗人座次的安排、诗歌篇目的择取、收诗数量的多寡，还是针对这些作者作品的相关评论、注释，乃至序跋、凡例等，都会或多或少折射出编者的审美旨趣、文学主张。进一步来说，任何清诗总集的编者均生活在特定历史文化环境之内，都在不同程度上接受着时代的熏陶、师友的影响。透过这些总集，我们又可以由小及大，窥测编者所处时代的诗坛潮流之动态走向与诗学论争之焦点所聚。事实上，经由总集选本来解读编者的文学思想，印证其所处时代的文学潮流，也是历代"选"学的主要着眼点之所在。

就后者而论，所谓总集，必然是若干位作家作品的合集。可以说，每部总集都以各自的组合方式与角度，向我们展现着一个个独特的作家群像，及与之相关的文学活动、文学现象。例如地方类清诗总集之于地方诗人群体、宗族类清诗总集之于宗族诗人群体、闺秀类清诗总集之于女性诗人群体、方外类清诗总集之于僧道诗人群体，以及专收遗民诗人诗作、八旗诗人诗作、中外唱和诗作之清诗总集，等等。而上述地方、宗族、闺秀等诗人群体的大量涌现，正是清代诗坛的若干较为突出的现象。相关清诗总集既是此类现象的直接产物，同时也在客观上成为它们的一个缩影。

再具体从群体内部各个体间的关系来看，则又有疏密之分。大部分清诗总集所收作者相互之间的联系比较松散，他们更多是由于编者的采选汇总工作而被聚合到一起。不过，在部分清诗总集那里，诗人们相互之间却有着较为密切的关系。究其联系纽带，有两种最为引人注目，一是诗人集会与结社，二是诗歌流派。这些专门着眼于收录某次集会、某个社团，以及某个流派之成员作品的总集，可以称之为集会总集与流派总集。它们能在一定程度上反映出各自相关集会、社团、流派的人员构成、群体规模、活动范围、创作实绩、思想倾向、风格特征等方方面面的情况，是我们探索清代诗人集会、诗歌流派之现象与规律的珍贵材料与重要依据。

本章主要对清诗总集在清代诗学思想、诗人集会、诗歌流派三个领域内的研究意义，分别进行初步探讨。至于地方、宗族、女性文学等其他方面，尚有待于相关专题研究的进一步深入开展，这里暂不论列。

## 第一节　清诗总集与诗学思想

总集与文学批评、文学思想间有着十分密切的联系，是我国文学批评、文学理论的一种重要文献载体与表述形式。本节先对清诗总集传达诗学评论意见与思想观念的表述形式、途径及研究价值等问题作一初步概括；接着以刘然辑《国朝诗乘》卷首附载《诗乘发凡》与王昶辑《湖海诗传》为例，对二者体现出的编者诗学观及其他相关问题，分别进行专门探讨。

### 一　清诗总集与诗学思想概论

我国古代文学批评、文学思想的表述形式多种多样，包括书信、序跋、诗话、文话、词话、曲话、评点、笔记、杂著等，都是人们传达各自文学见解的舞台。总集选本则是诸多文献载体中的一个十分重要且颇具民族特色的组成部分。

关于这诸多文献形式的体制特征，今人张伯伟概括说："中国古代文学批评中的各种形式，就其表现的典型性而言，实应求之于北宋以前。北宋以后，各种形式之间便趋向于交叉、混合。"① 在各种文学批评形式趋

---

① 张伯伟著：《中国古代文学批评方法研究》，第 470—471 页。

于交叉、混合的潮流中，总集堪称表现最突出的一种。除了通过序跋、作家作品遴选、体类与次序安排等传统方式来表达见解之外，它还将摘句、诗格、论诗诗、诗话、评点等形式引入其体制内部，甚至连凡例、小传、注释等附件都悉数成为发表评论意见的阵地。可以说，宋代以降，总集"从体制上看已经到达极致，成为一种包容性最强的文学批评形式"①。

这种众体兼备的形式特征，同样显著体现于很多清诗总集。它们的编者通过各种途径，或表达自己的观点，或引述他人的见解，或邀约时流撰序置评，将诗歌评论意味程度不等地倾注于这些总集。其间，评论文字系统者有之，零散者亦有之；诗学观念一以贯之者有之，含糊矛盾者亦有之，构成一个色彩斑斓的诗学世界。

虽然清诗总集传达诗学评论意见与思想观念的形式颇为繁多，但就传达的过程与效果而言，则可以概括为直接与间接两种。兹分述之。

（一）直接途径

所谓直接途径，即通过相对明确的理论表述，较为直白地展现总集编者或其他相关人士的意见的文献载体，是我们据以考察其撰作者之诗学思想的重要资料。一般出现在总集卷首的序文、凡例等附件，是其中最具代表性的形式，并且不乏入选过今人王镇远、邬国平编《清代文论选》等，较为人所熟知也较易接触者。例如，钱谦益分别为吴伟业辑《太仓十子诗选》、陈允衡辑《诗慰》以及程棭、施谞辑《鼓吹新编》所撰序言，朱鹤龄分别为顾有孝辑《闲情集》、徐崧辑《缬林集》所撰序言，归庄为陈济生辑《启祯遗诗》所撰序言，孔尚任为其本人所辑《长留集》所撰序言，等等。

至于诗学意义非凡而关注度却颇嫌不足的此类文字，更是所在多有。如唐景崧辑《诗畸》所含"诗钟凡例"九款与"嵌字格说明"八款，便堪称我国诗钟理论的早期重要文献。不过，由于诗钟作手和诗评家长期以来多以诗钟为小道，普遍不予重视，加之20世纪中叶以后，诗钟创作风气又急遽衰落，遂导致现今很多人对它已是不甚了了。缘于此，不论诗钟创作，抑或诗钟理论，在目前的清代诗歌史与诗学史著作中，都是难觅踪影。只有从为数不多的诗钟专题或涉及诗钟的论文与著作那里，我们才能

① 张伯伟著：《中国古代文学批评方法研究》，第296页。

依稀窥见它当年的辉煌。其实诗钟"似诗似联，于文字中别为一体"①，是我国诗歌的一个独特旁支。它约于嘉庆、道光年间在福建兴起，后传入京师，再由京师播及全国。《诗畸》即同治、光绪年间诗钟传入台湾后，最早纂辑问世的宦台文人与台湾名士的诗钟创作合集。编者唐景崧于光绪十二年（1886）就任分巡台湾兵备道，在当地大力提倡诗钟创作，并在台南道署组织了台湾历史上第一个诗钟社团——"斐亭吟社"，"标志着诗钟在台湾的正式兴起"②。光绪十八年（1892），景崧升任台湾布政使，又在台北布政使署组织"牡丹吟社"，是为"台湾历史上第一次具有全台性影响的诗钟社团"③。二社所作诗钟后即由唐景崧编选为《诗畸》八卷，光绪十九年（1893）刊行。

　　除汇录同人诗钟创作实绩外，唐景崧还以鲜明的理论意识，撰写了"诗钟凡例"九款，列于全书卷首，又于卷一之首开列针对"嵌字格"诗钟的说明文字八款，对他们长期的创作实践与经验作了概括与升华，可谓"台湾最早的诗钟理论"④。根据今人黄乃江的研究，这两篇文字的论域颇为宽广，涉及诗钟的起源、创作机制，及其各种创作模式、方法、规范等。概言之，唐景崧认为诗钟缘于古人刻烛击钵的故事，曰："诗钟者，仿刻烛击钵故事，以钟刻为限，或代以香，约二寸内外。"⑤ 又提出嵌字格诗钟起源于古代改诗活动，曰："此格始于改诗，取古人一首诗中之字，集为一句，另取一诗，集字成对，以不自撰一字为工。"⑥ 此外，他还对诗钟的钟刻（或香代）、联卷、誊录、校对、阅卷、评取、宣唱、值坛、纳费、取额、赏贺、罚摊等一系列创作活动机制，分别作了规定；从用典、作空、求类、用俗、虚实五个方面，对嵌字格诗钟之创作方法与规范作了解说，等等。

　　从诗钟最初兴起到《诗畸》编纂刊刻的数十年间，这一特殊诗体经

　　① （清）徐珂编撰：《清稗类钞·文学类》，中华书局1986年3月第1版，第8册第4007页。

　　② 黄乃江著：《台湾诗钟研究》，复旦大学出版社2009年6月第1版，第33页。

　　③ 同上。

　　④ 同上书，第93页。

　　⑤ （清）唐景崧辑：《诗畸》凡例第一款，光绪十九年（1893）台湾布政使署刻本，卷首第1a页。

　　⑥ （清）唐景崧辑：《诗畸》卷一"嵌字格说明"第一款，第1a页。

历了一个产生、发展、成熟、完善的过程，于是乃有理论总结与指导之要求。"诗钟凡例"九款与"嵌字格说明"八款正是顺应了这股潮流，成为"诗钟有史以来第一次对创作机制、创作方法、创作规范等所作的记载和论述"①。单就台湾本地而言，这两篇文字"对于台湾诗钟理论的发展具有开创性的意义，也奠定了'台派'诗钟善于格目创新和理论总结的特点，在台湾诗钟理论史上占有重要的地位"；再放眼全国，则它们乃至《诗畸》所载各格之创作方法与规范，长期以来一直被海峡两岸"奉为诗钟创作的圭臬，为后世诗钟创作所恪守和遵循"②。由此，"诗钟凡例"九款与"嵌字格说明"八款在诗钟理论史上的重要地位即可见一斑，需要也值得引起更多清代诗学研究者的注意。

序跋、凡例而外，很多清诗总集的正文部分往往也能提供数量不菲的诗歌评论材料，并且同样颇多乏人关注乃至不为人知者。其中最值得一提的，一是评点，二是论诗诗。

先看评点。明清时期，总集编纂领域的评点之风极为盛行。在这股风气的熏染、推动下，带有评点文字的清诗总集也是比比皆是，有的甚至达到连篇累牍的程度。如王士禄、王士禛辑《涛音集》，即每每于诗人小传后附以总评，于诗作后附以针对性的评论。综观全书所含评点文字，王士禄名下有二百八十六条，王士禛名下有七十五条，王士祜名下有二十条，王士禧名下有十九条，赵瀚名下有二条，合计共四百零二条。较之该书不过收录诗人四十四家、诗作四百七十七首的规模，评点文字所占比重之高，堪称异乎寻常。此集之编选，"盖西樵（按，即王士禄，西樵其号）教授莱州时，阮亭（按，即王士禛，阮亭其号）省兄于学舍，相与观海赋诗，因撰次其邑人之作也"③，约成书于顺治十四年（1657）。当时王世禄年仅三十上下，刚刚步入仕途，王士禛更是只有二十出头，仍然处于读书应举的阶段，均可谓初登诗坛的新人。《涛音集》这部明清山东掖县诗歌总集，正是两位日后名震天下的年轻诗人自觉进行的一次诗人诗作删选与评点活动，是我们考察新城王氏兄弟早年诗学观念与诗学批评实践的珍

---

① 黄乃江著：《台湾诗钟研究》，第96页。
② 同上。
③ （清）王士禄、王士禛辑：《涛音集》翁方纲序，《山东文献集成第三辑》第38册，第428页。

贵材料。

再来看论诗诗。清诗总集所收论诗诗，或为组诗，或为零章，或为长篇，或为短帙，或为刻意结撰，或为偶然挥洒，或阐述诗学原理，或评述诗人诗作，均可供清代诗论研究者采撷。这里仅谈两个较突出的特征。其一，部分清诗总集所收论诗诗占了全书相当可观的篇幅。例如周锡恩辑《黄州课士录》。该书凡八卷，前五卷收文，后三卷收诗。其中的第六卷专收《论黄州诗绝句》组诗一百三十四首，作者包括梅作芙、夏仁寿、黄子勋、王葆周、石相钦、王国桢、洪席珍、范毓璜、程廷藻、童树棠、王葆龢、胡浩、王葆心及阙名一人，共十四位清末时人。整组诗歌采用七言绝句的形式，咏及自宋至清光绪间湖北黄州府九十七位诗人，除明中叶人汪美、汪勋兄弟，以及生活于清康熙年间，曾结成"两湖吟社"，号称"两湖七子"的李生盘、秦京、张畸、郭从、黄载华、黄载峤、熊楚荆七人各自合为一题外，其他均系专人专咏。合而观之，全卷仿佛一部具体而微的"黄州诗歌史略"或"历代黄州诗人评论集"。其二，清诗总集所收论诗诗中，颇有一些专门针对清代本朝诗人而发。这对于清诗研究者来说，价值无疑更大。胡元玉辑《沅水校经堂课集》所收清末人滕树春、唐赞揆各自所作《论诗绝句，限咏国朝人》即为显例。这两组论诗绝句分别有二十首、八首，均为七言。滕诗依次论及顾炎武、吴伟业、王夫之、朱彝尊、尤侗、陈维崧、王士禛、施闰章、赵执信、沈德潜、任大椿、王昶、翁方纲、孙星衍、袁枚、赵翼、蒋士铨、张九钺、曾国藩凡二十位清代诗人；唐诗依次论及杜濬、吴兆骞、魏象枢、黄之隽、阮元、黄景仁、吴锡麒、张维屏凡八位清代诗人。

部分诗文兼收的清诗总集，又可能含有专门的诗学论文。例如，宋荦辑《吴风》卷上，收清初人奚士柱、徐舒、周凤奕、龚秉直各自所撰《宋诗源流论》共四篇，是一组系统论述宋代诗歌之流别与演变的专题文章；陆宝忠辑《校经堂二集》卷八，收清末人胡棣鄂、周声洋各自所撰《拟刘勰〈辨骚〉》共二篇，皆模仿《文心雕龙·辨骚》的形式，表述了二人对于骚体这样一种广义的诗歌形式之发生原因、演变过程的见解，同时又对若干骚体代表作品进行了个别评论。

（二）间接途径

所谓间接途径，主要有总集编者与所收作家群体两大切入点。以下分述之。

　　总集编者除了通过论述、评点来直接表明自己的观点外，还能以"选"的方式来间接传达个人的态度。具体来说，哪些作者入选，哪些缺席；哪个时段、区域、流派内的作者较多入围，哪些被冷落；哪些作者的诗歌大量入选，哪些偏少；诸作者的座次格局如何；哪些体裁、内容、题材、风格的诗歌受青睐，哪些遭排拒；各体类诗歌的次序安排如何，等等，都会或显或隐地流露出编者的褒贬扬抑态度，是其批评眼光、诗学思想的不同程度的贯彻。

　　应该说，透过总集选人选诗的方式与特点，同时再与相关总集的序跋、评点等相结合，以此来探测其编者的诗学观，并进而与时代诗学潮流相印证，乃总集研究领域长期以来的一大热门。在这方面，唐诗、宋诗乃至明诗总集研究都已成绩斐然。至如《文选》、《河岳英灵集》等著名总集，更堪称诗学、文学思想研究领域内的热点。比较而言，清诗总集研究虽然也有过一些着力考察"选"背后的诗学思想的专著与论文①，但其整体上的薄弱情势则是显而易见的。缘于此，从诗学思想的角度考察清诗总集的选人选诗，是一项方兴未艾的工作。由于数量空前巨大，它特便于进行集群化与系列化研究。一则很多编者个人就纂有多部清诗总集；再者，若干出自不同年代编者之手的清诗总集，往往可以构成前后接续或形貌类似的总集序列；更重要的是，某些诗学话题与主张能吸引大批编者的注意力，使他们在选人选诗的过程中作出各自的表态与回应。如果把若干编者的表态与回应组合到一起，则对于我们更好地认知众声喧哗、汹涌澎湃的清代群体诗学思潮的真实面影，无疑将大有裨益。

　　需要进一步指出的是，那种鲜明地贯注了编者的文学观念、诗学取向的所谓"诗选"，只是清诗总集的一部分；另有大批编者则秉持各存本色、辑存文献的"诗钞"宗旨，而不甚在意个人诗学趣味能否得到有力贯彻。这种情况给我们解读部分总集编者的诗学思想带来一定的阻碍，但并不意味着相关总集本身的诗学研究价值也将由此而阙如。因为文学思想除了体现于文学批评与理论外，还大量反映在文学创作里，而相当一部分

---

① 如王炜著《〈清诗别裁集〉研究》、聂欣晗《论〈国朝闺秀正始集〉在"教化"与"传世"间游走的诗学思想》（《满族研究》2009年第2期）一文等，皆着力考察某一单种清诗总集的诗学思想。刘诚著《中国诗学史·清代卷》、王宏林著《沈德潜诗学思想研究》、刘和文著《清人选清诗总集研究》、王卓华《稀见本清初诗歌总集〈离珠集〉及其文献价值》（出处见前注）一文等，也都有相当篇幅集中论述清诗总集所见诗学思想问题。

清诗总集所收诗人群体的创作又或多或少带有共性的成分，透过这些创作异同的表象，我们正可以探索、归纳其背后一以贯之的诗学思想。

从文学创作中考察、抽绎文学思想的方法，经过今人罗宗强等的大力倡导与深入实践，已被学界广为接受，并被证明是文学思想研究的一条有效而必要的途径。这是由于"有的时期，理论与批评可能相对沉寂，而文学思想的新潮流却是异常活跃的。如果只研究文学批评与理论，而不从文学创作的发展趋向研究文学思想，我们可能就会把极其重要的文学思想的发展段落忽略了。同样的道理，有的文学家可能没有或很少文学理论的表述，而他的创作所反映的文学思想却是异常重要的"①，何况"即使只就文学批评与文学理论本身的解读而言，也离不开对文学创作实际的考察"②。因此，通过考察部分清诗总集所收诗人群体的创作面貌与特征，进而抽绎出其背后的诗学思想，完全称得上是清代诗学思想研究领域内的题中应有之义。

具体就清诗总集的实际构成与清代诗人群体的特征来看，这一研究方法首先可以应用于部分地方类清诗总集。地方诗人群体是所有清代诗人群体中，数量最多、实力最雄厚的一支。它孕育了声势煊赫的清代地域诗派，又催生出众多地方类清诗总集。至于群体内部，各个体之间当然存在差异，但也有相当可观的一致性。从大背景、大环境的角度看，我国至少到 19 世纪后期，还是一个以自给自足的小农经济为底色的传统农业社会。这种社会形态的文化性格趋于沉静和缓，不易发生剧烈而根本的变迁；同时也使全国各地间相对封闭，极易因风土物产、生活方式等的差异，而塑造出各自独特的士民气质与性情，久而久之，遂形成各自独特的历史传统、学术风气与文学氛围。它影响及于各地诗人群体，使之在很大程度上具有某种普遍而稳定的带地域倾向性的心理素质与价值取向，并进而绵延、传递开去，构成一个在当地相当长时段内代代相沿的诗学观念与创作特征。

各具面目的地方文学在我国古代长期存在。《隋书·文学传》对"江左"、"河朔"文学的描述，明胡应麟《诗薮续编》卷一勾勒的明初越派、吴派、江西派、闽派、粤派鼎立诗坛的局面，即为研究者所耳熟能详。而

---

① 张毅著：《宋代文学思想史》罗宗强序，中华书局 1995 年 4 月第 1 版，卷首第 3 页。

② 同上书，卷首第 4 页。

以诗歌为代表的清代地方文学，则堪称我国古代地方文学的顶峰，并且还形成了自身的两大显著特点：其一，清代地方诗歌完全突破了此前笼统的南北之别与省域之分，而趋于深化、细化，很多府、县甚至乡镇先后培育起各自的诗学传统与特征。如清中叶人边连宝《李立轩诗序》一文针对直隶任丘诗歌写道："吾邑诗派，自庞雪崖先生开清真雅健之宗，同时如先外王父章素严先生，稍后如雪崖令弟紫崖先生、先君子渔山先生，率皆以雪崖为圭臬。余小子连虽稍加纵放，总不能出先民范围。"① 王昶辑《湖海诗传》评芜湖人韦谦恒诗云："皖桐诗派，前推圣俞，后数愚山，以啴缓和平为主。约轩（按，即韦谦恒，约轩其号）承其乡先生之学，故不以驰骋见长。"② 都向我们展示了清代地方诗歌的繁荣景象与丰富面貌。

其二，清人对于乡邦文学文化，普遍有一种空前强烈的自觉意识与自豪感。在这种思想意识的支配下，他们高度认同乡邦文学，重视学习并继承乡邦前贤的创作风貌，同时积极揄扬其声名，强调其特征，勾勒其传统，由此更加鲜明地树立起本地文学的旗帜，塑造着当地的文学风气与观念。从某种意义上讲，众多地方类清诗总集也是这一观念的产物。它们的编者往往出于地域认同及在此基础上形成的价值观与荣誉感，同时又出于对地方文学文化之历史的求索，遂以编纂本地人作品的方式来书写并确认传统，使之清晰地浮现于人们眼前，无形中成为当地文学创作、批评的价值尺度，影响着一代代乡里后辈。如《白山诗介》编者、满洲人铁保自述："观诸先辈所为诗，雄伟瑰琦，汪洋浩瀚，则又长白、混同磅礴郁积之余气所结成者也。余尝谓读古诗不如读今诗，读今诗不如读乡先生诗。里井与余同，风俗与余同，饮食起居与余同，气息易同，瓣香可接。其引人入胜，较汉魏六朝为尤捷。此物此志也。"③ 而像铁保这样的编者，在清代可谓比比皆是。

正因为清代地方诗歌既高度繁荣，又兼具强烈的区域自觉意识，所以便于我们在探索其创作风貌之余，进一步考察其背后的诗学传统与观念。

---

① （清）边连宝撰，刘崇德主编：《边随园集·随园文钞》，中华书局 2007 年 9 月第 1 版，第 3 册第 836 页。

② （清）王昶辑：《湖海诗传》卷二十八，《续修四库全书》第 1626 册，第 157 页。

③ （清）铁保辑：《白山诗介》自序，同前，卷首第 1 页。

而地方类清诗总集则是我们进行这项工作时，不可多得，更不可或缺的学术资源。即如徐璈辑《桐旧集》，便是研究桐城诗学思想的重要凭依。关于这一点，许结《〈桐旧集〉与桐城诗学》一文指出："《桐旧集》作为一部通邑诗歌总集，通过其编纂思想与内容看桐城诗学之特征，则能提供一个更具普遍意义的新的视角。"① 在考察过《桐旧集》所收诗人诗作后，许先生先后提出，"从地域特征看桐城学风与诗风，最突出的是诗礼传家与平实雅正，这也是读《桐旧集》所获最直接的审美体验"②；"桐城诗人创作多适性缘情，故取径广阔，不拘一格，可谓推崇风雅，思攀汉魏，效法唐宋，承接元明……观《桐旧集》所选，也是诗体兼备，不拘音律，诗风多样，随物赋形"③；"从诗学史的角度看《桐旧集》所采一邑诗风的创作主流，并推测桐城诗法，我以为兼宗唐宋则为其突出表征"④，等等。

另外，这一方法还可以应用于部分唱和类清诗总集。此类总集虽然往往只是"根据人际交往的关系来编定的，未必一定有一个共同的诗学、美学主张。不过，能一起唱和的，往往是一些志同道合的诗人，所以其中也有一些能反映出共同的美学趣味"⑤。从相关唱和诗人群体的若干趋同的创作倾向，我们即可据以考索其中流露出的诗学观念，有的甚至还能概括出流派色彩。如李慈铭评论汪远孙辑《清尊集》曰："诗词皆缚于浙派，多饾饤局束之病，而言必典雅，多关掌故，承平觞咏，风流可思。"⑥这显然是由于参与"东轩吟社"集会唱和活动的作者多为浙人，瓣香厉鹗一派诗风的缘故。

总之，清诗总集是我们探索清代个人与群体诗学批评、诗学思想的一大重要载体。它表现形式多样，承载内容丰富，同时还能开辟较多独特的观察视角，提供若干别有意味的诗学话题，需要也值得我们作进一步的清理与研究。

---

① 许结：《〈桐旧集〉与桐城诗学》，同前，第 541 页。

② 同上文，第 543 页

③ 同上文，第 544—545 页。

④ 同上文，第 545 页。

⑤ 尚学锋、过常宝、郭英德著：《中国古典文学接受史》，山东教育出版社 2000 年 9 月第 1 版，第 247 页。

⑥ （清）李慈铭撰，由云龙辑：《越缦堂读书记》，中册第 613 页。

## 二　清诗总集所含诗话诗论
### ——以《诗乘发凡》为中心

这一部分以刘然辑、朱豫增辑《国朝诗乘》附载的《诗乘发凡》为例，探讨清诗总集所含诗话与诗论文字所体现出的诗学观念。是为从直接途径考察清诗总集之诗学思想的个案。

（一）《诗乘发凡》与《国朝诗乘》的关系

刘然，字简斋，一字文江，号西涧，江南江宁人。明开国元勋刘基后裔，诸生。今人杨云海主编《江苏艺文志·南京卷》据汪士铎等纂《（同治）上江两县志》、陈作霖撰《金陵通传》等，著录其著作凡二十一种，仅《国朝诗乘》十二卷确知存世。

《国朝诗乘》又名《诗乘初集》、《国朝诗乘初集》，约问世于康熙四十九年（1710），有康熙玉谷堂刻本传世。较之其他清代诗歌选本，该书的一大特点在于：卷首附载的《诗乘发凡》篇幅异常庞大，共计六十五款，约两万字，是笔者所见清代诗歌选本之凡例中，款项最多、篇幅最长的一种。更加与众不同的是，这篇凡例不像一般选本凡例那样，仅仅着眼于发凡起例，撮叙编选目的、取舍标准等，而主要是在探讨各种诗学问题，所以完全可以将它和《清诗话续编》所收管世铭《读雪山房唐诗序例》等而视之，也归之于诗话的范畴。

不过令人疑惑的是，该文部分词句的提法，与作为当代类清诗总集的《国朝诗乘》本身明显存在矛盾。第一款提出："主持风会惟帝王权力是赖，故汇帝王诗冠于卷首，法史家先本纪而后列传意。"[1] 而《国朝诗乘》却根本不见清初乃至历代任何一个帝王的踪影。第六款又云："近代选家并载古逸……历来选本往往采撷，何异痴人说梦？今概弃去，庶为风雅留一线真面目在。"[2] 如果仅着眼于选录清初诗歌，则与先秦古逸又有何干系？随后的第七款说："余就左克明、郭茂倩两家书，择其辞意深厚奥崛者，随体附见。"[3] 第三十一款云："余于《唐人万首绝句》加意遴择，

---

① （清）刘然辑，朱豫增辑：《国朝诗乘》发凡第一款，同前，第10页。
② （清）刘然辑，朱豫增辑：《国朝诗乘》发凡第六款，同前，第12页。
③ （清）刘然辑，朱豫增辑：《国朝诗乘》发凡第七款，同前，第12页。

又博访诸家秘本以益之。"① 第四十款云:"余于少陵后,绝爱东野诗,故此选搜辑最备。"② 皆叙及该书辑录汉唐诗歌,是则已同"国朝诗"之名号大相径庭。至第五十四款,编者乃明确揭出:"此选所载汉、魏、六朝人三百有奇,唐人千二百有奇;宋、金、辽、元率称是。"③ 第六十三款亦云:"余此选始于乙丑(康熙二十四年,1685)三月,终于丙寅(康熙二十五年,1686)二月,缮写付梓,嗣有'宋金元明四代诗选'与'国朝诗词合选'。"④ 由此可见,这篇《诗乘发凡》所实际直接指涉的,应是一部着眼于收录自汉至唐一千五百多位诗人之诗作的大型通代总集。

再就《诗乘发凡》的整体内容来看,也确实主要针对宋前诗史而发;只有个别地方论述自宋至明诗歌,而且大致都着眼于和宋前诗歌进行比较。至于"国朝"诗歌,则未明确涉及。由此,我们可以肯定,这篇《诗乘发凡》并非专为《国朝诗乘》而作。另外,第六十三款"嗣有'宋金元明四代诗选'与'国朝诗词合选'"之后又提到:

> 宋人集家藏二百余种,明近千种,惟金、元自《中州诗选》及《中州乐府》、《宋元四十家诗》外,寥寥仅十数种,恐有散佚,不敢草率集事。海内藏书家倘出宛委秘编,限日借钞,最称艺林一快。若当代名贤新制未经行世者,幸速邮寄金陵水西门外南街玉谷堂,或莫愁湖华严庵,或清凉山一拂祠,即当按次授锓,不至以浮沉获戾。⑤

可见当刘然撰写这篇发凡的康熙二十五年(1686)前后,"国朝诗"部分的编选工作恐怕尚未着手,至少仍在进行之中。⑥

综合《国朝诗乘》卷首陈鹏年、丁灏各自所撰序言,以及《诗乘发凡》本身提供的信息来看,刘然有一个非常庞大的历代诗歌总集编选计划,意欲囊括自汉代以来,直至他本人生活的清初康熙年间的诗人诗作,

---

① (清)刘然辑,朱豫增辑:《国朝诗乘》发凡第三十一款,同前,第21页。
② (清)刘然辑,朱豫增辑:《国朝诗乘》发凡第四十款,同前,第24页。
③ (清)刘然辑,朱豫增辑:《国朝诗乘》发凡第五十四款,同前,第29页。
④ (清)刘然辑,朱豫增辑:《国朝诗乘》发凡第六十三款,同前,第32页。
⑤ 同上。
⑥ 张慧剑著:《明清江苏文人年表》"一六八六,丙寅,康熙二十五年"条下称:"江宁刘然辑《国朝诗乘初集》十二卷成。"(上海古籍出版社2008年1月第2版,第851页)不确。

其总题当即 "诗乘"。再从《诗乘发凡》提到的 "国朝诗词合选" 来看，他甚至有将清初词也纳入编选范围的想法。不过，由于刘然家境贫寒，自然无力刊刻规模如此宏大的书籍。为了解决这个难题，他甚至想出了这样的办法：

> 古诗既经选定，篇帙累万，非重赀不能竣事。今立一法，变通于此：凡表章当代名贤诸作，镂版若干，即募刻古人诗若干；至于贤士大夫雅意好古，或于古诗人赏心之家捐赀认刻一种，以明平素得力之境，仆即注捐刻姓氏于本卷首，不敢忘其所自。①

然而从丁灏《序》"《诗乘》虽刊，所惜昔年刊者仅半，挂漏殊多"② 的说法，可知刘然未能筹措到足够的资金来刊印全书。陈鹏年《诗乘序》更是提及："无何，简斋下世，其役未就。"③ 可见其编选目标直至逝世，犹未全部实现。刘氏身故后，其挚友朱豫 "悯简斋之赍志以殁也，慨然捐赀以卒其业"④，"拮据二载，以成其书"⑤。其间，朱氏 "惜其集隘，诸所著名称雄诗坛者，或阙焉……乃遍搜诸名家诗，拔萃取尤，多则数十首，少则数首，评跋付刊，汇为十卷"⑥，遂成《国朝诗乘》一书。所以，今本《国朝诗乘》应是由刘然草创，经朱豫增订后，才最终定型。据此推测其卷首所载《诗乘发凡》，可能系朱豫从 "诗乘" 此前已刊部分或未刊稿本那里移植而来。

（二）《诗乘发凡》的主体框架与内容

我国古代文学批评著作大都呈现为较零散的笔记随录形式，而《诗乘发凡》虽然只是一部选本的凡例文字，论述诗学问题却相当广泛而系统，显示出作者独到的匠心。综观其论述对象与内容，大致分四部分，可称为总论、体裁论、创作论、余论。兹分述之。

总论包括第一、第二款。前者概述诗史源流，自虞舜与《诗经》说

---

① （清）刘然辑，朱豫增辑：《国朝诗乘》发凡第六十四款，同前，第32页。
② （清）刘然辑，朱豫增辑：《国朝诗乘》丁灏序，同前，第6页。
③ （清）刘然辑，朱豫增辑：《国朝诗乘》陈鹏年序，同前，第3页。
④ 同上。
⑤ （清）刘然辑，朱豫增辑：《国朝诗乘》丁灏序，同前，第6页。
⑥ （清）刘然辑，朱豫增辑：《国朝诗乘》陈鹏年序，同前，第4页。

起，拈出汉至盛唐各个时期的代表诗人诗作，一一予以点评。和很多古代诗评家一样，刘然秉持尊汉魏、贬晋宋齐梁的立场，唯左思"负奇气，当与宋鲍参军、齐谢太守并数而成鼎足，较同时三张、二潘、二陆辈，岿然出头角"①，得到另眼相看。他最后说："诗统之传，历代不泯。虞、周，其元气也；汉、魏，其正朔也；晋、宋、齐、梁、陈、隋，其闰位也；唐，其定历也；宋、元、明，其余分也。"② 对从先秦到明代的诗史给出了一个宏观勾勒与定位，其中透露出他推尊汉唐的诗学立场。

后者则针对传统的"诗言志"命题而发，大抵论述诗歌的价值本原，曰：

> 志者何？诗人大本领关系处耳。余尝谓苏属国、刘太尉、颜鲁公、张睢阳辈，虽使其诗不尽佳，得片言只字，亦皆可传。何者？忠孝之大志，本不磨也。若使传者尽皆佳构，则虽与日月争光、山河等寿，何有？天宝末，少陵以盖世才崛起布衣，说者谓其一饭不忘君父，卓然忠孝，与鲁公、睢阳同志。余窃按少陵集中岂独君父云尔，凡其生平疏救房琯、祖送郑虔、寄怀弟妹妻女侄，举一切骨肉之谊、朋友之爱，莫不咨嗟垂注，达之著作，以写其缠绵缱绻之致，此真千古诗人至性也。沈约、杨素，怂恿乃公作何等事，而历来选家犹载其诗，约之诗犹曰："所累非外物，为念在玄空。"素之诗犹曰："独飞时慕侣，寡和乍孤音。"是犹欲掩其势力恒态，而窃附于志高行洁一流。岂将谓天下后世皆可欺哉？③

在这里，刘然特别强调忠孝与性情两点。忠孝的范畴相对狭窄，但他却对其推崇备至，提出像苏武、刘琨、颜真卿、张巡这样的忠臣义士，虽不以诗见长，但由于其诗自然流露出"忠孝之大志"，所以"片言只字，亦皆可传"。比较而言，刘然对性情的强调，更多接触到了诗歌的情感本质。在他看来，杜甫之所以能称雄诗坛，乃是因为其"举一切骨肉之谊、朋友之爱，莫不咨嗟垂注"；而对情志既欠高尚，又善于作伪的沈约、杨素

① （清）刘然辑，朱豫增辑：《国朝诗乘》发凡第一款，同前，第10页。
② 同上。
③ （清）刘然辑，朱豫增辑：《国朝诗乘》发凡第二款，同前，第10—11页。

之流，则施予尖锐批评。可见刘然诗学观兼具政教本位与性情本位两方面，是二者的综合体。

体裁论包括第三至三十二款，大体按各诗体的产生先后，结合诗史进程，分别探讨其源流正变、体格特征、代表作家及其他相关问题。第三至六款专论四言诗，主要以《诗经》为对象，附论古逸；第七至二十三款专论乐府诗，主要探讨汉乐府；第二十六、二十七款分别专论五言古诗与七言古诗；第二十八至三十款专论律诗；第三十一款专论绝句；第三十二款专论排律。而在乐府与五古之间，刘然特意插入两款小结，以承上启下。其中，第二十四款强调诗与《易》通，应如《易》那般，"隐溆其旨，缘贞淫而申劝诫之义"，而不得"徒以留连景物之什，夸多斗靡"①；第二十五款则概述建安、黄初、正始年间的诗史变迁。

刘然之所以用两款小结隔断乐府与五古，有其深意所在，其中体现出他对诗体演进与诗史脉络的整体把握。他提出：

> 风、雅、颂为三代音，歌、行、吟、掺、辞、曲、谣、谚为两汉音，律、排律、绝句为唐音。两汉与《三百篇》迥不相侔，唐原本汉道而能自出机杼。譬则《三百篇》，先王之封建井田也；汉唐，后世之郡县阡陌也。唐与汉共一郡县阡陌之法，但汉持其大纲，禁网疏阔；唐则节目规条，纤毫不乱。唐可以变汉，而五代宋元明皆不能变唐，则其法已可通行而无弊也。②

在他看来，古今诗体可分为三大类：先秦《诗经》代表的四言诗系统；汉代歌、行等代表的乐府诗系统；唐代律绝代表的近体诗系统。其中，四言诗系统独树一帜，与后代诗体迥不相侔，当四言诗的高峰与典范——《诗经》的时代逝去后，作为诗体之一的四言诗，其创作便未能取得实质性的突破与提升，只能聊备诗史之一格。至于乐府与近体诗系统之间，则有密切的因承关系。近体诗的发生、发展与最终成熟，经过了长期试验，而孕育它的土壤，正是魏晋南北朝诗的主导体式——五言古诗与乐府诗。至于魏晋五古与乐府诗，又是从汉乐府那里发展而来。因此，刘然指出：

---

① （清）刘然辑，朱豫增辑：《国朝诗乘》发凡第二十四款，同前，第19页。
② （清）刘然辑，朱豫增辑：《国朝诗乘》发凡第四款，同前，第11页。

近体诗"原本"于乐府，而又"自出机杼"，二者前后接榫，遂开出诗史的新纪元，奠定了唐代以下诗体演变与应用的基调。就诗史实际进程来看，从汉乐府时代到近体诗时代，经历了包括元嘉、永明在内的多个意义非凡的发展阶段，而其中最早的重要一步，则是在汉末、三国时迈出的，即刘然格外关注的建安、黄初、正始时期。这一时期既完成了对民间气息浓厚的汉乐府的文人化改造，又真正实现了从汉乐府那里接力而来的五言古诗创作的繁荣，堪称自汉至唐诗史发展、诗体衍变的一大节点。正由于从乐府诗系统到近体诗系统的演进有重大的诗史意义，而其中的一个关键阶段就是诗史主角由乐府向五古转移的建安、黄初、正始时期，故而刘然乃将全文的论述脉络在乐府与五古间稍作顿挫，先强调诗歌应"缘贞淫而申劝诫之义"，重申了其政教本位诗学主张，再单独评述建安、黄初、正始诗歌，给予这一时期以非常崇高的诗史定位。

创作论包括第三十三至五十七款。对于这个议题，刘然大致分两个层面来讲。一是写作技法。主要以具体问题具体分析的方式来阐述观点，既有纲领性意见，又论及很多细节。如第三十五款阐述议论手法的应用范围，第三十六款探讨咏史诗如何遣词造句才算得体，第三十七款说明正用、反用典故的效果差别等。在部分款项中，话题甚至细致到诸如语助词的使用、韵脚的安排、酬赠作品的称谓等技术性问题，可谓细大不捐、面面俱到。二是人格修养。诗歌创作的优劣不仅关涉形式技巧，更要求诗人内外兼修，努力做到形式表现与情思内涵的完美结合。刘然对这个问题相当重视，认为："诗人志芳行洁，不以名位动其心，乃与风雅二字合。不然，笔补造化，皆绪余也。"① 并提出："今人作诗拘忌，动以富贵台阁气象相高。殊不知昏愚之富贵、空疏之台阁，尸居余气，醉生梦死，何足当识者一哂？余平生扫除诗谶，盖欲作者、阅者皆放怀于天地间。"② 对诗人的胸襟、识度提出了很高要求。

余论包括第五十八至六十五款，大致交代全书的取材范围、编选目的与取舍标准等。

综上可见，《诗乘发凡》广泛涉及诗歌本质、诗史源流、诗体特征、创作方式、作家作品评论等诸多方面，内容颇为丰富；同时，作者又在一

---

① （清）刘然辑，朱豫增辑：《国朝诗乘》发凡第四十四款，同前，第25页。

② （清）刘然辑，朱豫增辑：《国朝诗乘》发凡第五十三款，同前，第29页。

个系统的框架下，给予诸论题以较细致的阐述。全文既有理论概括，又有诗史实证；既关注诗学本体，又为创作实践提供具体指导，是一篇精心结撰、言之有物且不乏真知灼见的诗学著作。

（三）《诗乘发凡》的主要观念与特点

综观《诗乘发凡》全文，大抵可以从两个层面阐释其主要观念与特点，一是诗歌本原价值与诗史整体把握上的基本立场，二是论述具体问题时体现出的观念。兹分述之。

关于第一个层面，集中体现于第一、二两款，即前面提到的政教、性情思想及推尊汉唐的立场。具体来说，刘然在诗歌的本原问题上，恪守传统诗教，主张诗人诗作应具备温柔敦厚的性情、典雅中正的风格与有裨教化的功能。他提出："自《三百篇》来，温柔敦厚之教既衰，徒以留连景物之什夸多斗靡，此不过一才人之技，始与经绝矣。乐天《答元九书》云：'仆擢在谏官，启奏之外，有可以救济人病、裨补时阙者，辄咏歌之。上以广宸聪、副忧勤，次以酬恩奖、塞言责，下以副平生之意。'今操觚家宜识此言。"① 推崇源远流长的诗教说，又引白居易的功利诗学观为同调。

政教诗学观作为刘然论诗的一大纲领，甚至影响到他对唐宋诗史与诗人的评估。如第四十九款云：

> 杨大年为西昆体，自是才人风致，未可厚诽。天圣中，梅圣俞最有诗名，然立意蹇涩，好拈僻韵，此等皆不足取。欧阳永叔学太白，王介甫、黄鲁直学少陵，三公于李、杜可谓阆其藩篱而据之。惟东坡不肯貌古，率意挥洒，时有天真烂熳处，但下笔轻遽，征事冗集，为可厌耳。余尝谓坡诗与文正相反，文洗涤明净，不使一字翳目，诗则牛鬼蛇神，无所不有，此其所最不可解处。南渡末，陆放翁杰然崛起，《渭南》一集，诗至万首有奇。余读其"关河可使成南北，豪杰谁堪共死生"，又"一生未售屠龙技，万里犹思汗马功"，想见此老抱奇不展，真令人泫然涕下。至云："南人孰谓不知兵，昔者亡秦是三户"，又"安得铁衣千万骑，为君王取旧山河"，忠君爱国血诚，

---

① （清）刘然辑，朱豫增辑：《国朝诗乘》发凡第二十四款，同前，第19页。

和盘托出，少陵以后，一人而已。①

从中可见刘然尊唐桃宋的倾向。他对宋人学习唐诗的创作实践，尚予以些许肯定，而对其独辟蹊径的诗歌创作与理论，则贬斥不遗余力。明确得到他无条件褒扬的宋代诗人，只有陆游。个中原因十分明显而单纯，即陆诗能将"忠君爱国血诚，和盘托出"，完全符合政教原则，可谓诗歌表述忠孝节义的样板。由此，诸如"昔者亡秦是三户"、"为君王取旧山河"之类趋于散文化、议论化，带有宋调色彩的诗句，当然就是可以忽略的小瑕疵了。

应该说，刘然持有的政教诗学观与尊崇汉唐这两种立场，为古代诗论家所普遍持有，似乎显得无足称道，但如果将其放到明末清初诗学潮流中去审视的话，情况就会大不相同。

先说前者。明清之际，诗学思潮的一大动向就是传统政教精神的复兴②。置身于那个动荡的时代，颇有士人主张经世致用、尊经复古。由此，中晚明流行的注目于艺术形式、重视情感与文采抒写、强调适己与自娱功能的观念，乃趋于退潮；大批士人转而崇尚政教诗学观，推尊温柔敦厚、典雅中正的诗风，并要求诗歌创作积极关注社会，反映现实。如钱谦益"诗本以正纲常、扶世运"③，贺贻孙"诗人佳处多是忠孝至性之语"④ 等说法，在当时可谓比比皆是。随着清王朝统治秩序的逐步确立与巩固，政教诗学主张更是因其讲求温柔敦厚、忠孝节义，有益风化，符合统治者的利益与需求，而大畅其风。《诗乘发凡》的相关款项正是这股潮流的写照。

后者则与清初兴起的宗宋诗风与唐宋之争密切相关。出于对明前后七子及其后学一味模拟唐诗而落入窠臼的反动，加之钱谦益等诗坛领袖的大力提倡，宗宋主张一时风靡清初。不过，宗唐观念并未因为宋诗热的形成

　① （清）刘然辑，朱豫增辑：《国朝诗乘》发凡第四十九款，同前，第27页。

　② 关于这一点，张健著《清代诗学研究》第一章《明清之际：儒家诗学政教精神的复兴》有较深刻论述，可参看，北京大学出版社1999年11月第1版。

　③ （清）钱谦益撰，钱曾笺注，钱仲联标校：《钱牧斋全集·牧斋有学集》卷十九《十峰诗序》，第5册第831页。

　④ （清）贺贻孙撰：《诗筏》，郭绍虞编选、富寿荪校点《清诗话续编》上册，第195—196页。

而式微。事实上，当时很多士人依旧恪守宗唐立场，对宋诗抱有不同程度的排斥心理。如邓汉仪云："近观吴越之间……或又矫之以长庆，以剑南，以眉山，甚者起而嘘竟陵已燼之焰，矫枉失正，无乃偏乎？夫《三百》为诗之祖，而汉魏、四唐人之诗昭昭具在；取裁于古而纬以己之性情，何患其不卓越，而沾沾是趋逐为？"① 认为作诗仍应以《诗经》与汉魏、唐诗为学习典范，再纬以己之性情，这样就足以矫正前后七子仅在形貌上效法汉唐的偏颇；至于那些希望依靠宗宋而实现纠偏目标的诗人，只能说是矫枉过正，走向另一种偏颇。倪匡世则提出了更加激烈的尊唐斥宋论调："唐诗为宋诗之祖，如水有源，如木有本。近来忽有尚宋不尚唐之说，良由章句腐儒，不能深入唐人三昧，遂退而法宋，以为容易入门，耸动天下。一魔方兴，众魔遂起，风气乃坏。"② 要之，唐宋之争是清代诗学史的一个显著现象。很多情况下，宗宋诗人往往不废唐诗；而宗唐诗人却每每卑视宋诗，刘然、倪匡世等即为代表。不过随着时间的推移，唐宋兼宗逐渐成为共识。越来越多的诗人开始越出非唐即宋的樊篱，或广泛学习，力求形成自家面目，或绝去依傍，抒写一己之性情。至于宗唐主张，则直到乾嘉时期，仍然为沈德潜、商盘、王豫等所秉持，但其影响较之清初有所下降，同时对宗宋诗人诗作也作了不少让步，出现了诸如"愚未尝贬斥宋诗，而趣向旧在唐诗"③，"兹选专取唐音，间有流入宋格、稍存唐贤风味者，亦不议汰"④ 之类调和性质的话语，而像倪匡世这种斩截的尊唐挑宋言论，已然比较少见。由此，《诗乘发凡》在这场旷日持久的诗学论争、诗潮运动中的位置，也就有了一个大致确认。

　　刘然在诗歌本原价值与诗史整体的把握上，有着鲜明的立场，而当他面对具体问题时，又能以比较融通的态度去处理。譬如他大胆提出："余选不废艳体，尝谓此中虽涉帷箔，差胜俗儒麻麻木木手笔。"⑤ 认为艳体诗若能写出真性情、真面目，肯定优于为文造情的麻麻木木手笔，理应无所顾忌地予以收录。这较之很多避艳体诗唯恐不及的总集编者，胆识要高得多，可谓其性情本位诗学观的集中体现。至于他自述"余此选只就诗

---

① （清）邓汉仪辑：《诗观·初集》凡例第一款，同前，第193页。

② （清）倪匡世辑：《振雅堂汇编诗最》凡例第一款，同前，第221页。

③ （清）沈德潜、翁照、周准辑：《清诗别裁集》凡例第九款，上册卷首第3页。

④ （清）商盘辑，王大治订：《越风》凡例第六款，卷首第2a页。

⑤ （清）刘然辑，朱豫增辑：《国朝诗乘》发凡第四十款，同前，第24页。

论诗，不为古人欺，亦不为今人转"①，又指摘"古人以齐名为重，大谬。丈夫有志千古事，当磊磊落落，独往独来，安能随人脚跟行止？况从前纷纷齐名之说，皆不足据……俗儒一概耳食，毫不敢置优劣于其间，所谓盲牛瞎马，不谙路径，达人视之，止增呕喙耳"②，更是展现出其不盲目崇拜权威、不为流行说法所左右的思想特质。

这种融通的思维方式，使他每每能不为成说束缚，从而提出自己的独到见解。如他批评明代以来流行的唐诗四阶段说，以及褒扬初盛、卑视中晚的观点曰：

> 世论唐诗，以初、盛、中、晚强分优劣。余按《全唐风雅》有云：仪凤、通天，淫哇盛行。神龙、景云，雅音未邕。差快人意，只一玄宗开元耳。天宝、至德之间，烟尘骚动，銮舆为之播迁，安所称盛哉？少陵、昌黎，煌煌大篇，俨然蚁视百代，乃与王、岑、钱、刘、韦、柳、刘、白诸家同崛起于唐之中叶。由此观之，不得高视初盛、卑视中晚可知矣。余选即据此例，断以高祖武德至睿宗先天，计九十五年为初唐；自玄宗开元至宪宗元和，计一百八年为中唐；自穆宗长庆至昭宗天佑，计八十五年为晚唐。③

关于唐诗分期，严羽《沧浪诗话》提出"唐初体"、"盛唐体"、"大历体"、"元和体"、"晚唐体"的名号，可谓唐诗分初、盛、中、晚之始；又称："论诗如论禅。汉、魏、晋与盛唐之诗，则第一义也。大历以还之诗，则小乘禅也，已落第二义矣。晚唐之诗，则声闻、辟支果也。"④ 开了褒扬初盛、卑视中晚的先河。元杨士宏《唐音》乃最先明确将唐诗分为初、盛、中、晚四阶段，并特别推重盛唐。明初高棅《唐诗品汇》进一步以初唐为正始，盛唐为正宗，中唐为接武，晚唐为正变、余响。至此，唐诗四阶段说与褒扬初盛、卑视中晚的观念完全成形，并渐次风靡全国。然而降至晚明，针对此种观念的异议却也开始不断出现。万历初年，

---

① （清）刘然辑，朱豫增辑：《国朝诗乘》发凡第六十二款，同前，第31页。
② （清）刘然辑，朱豫增辑：《国朝诗乘》发凡第四十二款，同前，第24页。
③ （清）刘然辑，朱豫增辑：《国朝诗乘》发凡第五十六款，同前，第29页。
④ （宋）严羽撰：《沧浪诗话·诗辨》，何文焕辑《历代诗话》下册，第686页。

黄克缵、卫一凤在《全唐风雅》中提出初、盛、中、晚各有风雅，不得专以盛唐为尊。① 其后，金人瑞明确说："初唐、盛唐、中唐、晚唐，此等名目，皆是近日一妄先生之所杜撰。其言出入，初无定准。"② 直接否定了初、盛、中、晚四分法。清初以来，类似说法更是屡见不鲜，堪称唐诗研究史上一个引人注目的现象。

由此可见，刘然的唐诗观与黄克缵等大致趋同，是同一股思潮的产物。但刘然的观点较之他人，却还有一大不同之处：他不仅仅反对四分法，反对一味推崇初盛，而是有破有立，提出了一个新的初唐、中唐、晚唐三分法。他所谓"初唐"，与《唐诗品汇》等界定的"初唐"基本吻合；"中唐"则是一般认为的"盛唐"与"中唐"前半段的结合；剩余时段构成"晚唐"。该观点高度重视自杜甫至韩愈的唐诗新变期所取得的辉煌成就，而对开元、天宝诗歌则评估相对不足。这在某种程度上，可谓其局限所在；但从另一方面来看，却也未尝不是一个解读唐诗的独特视角，理应在唐诗研究史上占有一席之地。

又如第三十八款论淡远非诗家极境曰：

俗儒论诗，动以淡远为尚，不知淡远特诗家一种，论全诗决不在此。古今以此名家者，莫如陶靖节、孟襄阳。靖节五古，可谓旷代无两；襄阳只长于五言近体，余作皆少匠心，可见淡远二字最难得。皮袭美论太白云："歌诗之风荡来久矣，吾唐惟李太白言出天地外，思出鬼神表，读之则神驰八极，测之则心怀四溟。"元微之论少陵云："上薄风、骚，下该沈、宋，言夺苏、李，气吞曹、刘，掩颜、谢之孤高，集徐、庾之流丽。"又云："铺陈始终，排比声韵，大或千言，次犹数百，词气迅迈，风调清深，属对律切，脱弃凡近。"凡古人论诗之极致，大抵如此，岂淡远二字可括哉？余尝谓效李、杜不得，不失为才人豪士，效陶、孟不得，将流为浅陋庸腐、空疏无用之学究。何者？李、杜诗必从读书入，而陶、孟则竟可率臆为也。③

① 参见孙琴安著《唐诗选本提要》之"全唐风雅"条，第147—148页。
② （清）金人瑞撰：《圣叹尺牍·答敦厚法师》，转引自陈伯海主编《唐诗汇评》，浙江教育出版社1996年5月第1版，下册第3172页。
③ （清）刘然辑，朱豫增辑：《国朝诗乘》发凡第三十八款，同前，第23页。

诗歌风格丰富多样，若以持平的眼光看，则诸多风格皆有其特色与存在的合理性，很难说有高下之分。然而，诗歌作为思想情感的产物，人们对待它时，往往无法避免主观喜好的影响，遂有"以淡远为尚"之类观念的产生。即如司空图《诗品》，其中的"冲淡"一品便堪称全书主调。其后，严羽《沧浪诗话》同样更青睐淡远诗风。与刘然同时的王士禛，更是在前人基础上，构建了一个系统的神韵诗理论，他自陈："表圣论诗有二十四品，予最喜'不着一字，尽得风流'八字"①，并认为其中的"冲淡"、"自然"、"清奇"乃"品之最上"②。翁方纲评论说："先生于唐贤独推右丞、少伯以下诸家得三昧之旨。盖专以冲和淡远为主，不欲以雄鸷奥博为宗……而其沈思独往者，则独在冲和淡远一派。"③ 可谓切中肯綮。

对于这种源远流长、影响深广的崇尚淡远的观点，刘然不以为然。他首先揭示其理论缺陷，认为"淡远特诗家一种"，若一味以淡远为尚，必定导致以偏概全。再就创作实践而论，淡远同样称不上诗家极致。一则即便其代表诗人孟浩然，也"只长于五言近体，余作皆少匠心"；再者，此种取向还可能助长枵腹不学的习气，从而形成"浅陋庸腐、空疏无用"的末流。在他看来，更高的诗境应是那种气象万千、刚健雄浑的风格，其典型代表即李白、杜甫。从浅层的模仿创作看，学李、杜"必从读书入"，起码能保证诗歌的学养根基，较之学陶、孟的流于率臆，尚可高出一筹；从深层的审美理想看，动荡的壮美与宁静的优美实为古典诗歌的两大主导诗风，前者的地位绝不在后者之下。

应该说，刘然的这一论断在很大程度上是合理的。尤其考虑到当时诗坛领袖王士禛标举的神韵说也正处于发展过程中，则刘然宗尚李、杜，推尊风力与丹彩兼具的雄放朗健诗风的主张，至少客观上形成了和神韵说针锋相对的效果。关于王士禛宗尚淡远的倾向，同时代人宋荦说："近日王阮亭《十种唐诗选》与《唐贤三昧集》，原本司空表圣、严沧浪绪论，所谓'言有尽而意无穷'、'妙在酸咸之外'者。以此力挽尊宋祧唐之习，良于风雅有裨。至于杜之海涵地负、韩之鳌掷鲸呿，尚有所未逮。"④ 含

① （清）王士禛撰，袁世硕主编：《王士禛全集·香祖笔记》卷八，第6册第4628页。

② （清）王士禛撰，袁世硕主编：《王士禛全集·蚕尾文集》卷一《禹津草堂诗集序》，第3册第1799页。

③ （清）翁方纲撰：《七言诗三昧举隅》，丁福保辑《清诗话》，第291页。

④ （清）宋荦撰：《漫堂说诗》，丁福保辑《清诗话》，第417页。

蓄地指出了此种诗学宗尚的不足。至雍正、乾隆年间，沈德潜更是明确提出要依杜甫"鲸鱼碧海"与韩愈"巨刃摩天"之审美旨趣，重新编一部唐诗选本，以纠正王士禛《唐贤三昧集》宗尚王、孟淡远诗风的偏差。①比较而言，刘然在诗学宗尚方面与沈德潜颇有共同语言，某种意义上堪称沈德潜的先声。可以说，在宗王、孟还是宗李、杜的问题上，在神韵说与格调说的代兴过程中，刘然扮演了一个不容忽视的角色。

综上所述，《诗乘发凡》体现出刘然在诗歌本原价值方面，既遵从传统诗教，又强调真性情，而在对待具体问题时，则胆识过人、确有己见的特点。他在宗宋诗潮席卷全国的情形前，坚持尊唐祧宋；在唐诗四分法与推尊初盛广为接受的环境中，平视四唐，并尝试新的唐诗三分法；在崇尚淡远的神韵说不断发展的趋势下，力主雄浑阔大、阳刚朗健之美，等等，为我们更好地认知清代诗学思想的不同侧面与演变轨迹，提供了不少颇有价值的信息。

总之，《诗乘发凡》是篇特殊的选本凡例。它打破了选本凡例的一般模式，以约六十款的较大篇幅论及诗歌本质、诗史源流、诗体特征、创作方式等诸多诗学话题，具备了诗话之实。而作为一部诗话，它同样颇具独到之处，一则它拥有古代文学批评著作不多见的系统框架，二则其内容、观点大抵言之有物，颇多真知灼见，且不乏创见。综合这两方面来看，可以说《诗乘发凡》是一篇有特色、有价值的诗学著作，值得引起研究者的注意。

## 三 清诗总集所见诗学观念

### ——以《湖海诗传》为中心

这一部分以王昶辑《湖海诗传》为例，探讨清诗总集编者选人收诗时所体现出的诗学观念。是为从间接途径考察清诗总集之诗学思想的个案。

（一）问题的提出

王昶（1724—1806），字德甫，号述庵，又号兰泉，江苏青浦人，官至刑部右侍郎。他早年从沈德潜学诗，与王鸣盛、赵文哲、吴泰来、钱大

---

① 具体可见沈德潜撰《说诗晬语》卷下第八十三条、沈德潜辑《唐诗别裁集》重订自序等。

昕、曹仁虎、黄文莲等沈门弟子并称"吴中七子",沈德潜也曾编选其诗为《七子诗选》,并为之揄扬。因为这层关系,人们往往视其为沈德潜传人,是格调派的又一位重要代表。如洪亮吉云:"沈尚书德潜为王侍郎诗派所自出。"① 今人严迪昌则认为王昶乃"归愚老人宗统一脉继传者"②,由沈德潜到王昶,构成了清中叶格调派"诗学体系交替行进的宗师"③。对于这种看法,王昶本人也予以承认:"沈文悫门下承其指授者,以盛青嵝、周迂村、顾禄百、陈经邦为最,其后则王凤喈、钱晓征、曹来殷、褚左莪、赵损之、张策时及予。后有考诗学源流,为接武羽翼之说者,不可不知。"④ 明确把自己定位于以沈德潜为首的格调派之接武与羽翼。

《湖海诗传》是王昶晚年编就的一部清诗总集,嘉庆八年(1803)刻,诗人小传下多附载王昶撰写的"蒲褐山房诗话"。关于此集的收诗取向,当时人即有评论,如洪亮吉《北江诗话》曰:"侍郎诗派出于长洲沈宗伯德潜,故所选诗一以声调格律为主,其病在于以己律人,而不能各随人之所长以为去取。"⑤ 认为王昶编纂此书时恪守沈德潜诗学主张。晚清人李慈铭也评论此书"拘守归愚师法"⑥。民国年间纂修的《续修四库全书总目提要》乃进一步提出:"昶承德潜衣钵,畅衍宗风,故是书全以声调格律为主,所取者皆唐音。"⑦ 将王昶秉承师教的说法,明确同宗唐画上等号,这自是由于沈德潜诗学观倾向于宗唐的缘故。今人刘世南《清诗流派史》论及格调派与浙派的唐宋门户之争时指出,沈德潜的"后继者更用《湖海诗传》来为格调说进行创作示范,强人从己,千篇一律,散发出官方文学观点的气味"⑧。王学泰《中国古典诗歌要籍丛谈》同样说:"王氏又是沈德潜门生,录其衣钵尊崇唐音,以格调派眼光为去取标

① (清)洪亮吉撰,刘德权点校:《洪亮吉集·更生斋诗续集》卷一《赵兵备见示题湖海诗传六截句奉酬一首》,中华书局 2001 年 10 月第 1 版,第 4 册 1518 页。

② 严迪昌著:《清诗史》,浙江古籍出版社 2002 年 12 月第 1 版,下册第 695 页。

③ 同上书,下册第 665 页。

④ (清)王昶辑:《湖海诗传》卷十一,《续修四库全书》第 1625 册,第 638 页。

⑤ (清)洪亮吉撰,陈迩冬点校:《北江诗话》卷一,第 8 页。

⑥ (清)李慈铭撰,由云龙辑:《越缦堂读书记》,中册第 623 页。

⑦ 中国科学院图书馆整理:《续修四库全书总目提要(稿本)》,第 4 册第 506 页。

⑧ 刘世南著:《清诗流派史》,人民文学出版社 2004 年 3 月第 1 版,第 293 页。

准，以己律人。"① 上述诸说均认为《湖海诗传》继承了沈德潜的诗学主张，而在20世纪以来的若干学者那里，更是进一步发展出《湖海诗传》选诗宗尚唐音的说法。这在很大程度上，已经成为一种流行观点。

然而，晚清人谭献对此却有不同看法。他认为："兰泉宦成，诗学日退，皮傅韩、苏，已非复吴下七子面目……（《湖海诗传》）外似绍述《别裁》，实已与师说背驰。"② 若依谭说，则王昶编选《湖海诗传》时并未因循师教，而是"皮傅韩、苏"，带有宗宋色彩，较之沈德潜的宗唐诗学观实际上已是大相径庭。

以上二说显然存在矛盾，那么，真实情况究竟如何？问题的焦点便在于：王昶诗学观倾向于唐音，还是宋调，抑或唐宋兼宗。

（二）《湖海诗传》的宋调成分

一般认为，沈德潜诗学主张倾向于唐音，尤以盛唐为宗。他自述："德潜于束发后，即喜钞唐人诗集，时竞尚宋、元，适相笑也。"③ 又认为"唐诗蕴蓄，宋诗发露；蕴蓄则韵流言外，发露则意尽言中。愚未尝贬斥宋诗，而趣向旧在唐诗"④，并批评"宋、元流于卑靡"⑤，"宋诗近腐，元诗近纤"⑥。基于此种观念，他编选的别裁集系列并无宋元部分，并且《国朝诗别裁集》"所选风调音节，俱近唐贤，从所尚也"⑦。关于这一点，当时人即有明确认识，如郑方坤《国朝名家诗钞小传》云："是时江南盛诗社，又宗尚苏、陆之学，硬语粗词，荆榛塞路。归愚独斤斤然古体必宗汉魏，近体必宗盛唐，元和以下视为别派。"⑧

综观《湖海诗传》，却不尽如此，而是带有相当可观的宋调成分。

① 王学泰著：《中国古典诗歌要籍丛谈》，天津古籍出版社2004年7月第1版，上册第165页。

② （清）谭献撰，范旭仑、牟晓朋整理：《复堂日记》卷五，河北教育出版社2001年1月第1版，第121页。

③ （清）沈德潜辑：《唐诗别裁集》自序，上海古籍出版社1979年1月第1版，上册卷首第1页。

④ （清）沈德潜、翁照、周准辑：《清诗别裁集》凡例第九款，上册卷首第3页。

⑤ （清）沈德潜辑：《唐诗别裁集》凡例第一款，上册卷首第1页。

⑥ （清）沈德潜、周准辑：《明诗别裁集》沈德潜序，卷首第1页。

⑦ （清）沈德潜、翁照、周准辑：《清诗别裁集》凡例第九款，上册卷首第3页。

⑧ （清）郑方坤撰：《国朝名家诗钞小传》卷三，程千帆、杨扬整理、杨扬辑校《三百年来诗坛人物评点小传汇录》，中州古籍出版社1986年6月第1版，第262页。

　　第一，收入大量宗宋诗人。最显著的是清代宋诗派之典型——浙派①、秀水派诗人，包括厉鹗、杭世骏、符曾、金农、翟灏、吴锡麒、周大枢、查歧昌、徐以坤、金德瑛、钱载、王又曾、诸锦、祝维诰、汪孟鋗、汪如洋、祝喆、朱炎等。除丁敬、奚冈、符之恒、汪沆、万光泰等人外，两派最主要的代表作家大都入选。至于其他带有宗宋倾向的诗人，主要还有翁方纲、黎简、江昱、黄之纪、施朝幹、张埙、殷如梅、王炘等。

　　对于这些诗人，王昶也明确指出他们的宗宋取向。如评金德瑛"酷嗜涪翁，故论诗以清新刻削、酸寒瘦涩为能"②，诸锦"诗法山谷、后山"③，翁方纲"诗宗江西派，出入山谷、诚斋间"④，王又曾"作诗专仿宋人"⑤，翟灏"诗以清峭刻琢见长，盖与杭堇浦、金江声、厉樊榭辈为南屏诗社，故风格似之"⑥，黄之纪"诗与宋范、陆为近"⑦，祝喆"诗学山谷老人，疏瘦苦涩，不肯堕寻常径术"⑧，施朝幹"生涩刻峭得之孟东野、梅圣俞为多"⑨，张埙"才情横厉，硬语独盘，后乃学于山谷、后山"⑩，朱炎"置之宋元人集中，亦为佳作"⑪，王炘"学宋人诗，故吴编修云谓其如秋山木落，刻露巉削"⑫，等等。

　　第二，对宗宋诗人持肯定与受容态度。兹以厉鹗为例。厉鹗是浙派诗的最主要代表之一，"是中期'浙派'的灵魂"⑬，在清诗史上占有显著位置。对于这样一位成就突出的诗人，王昶颇为重视。他将厉鹗安排在第二卷第一位，收其诗达三十七首；并认为厉诗"幽新隽妙，刻琢研炼。五言尤胜，大抵取法陶、谢及王、孟、韦、柳，而别有自得之趣。莹然而

---

　　① 本书所谓浙派，指狭义浙派，即清中叶以厉鹗为领袖，杭世骏、金农等为羽翼，主要由浙人组成的地方诗歌流派。
　　② （清）王昶辑：《湖海诗传》卷五，《续修四库全书》第 1625 册，第 578 页。
　　③ 同上书，第 580 页。
　　④ （清）王昶辑：《湖海诗传》卷十五，同前，第 685 页。
　　⑤ （清）王昶辑：《湖海诗传》卷十六，《续修四库全书》第 1626 册，第 11 页。
　　⑥ （清）王昶辑：《湖海诗传》卷十七，同前，第 18 页。
　　⑦ （清）王昶辑：《湖海诗传》卷十九，同前，第 47 页。
　　⑧ （清）王昶辑：《湖海诗传》卷二十三，同前，第 100 页。
　　⑨ （清）王昶辑：《湖海诗传》卷二十九，同前，第 175 页。
　　⑩ 同上书，第 177 页。
　　⑪ （清）王昶辑：《湖海诗传》卷三十一，同前，第 196 页。
　　⑫ （清）王昶辑：《湖海诗传》卷四十二，同前，第 386 页。
　　⑬ 严迪昌著：《清诗史》，下册第 877 页。

清，窅然而邃，撷宋诗之精诣而去其疏芜"①，评价相当之高。综计全书，除厉鹗外，收诗在三十首以上者有十七人，分别为沈德潜的七十九首，赵文哲的七十八首，吴泰来的七十七首，梦麟的五十三首，商盘的四十六首，杭世骏、钱大昕、曹仁虎的三十七首，秦瀛的三十六首，杨芳灿的三十五首，程晋芳的三十三首，严长明的三十二首，黄景仁的三十一首，王又曾、严遂成、王鸣盛、蒋征蔚的三十首。其中，沈德潜、梦麟是王昶的师长，赵文哲、吴泰来、钱大昕、曹仁虎、王鸣盛是其同门，商盘则是其挚友。他大量选入师友诗作，自是带有一定的交游声气与主观情感因素，正如洪亮吉所云："沈尚书德潜为王侍郎诗派所自出，赵兵部文哲又其患难友也，故所选独多。"② 但即便如此，《湖海诗传》选收厉鹗及另外几位宗宋诗人杭世骏、王又曾诗作之多，仍然颇为引人注目。而如果与《国朝诗别裁集》作一番比较的话，就更能加深这种印象。

狭义浙派、秀水派代表诗人，《国朝诗别裁集》辑录甚少。除卷二十四收厉鹗诗八首外，其他几乎未见入选。这既是《国朝诗别裁集》只收已故诗人的缘故，同时也在一定程度上和沈德潜反感于浙派的宗宋习尚有关。沈德潜认为："今浙西谈艺家，专以叮恒挦扯为樊榭流派"③；袁枚《答沈大宗伯论诗书》一文也提到沈氏曾"诮浙诗，谓沿宋习、败唐风者，自樊榭厉阶"④，可见其对浙派诗的不满态度是颇为明确的。从他仅选厉鹗诗八首，甚至少于很多小诗人如方还（十一首）、释元璟（十首）、王慧（九首）等的情况来看，他对厉鹗的评价显然不高。

更有意味的差异体现于座次安排。《国朝诗别裁集》将厉鹗安排在第二十四卷第十二位。该卷共收三十人，选诗最多者为郑世元、许廷鑅，皆十四首，最少为华希闵、储大文、蒋恭棐，仅一首。就收诗数量而言，该卷可谓沈德潜心目中的中小诗人之集合。但即便如此，厉鹗的八首仍然只能屈居第五位。这种编排方式使厉鹗湮没在非著名诗人的行列中，成为《国朝诗别裁集》的一个不起眼的小配件。由此，沈德潜对厉鹗的轻视态度，已是昭然若揭。

---

① （清）王昶辑：《湖海诗传》卷二，《续修四库全书》第 1625 册，第 543 页。
② （清）洪亮吉撰，刘德权点校：《洪亮吉集·更生斋诗续集》卷一《赵兵备见示题湖海诗传六截句奉酬一首》，第 4 册第 1518 页。
③ （清）沈德潜、翁照、周准辑：《清诗别裁集》卷二十四，下册第 969 页。
④ （清）袁枚撰，王英志主编：《袁枚全集·小仓山房文集》卷十七，第 2 册第 283 页。

　　《湖海诗传》则与之有较大差别。它将厉鹗安排在第二卷第一位，使之占有一个相当惹眼的位置。至于该卷其他十位作者，收诗最多也不过是沈起元、尹继善的十一首。可见王昶隐然将厉鹗作为该卷的核心来对待。由于《湖海诗传》和《国朝诗别裁集》一样，以科第先后为作者排序的首要标准，仅为康熙五十九年（1720）举人的厉鹗，座次自然要低于第一卷中的康熙五十一年（1712）进士程梦星、五十二年（1713）进士张梁、五十三年（1714）进士查为仁。不过，居第一卷第四位，也是最后一位的许廷鑅，却与厉鹗同年中举。此人亦见《国朝诗别裁集》第二十四卷，列第十五位，后于厉鹗三位；收诗却有十四首，居该卷之冠，处于全书中等偏下的水平。客观地讲，许廷鑅在清诗史上的成就与地位并不高，即便在当时，诗名亦远不如厉鹗。沈德潜之所以对他青眼有加，应是由于此人曾为沈氏门生，作诗恪守师教，"严于唐宋之限，五律近李翰林，七绝近杜樊川"①，属于宗唐阵营，因而甚合沈氏脾胃的缘故。但在王昶这里，许诗仅收十首，较之《国朝诗别裁集》有所下降，而选录厉诗却激增至三十七首，评价的天平完全颠倒；并且二人的次序也作了调换，许氏归入第一卷末尾，居于附庸位置，厉氏则名列第二卷之首，以区区一介举人、寒士的身份引领钱陈群、卢见曾等众多位高名重的进士、大僚。由此，王昶推尊厉鹗的立场不言自明。

　　第三，所收诗作的宋调成分相当广泛。最显著的是明确标榜模仿宋诗体式者，如阮元《游古永嘉石门观瀑，用欧、苏禁体》、翟灏《禁体咏雪，用东坡聚星堂韵》与《晓起雪止，再用前韵》、王又曾《上元县斋上元夜雪，同用东坡聚星堂诗韵，并效其体》、汪如洋《夏虫篇，戏仿山谷演雅体》、黄文莲《寄怀王德甫，效山谷体》等。上述诸人中，翟灏、王又曾、汪如洋诗本就以宗宋为特色，阮元则唐宋兼宗，他们模仿欧阳修、苏轼、黄庭坚的诗体自不足怪，需要引起注意的是黄文莲。前面提到，此人曾与王昶等沈德潜弟子并称"吴中七子"，可以视为格调派成员。但就是这位沈门弟子，却开始模仿典型宋诗之代表黄庭坚的诗体，而不理会老师"西江派黄鲁直太生，陈无己太直，皆学杜而未哜其胾者"②的教诲。更值得一提的是，这首诗写他和王昶日常交往的场合，可见学宋对于黄

① （清）沈德潜、翁照、周准辑：《清诗别裁集》卷二十四，下册第976页。
② （清）沈德潜撰：《说诗晬语》卷下，丁福保辑《清诗话》，第545页。

文莲来说，就是其诗学趣味的自然流露。反过来看，王昶坦然将这首同门赠予的山谷体诗收入《湖海诗传》，也从一个侧面折射出他对宋诗的受容态度。

除黄文莲外，"吴中七子"其他几位成员的诗或多或少也带有宋调元素。关于这一点，王昶本人就明确指出过。他评论王鸣盛"诗兼综三唐，初为沈文悫公入室弟子，既而旁涉宋人"①；曹仁虎"诗初宗四杰，七言长篇风华缛丽，壮而浸淫于杜、韩、苏、陆"②。可见他们经过早期的学唐阶段后，中年乃纷纷兼学宋诗。这种情形在《湖海诗传》中也有所体现，诸如吴泰来《题山夫兄所撰金石存卷尾》、王鸣盛《石鼓歌》、钱大昕《王汇英家藏古钱歌》等，均属以文字、才学、议论为诗的宋调作品。另外，该书又收有曹仁虎《消寒第三集遇雪，用东坡聚星堂雪诗韵》、赵文哲《己丑元日同德甫至螺峰圆通寺礼佛，用东坡同游罗浮道院及栖禅精舍诗韵》、吴泰来《蒲褐山房图题句》、钱大昕《寄述庵，用东坡除夕倡和韵》等，共十八首次苏轼诗韵之作，从中我们不难体察到这个群体对于苏轼诗的特别爱好。

实际上，明确次韵宋诗之作品在《湖海诗传》中不在少数。全书以次苏轼诗韵者最多，凡三十八首，涉及阿桂、窦光鼐等十八位作者；次欧阳修、黄庭坚诗韵者各两首，涉及查歧昌、吴嵩梁、程梦星凡三位作者。而明确次韵唐人诗作者则有二十一首，此外又有朱休度《春日归舟集唐》、何王模《秋感》等七首拟唐人诗体与集唐人诗句者。综合拟作、次韵、集句三类作品来看，王昶对于宋诗的认可是显而易见的。

至于集中体现宋诗以文字、才学、议论为诗之特色者，更是所在多有。最突出的是所谓"学问诗"，作者往往以古玩、字画、碑拓、典籍等为吟咏对象，并把大量掌故塞入诗中，时不时也发表个人见解，可谓学人之诗的典型，相当一部分甚至堪称有韵之文乃至有韵之论文。如诸锦《论画，赠吴叟威中》：

> 绘事有几辈，此道嗟沉沦。昔闻广川语，游艺兼依仁。隐或在岩穴，显或在搢绅。大约非俗工，流传尽文人。匪直妙形似，亦以写性

① （清）王昶辑：《湖海诗传》卷十六，《续修四库全书》第1626册，第1页。
② （清）王昶辑：《湖海诗传》卷二十五，同前，第111页。

真。精神到寂寞，乃始下笔亲。青崖双鬓皤，结茅秋水滨。解组归去来，免踏京华尘。云山米漫士，评断张爱宾。偶焉骋墨戏，着手都成春。有时双管下，有时五指虯。折枝含露晕，纤羽帖花茵。画意亦画似，师古不师新。翻嫌徽庙时，苑匠少轶伦。古来负绝艺，坎壈缠其身。空使倚市门，揶揄老斫轮。良工每手缩，识者徒眉颦。不见曹将军，头白伤贱贫。①

该诗以"论画"为题可谓恰如其分，且不甚符合沈德潜"议论须带情韵以行"②的主张。综计全书，此类诗歌当在百首以上。其作者身份则颇为复杂，包括浙派、秀水派、格调派、肌理派等清中叶主要诗派的成员，均涉足过此类诗歌的创作。个别如翁方纲等，甚至专以学问、考据入诗为主要创作特色，《湖海诗传》所收翁诗如《九曜石歌》、《汉石经残字歌》、《汉建昭雁足灯欱拓本，为述庵先生赋》等，即为显例。其中尤为引人注目的一个群体，当属执乾嘉文化界牛耳的朴学阵营中人，如王鸣盛、钱大昕、毕沅、程晋芳、邵晋涵、赵怀玉、孙星衍、阮元、桂馥等。实际上，王昶本人正是当时的一位著名朴学家，编撰过《金石萃编》、《通鉴辑览》、《西湖志》、《塾南书库目录》等众多学术著作。他对"学问诗"情有独钟，与当时盛行的朴学风气及其本人的学者身份是分不开的。

"学问诗"而外，其他带有以文为诗、以议论为诗之色彩的诗作也是《湖海诗传》的大宗。长篇如严遂成《易门水城，为黄眷斋明府题》：

平川浩如海，中央浮佛髻。高八九仞余，围以三里计。城削趾为墙，雉堞齐阶砌。上无多屋宇，下山愈水递。仰维大龙泉，长流易灌溉。苗民数构患，长围规便利。土断徙其流，喝者坐待毙。经始明王公，重关峙大砺。引脉使暗通，滥觞穷灢沸。岁久山颓圮，修筑君善继。居安思预防，内捍释外惧。昔闻汉将营，扬水敢退避。宋臣凿清涧，深观井养义。一水之有无，攻守所关系。用敢勒此铭，报公祠

---

① （清）王昶辑：《湖海诗传》卷五，《续修四库全书》第 1625 册，第 580 页。
② （清）沈德潜撰：《说诗晬语》卷下，同前，第 553 页。

永憇。①

全诗读来屈曲涩硬，尤其"高八九仞余，围以三里计"，"上无多屋宇"，"一水之有无，攻守所关系"，"用敢勒此铭"等句，更与散文无异。短制如谭尚忠《题徐树阁问僧图》：

> 有何不了更求僧，聋哑兼盲那解应。听取两松常说法，居然北秀对南能。②

"更"、"那"、"居然"等虚词、系连词的引入，令全篇意脉流利而不失跌宕，而将松树比作神秀、惠能这两位禅宗名僧，亦显得奇异生新。全篇颇有苏轼七绝之风致。

综上可见，《湖海诗传》所收宗宋诗人与宋调诗作为数甚多，同时还能给予这些诗人诗作以相当程度的赞许与肯定。这较之沈德潜的宗唐诗学观，尤其是《国朝诗别裁集》，差别相当明显。因此，谭献"皮傅韩、苏"的说法，是有道理的。

（三）王昶诗学观与格调派诗说之嬗变

既然《湖海诗传》"皮傅韩、苏"是事实，那么，我们能否得出王昶诗学观"已与师说背驰"的结论呢？

应该说，就《湖海诗传》大量存在的宋调成分而论，王昶诗学观确实和沈德潜有一定的差别；但从整体来看，他还称不上背弃了沈德潜的宗唐主张。这是因为，一方面，他非常尊崇沈德潜，认为"先生独综今古，无藉而成，本源汉魏，效法盛唐……所选《别裁》诸集，汇千古之风骚，贱一时之坛坫"③，表彰师说不遗余力；又称"或又有反唇而讥者，真少陵所谓汝曹，昌黎所谓群儿尔"④，维护老师地位与尊严的立场毋庸置疑。又《湖海诗传》卷八选录沈诗多达七十九首，冠绝全书，和卷二十六所收赵文哲一起，成为全书仅有的两个以一人而独占一卷的特例，仅此一

---

① （清）王昶辑：《湖海诗传》卷三，《续修四库全书》第1625册，第562页。
② （清）王昶辑：《湖海诗传》卷十四，同前，第674页。
③ （清）王昶辑：《湖海诗传》卷八，《续修四库全书》第1625册，第604页。
④ 同上。

项，就明白无误地显示出他对沈德潜的推尊。

另一方面，宗唐诗人同样占了全书相当大的比重。例如：过春山"诗宗刘眘虚、王龙标及王、孟、韦、柳、钱、郎，澄鲜幽逸，妙悟天然"①，庄宝书"诗取裁大历十子，浅而实深，薄而能厚，置之钱、郎间，了无差别"②，朱璇"得诗法于许子通、沈敬亭二先生，故不作唐以后语"③，吴照"一以唐人为师"④，程际盛"作诗曾问业于归愚宗伯，绰有唐音"⑤，曹秉钧"诗材清隽，在钱、郎、韦、柳间"⑥，朱文藻"诗在刘梦得、张文昌之间"⑦，王槐"大抵出入于贾、孟、皮、陆"⑧，王豫"诗宗刘眘虚、王龙标诸人"⑨，吴引年"大抵前仿襄阳，后仿昌谷"⑩，等等。

综合各方面情况看，王昶诗学观实际上更倾向于唐宋兼宗。他认为："诗之为道，偏至者多，兼工者少。分峃设莅，各据所获以自矜。学陶、韦者，斥盘空硬语、妥帖排奡为粗；学杜、韩者，又指不着一字、尽得风流为弱。入主出奴，二者恒相笑，亦互相绌也。吾五言诗期于抒写性情，清真微妙，而七言长句颇欲拟于大海回澜，纵横变化。世之偏至者或可以无讥也欤。"⑪"盘空硬语、妥帖排奡"之诗风渊源于杜甫，倡导于韩愈，到宋人手中乃发扬光大，从而成为典型宋诗之代表；而"不着一字、尽得风流"，则是对以含蓄蕴藉见长的神韵诗风的描述，自司空图、严羽以来，人们往往视其为典型唐诗之代表。两大阵营各执一词，遂演变为诗学史上的一大公案——唐宋之争。而在王昶看来，二者实各有所长，应兼而有之，不可偏于一端。这正是唐宋兼宗观念的典型表述。

考察王昶之所以形成唐宋兼宗的诗学观，可以从外部的时代潮流因素

① （清）王昶辑：《湖海诗传》卷十二，同前，第 656 页。
② （清）王昶辑：《湖海诗传》卷十九，《续修四库全书》第 1626 册，第 43 页。
③ （清）王昶辑：《湖海诗传》卷三十，同前，第 189 页。
④ （清）王昶辑：《湖海诗传》卷三十五，同前，第 263 页。
⑤ （清）王昶辑：《湖海诗传》卷三十六，同前，第 287 页。
⑥ （清）王昶辑：《湖海诗传》卷三十八，同前，第 321 页。
⑦ 同上书，第 322 页。
⑧ （清）王昶辑：《湖海诗传》卷四十四，同前，第 400 页。
⑨ 同上书，第 401 页。
⑩ 同上书，第 405 页。
⑪ （清）王昶撰：《春融堂集》吴泰来序，《续修四库全书》第 1437 册，第 331 页。

与内在的个人气质因素来探讨。先看外部因素。有明一代，诗坛唐风劲吹，"诗必盛唐"的口号广泛传播，而宋诗的地位则相对低下，唐宋之争尚未凸显。至明末清初，出于对前后七子及其后学一味摹唐而落入窠臼的反动，加之钱谦益等诗坛祭酒的倡导，宗宋主张势头大起，遂与一众依旧恪守宗唐立场的诗人形成针锋相对之势，使唐宋之争成为清代诗学史上的一个显著现象。不过，随着诗学探研的不断深入，那种相对偏至的宗唐或宗宋主张的弊端日渐显露而难以服众。所以自清中叶以降，调和折中、沟通唐宋乃日益为人所接受，越来越多的人开始越出非唐即宋的樊篱，或广泛学习，力求形成自家面目，或绝去依傍，抒写一己之性情。王昶兼宗唐宋诗学观的形成，自是和这股潮流密不可分。关于这一点，今人王英志主编《清代唐宋诗之争流变史》即指出："早年熏染于吴地诗人唐音风尚与受业于沈德潜的经历，奠定了王昶以唐诗为宗的诗学观；而广泛的交游与诗坛融合唐宋的趋势及浓厚的宗黄之风，又促使他有取于宋诗之风，由此形成了王昶以宗唐为本、兼取宋诗的诗学观念。"①

事实上，在这股潮流的影响下，即便是"作为雍乾之际最重要的宗唐诗人与清代推尊盛唐的最后一位诗论大家"②的沈德潜，晚年也认识到："苏子瞻天才奔放，铸古镕今；陆放翁志在复雠，沈雄悲愤；元遗山遭时变故，登临凭吊，声与泪俱。之三家者，皆不可不熟习者也。"③遂于其临近逝世的乾隆三十四年（1769），在门生陈明善的协助下，采择苏轼、陆游、元好问诗，纂为《宋金三家诗选》，以弥补其别裁集系列的不足。今人王顺贵认为这标志着"格调论诗学发展至沈德潜，在对待唐宋诗歌的问题上已发生了明显的转变"④。

不过需要指出的是，沈德潜对宋诗的受容非常有限。关于他编选《宋金三家诗选》的宗旨，其门生顾宗泰阐述道："吾师沈归愚先生所选《古诗源》、《唐诗别裁》、《明诗别裁》诸集久已脍炙，海内士人奉为圭臬，而独宋、金、元诗久未之及。非必如嘉、隆以后言诗家尊唐黜宋，概

---

① 王英志主编：《清代唐宋诗之争流变史》，人民文学出版社2012年3月第1版，第455页。

② 同上书，第251页。

③ （清）沈德潜辑：《宋金三家诗选》陈明善序，齐鲁书社1983年7月第1版，卷首第1b页。

④ 王顺贵：《沈德潜与〈宋金三家诗选〉》，《文学遗产》2006年第6期，第137页。

以宋以后诗为不足存而弃之也。诚以宋以后诗门户不一，求其精神面目可嗣唐音正轨者不二三家，即得二三家矣，篇什浩博，择焉不精，无以存之。"① 至于苏、陆、元诗，同样"各有面目，各具精神，非择之至精，无以存其真。此先生迟之数十年久而论定，庶不与唐岐趋，而存宋以后之诗也"②，意在达到"去华存实，读者知所宗尚"③ 的效果。可见沈德潜乃立足于宗唐本位，挑选两三家"可嗣唐音正轨"之宋金诗人，择取其"不与唐岐趋"的诗作而成此书，其实依旧不脱尊唐祧宋的基调。

　　反观王昶对宋诗的受容，较之沈德潜显然更进一步。这是由于王昶的诗学观较为持平宽容，未似沈德潜那般着意于别裁伪体、针砭诗病的缘故。他自述其诗学取向曰："吾之言诗也，曰学、曰才、曰气、曰声，学以经史为主，才以运之，气以行之，声以宣之，四者兼而剪陋生涩者，庶不敢妄侧于坛坫乎？"④ 提出学、才、气、声四个诗学要素。这四要素其实也是古代很多诗论家共同关心的诗学议题。至于如何阐述四者的关系，如何安排其先后轻重，诗论家们则见仁见智，难以达成共识，统一口径，遂催生出诗学史上一系列的争论。若将重点放在"学"上，学人之诗的地位便凸显了出来，其诗学观便有可能向宋调靠拢；若将重点放在"才"上，才人之诗或诗人之诗就会更受青睐，其诗学趣味也更易与唐音沟通。如沈德潜阐述才、学关系时，便"更重'才'，主张以才运学……在比较'诗人之诗'和'学人之诗'时，更加偏重'诗人之诗'"⑤，这和他的尊唐诗学观可谓消息相通，其间有着一以贯之的逻辑关系。王昶则与乃师颇为不同，并未对诗学各要素强分高下，而是力主兼容，实际上走了一条学人之诗与诗人之诗结合的道路。虽然在王昶同时代人李调元看来，王诗"清华典丽，经史纵横，然学、调其长，而才、气略短"⑥，因而更偏于学人之诗，但其主观上的论诗观念仍以兼综包容为特点。《续修四库全书总目提要》评价王昶诗文"能陶融百家，自成门户"⑦，便揭示出了这种

① （清）沈德潜辑：《宋金三家诗选》顾宗泰序，卷首第 1a 页。
② 同上书，卷首第 2a 页。
③ （清）沈德潜辑：《宋金三家诗选》例言第二款，卷首第 1a 页。
④ （清）王昶撰：《春融堂集》吴泰来序，同前，第 331 页。
⑤ 萧华荣著：《中国诗学思想史》，华东师范大学出版社 1996 年 4 月第 1 版，第 344 页。
⑥ （清）李调元撰，詹杭伦、沈时蓉校正：《雨村诗话校正》，第 209 页。
⑦ 中国科学院图书馆整理：《续修四库全书总目提要（稿本）》，第 4 册第 506 页。

思想。

进一步来说，这种持平兼容思想的形成，除了时代潮流的影响外，还和王昶的个人气质有关。因为一个人的内在气质，乃是他可能接受怎样的思想资源、采取怎样的思维方式的一大决定性因素。具体就王昶而言，诗人身份而外，他更主要还是一个学者，一个乾嘉朴学阵营成员。学者作诗，往往乐于注入学养，曲折思理；学者读诗，也易于以客观的眼光、通达的态度，去看待诗史的源流正变、诗坛的是非公案。反观沈德潜，虽然向以正统、迂腐著称，其实却是个较典型的诗人，只是才情相对平庸而已。他恪守古典审美理想的执着，笃信温柔敦厚诗教的迂气，便是这种诗人气质的表现。诗人品诗，每每立足于艺术本位，把自己的审美理想悬为普世标准，以此来指点江山、臧否人物，这与若干学者相比，有着热烈与冷静、执着与超然的差别。沈德潜与王昶恰好分别代表了诗人与学者这两种气质。王昶既从老师那里秉承了推尊汉魏古风、盛唐元音的古典审美理想，并对其保持了极大的敬意，同时又以一个学者的客观眼光与通变思维，在当时已发生了深刻变化的诗坛乃至社会文化环境中，去评估包括唐宋诗代兴、唐宋之争等诗学现象，于是，平和宽容的论诗态度、强调经史之学对于诗歌创作的重要性等观念的产生，便水到渠成了。缘乎此，宋诗在他眼中的地位也就有了很大的抬升。具体就《湖海诗传》来说，主要表现在以下两方面：

一方面，他承认学习宋诗也能达到很高的造诣。如评梦麟诗："先生乐府力追汉魏；五言古诗取则盛唐，兼宗工部；七言古诗于李、杜、韩、苏无所不效，无所不工"①，又赞赏商盘"才情横厉，出入于元、白、苏、陆诸家，足以雄视一世"②，赵文哲"于唐、宋、元、明、本朝大家名家无所不效，亦无所不工"③。其诗学门径之宽广，可见一斑。这在相当程度上已然越出了沈德潜独尊唐音的樊篱，从而使宋诗获得了与唐诗平等的地位。

另一方面，他正面肯定了以厉鹗等为代表的浙派的诗学成就与诗史地位。由于沈德潜的诗学趣味与厉鹗等浙派中人有明显冲突，因而给浙派诗

① （清）王昶辑：《湖海诗传》卷十，《续修四库全书》第1625册，第625页。

② （清）王昶辑：《湖海诗传》卷四，同前，第568页。

③ （清）王昶辑：《湖海诗传》卷二十六，《续修四库全书》第1626册，第125页。

扣上了"饤饾挦扯"的帽子。王昶却评论厉鹗诗"莹然而清,宥然而邃,撷宋诗之精诣而去其疏芜。时沈文悫公方以汉魏、盛唐倡于吴下,莫能相掩也"①。这段话不仅给予厉诗以高度评价,同时也客观记载了当时浙派声势浩大,格调派"莫能相掩"的诗坛格局。对于一个格调派中人而言,承认沈德潜倡导的汉唐诗风未能盖过以宗宋为主的浙派,本身已属难得;更加可贵的是,他并不因其与浙派中人师承门径有别而内心稍存芥蒂,仍以平正的态度对这些宗宋诗人的诗学成就与诗史地位作了稳妥恰当的评述。正如今人刘诚点评的那样,"他以诗人之眼巡阅和评断不同诗人的个性特色,并以宽容的心情看待其偏诣"②,很多评点"不同于一般的泛泛之论,也不以一种特定的格调绳人。继《国朝诗别裁集》后,这部《湖海诗传》以其对诗人及作品的评述表明了王昶与严立规范的沈德潜的不同"③。

总之,《湖海诗传》所收宗宋诗人与宋调诗作为数甚多,同时还能给予这些诗人诗作以相当程度的赞许与肯定,体现了王昶唐宋兼宗、持平宽容的诗学观。这较之沈德潜偏主一端的宗唐诗学观,已然有了很大不同。它从一个侧面反映出在清中叶趋于融会贯通的诗学潮流与氛围下,以王昶为代表的沈德潜后继者诗学取向的深刻转变,为我们更全面深入地认知格调派提供了新的维度。

## 第二节　清诗总集与诗人集会

我国古代诗人集会、结社活动源远流长。对此,清末人杨高德、朱庭珍概括说:"自金谷联吟、兰亭修禊,已开诗社之端。迨白莲结社,而后以社名矣。唐代以来,此事逾盛,元、白振采于前,皮、陆嗣响于后,宋之西昆、西江、月泉、谷音,元之玉山、鸳湖,前明之闽中十子、吴中四杰、南园五先生、正嘉前后七子,及吾滇之北郭十子、杨门六君,皆极一时之选。"④自西晋石崇等人金谷园集会以来,它历唐、宋、元、明诸朝

① (清)王昶辑:《湖海诗传》卷二,《续修四库全书》第1625册,第543页。
② 刘诚著:《中国诗学史》(清代卷),鹭江出版社2002年9月第1版,第241页。
③ 同上书,第242页。
④ (清)杨高德、朱庭珍辑:《莲湖吟社稿》凡例,光绪十四年(1888)集翠轩刻本,卷首第1a页。

而渐趋兴盛，至明末乃达到一个高峰。单就较典型的文人结社而论，天启、崇祯的短短二十余年间，可以考知者即多达近一百三十家。[①]

入清伊始，文人集会的风气依旧盛行不衰。后来虽经朝廷禁止，但比较纯粹的诗社仍然不断出现。清中叶以后又逐渐恢复，至清末再次达到高峰。有清一代的各种社团，其总数难以统计，而其中最多的就是诗社，或者与诗歌有关。至于和结社紧密相连的诗人集会，则无论在社团内部抑或外部，都更加普遍地存在着，成为一种日常的诗歌活动，可谓清代诗歌史上一个十分显著的现象。

随着诗人集会活动的产生、发展，集中收录集会诗歌的总集也是应运而生。如《金谷诗集》与《兰亭诗集》，便分别收录晋人金谷园集会、兰亭集会期间所作诗歌，堪称此类诗作的最早合集。此后千余年间，又有唐白居易等撰《香山九老会诗》、北宋丁谓辑《西湖莲社集》[②]、宋末元初吴渭辑《月泉吟社》、元末明初顾瑛辑《草堂雅集》、明张瀚辑《武林怡老会诗集》等众多集会诗歌总集先后问世。降至清代，此类总集更是成批涌现。其数量之多，足以构成清诗总集内的一个重要门类，不妨称为"清人集会诗歌总集"。这些总集对于我们认知、研究清人集会活动有着举足轻重的意义，同时其自身也具备颇为复杂的样貌特征。

本节首先对清人集会诗歌总集的样貌特征与研究意义，分别进行总体上的概括论述，至于所涉具体总集，则仍然稍稍集中些；之后着眼于清初、清末这两个诗人集会活动十分活跃，并且还呈现出明显的演变趋势的时期，分别以沈奕琛辑《湖舫诗》、毕羁盦辑《立宪纪念吟社诗选》等为例，在探究其基本活动内容与倾向的同时，进一步管窥清初与清末诗人集会活动变局之一斑。

## 一　清人集会诗歌总集概观

### （一）清人集会诗歌总集的样貌特征

清人集会诗总集数量既多，流品自然趋杂，加之集会活动本身也是五

---

① 参见何宗美著《明末清初文人结社研究》第一章第一节《明代文人结社的分期与发展演变》。

② 此集或已不存。具体可参祝尚书著《宋人总集叙录》附录一《散佚宋人总集考》之"西湖莲社集"条，第518—519页。

花八门，相应地，此类总集作为一个整体，便呈现出高度繁复的面貌，堪称清代诗人集会活动的一个缩影。下面主要从总集编纂时间与形式，所收作品之范围与体裁，以及集会活动本身的内容凡五个方面切入，对其概貌作一初步论列。

就编纂时间来说，此类总集往往在一次或若干次集会活动告一段落后不久，便即问世。例如杨高德、朱庭珍辑《莲湖吟社稿》。此集凡上、下两卷，收清末云南昆明"莲湖吟社"十四位成员所作诗三百二十八首。该社的活动"始于丙戌（光绪十二年，1886）孟夏，迄戊子（光绪十四年，1888）秋，已三年矣。其例，每月择日一会，公宴于集翠轩，风雨无阻……日月既久，积成巨帙"①，遂于光绪十四年（1888）纂成此书。至如汪远孙辑《清尊集》，收录道光四年至十三年（1824—1833）间浙江杭州"东轩吟社"诸成员之作品，道光十九年（1839）付梓，相隔时间也不算长。

然而也有部分总集，乃是相关集会时过境迁之后，由后人搜集整理而成。庄宇逵辑《南华九老会唱和诗谱》即为显例。乾隆十四年（1749）春，江苏常州庄氏家族的九位致仕官员庄清度、庄令翼、庄祖诒、庄垿、庄歖、庄学愈、庄栢承、庄大椿、庄柱"仿香山故事，为'南华九老会'……赋诗唱和"②，一时"和者不下数十人"③。虽然这个"南华九老会"在常州当地名噪一时，但相关诗作却未能及时整理成书。直到乾隆四十八年（1783）前后，才由庄栢承之孙宇逵辑录九老诗十二首，及庄逊学、庄璇等二十一位庄氏族人之和诗各一首④，纂为《南华九老会唱和诗谱》。至于全书的正式付梓，更是已经迟至嘉庆五年（1800）。

就编纂形式而论，典型情况有两种。一是以各类总集普遍采用的以人系诗、按人编排的方式，来整合与会者作品。仍以《莲湖吟社稿》为例。全书挑选该社历次集会之优秀诗作，一一列于诸社员名下，每人名下皆有

---

① （清）杨高德、朱庭珍辑：《莲湖吟社稿》凡例第一款，卷首第1b页。

② （清）庄宇逵辑：《南华九老会唱和诗谱》梁同书序，嘉庆五年（1800）刻本，卷首第1a页。

③ （清）庄宇逵辑：《南华九老会唱和诗谱·和诗》自按语，第12b页。

④ 此为全书正文部分所录和诗。另外，编者又于庄学愈小传内载其女孙庄玉珍和诗一首，庄栢承小传内载乾隆三十六年（1771）春栢承道和诗一首，"和诗"部分之按语内载张廸、钱人麟、唐孝本、管心咸之和诗各一首，故全书实际共收二十七人之和诗二十七首。

小传，介绍其简历与参与活动的情况，评点其创作面貌与特征，形式与一般选本并无二致。

应该说，以这种形式编排集会诗总集，眉目是比较清楚的，并且能凸显出诸成员的创作个性。其瑜中之瑕则是，不易见出集会过程的原貌；而在另一些总集那里，这一过程就得到了较明晰的呈现，如陈希恕辑《红梨社诗钞》。此集收录道光十年（1830）江苏吴江"红梨社"诸成员之作品。这一年间，该社共举行十四次集会，或分题，或分韵，或同题共作，写下大量诗词。经社员陈希恕删汰后，直接按照历次集会的时序，会下设题，题下系诗，将全书分为相应的十四部分；至于作者排序，则按年齿为先后。是为第二种情况。

此外，还有少数以丛刻总集之形式呈现者。例如林幼春等辑《栎社第一集》。此集是台湾"栎社"诸成员诗作的合集。该社于光绪二十八年（1902）由林俊堂倡导成立，"自壬寅（光绪二十八年）至辛酉（民国十年，1921），置籍者三十有五人。二十年间，时而大会，时而小集，时而月课，加以倡和自作，历时既久，篇数以繁，多者以千数，少者亦以百数，乘兴而书，虽同人亦未敢自信，惟心血所在，亦不无视同鸡肋者"①，遂于民国十一年（1922）由陈沧玉、林仲衡、陈槐庭、庄伊若分司编辑，林幼春总其职，纂为此集。全书凡含林俊堂《无闷诗草》、赖绍尧《逍遥诗草》等三十二人之诗集，合计收诗六百十七首。

就所收作品的范围而言，主要有小大之分、纯驳之别两种情况。

所谓小大之分，即：此类总集或集中收录单独的一次集会活动，及单独的一个社团所作诗歌；或囊括若干社团的创作。前者如鄂敏辑《西湖修禊诗》。乾隆十一年（1746）闰三月三日，杭州知府鄂敏在西湖畔组织了一次上巳修禊活动，与会者六十一人。这部《西湖修禊诗》便是这次集会所作诗的合集，除与会诸人之诗一百十二首外，又含二十二位未与会者"闻诸公修禊湖上，不克追赴，辄效其体，奉简"② 之诗三十一首。前及《莲湖吟社稿》、《南华九老会唱和诗谱》、《清尊集》、《栎社第一集》、《红梨社诗钞》等，也都是相关单个诗人社团的作品集。后者则可以徐幹

---

① 林幼春等辑：《栎社第一集》傅锡祺序，民国十三年（1924）博文社活版排印本，卷首第1a页。

② （清）鄂敏辑：《西湖修禊诗》，同前，第95页。

辑《京华同人诗课》为例。此集汇选同治、光绪年间留居北京之士子聚会结社所撰试帖诗习作。编者徐幹是福建邵武人，同治六年（1867）进京，曾充任太学教习，其间参加过在京士子所结"青吟社"、"思益社"等团体的活动，"凡课中佳什，辄喜手录之，以备观摩。为日既久，衰然成帙"①。光绪三年（1877），徐幹宦游浙江，乃结束了这段京华同人会课的生涯。光绪五年（1879）春，他"偶检敝篋，尚存都中同人课诗数卷……爰择其佳者，付之枣梨"②，遂成《京华同人诗课》一书，所收大抵"均同人应课之作，结'青吟社'、分'青吟社'诗居多，'思益社'、'咏霓社'、'同咏仙馆'次之，'凌云社'、'藤花馆'、'梦绿山庄'又次之，灯下联课之作亦间附一二"③。全书凡上、下两卷，按诗题编排，上卷含《阴阳为炭》、《蓬蓬远春》等七十五题，下卷含《载酒问奇字》、《一卷陶潜诗》等七十九题，共录俞东生、吴荐农等七十人及失名三十一人所作试帖诗一百七十首。

所谓纯驳之别，则指：此类总集既有像《清尊集》这样，"集中所收诗，皆席上所命题，一切投赠篇章概不羼入"④，基本收录集会期间所作者；同时也不乏混杂其他作品者。如《京华同人诗课》所收冯誉骥，即非清末北京"青吟社"等社团之成员。唯编者认为："冯展云先生誉骥（按，冯誉骥字展云）试帖格精律细，久为士林所宗仰。兹特择其尤雅者，附刻十首，散列于集中。虽非同课之作，藉为后学楷模。"⑤ 故而辑入此人诗作，计有《望云思雪意》、《曲水浮花气》等十首。至如"莲湖吟社"的活动，则是"同人以次为东道主，至则各出一月所作，互相就正，录其佳者，传示同好；有持旧稿商推者，亦拔其尤，附录于后。而于是日公拟二题，分体分韵，各尽所长，另汇一册，存诸社中"⑥，可谓集现场演练与旧稿切磋于一体。由于这种情况的存在，《莲湖吟社稿》的编者采取了这样的编排方式："凡编中同题者，社日会课作也；其不同题

---

① （清）徐幹辑：《京华同人诗课》自序，光绪五年（1879）刻本，卷首第1a页。
② 同上。
③ （清）徐幹辑：《京华同人诗课》凡例第一款，卷首第1a页。
④ （清）汪远孙辑：《清尊集》凡例第九款，卷首第1a页。
⑤ （清）徐幹辑：《京华同人诗课》凡例第七款，卷首第2a页。
⑥ （清）杨高德、朱庭珍辑：《莲湖吟社稿》凡例第一款，卷首第1b页。

者，则平日所作，及从前旧稿，经社友印可，录存者也"①；"每人各为一册，先后以齿为序，其诗先录社作，次及旧稿"②；"其已经刊稿者，既有专集，则独录社中会课之作，凡平日诗，概从割爱；未经刊稿者，兼录旧作，以示区别"③，从而选录了少量社员平日所作诗歌。

当然，诸如《京华同人诗课》、《莲湖吟社稿》之类总集，虽则辑入若干非集会场合所作诗歌，但从整体上看，依旧称得上较正宗的集会诗总集。而在另一些总集那里，杂质则要多得多，如袁昶辑《于湖题襟集》。此集约问世于光绪二十年（1894）之后，编者时官安徽徽宁池太广分巡道道员。全书颇收有一些他在任上与宾朋集会唱酬之作，像袁氏本人《预邀同社诸君春禊》、《登知稼楼宴集》，屠寄《禊集永福庵敬次韵》、《和南庵禊集》，沈祥龙《九日南楼宴坐》，王咏霓《九月十九日招仙蘅、拙存、重黎宴集大观亭》等，便显然属于集会之作。刘传厚《和南庵禊集》更是明确说："偶因上巳开诗社，难得群贤集梵林。"④ 卷首饶轸《叙》亦有类似说法："吾师重黎（按，即袁昶，重黎其字）先生剖竹于湖……与二三宾旧登临宴集……缘兴而作，既唱且和……因付写官，辑而录之，以志一时雅集。"⑤ 可见袁昶及其众宾朋有过集会之举是确切无疑的。

不过，虽然《于湖题襟集》带有显著的集会背景与实在的集会内容，但与集会活动无关的作品却也是连篇累牍。全书大致分四部分。第一部分主要收袁昶与樊增祥、沈祥龙等的唱和诗，另含樊增祥《与重黎书》一文；其中固多集会诗歌，但诸如袁昶《奉和钦使阁学许公（按，即许景澄，时任中国驻俄使臣）海外见寄之作》、《再和》等，便显然只是与友人平日的酬答之作。第二部分含施补华《施均父诗》、梁鼎芬《梁节庵诗》、王咏霓《王六潭诗》、黄遵宪《黄公度诗》凡四人之小集各一卷，大抵属友人投赠诗作之汇编。第三部分题曰《思旧集》，凡一卷，完全着眼于辑录师友投赠之诗。第四部分则收录编者诸师友的策论、书疏、碑记、序跋、尺牍等。

再就所收作品的体裁而言，则既有纯粹的诗集，又不乏兼收其他体裁

---

① （清）杨高德、朱庭珍辑：《莲湖吟社稿》凡例第一款，卷首第 1b 页。

② （清）杨高德、朱庭珍辑：《莲湖吟社稿》凡例第六款，卷首第 2b 页。

③ （清）杨高德、朱庭珍辑：《莲湖吟社稿》凡例第二款，卷首第 2a 页。

④ （清）袁昶辑：《于湖题襟集》，同前，第 13 页。

⑤ （清）袁昶辑：《于湖题襟集》饶轸序，同前，卷首第 1 页。

作品者。其中尤以词居多。如黄仁等辑《吟秋集诗词钞》，即道光二十二年（1842）秋江苏华亭"吟秋社"的诗词合集。书凡上、下两卷，上卷收钱鸿业、丁瀛等三十一人诗二百零三首，又"补编"收陈渊泰、殷慈祜等六人诗二十一首；下卷收黄仁、顾夔等十人词八十六阕，又"补编"收熊昂碧、张鸿卓等四人词七阕。即便部分名义上的"诗钞"、"诗选"，也可能混收词作。如《红梨社诗钞》第五、第六两会即各附词一阕，而第八、第十三两会甚至全部为词。

　　词作而外，又有混收文与曲者。如《清尊集》即在收录诗词之外，又含约十篇序跋、记传、檄文与套曲。至如《于湖题襟集》之第一部分，更是附收了一出署名"云间湛子刚"编撰的单折杂剧《舞雩风》。全剧《楔子》云："自古道，有缘千里来相会，无缘对面不相逢。今日天气晴和，机缘凑泊，永福庵头，预修春禊，流杯亭上，毕集高贤。座无丝竹，何以娱宾？不免仿杨升庵《弹词》，胡乱诹一个新曲儿，以发诸公一笑。倘共浮一大白，亦是三生有幸也。"① 可见是为同人集会助兴而作。

　　具体就清人集会诗歌总集所涉集会活动的内容来看，当然也是花样繁多。像《清尊集》这样，"每题即席外，或咏古，或咏物，或志胜游，与夫书事、纪时、饯别、感逝，题不一例，各随所值；诗不一体，各从所长"②，活动方式较丰富者，固然所在多有。至于活动方式独标一格者，亦不在少数，主要可分作品、作者两方面来看。

　　一方面，所收作品有较集中的创作体制与内容。如唐景崧辑《诗畸》主要收光绪年间台湾"斐亭诗社"与"牡丹诗社"诸同人历次集会所作诗钟；《京华同人诗课》可视为一部试帖诗总集；李增裕等辑《宫闺百咏》则是黄富民、汪体信等六人在乾隆年间所结"百美诗社"的社诗合集，以题咏历代女性人物为宗旨；张炳辑《南屏百咏》系乾隆四十二年（1777）春，朱彭、沈艅等十四人结社于杭州南屏山万峰庵山舫中，"以南屏古迹为题，以七律限韵为例"③ 的产物，同样可以归入题咏类总集的范畴。

---

① （清）袁昶辑：《于湖题襟集》，同前，第45页。
② （清）汪远孙辑：《清尊集》凡例第二款，卷首第1a页。
③ （清）张炳辑：《南屏百咏》自序，台湾新文丰出版公司《丛书集成续编》第116册，第511页。

另一方面，所收作者群体有较特殊的身份。如释今羞辑《冰天社诗》收顺治七年（1650）冬，由释函可、左懋泰等三十三位被流放于今辽宁沈阳、铁岭一带的士人所结"冰天诗社"的八十六首唱和诗，是一部罕见的流人集会诗总集，同时还带有显著的明遗民色彩；《南华九老会唱和诗谱》延续了唐代以来的怡老会社的传统，但编者将收诗范围限定在常州庄氏家族内，则又为其抹上一重宗族类总集的色彩；任兆麟辑《吴中十子诗钞》所谓"吴中十子"，指乾隆年间江苏吴江"清溪吟社"的十位女作家——张允滋、张芬、陆瑛、李嬑、席蕙文、朱宗淑、江珠、尤澹仙、沈持玉、沈缥。

此外，又有诗与人两方面均独树一帜者。如康熙、乾隆二帝分别于康熙六十一年（1722）正月初五、乾隆五十年（1785）正月初六、嘉庆元年（1796）正月初四组织了三次"千叟宴"，将数千名上自王公贵族、下至平民百姓的六十岁以上老人一次性招入皇宫，和皇帝一起宴饮赋诗，席间所作诗均被敕编成书，形成三种《千叟宴诗》。可以说，三次"千叟宴"的举办，三种《千叟宴诗》的结集，无论集会活动的立意、发起、形式、规模与气派，还是参与人群既不拘身份又限于老者的性质，在我国古代都堪称空前绝后；再就这些"千叟诗"本身来说，又以颂美皇帝、朝廷与国家为主要内容宗旨，风格偏于雍容华贵一路。诸般种种，使三部《千叟宴诗》拥有了其他集会诗总集根本不可能具备的鲜明特色，在所有清人集会诗总集乃至清诗总集中都自成一个系列。

（二）清人集会诗歌总集的研究意义

清人集会诗总集为数既多，所含信息量自然也就颇为不菲，可供相关领域的研究者各取所需，有针对性地解决各自瞩目的问题。这里着眼于其中三个较具普遍意义的层面，分别举例说明。

一是提供集会参与者的名单。应该说，根据别集、诗话、史传、方志、笔记等其他文献的记载，我们也能窥见某些集会的人员参与情况之一斑。不过，若就便于研究者入手与名单相对较完整这两点而论，毕竟还是集会诗总集的价值更高。一则我们可以通过其正文部分归纳出相关集会的参与者；再者，部分总集还在卷首单独开列参与者名录，为研究者提供了更大的便利。前及《冰天社诗》卷首"同社名次"，章世丰辑《南湖倡和集》卷首"同人姓氏"，曾元海等辑《击钵吟偶存》卷首"同人姓氏录"，钱溯耆辑《南园赓社诗存》卷首"南园赓社诗人姓氏"等，即属此例。当然需要提及的是，某些名录和正文实际包含的作者间，可能有所出入。如《清尊集》正文部分，便有汪端、汪菊孙、陈瑛、汤芷、吴藻等女诗人不见于卷首"清尊集目"。这是由于编者提出："闺秀工吟，间有拟作及所题图册，其题亦见集中；或诗或词，为择其可存者，依次附录。"① 虽则如是，我们考察"东轩吟社"时，仍然有理由也有必要将这些处于该社外缘的女诗人计入。

部分总集甚至进一步提供了与会者的若干细节信息。最常见的是在名下给出字号、籍贯等。附有较详细小传者亦间或有之，《南华九老会唱和诗谱》与《莲湖吟社稿》即为显例。《清尊集》更是特意在卷首"清尊集目"所列与会者名下，一一给出其出生年月日，为研究者考察这批诗人的生年，提供了最确凿的材料。

至于与集会本身关系最密切的成员参与情况，此类总集同样能提供不少信息。如王庆澜为《存存吟社诗钞》所撰序言说："社中诸友，为蒋安谷坊、王云门履基、陈笠夫璠、万雪门宗洛、程子衡应权、费子敷开荣暨余，都为七人，余如程韵篁开泰、张星槎源，亦间有所作。"② 可见这个"存存吟社"包括蒋坊、王履基、陈璠、万宗洛、程应权、费开荣及王庆澜本人共七位主要社员。其他间或参与的成员，除序文提到的程开泰、张源外，还有黄湘虔、于春江、查奕锟、汪钧、刘士推、方嵩鼎、清安泰凡七人有诗见收于该书。

二是集中提供一批集会作品。和前述参与者名单一样，清人集会诗总集是我们获取集会作品最便捷有效的途径。当然，同样需要指出的是，此类总集采收作品未必完备。因为编者或在纂辑过程中有所删汰，如朱彝尊辑录康熙四十五年至四十七年（1706—1708）浙江平湖陆世耒、陆奎勋等四十八人"洛如雅集"所作诗，纂为《洛如诗钞》时，只从全部二千二百余首中"选存十之三"③；或诗作在流传过程中有所散失，令编者欲求之而不得，如《宫闺百咏》编者李曾裕提及乾隆四十一年（1776），"百美诗社"成员汪体信"以孝廉来试春官。然已抱沉疴，不复能谈韵事。及其卒后，所作大半散佚。予于断简中拾得一二纸，怆然不忍卒读。

---

① （清）汪远孙辑：《清尊集》凡例第八款，卷首第1b页。
② （清）王庆澜等辑：《存存吟社诗钞》王庆澜序，道光三年（1823）刻本，卷首第1b页。
③ （清）朱彝尊辑：《洛如诗钞》自序，同前，第653页。

是编不成，则故人吉光片羽仍归零落耳，因相与续成之。故集中独小泉（按，即汪体信，小泉其字）诗最尠"①。但即便如此，对于我们认知相关集会的基本创作面貌而言，它们仍具有其他文献载体无可比拟的作用。

三是提供集会过程的相关信息。譬如"社约"与"招邀启事"。很多社团集会时都立有"社约"，用以阐述立社宗旨，说明入社条件，规定集会方式等；每次集会前，又往往另发一份"招邀启事"。二者都是相关集会的重要组成部分。唯大量"社约"与"招邀启事"当初并未形成文字，或因故失传，所以后世未必能见到。所幸部分清人集会诗总集在辑录作品的同时，将二者一并收入，乃为我们更全面直观地认知相关集会提供了宝贵资料。如道光六年（1826）冬，江苏宿迁人王相组织"九九诗会"，所订《会约》七款与各色"招邀启事"三篇，即见于王相本人编纂的集会诗总集《白醉题襟集》。单载"社约"或"招邀启事"者亦往往有之。如《洛如诗钞》卷首载陆载昆《约言五则》，《冰天社诗》末附"招诸公入社诗"与"诸公答诗附"，《南湖倡和集》卷首载章世观《致肯堂（按，即王建章，肯堂其号）启》、《致书苍（按，即卢之翰，书苍其号）启》等十篇"招邀启事"。

至于集会的时间与地点这样的关键信息，更是大多数清人集会诗总集都能提供，只是相关信息的数量、完整度、清晰度有所差别而已。即如《红梨社诗钞》，依次排列道光十年（1830）该社十四次聚会所作诗词，每会各有一题，分别为：第一会《庚寅二月十二日，集绿意盦，分赋古方俗》、第二会《三月二十一日，同人游西庵井，议祀卜野水先生主于别室》、第三会《四月十四日立夏节，集西云楼，饯春，以韩诗"升堂坐阶新雨足，芭蕉叶大栀子肥"分韵》、第四会《闰四月八日，集古鲸琴馆，分咏诸家所藏书画》、第五会《五月四日，集无悔靡闷之室，题李辰山先生墓图》、第六会《六月七日，荇藻湖观荷，以白石词"水佩风裳无数句"分韵》、第七会《七月五日，集惜笋盦，分咏蔬果》、第八会《八月二日，集停云楼，茗饮即事》、第九会《八月十五日，集管朗阁，分咏饮中八仙》、第十会《九月十九日，集崇百药斋，赋十医诗》、第十一会《十月八日，集观自得斋，分拟选诗》、第十二会《十月二十八日，集玉海书堂，分咏里中故迹》、第十三会《十一月十二日，集款冬花屋，分赋

---

① （清）李曾裕辑，陈其泰编次：《宫闺百咏》李曾裕原序，卷首第4a页。

寒闺词》、第十四会《十二月初八日，集止宿庵，分赋残年新乐府》。仅
从上述标题，该社全年所有集会的时间与地点，已是清晰可见。

此外，概括集会缘起与经过、活动内容与场景，乃至作品之结集过程
的文字，同样也在很多清人集会诗总集中屡有所见。如《南屏百咏》编
者张炳自述："乾隆丁酉（四十二年，1777）春，适青湖（按，即朱彭，
青湖其字）夫子自北旋里，主讲于沈君笠人（按，即沈骱，笠人其字）
家，从游日众，炳亦请业焉。青湖夫子于论文之暇，兼许游览，而又与心
舟（按，即释禅一，心舟其字）有旧缘，遂偕沈君笠人、胡君三竹（按，
即胡栗，三竹其字）结社于山舫中，一月一至，来者日多……以南屏古
迹为题，以七律限韵为例……年久集成，刊以质世。"① 原原本本地记录
了这个群体的聚合过程、活动内容等。《红梨社诗钞》编者陈希恕也说：
"比岁里中耽诗者不乏，故往往以诗作会。然其日暂，不今年（按，即道
光十年［1830］）若也。今年月一举，或再举其地某家，某家各以所居别
之。人则或十余人，或不及十人，有长有少，有寓客，有偶与者，有数数
与者。卜以昼，卜以夜，无不有也，必有酒食，酒次上下，议论不独诗，
诗之意为多，诗成互相商质缮录。积一年，得诗若干，诗余若干，以齿为
先后，梓之。"② 从中既能了解到孕育"红梨社"的土壤——当地浓厚的
诗学氛围与彼伏此起的诗人集会活动，又可以获知该社具体的人员参与情
况和活动场景，信息量相当丰富。

要之，清代较之前代，有更多诗人集会有作品集编纂传世，它们作为
清诗总集一个独具特色的组成部分，为我们认知清代诗人集会开了方便之
门。它们提供的成员名单，使我们得以考察其范围、规模与人员结构；它
们提供的作品，至少可以反映出相关集会在某个时段内的创作实绩，而参
与者各自的思想面貌与创作特征也会在一定程度上有所流露；它们包含的
活动时间、地点、起因、经过、内容、场景等信息，更是提供了一条掌握
相关集会活动之情况的有效途径，研究者可以据此大致确定它们各自在清
代诗歌史、文学史上的坐标。这对于我们更真切、深入地认识众多个体的
清代诗人集会活动，尤其是那些乏人问津甚至不为人知的集会活动，其间
的意义与价值是显而易见的。

---

① （清）张炳辑：《南屏百咏》自序，同前，第 511 页。
② （清）陈希恕辑：《红梨社诗钞》自序，道光十一年（1831）刻本，卷首第 1a 页。

进一步来说，如果将若干清人集会诗歌总集联系起来看，无疑也能从一个侧面折射出整个清代诗人集会活动的总体风貌与变迁轨迹。下面即分别从《湖舫诗》、《于湖题襟集》等此类总集入手，考察其中所体现出的清初与清末诗人集会活动的变局之一斑。

## 二　清初集会诗歌总集探微
### ——以《湖舫诗》为中心

清初诗人集会顺承明末而来。较之明末以政治性质、经世精神、论争色彩等为突出特征的集会结社活动，清初诗人集会既有因承，又有新变。关于这一点，今人何宗美指出："那些拒不仕清的明遗民则以结社的方式招集同志，以图兴复，或借诗酒唱和，发抒亡国之痛和故国之思，由此，一类带有反清复明倾向的遗民诗社便应运而生，并成为这一时期文人结社的主流，与东南沿海此起彼伏的反清复明斗争互相呼应。此外，仕清的文人亦承晚明结社的遗风，重整吴松社事的旗鼓，一方面满足士人热衷社事的心理，另一方面则为清王朝的科举取士厉兵秣马。"① 但清初遗民集会未能持续长久，一则清廷于顺治九年（1652）、十七年（1660）两次颁布禁社令，严厉打击士人结社，尤其是涉及时事政治的清议结社；再者，"士人内部门户、地域之见，分出派别，不能统一，这种内耗，也使其易于走向衰落"②。由此，政治性质、经世精神、论争色彩乃逐渐从诗人集会中消退，一般意义上的诗酒雅集则日益兴盛，并进而占据了主流。

从宏观上看，上述观点无疑较准确地把握了清代诗人集会的整体特征与走向。不过，实际历史进程中的文学文化现象往往纷繁复杂。其间的主干与支脉、表层与潜流，每每交织混融，互为消长。即就清初诗人集会而论，遗民与仕清的二分法固然有其适用性与有效性，但其人群涵盖面却相对有限。因为不论遗民还是仕清者，都只是清初诗人群体中两个较特殊的组成部分，而大量浮沉于历史浪潮中的普通诗人却在这个二分视角下被忽略了。更何况遗民群体内部绝非整齐划一，其中既有坚韧不拔者，亦有意志消沉者，既有始终不渝者，亦有中途失节者；仕清者的情况也同样复杂。所以，我们仍须对具体问题作具体分析。

---

① 何宗美著：《明末清初文人结社研究》，第 22 页。
② 冯尔康、常建华著：《清人社会生活》，沈阳出版社 2001 年 12 月第 1 版，第 66 页。

要之，为求更深入、全面地认知清初乃至整个清代诗人集会，我们有必要将普通诗人成规模地纳入视野，同时在历史的实际场景中考察遗民与仕清者。本书即立足于此，从清初集会诗总集《湖舫诗》入手，分析其诗人诗作的思想取向与情感内涵，进而管窥清初诗人集会的变迁轨迹之一斑。

（一）集会缘起与时代背景

顺治六年（1649）清明前二日，沈奕琛、李长顺、汪汝谦、吴山、卞玄文、阳岳、王民、释普醇、徐必升、释圆生、沈彝琮、赵升、汪度、姚孙森等在杭州西湖聚会。当时，春雨纷纷，山色空濛，他们乘舟游于湖上，以"雨丝风片，烟波画船"为韵，各赋五律八首，由沈奕琛纂为《湖舫诗》一卷。由于文献的缺失，这十四人的生平今已难详细了解。笔者目前也只翻检到六人的相关信息，兹列举如下：

沈奕琛（1613—?），字石友，贵州普安人，侨居江南高邮。崇祯九年（1636）举人，顺治中任直隶唐山县令，后历任户部广西、广东、福建、天津等司主事、员外、郎中等职。迁卫辉知府，晋河南兴屯副使。因公左迁粤东盐课司提举。后升直隶广平知府，卒于官。

汪汝谦（1577—1655），字然明，号松溪道人，江南歙县人，明季侨居杭州。《国朝杭郡诗辑》卷二称其尝"制画舫于西湖，曰不系园，曰随喜庵，其小者曰团瓢，曰观叶，曰雨丝风片，又建白苏阁，茸湖心、放鹤二亭，及甘园、水仙王庙，四方名流至止，必选伎征歌，连宵达旦，即席分韵"①。据《武林掌故丛编》所收汪汝谦编撰的《西湖韵事》、《不系园集》、《随喜庵集》等书来看，他在西湖边建造画舫、聚会四方人士的活动，明末即已开始。据此推测《湖舫诗》所反映的这次集会，或以汪汝谦为东道主。

吴山，字岩子，江南当涂人，太平县丞卞琳妻。家遭患难，转徙江淮。琳殁无子，依其次女德基居杭州卖画为生。

王民，字式之，江南江宁人。《遗民诗》卷十称其"官中书，家素封，座客常满。甲申后放情音乐，往往寄兴少年场，黄金随手散去。年八十余，值行粟帛养老礼，曰：'我年才七十耳。'坚拒不受，殁于朝天宫

---

① （清）吴颢辑，吴振棫重订：《国朝杭郡诗辑》，第15a页。

道院"①。

　　徐必升，字扶九，贵州贵阳人，崇祯九年（1636）举人。因乡里未靖，随父徐卿伯避居江宁。明亡后不求仕进，自号五溪山樵，以诗酒自放终。

　　姚孙森，字绳先，号珠树，江南桐城人。天启四年（1624）副贡，顺治初以明经署浙江龙泉训导。

　　从上述六人的情况看，这次集会包括仕清者沈奕琛、姚孙森，遗民王民、徐必升，无明显政治倾向者汪汝谦，甚至还有一位女诗人吴山，可谓清初士人群体的缩影。

　　至于其他人，可据《湖舫诗》获知其字号、籍贯。除释普醇是"西陵（即杭州）"人外，其他均为流寓者。再联系到该书屡屡出现"游子意何其"、"日薄客衣肥"②、"逆旅支寒食"③之类文字，可见这次集会正可谓萍水相逢，尽是他乡之客。

　　促使这些背景不同、年龄各异的男女诗人背井离乡、萍聚于西湖的主因，自然就是易代时的社会动荡。清王朝建立的最初十年，是它同南明诸政权与各地抗清义师间交锋最激烈的时期。即就杭州来说，明鲁王麾下兵马便曾于顺治二年（1645）十月攻打过该城，未克。顺治五年（1648），南明的军事形势一度有所好转。该年正月，江西总兵金声桓叛清，受命于明永历帝；山东栖霞又有于七义军抗清。三月，米喇印、丁国栋等以反清复明为号召，率众连克凉州、兰州、河州、洮州、岷州。该年春，王翊率四明山大岚山寨义军攻陷上虞。四月，驻守广东的李成栋叛清，受命于永历帝。五月，清军退出全州、湘南；郑成功亦收复福建同安。十一月，明将何腾蛟率师攻克永州。十二月，清大同总兵姜瓖倒戈，奉永历正朔。是年，永历帝一度拥有云南、贵州、广东、广西、江西、湖南、四川等地，堪称永历政权处境最好的阶段。但好景不长，顺治六年（1649）正月，清军即再度攻占南昌，金声桓投水死；又陷湘潭，何腾蛟被俘杀。二月，清军进占抚州、建昌，李成栋败死；同时，清摄政王多尔衮亲自统兵攻打

----

　　①　（清）卓尔堪辑：《遗民诗》，同前，第660—661页。

　　②　（清）沈奕琛辑：《湖舫诗》，台湾新文丰出版公司《丛书集成续编》第116册，第542页。

　　③　同上书，第546页。

大同，至八月城破，姜瓖遇害。三月，清军陷衡州、宝庆，明将李锦等退入广西。是年，山东、山西、陕西、甘肃等地义军亦多为清军所败。可以说，顺治五、六年间是清王朝与南明永历政权厮杀极为惨烈的一个阶段。由于战争的影响，人们纷纷弃土逃亡，迫使清廷不得不于顺治六年四月出台政策，令地方官招揽流民还乡务农，并编入保甲，永准为业。

正是在这种背景下，沈奕琛等萍聚于已不复天堂胜景的杭州。恰如李际期《湖舫诗序》所云："我等适复来此，荒凉刺目，所谓其民富完安乐者安在？而陌上之缓缓归，与夫钱唐乐国者，皆不可计也。则是唐季以来，西泠未有之衰，而我等适遭之。"① 面对此情此景，他们将作何感想呢？

（二）回避现实与关注自我

关于清初诗坛的特点，朱则杰师指出："明清易代之际，大批诗人从明朝进入清朝。在这个民族斗争和阶级斗争异常激烈复杂的战乱年头，诗人们无论其政治态度如何，都积极运用诗歌这种文学体裁，深刻抒发家国之感，广泛反映社会现实，形成了一个共同的主题。"② 综观《湖舫诗》，这种现实内容一定程度上也存在着。如沈奕琛诗："曲堤分野水，人上木兰船。小草春来思，残烽江外传。风和回北雁，云湿近南天。欲问千秋迹，荒祠带夕烟。"③ 吴山诗："塔挂云枝断，桥分月两天。雨多春值贱，花尽客生怜。愁以一樽压，怀将五字宣。莫虞身外事，未了是烽烟。"④ 所谓"残烽江外传"、"未了是烽烟"，即折射出当时战乱不断、生灵涂炭的景象。

不过总计全书，类似内容仅有少数几处，且绝非全诗焦点。即如上引沈诗，由登船游湖写起，时值清明时节，春雨纷纷，碧草如丝，惹起骚人无限情思。其间，他的思绪一度飘飞至"江外"，仿佛感受到那里仍在燃烧的战火。但很快，游玩的雅兴就又引领他返回眼前的湖光山色。于是，他便在赞叹"风和回北雁，云湿近南天"之美景的同时，将目光投注于历史时空，在"欲问千秋迹，荒祠带夕烟"的沧桑情境中寄托幽思。吴

---

① （清）沈奕琛辑：《湖舫诗》李际期序，同前，第541页。
② 朱则杰著：《清诗史》，江苏古籍出版社1992年2月第1版，第5页。
③ （清）沈奕琛辑：《湖舫诗》，同前，第542页。
④ 同上书，第543页。

诗则浸润着游子离人的愁情别绪。首句"塔挂云枝断"意象突兀，予人瘦硬倾畸之感。这是由于当时女诗人正遭逢丈夫亡故、无家可归的境地，其满腔凄苦哀怨情绪遂外化为一幅奇诡图像。随后，作者乃尽情倾吐胸中的块垒。在她看来，绵绵不断的风雨已将脆弱的春花摧折殆尽，其可悲可怜，正仿佛她自己的遭遇。无奈之下，她只能或借酒消愁，或写诗寄怨。尾联乃揭出她对现实的根本态度：战火无休无止，且独善其身罢，何必去为身外事费思量。由此可见，"残烽"与"烽烟"只是二诗所涉背景的一个组成部分，而作者的主要表现意图并不在此。

　　实际上，清初诗坛常见的家国之感的抒发、社会现实的反映，在整部《湖舫诗》中都只是一个模糊的远景。诸作者并不乐意将笔触伸向现实生活，而更情愿把观照镜头推向遥远的历史时空。如汪汝谦诗："藉甚企芳声，才名夸第五。乍聆玉屑霏，忽变商羊舞。寓目多伤时，感怀应吊古。春深游屐稀，十日九听雨。"[1] 既然"寓目多伤时"，那么，将吟咏的对象置换为古代的人、事、物，便不失为一种可行的选择。于是，在沈奕琛看来："烟水心期尽，行藏有梦同。余生成快览，异代阅空蒙。西爽沈千碧，南枝滴数红。恍然逋士句，今古逐春风。"[2] 他置身于雨中西湖，感受着苏轼描绘过的空蒙山色、林逋欣赏过的数滴残红，在古今契合的文化交流与认同中，获得了精神愉悦。至于具体的兴亡盛衰事迹，沈氏则以一种超然的态度来对待："游到真忘倦，春城动晚烟。山青全入鉴，云黑半垂天。问水迷秦客，看碑说宋年。鸱夷何代事？珍重五湖船。"[3] 如同那个迷失于桃花源的渔夫一样，作者几乎失落了时间感，不禁发出"鸱夷何代事"的疑问。在他眼里，吴越争霸的硝烟久已沉湮，范蠡的千秋功业也渺不可追，逝者如斯，古今均如是，唯一可宝贵的，不过是泛舟于五湖，博得一霎清欢而已。观点与之类似的还有王民，曰："清梦二十年，佳人许一见。敛眉违清欢，含情依良宴。云气压孤城，夕阳沈古殿。念彼浣纱人，勋名逐花片。"[4] 浣纱女西施由于左右了历史进程而赢得了显赫声名，但随着时光的流逝、生命的结束，这种声名便如雨中花瓣般褪色、

① （清）沈奕琛辑：《湖舫诗》，同前，第543页。
② 同上书，第542页。
③ 同上。
④ 同上书，第545页。

飘零，最终香消玉殒，而意义与价值也在这个过程中消失无踪，使所谓勋名、功业成为空洞的符号。应该说，沈、王二人的这种情绪是相当虚无的，他们对存在的意义感到迷惘甚至怀疑，遂以一种无可无不可的超然、淡漠态度来看待历史进程。

进一步来说，这种超然与淡漠其实是《湖舫诗》诸作者普遍的抒情姿态。他们对历史是这样，对时局也同样如此。如卞玄文诗："山色序当春，山骨瘦已古。游客泛杯欢，湖光笑人苦。且忘山海忧，毋问莺花怒。槛外幽气繁，竹泉啸风雨。"① 作者沉醉于"游客泛杯欢"的乐境，极力想要忘却现实的山海之忧，全然不愿重温"感时花溅泪"式的激楚情怀。释圆生则把这层意思说得更加露骨："十里香尘路，游情二月天。移樽开舫社，分俸给花钱。废塔存何代？荒祠记宋年。隔江春几许，浪说又烽烟。"② 他的注意力完全集中于"十里香尘路"的美景、"游情二月天"的闲适。其间，诗酒集会令他倍增雅兴，废塔荒祠为其平添思古幽情。偶尔他也会想起隔江对岸的战争或许仍在延续，但在其眼中，这终究只是"浪说又烽烟"而已。历史循环往复，一切皆为因缘际会的结果，战争也不例外，眼前的"烽烟"不过是它的"又"一次重演，给予其任何形式的关注与感伤都是徒劳，都是"浪说"。由此，我们不难感知到一个生灵涂炭略不萦于心上的彻底的"出家"人形象。吴山也表达了类似想法："独此别有天，超脱沧桑界。周折买山钱，慷慨偿诗债。舟同范蠡寻，赋借司马卖。安得辋川人，收拾烟波画。"③ 置身于迥异尘世的西湖，饱经沧桑的女诗人仿佛获得了解脱，她甚至渴望能长久地过上这种远离尘嚣的生活，从中我们可以体察到这种超然、淡漠态度背后的真实意蕴——对现实的回避。

这种回避现实的态度，可以说是全书的主要思想倾向。具体可从两个层面看：首先，不少作者明确陈述了避世态度。如李长顺有诗句云："避世封长剑，乘流狎短蓑。每逢良会好，不欲眼横波"④；"怀人花半阁，逃

---

① （清）沈奕琛辑：《湖舫诗》，同前，第544页。
② 同上书，第546页。
③ 同上书，第543页。
④ 同上。

世酒全厄。"① 汪汝谦亦云："因知诗遣兴，偏向酒逃禅。"② 其次，突出表现在若干典故的使用上。譬如"渔父"。自《楚辞·渔父》篇以来，这个鼓枻于沧浪之水的渔人形象一直被视为隐者的代表，成为历代文人传达避世情思时最乐于使用的典故之一。这在《湖舫诗》中也有显著体现。如汪度、释普醇分别云："徘徊看鼓枻，默默问春波"③；"鼓楫歌沧浪，操缦资游燕"④。其他如陶渊明"桃源"、王维"辋川"、林逋"梅鹤"等带有类似意蕴的典故，同样多次出现，相关语句有沈奕琛"畴问武陵源"、"恍然逋士句"⑤、吴山"安得辋川人"⑥、王民"辋川已搁笔"⑦、徐必升"珍重辋川人"⑧ 等。

由此，《湖舫诗》诸作者回避社会现实与政治话题的取向已是昭然若揭。比较来看，无宁说他们更关注自己个人的命运。因为通观全书，描述个人生存状态、感慨自身境遇的文字倒是比比皆是。如释普醇、沈彝琼、徐必升分别云："节序无虚度，予生可若何？移情花不语，有意客悲歌。玉笛清风冽，清光此夕多。良时终感慨，亭榭下湖波"⑨；"鹤径封苔藓，何年别乃公。咽泉春乱石，遗构老荒丛。代谢花开落，升沈客转蓬。踏歌山骨冷，可奈岁寒风"；"酒入莺花梦，何堪五噫歌。不经湖寂寞，谁复怅烟波。幽榜开林籞，春丝荡晚簑。食愁弹铗老，畔傍北山阿"⑩。贫困的生活，颠沛的游踪，老去的年华，一切都令他们悲愁不已。即便置身于良辰美景，也无法消弭胸中的感慨。时值仲春，他们感受到的却是"踏歌山骨冷，可奈岁寒风"。这种"有意"的"移情"，鲜明地凸显出他们对个人命运的无奈，对自身生存的焦虑。

综上可见，这次集会的参与者虽然身份不一、处境各异，但仍有大致趋同的思想取向。他们身处改朝换代、战火纷飞的特殊时期，却未给予天

① （清）沈奕琛辑：《湖舫诗》，同前，第 542 页。
② 同上书，第 543 页。
③ 同上书，第 547 页。
④ 同上书，第 545 页。
⑤ 同上书，第 542 页。
⑥ 同上书，第 543 页。
⑦ 同上。
⑧ 同上书，第 546 页。
⑨ 同上书，第 545 页。
⑩ 同上书，第 546 页。

翻地覆的大变局多少关注目光。战争的残酷、社会的凋敝、人民的苦难等现实内容，在其笔下只是偶有闪现，而没有成为普遍主题。虽然他们也不时慨叹自己的遭际，但基本只是及身而止，并未推广至天下苍生，所以仍停留于个人层面。要之，绕开现实话题，聚焦个人境遇，回避大我，关注小我，可谓《湖舫诗》占主导地位的思想取向。

（三）动因解读及其他

这种回避现实与关注自我的取向之所以形成，归根到底是他们对现实环境的一种反应。个中信息，可以从汪汝谦诗中读出一二："当年多画桨，罗袜每临波。堪叹采莲曲，翻闻奏凯歌。匡时宁献策？屏迹避操戈。欣此招携日，平湖共狎鹅。"① 全诗上半部分回顾了他早年意气风发的情形，至"匡时宁献策"句则笔锋一转，从中我们得知他或许也曾积极入世，并有心匡补时政，甚至可能向主事者贡献过对策。但一个"宁"字，却把过去的一切都否定了。如今的他只想"屏迹避操戈"，优游于湖山胜景，安度晚年。经历了明清之际太多变乱的老诗人已经对现实深深失望，既然匡时无补，献策无望，那么，苟全性命于乱世似乎也就成了唯一的选择。

当然需要指出的是，面对易代之际战火纷飞、民生凋敝的时局，可选择的道路其实多种多样，既有退避林下者，也有积极进取者，甚至还有二者兼而有之的矛盾综合体。具体就《湖舫诗》诸作者而论，便非完全只求苟全性命，而彻底不问世事。邓汉仪辑《诗观·二集》卷十二载李长顺《过芜城旧寓》即云："高柳出墙门，霜深晓色昏。数年少经过，斯地有谁存。战骨真空巷，交情委旧魂。不堪重到此，洒泪湿苔痕。"② 真实描绘了战后扬州城的凄惨景象，真切抒发了作者的悲怆情怀。《湖舫诗》亦收李长顺诗曰："曲坞烟如泻，柳寒丝未挂。山满采樵声，人半课晴话。俗畸人近僧，道穷书欲卖。倚榜见鸠形，流民谁为画？"③ "倚榜见鸠形"一联可谓整部《湖舫诗》摹写现实最切实的文字。至于遗民情怀，亦非无迹可寻，如王民诗："细雨知寒食，湖头费酒钱。梨花多怨暮，杜

---

① （清）沈奕琛辑：《湖舫诗》，同前，第543页。

② （清）邓汉仪辑：《诗观·二集》，《四库禁毁书丛刊》集部第2册，第416页。

③ （清）沈奕琛辑：《湖舫诗》，同前，第543页。

宇独啼天。祀貌存宫锦，碑阴论昔贤。莫传南渡事，箫鼓半风烟。"① 尾联所谓"南渡事"既是咏叹南宋史事，也可能在指涉南明，从中可以读出作者对易代的感伤。不过从整体上看，李、王二人的这种情绪只能说是全书的特例，而占绝对优势的，则是"莫虞身外事，未了是烽烟"、"隔江春几许，浪说又烽烟"式的态度；并且即便这个宣称要勾勒一幅流民图的李长顺，也明确表达了"避世封长剑"、"逃世酒全卮"的想法，王民的诗笔亦以消沉低回为基调。

虽则如是，李、王二人仍然在《湖舫诗》回避现实、关注自我的主旋律中，传达出些许变奏。透过这种主音与变奏的微妙组合，我们可以体察到这批普通士人在动荡时局下的纠结挣扎处境。他们绝非看不到现实的苦难，亦非没有家国之感。只是对他们来说，战争的残酷、社会的凋敝、人民的苦难固然触目惊心，但这种惨淡现实却首先意味着他们也要像民众一样遭遇真实的生存困局，而如何应对困局，如何在现实环境与历史大潮中适应、生存下去，才是其首当其冲的要务。他们之于现实，要么有心无力，要么根本无心关注。因为在剧变时局面前，恐怕只有少数具备深刻透辟的思想、坚韧顽强的品质与炽热入世情怀的文化精英，才可能以足够的勇气、耐心与兴趣，去观察、思考、表述变局的来龙去脉，并对其施予个人的影响。《湖舫诗》诸作者显然不属于清初以顾炎武、黄宗羲等为代表的文化精英、思想巨人，他们虽然也在睁眼看世界，但大抵只是浮光掠影，并不能深入，当哀怨感伤情绪宣泄过后，必然走向调适之路。事实上，求得个人生活的安适、心灵的惬意，正是《湖舫诗》的一个重要主题。在这些饱经易代沧桑、深受转徙之苦的普通士人看来，眼前的西湖乃是动荡时局下一片难得的乐土。如徐必升便赞叹："此乡称净土。"② 汪度也说道："两湖浑醉乡。"③ 在这里，他们可以"答歌樵牧外，逃醉白苏边"④，从此"终日踏波光，闲情殆欲徧"⑤；同时还能"征诗刻烛催，高

① （清）沈奕琛辑：《湖舫诗》，同前，第 545 页。
② 同上。
③ 同上书，第 547 页。
④ 同上。
⑤ 同上书，第 548 页。

情捉谭麈"①,"清言得晋风"②,一派自得其乐、迥出尘表的景象。就这样,他们在美景的环抱中,在"净土"、"醉乡"的抚慰下,有意无意间忘却了牢愁,躲进个人的小天地,开始兴味盎然地体验起历代文人固有的闲情逸致。

值得注意的是,这种闲情逸致并不仅仅是临时的调适之举,而恐怕就是某些人的基本生活方式与态度。即如汪汝谦,便以优游行乐、风流自赏的态度看待易代后的生活。这在他写于清初的《六桥补桃柳歌》、《同李太虚先生、冯云将、顾林调、张卿子订五老会》③等诗中,有鲜明体现。前者有句云:"长吏只今表儒术,范老苏公良在兹。竞分冰橐谋补缀,区区老病安能辞。栽以桃花闲垂柳,拖云带月重纷披。良辰佳兴人所共,虽云好事心无私。试看不朽自千载,湖光一片长相思。"④后者亦云:"人生行乐当如此,何用浮名混青史。楚国三生少见机,竹林七子徒然尔。洛社风流迹已稀,文章道德留余徽。即今四海正清晏,急须携酒烹鲜肥。"⑤他否定了积极有为、建功立业、青史留名的价值观,认为人生的意义全在及时行乐,可谓一种带有强烈个人中心色彩的思想。从这种历史观、人生观出发,自然可以不理会人间疾苦,而热衷于游宴享乐;同时也不甚在意气节,所以将表彰儒术的清廷官吏比作范仲淹、苏轼等千古名臣,且称道"即今四海正清晏",可见其对清王朝也并无多少排斥情绪,甚至还有所认可。

当然,汪汝谦毕竟只是一介布衣,易代时出处行止的大是大非,和他并无太多干系。而另一位与会者沈奕琛,则以明举人的身份,真正迈出了仕清的脚步。史学家陈垣在考察过沈氏别集《寄庵集》后,指出:"今读《寄庵集》,于君国之亡,毫不动心,而惟致慨于宦海升沉,身世穷达"⑥,认为他后来"与王弘祚连袂降清,恬不为怪"⑦。虽然沈、汪二人一仕清,

---

① (清)沈奕琛辑:《湖舫诗》,同前,第547页。

② 同上书,第545页。

③ 《国朝杭郡诗辑》卷二汪汝谦小传称其"所著诗凡十种,惟《松溪集》为入本朝后作,今即其集甄录焉"(第15a页),可知此二诗应作于清初。

④ (清)吴颢辑,吴振棫重订:《国朝杭郡诗辑》卷二,第16b—17a页。

⑤ 同上书,第17b页。

⑥ 陈垣著:《明季滇黔佛教考(外宗教史论著八种)》,河北教育出版社2000年12月第1版,第351页。

⑦ 同上书,第350页。

一在野，但在关注小我、漠视大我的层面上，他们正是同道中人。

总之，《湖舫诗》诸作者并非没有现实关怀与家国之感，在李长顺、王民等笔下，这类思想内容便有所流露。但一方面，严峻的社会现实迫使大部分作者不得不在生存夹缝中寻求调适；另一方面，某些作者的思想也确实带有个人主义倾向，较为狭隘庸俗。两重因素合在一起，遂使顺治六年的这次西湖集会的绝大多数参与者都主动回避了社会现实与政治话题，于大我与小我间选择了后者。在当时清王朝与南明永历政权殊死搏杀、抗清斗争风起云涌、遗民社团遍布南北、现实主义与慷慨悲歌成为诗坛主旋律的情形下，《湖舫诗》诸作者却奏起了一支平和舒缓、婉转清悠的小夜曲。其间既有湖山游赏、友朋雅集的愉悦与闲适，又有沉浸于良辰美景、历史时空的超然与洒脱，并且还蕴含着些许幽怨与辛酸。这是对动荡时局的无奈，对个人命运的焦虑，对安定生活的向往，同时也未尝没有对朝代兴亡的慨叹与感伤。它实际上代表了清初士人思想的一个重要侧面，甚至可以说代表了相当一部分普通士人合乎逻辑的人生选择。当众多持有类似思想的士人聚合到一起，自然便带来了清初诗人集会的一重不容忽视的内容与倾向。它预示着不待清廷禁社令下达，士人群体内部就已经出现了退出政治领域、回避现实话题，而沉酣于诗酒山水的趋势。随着清王朝的统治日益巩固、社会趋于安定、抗清斗争衰微、遗民社团也不断消解离析，这种趋势乃一跃成为清代诗人集会的主流。直至清末，才在另一场大变局中，出现显著变化。

### 三 清末集会诗歌总集三论
——以《于湖题襟集》等为中心

关于清代文人集会、结社活动的基本面貌与主体特征，今人冯尔康、常建华指出："总的来说，清代文人的社团生活很贫乏，起不到活跃思想、丰富生活、开展社交、促进社会进步的作用。"① 对于清代历史、政治、思想研究领域的学者而言，包括诗人集会在内的很多清代文人社团是令人失望的，我们不易从中看到引领潮流的社会政治活动、耸动人心的思想理论主张。从这个意义上讲，主流的清代文人社团活动确乎"贫乏"。当然，如果单从文学角度来看，大量一般意义上的诗人风雅集会还是颇为

① 冯尔康、常建华著：《清人社会生活》，第67页。

多姿多彩的，是我们考察清代诗坛走向、诗人活动的重要材料，同时其自身也成为整个清代诗歌史的一大组成部分。

不过，进入 19 世纪，尤其后半段以后，随着整个国家变革进程的开展，这个"沉闷"局面逐渐被打破。早在嘉庆、道光年间京师士人的一些修禊活动那里，我们就可以触摸到经世意识的萌芽①。降至光绪、宣统年间，变革进程不断加快，在它的驱迫下，大量旨在经世济民、保家卫国、革旧维新的团体应运而生；与此同时，关怀现实、应对危局的意识和行动，也程度不等地体现于很多较为传统而典型的诗人集会活动中。两方面合在一起，大大改变了整个清代士人社团活动的形貌，深化了它的内涵。这种鲜明的时代色彩，或多或少也体现于若干清末乃至民国初年问世的集会诗总集。这里以《于湖题襟集》、《栎社第一集》、《南园癸社诗存》、《立宪纪念吟社诗选》四书为例，分别从"经世意识的鲜明贯注"、"文化失据时代的心影"、"与当下政局紧密结合"三个方面出发，探讨清末集会诗总集之新变的主要表现。

（一）经世意识的鲜明贯注

首先以《于湖题襟集》为例，探讨清末集会诗总集蕴含的经世意识。此集的编者袁昶，是当时一位思想趋新而务实的官员。据谭廷献《太常寺袁公墓碑》载，他十九岁"冒百艰游学杭州，厉志读有用书"；光绪二年（1876）成进士后，为户部主事，颇被京师士人称道；九年（1883）转总理衙门章京，"用是究心中西"；十八年（1892）外放皖南，任徽宁池太广分巡道道员，到任后即详询民间疾苦、商旅利弊，对地方行政多所兴革，直至光绪二十四年（1898）夏奉调陕西按察使前夕，"犹严治盗以息民谣"②。此后，他又担任过江宁布政使、太常寺卿、总理衙门大臣等职务，并曾于戊戌变法期间向光绪帝上书，提出多项改革建议。

袁昶这种趋新务实、关心国计民生的特点，在他担任徽宁池太广分巡道道员期间，公务之余和一众友朋聚会结社时，每每有所体现。关于这一点，他的学生饶轸在为《于湖题襟集》所撰序言中明确说道：

①　可参见罗检秋著《嘉庆以来汉学传统的演变与传承》第二章第二部分《京师士人的修禊雅集与经世意识的觉醒》，中国人民大学出版社 2006 年 5 月第 1 版。

②　（清）缪荃孙纂录：《续碑传集》卷十七，《近代中国史料丛刊》第 983 册，第 22b—23a 页。

此集方之王司李（按，即王士禛）之"冶春诗社"，宾贤之盛，投赠之雅，无多让焉，亦一时盛事也。至于先生之存期窈妙，殷忧时局，孤怀悄然，志周事外，则又非鬖之所能测识者矣。岂徒以吏余社集，供好事者美谈云乎哉？①

综观全书，不论袁昶本人的作品，还是友朋酬唱、投赠之作，不论集会场合所作，还是诸人平日所作，都显著凸显出忧国忧民、经世致用、关注时局的观念与主题。即如袁昶《预邀同社诸君春禊》一诗，便将他"殷忧时局"的悄然孤怀展现无遗：

春晚余寒匝地阴，散怀齐契仗登临。栖心只欲追兰渚，把臂犹当入竹林。别有幽忧今异昔，但期谐隐陆恒沈。试开杰阁披襟看，一片花畦似散金。②

这首颇具"招邀启事"性质的诗歌，前四句富于萧散悠远的林泉兴味，至第五、六句乃笔锋一转，说自己心中"别有幽忧"，这较之古人潇洒清逸的兰亭修禊，实在是今昔大异。作者所忧虑的，自然是中原陆沉的时局。国事维艰，收拾不易，不免令人灰心失落。难道就此袖手归隐、不管不顾吗？可眼前的大好河山与胸中的用世雄心又怎能轻易割舍！

时局艰难，袁昶对此忧心忡忡固然不假，但所谓"谐隐"云云，却只能认作戏言。其好友沈祥龙即有诗句云："治官书尽还治学，负世事难如负羁。退隐使君言戏耳，澄清良吏勉为之。"③ 事实上，关注时局与经世主张不仅常常见于其自抒怀抱之作，还时时被他用来勉励他人。自抒怀抱者如《登知稼楼宴集》：

商君务农战，治国力本根。户口资殷实，董劝在耕耘。（近日海内民穷财殚，饷力艰绌。似当力行节俭，师惟典农中郎宋州将兼管内劝农使之意，以垦荒尽地利、教民耕作为急，重农、积粟、力田者有

---

① （清）袁昶辑：《于湖题襟集》饶轸序，同前，第1页。
② 同上书，第12页。
③ 同上书，第9页。

奖，必令内地户口殷实，根立势举，乃徐图扞外患。此非常谈，乃本务也。）知时所宜务，焉敢忽略云。窃愿修前绪，慎勿侈游观。①

作者从"知稼楼"的名号生发开去，在"耕稼"的概念上大做文章。他首先认可我国自商鞅以来就一贯秉持的以农为本的政策，同时更强调这是解决"近日海内民穷财殚"现状的必由之路，属于"本务"所在，而绝非无足轻重的老生常谈。其次，他自我表态说，既然已经确认现下该当致力于何种事务，就绝不敢有所轻忽。最后，警示自己须努力"修前绪，慎勿侈游观"。全诗在宴集场合大谈经世致用话题，大发个人施政感言，充分体现了以袁昶为首的这个士人群体的特色。

勉励他人者则可以《赠汪生德渊》为例：

> 直竿出萧材，流波激宕回。每期离俗士，同上读书台。授简辞能对，羞为壮士咍。刮磨求致用，世难正云雷。②

袁昶对汪德渊寄予了很高的期望，要求他身处"世难正云雷"的不幸时代，应当在"流波激宕回"的环境中不断砥砺、"刮磨"自己，直道而行，学以致用，努力使自己成为有用之才，投入到回戈倒日的事业中去。全诗充盈着一股刚直正大之气，这既是在激励后辈，同时也完全可以视为袁昶本人情思的自然流露。汪德渊为此作《敬和》一首云："广厦亟成材，中江砥柱迴。新开四阿阁，累作九层台。欲洗儒家耻，何嫌俗士咍。讲堂方日辟，结社似宗雷。"③ 堪与袁昶本作合为双璧。

除袁昶外，忧国忧民、经世致用、关注时局的思想内容在《于湖题襟集》所收其他诗人诗作中，也是屡有所见。其中最突出的，当属关涉中日甲午战争者。如王咏霓《九月十九日招仙蘅、拙存、重黎宴集大观亭》云：

> 盛唐山外古亭荒，来与群公醉一觞。远岫风化隔江水，高秋云树

---

① （清）袁昶辑：《于湖题襟集》，同前，第16页。

② 同上书，第43页。

③ 同上。

展重阳。似闻辽沈边声恶，不尽沧溟海气黄。寄语东征诸节度，几时痛饮出居昌？（县名，属庆尚道，倭兵必经此。）①

王咏霓、袁昶等宴集安徽芜湖大观亭时，距离大东沟海战已有一月左右。其间，清军兵败如山倒，日军则水陆并进，长驱直入，致使辽东半岛至山海关一带纷纷告急。形势恶化一至于此，四人此时集会，自是别有一番滋味在心头。其他如沈祥龙《和近事书愤之作》、沈惟贤《近事书愤，和约斋兄，兼程重黎师》、彭兆琮《感事二十首》、郑孝胥《自幕中步归寓宅》等，亦皆为甲午战争而发。

要之，甲午战争前后的动荡局势，激发了袁昶等人的忧患情怀与经世意识。这种忧患情怀与经世意识是如此强烈，以至于在其日常交往与集会唱和的场合都有显著流露，从而给《于湖题襟集》注入了深沉凝重的精神内涵与时代主题。此为清末诗人集会与相关诗歌总集的比较广泛而普通的表现。

（二）文化失据时代的心影

晚清七十年，开启了我国自春秋战国以来的又一轮天翻地覆的大变革。在剧变时局下，传统社会秩序、古典思想文化既遭到外敌的凶猛入侵，同时又从内部开始崩塌，从而造就了一个文化失据的时代。这种失据而挣扎的状态，在当时相当一部分诗人集会活动及其集会诗总集中有所流露。即如清末民初台湾"栎社"②及其社诗总集《栎社第一集》，便堪称我们认知当时台湾士人思想与行为的一扇窗口。

这首先应从当时台湾的特殊地位与处境说起。"栎社"正式创立于光绪二十八年（1902），当时台湾沦为日本殖民地已有七年。其间，日本侵略者既紧锣密鼓地实施政治压迫与经济掠夺，同时还居心叵测地进行文化侵略，强制推广奴化教育与日语教育，意欲瓦解、抹除台湾固有的中华文化传统，从而彻底将其纳入日本的政治经济文化体系。对于眼前面临的严峻形势与可能出现的严重后果，很多台湾当地的有识之士都有所警觉。出于护卫并维系中华传统文化之命脉、凝聚士气民心的考虑，他们中的一部

---

① （清）袁昶辑：《于湖题襟集》，同前，第27页。

② 关于"栎社"的详细情况，可参许俊雅著《黑暗中的追寻：栎社研究》，东方出版中心2006年6月第1版。

分人采取了结成诗社、致力于汉语传统诗歌创作的策略。一时间，诗人社团遍布台湾岛内。林资修《栎社二十年间题名碑记》一文记述道："世变以来，山泽臞儒，计无复之，遂相率而游乎酒人，逃于莲社，有一倡者，众辄和之。迄于今，岛之中社之有闻者，以十数。"① 可见其盛况之一斑。

在众多日据时期台湾诗社中，"栎社"是享誉最隆的一个。它以"栎"为名，源自倡导人林俊堂的提议。据《栎社二十年间题名碑记》介绍：

> "栎社"者，吾叔痴仙（按，即林俊堂，痴仙其号）之所倡也，叔之言曰："吾学非世用，是为弃材，心若死灰，是为朽木。今夫栎，不材之木也，吾以为帜焉。其有乐从吾游者，志吾帜。"②

可见所谓"栎"者，乃取栎为无用之材、诗为无用之物、人为世所共弃之人之意。对此，社员傅锡祺、连横均表示认同。前者云："沧海栽桑之后，我辈率为世所共弃之人，弃学非弃，人不治故。我辈以弃人治弃学，林君痴仙倡之，诸同志者和之，'月泉'之社以是继成。"③ 后者也提出："余固无用之材也，又无用诗。幸而得从诸君子后，以扶持风雅，则余何敢以不材也而自弃？"④ 从中可看出这批诗人遭逢国家民族与乡土家园之双重剧变的悲愤苍凉心境。

不可否认，林俊堂等人"无用弃材"、"心若死灰"云云，带有颇为浓重的消沉情绪；然而从整体上看，消沉绝非其情绪之底色，甚至不能说是主流。实际上，连横"何敢以不材也而自弃"的表白，恐怕才代表了他们内心的真正想法。由此，我们毋宁把"无用"、"不材"等看作别有所指的激愤语，其背后蕴藏着他们对以古典诗歌为代表的中华传统文化的挚爱与执着。在他们看来，诗歌虽然"自攻用世之学者视之，则以为不适于实用，饥不可以易粟，寒不可以易衣，而共弃之"，但实际上只是"弃学非弃，人不治故"。一则诗可以言志，可以理性情，"职是之故，时

---

① 林幼春等辑：《栎社第一集》卷首林资修《栎社二十年间题名碑记》，第1b页。
② 同上书，第1a页。
③ 林幼春等辑：《栎社第一集》傅锡祺序，卷首第1a页。
④ 林幼春等辑：《栎社第一集》连横序，卷首第1a页。

无今古，洋无东西，皆有嗜而作之，且有瘁一生之心力，孳孳以求精至者"①；再者，"文运之盛衰，人物之消长，朋簪之聚散，道义之隆污，均于是在。何可以其无用也而弃之？"② 所以，诗歌不仅仅是一种文学创作形式，诗社也绝非单纯的文学娱乐活动，它可以承担多重社会文化责任，起到不容忽视的现实功能，"是亦风雅之林，民俗盛衰之所系也，可不慎欤？"③

缘乎此，当19世纪末台湾沦于异族之手，民族危机、文化危机日益深重的非常时期，向来被很多人贴上可有可无、不急之务甚至玩物丧志之类负面标签的诗歌，乃一跃成为中华传统文化之精粹的象征。众多志同道合的诗人纷纷结成诗社，团结一致，主动担当起护卫民族文化命脉的任务。而"栎社"正是其中的典型代表。关于这一点，连横有过清晰的表述：

> 海桑以后……社以十数，而我"栎社"屹立其间，左蒙右拂，蜚声骚坛，文运之存，赖此一线，人物至蔚炳于一时。诗虽无用，而亦有用之日，莘莘学子又何可以其不材也而共弃？然而，林子（按，即林俊堂）往矣，林子非弃材也，而以此自帜，追怀道义，眷念朋簪。余虽无用，期与我同人共承斯志，请以此集为息壤。④

这批诗人之所以结成"栎社"，乃是力图以自己的努力，来存文运于一线，也就是存国脉于一线。更重要的是，他们希望通过实际行动来昭示后辈，使中华传统文学、文化得以薪火相传，代代不绝。正是在这种崇高目标与精神的支持与感召下，"栎社"历经二十年风雨而始终不倒，其间不断有新成员加入，影响逐渐扩大。至民国十一年（1922）前后，汇集三十二位"栎社"主要成员诗作的《栎社第一集》宣告编讫，乃为该社的活动作了一个阶段性总结。只是此时的台湾依旧风雨如晦，国难不已，而蔡振丰、林俊堂、赖绍尧等为该社的形成、发展作出过重要贡献的老辈诗

---

① 林幼春等辑：《栎社第一集》傅锡祺序，卷首第1a页。
② 林幼春等辑：《栎社第一集》连横序，卷首第1a页。
③ 林幼春等辑：《栎社第一集》卷首林资修《栎社二十年间题名碑记》，第1b页。
④ 林幼春等辑：《栎社第一集》连横序，卷首第1a页。

人却已遽归道山。诸社员感慨"当一线未绝之秋,夺我老成,此非特吾社之忧,盖亦吾土斯文所同戚"① 之余,也表示要秉承前人遗志,不断推进其未竟之业。而作为该社二十年活动之缩影与载体的《栎社第一集》,正是一块在当地撒播、培育中华传统文学文化之种子的"息壤"。

像"栎社"与《栎社第一集》这样,瞩目于传统文化与国粹的诗人集会活动与集会诗歌总集,在当时并非仅见。钱溯耆辑《南园赓社诗存》便以另一种形式展露了类似情怀,可谓清末保守派士大夫心理的一个侧面写照。

这个"南园赓社"的活动,缘起于江苏太仓徐敦穆、缪朝荃、钱溯耆三人追和当地老辈诗人徐元润等所结"南园秋社"之唱和诗,由徐敦穆首倡,缪、钱二人继和,"一时远近诗人投赠骆驿,积久成帙"②。至宣统元年(1909)秋,由钱溯耆重加编次,乃成《南园赓社诗存》一书。作者凡十人,除徐、缪、钱三人外,还包括刘炳照、吴清庠、沈焜、汪元文、潘履祥、闻福圻、闻锡奎,合计收诗七十八首。

徐敦穆等人追怀、赓续前辈风流的举动,很大程度上基于他们对急遽变化的现实的迷茫与不适。卷末编者自跋云:

> 近世新学盛兴,斯文将丧,声韵之学尤举世所鄙夷而不屑为,吾辈尚咬文嚼字,侈谈风月,雕虫小技,不为壮夫讪笑者,几希。顾念南园为畴昔觞咏之地,王父中丞公自江右罢镇归,与徐秋士、王小村、黄雪蕉、毕恬山、顾子雨、雪堂、李少峰、杨师白诸老辈联群展,携尊瓶,游宴于此,月必有集,集必有诗,优游林下,主盟坛坫者,垂二十年,流风余韵,后人尤乐道之。今则名园胜地改为劝业会场,梅鹤荒凉,亭台减色,骚人墨客,终岁绝迹,不一至。秋孙(按,即徐敦穆,秋孙其号)有感于此,故为是作,其亦可以觇世变矣。③

置身于"新学盛兴"的剧变年代,这批旧派文人士大夫显然做不到与时

① 林幼春等辑:《栎社第一集》卷首林资修《栎社二十年间题名碑记》,第1a页。
② (清)钱溯耆辑:《南园赓社诗存》自跋,宣统元年(1909)听邻馆刻本,卷首第1a页。
③ 同上书,卷首第1a—1b页。

俱进。在他们心目中，"名园胜地改为劝业会场"只能令其骤生荒芜苍凉情绪；而传统诗歌这种"声韵之学"风采不再，更是成为"斯文将丧"的表征。所谓"故为是作，其亦可以觇世变"云云，散发出深深的无奈与失落感。但历史变迁显然不以个人意志为转移，亦绝无照应个人喜好的可能。于是，这些时代的落伍者，便只有通过追怀古人的途径，使自己沉浸于当年那个传统文学、文化至高无上，且能支配一切的"黄金"时代，以获得暂时的心灵慰藉。

同上引跋语类似的言辞与情绪，在全书所收作品中屡有所见。诸如刘炳照"闻道南园开嗣社，斯文未丧莫悲凉"，"莽莽神州保国光，愚园盛会竭来忙"[1]，钱溯耆"共保千秋存国粹，能经万劫重书香"[2] 等诗句，均将其集会唱和活动同留存"斯文"与"国粹"相联系，显示了他们在激荡的艰难时世中的自我选择与定位。

（三）与当下政局紧密结合

上述三种清诗总集及其相关集会活动都是清末现实环境的产物，各自透射出当时部分士大夫的思想与情绪；接下来要谈的《立宪纪念吟社诗选》，则进一步和当下政局直接挂钩，堪称光绪三十二年（1906）七月清廷宣布预备立宪事件的衍生品。

1. 《立宪纪念吟社诗选》其书简介

《立宪纪念吟社诗选》其书，《清史稿艺文志及补编》、《清史稿艺文志拾遗》等主要清代文献书目均未著录。该书见藏于浙江图书馆孤山古籍部，是一部光绪三十二年（1906）石印本。封面署"立宪纪念吟社诗选"之书名，其下侧又有"丙午烁九月曲园署耑"之字样。按，"丙午"即光绪三十二年（1906），"曲园"或即俞樾。

全书卷首有署名"鸳湖社主毕羁盒"所作序言，撰于"光绪三十有二年岁次丙午重九后三日"，曰：

> 昔兰亭修禊，与其会者不必人皆有诗，又不必诗皆杰作，绘图叙事，纪一时之盛云尔。迄今千载下，犹令人想象流风焉。矧此立宪明诏为吾国四千年历史上放异彩、发奇光，足以令人纪念者，较诸兰亭

---

① （清）钱溯耆辑：《南园赓社诗存》，第7b页。

② 同上书，第15a页。

韵事，其义之大小广狭为何如耶？羁既自忘谫陋，开社征诗，佳什纷来，日迷五色。虽不必皆杰作，于此要可以觇民德焉。爰略加决择，汇集成编，非以先后判甲乙。其诗文未录者，另立姓氏表附后。吾闻九方皋相马于牝牡骊黄之外，读此册者，当亦可以意会也夫。①

序言后又载毕羁盒《题词》二首，曰：

> 记取今年七月秋，莫将蛇尾续龙头。为留纪念开吟社，多少珊瑚一网收。
>
> 觇得民风不计词，鲰生发起本无诗。从兹宪法开新幕，愿与同胞共勉之。真州毕羁盒甫稿。②

叙述此集之编纂背景与过程甚为明确。可见这个"立宪纪念吟社"及其"诗选"，形式上与元初的"月泉吟社"与《月泉吟社》诗集颇为类似，都是由诗社发起人出题广征作品，后即在此人的主持下汇辑并删选众多应征之作，从而形成总集。具体到"立宪纪念吟社"的发起人以及"诗选"的编者，则为毕羁盒。此人生平不详，目前只能从"真州毕羁盒甫稿"的字样，推知其为江苏仪征人（仪征古名真州）。

全书凡分《立宪纪念吟社选稿上卷》、《立宪纪念吟社选稿下卷》与《立宪纪念吟社遗珠集》三部分。上卷依次收薛夔卿、秦琴、贲湖铁汉、钱耆孙、林承甲、何耆伯、秋凫、江荫香、孤愤、金笑云、许伏民、谢其璋、王崇銮、许泰、剑俦、谢彬、刘天麟、俞韵笙、陈大汾、歌岐醉尉、钓渭散人、饶士鹏、张长、汪桂森、闻之骏、陈钵、梁组初、启明，共二十八人所作诗三十九首；下卷所收皆女性，依次为朱绮兰、周德贞、朱素贞、庆云仙、何惟庄、竹倩、季韫、郑定芬、张徐来、严绮、王馨、绿云、素文、友璋、绿筠、慕珠、顺娴、瑞言、兰言、范言、许祥、许祁、朱诉月、许征麟、谢小韫，共二十五人所作诗二十七首、词二阕。《立宪纪念吟社遗珠集》则为作品未入选此集之人的姓氏表，分《姓氏表一》与《姓氏表二》两部分，前者列再春生、悔读等一百十九人，其中有署

---

① （清）毕羁盒辑：《立宪纪念吟社诗选》自序，卷首第 1a 页。
② （清）毕羁盒辑：《立宪纪念吟社诗选》自题词，卷首第 1b 页。

名"十龄童子何惟廉"与"七龄童子高维涤"者；后者正文前标有"续补"字样，列饮社魂可予女士、嫏嬛馆咏芬女士等十一人，均为女性。合计三大部分，参与这次"立宪纪念吟社"征诗活动者多达一百八十三人，其中妇女三十六人，甚至还包括两名儿童。他们大抵均非当时政治文化界的显要人物，而应是当时的地方士绅与普通知识分子。由此，清末立宪思潮的社会影响之深远、士民关注之强烈、参与支持之广泛，均可从中窥见一斑。

2. 《立宪纪念吟社诗选》的编纂背景

从前面引录的毕羁盫《序》与《题词》，我们可以明确得知，这部《立宪纪念吟社诗选》是光绪三十二年（1906）七月清政府宣布预备立宪这一历史事件的直接产物。

光绪二十六年（1900）庚子事变的爆发，以及翌年丧权辱国的《辛丑条约》签订后，国内要求革新自强的呼声日益高涨，猛烈冲击着清王朝的统治。面对这种危局，清廷统治者不得不逐步推行新政。光绪二十八年三月十四日（1902年4月21日），慈禧太后命令设立督办政务处，作为筹办"新政"的机关，派奕劻、李鸿章、昆冈、荣禄、王文韶、鹿传霖为督办政务大臣，刘坤一、张之洞遥为参与。根据刘坤一、张之洞等人的建议，清廷陆续实施了一些新政，如废科举、兴学校、派遣留学生、鼓励农工商业、编练新军、调整政府机构等。至光绪三十一年（1905），俄国在日俄战争中惨遭失败，当时国内舆论大都认为这同俄国未实行立宪而日本实行了君主立宪有密切关系。直隶总督袁世凯、两江总督周馥、湖广总督张之洞还联名上奏，请定十二年后实行宪政，并奏请选派亲贵大臣出国考察政治。一时间，立宪成为人们广泛关注的话题。迫于形势和舆论压力，清廷乃于光绪三十一年九月（1905年10月），派载泽、端方、戴鸿慈、李盛铎、尚其亨五位大臣分赴日本及欧美各国考察政治。次年五月（1906年7月），出洋考察的大臣们陆续回国，向朝廷密陈实行立宪的三大好处，一是皇位永固，二是外患渐轻，三是内乱可弭。由此，他们建议朝廷诏定国是，仿行宪政，以便安抚人心，稳定大局。慈禧经过反复考虑，采纳了他们的意见，遂于光绪三十二年七月十三日（1906年9月1日），以光绪帝的名义发布了"仿行宪政"的上谕，从而拉开了清廷"预备仿行宪政"的大幕。是即前述毕羁盫"矧此立宪明诏为吾国四千年历史上放异彩、发奇光，足以令人纪念者"，"记取今年七月秋"，"从兹宪法开新幕"等语句的由来。

综观全书，诸作者普遍对清廷预备立宪之举表示热烈欢迎与大力支持。他们认为，实行君主立宪政体乃是顺应了时代潮流，将一扫国家的衰颓之势，为其带来全新的气象，从此蒸蒸日上，自立于世界民族之林。如谢彬诗云：

> 大错伊谁铸九州？漫嗟板荡不堪收。而今觅得娲皇石，掷向人间补地球。①

天崩地裂，九州板荡，局面已至不可收拾之地步。此时政府宣布预备立宪，犹如女娲补天一般，实为救国救民的灵丹妙药。部分作者甚至将清廷的这次预备立宪的宣示，视为整个中国历史的一座里程碑。如秋龛诗云：

> 明诏煌煌下九天，苍生莫负自由权。他年历史从头记，此是新王第一篇。②

直把名义上由光绪帝签署的一纸诏书，当作历史的崭新篇章。

诸作者之所以如此踊跃地参加这个"立宪纪念吟社"的活动，并对清廷宣布预备立宪之举感到如此欢欣鼓舞，和当时的社会现实与思想潮流密不可分。我国有关西方政治的介绍，早在第一次鸦片战争前后，即已出现。林则徐于广东禁烟与抗英期间，曾组织通事梁进德等摘译英国人慕瑞（Hugh Murray）编著的《地理大全》（*The Encyclopaedia of Geography*），在其基础之上纂为《四洲志》，其中的"英吉利国·职官"部分便叙及英国议会，称之为"巴利满"（parliament）；道光二十六年（1846），梁廷枏编撰的《海国四说》杀青，其中的《合省国说》部分对美国的民主政治制度介绍尤多；道光二十八年（1848），徐继畬推出《瀛寰志略》，卷七之"英吉利国"条下亦有专门描述英国议会与司法制度之文字。其后数十年间，随着整个国家变革过程的渐次开展，越来越多的国人意识到传统专制政体的弊端，转而关注甚至认可西方立宪制度，包括冯桂芬、郭嵩

---

① （清）毕㴑盦辑：《立宪纪念吟社诗选》卷上，第4a页。
② 同上书，第2b页。

炜、王韬、郑观应、何启、胡礼垣、薛福成、宋恕、陈炽、宋育仁、陈
虬、汤震等一批时代先行者，或主张议院乃西方富强之基本，或认为英、
德式的议会与君民共主是最好的政治制度，或向往民主、法治精神，均开
了一代风气。甲午战败后，救亡图存的压力空前巨大，同时也促成了维新
变法思潮的空前流行，朝野广泛瞩目于政治改革，大量政法书籍被翻译介
绍进来，再加上康有为、梁启超、严复等时代骄子的鼓吹，留学生的推
动，教育的改良等诸多因素，遂使民权思想、民主精神、民主制度，乃至
自由、平等、共和等理念，日益为国人所了解与接受。待到光绪三十一年
（1905），立宪的日本在日俄战争中完胜专制的俄国，彻底向国人证明立
宪优于专制、立宪等于富强之后，立宪运动便如决堤之水，在全国各地迅
速蔓延，竟至出现"朝野上下，鉴于时局之阽危，谓救亡之方只在立宪。
上则奏牍之所敷陈，下则报章之所论列，莫不以此为请"① 之情形。这股
滔滔洪流终于耸动了最高统治者，遂有预备立宪之举。

其后数年间，正式获得统治者首肯的立宪主张，一跃成为当时十分流
行的政治话题。大批官方或民间人士在各地踊跃组织社团，探讨如何筹
备、实施宪政，以达到革旧维新、富国强民的目标。主要代表有张謇、郑
孝胥等主持的上海"预备立宪公会"，杨度主持的湖南"宪政公会"，唐
尔镛、任可澄等主持的贵州"宪政预备会"，张国溶主持的湖北"宪政筹
备会"，江孔殷、陈基建等主持的广东"粤商自治会"，以及康有为主持
的"中华帝国宪政会"、梁启超主持的"政闻社"等起自海外的社团。而
这个"立宪纪念吟社"，正是当时立宪思想广为传播、立宪团体纷纷涌现
之大潮中的一朵浪花。

接下来的问题是，既然清末立宪团体多为依托某一地区而形成，那
么，这个"立宪纪念吟社"的活动又是发生在哪里呢？或者更确切地说，
该社的主持人毕羁盦，是在哪个地方发起这次集体赋诗活动，又是在哪里
汇总删选应征诗词，从而形成这部《立宪纪念吟社诗选》的呢？

关于这个问题，我们可以从《立宪纪念吟社诗选》本身找到答案。
该书上卷收启明诗云："丙午年为过渡秋，新诗争寄毕真州。遥知欢到天
边雁，齐集西泠雄镇楼。"② 意思是说，光绪三十二年丙午（1906）清廷

① 佚名编：《清末筹备立宪档案史料》，《近代中国史料丛刊续编》第801册，第25页。
② （清）毕羁盦辑：《立宪纪念吟社诗选》卷上，第5b页。

宣布"预备仿行宪政"后，毕羁盦发起了"立宪纪念吟社"的征诗活动，四方纷纷响应，寄来的新诗都汇总到毕羁盦手中，而毕羁盦当时所在之处，乃是"西泠雄镇楼"。西泠是杭州的别称。雄镇楼则是当时杭州城的一座城楼，号称杭城三大城楼之一（另两座城楼为镇东楼、镇海楼）。此楼故址，原为明杭州总兵府，或名巡抚都察院。清康熙七年（1668），浙江总督赵廷臣改总兵府为督府部院，并建楼于部院东，是即雄镇楼之由来。清末民初时，楼毁。其故址约在今杭州市上城区江城路南段一带。由此可见，这个"立宪纪念吟社"的活动，应是毕羁盦在浙江杭州发起的。至于《立宪纪念吟社诗选》的付梓面世，亦应在杭州完成。这从该书仅见藏于杭州的浙江图书馆，而尚未见有全国其他图书馆收藏，即可见出一斑。

3.《立宪纪念吟社诗选》的思想倾向

较之当时的主流立宪团体，"立宪纪念吟社"呈现出小异而大同的面貌。小异之处在于："预备立宪公会"等主流立宪团体多为近代意义上的政治社团，着眼于探讨、传播、实践宪政的思想内涵与操作方式，为宪政的真正渐次施行出谋划策，体现了当时士人社团生活的新气象。而"立宪纪念吟社"则仍以传统诗社的形式展开活动，它的参与者有感于立宪在即，国家振兴有望，欣慰不已，遂有集体赋诗之举，以纪念、见证这一重大历史事件。应该说，二者之间的差别主要停留于形式层面。而就实质内容看，"立宪纪念吟社"及其"诗选"既贯注了强烈的政治色彩与参与热情，又拥有与当时最前沿思想潮流同步的精神内涵。在这一点上，它和"预备立宪公会"等主流立宪团体并无二致。其中一个非常突出的表征就是，《立宪纪念吟社诗选》所收作者很多都明确反对专制，要求民主、平等与自由，发出了 20 世纪初的时代最强音。如薛戡卿诗云：

> 美雨欧风并入蓥，蛰龙一觉起深渊。有机病体余三两，待死残年已五千。专制殆同将去垢，竞存半属未来肩。而今颇欲疏吟咏，先读东西自治篇。①

作者认为，经过数千年君主专制统治的东方大国，在欧风美雨的猛烈冲击

---

① （清）毕羁盦辑：《立宪纪念吟社诗选》卷上，第 1a 页。

之下，在物竞天择的自然社会法则面前，如今已是病体离支，若再不及时觉醒，发愤图强，只怕死期不远。而刷除专制污垢，正是救国救民的首要任务。

诸作者之所以否定现有专制制度，赞美民主、自由与平等，一大原因应在于：他们受严复译介的天演论、进化论的影响，相信历史是不断演进变化的，一个国家民族应努力朝文明进步的方向发展，摒弃野蛮落后。而数十年来的失败经历与现实局势已经再充分不过地证明：长期以来一直被看作至善至美、天经地义的君主专制制度，在当今时代已然彻底沦为野蛮落后的代名词，必须加以改革；而改革的目标，就是基于民主、平等、自由等核心价值的文明进步的立宪政体。诸如林承甲"将颁幸福遍天涯，从此君民共一家。吸取文明消旧俗，中原灿放自由花"①，何耆伯"鼓声百面走轻雷，军乐洋洋庆宴开。预备机关议政院，陶镕体魄国民材。弹琴齐谱自由曲，拔剑同登大舞台。滚滚风潮廿世纪，文明今喜兆胚胎"②，女诗人朱绮兰"支那历史焕新猷，进步梯等最上头。丹凤衔来五色诏，宪章文武足千秋"③ 等诗句，都是这一观念的产物。

另一大原因在于：结束专制，实现民主、自由与平等，更意味着国家的复兴与富强。由于有此前日本的良好示范，当时很多人都相信立宪有回天之术，甚至视立宪为挽救危亡、振兴中国的唯一途径，所以一旦最高统治者顺应时势，下诏预备仿行宪政，便令这些真诚的立宪派、爱国者欣喜若狂，以为转机已经迎来，强国之梦即将实现。如秦琴诗云：

> 百年变幻旧山河，忽现红云捧日过。清夜漫抛铜秋泪，凉秋早息石鲸波。累朝专制威权蜕，四海共和幸福多。勖我同胞偕鼓舞，欢呼万岁乐如何。④

在作者看来，清廷预备仿行宪政的诏书犹如吉祥的日边红云，辉映着已经历了百年变幻的旧山河。专制制度、威权政治退出历史舞台指日可待，中

---

① （清）毕羂盦辑：《立宪纪念吟社诗选》卷上，第 2a 页。
② 同上。
③ （清）毕羂盦辑：《立宪纪念吟社诗选》卷下，第 1a 页。
④ （清）毕羂盦辑：《立宪纪念吟社诗选》卷上，第 1a—1b 页。

国即将进入民主共和的幸福时代。如此大好前景怎不令人欣慰鼓舞，当然要欢呼万岁，以示庆祝。又如刘天麟诗云：

> 大地回春喜若何，国民齐唱自由歌。男儿不慰苍生望，拼掷头颅葬爱河。①

得知政府预备仿行宪政后，作者激动万分，眼前一片大地回春、喜气洋洋的景象，仿佛全体国民都感染了他漫卷诗书喜欲狂的亢奋情绪，正一齐高唱着自由的欢歌。

不过，秦琴、刘天麟等人的这种高调乐观态度未免太理想主义。他们似乎忘了清政府的立宪规划有一个至少长达十年的所谓"预备"期，并且这个向以因循守旧、腐败无能、矛盾丛生、运转不灵著称的政府是否会真心实意、脚踏实地地致力于宪政筹备事务，有无能力承担筹备事务，筹备效果如何，也实在有必要打个大大的问号。更何况政治革新，尤其是大国、古国之政治革新的步履维艰，早已为各国历史所印证。女诗人严绮"眈眈虎视列强观，大地同胞胆不寒。才现维新新起点，普天声已动雷欢"② 的诗句，正从一个侧面透露出当时部分立宪派人士缺乏现实考虑与应对策略的情形。

与之相对应的，则是冷静的态度与怀疑的声音。孤愤与谢小韫即明确持保留与谨慎的态度。前者云：

> 瓜分政策警神州，大局疮痍未易收。意见不除谈立宪，可能辅治受共球？③

一针见血地指出了各大政治阵营间的矛盾纷争。而当置身欧美列强意欲瓜分中国乃至全世界的恶劣国际环境时，这种"意见"纷争所带来的负面影响是不言而喻的。后者云：

---

① （清）毕��盦辑：《立宪纪念吟社诗选》卷上，第4a—4b 页。
② （清）毕��盦辑：《立宪纪念吟社诗选》卷下，第2a 页。
③ 同上书，第2b 页。

爱国争吟纪念诗，实行尚待十年期。茫茫前路知何似？珍重争存自立时。①

女诗人指出，宪政的具体实施还有很长的路要走。在这个过程中，国家民族的前途命运究竟会走向何方，她对此也感到"茫茫"。面对政治改良的漫漫荆棘路，面对物竞天择的自然社会法则，中国若想在 20 世纪历史舞台上争得自己的一席之地，除了"珍重"包括眼前出现的立宪运动在内的一切变革契机外，别无选择。

这种冷静的态度与善意的怀疑所指向的，是一种可贵的实干精神。前及毕羁盦《题词》"记取今年七月秋，莫将蛇尾续龙头"与"愿与同胞共勉之"的诗句，即已传达出警惕虚与委蛇、虎头蛇尾之现象，主张上下一心、共同努力的想法。持类似观点者，还有江荫香、剑俦等。前者云："乾网独断振精神，采择欧洲政治新。百姓本来都爱国，一鸣从此更惊人。还须实事常求是，切莫虚行不认真。大地光明翻黑界，何难步武众强邻。"② 后者云："中原风气近如何，忽听同赓庆祝歌。勉矣吾侪须努力，挽回日下旧江河。"③ 均明确提出脚踏实地、同舟共济的现实要求。至如许伏民"九天霈珠玉，视听震全球。再造新中国，交辉五大洲。斯民宜养志，群力慨同仇。毋畏清时议，毋贻一篑羞。欲收他日果，须验此时因"④，女诗人周德贞"群臣上下莫偷安，知否旁观冷眼看。最怕虚文徒粉饰，胡卢依样画波兰"⑤ 等诗句，更是将矛头指向早已泛滥成灾的官员清谈误国、苟且偷安现象，并警告这些肉食者：若再一味"虚文徒粉饰"，难免连累整个国家民族重蹈波兰覆辙，惨遭列强瓜分！

在高涨的实干呼声中，《立宪纪念吟社诗选》的诸位作者纷纷为这场政治革新运动献计献策。如王崇銮认为：

优劣关头已判然，欣看诏下九重天。四门言路崇朝辟，万岁欢声比户传。莫仅吾民歌幸福，须知人格要完全。书生与有安邦责，寄语

---

① （清）毕羁盦辑：《立宪纪念吟社诗选》卷下，第 4b 页。
② （清）毕羁盦辑：《立宪纪念吟社诗选》卷上，第 2b 页。
③ 同上书，第 4a 页。
④ 同上书，第 3a 页。
⑤ （清）毕羁盦辑：《立宪纪念吟社诗选》卷下，第 1a 页。

同胞共勉旃。①

在作者看来，政府宣布预备仿行宪政固然可喜可贺，但朝野上下绝不能一
味"歌幸福"，而应切实推进各项筹备事务。对此，他主要提出两点主
张。其一，民众需自觉地"完全"人格，以崭新的思想水准与精神面貌
去适应变革时代的要求；其二，全民需视国事为己事，担负起各人应尽的
责任。应该说，这两点主张完全掌握要领。因为宪政从根本上讲，是一种
民主精神，一个民权政府。在该体制下，民众享有治理国家、参政议政的
权力，而有资格运用权力、有能力与闻国务的民众必须拥有相当程度的智
识，具备爱国心，懂得对国家负责。正是在这一关键环节上，当时的中国
民众普遍欠缺极多，亟待改进。所以，王崇崇的主张既紧扣了宪政的基本
精神，又切中我国国情与最大短板。

女诗人许征麟也提出：

> 古昔重母教，男女道同揆。无才便是德，谬语害生理。玩之如玩
> 花，豢之如豢豕。轻女而重男，作俑伊谁始？忆妾束发时，性爱读书
> 史。十七赋于归，治家相夫子。自愧无一长，勤俭而已矣。暇亦弄笔
> 墨，词章何足齿。安得姆教兴，一洗女界耻。侧闻明诏颁，欢声遍迤
> 逦。共立法制下，男女庶同轨。慎勿但欢迎，而昧立宪旨。立宪旨云
> 何？当从自治起。勖哉女同胞，毋贻世人訾！②

作者一则提醒国人对于政府的预备立宪诏书"慎勿但欢迎，而昧立宪
旨"，同时也提出了若干颇具启发意义的观点。"共立法制下"句之"法
制"二字，便抓住了民主立宪的根基。因为民主政治的基础正是法治，
所谓上下各有职守，彼此分工合作，大家依法行事，如此方能保证社会的
有效有序、公平公正的运行。反之，缺少法制约束的政体，哪怕是某些所
谓的民主政体，也绝不可能长期繁荣稳定，甚至会给社会和人民带来灾
难。"男女庶同轨"句提倡男女平权，这显然是针对当时的男尊女卑的社

---

① （清）毕觞盒辑：《立宪纪念吟社诗选》卷上，第3b页。按，"四门言路崇朝辟"句原
文衍一"朝"字。

② （清）毕觞盒辑：《立宪纪念吟社诗选》卷下，第4a—4b页。

会现实而发，体现出作者的女性自主意识；并且她还进一步要求女同胞们自强不息，为国为民发挥自己应有的作用。至于"当从自治起"句之"自治"二字，尚不能清楚认定其概念所指；但如果女诗人指的是地方自治的话，应该说在很大程度上抓住了立宪宗旨的要领。因为地方白治政府乃是民权、民主政府的基石。即便仅就当时预备仿行宪政的特殊阶段而言，不论最终采取君主立宪或民主共和政体，民众都必须要为未来参政议政做准备，而学习参与治理国政的一个上佳途径，正是从各自所在地方开始。

　　如王崇銮、许征麟这般，主张"完全"人格、责任意识、法制精神、男女平权的作者，在《立宪纪念吟社诗选》中比比皆是。其中尤以一批秉持类似观点的女诗人，最值得注意与表彰。如许祥云："天职今欣一旦伸，坤维振弱属闺人。班昭续史空前后，弘愿同为女国民。"① 瑞言云："久伤妇道屈难伸，何幸生为丙午人。脱却前时拘束累，也随男子作新民。"② 均表示自己要努力做一个"国民"、"新民"，而不是专制统治下的臣民、妾妇。鼓吹责任意识者则有朱素贞、何惟庄等。前者提出："睡狮惊醒国权伸，吾辈何尝等废人？寄语同胞诸姊妹，共耽义务作新民。"③ 后者也说："自由之乐乐如何，女界同赓爱国歌，慎莫大家徒付和，好耽义务保山河。"④ 绿筠更是进一步写道："深闺壮志及时伸，莫作熙朝化外人。从此扫除脂粉气，愿将先觉觉斯民。"⑤ 范言也表示："女界欢腾士气伸，从今莫学画眉人。阿侬愿作当头喝，先觉穷乡僻壤民。"⑥ 二人不愿再深居闺房，只想彻底扫除脂粉气，及时伸展凌云壮志，投入传播进步思想、疗救国民的行动中去。在她们看来，这正是其对于国家、人民的应尽职责。

　　总之，"立宪纪念吟社"与《立宪纪念吟社诗选》是光绪末年日益盛行的立宪思潮与立宪运动的宁馨儿。它采取传统意义上的诗人集会的形式，但贯之以极为浓厚的政治色彩，同时又赋予其先进而深刻的思想内涵，在清代乃至历代所有诗人集会活动中，都独树一帜，完全称得上是清

①　（清）毕羁盦辑：《立宪纪念吟社诗选》卷下，第3b页。
②　同上书，第3a页。
③　同上书，第1a—1b页。
④　同上书，第1b页。
⑤　同上书，第3a页。
⑥　同上书，第3b页。

代诗人集会活动收获的最高成就之一。

# 第三节　清诗总集与诗歌流派

　　在整个中国古代文学流派史上，清代占有举足轻重的地位。举凡诗、文、词、曲、小说等几大文体，都形成了相当数量的流派。而作为清人最主要文学创作体裁的诗歌，无疑是清代文学流派的一大重要来源与组成部分。但遗憾的是，迄今为止的清诗流派研究和清诗流派的数量、规模、成就、地位乃至认知意义并不匹配，相关理论与文献资源的开掘、整合均难称人意。这在一定程度上也可谓近些年来整个清诗研究相对而言依旧不够兴盛之景象的缩影。要真正改变这种现状，自然还有很多工作亟待开展。而兼具理论与文献两方面价值的清诗总集，便是清诗流派研究的一个不容忽视的对象。这可以分间接、直接两个角度来看。

　　就间接角度而言，很多编者纂辑清诗总集时贯穿了流派的眼光，用其所属流派的审美喜好来选人选诗，并施加评论，使众多本来诗学观念、写作风格各异的诗人在其一整套取舍模式的铸造下，以编者所偏爱的面貌呈现于读者眼前。我们可以根据此类总集，通过考察其编选背景与过程，以及相关编者的诗学思想，来印证其所属诗派的理论主张乃至该派形成、演化过程中的诸多问题。关于此种情况，本章第一节"清诗总集与诗学思想"已经有所涉及，这里不再论述。

　　就直接角度而言，很多清诗总集之整体或部分，本身就是相关诗派若干成员之创作的汇集，我们可以称为"清诗流派总集"。它们同各自所属诗派之间有着更加密切的联系，能为我们考察相关诗派的性质、形成、演化、阶段特点、人员构成、群体规模、诗学主张、创作实绩、风格特色、思想倾向等一系列问题提供大量第一手材料。

　　本节以"清诗流派总集"为探讨对象，从清诗流派与相关总集之间的关系入手，侧重于对它们的主要表现形态与功能这两个问题分别进行考察。

## 一　清诗流派总集的形态

　　清代诗歌流派情况复杂，而相关总集本身在编纂形式、内容、类型等方面又各具特点，两者交汇叠加到一起，使得作为一个整体的清诗流派总集呈现出繁复多样的面貌。这里主要从流派意识、流派成员之构成、总集收人之范围、总集收人之性质、流派发展之过程与阶段这五个角度切入，分别探讨并概括清诗流派总集在这几个层面上的不同表现形态。

（一）清诗流派总集与流派意识

这里所谓流派意识，是针对总集编者而言的。总体上讲，像《娄东诗派》编者汪学金这样，开宗明义地标榜并贯彻流派意识，并着手纂辑总集者相对较少；更多的情况则是：编者并没有直截了当地揭示某某流派的名号，但其树帜立派的意识仍然通过相关序跋、凡例、编排、选目等，或多或少有所体现。兹以吴闿生辑《晚清四十家诗钞》为例。

此集凡三卷，收晚清四十一家诗人（含卷二日本人森大来、永阪周、"日本乐府"与卷三"阙名"）之作品。编者《自序》云：

> 先大夫（按，即编者之父吴汝纶）垂教北方三十余年，文章之传则武强贺（涛）先生，诗则通州范（当世）先生。二先生从先公最久，备闻道要，究极精微，当时有"南范北贺"之目。其后各以所得传授徒友，蔚为海内宗师，并时豪杰未有或之先也。二先生外，则有马其昶通伯、姚永朴仲实、姚永概叔节、方守彝伦叔、王树枏晋卿、柯劭忞凤孙，咸各有以自见。其年辈稍后，则李刚己刚己、吴镗凯臣、刘乃晟平西、刘登瀛际唐、李景濂右周、王振垚古愚、武锡珏合之、谷钟秀九峰、傅增湘沅叔、常堉璋济生、尚秉和节之、梁建章式堂、刘培极宗尧、高步瀛阆仙、赵衡湘帆、籍忠寅亮侪、邓毓怡和甫等，皆一时才士。贺先生门下著者曰张宗瑛献群，范先生门下著者则推刚己……而刚己之子葆光子建，作诗颇有父风；其门人秦嵩山高，亦近今之贤隽也。今钞近代诗，以师友源澜为主。①

可见他主要是从"师友源澜"的角度出发，选录作家作品；而所谓"师友源澜"，又是以其父——后期桐城派之宗师吴汝纶为中心。其中第一卷居首之吴汝绳、吴汝纯为汝纶之兄；紧随其后的张裕钊与汝纶同为曾国藩之高足，都是当时传播桐城宗风的健将。其后乃依次收入汝纶弟子范当世，当世之弟范钟、范铠，以及当世弟子李刚己之诗作，清晰地"标示

---

① 吴闿生辑，寒碧点校：《晚清四十家诗钞》自序，卷首第24—25页。

了吴、张、范、李之间的线性传承关系"①。第二卷所收姚永概、柯劭忞、方守彝、徐树华、吴镗、赵宗抃、韩德铭、籍忠寅、邓毓怡、常堉璋等，大致亦皆为吴汝纶、范当世之弟子。此外，第三卷又收有李刚己弟子秦嵩之诗作。因此，该书所反映的"师友源澜"关系网，实际上就是清末桐城诗派之传承脉络的一个重要组成部分，从中不难体察到编者强烈的宗派意识。

吴闿生作为桐城派的嫡系传人，其编选同时代诸师友诗作，并贯之以显著的宗派意识，自是出于推阐揄扬本派声名与主张的目的，同时也折射出鲜明的自我身份认同；而对于那些以后来人身份，整理前代诗派诸成员作品的编者来说，他们所流露出的流派意识更多是对已有流派概念及其代表作家名单的客观承认，另外也不乏偏好或宗尚某派作家作品的因素。例如张鸿辑《常熟二冯先生集》。

此集约成书于民国十四年（1925），凡三十四卷，包括冯舒《默庵先生集》十一卷、冯班《钝吟先生集》二十三卷。冯氏兄弟是明末清初以钱谦益为首的虞山诗派的重要代表作家，他们诗宗晚唐，是虞山派诗学宗尚的一大支脉。二人的这种诗史地位与诗学特征，久已为人所论定。张鸿也承袭了该观点，曰：

> 启、祯之间，虞山文学蔚然称盛。蒙叟（按，即钱谦益，蒙叟其号）、稼轩（按，即瞿式耜，稼轩其字）赫奕眉目，冯氏兄弟奔走疏附，允称健者。祖少陵，宗玉溪，张皇西昆，隐然立虞山学派，二先生之力也。②

在这里，张鸿既肯定了二冯佐助钱谦益、瞿式耜师徒开创虞山诗派的历史作用，又明确指出其以李商隐为宗，上溯杜甫，发扬西昆派诗学取向的特点。可见他对二冯在虞山诗派内扮演的角色有着清晰的了解，并明确予以了承认。

进一步来说，张鸿之所以专门采选二冯作品，纂为此集，实与其自身诗学取向不无关系。此人隶籍江苏常熟，生活于清末民初，是当时西昆体

---

① 闵定庆：《〈晚清四十家诗钞〉与桐城诗派的最后历程》，同前，第79页。
② 张鸿辑：《常熟二冯先生集》自跋，民国十四年（1925）排印本，卷首第1a页。

派（又称晚唐诗派）的主要代表。关于该派的成员与特点，钱仲联有过精当的概括："西昆体在清初为钱谦益、冯班所提倡，后来诗人虽也要染指西昆，但没有专学西昆的。到清末，此派乃大张旗鼓，出现于诗坛。这里又分两支队伍，一支是湘人，李希圣为主，曾广钧为辅，王闿运七律虽有学西昆体的，但仅以余力为之；一支是苏州区域人，张鸿、曹元忠、汪荣宝为主……张的学生孙景贤继其衣钵，成为这派后劲。他们都能以美人香草之词，寄托江山摇落之感。"① 又指出："张鸿是晚清吴下晚唐诗派的中坚：他与同邑徐兆玮、吴县汪荣宝、曹元忠辈同官京曹，皆从事昆体，结社酬唱，相戒不作西江语。他们刊有《西砖酬唱集》，是仿照宋初的《西昆酬唱集》而题的名，西砖是张鸿所住的胡同。张鸿诗学晚唐，继承了清初以钱谦益、冯舒、冯班为代表的虞山派的传统，早期的作品，隐约缛丽，神肖李商隐。但是，与徐兆玮、曹元忠有不同之处，张鸿并不专学玉溪，常出入于他派。"②

由此可见，张鸿和同乡前辈冯舒、冯班有着一致的诗学宗尚。如果我们以张鸿本人所属的清末民初晚唐、西昆派诗人阵营为起点，追溯至清初虞山诗派冯氏兄弟一脉，再遥接北宋初年的西昆体诗人群，乃至西昆体诗风的源头李商隐，自然就能连接起一个绵长的西昆派诗学系统。尽管张鸿的生活年代和冯氏兄弟相差两百多年，但都可以被视为该系统的一环。从这个意义上讲，他编纂《常熟二冯先生集》的行为，既客观提供了一部虞山诗派代表作家作品集，而在深层次上，又体现了其继轨西昆一派经典作家作品的意识，是清末民初西昆派人士之宗派意识的投影。

另有部分编者虽然未必有明确的流派意识，但其所编清诗总集却集中收入了某一诗派若干成员之作品，或能反映出其理论主张与创作特征，因而就客观效果来说，多少也具备了流派总集的性质。如袁枚辑《袁家三妹合稿》收入其妹袁棠、袁杼、袁机之诗集。由于三人普遍被认为是性

① 钱仲联主编：《中国近代文学大系·诗词集》导言，上海书店出版社 1991 年 4 月第 1 版，卷首第 8—9 页。

② 钱仲联辑：《近代诗钞》，江苏古籍出版社 2001 年 10 月第 1 版，第 3 册第 1447 页。按，除上引两段文字外，钱先生在其所著《梦苕庵诗话》（齐鲁书社 1986 年 3 月第 1 版，第 75 页），以及《三百年来江苏的古典诗歌》一文之第五部分"晚清以来的各种复古诗派"、《论近代诗四十家》一文之"孙景贤"条（均载作者论文集《梦苕庵清代文学论集》，齐鲁书社 1983 年 9 月第 1 版，第 16—17、157 页）等专著、论文中，皆论及晚清西昆派诗歌，可参看。

灵诗派成员，所以此集自然可以归入清诗流派总集的范畴。不过，袁枚纂辑该书的直接动机并非为性灵诗说张目树帜，而更多在于对三位亲人的怀念，以及保存、传播其作品。他为袁棠《盈书阁遗稿》所作序云："遂古来，哲人伟士，得一卷书传后，死犹不死。妹虽一女子，虽死有可传者存，夫复何悕！"① 为袁机《素文女子遗稿》所撰跋云："妹少时吟咏极多，陈烛门先生《国朝诗品》中存十之七。嫁后，良人戒诗，稿亦散失。兹检其归宁以来之作，付之开雕，粗存梗概，聊志哀痛云尔。"② 均明显表现了这一点。

（二）清诗流派总集与诗派成员的构成

对于文学流派研究者来说，考察某一诗派的成员名单无疑是该研究领域的题中应有之义。和界定文学流派本身的概念与范畴一样，确认某一诗派的成员名单也存在许多不确定性与含混之处。这当中最为显著的一个问题就是：很多诗派并没有清晰的边界。

我们一般认识中的清代诗派，大都由若干领袖、核心成员、重要成员、次要成员构成，部分诗派甚至只有领袖与核心成员进入我们的视野。当然，由于领袖、核心成员、重要成员等提供了某一诗派形成、发展、流衍的主要动力，是相关诗派之理论与实践两方面特征的典型代表，认识与研究的价值的确更大，我们对其投以更多关注，也是无可厚非。不过，任何诗派都动态地存在于一定的社会历史阶段中，是当时诗坛的有机组成部分。因此，就诗派本身而论，必然会以领袖与核心成员为中心，推广其诗学观念、创作实绩，不断向外发散影响力，从而吸引住若干不同层次上的追随者与同道中人，直到与整个诗坛的其他部分融为一体。这些追随者与同道中人，有相当一部分同领袖及核心成员的关系较为密切，受影响程度也较深。虽然着眼于他们在各自派内的实际成就、地位与影响，可以将其分为重要成员、次要成员等层次，但都应视为相关诗派的基本代表作家。

然而，若欲真切、全面地认知某一诗派，仅仅了解其基本代表作家是不够的。好比常人理解中的太阳系，乃由太阳、八大行星及其卫星等组

---

① （清）袁枚辑：《袁家三妹合稿·盈书阁遗稿》自序，王英志主编《袁枚全集》，第 7 册第 26 页。

② （清）袁枚辑：《袁家三妹合稿·素文女子遗稿》自序，同前，第 7 册第 61 页。

成。实则它们只是构成了太阳系的"内环"，而在海王星轨道以外的辽阔空间，还散布着众多柯伊伯带天体，可谓太阳系的"外环"。它们距离太阳极为遥远，却受其引力控制，并时不时闯入"内环"星体的轨道，扰动其正常运行。诗歌流派之成员构成一定程度上也是这样。领袖、核心成员、主要追随者等构成其"内环"；但除此之外，又有不容忽视的"外环"部分，这就是那些游移于诗派边缘的外围同道或受影响者。从总体的角度看，"外环"诗人群体可谓某一诗派之主要代表作家与整个诗坛交互作用的中间地带；而单从相关诗派本身出发，则他们又堪称主要代表作家们接触、影响诗坛的前沿阵地。他们的文学观念、创作特征与主要代表作家之间，呈现出若即若离的面貌，是我们研究某一诗派时难以清晰认知的一个群体。

由于该群体的存在，给我们确认某一诗派之作家名单带来很大的困扰，同时也成为清诗流派总集之范畴界定方面的困扰。如清中叶以袁枚为首的性灵诗派，当时即有"随园弟子半天下，提笔人人讲性灵"①，"子才来往江湖，从者如市"② 的描述。正因为性灵诗派的影响力太大，追随者太多，使我们无法也无从获知一份相对较全面的该派作家清单。鉴于这种情况，今人石玲提出："随园派，或者说性灵派，是一个规模巨大而又相当开放、边缘非常模糊的诗歌流派，笔者认为，把性灵派视为随园性灵诗学思想在广大的人群、广阔的地域的盛行更为合适。迄今为止，学界的研究者尚没有对该派成员作出确切的统计或区分，而且以后也不可能完成这样的工作，因为当时一方面追从者甚众，另一方面，在一定意义上说，这是有许多追求表现自我性灵而不是刻意追求扬名的人们组成的。我们所能做的，只能是将袁枚身边或积极追随袁枚的一部分诗人加以统计。"③

依据石玲的研究策略，则袁枚之妹袁棠、袁杼、袁机，以及积极追随袁枚的数十位"随园女弟子"，无疑可以归入性灵诗派之基本代表作家的范畴；而她们各自的作品合集《袁家三妹合稿》与《随园女弟子诗选》，自然也能被视为"典型"清诗流派总集的代表。但如果只是着眼于钩稽

---

① （清）韩廷秀：《题刘霞裳两粤游草》，袁枚撰、顾学颉校点《随园诗话·补遗》卷八，下册第786页。

② （清）王昶辑：《湖海诗传》卷七，《续修四库全书》第1625册，第601页。

③ 石玲著：《袁枚诗论》，齐鲁书社2003年6月第1版，第241页。

一份性灵诗派最显著的外围同道或受影响者的名单，并进而确认若干集中收入此类诗人的"非典型"清诗流派总集，却还是有可能的。兹以王文治、李调元与《四家选集》为例。

王文治在性灵诗派的形成与发展过程中起到不容忽视的作用。他和袁枚"是同志加朋友的关系，更多地参与了袁的社会活动以及精神生活"①。一则不少袁枚弟子如高云、左堉、金逸、鲍之蕙、骆绮兰等，同时又是王文治的门生；再则众多随园女弟子参与的"湖楼诗会"也有王文治的身影，"而且是袁枚之外唯一的男性与会者"②。另外，他和袁枚在诗学观念方面也是颇为契合，论诗亦标榜性灵。由于这些因素的存在，他当时即与袁枚以及性灵诗派副将赵翼齐名并称。综合上述几方面，我们完全可以视王文治为性灵诗派的同道中人。

李调元则可谓袁枚"性灵"理论与创作的热烈追捧者，曾作诗称颂袁枚："子才真是今才子，天赐江淹笔一枝。要与江河同不废，随拈花鸟别成奇。"③ 又曰："瓣香遥奉是吾师，望断龙门百尺枝。诗比渔洋声更大，老游粤海集尤奇。"④ 其《雨村诗话》称："袁子才与余前后同馆，读其诗，常慕其人，曾于视学广东时，刻其诗五卷以示诸生。"⑤ 可见他已然将袁诗视为学习诗歌创作的范本。袁枚《随园诗话》亦载李调元"抄得随园诗，爱入骨髓。时方督学广东，遂代刻五卷，以教多士"一事，并发生了"生前知己，古未有也"⑥ 的欣慰感慨。而据调元自述，袁枚尝推许《雨村诗话》之"精妙处，与老人（按，即袁枚自称）心心相印"⑦。二人诗学思想的深度契合，由此可见一斑。再就创作而言，余集《与调元书》称誉调元与袁枚的诗歌"如华岳二峰，遥遥对峙，风云变幻，两不可测"⑧；朱庭珍《筱园诗话》则贬损调元"专拾袁枚唾余以为

---

① 王平著：《探花风雅梦楼诗——王文治研究》，凤凰出版社 2006 年 12 月第 1 版，第 174—175 页。

② 同上书，第 71 页。

③ （清）李调元撰，詹杭伦、沈时蓉校正：《雨村诗话校正》卷十六，第 372 页。

④ 同上书，第 374 页。

⑤ 同上书，第 371 页。

⑥ （清）袁枚撰，顾学颉校点：《随园诗话·补遗》卷九，下册第 801 页。

⑦ （清）李调元撰，詹杭伦、沈时蓉校正：《雨村诗话校正》卷十六，第 372 页。

⑧ （清）余集：《与李调元书》，李调元撰《童山文集》卷十，《续修四库全书》第 1456 册，第 564 页。

能，并附和云松，其俗鄙尤甚，是直犬吠驴鸣，不足以诗论矣"①。余、朱二人的观点虽然大相径庭，但都堪称李、袁之间的密切关系的真实写照。

正因为王文治、李调元和以袁枚为首的性灵诗派之间有着千丝万缕的联系，所以我们有理由视之为性灵诗派的外围同道或受影响者。由此，收录袁枚、王文治、赵翼、李调元四人诗集的《四家选集》，一定程度上也就具备了"非典型"清诗流派总集的性质。此集由李调元之婿张怀淮编成于嘉庆元年（1796）前后，后即辑入李调元编纂的《函海》丛书，付梓行世。编者《序》云：

> 近人诗家中，其能以书卷写其性灵，以神气露其天趣者，首推今日"林下四老"诗。四老者，皆乾隆中进士，人称"乾隆四子"。其一为钱塘袁子才，其一为丹徒王梦楼，其一为阳湖赵云松，其一为绵州李雨村。四老惟子才寿最高，年八十，梦楼、云松亦七十余，雨村亦六十余。此四者皆由太史至外任，且现居林下，而其诗皆以性灵为主，又善用典以写其天趣者也。②

所谓"以书卷写其性灵"、"以神气露其天趣"、"诗皆以性灵为主"、"善用典以写其天趣"云云，无疑就是性灵派诗学纲领的翻版。通过它，袁、王、赵、李这四个诗学观念与创作风貌本来颇有差异的作家，被聚合到了共同的"性灵"大纛之下，同时也使这部《四家选集》带有了更加显著的流派色彩。

（三）清诗流派总集所收诗人的范围

从所收诗人之范围的角度出发，清诗流派总集有"纯粹"与"驳杂"之别。前者完全收录某一诗派基本成员的作品。后者则不同程度地阑入若干与相关诗派无甚关联的人员。譬如前及《晚清四十家诗钞》，前两卷以后期桐城派宗师吴汝纶为隐形中心，集中选录该派一批代表作家的诗作，并建构起一个后期桐城诗派的诗学谱系；第三卷所收诸人，除秦嵩系李刚

---

① （清）朱庭珍撰：《筱园诗话》卷二，同前，第2367页。
② （清）张怀淮辑：《四家选集》自序，台湾新文丰出版公司《丛书集成新编》第58册，第205页。

己弟子,亦即吴汝纶的第三代传人,可以视为桐城诗派成员外,其他大致皆为晚清其他诗派之成员或不以派称者,包括同光体闽派代表作家陈宝琛、郑孝胥,同光体赣派代表作家陈三立,湖湘诗派代表作家王闿运,中晚唐诗派代表作家樊增祥、易顺鼎,西昆体派代表作家曾广钧、汪荣宝,以及不以派称者如孙诒让、俞明震、严复等。至于第二卷卷末所收日本人森大来、永阪周等,更与桐城诗派完全无关。综计全书,凡收诗人四十一家、诗作六百四十六首,其中非桐城诗派成员二十三家,约占总人数的百分之五十六,诗则有二百零一首,所占比例亦达百分之三十一左右。作为一个流派选本,该书的驳杂程度可谓相当之高。

像《晚清四十家诗钞》这样,既体现出一定的流派色彩,又不乏驳杂成分的清诗流派总集,是一个颇为广泛的存在。这当中,收人较多的综合选本呈现出此种形态的可能性更大。即如汪学金辑《娄东诗派》那样,书名就已经明确冠以"诗派"的称号,同时卷首"例略"与具体编次安排又体现出显著的流派意识的总集,由于所收诗人多达近五百家,时段跨越自北宋至清嘉庆间的近八百年,故而颇含与严格意义上的"娄东诗派"关系较疏远,甚至无多联系者。大量不以诗名或存诗极少的作者,如北宋人龚宗元、郏亶等,只是因为其太仓人的身份,而被整合到太仓诗史源流的格局中去,成为编者建构"娄东诗派"谱系的零部件。

至于小规模选本或数人合刻总集,则更多呈现出"纯粹"的面貌。小规模选本如毛先舒、柴绍炳辑《西陵十子诗选》。此集按诗体编排,收录清初西泠(陵)诗派十位核心成员陆圻、毛先舒、吴百朋、陈廷会、张纲孙、孙治、沈谦、丁澎、虞黄昊、柴绍炳之诗作。袁枚辑《随园女弟子诗选》等与之类似。以此种面貌呈现的合刻总集更是为数众多。像张怀溎辑《四家选集》那样,将性灵诗派基本成员与非基本成员混为一编,同时又明确标举"性灵"大旗者,已然堪称这一类型清诗流派总集的特例。事实上,如果一部合刻总集既无显著的流派意识,所收作者群体又驳杂不堪的话,我们就不应视之为清诗流派总集。

(四)清诗流派总集所收诗人的性质

前文提及,一个较具规模的诗派主要由"内环"部分的领袖、核心成员、重要成员、次要成员组成,同时"外环"部分的外围同道或受影响者亦不容忽视。这些不同身份、地位的作者的交叉结合,构成了清诗流派总集所收作者之成分性质的主要表现形态。大致有以下三种情况:

一是"组合"式，即兼收某诗派各类成员者。前及《晚清四十家诗钞》、《娄东诗派》、《四家选集》等，均属此种类型。它更多出现于综合性选本，这和此类总集能容纳相对较多的诗人有关。

二是"集约"式，指专收诗派内某一类作者群体者。如乾隆年间创派的高密诗派，以李宪暹、李宪乔兄弟为核心人物，前者为开派者，后者则是扩大其影响者。二人曾将所作五律合编为《二客吟》一卷，并自加圈点。此书后来成为该派不少追随者的诗学典范。另外，单铭辑《桐鹤诗钞》亦收入李宪暹《石桐诗钞》十六卷与李宪乔《少鹤诗钞》十三卷。它们和前及《常熟二冯先生集》、《西陵十子诗选》等一样，皆集中辑录相关诗派之核心成员或重要代表作家的作品。吴伟业辑《太仓十子诗选》则代表了另一种情况。该书所收十位诗人——周肇、王揆、许旭、黄与坚、王撰、王昊、王抃、王曜升、顾湄、王摅，乃当时以吴伟业为首的娄东诗派最重要的"羽翼"诗人群。前及《袁家三妹合稿》、《随园女弟子诗选》等，所收亦分别为性灵诗派前期与后期之羽翼①。

三是那些并没有十分突出的"领袖"、"核心"、"羽翼"之区分的诗歌流派，则相关流派总集更多只能被视为代表作家之作品合集。兹以岭南诗派为例。根据近人汪辟疆、今人陈永正等的研究②，所谓岭南诗派，是伴随着岭南诗歌史的演进而逐步酝酿、形成、发展、流衍的。它肇始于唐人张九龄，经过数百年的积累、酝酿，至元末明初"南园五先生"登上诗坛，乃较为明确地形成。随后不断发展、变迁，尤其明末清初以来，更是名家辈出，佳作如林。其流风余韵，直到现代依然绵延未歇。岭南诗派变迁史上产生过很多诗人群体。他们中的相当一部分，在诗派的不同历史阶段扮演了重要角色，或推动其发展，或扩大其影响，或转变其诗风，称得上是该派各个时期的旗帜性人物。而集中选录这些诗人群体作品的总集，自然可以作为岭南诗派史的坐标与缩影看待。

此类总集的编纂源远流长。早在明嘉靖与崇祯年间，就先后有谈恺、

① 关于袁枚以外的性灵派前、后期主要成员，王英志著《性灵派研究》（辽宁大学出版社1998年5月第1版）第七至十章有较详细论列，可参。

② 可参见汪辟疆《近代诗派与地域》一文之"岭南派"部分（收入作者论文集《汪辟疆文集》与《汪辟疆说近代诗》［上海古籍出版社2001年12月第1版］）、陈永正《岭南诗派略论》一文（载《岭南文史》1999年第3期）及其专著《岭南诗歌研究》第二章《岭南诗派》，中山大学出版社2008年2月第1版。

陈暹辑《广中五先生诗》与葛征奇辑《南园前五先生诗》问世，均着眼于收录岭南诗派早期代表作家"南园五先生"——孙蕡、王佐、黄哲、李德、赵介的诗歌。另外，嘉靖、隆庆年间刊刻的《广中四杰集》亦收录孙蕡、王佐、黄哲、李德之作品。降至清代，此类总集的编纂风气大开，其中既有陈文藻等辑《南园后五子诗集》这样的明诗总集，选收"南园后五子"，亦即中晚明人欧大任、梁有誉、黎民表、李时行、吴旦的作品；更多则是选收清代本朝人诗作的清诗总集，主要有：

王隼辑《岭南三大家诗选》，凡二十四卷，康熙三十一年（1692）刻，收梁佩兰、屈大均、陈恭尹之诗集。三人均为清初最负盛名的岭南诗人，甚至堪称整个岭南诗派史上最具代表性的诗人。他们使岭南诗派从此"以崭新的面目崛起于中国诗坛"[1]。

刘彬华辑《岭南四家诗钞》，不分卷，嘉庆十八年（1813）刻，收张锦芳、黄丹书、黎简、吕坚之诗集。乾隆四十一年（1776），张、黄、黎、吕订交，时人称为"岭南四家"。他们都是乾隆后期岭南诗坛最具代表性的人物，"继承了'岭南三大家'的优良传统，一扫雍正及乾隆初年广东诗坛中庸滥的诗风，使岭南诗歌走上健康发展的轨道"[2]。

黄玉阶辑《粤东三子诗钞》，凡十四卷，道光二十二年（1842）刻，收谭敬昭、黄培芳、张维屏之诗集。嘉庆年间，谭、黄、张三人有诗名于时，并称"粤东三子"。

盛大士辑《粤东七子诗》，凡六卷，道光二年（1822）刻，收谭敬昭、林联桂、吴梯、黄玉衡、张维屏、黄培芳、黄钊之诗集。道光初年，谭敬昭等七位岭南诗人客居北京，互结为文字交，唱酬甚密，一时有"粤东七才子"之称。

（五）清诗流派总集与诗派发展之过程与阶段

最后再从纵向的角度，探讨清诗流派总集和相关诗派发展过程与阶段的关系。

清代诗歌流派大都有一个形成、流变的过程，少则十余年，如清末诗界革命派；多则数百年，如岭南诗派。综观清代乃至民国年间问世的清诗流派总集，基本上没有哪部能全程容纳相关诗派的各个发展时段，而只能

---

① 陈永正著：《岭南诗歌研究》，第100页。

② 同上书，第108页。

或对某一特定发展阶段作截面式的反映，或由于涵盖时段较长，因而可以折射出相关诗派在某一特定时期内的演变过程。

先看第一种情况。这可以诗界革命派与《诗界潮音集》为例。诗界革命始于戊戌变法前梁启超等的"新诗"创作实验，发展于梁启超主办《清议报》和《新民丛报》时期，在《新小说》创刊后进入高潮，前后持续十余年。该派的活动时间虽然不长，但其间仍旧出现了显著的变化，大致可以分为三个阶段：

首先是"新诗"阶段。光绪二十一年冬至二十二年（1895—1896）春，夏曾佑、梁启超、谭嗣同聚会于北京，共同创作了一组"新诗"。在创作过程中，他们"颇喜捃扯新名词以自表异"①，使用了大量枯涩的翻译词语与生硬的自造隐语。此种创作取向有悖于诗歌审美的基本原则，是显而易见的。它显示了诗界革命先行者们摸索诗歌创作新路径、新风貌时的艰辛与曲折。

梁启超主编《清议报》与《新民丛报》时期，是诗界革命发展的第二阶段。光绪二十四年（1898）维新变法失败后，梁启超东渡日本，当年十月即创办《清议报》，并开辟专栏"诗文辞随录"，专门用以发表诗界革命派及其同道中人的诗作。它的创办，给该派诗歌创作"提供了公开的阵地，将许多作者集结起来"②，使其规模与影响大大超出前一阶段。在此基础之上，梁启超乃于翌年年底总结了新派诗创作的经验教训，正式提出"诗界革命"的口号。光绪二十七年（1901）十一月，《清议报》在发行了第一百期后，宣告停办。三年间，"诗文辞随录"专栏共发表一百多位作者的八百多首诗歌。此后不久，梁启超主持的新民社又有辑印《清议报全编》之举。他们本来拟"将原文依样排印。继思原本论说书籍等项，大率长篇巨构，连亘数册或数十册，文气隔断，读者苦之；又其中记事亦随时载笔，不能连络，而过去事迹已成明日黄花者亦不少。是以重行编辑一次，将全编文字分别部居，不相杂厕，断者连之，阙者补之，无用者删之，大率删去者十分之四，补入者十分之二，以一月之功编成今本"③，遂

① 梁启超撰：《饮冰室诗话》，同前，第374页。

② 张永芳著：《诗界革命与文学转型》，中国社会科学出版社2004年12月第1版，第142页。

③ 横滨新民社辑：《清议报全编》卷首《编辑清议报全编缘起及凡例》第一款，《近代中国史料丛刊三编》第141册，卷首第1页。

使《清议报全编》呈现出"名虽为报,而其中实含佳书三十余种之多,实新学界之一大丛书"①的面貌。"诗文辞随录"栏目所收诗人诗作也在这个过程中被聚合到一起,形成《诗界潮音集》一书,收入《清议报全编》第四集"文苑"部分。

需要指出的是,所谓"诗界潮音集",本为《新民丛报》的一个栏目的名称。和"诗文辞随录"一样,"诗界潮音集"栏目也专门发表诗界革命派及其同道中人的诗作,它从创刊伊始到出版第五十四期后被取消为止,共刊登五十多位作者的五百余首诗。我们可以把它和《清议报全编》所收《诗界潮音集》等量齐观,作为一部特殊的清诗总集看待。

《诗界潮音集》及"诗界潮音集"栏目所收诗作较之前一阶段,有了不小的变化。关于这一点,民国人杨世骥即指出:"当日新诗运动好比维新变法,只能搬一些新名词来做装潢,就是因为形式未能彻底解决的原故。不过,就史的立场来看,《诗界潮音集》中的作品,相比较两年前谭、夏诸人的'新诗'进步了。"②今人张永芳、郭延礼更加深入地探讨了该现象。综合他们的意见,可知《诗界潮音集》所收作品虽然也使用新名词,但是多为当时较通用的新词语,很大程度上已经摆脱了前一阶段的肤浅幼稚。在诗歌形式方面,则表现出更多的革新精神,突破了前一阶段以五七言古诗、律诗、绝句为主的格局,创作了较多杂言体长篇,有的还表现出明显的散文化倾向;同时又受民歌和民间说唱的影响,创作了一批通俗化诗作,等等。③

可以说,诗界革命派发展的第二阶段主要就是以《清议报》之"诗文辞随录"专栏与《新民丛报》之"诗界潮音集"专栏为依托。它在诗歌语言与体裁等方面均对前一阶段形成了较大突破,尤其是通俗化趋势"在《新小说》创刊后有了进一步的发展,诗界革命也就进入了高潮阶段"④。而《清议报全编》所收《诗界潮音集》及《新民丛报》之"诗界

---

① 横滨新民社辑:《清议报全编》卷首《本编之十大特色》第二款,同前,卷首第5页。

② 杨世骥:《〈诗界潮音集〉》,牛仰山编《中国近代文学论文集(1919—1949)》(概论·诗文卷),中国社会科学出版社1988年9月第1版,第220页。

③ 可参见张永芳著《诗界革命与文学转型》第一辑第一部分《诗界革命的发生与发展》,及第二辑所收《试论晚清诗界革命的发生与发展》一文;郭延礼《中国前现代文学的转型》第十四章第四部分《"诗界潮音集"的评价》,山东大学出版社2005年10月第1版。

④ 张永芳著:《诗界革命与文学转型》,第16页。

潮音集"专栏，正是这个承前启后阶段的缩影。

至于第二种情况，则可以桐城诗派及潘江辑《龙眠风雅》与《续集》、徐璈辑《桐旧集》、吴闿生辑《晚清四十家诗钞》等为例。桐城派是一个兼具学派、文派和诗派等多重样态的文化复合体。它的兴起、发展、演变的过程纵贯整个清代，其流风余韵则一直绵延至民国年间。

综合清代以来诸家的意见，桐城诗派的缘起可以追溯至明代前期。桐城人诗作"宋元以前，湮没莫考。断自洪、永，渐有闻人"，其时有方法、姚旭等"狎主吟坛，允推鼻祖"。① 至明正德、嘉靖间人齐之鸾，"有诗文名，开吾乡风气之始……诗有气力精思，往往造语出人意表。大抵皆一路孤行，无所依附"②。迨明末清初钱澄之、方以智、方文诸人出，乃"自成体貌，大开宗风"，堪称桐城诗派之开山，此外又有"吴令仪、方孟式、方维仪、方拱乾、方授、姚康、潘江、吴道新、陈焯、方贞观、方世举、马朴臣……或同时扬镳，或踵起继美，济济跄跄，一时称盛，诗派规模，于是初启，不仅为一邑之光，且开了一代风气"③。要之，明初至清初的三百余年，是桐城诗派的形成阶段。这一时期该派的代表诗人，多见于清初人潘江编纂的桐城诗歌总集《龙眠风雅》与《龙眠风雅续集》，是为桐城派诗人诗作的第一次大规模汇聚。

不过，虽然明末清初时桐城就已经出现诗人辈出的景象，但"犹未及其盛"④，真正大振桐城诗学的，还是清中叶人刘大櫆、姚范、姚鼐等。根据吴孟复的研究，经过刘、姚等人的努力，清中叶桐城诗派至少在以下两方面有了较大的开拓：其一，钱澄之、方以智等明末清初桐城诗人"虽诗功甚深，然时际乱离，未暇讲授，仅有查慎行从钱受业，以开浙派，此外沾被未广。刘、姚则际承平之时，以教授为业，且皆年登八十，老而诲人弥勤，因之造就人才尤多。若朱雅、李仙枝、王灼皆刘之弟子，陈家策等亦得其教；其在外省者，则有朱孝纯等人。姚之弟子尤多，梅曾亮、姚莹、刘开皆兼擅诗文"⑤，从而把桐城诗派由一个较单纯的地域流派提升为颇具全国影响的大派。其二，刘、姚等人之诗作、诗论在当时独

① （清）潘江辑：《龙眠风雅》发凡第一款，同前，第8页。
② （清）钱澄之撰，彭君华校点：《田间文集》卷十二《齐蓉川先生集序》，第218页。
③ 吴孟复著：《桐城文派述论》，安徽教育出版社2001年7月第2版，第28页。
④ （清）徐璈辑：《桐旧集》姚莹序，卷首第1b页。
⑤ 吴孟复著：《桐城文派述论》，第33页。

树一帜，不附和神韵、格调、性灵等流行之派别，"兼有三派之长，而独立于三派之外"①。可以说，"刘大櫆、姚鼐既出，而'诗派'之特色益显"②。

清中叶桐城诗派的大发展、大繁荣，造就了又一部大型桐城诗歌总集——《桐旧集》。此集凡四十二卷，采收明初至清道光间一千二百余位桐城诗人之诗作七千七百余首，约编成于道光十五年（1835），道光三十年（1850）、咸丰元年（1851）间刊刻。全书在涵盖时段、收人辑诗数量两方面，较之《龙眠风雅》与《龙眠风雅续集》更占优势，因而也更加全面地反映了桐城诗派从初始期至清道光年间的形成、发展、兴盛的轨迹。

降至清末，桐城本邑诗学承传依然绵延不绝；同时，由于姚鼐等的崇高地位与巨大影响，大批外地人士先后聚合到桐城派的旗帜下，和桐城本邑人士一起，共同传承发扬桐城宗风。关于这一点，钱基博指出："姚氏自范以诗古文授从子鼐，嗣是海内言古文者，必曰桐城姚氏，而鼐之诗则独为其文所掩。自曾国藩昌言其能以古文之义法通于诗，特以劲气盘折；而张裕钊、吴汝纶益复张其师说，以为天下之言诗者，莫姚氏若也，于是桐城诗派始称于世。"③ 这里提到的湖南湘乡人曾国藩及其两大弟子——湖北武昌人张裕钊与桐城人吴汝纶，都在清末桐城诗派流变史上扮演了重要角色。他们在桐城乃至全国各地的师友门生聚合交织到一起，构成了清末桐城诗派的基本阵容与传承脉络。这种复式组合在吴闿生辑《晚清四十家诗钞》中，有着显著体现。全书凡包含清末桐城诗派四代成员之诗作。第一代为吴汝纶之兄汝绳、汝纯，及其同门张裕钊；第二代为吴汝纶、张裕钊施教的桐城故家子弟，如姚永概、方守彝等，以及南北后进，如江苏南通人范当世、山东胶县人柯劭忞等；第三代多为范当世、姚永概等施教的北方士人，如直隶南宫人李刚己、直隶高阳人韩德铭、直隶任丘人籍忠寅、直隶大城人邓毓怡、直隶饶阳人常堉璋等；第四代则有李刚己弟子秦嵩。通观全书，可谓清末数十年间桐城诗派之最后历程的生动展现。

## 二　清诗流派总集的功能

关于清诗总集对于清代诗歌流派的价值与功能的问题，主要可以从以

---

① 吴孟复著：《桐城文派述论》，第 35 页。

② 同上书，第 34 页。

③ 钱基博：《现代中国文学史》，《近代中国史料丛刊续编》第 825 册，第 156 页。

下两大层面来考察：其一，流派自身兴变过程中清诗总集所起的作用；其二，清诗总集对于后人认识、研究清代诗歌流派的作用。这里主要谈第一个层面。

由于清诗总集的编刻活动基本上局限在相对较短的时间段内，而清诗流派则往往有一个形成、发展、流衍的过程，所以，如果说清诗流派是以线的形态而存在的话，那么与之相关的清诗总集就可以被视为线上的一个点或线段。二者间的这种差异，使得清诗总集相对于清诗流派的作用与影响主要存在两种情况：若点或线段处于线的偏前中的位置，则它可能对诗派的形成、发展起到推动、促进的作用；若处于偏中后的位置，则它可能起到汇总诗派之创作实绩，甚至建构诗派之脉络谱系的作用。当然，如果某一清诗流派有着较为绵长的演化过程的话，则这两种情况又可能会历时地交错出现。

先看第一种情况。

总集在很多文学流派的形成、发展过程中扮演着重要角色。如南宋人陈起辑《江湖集》，便是江湖诗派兴变史上的一个里程碑式的标志。它的刊行，"使江湖诗人作为一个群体而立于诗坛，由过去散漫的聚合，一变而为集团性的活动，从而扩展了其在诗坛的影响"[1]，可谓起到了聚合创作群体、阐扬本派声名的巨大作用。另外，标举本派宗风也是若干总集的重要功能之一。如朱彝尊辑《词综》以宗法南宋，标举醇雅，推尊姜夔、张炎为选词理念，它作为一部示范性选本，某种程度上为浙西词派日后的发展壮大奠定了理论与创作两方面的基调。其他如明钟惺、谭元春辑《诗归》、姚鼐辑《古文辞汇纂》、张惠言辑《词选》等，亦皆堪称竟陵诗派、桐城文派、常州词派的旗帜性选本。此类总集往往出自流派中人之手，他们有意无意间借助总集所具有的聚合群体、标举宗风、阐扬声名等功能，促进了流派的形成，推动了流派的发展，扩大了流派的影响；而相关总集本身，自然也就成为该派兴变史上的阶段性标志。

具体就清诗总集而论，拥有类似功能者也是不在少数。其中的早期典型代表，应推毛先舒、柴绍炳辑《西陵十子诗选》与吴伟业辑《太仓十子诗选》。

---

① 陈文新著：《中国文学流派意识的发生和发展——中国古代文学流派研究导论》，武汉大学出版社 2003 年 11 月第 1 版，第 252 页。

《西陵十子诗选》凡十六卷，刻于顺治七年（1650），分体选收清初西泠诗派十位代表作家，亦即"西泠（陵）十子"——陆圻、毛先舒、吴百朋、陈廷会、张纲孙（又名张丹）、孙治、沈谦、丁澎、虞黄昊、柴绍炳之诗作。

关于西泠诗派与"西泠十子"的关系，陈康祺《郎潜纪闻初笔》卷十四载："康熙间，陆圻景宜、毛先舒稚黄、吴百朋锦雯、陈廷会际叔、张纲孙祖望、孙治宇台、沈谦去矜、丁澎飞涛、虞黄昊景明、柴绍炳虎臣，称'西泠十子'，所作诗文，淹通藻密，符采灿然。世谓之'西泠派'。"① 可见所谓"西泠十子"，就是西泠诗派的初始成员与中坚力量，无"西泠十子"，也就无所谓西泠诗派；而当十子"影响开去，队伍扩大，于是成功为西泠派"。②

和许多诗人集团一样，从十子的相互结交、聚合，到这个并称形式最终定型，经历了一个过程。明崇祯十二年（1639），沈谦访毛先舒于清平山，从此定交。同年，张纲孙亦先后与毛先舒、孙治定交。崇祯十七年（1644），沈、张、毛三人登南楼饮酒赋诗，时称"南楼三子"。而据今人李康化的研究，所谓"西泠十子"的名号，甚至初无定指，因为吴颢辑《国朝杭郡诗辑》卷二所载吴百朋《西泠十子咏》一诗，乃以陆圻、徐继恩、柴绍炳、陈廷会、沈兰先、孙治、陆阶、张纲孙、毛先舒、虞黄昊为"西泠十子"，增出徐继恩、沈兰先、陆阶，却无沈谦、丁澎乃至吴百朋本人。③ 所以，研究者一般将《西陵十子诗选》的编刻，视为"西泠十子"的名称最终定型的标志。④

由此可见，顺治七年（1650）问世的这部《西陵十子诗选》，可谓在西泠诗派兴变史上起到了奠基石的作用。通过它，西泠诗派的十位核心成

---

① （清）陈康祺撰，晋石点校：《郎潜纪闻初笔、二笔、三笔》，中华书局 1984 年 3 月第 1版，上册第 293—294 页。

② 朱则杰著：《清诗史》，第 28 页。

③ 参见李康化著《明清之际江南词学思想研究》，巴蜀书社 2001 年 11 月第 1 版，第 99 页。

④ 例如：吴熊和《〈西陵词选〉与西陵词派——明清之际词派研究之二》一文云："毛先舒、柴绍炳辑《西陵十子诗选》，刊于顺治七年（1650），十子的名称终于定型。"（收入作者论文集《吴熊和词学论集》，杭州大学出版社 1999 年 4 月第 1 版，第 413—414 页）朱则杰著《清诗史》云："毛先舒和柴绍炳同订《西陵十子诗选》，标志着这个诗歌集团的最终形成。"（第 28页）李康化著《明清之际江南词学思想研究》亦云："'西陵十子'的最终定名，当与《西陵十子诗选》的选辑刊行有关。"（第 99 页）

员正式获得聚合与凝定，从而首次集体亮相于清初诗坛。具体来看，这次集体亮相有如下几个特点：

其一，它是群体诗学活动的直接产物。柴绍炳序云："曩仆与景宜将举《西泠文选》之役，拟网罗群制，勒成一编，遭乱忽忽，兹事不果。年齿增长，旧游凋谢，鲲庭（按，即陆培，鲲庭其字）玉折，骧武（按，即陆彦龙，骧武其字）兰摧。因念岁月匆匆，事会难必，相知定文，宜属何等？于是毛子稚黄悯焉叹兴，要仆暨诸子，先以次第唱酬有韵之言斟酌论次，录而布诸。"① 可见柴绍炳与陆圻曾有编纂《西泠文选》的计划，因乱未果；后由毛先舒倡议，邀集诸子先以唱酬诗纂为一编，是为《西陵十子诗选》之由来。张纲孙《从野堂诗自序》亦云："二十九岁时，与友人陆大丽京、柴二虎臣、孙大宇台、沈四去矜、毛五稚黄、丁七飞涛朝夕吟咏，因有《西陵十子》之选。"② 同样印证了这一点。所以，"西泠十子"较之某些松散随意、声气标榜色彩浓重的并称诗人群体，大不相同。他们之间确实有着密切的交游关系，群体诗学活动的记录也是确凿无疑。这一则为《西陵十子诗选》的编纂提供了丰富的选源；再者，也使其最终成长为一个联系紧密的诗人集团具备了更加牢固的基础。

更重要的是，在交游关系之外，十子的诗学背景与宗尚也是颇为接近。他们都受到云间派领袖陈子龙的深刻影响。早在明末崇祯年间，陆圻就曾与陈子龙共结"登楼社"，接受其诗学主张，后又以陈子龙集传授沈谦诸人，遂竞相仿效。陈子龙出任绍兴推官后，经常往来于杭州，其间每每对他们亲加指教提携。由此可见西泠、云间两派的密切关系。关于这一点，同时代人吴伟业《致孚社诸子书》便已指出："西陵，继云间而作者也。"③ 清末民初人杨钟羲《雪桥诗话》亦云："陈卧子司李绍兴，诗名既盛，浙东西人无不遵其指授。'西泠十子'，皆云间派也。"④ 这可谓

---

① （清）毛先舒、柴绍炳辑：《西陵十子诗选》柴绍炳序，顺治七年（1650）还读斋刻本，卷首第1b页。

② （清）张丹（纲孙）撰：《张秦亭诗集》自序，《四库全书存目丛书》集部第210册，第491页。

③ （清）吴伟业撰，李学颖集评标校：《吴梅村全集》卷五十四，上海古籍出版社1990年12月第1版，下册第1087页。

④ 杨钟羲撰：《雪桥诗话》卷一，台湾新文丰出版公司《丛书集成续编》第202册，第630页。

"西泠十子"和一般的诗人并称群体之间最为根本的差异所在。

从清初诗坛的历史进程来看，顺治七年（1650），这批青年诗人刚刚步入主流诗坛不久，年长的陆圻不过三十六岁，年轻的丁澎只有二十八岁，其影响力与受瞩目程度较之钱谦益、吴伟业，乃至三年前身故的陈子龙等诗坛耆宿、一派领袖，可谓有天渊之别。不过，共同的生活地域、密切的交游关系、近似的诗学宗尚，却已然为他们的齐名并称、树帜立派，准备了充分而良好的条件。待到《西陵十子诗选》于该年成功推出，"西泠十子"的名号也随之正式凝定，乃为已有的齐名、创派条件提供了实质性的载体——有组织的创作队伍。它们互为结合之后，所谓西泠诗派已是呼之欲出。

如果说《西陵十子诗选》的功能主要在于聚合西泠诗派之核心成员的话，那么，《太仓十子诗选》则起到了为娄东诗派培植羽翼、阐扬声名的作用。

此集约成书于顺治十七年（1660），凡十卷，由清初娄东诗派领袖吴伟业主持编选。所收十位作者大致均为从伟业学诗者，在诗歌创作方面得到了他的亲自指点、提携。程邑《太仓十子诗叙》"娄江诗才，推梅村吴先生为领袖；'十子'晨夕奉教，故能各臻胜境"① 云云，便道出了这层传承关系。吴门弟子当然远不止十人。陆元辅《王怿民诗序》载："甲（顺治元年甲申，1644）、乙（顺治二年乙酉，1645）以来，以诗鸣江左者，莫盛于娄东。其体大率以三唐为宗，而旁及于国朝高、杨、何、李诸作；其人则吴梅村先生为之帜志，相与唱酬者，周子淑诸子及太原昆季也。百里之间，金春玉应，沨沨乎，洋洋乎，洵风雅之都会哉！"② 可见在清初时的太仓，吴伟业的声望何其之高，生徒何其之众。

由于吴伟业本身就是当时的诗坛泰斗，在诗歌创作与理论两方面都完全足以自成一家，再加上逐渐拥有了一批众星捧月般的弟子群从，从而使他具备了以自己为中心，创派立帜的条件。吴伟业没有浪费如此优越的条件，而是以实际行动来推进娄东诗派的形成与发展。这其中的突出表征之

---

① （清）吴伟业辑：《太仓十子诗选》程邑叙，《四库全书存目丛书》集部第 384 册，第 790 页。

② （清）陆元辅撰：《陆菊隐先生文集》卷六，转引自马卫中《明末清初江苏诗歌总集与诗派之关系》，《苏州大学学报》2008 年第 5 期，第 49 页。

一，就是《太仓十子诗选》的编选。在他的主持策划下，十位得意门生被冠以"太仓十子"的称号，其优秀诗作也被挑选出来，纂为总集。卷首所载吴氏自序，更是对十子诗歌作了大力阐扬，相关文字说：

> 輓近诗家，好推一二人以为职志，靡天下以从之，而深推源流之得失。有识慨然思拯其弊，矫枉过正，势不得不尽排往昔之作者，将使竖儒小生，一言偶合，遂躐等而踞其巅，则又何可长哉？即以琅琊王公之集观之，其盛年用意之作，瑰词壮响，而晚岁未免隤然自放；若必欲申此诎彼，以为有合于道，或未可以为定论也。今此十人者，自子俶（按，即周肇，子俶其字）以下，皆与云间、西泠诸子上下其可否；端士（按，即王揆，端士其字）、惟夏（按，即王昊，惟夏其字）兄弟，则为两王子孙，乃此诗晚而后出，雅不欲标榜先达，附丽同人，沾沾焉以趋一世之风习。《书》曰："诗言志。"使"十子"者不矜同，不尚异，各言其志之所存，诗有不益进焉者乎？①

吴伟业首先将十子的诗歌创作放在明末清初诗史流变与诗坛论争的大背景下。在他看来，当时诗坛长期存在"好推一二人以为职志，靡天下以从之"的不良风气，从这种狭隘的门户观念出发，人们每每"申此诎彼"、"矫枉过正"、"尽排往昔之作者"，给诗歌创作的健康发展带来无穷祸患。令他感到欣慰的是，作为诗坛后进的"太仓十子"没有"标榜先达，附丽同人，沾沾焉以趋一世之风习"，而是"不矜同，不尚异，各言其志之所存"，抒写一己之性情，真正体现了传统的"诗言志"精神。由此，吴伟业乃高调宣称，他所培养、推介的"太仓十子"的创作水准，已然达到了和"云间、西泠诸子"等成名诗人比肩絜大的高度；再联系文末"诗有不益进焉者乎"的乐观预测，可见其为鼓吹十子之诗名，确实堪称不遗余力。

要之，《太仓十子诗选》的背后，蕴含着吴伟业栽培本派羽翼、阐扬本派声名的意图。所谓文学流派，从根本上说，就是一个作家群体。因而若欲树帜立派，必然要求聚合起一支颇具共同语言的创作队伍。近人王葆心"文家须先有并时之羽翼，后有振起之魁杰，而后始克成为流别，于

---

① （清）吴伟业辑：《太仓十子诗选》自序，同前，第787—788页。

以永传"① 云云，便揭示了这一点。从这个意义上讲，吴伟业在家乡广授生徒，从中挑选出十位佼佼者之诗作，纂成《太仓十子诗选》，并大力鼓吹阐扬的行为，正是他为促进娄东诗派的形成与发展而作的努力。

再看第二种情况。

在某一诗派已经获得较充分的发展、演变之后出现的清诗流派总集，自然往往能不同程度地汇总一批该派诗人之创作实绩，可不具论。值得引起注意的是，某些收入辑诗数量较多的综合选本还可能广泛展示相关诗派之作家阵容，并提供其脉络谱系。这无论是对相关诗派自身的进一步发展、演变，还是我们今天更加真切、全面地认识该派，都具有颇为重要的意义。兹以汪学金辑《娄东诗派》为例。

《娄东诗派》是一部江苏太仓诗歌总集，凡二十八卷，刻于嘉庆九年（1804），其中卷二十七末附释惟信、席应真等七位"方外"诗人，卷二十八收王慧、王佩华等三十位"闺雅"诗人。全书综计辑录自北宋至清乾隆间四百八十七人之诗作，可谓对历代太仓诗歌进行了一次系统的清理汇总。

不过，此集较之通常以辑存文献为旨归的地方类清诗总集，颇有差别。编者自述："程迂亭（按，即程穆衡，迂亭其号）曾辑娄诗，曰《鸟吟集》，所收颇广，惜未加鉴择。是编汰其十之七，益其十之六。盖意存派别，各有取裁。"② 可见他在编选过程中贯彻了显著的派别意识。具体来说，他先是将狭义的清初以吴伟业为首的"娄东诗派"予以扩大，为之追溯源头，梳理脉络，使一般意义上的太仓地方诗史转换提升为"娄东诗派"之源流；同时，他也没有采用普遍存在于各级地方类清诗总集的发幽阐微、取舍天平向中低层次作者倾斜的体例，而是有意识地突出娄东诗派各个演变阶段的重要代表诗人，揭橥盟主，树立正宗，标示传承统绪。两方面合在一起，使该书既广泛展示了截至乾隆末年的娄东诗派作家阵容，又初步建构起一个娄东诗派传承脉络与诗人谱系。

此种功能的实现，主要经由卷首"例略"与正文编排形式两大途径。

---

① 王葆心编撰，熊礼汇标点：《古文辞通义》卷六，武汉大学出版社 2008 年 10 月第 1 版，第 210 页。

② （清）汪学金辑：《娄东诗派》例略第十七款，《四库未收书辑刊》第九辑第 30 册，第 3 页。

先说"例略"。该篇文字凡二十款,前十六款简明扼要地拈出北宋以降各个时期太仓最重要的代表诗人,对其诗学风貌、诗史地位、传承关系分别予以评述,兼及人品、学养等。可以说,这篇"例略"较之一般仅仅撮叙全书编选宗旨、取舍标准、编排方式的总集凡例,是大异其趣的。它清晰而系统地展现了北宋至清中叶太仓诗歌兴起、发展、繁荣、流衍的历程,完全称得上一篇太仓诗歌史略。更为重要的是,编者在具体评述过程中,又赋予这一兴变历程以鲜明的流派色彩。他首先追溯娄东诗派的缘起,提出:

> 娄地介江濒海。至宋,龚氏、郏氏首以文学显。元初通海运,屹为巨镇,太仓之名始著。延佑间,为昆山治。其后杨铁崖、顾仲瑛主东南坛坫,冠盖云集,振起风雅,以逮明兴。凡瞿惠夫、姚子章、郭羲仲、吕敬夫而下十余人,考厥居址,皆为娄产。昔人登之里志,信矣。录其遗什,娄诗之权舆也。①
>
> 龚安节,人品最高,性情、境诣雅近渊明,诗亦得其神似,实开娄派之祖。②

所谓"龚氏"、"郏氏",指宋代龚宗元、龚程、龚况、龚明之祖孙四代,以及郏亶、郏乔父子,他们可谓首开娄东诗歌创作风气者。降至元末明初,娄东诗学氛围渐趋浓厚,出现了诸如瞿智(惠夫其字)、姚文奂(子章其字)、郭翼(羲仲其字)、吕诚(敬夫其字)、王履、殷奎、袁华等,参加过著名诗人杨维桢、顾瑛分别主持的风雅集会,当时小有名气的诗人。然而值得注意的是,虽则从北宋到明初经历了三百余年的漫长时光,见收于《娄东诗派》的诗人也多达三十三位,但编者仍然将这一时期定位为娄东诗派的发轫、酝酿阶段。而被他推上娄东诗派开派祖师之宝座的,却是明代文学史上并不算引人注目的龚诩(安节其谥)。

编者作如此处理,自有其标准所在。通常来说,确认某一文学流派的开派祖师,并非简单的时间先后标尺就能轻易解决,而需要综合考量相关流派自身的演进阶段、早期作家们的综合素质等多重因素。即如明清以来

---

① (清)汪学金辑:《娄东诗派》例略第一款,同前,第2页。
② (清)汪学金辑:《娄东诗派》例略第二款,同前,第2页。

粤人为岭南诗坛梳理源流、追封始祖，往往回溯到官至宰相、声名甚佳的唐代著名诗人张九龄那里，而非或作品无存、或诗名不彰、或成就一般的西汉人张买，东汉人杨孚，南朝梁人冯融、廖冲、侯安都，南朝陈人刘删等，便显示了这一点。同样道理，龚诩之所以能从三百余年间的三十多位太仓诗人中脱颖而出，摘得汪学金授予的娄东诗派开派之祖的桂冠，也是其综合条件相对较为突出的缘故。此人字大章，号莼庵，生于明洪武十五年（1382）。父龚誉曾官兵科给事中，以谏易储事忤朱元璋，籍其家，谪为五开守卒。诩遂隶军籍，年十四为戍卒，"候补得辽阳"①，建文帝时调守南京金川门。不久，燕王朱棣发动靖难之变，夺取皇位。诩于金川门被破、建文帝失踪后，恸哭遁去，变姓名为王大章，"匿江阴、常熟间，然时闻窃窃追讨声，夜走任阳，寄马、陈二家。二家故多藏书"②，因遍读其书，凡历二十余年。明宣宗即位后，禁稍解，乃归里卖药授徒。龚诩为人"刚肠疾恶，而言必以忠信孝友训子弟，委屈详尽，尤长于诗"③，故颇有名于时。正统四年（1439），周忱巡抚江南，具礼访诩，诩"为条上便宜二十事，次序行之，东南以安居"④。周忱又两荐诩为松江、太仓学官，诩曰："即诩非食禄之臣，仕亦无害，但恐负往日城门一恸耳。"⑤ 因坚辞不就，而"继后巡抚者，亦皆有书论世务"⑥。无子，独与一老婢居破庐中，有田三十亩，平日"种豆植麻，歌咏自得，而于声利纷华，泊如也"，年八十八卒，"卒时整冠端坐，读《大学》一章，有气起屋上。门人谥曰'安节先生'"⑦。福王时追赠翰林院待诏，仍谥安节。

　　龚诩传奇的一生、高尚的节操与多样的才华，得到了当时及后人的交口称誉。李贽赞美说："此人质任自然，可与之共学矣，在门墙为孔门上上品，非正学所能教也。"⑧ 张大复认为其《野古集》"大都忠愤之气，

① （明）张大复撰，方惟一辑：《吴郡人物志》，《明代传记丛刊》第149册，第95页。
② 同上。
③ （清）徐开任辑：《明名臣言行录》卷十三，《明代传记丛刊》第50册，第592页。
④ （明）张大复撰，方惟一辑：《吴郡人物志》，同前，第95—96页。
⑤ 同上书，第96页。
⑥ （清）徐开任辑：《明名臣言行录》卷十三，同前，第592页。
⑦ 同上。
⑧ （明）李贽撰，张光澍点校：《续藏书》卷七，中华书局1959年10月第1版，上册第127页。

光芒陆离，不可磨灭……纲常攸赖，前际后际，才有总萃者焉"①。汪学金同样给予他高度评价：

> 安节先生忠孝发于天性，其却聘有云："某仕固无害于义，恐负往日金川门一恸耳。"可谓确乎不拔者矣。其诗真朴洒落，不事修饰，非中有所得者不能道。至于乡邦利病，每形于言。乐天忧世，得圣贤之全体。吾乡风雅、理学，皆自先生启之。信乎匹夫而为百世师哉！②

在汪氏看来，龚诩的道德节操堪称士大夫之楷模。他食君之禄，忠君之事，始终固守着明建文帝之臣子的身份；同时砥砺名节，致力于伦理道德修养的提升完善。他虽然身在草野，却主动承担社会责任，既广授生徒，传播文化，又关注民生疾苦，"乡邦利病，每形于言"，而当巡抚周忱拜访他时，更是"条上便宜二十事"，将其经世济民的愿望展现无遗。龚诩的浩然正气与磊落风骨，为他赢得了后人的普遍尊重，"安节"之佳谥在朝野两端都得到认同，即为明证。道德、事功而外，龚诩在诗歌创作方面，也取得了一定的成绩。汪学金以为龚诗"真朴洒落，不事修饰"，神似陶渊明。究其所以然者，应与龚氏高洁的人品密切相关，是其"雅近渊明"的"性情"、"境诣"自然贯注的结果。由此可见，龚诩一人而兼具较高的人品、不俗的诗品，在道德、文章乃至事功等方面均颇有可观，某种程度上可谓集立德、立功、立言于一身。而反观此前的太仓诗人如北宋人郑宣、郑乔等，虽有治水的功业，但文学欠佳；至如元人吕诚、王履等，则文学尚可，无奈道德、事功乏善可陈。比较之下，龚诩凭借其"乐天忧世，得圣贤之全体"的精神修为，"匹夫而为百世师"的社会担当，以及直抒胸臆、性情深挚的诗歌创作，具备了作为士人楷模的综合条件。所谓"实开娄派之祖"云云，很大程度上应是针对他开启了太仓地区"风雅"与"理学"两方面的正大传统而言的。

确认了娄东诗派的开派之祖后，汪学金乃迤逦而下，为该派梳理演变历程，曰：

---

① （明）张大复撰，方惟一辑：《吴郡人物志》，同前，第96页。
② （清）汪学金辑：《娄东诗派》卷二，同前，第28页。

张亨父，陆鼎仪、文量，称"娄东三凤"，诗名著天顺间，李宾之极为推服。①

弘治初建州，徐昌谷起双凤里中，祖述风骚，其格变而益上，为"七子"眉目，娄诗始盛。②

王元美，以冠古之才，雄视宇宙，汪洋万有，靡所不包；小美亦称竞爽，娄诗之极盛也。③

三款文字针对明代中后期娄东诗派之历程而发。汪氏紧扣明诗演变的主流，将其划为三大阶段，并拈出各自的代表人物，分别评述。首先是张泰（亨父其字）与陆钶（鼎仪其字）、陆容（文量其字）兄弟。三人少时并称"娄东三凤"，皆于天顺年间登上诗坛，活跃于成化、弘治年间，和明代诗文复古运动之先驱李东阳（宾之其字）同时而交好，其诗歌创作也得到李东阳的高度评价，曰："张亨父、陆鼎仪未第时，皆有诗名。亨父天才敏捷，奇思硬语，人莫撄其锋；鼎仪稍后作，而意识超诣，凌空径趋，摆落尘俗，虽或矫枉过正，弗恤也。"④ 三人中，李东阳格外欣赏张泰，曰："沧州张先生于文无所不能，而尤工诗。纵手迅笔，众莫能及，及其凝神注思，穷深骛远，一字一句宁阙然而不苟用。晚乃益为沉着高简之辞，而尽敛其峭拔奔汹之势，盖将极于古人而不意其遽止也。"⑤ 《明史》张泰本传称泰"为人恬淡自守，诗名亚李东阳。弘治间，艺苑皆称李怀麓、张沧州（按，即张泰，沧州其号）"⑥。吴伟业《太仓十子诗选序》也说："张沧州始以诗才重馆阁，与李茶陵相亚。"⑦《娄东诗派》卷二张泰小传亦引唐元荐语曰："成、弘间，艺苑则以李怀麓、张沧州为赤帜。"⑧ 均可见出当时张泰诗名之高、影响之大。由于张泰等人的出现，

① （清）汪学金辑：《娄东诗派》例略第三款，同前，第2页。
② （清）汪学金辑：《娄东诗派》例略第四款，同前，第2页。
③ （清）汪学金辑：《娄东诗派》例略第五款，同前，第2页。
④ （明）李东阳撰：《麓堂诗话》，丁福保辑《历代诗话续编》下册，第1382页。
⑤ （明）李东阳撰，周寅宾校点：《李东阳集·文稿》卷五《沧洲诗集序》，岳麓书社2008年12月第1版，第2册第444页。
⑥ （清）张廷玉等撰：《明史》卷二百八十六，第24册第7342页。
⑦ （清）吴伟业辑：《太仓十子诗选》自序，同前，第787页。
⑧ （清）汪学金辑：《娄东诗派》，同前，第35页。

使娄东诗歌突破了地域文学的樊篱，赢得了全国性的声誉，并参与到明代诗歌演变的主流中去，是为娄东诗派的发展、提升期。

李东阳之后，明代诗歌进入前、后七子主导的时代，掀起了复古运动的高潮。在这场绵延近百年的运动过程中，来自娄东的诗人徐祯卿（昌谷其字）与王世贞（元美其字）先后扮演了举足轻重的角色。前者作为前七子之一，亲身参与和推动了这场由李梦阳、何景明等发起的运动；就个人诗歌创作而言，也是"祖述风骚，其格变而益上"，堪称前七子之"眉目"。后者更是凭借后七子之翘楚、领袖的身份，主持风雅数十年，引领着整个诗坛的潮流，形成了巨大的声势，可谓明诗演变的一大关键人物。在徐祯卿、王世贞以及王世贞之弟王世懋（小美其字）等人的带动下，娄东诗派实现了质的飞跃，真正由地方走向全国，由"始盛"走向"极盛"，开创出娄东诗歌有史以来最为繁荣兴旺的局面。

降至明末清初，前、后七子的复古路线已然弊端丛生。全国诗坛普遍浸润在反思与争论的氛围中，不断探索诗歌创作与理论的新路。太仓诗人们也顺应这股潮流，在继承王世贞等前贤留下的文学遗产的同时，又拓展出娄派诗歌的崭新局面。对此，汪学金写道：

> 王辰玉，独辟畦町，清新俊逸；黄子羽以快婿嗣其遗响，冰清玉润，并有萧然出尘之致。[1]
>
> 顾麐士、陆道威、陈言夏，通儒邃学，崛起海滨。诗亦精深华妙，各极其胜，卓然鼎峙，成三大家。凡胜国遗老，迹其志行，亦并为列。[2]
>
> 吴骏公，鸿才盛藻，独出冠时；阅历兴亡，发而为苍凉激楚之音，尤为绝调。海内称娄东诗者，必曰弇州、梅村，诚不诬也。[3]

编者在以上三款例略中，提到王衡（辰玉其字）、黄翼圣（子羽其字）、顾梦麐（麐士其字）、陆世仪（道威其字）、陈瑚（言夏其字）、吴伟业（骏公其字）共六位作者，大致涵盖两代人。其中，王锡爵之子王衡年辈

---

① （清）汪学金辑：《娄东诗派》例略第六款，同前，第2页。

② （清）汪学金辑：《娄东诗派》例略第七款，同前，第2页。

③ （清）汪学金辑：《娄东诗派》例略第八款，同前，第3页。

较早，属王世贞的子侄辈，约卒于明万历三十七年（1609）；其余五人则为跨代人士，除吴伟业外，均可归入明遗民的范畴。不过，他们虽然年辈有别、行止各异，但就诗歌创作而言，却都有其独到之处。王衡作为太仓王氏家族的成员，"当弇州坛坫极盛之余，过从契密，而诗格独标清韵，不染习气，可谓能自树立者"①，其婿黄翼圣同样"诗以性情胜，故能于弇州、梅村之间别张一帜"②。顾梦麟、陆世仪、陈瑚则以硕学大儒的身份而兼作诗歌，顾诗"以温柔敦厚为主，其遗佚而不怨者，与五言古体于澹泊中，极隽永之味，七律情致委折，不落门面语，可谓深造自得"③；陆、陈之诗则一以浑灏胜，一以沉雄胜，"各造其极，可谓工力悉敌"④。至于吴伟业，更是以其超凡卓越、独具特色的诗歌创作，成为清初诗坛最杰出代表之一，堪称继王世贞之后，娄东诗歌的又一座高峰。他们的共同努力，为娄东诗歌打开了一片新天地，将其推进到一个新高度。我们可以称这一阶段为娄东诗派的新变、再盛期。

从明代中后期到清初，从"娄东三凤"到吴伟业的百余年间，娄东诗派获得了迅猛提升，涌现出一批优秀诗人，其中尤以王世贞、吴伟业这两位宗师、盟主级人物最为突出，构成了诗派内部遥相对应的两大轴心。在他们的影响与带动下，娄地诗风愈加昌盛，后辈诗人层出不穷。即便在汪学金简要的例略文字中，也呈现出一片花团锦簇、欣欣向荣的景象，曰：

> 十子胚胎梅村。庭表、维夏，学博才赡，屹为两雄；虹友矜炼，翘秀诸弟。他如周云彦、唐仙佩、郁大本，才地卓荦，皆别张一帜者。⑤

> 王宪尹、唐实君嗣兴，一主名（按，原文如此）雅，一主宏肆。吴元朗以名父之子，才笔超隽，并驱一时。毛亦史、赵松一、张庆余之流，彬彬羽翼。徐方平、陆任三以偏师胜，亦其亚也。⑥

---

① （清）汪学金辑：《娄东诗派》卷八，同前，第118页。
② 同上书，第128页。
③ （清）汪学金辑：《娄东诗派》卷九，同前，第136页。
④ （清）汪学金辑：《娄东诗派》卷十一，同前，第167页。
⑤ （清）汪学金辑：《娄东诗派》例略第九款，同前，第3页。
⑥ （清）汪学金辑：《娄东诗派》例略第十款，同前，第3页。

沈台臣宗法少陵，出入香山。子大承其家学，晚年指授后进，提
倡甚力，里中翕然宗之。吾曾祖芝田公，和平敦厚，专主性情，五言
尤近陶、韦；生平志隐自乐，潜德弗耀。先君之于赠公，犹敬亭之于
白溇也。①

二王同术，建初趣高于来珍；两毛齐盟，今培韵胜于东球。吴振
西为梅村群从，王愚千为台臣女夫，各有师承。顾玉停则自出机杼，
分道扬镳，足尽娄东之变。②

太原若千、皋谟，与烟客同辈行而晚出，为文肃旁支。继之者，
则有颖山、礼言，及吾外祖兄弟，皆以诗名家，允为才薮。③

近时诗人，以朱子敬、毛罗照、陆日思为最。其余成一家言，不
下十余子，皆能不失绳墨，恃原以往，娄派之津逮远矣。④

区区六款例略、三百三十三字的篇幅，所涉诗人却多达三十八位（“太仓
十子”合计十人），几乎是前面八款所涉作者总和的两倍。他们基本上都
是吴伟业等的后辈，多自清初顺治朝以来才陆续登上诗坛。着眼于生活时
段先后，可将其粗略分为三个批次。一是出生于明末天启、崇祯年间及前
后者，大致包括周襄（云彦其字）、唐玙（仙佩其字）、郁植（大本其
字）、王吉武（宪尹其字）、唐孙华（实君其字）、毛师柱（亦史其字）、
赵贞（松一其字）、张衍懿（庆余其字）、徐耀珽（方平其字）、陆建运
（任三其字）、沈受宏（台臣其字）、汪溥（芝田其号），以及吴伟业之子
吴暻（元朗其字），至于黄与坚（庭表其字）、王昊（维夏其字）、王撝
（虹友其字）等“太仓十子”，更是悉数在列。二是出生于顺治、康熙年
间者，大致包括沈起元（子大其字）、王肇（建初其字）、王琛（来珍其
字）、毛张健（今培其字）、吴诩（吴振西其字）、王恪（愚千其字）、顾
陈垿（玉停其字）、王时宪（若千其字）、王时翔（皋谟其字）、王嵩
（颖山其字）、王恭（礼言其字）等。三是活动于乾隆年间的所谓“近时
诗人”，其中最具代表性者为朱璇（子敬其字）、毛上炱（罗照其字）、陆

① （清）汪学金辑：《娄东诗派》例略第十一款，同前，第3页。
② （清）汪学金辑：《娄东诗派》例略第十二款，同前，第3页。
③ （清）汪学金辑：《娄东诗派》例略第十三款，同前，第3页。
④ （清）汪学金辑：《娄东诗派》例略第十四款，同前，第3页。

元迈（曰思其字），以及编者之父汪廷玙，至于其他颇有建树者，亦"不下十余子"。仅从上面这份名单，即可想见清初以来娄东诗学氛围是何等浓厚、作者队伍何其庞大、诗派宗风何其绵长！我们可以称这一阶段为娄东诗派的壮大、流衍期。

接下来的第十五、第十六两款，附带提及娄东方外、闺秀诗人的概貌。最后四款则分别交代了编纂缘起与过程、采选原则与标准的一些简单情况。

要之，这篇"例略"大半是以流派的眼光，对北宋至清乾隆间的娄东诗歌进行鸟瞰式的审视。它主要按时代先后，参以亲属关系、诗人并称等因素，对各个历史时期的娄东主要代表诗人分别作出评价，概括其诗歌创作风貌，给出相应的娄东诗史定位。通过这番系统的论列评点与脉络梳理，再贯以鲜明的流派色彩，编者乃为我们提供了一份娄东诗派诗人谱，以它为基础，娄东诗派发展、演变历程的框架也得以树立起来。

具体落实到全书的卷次编排当中，这一框架也得到了有力贯彻。编者将"例略"论及的五十余位娄东诗派重要代表作家，大致依时代先后，一一分配到各卷之内（卷二十八"闺雅"除外）。他们的收诗数量较之相关卷次其他诗人，大都占有非常明显的优势，更有二十三人处于各自所在卷次的领衔地位，如卷七以王世懋居首，收诗八十六首，其他二十四人均在五首以下；卷八以王衡居首，收诗四十首，其婿黄翼圣则以年辈较晚的缘故，排列在俞彦、黄承圣（按，即翼圣之兄）等二十二人之后，但收诗却多达八十首，翁婿二人遥相呼应，构成了该卷的轴心；卷二十六以朱璘、毛上炱居首，各收诗四十首，其他二十人均在十一首以下。有的甚至形成了专卷，如卷四至卷六专收王世贞诗，共计三百零三首；卷十专收陆世仪诗，计有一百二十二首；卷十二与卷十三专收吴伟业诗，共计一百七十四首；卷十五则系五位"太仓十子"中人的专卷，凡收许旭诗五十首、王昊诗六十一首、王曜升诗八首、黄与坚诗五十二首、顾湄诗十首。

当然，全书也有少数卷次并无明显的核心人物，或不以"例略"论及的代表诗人居首。前一种情形出现于第一卷。该卷凡含北宋至明初三十三位作者，其中吕诚收诗十五首，王履收诗十八首，偶桓收诗十六首，其他均在九首以下，可以说没有一个人当得起全卷核心的角色。这是由于该卷仅为娄东诗派"权舆期"的缩影，而这一时期的娄东又确实缺乏真正出类拔萃的诗人，所以自然也就呈现出此种无核景象，是为娄东诗派发轫、酝酿阶段的客观写照。

后一种情形出现于第十四与第十六卷。先从第十六卷说起。该卷先列王挺等九兄弟之诗作，按年齿依次排列为：王挺三首，王揆十四首，王撰二十首，王持一首，王抃九首，王扶一首，王摅四十五首，王掞十七首，王抑一首。随后又收王揆之子王原祁诗十首，以及钱晋锡、钱三锡兄弟之诗，分别有三首、一首。十二人中，王揆、王撰、王抃、王摅四人列名"太仓十子"，是公认的娄东诗派重要成员，而又尤以王摅成就最为突出，只是由于在兄弟辈中排行稍后的缘故，未得领衔全卷。实际上，我们完全可以认为，该卷乃是意在对娄东诗坛的一支重要力量——太仓王氏家族诗人群的部分阵容与创作实绩，进行集中展示。王氏兄弟皆为王时敏之子、王衡之孙，王衡之父则是被王世贞呼为"元驭……我友也，实我兄也"①的王锡爵（元驭其字）。王锡爵有诗五首见收于卷七，数量在该卷二十五位作者中，仅次于王世懋。至于王时敏，虽然仅有八首诗见收于全书第十四卷，居该卷所录三十六人的第四位，次于"太仓十子"之一周肇的十二首、周裳的二十二首、唐瑃的六十首，但座次却居该卷之首。从王时敏未见于"例略"，及其诗歌入选数量较少的实际情况来看，他在汪学金评定的娄东诗派之整体框架、演进脉络与诗人谱系中，所占地位恐怕并不算高。而他之所以能领衔全卷，一方面应与其在明末清初的娄东地区声望甚高，起到了"辑睦乡党，维持善类，承先启后"之重要作用有关；另一方面，太仓王氏的家族背景，以及"子孙鼎盛，岿然为江左文献"的因素也不容忽视，加上其诗歌创作确乎达到了一定造诣，有"生平工书画，韵语亦和平蕴藉"②之评价，故而即以次要诗人的身份，破例担当了全卷领头羊的角色。

总的来看，《娄东诗派》的卷次编排，大体上是与"例略"描绘的该派诗人谱系相配合的。自第二卷以"娄派之祖"龚诩起首，"娄东三凤"张泰、陆钶、陆容居中之后，它或以单个代表诗人领衔，或以多个代表诗人领衔并贯穿全卷。这些重量级人物依时间先后串联在一起，便组成了娄东诗派的基本平面架构。再由他们带起各自卷内的其他作者，乃为这个平

① （明）王世贞撰：《弇州续稿》卷三《二友篇》，《影印文渊阁四库全书》第1282册，第31页。

② （清）汪学金辑：《娄东诗派》卷十四，同前，第214页。

面架构提供了立体纵深，我们也得以看到一幅内容更加丰富的娄东诗派诗人表与脉络图。

客观地讲，如《娄东诗派》这般有意识地梳理、凸显相关诗派的诗史脉络与诗人谱系，可以为我们认识、研究相关诗派提供很好借鉴的清诗总集，并不常见。大量带有流派色彩的清诗总集，对于远离清代诗坛现场的当代研究者来说，更多只是作为文学史料而存在。通过此类总集，尤其是那些收人辑诗的面较为宽广的综合选本，我们既得以方便地钩稽出相关诗派的作家阵容，同时也能使我们的认识不再局限于少数重要代表作家，而扩大至若干次要乃至外围作家群体。当我们获得一份相对完善的诗派作家名单之后，自然也就能据以分析该派创作队伍的构成与传承脉络。

# 第 六 章
## 清诗总集的文化内涵

前面两章分别探讨了清诗总集在文献、文学两方面的价值与意义，本章将继续拓展开去，进一步考察清诗总集的文化内涵。

所谓文化，是一个内涵与外延都颇为模糊的概念，但其涵盖范围非常宽广，则是举世公认的。长期以来，人们或主张文化包含人类所有文明成果，是"吾人生活所依靠之一切"①；或侧重于精神形态方面的文明成果，认为"文化偏在内，属精神方面"②。但总而言之，文化至少应是"人类思想的结晶。思想的发表，最初靠语言，次靠神话，又次才靠文字。思想的表现有宗教、哲学、史学、科学、文学、美术等"③，大致涵盖了现今几大主要人文社会科学领域与社会生活部门。

具体就清诗总集而论，其对于哲学、史学、艺术、教育、宗教、习俗等诸多文化领域的研究，都有可观的价值。一方面，清诗总集是清人诗歌乃至其他各体作品的一大文献库，能为各个文化专题研究提供数量不菲的原材料；另一方面，那些本身就属于专门性质的清诗总集，更是可以直接成为相关领域的研究对象，即如宋荦、朱彝尊撰《论画绝句》，赵曾望、冯颂媛撰《节足室题画诗》与吴骞辑《论印绝句》等，便分别被今人赵永纪主编《清代学术辞典》归入"画论著作"与"篆刻学著作"的范畴，是则已然与艺术学研究挂钩。

要之，清诗总集可以广泛应用于各个文化研究领域。本书择取偏于形而上的学术思想、偏于形而下的社会风情，以及相对处于中间层面的政治历史变迁三者为研究对象，展开初步论述；至于其他领域，则暂姑置不论。

---

① 梁漱溟著：《中国文化要义》，上海人民出版社2005年5月第1版，第6页。
② 钱穆著：《中国文化史导论》自弁言，商务印书馆1994年6月修订版，卷首第1页。
③ 梁启超著：《中国历史研究法·补编》，上海古籍出版社1998年12月第1版，第279页。

# 第一节　清诗总集与学术追求

清末民初人由云龙《定庵诗话》说："夫诗与文皆学术之所流露，而与学术为同一之趋势者也。"[1] 作为清人诗歌之渊薮的清诗总集，同样与清代学术有着千丝万缕的联系。一则我国古典文学更多带有杂文学的性质，往往贯注了作者各自的学术观念与文化理想，并且承担着彼此的社会责任与历史使命，故而完全能够借以透视其中的个体学术思想与群体学术潮流。再者，古代有关文学的创作、收集、编纂、传播等，不论细部的操作规则，还是背后内蕴的理念，都有一定的轨辙、条例；同时，这些轨辙、条例又会随着时代的变迁，而出现相应的演化、调整与增益，是为集部之学。要之，历代总集本身就是传统学术的一个部门，其中蕴含着相当丰富的学术思想、学术方法与学术精神。本章主要立足于清人编选清诗总集，撷取"文献意识"、"存史观念"、"经世精神"这三个群体性质较为突出而普遍的方面，分别对其表现形态与特征进行初步的探讨。

## 一　文献意识

清代学术的一大特点在于，当时的士人普遍有着强烈的文献意识。清代之所以成为我国古代图书编撰的极盛时期，很大程度上应归因于此。具体就清诗总集而论，不论编纂的高度繁荣，还是其自身的若干鲜明特色，同样与众多编者的文献意识密切相关。

这种意识首先体现在他们对总集宗旨与功能的定位上。关于总集的宗旨与功能，《四库全书总目》将其概括为"网罗放佚"与"删汰繁芜"两端，分别侧重于辑存文献与采撷菁华。二者各主一端，可谓不分轩轾。而在很多清诗总集编者那里，前者却是更受青睐的。《江西诗征》编者曾燠便认为："著录家总集之例，或断代以举其凡，或画疆以搜其佚，大要因文考献，义存掌故，与一意论文者别其画疆。"[2] 明确认定总集必须起到"因文考献，义存掌故"的作用，而且应和"一意论文者"划清界限。《台诗四录》编者王舟瑶也提出："方州总集，所以存文献，备掌故，以

---

① 由云龙撰：《定庵诗话》卷上，张寅彭主编《民国诗话丛编》第 3 册，第 562 页。

② （清）曾燠辑：《江西诗征》自序，同前，第 1 页。

诗存人，因人存诗，意在阐幽表微，不敢绳以严格，与寻常选家宗旨不同。"① 将地域总集的编纂立足点设定为"阐幽表微"。至于秉持"苟有可存，概为采录，以为他日征文考献之助"② 之立场，但期留存一代文献的清诗总集编者，更是所在多有。

他们对总集宗旨与功能的定位是这样，对编者角色的定位同样如此。在其看来，总集编者的一大重要责任与使命，就在于及时保存、传承文献。这主要是因为作品流传与否，有幸与不幸，存在不小的偶然性，需要有心人去发掘、清理与揄扬。由于这种认识的广泛存在，很多清诗总集编者极其注重搜罗文献。如《遗民诗》编者卓尔堪云："诸君子往往有诗歌存于宇内者也。第生各异地，遗诗涣散，不尽昭昭于耳目间；近者易于搜罗，远者难于毕集，久之能保其无传流湮没之不齐者欤？"③《东皋诗存》编者汪之珩云："皋邑新志艺文部载前辈传世诗集尚百余家。今人往风微，存者十之四五。不急为缀辑，他日湮没，伊于胡底？"④ 皆认为文献资料传世不易，亟须及时搜集保存。是则总集编者立足文献本位，加大文献清理力度，自然也就理所应当了。

具体就清诗总集编者搜集文献之类型与着眼点而论，以如下两点最为引人注目：

一是发幽阐微。通常来说，诗坛大家、名家与位高名重的政治文化名流的作品，流传与保存相对容易一些；而声誉不彰、功名阙如的中小诗人则恰恰相反。民国二十一年（1932），章钟祚描述其家乡江阴的诗学文献留存状况时，即指出："吾邑诗家著姓，莫盛于宋之葛，元之邱，明清之缪、薛，大都荐绅名流，否则必文学世其家者。盖姓氏传即诗易传，势使然也。惟菰芦穷士、狐穴诗人，足不出里门，交不越州党，则啸歌盘涧，老死牖下，虽有鸿篇瑰制，而其子孙以覆酱瓿，兵燹或付劫灰，往往不数传而沉埋湮灭者，殆什八九矣。"⑤ 诚所谓："古今来诗佳而名不著者多矣，非得有心人及操当代文柄者表而出之，与烟草同腐者何限？"⑥ 而

---

① 王舟瑶辑：《台诗四录》叙例第十五款，卷首第 4b—5a 页。
② （清）顾季慈辑，谢鼎镕补辑：《江上诗钞》凡例第三款，第 1 册第 5 页。
③ （清）卓尔堪辑：《遗民诗》自序，同前，第 404 页。
④ （清）汪之珩辑：《东皋诗存》凡例第四款，同前，第 6 页。
⑤ 谢鼎镕辑：《江上诗钞补》章钟祚序，同前，第 2 册第 1477 页。
⑥ （清）王士禛撰：《渔洋诗话》卷中，同前，第 194 页。

"有心人及操当代文柄者"的角色，很多情形下正是由总集编者来扮演。

鉴于此种实际状况与客观要求，大批清诗总集编者便把搜讨、发掘这些"诗佳而名不著"的"菰芦穷士、狐穴诗人"的作品，列为自己的重要目标。如《昭代诗存》编者席居中云："予集所选，主于发潜德，表幽贞。其人可传，其事可传，其人之篇什可传，亟登入集。"①《国朝诗别裁集》编者沈德潜云："人之无名位者，一生无他嗜好，惟孳孳矻矻于五字七字之中。而忽焉徂谢，苟无人焉表而章之，人与诗归无何有之乡矣。予与同人远近征求，志其生平，聊存发潜阐幽之意。"②更有部分编者进一步实施倾斜政策，给予穷士以特殊照顾。至其具体操作方式，《国朝全蜀诗钞》编者孙桐生有过详尽阐述：

> 窃谓昭代名家，如费滋衡之雄浑、傅济庵之沉着、王镇之之酝酿深醇，而张船山尤能直道心源，一空色相。此外若张玉溪之清丽、李梦莲之豪宕、刘孟舆之超炼、朱眉君之恢瑰、舍侄梦华之俊迈苍雄，皆力追正始，笔有千秋，此不待选而后传者也。次则掇辑菁华，附庸风雅，虽非大雅之音，不恧风人之旨，此必借选而后传者也。降而单词小言，偶有会心，如珠泪泥，如兰没草，其不终于覆瓿者几希，此则非选必不传者也。虽才气有大小，学识有浅深，然莫非天地精英所萃，可坐视其湮没而不为之所哉？③

在"不待选而后传者"、"必借选而后传者"与"非选必不传者"之间，不少清诗总集编者采取了少选前者、多收后二者的策略。如《国朝杭郡诗辑》编者吴颢提出："名家有集行世，仅存一二。其名位未显，姓氏将湮，或后嗣式微，则勉为多收。"④《续檇李诗系》编者胡昌基自述该书"大要以阐微表幽为主。其有鸿儒硕学、超前轶后者，自有专集行世，故所收较略"⑤。王相辑《友声集》同样"专主阐幽。其力能自显，并其

---

① （清）席居中辑：《昭代诗存》凡例第三款，同前，第247页。
② （清）沈德潜、翁照、周准辑：《清诗别裁集》凡例第十三款，上册卷首第4页。
③ （清）孙桐生辑：《国朝全蜀诗钞》自序，第1—2页。
④ （清）吴颢辑，吴振棫重订：《国朝杭郡诗辑》自序，卷首第1b页。
⑤ （清）胡昌基辑：《续檇李诗系》凡例第六款，卷首第2a页。

人生存者，不与焉"①。部分编者甚至有意忽略创作水准，纯粹为发幽阐微而发幽阐微，为辑存文献而辑存文献。如清末民初人赵藩即有感于同乡两位青年诗人罗宿、杨志中英年早逝，遗作寥落，而纂辑《剑川罗杨二子遗诗合钞》。罗、杨二人虽然常从赵藩学习诗法，但毕竟为学日浅，并且"日力夺于制举业，不常为之"，因而造诣相当一般，赵藩只是出于"舍是，即二子之性情言论且无从得其髣髴"②的考虑，乃删存罗诗二十一首、杨诗十首，编为此集。

除人的因素外，发幽阐微的另一重表现是：部分编者格外留意搜罗稀见、未刊的诗集。这其中当然也存在倾斜政策。如《蔗根集》编者黄锡麒云："是编表章耆旧，阐发幽潜。其有先达宗工，夙负骚坛重望，而全集尚未梓行者，先为刊登若干首。而狷介之士，拈髭苦吟，积成巨帙，无力问世者，亦择其佳篇而传之。至于全集已自刊行，概不复载。"③《白山诗介》编者铁保云："是集之选，凡遇前人钞本，急为登入。至其有专集行世，或事功可考者，久入词人之洛诵，无俟小集之揄扬；非有成心，稍从简例。"④皆为显例。

二是关注现当代文献。我国历来有厚古薄今的观念，从而导致不少总集编者对近现代人作品视而不见。对此，很多清诗总集编者却持有相反的意见。他们认为近现代人作品自有其价值所在，完全应该拥有和古人一样的入选总集的机会与资格。更重要的是，保存文献最好及时着手，而将近现代人作品成规模辑入，甚至纂为专门的总集，正是为后人留下了宝贵的第一手资料。至于那些声名不彰的近现代寒微之士，则尤其需要给予格外关注与特殊待遇，否则难免时过境迁后作品散失无闻。正如《国朝全蜀诗钞》编者孙桐生所说："夫天下作者众矣，诗日出而日新，苟不自近者著录之，将近者亡而远者愈无征矣。"⑤

所有近现代人之中，那些编纂总集时仍然在世的作者是否收录，可谓两种观念之间争论的最大焦点。自《昭明文选》以来，不录生人作品可

---

①　（清）王相辑：《友声集》凡例第一款，《续修四库全书》第 1627 册，第 2 页。

②　（清）赵藩辑：《剑川罗杨二子遗诗合钞》自序，上海书店《丛书集成续编》第 179 册，第 183 页。

③　（清）黄锡麒辑：《蔗根集》凡例第三款，卷首第 1b 页。

④　（清）铁保辑：《白山诗介》凡例第八款，同前，第 3 页。

⑤　（清）孙桐生辑：《国朝全蜀诗钞》自序，第 1 页。

谓总集编纂领域一个广为人所接受的理念。究其理由，大致有两条：一是盖棺定论说，如《国朝诗别裁集》编者沈德潜云："人必论定于身后。盖其人已为古人，则品量与学殖俱定；否则或行或藏，或醇或驳，未能遽定也。"① 二是防止标榜说，如《国朝畿辅诗传》编者陶樑云："生者不录，冀以表彰前哲，阐发幽光，不敢稍蹈标榜之习也。"②

此种理念当然有其合理之处，但不论从文学还是文献的视角出发，却也都存在一定的缺憾。文学视角方面，清中叶人钱泳指出："每见选诗家，总例以盖棺论定一语，横亘胸中，只录已过者，余独谓不然。古人之诗有一首而传，有一句而传，毋论其人之死生，惟取其可传者而选之可也，不可以修史之例而律之也。"③ 认为生者的诗作如果水准上佳，就理应有资格入选总集。持类似观点的清诗总集编者不在少数。即如清初人魏宪辑《诗持·二集》与《百名家诗选》，便贯彻了"不问存没，一以佳篇为主"④ 的标准。

更多编者还是立足于保存文献，从而肯定了辑录生者作品的必要性与合理性。如《国朝中州诗钞》编者杨淮云："拈髭呕心之士，未登仕途与已登仕途而未显达者，若不收录，恐有散失；姑附于后，以待后之选者。"⑤ 着眼于发幽阐微与及时保存现当代文献，而辑入了一批声誉不彰、功名未显的生者之诗作。至如《国朝诗铎》编者张应昌云："前人选诗，必论定于身后，生存例不入选；有入选者，或别之为附录。兹辑非论世论人，与他选有别，第取其言足以警世，岂以其人存而遗之？亦无庸别为附录也。"⑥ 则是因为他本就只是基于经世济民、服务当下的意图而纂辑此书，所以丝毫不考虑所录诗作是否出自生者之手。

应该说，辑录生者作品是很多清诗总集编者都认同并接受的体例，但由于总集唯存逝者的观念与传统同样广为人知，所以部分编者在贯彻这一体例时，还是有所保留的。如《蔗根集》编者黄锡麒云："诗境之进退、

---

① （清）沈德潜、翁照、周准辑：《清诗别裁集》凡例第六款，上册卷首第 3 页。

② （清）陶樑辑：《国朝畿辅诗传》凡例第一款，同前，第 2 页。

③ （清）钱泳撰，张伟点校：《履园丛话·谭诗》，上册第 206 页。

④ 分别见魏宪辑《诗持·二集》凡例第四款（同前，第 109 页）与《百名家诗选》凡例第四款（同前，第 427 页）。

⑤ （清）杨淮辑：《国朝中州诗钞》凡例第十四款，同前，卷首第 14—15 页。

⑥ （清）张应昌辑：《清诗铎》凡例第五款，上册卷首第 5—6 页。

爵位之高卑、科目之有无，其在先哲既已盖棺论定，而现在诸公有不可以限量者，故但列郡邑、名字，略以年齿为前后，不复缀以小传。"①《国朝中州诗钞》编者杨淮云："凡生存者不编科目，所以别为附录也。"② 均对生者与逝者采取区别对待的办法。至于刘彬华辑《岭南群雅》，则"断自鱼山（按，即冯敏昌，鱼山其号）以下二十九人为'初集'……其现存者，自芷湾（按，即宋湘，芷湾其号）以下四十三人为'二集'"③，将两类诗人分开编排，同样是一种折中的办法。

此外，有条件地收录生者诗作的编者也是所在多有。如《七十二峰足征集》编者吴定璋提出："立传有盖棺论定之义，故止录先哲诗赋文词，而现在者不与。惟是年高德劭，乡推祭酒，可卜其晚节之无他者，自古稀以上，附载各姓之后。"④ 仍有盖棺定论观念的影子在。温廷敬辑《潮州名媛集》则提出了更加严格的生者入选标准："前人选诗，多不录生存，以避标榜。余《潮州诗萃》亦遵其例。惟是集以潮州闺秀诗传者甚少，故破格录卢、游二女士诗。近日女学成立，风气日开。寄来诸女士诗，多有佳者。惟概未阑入。即所见游女士二年来之作，亦更不补入，以俟续集。"⑤ 编者秉持不录生存的原则，只是考虑到"潮州闺秀诗传者甚少"，故而才破格录入卢蕴秀、游郁英两位健在女诗人的诗歌，并且均属"往日"所作。

再具体就清诗总集编者搜集、处理文献的方式而论，同样颇多值得称道之处。大致以如下四点较为突出：

其一，很多编者抱有一种求全求备、颗粒归仓的心理。为了编出一部材料丰富、质量过硬的总集，他们甘愿花费巨大精力，甚至数十年如一日，念兹在兹，即便历经千辛万苦，亦在所不惜。缘于此，其文献搜集的广度与深度往往令人赞叹。如潘江纂辑《龙眠风雅》时，"凡名山之藏、通都之副，故家之秘笈、兔园之残箧，刊编蠹翰、断楮废缣，莫不罗而致

① （清）黄锡麒辑：《蔗根集》凡例第二款，卷首第 1a—1b 页。

② （清）杨淮辑：《国朝中州诗钞》凡例第十五款，同前，卷首第 15 页。

③ （清）刘彬华辑：《岭南群雅》自序，《续修四库全书》第 1693 册，第 97 页。

④ （清）吴定璋辑：《七十二峰足征集》凡例第十一款，《四库全书存目丛书补编》第 43 册，第 6 页。

⑤ 温廷敬辑：《潮州名媛集》例言第二款，温廷敬辑，吴二持、蔡起贤校点《潮州诗萃》附录，汕头大学出版社 2001 年 1 月第 1 版，第 1330 页。

之几席，甚至藩溷间亦著笔墨，朱黄错互，衿袖皆污；手目旁皇，形神俱敝；移日分夜，矻矻不休"①。相应地，其文献搜集的规模也每每惊人，产生了众多收人上千、辑诗过万的巨帙。

其二，致力于不断完善与补充。部分编者在纂辑工作告一段落后，仍然注意查漏补阙。如《粤东诗海》编者温汝能自称："是书之编，初得百卷。及覆审诸稿，仍多遗漏，更为补编六卷。"②体现了精益求精的态度。至于所编总集问世之后，尤寄望于未来由自己或他人"续编"的编者，同样不在少数。如《国朝山左诗钞》编者卢见曾云："搜集虽广，而阙佚尚多。如堂邑张尚书蓬元之礼乐，沾化范雪崖、长山刘果庵之经术，名德未湮，而遗诗莫考。兹于各传后及题咏赠答之下，略载事实，以志景仰。此外轶人轶诗，尚待咨访，拟作续编附后。"③由于这种观念的广泛存在，乃造就了一批前后接续、优势互补的清诗总集系列。

其三，信息多元化。很多清诗总集编者并不满足于简单地在诗人名下辑录诗作，而是力求提供多方位的信息。除了最普遍的诗人传记与诗歌评注之外，主要还有保存文献线索与传中存人等。如谢鼎镕为顾季慈辑《江上诗钞》作校补时，"正史有传或附见他人传者，小传下必添注某史有传或附见某史某某传字样；至传儒林者，则作某史传儒林；传文苑者，则作某史传文苑；其筮仕他省，有为方志传人名宦者，苟有所知，亦必添注某志传名宦字样。凡此皆所以为桑梓光，亦所以为后人征文考献之助也"④。是为保存文献线索之例。至如冯舒辑《怀旧集》卷下何述皋小传之后半部分，又叙述其妻秦淑之事迹，编者以为秦淑"埋没草野，逢此世难，表彰何年？今故并识之，以俟后世"⑤。是为传中存人之例。此外，很多编者还在小传、评注等附件中采用摘句之法，使所录诗人的创作面貌与成就得到更大限度的展示。

其四，文献处理严肃化、学术化。清代社会学术空气浓厚，加之很多编者本身就是学者，所以编纂态度严谨者比比皆是。他们普遍提倡征信，

① （清）潘江辑：《龙眠风雅》许来惠序，同前，第5页。
② （清）温汝能辑，吕永光等整理：《粤东诗海》例言第五十一款，中山大学出版社1999年8月第1版，第1册卷首第24页。
③ （清）卢见曾辑：《国朝山左诗钞》凡例第十三款，卷首第6a—6b页。
④ （清）顾季慈辑，谢鼎镕补辑：《江上诗钞》校刊例言第五款，第1册第3页。
⑤ （清）冯舒辑：《怀旧集》卷下，同前，第45页。

如《国朝山左诗续钞》编者张鹏展自述："凡小传所载懿行嘉话，多据其人墓志家乘及本集序文或府州县志，皆著明所据。间采掇散遗，均有所自，非无征也。"① 主张辨伪者亦不在少数，如《诗观》系列编者邓汉仪提出："闺秀诗另为一帙，尤严赝本。"② 至于在编纂过程中进行考订工作的，同样颇不时人，如《国朝诗别裁集》编者沈德潜云："诗中有相沿误用者……集中一一校正。"③

总之，文献意识既是很多清诗总集编纂的动因，也给其自身带来多重显著的特征，如注重阐微、关心当前、求全责备、接续完善、信息量大、态度严谨等。进一步来说，一个真正文明进步、学术昌盛的社会绝不会无视，甚至毁灭其文献记录。因为它根本不可能认为这些物事老旧而无用，恰恰相反，它会对其致以崇高的敬意，并竭尽全力去保存它。而从一批批清诗总集编者强烈的文献意识、主动的责任担当那里，我们正可以窥见清代与近代学者群体、学术风气乃至当时整个社会面貌之一斑，同时对我们也未尝没有些许启示。如果现在或将来的我们，能像当年部分清诗总集编者尊敬并努力搜集编纂前人与时人作品那般，也给予这些编者以同等甚至加倍的尊敬与重视，并着力保存、清理他们的编纂成果，那么，这自然就意味着现在或将来的学术已经真正走上一条健康发展、日益繁荣的大道。

## 二　存史观念

在我国传统学术观念中，"诗"与"史"历来有着十分密切的关系。自从孟子提出"《诗》亡而后《春秋》作"的观点后，作为我国第一部诗歌总集的《诗经》，就被很多人视为历史文献集，属于史学格局的一部分。这一观点与思路得到后人的广泛认同与热烈回应。在其影响下，"诗史"理念逐渐深入人心。许多诗人自觉不自觉地写出大量反映社会历史面貌的作品；而注意搜采此类"史诗"的总集编者也是比比皆是，其中就包括一批清诗总集编者。至其具体表现，大致可分三个层面来看。

---

① （清）张鹏展辑：《国朝山左诗续钞》凡例第六款，嘉庆十八年（1813）四照楼刻本，卷首第1b页。

② （清）邓汉仪辑：《诗观·初集》凡例第七款，同前，第193页。

③ （清）沈德潜、翁照、周准辑：《清诗别裁集》凡例第十七款，上册卷首第5页。

　　第一种，也是最一般意义上的表现，便是注意辑入有史料价值的诗歌。如《遗民诗》编者卓尔堪云："诗题亦所最重。况当易世之际，纪忠、纪烈、纪事等诗，虽有小疵，未敢尽弃。"① 编者力图借诗存史，所以并不介意诗作本身的质量好坏。《诗观·初集》编者邓汉仪认为明清之际"变之之极，故其人之心力才智，亦百出而未有穷。其历乎兴革理乱、安危顺逆之交，中有所藏，类不能默然而已。以故忧生悯俗、感遇颂德之篇，杂然而作"，他"适当极乱极治之会，目击夫时之屡变……取诸名家之诗，芟繁就简，汇次成书，不意此选之遂足纪时变之极而臻一代之伟观也"②，同样起到了以诗补史、存史的效果。部分清诗总集甚至专门收录历史题材诗歌，例如：吴炎、潘柽章辑《今乐府》专收叙写明王朝自开国伊始至南明诸政权相继覆亡间之史事的诗歌；王震元辑《杭城纪难诗编》与张荫榘、吴淦撰《杭城辛酉纪事诗》所收诗歌，皆以描述太平天国与清廷争夺杭州期间的战争风云与民间疾苦为宗旨；复依氏、杞庐氏合撰《都门纪变百咏》所收诗歌，集中勾画庚子事变时的社会众生相与战乱场景，等等。

　　第二种表现是着意强化总集的史料功能。其中最突出的一点，即高度重视人物传记，大力搜集诗人生平材料。这既使读者阅览作品时，获得了较充分的知人论世的凭据，又令相关总集本身具备了增广见闻、补史志之阙的功能。而部分清诗总集编者之所以重视诗人传记的撰写，以此来实现存史意图，其学理依据在于"乙部中之大要在人物，观乎人物，可以觇时代之盛衰，近世治史者视此为重"③，因而实际上可以称为"借传存史"。

　　此种"借传存史"的形式，源于金元好问辑《中州集》。该书不仅选录了众多金代诗歌，还保存了大批诗人的传记资料。而且比较而言，诗人小传的史料价值更在诗歌之上。关于这一点，清初人王士祯即提到："元裕之撰《中州集》，其小传足备金源一代故实。"④ 今人裴兴荣进一步指出："从《中州集》中诗歌与小传篇幅所占的比例来看，也是小传多于诗

　　① （清）卓尔堪辑：《遗民诗》凡例第八款，同前，第406页。

　　② （清）邓汉仪辑：《诗观·初集》自序，同前，第2—3页。

　　③ 董玉书撰：《芜城怀旧录》张惟骧序，董玉书、徐谦芳撰，蒋孝达、陈文和校点《〈芜城怀旧录〉〈扬州风土记略〉》，江苏古籍出版社2002年10月第1版，卷首第1页。

　　④ （清）王士祯（禛）撰，靳斯仁点校：《池北偶谈》卷十一，上册第262页。

歌，也即史学成分超过了文学成分……元好问是借选诗的方式来达到为金源文人士大夫立传之目的的，编选《中州集》可以看做是元氏修史存史的一种特殊形式。"① 胡传志也认为："《中州集》为作者立传的深层动机是为了以诗存史……以诗存史就必须借助于传记这一文体。一般来说，古代诗人不仅仅是诗坛上的人物，大多还是政治舞台上的重要角色，诗人往往身兼官僚等身份，因此，作者小传则近似历史人物小传，当然能有效地保存历史。从实际情况来看，如果没有此书的作者小传，那么许多历史人物的生平，后人则无从知晓。《金史》等书大量采用作者小传中的史料，就是其历史价值最有力的证明。"②

　　像《中州集》这般，包含较详赡诗人小传的清诗总集为数甚夥，不少编者与其他相关人士也每每将其同补史之阙、论世知人等命题相联系。如《国朝中州诗钞》编者杨淮云："诗人立传，肇自唐殷璠，而详于元遗山之《中州集》。顾嗣立之《元诗选》，国朝《山左诗钞》、《山右诗存》，皆祖述之，亦知人论世之道。今仍其例，于诸贤爵里行实，详加考核，间附诗话以发明之，使后世读其诗而尚友有自也。"③ 许来惠称道潘江辑《龙眠风雅》"人立一传，考据典核，于以补邑志之阙，不亦可乎?"④ 法式善评论王昶辑《青浦诗传》"人各系以小传，间著《蒲褐山房诗话》，论诗论事，皆具只眼，诗料抑史材也"⑤。

　　第三种表现，也是最重要的表现，则是部分清诗总集的编纂缘起、宗旨与过程，同作为史部典籍的方志的纂修活动，有着相当密切，甚至一而二、二而一的关系。

　　关于史志与文集间的联系，最古老而明显的一层渊源应是：某些史书或全文、或部分录入各体诗文，以佐证、说明相关史事或史迹。方志在继承这一点之外，还发展出"艺文"专卷，集中采录与相关地区山川风土、历史遗存、习俗民情等有关的作品。这正如清中叶人王应奎《柳南续笔》

　　① 裴兴荣：《是"借诗以存史"，还是"借传以存史"——〈中州集〉新论》，《中国文学研究》第8辑，中国文联出版社2007年4月第1版，第142—143页。

　　② 胡传志：《〈中州集〉的编纂过程与编纂体例》，《山西大学学报》1994年第2期，第54页。

　　③ （清）杨淮辑：《国朝中州诗钞》凡例第二款，同前，卷首第13页。

　　④ （清）潘江辑：《龙眠风雅》许来惠序，同前，第6页。

　　⑤ （清）法式善撰，涂雨公点校：《陶庐杂录》卷三，第88页。

卷四所云："凡修志者，不当仅以前志为蓝本，须遍考名人文集，凡有前志所不载而见于集中者，悉当补入。"① 童槐进一步指出："夫采风之典既渺，郡国赖志乘以考镜得失，而诗文总集则又为志乘所资，虽断楮零墨，不容听其废坠。"② 从某种意义上讲，方志中的"艺文"专卷既是相关史书的一个组件，又可以视为具体而微的地方类总集。

再就地方类总集本身来看，则它在兴起与发展的早期，实际上就和方志存在颇不寻常的亲缘关系。南宋人李兼在为李庚等辑《天台集》所撰序言中说：

> 　　州为一集，在昔有之。近岁东南郡皆有集，凡域内文什，汇次悉备，非特夸好事、资博闻也，于其山川土宇、民风士习，互可考见。然则州集，其地志之遗乎？③

对于宋人所编早期地方类总集的基本情况，清末著名学者、诗人沈曾植概括说：

> 　　昔余读宋人所编郡县总集，若《会稽掇英》、《成都文类》之属，大都详题咏而略于文献。深山石刻、荒冢断碑、祠坛园馆之风物，各得借搜辑以长存。而州郡先贤抱质怀文，发为辞章，足以表故家旧俗、流风善政之盛衰，咏志颂见，厚伦而美化者，专家之集、耆旧之篇，或任其放逸，靡所借以考溯焉。彼固循唐世以来图经、地记旧例为之，抑准《诗》列"国风"，《七略》序诗别"吴楚汝南"、"燕代"、"齐郑"、"淮南"之旨以论之，潜德不章，国闻靡绪，不已阙乎？自南宋林咏道《天台集》，专辑一郡诗文；元汪泽民《宛陵群英集》，专辑一郡之诗，而后州郡总集之体，网罗限断，完然成备。④

均提及宋代部分地方类总集乃以辑录叙写、题咏相关地区"山川土宇、

---

① （清）王应奎撰，王彬、严英俊点校：《柳南续笔、续笔》，中华书局 1983 年 10 月第 1 版，第 210 页。

② （清）谢聘辑：《国朝上虞诗集》童槐序，卷首第 4b 页。

③ （宋）李庚等辑：《天台集》李兼序，《影印文渊阁四库全书》第 1356 册，第 411 页。

④ （清）胡昌基辑：《续檇李诗系》沈曾植序，卷首第 1a—1b 页。

民风士习"之作品为旨归，可谓"循唐世以来图经、地记旧例为之"。而方志正是从"图经"、"地记"发展而来。由此，地方类总集在形式与内容两方面同方志的亲缘关系，便可见一斑。即如南宋人郑虎臣辑《吴都文粹》，便被四库馆臣评论为："虽称文粹，实与地志相表里，东南文献，藉是有征，与范成大《吴郡志》相辅而行，亦如骖有靳矣。"① 许德溥《吴乘窃笔》、孙星衍《平津馆鉴藏记》、钱熙祚《吴郡志校勘记》等，更是尽皆指出该书内容与范成大《吴郡志》雷同，应是自《吴郡志》钞撮而成。②

　　至清代，地方类总集与方志的密切关系得到进一步发展。具体可分如下三点来看：

　　首先，部分地方类清诗总集的编选与方志的纂修，实际上是一组配套工程，二者之间可谓形成了共生关系。乾隆五十九年至六十年（1794—1795），满洲人铁保与纪昀共同出任《八旗通志》总裁，铁保在修志的同时，又组织人员"遍搜八旗诗文集，拟选辑一编，副《通志》以行，共得诗四十余卷，篇帙浩繁，尚未卒业。兹萃其精华汇为一集，先行付梓，以存梗概"③，遂成《白山诗介》一书，嘉庆五年（1800）前后问世。此后，铁保等继续为之搜讨补充，嘉庆九年（1804）纂成定本，进呈嘉庆帝御览，并由嘉庆帝赐书名为《钦定熙朝雅颂集》。同《白山诗介》、《钦定熙朝雅颂集》一样，与方志纂修密切相关的清诗总集，从清代到民国，可谓屡见不鲜。例如：王昶于乾隆四十六年至四十七年（1781—1782）承修《青浦县志》，"一时同修之士好颂述先民者，各以乡先生之诗来示"，随后，他又"于丛书脞说中，钩稽而摘录之"④，纂成《青浦诗传》；孙赞元于光绪年间受聘担任直隶遵化州燕山书院主讲，并协修州志，搜集本州文献，遂有《遵化诗存》之编纂；许乔林辑《朐海诗存》与顾季慈辑《江上诗钞》，同样分别是他们参修《海州志》与《江阴县志》时，以所得资料编纂而成。至如清末问世的《石门诗存》，更是出自当时的浙江石门修志局之手，该局"设于清光绪二年丙子（1876），由石

---

① （清）永瑢等撰：《四库全书总目》卷一百八十七，下册第1702页。
② 详参余嘉锡著《四库提要辩证》卷二十四，中华书局2007年11月第2版，第4册第1578页。
③ （清）铁保辑：《白山诗介》凡例第四款，同前，卷首第2页。
④ （清）王昶辑：《青浦诗传》自序，乾隆五十九年（1794）刻本，卷首第1b页。

门知县余丽元任总纂，谭逢任等九人任分纂来纂修县志，并于光绪五年己卯（1879）刻成"①，即今存《（光绪）石门县志》。《石门诗存》之编者"因纂修县志，奉余氏之命分纂艺文编，专门收集有关掌故之诗，遂编成此书"②，全书版心亦刻"石门县志"四字，明确宣示了该书乃《（光绪）石门县志》的配套产品。

其次，某些总集的材料或部分、或全部来源于方志。道光年间，湖南岳麓书院山长欧阳厚钧主持编选《岳麓诗文钞》时，即有大量作品吸收自赵宁纂《（康熙）岳麓志》。编者自述："近得康熙丁卯（二十六年，1687）赵郡丞重修之本，虽不免于残亡，尚足以资考证。爰择集中诗古文词，芟繁去冗，录而存之。复就见闻所及，加以咨访，上溯唐、宋，逮于国朝，凡宦寓名贤、钓游髦士，题咏传记诸作，悉与钞撮，按时代之先后为编次。其中之古迹名胜，为之寻流讨源，考其沿革兴替，一一疏证之，附以按语，俾后之修山志者采择焉。"③ 全书既以《（康熙）岳麓志》为蓝本，又为之纠谬补阙，意在给后人纂修一部更完善的《岳麓书院志》提供丰富可靠的史料，可谓在总集与方志之间形成了循环。至于徐时栋辑《四明旧志诗文钞》，更是皆"就四明志所载诗文，随意钞纂成书。书不分卷，亦不分类，诗文杂错，而以记为多，皆记故里风物之作"④。就其内容"以记为多，皆记故里风物之作"这一点而论，确实和方志有异曲同工之处。

最后，清中叶著名史学家、方志学家章学诚从史的角度出发，将总集统合入方志纂修的整体格局。章学诚在长期的史学、方志学理论思考与纂修实践过程中，深感已有方志体例不纯、内容驳杂，从而导致"国史不得已，而下取于家谱志状、文集记述……然而私门撰著，恐有失实，无方志以为之持证，故不胜其考核之劳，且误信之弊，正恐不免也。盖方志亡而国史之受祸也久矣。方志既不为国史所凭，则虚设而不得其用"⑤。为

① 阳海清主编：《中南、西南地区省、市图书馆馆藏古籍稿本提要（附钞本联合目录）》，第418页。

② 同上。

③ （清）欧阳厚钧辑，邓洪波、周郁校点：《岳麓诗文钞》自序，岳麓书社2009年9月第1版，卷首第3页。

④ （清）徐时栋辑：《四明旧志诗文钞》自序，台湾文海出版社《清代稿本百种汇刊》第75册，卷首第1页。

⑤ （清）章学诚撰，叶瑛校注：《文史通义校注》卷六《方志立三书议》，下册第573—574页。

了从根本上改变这种情况，他提出了多项主张，其中之一便是"志分三书"理论，大要曰：

> 凡欲经纪一方之文献，必立三家之学，而始可以通古人之遗意也。仿纪传正史之体而作"志"，仿律令典例之体而作"掌故"，仿《文选》、《文苑》之体而作"文征"。三书相辅而行，阙一不可；合而为一，尤不可也。①

在章学诚的理论体系中，总集不仅仅是方志的配套工程，而就是方志的一个有机组成部分。按照他的思路，"志"的部分应集中精力，以高屋建瓴的眼光统揽全局，简明扼要地叙写相关地区历史变迁的主体脉络与基本面貌；而"掌故"与"文征"则分别有目的、有计划、有组织地辑录与当地有关的典章制度、诗文作品。三者互为配合，相辅相成，相得益彰。

章学诚之所以提出这种三分法，乃是出于"明史学"的意图，从而使该理论呈现出鲜明的以"史"统"集"、融"集"入"史"的特征。在他看来，"古人之于史事，未尝不至纤析也。外史掌四方之志……而行人又献五书，太师又陈风诗。是王朝之取于侯国，其文献之征，固不一而足也。苟可阙其一，则古人不当设是官，苟可合而为一，则古人当先有合一之书矣。"② 所以，分工合作上古史学早已有之，完全合乎情理与学理。至于"志"、"掌故"、"文征"三位一体的具体设计，同样是有所凭依的，这就是："古无私门之著述，六经皆史也。后世袭用而莫之或废者，惟《春秋》、《诗》、《礼》三家之流别耳。纪传正史，《春秋》之流别也；掌故典要，官《礼》之流别也；文征诸选，风《诗》之流别也。获麟绝壁以还，后学鲜能全识古人之大体，必积久而后渐推以著也。马《史》、

---

① （清）章学诚撰，叶瑛校注：《文史通义校注》卷六《方志立三书议》，下册第571页。按，章学诚为史部典籍设立"文征"部分的思路，可以追溯到初唐人刘知几。刘氏在《史通·内篇》卷二"载言第三"中说："凡为史者，宜于表、志之外，更立一书。若人主之制、册、诰、令，群臣之章、表、移、檄，收之纪传，悉入书部，题为'制册'、'章表书'，以类区别。他皆放此。亦犹志之有'礼乐志'、'刑法志'者也。又诗人之什，自成一家……窃谓宜从古诗例，断入书中。"（《四部丛刊初编》第305册，第4a—5a页）提出将应用性的制、册一类文章以及一般诗文从史书中抽绎出来，"更立一书"，与本纪、列传、表、志等既有史书门类并行。这个意在容纳各体诗文的"书"，与章学诚提出的"文征"颇有类似之处。

② （清）章学诚撰，叶瑛校注：《文史通义校注》卷六《方志立三书议》，下册第571页。

班《书》以来，已演《春秋》之绪矣。刘氏《政典》，杜氏《通典》，始演官《礼》之绪焉。吕氏《文鉴》，苏氏《文类》，始演风《诗》之绪焉。并取括代为书，互相资证，无空言也。"①

对于自己设计的"志分三书"方案，章学诚进行了不少实践。乾隆三十八年（1773），他应聘主持安徽和州州志纂修事宜。翌年，"撰《和州志》四十二篇。编摩既讫，因采州中著述有裨文献，若文辞典雅、有壮观瞻者，辑为奏议二卷、征述三卷、论著一卷、诗赋二卷，合为《文征》八卷，凡若干篇"②；乾隆四十二年（1777），他受直隶永清知县周震荣之邀，主持纂修《永清县志》，全志"区分纪、表、图、书、政略、列传六体，定著二十五篇，篇各有例。又取一时征集故事、文章，择其有关永清而不能并收入本志者，又自以类相从，别为奏议、征实、论说、诗赋、金石，各为一卷，总五卷"③，编为《永清文征》一书，相辅而行；乾隆五十七年（1792）以后，他复主持纂修《湖北通志》，五十九年（1794）春，书稿初成，全志"仿史裁而为《通志》，仿会典则例而为《掌故》，仿文选文粹而为《文征》，截为三部之书，各立一家之学"④，其中"取传记、论说、诗赋、箴铭之属，别次甲、乙、丙、丁上下八集，以为《文征》，所以俟采风也"⑤。另外，黄书坤纂修的《麻城县志》亦由章学诚裁定，凡含图十八、纪二、考八、表三、略一、传十三、丛谈一，附文征六、掌故六，其体例篇目之安排，显然也是贯彻了章氏修志思想的结果。

然而可惜的是，《和州志》与《湖北通志》均因章学诚的修志理念与时流相左，或半途而废，或书成后遭全盘否定，而未能完整地流传下来。至于其各自的《文征》部分，今或已散佚，只能从《文史通义》卷六所收《和州文征序例》，以及《湖北通志检存稿》卷四所收《湖北文征叙例》、《文征甲集裒录正史列传论》、《文征乙集裒录经济策画论》、《文征丙集裒录合辞章诗赋论》、《文征丁集裒录近人诗文论》等文中，一窥其

---

① （清）章学诚撰，叶瑛校注：《文史通义校注》卷六《方志立三书议》，下册第572页。

② （清）章学诚撰，叶瑛校注：《文史通义校注》卷六《和州文征序例》，下册第695页。

③ （清）章学诚辑：《永清文征》叙例，同前，第1a页。

④ （清）章学诚撰：《湖北通志检存稿》卷一《通志凡例》第一款，章学诚撰，郭康松点校《〈湖北通志检存稿〉〈湖北通志未定稿〉》，湖北教育出版社2002年5月第1版，第19页。

⑤ （清）章学诚撰：《湖北通志检存稿》卷一《为毕制府撰湖北通志序》，同前，第17页。

本来面貌。唯《永清县志》及与之配套的《永清文征》，尚较完整地见收于《章氏遗书》，可据以真切地认知并印证章学诚的"志分三书"理论。下面即对这两部书作一简单介绍。

《永清县志》凡二十五卷，含纪二（《皇言纪》、《恩泽纪》）、表三（《职官表》、《选举表》、《士卒表》）、图三（《舆地图》、《建置图》、《水道图》）、书六（《吏书》、《户书》、《礼书》、《兵书》、《刑书》、《工书》）、政略一、列传十（《龙敏列传》、《史天倪列传》、《史天安、史天祥列传》、《史天泽列传》、《杜时升、张思忠、郝彬列传》、《诸贾、二张、刘、梁列传》、《义门列传》、《烈女列传》、《阙访列传》、《前志列传》）。

《永清文征》凡五卷，包括《奏议》、《征实》、《论说》、《诗赋》、《金石》各一卷。各卷之首皆有《叙录》一篇，全书之首并有《叙例》一篇。在这些《叙例》、《叙录》文字中，编者的史家本色有非常突出的体现。他提出："古者十五《国风》、八国《国语》，以及晋《乘》、楚《梼杌》与夫各国《春秋》之旨绎之，则列国史书，与其文诰、声诗，相辅而行。"首先从源头上认定，诗文与史书相辅而行乃古已有之。又认为："古人之书，《国语》载言，必叙事之终始；《春秋》义授左氏，《诗》有国史之叙，故事去千载，读者洞然无疑。后代选文诸家，掇取文辞，不复具其始末，如奏议可观，而不载报可，寄言有托，而不述时世，诗歌寓意，而不缀事由，则读者无从委决，于史事复奚裨乎？"[1] 对后世总集编者缺乏历史感、存史意识淡薄的现象提出批评。

具体就《永清文征》各部分本身来说，章氏认为："史家之取奏议，如《尚书》之载训诰。其有关一时之制度者，裁入书志之篇；其关于一人之树立者，编诸列传之内……奏议之编，固与实录、起居注相为表里者也。前人编汉魏尚书，近代编名臣章奏，皆体严用巨，不若文士选文之例。"[2] 把奏议专集同史家之实录、起居注相提并论，同时还划清了其和寻常"文士选文"之间的界限。

征实之文在他看来，乃"史部传记支流"[3]，又"与本书纪事尤相表

---

① （清）章学诚辑：《永清文征》叙例，同前，第1b页。

② （清）章学诚辑：《永清文征·奏议》卷首《叙录》，同前，第2b页。

③ （清）章学诚辑：《永清文征·征实》卷首《叙录》，同前，第1a页。

里，故采录校别体为多。其传状之文，有与本志列传相仿佛者，正以详略互存，且以见列传采摭之所自，而笔削之善否工拙，可以听后人之别择审定焉"①。

论说之文"当其用则为典谟训诰，当其未用则为论撰说议"②，史学气息同样十分浓重。

诗赋则有"发挥微隐，敷陈政教"的功效，虽然也存在"俗工惟习工尺，文士仅攻月露"③的现象，以及"旧志八景诸诗，颇染文士习气"的弊端，但章氏将类似诗作"悉删之，所以严史例也"。④

至于金石，当"陵谷变迁，桑沧迭改，千百年后，人迹所至，其有残碑、古鼎偶获于山椒、水涘之间，覆按前代纪载，校其阙遗，洞如发覆"，若据以"考核姓名官阀，辨别年月干支，若欧、赵诸录，洪、晁诸家之所辨定，史部之羽翼也"。⑤

综上可见，章学诚完全是从史学、方志学的立场出发，按照史的标准来搜辑诗文作品，编纂总集，要求总集为史服务。所谓"志分三书"说，正是这一学术观点的系统的理论表述。而他主持编纂的《永清县志》与《永清文征》，则确切无疑地呈现出以"史"统"集"、以"集"补"史"、融"集"入"史"的景象。可以说，《永清文征》这部广义上的清诗总集，在内容与形式两方面，都应作为较纯粹的史料集看待，代表了清诗总集之存史观念的最高形态。

### 三　经世精神

经世致用观念在我国源远流长，影响深广。具体就文学领域而论，便是要求作者与编者须具备入世情感、现实关怀与美刺理想，使作品与书籍发挥联络上下、揭示问题、剖析利弊、教育士民、稳定秩序、引导革新等社会文化功能。它当然也为很多清诗总集编者所持有。

关于清诗总集所体现之经世精神的表现方式与特点，一定程度上与清代经世思潮的演变历程相关。针对这一观念的发生与变迁，著名思想史家

① （清）章学诚辑：《永清文征·征实》卷首《叙录》，同前，第2a页。
② （清）章学诚辑：《永清文征·论说》卷首《叙录》，同前，第1a页。
③ （清）章学诚辑：《永清文征·诗赋》卷首《叙录》，同前，第3a页。
④ 同上书，第4a页。
⑤ （清）章学诚辑：《永清文征·金石》卷首《叙录》，同前，第1a页。

余英时指出，经世观念乃宋代以来思想史的"一股强劲涌动的暗流。新儒家'举而措之天下'的尝试几个世纪从未沉寂过，在政治和社会发生严重危机的时候，像 17 世纪早期和 19 世纪后期，它更显示出强大的生命力"①。单就清代而论，"经世的观念并不是对早期的简单袭用。事实上它在整个清代思想史上一直很活跃。即使在 18 世纪考证学的鼎盛期，像戴震、钱大昕、章学诚这样持论不同的学者，都认同儒学最终的检验是看它能否充分地用以解决实际问题"，至 19 世纪，很多士人更是进一步"将注意力转向当时的历史，希望唤醒时人关注改革基本体制和经济的紧迫性"②。要之，经世观念绵延于整个清代，是清代学术思想的一大显著特征。而在清初与清末这两个动荡时期，此种观念尤为流行；后者更是赋予它前所未有的新颖内容与时代特色。诸般种种，都给清诗总集打下或深或浅、各具面目的经世烙印。

从广义上看，经世观念可以贯彻到社会文化生活的各个部门。具体就诗歌总集的特质来说，首先便适用于风雅领域。尤其置身清代这样诗歌创作空前昌盛、诗学理论繁复多样的环境，针对当前诗坛状况，从各自的立场出发，揭示不足，剖析弊端，进而提出意见、指导诗风建设者，可谓屡见不鲜。相当一部分清诗总集之所以编选问世，很大程度上就是基于此种目的。最早期清诗总集之代表，分别问世于顺治八年（1651）、十二年（1655）、十六年（1659）的《扶轮续集》、《广集》、《新集》系列，即为显例。

编者黄传祖认为当时"诗之受患方深，言则触忌受侮，不言则非肩承绝学"③，遂独力编选《扶轮集》系列，为"争将绝未绝至危之线于当世"④。他批评当时人"争角门户，呶呶王、李、钟、谭不已。不惟不知诗也，并不知王、李、钟、谭"⑤。而究其实际，"王、李有其门榻厅事，榮戟森列，钟鼓考击，往来车盖，焄奕煜耀。伟则伟矣，而无幽房曲室，闲行私息，何以适性？钟、谭有其幽房曲室，瘦石疏花，香茗笋蕨，知己

---

① 余英时：《孙逸仙的学说与中国传统文化》，余英时著《人文与理性的中国》，程嫩生、罗群等译，上海古籍出版社 2007 年 1 月第 1 版，第 247 页。

② 同上文，第 248 页。

③ （清）黄传祖辑：《扶轮新集》自序，转引自《清初人选清初诗汇考》，第 14 页。

④ 同上。

⑤ 同上书，第 6 页。

盘桓。适则适矣，而无阀阅高峙，鸣钟列鼎，以树尊严，何以伟观？盖一隆诗之格，一抉诗之情。合则成家，离则两憾"①。所以，两派诗学均有显著的偏执倾向，未臻崇高博大境界；至于那些一味耳食、取法两派之辈，更是等而下之。除诗学取径的根本错误外，黄传祖还揭出当时诗坛普遍存在的几重技术缺陷，如局限于"歌舞壶觞及山水清流"②，不明诗歌功用之大，一味"粉饰铺排，沿久益尊，而成剽掇那移"③。他极力反对"以风云月露之词视诗"的形式主义、游戏立场与纯审美、纯性灵观点，主张诗人应"一搦管间，辄及生民疴众痛痒，钩剔纪志，以备观感，致吾诗于有用而后已"。④ 由此可见，黄传祖乃惩于中晚明以来诗坛的诸多严重积弊，而着手编选明末清初人之优秀诗作，意在主持风雅，"变一时之耳目，树一代之典型"⑤。书以"扶轮"命名，即为此意。

就狭义层面看，经世思想主要还是关注社会秩序的稳定、体制运行的维护、政府治理的改善等更具实践性的领域。其中最一般性的理解，便是要求总集为政治教化服务，起到劝善惩恶、移风易俗的功用。如清初人姚佺认为："移风易俗，莫善于诗。而父子不亲，君臣不敬，朋友道绝，是人理薄也。故教人使厚此人伦也，不能概举。"⑥ 因此，他编选的《诗源初集》收入大量宣扬温柔敦厚诗教的作品。是为清诗总集之经世思想的最普通而普遍的表现。

除了这种相对宽泛的提法外，另一些编者的政教主张则带有更多的现实色彩与当下针对性。如清初人顾有孝"抱道衡门，身为匹夫而慨然有天下之虑"，因采选明初至清初"有关世道，所谓言者无罪而闻者足戒"⑦之纪事诗歌，纂为《纪事诗钞》十卷。顾氏友人魏禧阐述该书之编选缘起与宗旨曰：

> 天下之变不可胜穷，而治乱靡知其所底；然前事者，后事之师，

---

① （清）黄传祖辑：《扶轮续集》自序，同前，第6页。
② 同上。
③ 同上书，第15页。
④ 同上书，第6页。
⑤ （清）黄传祖辑：《扶轮新集》张缙彦序，同前，第12页。
⑥ （清）姚佺辑：《诗源初集》发凡第四款，《四库禁毁书丛刊》集部第169册，第5页。
⑦ （清）顾有孝辑：《纪事诗钞》魏禧序，卷首第1a—1b页。

数百年之是非善恶，等而上之，至于尧舜数千年，推而下之又数千年，大抵如是也……草野之人，不敢诵言朝廷之事，然观民情之苦乐、有司之所奉行，则其得失可知也……托物以微讽，其指曲，不若据事以直书，其情危。虽里巷歌谣之细，上可以备黻宬之法戒，下可以儆官邪而正民俗，称曰"诗史"，夫何让焉？昔汝南许子伯与其友人说世俗将坏，因夜举声号哭；顾子之选，予之叙，亦悲歌以当哭也夫！①

　　所谓"观民情之苦乐"、"托物以微讽"、"备黻宬之法戒"、"儆官邪而正民俗"云云，政教意味与经世企图显而易见。究其深层动机，应与顾有孝亲历的明末清初社会的剧变有关。这场剧变对当时的思想文化界造成了强烈冲击，引发了大批士人考察社会历史之变化动因与规律的兴趣，激发了他们批判弊政陋俗、承担社会责任的使命感，遂兴起一股讲求经世之学的潮流。黄宗羲《谈孺木墓表》"当是时，人士身经丧乱，多欲追叙缘因，以显来世"②的记载，便是明末清初士人广泛持有的经世思想的真实写照。而"经世之务，莫备于史"③，顾有孝之所以采收明初以来的纪事诗，成一代"诗史"，正贯注了他探究治乱兴替，明辨是非善恶，为天下与后世提供镜鉴、移风易俗的愿望，可谓当时经世致用思潮中的一朵浪花。

　　降至清末，我国进入一个前所未有的动荡与转型并存的剧变期，整个国家变乱频生、衰弱不堪，内忧外患纷至沓来、愈演愈烈。特殊而不幸的时代，使当时的士人普遍关注现实问题，思考应对策略，提出变革方案。清末经世思想的此种特质，在这一时期问世的清诗总集中，每每有所流露。具体可分以下几个方面来看：

　　第一，与当下政治时局紧密联系，有强烈的针对性。孔广德辑《普天忠愤集》即为显例。此集问世于光绪二十一年（1895）冬，正值清王朝甲午惨败、被迫签订丧权辱国的《马关条约》之后。当时朝野上下普

　　① （清）顾有孝辑：《纪事诗钞》魏禧序，卷首第1b—2a页。
　　② （清）黄宗羲撰：《南雷文定·前集》卷七，《续修四库全书》第1397册，第340页。
　　③ （清）魏禧著，胡守仁、姚品文、王能宪校点：《魏叔子文集》卷八《左传经世序》，上册第367页。

遍沉浸在"因耻生愤，因愤生励，秉其公忠，群思补救，挽既倒之狂澜，撑天下之全局"的思想氛围中，编者有感于此，"因采集《普天忠愤》一书，贵自士大夫，而贱至布衣，以及泰西洋士、绣阁名媛，凡其绪论有关时局者，辄录之"①，旨在挽救危局、激发国人忠愤之气、培养有用之才、造就一代新风等。

第二，现实色彩浓厚，实践目的明确。最典型者应推苏泽东辑《梦醒芙蓉集》。此集刻于光绪二十五年（1899），是编者为宣传鸦片之毒害，劝诫国人戒烟销烟、自立自强而纂。他自述："当此他族逼处之日，非卧薪尝胆，痛除积弊，诚恐不能以自立。洋烟，积弊之最甚者也。考洋土每岁进口约十万箱，箱值五百两，除税厘外，约漏银四千余万两。以中土有用之财，填海外无穷之壑，况缘此而犯法伤生废时失业者，不下亿万人。国日益贫，兵日益弱。"② 面对此情此景，编者"深悯世人沉溺妄思，有以援之，遂搜辑名流诗歌、词赋、文檄、奏疏之可诵可惩者，附以戒方，裒为一集，名曰《梦醒芙蓉》。虽未必骤能唤醒梦梦，而百人中能醒一人，则一人受其福，千人中能唤醒十人，则十人受其福，推之数千万人中能醒数万人，则御侮有资而天下并受其福，岂不快哉！"③

第三，部分编者真正开始面向全社会，尤其面向中下层民众，而纂辑通俗文学集，意在宣传新思想，鼓动民众加入挽救国家、革旧维新的事业中去。维新派领袖之一梁启超即指出："盖欲改造国民之品质，则诗歌、音乐为精神教育之一要件。"④ 而中外比较后可知："泰西文明史，无论何代，无论何国，无不食文学家之赐；其国民于诸文豪，亦顶礼而尸祝之。若中国之词章家，则于国民岂有丝毫之影响哉？推原其故，不得不谓诗与乐分之所致也。"⑤ 由此，他与当时的上海教育家曾志忞等人，遂有倡导编写"学校唱歌"之举。他们提出：

> 诗人之诗，上者写恋穷狂怨之态，下者博渊博奇特之名，要皆非教育的、音乐的者也。近数年有矫其弊者，稍变体格，分章句，间长

---

① （清）孔广德辑：《普天忠愤集》自序，同前，第7页。
② （清）苏泽东辑：《梦醒芙蓉集》自序，卷首第4a—4b页。
③ 同上书，卷首第4b—5a页。
④ 梁启超撰：《饮冰室诗话》，同前，第382页。
⑤ 同上书，第383页。

短，名曰"学校唱歌"，其命意可谓是矣。然词意深曲，不宜小学，且修辞间有未适，于教育之理论实际病焉……欧美小学唱歌，其文浅易于读本。日本改良唱歌，大都通用俗语。童稚习之，浅而有味。今吾国之所谓"学校唱歌"，其文之高深，十倍于读本，甚有一字一句，即用数十行讲义，而幼稚仍不知者。以是教幼稚，其何能达唱歌之目的？谨广告海内诗人之欲改良是举者，请以他国小学唱歌为标本，然后以最浅之文字，存以深意，发为文章。与其文也宁俗，与其曲也宁直，与其填砌也宁自然，与其高古也宁流利。辞欲严而义欲正，气欲旺而神欲流，语欲短而心欲长，品欲高而行欲洁。①

　　梁启超、曾志忞旗帜鲜明地主张诗乐结合、诗歌创作通俗化，乃是他们认识到通俗文艺对人民群众有深刻影响的结果。为了充分发挥通俗文艺的作用，更直接、有力、有效地影响民众，从而服务于维新运动，梁启超等新派人士仿照民间歌谣的形式，创作了一批浅显易懂而又富于新思想与鼓动色彩的拟歌谣。越社辑《最新妇孺唱歌书》与痛国遗民辑《最新醒世歌谣》即为这批拟歌谣的结集，分别出版于光绪三十年（1904）五月、九月。针对二书所收作品的内容与形式，今人朱秋枫概括说："从歌词内容和歌句笔法看，无疑是当时的爱国知识分子所作。但歌体和句式结构，既继承了越中地区歌谣的传统特色，又有一种特殊的创新意味。"其中最突出的一点是："该两书中辑录的歌谣，基本上都是在原有民间山歌小调的曲调框架内，生动灵动地填进具有号召力的救亡歌词。"②如《最新妇孺唱歌书》所收《伤奴隶》用"紫竹调"，《醒世》用"十二月花名调"，《东三省》分别用"近体水调"与"近体五更调"；《最新醒世歌谣》所收《爱国歌》与《戒烟》均用"五更调"，《破国谣》用"凤阳花鼓调"，《叹中华》仿"北调"中的"叹烟花调"，《劝学歌》用"近体十杯酒"，等等。像"五更调"、"凤阳花鼓调"之类民间小调，"不仅可以重复地唱，而且本身容量也很大，如十二月花名调，一曲下来，可以完整地叙述一个故事。又由于五更调、十二月花名调、紫竹调、花鼓调等山歌小调填

①　梁启超撰：《饮冰室诗话》，同前，第399页。
②　朱秋枫著：《浙江歌谣源流史》，浙江古籍出版社2004年3月第1版，第178页。

词比较灵活，所以多被民间歌手和爱国知识分子所接受利用"①。可以说，梁启超等新派人士的面向民众的姿态、重视并主动学习创作民间歌谣的举动，堪称经世思想在清末的一大亮点与新变之处。而《最新妇孺唱歌书》与《最新醒世歌谣》这两部拟歌谣总集，正是此种亮点与新变之处的载体。

第四，清末经世思想的具体内涵随着整个国家社会的不断变革，而发生着相应的演化。清诗总集显著体现了这一点。咸丰、同治年间编刻的《国朝诗铎》仍然囿于传统政治哲学的樊篱，关注世道人心，宣扬忠孝仁义，"以宣民隐，以资吏治，以厚风俗，以清政原，可以劝，可以惩"②。而当甲午战败之后，国家民族危机骤然转剧，使得人们的紧迫感日益深重，情绪也日益慷慨激越，遂催生出《普天忠愤集》、《梦醒芙蓉集》这样充盈着忠愤之气与救亡意识的清诗总集。至19世纪末20世纪初，维新变革思潮席卷全国，从而又为《最新妇孺唱歌书》、《最新醒世歌谣》等清诗总集打上了启蒙意识的烙印。简言之，清末时期清诗总集所蕴含的经世思想，呈现出新旧分途的景象，分别可以潘衍桐辑《两浙輶轩续录》与越社辑《最新妇孺唱歌书》为典型代表。

先说前者。光绪十六年（1890），潘衍桐就任浙江学政，不久即有征集浙人诗作、纂为《两浙輶轩续录》之举。翌年书成。全书"专主阐扬忠节，表章潜德……而于扬葩振采之中，寓匡扶名教之旨"③，号称："其有表章至行、匡扶名教之作，虽选词近质，亦备著于篇，借表敷教之心，庶协采风之旨。"④ 编者尤其强调："矧咸、同之间，城邑沦陷；忠烈之士，不可胜计，尤当博征广辑，以存大节。"⑤ 并宣称："咸、同之际，经历燹难，文学之彦则因事书愤，志节之士则临难赋诗，拾其片玉，可维正气，有见必收，不限篇幅。"⑥ 自咸丰十年（1860）至同治三年（1864），清廷与太平天国在浙江有过长期的争夺，其中尤以杭州地区战事最为激

---

① 朱秋枫著：《浙江歌谣源流史》，第180—181页。

② （清）张应昌辑：《清诗铎》朱绪曾序，上册卷首第8页。

③ （清）潘衍桐辑，夏勇、熊湘整理：《两浙輶轩续录》崧骏序，第1册卷首第1页。

④ （清）潘衍桐辑，夏勇、熊湘整理：《两浙輶轩续录》凡例第三款，第1册卷首第4页。

⑤ （清）潘衍桐辑，夏勇、熊湘整理：《两浙輶轩续录》卷首《拟辑两浙輶轩续录征诗启》，第1册卷首第11页。

⑥ （清）潘衍桐辑，夏勇、熊湘整理：《两浙輶轩续录》凡例第四款，第1册卷首第4页。

烈，且太平天国曾占领杭州四年。编者格外关注这一阶段的书愤、临难之作，既是对所谓忠臣烈士的纪念，又显然寓有倡导官方意识形态、整肃社会秩序、规训士民思想的意图。这与该书"表章至行、匡扶名教"的宗旨完全一致，同时也为其"表章"、"匡扶"行为提供了非常现实的基点与针对性。

综观全书，表现传统伦理道德之诗作触目皆是。大批忠臣、孝子、节士、义仆一类人物的言行举止，如排山倒海般拥堵在读者面前。其中尤以表现妇女贞烈之诗作的数量最为可怖，竟多达一百七十首左右，很多诗作完全不近人情，读来令人生厌。至于纯粹的道德说教、训诫之作，同样不在少数，大抵有三十余首，主要针对家人、学生、百姓、同僚而发，如卷六所收来学谦《自述诗示儿辈》、卷十三所收张骏《示肆业诸生》、卷二十四所收王丹墀《悲火葬》等即是。

对于民间，《两浙輏轩续录》以忠、孝、节、义相劝导；而对于官员士绅，该书同样为之树立了正面典型，大抵不出砥砺名节、关注现实、心忧民瘼、勤于政事之范围。如卷一所收骆钟麟《常州祈晴不应，自羁郡狱，赋此，为民请命》"吾闻古司牧，是为民父母"[①]，卷十九所收高钺《杂诗》"人生天地间，所重在骨格。纲常与名教，赖此作扶掖"[②] 之类诗句，在书中可谓连篇累牍。

反面典型当然也是有的。如卷十五所收王维孙《征官谷》描绘了官吏鱼肉百姓的情形，卷二十五所收金楷《姑恶行》与陆坊《栎釜谣（邻人有不恤其弟者，作此讽之)》则分别针对家庭内部姑嫂、兄弟关系不和而发。而究其实际，同样是出于宣扬传统伦理道德、维护既有纲常秩序的考虑。具体来说，就是要求官员勤政爱民、实施善政，士绅忠君爱国、忧心天下，百姓遵循名教、忠孝节义，妇女恪守贞操、三从四德，诸如此类。

平心而论，在当时太平天国战争平息还不算久，浙江地区仍然处于从动乱中恢复并重新步入发展正轨的形势下，潘衍桐以"表章至行、匡扶名教"的理念来编选《两浙輏轩续录》的行为本身，还是有其现实需要与功用的，起码在一定程度上起到了收拾人心、重建秩序、维持稳定的作

---

① （清）潘衍桐辑，夏勇、熊湘整理：《两浙輏轩续录》，第1册第2页。
② （清）潘衍桐辑，夏勇、熊湘整理：《两浙輏轩续录》，第5册第1166页。

用。但遗憾的是，无论编者所凭依的思想资源，抑或其所指出的前进方向，却都完全停留于中世纪的水准，根本不具备任何近代新思想因子。它向我们展现了在那个剧变的艰难时世，保守思想投射于清诗总集的阴影。

距《两浙𬨂轩续录》问世仅三年，甲午战争爆发，成为清王朝乃至整个中国历史的一大转捩点。此后，维新思想大行其道，启蒙意识日益抬头。随之，贯穿了新思想、新观念的清诗总集也应运而生，越社辑《最新妇孺唱歌书》即为其中的典型代表。

关于该书的编纂缘起与宗旨，卷首越中热庐《最新妇孺唱歌书编辑大意》云：

> 耗矣，哀哉！支那二十四朝专制之剧，其沉沉哉！支那二十世纪瓜分之祸，其涓涓哉！越社诸君，匍匐长号，欲自贡其三斗之热血，以遍洒同胞，而顾未得其当也。继而匝绕松阴者数日，徘徊结想，奔走狂呼，曰："吾不能以直接力饷我同胞，吾犹得以间接力饷我同胞。"因取少年所作诸歌，并参以近体小曲，哀成一编，而嘱余以为四万万人之介绍。余读竟，一字一珠，一珠一泪，乃喟然曰："此栗留也，此蟋蟀也。栗留一鸣，则天下皆春；蟋蟀一鸣，则天下皆秋。吾尤愿诸君一歌、再歌、三歌、四歌，每人化千万栗留以鼓吹之，每人化千万蟋蟀以唱和之，则吾四万万人之大梦，或者其醒乎？"同胞同胞，请听此歌！①

编者对内不满专制统治，对外忧心列强瓜分，欲唤醒民众，革旧维新，遂有《最新妇孺唱歌书》之编纂发行。全书洋溢着浓厚的现实色彩与维新气息。编者以开阔的视野、清醒的头脑、炽热的情怀，向人们介绍着当时的世界风云、时代走势与中国现状。如《近体紫竹调·伤奴隶》十首陈述印度、波兰、埃及等国或遭殖民、或被瓜分的不幸历史；《近体五更调·东三省》五首描述日俄战争给东北带来的灾难。概言之，就是列强已然在瓜分世界，大批弱小国家纷纷惨遭毒手，而中国因为专制保守、民智未开，也是危在旦夕。面对此情此景，《何日醒歌》大声疾呼："风波蓦地潮流劲，扶桑杀气生三韩。初告警，舰队横飞陆队行。牙山黄海平壤

---

① 越社辑：《最新妇孺唱歌书》卷首《最新妇孺唱歌书编辑大意》，卷首第1a页。

经，烽火辽海盈。金州、旅顺、威海、荣城，纷纷一掷轻。一旦辽东并，强俄、德、法猝缔盟。谁应我请，谁愿我争，吾党何日醒！"①

如何应对此种局面的答案很明确，就是宣传维新思想，发动变革运动。为此，编者收入大量介绍新知识、新事物、新思想的歌谣。如《地球歌》写道："南北东西，大海边，远望来去船。去船何所见？船身先下水平线。来船何所见？水面先露桅杆尖。可知大地到处湾湾，圆如橙子面。山高水低，赤道膨胀两极扁。吾人环地行，宛似橙面蚁盘旋。"② 其他如《运动歌》介绍西方流行的运动会，主张强健体魄，《女学生入学歌》鼓吹女性应接受新式教育，《近体十杯酒·劝学》罗列新式学堂开设的历史、舆地、算术、方言、化学、政法、国文、体操凡八个学科，等等。比较而言，政治学、社会学领域的新思想是最引人注目的。诸如天演、进化、进步、文明、自由、民主、权利、民权、平权、女权、参政、国民、群体、团体、责任、自治、立宪、共和、独立、维新、革命、新民、民族主义等语汇，在书中比比皆是。编者显然认为，身处物竞天择、弱肉强食的时代，中国若想摆脱困局，实现富强愿望，必须学习西方先进国家，走向民主，真正实现男女平等、人民参政议政；与此同时，民众也需树立起国民意识、团体意识，对国家、民族、集体负起应尽的责任。

为了实现富强民主的理想，编者"寄语目前当国者，莫闻新法便魂惊"③，并警告他们"欲自强时求实际，维新岂是便趋炎"④。而他最看重的，还是国家未来的希望——青少年。他要求青少年们瞩目中国，放眼世界，努力学习新思想、新技能，主动担当救国救民的责任。如《新少年歌》号召："新少年，别怀抱。新世界，赖尔造。伤哉帝国老老老，妙哉学生小小小，勖哉前途好好好。自治乃文明之母，独立为国民之宝。思救国，莫草草，大家着意铸新脑，西学皮毛一齐扫。新少年，姑且去探讨。"⑤《少年歌》更是情真意切、字字铿锵地倾诉道："我为中国人，要晓中国事。强邻今四逼，国亡可立竢。嗟我中国四百兆人真可怜，同在梦中颠倒颠。今日时势有何望，惟望少年中国之少年。少年中国之少年，赖

---

① 越社辑：《最新妇孺唱歌书》第三章，第8b—9a页。
② 越社辑：《最新妇孺唱歌书》第四章，第10a页。
③ 越社辑：《最新妇孺唱歌书》第十章《新名词三十首》，第36a页。
④ 同上书，第37a页。
⑤ 越社辑：《最新妇孺唱歌书》第一章，第4a页。

尔立身保种解倒悬。为英雄兮亦少年，为奴隶兮亦少年。英雄奴隶，一任自择而为焉。我虽年幼无所知，闻说将为奴隶，清夜愤不眠。奴隶兮奴隶，我愿舍死脱此恶孽之纠缠！"①

总之，《最新妇孺唱歌书》体现出编者动人的爱国情怀、炽烈的救国热忱与高度的社会责任感，同时也贯注了浓厚的思想启蒙色彩。它是19世纪末20世纪初高涨的维新思潮与立宪运动的产物，为清诗总集之经世精神平添了一道璀璨的思想光辉。

# 第二节　清诗总集与历史变迁

关于清诗总集在思想观念层面上的史学研究意义，上一节的"存史观念"部分已经有了集中论列。本节将着眼于清代历史的实际展开过程，择取若干较具代表性的总集为例，予以先总后分的论述。需要说明的是，本节所谓"历史"，限定于传统意义上的政治史、事件史的层面，至于更为广阔的社会史、风俗史层面的"史"，则留待下一节"清诗总集与社会风情"再详细阐述。

## 一　清诗总集与历史变迁概论

如前一节所述，很多清诗总集编者，尤其是清初与清末的编者，在纂辑过程中贯彻了或显或隐的存史与经世意识。由于这种思想观念的广泛存在，使得相当一部分清诗总集收入了大量集中反映当时社会背景、历史事件，以及人们的生存状况与心理状态之诗作；有的甚至成为采收相关题材与内容之诗作，亦即"史诗"的专题总集，堪称清代历史变迁的一个缩影。

具体就清诗总集辑录"史诗"的集中程度而论，可以分为三个层次。

其一，部分编者虽然有意识地收入若干"史诗"，但此类诗歌在全书中并不占有主体地位，而更多是以零散的形态分布于相关总集的各个部分。诸如邓汉仪辑《诗观》系列，孙雄辑《道咸同光四朝诗史》甲、乙集，潘衍桐辑《两浙輶轩续录》，全祖望辑《续甬上耆旧诗》，丁申、丁丙辑《国朝杭郡诗三辑》，沈筠辑《乍浦集咏》等，均属此种情形。就这

---

① 越社辑：《最新妇孺唱歌书》第一章，第3a—3b页。

些总集的整体来看，"诗"的特质仍然是主流；至于"史"的意味，则尚未得到非常突出的凸显，大抵只是作为"诗"的附庸而已。严格来说，其所具有的"史"的价值主要在于：为我们提供了大量有裨于历史研究的文献资料。而这其实还只是属于"史料"的范畴，同较纯粹意义上的"史"之间，尚有一定的差距。

其二，在某些清诗总集那里，"史诗"则完全占据了主导地位。一方面，部分编者的纂辑目的本就偏于存"史"，意在反映某一历史时期、历史事件的样貌，并或多或少寓有述往事、思来者以及鉴照当下的企图，因而所收诗作大致皆与历史场景、人物等有着密切联系，堪称"史诗"之渊薮；至于"诗"的形式，反倒更多只是作为"史"的载体而存在。吴炎、潘柽章辑《今乐府》与张应昌辑《国朝诗铎》即为典型代表。前者系吴、潘二人编撰《明史记》的副产品，所收诗歌皆针对自明王朝开国，至南明小朝廷覆亡期间之历史人物、事件而发，可谓一部"诗"体的《明史记》，并且也直接关涉清初历史；后者系编者为清代吏治民风而辑，它以九百多人所作两千余首诗歌的较大篇幅，广泛涉及了顺治至同治间众多政治历史事件与社会民生状况，完全可以作为有清一代诗史读。近人谢兴尧辑《太平诗史》亦属此种情况。该书凡上、中、下三卷，收录龙启瑞《纪事诗》（三首）、何德润《武川寇难诗草》（六十首）、于桓《金坛围城纪事诗》（二十三首）等十六组诗歌，皆与太平天国运动有关。编者直接冠之以"史"的称号，实在是恰如其分。

另一方面，部分清诗总集虽然编者主观上并没有明显的存史意识，但却因为所收人物及其特定经历的缘故，而带上了鲜明的"史"的色彩。这些人物中的相当一部分，本身就是历史舞台上的主要演员，他们的所作所为、所见所闻、所思所感形之于文，往往同演出进程发生较为紧密的关联，极易吸引舞台聚光灯的关注，甚至有关其一言一行、一颦一笑的记载，都可能成为史家搜罗、研究的对象。佚名辑《延平二王遗集》所谓"延平二王"——郑成功、郑经父子，便是这样的人物。二人先后受南明永历帝册封为延平郡王，都是反清武装最重要的领导人之一，且长期据守台湾，在清初政治历史舞台上扮演了不容轻视的角色。他们的这种特殊身份，首先就使其诗文合集《延平二王遗集》具备了不菲的历史研究价值，加之作品本身也普遍带有浓重历史的意味，从而令该书凸显出更加显著的

"诗史"品格。全书凡收郑成功诗八首，郑经诗十二首、谕五篇①，多有以某一政治历史事件为创作背景者，如郑成功《复台（即东都）》、《出师讨满夷，自瓜州至金陵》、《晨起登山，踏看远近形势》、《陈史部逃难南来，始知今上幸缅甸，不胜悲愤。成功僻在一隅，势不及救，抱罪千古矣》（二首），郑经《痛孝陵沦陷》、《满酋使来，有不登岸、不易服之说，愤而赋之》以及《谕忠振伯洪旭》、《谕东都群臣》、《谕承天知府郑省英》、《谕周全斌呈进兵方略》、《谕兵都事张宸》等。至于政治历史背景相对模糊者，也可以从中见出二人的生平、性情与思想，如郑成功《春三月至虞，谒牧斋师，同孙爱世兄游剑门》、《越旬日，复同孙爱兄游桃园涧》（二首），郑经《三月八日宴群公于东阁，道及崇、弘两朝事，不胜痛恨。温、周、马、阮败坏天下，以致今日胡祸蹭天，而莫能遏也。爰制数章，志乱离之由云尔》（二首）、《读张公煌言〈满洲宫词〉，足征其杂糅之实，李御史来东都，又道数事，乃续之》、《与群公分地赋诗，得京口》等。

当然，像郑氏父子这样，有实力呼风唤雨，并且一定程度上还能左右历史进程的英雄豪杰、王侯将相毕竟是少数，大量个体的社会中下层人士则不得不浮沉于历史洪流，去经受时代浪潮的击打冲刷。他们亲历某一历史时段与事件的当时或之后，往往会将闻见感想诉诸诗歌，而集中收录此类诗歌的清诗总集，自然也就可以作为"诗史"看待。兹以唐和等辑《乱离吟草》为例。

此集收录福建闽侯人唐穆愈、唐穆增兄弟之诗作，皆与太平天国战争期间唐氏一家聚散离合之情事有关。唐氏兄弟之父斌孔长期游幕安徽，携家眷居住在无为州。咸丰元年（1851）春，斌孔携穆愈回乡扫墓，留妻梁氏与穆增于寓所。不料早些时候爆发的太平天国运动发展迅猛，东南地区短期内尽皆化为战场，闽、皖两省道路梗阻，一家四口就此音书隔绝。咸丰三年（1853）二月，太平军攻陷南京，斌孔得知该消息后，一病不起。穆愈为父守制三年后，不顾族人劝阻，只身冒险北上，寻找失散的母

---

① 关于《延平二王遗集》所录郑成功、郑经诗文之真伪，学界尚存争议。详参朱鸿林《郑经的诗集和诗歌》一文之第二部分"《延平二王遗集》中郑经诗作的质疑"，收入作者论文集《明人著作与生平发微》，广西师范大学出版社 2005 年 9 月第 1 版；据文后注，知其原载《明史研究》第 4 辑。

亲和弟弟。两年多后，始抵无为。然而，兵火之后的无为疮痍满目，先前的居所也是不见踪影。穆愈只能一边小心潜行，以防不测，一边寻找亲人。一日，他行至九华山深处，"忽见乌云蔽天，雷雨骤至，仓皇道左。正窘迫间，仰见山上一寺，忽投止焉。至则寺门紧闭。闻寺中有人，语细，听之，操闽音，云：'骨肉分离，十稔不通音问，未知能来觅我否。即能来，不谂从何处觅我。'内有人答曰：'慈亲勿忧，从来乱久必治。'先父（按，即唐穆愈，此为穆愈继子唐和语）闻慈亲之语，不禁大声呼曰：'慈亲，儿某在此，速开门。'于是母子三人未及详问，相抱而哭。十年离乱，相见一朝，互询之下，破涕为笑"[1]。原来梁氏、穆增为躲避战乱，早在七年前就已逃入深山。母子兄弟团聚后，随即起程返乡，"归程至一年余，始到闽"[2]。寻亲、避难、返乡的数年间，和军队、土匪、盗贼、难民乃至野兽打交道成了唐家母子的家常便饭，他们多次再度濒临母子兄弟离散的悲惨境地，更频频与死亡擦肩而过。到家之后，唐穆愈写下《亲朋慰问，作此以谢》一诗："辱承慰问泪阑干，险阻艰难返故山。累岁深叨朋辈庇，竟从万死得生还。"[3] 短短二十八字，诉尽了亲人聚散离合的痛楚、苦涩与辛酸，以及侥幸生还故乡的留余庆之情。

　　唐氏兄弟皆有诗歌记录他们十年离乱期间的遭遇，及其所见所闻、所思所感。民国八年（1919）前后，其子孙唐和、唐世楷等将这批诗歌编为《乱离吟草》，凡上、下两卷，上卷录穆愈《苦乱》、《祀灶》等诗四十八首，下卷录穆增《梦归故里》、《秋夜》等诗二十八首，又卷首载唐和《先人孝行事实并遗诗》与郑晦讷《如父唐穆愈公、穆增公诗序》二文。读罢全编，既可以了解闽侯唐氏一家的这段传奇经历，又能由小及大，窥见太平天国战争时期普通百姓的生存境况，堪称一部真正的"民史"。

　　除上述两大层次外，还有一种情形需要特别引起注意，即部分清诗总集本身就是某一历史时期与事件的直接产物，堪称相关时期与事件的见证。它们所收诗歌，虽然未必都符合一般意义上的政治历史题材作品的标准，但却各自以整体的形式，与清代政治历史直接挂钩。例如：达礼善辑

---

① 唐和等辑：《乱离吟草》卷首唐和《先人孝行事实》，民国铅印本，卷首第1b—2a页。
② 同上书，卷首第3a页。
③ 唐和等辑：《乱离吟草》卷上，第9a页。

《红苗归化恭纪诗》所收诗歌，系康熙五十二年（1713）顾嗣立、宫鸿历等翰林院编修、检讨为庆贺湖广总督鄂海成功招抚湘西镇筸苗民而作；康熙帝、乾隆帝先后敕编的三部《千叟宴诗》，反映了二帝亲自出面组织的三次千叟宴的盛况；徐元梦等撰《名教罪人》，是雍正帝处置年羹尧案的衍生品；王震元辑《杭城纪难诗编》与张荫榘等撰《杭城辛酉纪事诗》，皆和清廷与太平天国争夺杭州的战争有关；孔广德辑《普天忠愤集》，乃中日甲午战争的直接产物；复依氏等撰《都门纪变百咏》与叶书辑《击衣剑》，皆以光绪二十六年（1900）的义和团运动与八国联军侵华事件为背景；毕羁盦辑《立宪纪念吟社诗选》所收作品，均为光绪三十二年（1906）清廷宣布预备立宪而作，等等。

较之《道咸同光四朝诗史》、《延平二王遗集》之类清诗总集，《红苗归化恭纪诗》等有两大突出特点：

一是集中性与专一性。如前所述，这些总集大都和某一具体的政治历史事件直接相关，其主题与内容自然易于集中，像《名教罪人》之于名教罪人案，《普天忠愤集》之于中日甲午战争，《立宪纪念吟社诗选》之于清廷预备立宪，等等；并且这种集中程度不仅相对于《今乐府》、《国朝诗铎》之类牢笼数百年间众多史事的总集而言，即便和《太平诗史》、《乱离吟草》这样，只以太平天国运动为大背景的总集相比，其着眼点也是更为集中、专一的。《太平诗史》与《乱离吟草》所涉及的太平天国史事，时间跨度既长，地域范围也大，均涵盖十年左右与东南数省。而反观《杭城纪难诗编》与《杭城辛酉纪事诗》，则大抵只针对清廷与太平军在杭州地区的争夺战而发，前者反映了咸丰十年至同治三年（1860—1864）杭城一带的历史风云与民间疾苦，后者更是仅仅面向咸丰十一年（1861）十月至十二月太平军围困并最终攻陷杭州期间的史事。

二是即时性。这些总集中的大多数不仅直接关涉具体的政治历史事件，而且往往就在该事件暂告段落后不久，即形成一部总集。这使它们既能趁着记忆犹新的时候，将大量真实的历史场景集中摄入镜头，又可以经由置身其间的编者、作者的耳目与心灵，令全书得到鲜活的时代氛围与精神的贯注。其中的后者尤其值得称道。因为这种对于某一政治历史事件的直观化、情绪化视角，是那些时过境迁之后，以相对冷静而理性、从容而超脱的眼光纂辑起来的总集基本不具备，或者虽然具备，却较为淡薄的。当然，从某种意义上讲，由于作者与编者均身在此山中，因而在一定程度上不识庐山真面目，使他们对现下正在发生或不久前刚刚发生过的事件的感知与反应、理解与评说，多了几分当事者的局促与褊狭，少了几分后来人的客观与包容，某些史家所谓时代局限性云云，即指此而言。不过，如果我们翻转一个角度来看，则这种所谓的时代局限性，实际上提供了更为真实而本原的历史，它消弭了时间距离所带来的生疏、隔膜感，将真实的历史场景与当事者的即时观感一一呈现于后人面前。而这，正是此类总集独特而不可替代的价值所在。

要之，《红苗归化恭纪诗》之类总集所特有的集中性、专一性、即时性特质，拉开了它们和前两种情形之间的距离。而也正是这种特质，使它们包含了大量直接关涉某一政治历史现象与事件的史实细节、时代氛围、当下观感的信息，这无疑能在一定程度上丰富我们对于若干清代政治历史现象与事件，如招抚苗民、千叟宴、太平天国运动、庚子事变等的认知。同时，由于这一系列清诗总集所涉及的政治历史现象与事件，大致分布于清王朝的各个重要阶段，因而若将它们联系起来看，则又可以得到清王朝兴亡轨迹的一个侧影。下面即着眼于此种情形，以《千叟宴诗》系列、《名教罪人》、《杭城辛酉纪事诗》为例，分别展现其所内蕴的政治历史画卷。

## 二 清诗总集与历史变迁例说

### （一）《千叟宴诗》与千叟盛宴

康熙六十一年（1722）正月初五，康熙帝在乾清宫举行盛大的"千叟宴"，共有一千多位六十岁以上的官员、民众参加。席间，康熙帝赋七律一首，文渊阁大学士、礼部尚书王掞等十三位高官依原韵各和一首，其他人赋七绝一首。这些诗歌后即在康熙帝的指令下，汇纂为《御定千叟宴诗》，后收入《四库全书》。全书以康熙帝《御制千叟宴诗》居首，次以王掞等十三人之和诗。后乃分为四卷，裒辑一众赴宴者之诗作。卷一凡收大学士马齐等七十位官员之诗作七十首；第二至四卷各收诗歌三百二十首，作者则均无署名，但从诸如"八十老医重仰圣"①、"微末官阶多庆幸"②、

---

① （清）玄烨等撰：《御定千叟宴诗》卷二，《影印文渊阁四库全书》第 1447 册，第 17 页。

② 同上书，第 39 页。

"铁衣小校忘身贱"① 等语句，可以见出其平民、下层官吏、士兵的身份。

乾隆五十年（1785）正月初六，乾隆帝再度在乾清宫举办"千叟宴"，规模较之康熙帝组织的那次宏大了许多，计有亲王、郡王、官员、蒙古贝勒、贝子、台吉、额驸、回部伯克、番部首领、朝鲜使臣及士、商、兵、民等年六十以上者三千九百余人入宴。席间，乾隆帝作《千叟宴恭依皇祖原韵》一首，又偕群臣共作联句一首。诸与宴者或和其诗韵，或自行赋诗，共有多达三千人、三千四百二十九首诗见收于乾隆帝敕编的《钦定千叟宴诗》。全书凡三十六卷。首卷一收乾隆帝御制诗与"诸臣恭和诗"，包括大学士阿桂、嵇璜等二十三人所作各一首；首卷二收乾隆帝君臣所作《千叟宴联句，用柏梁体》。正文三十四卷收郡王允祁等王公贵族、吏部尚书刘墉等在职或退休官吏，乃至"按察使职衔两淮商人"程谦德、"锄草人"李恒荣、"老民"谢惠等各阶层民众之诗作。后亦收入《四库全书》。

嘉庆元年（1796）正月初四，已退位为太上皇的乾隆帝偕同新皇嘉庆帝，仿照十一年前的旧例，在皇极殿举办了第三次"千叟宴"，与会者同样均为六十岁以上的老者，总人数亦达三千余。诸预宴者席间所作诗歌由乾隆帝敕编为《千叟宴诗》，即于是年刊印。全书编例与《钦定千叟宴诗》大致相同，含首二卷与正文三十四卷。首卷一先列乾隆帝《圣制初御皇极殿开千叟宴，用乙巳年恭依皇祖元韵》一首，再列嘉庆帝《御制恭和圣制初御皇极殿开千叟宴，用乙巳年恭依皇祖元韵》一首，后附"诸臣恭和诗"，包括大学士阿桂、大学士和珅等二十六人之诗作各一首。首卷二收乾隆帝君臣所作"联句诗"一篇。而后三十四卷依次收录各色预宴人等之诗作，共计二千七百五十六人、诗三千四百八十七首。

表面上看，三部《千叟宴诗》将上至皇帝、下至底层民众的宴会诗熔为一炉，规模均达上千人、数千首之多，令人叹为观止。不过，嘉庆元年（1796）问世的那部《千叟宴诗》，却透露了部分"千叟诗"产生途径的玄机。该书卷首有乾隆帝《圣制南书房翰林集千叟宴诗成呈览，作提要示志》七律一首，首联"千叟人加两倍丰，例教内翰提刀充"句下自注称：

---

① （清）玄烨等撰：《御定千叟宴诗》卷二，同前，第46页。

　　昨岁丙辰纪元周甲，御皇极殿，重举千叟宴。入宴者凡三千余人，照乙巳千叟宴诗之例，令内廷翰林代作，合之得三千余首。兹汇辑呈览，其中别体甚多，颇见新意，然六义究归雅正，因题是什，申诗教云尔。①

　　从乾隆帝的这段自述，可知乾隆、嘉庆年间的两次"千叟宴"流传下来的部分"千叟诗"，实为内廷众翰林受乾隆帝指派捉刀代笔的产物，并且获得了乾隆帝的御览与首肯。由此推测康熙年间的《御定千叟宴诗》，或许也属于这种情况。

　　乾隆帝命宫廷文人组成写作班子，生产出大批所谓"千叟诗"，并不出人意料。因为要中规中矩地写出既光鲜又得体，能和"千叟宴"的宏大场面、豪奢气派与皇家背景相得益彰，够得上妆点盛世、黼黻隆平之标准的应景诗，绝非轻而易举。至于即席赋诗，更是对作者聪明才智的考验。何况与宴"千叟"中的很多人，既年迈衰颓，又属于基本文化素养都十分有限的中下层民众与赳赳武夫之流，其难以胜任即席独立写出水准达标之场面文字的任务，是可想而知的。所以，与其冒着煞风景的危险，强人所难，倒不如由谙熟此类文字之写作套路的内廷翰林们出马，做足场下功夫，以确保正式开宴时能顺利而有序地撑起场面，衔接流程。

　　戳穿所谓"千叟"赋诗的西洋镜，并无损于"千叟宴"与三部《千叟宴诗》的历史意义。因为它更多体现于活动组织、诗集编纂本身的规格与宗旨，是一种形式或象征层面上的历史意义。以下试论之。

　　康熙、乾隆二帝邀集一众老者，不论身份高低，尽皆请入皇宫赴宴，其间君臣同席饮酒赋诗，诚可谓其乐融融、景象动人。单看表面形式，这当然属于宫廷游宴娱乐活动的范畴，但就其实质内涵与目的而言，却也完全可以视为政治行为的产物。二帝策划组织规模如此庞大、规格如此不凡的宴会，一是为了展示恩德。试想历代帝王有几人能够打破常规，放下身段，把成百上千中下层官吏、民众一次性招进皇宫，和他一起宴饮赋诗？乾隆帝甚至还在宴会筹备阶段，特意下达谕旨："所有与宴之官员、兵、民年在九十以上者，俱准其子孙一人扶掖入宴。其文武大臣年逾七十者令其自行揣量，如步履稍艰，亦准其子孙一人扶掖入宴，以示朕优待耆年、

_____

①　（清）弘历等撰：《千叟宴诗》卷首，嘉庆元年（1796）刻本，卷首第1a页。

有加无已之至意。"① 这在皇权专制时代的各级官吏与乡野小民眼中，该是怎样的深恩厚德！更何况受到邀请的都是国之耆老，这在极其重视长幼尊卑之伦理秩序的古代中国，所具有的象征意义是不言而喻的。因此，他们举办"千叟宴"，可以认为是在刻意宣扬皇恩浩荡，塑造自己宽厚仁爱、与民同乐、敬重长者、宣讲人伦的圣明君主形象，其背后蕴藏着点缀升平、鼓吹休明、赢取民心、稳定社会秩序的意图。

二是为了展示国家的繁荣与富强。对于开创出康乾盛世的康熙帝、维系着盛世局面的乾隆帝来说，"千叟宴"这样的大型公众活动无疑是展示国家富强昌盛的良好舞台。乾隆帝谕旨中"用昭我国家景运昌期，重熙累洽"② 的语句，便将该意图揭示无余。它围绕君民同乐、共享太平的核心概念大做文章，营造出上千位鹤发苍髯聚首皇宫的壮观场面，震荡着每个与宴者的感官与心魂。其间老人们把酒为欢，一齐吟诵着类似"莫讶君臣同健壮，愿将亿兆共昌延"③、"君酢臣酬九重会，天恩国庆万春延"④ 的诗句，潜移默化间就将对于国家与君王的光荣、乐观、自信、自豪、爱戴的情绪传达开去，深深感染着在场的每一个人。而当老人们各自返乡，有关宴会举行时的场景与氛围的消息也将由此传遍全国，令越来越多的天朝子民为之赞叹、动容。即便时过境迁之后，也还仍然能勾起人们无限的倾慕与追怀。乾隆五十四年（1789），四库馆臣描述康熙末年的那次"千叟宴"说："诏举高年，宏开嘉宴。申延洪之庆，表仁寿之征。酒醴笙簧，赓歌飏拜。彬彬焉，郁郁焉，自摄提合雒以来，未有如斯之盛也"，席间所作"千叟宴诗"亦"如华鲸奏威，凤仪铿震，耀八音会而五色彰也。化国之日舒以长，盛世之音安以乐，具见于斯，允宜袭琅函而贮石渠矣"。⑤ 字里行间散发着一种雍穆的气度、向往的情怀以及继往开来的愿望。降至道光年间，宗室昭梿回忆道："百余年间，圣祖神孙三举盛典，使黄发鲐背者欢饮殿庭，视古虞庠东序养老之典，有过之无不及者，

---

① （清）弘历等撰：《钦定千叟宴诗》卷首，《影印文渊阁四库全书》第 1452 册，第 2 页。
② 同上书，第 1 页。
③ （清）玄烨等撰：《御定千叟宴诗》卷首，同前，第 2 页。
④ （清）弘历等撰：《钦定千叟宴诗》卷首，同前，第 6 页。
⑤ （清）永瑢等撰：《四库全书总目》卷一百九十，下册第 1727 页。

实熙朝之盛事也。"① 其时康乾盛世已然成为明日黄花，清王朝正一步步滑向衰颓的深渊，身历乾隆、嘉庆、道光三朝的昭梿遭逢国家盛衰之巨大转折，追念"千叟宴"时代的浮华与荣光，只怕胸中难免涌起"忆昔开元全盛日"般的感慨。

通常来说，设宴是一种相当普通的宫廷活动。统治者或纯粹以之为娱乐工具，或赋予其政治文化意味，使之在国家政治生活中扮演一定的角色，起到应有的功能。然而像"千叟宴"这样立意独到、规模宏大、气象万千的宴会，在我国古代却是不经见的。它首先需要安定的环境、繁荣的经济、丰富的物资来支撑，这诸多条件恐怕也只有太平盛世才能悉数提供；其次，发起、组织此等政治文化象征意味颇为浓厚的大型宴会，又需要统治者多少具备相对开阔的胸襟、深远的眼光、仁善的气度、从容的意态，这同样是开创或维系盛世局面的较为贤良的君主才最可能拥有。要之，上述三次"千叟宴"与三种《千叟宴诗》是康乾盛世的直接产物。它们向我们展现着当时国家的富强与昌盛，渲染着太平盛世的气派与荣光，同时其自身也成为我国古代最后一个繁荣期的表征。

（二）《名教罪人》与盛世暗影

康乾盛世盛则盛矣，但歌舞升平表象的背后，却也已经埋下了危机的种子。《名教罪人》这部特殊的清诗总集，便为我们揭开了它的一个阴暗侧面。

此集是雍正帝处置年羹尧案的副产品。雍正三年末，亦即 1726 年年初，雍正帝以谋反的罪名将权臣年羹尧赐死，一时株连甚广。翌年三月三十日，"大学士、九卿等奏：食侍讲俸之钱名世，作诗投赠年羹尧，称功颂德，备极谄媚，应革职治罪"②；四月二十一日，雍正帝下达谕旨，痛斥钱名世"钻营不悛，以诗赠年羹尧，曲尽谄媚，至以平藏之功归之年羹尧，谓当立一碑于圣祖平藏碑之后，悖逆已极。大学士、九卿等佥以其罪恶昭著，合加重惩，以彰国法"，然而"朕念治世之大闲，莫重于名教，其人为玷辱名教之人，死不足蔽其辜，生更以益其辱，是以不即正典

① （清）昭梿撰，何英芳点校：《啸亭杂录·啸亭续录》卷一，中华书局 1980 年 12 月第 1版，第 386 页。

② （清）蒋良骐撰，林树惠、傅贵九校点：《东华录》卷二十七，中华书局 1980 年 4 月第 1 版，第 451 页。

刑，褫职递归，且亲书'名教罪人'四字，令悬其门，以昭鉴戒。复命在京大小臣工，由制科出身者，咸为歌诗以刺其恶，盖所以立名教之防、彰激劝之典也"。① 这些在京大小臣工奉旨批判唾骂钱名世的诗歌，在呈送雍正帝御览后，由宫廷词臣们选取三百八十五人之作三百八十八首（翰林院编修刘嵩龄所作可视为组诗四首，其他皆收一首），交付钱名世本人，令其出资刊刻为《名教罪人》一书，以颁行天下。

平心而论，钱名世攀附权贵的行为本算不上巨奸大恶，以至于必须冠之以"名教罪人"的称号，将其彻底批臭批倒。实际上，这种行为甚至只能说是中国历代士人的一个相当普遍的劣根性之表现，不足为奇。他只是很不幸地适逢其会，被别有用心的最高统治者揪住把柄，树立为政治批判的活靶，从而在我国长而又长的权力斗争牺牲品序列上增添了一个新的例证。至于那三百八十五位政府官员所写的政治批判诗，则谈不上有任何文学艺术价值。虽则如是，雍正帝别出心裁的处置方式与《名教罪人》诗集本身，却仍然颇为耐人寻味，可谓清代历史上的一个荒诞而生动的象征符号。

雍正帝"死不足蔽其辜，生更以益其辱"的发落方式，表面上留了钱名世一条活路，似乎显得宽宏大量、皇恩浩荡，实则残酷刻毒之至。他要以"亲书'名教罪人'四字，令悬其门"，"复命在京大小臣工，由制科出身者，咸为歌诗以刺其恶"，勒令钱名世本人出资刊刻《名教罪人》，在天下人面前以身示法的特殊方式，对其施予精神折磨、人格挫辱的酷刑。这种精神折磨较之肉体刑罚，杀伤力无疑是更胜一筹的。它非但使钱名世终生背负着屈辱的十字架，不久即于雍正八年（1730）郁郁而死，同时也对士林造成了巨大震慑。仅就这次"名教罪人"事件本身而言，无端惨遭横祸的便绝不止钱名世一人。部分奉雍正帝谕旨，作诗批判唾骂钱名世的官员，因诗作不合皇帝脾胃而受到重罚。据萧奭《永宪录》卷四记载，即有"作诗谬妄者，翰林院侍读吴孝登发宁古塔，给披甲人为奴；侍读学士陈邦彦字世南、邦直字方大，皆前礼部尚书元龙子，皆落职"②。吴振棫《养吉斋余录》卷四亦载："同时作诗谬妄获罪者，翰林

---

① （清）胤禛：《雍正四年四月二十一日谕旨》，上海书店出版社编《〈名教罪人〉谈》，第49页。

② （清）萧奭撰，朱南铣点校：《永宪录》，中华书局1959年8月第1版，第274页。

院侍读吴孝登，发宁古塔为奴；侍读学士陈邦彦落职。"① 其中吴孝登遭遇之悲惨，实已不亚于钱名世。

我国历来有"刑不上大夫"的传统，降至明朝，乃完全抛弃了这一老规矩。最高统治者可以不问青红皂白直接施重典于大臣，稍有触犯，刀锯随之，非但诛其身，甚且没其家，以此树立起帝王的绝对威权，将专制主义推向登峰造极的境地。而从雍正帝炮制"名教罪人"案所表现出的政治手腕中，我们又可以清晰地体察到，独裁君主及其统御下的威权政府，"统治术已愈趋成熟，统治手段已深入到精神领域"②。雍正帝已然不满足于仅仅给予士大夫肉体上的惩戒与威慑，他要更深入地消弭士气，整肃思想，强迫人们戴上沉重的精神枷锁，潜移默化间将其规训为驯顺的奴仆。而这，才是他发动"名教罪人"案等一系列文字狱与意识形态事件的真正深层动机。

进一步来说，雍正帝这种险恶用心与残酷手段的背后，所包含的逻辑却是异乎寻常的荒诞。他冠冕堂皇地宣称"治世之大闲，莫重于名教"，而钱名世诔讼年羹尧的行为在他看来，正是大大玷辱了名教，所以必须严加惩处。不过，何谓"名教"，诔诵年羹尧能否直接和玷辱名教画等号，却实在有待推敲。关于这一点，金性尧就指出："钱名世的品格差一些，但究不同于巨奸大恶。他为什么沦为'名教罪人'？因为他写了八首诗诔颂权贵年羹尧。可是年羹尧的权是谁给他的？贵是谁促成的？羹尧气焰盛时，入京陛见，九卿、督抚皆跪迎于道旁，名世以诗诔颂，固然是趋附，但在当时官场中，也是很普遍的风气。羹尧本是世宗功臣，后因功高震主而被赐死，亦赵孟之所贵，赵孟能贱之，于是名世遂遭株连。"③ 对于雍正帝这类专制君王来说，"朕即国家"、"朕即真理"是他们立身处世的根本原则，是其一切思想与行为的逻辑起点。从这种原则出发，诸如名教的概念与范畴、如何界定名教、是否可能有不同层面的理解等问题，都毫无意义，因为一切相关问题的解释权均被其收归囊中。他将以自己的思想意

① （清）吴振棫撰，童正伦点校：《养吉斋丛录·余录》，中华书局 2005 年 12 月第 1 版，第 383 页。

② 钱伯城：《"名教罪人"：最早的政治帽子》，上海书店出版社编《〈名教罪人〉谈》，第13 页。

③ 金性尧：《〈名教罪人〉与风雅魔道》，上海书店出版社编《〈名教罪人〉谈》，第19—20 页。

志为标准，去塑造名教的概念、范畴与内涵，为己所用，并以之来杀伐践踏、规训整肃臣民的肉体与灵魂，而不需要任何其他外在的合理、合法性依据。① 如是，则将一般的溜须拍马行为上纲上线，最终拔高到"名教罪人"的地步，也就不足为奇了。

在雍正帝策动、施放的高压政治空气的裹挟与胁迫下，士人们纷纷主动接受了精神阉割手术。他们争先恐后作出表态，一致声讨钱名世的"滔天罪恶"，遣词造句无所不用其极。如兵部郎中冀栋诗云："平生执业治诗书，却借文章作鄙夫。要誉空谈君子道，立心直是小人儒。清华不识恩荣重，卑秽宁甘品节污。颂美奸回忘大义，身名千载堕泥涂。"② 吏部额外主事康忱诗云："道义全凭气节扶，存心诡佞品何污。巧将诗字谀奸恶，谩饰衣冠作腐儒。尽汲汉江难洗耻，便膏斧锧有余辜。虽蒙圣主宽刑网，问尔身名毁裂无。"③ 均高举"君子"、"品节"、"道义"、"气节"之类正气凛然的伦常武器，充分调动"鄙夫"、"小人"、"卑秽"、"奸回"、"诡佞"等恶毒刻薄的语言弹药，肆意向钱名世发起攻击，诚可谓慷慨激昂，唾沫四溅，誓要以泰山压顶之势，摧灭其肉身，驱散其魂魄，令其万劫不得超生。至如刑部主事图麟，更是喊出了"御墨标题彰教化，直教遗臭到儿孙"④ 的口号。此公恨屋及乌，辱骂对象甚至波及了无辜的钱家子孙。

痛打落水狗的同时，他们当然也不忘歌颂皇帝的圣明与宽仁。如都察院副都御史王沛憻诗云："圣戒森严昭日月，维持名教炳千秋。"⑤ 翰林院检讨徐学柄诗云："春秋诛恶宸章肃，圣鉴能穷魑魅情。"⑥ 兵部主事李同声诗云："圣主宽恩免斧锧，春秋一字法弥彰。"⑦ 均竭力吹捧雍正帝明察秋毫，赏罚得当，其护卫名教纲常之功业必将彪炳千秋。至于雍正帝

---

① 关于《名教罪人》所体现出的皇权垄断思想话语权力，从而导致思想专制的倾向，葛兆光著《中国思想史》第二卷《七世纪至十九世纪中国的知识、思想与信仰》第三编第三节之第二部分（复旦大学出版社 2001 年 12 月第 1 版）有较深刻论述。

② （清）徐元梦等撰，林国华标点：《名教罪人》，上海书店出版社编《〈名教罪人〉谈》，第 89 页。

③ 同上书，第 96 页。

④ 同上书，第 101 页。

⑤ 同上书，第 55 页。

⑥ 同上书，第 75 页。

⑦ 同上书，第 100 页。

"宽恩免斧钺"的处置方式，更是得到了交口称颂，被推尊为宽厚仁爱的表征。诸如大学士田从典"圣朝法网洵宽大，犹许全躯到故乡"①，翰林院编修庄楷"归田尚许留余息，圣主深恩似海宽"②，翰林院检讨王思训"皇恩春浩荡，犹植尔余生"③ 等语句，便都围绕皇恩浩荡的概念大做文章。国子监学正陶之倬甚至说："幸邀宽贷归乡井，圣主深恩欲报难。"④ 循着这条逻辑，则雍正帝赐予钱名世"名教罪人"之桂冠，并将其驱逐回乡的行为，竟然成了钱氏粉身碎骨也难以报答的大恩大德。不仅如此，他们还纷纷进一步向钱名世提出报答皇恩的建议及其可行途径。同为翰林院编修的王安国、谢道承便分别提出，"天地包涵大，文章激劝真。还应增感愧，解网是宽仁"⑤；"赐翰用垂臣子戒，放归终是帝王心。从今犬马余生在，宜戴皇仁雨露深"⑥，均要求钱名世铭记皇恩，深刻忏悔，争取洗心革面，重新做人。而在光禄寺少卿罗其昌看来，仅仅感恩、忏悔是不够的，他希望钱名世"应感圣明宽一面，轮回再把悃诚输"⑦，此生既已难报皇恩之万一，那就来世"再把悃诚输"吧。如是，则钱名世被戴上这顶"名教罪人"的大帽，实在称得上荣幸之至，因为它承载了皇帝何等深厚的恩德，需要臣子付出怎样的努力与代价，才有可能赢得哦！

　　除了对皇帝惩奸罚恶表示欢欣，对其不杀之恩表示感动外，展望并肯定该举措的功效也是必不可少，否则何以见出天子高瞻远瞩、算无遗策、既圣且明呢？如内阁侍读董自超"四字高悬严斧钺，九州广播凛风霜。臣心从此皆知儆，共矢公忠列庙廊"⑧，顺天府府丞余甸"巨奸诛殛佞人逐，朝野应成正直风"⑨，署司业事编修王兰生"从此儒臣胥砥砺，咸遵圣训凛操持"⑩，翰林院编修邹光涛"要识天家澄叙意，从今士品尽还醇"⑪，

---

①　（清）徐元梦等撰，林国华标点：《名教罪人》，同前，第 51 页。

②　同上书，第 63 页。

③　同上书，第 73 页。

④　同上书，第 118 页。

⑤　同上书，第 73 页。

⑥　同上书，第 68 页。

⑦　同上书，第 61 页。

⑧　同上书，第 59 页。

⑨　同上书，第 60 页。

⑩　同上书，第 61 页。

⑪　同上书，第 70 页。

翰林院编修何玉梁"从此万年昭炯戒,人人知傲励廉隅"① 等语句,便异口同声地宣布:经过皇帝此番整肃之后,名教纲常的观念必定更为深入人心,臣民们会愈加自觉地着意于砥砺名节,正直之风将从此吹遍朝野。真正是前景一片光明!形势一片大好!

与此同时,他们又纷纷由人及己,赌咒发誓要与钱名世划清界限,并引以为戒,以便更好、更勤勉地忠君体国,维护并发扬名教。像翰林院编修蒋洽秀"圣朝解网恩良厚,臣节贻羞悔岂追。归去应惭形影秽,群儒相共鉴于斯"②,翰林院侍读俞兆晟"名教中人应共凛,莫令青石罪声扬"③,翰林院庶吉士熊晖吉"四字千秋昭炯戒,臣僚须共洗心看"④,国子监学录王德麟"臣工各洗心,公正效恫幅"⑤ 之类语句,便不妨作为其各自的决心书看待。

上引诸诗句可谓满纸荒唐言,向我们展示着一颗颗扭曲的灵魂。专制皇权的淫威有如泰山压顶,这批官员无所逃于天地之间,遂纷纷在重压下折腰。他们一致声讨钱名世的罪恶,更一致歌颂今上的圣明,为其蹂躏挫辱钱名世的残酷行径摇旗呐喊,高声叫好,同时也忙不迭地表明自己的忠贞态度与清白身份,向君王摇臀摆尾,示好乞怜。三百八十五位社会文化精英犹如一群跳梁小丑般,同时同地上演了一出滑稽而可悲的闹剧。这其中就包括此前曾经受过文字狱迫害,后来幸免一死、改判放逐的方苞。可如今他却要将枪口对准另一位更加不幸的受害者,施予凶狠一击,值其握管为诗之际,是否会生出一种物伤其类的感触呢?但不论他们写作政治批判诗出于真诚还是违心,此种俯首帖耳跟着皇帝令旗走、哪怕指鹿为马亦在所不惜的行为,已然深深打上了奴才的烙印。而这,不正是雍正帝发动这场政治批判运动所意欲达到的效果吗?恰如黄裳《雍正与吕留良》一文所说:"流氓皇帝在历史上有不少先例,但像雍正这样的却极少。看他对付读书人的手段,从吕留良到钱名世,不只是残酷,同时还是残忍。他的努力得到了很大的成功,终于转移了一代士风,大大加强了奴性。"⑥

---

① （清）徐元梦等撰,林国华标点:《名教罪人》,同前,第71页。
② 同上书,第63页。
③ 同上书,第58页。
④ 同上书,第80页。
⑤ 同上书,第119页。
⑥ 黄裳著:《笔祸史谈丛》,北京出版社2004年1月第1版,第12页。

概言之，控驭、钳制士人思想是清代历任君主一贯执行的政策，而《名教罪人》则是其贯彻过程中一个较为特出的产物。这种文化专制政策造成了清代士人群体乃至全社会普遍的战战兢兢、鸦雀无声的景象。它窒息了人们思考与创造的能力，整个国家的活力也由此而日益衰竭，最终趋于丧失。在这个过程中，重重危机不断酝酿、积累，仿佛蛰伏的火山一般，等待着爆发的时刻。

（三）《杭城辛酉纪事诗》与太平天国战争

咸丰十年（1860）初，太平天国为解除江南大营对天京的威胁，由干王洪仁玕等策划了进军浙江、诱使江南大营分兵增援的围魏救赵之计。该年二月十九日，忠王李秀成率军猝然兵临杭州城下，九日后城破。但由于太平军此次出征的真实目的是解天京之围，所以在获悉已诱出江南大营张玉良部后，遂即放弃杭州，回师天京。至五月，乃彻底摧毁江南大营。随着天京形势的缓和，太平天国遂自咸丰十一年（1861）初起，渐次实施全面进军浙江的计划。该年十月中旬，李秀成率军从严州出发，经桐庐、临安，二十一日克余杭，因由闲林埠、古荡一带再度进击杭州。与此同时，各路清军亦纷纷退保杭州。经过约两个月的攻坚战，太平军第二次攻陷杭州，从此长期占领该地。直至同治三年（1864）二月，太平天国运动失败前夕，才被清军重新夺回。

《杭城辛酉纪事诗》系针对太平军第二次攻打杭州之情事而发，凡收张荫椿、吴淦合撰之七言绝句一百首，除最后一首外，均有详尽的作者自注。两位作者皆杭州人，亲身经历了惨烈的"辛酉之难"，后侥幸逃离杭州，同治元年（1862）五月前后流寓上海。寓沪期间，他们"每于酒阑灯灺，言及虎林被难情事……缘有纪事诗之举……越五昕夕，各得诗五十首，期以纪实，兼之余两人痛，藏之箧中，与同志者赏焉"①。后又"质之七上黄鹤楼散人（按，即陆以湉，七上黄鹤楼散人其号），博采见闻之确凿者，重加删订，缮写成帙"②，遂成此集。书以《庚辛泣杭录》本较常见；另有《杭城辛酉纪事诗原稿》流传，署"钱塘东郭子、杭州蒿目生（按，即张、吴二人之别号）撰"，收入《近代中国史料丛刊续编》第

---

① （清）钱塘东郭子、杭州蒿目生撰：《杭城辛酉纪事诗原稿》钱塘东郭子自记，《近代中国史料丛刊续编》第 980 册，卷末第 3a 页。

② 同上书，卷末第 4a—4b 页。

980 册，杭州古籍书店亦于 1980 年 4 月出版影印本。

全书有两大主题：一是揭露军政之失；二是悲悼百姓苦难。其中尤以前者得到两位作者的格外关注，因为在他们看来，百姓所遭受的一切苦难完全是政府举措失当造成的。关于军政之失的主要表现，陆以湉在为该书所作跋语中，有过精当的概括，相关文字说：

> 其始不慎选将帅，帅屡挫衄，陷城益多。其继不扼守险要，寇日偪日近，束手坐困。其弊则由于积粮不广，教士无素，以至围城两月，群情瓦解，遽溃散而不可救。当是时，城中将士非不多也，然自提镇以至游都，无亲自督战者，是将不身先士卒矣；御寇不接仗，但索乡民食物，且强占妇女，或与接仗，亦惟遥施枪炮，是兵不遵纪律，不死其长上矣；密书约战，诡投贼营，是将不能驭下，转为下误矣；信贼诈降，连失营卡，是将不能防寇，反为寇愚矣；甚至搜米之谕出自军门，则将纵兵也；投贼之衅启自亲军，则兵叛将也。处危急之秋，而法不肃，令不行，情不洽，气不振，欲城之克保，岂可得哉？嗟乎，士大夫韬略未谙，侈谈经济，一旦任艰巨，临患难，虑浅识闇，有才不克用，所昵者惟私人，有言不克从，所信者皆下策。张皇补苴，动失机宜，大事以去。①

区区二百八十四字，将清朝军政界的腐朽溃烂情形描述得入木三分。张荫榘、吴淦也正是从陆氏所说的这几个方面出发，对其在"辛酉之难"期间的不当举措与恶劣行径作了直截了当的叙述揭发，并施予严厉尖锐的抨击批判。

他们首先将矛头直指政府官员与军队将领。这批人肩负保境安民之重任，为人行事却颠三倒四。大敌当前，身为浙江巡抚、有总揽全局之责的王有龄却在磕头念咒，乞求神灵。这就是全书第二十首所反映的情况："雷院晨开驺从长，绣衣顶礼爇檀香。腐儒老去孔门厌，香案皈依拜玉皇（王中丞有龄于洞真观设坛礼玉皇忏，招三学诸生拜诵，月给钱四千

---

① （清）钱塘东郭子、杭州蒿目生撰：《杭城辛酉纪事诗原稿》陆以湉跋，同前，卷末第 1a—2a 页。

文）。"① 一省首长竟然全不理会"子不语怪、力、乱、神"的古训，将胜利的希望寄托在虚妄的神灵身上，为此而无谓地靡耗大量珍贵的战时物资，亦在所不惜，可谓鄙陋荒唐之致。据曾国藩《查覆江浙抚臣及金安清参款折》称：

> 近年苏、浙官场陋习，以贪缘钻刺为能，以巧猾谲诈为才。王有龄起自佐杂微员，历居两省权势之地，往岁曾带浙员赴苏，去岁又带苏员赴浙，袒庇私党，多据要津，上下朋比，风气日散。其委员派捐，但勒限以成数，不复问所从来。委员既取盈于公数，又欲饱其私囊，朘削敛怨，势所不免。谕旨所询属吏多贪鄙之徒，但以掊克贪缘为事，证以臣之所闻，殆非无因。②

由此可见王有龄系何等样人，平日所为皆何等样事。这等龌龊无能之辈干出临阵求神的荒唐行径，自是毫不足怪。但不幸的是，如王有龄这般的贪鄙之徒绝非少数，而是充斥着整个浙江军政界。如第三首描绘杭州将军瑞昌说："大将专征宠命加（瑞麟阁将军昌前拜总统之命），深居简出静官衙（贼围城两月，人罕见其面）。好将杯酒娱衰老，惯对新妆扫髻鸦。"③ 第三十九首描绘副将贵廷芳说："炮船八桨早潮迎，聒耳终朝沸鼓钲。此哭舆尸彼酣饮，笙歌吹彻月华明（贵副将督带炮船，无意助战，酣嬉自娱，军士终日鸣钲打鼓为乐）。"④ 太平天国大兵压境，战火烧至眉睫，两位将领竟视之如儿戏，终日沉湎于醇酒美人，高乐不起，全无指挥作战的意愿。至于那些还算是在带兵打仗的军官，也是贪生怕死，惯于推诿扯皮，绝不肯亲临战场一步。提督饶廷选即为个中典型。诸如第四首"鹁鸠山下起烽烟"、第三十六首"偃月营开虎旅陈"、第五十三首"鼓吹筵开奉上宾"等诗篇，便对此公"畏不出战"⑤、"无有亲督兵鏖战"⑥、"仍

① （清）钱塘东郭子、杭州蒿目生撰：《杭城辛酉纪事诗原稿》，同前，第4b页。
② （清）曾国藩撰：《曾文正公（国藩）全集·奏议》卷十四，《近代中国史料丛刊续编》第1册，第2373—2374页。
③ （清）钱塘东郭子、杭州蒿目生撰：《杭城辛酉纪事诗原稿》，同前，第1b页。
④ 同上书，第9a页。
⑤ 同上书，第1b页。
⑥ 同上书，第8b页。

派偏裨数人，并不身率士卒"① 的孬种行径作了反复叙写。

这批官员虽然外战时畏葸不前，内耗起来却个个奋勇争先。他们各怀私心，互相掣肘。如第三十八首云："劲旅三千统水犀，将才方许殄鲸鲵。同仇未洽同寅志，霜白空闻战马嘶（张军门卒，遗命况副将文榜督带水陆全军，仍用张字号旗。况副将统军后，贵副将廷芳妒之，每派队，未肯出力打仗）。"② 张军门即张玉良。当时此人率江南大营残部驰援杭州，与太平军交战阵亡。后副将况文榜受命领军，却遭同为副将的贵廷芳忌恨。贵氏于是公报私仇，不肯出力打仗，根本罔顾这样会对全局造成何等恶劣的影响。钩心斗角而外，他们更是热衷于各谋私利，以致贪腐成风。第四十九首"一时贿赂竟公行，各局分司仅挂名。半入公家半私囊，竞工狗苟与蝇营（军装制造差最优。总办者甘太守应槐、张太守冕，办事者必由夤缘而得，故所造器械不归实用）"③，第五十八首"按籍填名待策勋，队旗队长列纷纷。惯将游手充虚额，临阵原无敢死军（军费为管带者侵蚀，虚额居多，点名时招民间贩竖充数，应名一声，给钱百文）"④ 等诗篇，便对这种现象进行了有力揭发。

在这群无德无能之辈的领导下，清政府杭州当局的指挥决策一再犯下愚蠢失误。如第八十五首云："海角云帆克日催，香杭万斛载将来。只愁饷道重围隔，连日官军打不开（胡雪岩都转光塘由海道运粮至江干。先城内诸绅于将围城时，请筑傅城土垒，直接江干，以备贼断粮道，中丞不能用。粮至不能冲围而入。胡绅于十一月十三日望城拜哭，向宁波而去）。"⑤ 大战在即，一把手王有龄不知未雨绸缪，采取有效措施保障粮食补给，以维持军队士气与战斗力，稳定民心，并且不纳忠言，导致粮道被断，最终酿成城内粮尽、军民大乱、人食人的惨剧。当战斗打响之后，清军众将官又不知占据有利地形，扼守要冲，轻易就把一个个战略据点丢与太平军手中，从而使双方对峙的天平很快发生了倾斜。第三十首"海潮寺大厚墙垣，画栋流虹瓦覆鸳。击尾击中浑不动，常山蛇势首先蟠（海潮寺本饶军门挈勇驻守，自馒头山失守，军门忽将挈勇调回城。从此，海

---

① （清）钱塘东郭子、杭州蒿目生撰：《杭城辛酉纪事诗原稿》，同前，第 12a 页。
② 同上书，第 9a 页。
③ 同上书，第 11a 页。
④ 同上书，第 13a 页。
⑤ 同上书，第 18a 页。

潮寺为贼据，与椤木营、凤凰山营垒相接，我军遂不能克）"①，第三十二首"虎视先窥椤木营，我军铤险力难争。从兹卧榻容酣睡，压石终倾累卵城（贼夺馒头山卡后，一直冲下，椤木营一带尽为所据。大股连日压至，离城二三十里险要，我军皆弃不顾。至是，贼据凤凰山、馒头山、椤木营、海潮寺、净慈寺，或高瞰城中，城外兵勇尽变为贼，而大事去矣）"② 等诗篇，即叙述了饶廷选等清军将领缺乏战术意识与战略眼光，弃险不守，导致局势恶化之经过。

　　实际上，清廷当局这种组织不力、指挥不当、运转不灵的现象，绝不仅仅出现在杭州，而是遍布整个浙江战场。关于这一点，全书第一首就开宗明义地指出："当路无人谁执咎，不谙地利与人和（金、兰为浙东门户，严、遂为浙西上游门户，嘉、湖为浙西下游门户，当事者皆弃不守。张军门及文、胡、刘、贵诸军各路骚扰，民间兵民不和，以致大局全坏）。"③ 在作者看来，大局全坏的罪魁祸首就是那些尸位素餐的当路者。他们缺乏远见卓识，昧于攻守形势，毫无责任担当，至于实际政治军事才干，更是让人无法恭维。其所作所为，可谓将"肉食者鄙"的名言诠释得淋漓尽致。

　　除各级官员外，其手下的兵丁喽啰也成为两位作者的批判对象。上梁不正下梁歪，军官既然畏太平军如狼，畏死如虎，士兵们仿而效之，作战时也是三心二意。对于这种情形，第四十六首描述道："无端技击暨材官，枪炮空施意总安。妙绝行军等儿戏，胥山顶上有人看（居民上吴山观战，见我军接仗，但遥施枪炮而已，为之丧气）。"④ 杭州将军瑞昌异想天开，动员百姓上吴山观战，并要求"每人持旗一杆、灯笼一盏，以助声势"⑤。百姓们奉命上山助威，却"见我军接仗，但遥施枪炮而已"，诚为难以言语形容的"妙绝"场景。

　　清军作战时已是如此表现，战场下玩忽职守更是家常便饭。第十首云："密排鹿角守原牢，醉卧沙场胆气豪。况复跨河桥已断，河虽不广不容刀（连日贼匪不出，守卡官军误为贼退，高歌酣饮，醉卧达旦。湖墅

　　① （清）钱塘东郭子、杭州蒿目生撰：《杭城辛酉纪事诗原稿》，同前，第6b—7a页。
　　② 同上书，第7a—7b页。
　　③ 同上书，第1a页。
　　④ 同上书，第10b页。
　　⑤ 同上。

军民预拆桥断路）。"① 区区几天不见太平军踪影，官军就做出敌人已退的轻率判断，于是"高歌酣饮，醉卧达旦"，军事素养之差简直无以复加。至于其他办事当差人员，同样颇有视职责如儿戏者。第四十七首云："埋棺凿地火雷腾，毒焰飞空城不崩。笑煞瞽蒙来瓮听，垂头熟睡唤难应（城中掘地置大瓮，传瞽者卧听，日给钱二百文，尽皆熟睡，因撤不用）。"② 得知太平军计划挖掘地道、偷袭杭城的消息后，清政府当局采取了"掘地置大瓮，传瞽者卧听"的预防措施。不料这群拿着每天二百文钱报酬的所谓公务人员，在岗位上"尽皆熟睡"，全不把预警的任务放在心上。

清军虽然保家卫国无能，但搜刮民财、欺压百姓的水准却是一流。如第九首云："余杭虐焰蔽尘黄，烧遍三墩远近庄。堪笑我军鏖战返，人人担酒缚猪羊（贼大股由新城、余杭下窜，焚掠附省各村镇。官军前往抵御，并不接仗，但纷纷搜索乡民食物而还）。"③ 第五十二首亦云："户捐才罢又飞捐，取尽锱铢剧可怜。堪叹军需糜亿万，不曾努力效军前（股户捐后，于市肆中赀本稍巨者抽捐，名曰飞捐。搜刮殆尽，我军未尝出力打仗）。"④ 均将其不思守土安民、但欲敛民财以自肥的丑陋嘴脸描画得入木三分。更有大批官兵公然奸淫掳掠，实与匪类无异。诸如第五十六首"喜卜桑中醉梦身，联营士卒气难伸（兵勇强占民间妇女，终日酣嬉，军事置不问）"⑤，第七十九首"托言粮匮遍征求，结队分明满道周。定武一军真首祸，到门搜括及衣裘（十一月初十日，饶军门派勇搜米，云济军需。林方伯定武军趁势劫人衣饰。城中抢掠自饶军门开其端，定武军首其祸）"⑥，第八十首"似虎哮声突至前，逼人刀影剑光连。剧怜笞楚频施夜，十丈麻绳两指悬（兵勇搜括财帛，夜间至僻巷中，甚有将居民高挂，以刀背痛打，胁取窖藏金银者）"⑦ 等诗句所描述的凶残横暴行径，已经到了令人发指的地步。

---

① （清）钱塘东郭子、杭州蒿目生撰：《杭城辛酉纪事诗原稿》，同前，第 2b—3a 页。
② 同上书，第 10b 页。
③ 同上书，第 2b 页。
④ 同上书，第 11b—12a 页。
⑤ 同上书，第 13a 页。
⑥ 同上书，第 17a 页。
⑦ 同上书，第 17a—17b 页。

　　另有大批清兵财迷心窍，竟在危城下做起了小买卖，至于打仗杀敌的本行，大概早就成了副业。如第五十五首云："闽豫人多杂楚黔，开城出战气恹恹。归来压担争输市，黄韭青葱白菜甜（闽勇、豫勇、楚黔勇，连日出城鏖战，贼坚壁不出。兵勇进城，人人割取葱、韭、萝卜、白菜，入市卖之，得美价）。"① 由于王有龄棋错一着，致使杭城补给线路被断，物资供应告急。孰料打仗时气息恹恹、技能拙劣的兵勇，经济头脑却颇为灵光。他们趁着出城作战的机会，大肆搜刮菜蔬，回城后高价贩卖给百姓，真正称得上无本钱生意。更加令人惊愕的是，为了攫取利润，部分清兵甚至和太平天国中人贸易往来，彻底视军纪、国法为无物。对此，第五十七首写道："弗戢兵如治乱丝，同乡谊重暗相期。李投桃赠浑无迹，坏却军规将不知（贼与我兵有同乡者，贸易往来，习为故常。管带者佯为不知）。"② 当围城局势日益恶化，百姓家中纷纷断炊后，部分清兵甚至干出乘势抬高米价、勒索民众的勾当。即第六十三首所云："阿夫容换稻红莲，腰有黄金饱粥饘。可叹居奇来市侩，一升米值五千钱（居民以雅片、黄金向营兵、旗兵易米，价值日昂。城中有米之家绝少，间有稍存一二石者，每升自一二千文，逐日昂价至五千文）。"③ 及至杭城危如累卵之际，大批清兵已然把心思放在如何赚取最后一笔外快，以便随时脚底抹油上。这就是第八十八首描述的景象："堪叹敛金鹅鹳士，竞思奋翼出重围（十一月廿三四日，闽兵、定武军及各营兵勇勾结钱业游民于闭歇店铺门首，以钱四五贯或二三贯，插草标买洋钱，以备逃赀）。"④

　　杭州何其不幸，被如此鄙陋之官僚统治，如此恶劣之军队"守卫"，欲不城破，其可得乎？当地人陆以湉事后回忆说："当杭州之未破也，上下泄泄，文恬武嬉。公事自捐输外，悉不问，而库无赢财，营无健卒，幕无达士，市无欢民。识者早知其必败，特不意如是之速耳。"⑤ 但当我们通过《杭城辛酉纪事诗》，看到守城官兵的真实面目与具体表现后，就无须惊讶其何以败得"如是之速"。攻击腐坏没落一至于斯的官僚与军队，可谓摧枯拉朽，即便以太平军有限的兵力、落后的装备、老套的战法，亦

① （清）钱塘东郭子、杭州蒿目生撰：《杭城辛酉纪事诗原稿》，同前，第12b页。
② 同上书，第13a页。
③ 同上书，第14a页。
④ 同上书，第19a页。
⑤ （清）陆以湉撰：《杭城纪难诗》，台湾华文书局《中华文史丛书》第93册，第745页。

不难做到。只可怜广大杭城百姓，受腐朽官僚与军队的连累而惨遭荼毒。诸如第四十首"流民数万过城隍"、第六十一首"穷巷喧闹粥厂开"、第六十六首"野苎根穷采蔓菁"、第六十七首"鹄面鸠形满道旁"、第六十八首"菜色枯黄目陷睛"、第六十九首"凄凉饿殍已盈途"、第七十首"满野哀黎绕郭呼"等诗篇，写尽了围城时与城破后百姓处境之凄恻悲凉。

然而更加可悲的是，百姓们本来对朝廷官员与军队寄托了那么殷切的希冀，渴望其早日得胜，期待在其庇护之下，重新过上和平安宁的生活。所以，一旦有官军接仗得胜的消息传来，他们便纷纷捐钱捐物，予以犒劳。如第十七首云："粉团角黍载瓜皮，分饷三军为疗饥。众饱气应增百倍，宵深不许贼来窥（百姓争市粉团角黍饷城外水军，并捐钱犒赏。贼于中宵结筏潜渡，水军击回）。"[1] 当政府要求百姓供给军粮时，他们也是踊跃参加。如第四十二首所说："声言夜战饬诸军，一纸传单比户闻。顷刻炊成珠万斛，提筐相饷不辞勤（军士夜战，王中丞札同善局，饬保甲绅士劝各团居民连夜备饭，送凤凰山、望江二门。居民顷刻备送数万担，并有备蔬菜者）。"[2] 至于官方襄助作战的命令，更是得到了热烈响应。就像第四十四首叙写的那样："拟将一炬扫嬴秦，破垒端凭火力新。夜半忽闻征稻秆，黄云彻晓满城闉（下令烧贼卡，饬居民备稻草。不转瞬，致送者堆满城垛。因无人去烧，仍置弗用）。"[3] 可惜百姓致送稻草的热情虽高，军方却是作战积极性极低，无人愿意承担袭击太平军关卡的任务。由此可见，在这场清廷与太平天国争夺杭州的战役中，杭城的民心、民气完全可以为清政府与清军所用，而贪官、庸吏、兵痞们则完全不知用、不善用百姓之心气。岂止不知、不善用，根本就是在挫伤、摧折这份可贵的民心、民气。百姓们一而再、再而三地得来的，竟然是这样的回报："忽溃勇、土匪散布谣言云：贼大至。地藏殿僧乘机窃发。居民大乱，投江死者无算。"[4] 如是，则离心离德、上下解体之情形的出现，便是自然而然的了。

---

① （清）钱塘东郭子、杭州蒿目生撰：《杭城辛酉纪事诗原稿》，同前，第4a页。

② 同上书，第9b页。

③ 同上书，第10a页。

④ 同上书，第2b页。

任何国家、社会组织欲正常运转，都需要制度与人事的配合。咸、同年间的杭城争夺战，反映了清政府当局小至个体细胞，大至机体组织，已然大面积坏死，剩余的也是功能萎靡。这个虚弱的外壳，搭配上紊乱的内部系统，其难以维持良性运转毋庸置疑，更谈不上有化危机于无形的能力。诸般种种，都昭示着曾经的天朝上国，正一步步滑向没落与崩溃的深渊。

# 第三节　清诗总集与社会风情

清诗总量极其庞大，描写与反映当时社会风情、士民生活的诗作亦如恒河沙数。这些诗歌，"其性质则专咏名胜古迹，风俗方物，或年中行事，亦或有歌咏岁时之一段落如新年，社会之一方面如市肆或乐户情事者，但总而言之可合称之为风土诗"①。它们广泛分布于各类型清诗总集，再加上清诗总集所含其他风土文献，可谓清代乃至历代社会风俗研究的一大资料库；同时还形成众多风土诗专集，堪称一系列"韵文的风土志"②；另外，部分题材、类型的清诗总集，本身就是某种社会风俗、生活方式的产物，是相关社会生活事象的集中体现，主要包括歌谣总集与集会诗歌总集等。以上三方面，是我们通过清诗总集，考察清代社会风情、士民习俗的主要途径。兹分述之。

## 一　清诗总集所含风俗史料
### ——以《歌仙刘三妹传》为中心

由于清人普遍持有强烈的文献意识与存史观念，加之采风问俗传统的存在，从而使风土诗成为各类型清诗总集的常客。这当中，往往意在征文考献、存一方掌故的地方类清诗总集尤其值得关注。诸如潘衍桐辑《两浙𬨎轩续录》卷四所收沈嵩士《桐乡风土述略》、卷六所收陈锡《芝田》、卷十所收沈亦然《南宫旧俗，元夕后一日，远近妇女皆入官衙，观宅眷，为一年利市，田家尤以此卜丰收。妍媸老幼无虑数千，日夕始已。去岁余恶其喧溷，不复令入。后适旱干，民间咸谓此事致之。虽荒诞可笑，然不

---

① 周作人：《关于竹枝词》，吴平、邱明一编《周作人民俗学论集》，第248页。
② 同上文，第247页。

欲终违众意，今年仍从其俗，戏为长歌》、卷十九所收沈宝麟《粤西杂体诗》（八首）之类风土诗，在此类总集中比比皆是，可供相关研究者各取所需。

清诗总集所能提供的社会风俗史料，当然不限于风土诗。吴淇等辑《粤风续九》卷首附载署名孙芳桂撰、彭楚伯笺《歌仙刘三妹传》，以及署名曾光国述、罗汉章阅《始造歌者刘三妹遗迹》二文，便是我们考察源远流长的刘三妹①传说与赛歌习俗的重要文献资料。只是《粤风续九》长期以来湮没不彰，遂使这两篇文字也因此而默默无闻。但究其实际，则这两篇文字，尤其是《歌仙刘三妹传》，堪称刘三妹故事流传接受史上相当重要且颇具代表性的文献。兹详述之。

（一）《歌仙刘三妹传》与其他清初相关文献的渊源关系

刘三妹传说广泛流传于广西、广东、湖南、云南、贵州等省区，特别是广西。从现有文献记载来看，刘三妹的名号可能始见于南宋王象之《舆地纪胜》卷九八"三妹山"条下，曰："刘三妹，春州人，坐于岩石之上，因名。"②但未提及传说的具体内容。至清初，该传说乃开始较多见于文人学者之记载，并初步凸显出故事的情节框架。主要代表有王士禛《池北偶谈》卷十六"粤风续九"条、陆次云《峒溪纤志·志余》之"声歌原始"条、屈大均《广东新语》卷八《女语》"刘三妹"条、《古今图书集成·方舆汇编·职方典》卷一千四百四十"浔州府部·艺文二"所收署名张尔翮所撰《刘三妹歌仙传》等。比较来看，由于康熙元年（1662）、二年（1663）前后，吴淇在广西浔州府推官任上主持采选当地歌谣，纂为《粤风续九》，从而得以问世的《歌仙刘三妹传》与《始造歌者刘三妹遗迹》，乃是同时期相关文献中产生时间最早的，并且和《池北偶谈》等记载的刘三妹故事有着颇不寻常的渊源关系。

王士禛《池北偶谈》卷十六"粤风续九"条简略叙述完刘三妹故事之后，提到："同年睢阳吴冉渠（淇），为浔州推官，采录其歌，为《粤

---

① 刘三妹，现代多称"刘三姐"，但前代文献大抵作"刘三妹"；另外，古今记载亦有称"刘三娘"、"刘三姑"、"刘三妷"者，唯不普遍。详参见钟敬文《刘三姐传说试论》一文，收入作者论文集《钟敬文民俗学论集》，上海文艺出版社1998年3月第1版；据书末"篇目原始出处"，知其原载《稻·舟·祭》（松元信广先生追悼论文集），日本东京六兴出版社1982年9月第1版。

② （宋）王象之撰《舆地纪胜》，中华书局1992年10月第1版，第4册第3066页。按，原文"刘三妹"作"刘二妹"，或系误植。

风续九》。虽侏僚之音，时与乐府《子夜》、《读曲》相近，因录数篇。"① 可见他在获睹《粤风续九》之后，方有该条之撰写，其间的因承关系是显而易见的。

陆次云《峒溪纤志·志余》之"溪峒歌谣"条也说："溪峒歌谣数种，约数百篇，兹各取其一二，以棳其余，次云得之王大司成阮亭先生者。先生题其简端曰：'余旧闻粤西獞、猺之俗，以歌自择匹偶，然不知其歌词为何等语也。顷宋牧仲郎中贻《粤风续九》一卷，凡粤西及狼、獞、猺人之歌悉备，其词淫，其思荡，其语乃古艳，与乐府歌辞差近，亦删诗不废郑、卫之意也。此书为浔州司睢阳吴湛（按，"湛"为"淇"之误）冉渠所辑。'"② 所据材料同样来源于《粤风续九》，而其叙述文字较之《池北偶谈》更加简略。

屈大均《广东新语》卷八《女语》"刘三妹"条则提到："赵龙文云：猺俗最尚歌。男女杂沓，一唱百和。其歌与民歌皆七言而不用韵，或三句，或十余句。专以比兴为重，而布格命意，有迥出于民歌之外者……修和云：狼之俗，幼即习歌，男女皆倚歌自配。女及筓，纵之山野，少年从者且数十，以次而歌，视女歌意所答而一人留，彼此相遗。男遗女以一扁担，上镂歌词数首，字若蝇头，间以金彩花鸟，沐以漆精，使不落；女赠男以绣囊、锦带。约为夫妇，乃倩媒以苏木染槟榔定之。婚之日，歌声振于林木矣。其歌每写于扁担上。"③ 显然分别抄撮自《粤风续九》卷二《猺歌》赵龙文序，以及卷三《狼歌》修和（按，即吴淇，修和其托名）序。赵序曰："其风俗最尚踏歌，浓妆绮服，越阡度陌，男女杂沓。深林丛竹间，一唱百和……歌与民歌俱七言，颇相类，其不同者：民歌有韵，猺歌不用韵；民歌体绝句，猺歌或三句，或至十余句；民歌意多双关，猺歌专重比兴。其布格命意，有迥出于民歌之外者。"④ 吴序曰："其俗自幼即习歌，男女皆倚歌自择配。女及筓，则纵之野，少年从者且数十，次第歌，视女歌意所答而一人留。彼此相赠遗（男遗女以扁担一条，镂歌数首，字仅如蝇头，间以金彩作鸟卉于上，沐以漆，使不落，盖土人女子力

---

① （清）王士禛（禛）撰，靳斯仁点校：《池北偶谈》，下册第 383 页。

② （清）陆次云撰：《峒溪纤志·志余》，《四库全书存目丛书》史部第 256 册，第 145 页。

③ （清）屈大均撰：《广东新语》，中华书局 1985 年 4 月第 1 版，下册第 362 页。

④ （清）吴淇等辑：《粤风续九》卷二《猺歌》赵龙文序，同前，第 392 页。

作所必需也。女赠男以绣囊、锦带诸物，女所自制者），约为夫妇。各告其父母，乃倩媒以槟榔定之（槟榔以苏木染之，并蒌莱、石灰）。婚之日，迎亲送女，络绎于道，歌声振林木。"① 由此可知，屈大均撰写该条时，肯定参考过《粤风续九》。至其所述故事内容，同样只是一个简短的情节梗概而已。

《古今图书集成》所收张尔翮名下的《刘三妹歌仙传》则篇幅较长，信息量较大，情况也相对复杂一些。该文首先叙述康熙二年（1663）清明日，作者访友途经浔州西山仙女寨，遥见山巅二石人偶坐，又见层峦之上，村中少妇三五成群、互歌相答的情形。抵友家后，向其叔祖问起此事，遂由二人的谈话引出仙女刘三妹的传说。篇末又提到："兹吾邑司理吴公采风至此，访歌仙之迹，命翮为传以纪之。"② 此处所谓吴公，应即吴淇。可见该文之结撰，亦与《粤风续九》的采编活动有关。将这篇《刘三妹歌仙传》与《粤风续九》所收《歌仙刘三妹传》比较后，差别主要有：前者以访友途中的见闻发端，以作者与友人叔祖的问答为框架，后者则是纯粹的第三人称客观叙事；二者的主干情节大致接近，但少量具体信息有所出入，如前者称刘三妹十五岁受聘于林氏，后者则称十六岁；叙述刘三妹事迹时，前者笔致趋简，后者则趋繁；前者篇末只有几行感慨文字，后者篇末则有冠以"野史氏曰"字样的大段评论；又后者带有参编者彭楚伯撰写的详细笺注，为前者所无。要之，《刘三妹歌仙传》尚带有些许原始记录的色彩，更像是《歌仙刘三妹传》的缩略版；而《歌仙刘三妹传》则有了不小的藻饰与扩充，经过了系统的笺注，添加了"野史氏曰"的段落，叙事视角也完全客观化，可谓一篇体制醇正、信息丰富的传记。据此推测《刘三妹歌仙传》作者应吴淇之命结撰的这篇传记，或许就是《歌仙刘三妹传》的底本，经时任浔州府同知孙芳桂调整润色、

---

① （清）吴淇等辑：《粤风续九》卷三《狼歌》修和序，同前，第 397 页。

② （清）张尔翮：《刘三妹歌仙传》，陈梦雷编纂、蒋廷锡校订《古今图书集成·方舆汇编·职方典》卷一千四百四十，中华书局、巴蜀书社 1985 年 10 月第 1 版，第 17 册第 20869 页。按，据今人区茵考证，《刘三妹歌仙传》的作者并非张尔翮，因"康熙间李彬、曾光国编纂的《贵县志》原载有此《传》，但未题撰者姓名，后《古今图书集成》大量引用方志资料……错误地认定该文作者为张尔翮，引者还自作主张地对原文两处作了改动，'命翮为传'的'翮'字即为引者所妄加"（区茵《〈粤风续九〉中的"刘三妹"故事》，《青海社会科学》2012 年第 5 期，第 216 页），她并推测"《刘三妹歌仙传》与《歌仙刘三妹传》同为孙芳桂所撰"（同前，第 216 页），"《刘三妹歌仙传》或为《歌仙刘三妹传》的初稿"（同前，第 217 页）。

彭楚伯笺注之后，乃收入《粤风续九》。

综上可见，清初几种较常见的记载刘三妹传说的文献，都和《粤风续九》及其所收《歌仙刘三妹传》与《始造歌者刘三妹遗迹》有着密切关系，可以归为同一个故事版本系统。而在这个版本系统中，又当以《歌仙刘三妹传》最为重要。这既因为该传篇幅最长、内容最丰富、信息量最大，更在于它处于整个系统的枢纽位置。《池北偶谈》与《峒溪纤志》的相关内容乃从它那里转抄而来，《广东新语》至少以它为参考资料，可以说都是其衍生品。今人区茵、龚侟认为该传"具有'信息源'性质"①，甚是。至于《始造歌者刘三妹遗迹》与《刘三妹歌仙传》，则与之同为《粤风续九》采编活动的产物，但前者内容相对简短，并且以叙述刘三妹传说之遗迹"七星岩"与"妇人石"为主，可视为一篇与《歌仙刘三妹传》相辅而行、补其未备的文字；而后者则或许是《歌仙刘三妹传》的一个初始版本。由此，即能约略见出这个版本系统的大致情况，以及《歌仙刘三妹传》在其中的重要位置。只是由于《粤风续九》长期湮没无闻，遂使原本完好的版本链条缺失了最关键的一环。如今《粤风续九》经过《四库全书存目丛书补编》影印后，又重新回到人们的视野，我们乃得以将一整条版本链统合到一起，对其进行全方位的扫描。

（二）《歌仙刘三妹传》与其他清初相关文献的文字比较

由于《歌仙刘三妹传》、《始造歌者刘三妹遗迹》和同时代王士禛等的相关记载有密切的渊源关系，所以就故事的主框架来说，诸文献基本趋同，大致曰：广西贵县②有刘三妹善歌，一时无出其右者；后遇一青年男子③与之对歌，数日后，双双化为山石。但若就具体内容与叙写笔致而论，则《歌仙刘三妹传》无疑是其中最为丰富、繁细的。

---

① 区茵、龚侟：《贵县名士曾光国所"述"的"刘三妹"故事》，《玉林师范学院学报》2012 年第 3 期，第 43 页。

② 唯屈大均称刘三妹隶籍广东新兴。这当是由于屈大均系广东人，而广东境内或亦有刘三妹故事流传，故采之以入《广东新语》。

③ 《歌仙刘三妹传》称该男子系邕州白鹤乡少年张伟望；《始造歌者刘三妹遗迹》与《广东新语》亦皆云白鹤乡少年。《刘三妹歌仙传》则称白鹤乡少年秀才张伟望；《池北偶谈》同样呼为邕州白鹤秀才。又《歌仙刘三妹传》篇末云："粤之秀，其尽钟于女子乎？白有绿珠，容有玉环，皆名列正史，传之天下，可为盛矣。然绿珠之传也，以石崇；玉环之传也，以玄宗；而三妹独无所附，以声自振起，彼男子绣衣者，反附以传焉。"（吴淇等辑《粤风续九》，同前，第381 页）可见"张伟望"之名号当有所据，并非作者臆造。

首先，它为刘三妹提供了家世渊源、家庭背景与家庭成员情况，曰：
"歌仙名三妹，其先汉刘晨之苗裔，流寓贵州（即今浔州府贵县，非贵州
布政）西山水南村。父尚义，生三女，长大妹，次二妹，皆善歌，蚤适
有家，而歌不传。"① 而其他诸人除张尔翮亦持类似说法之外，皆未提及
这层信息。

其次，为刘三妹生平作了系统的编年，称其生于唐中宗景龙三年
（709）②，接着依次叙及七岁、十二岁、十五岁、十六岁时事迹；至十七
岁，乃有与人赛歌数日、双双化石之事，时当唐玄宗开元十三年（725）
正月中旬。反观屈大均，仅称其"生唐中宗年间"③；王士禛则对时间背
景作了更加模糊化的处理，曰："相传唐神龙中，有刘三妹者，居贵县之
水南村，善歌。"④《始造歌者刘三妹遗迹》与《峒溪纤志》则均干脆宣
称不知刘三妹系何时代人。唯《刘三妹歌仙传》差可与之比肩。

最后，该传包含大量生动细致的叙述描写。这些文字或为其所独有，
或类似内容仅概要地见于其他同时代一二种著作；至于故事内容仅见于同
时代其他著作，而未见于《歌仙刘三妹传》的，则极其罕见⑤。最典型的
例子就是刘三妹与白鹤少年高台对歌的情节。高台赛歌堪称整个刘三妹故
事的焦点与高潮，因而也成为《歌仙刘三妹传》最着力叙写的一段情节。
在正式进入对歌场景之前，作者先做了一番铺垫，提到比赛场地的具体情
况，曰："台阶三重，斡以紫檀，幕以彩段，百宝流苏，周乎四角。"又
描绘二人出场亮相时的装扮，三妹是"鬒丝发散垂至腰，曳双缕之宝带，
蹑九凤之纹履，双眸盼然，掩映九华扇影之间"，少年则是"着乌纱摇，
衣绣衣，执节而立于右"；再进一步叙及比赛当天的气候环境与观众热
情："是日风清日丽，山明水绿，粤民及猺、獞诸种人围而观之，男女数

---

① （清）孙芳桂撰，彭楚伯笺：《歌仙刘三妹传》，同前，第380页。
② 此处"景龙三年"原作"神龙五年"，误。彭楚伯笺注指出："按，唐中宗神龙三年即
改元景龙，云神龙五年，误，宜作景龙三年。"（同前，第380页）又《歌仙刘三妹传》提及刘
三妹于唐玄宗开元十三年（725）化为山石，时年十七，是则确应作"景龙三年"。
③ （清）屈大均：《广东新语》，上册第261页。
④ （清）王士禛（禛）撰，靳斯仁点校：《池北偶谈》，下册第382页。
⑤ 唯《刘三妹歌仙传》在刘三妹、张伟望双双化石之后，提到的三妹"所许林氏夫闻而
疑异，即登山以验，旁立长笑，亦化为石"（同前，第17册第20868页）的情节，《歌仙刘三妹
传》乃至其他同时代相关文献均未记载。

百层，咸望以为仙矣。"① 充分铺展开赛场阵势，调动起对决气氛，刺激起读者兴趣之后，作者乃聚拢笔墨，写道：

> 两人对揖三让，少年乃歌"芝房烨烨"之曲（取灵芝无根之意，以美刘也），三妹答以"紫凤"之歌（紫凤属离，方取其文采以报张也），观之人莫不叹绝。秀才复歌"桐生南岳"（张还以凤比刘，以桐自比，待其来栖之意），三妹以"蝶飞秋草"和之（恨共相逢之晚，已已受聘，若蝶不及春花而秋草）。秀才忽作变调（四歌皆原本古相和之曲，调兼清平，时所尚也。至是，张忽变用楚调，而三妹所歌之"南山"，则清商调也），曰"朗陵花"（张家朗陵，盛称其乡土之美，欲刘从之以归也），词甚哀切，三妹则歌"南山白石"（白石山在贵之西南。白取其不淄，石取其不磷，明己之节甚贞；南山取其不移，言己之钟情则甚深也。为后化石张本），益悲激，若不任其声者，观之人皆为歔欷（伤其志也）。自此迭唱迭和，番更不穷，不沿旧辞，不夙构。②

对于赛歌情节，屈大均、陆次云只是简略平泛地一叙而过，《刘三妹歌仙传》则下笔颇带藻绘，并且还煞有其事地提供了二人所唱歌曲的名称，曰："乡人敬之，特架一台，置二人于上。一唱'阳春'，一唱'白雪'，流风激楚，不分高下，非'下里'、'巴人'比也。岂止停云，即星辰亦为之下矣。"③ 所谓"一唱'阳春'，二唱'白雪'，流风激楚"云云，显然出自作者的想象与渲染。但是，这较之镶金错玉、波澜曲折的《歌仙刘三妹传》，相去何止以道里计！整段文字以"两人对揖三让"之后的更番唱答为主线，包括"韩以紫檀，幕以彩段"的赛场环境，"曳双缕之宝带，蹑九凤之纹履"的二人装扮，"风清日丽，山明水绿"的景致描绘，"观之人莫不叹绝"等观感烘托，乃至"芝房烨烨"等雅丽歌名，再配合上彭楚伯详尽而不无附会的笺释，令读者宛如阅览激动人心的传奇小说一般。

---

① （清）孙芳桂撰，彭楚伯笺：《歌仙刘三妹传》，同前，第 380 页。
② 同上。
③ （清）张尔翮：《刘三妹歌仙传》，同前，第 17 册第 20868 页。

《歌仙刘三妹传》这种天马行空的想象、添油加醋的增益，一定程度上也体现于《池北偶谈》的记载，相关文字说：

> 秀才歌"芝房"之曲，三妹答以"紫凤"之歌。秀才复歌"桐生南岳"，三妹以"蝶飞秋草"和之。秀才忽作变调，曰"朗陵花"，词甚哀切，三妹歌"南山白石"，益悲激，若不任其声者。观者皆歔欷，复和歌。①

两相比较，上引该文明显是从《歌仙刘三妹传》那里抄撮而来，只是作了删繁就简的处理而已。著名民俗学家钟敬文评论《池北偶谈》的这段文字"真将二人对歌情景，写得声色动人，特别其中几个歌曲之名称，更极其'雅丽'。但此种情景及歌曲，恐为诗人想象之产物，并非民间当日对歌时之实在情景和事物，亦非真正民间传说所固有之面貌"，甚是；唯钟先生认为个中原因在于王士禛的"诗歌创作风格以爱好文词'漂亮'著称，其写作笔记、诗话，亦同具此倾向"②，倒不免有些冤枉王士禛了。

诚如钟先生所云，《歌仙刘三妹传》包含的想象、渲染与增益成分，肯定偏离了刘三妹传说的原初面貌。不过话说回来，一则民间传说本就没有固定形态；至于理论上的原初面貌，恐怕根本不会完整地见诸文献记载。它在传播、记录、再传播、再记录的过程中，可能同各社会阶层、地域人群、思想观念、时代潮流产生关联，从而出现五花八门的变形。这种关联与变形，乃是此类口承文学不可分割的组成部分，堪称其独特魅力与价值所在。从这个角度看，《歌仙刘三妹传》正可谓刘三妹传说在明末清初时的一篇"变形记"。这种"变形"的最突出表现与最显著特点，即全文的人物与故事带有浓重的书卷气息与正统意味。而促成其发生相应"变形"的，无疑就是文人士大夫的眼光与口味。

具体来说，该传设定的故事发生地广西贵县位于我国西南边陲，是传统的少数民族聚居区，但刘三妹却来自一个汉族移民家庭，祖先乃大名鼎鼎的"刘阮入天台"故事主人公——东汉人刘晨。她所受教育也完全是中原士大夫式的，号称"甫七岁，即好笔墨，聪明敏捷，时呼为女神童。

---

① （清）王士禛（禛）撰，靳斯仁点校：《池北偶谈》，下册第382页。
② 钟敬文：《刘三姐传说试论》，同前，第108页。

年十二，通经史"；再从三妹十六岁时，"其父纳邑人林氏聘，来和歌者仍终日填门，虽与酬答不拒，而守礼甚严也"的记述来看，则她又同时符合名教中人的标准；至于"十五艳姿初成"，"曳双缕之宝带，蹑九凤之纹履，双眸盼然，掩映九华扇影之间"① 等等，描绘女主角绰约风姿的文字，更是历代传说故事（尤其出自文人笔下者）常用的桥段。由此，刘三妹乃不可思议地集才女、美女、贞女于一身，再典型不过地展现了古代文人士大夫对于理想女伴的衡量标准与千秋幻梦。更加不可思议的是，同时兼具歌唱才能的刘三妹，所擅长的绝非流行于普罗大众口头的山歌村调、市井小曲，而是汉魏六朝时的乐中经典——相和曲与清商调。即便故事真的发生于距六朝还不算太久的唐玄宗初期，相和曲与清商调都完全有资格归入曲高和寡甚至濒临式微失传之音乐类型，而爱好并掌握此等古典音乐的歌者，自然也就可以用阳春白雪、高人雅士来形容，遑论后代！这样的人物，无疑只可能出现在文人士大夫笔下，是文人士大夫的欣赏趣味投射而成的镜像。

《歌仙刘三妹传》所传达出的文人士大夫情调，在同时代文献记载那里或多或少都有所呈现。如屈大均提及刘三妹"年十二，淹通经史"②，《始造歌者刘三妹遗迹》也说她"生而聪慧，解音律"③，王士禛则从《歌仙刘三妹传》处抄来六个典丽曲名，有意无意间都把她塑造成一个学养过人、品位高雅的女才子。《刘三妹歌仙传》更是将好笔墨、通经史乃至"樱桃之口，不让樊素"，"羞花掩月，光彩动人，见之者无不神贻意荡"④ 的容貌悉数集刘三妹于一身，几乎与《歌仙刘三妹传》如出一辙，唯全面、细腻程度稍嫌逊色。比较而言，《歌仙刘三妹传》可谓这一时期表现文人士大夫观念情趣最突出、最典型的一种文献。

（三）《歌仙刘三妹传》的社会学、民俗学价值

对于清初人塑造的女才子、士大夫版刘三妹，我们无须认同，但也不必一概以今律古，认为她及不上20世纪若干民俗学与民间文学研究者搜集到的众多村姑、农妇乃至少数民族版"刘三姐"。如果非要立足于"民

① （清）孙芳桂撰，彭楚伯笺：《歌仙刘三妹传》，同前，第380页。

② （清）屈大均撰：《广东新语》，上册第261页。

③ （清）曾光国述，罗汉章阅：《始造歌者刘三妹遗迹》，吴淇等辑《粤风续九》，同前，第382页。

④ （清）张尔翮：《刘三妹歌仙传》，同前，第17册第20868页。

间"，则村姑、农妇版"刘三姐"自然更接近传说的本来面貌，因为这才符合焦大不爱林妹妹的定律。但若纯粹就文学论文学的话，则村姑、农妇版"刘三姐"对歌嘲讽秀才调情、反抗地主乡绅压迫、深爱同村青年樵夫、拒绝恶霸财主逼婚，最终或跳崖，或投河，或遇害，或脱险，诸如此类的人物、情节，就未必一定比《歌仙刘三妹传》等描述的女才子刘三妹及其对歌数日、化为山石的情节来得高明。当然，我们可以像四库馆臣评价该传"其说荒怪，不足信也"①那样，也认为化石情节纯系无稽之谈，未若某些"刘三姐"故事那样充盈着写实感，散发着现实主义精神。不过情况并没有这么简单。该情节看似荒怪，但其背后所隐藏的，乃是古代南方后进地区、民族的某些源远流长的古老风俗信仰的信息，是一种更加深刻的真实。以下试述之。

依据钟敬文《刘三姐传说试论》一文的研究，歌仙刘三妹传说植根于我国古代南方后进地区、民族的歌圩风俗。歌圩又作歌墟，即民间聚会对歌。从现代所谓文明人的经验、常识与习惯出发，对歌当然更多只是一种群众文化娱乐活动。不过在古人，尤其是后进民族看来，它却具备非常现实的功能、十分严肃的意味，能够广泛应用于集会、婚娶、群作、宴饮等场合，以之为竞赛、测验等的工具。屈大均《广东新语》即记载道：

> 粤俗好歌……尝有"歌试"，以第高下；高者受上赏，号为"歌伯"。其娶妇而亲迎者，婿必多求数人与己年貌相若而才思敏给者，使为伴郎。女家索拦门诗歌，婿或捉笔为之，或使伴郎代草。或文或不文，总以信口而成，才华斐美者为贵。至女家不能酬和，女乃出阁。②

上述婚娶场合的对歌、赛歌活动，可以用知识竞赛或能力测试来形容，尚属简单轻松。另有一些对歌、赛歌行为，则完全够得上战斗的级别。近人刘锡蕃在经过原野调查后，对当时普遍流行于广西少数民族中的"歌战"风气，作了生动的叙述：

---

① （清）永瑢等撰：《四库全书总目》卷二百，下册第 1833 页。
② （清）屈大均撰：《广东新语》，下册第 358—359 页。

每值大集会，各寨常于寨内遴选聪明强记善歌能唱之人，镣金为学费，使往某地某寨向某善歌者习歌；此人亦不远千里而赴之，以求为一寨博荣誉。业成，归而授其同寨男女，日夕不辍。学者心写神会，惟恐或忘。一至会期，乃群出决赛。各择其对方之相当团体，以决雌雄。此时壁垒森严，各有"背城借一"之志。时而男，时而女，交番赛唱，愈战愈烈，而此善歌者，则独运中军，指挥作战，攻隙抵瑕，奇正互相。如此数日夜，而胜负乃分。其胜者，群焉翕然称之，高歌奏凯，鸣炮震天地，欢呼而还。①

当然，这种颇具战斗意味的对歌，不止见于比较正式的集会场合，而是广泛发生在广西少数民族的各个日常社会生活部门。对此，刘锡蕃概括说："蛮人在'集会'、'婚娶'、'群作'、'宴饮'时间，皆以赛歌胜负判荣辱，使千万人集视其歌战之胜负；故唱歌不只娱乐，实含有一种剧烈之'战斗性'。"②

此种"歌战"现象之所以出现，根本原因在于后进民族的观念信仰与所谓文明人大不相同。针对这个问题，刘锡蕃指出："蛮人不论男女，皆认唱歌为其人生观上之切要问题，人而不能唱歌，在社会上即枯寂寡欢，即缺乏恋爱求偶之可能性；即不能号为通今博古，而为一蠢然如豕之顽民。"③ 今人萧兵也认为："对于充满幻想和原始信仰的初民，'言语之威力是属神的'；一方面，'言语，是影像型的、公开的、发射的、辉耀的、照明的思想'；另一方面，言语又'现实地'威力无边，'言语引人一切真理，解明一切秘密'。所以，破谜、答问、应考、赛诗等对于原始民族完全跟吃饭、穿衣、打仗、养孩子、杀人一样是'现实性'的，与'行为'同构，与'实物'等价，神秘而又真实。"④ 由此，我们就能理解对歌、赛歌何以能有如此现实的用途，如此严肃的意味。更重要的是，对于后进民族来说，"诗和歌就是它们的自我确认，它们的文化、它们的权利、它们的存在的证明。诗和歌不但是教养，是知识，是文明，而且是

---

① 刘锡蕃著：《岭表纪蛮》，民国二十四年（1935）商务印书馆排印本，第 156 页。

② 同上书，第 155 页。

③ 同上书，第 156 页。

④ 萧兵著：《楚辞的文化破译——一个微宏观互渗的研究》，湖北人民出版社 1997 年 2 月第 1 版，第 989 页。

它们的信仰，它们的宗教，它们的秘密。它们不但与外部落、外村寨赛诗，对歌，有时连吵架、对骂都使用诗歌来进行。诗歌对于初民犹如真刀真枪。歌手赛诗失败有时甚至得自杀，就好像宗教辩论里败者如不皈依臣服就得自尽一样"[1]。既然诗与歌的意义如此重大，则对歌、赛歌在很多场合下演变为一场特殊的搏击、战斗，便是自然而然的。这种战斗虽说特殊，但也绝非儿戏。如若战而不胜，后果可能是严重的，前及刘锡蕃"以赛歌胜负判荣辱"的说法，即其中之一斑。有时候，赛歌成败所关乎的，已然不只是简单的荣辱问题，它将迫使无法获胜的一方付出更加惨重的代价，甚至生命！

由此再来看《歌仙刘三妹传》，其中记载的刘三妹十五岁歌名益盛之后，遂至"千里之内，闻风而来，或一日，或二日，率不能和而去"的情形，无疑就是当时现实生活中的对唱赛歌。面对这些大大小小的歌唱竞赛，刘三妹应付自如，所向披靡，声名、荣誉与日俱增。直至十七岁出嫁前夕，她才遇到真正的对手——新近从邕州白鹤乡来到贵县的少年张伟望。伟望"美丰容，读书解音律，言谈举止，皆合歌节"，是个出类拔萃的人物，似乎堪与三妹比肩絜大，于是"乡人敬之，筑台西山之侧，令两人登台，为三日歌"，组织了一场刘、张二人间的对决。难得高手过招，一时观者如山，号称"粤民及猺、獐诸种人围而观之，男女数百层"，而且随着时间的推移，"观者益多，人人忘归"。他们先是高台对歌三日，不分伯仲。三妹意犹未尽，"因请于众曰：'此台甚低，人声喧杂。山有台，愿登之，为众人歌七日。'遂易前服，作淡妆，少年皓衣玄裳，登山偶坐而歌"。这次前后持续达十天的赛歌，其规格之高、场面之大、景象之动人，皆难以言语形容。它实际上已经不能算作一场寻常的赛歌，而就是一次正式的"歌战"。它将以"使千万人集视其歌战之胜负"的形式，来判刘、张二人的荣辱。于是乎，二人的对决愈加激烈。直到山巅赛歌七日之后，观者"望之俨然，弗闻歌声。众命二童子上省，还报曰：'两人化石矣。'共登山验之，遂以为两人仙去，相与罗拜"[2]。为了赢得"歌战"的胜利，刘、张二人竭尽所能，最终双双付出了生命！代价之惨重，一至于斯！其实这种悲剧结局自他们登上"歌战"擂台起，就已经

---

① 萧兵著：《楚辞的文化破译——一个微宏观互渗的研究》，第 992 页。

② （清）孙芳桂撰，彭楚伯笺：《歌仙刘三妹传》，同前，第 380 页。

定下了基调，因为悲剧根本就是"歌战"乃至任何形式之战斗的如影随形的孪生兄弟！

刘三妹未能取得"歌战"胜利，因而身死化石的情节，并不限于《歌仙刘三妹传》等清初文献。据近人刘策奇记录的流传于广西象县的"刘三姐"故事说：

> 传闻刘三姐系广东潮、梅人，有唱歌之天才，走遍两粤，不获一对手。后至立鱼峰，遇一农夫，与彼对唱。一直唱过三年又三月，三姐似不支，心中一急，呆然化为石像。农夫瞧瞧，叹息一声，悠然他逝。①

唱遍两粤无敌手的刘三姐，竟至三年三月都赢不下一介山野村夫，并且还渐渐不支，现出败象。所谓"心中一急，呆然化为石像"云云，正是战败身死的象征说法。一代歌仙"歌战"阵亡，令获胜的农夫也不由得叹息一声。萧兵评论这个刘三姐战败、身死、化石的情节说："这是多么悲怆感人的情景。'野蛮人'对于诗歌、对于艺术功能、性质的认识与情感是自作聪明的'文明人'怎样都体认不到、感受不到的。"②

神话传说并非空穴来风，无论其外表多扭曲，总有一些真相掩藏在背后。《歌仙刘三妹传》等清初文献同样如此。尽管连续对歌十日、最终化为山石的情节，已经过相当的变形，带有太多的夸张，以至于令人难以置信，但其中保存的主体内核却是合理的，基本元素也是甚为古老的。它向我们传递着对歌、赛歌习俗中最严肃、最激烈乃至最残酷的部分——"歌战"的信息。是即该传之社会学、民俗学意义所在。

综上所述，清初人记录的刘三妹传说，从故事框架、价值取向乃至风俗背景等方面看，都可以归入一个版本系统。而《歌仙刘三妹传》则是其中最典型的一种。一则它在同时代相关文献中占据着枢纽位置；再者，较之其他同时代文献，它的故事框架最完整，叙述描写最细致，同时又最生动全面地塑造了一个女才子刘三妹的形象。所以，我们完全可以称它为

---

① 刘策奇：《刘三姐》，北京大学歌谣研究会《歌谣周刊》第82号，民国十四年（1925）三月十五日，第8版。

② 萧兵：《楚辞的文化破译——一个微宏观互渗的研究》，第987页。

清初最重要也最具代表性的一篇记录刘三妹传说的文献。再考虑到清初乃是刘三妹传说之内容、情节最早见诸文献记载的时期，则这篇《歌仙刘三妹传》在刘三妹传说流播史上的地位，也由此而得以确认。

### 二　清人风土诗歌总集概观

集中收录风土诗歌的清诗总集，亦即本书所谓"清人风土诗歌总集"，为数甚多，是清诗总集的一个很有特色的组成部分。它们大抵可以归入题咏类的范畴，同时也能自成一个系列，是我们认识、考察清代乃至历代社会风情的一条较直接而便利的途径。

在众多专门采收风土诗的清诗总集中，尤其突出的当推以"竹枝词"命名者。竹枝词源于民间，自唐代顾况、刘禹锡等以来，乃成为文人诗歌创作的一个很有特色的组成部分，并渐次兴盛。至其具体内容，则如唐圭璋所说："以咏风土为主，无论通都大邑或穷乡僻壤，举凡山川胜迹、人物风流、百业民情、岁时风俗，皆可抒写。非仅诗境得以开拓，且保存丰富之社会史料。"① 此类诗歌的合集，元末即有杨维桢辑《西湖竹枝词》（又名《西湖竹枝集》）问世。降至清代，竹枝词创作更是盛况空前，专门纂为总集者亦不在少数。

综观清代编纂的竹枝词总集，主要是各地竹枝词之合集。其中的最早期代表，应推徐士俊、陆进辑《西湖竹枝词续集》。此集约问世于顺治十六年（1659），系为接续杨维桢辑《西湖竹枝词》而编。徐士俊自述："巴人竹枝固是诗家逸调，自刘、白并倡，作者渐繁，然而莫盛于廉夫（按，即杨维桢，廉夫其字）矣。盖廉夫倚西湖而重，西湖又得杨夫子而彰千古，风流一时云集……余幸生长西湖，思联胜集，因与陆子荩思（按，即陆进，荩思其字）远搜名宿之词，近索同人之句，上自洪、永，下迄今兹，随意编成。"② 全书所收，上起明初人瞿佑，下至当时的女诗人徐昭华，乃至编者陆进本人，凡二百三十四人所作约四百首与杭州西湖有关之竹枝词。

《西湖竹枝词续集》之后，清代各地方的竹枝词总集编纂活动络绎不

---

① 丘良任撰：《竹枝纪事诗》唐圭璋序，暨南大学出版社 1994 年 7 月第 1 版，卷首第 1 页。
② （清）徐士俊、陆进辑：《西湖竹枝词续集》徐士俊序，顺治十六年（1659）刻本，卷首第 1a—1b 页。

绝，先后有孔尚任等撰《燕九竹枝词》，方鼎锐辑《温州竹枝词》，徐士燕辑《新篁里竹枝词》，东山萝草轩主辑《鉴湖竹枝词》、《续古越竹枝词丛辑》，钱梦峰、戴春波撰《越郡新年竹枝词》、《清明扫墓竹枝词》，赖振寰辑《顺德龙山竹枝词》，沈自南、蒋自远撰《吴江竹枝词》，佚名辑《兰州竹枝词》，马溪吟香阁主人辑《羊城竹枝词》，郑洤辑《历阳竹枝词》，金长福等撰《海陵竹枝词》，瓶园子等撰《苏州竹枝词》等问世。上述总集，首先带有显著的地域性与专题性特征，是面向某一地区、某一景观乃至某一种岁时节俗的竹枝词合集。这从诸如"温州"、"新篁里"，"西湖"、"鉴湖"以及"新年"、"清明扫墓"之类的标题中，即可明确判断。至如《燕九竹枝词》所收作品，则皆着眼于描绘当时每年阴历正月十九日北京地区的"燕九之会"期间的各项社会活动①，是一部面向某项岁时节俗的专题性竹枝词总集。其次，规模一般都不是很大，大抵以收录数十、数百首竹枝词者居多。像《燕九竹枝词》，便仅仅收录孔尚任、蒋景祁等九人所撰竹枝词各十首；《历阳竹枝词》也只是收录张玉成、许传壬等十八人所撰竹枝词九十八首；《苏州竹枝词》包含瓶园子《苏州竹枝词》七十六首、松陵岂匏子《续苏州竹枝词》六首、湖上看云僧宗信《续苏州竹枝词》十二首、玉峰寒叟《吴门新竹枝词》三十二首②；《羊城竹枝词》收入黄云卿、王植槐等一百五十余人所撰竹枝词约四百九十首；即便卷帙相对稍大的《海陵竹枝词》，也不过辑录金长福、康发详、赵瑜、储树人、朱余庭、王广益、朱宝善、程恩洋凡八人所撰竹枝词各一百首，共计八百首而已。③

在清代繁盛的竹枝词创作氛围下，着眼于汇集历代竹枝词的大型选本也应运而生。这便是杨谦辑《浣花草堂竹枝词汇钞》。据今人武新立编著《明清稀见史籍叙录》介绍，此集凡六卷，附录一卷，"辑录了作者同代

---

① "燕九之会"即所谓燕九节，是纪念道教全真龙门派的创始人丘处机的节日，又称"宴丘"、"筵九"等。关于《燕九竹枝词》的概况，可参见韩朴主编《北京历史文献要籍解题》，上册第247—248页。

② 《苏州竹枝词》的相关情况，可参见赵明《清代苏州竹枝词》一文，载《苏州大学学报》2002年第1期。

③ 《海陵竹枝词》另本作六卷，每卷百首，作者分别为金长福、康发详、赵瑜、储树人、朱余庭、王广益，详参见丘良任《竹枝纪事诗》，第243—245页；及其《读海陵竹枝词》一文，载《扬州师范学院学报》1988年第1期。

人和前代人所写西湖竹枝词、秦淮竹枝词、扬州竹枝词，以及尤侗撰《外国竹枝词》和罗照撰《壬寅夏纪事竹枝词》等共三千五百余首，书后并有自撰竹枝词数十首。词内附解题释义及其评语"①。编者杨谦，"号卧云居士，题世居淮山，清道光、咸丰间人，事迹不详"②。

清代之后，竹枝词总集的编纂风气日益浓厚，数量大为增加。尤其20世纪后期改革开放以来，更是出现了编刊此类总集的热潮，仅笔者管见所及，即达三十余种。综观清代之后问世的竹枝词总集，形式上以通代类居多，但所收大都以清人作品为主。如顾炳权辑《上海历代竹枝词》凡采收宋末至现代一百五十八人所作与上海有关的诗歌一百七十四题、四千余首，其中非清人所作者仅宋末元初人凌岩《九峰杂咏》（九首）、元人倪瓒《闻松江竹枝歌因效其声》等十六人所作诗歌凡十九题、二百十一首，只占全书篇幅的百分之五左右。这种情形自然和清代文献远较前代来得丰富有关，同时也客观反映出清人竹枝词创作高度繁荣的景象。另外，明确专收清人竹枝词的总集也有不少，如路工辑《清代北京竹枝词》，王慎之、王子今辑《清代海外竹枝词》，李孝友辑《清代云南民族竹枝词诗笺》等。

再就内容、题材而论，则专题性与地域性的竹枝词总集仍然是主流。专题性总集以张江裁辑《北平梨园竹枝词荟编》产生较早，也较为典型。此集见收于张氏本人编纂的《清代燕都梨园史料续编》，刊于民国二十六年（1937）。编者自硕亭《草珠一串》、芝兰室主人《都门新竹枝词》等二十种著作中辑录一百二十六首诗歌，编为此集。这些诗歌皆与清代乃至民国初年北京的戏曲演出活动有关，"内容涉及戏班、戏园、演员、唱腔、观众、票友等各个方面，对昆曲、京腔的兴替，嘉庆以后一些地方小戏开始进京等，都有所反映"③，可谓当时北京菊坛的一个缩影。民国十七年（1928）杭州六艺书局编印的《西湖竹枝词三种》，包含元人杨维桢编纂的总集《西湖竹枝集》，以及清人陈璨的《西湖竹枝词》、杨凤苞的《西湖秋柳词》两组诗歌，是一部反映杭州西湖历史掌故与名胜古迹的专题性竹枝词总集。至于当代人所编者，主要有：顾希佳辑《西湖竹枝

---

① 武新立编著：《明清稀见史籍叙录》，金陵书画社1983年12月第1版，第289—290页。

② 同上书，第289页。

③ 韩朴主编：《北京历史文献要籍解题》，上册第317页。

词》，专收吟咏杭州西湖景观、风土人情的竹枝词；赵贵林辑《三峡竹枝词》与王广福、蓝锡麟、熊宪光辑《中国三峡竹枝词》，专收与长江三峡历史传说、风光物产、生活习俗有关的竹枝词；顾炳权辑《上海洋场竹枝词》，专收描摹清末、民国时期上海外洋租界世态人情的竹枝词；彭南均辑《溪州土家族文人竹枝词注解》与沈阳辑《土家族地区竹枝词三百首》，分别收录叙写湖南湘西土家族苗族自治州永顺县与湖北恩施土家族苗族自治州之土家族风土民俗的竹枝词；前及《清代云南民族竹枝词诗笺》所收作品，亦皆与云南少数民族有关，广泛涉及各族的劳动生产情况与社会风俗习惯，以及当地的自然风光与气候特点；前及《清代海外竹枝词》，专收清人所作与外国风光人情有关的竹枝词，等等。

面向某一地区，普选各类型竹枝词的总集，则是一个更加广泛的存在。尤其改革开放以来，它的产生范围较之此前有了很大的拓展，可谓遍布全国各地。其中着眼于采编某一省级行政区（包括省、自治区、直辖市）内之竹枝词者，主要有赵明、薛维源、孙珩辑《江苏竹枝词集》，欧阳发、洪钢辑《安徽竹枝词》，孔煜华、孔煜宸辑《江西竹枝词》，刘经发辑《台湾竹枝词》，陈香辑《台湾竹枝词选集》，徐明庭、张颖、杜宏英辑《湖北竹枝词》，钟山、潘超、孙忠铨辑《广东竹枝词》，熊笃、张雪梅辑《历代巴渝竹枝词选注》，林孔翼、沙铭璞辑《四川竹枝词》，及前及《清代北京竹枝词》、《上海历代竹枝词》等。面向地市、区县两级行政区的竹枝词总集也是所在多有，主要有李小强辑《太原竹枝词注释》，徐北文辑《济南竹枝词》，夏友兰、陈天白、顾一平辑《扬州竹枝词》、《扬州竹枝词续集》、《扬州竹枝词再续集》，夏友兰辑《扬州竹枝词补遗》，季光辑《崇川竹枝词》，苏州市文化局辑《姑苏竹枝词》，裘士雄、吕山辑《越中竹枝词》，绍兴鲁迅艺术馆辑《越中竹枝词选》，宁波诗社辑《宁波竹枝词》，叶大兵辑《温州竹枝词》，林家钟辑《明清福州竹枝词》，徐明庭辑《武汉竹枝词》，林孔翼辑《成都竹枝词》，以及平湖市史志办公室辑《平湖竹枝词汇编》、孙建松等辑《潍县竹枝词撷英》、陈金祥辑《长阳竹枝词》等。此外，中国香港特别行政区亦有程中山辑《香港竹枝词选》问世，收录近代以来的两千多首竹枝词，涉及清末民初香港地区的政情、社会、经济、文化、庙宇、风俗、中西文化交流、人物等方面。

这一时期编纂问世的竹枝词总集中成就最突出的，当推《中华竹枝词》、《历代竹枝词》、《中华竹枝词全编》这三部大型通代竹枝词总集。

《中华竹枝词》，由雷梦水、潘超、孙忠铨、钟山编纂，北京古籍出版社 1997 年 12 月第 1 版。全书凡六册，"总计辑录了始于唐代、止于民国初的一千二百六十多位作者的两万一千六百多首作品"①，是竹枝词整理出版史上规模空前的一部著作。其主体按全国各省级行政区编排，分为三十一个部分，除青海、宁夏外，全国其他省、自治区、直辖市以及中国香港特别行政区、澳门特别行政区悉数在列。其中江苏、浙江、广东、四川四省因诗作尤其众多，内部又分别划为南京地区、苏锡地区、镇常地区、江北地区，杭州地区、嘉湖地区、宁绍地区、温台金丽及其他地区，广州地区、莞深惠河地区、潮汕梅及其他地区，综合及成都地区、重庆地区、川东地区、川南地区、川西地区、川北地区。至于难以明确判断地区归属的作品，则归入"其他"部分。另附"海外"部分。在各部分的内部，大致按作者年代先后排列，其中占主体的自然是清人作品。合而观之，全书堪称我国历代竹枝词创作的一次大规模的系统清理；分开来看，又可谓数十部地方竹枝词总集的汇编。

《中华竹枝词》之后，又有王利器、王慎之、王子今编纂的《历代竹枝词》问世，陕西人民出版社 2003 年 12 月第 1 版。全书凡五册，"辑录自唐至清末历代诗人所作《竹枝词》二万五千余首"②。按时段分为八编，甲编为唐宋元明；乙编为清顺治康熙雍正朝；丙编为清乾隆朝；丁编为清嘉庆朝；戊编为清道光朝；己编为清咸丰同治朝；庚编为清光绪宣统朝；辛编为清代外编，辑录清人所作竹枝词之未能判别时代者。此外，该书甲编也收有大量由明入清者，并且其中的很多人已经在清朝出仕。综计全书，清人所占比重当在九成以上。

丘良任、潘超、孙忠铨担任总主编的《中华竹枝词全编》一书，则是迄今为止规模最为宏大的竹枝词总集，北京出版社 2007 年 12 月第 1 版。《中华竹枝词》问世之后，参与过编纂工作的潘超、孙忠铨等有感于该书文献搜采尚有较多缺憾，遂重新组织人力，穷数年之功，在原书基础

---

① 雷梦水、潘超、孙忠铨、钟山编：《中华竹枝词·前言》，北京古籍出版社 1997 年 12 月第 1 版，第 1 册卷首第 6 页。

② 王利器、王慎之、王子今编：《历代竹枝词·前言》，陕西人民出版社 2003 年 12 月第 1 版，第 1 册卷首第 9 页。

上编纂了这部《中华竹枝词全编》。全书凡七册，"共辑录有始于唐代、止于民国的 4402 位诗人所创作的 6054 篇 69515 首竹枝体诗词"①。篇幅较之《中华竹枝词》扩充了一倍以上，所收作品数量增加了两倍以上，作者人数则增加了三倍以上，真正称得上我国历代竹枝词之渊薮。

除了专以"竹枝词"命名者而外，其他集中收录清人风土诗歌之总集同样为数颇多。它们和"竹枝词"总集一样，也带有显著的专题性与地域性特征。专题性总集如清人朱点辑《东郊土物诗》、舒绍言等撰《武林新年杂咏》等，分别展现了清代浙江杭州的物质生产习俗、岁时节日习俗。通过它们，我们可以了解到清代某一社会生活部门、民俗活动事象的最具体生动的表现。至于地域性总集的数量，较之专题性总集要更多一些。如清人张元善辑《当湖风土诗录》、何澂辑《台湾杂咏合刻》、蔡文镛辑《嘉善风土诗两种》②，近人孙殿起等辑《台湾风土杂咏》与《北京风俗杂咏》，今人雷梦水辑《北京风俗杂咏续编》，以及佚名辑《扬州风土词萃》等，皆可据书名明确判断。另外，华鼎元辑《梓里联珠集》也是一部清人风土诗词总集，收录汪沆《津门杂事诗》、蒋诗《沽河杂咏》、崔旭《津门百咏》、华鼎元《津门征迹诗》凡四组诗歌，以及樊彬的词集《津门小令》，均为面向直隶天津府天津县的作品。编者自述他于光绪五年（1879）客居吴门，"听鼓余暇，乡思顿增，爰取汪、蒋诸公诗及余旧作，抄录成帙"，遂成此集；又云："嗣后如有咨询津邑风土者，即以是编赠之。"③ 可谓对该书性质与功能的准确评价。

至于专收风土诗的综合选本，则以梁九图辑《纪风七绝》最为典型。此集约编成于道光十三年（1833）之前，着眼于收录清人的七绝体风土诗，凡十八卷，按地域编排，依次为京师、盛京、直隶、江苏、安徽、江西、浙江、福建、湖北、湖南、河南、山东、山西、陕西、甘肃、四川、广东、广西，覆盖了当时全国大多数省份。全书所收诗歌，以广东卷的一百四十九首与浙江卷的一百十三首最多，甘肃卷的九首与河南卷的十一首最少，其他各卷介于二十首与九十七首之间。梁九图之所以格外青睐题咏

---

① 丘良任、潘超、孙忠铨总主编：《中华竹枝词全编》凡例第一款，北京出版社 2007 年 12 月第 1 版，第 1 册卷首第 1 页。

② 此集包括徐涵《平川棹歌》、柯兰锜《斜塘竹枝词》各一种。

③ （清）华鼎元辑，张仲点校：《梓里联珠集》自序，天津古籍出版社 1986 年 11 月第 1 版，卷首第 1 页。

广东风土者,应和他隶籍广东顺德有关。今人赵杏根编注的《历代风俗诗选》,则是清代之后问世的风土诗综合选本的代表,岳麓书社 1990 年 3月第 1 版。该书收录《诗经·溱洧》而下直至清代,凡三百零四人所作风土诗四百九十九题、一千三百二十九首,其中清代部分含一百八十五人所作三百零四题、八百二十六首,占到全书六成左右的篇幅。

一般来说,考察社会风情主要可以从地域、专题两大视角切入,再配合以阶段演变的眼光。这是由社会风情的特质决定的。所谓社会生活、风土人情,首先带有强烈的地域性,是某一地区独特的标识,也是该地文化的集中体现。是即《纪风七绝》、《中华竹枝词》等综合性风土诗总集之所以按地域分编的根本原因。其次,社会生活、风土人情是个涵盖甚广的概念,包括众多既自成门户又相互关联的部门,如衣食住行、婚丧嫁娶、岁时节日、社会组织、人生礼仪、游戏娱乐、宗教信仰、物质生活、物产风光等。其中的任何一项,都足以成为独立的考察对象。而随着时间的迁转,这些不同区域内的不同社会生活部门也会出现相应的变化,需要我们以历史与发展的眼光去辨析评定。

从清人风土诗歌总集的自身特点来看,与上述几大社会风俗研究的视角是颇为契合的。它们大多可以归入地方类的范畴,可据以认知相关地区的风土人情,并且所收作品往往涵盖多个社会生活部门。如马溪吟香阁主人辑《羊城竹枝词》所收作品,即广泛反映了清末广州地区的社会风情,今人丘良任将其概括为"南国风光的赞歌"、"珠江儿女的恋歌"、"劳动人民的颂歌"、"对帝国主义的战歌"① 四方面。另有一些专题性总集,集中展现了某一地区的某个特定社会生活部门的情况。如《武林新年杂咏》收录清中叶舒绍言、黄模等二十三人所撰题咏杭州居民春节期间所用物品之诗歌,包括"时宪书、"状元筹" 等一百题。通过该书,当时杭州新年的节日流程,餐饮娱乐、技艺表演等活动事项,乃至民众的观念信仰,尽收读者眼底,可谓认知清代杭州新年岁时节日风俗的上佳途径,民俗学家钟敬文称之为"当时当地新年事物资料的宝库"②,洵非过誉。至于集中反映某一地区社会生活之变迁者,亦不在少数。如《苏州竹枝词》所收

① 丘良任著:《竹枝纪事诗》,第 260—264 页。
② 钟敬文著:《中国民间文学讲演集》,北京师范大学出版社 1999 年 9 月第 1 版,第 223页。

瓶园子、湖上看云僧宗信、玉峰寒叟诸人之作，创作年代便跨越了清初至清末的约两百年光阴。它"由瓶园子于康熙六十一年（1722）始作俑，后继者虽未署年月，却已世殊时异，看云僧诗中可见资本主义萌芽，商贾地位抬高，市民文学正在兴起。至玉峰寒叟时已是'二百年来风俗移'、'皮鞋手套金丝镜'、'男女学生齐结队'的清末民初，封建社会解体势所必然"①。正如今人赵明所说，玉峰寒叟等作者"辗转抄录和续作的这部《苏州竹枝词》，犹如连续剧般演绎了清代早、中、晚三阶段苏州风俗场景，记录了时代变迁"②。

总之，清人风土诗歌总集既是清诗总集的一个独特的组成部分，也是我们认知清代社会风情一个颇为便捷的途径，非常值得从各个角度入手，对其进行或综合、或专门的研究。

### 三　歌谣、集会总集及其他

除《歌仙刘三妹传》之类散见于各类型清诗总集的风俗史料，以及清人风土诗歌总集外，另有一些清诗总集本身就是某种社会习俗、生活方式的体现，可谓相关社会风俗事象的载体。这里简单谈谈歌谣总集与集会诗歌总集。

关于歌谣，人们大抵认可其具有多方面的价值，能为历史、社会、语言、风俗、文学等多个学术领域提供数量与价值均颇为不菲的材料。若单从社会风俗来看，则歌谣又完全称得上是其不可缺少的重要组成部分。早自远古时代起，它就伴随着人们的生产劳动、宗教信仰乃至其他社会活动的产生与发展，成为人们社会生活中各种知识的宝库、进行教育和文化娱乐的重要形式。因此，歌谣历来同各种社会风俗事象密切相关，并且还进一步渗透到各种社会活动之中，堪称社会风俗的载体。正如钟敬文所说："歌谣是以活语言表达和传播的口承文学，同时又是别的许多民俗事象的载体。"甚至可以说："歌谣、谚语本身就是一种民俗现象，甚至于是相当重要的民俗现象。"③ 由此可见，歌谣类清诗总集对于清代社会史、风

---

① 赵明：《清代苏州竹枝词》，同前，第110页。
② 同上。
③ 钟敬文：《五四时期民俗文化学的兴起——呈献于顾颉刚、董作宾诸故人之灵》，收入作者论文集《钟敬文民俗学论集》，第327页。

俗史研究的价值是不言而喻的。

如果说歌谣类清诗总集是我们考察清代民众生产生活习俗的重要凭依的话，那么，清人集会诗歌总集便为我们认知清代士大夫生活之一斑开了方便之门。清人社会团体生活的表现形式多种多样，包括城乡居民的邻里结社、同乡会馆、同业行会、公开或秘密的宗教组织、带有政治性质的秘密结社等。这其中，文人士大夫之社团活动及其重要组成部分——诗人集会，当然也是不可或缺，可谓当时社会中上阶层交往、娱乐的一大途径。完全可以这么说，清人集会诗歌总集乃是清代士大夫社会团体生活的缩影。通过它，我们既能了解某一单个诗人集会活动的人员、范围、规模，以及活动时间、地点、起因、经过、场景等，又可以融会贯通，进一步考察整个清代诗人集会的总体面貌与变迁轨迹。这对于推进方兴未艾的清代社会史、风俗史研究来说，有着不容低估的意义。

需要特别指出的是，歌谣类清诗总集与清人集会诗歌总集本身既是相关社会风俗事象的载体，同时其所收作品也每每着眼于咏歌、描绘某种风土人情，从而使之或多或少带上了风土诗总集的色彩。如吴淇等辑《粤风续九》卷五《杂歌》与李调元辑《粤风》卷一《粤歌》均收有三首《疍歌》，并附小序一篇，即为我们探索古代南方，尤其广西的疍民群体的珍贵材料。有的集会诗歌总集甚至集中收录题咏某地某种风俗习惯之诗歌，完全具备风土诗总集之实。如《三桥春游曲唱和集》① 所收诗歌，便可谓清中叶江苏常熟一带的走三桥乃至其他春游习俗的生动写照。走三桥又称走桥，南北皆有，实即徒步外出游玩。古人认为，人生道路上的灾厄，特别是大病，好比行路时遇到的河。如果灾厄解脱，大病痊愈，便是过了河；如果不幸命归黄泉，或灾祸不断，便是未能过河。出于祈福避祸的考虑，古人往往举行走桥仪式，过一桥便是过一河，也算是预先渡过一次灾厄。而他们之所以走三桥，则又与"三"即"多"的思维习惯有关。走三桥，过三河，亦即渡过了多重灾厄，即使此人命中注定劫难连连，也算是已经获得了解脱。②

《三桥春游曲唱和集》所谓"三桥"，分别为殿桥、程家桥与拂水桥。殿桥位于常熟县城西门外的山前塘上，俗称"头条桥"。程家桥亦在山前

---

①  关于此集的详细情况，可见本书第四章第一节第三部分《文字校勘》的相关介绍。

②  参见赵杏根编著《中华节日风俗全书》，黄山书社 1996 年 12 月第 1 版，第 76—77 页。

塘上，因桥畔原有明工部尚书程宗的祠墓而得名，又因是山前塘上西向第二座桥，故俗称"二条桥"。拂水桥亦在山前塘上，原名福庆桥，因正对虞山锦峰之拂水岩，改名拂水桥，又因是山前塘上西向第三座桥，故俗称"三条桥"。该书所收吴蔚光"第二桥头傍水行"①，王岱"殿桥数到第三桥"②，孙原湘"春游须过第三桥，第一桥边放画桡"③ 等诗句，便是对当时常熟人走桥活动的直接描绘。

从若干古代典籍，如顾禄《清嘉录》"元夕，妇女相率宵行，以却疾病，必历三桥而止，谓之走三桥"④，袁学澜《吴郡岁华纪丽》"元夕，妇女相率观灯，必走历三桥而止，云可免百病，谓之走三桥"⑤ 的记载来看，早期人们进行走桥活动的本意在于辟邪祈福。然而具体就《三桥春游曲唱和集》所描绘的场景而论，则这种严肃意味、实用目的乃至仪式色彩在清中叶时的常熟已经趋于消褪。走桥基本上成了一种民间游乐活动，而且其范围与内涵均逾越出了纯粹的走桥。一是活动不限于殿桥、程家桥与拂水桥一带，而是广泛涉及虞山、尚湖等常熟县城周边的风景名胜。如吴蔚光诗云："尚父湖光几曲连，翠钗红袖冶游船。北山背后人难到，不及西山在面前。"⑥ 王家相更是写道："蹄声渐隐笑声多，濠地（濠地在锦峰后）争夸走马过。可较牧童牛背稳，一鞭残照踏烟莎。"⑦ 可见其活动范围已经远至常熟郊外的乡村。二是加入了若干游艺活动的因子。如吴蔚光诗云："泥孩土偶玩人多，争掷金钱市上过。不倒翁翻多福分，赚他玉手自摩莎。"⑧ 席佩兰诗云："中山路曲曲如肠，缓步弓鞋人看场。郎道摊钱买梅子，阿侬偏买剪松糖。"⑨ 春日出游，自然少不了上集市走一遭。至如张嬑诗云："目挑心招枉断肠，春游人是戏登场。外边有味中

---

① （清）宗廷辅辑：《三桥春游曲唱和集》，同前，第3a—3b页。

② 同上书，第6b—7a页。

③ 同上书，第15a页。

④ （清）顾禄撰，王迈校点：《清嘉录》卷一，江苏古籍出版社1999年8月第1版，第32页。

⑤ （清）袁学澜撰，甘兰经、吴琴校点：《吴郡岁华纪丽》卷一，江苏古籍出版社1998年12月第1版，第37页。

⑥ （清）宗廷辅辑：《三桥春游曲唱和集》，同前，第3a—3b页。

⑦ 同上书，第17b页。

⑧ 同上书，第2b页。

⑨ 同上书，第17a页。

无物，绝似山前粽子糖。"① 更是已经涉及民间戏曲演出的内容。

缘乎此，《三桥春游曲唱和集》实际上为我们提供了一幅清中叶江苏常熟民间春季游乐活动的画卷，可以归之于专题性清人风土诗歌总集的范畴。

① （清）宗廷辅辑：《三桥春游曲唱和集》，同前，第8b—9a 页。

# 余　论
## 清诗总集研究的展望

清诗总集研究方兴未艾。其中的待发之覆、待解之惑堪称巨量，需要我们作更深入、系统、专门的考察。这里尝试对众多有待开展的研究工作之荦荦大者，作一方向性的初步展望。

### 一　基础资料建设

从最宏观的角度看，清诗总集研究应由两翼组成：既提供资料上的支撑，又以研究实绩予以说明。而该领域的研究现状，决定了我们首先必须致力于前一项工作，亦即基础资料的清理。因为古典人文学术研究必须以文献资料为基础，资料的占有程度决定了研究者对研究对象的认知水准。资料掌握越广泛，研究视野就越开阔；对资料辨析得越深细，可能离真相就越近。而这恰恰是目前清诗总集研究的最大短板，亟待改善。当然，鉴于存世清诗总集数量之巨大、庋藏之散乱与学术积累之欠佳，我们开展这项工作时，应充分考虑现实条件与可操作性，按步骤、分批次地进行这项工作。但更须强调的是，清诗总集基础资料建设也完全应该设定较高、较长远的立足点，以大型化、系统化、汇总化为旨归。这既可以给我们提供持久工作的动力、高屋建瓴的眼光，又能在具体操作中统筹规划、统一调度、步步为营，从而收到集中资源、优化组合的效果。

具体就基础资料建设所应致力的大方向而论，主要有如下数端：

第一，调查现存清诗总集的家底，开列《存世清诗总集书目》。这项工作的开展，需要以现有文献书目为基础，抽取相关条目，排比汇总，调查核实，拾遗补阙，进而形成相对完备的清诗总集专目。该目着眼于记载相关总集的编者、卷数、成书或刊刻时间、书目著录与馆藏信息，意在使读者对存世清诗总集的最基本概况有一个大致了解。

第二，为存世清诗总集撰写提要，编纂《清诗总集总目提要》。这项工作是《存世清诗总集书目》的接续与提升，在继承后者的框架与内容的基础上，再进一步扼要说明相关总集的成书背景与过程、问世时段与地点、版本系统与流传、作者作品的数量，乃至评析其面目特征、长短得失等，意在勾勒出存世清诗总集的基本面貌，示学者以从人之途。当然，鉴于很多清诗总集长期处于目录学不讲、藏书家不重的境地，加之学术积累欠佳，清理任务之繁重必将超乎想象，所以意欲毕其功于一役肯定不现实，或许可以考虑采取分编法的形式，按若干个批次将已臻成熟的部分顺序推出，同时在研究过程中不断对条目和内容进行补充。

第三，当《存世清诗总集书目》与《清诗总集总目提要》的编撰初具规模后，可以考虑同步进行遗佚清诗总集的系统调查。这一则能使我们更好地认知各时期的清诗总集编纂风气与学术文化氛围；再者，也未尝不可以为进一步的摸查工作提供线索。

第四，辑录存世清诗总集的序跋、凡例、题词，乃至征诗启、同人书札、上谕、奏议、公文、会约、传记等见于全书首尾或相关卷次首尾的附件，汇纂为《清诗总集序跋汇编》，与《存世清诗总集书目》、《清诗总集总目提要》相辅而行。就目前来看，谢正光、佘汝丰的《清初人选清初诗汇考》已可视为一部清初全国类清诗总集的序跋汇编，而朱则杰师则正在进行《清诗总集序跋汇编》的编纂工作，相信不久便能有前期成果面世。至于遗佚清诗总集尚存于世的序跋，则可或作为《清诗总集序跋汇编》的附录，或单独纂为一编行世。

第五，辑录截至 1949 年的相关述评资料，为清诗总集研究提供参考文献，使之获得学术史源流与背景的支撑。至于自 1949 年以来的清诗总集研究文章的结集，及相关论著片段的摘录汇总，如果未来该领域能不断有一批上规模、成系统的成果问世的话，自然也可以提上议事日程。现下倒是有几种海外学者的外文著作，不妨先期译出，或直接翻印，作为学术资料提供给更多的国内研究者，包括神田喜一郎《清诗の总集に就いて》（《关于清诗总集》）、松村昂《沈德潜と〈清诗别裁集〉》（《沈德潜与〈清诗别裁集〉》）、《清诗总集 131 种解题》、《清诗总集叙录》，陈荆和《河仙鄚氏の文学活动、特に河仙十咏に就て》（《河仙鄚氏的文学活动——以〈河仙十咏〉为中心》），等等。

第六，整理出版一批清诗总集。迄今为止，得到影印、标点、校注的清诗总集为数不能算少，但相对于存世清诗总集的总量而言，其所占比例实在无足称道，何况很多整理本流布不广，难以为更多研究者接触。因

此，尽可能再整理出版一批清诗总集，为读者提供便于获取和阅览的本
子，同时在整理过程中，也便于进行对相关总集的考察，应是未来清诗总
集研究需长期致力的一大目标。如果条件允许的话，部分价值相对较高的
总集不妨进行更深入的研究式整理。若能再仿照当今国家清史纂修工程中
的《清代诗文集汇编》的形式，编辑出版专门的大型清诗总集丛刊，则
是更加理想的。

### 二　地方类清诗总集研究

基础资料建设的顺利开展，需要一批专题研究的支持与配合。这些专
题研究不论着眼点大小，也不论以何种视角切入、何种方法论述，对于存
在大面积空白与疑点的清诗总集研究来说，都是基础工作，属于必要的学
术积累。专题研究可以在各自领地内厘清头绪、解决疑难，为基础资料建
设添砖加瓦；基础资料建设的不断改善，又能给专题研究的进一步开展提
供方便。而当二者都积累到一定厚度时，则又将对清诗研究乃至整个清代
文学文化研究的全面深化形成推力。

在各类型清诗总集中，须引起格外注意的，首推地方类。一则地方类
清诗总集在数量之多、编纂风气之盛、学术价值之高等方面，堪称各类型
清诗总集的佼佼者，理应获得与之相匹配的重视与评估。再者，也是清诗
研究自身发展的要求。清诗虽然面广量大、头绪纷繁，但并非混沌无相，
而是有着相当突出的主要特质与重大议题。清诗研究欲向更全面、深入的
方向发展，必须集中力量，对这些特质、议题的具体表现与内涵进行攻
关，否则我们很多有关清诗的认知难免流于模糊和片面。择其卓荦大者言
之，应有清人的诗心、诗艺有何整体或个别的特征，对于前代诗歌有何因
承与新变，如何因变，在中国三千年文学史上究竟处于怎样的位置；清代
诗人队伍、诗学思想、诗歌创作呈现出前所未有的高度的群体化、地域化
特征，其具体表现如何，背后动因又是什么，对清人的诗心、诗艺构成了
何种影响；清末所谓"三千年未有之大变局"剧烈冲击了整个中国社会
文化，形成了只有春秋战国才差可与之比拟的天崩地裂式的秩序塌毁与重
建的时期，面对此情此景，清末诗坛作出了何种反应，发生了何种变化，
这种反应与变化在整个近现代诗歌史、文学史乃至文化史上占有怎样的位
置，等等。诸般种种，现今大都已有研究者或多或少论及，但还远未到盖
棺定论的时候，事实上，恐怕也难有终极定论。诸般种种，未来的清诗研

究必须予以充分的重视，并给出更深刻独到的回答。而地方类清诗总集，正是我们回答这些问题不可或缺却又有待于进一步发掘利用的学术资源。

具体来说，当我们考察清代诗人队伍、诗学思想、诗歌创作的群体化、地域化特征时，地方类清诗总集乃是最需要也最值得仰仗的资料库与参照系之一。再把目光转向清人的诗心与诗艺，以及清末诗坛如何回应剧变的时代，则它又能提供研究视域上的立体纵深。因为我们未来所需勾画的清代诗歌史，应类似于法国年鉴学派提倡的"整体史"或"总体史"，其关注对象不仅是诗坛大家、名家，也包括占诗人社会之大多数的普通文士；涉及的领域不仅是一些突出的文学现象与事件，还包括较稳定的日常文学生活；在考察方法上，不是孤立地解读个别的作为文学史要素的现象与事件，而应注意分析相关现象、事件之间的联系，即文学史的结构。概言之，即是在历史的流程中，尽可能地揭示清代诗坛冲突交融的具体细节，复现方方面面的文化氛围，还原起落消长的真实历程。由此，地方、宗族、唱和、题咏乃至课艺等类型清诗总集便凸显出它们的独特而不可替代的价值。特别是触角遍及全国、深入乡镇、纵贯各阶层诗人群体、横跨各类型文学生活的地方类清诗总集，能给我们的研究带来尤其巨大的帮助，使我们实现渐次勾画出一个真正较契合历史原貌的立体网状结构的清诗史的目标获得强有力的支撑与助推。就这一点来讲，地方类清诗总集的价值只在全国类清诗总集之上，而绝不在全国类之下。

虽然地方类清诗总集的价值甚高，但迄今为止的研究工作却难尽如人意。一则研究成果还不是很多，仍处于起步阶段；再则偏于零散，尚不脱游击状态，少有地区有系统化、集成化的研究成果问世。为切实改变这种现状，推动清诗研究的发展，将来至少应从以下几个方面出发，多层次、多角度地系统开展地方类清诗总集的研究工作：

第一，撰写一部提纲挈领的通论著作，概括地方类清诗总集的若干带有全局意义的现象与规律，为地方类清诗总集研究提供宏观视野与整体把握。对于地方类清诗总集的部分现象与规律，本书做过一些探索，但大抵是从最宏观的角度出发，体察尚不够精微。诸如地方类清诗总集的更细致的流变分期，地域分布、层级分布的深层规律，各省、府、县、乡镇之间的差别，内部形态更具体的表现，乃至众多现象、规律背后的动因，均有待于作进一步的考察，并力求对若干饶有兴味的话题给出相应解答，例如：省级诗歌总集何以集中涌现于乾隆后期、嘉庆年间，至道光中期乃暂告段落，其中尽多鸿篇巨制与相关省份最具代表性的总集？何以广东省级诗歌总集的编纂活动自晚明张邦翼辑《岭南文献》发轫，直至当今率先致力于纂辑《全粤诗》，始终络绎不绝，为很多其他省份难以匹敌？何以江苏省级诗歌总集寥寥无几，唯一一部知名总集《江苏诗征》只是在清中叶省级诗歌总集编纂最高潮阶段问世，并且还姗姗来迟？何以清人编纂的浙江省级诗歌总集，几乎悉数专收清代本朝人诗作？江苏苏州、常州两府下辖诸县乃至乡镇的本土诗歌总集编纂活动自明代以来，直到民国年间，彼伏此起，兴盛不已，但何以匮乏具有典范意义的囊括苏、常辖域内本土诗人诗作的大中型综合选本？同样人文荟萃的浙江杭州府，自清初以来，却是府一级诗歌总集的编纂活动络绎不绝，其辖下诸县编纂各自县域诗歌总集的热情反倒一般，其原因何在？

　　上述问题，其实已经越出了单纯的清代诗歌的范畴。这一方面要求我们综合考虑政区沿革、区域文化传统等因素，借鉴并运用历史学、地理学、社会学等学科的学术资源；另一方面，也有必要扩大研究范围，将眼光放到整个古代地域总集上，再撰写一部《中国地域总集研究导论》或《历代地域总集编纂史论》，力求在更广阔的学术视域内考察地域总集的渊源、体制、流变、功用等基本议题，这既是对历代总集的一个重要组成部分进行系统清理，又能为地方类清诗总集研究提供坚实的学术根基。

　　第二，分头行动，对相关地域的清诗总集作或集群、或个案的研究。着眼点主要有：针对各省与部分府、县乃至乡镇各自区域内所有的地方类清诗总集，作概括性的综合研究，力求摸清家底、理顺源流、分出阶段、归纳规律，并对若干较突出的现象与问题作出描述与解答；当然，研究对象完全可以不限于清诗总集，而面向相关地区从古至今的所有诗歌总集乃至各体总集。另外，还可以集中对部分地区某一层级的清诗总集乃至其他总集进行研究，如综合考察赵愚轩辑《山左金元诗选》、宋弼辑《山左明诗钞》、徐宗幹辑《山左明诗选》、卢见曾辑《国朝山左诗钞》、张鹏展辑《国朝山左诗续钞》、余正酉辑《国朝山左诗汇钞后集》等，作《山东省级诗歌总集研究》；又不妨缩小为系列研究，如集中考察吴颢、吴振棫父子辑《国朝杭郡诗辑》与《国朝杭郡诗续辑》，丁申、丁丙兄弟辑《历朝杭郡诗辑》与《国朝杭郡诗三辑》这四部前后接续且最具代表性的杭州诗歌总集，作《〈杭郡诗辑〉系列研究》，而不再详察吴允嘉辑《武林耆旧集》等其他杭州诗歌总集。至于部分重要的地方类清诗总集，则应展开单独的个案研究；其中首先需提上议事日程的，当推各省最具代表性的省级清诗总集，这是我们深入认知清代各地区诗坛格局与诗史脉络的最初步的工作之一。在这方面，山东的《国朝山左诗钞》、江苏的《江苏诗征》、湖南的《沅湘耆旧集》、广东的《国朝岭海诗钞》、广西的《三管英灵集》、贵州的《黔诗纪略》① 等已有若干单篇论文或学位论文问世，但格局显然还没有广泛铺开，需要更多地区加入进来，不断将研究推向深化。

第三，将地方类清诗总集研究与地方诗人群体、诗坛风会、诗史脉络等方面的研究相结合。如通过完颜守典辑《杭防诗存》、三多辑《柳营诗传》，考察清代杭州八旗驻防营诗人群体的概貌及其创作特征、演化历程；通过李光基辑《梅里诗钞》，李维钧辑《梅会诗人遗集》，李稻塍、李集辑《梅会诗选》，许灿辑、朱绪曾增辑《梅里诗辑》，沈爱莲辑《续梅里诗辑》等，考察明清嘉兴梅里诗人群体的内部构成与代际传承；通过汪学金辑《娄东诗派》、周煜辑《娄水琴人集》等，考察自宋至清江苏太仓诗歌的流衍过程与广义上的娄东诗派的诗人谱系，等等。

第四，和其他文体的地方类总集结合，进一步考察相关地区文学的整体格局。诗歌总集固然是清代地方类总集的主体，但收录其他文体者也是屡见不鲜。一则很多地方类清诗总集兼收文、赋、词等；再则不少地区拥有配套的各体总集，而且相当一部分乃是出自同一位编者之手，如李元春辑《关中两朝诗钞》、《关中两朝赋钞》、《关中两朝文钞》系列，周庆云辑《浔溪诗征》、《浔溪词征》、《浔溪文征》系列等。这种便利条件若能很好地利用起来的话，无疑将给清诗研究提供一个更清晰的大视野、更准确的参照系，也能使清词、清文与清代辞赋研究获得来自诗歌的更有力支撑，从而改变目前清代文学研究每每存在的就诗论诗、就词论词、就文论文、就赋论赋的条块分割状况。

---

① 相关论文有黄金元《略论卢见曾编纂的〈国朝山左诗钞〉》（《厦门教育学院学报》2007年第 2 期），刘崎岷《王豫〈江苏诗征〉研究》（版本见前正文），田范芬《〈沅湘耆旧集〉辨误》（出处见前注），陈凯玲《广东清代诗歌总集的集大成之作》（《江南大学学报》2009 年第 6期），谢明仁、黄春红、梁新兴、李娟《〈三管英灵集〉文献价值略论》（《广西地方志》2005 年第 6 期），周复纲《〈黔诗纪略〉刍论》（出处见前注）、梁光华《莫友芝〈黔诗纪略〉简论》（《贵州文史丛刊》2011 年第 3 期），等等。

### 三　其他专题研究

地方类清诗总集而外，其他类型清诗总集同样颇值得专门考察。

清诗总集数量既多，内部形态亦颇为复杂。很多特定身份的诗人，特定内容、题材的诗歌，都形成了相应的专集。它们以各自的角度，向我们展现着一个个独特的作家群像，及与之相关的文学活动与现象。如宗族类、闺秀类、方外类，以及专收遗民、八旗诗人的清诗总集，便是清代大量产生的宗族、女性、僧人、道士、遗民、八旗诗人群体的直接产物；而与唱和、集会、结社、并称乃至中外文学交流等清代诗坛活动关联的清诗总集，如彭绍升辑《二林唱和诗》、鄂敏辑《西湖修禊诗》、陈希恕辑《红梨社诗钞》、王隼辑《岭南三大家诗选》、孙点辑《癸未重九宴集编》等，同样堪称相关活动的缩影与见证。进一步来说，某些类型的清诗总集已经不止作为文学研究的对象而存在，而更多具备了社会文化学研究的因子。例如清中叶以后大批问世的试帖诗总集。试帖诗是科举考试采用的一种诗体，源于唐代，沿用至北宋熙宁年间而中止。清代自乾隆二十二年（1757）起，重新将其引入科举考试，规定乡试、会试的首场增考试帖诗一首。这种硬性规定迫使学子们不得不在钻研八股文的同时，又费尽心机去磨炼试帖诗的写作。正是在这种实用功利目的的驱使下，该年以后，与试帖诗有关的各类出版物，包括收有清人试帖诗之总集的编刊活动迅速风行全国，成为清代文化史上的一道独特风景。虽然试帖诗总集的文学价值有限，但由于它扎根于清代社会文化的基层，堪称清代社会文化的一个侧面写照，故而对于历史、思想、教育、社会等学术领域的研究者来说，意义不容小觑。此外，诸如歌谣、题画、风土、书院课艺，乃至专收交游投赠之作的清诗总集的成规模涌现，也都是清代文学、文化史上的显著现象。要之，考察各类型清诗总集，可以开掘出一批有价值的选题，为我们更深入全面地认知清代文学、文化添砖加瓦。

至其研究形式，则或个案，或系列，或集群，皆有用武之地。即就全国类而言，便既可以着眼于宏观的"清人选清诗"、"清初人选清初诗"、"民国人选清诗"、"民国人选近代诗"、"近代人选近代诗"、"同人集"之类研究；又可以关注中观层面，如清初人魏宪辑《诗持》系列研究，民国初年陈衍辑《近代诗钞》、吴芹辑《近代名人诗选》与严伟、万钧、沈逢甘、破衲辑《近代诗选》等同时代同类型总集的比较研究等；至于微观的单种总集个案研究，更是天地广阔，包括陶煊、张璨辑《国朝诗的》，符葆森辑《国朝正雅集》，孙雄辑《道咸同光四朝诗史》等一大批价值不菲的清诗综合选本，均有待于研究者进一步作多方面的探微烛照。再就考察方法而论，也可以有多种选择。从传统的通过总集考察诗学思想、诗坛风会，到进一步透过各类型清诗总集，探索其背后与之相关的文学、文化现象，均应各取所需，以适应不同总集各自的特点。某些研究的主题甚至不必在于文学或诗歌。如研究清代书院课艺总集，便可以着眼于试题内容的变迁，来考察当时的整体学术风气、社会思潮，及不同地域的文化传统、不同山长的治学取向，又可以从诗歌在清中叶大规模进入书院课艺总集及其在清末的逐步淡出，测知清代科举制度的变迁与不同书院的学术姿态、教育宗旨等；研究痛国遗民辑《最新醒世歌谣》、越社辑《最新妇孺唱歌书》等清末拟歌谣总集，也应联系着当时维新思想的传播，学堂乐歌、新式军歌的推广，知识分子欲通过民间文学启蒙国民的意图，及诗歌形式革新、语言通俗化的趋势来探讨。

以上所述，皆为清诗总集本身的研究，此外又有编者研究。主要针对那些成绩较突出、贡献较大的选家或文献编纂家，先以他们编选的清诗总集为基点，审视其编选背景与过程，探测其编选思想与标准；再扩展开去，进一步考察其生平、思想、创作、著述等。这些选家或文献编纂家，有的曾名噪一时，如今却声名沉寂，需要发掘，如辑有明诗总集《扶轮集》与明末清初诗总集《扶轮续集》、《广集》、《新集》系列，开"清初人选清初诗"之先河的黄传祖；有的成绩确实可观，但长期乏人关注，同样需要表彰，如辑有《国朝金陵诗征》、《金陵朱氏家集》，并主持了《梅里诗辑》、《续梅里诗辑》之增订、编刻工作的朱绪曾；有的则成就斐然、声誉卓著、著作等身，如辑有《国朝杭郡诗三辑》、《西泠五布衣遗著》、《风木庵图题咏》、《北郭丛钞》的丁丙。但不论属于何种情况，他们编刻清诗总集的行为，均可视为了解当时文学文化活动的一个窗口。如民国年间江苏江阴"陶社"诸同人编刻《江上诗钞》、《江上诗钞补》与《续江上诗钞》的活动，便倾注了这个群体兴复古学、保存国粹，"诱掖后进、维持诗教"① 的意图，可谓跟当时的新文化潮流大异其趣。同时，不少编者本身就是当时诗人社会的一员，并且其所编清诗总集很多也是相

① （清）顾季慈辑，谢鼎镕补辑：《江上诗钞》，下册第 1475 页。

关文学活动的产物。如清末民初浙江丝盐巨商周庆云，即为多次文人集会活动的组织者和参与者，并编刊了《壬癸消寒集》、《晨风庐唱和诗存》、《淞滨吟社集》、《经塔题咏》、《灵峰贝叶经题咏》、《百和香集》等一系列收录历次集会唱和作品的总集。缘于此，考察清诗总集编者，既能将清诗总集研究进一步推向深入，也是我们窥测清代乃至民国时期文学文化活动之一斑的有效途径。

总之，清诗总集研究目前仍然处于起步阶段，研究基础相当薄弱，学术积累依旧欠佳，需要我们长期努力，从各个角度切入，运用多种方法，进行不同层次的研究。但从发展的眼光看，清诗总集研究的薄弱现状正标志着它广阔的开拓、提升空间。包括本书在内的已经取得的成果，只是一个简短的"入话"，精彩的"正话"还在后头，有志于清诗总集与清诗研究者，盍兴乎来！

# 主要参考文献

## 一　古今著述

### A

尤侗辑：《哀弦集》，《四库禁毁书丛刊》集部第 129 册。

### B

恩华纂辑，关纪新整理点校：《八旗艺文编目》，辽宁民族出版社 2006 年 5 月第 1 版。

阮元辑：《八砖吟馆刻烛集》，台湾新文丰出版公司《丛书集成新编》第 58 册。

铁保、杨钟羲辑，李亚（雅）超校注：《白山诗词》，吉林文史出版社 1991 年 6 月第 1 版。

朱彬辑：《白田风雅》，光绪十二年（1886）金陵刻本。

张振珂辑：《白云洞山集遗》，光绪九年（1883）刻本。

徐崧、张大纯辑，薛正兴校点：《百城烟水》，江苏古籍出版社 1999 年 8 月第 1 版。

颜希源辑：《百美新咏图传》，嘉庆九年（1804）集腋轩刻本。

魏宪辑：《百名家诗选》（《皇清百名家诗》），《四库全书存目丛书》集部第 397 册。

洪亮吉撰，陈迩冬校点：《北江诗话》，人民文学出版社 1983 年 7 月第 1 版。

韩朴主编：《北京历史文献要籍解题》，中国书店 2010 年 9 月第 1 版。

张江裁辑：《北平梨园竹枝词荟编》，《民国丛书》第五编第 57 册。

阮学浩、阮学濬辑：《本朝馆阁诗》，乾隆二十三年（1758）困学书屋刻本。

徐釚辑：《本事诗》，《四库禁毁书丛刊》集部第 94 册。

黄裳著：《笔祸史谈丛》，北京出版社 2004 年 1 月第 1 版。

谭新嘉辑：《碧漪集》、《续集》、《三集》，民国二十四年（1935）嘉兴谭氏承启堂刻《嘉兴谭氏遗书》本。

边连宝撰，刘崇德主编：《边随园集》，中华书局 2007 年 9 月第 1 版。

宗源瀚辑：《辨志文会课艺初集》，光绪七年（1881）刻本。

郑珍辑，唐树义校订：《播雅》，宣统三年（1911）贵阳文通书局铅印本。

**C**

沐昂辑：《沧海遗珠》，台湾新文丰出版公司《丛书集成续编》第 114 册。

钱澄之撰，汤华泉校点：《藏山阁集》，黄山书社 2004 年 12 月第 1 版。

张鸿辑：《常熟二冯先生集》，民国十四年（1925）排印本。

高士钅久、杨振藻修，钱陆灿等纂：《（康熙）常熟县志》，《中国地方志集成》（江苏府县志辑）第 21 册。

温廷敬辑，吴二持、蔡起贤校点：《潮州诗萃》，汕头大学出版社 2001 年 1 月第 1 版。

饶锷、饶宗颐著：《潮州艺文志》，上海古籍出版社 1994 年 4 月第 1 版。

陈璧撰，江村、瞿冕良笺证：《陈璧诗文残稿笺证》，上海古籍出版社 1984 年 5 月第 1 版。

程千帆、程章灿著：《程氏汉语文学通史》，辽海出版社 1999 年 9 月第 1 版。

王士祯（禛）撰，靳斯仁点校：《池北偶谈》，中华书局 1982 年 1 月第 1 版。

孙翔辑：《崇川诗集》，《四库全书存目丛书补编》第 42 册。

王尧臣等撰，钱东垣等辑释，钱侗补遗：《崇文总目辑释》，《续修四库全书》第 916 册。

章薇辑，章深订：《重订历朝诗选简金集》，乾隆五十九年（1794）披芸阁刻本。

萧兵著：《楚辞的文化破译——一个微宏观互渗的研究》，湖北人民出版社 1997 年 2 月第 1 版。

廖元度辑，吕肃高重订，湖北省社会科学院文学研究所校注：《〈楚风补〉校注》，湖北人民出版社 1998 年 9 月第 1 版。

廖元度辑：《楚诗纪》，《四库禁毁书丛刊》集部第 122 册。

伍崇曜辑：《楚庭耆旧遗诗》，道光二十三年至三十年（1843—1850）刻本。

劳孝舆、何日愈撰，毛庆耆、覃召文点校：《〈春秋诗话〉〈退庵诗话〉》，广东高等教育出版社 1996 年 9 月第 1 版。

王昶撰：《春融堂集》，《续修四库全书》第 1437—1438 册。

张伯驹著：《春游纪梦》，辽宁教育出版社 1998 年 3 月第 1 版。

陈瑚辑：《从游集》，宣统至民国间新阳赵氏刻《峭帆楼丛书》本。

冯誉骢辑：《翠屏诗社稿》，光绪二十四年（1898）东川府衙刻本。

王庆澜辑：《存存吟社诗钞》，道光三年（1823）刻本。

D

胡凤丹编，李桂生、何诗海、杜朝晖点注：《〈大别山志〉〈鹦鹉洲小
　　志〉》，湖北教育出版社 2002 年 5 月第 1 版。

徐世昌编撰：《大清畿辅先哲传》，《清代传记丛刊》第 198—201 册。

汪曰桢辑：《戴氏三俊集》，台湾新文丰出版公司《丛书集成续编》第
　　118 册。

胡鼎、胡有恂辑：《丹溪诗钞》，台湾新文丰出版公司《丛书集成续编》
　　第 116 册。

傅璇琮撰：《当代学者自选文库：傅璇琮卷》，安徽教育出版社 1998 年 12
　　月第 1 版。

管斯骏辑：《悼红吟》，光绪十年（1884）刻本。

张谦辑：《道家诗纪》，《藏外道书》第 34 册；又《上海图书馆未刊古籍
　　稿本》第 58—60 册。

孙雄辑：《道咸同光四朝诗史》，《续修四库全书》第 1628 册。

章奎等辑：《荻溪章氏诗存》，民国十七年（1928）刻本。

袁文典、袁文揆辑：《滇南诗略》，上海书店出版社《丛书集成续编》第
　　151 册。

许印光辑：《滇诗重光集》，上海书店出版社《丛书集成续编》第 151 册。

黄琮辑：《滇诗嗣音集》，上海书店出版社《丛书集成续编》第 151 册。

陈荣昌辑：《滇诗拾遗》，上海书店出版社《丛书集成续编》第 151 册。

李坤辑：《滇诗拾遗补》，上海书店出版社《丛书集成续编》第 151 册。

袁嘉谷等辑：《滇诗丛录》，民国钞本。

许印芳辑：《滇秀集初编》，光绪二十三年（1897）刻本。

龚鼎孳撰：《定山堂诗集》，《续修四库全书》第 1402—1403 册。

贾臻辑：《东都采风录》，咸丰元年（1851）周南书院刻本。

汪之珩辑：《东皋诗存》，《四库全书存目丛书》集部第 413 册。

蒋良骐撰，林树惠、傅贵九校点：《东华录》，中华书局 1980 年 4 月第
　1 版。

朱点辑：《东郊土物诗》，台湾新文丰出版公司《丛书集成续编》第 224 册。

赵琪辑：《东莱赵氏先世酬唱集》，民国二十四年（1935）东莱赵氏永厚
　堂排印《东莱赵氏楷书丛刊》本。

曾唯辑，张如元、吴佐仁校补：《东瓯诗存》，上海社会科学院出版社
　2006 年 12 月第 1 版。

蔡璞辑：《东瓯诗集》，《四库全书存目丛书》集部第 297 册。

于树滋辑：《都梁草题词》，光绪二十六年（1900）刻本。

嘐西复依氏、青村杞庐氏撰：《都门纪变百咏》，台湾华文书局《中华文
　史丛书》第 85 册。

顾修辑：《读画斋题画诗》，嘉庆元年（1796）顾氏读画斋自刻本。

黄奭辑：《端绮集》，台湾新文丰出版公司《丛书集成续编》第 105 册。

冯班撰：《钝吟杂录》，《笔记小说大观》第十七编第 4 册。

### E

邵长蘅辑：《二家诗钞》，《四库全书存目丛书补编》第 36 册。

樊增祥辑：《二家咏古诗》，光绪十九年（1893）渭南县署刻《樊山集》本。

夏孙桐辑：《二介诗钞》，台湾新文丰出版公司《丛书集成续编》第 117 册。

彭绍升辑：《二林唱和诗》，乾隆刻本。

刘绍攽辑：《二南遗音》、《二集》，《四库全书存目丛书》集部第 412 册。

### F

樊增祥撰，涂小马、陈宇俊校点：《樊樊山诗集》，上海古籍出版社 2004
　年 4 月第 1 版。

张宝编绘：《泛槎图》，浙江人民美术出版社 2012 年 3 月第 1 版。

孙殿起撰：《贩书偶记（附续编）》，上海古籍出版社 1999 年 5 月第 1 版。

萧应樾等辑：《方壶合编》，道光十一年（1831）刻本。

李圣华著：《方文年谱》，人民文学出版社 2007 年 3 月第 1 版。

周振鹤、游汝杰著：《方言与中国文化》，上海人民出版社 2006 年 6 月第
　1 版。

方以智撰：《方子流寓草》，《四库禁毁书丛刊》集部第 50 册。

吕迪等辑：《放翁先生生日设祀诗》，嘉庆八年（1803）借树山房刻本。

王士禛（禛）撰，张世林点校：《分甘余话》，中华书局 1989 年 2 月第

1 版。

沈玉亮、吴陈琰辑：《凤池集》，《四库全书存目丛书》集部第 402 册。

方以智撰：《浮山文集前编》，《续修四库全书》第 1398 册。

蔡士英撰：《抚江集》，《四库未收书辑刊》第 7 辑第 21 册。

谭献撰，范旭仑、牟晓朋整理：《复堂日记》，河北教育出版社 2001 年 1
　月第 1 版。

吴修辑：《复园红板桥诗》，台湾新文丰出版公司《丛书集成续编》第
　116 册。

### G

孙枝蔚撰：《溉堂集》，上海古籍出版社 1979 年 12 月第 1 版。

王士禛辑，卢见曾补传：《感旧集》，《四库禁毁书丛刊》集部第 74 册。

高旭撰，郭长海、金菊贞编：《高旭集》，社会科学文献出版社 2003 年 5
　月第 1 版。

田茂遇、董俞辑：《高言集》（《十五国风高言集》），《四库全书存目丛书
　补编》第 41 册。

钟敬文编：《歌谣论集》，《民国丛书》第四编第 6 册。

张紫晨著：《歌谣小史》，福建人民出版社 1981 年 12 月第 1 版。

李曾裕辑，陈其泰编次：《宫闺百咏》，海盐陈氏桐花凤阁刻本。

阮元辑：《诂经精舍文集》，《丛书集成初编》第 1834—1838 册。

汪琬辑，周靖笺注：《姑苏杨柳枝词》，《四库全书存目丛书》集部第
　395 册。

钮琇撰，南炳文、傅贵久点校：《觚剩》，上海古籍出版社 1986 年 1 月第
　1 版。

王士禛（禛）撰，赵伯陶点校：《古夫于亭杂录》，中华书局 1988 年 10
　月第 1 版。

田雯撰：《古欢堂集》，《影印文渊阁四库全书》第 1324 册。

杨慎辑：《古今风谣》，《丛书集成初编》第 2988 册。

宗廷辅辑：《古今论诗绝句》，民国六年（1917）徐兆玮重印《宗月锄先
　生遗著八种》本。

刘麟生、瞿兑之、蔡正华辑：《古今名诗选》，民国二十五年（1936）商
　务印书馆排印本。

陈梦雷编纂，蒋廷锡校订：《古今图书集成·方舆汇编·职方典》，中华

书局、巴蜀书社 1985 年 10 月第 1 版。

金开诚、葛兆光著：《古诗文要籍叙录》，中华书局 2005 年 8 月第 1 版。

文聚奎、戴钧衡辑：《古桐乡诗选》，道光二十年（1840）刻本。

王葆心编撰，熊礼汇标点：《古文辞通义》，武汉大学出版社 2008 年 10
　月第 1 版。

顾炎武撰，王蘧常辑注，吴丕绩标校：《顾亭林诗集汇注》，上海古籍出
　版社 1983 年 11 月第 1 版。

顾炎武撰，王冀民笺释：《顾亭林诗笺释》，中华书局 1998 年 1 月第 1 版。

顾炎武撰，华忱之点校：《顾亭林诗文集》，中华书局 1983 年 5 月第 2 版。

顾炎武撰，徐嘉辑：《顾亭林先生诗笺注》，《续修四库全书》第 1402 册。

严长明辑：《官阁消寒集》，台湾新文丰出版公司《丛书集成续编》集部
　第 116 册。

叶德辉辑：《观剧绝句》，台湾新文丰出版公司《丛书集成续编》第 116 册。

李元春辑：《关中两朝诗钞》，道光十二年（1832）守朴堂刻本。

梁善长辑：《广东诗粹》，《四库全书存目丛书》集部第 411 册。

骆伟主编：《广东文献综录》，中山大学出版社 2000 年 3 月第 1 版。

屈大均辑：《广东文选》，《四库禁毁书丛刊》集部第 136—137 册。

屈大均撰：《广东新语》，中华书局 1985 年 4 月第 1 版。

悟痴生辑：《广天籁集》，光绪二年（1876）上海印书局排印本。

陈允衡辑：《国雅初集》，《四库全书存目丛书》集部第 399 册。

蔡殿齐辑：《国朝闺阁诗钞》，《续修四库全书》第 1626 册。

黄秩模辑，付琼校补：《国朝闺秀诗柳絮集校补》，人民文学出版社 2011
　年 9 月第 1 版。

许夔臣辑：《国朝闺秀香咳集》，光绪申报馆排印《申报馆丛书》本。

恽珠辑：《国朝闺秀正始集》，道光十一年（1831）刻本。

恽珠、妙莲保辑：《国朝闺秀正始续集》，道光十六年（1836）刻本。

吴颢辑，吴振棫重订：《国朝杭郡诗辑》，同治十三年（1874）钱塘丁氏
　重刻本。

吴振棫辑：《国朝杭郡诗续辑》，光绪二年（1876）钱塘丁氏重刻本。

丁申、丁丙辑：《国朝杭郡诗三辑》，光绪十九年（1893）刻本。

陶樑辑：《国朝畿辅诗传》，《续修四库全书》第 1681 册。

朱绪曾辑：《国朝金陵诗征》，光绪十三年（1887）刻本。

陈作霖等辑:《国朝金陵续诗征》,光绪二十年(1894)刻本。

王辅铭辑:《国朝练音集》,《四库全书存目丛书》集部第 395 册。

许正绥辑:《国朝两浙校官诗录》,咸丰上虞谢莱节钞本。

凌扬藻辑:《国朝岭海诗钞》,道光六年(1826)狎鸥亭刻《海雅堂全集》本。

刘执玉辑:《国朝六家诗钞》,乾隆三十二年(1767)诒燕楼刻本。

孙桐生辑:《国朝全蜀诗钞》,巴蜀书社 1985 年 8 月第 1 版。

卢见曾辑:《国朝山左诗钞》,乾隆二十三年(1758)雅雨堂刻本。

张鹏展辑:《国朝山左诗续钞》,嘉庆十八年(1813)四照楼刻本。

谢聘辑:《国朝上虞诗集》,道光二十二年(1842)吟香馆刻本。

吴翌凤辑:《国朝诗选》,嘉庆新阳赵氏刻本。

刘然辑,朱豫增辑:《国朝诗乘》,《四库禁毁书丛刊》集部第 156 册。

陶煊、张璨辑:《国朝诗的》,《四库禁毁书丛刊》集部第 156—158 册。

王锡侯辑:《国朝诗观》,《四库禁毁书丛刊》集部第 35 册。

陈以刚、陈以枞、陈以明辑:《国朝诗品》,《四库禁毁书丛刊》集部第 39 册。

彭廷梅辑:《国朝诗选》,《四库禁毁书丛刊补编》第 56 册。

朱观辑:《国朝诗正》,《中国人民大学图书馆藏古籍珍本丛刊》第 105 册。

符葆森辑:《国朝正雅集》,咸丰六年(1856)半亩园刻本。

黄舒昺辑:《国朝中州名贤集》,光绪十九年(1893)刻本。

### H

梁廷枏撰,骆宝善、刘路生点校:《海国四说》,中华书局 1993 年 2 月第 1 版。

王彬修,徐用仪纂:《(光绪)海盐县志》,《中国地方志集成》(浙江府县志辑)第 21 册。

徐作霖、黄蠡等辑:《海云禅藻集》,民国二十四年(1935)刻《逸社丛书》本。

严昌堉辑:《海藻》,民国上海严氏渊雷室排印本。

班固等撰:《汉书》,中华书局 1962 年 6 月第 1 版。

陆以湉撰:《杭城纪难诗》,台湾华文书局《中华文史丛书》第 93 册。

王震元辑:《杭城纪难诗编》,台湾华文书局《中华文史丛书》第 93 册。

钱塘东郭子、杭州蒿目生撰:《杭城辛酉纪事诗原稿》,《近代中国史料丛刊续编》第 980 册。

丘复辑:《杭川新风雅集》, 民国二十五年 (1936) 铅印本。

完颜守典辑:《杭防诗存》, 光绪十六年 (1890) 刻本。

樊增祥辑:《沇灈集》, 光绪二十八年 (1902) 西安枲署刻《樊山续集》本。

佚名辑:《河间七子诗钞》, 民国石印本。

洪亮吉撰, 刘德权点校:《洪亮吉集》, 中华书局 2001 年 10 月第 1 版。

陈希恕辑:《红梨社诗钞》, 道光十一年 (1831) 刻本。

达礼善辑:《红苗归化恭纪诗》, 康熙五十二年 (1713) 拳石堂刻本。

郭则沄辑:《侯官郭氏家集汇刊》,《近代中国史料丛刊》第 299 册。

丁宿章辑:《湖北诗征传略》,《续修四库全书》第 1707 册。

章学诚撰, 郭康松点校:《〈湖北通志检存稿〉〈湖北通志未定稿〉》, 湖
   北教育出版社 2002 年 5 月第 1 版。

沈奕琛辑:《湖舫诗》, 台湾新文丰出版公司《丛书集成续编》第 116 册。

王昶辑:《湖海诗传》,《续修四库全书》第 1625—1626 册。

孙以荣辑, 孙文爌校订:《湖墅诗钞》, 光绪五年 (1879) 钱塘王氏刻
   《湖墅丛书》本。

胡祖德辑, 陈正书、方尔同标点:《沪谚》, 上海古籍出版社 1989 年 5 月
   第 1 版。

胡祖德辑, 陈正书、方尔同标点:《沪谚外编》, 上海古籍出版社 1989 年
   5 月第 1 版。

施莲卿、施惠卿、施兰卿撰:《花萼联吟集》, 民国石印本。

汪锡纯辑:《滑稽诗文集》, 宣统石印本。

阮元辑:《淮海英灵集》,《续修四库全书》第 1682 册。

王豫、阮亨辑:《淮海英灵续集》,《续修四库全书》第 1682 册。

冯舒辑:《怀旧集》,《丛书集成初编》第 1793 册。

韩阳等辑:《皇明西江诗选》, 台湾新文丰出版公司《丛书集成续编》第
   115 册。

[朝鲜] 佚名撰:《皇明遗民传》, 民国二十五年 (1936) 国立北京大学
   影印如皋魏氏藏朝鲜人著钞本。

孙铉辑:《皇清诗选》,《四库全书存目丛书》集部第 398 册。

张伯桢辑:《篁溪归钓图题词》, 台湾新文丰出版公司《丛书集成续编》
   第 118 册。

汪燊辑：《黄州赤壁集》，民国二十一年（1932）武汉中西印务馆排印本。

周锡恩辑：《黄州课士录》，光绪十七年（1891）黄州经古书院刻本。

黄遵宪撰，吴振清、徐勇、王家祥编校：《黄遵宪集》，天津古籍出版社
　2003 年 10 月第 1 版。

黄遵宪撰，陈铮编：《黄遵宪全集》，中华书局 2005 年 3 月第 1 版。

**J**

叶书辑：《击衣剑》，光绪二十六年（1900）刻本。

蒋庆第等撰：《济上赠言集》，清末刻本。

叶燮撰：《已畦集》，《四库全书存目丛书》集部第 244 册。

梁九图辑：《纪风七绝》，光绪十九年（1893）刻本。

顾有孝辑：《纪事诗钞》，清钞本。

纪昀撰，孙致中、吴思扬、王沛霖、韩嘉祥校点：《纪晓岚文集》，河北
　教育出版社 1991 年 7 月第 1 版。

罗检秋著：《嘉庆以来汉学传统的演变与传承》，中国人民大学出版社 2006
　年 5 月第 1 版。

黄日纪、江煦辑，厦门图书馆校注：《〈嘉禾名胜记〉〈鹭江名胜诗钞〉校
　注》，厦门大学出版社 2005 年 7 月第 1 版。

蔡文镛辑：《嘉善风土诗两种》，民国十一年（1922）排印本。

沈祥龙、严征漾辑：《荐菫思报感蓼废吟两图题辞》，光绪二十一年（1895）
　刻本。

徐达源等辑：《涧上草堂纪略》，台湾新文丰出版公司《丛书集成续编》
　第 105 册。

顾季慈辑，谢鼎镕补辑：《江上诗钞》，上海古籍出版社 2003 年 12 月第
　1 版。

王豫辑：《江苏诗征》，道光元年（1821）焦山海西庵诗征阁刻本。

钱璱之主编：《江苏艺文志》（常州卷），江苏人民出版社 1994 年 6 月第 1 版。

陈穆等编撰：《江苏艺文志》（淮阴卷·盐城卷），江苏人民出版社 1995
　年 7 月第 1 版。

杨云海主编：《江苏艺文志》（南京卷），江苏人民出版社 1995 年 1 月第 1
　版。

宫爱东主编：《江苏艺文志》（无锡卷），江苏人民出版社 1995 年 1 月第 1
　版。

邱鸣皋主编：《江苏艺文志》（徐州卷·连云港卷），江苏人民出版社
　　1995 年 6 月第 1 版。

曾燠辑：《江西诗征》，《续修四库全书》第 1688—1690 册。

宋荦辑：《江左十五子诗选》，《四库全书存目丛书》集部第 386 册。

沈涛辑：《绛云楼印拓本题辞》，台湾新文丰出版公司《丛书集成续编》
　　第 116 册。

张本均辑：《蛟川耆旧诗》，咸丰七年（1857）刻本。

张锡申辑：《蛟川耆旧诗续集》，咸丰七年（1857）刻本。

陆宝忠辑：《校经堂二集》，光绪十四年（1888）刻本。

郑振铎著：《劫中得书记》，上海古籍出版社 2006 年 7 月第 1 版。

王揖唐著，张金耀校点：《今传是楼诗话》，辽宁教育出版社 2003 年 3 月
　　第 1 版。

陶浚宣辑：《今体诗类钞》，清钞本。

吴炎、潘柽章辑：《今乐府》，《四库禁毁书丛刊》集部第 74 册。

丘逢甲辑：《金城唱和集》，《台湾文献汇刊》第四辑第 10 册。

梅成栋辑：《津门诗钞》，道光四年（1824）思诚书屋刻本。

徐熊飞辑：《锦囊集》，道光十一年（1831）也是轩刻本。

钱仲联辑：《近代诗钞》，江苏古籍出版社 2001 年 10 月第 1 版。

王晓秋著：《近代中日文化交流史》，中华书局 2000 年 8 月第 1 版。

方树梅辑：《晋宁诗文征》，民国十六年（1938）开智公司排印本。

叶奕苞撰：《经锄堂诗稿》，《四库禁毁书丛刊》集部第 147 册。

徐幹辑：《京华同人诗课》，光绪五年（1879）杭州自刻本。

张学仁、王豫辑：《京江耆旧集》，嘉庆二十三年（1818）青苔馆刻本。

释元位辑：《净檀诗萃》，清钞本。

朱彝尊撰，姚祖恩辑，黄君坦校点：《静志居诗话》，人民文学出版社 1990
　　年 10 月第 1 版。

缪荃孙辑：《旧德集》，台湾新文丰出版公司《丛书集成续编》第 118 册。

朱彭寿撰，何双生点校：《〈旧典备征〉〈安乐康平室随笔〉》，中华书局
　　1982 年 2 月第 1 版。

叶恭绰著：《矩园余墨》，辽宁教育出版社 1997 年 3 月第 1 版。

晁公武撰，孙猛校证：《郡斋读书志校证》，上海古籍出版社 1990 年 10
　　月第 1 版。

### K

曹仁虎辑:《刻烛集》,《丛书集成初编》第 1794 册。

孔尚任撰,徐振贵主编:《孔尚任全集辑校注评》,齐鲁书社 2004 年 10 月第 1 版。

孔延之辑,邹志方点校:《〈会稽掇英总集〉点校》,人民出版社 2006 年 6 月第 1 版。

叶德辉辑:《昆仑集》,台湾新文丰出版公司《丛书集成续编》第 106 册。

### L

陈康祺撰,晋石点校:《郎潜纪闻初笔、二笔、三笔》,中华书局 1984 年 3 月第 1 版。

陈康祺撰,褚家伟、张文玲点校:《郎潜纪闻四笔》,中华书局 1990 年 3 月第 1 版。

陆以湉撰,崔凡之点校:《冷庐杂识》,中华书局 1984 年 1 月第 1 版。

陈瑚辑:《离忧集》,《四库禁毁书丛刊补编》第 47 册。

顾有孝辑:《骊珠集》,康熙九年(1670)刻本。

佚名辑:《骊珠集》,康熙俨思堂刻本。

李东阳撰,周寅宾校点:《李东阳集》,岳麓书社 2008 年 12 月第 1 版。

刘大櫆辑:《历朝诗约选》,光绪二十三年(1897)文征阁刻本。

章薇辑:《历朝诗选简金集》,乾隆二十三年(1758)瀚云山房刻本。

赵杏根辑:《历代风俗诗选》,岳麓书社 1990 年 3 月第 1 版。

胡文楷编著:《历代妇女著作考》,商务印书馆 1957 年 11 月初版;又张宏生等增订本,上海古籍出版社 2008 年 8 月第 2 版。

何文焕辑:《历代诗话》,中华书局 1981 年 4 月第 1 版。

丁福保辑:《历代诗话续编》,中华书局 1983 年 8 月第 1 版。

王利器、王慎之、王子今辑:《历代竹枝词》,陕西人民出版社 2003 年 12 月第 1 版。

郑浍辑:《历阳竹枝词》,光绪二十六年(1900)铅印本。

赵联元辑,赵藩补辑:《丽郡诗征》,上海书店出版社《丛书集成续编》第 151 册。

毕羯盫辑:《立宪纪念吟社诗选》,光绪三十二年(1906)石印本。

林幼春等辑:《栎社第一集》,民国十三年(1924)博文社活版排印本。

杨高德、朱庭珍辑:《莲湖吟社稿》,光绪十四年(1888)集翠轩刻本。

梁启超著，陈引驰编：《梁启超学术论著集》（文学卷），华东师范大学出版社 1998 年 11 月第 1 版。

姚思廉撰：《梁书》，中华书局 1973 年 5 月第 1 版。

阮元、杨秉初辑，夏勇等整理：《两浙輶轩录》，浙江古籍出版社 2012 年 4 月第 1 版。

潘衍桐辑，夏勇、熊湘整理：《两浙輶轩续录》，浙江古籍出版社 2014 年 5 月第 1 版。

暴春霆辑，钟叔河编订：《林屋山民送米图卷子》，岳麓书社 2002 年 4 月第 1 版。

刘锡番著：《岭表纪蛮》，民国二十四年（1935）商务印书馆排印本。

刘彬华辑：《岭南群雅》，《续修四库全书》第 1693 册。

王隼辑：《岭南三大家诗选》，《四库禁毁书丛刊》集部第 39 册。

陈永正著：《岭南诗歌研究》，中山大学出版社 2008 年 2 月第 1 版。

叶春生著：《岭南俗文学简史》，广东高等教育出版社 2003 年 9 月修订版。

黄登辑：《岭南五朝诗选》，《四库全书存目丛书》集部第 409 册。

黄文宽辑：《岭南小雅集》，民国二十五年（1936）广州天南金石社刻本。

刘熙载撰，刘立人、陈文和点校：《刘熙载集》，华东师范大学出版社 1993 年 3 月第 1 版。

刘熙载撰，薛正兴点校：《刘熙载文集》，江苏古籍出版社 2001 年 10 月第 1 版。

三多辑：《柳营诗传》，光绪十六年（1890）刻本。

江峰青等撰：《柳洲亭折柳词》，光绪十九年（1893）刻本。

［法］阿尔贝·蒂博代著：《六说文学批评》，赵坚译，三联书店 2002 年 1 月第 1 版。

李培增辑：《龙湖檮李题词》，光绪二十八年（1902）刻本。

潘江辑：《龙眠风雅》，《四库禁毁书丛刊》集部第 98—99 册。

潘江辑：《龙眠风雅续集》，《四库禁毁书丛刊》集部第 99—100 册。

汪学金辑：《娄东诗派》，《四库未收书辑刊》第九辑第 30 册。

钱荫乔辑：《陆放翁生日诗辑》，民国二十二年（1933）刻本。

唐和等辑：《乱离吟草》，民国铅印本。

朱彝尊辑：《洛如诗钞》，《四库全书存目丛书补编》第 42 册。

骆秉章撰：《骆文忠公奏议》，光绪四年（1878）南海骆氏刻本。

吕坤撰，王国轩、王秀梅整理：《吕坤全集》，中华书局 2008 年 5 月第
　　1 版。

钱泳撰，张伟点校：《履园丛话》，中华书局 1979 年 12 月第 1 版。

## M

李稻塍、李集辑：《梅会诗选》，《四库禁毁书丛刊》集部第 100 册。

李光基辑：《梅里诗钞》，康熙二十一年（1682）承雅堂刻本。

许灿辑，朱绪曾增订：《梅里诗辑》，道光三十年（1850）嘉兴县斋刻本。

钱仲联著：《梦苕庵清代文学论集》，齐鲁书社 1983 年 9 月第 1 版。

钱仲联著：《梦苕庵诗话》，齐鲁书社 1986 年 3 月第 1 版。

苏泽东辑：《梦醒芙蓉集》，光绪二十五年（1899）东莞苏氏祖坡吟馆刻本。

张寅彭主编，张寅彭等校点：《民国诗话丛编》，上海书店出版社 2002 年
　　12 月第 1 版。

崔建英辑订，贾卫民、李晓亚参订：《明别集版本志》，中华书局 2006 年
　　7 月第 1 版。

张其淦撰：《明代千遗民诗咏》，台湾新文丰出版公司《丛书集成续编》
　　第 115 册。

陈垣著：《明季滇黔佛教考（外宗教史论著八种）》，河北教育出版社 2000
　　年 12 月第 1 版。

徐开任辑：《明名臣言行录》，《明代传记丛刊》第 50—54 册。

谢国桢著：《明末清初的学风》，上海书店出版社 2004 年 1 月第 1 版。

何宗美著：《明末清初文人结社研究》，南开大学出版社 2001 年 1 月第
　　1 版。

张慧剑编著：《明清江苏文人年表》，上海古籍出版社 2008 年 1 月第 2 版。

冯梦龙等辑：《明清民歌时调集》，上海古籍出版社 1987 年 9 月第 1 版。

武新立编著：《明清稀见史籍叙录》，金陵书画社 1983 年 12 月第 1 版。

谢国桢著：《明清之际党社运动考》，中华书局 1982 年 11 月第 1 版。

李康化著：《明清之际江南词学思想研究》，巴蜀书社 2001 年 11 月第
　　1 版。

赵园著：《明清之际士大夫研究》，北京大学出版社 1999 年 1 月第 1 版。

朱琰辑：《明人诗钞》，《四库禁毁书丛刊》集部第 37 册。

朱鸿林著：《明人著作与生平发微》，广西师范大学出版社 2005 年 9 月第
　　1 版。

汪端辑：《明三十家诗选》，同治十二年（1873）蕴兰吟馆重刻本。

陈田辑：《明诗纪事》，《续修四库全书》第 1710—1712 册。

朱彝尊辑：《明诗综》，中华书局 2007 年 3 月第 1 版。

沈德潜、周准辑：《明诗别裁集》，上海古籍出版社 1979 年 9 月第 1 版。

张廷玉等撰：《明史》，中华书局 1974 年 4 月第 1 版。

谢正光编著，王德毅校订：《明遗民传记资料索引》，台湾新文丰出版公司 1990 年 12 月第 1 版。

吴蔼辑：《名家诗选》，《四库禁毁书丛刊》集部第 170 册。

上海书店编：《〈名教罪人〉谈》，上海书店出版社 1999 年 5 月第 1 版。

孙雄辑：《名贤生日诗》，民国十年（1921）铅印本。

### N

魏元旷辑：《南昌邑乘诗征》，民国二十四年（1935）铅印本。

章世丰辑：《南湖倡和集》，台湾新文丰出版公司《丛书集成续编》集部第 116 册。

庄宇逵辑：《南华九老会唱和诗谱》，嘉庆五年（1800）刻本。

黄宗羲撰：《南雷文定》，《续修四库全书》第 1397 册。

邹元吉等撰：《南笼纪瑞诗钞》，清钞本。

张炳辑：《南屏百咏》，台湾新文丰出版公司《丛书集成续编》第 116 册。

萧子显撰：《南齐书》，中华书局 1972 年 1 月第 1 版。

柳亚子、陈去病等撰：《南社丛刻》，江苏广陵古籍刻印社 1996 年 4 月第 1 版。

杨天石、王学庄编著：《南社史长编》，中国人民大学出版社 1995 年 5 月第 1 版。

卞东波著：《南宋诗选与宋代诗学考论》，中华书局 2009 年 4 月第 1 版。

厉鹗等撰，虞万里点校：《南宋杂事诗》，浙江古籍出版社 1987 年 8 月第 1 版。

钱溯耆辑：《南园赓社诗存》，宣统元年（1909）听邠馆刻本。

朱滋年辑：《南州诗略》，《四库禁毁书丛刊》集部第 100 册。

唐宇昭撰：《拟故宫词》，《四库全书存目丛书》集部第 216 册。

### P

李福泰修，史澄纂：《（同治）番禺县志》，《中国地方志集成》（广东府县志辑）第 6 册。

王士禛、彭孙遹撰：《彭王倡和》，康熙刻本。

诸镇辑：《蓬山课艺童试录》，光绪十年（1884）刻本。

汤濬辑：《蓬山两寓贤诗钞》，民国十一年（1922）排印本。

庄令舆、徐永宣辑：《毗陵六逸诗钞》，康熙五十六年（1717）山阴孙氏刻本。

陈銮辑：《蕢洲闻咏集》，嘉庆十七年（1812）刻本。

汪应庚编，曾学文点校；赵之璧编，高小健点校：《〈平山揽胜志〉〈平山堂图志〉》，广陵书社 2004 年 3 月第 1 版。

徐恕修，张南英、孙谦纂：《（乾隆）平阳县志》，民国七年（1918）修镸补刻本。

王理孚修，符璋、刘绍宽纂：《（民国）平阳县志》，民国十四年（1925）铅印本。

陈枚辑，陈德裕增辑：《凭山阁增辑留青新集》，《四库禁毁书丛刊》集部第 55 册。

陈枚辑：《凭山阁留青二集选》，《四库禁毁书丛刊》集部第 155 册。

路璋、路璜辑：《蒲编堂诗存》，咸丰八年（1858）刻本。

沈尧咨、陈光裕辑：《濮川诗钞》，《四库全书存目丛书》集部第 414 册。

郑王臣辑：《莆风清籁集》，《四库全书存目丛书》集部第 411 册。

孔广德辑：《普天忠愤集》，《近代中国史料丛刊续编》第 226—228 册。

朱彝尊撰：《曝书亭集》，《四部丛刊初编》第 278—280 册。

朱彝尊撰，杨谦注：《曝书亭集诗注》，乾隆木山阁刻本。

## Q

吴定璋辑：《七十二峰足征集》，《四库全书存目丛书补编》第 43—44 册。

佚名辑：《旗下闺秀诗选》，清钞本。

黄虞稷撰，瞿凤起、潘景郑整理：《千顷堂书目》，上海古籍出版社 2001 年 7 月第 1 版。

释函可撰：《千山诗集》，《续修四库全书》第 1398 册。

弘历等撰：《千叟宴诗》，嘉庆元年（1796）刻本。

钱谦益撰，钱曾笺注，钱仲联标校：《钱牧斋全集》，上海古籍出版社 2003 年 8 月第 1 版。

赵蕃辑：《钱南园先生守株图题词录》，台湾新文丰出版公司《丛书集成续编》第 118 册。

莫友芝辑,关贤柱点校:《黔诗纪略》,贵州人民出版社 1993 年 9 月第
　1 版。

陈维崧辑:《箧衍集》,《四库禁毁书丛刊》集部第 39 册。

弘历等撰:《钦定千叟宴诗》,《景印文渊阁四库全书》第 1452 册。

铁保辑,赵志辉点校补,马清福校补,张佳生点校,李建唐补点:《钦定
　熙朝雅颂集》,辽宁大学出版社 2003 年 8 月第 1 版。

徐釚辑:《青门集》,康熙刻本。

王昶辑:《青浦诗传》,乾隆五十九年(1794)刻本。

程廷祚撰,宋效永点校:《青溪集》,黄山书社 2004 年 12 月第 1 版。

徐珂编撰:《清稗类钞》,中华书局 1986 年 3 月第 1 版。

乾隆官修:《清朝文献通考》,浙江古籍出版社 1988 年 11 月第 1 版。

[美]谢正光、佘汝丰编著:《清初人选清初诗汇考》,南京大学出版社
　1998 年 12 月第 1 版。

宫泉久著:《清初山左诗歌研究》,中国社会科学出版社 2009 年 12 月第
　1 版。

[美]谢正光著:《清初诗文与士人交游考》,南京大学出版社 2001 年 9
　月第 1 版。

潘承玉撰:《清初诗坛:卓尔堪与〈遗民诗〉研究》,中华书局 2004 年 7
　月第 1 版。

[美]谢正光、陈谦平、姜良芹编:《清初诗选五十六种引得》,社会科学
　文献出版社 2013 年 6 月第 1 版。

张玉兴选注:《清代东北流人诗选注》,辽沈书社 1988 年 10 月第 1 版。

徐雁平著:《清代东南书院与学术及文学》,安徽教育出版社 2007 年 8 月
　第 1 版。

商衍鎏著:《清代科举考试述录及有关著作》,百花文艺出版社 2004 年 7
　月第 1 版。

张惟骧编纂:《清代毗陵书目》,民国三十三年(1944)常州旅沪同乡会
　排印本。

江庆柏编著:《清代人物生卒年表》,人民文学出版社 2005 年 12 月第
　1 版。

吴宏一主编:《清代诗话知见录》,(台湾)"中央研究院"中国文哲研究

所 2002 年 2 月初版。

叶君远著：《清代诗坛第一家——吴梅村研究》，中华书局 2002 年 11 月第 1 版。

张健著：《清代诗学研究》，北京大学出版社 1999 年 11 月第 1 版。

王英志主编：《清代唐宋诗之争流变史》，人民文学出版社 2012 年 3 月第 1 版。

王镇远、邬国平编选：《清代文论选》，人民文学出版社 1999 年 1 月第 1 版。

赵永纪主编：《清代学术辞典》，学苑出版社 2005 年 10 月第 1 版。

弘历撰：《清高宗（乾隆）御制诗文全集》，中国人民大学出版社 1993 年 8 月第 1 版。

单士厘辑：《清闺秀正始再续集初编》，民国归安钱氏聚珍仿宋排印本。

汪诗侬辑：《清华集》，《满清稗史》本，《近代中国史料丛刊》第 526 册。

徐永宣等辑：《清晖赠言》，宣统三年（1911）顺德邓氏排印《风雨楼丛书》本。

顾禄撰，王迈校点：《清嘉录》，江苏古籍出版社 1999 年 8 月第 1 版。

佚名编：《清末筹备立宪档案史料》，《近代中国史料丛刊续编》第 801—802 册。

李灵年、杨忠主编：《清人别集总目》，安徽教育出版社 2000 年 7 月第 1 版。

冯尔康、常建华著：《清人社会生活》，沈阳出版社 2001 年 12 月第 1 版。

吴宏一主编：《清人诗话考索》，（台湾）"中央研究院"中国文哲研究所 2006 年 12 月初版。

王英志著：《清人诗论研究》，江苏古籍出版社 1986 年 11 月第 1 版。

柯愈春著：《清人诗文集总目提要》，北京古籍出版社 2002 年 2 月第 1 版。

黄颂尧辑：《清人题画诗选》，民国二十四年（1935）大华书局排印本。

刘海石选注：《清人题画诗选注》，辽海出版社 1998 年 9 月第 1 版。

沈德潜、翁照、周准辑：《清诗别裁集》（《国朝诗别裁集》），中华书局 1975 年 11 月第 1 版。

王炜著：《〈清诗别裁集〉研究》，上海古籍出版社 2010 年 4 月第 1 版。

蒋铖、翁介眉辑：《清诗初集》，《四库禁毁书丛刊》集部第 3 册。

张应昌辑：《清诗铎》（《国朝诗铎》），中华书局 1960 年 1 月第 1 版。

丁福保辑：《清诗话》，上海古籍出版社 1978 年 9 月新 1 版。

蒋寅著：《清诗话考》，中华书局 2005 年 1 月第 1 版；又中华书局 2007 年 1 月第 2 版。

郭绍虞编选，富寿荪校点：《清诗话续编》，上海古籍出版社 1983 年 12 月第 1 版。

邓之诚著：《清诗纪事初编》，上海古籍出版社 1984 年 2 月新 1 版。

朱则杰著：《清诗考证》，人民文学出版社 2012 年 5 月第 1 版。

刘世南著：《清诗流派史》，人民文学出版社 2004 年 3 月第 1 版。

朱则杰著：《清诗史》，江苏古籍出版社 1992 年 2 月第 1 版。

严迪昌著：《清诗史》，浙江古籍出版社 2002 年 12 月第 1 版。

石玲、王小舒、刘靖渊著：《清诗与传统——以山左与江南个案为例》，齐鲁书社 2008 年 12 月第 1 版。

朱则杰著：《清诗知识》，浙江大学出版社 1998 年 5 月第 1 版。

［日］松村昂著：《清诗总集叙录》，日本汲古书院 2010 年 11 月印行，日文版。

［日］松村昂著：《清诗总集 131 种解题》，日本中国文艺研究会 1989 年 12 月印行，日文版。

赵尔巽等撰：《清史稿》，中华书局 1977 年 8 月第 1 版。

章钰等编：《清史稿艺文志及补编》，中华书局 1982 年 4 月第 1 版。

王绍曾主编：《清史稿艺文志拾遗》，中华书局 2000 年 9 月第 1 版。

冯尔康著：《清史史料学》，沈阳出版社 2004 年 3 月第 1 版。

［日］清水茂著：《清水茂汉学论集》，蔡毅译，中华书局 2003 年 10 月第 1 版。

汪远孙辑：《清尊集》，道光十九年（1839）钱塘振绮堂刻本。

仇远撰，项梦昶编：《仇山村遗集》，乾隆五年（1740）武林金洞桥绣墨斋刻本。

屈大均撰，欧初、王贵忱主编：《屈大均全集》，人民文学出版社 1996 年 12 月第 1 版。

马长淑辑：《渠风集略》，《四库全书存目丛书》集部第 411 册。

国立北平图书馆编：《瞿氏补书堂寄藏书目录》，民国二十四年（1935）国立北平图书馆排印本。

饶宗颐初纂，张璋总纂：《全明词》，中华书局 2004 年 1 月第 1 版。

周明初、叶晔编：《全明词补编》，浙江大学出版社 2007 年 1 月第 1 版。

南京大学中国语言文学系全清词编纂研究室编：《全清词·顺康卷》，中华书局 2002 年 5 月第 1 版。

张宏生主编：《全清词·顺康卷补编》，南京大学出版社 2008 年 5 月第 1 版。

谢伯阳、凌景埏编：《全清散曲》，齐鲁书社 2006 年 1 月增补版。

陈新、张如安、叶石健、吴宗海等补正：《全宋诗订补》，大象出版社 2005 年 12 月第 1 版。

全台诗编辑小组编撰：《全台诗》，台湾远流出版公司 2004 年 2 月第 1 版。

中山大学中国古文献研究所编主编：《全粤诗》（第一册），岭南美术出版社 2008 年 12 月第 1 版。

全祖望撰，朱铸禹汇校集注：《全祖望集汇校集注》，上海古籍出版社 2000 年 12 月第 1 版。

孔宪彝辑：《阙里孔氏诗钞》，道光刻本。

俞鹏程辑：《群芳诗钞》，《四库未收书辑刊》第八辑第 30 册。

萧鹏著：《群体的选择——唐宋人词选与词人群通论》，凤凰出版社 2009 年 4 月第 1 版。

李振裕辑：《群雅集》，《四库全书存目丛书补编》第 28 册。

## R

佚名辑，北京图书馆善本组标点，陈高华校订：《人海诗区》，北京古籍出版社 1994 年 1 月第 1 版。

［德］恩斯特·卡西尔著：《人论》，甘阳译，上海译文出版社 1985 年 12 月第 1 版。

余英时著：《人文与理性的中国》，程嫩生、罗群等译，上海古籍出版社 2007 年 1 月第 1 版。

李锐清编著：《日本见藏中国丛书目初编》，杭州大学出版社 1999 年 1 月第 1 版。

冒广生辑：《如皋冒氏诗略》，光绪至民国间如皋冒氏刻《如皋冒氏丛书》本。

## S

程千帆、杨扬整理，杨扬辑校：《三百年来诗坛人物评点小传汇录》，中州古籍出版社 1986 年 6 月第 1 版。

宗廷辅辑：《三桥春游曲唱和集》，民国六年（1917）徐兆玮重印《宗月锄先生遗著八种》本。

戚学标辑：《三台诗录》，嘉庆元年（1796）刻本。

陈三立著，钱文忠标点：《散原精舍文集》，辽宁教育出版社1998年12月第1版。

王绍曾主编：《山东文献书目》，齐鲁书社1993年12月第1版。

刘纬毅主编：《山西文献总目提要》，山西人民出版社1998年3月第1版。

阮元辑：《山左诗课》，乾隆五十八年（1793）刻本。

顾炳权编著：《上海历代竹枝词》，上海书店出版社2001年12月第1版。

吴馨修，姚文枬纂：《（民国）上海县续志》，民国七年（1918）上海南园刻本。

张鹤征辑：《涉园题咏》，台湾新文丰出版公司《丛书集成续编》第117册。

［日］神田喜一郎著：《神田喜一郎全集》（第八卷），日本东京株式会社同朋社1961年10月初版，日文版。

王宏林著：《沈德潜诗学思想研究》，人民出版社2010年4月第1版。

沈德潜撰：《沈归愚全集》，乾隆教忠堂刻本。

俞宪辑：《盛明百家诗》，《四库全书存目丛书》集部第304—308册。

九龙真逸（陈伯陶）辑：《胜朝粤东遗民录》，《清代传记丛刊》第70册。

魏宪辑：《诗持》，《四库禁毁书丛刊》集部第38册。

徐崧、汪文桢、汪森辑：《诗风初集》，《四库禁毁书丛刊补编》第56—57册。

唐景崧辑：《诗畸》，光绪十九年台湾布政使署（1893）刻本。

横滨新民社辑：《诗界潮音集》，《清议报全编》本，《近代中国史料丛刊三编》第141册。

张永芳著：《诗界革命与文学转型》，中国社会科学出版社2004年12月第1版。

陈允衡辑：《诗慰》，《四库禁毁书丛刊》集部第56册。

许学夷撰，杜维沫校点：《诗学辨体》，人民文学出版社1987年10月第1版。

姚佺辑：《诗源初集》，《四库禁毁书丛刊》集部第169册。

施闰章撰，何庆善、杨应芹点校：《施愚山集》，黄山书社1992年5月至1993年6月第1版。

陈名夏撰：《石云居诗集》，《四库全书存目丛书》集部第 201 册。

陈名夏撰：《石云居文集》，《四库全书存目丛书补编》第 55 册。

刘知几撰：《史通》，《四部丛刊初编》第 305—308 册。

赵鸾掖辑：《世美堂诗钞》，民国二十四年（1935）东莱赵氏永厚堂排印《东莱赵氏楹书丛刊》本。

邓云航辑：《试帖三万选》，光绪十五年（1889）袖海山房石印本。

谭宗浚辑：《蜀秀集》，光绪五年（1879）刻本。

方观承辑：《述本堂诗集》，《四库全书存目丛书补编》第 30 册。

孙雄辑：《四朝诗史甲乙集叙目题词》，宣统三年（1911）刻本。

张怀溎辑：《四家选集》，台湾新文丰出版公司《丛书集成新编》第 58 册。

永瑢等撰：《四库全书总目》，中华书局 1965 年 6 月第 1 版。

余嘉锡著：《四库提要辩证》，中华书局 2007 年 11 月第 2 版。

陈之纲辑：《四明古迹》，民国四年（1915）四明张氏约园刻《四明丛书》本。

徐时栋辑：《四明旧志诗文钞》，台湾文海出版社《清代稿本百种汇刊》第 75 册。

董沛辑，忻江明续辑：《四明清诗略》，民国十九年（1930）中华书局排印本。

杭械辑：《松吹读书堂题咏》，台湾新文丰出版公司《丛书集成续编》第 116 册。

张毅著：《宋代文学思想史》，中华书局 1995 年 4 月第 1 版。

沈德潜辑：《宋金三家诗选》，齐鲁书社 1983 年 7 月第 1 版。

汪元量辑：《宋旧宫人诗词》，《丛书集成初编》第 1787 册。

祝尚书著：《宋人总集叙录》，中华书局 2004 年 5 月第 1 版。

魏裔介辑：《溯洄集》，《四库全书存目丛书》集部第 386 册。

吴蔚光撰：《素修堂诗集》，嘉庆十六年（1811）古金石斋刻本。

袁枚撰，顾学颉校点：《随园诗话》，人民文学出版社 1982 年 9 月第 2 版。

王毓英辑：《穗城雪鸿集》，光绪三十四年（1908）东瓯日新印书局排印本。

孙锵鸣撰，胡珠生编注：《孙锵鸣集》，上海社会科学院出版社 2003 年 8 月第 1 版。

# T

王舟瑶辑：《台诗四录》，民国九年（1920）后凋草堂石印本。

黄乃江著：《台湾诗钟研究》，复旦大学出版社 2009 年 6 月第 1 版。

何澂辑：《台湾杂咏合刻》，民国三十六年（1947）铅印本。

喻长霖、柯骅威等纂修：《（民国）台州府志》，《中国地方志集成》（浙江府县志辑）第 44—45 册。

王鸣盛辑：《苔岑集》，乾隆刻本。

吴伟业辑：《太仓十子诗选》，《四库全书存目丛书》集部第 384 册。

谢兴尧辑：《太平诗史》，台湾华文书局《中华文史丛书》第 60 册。

罗邕、沈祖基辑：《太平天国诗文钞》，民国二十四年（1935）商务印书馆排印本。

卢前辑：《太平天国文艺三种》，民国二十三年（1934）会文堂新记书局排印本。

王平著：《探花风雅梦楼诗——王文治研究》，凤凰出版社 2006 年 12 月第 1 版。

陈尚君著：《唐代文学丛考》，中国社会科学出版社 1997 年 10 月第 1 版。

傅璇琮编纂：《唐人选唐诗新编》，陕西人民教育出版社 1996 年 7 月第 1 版。

沈德潜辑：《唐诗别裁集》，上海古籍出版社 1979 年 1 月第 1 版。

陈伯海主编：《唐诗汇评》，浙江教育出版社 1996 年 5 月第 1 版。

孙琴安著：《唐诗选本提要》，上海书店出版社 2005 年 1 月第 1 版。

王士禄、王士禛辑：《涛音集》，《山东文献集成第三辑》第 38 册。

法式善撰，涂雨公点校：《陶庐杂录》，中华书局 1959 年 12 月第 1 版。

蔡士英辑：《滕王阁全集》，《四库全书存目丛书》集部第 393 册。

蒋树本辑：《题图诗文选录》，光绪三十二年（1906）蒋桐华书屋刻本。

郑旭旦辑：《天籁集》，同治八年（1869）刻本。

陈济生辑：《启祯遗诗》，《四库禁毁书丛刊》集部第 97 册。

李庚等辑：《天台集》，《影印文渊阁四库全书》第 1356 册。

许鸣远辑，许佩苏补辑：《天台诗选》，《四库全书存目丛书补编》第 35 册。

邓汉仪辑：《天下名家诗观》（《诗观》），《四库禁毁书丛刊》集部第 1—3 册。

董金鉴辑：《天涯行乞图题词》，光绪三十二年（1906）会稽董氏取斯家塾刻《董氏丛书》本。

梅清撰：《天延阁删后诗》、《天延阁后集》、《瞿山诗略》，《四库全书存目丛书》集部第 222 册。

孙原湘撰：《天真阁集》，《续修四库全书》第 1487—1488 册。

钱澄之撰，诸伟奇校点：《田间诗集》，黄山书社 1998 年 8 月第 1 版。

钱澄之撰，彭君华校点：《田间文集》，黄山书社 1998 年 8 月第 1 版。

时庆莱撰：《铁石亭诗钞》，清稿本。

庄臻凤辑：《听琴诗》（《琴学心声》），康熙六年（1667）刻本。

顾炎武撰：《亭林诗集》，《续修四库全书》第 1402 册。

郑樵撰：《通志》，中华书局 1987 年 1 月第 1 版。

李夏器等辑：《同岑集》，台湾新文丰出版公司《丛书集成续编》第 116 册。

屈苾缫、屈蕙缫撰：《同根草》，光绪刻本。

法式善等辑：《同馆试律汇钞》，《四库未收书辑刊》第七辑第 30 册。

黄丕烈辑：《同人唱和诗集》，《丛书集成初编》第 1795 册。

冒襄辑：《同人集》，《四库全书存目丛书》集部第 385 册。

马其昶撰：《桐城耆旧传》，《续修四库全书》第 547 册。

吴孟复著：《桐城文派述论》，安徽教育出版社 2001 年 7 月第 2 版。

徐璈辑：《桐旧集》，民国十六年（1926）重刻本。

陆次云撰：《峒溪纤志》，《四库全书存目丛书》史部第 256 册。

李调元撰：《童山文集》，《续修四库全书》第 1456 册。

**W**

夏晓虹著：《晚清的魅力》，百花文艺出版社 2001 年 4 月第 1 版。

王宝平主编：《晚清东游日记汇编》（中日诗文交流集），上海古籍出版社 2004 年 10 月第 1 版。

吴闿生辑，寒碧点校：《晚清四十家诗钞》，浙江古籍出版社 2006 年 4 月第 1 版。

徐世昌辑，闻石点校：《晚晴簃诗汇》，中华书局 1990 年 10 月第 1 版。

陶樑辑：《晚香倡和集》，道光二十三年（1843）刻本。

陈诗辑：《皖雅初集》，民国十八年（1929）上海美艺图书公司排印本。

施念曾、张汝霖辑：《宛雅三编》，《四库全书存目丛书》集部第 373 册。

龚尚毅、郭兆芳辑：《挽词汇编》，光绪十九年（1893）养知书屋刻本。

汪辟疆著：《汪辟疆文集》，上海古籍出版社 1988 年 12 月第 1 版。

王士禛撰，袁世硕主编：《王士禛全集》，齐鲁书社 2007 年 6 月第 1 版。

伊丕聪著：《王渔洋诗友录》，北京燕山出版社 1993 年 8 月第 1 版。

蒋寅著：《王渔洋事迹征略》，人民文学出版社 2001 年 10 月第 1 版。

魏禧撰，胡守仁、姚品文、王能宪校点：《魏叔子文集》，中华书局 2003
　年 6 月第 1 版。

孙诒让撰，潘猛补校补：《温州经籍志》，上海社会科学院出版社 2005 年
　9 月第 1 版。

章学诚撰，叶瑛校注：《文史通义校注》，中华书局 1985 年 5 月第 1 版。

萧统辑，李善注：《文选》，中华书局 1977 年 11 月第 1 版。

钱谦益辑：《吾炙集》，台湾新文丰出版公司《丛书集成续编》第 116 册。

法式善撰，张寅彭、强迪艺编校：《梧门诗话合校》，凤凰出版社 2005 年
　10 月第 1 版。

宋荦辑：《吴风》，康熙三十三年（1694）刻本。

顾劼刚等辑，王煦华整理：《〈吴歌〉〈吴歌小史〉》，江苏古籍出版社
　1999 年 8 月第 1 版。

张大复撰，方惟一辑：《吴郡人物志》，《明代传记丛刊》第 149 册。

袁学澜撰，甘兰经、吴琴校点：《吴郡岁华纪丽》，江苏古籍出版社 1998
　年 12 月第 1 版。

吴伟业撰，李学颖集评标校：《吴梅村全集》，上海古籍出版社 1990 年 12
　月第 1 版。

董斯张等辑：《吴兴艺文补》，《续修四库全书》第 1678—1680 册。

吴熊和著：《吴熊和词学论集》，杭州大学出版社 1999 年 4 月第 1 版。

赵晔撰，周生春校考：《吴越春秋辑校汇考》，上海古籍出版社 1997 年 7
　月第 1 版。

钱保塘辑：《吴越杂事诗录》，民国三年（1914）清风室刻本。

董玉书、徐谦芳撰，蒋孝达、陈文和校点：《〈芜城怀旧录〉〈扬州风土记
　略〉》，江苏古籍出版社 2002 年 10 月第 1 版。

舒绍言等撰：《武林新年杂咏》，台湾新文丰出版公司《丛书集成续编》
　集部第 116 册。

徐熊飞辑：《五君咏》，嘉庆刻本。

张九钺辑：《五言排律依永集》，《中国人民大学图书馆藏古籍珍本丛刊》

第 108 册。

何龄修著：《五库斋清史丛稿》，学苑出版社 2004 年 12 月第 1 版。

叶绍袁原编，冀勤辑校：《午梦堂集》，中华书局 1998 年 11 月第 1 版。

张元济辑：《戊戌六君子遗集》，民国二十六年（1937）商务印书馆排
　　印本。

X

宋荦撰：《西陂类稿》，《影印岫庐现藏罕传善本丛刊》本，台湾商务印书
　　馆 1973 年 12 月初版。

鄂敏辑：《西湖修禊诗》，台湾新文丰出版公司《丛书集成续编》第 224 册。

杨维桢辑：《西湖竹枝集》，台湾新文丰出版公司《丛书集成续编》第
　　223 册。

徐士俊、陆进辑：《西湖竹枝词续集》，顺治十六年（1659）刻本。

毛先舒、柴绍炳辑：《西陵十子诗选》，顺治七年（1650）还读斋刻本。

冼玉清著，黄炳炎、赖适观主编：《冼玉清文集》，中山大学出版社 1995
　　年 8 月第 1 版。

汪君寒辑：《现代名家诗选》，民国二十五年（1936）上海达文书局排
　　印本。

钱基博著：《现代中国文学史》，《近代中国史料丛刊续编》第 825 册。

王闿运撰，马积高主编：《湘绮楼诗文集》，岳麓书社 1996 年 9 月第 1 版。

郭润玉辑：《湘潭郭氏闺秀集》，道光十七年（1837）刻本。

袁荣法辑：《湘潭袁氏家集》，《近代中国史料丛刊续编》第 201—204 册。

吴树梅辑：《湘雅扶轮集》，光绪二十六年（1900）长沙节署刻本。

张翰仪辑，曾卓、丁葆赤标点：《湘雅摭残》，岳麓书社 1988 年 6 月第
　　1 版。

邝健行、吴淑钿编选：《香港中国古典文学研究论文选粹（1950—2000）》，
　　江苏古籍出版社 2002 年 4 月第 1 版。

丁振铎辑：《项城袁氏家集》，宣统三年（1911）清芬阁排印本。

徐鼒撰：《小腆纪传》，《续修四库全书》第 332—333 册。

李元度辑：《小学弦歌》，光绪五年（1879）刻本。

昭梿撰，何英芳点校：《啸亭杂录》，中华书局 1980 年 12 月第 1 版。

陆金仑辑：《孝贞诗集》，嘉庆四年（1799）重刻本。

汪启淑辑：《撷芳集》，乾隆三十八年（1773）飞鸿堂刻本。

张寅彭著：《新订清人诗学总目》，上海古籍出版社 2003 年 7 月第 1 版。

李寰辑：《新疆诗文集粹》，民国三十六年（1947）铅印本。

欧阳修、宋祁撰：《新唐书》，中华书局 1975 年 2 月第 1 版。

董宗善、徐珂辑：《秀水董氏五世诗钞》，台湾新文丰出版公司《丛书集成续编》第 118 册。

桂中行辑：《徐州诗征》，光绪十七年（1891）刻本。

缪荃孙纂录：《续碑传集》，《近代中国史料丛刊》第 981—990 册。

李贽撰，张光澍点校：《续藏书》，中华书局 1959 年 10 月第 1 版。

侯学愈辑：《续梁溪诗钞》，民国九年（1920）铅印本。

胡玉缙撰，吴格整理：《续四库提要三种》，上海书店出版社 2002 年 8 月第 1 版。

蔡蓁春、施闰章辑，施念曾、张汝霖补辑：《续宛雅》，《四库全书存目丛书》集部第 373 册。

中国科学院图书馆整理：《续修四库全书总目提要（稿本）》，齐鲁书社 1996 年 12 月第 1 版。

倪继宗辑：《续姚江逸诗》，《四库全书存目丛书》集部第 410 册。

全祖望辑，方祖猷、魏得良、孙汝琦、方同义点校：《续甬上耆旧诗》，杭州出版社 2004 年 9 月第 1 版。

胡昌基辑：《续檇李诗系》，宣统三年（1911）刻本。

潘介繁、潘诚贵辑：《宣南鸿雪集》，同治十年（1871）退补堂刻本。

施闰章撰：《学余堂诗文集》，《影印文渊阁四库全书》第 1313 册。

杨钟羲撰：《雪桥诗话》、《续集》，台湾新文丰出版公司《丛书集成续编》第 202—203 册。

周庆云辑：《浔溪诗征》，民国六年（1917）梦坡室刻本。

### Y

阮元撰，邓经元点校：《揅经室集》，中华书局 1993 年 5 月第 1 版。

佚名辑：《延平二王遗集》，民国三十六年（1947）国立中央图书馆影印《玄览堂丛书续集》本。

王世贞撰：《弇州四部稿》、《续稿》，《影印文渊阁四库全书》第 1279—1284 册。

马溪吟香阁主人辑：《羊城竹枝词》，光绪十四年（1888）佛山近文堂刻本。

陶钦等辑：《扬芬集》、《续刻》，嘉庆十四年（1809）经锄山堂刻本。

杨兆崶等辑：《杨氏五家文钞》，《四库全书存目丛书》集部第 395 册。

赵惠元辑：《杨文宪公写韵楼遗像题词汇钞》，台湾新文丰出版公司《丛书集成续编》第 117 册。

吴振棫撰，童正伦点校：《养吉斋丛录》，中华书局 2005 年 12 月第 1 版。

王钧等辑：《养素园诗》，台湾新文丰出版公司《丛书集成续编》第 116 册。

许贞幹辑：《遥集集》，光绪二十八至三十四年（1902—1908）味青斋刻本。

谢宝书辑：《姚江诗录》，民国二十年（1931）中华书局排印本。

黄宗羲辑，倪继宗重订：《姚江逸诗》，《四库全书存目丛书》集部第 400 册。

卓尔堪辑：《遗民诗》，《四库禁毁书丛刊》集部第 21 册。

任光斗辑：《宜兴任氏传家集存遗》，同治十三年（1874）宜兴任氏一本堂刻本。

黄仁等辑：《吟秋集诗词钞》，道光二十二年（1842）刻本。

张传保修，陈训正、马瀛纂：《（民国）鄞县通志》，《中国地方志集成》（浙江府县志辑）第 16—18 册。

钟惺撰：《隐秀轩集》，《四库禁毁书丛刊》集部第 48 册。

徐继畬撰：《瀛寰志略》，上海书店出版社 2001 年 12 月第 1 版。

胡缵宗辑：《雍音》，《四库全书存目丛书》集部第 292 册。

李根源辑，杨文虎、陆卫先主编：《〈永昌府文征〉校注》，云南美术出版社 2001 年 12 月第 1 版。

章学诚辑：《永清文征》，民国十一年（1922）嘉业堂刻《章氏遗书》本。

章学诚纂：《（乾隆）永清县志》，民国十一年（1922）嘉业堂刻《章氏遗书》本。

萧奭撰，朱南铣点校：《永宪录》，中华书局 1959 年 8 月第 1 版。

退斋诗叟辑：《咏物诗》，光绪十三年（1887）退斋刻本。

赖鲲升、赖凤升、赖纬郇辑：《友声集》，《四库全书存目丛书》集部第 414 册。

王相辑：《友声集》，《续修四库全书》第 1627 册。

俞文诏辑：《俞氏家藏图绘题咏》，《三编清代稿钞本》第 115 册。

袁昶辑：《于湖题襟集》，《丛书集成初编》第 1707—1709 册。

王原辑：《于野集》，《四库全书存目丛书补编》第 50 册。

王象之撰：《舆地纪胜》，中华书局 1992 年 10 月第 1 版。

李调元撰，詹杭伦、沈时蓉校正：《雨村诗话校正》，巴蜀书社 2006 年 12 月第 1 版。

王应麟辑：《玉海》，广陵书社 2003 年 8 月第 1 版。

玄烨等撰：《御定千叟宴诗》，《影印文渊阁四库全书》第 1447 册。

玄烨、弘历撰，沈喻绘：《御制恭和避暑山庄图咏》，《中国世界文化和自然遗产历史文献丛书》第 9 册。

释宗渭撰：《芋香诗钞》，《四库未收书辑刊》第八辑第 23 册。

赵慎畛撰：《榆巢杂识》，徐怀宝点校，中华书局 2001 年 3 月第 1 版。

朱浚庆等撰：《榆山舆诵》，道光二十三年（1843）平邑士民刻本。

朱芳衡辑：《鸳鸯湖棹歌》，乾隆四十年（1775）刻本。

袁枚等撰，王英志主编：《袁枚全集》，江苏古籍出版社 1993 年 9 月第 1 版。

石玲著：《袁枚诗论》，齐鲁书社 2003 年 6 月第 1 版。

胡元玉辑：《沅水校经堂课集》，光绪二十三年（1897）长沙梁益智书局刻本。

邓显鹤辑：《沅湘耆旧集》，《续修四库全书》第 1690—1693 册。

江标辑：《沅湘通艺录（附四书文）》，《丛书集成初编》第 233—237 册。

李调元辑：《粤东观海集》，乾隆刻本。

温汝能辑，吕永光等整理：《粤东诗海》，中山大学出版社 1999 年 8 月第 1 版。

李调元辑，商璧著：《粤风考释》，广西民族出版社 1985 年 11 月第 1 版。

吴淇等辑：《粤风续九》，《四库全书存目丛书补编》集部第 79 册。

汪森辑，桂苑书林编辑委员会校注：《〈粤西诗载〉校注》，广西人民出版社 1988 年 11 月第 1 版。

陈柱辑，陈湘、高湛祥校评：《〈粤西十四家诗钞〉校评》，广西人民出版社 1997 年 6 月第 1 版。

商盘辑，王大治订：《越风》，乾隆浴凫山馆刻本。

李慈铭撰，由云龙辑：《越缦堂读书记》，中华书局 2006 年 9 月第 2 版。

刘玉珺著：《越南汉喃古籍的文献学研究》，中华书局 2007 年 7 月第 1 版。

潘祖荫辑：《越三子集》，《滂喜斋丛书》本，北京图书馆出版社 2003 年 6 月第 1 版。

范寅辑，侯友兰等点注：《〈越谚〉点注》，人民出版社 2006 年 4 月第 1 版。

胤禛辑：《悦心集》，《丛书集成初编》第 1697 册。

欧阳厚均辑，邓洪波、周郁校点：《岳麓诗文钞》，岳麓书社 2009 年 9 月 第 1 版。

张国庆选编：《云南古代诗文论著辑要》，中华书局 2005 年 10 月第 1 版。

### Z

王成瑞辑：《再续槜李诗系》，清稿本。

曾国藩撰：《曾文正公（国藩）全集》，《近代中国史料丛刊续编》第 1 册。

佚名辑：《增广浙江形胜诗汇编》，清刻本。

沈筠辑：《乍浦集咏》，道光二十六年（1846）刻本。

［日］横山卷抄录：《乍浦集咏钞》，嘉永二年（道光二十九年，1849） 游焉吟社刻本。

张维屏撰，关步勋、谭赤子、汪松涛标点：《张南山全集》，广东高等教 育出版社 1994 年 12 月第 1 版。

张丹撰：《张秦亭诗集》，《四库全书存目丛书》集部第 210 册。

张元济辑：《张氏艺文》，台湾新文丰出版公司《丛书集成续编》第 118 册。

席居中辑：《昭代诗存》，《四库禁毁书丛刊补编》第 55—56 册。

傅刚著：《昭明文选研究》，中国社会科学出版社 2000 年 1 月第 1 版。

郭绍虞著：《照隅室杂著》，上海古籍出版社 2009 年 7 月第 2 版。

黄锡麒辑：《蔗根集》，道光十六年（1836）清美堂刻本。

朱秋枫著：《浙江歌谣源流史》，浙江古籍出版社 2004 年 3 月第 1 版。

潘世恩辑：《浙江考试雅正集》，遂邑姜毓瑂尚桓钞本。

吴应和等辑：《浙西六家诗钞》，道光七年（1827）紫微山馆刻本。

陆林著：《知非集——元明清文学与文献论稿》，黄山书社 2006 年 7 月第 1 版。

陈振孙撰，徐小蛮、顾美华点校：《直斋书录解题》，上海古籍出版社 1987 年 11 月第 1 版。

梁章钜撰，陈居渊校点：《〈制艺丛话〉〈试律丛话〉》，上海书店出版社 2001 年 12 月第 1 版。

杨恩寿辑：《雉舟酬唱集》，《越南汉文燕行文献集成》第 22 册。

阳海清编撰，陈彰璜参编：《中国丛书广录》，湖北人民出版社 1999 年 4 月第 1 版。

上海图书馆编：《中国丛书综录》，上海古籍出版社 1986 年 2 月第 1 版。

陆坚、王勇主编：《中国典籍在日本的流传与影响》，杭州大学出版社 1990 年 12 月第 1 版。

李昌集著：《中国古代散曲史》，华东师范大学出版社 1991 年 8 月第 1 版。

郭英德著：《中国古代文体学论稿》，北京大学出版社 2005 年 9 月第 1 版。

张伯伟著：《中国古代文学批评方法研究》，中华书局 2002 年 5 月第 1 版。

蒋寅主编：《中国古代文学通论》（清代卷），辽宁人民出版社 2005 年 5 月第 1 版。

王学泰著：《中国古典诗歌要籍丛谈》，天津古籍出版社 2004 年 7 月第 1 版。

尚学锋、过常宝、郭英德著：《中国古典文学接受史》，山东教育出版社 2000 年 9 月第 1 版。

程章灿编：《中国古代文学文献学国际学术研讨会论文集》，凤凰出版社 2006 年 1 月第 1 版。

中国古籍善本书目编辑委员会编：《中国古籍善本书目》（集部），上海古籍出版社 1998 年 3 月第 1 版。

王宝平主编：《中国馆藏和刻本汉籍书目》，杭州大学出版社 1995 年 2 月第 1 版。

孙文光主编：《中国近代文学大辞典》，黄山书社 1995 年 12 月第 1 版。

钟敬文主编：《中国近代文学大系》（民间文学集），上海书店出版社 1995 年 8 月第 1 版。

钱仲联主编：《中国近代文学大系》（诗词集），上海书店出版社 1991 年 4 月第 1 版。

牛仰山编：《中国近代文学论文集（1919—1949）》（概论·诗文卷），中国社会科学出版社 1988 年 9 月第 1 版。

梁启超著：《中国历史研究法》，上海古籍出版社 1998 年 12 月第 1 版。

钟敬文著：《中国民间文学讲演集》，北京师范大学出版社 1999 年 9 月第 1 版。

郭延礼著：《中国前现代文学的转型》，山东大学出版社 2005 年 10 月第

1 版。

齐森华、陈多、叶长海主编：《中国曲学大辞典》，浙江教育出版社 1997
　年 12 月第 1 版。

傅璇琮等主编：《中国诗学大辞典》，浙江教育出版社 1999 年 12 月第
　1 版。

刘诚著：《中国诗学史》（清代卷），鹭江出版社 2002 年 9 月第 1 版。

萧华荣著：《中国诗学思想史》，华东师范大学出版社 1996 年 4 月第 1 版。

郑振铎著：《中国俗文学史》，商务印书馆 2005 年 4 月第 1 版。

钱穆著：《中国文化史导论》，商务印书馆 1994 年 6 月修订版。

梁漱溟著：《中国文化要义》，上海人民出版社 2005 年 5 月第 1 版。

钱仲联主编：《中国文学家大辞典》（清代卷），中华书局 1996 年 10 月第
　1 版。

陈文新著：《中国文学流派意识的发生和发展——中国古代文学流派研究
　导论》，武汉大学出版社 2003 年 11 月第 1 版。

［新加坡］杨松年著：《中国文学评论史编写问题论析》，台湾文史哲出版
　社 1988 年 5 月初版。

赵杏根编著：《中华节日风俗全书》，黄山书社 1996 年 12 月第 1 版。

中华学术研究会辑：《中华民国诗三百首》，民国三十五年（1946）建业
　印书馆排印本。

雷梦水、潘超、孙忠铨、钟山编：《中华竹枝词》，北京古籍出版社 1997
　年 12 月第 1 版。

丘良任、潘超、孙忠铨总主编：《中华竹枝词全编》，北京出版社 2007 年
　12 月第 1 版。

阳海清主编：《中南、西南地区省、市图书馆馆藏古籍稿本提要（附钞本
　联合目录）》，华中理工大学出版社 1998 年 11 月第 1 版。

杨淮辑，张中良、申少春校勘：《中州诗钞》，中州古籍出版社 1997 年 8
　月第 1 版。

钟敬文著：《钟敬文民俗学论集》，上海文艺出版社 1998 年 3 月第 1 版。

李缪辑：《钟秀庵诗丛》，光绪三年（1877）刻本。

令狐德棻撰：《周书》，中华书局 1971 年 11 月第 1 版。

周作人著，吴平、邱明一编：《周作人民俗学论集》，上海文艺出版社 1999
　年 1 月第 1 版。

周郁滨、释觉铭编，戴扬本标点：《〈珠里小志〉〈圆津禅院小志〉》，上海古籍出版社 2000 年 9 月第 1 版。

吴钺辑，刘继增重辑：《竹炉图咏》，《锡山先哲丛刊》本，凤凰出版社 2005 年 10 月第 1 版。

丘良任撰：《竹枝纪事诗》，暨南大学出版社 1994 年 7 月第 1 版。

赵弘基辑：《苧萝集》，康熙四十五年（1706）洒雪居刻本。

钱三锡辑：《妆楼摘艳》，道光十三年（1833）香雨轩刻巾箱本。

[美] 曼素恩著：《缀珍录——十八世纪及其前后的中国妇女》，定宜庄、颜宜葳译，江苏人民出版社 2005 年 1 月第 1 版。

邓显鹤辑，熊治祁、张人石校点：《资江耆旧集》，岳麓书社 2010 年 1 月第 1 版。

华鼎元辑，张仲点校：《梓里联珠集》，天津古籍出版社 1986 年 11 月第 1 版。

沈季友辑：《檇李诗系》，《影印文渊阁四库全书》第 1475 册。

越社辑：《最新妇孺唱歌书》，光绪三十年（1904）支那新书局石印本。

痛国遗民辑：《最新醒世歌谣》，光绪三十年（1904）大经书局石印本。

## 二 学位论文

郭蓁著：《清代女诗人研究》，北京大学 2001 年 5 月博士学位论文，指导教师：周先慎。

王文泰著：《明代人编选明代诗歌总集研究》，复旦大学 2005 年 6 月博士学位论文，指导教师：吴格。

王炜著：《〈清诗别裁集〉研究》，武汉大学 2006 年 4 月博士学位论文，指导教师：陈文新。

宋迪著：《岭南诗歌总集研究》，中山大学 2006 年 6 月硕士学位论文，指导教师：陈永正。

陈凯玲著：《清代广东省级诗歌总集研究》，浙江大学 2008 年 6 月硕士学位论文，指导教师：朱则杰。

刘和文著：《清人选清诗总集研究》，苏州大学 2009 年 11 月博士学位论文，指导教师：马卫中。

王长香著：《〈粤风续九〉研究》，扬州大学 2011 年 6 月硕士学位论文，指导教师：汪俊。

吴肇莉著：《云南诗歌总集研究》，浙江大学 2012 年 12 月博士学位论文，
　　指导教师：张梦新。

李美芳著：《贵州诗歌总集研究》，浙江大学 2013 年 6 月博士学位论文，
　　指导教师：朱则杰。

## 三　期刊论文

［日］神田喜一郎撰：《清诗の总集に就いて》（上），《支那学》第 2 卷
　　第 6 号，日文版。

［日］神田喜一郎撰：《清诗の总集に就いて》（下），《支那学》第 2 卷
　　第 8 号，日文版。

［日］神田喜一郎撰：《清诗の总集に就いて》（订正），《支那学》第 2
　　卷第 10 号，日文版。

刘策奇搜集整理：《刘三姐》，北京大学歌谣研究会《歌谣周刊》第 82 号。

陈荆和撰：《河仙镇叶镇郑氏家谱注释》，台湾大学《文史哲学报》第
　　7 期。

陈荆和撰：《河仙郑氏世系考》，《华冈学报》1969 年第 5 期。

陈荆和撰：《河仙郑氏の文学活动、特に河仙十咏に就て》，《史学》第
　　40 卷第 2·3 号，日文版。

［日］西胁隆夫撰：《关于粤风俍壮歌使用文字》，曹阳译，《学术论坛》
　　1985 年第 7 期。

丘良任撰：《读海陵竹枝词》，《扬州师范学院学报》1988 年第 1 期。

魏中林撰：《经纬交织中的清诗流程——评朱则杰著〈清诗史〉》，《文学
　　遗产》1993 年第 5 期。

朱则杰撰：《论〈全清诗〉的体例与规模》，《古籍研究》1994 年第 1 期。

胡传志撰：《〈中州集〉的编纂过程与编纂体例》，《山西大学学报》1994
　　年第 2 期。

［日］松村昂撰：《〈清诗总集 131 种解题〉纲要及示例》，清风（朱则
　　杰）译，《苏州大学学报》1995 年第 1 期。

陈正宏撰：《明诗总集述要》，《古典文学知识》1997 年第 1 期。

张仲谋撰：《二十世纪清诗研究的历史回顾》，《泰安师专学报》1999 年
　　第 5 期。

蒋寅撰：《进入"过程"的文学史研究——〈王渔洋与康熙诗坛〉导论》，

《山西大学师范学院学报》2001 年第 1 期。

蒋寅撰：《一部清代文史研究必备的工具书——〈清人别集总目〉评介》，《中国典籍与文化》2001 年第 3 期。

赵明撰：《清代苏州竹枝词》，《苏州大学学报》2002 年第 1 期。

张伯伟撰：《论选本的包容性》，《古典文献研究》总第 5 辑，江苏古籍出版社 2002 年 4 月第 1 版。

许云和撰：《南朝妇人集考论》，《文史》2002 年第 4 辑。

陆勇强撰：《吴伟业集外诗文拾遗》，《古籍整理研究学刊》2002 年第 5 期。

蒋寅撰：《清代诗学与地域文学传统的建构》，《中国社会科学》2003 年第 5 期。

蒋寅撰：《论清代诗文集的类型、特征及文献价值》，《河北师范大学学报》2004 年第 1 期。

朱则杰撰：《〈清初人选清初诗汇考〉"待访书目"考论》，《浙江大学学报》2005 年第 1 期。

陆勇强撰：《新见施闰章集外诗文辑存》，《文献》2005 年第 3 期。

朱则杰撰：《〈四库全书总目〉五种清诗总集提要补正》，《深圳大学学报》2006 年第 3 期。

朱则杰撰：《全国性清诗总集佚著五种序跋辑考》，《淮阴师范学院学报》2006 年第 3 期。

朱则杰撰：《清代竹枝词丛考——以〈中华竹枝词〉为中心》，《杭州师范学院学报》2006 年第 3 期。

郭延礼撰：《明清女性文学的繁荣及其主要特征》，《文学遗产》2006 年第 6 期。

王顺贵撰：《沈德潜与〈宋金三家诗选〉》，《文学遗产》2006 年第 6 期。

朱则杰撰：《〈四库全书总目〉十种清诗总集提要补正》，《浙江大学学报》2007 年第 1 期。

汤华泉撰：《〈全宋诗〉补辑：池州地方文献中的宋佚诗》，《安徽教育学院学报》2007 年第 1 期。

陈凯玲撰：《〈广东文选〉入清诗人考略》，《厦门教育学院学报》2007 年第 2 期。

李君明撰：《从广东方志及地方文献中新发现的〈全宋诗〉辑佚 73 首》，《岭南文史》2007 年第 2 期。

裴兴荣撰：《是"借诗以存史"，还是"借传以存史"——〈中州集〉新论》，《中国文学研究》第 8 辑，中国文联出版社 2007 年 4 月第 1 版。

刘靖渊撰：《诗中有人，诗外有事——两个版本〈国朝诗别裁集〉比较中的清代诗史案研究》，《山东师范大学学报》2007 年第 3 期。

张永芳撰：《黄遵宪使日期间诗词佚作钩稽》，《中国诗歌研究》第 4 辑，中华书局 2007 年 7 月第 1 版。

朱则杰撰：《清诗总集所见名家集外诗文辑考》，《深圳大学学报》2007 年第 6 期。

朱则杰撰：《清诗总集误作别集辨正》，《杭州师范学院学报》2007 年第 6 期。

朱则杰撰：《三种可能已佚清初诗歌选本与相关问题考辨——以〈清初人选清初诗汇考〉为背景》，《中国诗学》第 12 辑，人民文学出版社 2008 年 1 月第 1 版。

朱则杰撰：《关于清诗总集的分类》，《甘肃社会科学》2008 年第 1 期。

闵定庆撰：《〈晚清四十家诗钞〉与桐城诗派的最后历程》，《中国韵文学刊》2008 年第 1 期。

朱则杰撰：《清诗总集所见名家集外文辑考》，《燕赵学术》2008 年春之卷。

马卫中撰：《明末清初江苏诗歌总集与诗派之关系》，《苏州大学学报》2008 年第 5 期。

朱则杰、黄丽勤撰：《两种稀见清诗总集考辨》，《浙江大学学报》2008 年第 5 期。

朱则杰撰：《清代杭州诗人丛考》，《杭州师范大学学报》2008 年第 6 期。

朱则杰撰：《关于清诗总集的选人与选诗》，《甘肃社会科学》2009 年第 1 期。

朱则杰撰：《六种广东地区清诗总集钩沉》，《五邑大学学报》2009 年第 1 期。

朱则杰、陈凯玲撰：《"长安十子"考辨》，《文学遗产》2009 年第 6 期。

张桂丽撰：《〈越风〉版本考》，《古籍研究》2009 卷·上下（总第 55—56 期），安徽大学出版社 2010 年 3 月第 1 版。

周明初撰：《走出冷落的明清诗文研究——近十年来明清诗文研究述评》，《文学遗产》2011 年第 6 期。

罗时进撰：《基层写作：明清地域性文学社团考察》，《苏州大学学报》

2012 年第 1 期。

区茵、龚侒撰：《贵县名士曾光国所"述"的"刘三妹"故事》，《玉林师范学院学报》2012 年第 3 期。

区茵撰：《〈粤风续九〉中的"刘三妹"故事》，《青海社会科学》2012 年第 5 期。

张霞云撰：《〈桃花潭文征〉及其文献价值》，《大学图书情报学刊》2013 年第 6 期。

# 后　记

本书的前身是我的博士学位论文《清诗总集研究（通论）》，其缘起可以追溯到我的硕士生涯的最后阶段。

2006年6月18日晚7时，我依约来到浙大求是村，随即与朱则杰师同赴杭州植物园。初夏夜色之下，摆脱了白日里喧嚷嘈杂的植物园显得格外风致旖旎。婆娑的树影，浮动的馨香，起舞的流萤，潺湲的水声，一切似乎都渗透着朦胧的陌生感，却又蕴涵着无限的神奇。在这片生机盎然的都市森林中，则杰师为我敲定了接下来的博士阶段的研究对象——清诗总集，也就此为我打开了一座宏伟壮丽而人迹罕至的学术宫殿的大门。

此后数年间，则杰师带领我不断游走在这座宫殿的各个厅堂楼阁，并以高规格、高品位相期，要求我对它作出一个综合性的考察，提供一个整体性的把握。随着时间的推移，原先对清诗总集几乎一无所知的我，乃日益惊愕于其规模之宏大、结构之繁复、内蕴之深沉，学然后知不足的感受也是日益强烈而真切。近人胡玉缙说："学问途径之纷繁，古今书籍之浩瀚，一人之涉，譬诸沧海一沤，又迫于年命，所谓以有涯逐无涯，其不殆者盖鲜。"移来比拟我研读清诗总集的历程，真是再恰当不过。虽然眼前的这部书稿较之当初的博士论文，其实已经有所长进，但依旧有大量材料、现象、细节与内涵或者游离于我的视域之外，或者还需要进行更合理到位的归纳与阐发；同时书中已有的若干概念、论断、信息等，恐怕也难免存在模糊、片面甚至错误之处。诸般种种，但愿以后能有弥补的机会。

尽管这部书稿优劣互见，但坦率地讲，"清诗总集通论"这个选题本身，肯定超出了我现有科研水准所能从容驾驭的范围。我之所以能勉力完成这部缺憾多多的书稿，既是吸收了众多前辈时贤的已有成果的缘故，又和一批师友同仁的帮助、提携密不可分。感谢朱则杰师多年来的耳提面命、言传身教，本书从确立选题、搭建框架、搜集材料到具体写作，无不凝结着则杰师的心血。感谢林家骊老师、王德华老师的引领，使我得以走进学术殿堂。感谢张涌泉老师、周明初老师、张梦新老师、孙敏强老师，在博士论文答辩会上给予我严格的批评指教。感谢王小舒老师的提携，使我在学术生涯的起步阶段得以顺利前行。感谢杜泽逊老师的厚爱，使我得以接触到《清人著述总目》项目的最新成果。感谢帮助我查找资料、斟酌行文的郑修诚、林芷莹、刘亚轩、刘玉鹏、吴肇莉、徐珊珊、陈敬红、黄丽勤、陈凯玲、李美芳、胡媚媚、姚金笛、贺琴、耿锐等同仁。感谢浙江省社科联与我所在的杭州电子科技大学的诸位领导、老师，给予这部书稿以出版的资金与机会。最后还要向多年来关心、帮助我学习生活的亲友师长们致谢，这里无法将你们的名字一一列出，唯愿将来能将这项研究继续进行下去，从而以更完满的形态向你们汇报。

夏　勇

2015 年 1 月 27 日写于杭州下沙